江南文脉
jiangnan wenmai

（清）周濟 著
查明昊 編年校注

周濟詩文編年校注

叁

鳳凰出版社

卷五并下卷俱辛卯以後㊀

【校勘】

㊀ 國圖藏求志堂存稿彙編介存齋詩卷五無「并下卷俱辛卯以後」。蓋爲周佐臣等人刊刻時所加，謂卷五、卷六均爲辛卯年所作。然據整理者考訂，卷五前半部仍爲庚寅所作。

四月八日，辛夷葉頂作一花，命定生〔一〕爲圖，賦詩紀事

畫舫北頭有隙地，我友勸我栽辛夷。公然〔二〕得活便快意，况乃高與山要齊。殷勤灌溉及三載，童子初佩芄蘭觿。〔三〕過江一月罥塵網，未覺谷日㊀〔四〕愆花期。歸看鬖鬆〔五〕緑滿眼，豈汝蚤發吾來遲。山顛落日獨怊悵，忽見一朵麦高枝。江妃〔六〕綽約揄翠褎，玓瓅〔七〕奉進瓊瑶卮。外丹内粉襯縹碧〔八〕，復有返照相光輝。此花自古不見葉，或云反物宜斧斯。主人幸自解花語，破格留待酬吾知。急呼脂粉〔九〕爲寫照，不駭祅怪〔一〇〕憐新奇。宋生點筆據危石，感花意好忘人疲。投珠按劍〔一一〕世多有，識爾乃不循常資。嗚呼，遇主爾實生逢時。

【繫年】 詩道光十年四月八日（一八三〇）作於南京。詩卷七春水園詩并序曰「丁亥秋，舉家徙南京春水園」，至十年春，所栽辛夷「及三載」。

【校勘】

㊀「谷日」：底本作「谷口」，據求志堂存稿彙編本改。

【注釋】

〔一〕定生：宋定生，宋端己子。參文卷二宋隱山傳。

〔二〕公然：竟然。

〔三〕詩經衛風芄蘭：「芄蘭之支，童子佩觿。雖則佩觿，能不我知？」鄭玄箋：「芄蘭柔弱，恒蔓延於地，有所緣則起。」

〔四〕谷日：吉日。

〔五〕𩮀𩯁：飄拂貌，繚繞貌。

〔六〕江妃：亦作「江斐」。傳説中的神女。典出「漢皋解珮」。參詩卷三十二艷品者，鐵香感蓉隱詞事，爲翰風作也。剪燈反覆，系之以詩。時遲，鐵香不至，即以柬之注釋〔二八〕。

〔七〕玓瓅：珠光閃耀。漢司馬相如上林賦：「明月珠子，玓瓅江靡。」

〔八〕縹碧：淺青色。

〔九〕脂粉：婦女化妝的胭脂香粉，這裏借指畫料。

〔一〇〕祅怪：艷麗，奇異。祅，同「妖」。

〔一一〕投珠按劍：史記魯仲連鄒陽列傳：「臣聞明月之珠，夜光之璧，以闇投人於道路，人無不按劍相眄者，何則？無因而至前也。」

題王生元華〔一〕松壑聽泉圖

朝霞燒西莫燒東，日日紅日燒霞紅。小山密樹亂蟬噪，如毆〔二〕甲士施火攻。老夫功課不得歇，汗漉細字〔三〕箋魚蟲〔四〕。響泉忽落聲玲瓏，琴築還奏華胥封〔五〕。况兼雷雨太陰入〔六〕，拏雲松鬣〔七〕鳴仙風。王郎來自何山中，彷彿貽我登山筇。龍盤百里虎出柙〔八〕，此邦森秀兼沈雄。寓公〔九〕五載猶近市，山鬼〔一〇〕大笑陰崖空。青溪淤填流不通，濕病湒湒〔一一〕炎爞爞〔一二〕。西山卜宅〔一三〕始有意，苦乏泉石只塘沖。從來丘壑天所閟，我豈有福如陶公〔一四〕。封還十賚〔一五〕謝客氣〔一六〕，欃僊〔一七〕且得爲山農。萬竿繞宅不受暑，冷淘〔一八〕白帢〔一九〕君其從。

【繫年】

詩道光十年（一八三〇）夏作於南京。

【注釋】

〔一〕王生元華：清彭藴璨歷代畫史彙傳道光五年吴門尚志堂彭氏刻本卷二十九：「王元華，號稺雲，江寧人，善蘭竹，精鑒别，富收藏。莫愁湖志」

〔二〕毆：通「驅」。

〔三〕細字：小字。

〔四〕魚蟲：泛指文字訓詁。爾雅有釋魚、釋蟲篇，故名。宋王安石詳定試卷：「細甚客卿因筆墨，卑於爾雅注魚蟲。」

〔五〕華胥封：列子黄帝：「（黄帝）晝寢，而夢游於華胥氏之國。華胥氏之國在弇州之西，台州之北，不知斯齊國幾千萬里。蓋非舟車足力之所及，神游而已。其國無帥長，自然而已；其民無嗜欲，自然而已……黄帝既寤，怡然自得。」後用以指理想的安樂和平之境，或作夢境的代稱。

〔六〕雷雨太陰入：唐杜甫戲爲韋偃雙松圖歌：「白摧朽骨龍虎死，黑入太陰雷雨垂。」太陰，月亮。

〔七〕松鬣：松針。

〔八〕晋張勃吴録：「劉備曾使諸葛亮至京，因覩秣陵山阜，曰：『鍾山龍盤，石頭虎踞，此乃帝王之宅也。』」

〔九〕寓公：古指失其領地而寄居他國的貴族。後凡流亡寄居他鄉或别國的官僚、士紳等都稱「寓公」。

〔一〇〕山鬼：山神。

〔一一〕濈濈：濈濈。詩經小雅無羊：「爾羊來思，其角濈濈。爾牛來思，其耳濕濕。」毛傳：「聚其角而息，濈濈然。」聚集貌。

〔一二〕爞爞：爾雅釋訓上：「爞爞、炎炎，薰也。」郭璞注：「皆旱熱薰炙人。」

〔一三〕西山卜宅：亦作「拄笏看山」「拄笏看山」「拄笏」，形容在官而有閑情雅興。亦爲悠然自得貌。南朝宋劉義慶世説新語簡傲：「王子猷作桓車騎參軍。桓謂王曰：『卿在府久，比當相料理。』初不答，直高視，以手版拄頰云：『西山朝來，致有爽氣。』」

〔一四〕陶公：陶淵明。

〔一五〕十賚：道教指便於修煉的十種賞賜：一、邑於長阿北阪積金山連石之鄉；二、號爲栖静處士；三、四霤飛軒，厢廊側屋；四、蒼頭一人；五、鋼鐵如意；六、筇竹錫仗；七、香爐一枚，熏陸副之；八、杯盤一具；九、大硯一面，筆紙副之；十、鉦石澡罐，手巾爲副。見南朝梁陶弘景授陸敬游十賚文。唐皮日休懷華陽潤卿博士之三：「他年欲事先生去，十賚須加陸逸沖。」自注：「十賚，猶人間九錫也。」

〔一六〕客氣：左傳定公八年：「公侵齊，攻廩丘之郛。……主人出，師奔。陽虎僞不見冉猛者，曰：『猛在此，必敗。』猛逐之，顧而無繼，僞顛。虎曰：『盡客氣也。』」杜預注：「言皆客氣，非勇。」楊伯峻注：「客氣者言非出於衷心。」

〔一七〕欀僿：當爲「樸僿」之誤。樸僿，樸陋而淺薄。

〔一八〕冷淘：即凉麵。

〔一九〕白帢：亦作「白幍」，白色便帽。

昨爲王生〔一〕題圖，甚苦酷暑，因譏火攻，今午轉甚，勢已不支，俄而飆暴〔二〕總至〔三〕，炎歊〔四〕肅然。物極必反，理之常者。猥以哥咏小技，激揚其間，比於候蟲，敢知大造

酷吏出下策，煎稾〔五〕方未已。誰家黑雲都〔六〕，忽擁阜㊀雕〔七〕起。其來從坤方〔八〕，慈覆萬物母。奇由風后握〔九〕，謀笑陰符〔一〇〕鄙。耳黄〔一一〕雉膏鼎〔一二〕，蹢白〔一三〕塗負豕〔一四〕。天心本張弓〔一五〕，世運際傾否〔一六〕？乾坤方震盪，安得玩書史？從來廓清代，高閣束文士〔一七〕。蜩螗聲沸羹〔一八〕，僵縮抱葉死。而况蠅蚋徒，豈有生活理？虚堂〔一九〕既肅穆，枕簟亦安矣。武德在止戈，浮雲去如洗。天宇仍泬漻〔二〇〕，草竹各綺靡。修文循大化，賦頌述其美。

【繫年】

詩道光十年（一八三〇）夏作於南京。

【校勘】

㊀「阜」：底本作「草」，據求志堂存稿彙編本改。

【注釋】

〔一〕王生：王元華。參詩卷五題王生元華松壑聽泉圖注釋〔一〕。

〔二〕飆暴：疾風，暴風。

〔三〕總至：驟然而至。禮記月令：「（季秋之月）寒氣總至，民力不堪，其皆入室。」

〔四〕炎歊：升騰的暑氣。歊，氣上沖的樣子。

〔五〕煎稫：同「煎逼」。煎熬，逼迫。

〔六〕都：集，總。

〔七〕阜雕：亦作「皂鵰」「阜鵰」。一種黑色大型猛禽。唐王昌齡城傍曲：「邯鄲飲來酒未消，城北原平掣皂鵰。」

〔八〕坤方：北方。

〔九〕握奇經，又名握機經，舊本題風后撰，所以也稱風后握奇經，是中國古代八陣布列的兵書。風后，史記五帝本紀：「（黄帝）舉風后、力牧、常先、大鴻以治民。」裴駰集解引鄭玄曰：「風后，黄帝三公也。」張守節正義：「四人皆帝臣也。」

〔一〇〕陰符：古兵書名。戰國策秦策一：「（蘇秦）乃夜發書，陳篋數十，得太公陰符之謀，伏而誦之。」此泛指兵書。

〔一一〕耳黄：周易鼎六五：「鼎黄耳，金鉉，利貞。象曰：鼎黄耳，中以爲實也。」

〔一二〕雉膏鼎：周易鼎九三：「鼎耳革，其行塞，雉膏不食。方雨，虧悔，終吉。」

〔一三〕蹢白：詩經小雅漸漸之石：「有豕白蹢，烝涉波矣。」

〔一四〕塗負豕：周易睽：「上九：睽孤，見豕負塗。」孔穎達疏：「豕而負塗，泥穢莫斯甚矣。」

〔一五〕老子：「天之道，其猶張弓與！高者抑之，下者舉之；有餘者損之，不足者補之。」

〔一六〕傾否：喪亂，危殆。

〔一七〕晉書庾翼傳：「京兆杜乂，陳郡殷浩，并才名冠世，而翼弗之重也；每語人曰：『此輩宜束之高閣，俟天下太平，然後議其任耳。』」

〔一八〕詩經大雅蕩：「諮女殷商，如蜩如螗，如沸如羹。」後因以「蜩螗沸羹」形容聲音嘈雜喧鬧，好像蟬噪、水滚、羹沸一樣。常以喻紛擾不寧。

〔一九〕虚堂：高堂。

〔二〇〕泬寥：清朗空曠。

立秋前三日驟雨，晚晴，登樓有作

金戈鐵馬送新秋，霽景憑欄動遠愁。萬里蘅蕪〔一〕留不住，夕陽貪上最高樓。

樓角殘虹太有神，作晴弄雨美人身。若將比似澄霄〔二〕月，多恐高唐〔三〕賦未真。

【繫年】

詩道光十年（一八三〇）立秋前三日作於南京。

【注釋】

〔一〕蘅蕪：晉王嘉拾遺記前漢上：「帝息於延涼室，卧夢李夫人授帝蘅蕪之香。帝驚起，而香氣猶著衣枕，歷月不歇。」

〔二〕澄霄：清霄。

〔三〕高唐：用巫山神女之典。参詩卷三小孤山注釋〔五〕。

斫木鳥

黄衫赤褌黑雨當，猛如勇士赴敵場。蠹深樹大窟穴巧，書符〔一〕禹步〔二〕勞彷徨。千聲萬聲嘴流血，啄不出蠹終不歇。若云一飽亦易求，滿眼蜻蛉與蝴蝶。君不見，屈軼〔三〕指佞生帝庭，又不見，觸邪解廌〔四〕軒轅迎。瑞獻神遺各有主，勞爾空山竟何補？

【繫年】

詩道光十年（一八三〇）初秋作於南京。

【注釋】

〔一〕書符：畫符。

〔二〕禹步：漢揚雄法言重黎：「巫步多禹。」晉李軌注：「(禹)治水土，涉山川，病足，故行跛也。……而俗巫多效禹步。」故亦稱巫師、道士作法的步法爲禹步。晉葛洪抱樸子登涉：「禹步法：正立，右足在前，左足在後，次復前右足，以左足從右足併，是一步也。次復前右足，次前左足，以右足從左足併，是二步也。次復前右足，以左足從右足併，是三步也。如此禹步之道畢矣。」

〔三〕屈軼：亦稱「屈佚草」「屈草」。晉張華博物志卷三：「堯時有屈佚草，生於庭，佞人入朝，則屈而指之。」

〔四〕解廌：亦作「解豸」。漢楊孚異物志：「東北荒中有獸，名獬豸，一角，性忠，見人鬥則觸不直者，聞人論則咋不正者。」宋李昉等太平御覽卷八九獸部二引獬豸：「説文曰：獬豸似牛，一角。古者决訟，命觸不直。黄帝時，有遺帝獬豸者，帝問何食何處。曰食薦。春夏處水澤，秋冬處竹箭松筠。神異經曰：東北荒中有獸如牛，一角，毛青，四足似熊，見人鬥則觸不直。聞人論，則咋不正，名曰獬豸，一名任法獸。張華曰：今御史法冠曰獬豸。論衡曰：獬豸者，一角之羊，性識有罪。皋繇治獄，有罪者令羊觸之。皋繇敬羊，跪坐事之。田球子曰：堯時獲獬豸，緝其尾以爲帝帳。酉陽雜俎曰：開元二十一年，京兆富平縣産一角神羊，肉角，當頂白毛上捧，識者以獬豸名之。」

納凉與陳生楷〔一〕偶述

病婦瘋〔二〕卧床，屑屑〔三〕問米鹽。老夫眼昏眵〔四〕，業業〔五〕翻書簽。易觀意豈悟，獨到情各厭。一室尚爲爾，何况飛與潛〔六〕？

井鮒射敝甕〔七〕，鷗風便北林〔八〕。自天畀鱗羽，各各窮高深。萬變偶一合，曠代猶昨今。如何沈冥士，當世晞〔九〕知音。淵淵漁陽鼓〔一〇〕，渢渢〔一一〕嵇生琴〔一二〕。大福方默移，微名安所任？

劍緱〔一三〕絲已勞，繡澀不出室。客來偶摩挲，失口相嘆惜。長跪謝客言，此劍本頑鐵。豐城〔一四〕雖深埋，寶氣必騰達。安有真龍泉〔一五〕，一紀〔一六〕仍掛壁。

蘇門在人間，其庶尋孫登。〔一七〕鸞音不可即，雲想空崚嶒。峨峨齒高屐〔一八〕，裹裹扶修藤。芊芊竹環宅，晻晻〔一九〕華盈塍。西山多華農，厥産吾其恒。

尊彝古生蝨，文勝質已鐫〔二〇〕。埋璧〔二一〕珣〔二二〕滿身，五德豈復全？嗜古匪適用，所寶在殘穿〔二三〕。遂令啖名者，老死故紙間。束髮〔二四〕悟其非，垂老豈惑焉？精神儻別寄，稍久輒欲遷。賴茲雋永味，庶以消長年。

洗研去宿墨，新墨發奇光。掃地去落葉，新葉生幽香。奈何録陳言，寶之若球琅〔二五〕。團團磨驢迹，步步襲故常。周旋方丈間，送此歲月長。鴬鳩猶決起，矧彼輩與翔。〔二六〕

【繫年】

詩道光十年（一八三〇）初秋作於南京。

【注釋】

〔一〕陳生楷：清于學琴修、宋世煦纂光緒耒陽縣志光緒十一年刊本卷八之三謂其「寧鄉舉人，嘉慶八年任（耒陽教諭）」，并收録其重修明倫堂記：「舊志載：文廟屢易其地，康熙四十八年張公應星建。此廟西爲明倫堂，經始於五十年八月，落成於是年十二月。其規模制度，志載詳矣。堂與廟毗連，大聖人在天之靈，千古不磨，則堂亦賴以永貞不敝。惟是土木之質，與金石殊，整治修理，是又後人之責。余去冬涖任謁廟後，見堂傾圮，同寅劉公以爲言，而又嘆董其役者之難其人也。今春二月，同學伍子聲佩、陳子鎮湘、資子紀、謝子明暉願以身任，而闔邑士民以根本重地，且董其役者，素不遝事，無他嫌，遂各欣欣慕義。或分募，或解囊，而響斯應。於五月十日，四人者各挈食用入公所，於捐項絲毫不敢干，人皆謂踴躍趨公，此爲僅見者。其規制照前而加整，歲值賓興，曠工月餘，至肫告藏，計費六百四十金。不知視創始時之費若何，而竣事遲速則相等，善始者不必善終，諸君當一雪此言矣！諸君以記請，余曰：記者記其事之顛末時日，又可爲後來勸而已。余不能文，亦不必文，直書以記於石。嘉慶九年。」

〔二〕㔶：通「贏」。

〔三〕屑屑：勞瘁匆迫貌。

〔四〕昏眵：眵昏，目多眵而昏花。

〔五〕業業：尚書皋陶謨：「兢兢業業，一日二日萬幾。」孔傳：「業業，危懼。」

〔六〕飛與潛：指鳥和魚。

〔七〕周易井：「九二：井谷射鮒，甕敝漏。象曰『井谷射鮒』，無與也。」從井口以弓矢射井中之小鮒魚，不能中魚，反而穿其甕，甕以破漏矣。

〔八〕詩經秦風晨風：「鴥彼晨風，鬱彼北林。」毛傳：「晨風，鸇也。」鷐風，亦作「晨風」。

〔九〕晞：希望。

〔一〇〕典出漁陽參撾，亦稱漁陽摻撾，鼓曲名。後漢書禰衡傳：「禰衡字正平，平原般人也。少有才辯，而尚氣剛傲，好矯時慢物。興平中，避難荆州。建安初，來游許下。……（孔）融既愛衡才，數稱述於曹操。操欲見之，而衡素相輕疾，自稱狂病，不肯往，而數有恣言。操懷忿，而以其才名，不欲殺之。聞衡善擊鼓，乃召爲鼓史，因大會賓客，閱試音節。諸史過者，皆令脱其故衣，更著岑牟、單絞之服。次至衡，衡方爲漁陽參撾，蹀躞而前，容態有異，聲節悲壯，聽者莫不慷慨。衡進至操前而止，吏訶之曰：『鼓史何不改裝，而輕敢進乎？』衡曰：『諾。』於是先解衵衣，次釋餘服，裸身而立，徐取岑牟、單絞而著之，畢，復參撾而去，顔色不怍。操笑曰：『本欲辱衡，衡反辱孤。』」南朝宋劉義慶世説新語言語：「禰衡被魏武謫爲鼓吏，正月半試鼓，衡揚枹爲漁陽摻撾，淵淵有金石聲，四座爲之改容。」淵淵，鼓聲。亦泛用作象聲詞。

〔一一〕渢渢：樂聲宛轉悠揚。左傳襄公二十九年：「爲之歌魏，曰：『渢渢乎，大而婉，險而易行。』」杜預注：「渢渢，中庸之聲。婉，約也；險當爲儉字之誤也。」

〔一二〕嵇生琴：嵇康所撫之琴。晉書阮籍嵇康等傳論：「臨鍛竈而不迴，登廣武而長嘆，則嵇琴絶響，阮氣徒存。」

〔一三〕緱：刀劍等柄上所纏的繩。

〔一四〕豐城：豐城劍。參詩卷二礪劍注釋〔五〕。

〔一五〕龍泉：即龍淵劍。史記蘇秦列傳集解引吴越春秋佚文：「楚王召風胡子而告之曰：『寡人聞吴有干將，越有歐冶，寡人欲因子請此二人作劍，可乎？』風胡子曰：『可。』乃往見二人，作劍，一曰龍淵，二曰太阿。」後因避唐高祖李淵諱，改稱龍泉。

〔一六〕二紀：後漢書張衡傳：「倚招摇、攝提以低回劉流兮，察二紀、五緯之綢繆遹皇。」李賢注：「二紀，日月也。」

〔一七〕晋書阮籍傳：「籍嘗於蘇門山遇孫登，與商略終古及栖神導氣之術。登皆不應，籍因長嘯而退。至半嶺，聞有聲若鸞鳳之音，響乎岩谷，乃登之嘯也。」蘇門，山名。在河南輝縣西北。又名蘇嶺、百門山。孫登，字公和，號蘇門先生。汲郡共今河南輝縣人。長年隱居蘇門山，博才多識，尤善長嘯。

〔一八〕齒高屐：高齒屐。北齊顔之推顔氏家訓勉學：「梁朝全盛之時，貴游子弟，多無學術……無不燻衣剃面，傅粉施朱，駕長檐車，跟高齒屐，坐棋子方褥，憑斑絲隱囊，列器玩於左右，從容出入，望若神仙。」盧文弨注：「自晋以來，士大夫多喜著屐，雖無雨亦著之。下有齒。謝安因喜，過户限，不覺屐折齒，是在家亦著也。舊齒露卯，則當如今之釘鞋，方可露卯。晋泰元中不復徹。今之屐下有兩方木，則亦不能徹也。」

〔一九〕晻晻：昏暗不明。

〔二〇〕鎸：削除，除去。宋蘇舜欽出京後舟中有作：「他人所至樂，惟我氣類寡。迂僻不能鎸，往往自嗟駡。」

〔二一〕埋璧：左傳昭公十三年：「初，共王無冢適，有寵子五人，無適立焉。乃大有事于群望，而祈曰：『請神擇於五人者，使主社稷。』乃遍以璧見於群望曰：『當璧而拜者，神所立也。誰敢違之？』既乃與巴姬密埋璧於大室之庭，使五人齊，而長入拜。康王跨之；靈王肘加焉；子干、子皙皆遠之，平王弱，抱而入，再拜皆厭紐。」後因以「拜璧」爲立太子的典故。此「埋璧」指埋璧之地。

〔二二〕瑁：有疵點的玉。

〔二三〕殘穿：殘餘之古物。

〔二四〕束髮：漢賈誼新書容經：「古者年九歲入就小學，蹍小節焉，業小道焉；束髮就大學，蹍大節焉，業大道焉。」

〔二五〕球琅：一種珠玉美石。

〔二六〕莊子逍遥游：「諧之言曰：『鵬之徙於南冥也，水擊三千里，摶扶摇而上者九萬里，去以六月息者也。』……蜩與學鳩笑之曰：『我决起而飛，搶榆枋，時則不至而控於地而已矣，奚以之九萬里而南爲？』」

自責五十二韻

弈葉〔一〕載隱德〔二〕，小子免嚚愚。毁齒〔三〕受庭訓〔四〕，期以君子儒〔五〕。如何畏經史，甘樂在怪迂〔六〕？剿説盗謏聞〔七〕，役役〔八〕趣迷塗。戊午〔九〕年十七，幡然始回車。韶光已虚擲，浮名便難除。荏染及辛酉〔一〇〕，風木悲〔一一〕空紆。其時雖弱冠〔一二〕，僅可幼學〔一三〕如。鎔範〔一四〕失先刑，譬瞽無相敹〔一五〕。識淺志未定，氣浮才轉粗。兵農遂雜進，兼慕天官書。修防及轉漕，瞀論河渠。目驗百無一，而况身歷諸？空言每易騁，實用安所儲？癸甲〔一六〕筮同人〔一七〕，乃覺術業疏。不幸謬通籍〔一八〕，遂有賓客〔一九〕譽。日驅不教民〔二〇〕，冒刃張拳〔二一〕呼。中間犯大患〔二二〕，爲師而授徒。注疏未終帙，三史〔二三〕多模糊。三國及六朝，漁獵如棲苴〔二四〕。抗顔〔二五〕豈不慚，箴氈〔二六〕箸座隅。終以誤人故，失己亦不殊。倏忽逾十年，方剛〔二七〕爲我虞。咢俠〔二八〕隆氣矜〔二九〕，數數〔三〇〕危其軀。高堂慈且儉，饘〔三一〕鬻寡所須。奈何漫結客，若取尊中衢〔三二〕。諒復以義斷〔三三〕，一錢亦爲污。奈何不自覺，汩没〔三四〕隨蠅蛆。去年四十九，前年生白須。攬鏡照衰顔，始欲收桑榆〔三五〕。譬如百戰將，創痍滿肌膚。又如不耕田，宅草難誅鋤。齋心〔三六〕在一舍，斷腕㊀蝮蠚〔三七〕蘇。翻從老大後，學法孩提初。讀經先識字，讀史先披圖。拾級乃漸進，扞格〔三八〕姑徐徐。所嗟精力衰，過午輒告痛。勢令輟所業，筋力稍發舒。檐楹隨徙倚〔三九〕，丹青或揮濡〔四〇〕。不然明晨起，要背痛若拘〔四一〕。是以窮日夕，僅得半日餘。每于息游頃，吊影〔四二〕傷羈孤〔四三〕。安有陳德義，而與婢妾居。〔四四〕繫懷在老友，星散風雲徂〔四五〕。進我苦口藥，昔有李與吴〔四六〕。仲倫戒聰明，云使忌憚無。申耆戒游戲，云是真之符。恃才一何妄，其愚若猴狙〔四七〕。不能蚤書紳〔四八〕，疾甚思扁盧〔四九〕。作此自責詩，心灼喉嗟吁。嗟吁亦奚爲？在顛急求扶〔五〇〕。一息苟倖存，矢志期勿渝。〔五一〕

【繫年】

詩道光十年（一八三〇）作於南京。

【注釋】

㊀「腕」：底本、求志堂存稿彙編本均作「掔」，與「掔」形近致誤。「掔」，「腕」異體字。

【注釋】

〔一〕弈葉：累世，代代。

〔二〕隱德：施德於人而不爲人所知。

〔三〕毀齒：七八歲時。漢劉向説苑辨物：「男八月而生齒，八歲而毁齒。……女七月而生齒，七歲而毁齒。」

〔四〕庭訓：喻父親的教誨。論語季氏：「嘗獨立，鯉趨而過庭。曰：『學詩乎？』對曰：『未也。』『不學詩，無以言。』鯉退而學詩。他日，又獨立，鯉趨而過庭。曰：『學禮乎？』對曰：『未也。』『不學禮，無以立。』鯉退而學禮。聞斯二者。」後因稱父教爲庭訓。

〔五〕君子儒：論語雍也：「女爲君子儒，無爲小人儒。」

〔六〕怪迂：怪異迂闊。史記孝武本紀：「求蓬萊安期生莫能得，而海上燕齊怪迂之方士多相效，更言神事矣。」

〔七〕謏聞：禮記學記：「發憲慮，求善良，足以謏聞，不足以動衆。」鄭玄注：「謏之言小也。」孔穎達疏：「謏之言小；聞，聲聞也。」

〔八〕役役：奔走鑽營貌。

〔九〕戊午：嘉慶三年（一七九八）。

〔一〇〕辛酉：嘉慶六年（一八〇一）。

〔一一〕風木悲：喻父母亡故，不及奉養。韓詩外傳卷九：「夫樹欲静而風不止，子欲養而親不待，往而不可追者年也，去而不可得見者親也。」

〔一二〕弱冠：禮記曲禮上：「二十曰弱，冠。」孔穎達疏：「二十成人，初加冠，體猶未壯，故曰弱也。」後遂稱男子二十歲或二十幾歲的年齡爲弱冠。

〔一三〕幼學：禮記曲禮上：「人生十年曰幼，學。」鄭玄注：「名曰幼，時始可學也。」因稱十歲爲「幼學之年」。後引申爲幼時的學業。

〔一四〕鎔範：本是熔化東西的模具，引申爲規範、模式。

〔一五〕禮記仲尼燕居：「禮者何也？即事之治也。君子有其事，必有其治。治國而無禮，譬猶瞽之無相與，倀倀乎其何之？譬如終夜有求於幽室之中，非燭何見？」荀子成相：「人主無賢，如瞽無相。」

〔一六〕癸甲：道光癸亥（一八〇三）、甲子（一八〇四）。

〔一七〕筮同人：周易同人：「同人于野，亨。利涉大川，利君子貞。」「筮同人」即筮仕，古人將出做官，卜問吉凶。此指中舉，可入仕。

〔一八〕通籍：指初作官。朝中已有了名籍。

〔一九〕賓客：指貴族的門客、策士等。

〔二〇〕驅不教民：論語子路：「子曰：『以不教民戰，是謂棄之。』」

〔二一〕冒刃張拳：漢書司馬遷傳：「然李陵一呼勞軍，士無不起，躬流涕，沫血飲泣，張空弮，冒白刃，北首争死敵。」

〔二二〕清史稿文苑三：「上丁釋奠，禮畢，知府王轂就殿門外升輿，濟趨前阻之，知府不懌去，濟遂引疾歸。是秋冒賑事發，自轂以下吏皆得罪，濟以先去免。」

〔二三〕三史：史記、漢書、後漢書合稱三史，此泛指史書。

〔二四〕 棲苴：詩經大雅召旻：「如彼歲旱，草不潰茂，如彼棲苴。」棲苴，水草掛在樹上，比喻陷入窮困窘迫。

〔二五〕 抗顔：抗顔爲師。唐柳宗元答韋中立論師道書：「今之世不聞有師，有輒譁笑之，以爲狂人。獨韓愈奮不顧流俗，犯笑侮，收召後學，作師説，因抗顔而爲師。」

〔二六〕 箴氈：亦作「針氈」。置針於其中的氈。坐於其上，令人片刻難安。晉書杜錫傳：「（杜錫）屢諫滑懷太子，言辭懇切，太子患之。後置針著錫常所坐處氈中，刺之流血。」

〔二七〕 方剛：論語季氏：「及其壯也，血氣方剛，戒之在鬥。」劉寶楠正義：「壯謂氣力方當剛强，喜於争鬥。」

〔二八〕 粤俠：豪俠。

〔二九〕 隆氣矜：戰國策韓策二：「勇哉！氣矜之隆。是其軼賁育而高成荆矣。」諸祖耿集注引金正煒曰：「氣矜，猶言氣勢。」

〔三〇〕 數數：屢次，常常。

〔三一〕 饘：粥也。

〔三二〕 尊中衢：衢尊，亦作「衢樽」。淮南子繆稱訓：「聖人之道，猶中衢而致尊邪：過者斟酌，多少不同，各得所宜；是故得一人，所以得百人也。」謂設酒通衢，行人自飲。

〔三三〕 義斷：秉公斷事。

〔三四〕 汩没：沉淪，淪落。

〔三五〕 收桑榆：後漢書馮異傳：「始雖垂翅回谿，終能奮翼黽池，可謂失之東隅，收之桑榆」。謂初雖有失，而終得補償。後以「收之桑榆」謂事猶未晚，尚可補救。

〔三六〕齋心：祛除雜念，使心神凝寂。

〔三七〕斷腕蝮蠚：漢書田儋傳：「蝮蠚手則斬手，蠚足則斬足，何者？爲害於身也。」

〔三八〕扞格：抵觸，格格不入。

〔三九〕徙倚：楚辭遠游：「步徙倚而遥思兮，怊惝怳而乖懷。」王逸注：「彷徨東西，意愁憤也。」

〔四〇〕揮濡：揮豪濡墨。

〔四一〕拘：拘攣，痙攣。肌肉抽搐，難以伸展自如。

〔四二〕吊影：對影自憐，喻孤獨寂寞。

〔四三〕羈孤：亦作「羇孤」。文選謝莊月賦：「親懿莫從，羇孤遞進。」李善注：「羇孤，羇客孤子也。」

〔四四〕南朝宋劉義慶世説新語文學：「鄭玄家奴婢皆讀書。嘗使一，不稱旨，將撻之，方自陳説，玄怒，使人曳著泥中。須臾，復有一婢來，問曰：『胡爲乎泥中？』答曰：『薄言往愬，逢彼之怒。』」後以「鄭玄家婢」指知書的婢僕。

〔四五〕徂：同「殂」，死亡。

〔四六〕李與吴：李，李兆洛（一七六九—一八四一）：字申耆。參詩卷一懷友人并序注釋〔二七〕。吴，吴德旋（一七六七—一八四〇），字仲倫。參文卷四徵銘録序注釋〔一二〕。

〔四七〕猴狙：狙猿，猿猴。

〔四八〕書紳：論語衛靈公：「子張書諸紳。」邢昺疏：「紳，大帶也。子張以孔子之言書之紳帶，意其佩服無忽忘也。」後亦稱牢記他人的話爲書紳。

〔四九〕扁盧：史記扁鵲傳：「扁鵲者，勃海郡鄚人也。」正義引黄帝八十一難序云：「秦越人與軒轅時扁鵲相類，仍號之爲扁鵲。又家於盧國，因命之曰盧醫也。」

〔五〇〕論語季氏：「危而不持，顛而不扶。」

〔五一〕晉書謝安傳：「安雖受朝寄，然東山之志始末不渝，每形於言色。」

自題相馬圖

橫門〔一〕浴鐵〔二〕馳飛騎，印〔三〕出天閑〔四〕必騏驥。冰山雪海眼底空，枕弓炊劍〔五〕同兒戲。此馬青絲〔六〕未絡頭，年年款段〔七〕人間游。口邊苜蓿齧欲盡，華香滿蹄蝴蝶趁。展足應難百里堪，回頭那得孫陽〔八〕問？主人愛爾意有餘，天全〔九〕何必供馳驅。手提鞚勒欲一試，小知無乃勞奚奴〔一〇〕。霧鬣風鬃非少日，少日神姿總虛憶。柳堤緩緩送斜陽，水淺沙平是鄉國。服箱〔一一〕已嗟牛不如，踏雪別有襄陽驢〔一二〕。惟應散木〔一三〕能相芘〔一四〕，觸鼻〔一五〕狂酲〔一六〕老大㮨〔一七〕。

【繫年】

詩道光十年（一八三〇）秋作於南京。

【注釋】

〔一〕橫門：柵欄門，營門，此特指軍營。

〔二〕浴鐵：披掛鐵甲，亦指披甲的騎兵和戰馬。

〔三〕印：宋王溥唐會要卷七二諸監馬印：「凡馬駒以小官字印印右膊，以年辰印印右髀，以監名依左右廂印印尾側。至二歲起脊，量强弱，漸以飛字印印右膊。細馬次馬俱以龍形印印項。」

〔四〕天閑：天子養馬之所。

〔五〕炊劍：劍頭炊。南朝宋劉義慶世説新語排調：「次復作危語。桓曰：『矛頭淅米劍頭炊。』」形容處境危殆。

〔六〕青絲：青絲鞚，青色絲繩的馬絡頭。

〔七〕款段：後漢書馬援傳：「士生一世，但取衣食裁足，乘下澤車，御款段馬……斯可矣。」李賢注：「款，猶緩也，言形段遲緩也。」唐康駢劇談録續坤蹶馬：「馬之骨相甚奇，然步驟多蹶，雖制以銜勒，加之鞭策，而款段之性，竟莫能改。」

〔八〕孫陽：莊子馬蹄：「及至伯樂曰：『我善治馬。』」陸德明釋文：「伯樂姓孫，名陽，善馭馬。石氏星經云：『伯樂，天星名，主典天馬，孫陽善馭，故以爲名。』」

〔九〕天全：保全天性。

〔一〇〕奚奴：周禮天官序官：「奚三百人。」鄭玄注：「古者從坐男女没入縣官爲奴，其少才知以爲奚，今之侍史官婢。或曰：奚，宦女。」後因稱奴僕爲「奚奴」。

〔一一〕服箱：詩經小雅大東：「睆彼牽牛，不以服箱。」孔傳：「服，牝服也；箱，大車之箱也。」陳奂傳疏：

「牠即牛。服者，負之假借字，大車重載，牛負之，故謂之牠服。」

〔一二〕宋孫光憲北夢瑣言卷七：「或曰：『相國近有新詩否？』對曰：『詩思在灞橋風雪中驢子上，此處何以得之？』蓋言平生苦心也。」明程羽文詩本事詩思：「孟浩然詩思在灞橋風雪中驢子背上。」後因以「踏雪尋梅」形容文人雅士賞愛風景苦心作詩的情致。

〔一三〕散木：莊子人間世：「匠石之齊，至於曲轅，見櫟社樹。……曰：『已矣，勿言之矣！散木也，以爲舟則沈，以爲棺椁則速腐，以爲器則速毁，以爲門户則液樠，以爲柱則蠹。是不材之木也，無所可用，故能若是之壽。』」原指因無用而享天年的樹木。後多喻天才之人或全真養性、不爲世用之人。

〔一四〕芘：通「庇」。

〔一五〕觸鼻：刺激嗅覺。宋楊萬里昌英叔門外小樹木犀早開：「觸鼻無從覓，看林小綴黄。旋開三兩粟，已作十分香。」

〔一六〕狂酲：莊子人間世：「南伯子綦游乎商之丘，見大木焉。……嗅之則使人狂酲，三日而不已。」王先謙集解引李頤曰：「狂如酲也，病酒曰酲。」

〔一七〕樗：莊子逍遥游：「吾有大樹，人謂之樗，其大本擁腫而不中繩墨，其小枝卷曲而不中規矩，立之塗，匠者不顧。」

紫芝本憂也

英英紫芝，蒸彼商山。可以却老，療饑則難。皤皤四顥，盤桓芝所。可以避秦，隆漢則否。〔一〕婉婉子房〔二〕，雄翕雌舉。因事推移，帝劉王呂。惟呂之王，劉乃弗墜。狼顧〔三〕其子，輟噬而餒。亦在唐武〔四〕，集命廬陵〔五〕。胡翼之方折，而神龍用興。是以謨訓〔六〕，母子相貴。呂之方張，文也守代。〔七〕

【繫年】

詩道光十年（一八三〇）冬作於南京。

【注釋】

〔一〕「英英紫芝」八句：宋郭茂倩樂府詩集琴曲歌辭二采芝操：「四皓琴集曰：『采芝操，四皓所作也。』古今樂録曰：『南山四皓隱居，高祖聘之，四皓不甘，仰天嘆而作歌。』按漢書曰：『四皓皆八十餘，鬚眉皓白，故謂之四皓，即東園公、綺里季、夏黄公、甪里先生也。』崔鴻曰：『四皓爲秦博士，遭世暗昧，坑黜儒術。於是退而作此歌，亦謂之四皓歌。』二説不同，未知孰是。　皓天嗟嗟，深谷逶迤。樹木莫莫，高山崔嵬。岩居穴處，以爲幄茵。曄曄紫芝，可以療飢。唐虞往矣，吾當安歸。」後因以「商山紫芝」「商山芝」爲遁世隱居的典故。

〔二〕南朝宋謝瞻張子房：「婉婉幙中畫，輝輝天業昌。」謂張良爲劉邦運籌帷幄之中。後以「婉畫」指幕僚輔助長官謀劃。

〔三〕狼顧：如狼之視物，形容凶狠而貪婪地企圖攫取。

〔四〕唐武：唐武則天。

〔五〕盧陵：唐中宗李顯，六八四年被武則天廢爲盧陵王。

〔六〕謨訓：謀略和訓誨。

〔七〕漢書文帝紀：「文皇帝，高祖中子也，母曰薄姬。高祖十一年，誅陳豨，定代地，立爲代王，都中都。十七年秋，高后崩，諸吕謀爲亂，欲危劉氏。丞相陳平、太尉周勃、朱虛侯劉章等共誅之，謀立代王。」

武皇〔一〕戒荒也

武皇洸洸〔二〕，悔田車師〔三〕。呼韓稽顙〔四〕，元成賴〔五〕之。外寧內憂，釁在弗思。降奴服于，爲莽積威。〔六〕罕幵近矣，武賢門之。〔七〕翼翼營平，留屯守之。〔八〕馬隆扁箱，伸威於涼。〔九〕實維保境，而功同啓疆。封略閎奄，與時消息〔一〇〕。盛漢之隆，厥土未辟。農戒越畔，以服其耕。〔一一〕非種必鋤，嘉禾穎生。元康〔一二〕平吴，徙戎〔一三〕若掃。曾是弗圖，劉石用擾〔一四〕。濁上生張〔一五〕，蚍蟯〔一六〕斯蚩。不歐而吐〔一七〕，靡食匪疢〔一八〕。否也八王〔一九〕，疊踣〔二〇〕更起。西雍東冀，晋之孫子。

【繫年】

詩道光十年（一八三〇）冬作於南京。

【注釋】

〔一〕武皇：漢武帝。

〔二〕洸洸：威武貌。詩經大雅江漢：「江漢湯湯，武夫洸洸。」

〔三〕史記大宛列傳：「而樓蘭、姑師小國耳，當空道，攻劫漢使王恢等尤甚。而匈奴奇兵時時遮擊使西國者。使者争遍言外國灾害，皆有城邑，兵弱易擊。於是天子以故遣從驃侯破奴將屬國騎及郡兵數萬，至匈河水，欲以擊胡，胡皆去。其明年，擊姑師，破奴與輕騎七百餘先至，虜樓蘭王，遂破姑師。因舉兵威以困烏孫、大宛之屬。還，封破奴爲浞野侯。王恢數使，爲樓蘭所苦，言天子，天子發兵令恢佐破奴擊破之，封恢爲浩侯。於是酒泉列亭鄣至玉門矣。」裴駰集解引徐廣曰：「（姑師）即車師。」漢書西域傳下：「上（漢武帝）乃下詔，深陳既往之悔，曰：『……輪臺西於車師千餘里，前開陵侯擊車師時，危須、尉犂、樓蘭六國子弟在京師者皆先歸，發畜食迎漢軍，又自發兵，凡數萬人，王各自將，共圍車師，降其王。諸國兵便罷，力不能復至道上食漢軍。漢軍破城，食至多，然士自載不足以竟師，彊者盡食畜産，羸者道死數千人。朕發酒泉驢橐駝負食，出玉門迎軍。吏卒起張掖，不甚遠，然尚廝留甚衆。……今請遠田輪臺，欲起亭隧，是擾勞天下，非所以優民也。……』」

〔四〕漢書宣帝紀：「（甘露二年十二月）匈奴呼韓邪單于款五原塞，願奉國珍朝。……遭值匈奴乖亂，推亡固存，信威北夷，單于慕義，稽首稱藩。功光祖宗，業垂後嗣，可謂中興，侔德殷宗、周宣矣。」稽顙，古代一種跪拜禮，屈膝下拜，以額觸地，表示極度虔誠。

〔五〕元成：元帝、成帝。

〔六〕漢書王莽傳：「更名匈奴單于曰降奴服于。」

〔七〕用辛武賢平定羌族反叛事。參詩卷四官田感事注釋〔四〕。

〔八〕用漢營平侯趙充國屯田守邊事，參詩卷四官田感事注釋〔四〕。

〔九〕晋書馬隆傳：「馬隆字孝興，東平平陸人。……隆於是西渡温水。虜樹機能等以衆萬計，或乘險以遏隆前，或設伏以截隆後。隆依八陣圖作偏箱車，地廣則鹿角車營，路狹則爲木屋施於車上，且戰且前，弓矢所及，應弦而倒。奇謀間發，出敵不意。或夾道累磁石，賊負鐵鎧，行不得前，隆卒悉被犀甲，無所留礙，賊咸以爲神。轉戰千里，殺傷以千數。……隆到武威，虜大人猝跋韓、且萬能等率萬餘落歸降，前後誅殺及降附者以萬計。又率善戎没骨能等與樹機能大戰，斬之，凉州遂平。」

〔一〇〕謂事物無常，隨時間的推移而興盛衰亡。後漢書孔融傳：「故曰『上失其道，民散久矣』。而欲繩之以古刑，投之以殘棄，非所謂與時消息者也。」

〔一一〕左傳襄公二十五年：「子太叔問政於子産，子産曰：『政如農功，日夜思之，思其始而成其終，朝夕而行之。行無越思，如農之有畔，其過鮮矣。』」後以「越畔之思」指考慮問題不越界限，或指嚴守自己的職責，不侵擾他人的許可權。

〔一二〕元康：晋惠帝年號（二九一—三〇〇）。按，晋滅吴，時在晋武帝咸寧五年（二七九）至六年（二八〇）。

〔一三〕徙戎：晋代統治階級中企圖用武力强迫少數民族外遷的一種主張。晋書江統傳：「統深惟四夷亂華，宜杜其萌，乃作徙戎論。……帝不能用，未及十年，而夷狄亂華，時服其深識。」

〔一四〕「劉石用擾」即「劉石亂華」，即劉淵與石勒在西晋末期「八王之亂」後起兵反叛。

〔一五〕濁上生張：文選張衡西京賦：「若夫翁伯、濁質、張里之家，擊鐘鼎食，連騎相過，東京公侯，壯何能加？」李善注：「漢書食貨志曰：『濁氏以胃脯而連騎，質氏以洗削而鼎食。』晋灼曰：『胃脯，今大官以十日作沸湯爆羊胃。』如淳曰：『洗削，謂作刀劍削也。』」

〔一六〕蚘蟯：蛔蟯，蟯蟲和蛔蟲，泛指人體寄生蟲。

〔一七〕韓詩外傳卷三：「成王封伯禽於魯，周公誡之曰：『往矣！子其無以魯國驕士。吾文王之子，武王之弟，成王之叔父也，又相天下，吾於天下亦不輕矣，然一沐三握髮，一飯三吐哺，猶恐失天下之士。』」後因以「握髮吐哺」比喻爲國家禮賢下士，殷切求才。

〔一八〕疢：疢疢，猶憂患。

〔一九〕八王：西晉「八王之亂」。

〔二〇〕疊踣：前仆後踣。

狡夷 閔俗也

迢迢五領〔一〕，南邦是屏。雅片〔二〕越之，如砥斯平。滔滔江河，殊食別聲。洋錢杭之，如羽斯輕。其來綿綿，香山之墺〔三〕。歷澌〔四〕及江，析津〔五〕繼告。如藥入胃，靡藏〔六〕弗到。歐泄冥眩，靈藥罔效。執拘歸周，重典昔施。〔七〕蠱毒弗赦，今律嶷嶷〔八〕。豈中土圜法〔九〕，而面彼狡夷。彼趫斯屠，我瞖而病。靡人弗知，靡出於阱。

【繫年】

詩道光十年（一八三〇）冬作於南京。

【注釋】

〔一〕五領：即五嶺。

〔二〕雅片：鴉片。

〔三〕香山之墺：香山澳，澳門舊名，意即「香山縣的港口」。澳門原屬香山今廣東中山。

〔四〕淛：浙江，即錢塘江。

〔五〕析津：元大都舊稱爲析津，此指北京。

〔六〕藏：通「臟」。

〔七〕尚書酒誥：「厥或誥曰：『群飲。』汝勿佚，盡執拘以歸于周，予其殺。」孔安國傳：「盡執拘群飲酒者以歸於京師，我擇其罪重者而殺之。」

〔八〕嶷嶷：高聳貌。

〔九〕圜法：漢書食貨志下：「太公爲周立九府圜法。」顔師古注：「圜，謂均而通也。」金少英集釋：「圜法在此實指貨幣制度。」

盲　風 閔孤役也

盲風〔一〕振林，靡有遺蘀。蟲壞其户，巢有栗鵲。彼鵲之巢，集始用勞。糾糾葛屨〔二〕，士也逍遥。逍遥在野，蜷縮牛馬。鞭呼〔三〕鞅掉〔四〕，四無應者。霰雪鋪鋪〔五〕，劙面鐫膚。匪役之急，胡舍室家？

【繫年】

詩道光十年（一八三〇）冬作於南京。

【注釋】

〔一〕盲風：禮記月令：「（仲秋之月）盲風至。」鄭玄注：「盲風，疾風也。」孔穎達疏：「秦人謂疾風爲盲風。」

〔二〕詩經魏風葛屨：「糾糾葛屨，可以履霜。」

〔三〕鞭呼：古代官員赴朝會時，武士執鞭呼叫示威戒警以驅趕行人。

〔四〕鞅掉：掉鞅。本謂駕戰車入敵營挑戰時，下車整理馬脖子上的皮帶，以示御術高超，從容有餘。後泛指從容駕馭或掌握戰鬥的主動權。

〔五〕鋪鋪：遍布貌。

靈　禽傷遷也

靈禽遷枝，上下睞止〔一〕。疏密既時，陰陽位止。晨〔二〕營夕瘁，轂〔三〕庶類止。向背孤虛〔四〕，翳翳〔五〕其暉。豈憚童孺，鷹鸇〔六〕卒違。將卵將孚〔七〕，將㞒〔八〕而飛。鬱鬱佳蔭，亦云樹矣。膏流被葉，承湛露矣。抽條揚萼，香分布矣。激湣〔九〕澒洞〔一〇〕，集彼湍流。揚泥掘堁〔一一〕，孰知其由？末𢻭〔一二〕而賈〔一三〕，其誰予閔。鳥之擇之，樹之托之。如鼓應摘〔一四〕，胡晛而雪〔一五〕。究圖逖〔一六〕矣，曾是安宅〔一七〕。沈沈積陰，凄凄緒風〔一八〕。濡我鶯領〔一九〕，變我好音。期之戾天〔二〇〕，則靡所任。相彼山梁〔二一〕，阿丘〔二二〕宛延。飲之啄之，胡怵而遷。其勞几几〔二三〕，雖日篡焉〔二四〕。飛卒病矣，巢靡定矣。出目睆睆〔二五〕，八袠〔二六〕競矣。宛彼游絲，則不我知。

【繫年】

詩道光十年（一八三〇）冬作於南京。

【注釋】

〔一〕止：語氣助詞，在句末可表肯定陳述語氣，相當於「呢」。詩經小雅車舝：「高山仰止，景行行止。」

〔二〕晨：通「晨」。

〔三〕㲉：鳥卵。

〔四〕孤虛：史記龜策列傳：「日辰不全，故有孤虛。」裴駰集解：「甲乙謂之日，子丑謂之辰。六甲孤虛法：甲子旬中無戌亥，戌亥即爲孤，辰巳即爲虛。甲戌旬中無申酉，申酉爲孤，寅卯即爲虛。甲申旬中無午未，午未爲孤，子丑即爲虚。甲午旬中無辰巳，辰巳爲孤，戌亥即爲虚。甲辰旬中無寅卯，寅卯爲孤，申酉即爲虚。甲寅旬中無子丑，子丑爲孤，午未即爲虚。劉歆七略有風后孤虚二十卷。」古代計日時，以十天干順次與十二地支相配爲一旬，所餘的兩地支稱之爲「孤」，與孤相對者爲「虚」。古時常用以推算吉凶禍福及事之成敗。

〔五〕翳翳：晦暗不明貌。

〔六〕鷹鸇：左傳文公十八年：「見無禮於其君者，誅之，如鷹鸇之逐鳥雀也。」本指鷹與鸇。此喻忠勇之人。

〔七〕孚：通「孵」。

〔八〕凫：同「㐱」。説文几部：「新生羽而飛也。从几从彡。之忍切。同彡。又同㐱。」

〔九〕湉：同「活」。

〔一〇〕澒洞：水勢洶涌。

〔一一〕堀堁：堀堁。文選宋玉風賦：「夫庶人之風，塕然起於窮巷之間，堀堁揚塵，勃鬱煩冤，衝孔襲門。」李善注：「堀堁，風動塵也。」

〔一二〕㽉：同「橛」。

〔一三〕賨：通「隕」。

〔一四〕漢書史丹傳：「或置鼙鼓殿下，天子自臨軒檻上，隤銅丸以擿鼓，聲中嚴鼓之節。」

〔一五〕詩經小雅角弓：「雨雪瀌瀌，見晛曰消。」毛傳：「晛，日氣也。」高亨注：「晛，太陽的熱氣。」

〔一六〕逖：逖聽，逖聞。在遠處聽到，表示恭敬。

〔一七〕詩經小雅鴻雁：「雖則劬勞，其究安宅。」鄭玄箋：「此勸萬民之辭，女（汝）今雖病勞，終有安居。」

〔一八〕緒風：楚辭九章涉江：「乘鄂渚而反顧兮，欸秋冬之緒風。」王逸注：「緒，餘也。」

〔一九〕詩經小雅桑扈：「交交桑扈，有鶯其領。」

〔二〇〕戾天：達到天際。詩經小雅小宛：「宛彼鳴鳩，翰飛戾天。」詩經大雅旱麓：「鳶飛戾天，魚躍于淵」。

〔二一〕山梁：論語鄉黨：「山梁雌雉，時哉時哉！」劉寶楠正義：「山梁，則山澗中橋，以通人行也。」此以「山梁」借指雉。

〔二二〕阿丘：詩經鄘風載馳：「陟彼阿丘，言采其虻。」毛傳：「偏高曰阿丘。」孔穎達疏引李巡曰：「謂丘邊高。」

〔二三〕几几：説文几部：「几，鳥之短羽飛几几也，讀若殊。」

〔二四〕漢揚雄法言問明：「鴻飛冥冥，弋人何篡焉；鷦明遴集，食其潔者矣；鳳鳥蹌蹌，匪堯之庭。亨龍潛升，其貞利乎。」

〔二五〕睆睆：莊子天地：「内支盈於柴柵，外重纆繳，睆睆然在纆繳之中，而自以爲得。」成玄英疏：「睆睆，視貌。」

〔二六〕八袤：八方。

紫　囊〔一〕戒武臣也

匪要匪褳〔二〕，掩互而帶。赤璊〔三〕雖茭〔四〕，衷衵〔五〕綷縩〔六〕。複舄〔七〕組繢〔八〕，鱗鱗〔九〕田田〔一〇〕。鋭厥〔一一〕後帖，雙絇〔一二〕殺前。側帽〔一三〕於顛，辮髮是纓。垂垂紫囊，刀白刃青。相儇相茂，厥逐匪獸。〔一四〕摶人于塗，匪竊匪寇。曷饋曷饟〔一五〕，素雪熬波〔一六〕。不醉而酗，如既醉何？

【繫年】

詩道光十年（一八三〇）冬作於南京。

【注釋】

〔一〕紫囊：晋書謝玄傳：「（謝）玄少好佩紫羅香囊，安患之，而不欲傷其意，因戲賭取，即焚之。」謝安之所以焚毁紫羅香囊，因其爲婦人物。

〔二〕匪要匪襋：詩經魏風葛屨：「要之襋之，好人服之。」後以「要襋」指好衣裳。

〔三〕璊：赤玉。

〔四〕騅菼：爾雅釋言：「菼，騅也。菼，薍也。」郭璞注：「詩曰：『毳衣如菼。』菼草色如騅，在青白之間。」

〔五〕衷袒：貼身内衣。

〔六〕綷縩：衣服摩擦之聲。晋潘岳藉田賦：「衡牙錚鎗，綃紈綷縩。」

〔七〕複舄：方言第四：「扉屨，粗履也。徐、兖之郊謂之扉，自關而西謂之屨。中有木者謂之複舄，自關而東謂之複履。」

〔八〕組績：絲織品上的彩色刺繡或繪飾。

〔九〕鱗鱗：像鱗片排列。

〔一〇〕田田：像荷葉繁多。

〔一一〕厥：通「橛」。莊子馬蹄：「前有橛飾之患，而後有鞭筴之威，而馬之死者已過半矣。」成玄英疏：「橛，銜也，謂以寶物飾於鑣也。」橛飾，以寶物飾於馬銜兩端。

〔一二〕明王慎中滿庭芳王行人諸子孫出見賦贈：「垂領兩髦，着綦雙絇，滿庭玉樹輝光。」絇，古代鞋頭上的裝飾物。

〔一三〕側帽：周書獨孤信傳：「在秦州，嘗因獵，日暮，馳馬入城，其帽微側，詰旦，而吏人有戴帽者，咸慕信而側帽焉。」後以謂灑脱不羈的裝束。

〔一四〕詩經齊風還：「子之還兮，遭我乎峱之間兮。并驅從兩肩兮，揖我謂我儇兮。子之茂兮，遭我乎峱之道兮。并驅從兩牡兮，揖我謂我好兮。子之昌兮，遭我乎峱之陽兮。并驅從兩狼兮，揖我謂我臧兮」毛序：「還，刺荒也。哀公好田獵，從禽獸而無厭。國人化之，遂成風俗，習於田獵謂之賢，閑於馳逐謂之好焉。」

〔一五〕饋饟：同「餽饟」。史記高祖本紀：「高祖曰：『公知其一，未知其二。夫運籌策帷帳之中，决勝於千里之外，吾不如子房。鎮國家，撫百姓，給餽饟，不絶糧道，吾不如蕭何。連百萬之軍，戰必勝，攻必取，吾不如韓信。此三者，皆人傑也，吾能用之，此吾所以取天下也。項羽有一范增而不能用，此其所以爲我擒也。』」

〔一六〕南史張融傳：「（張融）又作海賦，文辭詭激，獨與衆異。後以示鎮軍將軍顧覬之，覬之曰：『卿此賦實超玄虛，但恨不道鹽耳。』融即求筆注曰：『漉沙構白，熬波出素，積雪中春，飛霜暑路。』此四句後所足也。」

蠕　憂不肅也

蠕蠕[一]者蟲，入我北户。豈伊沍寒[二]，不蟄而呴[三]。雪之既來，疾疢[四]庶幾。雪之未來，塗凍[五]卒晞。芃芃[六]來粹[七]，南穀之佐。奄觀[八]北原，斯食斯貨。帝命方伯，澤我南土。[九]精意日禋[一〇]，神篤斯祐。陸公言[一一]祈雪立應。中宵鷄鳴，亦聞雨聲。瀟瀟膠膠[一二]，尉我農勞。匪農獨勞，士也哥謡。曾是吴越[一三]，宅彼南交。中庭有某，渥丹[一四]其蕚。妖華先時，曾是弗覺。蒙茸[一五]石衣[一六]，匪落伊[一七]草。貽我芳菲，匪莫伊蚤。青旂[一八]于郊，蒼龍輿姚[一九]。凌陰[二〇]曷藏，易煦而驕。弗肅弗殺，弗閉曷達。玄冥[二一]曷司，曷其訊之？

【繫年】

詩道光十年（一八三〇）冬作於南京。

【注釋】

〔一〕蠕蠕：昆蟲爬動的樣子。

〔二〕沍寒：寒氣凝結，謂極爲寒冷。

〔三〕呴：同「吼」。

〔四〕疾疢：猶疾苦，困苦。

〔五〕塗湅：路面湅結。

〔六〕芃芃：草木茂盛。

〔七〕來辫：亦作「來牟」。詩經周頌思文：「貽我來牟，帝命率育。」朱熹集傳：「來，小麥。牟，大麥也。」古時大小麥統稱「來牟」。

〔八〕奄觀：同「淹觀」，久觀。

〔九〕詩經大雅崧高：「王遣申伯，路車乘馬。我圖爾居，莫如南土。錫爾介圭，以作爾寶。往近王舅，南土是保。」孔穎達疏：「當於南方之土，於是安居之矣。」

〔一〇〕國語周語上：「精意以享，禋也；慈保庶民，親也。」

〔一一〕陸公言：清黄叔璥國朝御史題名題名光緒刻本：「陸言字有章，號心蘭，浙江錢塘縣人。嘉慶己未進士。由翰林院編修考選山西道御史，陞四川布政使，仕至河南布政使。」

〔一二〕詩經鄭風風雨：「風雨瀟瀟，鷄鳴膠膠。」馬瑞辰毛詩傳箋通釋卷八鄭風：「『風雨瀟瀟』，傳：『瀟瀟，暴疾也。』……『鷄鳴膠膠』，傳：『膠膠，猶喈喈也。』瑞辰按：玉篇：『嘐，古包切，鷄鳴也。』嘐下引説文曰：『嘐嘐也。』廣韻引詩『鷄鳴嘐嘐』，膠膠即嘐嘐之假借。」

〔一三〕吴越：吴越曲，吴地民歌。

〔一四〕渥丹：詩經秦風終南：「顏如渥丹，其君也哉！」鄭玄箋：「渥，厚漬也。顏色如厚漬之丹，言赤而澤也。」

〔一五〕蒙茸：蔥蘢。

〔一六〕石衣：爾雅釋草：「薄，石衣。」郭璞注：「水苔也。江東食之。」

〔一七〕伊：助詞，無實義。

〔一八〕青旂：隋書禮儀志：「司常，掌旗物之藏。通帛之旗六，以供郊丘之祀。一曰蒼旗，二曰青旗，三曰朱旗，四曰黄旗，五曰白旗，六曰玄旗。」

〔一九〕嬰姚：通「飄姚」，漢書外戚傳上孝武李夫人：「的容與以猗靡兮，縹飄姚虖愈莊。」顔師古注引孟康曰：「言夫人之顔色的然盛美，雖在風中縹姚，愈益端嚴也。」

〔二〇〕凌陰：詩經豳風七月：「二之日鑿冰沖沖，三之日納於凌陰。」毛傳：「凌陰，冰室也。」

〔二一〕玄冥：神名，冬神。禮記月令：「（孟冬、仲冬、季冬之月）其帝顓頊，其神玄冥。」

卜居悔不歸也

藹藹〔一〕首春〔二〕，失我良友。宋君端己以正月十七辭世。桂之方華，奪我内紀。〔三〕如何不淑，嗟及予季。〔四〕〔五〕命舟星奔，含弗及視。光光〔六〕先人，世載其淳。遭夫厭元，釋耒而粦〔七〕。元從信國〔八〕，止殺以仁。壹戎大定〔九〕，宅溪之濱。宛宛五雲〔一〇〕，纓茀〔一一〕南山。山麓布分，鬱我松阡。斯構室廬，環以甫田〔一二〕。庶長子孫，厥世以延。既延既安，逾四百年。曾曾小子，不德而慾。緣飾琱績〔一三〕，以侫侮賢。積傲長肆〔一四〕，炎如燎原。禍積無形，惟福之兄〔一五〕。瞶瞶〔一六〕小子，曰余有慶〔一七〕。篡獵〔一八〕典册，以飾彣彰〔一九〕。雕鏤義尊〔二〇〕，何木不傷。君子識賈〔二一〕，厥戒在雅。奈何悖入〔二二〕，貪三廉五〔二三〕。貌莊心鬥，狙伏伺鼠。皤然夕糾，積耻勝數。禍之既延，則不可虞。袚之祝之，惟本實是圖。陽蔡〔二四〕之虚，盍卜而居。匪究安宅，庶謝危塗。樹木十年，况十其世？蜿蜒深根，苔繡而罽。言誅之茅，言索之綯〔二五〕，伯仲〔二六〕陶陶〔二七〕，以衎〔二八〕以敖。伯兮耆兮，載華其顛。幼子童孫，角角〔二九〕奔奔〔三〇〕。或耒而耘，或牧或薪。或竿以綸，佐我饔飧。歲云晏矣，務休燕矣。横經〔三一〕握觚〔三二〕，秩秩〔三三〕其趨。式敦其愿，既樸既迂。克農克儒，緊〔三四〕先民是愉〔三五〕。

【繫年】

據周濟自注「宋君端己，以正月十七逝世」，詩首句謂「首春」，後謂曰「歲云晏矣，務休燕矣」，知詩道光十年（一八三〇）十二月作於南京。此詩概略述宜興周氏源流。

【注釋】

〔一〕藹藹：暗淡、昏昧貌。

〔二〕首春：農曆正月。

〔三〕山溪周氏世徵録卷四之二大分五房世表下：「配莊前徐氏，邑庠生大鈞女，道光辛巳舉人、安徽潛山縣訓導徐紹侃胞妹。敕封孺人，貤贈安人，例晉宜人。生乾隆四十五年庚子十二月十一，卒道光十年庚寅八月二十二日。」

〔四〕山溪周氏世徵録卷四之二大分五房世表下：「治，宗少公三子。字儆昆，號晦齋，太學生。生乾隆五十一年丙午四月二十一日，卒於道光十年庚寅九月十七。」

〔五〕詩經魏風陟岵：「陟彼屺兮，瞻望母兮。母曰：『嗟！予季行役，夙夜無寐。上慎旃哉，猶來無棄。』」

〔六〕光光：顯赫威武貌。漢書叙傳下：「子明光光，發迹西疆。列於禦侮，厥子亦良。」

〔七〕䡛：同「軍」，兵車也。

〔八〕信國：明信國公湯和。

〔九〕尚書武成：「一戎衣，天下大定。」孔傳：「衣，服也；一著戎服而滅紂。」

〔一〇〕五雲：五雲溪，即荆溪。清顧祖禹讀史方輿紀要卷二十五南直七常州府荆溪：「水利考：『宜興爲溪者九，而荆溪爲諸水之會。』今自縣東分二流，其一北達常州爲漕河，溧陽運船俱繇此出；其一東達太湖，謂之東瀉溪。本名東舍，訛曰瀉。一名蒙溪。春時兩岸多藤花，照映水中，因名罨畫溪，又名五雲溪。」

〔一一〕纓茀：楚辭天問：「白蜺嬰茀，胡爲此堂？安得夫良藥，不能固臧？」王逸注：「蜺，雲之有色似龍者也。茀，白雲逶移若蛇者也。言此有蜺茀，氣逶移相嬰，何爲此堂乎？蓋屈原所見祠堂也。臧，善也。言崔文子學仙於王子僑，子僑化爲白蜺而嬰茀，持藥與崔文子，崔文子驚怪，引戈擊蜺，中之，因墮其藥，俯而視之，王子僑之尸也。故言得藥不善也。」

〔一二〕甫田：詩經齊風甫田：「無田甫田，維莠驕驕。」孔傳：「甫，大也。」

〔一三〕清梁章鉅稱謂録卷六曾曾小子：「説文解字叙注云：『曾曾猶俗言層層也。曾，重也。古者裔孫，通曰曾孫。』」

〔一四〕傲肆：傲慢放肆。

〔一五〕琱繢：雕飾，比喻修飾文辭。

〔一五〕兄：通「祝」。

〔一六〕瞶瞶：昏瞶糊塗。

〔一七〕有慶：尚書吕刑：「一人有慶，兆民賴之，其寧惟永。」孔傳：「天子有善，則兆民賴之，其乃安寧長久之道。」後常用爲歌頌帝王德政之詞。此喻周氏先祖之遺澤。

〔一八〕篡獵：篡獵。蒐獵纂集。

〔一九〕彣彰：華麗的辭藻。

〔二〇〕羲尊：又作「犧尊」，即獻尊。莊子外篇天地：「百年之木，破爲犧尊，青黄而文之，其斷在溝中。比犧尊於溝中之斷，則美惡有間矣，其於失性一也。」周禮春官司尊彝：「其朝踐用兩獻尊。」鄭玄注：「鄭司農云：獻讀爲犧。犧尊飾以翡翠。」清俞樾茶香室續鈔卷十五羲獻：「禮含文嘉曰：『羲者，獻也。』漢書王莽傳：『立斗獻。』獻音羲，禮器羲尊，即周禮獻尊。」

〔二一〕詩經大雅瞻卬：「鞫人忮忒，譖始竟背。豈曰不極？伊胡爲慝？如賈三倍，君子是識。婦無公事，休其蠶織。」清郝懿行、王照圓詩問卷六雅大雅下瞻卬：「瑞玉曰：『在位之人貪利如賈，而欲贏故三倍之利，君子皆識之。婦人無公事，惟當安其蠶桑織紝而已。褒姒胡不然？』」

〔二二〕悖入：禮記大學：「是故財聚則民散，財散則民聚。是故言悖而出者，亦悖而入；貨悖而入者，亦悖而出。」謂錢財用不正當手段得來，也會被人用不正當手段奪去。後亦指對人狂妄背理，也會受到别人同樣的對待。

〔二三〕史記貨殖列傳：「貪賈三之，廉賈五之。」裴駰引漢書音義曰：「貪賈未當賣而賣，未可買而買，故得利少，而十得三。廉賈貴而賣，賤乃買，故十得五。」

〔二四〕陽蔡：當在宜興蔡家河的南面。

〔二五〕詩經豳風七月：「晝爾于茅，宵爾索綯。亟其乘屋，其始播百穀。」鄭玄箋：「夜作絞索，以待時用。」

〔二六〕伯仲：詩經小雅何人斯：「伯氏吹壎，仲氏吹篪。」鄭玄箋：「伯仲，喻兄弟也。」

〔二七〕陶陶：詩經王風君子陽陽：「君子陶陶，左執翿，右招我由敖，其樂只且。」毛傳：「陶陶，和樂貌。」

〔二八〕衎：安樂。

〔二九〕角角：象聲詞，本指鳥叫聲，此喻兒童歡叫聲。

〔三〇〕奔奔：急走貌。

〔三一〕横經：横陳經籍，指受業或讀書。

〔三二〕握觚：操觚。文選陸機文賦：「或操觚以率爾，或含毫而邈然。」李善注：「觚，木之方者，古人用之以書，猶今之簡也。」

〔三三〕秩秩：詩經小雅賓之初筵：「賓之初筵，左右秩秩。」毛傳：「秩秩然肅敬也。」

〔三四〕繄：句首助詞，相當於「惟」。

〔三五〕是愉：詩經唐風山有樞：「宛其死矣，他人是愉。」清郝懿行、王照圓詩問卷二國風下唐山有樞：「『宛其死矣，他人是愉』，亦不必他姓奪之。慳吝之家必有淫嗣，父祖半生辛苦，子孫一旦豪華。」

皚皚之白望澤也

皚皚之白，集我庭柯。餞彼臘矣〔一〕，既時既多。維我庭柯，烏鳶萃止。〔二〕雪之皚皚，烏日[三]逝矣。皚皚洋洋[四]，八埏[五]混茫。何肉之能擇[六]，而彼翱翔。握粟以飼，婦孺知仁。孰如春陽，言煦之温。

【繫年】

詩曰「餞彼臘矣」，故當道光十一年（一八三一）正月作於南京。

【注釋】

〔一〕餞臘：送别殘冬臘月。

〔二〕詩經陳風墓門：「墓門有梅，有鴞萃止。」毛傳：「萃，集也。」止，語尾助詞。

〔三〕烏日：日烏，太陽。古代傳説日中有三足烏，故稱。

〔四〕洋洋：詩經大雅大明：「牧野洋洋。」毛傳：「洋洋，廣也。」楚辭大招：「西方流沙，漭洋洋只。」王逸注：「洋洋，無涯貌也。」

〔五〕八埏：漢書司馬相如傳下：「上暢九垓，下泝八埏。」顔師古注引孟康曰：「埏，地之八際也。言德上達於九重之天，下流於地之八際。」

〔六〕擇肉：漢司馬相如上林賦：「射游梟，櫟蜚遽；擇肉而後發，先中而命處。」謂選取禽獸爲射獵的對象，此謂選取吞噬對象。

有虎刺奉法縱暴〔一〕也

有虓〔二〕者虎，林薄〔三〕斯阻。隅負而怒，祅狐是假。〔四〕豕曷敮㊀虡〔五〕，麌麌〔六〕其鹿。逸奔而顧，容頭〔七〕凷堁〔八〕。厥尻是露，是謂狡兔。毛之血之，呀之吸之。既飽而嬉，騰之籍之〔九〕。震〔一〇〕之業〔一一〕之，予之爪牙〔一二〕。上帝何神？蚩蚩〔一三〕山民。敢不畏不仁〔一四〕，是長是君。大君〔一五〕于原，戒旅〔一六〕桓桓〔一七〕。閎網彌山，日取於殘。餘威弗殫，弱足踆踆〔一八〕。既折而殞，火烈具熻。虓彼伏莽〔一九〕，匪伏伊很。鶴鳴弗聞〔二〇〕，孰謂聽卑〔二一〕。如何躍淵〔二二〕，將進將疑。我師孔哀，祁寒曰咨。〔二三〕春和弗遲，匪覆以私〔二四〕。帝省〔二五〕在茲，孔哀我師。

【繫年】

詩道光十一年（一八三一）正月作於南京。

【校勘】

㊀「敮」：求志堂存稿彙編本作「猒」，誤。「敮」，敢也；「猒」，又作「猒」。「敮」「猒」形近致訛。

【注釋】

〔一〕縱暴：肆意暴虐。

〔二〕虓：虎怒。

〔三〕林薄：楚辭九章涉江：「露申辛夷，死林薄兮。」王逸注：「叢木曰林，草木交錯曰薄。」

〔四〕戰國策楚策一：「虎求百獸而食之，得狐。狐曰：『子無敢食我也。天帝使我長百獸，今子食我，是逆天帝命也。子以我爲不信，吾爲子先行，子隨我後，觀百獸之見我而敢不走乎！』虎以爲然，故遂與之行，獸見之皆走。虎不知獸畏己而走也，以爲畏狐也。」祅，通「妖」。

〔五〕虙：獸類互門相持不解。

〔六〕鏖鏖：通「速速」。

〔七〕容頭：藏身。

〔八〕凷堁：塊堁，土堆。

〔九〕騰籍：亦作「騰藉」，奔騰踐踏。

〔一〇〕震：震震。漢揚雄太玄釋：「次七，震震不侮，濯漱其訴。」司馬光集注：「震震有威嚴之貌。」

〔一一〕業：業業。詩經小雅采薇：「戎車既駕，四牡業業。」毛傳：「業業然，壯也。」高亨注：「業業，高大貌。」

〔一二〕爪牙：黨羽，幫凶。

〔一三〕蚩蚩：詩經衛風氓：「氓之蚩蚩，抱布貿絲。」朱熹集傳：「蚩蚩，無知之貌。」

〔一四〕周易繫辭下：「小人不恥不仁，不畏不義。」

〔一五〕大君：天子也。

〔一六〕戒旅：詩經大雅常武：「王謂尹氏，命程伯休父，左右陳行。戒我師旅，率彼淮浦，省此徐土。不留不處，三事就緒。」鄭玄箋：「王使大夫尹氏策命程伯休父於軍將行治兵之時，使其士衆左右陳列而敕戒之，使循彼淮浦之旁，省視徐國之土地叛逆者。」

〔一七〕桓桓：勇武、威武貌。

〔一八〕踆踆：文選張衡西京賦：「怪獸陸梁，大雀踆踆。」劉良注：「陸梁、踆踆，皆行走貌。」

〔一九〕伏莽：周易同人：「九三，伏戎於莽。」莽，叢生的草木。

〔二〇〕詩經小雅鶴鳴：「鶴鳴於九皋，聲聞於野。」

〔二一〕聽卑：史記宋微子世家：「天高聽卑。君有君人之言三，熒惑宜有動。」原指上天神明可以洞察人間最卑微的地方。舊時稱好的帝王瞭解民情。

〔二二〕躍淵：周易易乾：「九四，或躍在淵，無咎。」後因以「躍淵」比喻奮發有爲，飛黄騰達。

〔二三〕尚書君牙：「冬祁寒，小民亦惟曰怨咨。」蔡沈集傳：「祁，大也。」

〔二四〕私覆：偏心地覆蓋。

〔二五〕帝省：詩經大雅皇矣：「帝省其山，柞棫斯拔，松柏斯兑。」

泛彼南浦懷故舊也

泛彼南浦〔一〕，厥舫粱五。三倉〔二〕渠渠〔三〕，底合蓮跗〔四〕。欄幹輕舉，宜此柔櫓。有妥其櫓，束梢五棨〔五〕。三接亞亞，琱弓之弣。〔六〕豐末〔七〕殺羽〔八〕，入偃出頫〔九〕。如翬〔一〇〕飄瞥〔一一〕，如馬蹀躞〔一二〕。如鱮〔一三〕屆戹〔一四〕，尾撥而呷。容容〔一五〕霅霅〔一六〕，款乃韃軨〔一七〕。夙約言踐，遵渚何遠？松檀桂欒，彼姝所安。水步〔一八〕有衍，柴落斯剘。〔一九〕雲容日華，野服〔二〇〕而都。采園得蔬，挈匏出沽。笑言有譽，君子之需。〔二一〕

【繫年】

詩道光十一年（一八三一）正月作於南京。

【注釋】

〔一〕南浦：楚辭九歌河伯：「子交手兮東行，送美人兮南浦。」王逸注：「願河伯送己南至江之涯。」

〔二〕三倉：太倉、石頭倉、常平倉。

〔三〕渠渠：整齊貌。

〔四〕跗：花萼。

〔五〕五棨：詩經秦風小戎：「小戎俴收，五棨梁輈，」毛傳：「五，五束也。棨，歷録也。」歷録，色彩相間貌。車轅上用五束皮革扎成的裝飾。

〔六〕儀禮鄉射禮：「三耦俟於堂西，南面東上。司射適堂西，袒決遂，取弓於階西，兼挾乘矢，升自西階。階上北面告於賓，曰：『弓矢既具，有司請射。』賓對曰：『某不能。爲二三子。』許諾。司射適阼階上，東北面告于主人，曰：『請射於賓，賓許。』」

〔七〕豐末：使末大於本。

〔八〕殺羽：翅膀被摧殘，比喻失意或失敗。

〔九〕頫：同「俯」。

〔一〇〕翬：有五彩羽毛的雉。

〔一一〕飄瞥：南朝宋劉義慶世説新語言語：「郊邑正自飄瞥，林岫便已皓然。」迅速飄過。

〔一二〕蹀躞：小步行進。

〔一三〕鱮：古指鰱魚。

〔一四〕屆戹：漢班固答賓戲：「其餘猋飛景附，屆戹其間者。」吴都賦：「屆戹鱗接。」屆戹，音插直。説文：「從後相及也。」

〔一五〕容容：烟雲浮動貌。

〔一六〕霅霅：清王念孫廣雅疏證卷六上釋訓：「霅者，雹下之貌，故雨下亦謂之霅，重言之則曰霅霅也。」

〔一七〕宋蘇軾石鐘山記：「有大石當中流，可坐百人，空中而多竅，與風水相吞吐，有窾坎鏜鞳之聲。」

〔一八〕水步：高於水面供人踩踏以渡水的木樁或石墩。

〔一九〕宋周敦頤題春晚：「花落柴門掩夕暉，昏鴉數點傍林飛。」�，同「剪」。

〔二〇〕野服：村野平民服裝。

〔二一〕詩經小雅蓼蕭：「蓼彼蕭斯，零露湑兮。既見君子，我心寫兮。燕笑語兮，是以有譽處兮。」

棱棱〔一〕江山戒比〔二〕也

棱棱江山，積雪柔之。浩浩長路，君子遒之。相鼠夜動，惡彼炳燭〔三〕。狌狸〔四〕唅呀〔五〕，狙伺〔六〕奮搏。羈之絏之〔七〕，奔踶〔八〕千里。監彼雉人，縈繳於矢。〔九〕劾弩〔一〇〕發機，鐵洞山摧。自非精謬，三發而危。胡越同舟，共命不疑。〔一一〕及于康莊，南轅北馳。懿此凌霄，纍彼喬松。因不失親，聖日可宗。

【繫年】

詩道光十一年（一八三一）正月作於南京。

【注釋】

〔一〕棱棱：威嚴方正的樣子。

〔二〕比：比周，結黨營私。

〔三〕宋蘇軾黠鼠賦：「蘇子夜坐，有鼠方嚙。拊床而止之，既止復作。使童子燭之，有橐中空。嘐嘐聱聱，聲在橐中。曰：『噫！此鼠之見閉而不得去者也。』發而視之，寂無所有。舉燭而索，中有死鼠。……覆而出之，墮土乃走，雖有敏者，莫措其手。」

〔四〕狌狸：狸狌。莊子秋水：「騏驥驊騮，一日而馳千里，捕鼠不如狸狌，言殊技也。」成玄英疏：「狸狌，野貓也。」

〔五〕哈呀：張口貌。

〔六〕狙伺：伏伺，覬覦。

〔七〕羈絏：束縛，系扣。

〔八〕奔踶：奔馳。見清王念孫讀書雜志漢書十六連語。

〔九〕淮南子説山訓：「好弋者先具繳與矰，好魚者先具罟與罛，未有無其具而得其利。」

〔一〇〕勍弩：强力弓。

〔一一〕孫子九地篇：「吴人與越人相惡也，當其同舟而遇風，其相救也如左右手。」謂關係疏遠者，同處危難則相互救助。

東　園〔一〕探梅東葵如〔二〕

春陰一夜消殘雪，東園某蕊珊瑚赤。獨客巡廊望轉愁，眼前重見新雕飾。此地先皇駐翠華〔三〕，十年樓閣閟朱霞。錯彩鏤金豈虛擲，如聞銀漢動仙查〔四〕。仙槎日夜隨流去，剩遺華枝隔烟霧。可惜琱鞍玉勒人，可憐燕舞鶯歌處。燕舞鶯哥不肯闌，頻湖蔬圃是名園。怪石能逾陒垣出，黄頭巧鑄銅山完。〔五〕年年華發春如海，老去華身瘦長在。看華心苦定華知，不然争遣凝紅淚〔六〕？凝淚相看欲説難，直從華發見華殘。䰄毻〔七〕一鶴南飛後，笛滿江樓喚不還。

【繫年】

詩道光十一年（一八三一）春作於揚州。

【注釋】

〔一〕東園：清李斗揚州畫舫録卷四：「東園在重寧寺東。先是，郡中東園有二：天寧寺之東園即蘭若，係天寧寺下院分房；蓮性寺之東園，即賀園，皆非今江氏所構之東園也。江氏因修梅花書院，遂于重寧寺旁復梅花嶺，高十餘丈，名曰東園，建枋楔，曰麟游鳳舞園。門面南，高柳夾道，中建石橋，橋下有池，池中異魚千尾。過橋建廳事五楹，賜名熙春堂，及『春色芳菲入圖畫，化機活潑悟鳶魚』一聯，御製詩云：……」

〔二〕葵如：宋葵如。參詩卷四送宋葵如之楚注釋〔一〕。

〔三〕清李斗揚州畫舫録卷十二橋東録：「『荷浦薰風』在虹橋東岸，一名江園。乾隆二十七年，皇上賜名净香園，御製詩二首。」翠華，天子儀仗中以翠羽爲飾的旗幟或車蓋。

〔四〕仙查：同「仙楂」「仙槎」。神話中能來往於海上和天河之間的竹木筏。典出晋張華博物志卷三。

〔五〕用漢文帝賜寵臣鄧通以蜀郡嚴道銅山自鑄錢而致巨富之典。見詩卷二咏史注釋〔一〕。

〔六〕紅淚：晋王嘉拾遺記：「魏文帝所愛美人，姓薛名靈蕓，常山人也。……靈蕓聞别父母，歔欷累日，淚下霑衣。至升車就路之時，以玉唾壺承淚，壺則紅色。既發常山，及至京師，壺中淚凝如血。」後因以「紅淚」稱美人淚，此喻梅花。

〔七〕氄毧：羽毛鬆散。

聽橋觀察〔一〕席上若谷刺史〔二〕説塞下耕屯，賦此以贈

田君楚游遲未發，忽思騎馬逾高闕〔三〕。丈夫之居豈鬱鬱，不能圖南便應北。芊芊塞草夏始春，地力峷嶽〔四〕長比人。極望膏沃如醴醇，驅駕犪牠〔五〕當鋤耘。藝麻笮油足饋貧，紅鹽〔六〕味厚白勝玭。槖馳負之販千里，秦人勞筋健逾起。控弦招邀獵獐鹿，餓鴟臨風熱生耳。割滓塗酥脆迎齒，地琴一弦音萬徙。雪拂穹廬散春蕊，胭支弄嬌醉顔美。衆賓洋洋使心喜，妻子俄然輕脱屣〔七〕。雨聲潺潺華鳥怨，十五春光去如箭。君冉〔八〕秋霜目岩電〔九〕，蜀客〔一〇〕相留且終宴。

【繫年】

詩道光十一年（一八三一）春作於揚州。

【注釋】

〔一〕聽橋觀察：清郭尚先郭大理遺稿道光二十五年刻本卷八祭廖永亭觀察文：「夫其家承通德，居近錦官，岷江嵋岫人。……歲癸酉，觀察江左矣。」清惲敬有與廖永亭、與廖聽橋，清葉坤厚江上小蓬萊吟舫詩存卷之八有懷廖聽橋觀察。

〔二〕若谷刺史：田鈞。參文卷一田鈞傳。

〔三〕高闕：古地名。在今内蒙古杭錦後旗西北。陰山山脈至此中斷，成一缺口，望若門闕，故名。

〔四〕芊嶽：草叢生貌。

〔五〕犙牬：三四歲的牛。

〔六〕紅鹽：宋陳鵠耆舊續聞卷二東坡橄欖詩紅鹽出處：「徐師川云：東坡橄欖詩云『紛紛青子落紅鹽』，蓋北人相傳以爲橄欖樹高難取，南人用鹽擦，則其子自落，今南人取橄欖雖不然，然猶有此語也，東坡遂用其事。正如南海子魚出於莆田通應王祠，前者味最勝，詩人遂云『通印子魚猶帶骨』，又云『子魚俎上通三印』，蓋亦傳者之訛也。世只疑『紅鹽』二字以爲别有故事，不知此即本草論鹽有數種，北海青，南海赤，橄欖生於南海，故用紅鹽也。又，太平廣記云：『交河之間平磧中，掘數尺，有末鹽紅紫色，鮮，味甘。』本朝建炎間，亦有貢紅鹽者。『紅鹽』字雅，宜用之。」

〔七〕脱屣：漢書郊祀志上：「誠得如黄帝，吾視去妻子如脱屣耳。」顔師古注：「屣，小履。脱屣者，言其便易，無所顧也。」

〔八〕冉：通「髯」。

〔九〕岩電：南朝宋劉義慶世説新語容止：「裴令公目王安豐『眼爛爛如岩下電』。」劉孝標注：「王戎形狀短小，而目甚清炤，視日不眩。」喻人目光炯炯有神。

〔一〇〕蜀客：指廖永亭，因其爲蜀人。

同人説塞下事，因懷情田〔一〕

送子沱江〔二〕去，春風又落梅。吟囱閑丫鳥，行迹長莓苔。性與憂危習，時難浩蕩回。何當騎父馬〔三〕，同上李陵臺〔四〕。

【繫年】

詩道光十一年（一八三一）春作於揚州。

【注釋】

〔一〕情田：浦承恩，字情田，一字君錫。參文卷二玉玲瓏館詩集序注釋〔一〕。

〔二〕沱江：長江支流，在四川。

〔三〕父馬：雄馬。漢書食貨志上：「乘牸牝者，擯而不得會聚。」顔師古注引三國魏孟康曰：「皆乘父馬，有牝馬間其間則踶齧，故斥出不得會同。」

〔四〕李陵臺：漢李陵之墓。宋樂史太平寰宇記卷三八振武軍金河縣：「李陵臺，壘石爲之，在府北。單于探騎，多候于此。」

雜感

渌水朱闌四面華，欲醒卯酒〔一〕試新茶。數聲哀怨山陽笛〔二〕，獨鶴重尋處士家〔三〕。

雨雨風風作陗寒〔四〕，疏華冷蕊耐人看。尋常閤部祠〔五〕邊路，一種沈吟欲去難。

艇子輕浮擬石城〔六〕，詩人老去散鶯鶯〔七〕。當年錯把樊川〔八〕恨，也得笙歌寫太平。

蠹簡〔九〕誰薰薤葉香，十年賫〔一〇〕秀上高墻。丹鉛〔一一〕分落纖兒手，虛遣長恩〔一二〕伴法王〔一三〕。

絲管紛紛日易斜，塈茨丹雘〔一四〕漫相誇。空桐〔一五〕一幅歸誰某，剩與行人看落華。

倚醉扶輿〔一六〕作冶游，芙蓉凝露眼波秋。槮欂〔一七〕萬木當春病，豈合還登尺五樓〔一八〕。

微茫山色隔江青，雙塔〔一九〕全將倚蓋〔二〇〕擎。取次〔二一〕探丸〔二二〕來負郭〔二三〕，携柑何處覓鸝聽。〔二四〕

【繫年】

詩道光十一年（一八三一）春作於揚州。

【注釋】

〔一〕卯酒：早晨喝的酒。

〔二〕山陽笛：晉向秀經山陽舊居，聽到鄰人吹笛，不禁追念亡友嵇康、吕安，因作思舊賦。後因以「山陽笛」爲懷念故友的典實。

〔三〕宋沈括夢溪筆談卷十人事二：「林逋隱居杭州孤山，常畜兩鶴，縱之則飛入雲霄，盤旋久之，復入籠中。逋常泛小艇，游西湖諸寺。時有客至逋所居，則一童子出，應門，延客坐，爲開籠縱鶴。良久，逋必棹小艇而歸，蓋常以鶴飛爲驗也。逋高逸倨傲，多所學，惟不能棋，常謂人曰：『逋世間事皆能之，惟不能擔糞與著棋。』」後遂以「孤山鶴」爲吟咏隱逸之典。

〔四〕陗寒：峭寒，料峭的寒意，形容微寒。

〔五〕閣部祠：即史公祠，位於揚州梅花嶺畔、史可法路南端，内有明代史可法衣冠墓。

〔六〕樂府歌辭西曲歌：「莫愁在何處，莫愁石城西。艇子打兩槳，催送莫愁來。」

〔七〕宋蘇軾張子野年八十五尚聞賣妾述古作詩：「詩人老去鶯鶯在，公子歸來燕燕忙。」

〔八〕樊川：唐杜牧別業樊川在今陝西長安南，有樊川集，故稱。杜牧遣懷：「落魄江湖載酒行，楚腰纖細掌中輕。十年一覺揚州夢，赢得青樓薄幸名。」

〔九〕蠹簡：被蛀壞的書，此泛指破舊書籍。

〔一〇〕薋：蒺藜。

〔一一〕丹鉛：胭脂和鉛粉。

〔一二〕長恩：傳説中的書神名。明陶宗儀説郛卷三一引致虚雜俎：「司書鬼曰長恩，除夕呼其名而祭之，鼠不敢嚙，蠹魚不生。」

〔一三〕法王：佛教對釋迦牟尼的尊稱，亦借指高僧。

〔一四〕塈茨丹雘：尚書梓材：「惟曰：若稽田，既勤敷菑，惟其陳修，爲厥疆畎。若作室家，既勤垣墉，惟其塗塈茨。若作梓材，既勤樸斫，惟其塗丹雘。」塈茨，用泥塗飾茅草屋頂。丹雘，孔穎達疏：「雘是彩色之名，有青色者，有朱色者。」

〔一五〕空桐：同「空同」，虚無渾茫。

〔一六〕扶輿：後漢書宋均傳：「以疾上書乞免，詔除子條爲太子舍人，均自扶輿詣闕謝恩。」王先謙集解引沈欽韓曰：「扶輿蓋漢、晋人常言。晋山濤傳『遂扶輿還洛』，劉寔傳『遂自扶輿冒險而至』，皇甫謐傳『扶輿就道』，蓋勉强扶持之意。」

〔一七〕槮欑：欑槮。楚辭九辯：「萷欑槮之可哀兮，形銷鑠而瘀傷。」王逸注：「華葉已落，莖獨立也。」洪興祖補注：「樹長貌。」

〔一八〕尺五樓：清李斗揚州畫舫録卷十五岡西録：「尺五樓在九曲池西角坡上。大門在砲石橋路北。門内廳事三楹。西爲十八峰草堂。東爲延山亭。亭東爲尺五樓。樓後爲藥房。十八峰草堂謂黄山有十八峰。汪氏居黄山下。舊有是堂。因擇園内是屋名之。」

〔一九〕雙塔：位於揚州旌忠寺内。

〔二〇〕倚蓋：淮南子天文訓：「昔者共工與顓頊争爲帝，怒而觸不周之山，天柱折，地維絶。天傾西北，故日月星辰移焉；地不滿東南，故水潦塵埃歸焉。」後因以「倚蓋」比喻天的形狀。

〔二一〕取次：次第，依次。

〔二二〕探丸：探丸借客、探黑白，喻游俠殺人報仇。參詩卷一郯城注釋〔三〕。

〔二三〕負郭：亦作「負廓」。謂靠近城郭。

〔二四〕唐馮贄雲仙雜記卷二：「戴顒春携雙柑、斗酒，人問何之，曰：『往聽鸝聲。此俗耳針砭，詩腸鼓吹，汝知之乎？』」後遂用「雙柑斗酒」「雙柑」爲春日雅游的典故。

答葵如〔一〕見示落某㊀

寒勒春紅未遣歸，小囱初見蝶輕飛。隔年江路愁仍織，别館絲聲願恐違。風雨暫驚高士卧〔二〕，粉香終上玉人機〔三〕。廣平〔四〕賦手休閒却，聞道東皇〔五〕惜落暉。

【繫年】

詩道光十一年（一八三一）春作於揚州。

【校勘】

㊀「某」：求志堂存稿彙編本作「梅」。詩卷五雜感其五「誰某」之「某」，與「某」，均同「梅」。

【注釋】

〔一〕葵如：宋葵如。參詩卷四送宋葵如之楚注釋〔一〕。

〔二〕明高啓梅花九首其一：「雪滿山中高士卧，月明林下美人來。」

〔三〕玉人機：玉肌，此喻花瓣。宋蘇軾紅梅之一：「寒心未肯隨春態，酒暈無端上玉肌。」

〔四〕廣平：唐宋璟曾封廣平郡公。唐皮日休桃花賦序：「余嘗慕宋廣平之爲相，貞姿勁質，剛態毅狀，疑其鐵腸石心，不解吐婉媚辭。然睹其文而有梅花賦，清便富艷，得南朝徐庾體，殊不類其爲人也。」後因引爲咏梅典故。

〔五〕東皇：司春之神。

舟中同葵如[一]、紹仔[二]

春色幾千里，緑楊無舊條。市聲喧暫隔，仙侶艷相招。日澹初開霧，風和①暗上潮。客心隨近遠，渺渺寄蘭橈。

【繫年】

詩道光十一年（一八三一）春作。

【校勘】

①「和」：求志堂存稿彙編本作「知」，蓋形近致訛。

【注釋】

〔一〕葵如：宋葵如。參詩卷四送宋葵如之楚注釋〔一〕。

〔二〕紹仔：李述來，字紹來、紹仔，江蘇常州人，李兆洛從弟。明經。工書，善墨梅。著有讀通鑑綱目條記二十卷。

朴山鍊師〔一〕之化，六朝梅先枯，重游隱仙〔二〕，慨然有作

老梅如瘦鶴，羽化立不腐。仙師騎之去，去作喬松〔三〕侶。雲房〔四〕蟄羅〔五〕罣，丹竈苔衣厚。棋殘金井劫〔六〕，琴斷悲絲〔七〕譜。返魂〔八〕時未至，旁植庶云補？媚骨發稚條，焉能作門户？勞生諒有涯〔九〕，感化代先後。入山志久決，失伴豈中沮？浩浩交滄州〔一〇〕，依依向農圃。涉物浮雲翔，攖心繫匏苦〔一一〕。薨薨〔一二〕蒼蠅聲，樊棘〔一三〕盈下土。

【繫年】

詩道光十一年（一八三一）三月作於南京隱仙庵。

【注釋】

〔一〕朴山鍊師：清李斗揚州畫舫録卷三新城北録上：「王至淳。字樸山。江寧隱賢庵羽士。幼工詩。書法如米襄陽。公招之來揚州。唱和靡倦。」清莫祥芝甘紹盤修、清汪士鐸等纂道光上江兩縣志同治十三年刻本卷十二中：「隱仙庵道士王至湻，江上吟草。」民國徐世昌輯晚晴簃詩匯民國十八年退耕堂刻本卷六十三：「王至湻，字樸山，住江寧隱仙庵，有清凉山房詩概。詩話：樸山所居隱仙庵，即陶貞白所謂陶谷，有梅、桂各一，傳爲

六朝時物。梅枯桂萎，樸山亦蜕去。朱嶽雲刻其詩，湯雨生都督題其首，云：『庭花半似爛樵柯，舌本留甘記穆陀。猶有陽都酒家女，犢褌灑淚鬢雙皤。元真童子亦霜髭，寂寞珠簾鶴守祠。落翮山頭頻悵望，玉臺誰領八霞司？充棟靈書脈望肥，輪君游戲石榴皮。桂漿芝髓無窮味，盡在清涼一卷詩。』」

〔二〕隱仙：隱仙庵，又作隱賢庵。清莫祥芝甘紹盤修、清汪士鐸等纂道光上江兩縣志同治十三年刻本卷五：「右西北第十三甲：虎踞關。有隱仙庵，老桂參天，有生意，相傳爲六朝時種。又有全真堂，今并廢。其西北高岡，舊有書堂，洪武中建，教故武臣子弟，亦名武學堂，見金陵詩匯。」

〔三〕喬松：王子喬、赤松子。

〔四〕雲房：僧、道或隱者所居之處。

〔五〕蝥羅：蝥網，蜘蛛網。

〔六〕金井劫：也稱「三劫迴圈」「三劫連環」「三劫局」。圍棋術語。對局中同時存在三處有關全域勝負的劫爭。在雙方互不相讓的情況下，一般作和棋處理。

〔七〕悲絲：悲哀的弦樂聲。

〔八〕返魂：梅花一歲再開。宋蘇軾岐亭道上見梅花戲贈季常：「蕙死蘭枯菊亦摧，返魂香入嶺頭梅。」

〔九〕莊子大宗師：「夫大塊載我以形，勞我以生，佚我以老，息我以死。」莊子養生主：「吾生也有涯，而知也無涯。」

〔一〇〕滄州：濱水的地方，古時常用以稱隱士的居處。

〔一一〕繫匏苦：論語陽貨：「吾豈匏瓜也哉，焉能繫而不食？」匏瓜味苦，故繫置不用。後用「繫匏」比喻隱居未仕或棄置閑散。

〔一二〕薨薨：衆蟲齊飛聲。詩經周南螽斯：「螽斯羽，薨薨兮。」

〔一三〕樊棘：詩經小雅青蠅：「營營青蠅，止於樊。……營營青蠅，止於棘。」

隱仙庵海棠

珠劍〔一〕星冠〔二〕侍玉清〔三〕，絳綃〔四〕衣動海霞明。人間紅雨〔五〕迷春睡，香有香無誤幾生。

【繫年】

詩道光十一年（一八三一）三月作於南京隱仙庵。

【注釋】

〔一〕珠劍：道士將篆文、道文、北斗七星刻於劍身之上，製成法劍。因其上有北斗七星，故又稱珠劍。此喻海棠花蕊。

〔二〕星冠：道士所戴的帽子，上有七星圖案，此喻海棠花瓣。

〔三〕玉清：如玉之清，喻潔凈高雅。南朝梁江淹蓮花賦：「蕊金光而絶色，藕冰拆而玉清。」

〔四〕絳綃：紅色綃絹。晉郭璞游仙詩之十：「振髮晞翠霞，解褐被絳綃。」

〔五〕紅雨：喻落花。唐李賀將進酒：「况是青春日將暮，桃花亂落如紅雨。」

同人半山寺小集

三月十二日，自春水園登舟，晚泊上河，作同人半山寺小集詩一首。半山寺在故明宫城厚載門外，大城朝陽門北，太平門東，鍾山之麓。青溪穿城入，下有銅溝〔一〕卬出爲跑突〔二〕，城外則前湖也。相傳爲荆公〔三〕半山園故址。有二柏，猶公手植云。溪自北來，環寺四面。寺東小屋兩三楹，繚以短垣，水穿垣，活活〔四〕鳴砌側。垣外小山叢石，苔蘚蒼潤。城中多山少泉，以此爲勝。寺本馬王廟，勒公耐溪〔五〕始築斯室，今奎固山益之光〔六〕，其哲嗣也，風雅好客甚。十日，余訪程祭酒春海恩澤〔七〕説如此。十一日，遂招同人于此言别，至者春海、鄦樓〔八〕、均之〔九〕，後來者益之，期而有故未來者伯言〔一〇〕、慎之〔一一〕、叔安〔一二〕也。積雨初霽，夕陽宵月，采色佳妙，坐賞淹久，更定後，同過益之晚翠園。園在後門内，南西行不半里，老樹森然，堂下多枇杷，琴書華藥堆案，羅階啜茗而散，相期各賦一詩，歸索筆研，則已在舟中矣。

半山故宅在白浦，北倚東冶城，今朝天宫是也。北宋建康治石頭，自石頭抵鍾山十四里，故至東冶，適得其半。今寺在鍾山之麓，决非捨宅所爲。公里居，聞將復召，遂舍宅。既而不果召，意舍宅後别構此園，因襲舊稱歟。公决泄玄武湖水，使民佃之，湖遂涸廢。而白浦多水患，雖經鑿治，宣諸秦淮，然黄梅細雨，輒唤奈何。蓋前後兩湖儲蓄山水，地勢使然，不可以人力改。後湖即玄武湖，今水由覆舟、鷄籠兩山間穿城入，亦用銅溝作跑突。

舒王〔一三〕既舍宅，却就鍾山麓。言尋青溪原，游勝始一曲。珍石峙其左，文質參紫緑。鏘然環階除，寂韻奏琴築。爾來七百載，萬事皆反覆。牛山〔一四〕郊則童，豈暇問松竹？惟餘手植柏，藴釀類有蓄。一本何軒渠〔一五〕，挺立意態足。一本乃側媚〔一六〕，狙伺〔一七〕肘腋伏。當公秉鈞〔一八〕日，頤指〔一九〕誰敢觸？僉夫〔二〇〕玩諸掌，兆姓〔二一〕誹以腹。歸來有餘悔，遺象〔二二〕寫喬木。耐溪飾廢址，結構溪上屋。益之能嗣音〔二三〕，望客每蒿目〔二四〕。翩然集勝侶，坐月屏樺燭〔二五〕。是時積雨霽，水月彌衍〔二六〕滀。翻憐白浦居，愁見黄梅孰。餘波泄玄武，無乃徒自酷。脱羈意已遠，千里舉鴻鵠〔二七〕。相期賞素秋，盍種城頭菊。

【繫年】

詩道光十一年（一八三一）三月十二日作於南京半山寺。

【注釋】

〔一〕銅溝：銅鑄的溝渠。南朝梁任昉述異記卷上：「吴王於宫中作海靈館、館娃閣，銅溝玉檻，宫之楹檻珠玉飾之。」

〔二〕跑突：湧泉。

〔三〕荆公：宋王安石（一〇二一—一〇八六）封荆國公，卒後謚號文，世稱王荆公、王文公、王荆文公。

〔四〕活活：詩經衛風碩人：「河水洋洋，北流活活。」馬瑞辰通釋：「傳：流也。當爲流貌，形近之訛。説文：活，流聲也。亦當作流貌。」

〔五〕勒公耐溪：清袁枚隨園詩話補遺卷一〇：「滿洲王公耐溪敬作江寧固山府，好賢禮士。金陵詩人蔡芷衫、曹淡泉、余秋農諸人，俱從之游。詩才清妙，雅有唐音。今春，袖其稿來。秦淮泛舟云：『青鬢雅小發垂鬟，戲倚雕欄學語嬌。最是繫人幽興處，絳紗窗裏篆烟飄。』贈詩會諸友云：『錦繡篇成妙入神，西園清夜絶微塵。歸遲莫慮無燈月，自有文光照見人。』」

〔六〕奎固山益之光：奎光，字益之。清史稿諸臣封爵世表四：「奎光，慶善子。同治二年襲。匯泉，奎光子。光緒三十四年襲。」清陳作霖可園詩話：「王益之佐領奎光，八旗營長也。居駐防城北，宅近謝公墩青溪一曲處也，乃營别墅于旁，額曰半山堂，蒔花種竹，招集賓朋，爲文酒之會，綽有儒將風度。介孫州牧贈以詩云云……今其址爲半山寺焉。」清湯貽汾琴隱園詩集同治十三年曹士虎刻本卷三十六王益之奎光固山招飲半山寺，寺爲益之别業：「謝公墩畔路，蘭若亦翛然。落葉和雲掃，流泉帶雨煎。多君能愛客，每醉必題箋。作宦誰如樂，林棲有俸錢。」清蔣啓勳、趙佑宸修，清汪士鐸等纂同治續纂江寧府志道光七年刻本卷十四之十上人物駐防：「奎光，號益之，官協領。性好山水，賦詩自娱。嘗于王荆公半山園築韜光别墅。城陷，闔門從容赴義。」

〔七〕程祭酒春海恩澤：程恩澤（一七八五—一八三七），字雲芬，號春海，安徽歙縣人。嘉慶十六年進士，官至户部侍郎。熟通六藝，善考據，工詩，近代宋詩運動之提倡者。著有戰國策地名考、程侍郎遺集。可參沙玉偉程恩澤研究，暨南大學二〇一〇年碩士論文。

〔八〕鄰樓：汪度，字鄰樓，一字南莊，號白也，又號留芳，上元今屬南京人，諸生，有玉山堂詞。參南京師範大學江蘇省藝文志南京卷，江蘇人民出版社，一九九五年版，第六九三頁。清張德瀛詞徵卷五評嘉道以還詞：「汪白也度詞，如黑净登壇，直露本色。」

〔九〕均之：汪正鋆，字均之，鈞之，號集園。參文卷二宋隱山傳注釋〔三〕。

〔一〇〕伯言：梅曾亮（一七八六—一八五六），字伯言。參詩卷四贈浦情田都尉，時值初度注釋〔一〇〕。

〔一一〕慎之：生平不詳。

〔一二〕叔安：陳宇，字叔安。參詩卷七送叔安之雷州注釋〔一〕。

〔一三〕舒王：宋政和三年（一一一三）詔封王安石舒王。

〔一四〕牛山：南京牛首山。

〔一五〕軒渠：歡悦貌，笑貌。

〔一六〕側媚：尚書冏命：「慎簡乃僚，無以巧言令色，便辟側媚。」孔穎達疏：「側媚者，爲僻側之事以求媚於君。」

〔一七〕狙伺：伏伺，覬覦。

〔一八〕秉鈞：執政。鈞，製陶器所用的轉輪。

〔一九〕頤指：動動下巴來示意或指揮，形容權勢者的傲慢。

〔二〇〕僉夫：衆人。

〔二一〕兆姓：兆民。

〔二二〕遺象：前代事物留傳下來的形狀、式樣。

〔二三〕陳詒紱金陵園墅志卷上：「韜光別墅，在半山寺側。江寧駐防奎光字益之園。園有半山泉。」

〔二四〕蒿目：極目遠望。莊子駢拇：「今世之仁人，蒿目而憂世之患。」

〔二五〕樺燭：清吴偉業贈吴永調之一：「相逢萬事從頭問，樺燭三條見淚痕。」清吴翌鳳注：「玉篇：『樺木皮可以爲燭。』程大昌演繁露：『古燭未知用蠟，直以薪蒸，即是燒柴取明耳。或亦剥樺皮爇之。』」

〔二六〕彌衍：後漢書虞延傳：「司徒玉况辟焉。」李賢注引謝承書：「永平十五年，蝗蟲起泰山，彌衍兖豫，過陳留界，飛逝不集，五穀獨豐。」蔓延，滿溢。

〔二七〕漢劉邦鴻鵠歌：「鴻鵠高飛，一舉千里。羽翼已就，橫絶四海。橫絶四海，又可奈何。雖有繒繳，將安所施？」

歷陽〔一〕舟中寄集園〔二〕兼呈春海〔三〕、鄴樓〔四〕

十三日，東北風，陰，晨發上河。午後小雨。晚轉西風，泊西岸太陽河。三更後有月。上河即白板橋，亦名板橋浦。

自石頭西南行，十里查浦，十里新亭，三里新林。新亭西北爲蔡州，新林西北爲白鷺州，二州相首尾也。十二里板橋浦，十七里下三山，三里江寧鎮。十里栗州，州上有山，形如栗，名曰栗山，州因以名。四十里慈姥山，山産簫管，一名鼓吹山。下有慈姥溪，與太平府當塗縣接境，蓋慈湖之餘流也，今名和尚港。橫山在其南，周八十里，兩屬江寧、太平。楚子重伐吴取鳩兹，至衡山是也。〔五〕五里馬鞍山，屬當塗。十里采石，三十里，泊。

太陽河源出瀝湖，在和州南二十里入江。牛屯河源出巢湖，在和州南四十里入江。與牛渚相對，則太陽河應在牛屯河東北二十里。今所泊處，距西梁山僅十里，在牛屯河口西南已三十里，其非太陽河，明甚。

銅城堰爲牛屯河上原，其南支爲三叉河，在牛屯西南，裕溪東北，然則今泊處，正是三叉河，俗呼訛爾？

十四日晨，發太陽河，西風，大霧，望東西梁山若浮水中。日高霧散，十里西梁山，二十五里七磯，七里驛磯山，二里赭山，五里蕪湖縣，泊。

東梁山亦曰博望。博望東有夾江，下采石曰大信河，亦曰南浦。牛渚在采石下游里許，自牛屯河徑度者，取牛渚；自上流邪度者多入南浦，趣采石、博望。稍南有褐山，即入蕪湖界矣。七磯，今名四合山。江寧之險，上據采石，下據燕子磯、石頭城，今南浦成坦塗，上流之險已失。蔡州西消東長，直傍東岸，州尾遮燕子磯，外五里石頭，更在平陸，下流之險又失。登臨覽觀，求古兵家决勝遺迹，皆茫然無可把捉矣。

楊林度〔六〕口烟波闊，博望山頭黛色新。平世關津空設險，扁舟風雨欲傷春。披圖讀史消殘酒，剪燭題詩與故人。屈指牡丹時節到，中年絲竹若爲親。

【繫年】

詩道光十一年（一八三一）三月十三日作於和縣舟中。

【注釋】

〔一〕曆陽：今安徽和縣。

〔二〕集園：汪正鋆，字均之，鈞之，號集園。參文卷二宋隱山傳注釋〔三〕。

〔三〕春海：程恩澤（一七八五—一八三七）號春海。參詩卷五同人半山寺小集注釋〔七〕。

〔四〕鄰樓：汪度，字鄰樓。參詩卷五同人半山寺小集注釋〔八〕。

〔五〕左傳襄公三年：「三年，春，楚子重伐吴，爲簡之師。克鳩兹，至于衡山。」子重（？—前五七〇），芈姓，熊氏，名嬰齊，字子重，楚穆王之子，楚莊王之弟，楚共王叔父，春秋時楚國令尹。

〔六〕楊林度：一作楊林口、楊林河口。在今安徽和縣東長江邊。南宋紹興三十一年（一一六一），虞允文大破金人於采石，又屯舟師於楊林河口，即此。

魯港〔一〕夜泊

十五日，南風，晴，巳刻發蕪湖。十五里魯港，泊。魯港，魯明江之下流也。其原即寧國府境内之青弋江，别承丹陽湖分泄之水，西北入江。港東北八里有蟂磯。又東北二里有戰鳥山，一名孤圻，皆孤立江中。舊志云：蟂磯高十丈，周九畝有奇，往來者皆經其下。磯南有石穴，廣一丈，深不可測，老蛟窟也。今二山并淪江中，無所見矣。西岸有廟，祀蜀先主孫夫人，俗亦呼蟂磯廟。意江勢東徙，磯遂連西岸耳。自褐山至魯港五十五里，河口巡司戍之，與繁昌縣交界。而紀要：蕪湖縣，大江上接繁昌，下接當塗，僅四十里。道里不符，意中流徑直，溯岸迂回之故歟。

春老鳩茲路，停舟問魯明。神蟂潛有窟，戰鳥去無聲。事往潮痕改，愁多月魄生。茲宵懷浩蕩，幾處故人情。

【繫年】

詩道光十一年（一八三一）三月十五日作於蕪湖魯港舟中。

【注釋】

〔一〕魯港：在今安徽蕪湖。明曹學佺明一統名勝志太平府志勝蕪湖縣：「魯明江在縣西南三十里，與繁昌分界。舊魯明仲居江邊，至今名魯港。……一名魯明港，出石硊河也。」

繁昌舊縣藤華哥

十六日，東南風，晴，五鼓發魯港。十里螃蟹磯，二十里三山磯，入三山夾三十里，又入舊縣夾十里，凡四十里舊縣〔一〕，西南風緊，泊。

三山夾外爲虎檻州，長可三十里，直今繁昌縣北通江。三山自西南而東北，磯應在北支。今北支外圩田數里，惟夾内有小磯三，時多伏水中，冬涸乃見，舟人呼爲牛婆磯，蓋虎檻州尾北指三山，因而掛淤也。三山東南有山，綿亘可六七十里，形勢類九華而小，蓋寧國府南陵縣之工山。

舊縣本名赭圻，桓温始築，後爲南陵戍，六朝江州之極邊也。梁武帝因舊戍，置南陵縣治此，西值無爲州之柵口，南北皆小山盤紆，意大小陽山之支也。北名磕山，一名孤山，一名蜃居山。又北有黄石磯，今皆成夾内平陸。又北有老山，一名姥山，三峰入江，今淪江中。

言登磕山，紫藤四帀。高下隨宜，野艷可賞。笑咏方洽，北風揚沙。殷濤鳴雷，疊浪噴雪。千舟簸蕩，萬夫叫號。夏王己溺，其誰手援？〔二〕温國先憂〔三〕，使我心惻。蒿目〔四〕移時，綈纚〔五〕甫定，作歌一首。

遠風樓前紫鳳舞，歲歲開尊斟緑醑〔六〕。今年鳳羽方縭縰〔七〕，主人别華華淚垂。培根剪蔓出一手，悉護那不如嬰兒。濃歡艷賞苦不足，却向江頭買𦪇𦩍〔八〕。華魂闇逐春潮上，赭圻城畔連林〔九〕放。老樹馮生綴錦枝，疏籬對出連珠帳〔一〇〕。是時風日暄且妍，解衣磅礴〔一一〕臨船舷。憶華便是對華飲，豈必藉草〔一二〕當華前。人聲忽共江聲沸，白沙〔一三〕北望茫無際。波面初騰戊午〔一四〕魚，津邊競度壬申〔一五〕驥。大船峨峨帆勢側，石走秦鞭〔一六〕壓濤黑。小船拗怒〔一七〕乍有無，野雁避人没復出。千篙萬篙争一港，鹿角車〔一八〕前施白棓〔一九〕。長年觳觫〔二〇〕守纜橛，索綯〔二一〕猴狙〔二二〕縶其項。一船未到猶怦怦〔二三〕，粟肌〔二四〕鵠立〔二五〕心縣旌〔二六〕。奪珠龍頷〔二七〕竟入手，相與都復無平生。篷囱兀坐忽自笑，憂樂無端向誰告？誰遣輕拋宛轉華，誰將遠涉零丁〔二八〕道？故園一夜風吹雨，歸夢還應逐華去。明歲開時不負君，爲君重賦江頭〔二九〕句。

【繫年】

詩道光十一年（一八三一）三月十六日作於緐昌。

【注釋】

〔一〕舊縣：舊縣鎮，一稱縣市鎮。在今安徽繁昌西北四十里新港鎮。五代南唐繁昌縣治此。明天順初遷今繁昌縣，遂改名舊縣鎮。清顧祖禹讀史方輿紀要卷二十七南直九太平府繁昌縣：「縣市鎮，在縣西四十里，稍北即舊縣治也。志云：舊縣治後山，絶頂上有縹緲臺，下臨大江，與濡須津相對，宋熙寧中易名曰表裏江上臺。」

〔二〕孟子離婁下：「禹思天下有溺者，由己溺之也；稷思天下有飢者，由己飢之也，是以如是其急也。」後因以「己溺己飢」或「己飢己溺」謂視人民的疾苦是由自己所造成，因此解除他們的痛苦是自己不可推卸的責任。周濟介存齋論詞雜著：「或己溺己飢，或獨清獨醒，隨其人之性情學問境地，莫不有由衷之言。」

〔三〕宋史司馬光傳：「詔刺陝西義勇二十萬，民情驚撓，而紀律疏略不可用。光抗言其非，持白韓琦。琦曰：『兵貴先聲，諒祚方桀驁，使驟聞益兵二十萬，豈不震懾？』光曰：『兵之貴先聲，爲無其實也，獨可欺之於一日之間耳。今吾雖益兵，實不可用，不過十日，彼將知其詳，尚何懼？』琦曰：『君但見慶曆間鄉兵刺爲保捷，憂今復然，已降敕榜與民約，永不充軍戍邊矣。』光曰：『朝廷嘗失信，民未敢以爲然，雖光亦不能不疑也。』琦曰：『吾在此，君無憂。』光曰：『公長在此地，可也；異日他人當位，因公見兵，用之運糧戍邊，反掌間事耳。』琦嘿然，而訖不爲止。不十年，皆如光慮。」司馬光卒後贈温國公，故稱。

〔四〕蒿目：極目遠望。

〔五〕紼纚：詩經小雅采菽：「泛泛楊舟，紼纚維之。」毛傳：「紼，繂也；纚，緌也。」鄭玄箋：「舟人以紼繫其緌以制行之。」

〔六〕緑醑：緑色美酒。

〔七〕縭縰：亦作「離蓰」「離褷」「離莼」「離纚」「離縰」。文選木華海賦：「鳧雛離褷，鶴子淋滲。」張銑注：「離褷、淋滲，毛羽初生貌。」

〔八〕𦪗𦪇：𦨴𦪇。清洪亮吉洪亮吉集中華書局二〇〇一年版卷第三釋舟：「又謂之𦨴𦪇。廣雅：『𦨴𦪇，舟也。』玉篇同。集韻：『𦨴𦪇，大艑也。』北堂書鈔：『豫章城西有𦨴𦪇洲，水經注作谷鹿。即呂蒙作𦨴𦪇大艑處。』按吴志：『呂蒙襲關羽，至尋陽，盡伏其精兵于𦪗𦪇中。』是𦨴𦪇又通作𦪗𦪇。又稱楊泉物理論：『夫工匠經涉河海，爲舸䑽以浮大川。』通異名。太平御覽稱雜字解詁曰：『舸䑽，雜船也。』」

〔九〕連林：宋李昉等太平御覽卷五六引續述征記：「菟頭峴雖無峭嶮，然連林脩坂，數十里中，行者固亦密勿矣。」

〔一〇〕連珠帳：唐蘇鶚杜陽雜編卷下：「堂中設連珠之帳，却寒之簾。……連珠帳，續真珠爲之也。」

〔一一〕解衣磅礴：解衣般礴。莊子田子方：「宋元君將畫圖，衆史皆至，受揖而立，舐筆和墨，在外者半。有一史後至者，儃儃然不趨，受揖不立，因之舍。公使人視之，則解衣般礴裸。君曰：『可矣，是真畫者也。』」指神閑意定，不拘形迹。後亦指行爲隨便，不受拘束。

〔一二〕藉草：以草薦地而坐。

〔一三〕白沙：白沙圩。現位於安徽蕪湖陶辛鎮境内，灣沚鎮之西、南、西兩面與南陵接壤。

〔一四〕戊午：嘉慶三年（一七九八）。

〔一五〕壬申：嘉慶十七年（一八一二）。

〔一六〕石走秦鞭：用神人鞭石助秦始皇造橋之典，喻帝業天成，神助其功。參詩卷二漫興「炎漢失統紀」注釋〔一二〕。

〔一七〕怒：怒濤。

〔一八〕鹿角車：兵車名。架戈、戟於車前，形同鹿角，故名。

〔一九〕白棓：亦作「白棒」。大棍，大杖。

〔二〇〕觳觫：觳觫。孟子梁惠王上：「王曰：『舍之。吾不忍其觳觫，若無罪而就死地。』」趙岐注：「觳觫，牛當到死地處恐貌。」

〔二一〕 絹：以索罥物。

〔二二〕 猴狙：同「狙候」。伏伺，覰覰。

〔二三〕 怦怦：楚辭九辯：「私自憐兮何極，心怦怦兮諒直。」朱熹集注：「怦怦，心急貌。」

〔二四〕 粟肌：肌粟。因遇驚恐或寒冷而在皮膚上隆起小疙瘩。

〔二五〕 鵠立：像鵠一樣引頸而立，形容直立。

〔二六〕 心縣旌：戰國策楚策一：「寡人卧不安席，食不甘味，心摇摇如懸旌，而無所終薄。」喻不寧静的心神。

〔二七〕 奪珠龍頷：莊子列御寇：「夫千金之珠，必在九重之淵，而驪龍頷下。」

〔二八〕 零丁：孤獨無依貌。

〔二九〕 江頭：唐杜甫哀江頭，安史亂後，杜甫見曲江殘破，感嘆昔盛今衰，遂作此詩以致哀惋。

始識少伯〔一〕于葵如〔二〕寓齋，雨後同游齊山

十七日，東北風稍和，微雨午止，晨發舊縣。十里板子磯，磯在江中，蓋鑿其東以通船、辟險也。舊縣夾至此而盡。五里黄石磯，二磯皆大小陽山支也。過磯即荻港，與池州府銅陵縣交界，有河口巡司戍之。三十里入胭脂夾，夾外丁溪諸州。二十里羊山磯，有度，磯今不可見。十里丁家州口。十里鵲頭山，山今不可見。五里石碧磯，一名五霞洞。五里銅陵縣，江行自石頭趣西南，至此折而西。十里銅官渚，俗呼下港；十里雙塘：皆可泊。十里羊山磯，十里大通，泊巡司戍焉，與貴池縣交界。自石碧磯至大通、銅官，及石門、天

門諸山，內疊秀嶂，外施平岡，沿江四五十里，綿綿無少缺。

鵲頭因山置鎮，唐屬宣城南陵縣。山在州頭，下爲鵲尾。州屬繁昌縣，在荻港西南，俗名羊夾沙鎮。鵲頭山至州尾七十里，紀要引唐志并説如此。今荻港西南三十里內無州，直至胭支夾外，有丁溪、錢溪、小蕪、新湧、千斤、白沙、曹□、橫港、下荷葉九州。再上則貴池之上荷葉州矣。別無長七十里、能與銅陵北十里鵲頭山相爲首尾之州，今古不同如此。

胭脂夾，舟人呼銅陵夾；丁溪州呼支沙州。進夾南行十里，又折而東北行亦十里，乃復南行，蓋隨江勢曲折云。胭支夾至五霞洞而盡，山土純赤，意夾由此得名也。大通復有夾，至上荷葉州而盡。

十八日，東北風，陰，晨發大通。十里五埠溝。十里梅根港，一名錢溪，六朝采銅官山銅，於此冶鑄，江流最狹。十五里麻布蓼，俗呼郭港。自梅根至此，沿江皆小山相連，過郭港無山矣。十五里池口，小山連綿，伯牙[三]爲勝。是日，泊青溪塔下，入城訪宋葵如，登城望齊山，與同游瞻南，壽君説地形，壽君因説張少伯在池。余與少伯通問十三年不得一見，聞之狂喜，即過其寓，已他出矣。是夕少伯來，月色皎潔，丙夜乃去，約明日同游齊山，余因就葵如寓齋宿。

池，舊説即江，别爲沱字，因有謂江由池口入，合青弋江下注震澤爲中江。今阻於東壩者，蓋沿水經注「江入池口」「入」字之誤。池州諸山與寧國接境，山脊中起，山水兩分，出池口者爲秋浦、青溪等河，入震澤者爲青弋江。東壩築後，青弋江水由魯港出，與池口隔山，無相通理。

池口西四十里有五山夾口，或江水由此進潮下出池口，因蒙江別之名。然五山夾另有來源，亦非江水入處。

十九日游齊山。池府諸山，青陽之九華最著，次則貴池之太僕。太僕下有小山，伏地蜿蜒，在府城南三四里，回面南向，與府城南門相背者，齊山也。山北有湖，水未盛，皆葑草，或方罫爲菱，田中有土埂，夾樹垂楊，故人盧湘查〔四〕宰邑時所植也。是日晨雨，葵如不果，偕少伯及余笋輿〔五〕以往，壽、江二君張蓋箬屐先。余甥維熙、猶子〔六〕仲虞、兒子榕皆在舟中，以雨不獲從。山多奇石澗洞，平坦處輒有寺宇，多頹敗。惟漫岩三椽可坐，陗壁數仞，清泉下瀠，老桂雙盤，叢筱〔七〕四合。小憩，復登摩崖刻石，詩記題名甚多，惟樊川〔八〕及鄂王〔九〕二詩最傳誦。有「齊山」二大隸，徑尺半，云包孝肅〔一〇〕守池時所書也。山頂亦可望江及九華。天陰，九華不可見。少伯七十一歲，躡複履，陟峻阻，輕捷如猿，公叫號笑呼，野性相悦，以此人服。卑官治鋭事數十年，歷升階無岨峿〔一一〕，想見上流諸公契賞風雅矣。然少伯吏能卓犖，所至得民〔一二〕取辨〔一三〕，非徒弄筆墨、稱名士如畫餅者。得絶句四，五古一。

暮歸葵如寓齋。太守周午亭炳〔一四〕先以二詩見投。太守開元〔一五〕籍，隸漢軍。其先諱有德者，康熙間箸戰功督雲貴。相傳系出江南，明世官指揮，而無譜牒可考。余家譜載始遷祖傳八公自定遠從明將湯公和度江下常州宜興，蓋鄉郡也，因家焉。論功，得世襲指揮。有弟傳九公，永樂中遷遼東，隸軍籍，無子，先以義子張添兒嗣。爲人所訐，乃嗣傳八公子，厥後往遼，因家焉者數支。〔一六〕開元周氏自此始。以譜訂之，午亭爲傳九公後無疑，作詩述家世報之。

十萬松園十萬松，十三年夢太怱怱。沱江〔一七〕秉燭相携看，鬢髮朱顔是少翁。

便約登山訪翠微〔一八〕，瀟瀟晨雨競沖泥。漫岩不共臨川坐，刻燭〔一九〕應教別製題。

故人老去甘棠〔二〇〕在，萬樹垂楊向晚風。飛絮飛華三月暮，浮萍只在藕塘中。

山僧告我登山健，太守曾抛緑玉〔二一〕來。定是而今無杜牧，罪言〔二二〕焚草〔二三〕向西臺〔二四〕。

【繫年】

詩道光十一年（一八三一）三月十八日作於安徽貴池。

【注釋】

〔一〕少伯：清何玉棻修、清魏式曾纂同治直隸澧州志同治八年刻本卷十七：「張宜尊字少伯，讀書嗜古通大義。尤工山水。在大癲、石田間。游京師，時名籍甚。出爲柘皋巡檢，洊陞鳳陽縣，攝全椒、含山、休寧等事，非其好也，種松十萬株於巢湖之上，誅茅爲屋，將以終老。陶文毅嘗贈以句云：『市隱廬江稱小吏，畫師摩詰是前身。』蓋紀實也。然雖不樂仕進，而勤於職事，遇農田水利有關閭閻弊病者，必竭力爲之。尤樂與諸生講解文藝，所至有聲績，民懷之。會上憲檄委署婺源縣，以勞歿於道，葬十萬松園之陽。」龔方緯清民兩代金石書畫史卷一張氏書畫名家附金石家：「張宜尊，號少白，又自號山人。湖南澧州人，嘉慶時官巢縣巡檢。畫山水以枯淡勝，好用皴法，少著色。其臨古必變化，不欲僅得其形似，故早年即以畫名于京師。詩無烟火氣，字得顛谷意，時稱三絕。」

〔二〕葵如：宋葵如。參詩卷四送宋葵如之楚注釋〔一〕。

〔三〕伯牙：百牙塔。在安徽貴池。

〔四〕盧湘查：盧元璨，字湘查，或作湘槎、湘艖。清何紹基光緒重修安徽通志光緒四年刻本卷一百四十四：「元璨字湘槎，江蘇元和拔貢，歷桐城、天長、貴池知縣。」

〔五〕筭輿：竹轎。

〔六〕猶子：禮記檀弓上：「喪服，兄弟之子，猶子也，蓋引而進之也。」本指喪服而言，謂爲己之子期，兄弟之子亦爲期。后因稱兄弟之子爲猶子。漢人稱爲從子。

〔七〕叢篠：茂密的小竹林。

〔八〕樊川：唐杜牧九日齊山登高：「江涵秋影雁初飛，與客携壺上翠微。塵世難逢開口笑，菊花須插滿頭歸。但將酩酊酬佳節，不用登臨恨落暉。古往今來只如此，牛山何必獨沾衣。」

〔九〕鄂王：南宋岳飛。池州翠微亭：「經年塵土滿征衣，特特尋芳上翠微。好水好山看不足，馬蹄催趁月明歸。」

〔一〇〕包孝肅：北宋包拯。

〔一一〕岨峿：不順當。

〔一二〕得民：周易屯：「以貴下賤，大得民也。」孔穎達疏：「屯難之世，民思其主之時，既能以貴下賤，所以大得民心也。」國語周語中：「罪不由晋，晋得其民。」韋昭注：「得民，得民心也。」

〔一三〕取辨：同「取辦」。置備，置辦。漢書王莽傳下：「乘傳使者經歷郡國，日且十輩，倉無見穀以給，傳車馬不能足，賦取道中車馬，取辦於民。」

〔一四〕周午亭炳：民國龍雲、盧漢修，周鍾嶽等纂民國新纂雲南通志民國三十八年鉛印本卷八十：「開化府志十卷。清周炳、萬重質同纂。周炳，字午亭，漢軍鑲紅旗人。官安平同知署府事。重質原名重勳，字久功，開化人，歲貢生。是書因湯大賓之舊而增修之，道光九年告成。道光志」同上卷一百八十五：「周炳字午亭，鑲紅旗漢軍人。生員。嘉慶二十一年任安平同知。先是，春秋祭祀，所用太牢，悉出自民間，胥役借端騷擾，爲閭閻害。炳知其弊，倡首捐資，置産業以備祭祀需，民免其累。复增修文廟，建奎閣，修開元書院，設義學膏火，置義度以濟行人。前後五任十有三年。政績爲一時最。岑志」

〔一五〕開元：雲南開遠。

〔一六〕山溪周氏宗譜卷一始祖傳八公傳略：「公姓周，諱嗣孝，字傳八。晉平西苗裔。父諱某，母氏某。舉九子，公行第八。……公篤於同氣，偕七兄九弟來宜。傳七公徙居邑東北周鐵橋，是爲周鐵橋周氏始遷祖。傳九公遠戍遼陽，占籍錦州。九公無子，嗣公孫憲，凡傳七世可考。」

〔一七〕沱江：説文解字：「沱，江别流也。」此蓋指池州池口也。

〔一八〕翠微：翠微亭。在安徽池州。

〔一九〕刻燭：分題刻燭。南史王僧孺傳：「竟陵王子良嘗夜集學士，刻燭爲詩，四韻者則刻一寸，以此爲率。文琰曰：『頓燒一寸燭，而成四韻詩，何難之有？』」

〔二〇〕甘棠：史記燕召公世家：「周武王之滅紂，封召公於北燕。……召公巡行鄉邑，有棠樹，决獄政事其下，自侯伯至庶人各得其所，無失職者。召公卒，而民人思召公之政，懷棠樹不敢伐，哥咏之，作甘棠之詩。」後遂以「甘棠」稱頌循吏的美政和遺愛。

〔二一〕緑玉：緑玉杖。傳説中仙人所用的手杖。

〔二二〕罪言：新唐書杜牧傳：「劉從諫守澤潞，何進滔據魏博，頗驕蹇不循法度。牧追咎長慶以來朝廷措置亡術，復失山東，鉅封劇鎮，所以繫天下輕重，不得承襲輕授，皆國家大事。嫌不當位而言，實有罪，故作罪言。」後因稱奏議或議論時政得失的文章爲「罪言」。

〔二三〕焚草：燒掉草稿，以示謹密。

〔二四〕西臺：宋陸游老學庵筆記卷六：「唐人本謂御史在長安者爲西臺，言其雄劇，以别分司東都，事見劇談録。本朝都汴，謂洛陽爲西京，亦置御史臺，至爲散地。以其在西京，亦號『西臺』，名同而實異也。」

游齊山同少伯貳尹〔一〕

疊石如疊浪，山水豈殊性。陡落成盤渦，古洞留仄徑。幽篁閑松桂，曲折相掩映。時時得平曠，遺址想禪定。摩崖刻詩記，石理比玉瑩。樊川擅跌宕〔二〕，武穆亦清勁〔三〕。文豪與儒將，卓犖誰敢并？散吏癖幽探，矍鑠駭鹿鋌〔四〕。西南横大江，一覽收絶頂。湖田草芊芊，種芰畫方井。長堤卧虹斷，垂柳弄烟暝。我游苦不蚤，焉足暢玄領〔五〕。太僕〔六〕連九華，山華正如錦。

【繫年】

詩道光十一年(一八三一)三月十八日作於安徽貴池。

【注釋】

〔一〕貳尹：縣令副職縣丞的别稱。

〔二〕跌宕：文筆、筆法豪放，富於變化。

〔三〕清勁：清秀有力。新唐書虞世南傳：「世基辭章清勁過世南，而贍博不及也。」

〔四〕鹿鋌：左傳文公十七年：「小國之事大國也，德，則其人也；不德，則其鹿也。鋌而走險，急何能擇！」後以「鹿鋌」比喻爲赴險犯難。清顧炎武答徐甥公肅書：「强者鹿鋌，弱者雉經。」

〔五〕玄領：高峻的山嶺。

〔六〕太僕：太僕山，在池州。

述祖酬池州家午亭太守

吾宗盛黄武〔一〕，并列東西支。東支衍椒聊〔二〕，忠孝鍾平西〔三〕。世兼文武資，三定江南危。義興爲特置，秦郡雄荆溪。〔四〕元綱弛不張，濠梁應讙虁。一摩下鄉郡，卜宅歸溪湄。〔五〕有弟偕樹勳，桓桓〔六〕如虎貔。徙豪實開大，錦州構新基。再世子猶子，皆自江南移。〔七〕煌煌常棣〔八〕華，南北交光輝。運鍾帝出震〔九〕，近悦先遠來〔一〇〕。滇南偉殊烈，竹帛於今垂。自從康熙後，淑問〔一一〕阻且回。南宗譜三續，不得聯音徽〔一二〕。比閭疏亦親，隔郡戚乃違。幼承過庭訓〔一三〕，惻惻〔一四〕恒在兹。池陽值賢守，遼潘爲門楣。欣然一問訊，藹藹〔一五〕不我遺。秣摧飫㊀我馬〔一六〕，瓊玖貽我詩〔一七〕。半刺未及投〔一八〕，百琲勞先施。將非念祖德，因以徵傳疑〔一九〕。我歸自齊山，剪燭三復之。何能待明發，援筆抒幽思。

【繫年】

詩道光十一年（一八三一）三月十八日作於安徽貴池。

【校勘】

㊀「飤」：求志堂存稿彙編本作「飲」，誤。蓋「飲」「飤」形近致訛。「飤」，「飼」也。

【注釋】

〔一〕黄武：三國孫權年號。

〔二〕椒聊：詩經唐風椒聊：「椒聊之實，蕃衍盈升。」毛傳：「椒聊，椒也。」朱熹集傳：「聊，語助也。」因椒子實蕃衍，故亦用以喻子孫衆多。

〔三〕平西：晋平西將軍周處。

〔四〕太安二年至永嘉四年（三〇三—三一〇），西晋周處子周玘（二五八—三一三）三興義兵平定江南叛亂。西晋朝廷爲表彰周玘之功，設置義興郡。宋太平興國元年（九七六），爲避趙光義諱，改爲宜興。

〔五〕述周氏始遷祖傳八公元末自定遠從湯和渡江下宜興，家是郡事。參山溪周氏宗譜卷一始祖傳八公傳略及始識少伯于葵如寓齋，雨後同游齊山小序。

〔六〕桓桓：尚書牧誓：「勗哉夫子！尚桓桓。」孔傳：「桓桓，武貌。」「摩」，當是「麾」之誤。

〔七〕述周氏永樂中遷遼東事。參山溪周氏宗譜卷一始祖傳八公傳略及前始識少伯于葵如寓齋，雨後同游齊山小序。

〔八〕常棣：詩經小雅常棣：「常棣之花，鄂不韡韡，凡今之人，莫如兄弟。」毛序：「常棣，燕兄弟也。」後因以常棣喻兄弟。

〔九〕帝出震：周易説卦：「揄平厤曭，纓厤覞，佤侂厤誼，糸瀼厤鏄，崎伻厤嫂，㶇厤杍，觔厤崖，韇伻厤鰖。」

〔一〇〕論語子路：「葉公問政，子曰：『近者説，遠者來。』」邢昺疏：「子曰：當施惠於近者，使之喜説，則遠者當慕化而來也。」後用「近悦遠來」形容政治清明，遠近歸附。

〔一一〕淑問：漢書匡衡傳：「道德弘於京師，淑問揚乎疆外。」顔師古注：「淑，善也；問，名也。」

〔一二〕音徽：文選陸機擬庭中有奇樹：「歡友蘭時往，迢迢匿音徽。」李周翰注：「音徽，言文章、書信。」

〔一三〕過庭訓：論語季氏：「鯉趨而過庭，曰：『學詩乎？』對曰：『未也。』『不學詩，無以言。』鯉退而學詩。他日又獨立，鯉趨而過庭，曰：『學禮乎？』對曰：『未也。』『不學禮，無以立。』鯉退而學禮。」後因以「過庭」指承受父訓或徑指父訓。

〔一四〕惻惻：後漢書張酺傳：「張酺前入侍講，屢有諫正，誾誾惻惻，出於誠心，可謂有史魚之風矣。」李賢注：「惻惻，懇切也。」

〔一五〕藹藹：温和貌，和氣貌。

〔一六〕詩經小雅鴛鴦：「乘馬在廐，摧之秣之。君子萬年，福禄艾之。乘馬在廐，秣之摧之。君子萬年，福禄綏之。」

〔一七〕詩經衛風木瓜：「投我以木瓜，報之以瓊玖。」毛傳：「瓊，玖，玉名。」

〔一八〕投刺：投遞名帖。

〔一九〕傳疑：穀梁傳莊公七年：「春秋著以傳著，疑以傳疑。」謂將自己認爲有疑義的問題如實告人。亦謂傳授有疑義的問題。

午亭招同葵如、少伯宴集桐陰桂影亭，臨别率賦

二十日，午亭來且招飲，詢知世與張氏爲婚姻。張亦隸漢軍，蓋即添兒〔一〕後，歸宗復姓也。午後過少伯劇談〔二〕，同登郡城眺遠。兒子輩游齊山，歸見少伯于城闉。

二十一日，赴午亭招，叙家世綦切〔三〕，晚止宿郡齋。

有風蕭騷〔四〕起天末，主客紛然問南北。主人願北客願南，主人欲留客欲發。主人問客何事歸，何不且探九華、七井〔五〕之靈奇？君家洞壑出人力，一卷豈足當崔巍？昨日齊山賞叢石，疊浪捎雲動千尺。秦鞭已擲向東海〔六〕，那遣初平當羊叱〔七〕。況復榆錢逐飛絮，定無酒債〔八〕悲歧路〔九〕。汗漫盧敖采蚴華〔一〇〕，從容惠子知儵趣〔一一〕。主人五馬〔一二〕作達官，檢點簿書終日閑。訟庭〔一三〕生草野雀下，居民耕鑿忘君賢。小閣藏真研山〔一四〕富，袖墨淋漓不嫌污。坐中磊落一時英，墻外椮梢百年樹。我歸必來期不遠，會向西囪燭重剪。飛廉〔一五〕聽客莫聽主，吹斷江頭五更雨。

【繫年】

詩道光十一年（一八三一）三月二十一日作於安徽貴池。

【注釋】

〔一〕添兒：張添兒。山溪周氏宗譜卷一吴孝恪恭圖譜跋：「傳九在遼籍、軍籍。傳九無子，以義男張添兒改名周文敏。添兒有二子，曰旺曰廿。此下無傳，則添兒絶矣。」參前始識少伯于葵如寓齋，雨後同游齊山小序。

〔二〕劇談：暢談。

〔三〕綦切：极切。

〔四〕蕭騷：風吹樹木之聲。

〔五〕七井：七井山，在今安徽石臺。

〔六〕參詩卷二漫興注釋〔二二〕。

〔七〕晋葛洪神仙傳卷二：「皇初平者，丹谿人也。年十五，而家使牧羊，有道士見其良謹，使將至金華山石室中四十餘年，忽然不復念家。其兄初起入山索初平，歷年不能得見，後在市中有道士，善卜，乃問之，曰：『吾有弟名初平，因令牧羊，失之，今四十餘年，不知死生所在，願道君爲占之。』道士曰：『金華山中有一牧羊兒，姓皇名初平，是卿弟非耶？』初起聞之驚喜，即隨道士去尋求，果得相見，兄弟悲喜，因問弟曰：『羊皆何在？』初平曰：『羊近在山東。』初起往視，了不見羊，但見白石無數，還謂初平曰：『山東無羊也。』初平曰：『羊在耳，但兒自不見之。』初平便乃俱往看之，乃叱曰：『羊起！』於是白石皆變爲羊數萬頭。」

〔八〕酒債：唐杜甫曲江之二：「酒債尋常行處有，人生七十古來稀。」

〔九〕悲歧路：淮南子説林訓：「楊子見逵路而哭之，爲其可以南可以北；墨子見練絲而泣之，爲其可以黄可以黑。」逵路，猶歧路。謂身臨歧路，容易迷失方向，是以感傷。

〔一〇〕淮南子道應訓：「盧敖游乎北海，經乎太陰，入乎玄闕，至於蒙穀之上，見一士焉，深目而玄鬢，淚注而鳶肩，豐上而殺下，軒軒然方迎風而舞。顧見盧敖，慢然下其臂，遯逃乎碑。盧敖就而視之，方倦龜殼而食蛤梨。盧敖與之語曰：『唯敖爲背群離黨，窮觀於六合之外者。非敖而已乎？敖幼而好游，至長不渝。周行四極，唯北陰之未闚。今卒睹夫子於是，子殆可與敖爲友乎？』若士者齤然而笑曰：『嘻！子中州之民，寧肯而遠至此，此猶光乎日月而載列星，陰陽之所行，四時之所生。其比乎不名之地，猶窔奥也。若我南游乎岡㝗之野，北息乎沉墨之鄉，西窮窅冥之黨，東開鴻濛之光。此其下無地而上無天，聽焉無聞，視焉無眴。此其外，猶有汰沃之氾。其餘一舉而千萬里，吾猶未能之在。今子游始於此，乃語窮觀，豈不亦遠哉！然子處矣！吾與汗漫期于九垓之外，吾不可以久駐。』若士舉臂而竦身，遂入雲中。盧敖仰而視之，弗見，乃止駕。柸治，悖若有喪也。」許慎注：「盧敖，燕人。秦始皇召以爲博士，使求神仙，亡而不返也。」蜐華，清屈大均廣東新語卷二十三介語蠃：「有指甲蠃，一名紫蜐。荀子：『東海有紫紶。』紶即蜐也。」一名石蜐，味甘鹹，能利小水。江淹謂：『石蜐有足翼，得春雨則生華。』郭璞謂：『石蜐應節而揚葩。』是也，味絶鮮美，虛損人以米酒同煮最補益。」

〔一一〕莊子秋水：「莊子與惠子游於濠梁之上。莊子曰：『鯈魚出游從容，是魚之樂也。』惠子曰：『子非魚，安知魚之樂？』莊子曰：『子非我，安知我不知魚之樂？』惠子曰：『我非子，固不知子矣；子固非魚矣，子之不知魚之樂全矣。』莊子曰：『請循其本。子曰「汝安知魚樂」云者，既已知吾知之而問我，我知之濠上也。』」

〔一二〕五馬：漢時太守乘坐的車用五匹馬駕轅，因借指太守的車駕。此代指太守。

〔一三〕訟庭：訟堂。舊時審理訴訟案件的場所。

〔一四〕研山：宋蔡絛鐵圍山叢談卷五：「江南李氏後主寶一研山，徑長尺逾咫，前聳三十六峰，皆大如手指，左右則兩阜坡陀，而中鑿爲研。」「研山」，宋賈似道悦生隨抄作「硯山」。

〔一五〕飛廉：楚辭離騷：「前望舒使先驅兮，後飛廉使奔屬。」王逸注：「飛廉，風伯也。」洪興祖補注：「呂氏春秋曰：『風師曰飛廉。』應劭曰：『飛廉，神禽，能致風氣。』」

虹橋〔一〕郡博〔二〕追送伯牙山，口占留別

二十二日登舟，午亭、葵如、少伯及壽、江二君送至舟次。午亭以事先去。風雨不能行，因同登伯牙山。伯牙，城北小山也，志作「百牙」，云牙人聚集處。按：池當吳楚之際，余伯牙所嘗經也，古迹率多傅會，一牙人不可耐，況百邪？不若改「百」爲「伯」云。山有寺樓，南向，遠覽江山，近挹溪樹，烟雨無際，襟懷暢然。雨中一輿踵至，則郡博朱君虹橋也。虹橋有弟，與余甲子同譜〔三〕，今官江西。虹橋通己巳〔四〕籍，宰邑山左，倦校簿書，改教授。平生未識面，聞余來，急過訪，追尋入寺。握手問訊，如舊相識。憑闌嘯咏，流連竟日，各成一詩。雨甚，諸君冒雨別去，乃歸舟。

池州郭外泊歸船，小閣同登意惘然。細雨貫禁三月暮，遥山欲化一湖烟。深情送我巔千尺，別路逢君定幾年。珍重休尋瀛海去，鍾期〔五〕相伴且揮弦〔六〕。

【繫年】

詩道光十一年（一八三一）三月二十二日作於安徽貴池。

【注釋】

〔一〕虹橋：朱鐘，號虹橋，嘉慶己巳科（一八〇九）二甲五十九名進士，歷任山東福山、諸城、新泰知縣。清胡承珙求是堂詩集道光十三年刻本卷十有贈朱虹橋鐘大尹。參靳揚揚朱琦論考第一章朱琦的家世與生平，蘇州大學碩士論文，二〇〇九。民國石國柱修、民國許承堯纂民國歙縣志民國二十六年鉛印本卷十五：「謙山詩鈔，朱鐘。」

〔二〕郡博：即郡博士，學府學官。

〔三〕甲子同譜：同登嘉慶甲子（九年，一八〇四）江南鄉試。

〔四〕己巳：嘉慶十四年（一八〇九）。

〔五〕鍾期：鍾子期。

〔六〕揮弦：三國魏嵇康贈秀才入軍十四：「目送歸鴻，手揮五弦。」

土　橋〔一〕

二十三日，東北風，晴，晨發池口。三十里王家套，圖作「羅昌河」「湯家溝」，紀要作「源子港」，皆與今名異。然桐城江路上，自樅陽下至石灰河，中間只此一港，由此港可達浮山，當不誤也。七十里石灰河，入無爲州界，五里土橋河，正對銅陵。五十里泥汊河，正對荻港。三十里柵口，上流與泥汊河相通，即水中分，南屬無爲州，北屬和州，正對繁昌舊縣。無爲州西四十里有陽山，九十里有桐山，西南百二十里有三峰相連者曰三公山，九峰相連者曰九卿山，又有昆山，今江上所望西岸諸山是也。是日未至柵江口，泊荻港。

栅江即濡須水入江口也。巢湖入江凡四港：最南曰泥汊河，東岸對荻港；稍北曰栅口，東岸對舊縣；又北曰裕溪口，南岸對魯港；又北曰牛屯河，東岸對牛渚。泥汊、栅口同支，至栅港汛而分；裕溪、牛屯同支，至運漕鎮東而分。四港二支，分繞運漕四面，其上則一原矣，濡須山在焉。距州五十里，與和州之含山接界，孫吴作隖於此〔二〕，蓋總扼四港之險矣。

岸脅危將墮，江流狹有聲。遥知新漲出，定啓莠民〔三〕争。度地差均賦，屯田或足兵。悠悠歸路客，落日照餘情。

【繫年】

詩道光十一年（一八三一）三月二十三日作於安徽樅陽土橋。

【注釋】

〔一〕土橋：今屬安徽樅陽。

〔二〕三國志吴書二吴主傳第二：「（建安）十六年，權徙治秣陵。明年，城石頭，改秣陵爲建業。聞曹公將來侵，作濡須塢。」

〔三〕莠民：與「賢民」相對。

荻港〔一〕舟次却寄池陽送别諸友

短槳分魚尾〔二〕，斜風動燕翎。江光連岸白，樹勢逼山青。别友憐初識，還家只暫經。終將鷗鷺意〔三〕，浩蕩付遥汀。

【繫年】

詩道光十一年（一八三一）三月底作於安徽繁昌荻港。

【注釋】

〔一〕荻港：今安徽繁昌荻港。

〔二〕魚尾：魚尾霞，形容霞光如鯉魚尾之紅色。宋周邦彦蝶戀花：「魚尾霞生明遠樹，翠壁黏天，玉葉迎風舉。」

〔三〕鷗鷺意：即「鷗盟」，隱退。

薄暮江上口占

暮靄籠山宿鳥呼，客心〔一〕應似片帆孤。年年只見春潮上，雁汊〔二〕西頭過得無。

【繫年】

詩道光十一年（一八三一）三月底作。

【注釋】

〔一〕客心：旅人之情，游子之思。

〔二〕雁汊：古澤名。係彭蠡水系中的沼澤，在安徽池州，東抵貴池銅山，南至東至勝利姚家山、八都山一帶，西北兩方與長江水體渾然一片。後水面僅剩升金湖，陸地爲雁汊古鎮，即今安徽東至大渡口鎮。

伐木〔一〕勸遠游也

伐木于山，礪斧於泉。舍彼柞棫，松柏是虔。〔二〕雄雉耿耿〔三〕，丹臆素繪。罻之羅之〔四〕，矯翼〔五〕斯邁。油油〔六〕白雲，風東則西。焉知舊山，何出何歸。山川悠矣，日月遒矣。是惟無求，君子休矣。曰智曰賢，曰集于窓。汗漫而游〔七〕，孰而訊焉？日月曠蕩〔八〕，山高川永。奈何海鰲，縶縢于井〔九〕？

【繫年】

詩道光十一年（一八三一）三月底作。

【注釋】

〔一〕詩經小雅伐木：「伐木丁丁，鳥鳴嚶嚶。……嚶其鳴矣，求其友聲。」後因以「伐木」爲表達朋友間深情厚誼的典故。

〔二〕詩經大雅皇矣：「帝省其山，柞棫斯拔，松柏斯兑。」

〔三〕雄雉耿耿：漢劉向九嘆惜賢：「進雄鳩之耿耿兮，讒介介而蔽之。」耿耿，誠信貌。

〔四〕罻羅：禮記王制：「鳩化爲鷹，然後設罻羅。」鄭玄注：「罻，小網也。」楚辭九章惜誦：「矰弋機而在上兮，罻羅張而在下。」王逸注：「罻羅，鳥網也。」

〔五〕矯翼：展翅。

〔六〕油油：史記司馬相如列傳：「自我天覆，雲之油油。」裴駰集解引漢書音義：「油油，雲行貌。」漢劉向九嘆惜賢：「江湘油油，長流汩兮。」王逸注：「油油，流貌也。」

〔七〕汗漫而游：汗漫游，世外之游，形容漫游之遠。

〔八〕曠蕩：遼闊，寬廣。

〔九〕莊子秋水：「公子牟隱机大息，仰天而笑曰：『子獨不聞夫埳井之蛙乎？謂東海之鼈曰：「吾樂與！吾跳梁乎井幹之上，入休乎缺甃之崖；赴水則接掖持頤，蹶泥則没足滅跗；還虷蟹與科斗，莫吾能若也。且夫擅一壑之水，而跨跱埳井之樂，此亦至矣，夫子奚不時來入觀乎！」東海之鼈，左足未入，而右膝已縶矣。於是逡巡而却，告之海曰：「夫千里之遠，不足以舉其大；千仞之高，不足以極其深。禹之時十年九潦，而水弗爲加益；湯之時八年七旱，而崖不爲加損。夫不爲頃久推移，不以多少進退者，此亦東海之大樂也。」於是埳井之蛙聞之，適適然驚，規規然自失也。……』公孫龍口呿而不合，舌舉而不下，乃逸而走。」

卷六

初夏小園雜華三首

誰能團艷雪，高縣碧玉枝？空明慧想澈，追琢〔一〕神功疑。鼠姑〔二〕近臺閣，薝蔔〔三〕親禪棲。置身濃淡間，華意吾其知。繡球

看華愛潔白，況乃香殊勝。引蔓青粉墻，垂枝緑玉磴。光先殘月起，艷得朝霞冰。豈無傷手刺，未擬攀條贈。寶相〔四〕

射干〔五〕姜桂性，吐華成紫蝶。穿石礪劍縫，臨池耀裙褶。豈真齊夢覺，或乃傷離合。結鄰得忘憂，阿儺〔六〕賞其葉。射干

【繫年】

詩道光十一年（一八三一）四月初夏作於南京春水園。

【注釋】

〔一〕追琢：詩經大雅棫樸：「追琢其章，金玉其相。」毛傳：「追，彫也。金曰彫，玉曰琢。」

〔二〕鼠姑：牡丹的别名。神農本草經：「牡丹味辛寒，一名鹿韭，一名鼠姑，生山谷。」

〔三〕薝蔔：梵語，又作瞻蔔伽、旃波迦、瞻波等，義譯爲郁金花。唐盧綸送静居法師：「薝蔔名花飄不斷，醍醐法味灑何濃。」

〔四〕寶相：花名，薔薇花的一種。

〔五〕射干：鳶尾科射干屬，多年生草本。

〔六〕阿儺：同「阿儺」「婀娜」，柔順貌。

嘆逝

春盡傷春委逝波〔一〕，頻年遍聽百年歌〔二〕。柏庭暝色生濃翠，華屋歸來喚奈何。〔三〕

春草池塘日夜生，翻令謝客句難成。〔四〕棗花未發櫻桃孰，燕子能知共被〔五〕情。

山茶一樹亂殷紅，墻角伶俜〔六〕墮晚風。倚遍闌干人不見，侍姬含淚草堂東。

顔池〔七〕玉樹〔八〕隱仙〔九〕杲，粉本〔一〇〕同尋此路來。今日城闉再行踼〔一一〕，荒原宿草不勝哀。

胎禽〔一二〕幾見依陶谷〔一三〕，白馬虚聞拜蔣祠〔一四〕。回首謝公墩〔一五〕畔路，可憐山色似蛾眉。

【繫年】

詩道光十一年（一八三一）夏作於南京春水園。

【注釋】

〔一〕逝波：流水，此喻逝去的時光。

〔二〕百年歌：魏晋時期樂府詩。全詩分爲十段，以人生每十年爲一段，講述人生百年。一説陸機作。

〔三〕三國魏曹植箜篌引：「盛時不可再，百年忽我遒。生在華屋處，零落歸山丘。先民誰不死，知命亦何憂。」壯麗的建築化爲土丘，喻興亡盛衰的迅速。

〔四〕南史謝惠連傳：「子惠連，年十歲能屬文，族兄靈運嘉賞之，云『每有篇章，對惠連輒得佳語』。嘗於永嘉西堂思詩，竟日不就，忽夢見惠連，即得『池塘生春草』，大以爲工。常云『此語有神功，非吾語也』。本州辟主簿，不就。」謝客，謝靈運幼名客兒，故稱。

〔五〕共被：後漢書姜肱傳：「姜肱字伯淮，彭城廣戚人也。家世名族。肱與二弟仲海、季江，俱以孝行著聞。其友愛天至，常共卧起。及各娶妻，兄弟相戀，不能別寢，以係嗣當立，乃遞往就室。」後以「共被」謂親如兄弟，咏兄弟友愛。

〔六〕伶俜：飄零孤單的樣子。

〔七〕顔池：玄池，神話傳説中池名。穆天子傳卷二：「庚戌，天子西征，至於玄池。天子三日休於玄池之上。乃奏廣樂，三日而終，是曰樂池，天子乃樹之竹，是曰竹林。」

〔八〕玉樹：神話傳説中的仙樹。唐李白懷仙歌：「仙人浩歌望我來，應攀玉樹長相待。」

〔九〕隱仙：隱仙庵。參詩卷五朴山鍊師之化，六朝梅先枯，重游隱仙，慨然有作注釋〔二〕。

〔一〇〕粉本：畫稿，此借指畫師。

〔一一〕行蹋：行走，走動。宋無名氏宣和遺事亨集：「這賈奕爲看了那天子龍鳳之衣，想是天子在此行踏，我怎敢再踏李氏之門？」

〔一二〕胎禽：亦作「胎仙」，鶴的別稱。古代鶴有仙禽之稱，又相傳胎生，故名。南朝梁陶弘景瘞鶴銘：「相此胎禽，浮丘著經。」

〔一三〕陶谷：在南京。參文卷四陶谷記。

〔一四〕蔣祠：唐道世法苑珠林祭祠篇祭祠部第三：「漢蔣子文者，廣陵人。嗜酒好色，挑撻無度。常自謂青骨，死當爲神。漢末爲秣陵尉，逐賊至鍾山下，賊擊傷額，自解綬縛之，有頃遂死。及吴先主之初，其故吏見文於道頭，乘白馬，執白羽，侍從如平生。見者驚走，文追之謂曰：我當爲此土地神，以福爾下民耳。爾宣告百姓，爲我立祠，不爾將有大咎。是歲夏大疫，百姓輒恐動，頗有竊祠之者矣。文又啓孫氏，官宜爲吾立祠，不爾將使蟲入人耳爲灾。俄有小蟲如粗虻，入耳皆死，醫不能治。百姓逾恐，孫主未之信也。又下巫祝：若不祀我，將又以火吏爲灾。是歲火灾大發，一日數十處，火及公宫，縣主患之。議者以爲鬼有所歸，乃不爲厲，宜有以禁之。於是使使者封子文爲中都侯，次弟子緒爲長水校尉，皆加印綬。爲立廟堂，轉號鍾山爲蔣山，以表其靈。今建康東北蔣山是也。自是灾厲止息，百姓遂大事之。右此一驗出搜神記。」宋張敦頤六朝事迹編類卷二形勢門鍾阜：「漢末有秣陵尉蔣子文逐盜死於鍾山，吴大帝爲立廟，封曰蔣侯。」

〔一五〕謝公墩：又稱謝傳墩、謝安墩。參詩卷四六月十九虎阜寓樓夜坐，得若谷書，偶成却寄注釋〔七〕。

古林寺〔一〕西軒觀白鳥

古林入山深，竹樹匝無隙。有鳥巢其顛，毿羽〔二〕雜蒼白。取魚哺鷇雛〔三〕，漉灑遺便液。

豈惟擾寺僧，兼聞苦行客。客來憑西軒，攬翠賞夏雪。高如玉蘭隮，密比繡球纈。時時飛㲯㲝〔四〕，往往鳴磔格〔五〕。謂鷺頭無衰〔六〕，疑鶡背匪碧。探奇詎吐生〔七〕，象類〔八〕謝濡翼〔九〕。峨峨據喬松，磊磊近千尺。年年長子孫，歲數增什伯〔一〇〕。鸛孤勢難縱，鴻漸桷安得。〔一一〕歸登池上山，見汝池畔立。潛行恐動波，側目伺濡沫〔一二〕。隱身向叢蒲，快意在一擊。情貪行必詭，腹穢毛空潔。三復白華〔一三〕詩，勞心永無極。

【繫年】

詩道光十一年（一八三一）夏作於南京古林寺。

【注釋】

〔一〕古林寺：在南京鼓樓區，原名觀音庵，爲南朝寶志所建，被奉爲「中興戒律第一祖庭」。

〔二〕毳羽：羽毛。

〔三〕㲉雛：雛㲉。列子湯問：「黑卵悍志絶衆，力抗百夫。節骨皮肉，非人類也。延頸承刀，披胸受矢，鋩鍔摧屈，而體無痕撻。負其材力，視來丹猶雛㲉也。」張湛注：「生而須哺曰㲉，自食曰鶵。」

〔四〕㲯㲝：亦作「㲝㲯」，毛散亂的樣子。

〔五〕磔格：鳥鳴聲。

〔六〕衰：通「縗」，鷺首毛。

〔七〕吐生：清陸以湉冷廬雜識卷二吐生：「泊宅編謂天地之間有吐而生子者，鸕、鵶、兔凡三物。按：蟾蜍亦吐生，見埤雅。」

〔八〕象類：相象，比擬。漢王充論衡紀妖：「直夢者，夢見甲，夢見君，明日見甲與君，此直也。如問甲與君，甲與君則不見也。甲與君不見，所夢見甲與君者，象類之也。」

〔九〕濡翼：詩經曹風候人：「維鵜在梁，不濡其翼。」鄭玄箋：「鵜在梁，當濡其翼，而不濡者，非其常也。以喻小人在朝，亦非其常。」

〔一〇〕什伯：超過十倍、百倍。

〔一一〕周易漸：「六四，鴻漸於木。或得其桷，無咎。」王弼注：「鳥而之木，得其宜也。或得其桷，遇安棲也；雖乘於剛，志相得也。」

〔一二〕濡沫：莊子天運：「泉涸，魚相與處於陸，相呴以濕，相濡以沫。」此用本意，魚所吐之水沫。

〔一三〕白華：詩經小雅白華。毛序：「白華，周人刺幽后也。幽王取申女以爲后，又得褒姒而黜申后，周人爲之作是詩也。」

歸雲堂〔一〕題贈崇律上人〔二〕

幽探不覺遠，但覺行人稀。藝桂爲蔬圃，抽棕補衲衣。僧閑從病得，客懶羡雲歸。莫問誅茆〔三〕者，何年賦采薇〔四〕。

【繫年】

詩道光十年（一八三〇）夏作於南京。

【注釋】

〔一〕歸雲堂：清陳作霖等金陵瑣志鍾南淮北區域志：「四山環繞，闃無人迹，入小盤谷。旁有寺曰歸雲堂，土田寬舒，居民以桂爲業，梅郎中曾亮曾作記焉。」

〔二〕崇律上人：生平不詳。

〔三〕誅茆：亦作「誅茅」，本指芟除茅草，引申爲結廬安居。

〔四〕采薇：詩經小雅采薇。

答從甥高維熙質〔一〕見贈四十韻

扁舟存姊壻〔二〕，初日出東南。玉璞吾將返〔三〕，珠光汝竟含〔四〕。詩裁新錦綺〔五〕，劍倚古鉤鐔。群從封聯羯〔六〕，雄文鱸〔七〕對鮑〔八〕。別來春寂家〔九〕，江上柳毶毶〔一〇〕。吏悍嘩同井〔一一〕，儒柔且負擔。薄游〔一二〕經楚尾，舊業理燕函〔一三〕。正賞修藤裹，俄驚巨浪憨。窗闈〔一四〕穤作障，燭刻〔一五〕淚成窞。行役〔一六〕勞伊始，風波況乍諳。齊山〔一七〕連日雨，春水〔一八〕十宵談。奥窔〔一九〕開蒙密〔二〇〕，空明見蔚藍。長城攻必破，禹穴〔二一〕險還探。得句囊垂錦〔二二〕，睎林酒迸拓匈〔二八〕迎浩渺，役古〔二九〕策趁趯〔三〇〕。裙屐〔三一〕清無匹，齊梁艷許參。家荒悲卞壼〔三二〕，州瘵吊羊曇〔三三〕。賦細草離宮路，連營老衲庵。笙哥歡未歇，鼙鼓戰仍酣。甲第烏衣〔三四〕冷，丁簾〔三五〕月鏡涵。空留庾信〔三六〕，詩每贈何戡〔三七〕。往往華枝馥，時時燕語喃。虚堂容寂照，高咏得餘甘。裘敝舟人子〔三八〕，才疏魯國男〔三九〕。疵從吹處見，餅莫畫中貪。偶乞新移竹，長培未拔楠。剖珠懲蛤蚌〔四〇〕，擇肉〔四一〕辟鶉鶴。殞賈六長嘆〔四二〕，刑嵇七不堪〔四三〕。飄摇華表鶴〔四四〕，蹙縮繭中蠶。晚食娱顔觸〔四五〕，猶龍頌老聃〔四六〕。從知高枕樂〔四七〕，豈有下床慚〔四八〕。小閣眉頻礙〔四九〕，群芳尾易婪。雲情留靉靉〔五〇〕，花气襲馣馣〔五一〕。珍重瓊相贈〔五二〕，披吟面欲酡〔五三〕。故鄉原樂土，當户入晴嵐。秋碧銅官嶂〔五四〕，春紅玉女潭〔五五〕。揠苗應戒宋〔五六〕，求野或徵郯〔五七〕。何日同歸棹，披榛構止盦〔五八〕。

【繫年】　詩道光十一年（一八三一）夏作於南京春水園。上年秋，周濟「遭弟憂，家居。雲溪之子質乃以雲溪詩來乞序」，作雲溪遺稿序。

【注釋】

〔一〕高維熙質：高雲溪森槐子。參文卷二雲溪遺稿序。

〔二〕娟：妹妹。

〔三〕戰國策齊策四：「斶知足矣，歸真反璞，則終身不辱。」反璞，亦作「反朴」。亦作「反樸」。謂還其原始的淳樸狀態。璞，未琢的玉。

〔四〕含珠：喻懷才。宋梅堯臣哀國子黄助教：「儒者務欲博，誦説窮冬秋。衣裙未及解，含珠以見求。」

〔五〕元薩都剌贈劉尊師：「天上賜衣沾雨露，山中詩錦織雲霞。」詩錦，喻指詞藻華美、佳句迭出的詩作。

〔六〕晉書列女傳王凝之妻謝氏：「（謝道韞）初適凝之，還，甚不樂。安曰：『王郎，逸少子，不惡，汝何恨也？』答曰：『一門叔父則有阿大、中郎，群從兄弟復有封、胡、羯、末，不意天壤之中乃有王郎！』封謂謝韶，胡謂謝朗，羯謂謝玄，末謂謝川，皆其小字也。」群從，堂兄弟及侄子輩。「封胡羯末」亦用以稱美兄弟子侄之辭。

〔七〕虪：黑虎。

〔八〕虘：同「虣」，白虎。

〔九〕宊：通「寂」。

〔一〇〕毶毶：亦作「毵毵」，毛髮、枝條等細長垂拂、紛披散亂貌。

〔一一〕同井：同飲一井水，謂鄰居。晉習鑿齒襄陽耆舊傳：「王粲與繁欽，并鄰同井，粲以西京擾亂，乃之荆州依劉表，其墓及井見在。」

〔一二〕薄游：漫游。

〔一三〕理燕函：整理古書。燕函，典出「郢書燕説」。韓非子外儲説左上：「郢人有遺燕相國書者，夜書，火不明，因謂持燭者曰『舉燭』，而誤書『舉燭』。『舉燭』，非書意也。燕相受書而説之，曰：『舉燭者，尚明也；尚明也者，舉賢而任之。』燕相白王，王大悦，國以治。治則治矣，非書意也。」後因以「郢書燕説」比喻曲解原意，以訛傳訛。

〔一四〕窗圍：同「窗幃」。

〔一五〕燭刻：刻燭。南史王僧孺傳：「竟陵王子良嘗夜集學士，刻燭爲詩，四韻者則刻一寸，以此爲率。文琰曰：『頓燒一寸燭，而成四韻詩，何難之有？』」後因以喻詩才敏捷。

〔一六〕行役：行旅，出行。

〔一七〕齊山：在安徽貴池。詩卷五始識少伯于葵如寓齋，雨後同游齊山小序：「余甥維熙、猶子仲虞、兒子榕皆在舟中，以雨不獲從。」

〔一八〕春水：春水園，周濟南京寓所。

〔一九〕奥窔：堂室深處。窔，室内東南角。

〔二〇〕蒙密：茂密，茂密的草木。

〔二一〕禹穴：夏禹之墓。史記太史公自序：「二十而南游江淮，上會稽，探禹穴。」

〔二二〕唐李商隱李賀小傳：「長吉細瘦，通眉長指爪，能苦吟疾書。最先爲昌黎韓愈所知，所與游者，王參元、楊敬之、權璩、崔植爲密。每旦日出，與諸公游，未嘗得題，然後爲詩，如他人思量牽合，以及程限爲意。恒從小奚奴騎距驢，背一古破錦囊，遇有所得，即書投囊中。及暮歸，太夫人使婢受囊出之，見所書多，輒曰：『是兒要當嘔出心始已耳！』上燈與食，長吉從婢取書，研墨疊紙足成之。投他囊中。非大醉及弔喪日，率如此，過亦不復省。」

〔二三〕酒逬柑：唐馮贄雲仙雜記詩腸鼓吹俗耳針砭引高隱外書：「戴顒春携雙柑鬥酒，人問何之，曰：『往聽黄鸝聲。』」後以「鬥酒雙柑」爲春日勝游之典。

〔二四〕宋胡應麟少室山房筆叢卷二十八九流緒論中：「又曰：中郎（蔡邕）以論衡爲談助，蓋目爲稗官野史之流；且此編驟出未行，而新奇可喜，故祕之帳中，如今人收録異書，文固非所論也。自論衡不甚稱後世，究竟舉主，多歸咎中郎者，余特爲一洒之。」虎賁，典出「虎賁中郎」，後漢書孔融傳：「（孔融）與蔡邕素善，邕卒後，有虎賁士貌類於邕，融每酒酣，引與同坐，曰：『雖無老成人，且有典刑。』」

〔二五〕龍龕：龍龕手鑑，四卷，又稱龍龕手鏡。遼僧行均撰。

〔二六〕漢書藝文志：「漢興，蕭何草律，亦著其法曰：『太史試學童，能諷書九千字以上，乃得爲史。又以六體試之，課最者，以爲尚書御史史書令史。吏民上書，字或不正，輒舉劾。』六體者，古文、奇字、篆書、隸書、繆篆、蟲書。」

〔二七〕新唐書劉知幾傳：「禮部尚書鄭惟忠嘗問：『自古文士多，史才少，何耶？』對曰：『史有三長，才、學、識，世罕兼之，故史才少。夫有學無才，猶愚賈操金，不能殖貨；有才無學，猶巧匠無楩柟斧斤，弗能成室；善惡必書，使驕君賊臣知懼，此爲無可加者。』時以爲篤論。」

〔二八〕匈：通「胸」。

〔二九〕役古：研究歷史。

〔三〇〕趻踸：亦作「參潭」「參覃」，亦作「譚」。連續不斷貌。文選嵇康琴賦：「或參譚繁促，複疊攢仄。」李善注：「參譚，相隨貌。」文選成公綏嘯賦：「怫鬱沖流，參譚雲屬。」李善注：「參譚，不絶。」

〔三一〕裙屐：本指下裳和木屐，這是六朝貴族子弟裝束，後泛指富家子弟裝束。

〔三二〕卞壼（二八一—三二八），字望之，濟陰冤句今屬山東菏澤人。東晉名臣、書法家。蘇峻叛亂，卞壼及二子卞眕、卞盱以身殉國，葬於南京冶山西側。

〔三三〕晉書謝安傳：「羊曇者，太山人，知名士也，爲安所愛重。安薨後，輟樂彌年，行不由西州路。嘗因石頭大醉，扶路唱樂，不覺至州門。左右白曰：『此西州門。』曇悲感不已，以馬策扣扉，誦曹子建詩曰：『生存華屋處，零落歸山丘。』慟哭而去。」

〔三四〕烏衣：烏衣巷，在今江蘇南京，東晉士族名門聚居區。

〔三五〕丁簾：丁字簾，丁字形捲簾。

〔三六〕庾信（五一三—五八一）：字子山，小字蘭成。南陽新野今河南新野人。南北朝時期著名文學家。

〔三七〕何戡：宋李昉等太平廣記卷第二百四樂二米嘉榮：「元和中，國樂有米嘉榮、何戡。……（劉禹錫）又自貶所歸京，聞何戡歌曰：『二十年來別帝京，重聞天樂不勝情。舊人唯有何戡在，更請殷勤唱渭城。』」

〔三八〕戰國策秦策一：「（蘇秦）説秦王書十上而説不行，黑貂之裘弊，黄金百斤盡，資用乏絶，去秦而歸。羸縢履蹻，負書擔橐，形容枯槁，面目犂黑，狀有歸色。歸至家，妻不下紝，嫂不爲炊，父母不與言。蘇秦喟然嘆曰：『妻不以我爲夫，嫂不以我爲叔，父、母不以我爲子，是皆秦之罪也！』」

〔三九〕後漢書孔融傳：「融負其高氣，志在靖難，而才疏意廣，迄無成功。」後漢書楊震列傳：「時袁術僭亂，操托彪與術婚姻，誣以欲圖廢置，奏收下獄，劾以大逆。將作大匠孔融聞之，不及朝服，往見操曰：『楊公四世清德，海内所瞻。周書父子兄弟罪不相及，況以袁氏歸罪楊公。易稱「積善餘慶」，徒欺人耳。』操曰：『此國家之意。』融曰：『假使成王殺邵公，周公可得言不知邪？今天下纓緌搢紳所以瞻仰明公者，以公聰明仁智，輔相漢朝，舉直厝枉，致之雍熙也。今横殺無辜，則海内觀聽，誰不解體！孔融魯國男子，明日便當拂衣而去，不復朝矣。』操不得已，遂理出彪。」

〔四〇〕三國志蜀書秦宓傳：「（秦宓）薦儒士任定祖曰：『昔百里、蹇叔以耆艾而定策，甘羅、子奇以童冠而立功，故書美黄髮，而易稱顔淵，固知選士用能，不拘長幼，明矣。……甫欲鑿石索玉，剖蚌求珠，今乃隨、和炳然，有如皎日，復何疑哉！』」後以「剖蚌得珠」喻求取賢良之才。

〔四一〕擇肉：謂選取禽獸爲射獵的對象。漢司馬相如上林賦：「射游梟，櫟蜚遽；擇肉而後發，先中而命處。」後亦謂選取吞噬對象。

〔四二〕漢書賈誼傳：「臣竊惟事勢，可爲痛哭者一，可爲流涕者二，可爲長太息者六，若其它背理而傷道者，難遍以疏舉。」顔師古注：「誼上疏言可爲長太息者六，今此至三而止，蓋史家直取其要切者耳。故下贊云掇其切於世事者著於傳。」

〔四三〕三國魏嵇康與山巨源絶交書：「又人倫有禮，朝廷有法，自惟至熟，有必不堪者七，甚不可者二：卧喜晚起，而當關呼之不置，一不堪也；抱琴行吟，弋釣草野，而吏卒守之，不得妄動，二不堪也；危坐一時，痺不得摇，性復多蝨，（把）〔杷〕搔無已，而當裹以章服，揖拜上官，三不堪也；素不便書，又不喜作書，而人間多事，堆案盈机，不相酬答，則犯教傷義，欲自勉强，則不能久，四不堪也；不喜弔喪，而人道以此爲重，已爲未見恕者所怨，至欲見中傷者，雖懼自責，然性不可化，欲降心順俗，則詭故不情，亦終不能獲無咎無譽，如此，五不堪也；不喜俗人，而當與之共事，或賓客盈坐，鳴聲聒耳，囂塵臭處，千變百伎，在人目前，六不堪也；心不耐煩，而官事鞅掌，機務纏其心，世故繁其慮，七不堪也。」

〔四四〕華表鶴：用晋遼東丁令威得仙化鶴歸里事。参詩卷二雜賦九首示確叔，兼寄犀台老兄健鶻注釋〔五〕。後以「華表鶴」指久别之人。

〔四五〕戰國策齊策四：「斶願得歸，晚食以當肉，安步以當車，無罪以當貴，清靜貞正以自娱。」謂饑而後食，其味比於食肉。後用爲甘於淡泊之典。

〔四六〕史記老子韓非列傳：「孔子去，謂弟子曰：『……至於龍吾不能知，其乘風雲而上天。吾今日見老子，其猶龍邪！』」

〔四七〕高枕樂：戰國策齊策四：「三窟已就，君姑高枕爲樂矣。」

〔四八〕下床慚：三國志魏書陳登傳：「陳登者，字元龍，在廣陵有威名。又掎角吕布有功，加伏波將軍，年三十九卒。後許汜與劉備并在荆州牧劉表坐，表與備共論天下人，汜曰：『陳元龍湖海之士，豪氣不除。』備謂表曰：『許君論是非？』表曰：『欲言非，此君爲善士，不宜虚言；欲言是，元龍名重天下。』備問汜：『君言豪，寧有事邪？』汜曰：『昔遭亂過下邳，見元龍。元龍無客主之意，久不相與語，自上大牀卧，使客卧下牀。』備曰：『君有國士之名，今天下大亂，帝主失所，望君憂國忘家，有救世之意，而君求田問舍，言無可采，是元龍所諱也，何緣當與君語？如小人，欲卧百尺樓上，卧君於地，何但上下牀之間邪？』表大笑。」后用「豪气元龙」「求田」「卧下床」「百尺樓」「問舍」「下床」「樓上元龍」「下床卧」稱美人豪放高邁。

〔四九〕礙眉：言小閣低也。北周庾信小園賦：「檐直倚而妨帽，户平行而礙眉。」

〔五〇〕靉靉：雲盛貌。清洪昇長生殿剿寇：「不斷征雲靉靉。」

〔五一〕馣馣：廣雅釋訓：「馣馣，香也。」

〔五二〕瓊相贈：詩經衛風木瓜：「投我以木桃，報之以瓊瑶，匪報也，永以爲好也。」後以「贈瓊」指愛情。

〔五三〕酡：面紅。

〔五四〕銅官嶂：山名，在宜興城南。

〔五五〕玉女潭：潭名，在宜興湖汊。

〔五六〕孟子公孫丑上：「宋人有閔其苗之不長而揠之者，芒芒然歸，謂其人曰：『病矣！予助苗長矣！』其子趨而往視之，苗則槁矣。天下之不助苗長者寡矣。以爲無益而舍之者，不耘苗者也；助之長者，揠苗者也。非徒無益，而又害之。」

〔五七〕漢書藝文志：「仲尼有言：『禮失而求諸野。』方今去聖久遠，道術缺廢，無所更索，彼九家者，不猶愈於野乎！」左傳昭公十七年：「秋，郯子來朝，公與之宴。昭子問焉，曰：『少皞氏鳥名官，何故也？』郯子曰：『吾祖也，我知之。……自顓頊以來，不能紀遠，乃紀於近。爲民師而命以民事，則不能故也。』仲尼聞之，見於郯子而學之。既而告人曰：『吾聞之，天子失官，學在四夷。』猶信。」

〔五八〕止盦：周濟春水園有齋名止盦。

集園〔一〕見示群龍戲海卷子

天龍肯爲下碧空，畢竟葉公能好龍。乞驚户牖雷雨入，葉公不走亦不得。倏然掉尾去不返，從此滄江甘歲晚。〔二〕滄江歲晚烟波闊，卧看雙丸〔三〕出還没。鯤游鰲抃〔四〕各及時，況乃有用靈奇姿。年年蜕骨未肯老，頭角崢嶸爲誰好？已識豫且〔五〕當免困，若逢劉累〔六〕休重擾。何人寫此群龍圖，海山一片雲模餬。偶來石上抱珠睡〔七〕，亦或帶子天門趨〔八〕。濃批淡抹逞墨妙，隱然五色騰光耀。真邪似邪誰得知，葉公老死龍淚垂。

【繫年】

詩道光十一年（一八三一）夏作於南京春水園。

【注釋】

〔一〕集園：汪正鋆，字均之，鈞之，號集園。參文卷二宋隱山傳注釋〔三〕。

〔二〕漢劉向新序雜事：「君之好士也，有似葉公子高之好龍也。葉公子高好龍，鈎以寫龍，鑿以寫龍，屋室雕文以寫龍，於是天龍聞而下之，窺頭於牖，施尾於堂。葉公見之，棄而還走，失其魂魄，五色無主。是葉公非好龍也，好夫似龍而非龍者也。」

〔三〕雙丸：指日月。元朱德潤題陳直卿一碧萬頃：「日月雙丸吐，江山萬古愁。」

〔四〕鰲抃：亦作「鰲抃」。楚辭天問：「鰲戴山抃，何以安之？」後以「鰲抃」形容歡欣鼓舞。

〔五〕豫且：春秋宋國漁人。其説有二：漢劉向説苑正諫：「昔白龍下清泠之淵，化爲魚，漁者豫且射中其目。白龍上訴天帝。……天帝曰：『魚固人之所射也。若是，豫且何罪？』」史記龜策列傳：「宋元王二年，江使神龜使於河，至於泉陽，漁者豫且舉網得而囚之，置之籠中。」

〔六〕劉累：左傳昭公二十九年：「有陶唐氏既衰，其後有劉累，學擾龍於豢龍氏，以事孔甲，能飲食之，夏后嘉之，賜氏曰禦龍，以更豕韋之後。」

〔七〕抱珠睡：莊子列禦寇：「人有見宋王者，錫車十乘，以其十乘驕稚莊子。莊子曰：『河上有家貧恃緯蕭而食者，其子没於淵，得千金之珠。其父謂其子曰：「取石來鍛之！夫千金之珠，必在九重之淵而驪龍頷下，子能得珠者，必遭其睡也。使驪龍而寤，子尚奚微之有哉！」今宋國之深，非直九重之淵也；宋王之猛，非直驪龍也；子能得車者，必遭其睡也。使宋王而寤，子爲齏粉夫！」」

〔八〕晉書陶侃傳：「（陶侃）又夢生八翼，飛而上天，見天門九重，已登其八，唯一門不得入。閽者以杖擊之，因墜地，折其左翼。及寤，左腋猶痛。又嘗如厠，見一人朱衣介幘，斂板曰：『以君長者，故來相報。君後當爲公，位至八州都督。』有善相者師圭謂侃曰：『君左手中指有竪理，當爲公。若徹於上，貴不可言。』侃以針決之見血，灑壁而爲『公』字，以紙裛手，『公』字愈明。及都督八州，據上流，握强兵，潛有窺窬之志，每思折翼之祥，自抑而止。」

放歌贈鷹巢上人〔一〕

智士不受貧，烈士不受賤。貨殖與游俠，馬遷紀其變。〔二〕人生貧賤亦草草，誰計身名誰自了？顔淵賴有負郭田〔三〕，不然簞食惡能賢〔四〕？没世無稱聖所疾〔五〕，腐草螢光信堪惜。食苒方丈〔六〕起於救死，流芳百世〔七〕起於知耻。作之或止或不止〔八〕，權能自操謂之君子〔九〕。卓哉馬遷兩卷書，翼聖尊王樹綱紀，班生戔戔〔一〇〕豈知此？

落華不辭樹，春風相爲吹。寧知含苞日，即是風吹開。萬事匆匆駒過隙〔一一〕，少年幾時頭變白？只有一寸心，留待千古難消沈。奈何晨爲饑軀〔一二〕，暮爲霜露侵，坐奴使主〔一三〕勞騣騣〔一四〕。落華不留香，過鳥不留音。千嬌與萬囀，難向空中尋。一枝兩枝香各别，一聲兩聲情各切。不留能留，大造〔一五〕無力，拜手稽首〔一六〕頌倉頡〔一七〕。

倉頡已死文字傳，日瑚月琢天腹穿。天腹穿，元氣泄，萬靈千聖同日畢。〔一八〕文字當之自消滅，不留畢竟留不得。莊生作達齊鵬鷃，大知小知略無辨。當其得意各自如，誰者是賢誰者⊖愚。〔一九〕寓形〔二〇〕已定升斗石，稱量〔二一〕何須寬笑窄。長沙舞〔二二〕褎足迴旋，君不見，長房親到壺公宅〔二三〕。

樂亦遺此生，哀亦遺此生。落筆千萬言，略與數錢量米同硜硜〔二四〕。二豎牧羊羊已去，遺火空燒始皇墓。〔二五〕九原〔二六〕龍蛻總成灰，可惜驪山崇柏樹。世人見景不見日，何況虛空本無色。欲乘元氣亦易爾，復愁無處施鞭策。江河滔滔孰云東，下歸墟〔二七〕渫焦〔二八〕昆侖〔二九〕所藉。高天逼人人著地，白榆〔三〇〕欲落苦不易。天荒地老頃刻事，十二萬年〔三一〕誰疏記。我憐盤古無奈何，一椎一鑿真兒戲。〔三二〕

悠悠白雲觸石起，石重雲輕只如此。河伯〔三三〕無言海若〔三四〕愁，蒼茫一片皆秋水。浮萍兩葉何青青，春風一夜吹忽生。羅浮離合爲風雨〔三五〕，華首臺〔三六〕高聽山語。若非鐵鎖相鈎連，便欲飄然趁潮去。去亦不可知，來亦不可知。海中巨鰲定有數，孰舍所戴而戴之。〔三七〕中庭百草各含露，榮楛〔三八〕相雜不相顧。老夫兀坐胡蝶來，蛛網檐頭要粘汝。

胡蝶我所愛，蜘蛛我所憎。胡蝶澹無欲，蜘蛛貪有能。靜觀忽自嘆，匈次何崚嶒。五獄拔地弄奇怪，吞烟吐雲窮萬態。若然此意鑱得平，蜘蛛收網罣罳〔三九〕外。蚿憐夔憐〔四〇〕憐不得，蝂蝓〔四一〕日行三二尺。一材一技那肯休，自從少年至白頭。紛紛搆鬥何時了，百舌黃鸝互矜巧。布穀催將梅雨來，可憐各種音都老。小池換水徹底清，拙匠畫鏝〔四一〕塵亂縈。移山〔四三〕抱甕〔四四〕各有術，掠以木勺留其精。飛華落葉漉易去，塵細池回散還聚。只因不惜肩背勞，明月中宵贈奇趣。山顛樹枝芟覺爽，群翠低環鏡孤朗。葦根漁火似江邊，使我沈吟動遐想。人生莫哥行路難〔四五〕，老死牖下〔四六〕豈得爲平安？七竅已經倏忽鑿〔四七〕，瑑圭返璞期何年。便將生氣還大素〔四八〕，夢亦非迷覺非悟，火宅〔四九〕逢君共君住。

【繫年】

詩道光十一年（一八三一）夏作於南京春水園。

【校勘】

晚晴簃詩匯本録其四、五。

㊀「者」：求志堂存稿彙編本作「是」。

【注釋】

〔一〕鷹巢上人：清彭藴璨歷代畫史匯傳道光五年吳門尚志堂彭氏刻本卷六十五：「定志字鷹巢，六合人，主承恩方丈，善指頭墨戲，工詩。」清謝堃春草堂詩話道光刻春草堂集本卷四：「道士朱福田字嶽雲，精於畫理，顏其别業曰麥浪舫。與鷹巢僧爲文字交。鷹巢僧者，承恩寺方丈也，名定志，善張旭草書，金陵諺云：『文房之妙，一僧一道。』蓋指鷹巢、嶽雲而言。鷹巢縛鷄行云：『群雛亂叫雌上屋，膈膈膞膞何所争？平昔君家飽粱稻，自分一朧爲君烹。朝日團圝照林薄，感君呼來只一縛。生死關頭不敢知，風雨憂君眠曉閣。』嶽雲有咏蟲一篇云：『唧唧竟何訢？哀吟無已時。蓬蒿雖有托，心事復誰知？以我正愁疾，爲伊添鬌絲。那堪入床下，中夜起秋思。』二人不謀而合，有鷄蟲得失之感。」清劉瑗國朝畫征補録道光刻本下卷方外道士朱福田：「朱福田，字嶽雲，金陵道士，能詩，精畫理，與承恩寺僧鷹巢爲文字交，金陵諺云：『文房之妙，一僧一道。』」清馬士圖嘉慶莫愁湖志嘉慶二十年刊、光緒八年重印本卷四工詩詞能書：「方丈定志號鷹巢，善指頭墨戲，工詩，刊有□□集，又水恩寺詩存。」清鄭澍若虞初續志咸豐元年小琅嬛山館刻本卷十二：「僧鷹巢定志工詩，著有竹香樓稿。丙寅六月，許香岩太史招集西樓，時夏蘭敷花，因作西樓篇云：『崔巍石頭城，澹蕩秦淮水。淮水繞城流，西樓矗雲起。不厭野人過，終日清樽釃。纖歌遏白雲，華月出高梓。誰操清泠音，猗蘭殊不以。』按：西樓即西樓記中穆素徽所居之舊址也。香岩太史葺其地而新之。樓俯秦淮，清流照影。十載寓公，游屐頗盛。今許公已歸道山，樓臺易主，殊深今昔之感。」

〔二〕史記貨殖傳序：「家貧親老，妻子輭弱，歲時無以祭祀，飲食被服不足以自適，如此不慙耻，則無所比矣。無岩處奇士之行，而長貧賤，語仁義，亦足羞也。」史記游俠傳序：「季次、原憲行君子之德，義不苟合當世，當世亦笑之。終身空室蓬户，褐衣疏食不厭。今游俠，其行雖不軌於正義，然其言必信，於行必果，已諾必誠，不愛其軀，赴士之戹，蓋有足多者。今拘學或抱咫尺之義，久孤於世，豈若卑論齊俗，與世沈浮而取榮名哉！」漢班彪史記論：「其論術學，則崇黄老而薄五經；序貨殖，則輕仁義而羞貧窮；道游俠，則賤守節而貴俗功：此其大敝傷道，所以遇極刑之咎也。」

〔三〕莊子雜篇讓王：「孔子謂顔回曰：『回，來！家貧居卑，胡不仕乎？』顔回對曰：『不願仕。回有郭外之田五十畝，足以給飦粥；郭内之田十畝，足以爲絲麻；鼓琴足以自娱，所學夫子之道者足以自樂也。回不願仕。』孔子愀然變容曰：『善哉回之意！丘聞之：「知足者不以利自累也，審自得者失之而不懼，行修於内者無位而不怍。」丘誦之久矣，今於回而後見之，是丘之得也。』」

〔四〕論語雍也：「一簞食，一瓢飲，在陋巷，人不堪其憂，回也不改其樂。賢哉回也！」

〔五〕論語衛靈公：「子曰：君子疾没世而名不稱焉。」

〔六〕食耑方丈：孟子盡心下：「食前方丈，侍妾數百人，我得志，弗爲也。」趙岐注：「極五味之饌食列於前，方一丈。」吃飯時面前一丈見方的地方都擺滿了食物。形容生活奢侈。「耑」同「前」。

〔七〕流芳百世：南朝宋劉義慶世説新語尤悔：「（桓温）既而屈起坐曰：『既不能流芳後世，亦不足復遺臭萬載邪！』」

〔八〕資治通鑑秦紀一孝文王：「魏安釐王問天下之高士於子順，子順曰：『世無其人也，抑可以爲次，其魯仲連乎！』王曰：『魯仲連，强作之者，非體自然也。』子順曰：『人皆作之。作之不止，乃成君子；作之不變，習與體成，則自然也。』」

〔九〕商君書算地：「故君子操權一正以立術，立官貴爵以稱之，論榮舉功以任之，則是上下之稱平。」

〔一〇〕戔戔：周易賁：「六五，賁於丘園，束帛戔戔。」朱熹本義：「戔戔，淺小之意。」

〔一一〕莊子知北游：「人生天地之間，若白駒之過郤，忽然而已。」成玄英疏：「白駒，駿馬也，亦言日也。」陸德明釋文：「郤，本亦作隙。隙，孔也。」

〔一二〕饑驅：晉陶潛飲酒之十：「此行誰使然？似爲飢所驅。」饑驅，爲飢餓所驅使。謂爲衣食而奔忙。饑，通「飢」。

〔一三〕坐奴使主：奴使，謂役使如奴。

〔一四〕㒓㒓：急促，匆忙。

〔一五〕大造：天地，大自然。南朝宋謝靈運宋武帝誄：「業盛曩代，惠侔大造，澤及四海，功格八表。」

〔一六〕拜手稽首：尚書太甲中：「王拜手稽首曰：『予小子，不明於德，自底不類。』」古代一種敬禮。先兩手伏地，再把頭伏在手上，上身與地面平行。

〔一七〕倉頡：古代傳説中的漢字創造者。

〔一八〕唐張彦遠歷代名畫記叙畫之源流：「頡有四目，仰觀垂象。因儷鳥龜之迹，遂定書字之形。造化不能藏其秘，故天雨粟；靈怪不能遁其形，故鬼夜哭。是時也，書畫同體而未分，象制肇始而猶略。無以傳其意，故有書；無以見其形，故有畫。」

〔一九〕莊子逍遥游：「窮髮之北有冥海者，天池也。有魚焉，其廣數千里，未有知其脩者，其名爲鯤。有鳥焉，其名爲鵬，背若太山，翼若垂天之雲，摶扶摇羊角而上者九萬里，絶雲氣，負青天，然後圖南，且適南冥也。斥鴳笑之曰：『彼且奚適也？我騰躍而上，不過數仞而下，翱翔蓬蒿之間，此亦飛之至也。而彼且奚適也？』」後因以「鵬鷃」比喻物有大小，志趣懸殊。

〔二〇〕寓形：寄托其形體。晋陶潛歸去來兮辭：「已矣乎，寓形宇内復幾時，曷不委心任去留？」

〔二一〕稱量：衡量，估計。漢賈誼惜誓：「苦稱量之不審兮，同權概而就衡。」

〔二二〕長沙舞：參文卷四宋四家詞筏序注釋〔三九〕。後因以「長沙舞」比喻無施展才能的空間。

〔二三〕北魏酈道元水經注汝水：「昔費長房爲市吏，見王壺公懸壺於市，長房從之，因而自遠，同入此壺，隱淪仙路。」後漢書費長房傳：「市中有老翁賣藥，懸一壺於肆頭，及市罷，輒跳入壺中，市人莫之見，唯長房於樓上睹之。」

〔二四〕 硜硜：形容淺陋固執。論語子路：「言必信，行必果，硜硜然小人哉！」

〔二五〕 漢書劉向傳：「自古至今，葬未有盛如始皇者也，數年之間，外被項籍之災，内離牧豎之禍，豈不哀哉！」牧豎，放牧的小兒。「牧豎之焚」後喻意外的災難。

〔二六〕 九原：禮記檀弓下：「趙文子與叔譽觀乎九原。」本指春秋時晉國卿大夫的墓地。後泛指墓地。

〔二七〕 歸墟：列子湯問：「渤海之東，不知幾億萬里，有大壑焉，實惟無底之谷，其下無底，名曰歸墟。」

〔二八〕 渓焦：亦作沃燋。古代傳説中東海南部的大石山。參詩卷六澤國注釋〔一〇〕。

〔二九〕 昆侖：昆侖墟。山海經海外南經：「崑崙墟在其東，墟四方。」畢沅注：「此東海方丈山也。」

〔三〇〕 白榆：指星。古樂府隴西行：「天上何所有，歷歷種白榆。」

〔三一〕 十二萬年：宋邵雍把世界從開始到消滅的一個周期叫做一元。一元有十二會，一會有三十運，一運有十二世，一世有三十年，故一元共有十二萬九千六百年。見所著皇極經世觀物篇一。

〔三二〕 盤古：宋李昉等太平御覽卷二引三國吴徐整三五歷記：「天地混沌如鷄子，盤古生其中。萬八千歲，天地開闢，陽清爲天，陰濁爲地。盤古在其中，一日九變，神於天，聖於地。天日高一丈，地日厚一丈，盤古日長一丈，如此萬八千歲，天數極高，地數極深，盤古極長，後乃有三皇。」

〔三三〕 河伯：莊子秋水：「於是焉，河伯欣然自喜，以天下之美爲盡在己。」陸德明釋文：「河伯姓馮，名夷，一名冰夷，一名馮遲。……一云姓吕，名公子；馮夷是公子之妻。」

〔三四〕 海若：楚辭遠游：「使湘靈鼓瑟兮，令海若舞馮夷。」王逸注：「海若，海神名也。」洪興祖補注：「海若，莊子所稱北海若也。」

〔三五〕 清屈大均廣東新語山語：「羅浮之狀，雨則二山相合，晴則二山相離，嘗有白雲如水，汪洋數十百里，諸峰漂散，如有海在於山中然者。」

〔三六〕 華首臺：又名華首寺，位於羅浮山西南麓。

〔三七〕 列子湯問：「渤海之東不知幾億萬里，有大壑焉，實惟無底之谷，其下無底，名曰歸墟。八紘九野之水，天漢之流，莫不注之，而無增無減焉。其中有五山焉：一曰岱輿，二曰員嶠，三曰方壺，四曰瀛洲，五曰蓬萊。其山高下周旋三萬里，其頂平處九千里。山之中間相去七萬里，以爲鄰居焉。其上臺觀皆金玉，其上禽獸皆純縞。珠玕之樹皆叢生，華實皆有滋味；食之皆不老不死。所居之人皆仙聖之種；一日一夕飛相往來者，不可數焉。而五山之根無所連箸，常隨潮波上下往還，不得暫峙焉。仙聖毒之，訴之於帝。帝恐流於西極，失群仙聖之居，乃命禺强使巨鼇十五舉首而戴之。迭爲三番，六萬歲一交焉。五山始峙而不動。而龍伯之國有大人，舉足不盈數步而暨五山之所，一釣而連六鼇，合負而趣，歸其國，灼其骨以數焉。於是岱輿、員嶠二山流於北極，沈於大海，仙聖之播遷者巨億計。」

〔三八〕 楛：通「枯」。

〔三九〕 罦罳：同「罘罳」。資治通鑑唐文宗太和九年：「宦者曰：『事急矣，請陛下還宫！』即舉軟輿，迎上扶升輿，決殿後罘罳，疾趨北出。」胡三省注：「唐宫殿中罘罳，以絲爲之，狀如網，以捍燕雀，非如漢宫闕之罘罳也。」

〔四〇〕 蚿憐夔憐：莊子秋水：「夔憐蚿，蚿憐蛇，蛇憐風，風憐目，目憐心。」夔，一足獸。蚿，多足蟲。夔以少足而企羨多足，故憐蚿；蚿以有足而羡無足，故憐蛇；蛇以微小而羡龐大，故憐風；風以暗而慕明，故憐目；目以外而慕内，故憐心。後因以「夔憐蚿」爲以不足羡有餘之典。

〔四一〕 蜾蝓：周禮天官醢人「蠃醢」漢鄭玄注：「蠃，蜾蝓。」五代馬縞中華古今注蝸牛：「蝸牛，陵螺也，形如蜾蝓，殼如小螺，熱則自懸葉下。」

〔四二〕 畫墁：同「畫墁」。孟子滕文公下：「有人於此，毀瓦畫墁，其志將以求食也，則子食之乎？」朱熹集注：「墁，墻壁之飾也。毀瓦畫墁，言無功而有害也。」

〔四三〕 移山：用「愚公移山」之典，事見列子湯問。

〔四四〕 抱甕：典出「抱甕灌園」，喻安於拙陋的淳樸生活。參詩卷二樂志詩并序注釋〔一四〕。

〔四五〕 行路難：樂府雜曲歌辭名。内容多寫世路艱難和離情别意。原爲民間歌謡，後經文人擬作，采入樂府。南朝宋鮑照擬行路難十九首及唐李白所作行路難三首都較著名。

〔四六〕 老死牖下：儀禮士喪禮：「死於適室，幠用斂衾。」鄭玄注：「疾時處北牖下，死而遷之當牖下。」後因以「老死牖下」謂終其天年。

〔四七〕 莊子應帝王：「南海之帝爲儵，北海之帝爲忽，中央之帝爲渾沌。儵與忽時相與遇於渾沌之地，渾沌待之甚善。儵與忽謀報渾沌之德，曰：『人皆有七竅以視聽食息，此獨無有，嘗試鑿之。』日鑿一竅，七日而渾沌死。」

〔四八〕 大素：太素，即「太初」。列子天瑞：「太初者，氣之始也。太始者，形之始也。太素者，質之始也。」漢班固白虎通天地：「始起先有太初，後有太始，形兆既成，名曰太素。」

〔四九〕 火宅：佛教語，多用以比喻充滿衆苦的塵世。

池上

接序〔一〕無餘華，睎〔二〕枝猶緑陰。高風一以振，策策〔三〕生秋心。穿林蝙蝠飛，葉下鷩魚沈。回塘暗螢出，微明欲何任？但見惡竹竿〔四〕，窗隙羅幽森。佳人眷天末，青霞〔五〕杳難尋。攀柏〔六〕不能餐，撫松空復吟〔七〕。

勞生〔八〕逾半百，仙骨定虚擬。躡景〔九〕無神駒，何能越塵海？綴文成積習，痼乃據腹痞。不然掉頭去，身世久敝屣。紫瀾〔一〇〕擁三山〔一一〕，飛落曲池裏。冥心追大素〔一二〕，庶及羲黄〔一三〕美。呔蛤盈葦根，闐闐〔一四〕聒雙耳。

【繫年】

詩道光十一年（一八三一）夏作於南京。

【注釋】

〔一〕接序：季節變换。

〔二〕睎：望。

〔三〕策策：象聲詞。唐韓愈秋懷詩之一：「窗前兩好樹，衆葉光薿薿。秋風一披拂，策策鳴不已。」

〔四〕惡竹竿：唐杜甫將赴成都草堂，途中有作，先寄嚴鄭公五首其四：「新松恨不高千尺，惡竹應須斬萬竿。」

〔五〕青霞：此喻指高人雅士。

〔六〕攀柏：晋書孝友傳王裒：「王裒字偉元，城陽營陵人也。祖修，有名魏世。父儀，高亮雅直，爲文帝司馬。東關之役，帝問於衆曰：『近日之事，誰任其咎？』儀對曰：『責在元帥。』帝怒曰：『司馬欲委罪於孤邪！』遂引出斬之。裒少立操尚，行己以禮，身長八尺四寸，容貌絶異，音聲清亮，辭氣雅正，博學多能，痛父非命，未嘗西向而坐，示不臣朝廷也。於是隱居教授，三徵七辟皆不就。廬于墓側，旦夕常至墓所拜跪，攀柏悲號，涕淚著樹，樹爲之枯。」後以「攀柏」爲悼念亡親的典故。

〔七〕晋左思咏史之二：「鬱鬱澗底松，離離山上苗，以彼徑寸莖，蔭此百尺條。世胄躡高位，英俊沈下僚。地勢使之然，由來非一朝。」

〔八〕勞生：莊子大宗師：「夫大塊載我以形，勞我以生，佚我以老，息我以死。」後以「勞生」指辛苦勞累的生活。

〔九〕躡景：文選曹植七啓：「忽躡景而輕騖，逸奔驥而超遺風。」李善注：「景，日景也。躡之言疾也。」三國魏嵇康兄秀才公穆入軍贈詩之十：「風馳電逝，躡景追飛。」

〔一〇〕紫瀾：清洪亮吉花朝日鷗波池館即事：「大風吹海海紫瀾，海勢欲捲門前灘。」

〔一一〕三山：晋王嘉拾遺記高辛：「三壺，則海中三山也。一曰方壺，則方丈也；二曰蓬壺，則蓬萊也；三曰瀛壺，則瀛洲也。」

〔一二〕大素：太素，即「太初」。參詩卷六放歌贈鷹巢上人注釋〔四八〕。

〔一三〕羲黃：伏羲與黃帝的并稱。

〔一四〕闐闐：聲音洪大。楚辭九辯：「屬雷師之闐闐兮，通飛廉之衙衙。」

六月一日，同人泛湖爲包山〔一〕之游，四日返櫂，得雜詩十三首

力沖猛雨穿雲海，縹緲峰〔二〕頭數湧蓮。八尺勞生無著處〔三〕，天風吹落翠屏前。石公山有軒曰翠屏，蓋采袁中郎語也。〔四〕

紫緑相兼無點苔，直將泉氣接層陔。片雲如絮當階出，莫上高峰便不回。

偶寄游蹤得静便〔五〕，中郎風度亦翩翩。石鐘〔六〕到處聞韃韐，豈獨金庭〔七〕是洞天。石公山玲瓏如地肺〔八〕，歸雲夕光，洞叡軒豁，皆奇境也。

萬頃蒼茫卷白頭，一生辛苦釣魚舟。馮闌把似〔九〕圖中看，直道烟波作浪游〔一〇〕。

銷夏〔一一〕新荷没亂蒲，雨傾圓葉散愁珠。功成身退鴟夷子，曾載西施到此無？〔一二〕

秦鞭擲處走蛟龍〔一三〕，亂石嵯峨倚短筇。東去蘇臺〔一四〕金粉地，不須更上莫釐峰〔一五〕。縹緲峰居西山西南，山脈自此度湖而來，歷東山至東北莫釐峰而去。

山雨楊梅皺有瘢，野僧餉客齒流酸。莫將世味矜餐蔗〔一六〕，只作尋常嚼蠟〔一七〕看。

石竹華開野蜨飛，粘須惹鬢總忘機。馮君莫向春園去，無賴輕紈〔一八〕妒舞衣〔一九〕。

吴王宫殿〔二〇〕越王臺〔二一〕，一鏡中涵萬古哀。不似金陵尋霸業，蔡州〔二二〕全長過江來。沙

長江東，石頭門户全失，金陵吊古徒襲陳言，不若具區，大局未改也。

初月無光露氣溥，白榆丹鳥映波寒。今年眼福應須記，信宿〔二三〕湖光枕上看。

榜師〔二四〕獨夜奏胡琴，已共官蛙〔二五〕攪客心。香徑〔二六〕乍開船亂入，争教霸氣不消沉？

絶頂孫登嘯鸞鳳〔二七〕，輕舟夏統躍烏鰌〔二八〕。秋風未起蓴絲老，張翰當年見事遲。〔二九〕

廿年騎鸛〔三〇〕住揚州，哥吹空誼杜牧樓〔三一〕。投老〔三二〕欲尋歸隱處，五湖〔三三〕烟水一浮鷗。

【繫年】

詩道光十一年（一八三一）六月四日作於蘇州。

【注釋】

〔一〕包山：宋祝穆撰、宋祝洙增訂方輿勝覽卷之二浙西路山川包山：「在吴縣西南百二十里。又名洞庭山，中有洞庭深遠。」

〔二〕縹緲峰：蘇州西山島西山主峰，太湖七十二峰之首。

〔三〕漢王充潛夫論卜列：「夫人之所以爲人者，非以此八尺之身也，乃以其有精神也。」

〔四〕明袁宏道袁中郎全集明崇禎刊本卷八西洞庭：「西洞庭之山，高爲縹緲，怪爲石公，巉爲大小龍，幽爲林屋：此山之勝也。石公之石，丹梯翠屏；林屋之石，怒虎伏群；龍山之石，吞波吐浪：此石之勝地。」

〔五〕静便：清静、安適。

〔六〕石鐘：石鐘山，在江西湖口。宋蘇軾石鐘山記：「余方心動欲還，而大聲發於水上，噌吰如鐘鼓不絶，舟人大恐。徐而察之，則山下皆石穴罅，不知其淺深，微波入焉，涵澹澎湃而爲此也。舟迴至兩山間，將入港口，有大石當中流，可坐百人，空中而多竅，與風水相吞吐，有窾坎鏜鞳之聲，與向之噌吰者相應，如樂作焉。」

〔七〕金庭：清李銘皖等光緒蘇州府志光緒七年刻本卷六：「金庭山一名庭山，與玉柱山相對。洞庭記：庭柱山在洞庭山東北九里，所謂金庭、玉柱也。洞中有棋盤、石磴，皆天然奇迹。玉柱山一名柱山，舊志有若石柱巖業者，故名。」

〔八〕地肺：宋張君房雲笈七籤卷二七天地宫府圖七十二福地：「太上曰：其次七十二福地，在大地名山之間，上帝命真人治之。其間多得道之所。第一地肺山，在江寧府句容縣界，昔陶隱居幽棲之處。真人謝允治之。」

〔九〕把似：譬作。

〔一〇〕浪游：漫游，四方游蕩。

〔一一〕銷夏：銷夏灣。宋范成大吴郡志兵部侍郎紀昀家藏本卷十八：「銷夏灣，在太湖洞庭西山之趾山，十餘里繞之。舊傳吴王避暑處。周迴湖水一灣，水色澄徹，寒光逼人，真可銷夏也。」

〔一二〕東漢袁康撰、李步嘉校釋越絶書校釋中華書局二〇一三年版附録一越絶書佚文校箋引吴地記：「西施亡吴國後，復歸范蠡，同泛五湖而去。」鴟夷子，即鴟夷子皮，春秋越范蠡之號。

〔一三〕參詩卷二漫興注釋〔一二〕。

〔一四〕蘇臺：此借指蘇州。參詩卷三惆悵曲并序注釋〔三〕。

〔一五〕莫釐峰：清顧祖禹讀史方輿紀要卷二十四南直六莫釐山：「亦在太湖中。與包山并峙，相去二十里。一名胥母山，謂子胥嘗迎母居此。母亦讀無。或云隋時有莫釐將軍屯此，今峰之最高者曰莫釐峰。山周八十里，視西洞庭差小，而岡巒起伏，廬聚物産，大略相同，俗謂之東洞庭。」

〔一六〕餐蔗：南朝宋劉義慶世説新語排調：「顧長康（愷之）噉甘蔗，先食尾。問所以，云：『漸至佳境。』」後因以「啖蔗」喻境況逐漸好轉。

〔一七〕嚼蠟：比喻没有味道。

〔一八〕輕紈：紈扇。漢班婕妤失寵於成帝，作怨歌行，以紈扇爲喻，後以「悲紈扇」比喻婦女因色衰失寵而感到悲傷。

〔一九〕舞衣：漢伶玄趙飛燕外傳：「帝於太液池作千人舟，號合宫之舟。后歌舞歸風送遠之曲，侍郎馮無方吹笙以倚后歌。中流歌酣，風大起，后揚袖曰：『仙乎仙乎，去故而就新，寧忘懷乎？』帝令無方持后裙，風止，裙爲之縐。他日，宫姝或襞裙爲縐，號留仙裙。」

〔二〇〕吴王宫殿：即姑蘇臺。

〔二一〕越王臺：南朝梁任昉述異記卷上：「吴既滅越，棲勾踐于會稽之上，地方千里。勾踐得范蠡之謀，乃示民以耕桑，延四方之士，作臺於外而館賢士。今會稽山有越王臺。」

〔二二〕蔡州：蔡洲。又名蔡家涇、蔡家沙。原爲長江中沙洲，今已併入南岸。故址在今南京西南。宋樂史太平寰宇記卷九〇江南東道江寧縣：「蔡洲，在縣西十二里，周迴五十五里。丹陽記云：『吴時客館在蔡洲上，以舍遠使。蘇峻作逆，陶侃等率所統同赴京師，直指石頭，次于蔡洲。』」

〔二三〕信宿：詩經豳風九罭：「公歸不復，於女信宿。」毛傳：「再宿曰信；宿，猶處也。」

〔二四〕榜師：船夫。

〔二五〕官蛙：晋書惠帝紀：「帝又嘗在華林園，聞蝦蟆聲，謂左右曰：『此鳴者爲官乎，私乎？』或對曰：『在官地爲官，在私地爲私。』及天下荒亂，百姓餓死，帝曰：『何不食肉糜？』其蒙蔽皆此類也。後因食𥹘中毒而崩，或云司馬越之鴆。」

〔二六〕香徑：蘇州勝迹采香徑的省稱。采香徑爲香山旁的小溪，春秋時吴王種香於香山，使美人泛舟於溪以采香。

〔二七〕晋書隱逸孫登傳：「孫登字公和，汲郡共人也。」晋書阮籍傳：「籍嘗於蘇門山遇孫登，與商略終古及栖神導氣之術，登皆不應，籍因長嘯而退。至半嶺，聞有聲若鸞鳳之音，響乎岩谷，乃登之嘯也。」後用爲游逸山林、長嘯放情的典故。

〔二八〕晋書隱逸夏統傳：「夏統字仲御，會稽永興人也。……後其母病篤，乃詣洛市藥。會三月上巳，洛中王公已下并至浮橋，士女駢填，車服燭路。統時在船中曝所市藥，諸貴人車乘來者如雲，統并不之顧。太尉賈充怪而問之，統初不應，重問，乃徐答曰：『會稽夏仲御也。』充使問其土地風俗，統曰：『其人循循，猶有大禹之遺風，太伯之義讓，嚴遵之抗志，黄公之高節。』又問：『卿居海濱，頗能隨水戲乎？』答曰：『可。』統乃操柂正櫓，折旋中流，初作鯔鯸躍，後作鯆鮃引，飛鷁首，掇獸尾，奮長梢而船直逝者三焉。於是風波振駭，雲霧杳冥，俄而白魚跳入船者有八九。」

〔二九〕典出「季鷹魚」「鱸魚膾」，用爲思鄉賦歸之典。事見南朝宋劉義慶世説新語識鑒。參詩卷一虹橋舟中飲餞，贈别翰風張二，即題芙蓉湖莊畫卷注釋〔六〕。

〔三〇〕騎鸖：當是「騎鶴」之誤。南朝梁殷芸小説卷六：「有客相從，各言所志，或願爲揚州刺史，或願多貲財，或願騎鶴上升。其一人曰：『腰纏十萬貫，騎鶴上揚州。』欲兼三者。」後因以比喻欲集做官、發財、成仙於一身，或形容貪婪、妄想。

〔三一〕唐杜牧遣懷：「十年一覺揚州夢，贏得青樓薄倖名。」

〔三二〕投老：垂老，臨老。

〔三三〕五湖：太湖别名。

澤國

蘇臺〔一〕嘆沈竈〔二〕，呼癸〔三〕記三年。四十八甲子，霪霖今復然。未聞湧水出，已見青苗菸。澤國此重困，吴淞誰所宜？

北道婁河失，西封震澤寬。群龍趨滅没，巨浪齧巑岏〔四〕。陰火〔五〕猶山麓，棲苴〔六〕已樹端。若非神力在，百里付驚湍。東風鼓浪，高於屋廬者丈餘，居人呼搶無計。晦冥中見神燈巡山麓東行，湖水遂壁立，不復西上，浮萍斷梗猶掛樹杪，余親見之。是何神也？天不動威，不降霖潦，又復保其殘命，使之自新。蚩蚩之民，宜何如感畏邪？

龍骨〔七〕傳車制，全凴溉旱苗。如何戽水〔八〕出，欲使積陰銷。比室皆縣罄〔九〕，餘糧付渫焦〔一〇〕。傷心人散後，終夜聽瀟瀟。

豈有月離畢，非關豕度河。〔一一〕殷雷〔一二〕下山易，大蜃出雲多。匝地〔一三〕收青靄，連天卷白波。嗚鉦〔一四〕猶不起，况乃問勞歌〔一五〕。

力久甿田竭，生惟陶瓬〔一六〕資。錐刀〔一七〕争已盡，螟螣〔一八〕况潛滋。醉社〔一九〕稀逢瑞，催租困所司。必聞寛大詔，恭值禹湯時。

【繫年】

詩道光十一年（一八三一）夏作於蘇州。

【注釋】

〔一〕蘇臺：姑蘇臺。此借指蘇州。參詩卷三惆悵曲并序注釋〔三〕。

〔二〕沈竈：國語晋語九：「（趙襄子）乃走晋陽，晋師圍而灌之，沈竈産蛙，民無畔意。」韋昭注：「沈竈，懸釜而炊也。産蛙，蛙生於生竈也。蛙，蝦蟆也。」形容水患嚴重。

〔三〕呼癸：亦作「呼庚癸」「呼庚」「庚癸」。乞糧的隱語。左傳哀公十三年：「吴申叔儀乞糧於公孫有山氏。……對曰：『粱則無矣，粗則有之。若登首山以呼曰：「庚癸乎！」則諾。』」杜預注：「軍中不得出糧，故爲私隱。庚，西方，主穀；癸，北方，主水。」

〔四〕巑岏：楚辭劉向九嘆：「登巑岏以長企兮，望南郢而窺之。」王逸注：「巑岏，鋭山也。」

〔五〕陰火：唐杜甫奉同郭給事湯東靈湫作：「陰火煮玉泉，噴薄漲岩幽。」仇兆鰲注：「博物志：凡水源有硫磺，其泉則温，故云陰火若煮。」

〔六〕棲苴：詩經大雅召旻：「如彼歲旱，草不潰茂，如彼棲苴。」朱熹集傳：「棲苴，水中浮草棲於木上者。」

〔七〕龍骨：龍骨車，水車的別名。形如龍骨，故稱。

〔八〕戽水：汲水灌田。

〔九〕左傳僖公二十六年：「齊侯曰：『室如縣罄，野無青草。何恃而不恐？』」杜預注：「時夏四月，今之二月，野物未成，故言居室而資糧縣盡，在野則無蔬食之物，所以當恐。」楊伯峻注：「磬之懸掛，中高而兩旁下，其間空洞無物。百姓貧乏，室無所有，雖房舍高起，兩檐下垂，如古磬之懸掛者然也。」

〔一〇〕渫焦：即「沃焦」「沃燋」，又名尾閭。莊子秋水：「天下之水，莫大於海，萬川歸之，不知何時止而不盈；尾閭泄之，不知何時已而不虛。」成玄英疏：「尾閭者，泄海水之所也。」文選嵇康養生論：「自力服藥，半年一年，勞而未驗。志以厭衰，中路復廢，或益之以畎澮而泄之以尾閭。」李善注引司馬彪曰：「尾閭，水之從海水出者也，一名沃燋，在東大海之中。尾者，在百川之下故稱尾。閭者，聚也，水聚族之處，故稱閭也。」

〔一一〕詩經小雅漸漸之石：「有豕白蹢，烝涉波矣。月離於畢，俾滂沱矣。」毛傳：「畢，噣也。月離陰星則雨。」文選張協七命：「南箕之風，不能暢其化。離畢之雲，無以豐其澤。」李善注引春秋緯：「月失其行，離於箕者風，離於畢者雨。」畢，二十八宿之一。

〔一二〕殷雷：轟鳴的雷聲，亦指大雷。

〔一三〕匝地：遍地。

〔一四〕鳴鉦：敲擊鉦、鐃或鑼，古代常用作起程的信號。

〔一五〕勞歌：憂傷、惜別之歌。唐駱賓王送吴七游蜀：「勞歌徒欲奏，贈别竟無言。」

〔一六〕陶瓬：亦作「陶旊」。周禮考工記旊人：「凡陶旊之事，髻、墾、薜、暴不入市。」燒製簋、豆等陶器器皿。

〔一七〕錐刀：錐刀之末，錐刀之利。左傳昭公六年：「錐刀之末，將盡争之。」杜預注：「錐刀末，喻小事。」

〔一八〕螟螣：詩經小雅大田：「去其螟螣，及其蟊賊。」毛傳：「食心曰螟，食葉曰螣。」

〔一九〕醉社：酒社，猶酒會。

京口晚泊

蓼葉蘋華不待秋，疏紅小碧向扁舟。誰知此夕荒江上，浪與行人共白頭。

紅霞盡處是迎鑾〔一〕，吏健休探赤白丸〔二〕。未信威行四千里，虎符偏只度江難。〔三〕

烟波渺渺欲何之，送罷成連〔四〕有所思。滄海横流翻絶調，却從何處覓鍾期〔五〕。

【繫年】

詩道光十一年（一八三一）夏作於鎮江。

【注釋】

〔一〕迎鑾：今江蘇儀徵。儀徵本爲南唐迎鑾鎮，又稱鑾江。

〔二〕赤白丸：爲奸猾不法之典實。參詩卷一郯城注釋〔三〕。

〔三〕宋蘇庠臨江仙席上贈張建康：「本是白蘋洲畔客，虎符卧鎮江城。」

〔四〕成連：春秋時成連用船把伯牙送到荒島上，讓他從自然界的音響中悟得琴理。後因以「刺船」爲使人移情之典。參文卷四樂論注釋〔一四〕。

〔五〕鍾期：鍾子期。

大水一百韻

岳瀆秩公侯〔一〕，言佐亭毒〔二〕職。沈薶〔三〕祀有典，鮮腆〔四〕牲設楅〔五〕。直祈歲事〔六〕豐，豈吝閟宫〔七〕侐。黑蜧〔八〕本淵潛，遺種在崱屴〔九〕。乘時思變化，害稼甚蟊蠈〔一〇〕。鯪魚〔一一〕導先路，商羊〔一二〕爲羽翼。湧水出無原，巨石當即泐。礌硠〔一三〕闞崟嵚〔一四〕，蕩潏〔一五〕到溝洫〔一六〕。峨峨百尺松，拔若斬狙杙〔一七〕。謂宜群山神，攻比齒去蠹。何圖保凶頑，甘此俟顛匐〔一八〕。西岷及南衡，峻厚仰嶢嶷〔一九〕。支隴〔二〇〕所屈盤，猶望莫巴僰〔二一〕。況我財賦區，而忍縱抵冒〔二二〕？夔闢〔二三〕失灩澦〔二四〕，東注勢莫測。歸巴限危灘，訣蕩〔二五〕門去閾〔二六〕。竭來吞雲夢，瀟湘正瀠瀷〔二七〕。辰沅且助虐，詭道〔二八〕探右肋。洞庭與青草〔二九〕，豈復存界緎〔三〇〕。巴陵〔三一〕淼見襄〔三二〕，漢水漭來逼。游女嬌弄珠〔三三〕，夌波試丹繶〔三四〕。是時雨師〔三五〕狂，天漢〔三六〕傾已踣。耳疲疾霆震，目眵〔三七〕驚電艴〔三八〕。牽船張融〔三九〕智，結檻杜陵〔四〇〕惑。惟升平乘樓〔四一〕，焉伏元熊軾〔四二〕。澎訇〔四三〕達九江，彭蠡〔四四〕怒而北。旌陽鎖忽斷，誰制慎郎愎。〔四五〕舟窺星子〔四六〕雉〔四七〕，鹽散〔四八〕華州功〔四九〕。三方互傾注，萬派迷要樕〔五〇〕。楚尾連吳頭，居然被吞蝕。闃闃〔五一〕吳與會〔五二〕，惟辟所玉食〔五三〕。其民習劬勞〔五四〕，其土最粘埴〔五五〕。正供〔五六〕十居七，已改禹貢則〔五七〕。畫田多方罫〔五八〕，網舉類罳罭〔五九〕。其穀宜稻麥，高者雜黍稷。下澤亦不閑，瓜瓠暨蘿菔。比屋〔六〇〕匙〔六一〕蓋藏〔六二〕，農夫勴纖嗇〔六三〕。徒聞一日蠟，敢用三年仂〔六四〕。昔者丁〔六五〕癸未〔六六〕，亦已困湢汎〔六七〕。三老〔六八〕循圩塍〔六九〕，拊心〔七〇〕痛猶盡。邇來八九載，稍稍覬蘇息。偏灾〔七一〕或風旱，餘孽苟螟螣〔七二〕。豚蹏〔七三〕禱必虔，田祖〔七四〕色無惡〔七五〕。庶美禾油油〔七六〕，勿負耕畟畟〔七七〕。青苗方待蒔〔七八〕，望澤情孔亟〔七九〕。若非獲甘雨〔八〇〕，何以詶㊀力穡。天心大仁愛，膏渥地脈眆〔八一〕。輕輕駕犂耙，緩緩叱犍犆〔八二〕。婦子供烹燖〔八三〕，亞旅〔八四〕期越翌。雛肥盈握尾〔八五〕，酒釃封缸〔八六〕醷。纖雲留大虛〔八七〕，霢霂〔八八〕過中昃〔八九〕。檜淙〔九〇〕聽終夜，跳沫上苔堿〔九一〕。三日遂聯綿，舉眼見汩淢〔九二〕。初疑宣泄遲，漸覺汉港〔九三〕塞。白波〔九四〕留不去，青雀〔九五〕邇來即。乘流出蜀山，溟涬〔九六〕使心惻。吾鄉本山農，此際成澤國。遥堤混牛馬〔九七〕，斷壟〔九八〕游鸂鶒〔九九〕。忍牽翠帶荇〔一〇〇〕，罷膾銀絲鯽〔一〇一〕。晨餐辛豐〔一〇二〕市，夕艤北固〔一〇三〕側。金焦〔一〇四〕入窗小，惝恍〔一〇五〕非舊陟。藹藹連州青，茫茫蕩雲黑。乃知三七〔一〇六〕路，經月斷邪幅〔一〇七〕。哀哉吾民愁，匪也月離〔一〇八〕忒。東風駕潮上，贔屭〔一〇九〕鼓全力。金堤豈不完，志在同日克。奔騰萬騎蹴，駆還〔一一〇〕六鰲〔一一一〕殛。群生赴冥會〔一一二〕，遲速争晷刻〔一一三〕。百年聚熙穰〔一一四〕，烟火一朝熄。堂厦摧若楛，何暇問庖湢〔一一五〕。浮沈托片版，親串〔一一六〕共徽纆〔一一七〕。湒湒〔一一八〕魚生頭〔一一九〕，啾啾鬼啼魆〔一二〇〕。棺和〔一二一〕亂凫鷖〔一二二〕，姓氏焉足識。摸金〔一二三〕雖名官，未抵此殘賊。高塚見遺黎，尪羸〔一二四〕面無色。摶泥置缺鎗〔一二五〕，蔽㔉擁敗裓。濕薪吹不然，腸鳴〔一二六〕涕沾臆。索綯〔一二七〕擿〔一二八〕芰蒲，樊圃揬〔一二九〕枳棘。汩没雖僅存，餘生轉危仄。哀鴻〔一三〇〕已鎩羽，復恐被矰隿〔一三一〕。盜賊方剽輕〔一三二〕，小艇夜梭織〔一三三〕。乘危覆破巢，毋十倍沙蜮〔一三四〕。乾坤成一概，何地供竄匿？咬骨定無髓〔一三五〕，抽腸〔一三六〕寧有脜〔一三七〕？跳擲羡詹諸〔一三八〕，翻飛輸蠛蠓〔一三九〕。穅秕則云盡，饘粥〔一四〇〕那可得。號呼喉已喑，拯濟目屢拭。大君〔一四一〕邁唐虞，宵旰〔一四二〕念農殖〔一四三〕。嬰兒撫兆姓，户闥視九域〔一四四〕。朝披疆臣章，夕降樞使敕。已聞沛堯仁，轉用懷汲直〔一四五〕。奉行頗不易，視爾諸豹飾〔一四六〕。隱實〔一四七〕慮引延，飛灑〔一四八〕防詐慝。飽看溺人笑，願審吳王墨。〔一四九〕虚衷寍豈弟〔一五〇〕，峻法繩掊剋〔一五一〕。凛兹馬索朽〔一五二〕，慎勿弛銜勒〔一五三〕。置器藉白茆〔一五四〕，緐文戒烏賊〔一五五〕。從來傳循吏〔一五六〕，其道尚悃愊〔一五七〕。殺實采園桃〔一五八〕，無知軫銚芅〔一五九〕。安土俾重遷，褎〔一六〇〕哉帝之德。

【繫年】

詩曰「昔者丁癸未」，時當道光三年（一八二三），又曰「邇來八九載」，故詩當道光十一年（一八三一）夏作於南京。

【校勘】

㈠「詶」：求志堂存稿彙編本作「訓」，誤。形近致訛。「詶」，酬也。

【注釋】

〔一〕禮記王制：「天子祭天下名山大川，五嶽視三公，四瀆視諸侯。」鄭玄注：「視，視其牲器之數。」爾雅釋水：「江、淮、河、濟爲四瀆。四瀆者，發源注海者也。」

〔二〕亭毒：老子：「長之育之，亭之毒之，養之覆之。」一本作「成之熟之」。高亨正詁：「『亭』當讀爲『成』，『毒』當讀爲『熟』，皆音同通用。」後引申爲養育，化育。

〔三〕沈薶：薶沈，亦作「埋沈」。周禮春官大宗伯：「以貍沈祭山林川澤。」鄭玄注：「祭山林曰埋，川澤曰沈。」賈公彦疏：「以其山林無水故埋之，川澤有水故沈之。」孫詒讓正義：「貍沈兼牲玉幣言之。」

〔四〕鮮腆：亦作「鮮淟」。元郝經麗澤堂記：「聲色之華衒，車服之麗縟，飲食之鮮腆，宮室之高塏，位天下之至高，爵天下之至貴，禄天下之至重，嗜慾恣肆，志得意滿，衆人之所悦也，而不知有命焉，徇而求之，至有殺身而不悔者。」少善。謂對地位低的人無謙愛之意。

〔五〕楅：楅衡。周禮地官封人：「凡祭祀，飾其牛牲，設其楅衡。」鄭玄注：「楅設於角，衡設於鼻。」

〔六〕歲事：尚書大傳卷五：「耰鉏已藏，祈樂已入，歲事已畢，餘子皆入學。」鄭玄注：「祈樂當爲新穀。」

〔七〕閟宮：詩經魯頌閟宮：「閟宮有侐，實實枚枚。」毛傳：「閟，閉也。先妣姜嫄之廟在周，常閉而無事，孟仲子曰：是禖宮也。」鄭玄箋：「閟，神也。姜嫄神所依，故廟曰神宮。」

〔八〕黑蜧：淮南子齊俗訓：「犧牛粹毛，宜於廟牲。其於以致雨，不若黑蜧。」高誘注：「黑蜧，蛇神也。

潛於神淵，能興雲雨。」

〔九〕 崱屴：即「屴崱」，山峰高聳。

〔一〇〕 蟊蠈：同「蟊賊」。詩經小雅大田：「去其螟螣，及其蟊賊。」毛傳：「食根曰蟊，食節曰賊。」

〔一一〕 鯪魚：鯪鯉，穿山甲。又名龍鯉、石鯪魚。楚辭天問：「鯪魚何所。」漢王逸注：「一云鯪魚，鯪鯉也，有四足，出南方。」明李時珍本草綱目鱗一鯪鯉：「其形肖鯉，穴陵而居，故曰鯪鯉，而俗稱爲穿山甲。郭璞賦謂之龍鯉。臨海水土記云：『尾刺如三角菱，故謂石鯪。』」

〔一二〕 商羊：孔子家語辯政：「齊有一足之鳥，飛集于宫朝，下止於殿前，舒翅而跳。齊侯大怪之，使使聘魯問孔子。孔子曰：『此鳥名曰商羊，水祥也。昔童兒有屈其一脚，振訊兩眉而跳且謡曰：「天將大雨，商羊鼓舞。」今齊有之，其應至矣。急告民趨治溝渠，修堤防，將有大水爲災。』頃之大霖雨，水溢泛諸國，傷害民人，唯齊有備，不敗。景公曰：『聖人之言，信而有徵矣。』」

〔一三〕 礌硠：亦作「磊硠」，大聲。

〔一四〕 崟嵚：亦作「嶔嵚」，險峻的山。

〔一五〕 蕩潏：涌騰起伏。

〔一六〕 溝洫：本指田間水道，此泛指田野。

〔一七〕 斬狙杙：莊子人間世：「宋有荆氏者，宜楸柏桑。其拱把而上者，求狙猴之杙者斬之；三圍四圍，求高名之麗者斬之；七圍八圍，貴人富商之家求樿傍者斬之。」

〔一八〕 顛匐：顛仆，傾覆。

〔一九〕 嶢嶷：亦作「嶤嶷」，形容山峰高峻。

〔二〇〕支隴：山嶺的餘脈。宋程大昌雍録卷四：「金鑾坡者，龍首山之支隴，隱起平地而坡陁靡迤者也。」

〔二一〕僰：史記西南夷列傳：「巴蜀民或竊出商賈，取其筰馬、僰僮、髦牛，以此巴蜀殷富。」司馬貞索隱：「韋昭云：『僰屬犍爲，音蒲北反。』服虔云：『舊京師有僰婢。』」張守節正義：「今益州南戎州北臨大江，古僰國。」

〔二二〕抵冒：觸犯、抵禦。

〔二三〕夔關：即夔門，瞿塘峽。因地當川東門户，故稱。

〔二四〕灩澦：灩澦堆。長江瞿塘峽口的險灘。唐李白長干行之一：「十六君遠行，瞿塘灩澦堆。」王琦注引太平寰宇記：「灩澦堆，周回二十丈，在夔州西南二百步蜀江中心瞿塘峽口。冬水淺，屹然露百餘尺。夏水漲，没數十丈。其狀如馬，舟人不敢進。諺曰：『灩澦大如馬，瞿塘不可下；灩澦大如鼈，瞿塘行舟絶；灩澦大如龜，瞿塘不可窺；灩澦大如襆，瞿塘不可觸。』」

〔二五〕詄蕩：詄蕩蕩。漢書禮樂志：「天門開，詄蕩蕩，穆并騁，以臨饗。」顔師古注引如淳曰：「詄讀如迭。詄蕩蕩，天體堅清之狀也。」王先謙補注：「天體廣遠，言象俱忘，故曰詄蕩蕩。」

〔二六〕門去閾：「門閾去」。門閾，門檻。

〔二七〕瀿瀷：水流暴溢。

〔二八〕詭道：間道，捷徑。

〔二九〕青草：青草湖。古五湖之一。亦名巴丘湖，在今湖南岳陽西南，和洞庭湖相連。因青草山而得名。一説湖中多青草，冬春水涸，青草彌望，故名。唐宋時湖周二百六十五里，北有沙洲與洞庭湖相隔，水漲時則與洞庭相連，詩文中多與洞庭并稱。

〔三〇〕界緎：界縫。緎，羊羔皮的接縫處。

〔三一〕巴陵：今湖南岳陽。

〔三二〕見襄：懷山襄陵。尚書堯典：「湯湯洪水方割，蕩蕩懷山襄陵。」蔡沈集傳：「懷，包其四面也。襄，駕出其上也。」

〔三三〕用「漢皋解珮」典。參詩卷三十二艷品者，鐵香感蓉隱詞事，爲翰風作也。剪燈反覆，系之以詩。時遲，鐵香不至，即以柬之注釋〔二八〕。

〔三四〕丹纁：赤色的絲帶。南朝梁任昉王貴嬪哀策文：「青絇丹纁，辰衣素紗，肅雍婦職，僉曰俞佳。」

〔三五〕雨師：古代傳説中司雨的神。

〔三六〕天漢：詩經小雅大東：「維天有漢，監亦有光。」毛傳：「漢，天河也。」

〔三七〕眵：説文解字：「目傷眥也。」

〔三八〕電艴：閃電。

〔三九〕牽船張融：參詩卷三欲歸注釋〔四〕。

〔四〇〕結檻杜陵：漢書宣帝紀：「曾孫（漢宣帝）雖在襁褓，猶坐收系郡邸獄。」杜陵，漢宣帝陵墓。此代漢宣帝。

〔四一〕平乘樓：南朝宋劉義慶世説新語輕詆：「桓公入洛，過淮、泗，踐北境，與諸僚屬登平乘樓，眺矚中原。」李詳注：「通鑑一百胡注：『平乘樓，大船之樓。』」

〔四二〕元熊軾：玄熊軾。西晉張華女史箴：「玄熊攀檻，馮媛趨進；夫豈無畏，知死不嗇。」此喻水如玄熊，極言水勢之大。

〔四三〕澎訇：同「砰訇」，象聲詞，狂風暴雨聲。清方文大孤館阻雪：「行甫及孤山，狂飆復砰訇。」

〔四四〕彭蠡：鄱陽湖。

〔四五〕宋李昉等太平廣記卷第十四神仙十四許真君：「許真君，名遜，字敬之，本汝南人也。祖琰，父肅，世慕至道。……鄉舉孝廉，拜蜀旌陽令。尋以晉室棼亂，棄官東歸，因與吴君同游江左。……後於豫章遇一少年，容儀修整，自稱慎郎。許君與之談話，知非人類。指顧之間，少年告去。真君謂門人曰：『適來年少，乃是蛟蜃之精。吾念江西累爲洪水所害，若非翦戮，恐致逃遁。』蜃精知真君識之，潛於龍沙洲北，化爲黄牛。真君以道眼遥觀，謂弟子施大王曰：『彼之精怪，化作黄牛。我今化其身爲黑牛，仍以手巾掛膊，將以認之。汝見牛犇鬥，當以劍截彼。』真君乃化身而去。俄頃，果見黑牛犇趂黄牛而來，大王以劍揮牛，中其左股，因投入城西井中。許君所化黑牛，趂後亦入井内。其蜃精復從此井奔走，徑歸潭州，却化爲人。先是，蜃精化爲美少年，聰明爽雋，而又富於寶貨。知潭州刺史賈玉有女端麗，欲求貴壻以匹之。蜃精乃廣用財寶，賂遺賈公親近，遂獲爲伉儷焉。自後與妻於衙署後院而居。每至春夏之間，常求旅游江湖。歸則珍寶財貨，數餘萬計。賈使君之親姻僮僕，莫不賴之而成豪富。至是蜃精一身空歸，且云『被盗所傷』。舉家嘆惋之際，典客者報云：『有道流姓許字敬之，求見使君。』賈公遽見之，真君謂賈公曰：『聞君有貴壻，略請見之。』賈公乃命慎郎出與道流相見。慎郎怖畏，托疾潛藏。真君勵聲而言曰：『此是江湖害物，蛟蜃老魅，焉敢遁形？』於是蜃精復變本形，宛轉堂下，尋爲吏兵所殺。真君又令將其二子出，以水噀之，即化爲小蜃。妻賈氏，幾欲變身，父母懇真君，遂與神符救療。仍令穿其宅下丈餘，已旁亘無際矣。真君謂賈玉曰：『汝家骨肉幾爲魚鱉也。今須速移，不得暫停。』賈玉倉皇徙居，俄頃之間，官舍崩没，白浪騰涌。即今舊迹宛然在焉。」

〔四六〕星子：星子縣，今江西九江廬山市。

〔四七〕雉：城雉，城上短墻，亦泛指城墻。

〔四八〕鹽散：散鹽，撒鹽。晋書列女傳王凝之妻謝氏：「又嘗内集，俄而雪驟下，安曰：『何所似也？』安兄子朗曰：『散鹽空中差可擬。』道韞曰：『未若柳絮因風起。』安大悦。」後以「散鹽」喻飛雪。此喻大水。

〔四九〕華州玏：當是「蕚州玏」之誤。玏，瑊玏，似玉的美石，傳説産於湖北蕚州。

〔五〇〕要襋：衿要，謂地勢沖要，亦指要害之地。魏書裴慶孫傳：「朝廷以此地被山帶河，衿要之所，肅宗末，遂立邵郡。」

〔五一〕闐闐：衆多、旺盛貌。詩經小雅采芑：「伐鼓淵淵，振旅闐闐。」高亨注：「闐闐，兵勢衆盛貌。」

〔五二〕吴與會：東漢分會稽郡爲吴會稽二郡，并稱吴會。後亦泛稱此兩郡故地爲吴會。

〔五三〕玉食：尚書洪範：「惟辟作福，惟辟作威，惟辟玉食。」孔傳：「言惟君得專威福，爲美食。」孫星衍疏：「玉食，猶言好食。」

〔五四〕劬勞：勞累，勞苦。詩經小雅蓼莪：「哀哀父母，生我劬勞。」

〔五五〕粘埴：埴壚，稍粘而較疏鬆的土壤。周禮地官草人：「勃壤用狐，埴壚用豕。」鄭玄注：「埴壚，黏疏者。」賈公彦疏：「以埴爲黏，以壚爲疏，故云黏疏也。」

〔五六〕正供：常供，法定的賦税。

〔五七〕禹貢則：夏禹時代的貢賦制度。

〔五八〕方罫：文選韋昭博弈論：「然其所志不出一枰之上，所務不過方罫之間。」張銑注：「罫，綫之間方目也。」

〔五九〕罶罭：緵罟。詩經豳風九罭：「九罭之魚。」毛傳：「九罭，緵罟，小魚之網也。」陸德明釋文：「今江南呼緵罟爲百囊網也。」爾雅釋器：「緵罟謂之九罭；九罭，魚罔也。」郝懿行義疏：「緵之言總也，孟子所謂數罟，言其網目細密，故毛以爲小魚之網。」

〔六〇〕比屋：家家户户，常用以形容衆多、普遍。

〔六一〕尟：同「鮮」，少也。

〔六二〕蓋藏：禮記月令：「（孟冬之月）命百官，謹蓋藏。」鄭玄注：「謂府庫囷倉有藏物。」此指儲藏的財物。

〔六三〕纖嗇：管子五輔：「纖嗇省用，以備饑饉。」尹知章注：「纖，細也。嗇，吝也。既細又吝，故財用省也。」

〔六四〕仂：清段玉裁説文解字注：「凡數之餘曰扐。」

〔六五〕丁：當，遭逢。漢劉向九嘆惜賢：「丁時逢殃，可奈何兮？」

〔六六〕癸未：清道光三年（一八二三），是年夏，安徽、江蘇、浙江大水。

〔六七〕湢汎：亦作「湢測」「偪側」，水洶涌相迫貌。史記司馬相如列傳：「滭浡滵汩，湢測泌瀄。」司馬貞索隱引司馬彪曰：「湢測，相迫也。」

〔六八〕三老：泛指有聲望的老人。

〔六九〕圩塍：圩埂，圍水的堤堰。

〔七〇〕拊心：拍胸，表示哀痛或悲憤。

〔七一〕偏灾：猶言大灾，指危害很大的灾害。

〔七二〕螟螣：詩經小雅大田：「去其螟螣，及其蟊賊。」毛傳：「食心曰螟，食葉曰螣。」

〔七三〕豚蹏：豬蹄。史記滑稽列傳：「威王八年，楚大發兵加齊。齊王使淳于髡之趙請救兵，齎金百斤，車馬十駟。淳于髡仰天大笑，冠纓索絶。王曰：『先生少之乎？』髡曰：『何敢！』王曰：『笑豈有説乎？』髡曰：『今者臣從東方來，見道傍有穰田者，操一豚蹄，酒一盂，祝曰：「甌窶滿篝，污邪滿車，五穀蕃熟，穰穰滿家。」臣見其所持者狹而所欲者奢，故笑之。』於是齊威王乃益齎黄金千溢，白璧十雙，車馬百駟。髡辭而行，至趙。趙王與之精兵十萬，革車千乘。楚聞之，夜引兵而去。」後比喻希圖以少許東西求取大量收益。

〔七四〕田祖：詩經小雅甫田：「琴瑟擊鼓，以御田祖。」毛傳：「田祖，先嗇也。」孔穎達疏：「以迎田祖先嗇之神而祭之。」朱熹集傳：「謂始耕田者，即神農也。」

〔七五〕恧：慚愧。

〔七六〕油油：尚書大傳卷二：「（微子）乃爲麥秀之歌曰：『麥秀漸漸兮，禾黍油油。』」形容濃密而飽滿潤澤。

〔七七〕畟畟：詩經周頌良耜：「畟畟良耜，俶載南畝。」毛傳：「畟畟，猶測測也。」馬瑞辰通釋：「胡承珙曰：『爾雅：深，測也。説文：測，深所至也。畟畟、測測，皆狀農人深耕之貌。』今按：淮南子原道篇注：『度深曰測。』則以耜入地之深亦得曰測。爾雅舍人注：『畟畟，耜入地之貌。』亦狀其入地之深。」

〔七八〕蒔：移植。

〔七九〕孔亟：很緊急、很急迫。

〔八〇〕甘雨：詩經小雅甫田：「以祈甘雨，以介我稷黍，以穀我士女。」孔穎達疏：「甘雨者，以長物則爲甘，害物則爲苦。」

〔八一〕防：通「泐」。

〔八二〕犍犆：公牛。

〔八三〕烹爊：燒煮。

〔八四〕亞旅：詩經周頌載芟：「侯主侯伯，侯亞侯旅。」毛傳：「亞，仲叔也；旅，子弟也。」指兄弟及衆子弟。

〔八五〕禮記内則：「雛尾不盈握，弗食。」孔穎達疏：「雛，謂小鳥，尾盈一握，然後堪食，若其過小未盈握，不堪食也。」

〔八六〕封缸：酒名，封貯缸中的一種陳年酒。

〔八七〕大虛：太虛。天，天空。

〔八八〕霢霂：小雨。

〔八九〕中昃：尚書無逸：「自朝至於日中、昃。」孔傳：「從朝至日昳。」孔穎達疏：「言文王勤於政事，從朝不食，或至於日中，或至於日昃，猶不暇食，故經中、昃并言之。」

〔九〇〕檐淙：檐滴，屋檐滴下的雨水。

〔九一〕苔堿：長青苔的臺階。

〔九二〕汩淢：亦作「淢汩」。文選張衡南都賦：「長輸遠逝，漻淚淢汩。」李善注引説文：「淢，疾流也。」張銑注：「淢汩，疾流貌。」

〔九三〕汊港：水流的分支。

〔九四〕白波：莊子外物：「白波若山，海水震蕩。」

〔九五〕青雀：鳥名，即鷁，水鳥名。

〔九六〕溟涬：淮南子本經訓：「舜之時，共工振滔洪水，以薄空桑，龍門未開，吕梁未發，江淮通流，四海溟涬，民皆上丘陵，赴樹木。」高誘注：「溟涬，無畔岸也。」

〔九七〕混牛馬：莊子秋水：「秋水時至，百川灌河；涇流之大，兩涘渚崖之間不辯牛馬。」

〔九八〕斷壟：亦作「斷隴」。宋黄庭堅題王仲弓兄弟巽亭：「人登斷壟求，我目歸鴻送。」任淵注：「孟子曰：『有賤丈夫焉，必求龍斷而登之，以左右望，而罔市利。』注云：『龍斷謂堁斷而高者也。』」

〔九九〕瀏鶒：水亦作「瀏鵣」，水鳥名。形大於鴛鴦，而多紫色，好并游。俗稱紫鴛鴦。

〔一〇〇〕唐杜甫曲江對雨：「林花著雨燕脂落，水荇牽風翠帶長。」

〔一〇一〕唐杜甫陪鄭廣文游何將軍山林之二：「鮮鯽銀絲膾，香芹碧澗羹。」銀絲，比喻切細的魚絲。

〔一〇二〕辛豐：今江蘇鎮江丹徒辛豐。古稱新豐，爲紀念春秋韓國趙侯辛翼救濟一方百姓而又改稱辛度寺。

〔一〇三〕北固：北固山。在今江蘇鎮江東北。

〔一〇四〕金焦：金山與焦山的合稱。兩山都在今江蘇鎮江。金山原名浮玉，因裴頭陀江際獲金，唐貞元間李騎奏改。焦山因漢焦光隱居此山得名。

〔一〇五〕惝恍：模糊，恍忽。

〔一〇六〕三七：人死後廿一日。清吴敬梓儒林外史第四回：「老太太是犯三七，到期該請僧人追薦。」

〔一〇七〕邪幅：詩經小雅采菽：「赤芾在股，邪幅在下。」毛傳：「諸侯赤芾邪幅。幅，偪也。所以自偪束也。」鄭玄箋：「邪幅，如今行縢也，偪束其脛，自足至膝，故曰在下。」邪幅本指古代纏裹足背至膝的布，此特指三七時所戴之孝布。

〔一〇八〕月離：詩經小雅漸漸之石：「月離于畢，俾滂沱矣。」朱熹集傳：「離，月所宿也。」舊傳畢星主雨，月亮附於畢星。月離於畢是降雨的徵兆。

〔一〇九〕贔屭：蠵龜的別名。舊時石碑下的石座相沿雕作贔屭狀，即取其力大能負重之義。

〔一一〇〕駆遝：亦作「駆踏」「駆沓」。馬疾走。泛指疾行。

〔一一一〕六鼇：神話中負載五仙山的六隻大龜。參詩卷六放歌贈鷹巢上人注釋〔三七〕。

〔一一二〕冥會：死後相會。

〔一一三〕晷刻：片刻。謂時間短暫。

〔一一四〕熙穰：同「熙攘」，熙熙攘攘。史記貨殖列傳：「天下熙熙，皆爲利來；天下壤壤，皆爲利往。」

〔一一五〕湢：浴室。

〔一一六〕親串：親戚。

〔一一七〕徽纆：繩索。

〔一一八〕湒湒：下雨聲。

〔一一九〕魚生頭：南朝梁李膺益州記：「邛都縣有一老姥，每食，輒有小蛇頭上戴角在牀間。姥憐之，飴之，後長丈餘，吸殺縣令駿馬。令掘地求蛇，無所見，遷怒殺姥。此後雷風四十五日，百姓相見，咸驚語：『汝頭那忽戴魚？』是夜俱陷爲河。」

〔一二〇〕鬼啼魆：宋王安石破冢：「旋風時山地中塵。」李壁注：「俗云旋風鬼所爲也。」集韻「魊」字解云：「鬼魊，回風。一説鬼因風伺人也。」

〔一二一〕棺和：文選謝惠連祭古冢文：「中有二棺，正方，兩頭無和。」李善注：「呂氏春秋：『惠公説魏太子曰：昔王季歷葬渦山之尾，欒水齧其墓，見棺之前和。』高誘曰：『棺題曰和。』」按：棺題指棺兩端木板。

〔一二二〕鳧鷖：詩經大雅鳧鷖：「鳧鷖在涇，公尸來燕來寧。」乃周王繹祭賓尸時所唱之詩。

〔一二三〕摸金：摸金校尉。文選陳琳爲袁紹檄豫州：「操又特置發丘中郎將、摸金校尉，所過隳突，無骸不露。」李周翰注：「言操置發丘中郎，摸金校尉之官，所過皆破壞冢墓，以取金寶，而露其骸骨也。」後泛指發墓盜金者。

〔一二四〕尫羸：尫羸，瘦弱。

〔一二五〕鎗：通「鐺」，平底淺鍋。

〔一二六〕腸鳴：肚轉腸鳴，肚腸翻轉鳴叫，形容非常飢餓的樣子。

〔一二七〕索綯：詩經豳風七月：「晝爾于茅，宵爾索綯。」鄭玄箋：「夜作絞索，以待時用。」此指繩子。

〔一二八〕搴：通「搴」，拔取。

〔一二九〕突：左傳襄公二十五年：「宵突陳城。」注：「穿也。」

〔一三〇〕哀鴻：詩經小雅鴻雁：「鴻雁于飛，哀鳴嗷嗷。」序云：「鴻雁，美宣王也。萬民離散，不安其居，而能勞來還定，安集之。」後以「哀鴻」比喻流離失所的人們。

〔一三一〕矰惟：矰弋。楚辭嚴忌哀時命：「外迫脅於機臂兮，上牽聯於矰惟。」洪興祖補注：「惟，與弋同。」

〔一三二〕剽輕：强悍輕捷，輕疾。史記絳侯周勃世家：「楚兵剽輕，難與爭鋒。」

〔一三三〕梭織：穿梭往來。

〔一三四〕沙蜮：含沙蜮。晋干寶搜神記卷十二：「漢光武中平中，有物處於江水，其名曰『蜮』，一曰『短狐』，能含沙射人。所中者則身體筋急，頭痛，發熱；劇者至死。」

〔一三五〕敲骨吸髓。宋道原景德傳燈録菩提達磨：「昔人求道，敲骨取髓，刺血濟饑。」

〔一三六〕抽腸：剖腹取腸。

〔一三七〕脂：通「殖」，脂膏久殖也。

〔一三八〕詹諸：即蟾蜍。蛤蟆。詹，通「蟾」。尚書大傳卷二：「鉅野菱，鉅定蠃，濟中詹諸，孟諸靈龜。」鄭玄注：「詹諸，蛙黽也。」

〔一三九〕蠘蠼：清錢繹方言箋疏卷八：「蝙蝠，自關而東謂之服翼，或謂之飛鼠，或謂之老鼠，或謂之𪕽鼠。自關而西秦隴之間謂之蝙蝠。北燕謂之蠘蠼。」爾雅蝙蝠注：「齊人謂之蠘蠼，或謂之仙鼠。」

〔一四〇〕饘粥：通「饘粥」「饘鬻」，稀飯。

〔一四一〕大君：周易師：「大君有命，開國承家。」孔穎達疏：「大君，謂天子也。」

〔一四二〕宵旰：宵衣旰食。天不亮就穿衣起身，天黑了才吃飯。形容非常勤勞，多用以稱頌帝王勤於政事。

〔一四三〕農殖：農植，勸民種植，後泛指種植。

〔一四四〕九域：九州。文選潘勖册魏公九錫文：「綏爰九域，罔不率俾。」李善注：「薛君曰：九域，九州也。」

〔一四五〕汲直：漢書賈捐之傳：「置之争臣，則汲直。」顔師古注引張晏曰：「汲黯方直，故世謂之汲直。」

〔一四六〕豹飾：詩經鄭風羔裘：「羔裘豹飾，孔武有力。」毛傳：「豹飾，緣以豹皮也。」孔穎達疏：「唐風云『羔裘豹祛』，『羔裘豹袖』，然則『緣以豹皮』，謂之爲祛袖也。禮：君用純物，臣下之。故袖飾異皮。」

〔一四七〕隱實：審核，核實。

〔一四八〕飛灑：特指明清地主勾結官府，將田地賦税化整爲零，分灑到其他農户的田地上，以逃避賦税的一種手段。

〔一四九〕左傳哀公二十年：「十一月，越圍吳，趙孟降於喪食。楚隆曰：『三年之喪，親暱之極也。主又降之，無乃有故乎？』趙孟曰：『黄池之役，先主與吳王有質，曰：「好惡同之。」今越圍吳，嗣子不廢舊業而敵之，非晉之所能及也。吾是以爲降。』楚隆曰：『若使吳王知之，若何？』趙孟曰：『可乎？』隆曰：『請嘗之。』乃往，先造於越軍，曰：『吳犯間上國多矣，聞君親討焉，諸夏之人莫不欣喜，唯恐君志之不從，請入視之。』許之。告於吳王曰：『寡君之老無恤使陪臣隆，敢展謝其不共。黄池之役，君之先臣志父得承齊盟，曰：「好惡同之。」今君在難，無恤不敢憚勞，非晉國之所能及也，使陪臣敢展布之。』王拜稽首曰：『寡人不佞，不能事越，以爲大夫憂，拜命之辱。』與之一簞珠，使問趙孟，曰：『句踐將生憂寡人，寡人死之不得矣。』王曰：『溺人必笑，吾將有問也。史黯何以得爲君子？』對曰：『黯也進不見惡，退無謗言。』王曰：『宜哉！』」清洪亮吉春秋左傳詁：「高誘曰：『史黯，史墨也。』按：黯蓋史墨子。小徐說文繫傳以爲墨字子黶。『黯』『黶』音同，古字蓋通。」

〔一五〇〕豈弟：通「愷悌」，亦作「愷弟」。左傳僖公十二年：「詩曰：『愷悌君子，神所勞矣。』」杜預注：「愷，樂也；悌，易也。」

〔一五一〕掊剋：亦作「掊克」「掊刻」。詩經大雅蕩：「曾是彊禦，曾是掊克。」朱熹集傳：「掊克，聚斂之臣也。」

〔一五二〕尚書五子之歌：「予臨兆民，懔乎若朽索之馭六馬。」孔穎達疏：「我臨兆民之上，常畏人怨，懔懔乎危懼，若腐索之馭六馬。索絶則馬逸，言危懼之甚。」後因以比喻帝王治國，艱險不易。

〔一五三〕銜勒：大戴禮記盛德：「德法者御民之銜勒也。」因藉以指道德法紀。

〔一五四〕白茆：亦作「白茅」。周易大過：「初六，藉用白茅，無咎。」孔穎達疏：「潔白之茅。」詩經召南野有死麕：「野有死麕，白茅包之。」高亨注：「白茅，一種草，潔白柔滑，古人常用它包裹肉類。」漢潘勗册魏公九錫文：「錫君玄土，苴以白茅。」

〔一五五〕烏賊：烏賊契。宋葉廷珪海録碎事人事上：「烏賊契，江東人取烏賊墨書契以紿人財物。書迹如淡墨，逾年自消，唯空紙耳。」

〔一五六〕循吏：史記太史公自序：「奉法循理之吏，不伐功矜能，百姓無稱，亦無過行。作循吏列傳第五十九。」

〔一五七〕悃愊：漢書劉向傳：「論議正直，秉心有常，發憤悃愊，信有憂國之心。」顔師古注：「悃愊，至誠也。」

〔一五八〕詩經魏風園有桃：「園有桃，其實之殽。」毛序：「刺時也。大夫憂其君，國小而迫，而儉以嗇，不能用其民，而無德教，日以侵削，故作是詩也。」

〔一五九〕詩經檜風隰有萇楚：「隰有萇楚，猗儺其枝。夭之沃沃，樂子之無知！」朱熹集注：「賦也。政煩賦重，人不堪其苦，嘆其不如草木之無知而無憂也。」軫，懷念。銚芅，亦作「銚弋」，詩經檜風隰有萇楚：「隰有萇楚。」毛傳：「萇楚，銚弋也。」孔穎達疏引郭璞曰：「今羊桃也，或曰鬼桃。葉似桃，華白，子如小麥，亦似桃。」

〔一六〇〕褢：同「懷」。

小池爲塵垢所蒙，手木勺撤去之不輟，晨夙〔一〕果獲清泚，賦此紀事

不勵澄清志，應慚疏鑿功。劉輿衣上膩〔二〕，庾亮扇頭風〔三〕。積負〔四〕只相匹，濴洄〔五〕已暗

蒙〔六〕。靈湫〔七〕神使鳥，愚谷〔八〕羽斯螽〔九〕。北斗〔一〇〕斟如此，青雲注許同。餘波資灌溉，深夜辨游沖。飽見蟬投爚〔一一〕，難教爵去叢〔一二〕。根知因濁水，燭敢到幽宫。〔一三〕冰約趨修絙，星奔化白虹。執成遥易集，機決近先攻。浩蕩三驅〔一四〕網，晶熒一鏡銅。未須將運甓〔一五〕，猶爾笑衰翁。

【繫年】

詩道光十一年(一八三一)夏末秋初作於南京。

【注釋】

〔一〕晨夙：早晨。晋陶潛癸卯歲始春懷古田舍二首其一：「夙晨裝吾駕，啓塗情已緬。」

〔二〕晋書劉琨傳：「東海王越、范陽王虓之舉兵也，以輿爲潁川太守。及河間王顒檄劉喬討虓於許昌，矯詔曰：『潁川太守劉輿迫脅范陽王虓，距逆詔命，多樹私黨，擅劫郡縣，合聚兵衆。……』虓之敗，輿與之俱奔河北。虓既鎮鄴，以輿爲征虜將軍、魏郡太守。虓薨，東海王越將召之，或曰：『輿猶膩也，近則污人。』及至，越疑而御之。」後用「劉輿膩」爲咏叛臣之典。

〔三〕晋書王導傳：「于時庾亮以望重地逼，出鎮於外。南蠻校尉陶稱間説亮當舉兵内向，或勸導密爲之防。導曰：『吾與元規休慼是同，悠悠之談，宜絶智者之口。則如君言，元規若來，吾便角巾還第，復何懼哉！』又與稱書，以爲庾公帝之元舅，宜善事之。於是讒間遂息。時亮雖居外鎮，而執朝廷之權，既據上流，擁强兵，趣向者多歸之。導内不能平，常遇西風塵起，舉扇自蔽，徐曰：『元規塵污人。』」後用「元規塵」「扇隔元規塵」喻逼人的氣焰。

〔四〕積負：積欠。

〔五〕瀠洄：水流迴旋。

〔六〕暗蒙：同「暗濛」，混濁。

〔七〕靈湫：深潭，大水池。古時以爲大池中往往多靈物，故稱。

〔八〕愚谷：愚公谷。漢劉向説苑政理：「齊桓公出獵，逐鹿而走入山谷之中，見一老公而問之曰：『是爲何谷？』對曰：『爲愚公之谷。』桓公曰：『何故？』對曰：『以臣名之……臣故畜牸牛，生子而大，賣之而買駒。少年曰：牛不能生馬！遂持駒去。傍鄰聞之，以臣爲愚，故名此谷爲愚公之谷。』」北魏酈道元水經注淄水：「時水又屈而逕杜山北，有愚公谷。」後以喻隱居之地。

〔九〕斯螽：即螽斯。詩經周南螽斯：「螽斯羽，詵詵兮。宜爾子孫，振振兮。」

〔一〇〕北斗：楚辭九歌東君：「操余弧兮反淪降，援北斗兮酌桂漿。」洪興祖補注：「此以北斗喻酒器者，大之也。」此喻木勺。

〔一一〕蟬投爚：吕氏春秋期賢：「今夫爚蟬者，務在乎明其火、振其樹而已。」

〔一二〕爵去叢：孟子離婁上：「故爲淵敺魚者，獺也；爲叢敺爵者，鸇也；爲湯武敺民者，桀與紂也。」後以「淵魚叢爵」比喻爲政不善，結果驅使人民投向敵方。

〔一三〕用温嶠牛渚磯犀照之典。參詩卷三牛渚注釋〔三〕。後以「温犀」比喻洞察一切的才識。

〔一四〕三驅：周易比：「九五，顯比，王用三驅。」孔穎達疏：「褚氏諸儒皆以爲三面著人驅禽。必知三面者，禽唯有背己、向己、趣己，故左右及於後，皆有驅之。」田獵時須讓開一面，三面驅趕，以示好生之德。

〔一五〕運甓：晋書陶侃傳：「侃在州無事，輒朝運百甓於齋外，暮運於齋内。人問其故，答曰：『吾方致力中原，過爾優逸，恐不堪事。』其勵志勤力，皆此類也。」後以「運甓」比喻刻苦自勵。

池荷篇

前年種荷飽魚腹，荷小魚長易吞噬。今年取魚先竭澤，大者暴腮〔一〕將入市。一寸二寸何能爲，幼子童孫勞撫字〔二〕。是時種荷荷便活，嫩緑麦波有香意。與魚已絶耦俱猜〔三〕，近葉惟看瀺灂〔四〕戲。一去家山月再圓，采香銷夏問田田。白波〔五〕渠帥〔六〕恣衝突，碧筒情思空纏綿。裛露〔七〕牽茭小舟入，背風映日孤莖妍。别工側出倒垂態，都非爛漫芳華年。歸來粉白尋何晏〔八〕，鏡闇梁傾那能見？已知藕孔入污泥，虚想金人抱長箭。〔九〕玄武〔一〇〕茫茫北郭迷，清溪〔一一〕淼淼東園〔一二〕變。怨笛誰翻水調〔一三〕歌，空梁蚤散丁簾〔一四〕燕。新月蛾眉落影低，彩霞魚尾〔一五〕騰光餞。半脱生衣〔一六〕捲白紗，還欹短榻對銀河。高槐蟬静風仍咽，深碧螢來露更多。一葉一華真可惜，奈與蒼生共沈溺。中澤〔一七〕鳧茈〔一八〕掘未能，蒲蠃〔一九〕播蕩〔二〇〕移難即。高秔下稌〔二一〕收不得，秀竹夭桃死如積。君看懶惰廢耕人，猶爲池荷三嘆息。

【繫年】

詩道光十一年（一八三一）夏末秋初作於南京。

【注釋】

〔一〕暴腮：曝鰓，亦作「曝腮」。後漢書郡國志五：「（交趾郡）封谿建武十九年置。」劉昭注引晉劉欣期交州記：「有堤防龍門，水深百尋，大魚登此門化成龍，不得過，曝鰓點額，血流此水，恒如丹池。」

〔二〕撫字：撫養。

〔三〕耦俱猜：耦俱無猜。左傳僖公九年：「公家之利，知無不爲，忠也；送往事居，耦俱無猜，貞也。」杜預注：「往，死者；居，生者；耦，兩也。送死事生，兩無疑恨。」楊伯峻注：「耦指死者居者，謂兩者於我俱無猜疑。」

〔四〕瀺灂：游魚沉浮、出没。文選潘岳閑居賦：「游鱗瀺灂，菡萏敷披。」

〔五〕白波：白色波浪。

〔六〕渠帥：魁首。

〔七〕裛露：晉陶潛飲酒二十首其七：「秋菊有佳色，裛露掇其英。」裛露，霑帶露水。裛，霑濕。

〔八〕三國志魏書何晏傳：「少以才秀知名。」裴松之注引三國魏魚豢魏略：「晏性自喜，動静粉白不去手，行步顧影。」

〔九〕文選陸倕新刻漏銘：「銅史司刻，金徒抱箭。」李善注：「張衡漏水轉渾天儀制曰：『蓋上又鑄金銅仙人居左壺，爲胥徒居右壺，皆以左手抱箭，右手指刻，以别天時早晚。』」金人，金徒。古代渾天儀上抱箭指時的胥徒像。用金鑄成，故稱。

〔一〇〕玄武：南京玄武湖。

〔一一〕清溪：又作青溪，三國吴在建業今南京南所鑿東渠，發源於紫金山西南，流經南京主城入秦淮河，曲折達十餘里，亦名九曲青溪。今僅存入秦淮河的一段。參魏文静、汪亮南京青溪變遷考略，江蘇地方誌，二〇一三年第三期。

〔一二〕東園：泛指園圃。晋陶潛停雲之三：「東園之樹，枝條再榮。競用新好，以怡余情。」

〔一三〕水調：唐杜牧揚州三首之二：「誰家唱水調，明月滿揚州。」自注：「煬帝鑿汴渠成，自造水調。」明胡震亨唐音癸籤樂通二：「海録碎事云：『隋煬帝開汴河，自造水調。』按，水調及新水調，并商調曲也。唐曲凡十一疊，前五疊爲歌，後六疊爲入破。」

〔一四〕丁簾：丁字簾，丁字形的捲簾。

〔一五〕彩霞魚尾：魚尾霞，形容霞光如鯉魚尾之紅色。宋周邦彦蝶戀花：「魚尾霞生明遠樹，翠壁黏天，玉葉迎風舉。」

〔一六〕生衣：夏衣。唐王建秋日後：「立秋日後無多熱，漸覺生衣不著身。」

〔一七〕中澤：詩經小雅鴻雁：「鴻雁于飛，集于中澤。」毛傳：「中澤，澤中也。」

〔一八〕鳧茈：亦作「鳧茨」，即荸薺。後漢書劉玄傳：「王莽末，南方飢饉，人庶群入野澤，掘鳧茈而食之。」李賢注：「郭璞曰：『生下田中，苗似龍鬚而細，根如指頭，黑色，可食。』」

〔一九〕蒲嬴：蚌蛤之屬。國語吴語：「今吴民既罷，而大荒薦饑，市無赤米，而困鹿空虚，其民必移就蒲嬴於東海之濱。」

〔二〇〕播蕩：左傳襄公二十五年：「夏氏之亂，成公播蕩。」杜預注：「播蕩，流移失所。」

〔二一〕秔稌：粳稻與糯稻。

驟雨

颯沓〔一〕風斜入，從横〔二〕雹四鈔。雲馳新試馬，雨挾舊騰蛟。黟黷〔三〕虚空碎，沉淫日莫淆。才聞搏〔四〕北海，倏已近西郊。令想雙牙〔五〕肅，機〔六〕真萬弩包。嘘枯皆亂蝶，襲隙即鳴髇〔七〕。舞困蕉衣裂，眠殘柳帶捎。松身撑白骨〔八〕，桐葉下青骹。勢壓癡龍〔九〕墮，聲驅伏虎虓。摧鋒飛勁鏃，娖隊〔一〇〕引長茭。石面當疑泐，魚頭痛欲聱。迴旋隨鸛鶴，激蕩起鉦鐃。密豈簾痕映，狂難竹法〔一一〕交。倉皇鳩索婦〔一二〕，傾側鵲迷巢。急溜〔一三〕縣三峽，陰岩合二崤〔一四〕。廊虚驚墨潑，池窄競珠抛。〔一五〕已切懷襄〔一六〕感，方占損益爻。黽衣〔一七〕生鍑底，蟹沫聚堂坳。貫識牽船〔一八〕住，難辭不韈嘲〔一九〕。下床尋略彴〔二〇〕，當户織蠨蛸〔二一〕。瓴甓〔二二〕將魚爛，蹄涔〔二三〕亦鹿跑。市争求壟斷，居半返橧樔〔二四〕。倚枕摹釵股〔二五〕，當階滌飯筲〔二六〕。病情多告㾓〔二七〕，藥物欲攻脬〔二八〕。厭説沈雷殷，敻〔二九〕瞻大壑窌〔三〇〕。行天祈赫赫〔三一〕，如晦惡膠膠〔三二〕。别有山甖匱，偏當地力墝〔三三〕。苗枯心久盡，泉竭手難掊。新月仍覘瓦，叢祠〔三四〕暗卜筊〔三五〕。全家勞井谷〔三六〕，失喜〔三七〕望雲旓〔三八〕。霑足〔三九〕歡初洽，流離聽總聱。閒田須築圃，暇日且誅茅〔四〇〕。穀佐儲蔥薤〔四一〕，糧舂計斗筲〔四二〕。高鴻矰矢〔四三〕雉〔四四〕，狡兔覆車〔四五〕罠〔四六〕。憂樂情原異，沈吟意轉恔〔四七〕。浮游〔四八〕雖逆旅〔四九〕，蒼赤〔五〇〕究同胞。凉入清冰簟，晴回緑玉梢。汛知潮漸落，課定穡方苞。射隼誰藏器〔五一〕，牽牛〔五二〕此繫匏〔五三〕。河滑慚素食〔五三〕，園實儻堪殽〔五四〕。

【繫年】

詩道光十一年（一八三一）初秋作於南京。

【注釋】

〔一〕颯沓：風和順貌。

〔二〕從横：通「縱横」。

〔三〕黲黷：昏暗不清貌。

〔四〕摶：扶摶。莊子逍遥游：「摶扶摇而上者九萬里。」後以「扶摶」指暴風或騰飛的意思。

〔五〕牙：弩牙，弩機鈎弦的部件。尚書太甲上：「若虞機張。」孔傳：「機弩牙也。」

〔六〕機：弩機。

〔七〕鳴髇：鳴鏑，響箭。

〔八〕白骨：白色樹幹。

〔九〕癡龍：唐道世法苑珠林潛遁篇第二十三述意部第一：「漢時洛下有一洞穴，其深不測。有一婦人欲殺夫，謂夫曰：未嘗見此穴。夫自逆視，婦遂推下。經多時至底。婦於後擲飯物，如欲祭之。當時顛墜恍惚，良久穌，得飯食之，氣力小强。周遑覓路，仍得一穴，便匍匐徒就，崎嶇反側。行數十里，穴寬，亦有微明。遂得平步，行百餘里，覺所踐如塵，而聞粇米香，噉之芬美，即裹而爲糧，復齎以行。所歷幽遠，里數難詳，而轉就明廣。食所齎盡，便入一都，郡郭修整，宮館莊麗，臺榭房宇，悉以金魄爲飾。雖無日月，而明逾三光。人皆長三丈，被羽衣，奏奇樂，非世所聞。便告求哀，長人語令前去。凡過如此者九處，最後至苦飢餒。長人指中庭一大柏樹，近百圍，下有一羊，令跪捋羊鬚。初得一珠，長人取之，次捋亦取。後捋令噉，即得療飢。請問九處之名，求停不去。答云：君命不得停，還問張華，當悉此間。人便復隨穴出交州。還洛問華，以所得物示之。華云：如塵者，是黄河下龍涎。泥是崑山下泥。九處地仙名九館大夫，羊爲癡龍。其初一珠食之，與天地等壽。次者延年，後者充飢而已。此人還往七八年間。」

〔一〇〕娖隊：整頓隊伍。

〔一一〕竹法：揚琴演奏過程中運用的和琴竹有關技巧以及方法的總稱。可參張明珠現代揚琴音樂作品竹法探討，音樂時空二〇一四年第十九期。

〔一二〕三國吴陸璣毛詩草木鳥獸蟲魚疏宛彼鳴鳩：「鶉鳩，灰色，無繡項，陰則屏逐其匹，晴則呼之。語曰『天將雨，鳩逐婦』是也。」宋歐陽修鳴鳩：「天將陰，鳴鳩逐婦鳴中林，鳩婦怒啼無好音。天雨止，鳩呼婦歸鳴且喜，婦不亟歸呼不已。」

〔一三〕急溜：亦作「急霤」，急速下注的水。

〔一四〕二崤：即崤山。因崤山分爲東崤、西崤，故稱。在今河南洛寧西北。崤，一作「殽」。

〔一五〕宋蘇軾六月二十七日望湖樓醉書：「黑雲翻墨未遮山，白雨跳珠亂入船。」

〔一六〕懷襄：即懷山襄陵。參詩卷六大水一百韻注釋〔三二〕。

〔一七〕黽衣：鼃蠙衣。莊子至樂：「得水土之際，則爲鼃蠙之衣。」成玄英疏：「青苔也。在水中若張綿，俗謂之蝦蟆衣也。」

〔一八〕牽船：參詩卷二撤屋爲小庭注釋〔五〕。

〔一九〕不韈嘲：宋蘇軾雷州八首其六：「粤女市無常，所至輒成區。一日三四遷，處處售鰕魚。青裙脚不韈，臭味猿與狙。孰云風土惡？白洲生緑珠。」

〔二〇〕略彴：漢書武帝紀：「初榷酒酤。」顔師古注：「榷者，步渡橋，爾雅謂之石杠，今之略彴是也。禁閉其事，總利入官，而下無由以得，有若渡水之榷，因立名焉。」即小木橋。

〔二一〕蠨蛸：詩經豳風東山：「伊威在室，蠨蛸在户。」孔穎達疏：「蠨蛸，長踦，一名長脚。荆州河内人謂之喜母，此蟲來著人衣，當有親客至有喜也。幽州人謂之親客，亦如蜘蛛爲羅網居之，是也。」

〔二二〕瓴甓：磚塊。

〔二三〕蹄涔：淮南子氾論訓：「夫牛蹄之涔，不能生鱣鮪。」高誘注：「涔，雨水也，滿牛蹄迹中，言其小也。」後以「蹄涔」指容量、體積等微小。

〔二四〕橧橮：橧巢。禮記禮運：「昔者先王未有宫室，冬則居營窟，夏則居橧巢。」鄭玄注：「寒則累土，暑則聚薪柴居其上。」

〔二五〕釵股：釵歧出如股，常用以形容花葉的枝杈。

〔二六〕飯箒：飯帚，掃去竈上飯粒等的箬帚。

〔二七〕尰：足腫病。

〔二八〕脬：尿泡，即膀胱。

〔二九〕夐：遠。

〔三〇〕窌：地窖。

〔三一〕尚書甘誓：「予惟恭行天之罰。」漢書叙傳下：「皇矣漢祖……龔行天罰，赫赫明明。」奉天命而討罰。

〔三二〕詩經鄭風風雨：「風雨凄凄，鷄鳴喈喈。既見君子，云胡不夷。風雨瀟瀟，鷄鳴膠膠。既見君子，云胡不瘳。風雨如晦，鷄鳴不已。既見君子，云胡不喜。」膠膠，鷄鳴聲。

〔三三〕墝：同「磽」。地堅硬不肥沃。

〔三四〕叢祠：史記陳涉世家：「又間令吴廣之次所旁叢祠中，夜篝火，狐鳴呼曰『大楚興，陳勝王』。」司馬貞索隱引戰國策高誘注：「叢祠，神祠也。叢，樹也。」

〔三五〕卜筊：亦作「卜珓」。占卜術的一種，用杯形器物，投擲於地，視其仰覆以占吉凶。

〔三六〕井谷：井中，井底。周易井：「井谷射鮒，甕敝漏。」

〔三七〕失喜：喜極不能自制。

〔三八〕雲旓：亦作「雲梢」。漢書揚雄傳上：「揚左纛，被雲梢。」顔師古注：「張晏曰：『雲梢，梢雲也。』梢與旓同。旓者，旌旗之旒，以雲爲旓也。」

〔三九〕霑足：詩經小雅信南山：「既霑既足。」後以「霑足」指雨水充分浸潤土壤。

〔四〇〕誅茅：亦作「誅茆」。本指芟除茅草，此引申爲結廬安居。

〔四一〕蔥薤：禮記内則：「切蔥若薤，實諸醯以柔之。」儀禮士相見禮注：「蔥薤之屬，食之止卧。」

〔四二〕斗筲：斗與筲。斗容十升；筲，竹器，容一斗二升，皆量小的容器。

〔四三〕矰矢：周禮夏官司弓矢：「司弓矢掌六弓、四弩、八矢之法……凡矢：枉矢、絜矢，利火射，用諸守城車戰；殺矢、鍭矢，用諸近射田獵；矰矢、茀矢，用諸弋射；恒矢、痺矢，用諸散射。」鄭玄注：「結繳於矢謂之矰。矰，高也。茀矢象焉。茀之言刜也。二者皆可以弋飛鳥。」

〔四四〕隿：同「弋」，用帶繩子的箭射獵。

〔四五〕覆車：周禮考工記輈人：「既克其登，其覆車也必易。」史記樗里子甘茂列傳：「禽困覆車。」裴駰集解：「譬禽獸得困急，猶能抵觸傾覆人車。」

〔四六〕罦：説文：「覆車也，從網包聲。」

〔四七〕怓：亂。

〔四八〕浮游：漫游。

〔四九〕逆旅：左傳僖公二年：「今虢爲不道，保于逆旅。」杜預注：「逆旅，客舍也。」

〔五〇〕蒼赤：百姓。清惲敬與姚秋農書：「知決意不外轉，則爲五兄慶幸，將來且爲天下蒼赤慶幸也。」

〔五一〕周易繫辭下：「易曰：『公用射隼於高墉之上，獲之，無不利。』子曰：隼者禽也；弓矢者器也；射之者人也。君子藏器於身，待時而動。何不利之有。」後即以「射隼」爲待機殲敵之喻。

〔五二〕牽牛：文選曹植洛神賦：「嘆匏瓜之無匹兮，咏牽牛之獨處。」李善注引曹植九咏注：「牽牛爲夫，織女爲婦，織女牽牛之星，各處河鼓之旁，七月七日，乃得一會。」

〔五三〕繫匏：亦作「匏繫」。論語陽貨：「吾豈匏瓜也哉，焉能繫而不食？」劉寶楠正義：「匏瓜以不食，得繫滯一處。」後以「匏繫」謂羈滯。

〔五四〕詩經魏風伐檀：「坎坎伐輪兮，置之河之漘兮。……彼君子兮，不素食兮。」河漘，亦作「河脣」「河唇」，河邊。素餐，不勞而食。

〔五五〕殽：通「肴」。

落葉

落葉等辭樹，何人惜比華？蒼凉感秋氣，散漫〔一〕向鄰家。埽只空階積，炊休曲突誇〔二〕。多情托青女〔三〕，還爲一停車。莫遣風吹折，垂楊到地枝。寧教零落盡，猶有別離時。池面縈魚浪，檐牙罥〔四〕網絲。無聲入秋夢，幽意總能知。

【繫年】

詩道光十一年（一八三一）初秋作於南京。

【注釋】

〔一〕散漫：瀰漫四散，遍布。南朝宋謝惠連雪賦：「其爲狀也，散漫交錯，氛氲蕭索。」

〔二〕漢書霍光傳：「人爲徐生上書曰：『臣聞客有過主人者，見其竈直突，傍有積薪，客謂主人，更爲曲突，遠徙其薪，不者且有火患。主人嘿然不應。俄而家果失火，鄰里共救之，幸而得息。於是殺牛置酒，謝其鄰人，灼爛者在於上行，餘各以功次坐，而不録言曲突者。……今茂陵徐福數上書言霍氏且有變，宜防絶之。鄉使福説得行，則國亡裂土出爵之費，臣亡逆亂誅滅之敗。往事既已，而福獨不蒙其功，唯陛下察之，貴徙薪曲突之策，使居焦髮灼爛之右。』」事又見淮南子説山訓高誘注，謂乃淳于髡事。

〔三〕青女：淮南子天文訓：「至秋三月……青女乃出，以降霜雪。」高誘注：「青女，天神，青霄玉女，主霜雪也。」此借指霜雪。

〔四〕罥：掛。

納涼雜賦五首

落日生涼意，高風淨遠天。漸迷孤寺塔，喜見晚炊烟。蓑笠江湖足，松篁洞叡〔一〕偏。寧知城市客，漫浪〔二〕亦多年。

今夜月初白，定知秋暑微。蟬聲疏乍咽，螢火濕還飛。餘韻在高樹，暗光生葛衣〔三〕。幺麽〔四〕爾何事，故故〔五〕動先幾。

竹榻潤紅玉，贈來從竹西〔六〕。故人心鄭重，小坐足吟題。積暑自兹去，輕塵行復栖。因之感元化〔七〕，世路有雲泥〔八〕。

墻角秋花發，驕陽炙欲枯。露光初泫白，粉色乍調朱。乘化〔九〕原爲爾，知時亦不殊。君看小山上，叢桂孕新珠。燕釵飛去後〔一〇〕，冷玉琢遺簪〔一一〕。潭底沈孤艷，人前裒〔一二〕苦心。舊恩雲鬟改，新寵緑衣〔一三〕深。莫買長門賦，相如正伏吟。〔一四〕

【繫年】

詩道光十一年（一八三一）秋初作於南京。

【注釋】

〔一〕叡：同「壑」。

〔二〕漫浪：放縱而不受世俗拘束。

〔三〕葛衣：韓非子五蠹：「冬日麑裘，夏日葛衣。」葛衣，用葛布製成的夏衣。

〔四〕幺麽：亦作「么麽」。微小，卑微，細小。

〔五〕故故：屢屢。

〔六〕竹西：唐杜牧題揚州禪智寺：「誰知竹西路，歌吹是揚州。」明朱懷幹修、明盛儀纂嘉靖惟揚志天一閣藏本卷三八雜誌：「上方禪智寺，在縣東大儀鄉，一名竹西寺。隋大業年間建，洪武十三年僧道清重建。蜀井在内。本隋故宫，唐羅隱詩『野樹連天水接空，幾年行樂舊隋宫』是也。」後人因於其處築竹西亭，又名歌吹亭，在揚州甘泉縣今江蘇揚州北。

〔七〕元化：大自然的變化。

〔八〕雲泥：後漢書逸民傳矯慎：「(吴蒼)遺書以觀其志曰：『仲彦足下，勤處隱約，雖乘雲行泥，棲宿不同，每有西風，何嘗不嘆！』」後因用「雲泥」比喻兩物相去甚遠，差異很大。

〔九〕乘化：順隨自然。

〔一〇〕舊題後漢郭憲洞冥記卷二：「神女留玉釵以贈帝，帝以賜趙婕妤。至昭帝元鳳中，宫人猶見此釵。黄諃欲之，明日示之，既發匣，有白燕飛昇天。後宫人學作此釵，因名玉燕釵，言吉祥也。」

〔一一〕遺簪：史記滑稽列傳：「若乃州閭之會，男女雜坐，行酒稽留，六博投壺，相引爲曹，握手無罰，目眙不禁，前有墮珥，後有遺簪，髡竊樂此，飲可八斗而醉二參。」後以「遺簪墮珥」形容歡飲而不拘形迹。

〔一二〕褒：同「抱」。

〔一三〕緑衣：詩經邶風緑衣：「緑兮衣兮，緑衣黄裳。」相傳此係衛莊姜傷己之詩。古人以黄爲正色，緑爲間色，間色爲衣，黄色爲裏，比喻尊卑倒置，貴賤失所。後因以「緑衣」爲正室失位的典故。

〔一四〕參詩卷一日莫碧雲合一首懷翰風文起慎伯注釋〔九〕。

杜鵑行

杜鵑百鳥尊，生子衆哺之。方春雛已成，斬斬〔一〕毛羽齊。翩翾〔二〕在早莫，百鳥心所儀。一朝失歡愛，蹴蹋〔三〕離高枝。骨碎榛莽間，永與父母辭。恚怒有時息，焉得不傷悲？月落白玉盤，天净青玻璃。東海日未出，衆星弄光輝。斯時守空巢，欲去不能飛。定知華上血，不是爲華啼。〔四〕秋來雖抱卵，成否安可知？即使孚出殼，霜雪方毰毸〔五〕。窮陰山谷冰，烈風枝葉摧。果實零落盡，蟄蟲户已坯。衆鳥不自飽，焉能銜食來？老鶻觜爪禿，雙翅恒低垂。三日無主人，黄口〔六〕嗸然〔七〕饑。旅上必號啕〔八〕，君子占明夷〔九〕。明夷亦何傷，昔有文與箕〔一〇〕。所嗟在南狩，乃爲疾征疑。〔一一〕連林一簸蕩〔一二〕，萬族皆傾危。羽翮既未豐，何暇瓅〔一三〕且翬。顧傷腹毳〔一四〕短，仰憚浮雲頹。冥鴻獨遐征㊀〔一五〕，哀音當告誰？

【繫年】

詩道光十一年（一八三一）秋初作於南京。

【校勘】

㊀「征」：求志堂存稿彙編本作「行」。

【注釋】

〔一〕斬斬：整肅貌，整齊貌。
〔二〕翩翾：輕飛貌。
〔三〕蹴蹋：踐踏。

〔四〕東晉常璩華陽國志蜀志：「蠶叢、魚鳧之後，有王曰杜宇，稱帝號曰望帝，更名蒲卑。自以功德高諸王，乃以褒斜爲前門，熊耳、靈關爲後户，玉壘、峨嵋爲城郭，江、潛、綿、絡爲池澤，汶山爲畜牧，南中爲園苑。會有水灾，其相開明決玉壘山以除水害，帝遂委以政事，禪位於開明，帝升西山隱焉。時適二月，子鵑鳥鳴，蜀人悲之，故聞子鵑之鳴，即曰望帝也。」左太沖蜀都賦云：『鳥生杜宇之魄。』五臣注引蜀記云：『有王曰杜宇，號望帝，俗説云化爲子鵑。子鵑，鳥名也。蜀人聞其鳴，即曰望帝也。』

〔五〕毰毸：飛舞貌。

〔六〕黄口：雛鳥的嘴，借指雛鳥。

〔七〕嗸然：同「嗷然」，哀號貌。

〔八〕周易旅：「上九，鳥焚其巢，旅人先笑后號咷。」

〔九〕明夷：周易明夷：「明夷，利艱貞。」孫星衍集解引鄭玄曰：「夷，傷也，日出地上，其明乃光，至其入地，明則傷矣，故謂之明夷。」後因以比喻昏君在上，賢人遭受艱難或不得志。

〔一〇〕文與箕：周文王、箕子。周易明夷：「彖曰：明入地中，明夷。内文明而外柔順，以蒙大難，文王以之。利艱貞，晦其明也，内難而能正其志，箕子以之。」

〔一一〕周易明夷：「九三，明夷于南狩，得其大首，不可疾貞。」南狩，南巡。「疾征」，疑作「疾貞」。

〔一二〕簸蕩：亦作「簸盪」，飄蕩。

〔一三〕翍：煽動翅膀。

〔一四〕腹毳：漢劉向説苑尊賢：「（鴻鵠）背上之毛，腹下之毳，無尺寸之數，去之滿把，飛不能爲之益卑。」

〔一五〕遐征：遠游。

未明，池上小山登眺

西南凉月白皚皚，漸有紅霞海上來。江城如畫秋還好，殘暑無多送即回。同樂便愁安石老〔一〕，巧文只見智瑶才〔二〕。孫岡蔣廟〔三〕誰行踏，二水三山〔四〕别剪裁。

葦邊散牧馬嘶風，驚鯉跳波意亦同。露下五更凉警策〔五〕，秋來萬里氣沈雄。滔滔水逝林同〔六〕出，每每田成稼穡功。蕉扇葛衣猶得似，貞元池上樂天翁。〔七〕

【繫年】

詩道光十一年（一八三一）秋初作於南京。

【注釋】

〔一〕南朝宋劉義慶世説新語識鑒：「謝公在東山畜妓，簡文曰：『安石必出，既與人同樂，亦不得不與人同憂。』」

〔二〕國語晋語九：「智宣子將以瑶爲後，智果曰：『不如宵也。』宣子曰：『宵也很。』對曰：『宵之很在面，瑶之很在心。心很敗國，面很不害。瑶之賢於人者五，其不逮者一也。美鬢長大則賢，射御足力則賢，伎藝畢給則賢，巧文辯惠則賢，彊毅果敢則賢。如是而甚不仁，以其五賢陵人，而以不仁行之，其誰能待之？若果立瑶也，智宗必滅。』弗聽。智果别族於大史爲輔氏。及智氏之亡，唯輔果在。」

〔三〕宋張敦頤六朝事迹編類樓臺門第四亭館附九日臺：「南史齊武帝永明四年四月作商飈館于孫陵岡，世呼爲九日臺。十道四蕃志云：武帝九月九日以宴群臣。孫陵岡即吴大帝蔣陵，今在鍾山鄉蔣廟之西南，俗呼爲『松陵』，岡去縣十二里。」墳陵門第十三吴大帝陵：「吴志：神鳳元年，大帝崩，葬蔣陵，按樂史寰宇記，縣東北蔣山八里。丹陽記云：蔣陵因山爲名。輿地志曰：九日臺當孫陵曲折之傍，故名蔣陵亭。蘇峻之亂，王師敗績于西陵，即此地也。今蔣廟相對向西有曰孫陵岡，是爲蔣陵。」

〔四〕二水三山：唐李白登金陵鳳凰臺：「三山半落青天外，二水中分白鷺州。」三山，護國山，位於南京西南，以有三峰得名；二水，白鷺洲，位於長江之中，分江面爲二。此泛指南京的山水。

〔五〕警策：本謂以鞭策馬，此引申爲督教而使之儆戒振奮。

〔六〕林同：同「林坰」，郊野。

〔七〕唐白居易池上二絶：「山僧對棋坐，局上竹陰清。映竹無人見，時聞下子聲。小娃撑小艇，偷采白蓮迴。不解藏蹤迹，浮萍一道開。」

秋興

冶城〔一〕西去莫雲開，浩蕩江從此路來。夜静天含金水氣〔二〕，月明人立露華臺。蕭蕭萬木風潛入，渺渺長汀雁却回。直爲蒼生留謝傳，可堪絲竹不勝哀。〔三〕

鐘鼓聲沈野寺荒，微茫山影辨清涼。雄關虎踞開三國，落葉僧閑掃一房。浦遠漸尋東

府〔四〕路，潮平欲失蔡州〔五〕長。烏金〔六〕苦向人間出，剩把鉗椎〔七〕付法王。壽年清涼山掘地得鐵椎數十。㊀

微風颯颯葛衣輕，月不成華露欲生。自古中年易哀樂，幾人老筆定縱橫。星沉海闊難重見，雹繞虹流〔八〕別有情。那要清歌聞子夜，蟪蛄十里送餘聲〔九〕。

樹樹蜩螗〔一〇〕向夕喑，衹餘絡緯〔一一〕助秋吟。井梧枝弱飄零易，砌竹陰多怨抑深。車相功名才數月〔一二〕，馬卿詞賦欲千金〔一三〕。海棠細碎休成淚，腸斷西風不可尋。

疊石崚嶒抱曲池，獨尋細路夜行遲。長輿縱有捎雲榦〔一四〕，彭澤〔一五〕全疏蹠地枝〔一六〕。歷歷江關犀渚〔一七〕黑，茫茫華草鳳臺〔一八〕欹。紅藤白木應須去，老盡商岩五色芝〔一九〕。

漫向青溪問小姑〔二〇〕，子文白馬骨潛枯〔二一〕。燕泥舊落烏衣巷〔二二〕，蓮菂〔二三〕新沈玄武湖。見彈思鴞原蚤計〔二四〕，順塗詠鹿〔二五〕未全誣。鷄蟲江閣看雖貫〔二六〕，可奈秋鷹項㊁上呼。

耿耿銀河辨却難，露痕霜氣逼霄漙。欲邀古月同尊酒，重卷疏簾倚石闌。烏鵲繞枝〔二七〕風力勁，魚龍〔二八〕嘯夜笛聲寒。扁舟只擬滄州〔二九〕去，復恐珊瑚惹釣竿〔三〇〕。

雜組〔三一〕閑吟往復還，小園岑寂似空山。樹能得蔭〔三二〕須人壽，叱不成羊〔三三〕豈石頑。五馬臨江〔三四〕愁錦障〔三五〕，六鰲〔三六〕驚浪失烟鬟〔三七〕。鸞飄鳳泊〔三八〕尋常事，酒勸長星〔三九〕一破顏。

【繫年】

詩道光十一年(一八三一)秋作於南京。

【校勘】

㊀ 求志堂存稿彙編本無小注。

㊁「頂」:求志堂存稿彙編本作「項」。

【注釋】

〔一〕冶城:南京。

〔二〕金水氣:金氣,秋氣。唐劉禹錫新秋對月寄樂天:「夜凉金氣應,天静火星流。」

〔三〕南朝宋劉義慶世説新語言語:「謝太傅語王右軍曰:『中年傷於哀樂,與親友别,輒作數日惡。』王曰:『年在桑榆,自然至此,正賴絲竹陶寫。恒恐兒輩覺,損欣樂之趣。』」後因以「東山絲竹」爲中年後以音樂陶情消遣的典故,亦指優美的音樂。

〔四〕東府:東晉、南朝都建業時,丞相兼領揚州刺史的治所。故址在今江蘇南京市内。文選謝惠連祭古冢文:「東府掘城北壍,入丈餘,得古冢。」李善注引丹陽記:「東府城,西則簡文會稽王時第,東則孝文王道子府。道子領揚州,仍住先舍,故俗稱東府。」

〔五〕蔡州:蔡洲,又名蔡家涇、蔡家沙。參詩卷六六月一日,同人泛湖爲包山之游,四日返櫂,雜詩十三首注釋〔二二〕。

〔六〕烏金：鐵的别稱。

〔七〕鉗椎：亦作「鉗錘」，鐵鉗和鐵錘。此謂剃落頭髮，錘打身體，比喻禪家的授受點化。

〔八〕電繞虹流：宋柳永送征衣：「過韶陽。璿樞電繞，華渚虹流，運應千載會昌。」史記五帝本紀「黄帝者」唐張守節正義：「母曰附寶，之祁野，見大電繞北斗樞星，感而懷孕，二十四月而生黄帝於壽丘。」後因以「電繞樞光」爲誕育聖人之典。華渚虹流，宋書符瑞志上：「帝摯少昊氏，母曰女節，見星如虹，下流華渚，既而夢接意感，生少昊。登帝位，有鳳皇之瑞。」

〔九〕孔子家語顔回第十八：「孔子爲魯司寇，見季康子，康子不悦。孔子又見之。宰予進曰：『昔予也常聞諸夫子曰：「王公不我聘，則弗動。」今夫子之于司寇也日少，而屈節數矣，不可以已乎？』孔子曰：『然。魯國以衆相陵，以兵相暴之日久矣，而有司不治，則將亂也。其聘我者，孰大於是哉？』魯人聞之，曰：『聖人將治，何不先自遠刑罰？』自此之後，國無争者。孔子謂宰予曰：『違山十里，蟪蛄之聲，猶在於耳，故政事莫如應之。』」

〔一〇〕蜩螗：亦作「蜩螳」，蟬的别名。

〔一一〕絡緯：蟲名，即莎鷄，俗稱絡絲娘、紡織娘。

〔一二〕漢書車千秋傳：「車千秋，本姓田氏，其先齊諸田徙長陵。千秋爲高寢郎。會衛太子爲江充所譖敗，久之，千秋上急變訟太子冤，曰：『子弄父兵，罪當笞；天子之子過誤殺人，當何罪哉！臣嘗夢見一白頭翁教臣言。』是時，上頗知太子惶恐無他意，乃大感寤，召見千秋。至前，千秋長八尺餘，體貌甚麗，武帝見而説之，謂曰：『父子之間，人所難言也，公獨明其不然。此高廟神靈使公教我，公當遂爲吾輔佐。』立拜千秋爲大鴻臚。數月，遂代劉屈氂爲丞相，封富民侯。千秋無他材能術學，又無伐閲功勞，特以一言寤意，旬月取宰相封侯，世未嘗有也。……千秋爲相十二年，薨，謚曰定侯。初，千秋年老，上優之，朝見，得乘小車入宫殿中，故因號曰『車丞相』。」

〔一三〕參詩卷一日莫碧雲合一首懷翰風文起慎伯注釋〔九〕。

〔一四〕晋書和嶠傳：「和嶠字長輿，汝南西平人也。……嶠少有風格，慕舅夏侯玄之爲人，厚自崇重。有盛名于世，朝野許其能整風俗，理人倫。襲父爵上蔡伯，起家太子舍人。累遷潁川太守，爲政清簡，甚得百姓歡心。太傅從事中郎庾顗見而嘆曰：『嶠森森如千丈松，雖磥砢多節目，施之大厦，有棟梁之用。』」

〔一五〕彭澤：晋陶潛五柳先生傳：「先生不知何許人也，亦不詳其姓字。宅邊有五柳樹，曾本云，一無樹字。因以爲號焉。」

〔一六〕踠地枝：北周庾信楊柳歌：「河邊楊柳百尺枝，别有長條踠地垂。」

〔一七〕犀渚：用温嶠牛渚磯犀照之典。參詩卷三牛渚注釋〔三〕。後以「燃犀」爲燭照水下鱗介之怪的典實。

〔一八〕鳳臺：用蕭史、弄玉之典。參詩卷二誤入注釋〔四八〕。此泛指華美的樓臺。

〔一九〕商岩五色芝：樂府詩集琴曲歌辭二采芝操：「琴集曰：『采芝操，（商山）四皓所作也。』……皓天嗟嗟，深谷逶迤。樹木莫莫，高山崔嵬。岩居穴處，以爲幄茵。曄曄紫芝，可以療飢。唐虞往矣，吾當安歸。」

〔二〇〕南朝梁吴均續齊諧記：「會稽趙文韶，宋元嘉中爲東扶侍，廨在青溪中橋。秋夜步月，悵然思歸，乃倚門唱烏飛曲。忽有青衣，年可十五六許，詣門曰：『女郎聞歌聲有悦人者，逐月游戲，故遣相問。』文韶都不之疑，遂邀暫過。須臾，女郎至，年可十八九許，容色絶妙，謂文韶曰：『聞君善歌，能爲作一曲否？』文韶即爲歌草生盤石下，聲甚清美。女郎顧青衣取箜篌鼓之，冷冷似楚曲。又令侍婢歌繁霜，自脱金簪扣箜篌和之。婢乃歌曰云云。留連宴寢，將旦别去，以金釵遺文韶，文韶亦贈以銀盌及瑠璃匕。明日。於青溪廟中得之。乃知昨所見青溪神女也。」

〔二一〕晋干寶搜神記：「廣陵蔣子文，嘗爲秣陵尉，因擊賊，傷而死。吴孫權時封中都侯，立廟鐘山。」異苑曰：「青溪小姑，蔣侯第三妹也。」宋張敦頤六朝事迹編類卷十二廟宇門蔣帝廟：「帝即後漢秣陵尉蔣子文。金陵圖經云：漢末，子文爲秣陵尉，逐盜鍾山，傷額而死。嘗自謂骨青死當爲神。及吴大帝遷都建業，子文乘白馬，執白羽扇見形於故吏，云：『當白吴帝爲立廟，不爾百姓大疫。』權猶未信，翼日，復見於路云：『當令飛蟲入人耳。』後如其言，帝乃立廟於鍾山，封子文爲蔣侯。權避祖諱，因改鍾山曰蔣山。」

〔二二〕唐劉禹錫烏衣巷：「朱雀橋邊野草花，烏衣巷口夕陽斜。舊時王謝堂前燕，飛入尋常百姓家。」

〔二三〕蓮菂：亦作「蓮的」。蓮實。

〔二四〕莊子齊物論：「且女亦大早計，見卵而求時夜，見彈而求鴞炙。」看到彈丸就想到烤鴞肉，喻算計得太早。

〔二五〕順塗咏鹿：列子周穆王：「鄭人有薪於野者，遇駭鹿，御而擊之，斃之。恐人見之也，遽而藏諸隍中，覆之以蕉，不勝其喜。俄而遺其所藏之處，遂以爲夢焉。順途而咏其事，傍人有聞者，用其言而取之。既歸，告其室人曰：『向薪者夢得鹿而不知其處，吾今得之，彼直真夢者矣。』」後以「覆鹿尋蕉」比喻恍忽迷離，糊裏糊塗或得失無常，一再失利。

〔二六〕唐杜甫縛鷄行：「小奴縛鷄向市賣，鷄被縛急相喧争。家中厭鷄食蟲蟻，不知鷄賣還遭烹。鷄蟲於人何厚薄，吾叱奴人解其縛。鷄蟲得失無了時，注目寒江倚山閣。」後因以「鷄蟲得失」事屬細微，其得失應置之度外的典故。

〔二七〕烏鵲繞枝：三國魏曹操短歌行之一：「月明星稀，烏鵲南飛。繞樹三匝，何枝可依？」

〔二八〕魚龍：魚和龍，泛指鱗介水族。

〔二九〕滄州：滄洲，濱水的地方，古時常用以稱隱士的居處。

〔三〇〕唐杜甫送孔巢父謝病歸游江東兼呈李白：「詩卷長留天地間，釣竿欲拂珊瑚樹。」喻遁世出宦海。

〔三一〕雜組：同「雜俎」，集志怪、傳奇、雜録、瑣聞、考證諸體匯爲一編。唐段成式將所作筆記取名爲酉陽雜俎，故後世編纂書刊文集稱爲雜俎，意謂如菜雜陳於俎。

〔三二〕樹能得蔭：明馮夢龍警世通言老門生三世報恩：「蒯公大喜，想道『樹荊棘得刺，樹桃李得蔭』，若不曾中得這個老門生，今日身家也難保。」比喻惡有惡報，善有善報。

〔三三〕叱不成羊：晋葛洪神仙傳卷二皇初平：「皇初平者，丹谿人也。年十五，而家使牧羊，有道士見其良謹，使將至金華山石室中四十餘年，忽然不復念家。其兄初起入山索初平，歷年不能得見，後在市中有道士，善卜，乃問之，曰：『吾有弟名初平，因令牧羊，失之，今四十餘年，不知死生所在，願道君爲占之。』道士曰：『金華山中有一牧羊兒，姓皇名初平，是卿弟非耶？』初起聞之驚喜，即隨道士去尋求，果得相見，兄弟悲喜，因問弟曰：『羊皆何在？』初平曰：『羊近在山東。』初起往視，了不見羊，但見白石無數，還謂初平曰：『山東無羊也。』初平曰：『羊在耳，但兄自不見之。』初平便乃俱往看之，乃叱曰：『羊起！』於是白石皆變爲羊數萬頭。初起曰：『弟獨得神通如此，吾可學否？』初平曰：『唯好道便得耳。』初起便棄妻子，留就初平，共服松脂茯苓，至五千日，能坐在立亡，行於日中無影，而有童子之色。後乃俱還鄉里，諸親死亡略盡，乃復還去。臨去，以方授南伯逢。易姓爲赤，初平改字爲赤松子，初起改字爲魯班，其後傳服此藥而得仙者，數十人焉。」

〔三四〕五馬臨江：晋書元帝紀：「太安之際，童謠云：『五馬浮渡江，一馬化爲龍。』……是歲，王室淪覆，帝與西陽、汝南、南頓、彭城五王獲濟，而帝竟登大位焉。」

〔三五〕錦障：錦步障。南朝宋劉義慶世説新語汰侈：「君夫作紫絲布步障碧綾裏四十里，石崇作錦步障五十里以敵之。」

〔三六〕六鰲：參詩卷六放歌贈鷹巢上人注釋〔三七〕。

〔三七〕烟鬟：本指婦女的鬟髻，此喻山峰疊巒。

〔三八〕鸞飄鳳泊：喻飄泊無定所或夫妻、情侣離散天各一方。

〔三九〕酒勸長星：南朝宋劉義慶世説新語雅量：「太元末，長星見，孝武心甚惡之。夜，華林園中飲酒，舉杯屬星云：『長星，勸爾一杯酒，自古何時有萬歲天子！』」長星，彗星之屬。

送内弟徐信齋紹開〔一〕南還

情極歸無情，道本出古聖。淺學迷不知，乃云是禪定。尸祝不代庖〔二〕，物物〔三〕各自靖〔四〕。若有待乎彼，何以立其命？勞生〔五〕逾五十，甫乃涉斯境。視彼兒女緣〔六〕，如禽偶相并。春華弄樹姿，秋月發川性〔七〕。一一從所安，吾心澹先竟。

別酒爲君斟，別淚不須灑。悠悠遠行客，媵屬〔八〕那便解。與君屬姻婭〔九〕，依若行待拐。一朝動歸興，羊角〔一〇〕開芊芊〔一一〕。故園徑未荒，修竹山可買〔一二〕。浮沈托舟泭〔一三〕，淼瀰〔一四〕遵渤澥〔一五〕。倒餐寧羨蔗〔一六〕，食苦久習蕢〔一七〕。若云有餘戀，吾老豈童騃〔一八〕。

【繫年】

詩道光十一年（一八三一）秋作於南京。

【注釋】

〔一〕徐信齋紹開：周濟妻兄。另一妻兄徐紹侃爲安徽潛山縣訓導。

〔二〕莊子逍遥游：「庖人雖不治庖，尸祝不越樽俎而代之矣。」後以「尸祝代庖」比喻越權代職。

〔三〕物物：人人。

〔四〕自靖：尚書微子：「自靖。人自獻于先王。」孔傳：「各自謀行其志，人人自獻達于先王。」

〔五〕勞生：莊子大宗師：「夫大塊載我以形，勞我以生，佚我以老，息我以死。」後以其作辛勞一生的自稱。

〔六〕兒女緣：男女間的情愛。

〔七〕莊子秋水：「秋水時至，百川灌河；涇流之大，兩涘渚崖之間，不辯牛馬。」

〔八〕幐屩：幐履，用繩編的鞋。晏子春秋諫下：「逢于何遂葬其母於路寢之臺墉下，解衰去絰，布衣幐履。」

〔九〕姻婭：左傳昭公二十五年：「爲父子、兄弟、姑姊、甥舅、昏媾、姻亞，以象天明。」杜預注：「婿父曰姻，兩婿相謂曰亞。」

〔一〇〕羊角：莊子逍遥游：「摶扶摇羊角而上者九萬里。」成玄英疏：「旋風曲戾，猶如羊角。」

〔一一〕丫丫：説文：「丫，羊角也。象形。讀若乖。」玉篇：「丫，羊角也。丫丫，兩角貌。」

〔一二〕山可買：喻賢士的歸隱。參詩卷三慶源門外雨泊，懷良卿溪堂注釋〔八〕。
〔一三〕泭：古同「桴」，筏子。
〔一四〕淼瀰：同「渺弥」。文選木華海賦：「冲瀜沆瀁，渺弥湠漫。」李善注：「渺弥湠漫，旷远之貌。」
〔一五〕渤澥：文選司馬相如子虛賦：「浮渤澥，游孟諸。」李善注引應劭曰：「渤澥，海别支也。」
〔一六〕晋書顧愷之傳：「愷之每食甘蔗，恒自尾至本。人或怪之。云：『漸入佳境。』」
〔一七〕蕒：苦蕒，即苦菜。
〔一八〕童騃：愚昧。

答從甥高維熙質〔一〕留別且爲説詩

昔來楊柳風〔二〕，江上吹面神融融。今別紫薇月〔三〕，草堂賦詩心慅慅〔四〕。問字每訝揚雄奇〔五〕，説律休嫌杜陵拙〔六〕。候蟲時鳥感氣鳴，人亦與之同一生。乾坤落落〔七〕入頻卬〔八〕，錯綜〔九〕七曜〔一〇〕無停行。昨夜今朝又明日，路轉峰回非故轍。不能飛鞚〔一一〕勒野馬，笑煞團團磨驢迹。妙華〔一二〕偶見空中雲，攬之裒裒〔一三〕光景新。況復人間有人事，一一釀作松醪春〔一四〕。三年不發清且醇，花前細酌紅蠡〔一五〕尊。清歌妙舞送不得，但覺奕奕鬚眉神。高甥學詩已窺門〔一六〕，所苦力薄無經綸〔一七〕。宬函〔一八〕笙典〔一九〕豈僻遠，且探月窟〔二〇〕窮天根。不然白戰〔二一〕多苦辛，蹂以鐵騎僵且奔。一心運用萬人敵〔二二〕，古來兵法徒紛紜。

【繫年】

詩云「今別紫薇月」，故當道光十一年（一八三一）秋初作於南京。是年春，周濟於南京作答從甥高維熙質見贈四十韻贈之。

【注釋】

〔一〕高維熙質：高雲溪森槐之子。

〔二〕楊柳風：春風。

〔三〕紫薇月：紫薇花夏末秋初盛開，故詩以「紫薇月」代指此時。

〔四〕惙惙：詩經召南草蟲：「未見君子，憂心惙惙。」毛傳：「惙惙，憂也。」

〔五〕漢書揚雄傳：「王莽時，劉歆、甄豐皆爲上公，莽既以符命自立，即位之後欲絶其原以神前事，而豐子尋、歆子棻復獻之。莽誅豐父子，投棻四裔，辭所連及，便收不請。時雄校書天禄閣上，治獄使者來，欲收雄，雄恐不能自免，乃從閣上自投下，幾死。莽聞之曰：『雄素不與事，何故在此？』間請問其故，乃劉棻嘗從雄學作奇字，雄不知情。有詔勿問。然京師爲之語曰：『惟寂寞，自投閣；爰清静，作符命。』」

〔六〕唐杜甫自京赴奉先咏懷五百字：「杜陵有布衣，老大意轉拙。」明胡應麟詩藪明萬曆十八年胡氏少室山房刻本卷四：「盛唐一味秀麗雄渾，杜則精粗、巨細、巧拙、新陳、險易、淺深、濃淡、肥瘦，靡不畢具，參其格調，實與盛唐大别。其能會萃前人在此，濫觴後世亦在此。且言理近經，叙事兼史，尤詩家絶睹，其集不可不讀，亦殊不易讀。」清仇兆鰲杜詩詳注卷之十三陪王使君晦日泛江就黄家亭子二首引明楊慎評：「楊慎曰『江平不肯流』，意求工而語似拙，不若李群玉樂府云『人老自多愁，水深難急流』，又不若巴渝竹枝詞云『大河水長漫悠悠，小河水長似箭流』。詞愈俗愈工，意愈淺愈深。今按杜詩晚登瀼上堂云『春氣晚更生，江流静猶湧』，是即『江平不肯流』之轉注也，豈可輕下軒輊語耶。」

〔七〕落落：清楚、分明的樣子。

〔八〕頫卬：同「俯仰」，形容沉思默想。

〔九〕錯綜：周易繫辭上：「參伍以變，錯綜其數。」孔穎達疏：「錯謂交錯，綜謂總聚，交錯總聚，其陰陽之數也。」

〔一〇〕七曜：亦作「七耀」「七燿」。指日、月和金、木、水、火、土五星。

〔一一〕飛輊：策馬飛馳。

〔一二〕妙華：美麗的月光。

〔一三〕褢裒：同「懷抱」。

〔一四〕松醪春：明胡震亨唐音癸籤酒名春：「東坡云：『唐人酒多以春名。』今具列一二：金陵春、竹葉春、……松醪春。」松醪，用松肪或松花釀製的酒。

〔一五〕紅蠡：同「紅贏」，亦稱「紅螺」。唐劉恂嶺表録異卷下：「紅螺，大小亦類鸚鵡螺，殼薄而紅，亦堪爲酒器。刳小螺爲足，綴以膠漆，尤可佳尚。」因用作酒杯或酒的代稱。

〔一六〕窺門：得窺門徑，比喻找到了解決問題的途徑。

〔一七〕經綸：治理國家的抱負和才能。

〔一八〕宬函：典籍。宬，藏書室。函，容納。

〔一九〕笙典：歌譜。

〔二〇〕月窟：文選顔延之宋郊祀歌之一：「月窟來賓，日際奉土。」吕延濟注：「窟，窟也。月窟，西極。」

〔二一〕白戰：指作「禁體詩」時禁用某些較常用的字。清趙翼陔餘叢考卷二十三禁體詩：「禁體詩始於歐陽公守汝陰日，因小雪會飲聚星堂賦詩，約不得用玉、月、梨、梅、練、絮、白、舞、鵝、鶴等字，歐公所云『脱遺前言笑塵雜，搜索高寒窺冥漠』者也。其後東坡在潁，因禱雪於張龍公，獲應，亦舉此體，其末云：『汝南先賢有故事，醉翁詩話誰能説。當時號令君聽取，白戰不許持寸鐵。』蓋修歐公故事也。然六一詩話記進士許洞會諸僧分題，出一紙約曰：『不得犯此一字。』於是諸僧皆閣筆。其字乃山、水、風、雲、竹、石、花、草、霜、雪、星、月、禽、鳥之類也。然則此又歐公所本歟。」

〔二二〕萬人敵：史記項羽本紀：「劍一人敵，不足學，學萬人敵。」萬人敵，戰勝萬人之術。指兵法。

送劉持正湜〔一〕北上，述舊感懷，即題行看子〔二〕

酒徒散墜長安雨〔三〕，棋局〔四〕平章〔五〕建業秋。回首廿年真漫浪〔六〕，無端五馬〔七〕亦浮休〔八〕。漢廷有日思張敞〔九〕，班掾〔一〇〕新裁傳杜周〔一一〕。紅藕碧蘿成底事，送君横截大江流。

【繫年】

詩道光十一年（一八三一）秋作於南京。

【校勘】

㊀「行看子」：求志堂存稿彙編本作「行卷子」，誤。蓋不明詞意致訛。

【注釋】

〔一〕劉持正湜：清楊念先駢體陽城縣鄉土志耆舊録宦業：「劉持正絮衣濟難，貧困稍蘇。」小注：「劉湜，字持正，嘉慶己巳進士，歷署南澳、池州等府。癸未大水，郡邑多淹没，湜盡力籌畫，先飭各屬具糗糧，勸富民出粟，復捐廉爲絮衣費，故貧民集城下數萬，而數月帖然。」

〔二〕行看子：畫卷的别稱。清胡文學、李鄴嗣輯甬上耆舊康熙十五至十七年胡氏敬義堂刻本詩卷二宋樓鑰題高麗行看子：「高麗賈人有以韓幹馬十二匹貿于鄉人者，題曰行看子。接處黄綾上書『韓幹馬』，表飾以綾，尾以精紙，皆麗物也。聞其懷金來取，因命工臨寫而歸之，再用東坡韻書臨本之後。竹披雙耳風入蹄，霜鬣剪作三花齊。相隨西去皆良種，撼首勢竄迎風嘶。丹青不減陸與顧，麗人傳來驛通語。裝爲横軸看且行，云是韓幹非虚聲。園人乘馬如乘鶴，人馬相諳同呼啄。中有二匹真游龍，爬梳迥立緑楊風。賈胡携金贖此馬，亟呼工人臨舊畫。我詩無意到三韓，寫向新圖時自看。」

〔三〕唐韋應物酒肆行：「長安酒徒空擾擾，路傍過去那得知。」

〔四〕棋局：比喻世局。

〔五〕平章：辨别彰明。尚書堯典：「九族既睦，平章百姓。」

〔六〕漫浪：放縱而不受世俗拘束。

〔七〕五馬：漢時太守乘坐的車用五匹馬駕轅，因借指太守。

〔八〕浮休：莊子刻意：「其生若浮，其死若休。」成玄英疏：「夫聖人動靜無心，死生一貫。故其生也，如浮漚之蹔起，變化俄然；其死也，若疲勞休息，曾無繫戀也。」後以「浮休」謂人生短暫或世情無常。

〔九〕漢書張敞傳：「張敞字子高，本河東平陽人也。……使者奏敞賊殺不辜。天子薄其罪，欲令敞得自便利，即先下敞前坐楊惲不宜處位奏，免爲庶人。敞免奏既下，詣闕上印綬，便從闕下亡命。數月，京師吏民解弛，枹鼓數起，而冀州部中有大賊。天子思敞功效，使使者即家在所召敞。」

〔一〇〕班掾：班彪（三—五四）曾官司徒掾，故稱。今漢書韋賢傳、翟方進傳及元后傳之讚語均題「司徒掾班彪曰」。

〔一一〕傳杜周：杜周（？—前九五），字長孺，西漢南陽郡杜衍在今河南南陽市西南人，漢書有傳。

陳素庵〔一〕檢少年時畫幅，索同人題咏，爲題兩幅

南紀〔二〕方同溢，東朝〔三〕況不歸。始知谷汲〔四〕者，作計〔五〕未全非。生氣迎人出，秋菘〔六〕特地肥。誰從亥唐飽〔七〕，多恐只儒衣。

點檢當年畫，蕭聊〔八〕此日情。紅衣嬌入侍，白水〔九〕澹尋盟〔一〇〕。派漫黄徐別〔一一〕，名從蔣惲成〔一二〕。監門〔一三〕休泚筆〔一四〕，饑溺有公卿〔一五〕。

【繫年】

詩道光十一年（一八三一）秋作於南京。

【注釋】

〔一〕陳素庵：生平不詳。

〔二〕南紀：南方。

〔三〕東朝：三國吴在蜀東，故稱。此指吴地。

〔四〕谷汲：韩非子五蠹：「夫山居而谷汲者，膢臘而相遺以水；澤居苦水者，買庸而决竇。」

〔五〕作計：謀劃，考慮。

〔六〕菘：白菜。

〔七〕亥唐飽：孟子萬章下：「晋平公之於亥唐也，入云則入，坐云則坐，食云則食，雖疏食菜羹，未嘗不飽，蓋不敢不飽也。」

〔八〕蕭聊：聊蕭。冷落，稀疏。

〔九〕白水：左傳僖公二十四年：「所不與舅氏同心者，有如白水！」楊伯峻注：「『有如白水』即『有如河』，意謂河神鑒之，晋世家譯作『河伯視之』是也。」後遂用作誓詞，表示信守不移。

〔一〇〕尋盟：左傳哀公十二年：「今吾子曰：必尋盟。若可尋也，亦可寒也。」杜預注：「尋，重也。寒，歇也。」孔穎達疏引鄭玄儀禮注云：「尋，温也。……則諸言尋盟者，皆以前盟已寒，更温之使熱。温舊即是重義，故以尋爲重。」

〔一一〕北宋郭若虛圖畫見聞志卷一叙論論黄徐體異：「諺云『黄家富貴，徐熙野逸』，不唯各言其志，蓋亦耳目所習，得之於心而應之於手也。」五代、北宋花鳥畫有兩大畫派，一派以西蜀黄筌爲代表，被稱爲「黄家富貴」，蓋因黄筌事蜀爲待詔，官至檢校户部尚書兼御史大夫，多取材於皇家苑囿中的珍禽瑞鳥、奇花怪石，故「諸黄畫花，妙在賦色，用筆極新細，殆不見墨迹，但以五彩布成，謂之寫生」夢溪筆談書畫，細緻而華麗；另一派以江南徐熙爲代表，徐氏爲金陵布衣，「志節高邁，放達不羈」，多寫江湖汀花野竹、花果禽魚，「以墨筆畫之，殊草草，略施丹粉而已，神氣迥出，殊有生動之意」夢溪筆談書畫，人稱「徐熙野逸」。

〔一二〕蔣惲：清前期花鳥畫代表畫家惲格（一六三三—一六九〇）、蔣廷錫（一六九五—一七〇二）。

〔一三〕用宋鄭俠流民圖典。參詩卷一新樂府并叙萋萋芽注釋〔三〕。

〔一四〕泚筆：以筆蘸墨。

〔一五〕孟子離婁下：「禹思天下有溺者，由己溺之也。稷思天下有飢者，由己飢之也。是以如是其急也。禹稷顔子，易地則皆然。」後因以「己溺己飢」或「己飢己溺」謂視人民的疾苦是由自己所造成，因此解除他們的痛苦是自己不可推卸的責任。周濟介存齋論詞雜著：「或己溺己飢，或獨清獨醒，隨其人之性情學問境地，莫不有由衷之言。」

感懷

蕭蕭秋雨桂香醰〔一〕，寂寂幽扃秘玉函。廿載循陔〔二〕賢不愧，半生浪迹老何堪？只應社近歸同燕，豈有絲長縛比蠶。分得金沙泉〔三〕一曲，明年真向北山〔四〕南。

華年錦瑟〔五〕别匆匆，春水園〔六〕林剩此翁。宵漏易殘迷落月，高梧先墜感秋風。釵分〔七〕侍女傷心碧，花孕東堂隔歲紅。老淚却乾還欲陊〔八〕，可堪九度見期功〔九〕。神勸我休耽游俠傳〔一〇〕，消年合著太玄經〔一一〕。短衣匹馬〔一二〕人皆去，疏雨斜風酒獨醒。神女荒唐留漢佩〔一三〕，幺弦〔一四〕凄惻寫湘靈〔一五〕。秋蟲苦傍菭階訴，曉燭光中不耐聽。釣絲尚想倚紅闌，露氣晨侵翠袠〔一六〕單。蜕骨荒原都蔓草，駐顔人世豈金丹？青鸞只向愁邊去〔一七〕，錦字難從織後看〔一八〕。滴盡芭蕉天欲曙，耐他秋雨一宵寒。

【繫年】

詩道光十一年（一八三一）秋作於南京。

【注釋】

〔一〕 醰：香味濃郁。

〔二〕 循陔：詩經小雅有南陔篇。毛傳謂：「南陔，孝子相戒以養也。」其辭失傳，晋束晳乃據毛傳爲之補作。文選束晳補亡詩南陔：「循彼南陔，言采其蘭。眷戀庭闈，心不遑安。」李善注：「循陔以采香草者，將以供養其父母。」後因稱奉養父母爲「循陔」。

〔三〕 金沙泉：嘉慶增修宜興縣舊誌卷一山川：「唐貢山在縣東南三十五里。臨庵畫溪。以唐時産茶入貢故名，金沙泉即在其下。」

〔一七〕唐歐陽詢等藝文類聚卷九十引南朝宋范泰鸞鳥詩序：「昔罽賓王結罝峻卯之山，獲一鸞鳥，王甚愛

〔一六〕翠褎：青緑色衣袖，泛指女子的裝束。

〔一五〕湘靈：楚辭遠游：「使湘靈鼓瑟兮，令海若舞馮夷。」

〔一四〕幺弦：琵琶的第四弦，多借指琵琶。

〔一三〕典出「漢皋解珮」。參詩卷三十二艷品者，鐵香感蓉隱詞事，爲翰風作也，剪燈反覆，系之以詩。時遲，鐵香不至，即以柬之注釋〔二八〕。

〔一二〕短衣匹馬：穿著短衣，騎一匹駿馬。短衣，短裝，古代爲平民、士兵等服裝。

〔一一〕太玄經：漢揚雄擬易經而作，十卷。

〔一〇〕游俠傳：史記游俠列傳。

〔九〕期功：古代喪服的名稱。期，服喪一年。功，按關係親疏分大功和小功，大功服喪九月，小功服喪五月。

〔八〕陊：同「墮」。

〔七〕釵分：唐白居易長恨歌：「唯將舊物表深情，鈿合金釵寄將去。釵留一股合一扇，釵擘黄金合分鈿。」後因以「擘釵分鈿」比喻夫妻之愛忠貞不渝或指愛侶生離死别。

〔六〕春水園：周濟南京寓所。

〔五〕華年錦瑟：唐李商隱錦瑟：「錦瑟無端五十弦，一弦一柱思華年。」喻青春時代。

〔四〕北山：文選孔稚圭北山移文吕向題解：「鍾山在都北。其先周彦倫隱於此山，後應詔出爲海鹽縣令。今欲却過此山，孔生乃假山靈之意移之，使不許得至，故云『北山移文』。」

之，欲其鳴而不致也。乃飾以金樊，饗以珍羞，對之逾戚，三年不鳴。其夫人曰：『嘗聞鳥見其類而後鳴，何不懸鏡以映之。』王從其意。鸞睹形悲鳴，哀響中霄，一奮而絶。」

〔一八〕晋書列女傳竇滔妻蘇氏：「竇滔妻蘇氏，始平人也，名蕙，字若蘭。善屬文。滔，苻堅時爲秦州刺史，被徙流沙，蘇氏思之，織錦爲迴文旋圖詩對贈滔。宛轉循環以讀之，詞甚悽惋。」

秋海棠

砌下冰紅淚〔一〕，何年始斷腸？秋蟲寒共語，春睡〔二〕遠都忘。蟻國荒凉夢〔三〕，蟬衣〔四〕淺薄裝。吟情得風雨，一夜露爲霜。

【繫年】

詩道光十一年（一八三一）秋作於南京。

【注釋】

〔一〕紅淚：美人淚。參詩卷五東園注釋〔六〕。此喻海棠落花。

〔二〕參詩卷三留別山居花木注釋〔六〕〔七〕。

〔三〕唐李公佐南柯太守傳載，淳于棼飲酒古槐樹下，醉後入夢，見一城樓題「大槐安國」。槐安國王招其爲駙馬，任南柯太守三十年，享盡富貴榮華。醒後見槐下有一大蟻穴，南枝又有一小穴，即夢中的槐安國和南柯郡。後因用「槐安夢」比喻人生如夢，富貴得失無常。

〔四〕蟬衣：蟬翼紗。因輕薄如蟬翼，故名。

題張仲立〔一〕種蕉學書圖

羅雲織作衣纖軟，淡碧輕黄半舒卷。一丸石黛〔二〕勝松膠，嘯樹仙人〔三〕意何遠。冰澀須撑上水舟〔四〕，剡藤〔五〕滑膩翠〔六〕中愁。韡紋〔七〕亂掌新鵝〔八〕出，六角當風〔九〕動早秋。張郎家學傳鐘鼎，不愛顛狂稱草聖〔一〇〕。内格簪華〔一一〕許比肩，曲池爲洗浮烟净。佳兒玉雪嶷庭前，蠟鳳堆棋事事妍〔一二〕。任製湘東三色筆〔一三〕，擘窠〔一四〕直試衍波箋〔一五〕。

【繫年】

詩道光十一年（一八三一）秋作於南京。

【注釋】

〔一〕張仲立：生平不詳。

〔二〕石黛：古代婦女用以畫眉的青黑色顏料。

〔三〕嘯樹仙人：南朝梁蕭衍古今書評：「薄紹之書，字勢蹉跎，如舞妓低腰，仙人嘯樹。」

〔四〕清包世臣藝海雙楫歷下筆譚：「北朝人書，落筆峻而結體莊和，行墨澀而取勢排宕。萬豪齊力，故能峻；五指齊力，故能澀。分隸相通之故，原不關乎迹象，長史之觀於擔夫争道，東坡之喻以上水撑船，皆悟到此間也。」

〔五〕剡藤：剡溪出産的藤可以造紙，負有盛名。後因稱名紙爲剡藤。唐李肇唐國史補卷下：「紙則有越之剡藤、苔牋。」

〔六〕睪：同「腕」。

〔七〕韡紋：宋蘇軾游金山寺：「微風萬頃靴紋細，斷霞半空魚尾赤。」此喻蕉葉。

〔八〕新鵝：鵝黄。

〔九〕六角當風：晋書王羲之傳：「又嘗在蕺山見一老姥，持六角竹扇賣之。羲之書其扇，各爲五字。姥初有愠色。因謂姥曰：『但言是王右軍書，以求百錢邪。』姥如其言，人競買之。他日，姥又持扇來，羲之笑而不答。」

〔一〇〕唐張懷瓘書斷張旭：「飲醉，輒草書，揮毫大呼，以頭揾水墨中，天下呼爲張顛。」舊唐書文苑傳中賀知章：「旭善草書，而好酒，每醉後號呼狂走，索筆揮灑，變化無窮，若有神助，時人號爲張顛。」

〔一一〕簪華：簪花格。唐張彦遠法書要録卷二載南朝梁袁昂古今書評：「衛恒書如插花美女，舞笑鏡臺。」後稱書法娟秀工整者爲簪花格。

〔一二〕蠟鳳堆棋：南史王僧虔傳：「僧虔，金紫光禄大夫僧綽弟也。父曇首，與兄弟集會子孫，任其戲適。僧達跳下地作彪子。時僧虔累十二博棋，既不墜落，亦不重作。僧綽采蠟燭珠爲鳳皇，僧達奪取打壞，亦復不惜。」後用爲少年嬉游之典。

〔一三〕宋蘇軾書韓定辭馬郁詩：「韓定辭，不知何許人，爲鎮州王鎔書記，聘燕。……韓即席酬之：『崇霞臺上神仙客，學辨癡龍藝更多。盛德好將銀管述，麗辭堪與雪兒歌。』坐中賓客靡不欽訝，稱爲妙句，然疑其銀管之僻也。他日郁從容問韓以雪兒、銀管之事。韓曰：『昔梁元帝爲湘東王時，好學著書，常記録忠臣義士及文章之美者。筆有三品，或以金、銀飾，或用斑竹爲管。忠孝全者，用金管書之；德行清粹者，用銀管書之；文章贍麗者，用斑竹管書之。故湘東王之譽振於江表。雪兒，李密之愛姬，能歌舞。每見賓僚文章有奇麗中意者，即付雪兒協音律歌之。』」

〔一四〕擘窠：寫字、篆刻時，爲求字體大小匀整，以横直界綫分格，叫「擘窠」。

〔一五〕衍波箋：宋阮閲詩話總龜卷三四引宋王直方直方詩話：「蕭貫少時，嘗夢至宫廷中……見群婦人如神仙，視貫，驚問何所從來？貫愕然，亦不知對。貫自陳進士，能爲詩。中有一人授貫紙，曰：『此所謂衍波箋，煩賦宫中曉寒歌。』貫援筆立成。」

陶谷〔一〕花木問答詩六十四韻

喬松如貴人，端拱在高位。連林非不奇，慴伏〔二〕莫敢對。古梅卧南榮〔三〕，偃蹇無窘態。雖值不華時，森然擁幽翠。蛟螭上拏攫，鸞鳳下翔翽〔四〕。問年應入宋，紀日寧論亥。主人簪纓胄〔五〕，寄迹卜荒穢。一叡聊自環，籬短物無害。時時素心人〔六〕，來飽畦上菜。秋花香近市，空城走看桂。此地有數株，戕賊餘蘖在。不能全其生，比梅詎無愧？遂令山要松，勢欲夌萬彙〔七〕。短桂昂其頭，所説頗可記：「共爾俱後彫，偶然值殘壞。盤根仍鬱勃，發氣欲蓊薈〔八〕。歲寒豈云遠，知希賞終貴。況爾節目〔九〕多，亦非棟梁器。不然豈神呵，乃免斧斤逮？莫矜所居高，而輒棄憔悴。比鄰有紫薇，本合玉堂置。委根向空山，枯死及五載。主人惜不伐，一旦生理沛。年年百日花，耐久答所慰。幽人與草木，佳秀同氣類。尚不負死生，豈復計榮瘁？」長松欲有詞，古梅爲之喟：「桂爾昔初植，吾見甚童稚。抽條而揚華，頭角自矜異。其時主人賢，護爾莫剃拜〔一〇〕。爾松亦尋丈，儔侶千百輩。旅進〔一一〕無殊姿，絕不係憎愛。後來漸長大，主人值狼狽。甲申加黃袍，乙酉出青蓋。高墉比如櫛〔一二〕，一炬隳爾界。樵歌芳圃出，瓊樹山童〔一三〕戴。松因漸漸稀，桂亦奄奄斃。稀留孤兀戛〔一四〕，斃轉叢繩縩〔一五〕。餘生纏近想，遠鑒迷前代。老身所閱歷，尚未及五季。側聞〔一六〕隱仙〔一七〕翁，爲説六朝事。升沈爭旦暮，帝闕等旅寄〔一八〕。名園與大宅，那得百年外？以證吾所知，興衰炳如繪。仙翁暫韜華，或者有所避。世人目力短，謂之已長逝。其實殊不爾，不久當復至。真州一江隔，不見魂返易。彈指幾十年，若醒一宿醉。直須隱仙翁，歸爲汝排比〔一九〕。長者勿錚錚〔二〇〕，短者勿契契〔二一〕。全者勿自矜，殘者勿自棄。蚤枯詎憐殤，重榮戒呈瑞。勿恃寵而驕，勿有激而恚。用難非材大，掘徙省花媚。雁鳴〔二二〕庖人舍，樗散〔二三〕工師昧。材不材之間，寬然有餘地。我時立山陰，月黑雲贔屭〔二四〕。物論〔二五〕齊轉紛，寂聽心始悸。歸來繹斯語，中夜不能寐。何人壽比木，動作百年計？所遭每坎軻，其事甚纖細。往往鳴不平，有若狼竅沸〔二六〕。古梅信吾師，高咏陳德義。

【繫年】

詩道光十一年（一八三一）秋作於南京。

【注釋】

〔一〕陶谷：在南京。參文卷二陶谷記。

〔二〕慴伏：亦作「懾服」，因畏懼而屈服。

〔三〕南榮：楚辭王褒九懷思忠：「玄武步兮水母，與吾期兮南榮。」王逸注：「南方冬温，草木常茂，故曰南榮。」

〔四〕翔翽：詩經大雅卷阿：「鳳皇于飛，翽翽其羽。」鄭玄箋：「翽翽，羽聲也。」

〔五〕簪纓胄：簪纓世胄，世代仕宦的人家。

〔六〕素心人：心地純潔、世情淡泊的人。晋陶潛移居之一：「聞多素心人，樂與數晨夕。」

〔七〕萬彙：猶萬物，萬類。唐韓愈祭董相公文：「五氣叙行，萬彙順成。」

〔八〕蓊薈：草木繁密貌。

〔九〕節目：禮記學記：「善問者如攻堅木，先其易者，後其節目，及其久也，相説以解。」孫希旦集解：「節目，木之堅而難攻處。」朱彬訓纂引方性夫曰：「『節則木理之剛者』，説卦所謂『堅多節』是矣；『目則木理之精者』，弓人所謂『斮目必荼』是矣。」

〔一〇〕莫剗拜：詩經召南甘棠：「蔽芾甘棠，勿剪勿伐，召伯所茇。蔽芾甘棠，勿剪勿敗，召伯所憩。蔽芾甘棠，勿剪勿拜，召伯所説。」拜，拔也，一説彎。

〔一一〕旅進：并進。

〔一二〕詩經周頌良耜：「其崇如墉，其比如櫛。」比櫛，像梳篦的齒一樣緊密相連，形容接連而來或密密排列。

〔一三〕山童：山無草木。童，禿也。

〔一四〕兀奡：亦作「兀傲」，孤傲不羈。

〔一五〕繀縩：同「綷縩」，象聲詞，衣服摩擦聲。

〔一六〕側聞：傳聞，聽説。

〔一七〕隱仙：隱仙庵。參詩卷五朴山鍊師之化，六朝梅先枯，重游隱，慨然有作注釋〔二〕。

〔一八〕旅寄：寄居他鄉。

〔一九〕排比：安排，準備。

〔二〇〕錚錚：象聲詞，常形容金、玉等物的撞擊聲。

〔二一〕契契：詩經小雅大東：「契契寤嘆，哀我憚人。」毛傳：「契契，憂苦也。」

〔二二〕雁鳴：鳴雁直木，古人認爲雁隨陽而處，木隨陽而直，比喻良才。

〔二三〕樗散：樗木材劣，多被閑置，比喻不爲世用，投閑置散。

〔二四〕贔屭：凝重貌，强勁貌。

〔二五〕物論：衆人的議論，輿論。

〔二六〕唐段成式酉陽雜俎前集卷之十六：「狼大如狗，蒼色，作聲諸竅皆沸。」

明樂安長公主玉印歌〔一〕和徐徵士漢蒼〔二〕

雙鑄褭蹄〔三〕三百兩，菜户〔四〕茄花配東廠〔五〕。手碎金甌是日兄〔六〕，獻來秦璽還邀賞。昭陽〔七〕崇儉記鐫梨〔八〕，寶篆〔九〕偏爲小妹題。西李沈淪東李貴〔一〇〕，柱龍〔一一〕飛後鳳簫〔一二〕吹。粉侯賜餅何平叔〔一三〕，白鶴珍珠看不足。寒鵲應㊀隨硏匣歸，笑它江斆無文福〔一四〕。并校偷殘經廠書〔一五〕，明妃〔一六〕九㊁母〔一七〕鑒何如？鈐題定有連環字，片紙難尋劫火餘。可憐劫火灾梧櫬〔一八〕，雄劍〔一九〕蒼黄文武盡。灰輕白婕〔二〇〕散遺編，香結紅虯殢小印。故物摩挲感易纏，漫將書畫比承乾〔二一〕。英英碧化忠貞血，長裦〔二二〕千秋紫玉烟〔二三〕。

【繫年】

詩道光十一年（一八三一）秋作於南京。

【校勘】

㊀「應」：清徐漢蒼蕭自然得齋詩集卷二明樂安長公主玉印歌爲秦編修敦甫丈恩復作附周濟此和詩作「散」。

㊁「九」：清徐漢蒼蕭自然得齋詩集卷二明樂安長公主玉印歌爲秦編修敦甫丈恩復作附周濟此和詩作「鬼」。

【注釋】

〔一〕明樂安長公主(一六一一——一六四三)：本名朱徽媞，明光宗朱常洛八女，李選侍所生。參後附徐漢蒼原詩小序。

〔二〕徐徵士漢蒼：徐漢蒼(一七九七——一八六八)，字茘庵、壽伯。參文卷二與徐壽伯書注釋〔一〕。

〔三〕褭蹄：同「褭蹏」，鑄金成馬蹄形。

〔四〕菜户：清紀昀明懿安后外傳：「明之宫人無子者，各擇内監爲侶，謂之對食，亦謂之菜户。其財物相通如一家，相愛若夫婦然。既而妃嬪以下亦頗有之，雖天子亦不禁，以其宦者不之嫌也。」

〔五〕茄花配東廠：清萬斯同明史清鈔本卷二十七：「萬曆末年，有道士歌於市曰：『委鬼當頭坐，茄花遍地生。』北人讀客爲楷，茄又轉音。爲魏忠賢、客氏之兆。」

〔六〕日兄：古代以日比喻帝王，故帝王之弟、妹稱帝王爲「日兄」。

〔七〕昭陽：三輔黄圖未央宫：「武帝時，後宫八區，有昭陽、……等殿。」後泛指后妃所住的宫殿。此代樂安公主。

〔八〕鐫梨：古代雕版印刷所用刊版，多用梨木，故謂。

〔九〕寶篆：指傳説中鳳凰授與帝堯的圖璽，以其章如篆，故稱。此以喻象徵天命的圖籙。

〔一〇〕明光宗朱常洛自萬曆四十一年(一六一三)皇太子妃郭氏死後，没有再立妃子，身邊隻有才人、選侍、淑女侍候。其中有兩名選侍，一居於東面，一居於西面，故分别稱作東李、西李。東李地位較高，西李比較受寵於朱常洛。朱常洛將失去生母的長子朱由校交由西李撫養，五子朱由檢則由東李即樂安長公主之母李選侍撫養。

〔一一〕柱龍：龍笛，亦作「龍篴」。漢馬融長笛賦：「龍鳴水中不見已，截竹吹之聲相似。」

〔一二〕鳳簫：排簫，比竹爲之，參差如鳳翼，故名。

〔一三〕南朝宋劉義慶世説新語容止：「何平叔美姿儀，面至白；魏明帝疑其傅粉。正夏月，與熱湯餅。既啖，大汗出，以朱衣自拭，色轉皎然。」何宴賜爵爲列侯，後因稱駙馬爲「粉侯」。

〔一四〕南齊書江斅傳：「太祖即位，斅以祖母久疾連年，臺閣之職，永廢温清，啓乞自解。初，宋明帝敕斅出繼從叔愻，爲從祖淳後。於是僕射王儉啓：『禮無後小宗之文，近世緣情，皆由父祖之命，未有既孤之後，出繼宗族也。雖復臣子一揆，而義非天屬。江忠簡胤嗣所寄，唯斅一人，傍無眷屬，斅宜還本。若不欲江愻絶後，可以斅小兒繼愻爲孫。』尚書參議，謂『間世立後，禮無其文。荀顗無子立孫，墜禮之始；何琦又立此論，義無所據』。於是斅還本家，詔使自量立後者。出爲寧朔將軍、豫章内史，還，太子中庶子，領驍騎將軍。未拜，門客通贓利，世祖遣信撿核，斅藏此客而躬自引咎，上甚有怪色。王儉從容啓上曰：『江斅若能治郡，此便是具美耳。』上意乃釋。」

〔一五〕經廠書：經廠刻印的書本。經廠是明代司禮監所屬掌刻印書籍的機構。版本大，字體大，但主事者爲太監，校勘不精，不爲藏書家所重。

〔一六〕明妃：佛教密宗以「明妃」通佛母，取自法界自性能出生一切之意，又母恩最重，故稱究竟成就的女性爲佛母。

〔一七〕九母：即九子母鬼，又名鳩盤婆，原本是專食人子的恐怖鬼神，後爲佛祖點化，投入座下。

〔一八〕梧櫬：棺材，因多用梧桐木製作，故名。

〔一九〕雄劍：宋李昉等太平御覽卷三四三引列士傳：「干將、莫耶爲晋君作劍，三年而成。劍有雄雌，天下名器也。乃以雌劍獻君，留其雄者。謂其妻曰：『吾藏劍在南山之陰，北山之陽。松生石上，劍在其中矣。君若覺，殺我，爾生男以告之。』及至，君覺，殺干將。妻後生男，名赤鼻，具以告之。赤鼻……乃逃朱興山中，遇客，欲爲之報，乃刎首，將以奉晋君。客令鑊煑之，頭三日跳不爛。君往觀之，客以雄劍倚擬君，君頭墮鑊中。」此以雄劍代駙馬鞏永固。

〔二〇〕灰輕白蝶：唐李賀感諷詩之五：「腰被珮珠斷，灰蝶生陰松。」王琦彙解：「灰蝶，紙灰飛舞似蝶者。」

〔二一〕承乾：乘乾。左傳昭公三十二年：「在易卦，雷乘乾曰大壯，天之道也。」杜預注：「乾爲天子，震爲諸侯而在上，君臣易位，猶臣大强壯，若天上有雷。」按，大壯爲乾下震上，震爲雷，故云雷乘乾。乘乾此指登極爲帝。蓋謂書畫水準登峰造極。

〔二二〕褒：同「抱」。

〔二三〕紫玉烟：清杜文瀾古謡諺卷六十六吴王女玉歌：「吴王夫差小女，名曰紫玉，年十八，才貌俱美。童子韓重，年十九，有道術。女悦之，私交信問，許爲之妻。重學于齊魯之間，臨去，屬其父母，使求婚。王怒，不與女。玉結氣死，葬閶門之外。三年重歸……具牲幣，往弔於墓前。玉魂從墓出，見重……乃左顧宛頸而歌……歌畢，歔欷流涕，要重還塚。……重感其言，送之還塚。玉與之飲宴，留三日三夜，盡夫婦之禮。臨出，取徑寸明珠以送重，曰：『既毁其名，又絶其願，復何言哉？時節自愛。若至吾家，致敬大王。』重既出，遂詣王，自説其事。王大怒曰：『吾女既死，而重造訛言，以玷穢亡靈。此不過發塚取物，托以鬼神。』趣收重。重走脱，至玉墓所訴之。玉曰：『無憂。今歸白王。』王粧梳，忽見玉，驚愕悲喜，問曰：『爾緣何生？』玉跪而言曰：『昔諸生韓重，來求玉，大王不許，玉名毁義絶，自致身亡。重從遠還，聞玉已死，故齎牲幣，詣塚弔唁。感其篤終，輒與相見，因以珠遺之。不爲發塚，願勿推治。』夫人聞之，出而抱之，玉如烟然。」後以此用爲男女生死情緣的典故。

附：清樂鈞青芝山館詩集嘉慶二十二年刻後印本卷二十一明樂安長公主玉印歌爲秦編修敦甫丈恩復作

樂安長公主者，明光宗第八女也，駙馬都尉鞏貞潛公所尚主也。公主歿未一年，而甲申之難作，都尉取公主冠裳書畫，積薪柩前焚之，遂自刎。玉印橋紐方不及寸，色黝，間以青黄，文曰「樂安長公主印」。向爲嘉定趙飲谷虹所得。厲樊榭爲賦長歌云：「貴主當年重品題，劫灰澒洞賸懸黎。皜臣去後良工歇，切玉何人更似泥？」後歸安邑宋氏編修。丈以漢印三十六枚易之，遂疏於櫝，且系以銘曰：「玉之貞兮，出艱劫而獲全；印之完兮，不隨脂澤以變遷。榮枯顯晦而不蔽兮，百又八十餘年。」漢蒼於丙戌春杪過維揚，訪編修丈於里第。酒半，出觀是印，屬賦長篇，即席成此。

銀河照影人如玉，明珠翠羽矜妝束。金枝艷福羨雙修，碧天如海摇空緑。芙蓉照臉蹙雙蛾，朶殿承恩寵賚多。不愛豪華如沁水，慣將綵筆學鷗波。瓊函自署天潢裔，小篆朱文樂安字。簪花格仿衛夫人，不印連環印如意。琉璃硯匣燦如花，奉敕曾經輦道斜。緑綈捧出昭陽苑，禁本携來帝女家。九秋霜逼罡風起，烟迷月墮蘭陵邸。驂鸞人去繐幃寒，一串鮫珠泣蕭史。山海翻騰震鼓鼙，秦關鼠賊裂金堤。取義成仁三尺劍，君親熱血灑銅鞮。沖霄劫火光如電，萬軸琳瑯等飛燕。誰譜哀蟬落葉情，難消家國無窮戀。千尺觚稜付白鷗，鼎湖龍戰幾經秋。墓門風雨金蠶冷，剩有懸黎玉印留。淮海詞人老壇坫，香山聞望傳荒甸。却將三十六鴛鴦，換取昆岡石一片。闌幽嗜古費沈吟，朝夕摩挲坐緑陰。東山絲竹蒼生望，北斗聲華著述心。我昨邗溝系烟艫，科名兩世聯蘭譜。先君清望比林宗，賤子風情慚德祖。登堂話舊感難支，想見瓊閨書静時。香焚寶鼎披丹籙，硃砂紅映珊瑚枝。五侯七貴徒驕縱，興亡滿眼春明夢。小物真應配鼎彝，風華氣節均堪重。天涯有客弄孤琴，海色蒼茫春正深。我已窮途悲阮籍，漫勞國士賞淮陰。

題荔庵徐漢蒼〔一〕修竹吾廬卷子

攬君圖畫動歸心，亦有先廬三徑〔二〕深。往日惜〔三〕遲真鑄錯，陽春〔四〕和寡欲椎琴〔五〕。且扶緑玉〔六〕空山去，自賞流泉大古〔七〕音。産得靈芝能五色，東園角里〔八〕定相尋。

【繫年】

詩道光十一年（一八三一）秋作於南京。

【注釋】

〔一〕荔庵徐漢蒼：徐漢蒼（一七九七—一八六八），字荔庵、壽伯。參文卷二與徐壽伯書注釋〔一〕。

〔二〕三徑：晉趙岐三輔决録逃名：「蔣詡歸鄉里，荆棘塞門，舍中有三徑，不出，唯求仲、羊仲從之游。」後因以「三徑」指歸隱者的家園。

〔三〕往日惜：九章惜往日。

〔四〕陽春：文選宋玉對楚王問：「其爲陽阿、薤露，國中屬而和者數百人，其爲陽春、白雪，國中屬而和者不過數十人而已。」李周翰注：「陽春、白雪，高曲名也。」

〔五〕椎琴：吕氏春秋本味：「鍾子期死，伯牙破琴絶弦，終身不復鼓琴。」

〔六〕緑玉：緑玉杖，傳説中仙人所用的手杖。唐李白廬山謡寄盧侍御虚舟：「我本楚狂人，鳳歌笑孔丘。

手持緑玉杖，朝別黄鶴樓。」

〔七〕大古：太古。儀禮士冠禮：「始冠緇布之冠也，大古冠布，齊則緇之。」鄭玄注：「大古，指唐虞以上。」

〔八〕東園角里：史記留侯世家：「四人（商山四皓）從太子，年皆八十有餘，鬚眉皓白，衣冠甚偉。上怪之，問曰：『彼何爲者？』四人前對，各言名姓，曰東園公，角里先生，綺里季，夏黄公。」

素庵〔一〕招看木芙蓉，因作陶谷餞別圖，送春海〔二〕入都

一代文章班史〔三〕重，二年游賞謝公〔四〕親。終須去作蒼生雨〔五〕，那得真爲白社〔六〕鄰。惜別夫容搴木末，放船鴻雁滿江津。自嫌老筆頽唐甚，只寫空山草樹身。

隨分〔七〕清塵與濁泥〔八〕，卅年能得幾相携？漫論往事銷春夢，漸覺新連病夏畦〔九〕。橐筆〔一〇〕欲求靈境助，裹糧〔一一〕難覓一枝棲。五雲〔一二〕到處人争奉，徜許天涯路不迷。

【繫年】

清程恩澤程侍郎遺集咸豐五年伍氏刻粤雅堂叢書本卷三道光辛卯十月三日，自秣陵買舟北上，王益之將軍餞於石城門外，時梅伯言郎中、汪鄰樓上舍、許淡居煉師適相送，將軍邀共談燕，賦此寄益之將軍，兼柬伯言、鄰樓、淡居。據沙玉偉程恩澤研究，道光九年（一八二九），程恩澤因母親項太夫人去世歸歙，至十一年（一八三一）返京，

仍在南書房行走。暨南大學二〇一〇年碩士論文，頁八。故詩道光十一年九月作於南京。

【注釋】

〔一〕素庵：程光旭，字素安、素庵。參文卷四陶谷記注釋〔一五〕。

〔二〕春海：程恩澤（一七八五—一八三七），字雲芬，號春海，安徽歙縣人。參詩卷五同人半山寺小集注釋〔七〕。

〔三〕班史：漢書，此因爲班氏所作，故世稱班史。

〔四〕謝公：謝靈運。

〔五〕蒼生雨：霖雨蒼生。比喻恩澤廣被於民，用以頌揚廉吏施善政。此句雙關。

〔六〕白社：隱士或隱士處所。唐白居易長安送柳大東歸：「白社羈游伴，青門遠別離。」

〔七〕隨分：到處，隨時。

〔八〕清塵與濁泥：清塵濁水。三國魏曹植七哀詩：「君若清路塵，妾若濁水泥，浮沈各異勢，會合何時諧！」比喻聚會無期。

〔九〕夏畦：孟子滕文公下：「脅肩諂笑，病于夏畦。」朱熹集注：「夏畦，夏月治畦之人也。」

〔一〇〕橐筆：亦作「橐笔」。漢書趙充國傳：「印家將軍以爲安世本持橐簪筆事孝武帝數十年。」顔師古注引張晏曰：「橐，契囊也。近臣負橐簪筆，從備顧問，或有所紀也。」此泛指文士的筆墨耕耘。

〔一一〕裹糧：詩經大雅公劉：「乃裹餱糧，于橐于囊。」朱熹集傳：「餱，食。糧，糗也。」謂携帶熟食乾糧，以備出征或遠行。

〔一二〕五雲：指皇帝所在地，即都城。

九日伯恬〔一〕見過示新詞

有雨無黄菊，持螯〔二〕興亦孤。雁行〔三〕零落盡，忍獨插茱萸〔四〕？客至憐愁疾，班〔五〕年許謂昆〔六〕。新詞吟不得，斜照盋山園〔七〕。

【繫年】

詩道光十一年（一八三一）九月初九重陽節作於南京。

【注釋】

〔一〕伯恬：周儀暐，字伯恬，陽湖人。參詩卷四五十自述注釋〔五五〕。

〔二〕持螯：持螯把酒。晋書畢卓傳：「畢卓字茂世，新蔡鮦陽人也。父諶，中書郎。卓少希放達，爲胡毋輔之所知。太興末，爲吏部郎，常飲酒廢職。比舍郎釀熟，卓因醉夜至其甕間盗飲之，爲掌酒者所縛，明旦視之，乃畢吏部也，遽釋其縛。卓遂引主人宴於甕側，致醉而去。卓嘗謂人曰：『得酒滿數百斛船，四時甘味置兩頭，右手持酒杯，左手持蟹螯，拍浮酒船中，便足了一生矣。』」因以「持螯把酒」形容秋季吃蟹飲酒之樂。

〔三〕雁行：比喻兄弟。禮記王制：「父之齒隨行，兄之齒雁行，朋友不相逾。」

〔四〕唐王維九月九日憶山東兄弟：「遥知兄弟登高處，遍插茱萸少一人。」

〔五〕班：通「斑」。

〔六〕謂昆：詩經王風葛藟：「綿綿葛藟，在河之滑。終遠兄弟，謂他人昆。謂他人昆，亦莫我聞。」

〔七〕盋山園：清顧雲盋山志：「盋山名以形，其陽如初弦之月。烏龍潭一泓，近在抱中。前馮蛇山如几，西偏坡陀盡處，倚石頭城垣，迤東勢漸夷，山徑四達；小橋直其間。橋名收兵，詳後。而清凉山諸峰，横邪相錯，若斷若續，山之陰也。」陳詒紱石城山志：「與樓對峙者爲鉢山。山以形似得名。清道光中，陶文毅公澍改鉢爲博，置園於此，倚石爲臺，冠屋其上，以御書『印心石屋』爲額。而江寧陶氏亦築餘霞閣於山巔，涣悦、濟慎兄弟讀書處也。園中江梅百株，磴道左右有古松四，夭矯騰拏，胡大守鐘以『四松庵』表其門，至今尚存。」

喜聞情田〔一〕歸自吴下，即寄代柬

風雨連重九，端憂〔二〕感緑苔。故人新問至，小舫載秋回。稻比何年孰，鴻聞幾處哀。菊花從不發，遲爾舉深杯。

【繫年】

詩道光十一年（一八三一）九月初九重陽節作於南京。

【注釋】

〔一〕情田：浦承恩，字情田，一字君錫。參文卷二玉玲瓏館詩集序注釋〔一〕。

〔二〕端憂：文選謝莊月賦：「陳王初喪應劉，端憂多暇。」李周翰注：「端然憂愁，以多閑暇。」

讀小倦游閣集〔一〕

悠悠送日月，渺渺陟㊀郊甸。川原邈無竟，征役〔二〕有時倦。已嗟風物〔三〕異，况乃節候變？霜露亦在兹，弱草欲何緬？翔雲趨西南，念彼谷風〔四〕煽。少男〔五〕乘坎〔六〕氣，落實竟誰幹？逖矣衡之陽，雍雍有鳴雁。〔七〕

華燈豈如月，亦生幽室明。適用則爲寶，何必白如霜。日馭〔八〕歸有期，繼照亦有常。團團三五夕，不獲承清光。故知晦朔間，益使浮雲翔。感嘆還入户，惜此蘭膏芳。

古人念已遠，遺容炳圖册。真氣所鬱蟠〔九〕，千載儼對席。奈何同心友，少合多睽隔〔一〇〕。山中木葉下，江上秀萑荻。鷃風〔一一〕動高影，所寄憑六翮〔一二〕。大壑縱修鱗〔一三〕，芳蘭葆泉石。禮容麗皮始〔一四〕，佩響沖牙〔一五〕激。雜組〔一六〕成文章，和聲倚琴瑟。

織室〔一七〕無艷女，工肆無酒徒。志士苟鮮營，奈此歲月徂？孟夏彫朱英〔一八〕，垂實豈目娱？甘苦縱所安，委槃〔一九〕心已愉。貞元〔二〇〕有運轉，榮萃〔二一〕遵一涂。大造〔二二〕豈不惜，非時[二三]欲何[二]如？所以服畔襲[二四]，祇讀授時[二五]書。

嗚鑾[二六]津長河，不若杭一葦[二七]。平乘[二八]戒衣袽[二九]，不若一壺[三〇]美。嗟嗟龜手[三一]封，臨深[三二]詎非耻。褒衣[三三]雖節步，急管終疲耳。大哉蘭陵儒，得失戒其佹。[三四]

斯人金閨[三五]彦，亦既辭蓬蒿[三六]。盤桓尚居貞[三七]，白賁[三八]無其曹。少年穎自脱[三九]，老大荒轉包[四〇]。室中兩龍劍[四一]，什襲[四二]同鉛刀[四三]。周行[四四]置信美，望古[四五]夐已勞。卷耳不盈筐[四六]，蘭杜芳南皋。飛飛雙黄鶴，戛羽麦丹霄。

【繫年】

胡朴安包慎伯先生年譜：「十年庚寅，先生年五十六歲。……是年，先生回里，奉郡學君遷葬江寧縣南鄉吉山之麓。拟居白門，編小倦游閣文集三十卷。十一年辛卯，先生年五十七歲。四月，先生在旌德。」周濟見小倦游閣文集當是包世臣返南京後事。故詩當道光十一年（一八三一）冬作於南京春水園。

【校勘】

㊀「陟」：求志堂存稿彙編本作「涉」。

㊁「何」：求志堂存稿彙編本作「河」，誤。

【注釋】

〔一〕小倦游閣集：清包世臣（一七七五—一八五三）撰。

〔二〕征役：行役。

〔三〕風物：風光景物。晋陶潛游斜川序：「天氣澄和，風物閑美。」

〔四〕谷風：東風，生長之風。一説來自大谷的風，爲盛怒之風。

〔五〕少男：少男風。三國志魏書管輅傳「共爲歡樂」裴松之注引管輅别傳：「輅言：『……又少男風起，衆鳥和翔，其應至矣。』須臾，果有艮風鳴鳥。」東北風。又稱艮風。艮位東北，爲少男，故稱。亦省作「少男」。

〔六〕坎：八卦之一，代水。

〔七〕詩經邶風匏有苦葉：「雝雝鳴雁，旭日始旦，士如歸妻，迨冰未泮。」毛傳：「雝雝，雁聲和也。納采用雁，旭日始出，謂大昕之時。」鄭玄箋：「雁者，隨陽而處，似婦人從夫，故昏禮用焉。」後用「鳴雁」指嫁娶之事。

〔八〕日馭：太陽。日形如輪，周行不息，故稱。

〔九〕鬱蟠：同「蟠鬱」，盤曲鬱結。唐司空圖與王駕評詩書：「河汾蟠鬱之氣，宜繼有人。」

〔一〇〕睽隔：分離。

〔一一〕鷃風：鷃。

〔一二〕六翮：鳥類雙翅中的正羽，用以指鳥的兩翼。

〔一三〕修鱗：蛇。唐杜甫萬丈潭：「閉藏修鱗蟄，出入巨石礙。」

〔一四〕儀禮士冠禮：「乃禮賓以一獻之禮，主人酬賓束帛、儷皮。」鄭玄注：「儷皮，兩鹿皮也。」儀禮士昏禮：「納吉用雁，如納采禮。納徵，玄纁、束帛、儷皮，如納吉禮。」三國蜀譙周古史考：「伏羲制嫁娶，以儷皮爲禮。」

〔一五〕沖牙：説文解字段玉裁注：「系於中組者曰沖牙。系於左右組者曰璜。皆以玉。璜似半璧而小。亦謂之牙。系於中者觸牙而成聲。故曰沖牙。」

〔一六〕雜組：雜俎，斑駁的花紋。

〔一七〕織室：本爲漢代宮中掌管絲帛禮服等織造之機構，後代指織女織作處。

〔一八〕朱英：紅花。

〔一九〕委槃：槃委，盤繞屈曲貌。

〔二〇〕貞元：周易乾：「元亨利貞。」高亨注：「乾，卦名，天也。元，善也。亨，美也。利，利物也。貞，正也。天有善、美、利物、貞正之德，故曰：『乾：元亨利貞。』文言謂君子亦有此德。」古以元亨利貞喻春夏秋冬，故此「貞元」指時令的周而復始和天道人事的轉换。

〔二一〕榮萃：同「榮悴」，榮枯也。

〔二二〕大造：天地，大自然。南朝宋謝靈運宋武帝誄：「業盛曩代，惠侔大造；澤及四海，功格八表。」

〔二三〕非時：不合時令。

〔二四〕畔農：同「農畔」，農田的邊界。左傳襄公二十五年：「朝夕而行之，行無越思，如農之有畔。」

〔二五〕授時：尚書堯典：「曆象日月星辰，敬授人時。」孔傳：「敬記天時以授人也。」後以「授時」稱頒行曆書。

〔二六〕鳴鑾：文選班固西都賦：「大路鳴鑾，容與徘徊。」李善注：「周禮曰：巾車掌玉輅，凡馭輅儀以鑾和爲節。鄭玄曰：鑾在衡，和在軾，皆以金鈴也。」吕延濟注：「鑾，車上鈴也。」

〔二七〕杭一葦：詩經衛風河廣：「誰謂河廣，一葦杭之。」孔穎達疏：「言一葦者，謂一束也，可以浮之水上而渡，若桴栰然，非一根葦也。」後以「一葦」爲小船的代稱。

〔二八〕平乘：大船名，又名平乘舫。

〔二九〕戒衣袽：衣袽之戒。周易既濟：「六四，繻有衣袽，終日戒。」王弼注：「繻宜曰濡，衣袽所以塞舟漏也；」何楷訂詁：「袽通作帤，塞漏孔之敝帛，即敝衣之帛也。」

〔三〇〕一壺：中流一壺。鶡冠子學問：「中河失船，一壺千金。」

〔三一〕龜手：莊子逍遥游：「宋人有善爲不龜手之藥者，世以洴澼絖爲事。客聞之，請買其方百金。……客得之，以説吴王。越有難，吴王使之將。冬，與越人水戰，大敗越人。裂地而封之。」清包世臣藝舟雙楫與吴熙載書：「不龜手藥，雖出江頭洴澼人，執珪之賞，是足下材力自致。」

〔三二〕臨深：詩經小雅小旻：「戰戰兢兢，如臨深淵，如履薄冰。」謂面臨深淵，脚踏薄冰。後因以「臨深履薄」喻謹慎戒懼。

〔三三〕褒衣：寬大之衣。漢書朱博傳：「又敕功曹：『官屬多褒衣大袑，不中節度，自今掾史衣皆令去地三寸。』」

〔三四〕荀子賦：「天下不治，請陳佹詩。」罗惇曧文學源流周秦諸子總論：「若乃賦之肇始，實本蘭陵成相之篇，韻詞譎古，佹詩之作，體雜詩騷。」蘭陵儒，因荀子曾兩度出任楚國蘭陵今山東臨沂蘭陵令。後辭官蟄居於蘭陵著書立説，死後葬於蘭陵，故稱。

〔三五〕金闉：本指金馬門，此代指朝廷。

〔三六〕蓬蒿：本指飛蓬和蒿子，此借指草野民間。

〔三七〕居貞：周易頤：「居貞之吉，順以從上也。」遵守正道。「貞」，通「正」。

〔三八〕白賁：周易賁：「上九，白賁無咎。」王弼注：「處飾之終，飾終反素，故在其質素，不勞文飾而無咎也。」

〔三九〕穎自脱：穎脱。史記平原君虞卿列傳：「平原君曰：『夫賢士之處世也，譬若錐之處囊中，其末立見。……』毛遂曰：『臣乃今日請處囊中耳。使遂蚤得處囊中，乃穎脱而出，非特其末見而已。』」

〔四〇〕荒轉包：包荒，即「包含荒穢」，謂度量寬大。周易泰：「包荒，用馮河，不遐遺。」王弼注：「能包含荒穢，受納馮河者也。」陸德明釋文：「荒，本亦作『巟』。」一説包容廣大。説文川部「巟，水廣也」引易作「包巟」。

〔四一〕用晉張華「豐城龍劍」典。參詩卷二礪劍注釋〔五〕。

〔四二〕什襲：重重包裹。

〔四三〕鉛刀：史記屈原賈生列傳引吊屈原賦：「世謂伯夷貪兮，謂盗蹠廉；莫邪爲頓兮，鉛刀爲銛。」

〔四四〕周行：至善之道。

〔四五〕望古：望古遥集。文選顔延之陶徵士誄：「嗟乎若士，望古遥集。」吕向注：「若士謂潛也，望古逸人遥與相集也。」

〔四六〕詩經周南卷耳：「采采卷耳，不盈頃筐。」

病　菊

窺園〔一〕日以疏，落葉日以積。病菊無秀枝，頽若鶴俯膝〔二〕。豈伊嚴霜下，毋乃〔三〕溉澤失？衰年謝農圃，樹木性所適。嘉卉亦在庭，率彼撫序〔四〕職。植根異深淺，偏萎敢卸責？岐仁〔五〕有先施，漢酺〔六〕優廢疾。遺忘已足耻，申誡在滅裂〔七〕。

菊生桂樹下，雨露已有私。抱甕〔八〕以溉菊，桂乃先得之。彼皆君子性，豈不懷惠慈？地勢既必然，清操難獨持。敬告灌園叟，桂菊皆爾司。但視菊榮滋，勿憂桂萎殗。托根共尺土，同食無獨饑。詩人閟遠猶〔九〕，乃刺在梁鵜〔一〇〕。

【繫年】

詩道光十一年（一八三一）秋作於南京春水園。

【注釋】

〔一〕窺園：目不窺園。漢書董仲舒傳：「（仲舒）下帷講誦，弟子傳以久次相授業，或莫見其面。蓋三年不窺園，其精如此。」顔師古注：「雖有園圃，不窺視之，言專學也。」

〔二〕鶴俯膝：鳧脛鶴膝。莊子駢拇：「是故鳧脛雖短，續之則憂；鶴脛雖長，斷之則悲。」

〔三〕毋乃：莫非。

〔四〕撫序：形容歲月流逝。

〔五〕岐仁：岐黄仁术，皆醫道也。岐伯相傳爲黄帝時的名醫，今所傳黄帝内經即戰國秦漢時醫家托名黄帝與岐伯論醫之作。

〔六〕漢酺：漢書文帝紀：「酺五日。」文穎注：「漢律，三人已上無故群飲酒，罰金四兩。今詔橫賜得令會聚飲食五日。」皇上賞賜給臣下的乾肉，事始於漢，故稱。

〔七〕滅裂：言行粗疏草率。

〔八〕抱甕：典出「抱甕灌園」，喻安於拙陋的淳樸生活。參詩卷二樂志詩并序注釋〔一四〕。

〔九〕遠猶：遠猷。尚書康誥：「顧乃德，遠乃猷；」孔傳：「遠汝謀，思爲長久。」

〔一〇〕梁鵜：鵜梁。詩經曹風候人：「維鵜在梁，不濡其翼。」鄭玄箋：「鵜在梁，當濡其翼，而不濡者，非其常也，以喻小人在朝，亦非其常。」後以「鵜梁」謂任職在位或在位而不稱職。

止庵詩

卷七

燈花[一]歌 辛卯

寒宵短檠[二]不騰焰，膏膩[三]成花轉紅艷。一花初結絲盤紆[四]，蜻蜓額上珊瑚珠。兩花三花旋相接，石畔靈芝長莖葉。花成一串何累累，玉蘭落盡文官[五]垂。人間兒女各相對，愁者無言喜生愛。忽然裂作爆竹聲，青史千年鳴不平。龍泉[六]棄置文理暗，霜竹[七]噴欲[八]蛟虬驚。窗前颯颯疑復雪，推窗已堆一寸白。吹燈映雪神轉王，雪裏紅梅一齊放。

【繫年】據詩題下小注「辛卯」，此詩道光十一年（一八三一）冬作於南京春水園。

【注釋】

〔一〕燈花：燈心餘燼結成的花狀物。北周庾信對燭賦：「刺取燈花持桂燭，還却燈檠下燭盤。」

〔二〕短檠：矮燈架，借指小燈。

〔三〕膏膩：燈油脂。清蒲松齡聊齋志異細侯：「膏膩銅盤夜未央。」

〔四〕盤紆：回繞曲折。淮南子本經訓：「木巧之飾，盤紆刻儼，嬴鏤雕琢，詭文回波。」高誘注：「盤，盤龍也；紆，曲屈。」

〔五〕文官：一種顔色屢變的花，又名弄色芙蓉。宋胡仔苕溪漁隱叢話後集本朝雜記上：「貢士舉院，其地本廣勇故營也，有文官花一株，花初開白，次緑、次緋、次紫，故名文官花。」

〔六〕龍泉：寶劍名。即龍淵。漢王充論衡率性：「棠谿、魚腸之屬，龍泉、太阿之輩，其本鋌山中之恒鐵也。」此泛指劍。

〔七〕霜竹：原爲竹名，竹皮白如霜，大者爲篙，細者爲笛。此借指笛。宋黄庭堅念奴嬌八月十七日，客有孫彦立善吹笛，援筆作樂府長短句，文不加點：「老子平生，江南江北，最愛臨風曲。孫郎微笑，坐來聲噴霜竹。」

〔八〕噴欱：吹奏。

録史紀寒

朔風蕭條散乾雪，池面冰堅有狐迹〔一〕。晨窗掐筆試翻書，筆卓如錐呵不熱。桑薪烘煁〔二〕

餘煴歇，鬱攸〔三〕不憚遭煎爇〔四〕。斜烟横霧非椒蘭，底滯〔五〕藉此成消釋。金精委權替長白〔六〕，男胤暗助南風烈。〔七〕劉石苻姚〔八〕豈足怪，同氣〔九〕先已尋戈戟。中原荆棘銅駝〔一〇〕埋，南紀蒼黄〔一一〕龍馬〔一二〕濕。四帝相承無百齡〔一三〕，延壽變計求丹石〔一四〕。少主先聞厭萬幾〔一五〕，老人空復瞻南極〔一六〕。後來排纂〔一七〕猶深慨，豈怪新亭涕横集〔一八〕。推原禍本在貽謀〔一九〕，泰始羊車〔二〇〕望恩澤。酒棗虚徵陳舞辭，封箱實寫安仁筆〔二一〕。只聞緑珠殉石尉〔二二〕，終令弘訓辭金闕〔二三〕。歌鐘易歇舞臺傾，此事富貴難爲力。不如紙閣〔二四〕擁寒梅，日暖霜融恣憐惜。

【繫年】

詩道光十一年（一八三一）冬作於南京春水園。

【注釋】

〔一〕北魏酈道元水經注河水一引述征記：「盟津、河津恒濁，方江爲狹，比淮、濟爲闊，寒則冰厚數丈。冰始合，車馬不敢過，要須狐行，云此物善聽，冰下無水乃過，人見狐行方渡。」北齊顔之推顔氏家訓書證：「狐之爲獸，又多猜疑，故聽河冰無流水聲，然後敢渡。」後因以「狐聽之聲」指冰下流水之聲。

〔二〕桑薪烘煁：詩經小雅白華：「樵彼桑薪，卬烘於煁。」朱熹集傳：「桑薪，薪之善者也。」烘煁，熾熱的爐竈。唐息夫牧冬夜宴蕭十丈因餞殷郭二子西上：「烘煁有煒，酒醴惟旨。」

〔三〕鬱攸：火氣，火焰。左傳哀公三年：「濟濡帷幕，鬱攸從之，蒙葺公屋。」杜預注：「鬱攸，火氣也。」

〔四〕稸：逼。説文：「稸，以火乾肉。」

〔五〕底滯：滯留。國語楚語下：「夫民，氣縱則底，底則滯，滯而不振，生乃不殖。」韋昭注：「底，著也。滯，廢也。」

〔六〕晉書后妃上武元楊皇后：「泰始中，帝博選良家以充後宮，先下書禁天下嫁娶，使宦者乘使車，給騶騎，馳傳州郡，召充選者使后揀擇。后性妒，惟取潔白長大，其端正美麗者并不見留。時卞藩女有美色，帝掩扇謂后曰：『卞氏女佳。』后曰：『藩三世后族，其女不可枉以卑位。』帝乃止。」

〔七〕晉書后妃上武悼楊皇后傳：「武悼楊皇后，諱芷，字季蘭，小字男胤，元后從妹。……太子妃賈氏（南風）妒忌，帝將廢之。后言於帝曰：『賈公閭有勳社稷，猶當數世宥之，賈妃親是其女，正復妒忌之間，不足以一眚掩其大德。』」

〔八〕劉石苻姚：指十六國時期劉氏前趙、石氏後趙、苻氏前秦、姚氏後秦。

〔九〕同氣：有血統關係的親屬。此指「八王之亂」中的司馬氏八王。

〔一〇〕荆棘銅駝：晉書索靖傳：「靖有先識遠量，知天下將亂，指洛陽宫門銅駝，嘆曰：『會見汝在荆棘中耳！』」後因以「銅駝荆棘」指山河殘破、世族敗落或人事衰頽。

〔一一〕蒼黄：同「倉皇」，亦作「倉惶」「倉遑」「倉徨」「倉黄」。匆忙急迫。南唐李煜破陣子：「最是倉皇辭廟日，教坊猶奏别離歌，垂淚對宫娥。」

〔一二〕龍馬：龍馬負圖。漢無名氏春秋運斗樞：「（舜）與三公諸侯臨觀於河，黄龍五采負圖出置舜前。」此指東晉定都建康。

〔一三〕謂西晉歷四帝實僅五十一年而亡。

〔一四〕晉書哀帝紀：「哀皇帝諱丕，字千齡，成帝長子也。……帝雅好黄老，斷穀，餌長生藥，服食過多，遂中毒，不識萬機，崇德太后復臨朝攝政。」

〔一五〕晉書孝愍帝紀：「孝愍皇帝諱鄴，字彦旗，武帝孫，吴孝王晏之子也。……（四年）冬十月，京師饑甚，米斗金二兩，人相食，死者太半。太倉有麴數十䴵，麴允屑爲粥以供帝，至是復盡。帝泣謂允曰：『今窘厄如此，外無救援，死于社稷，是朕事也。然念將士暴離斯酷，今欲聞城未陷爲羞死之事，庶令黎元免屠爛之苦。行矣遣書，朕意決矣。』」

〔一六〕晉書祖逖傳：「方當推鋒越河，掃清冀朔，會朝廷將遣戴若思爲都督，逖以若思是吴人，雖有才望，無弘致遠識，且已翦荆棘，收河南地，而若思雍容，一旦來統之，意甚怏怏。且聞王敦與劉隗等構隙，慮有内難，大功不遂。感激發病，乃致妻孥汝南大木山下。時中原士庶咸謂逖當進據武牢，而反置家險阸，或諫之，不納。逖雖内懷憂憤，而圖進取不輟，營繕武牢城，城北臨黄河，西接成皋，四望甚遠。逖恐南無堅壘，必爲賊所襲，乃使從子汝南太守濟率汝陽太守張敞、新蔡内史周閎率衆築壘。未成，而逖病甚。先是，華譚、庾闡問術人戴洋，洋曰：『祖豫州九月當死。』初有妖星見於豫州之分，歷陽陳訓又謂人曰：『今年西北大將當死。』逖亦見星，曰：『爲我矣！方平河北，而天欲殺我，此乃不祐國也。』俄卒於雍丘，時年五十六。」

〔一七〕排纂：編纂、編排。

〔一八〕南朝宋劉義慶世説新語言語：「過江諸人，每至美日，輒相邀新亭，藉卉飲宴。周侯中坐而嘆曰：『風景不殊，正自有山河之異！』皆相視流淚。唯王丞相愀然變色曰：『當共戮力王室，克復神州，何至作楚囚相對！』」後多用「新亭淚」「新亭泣」「新亭對泣」指懷念故國或憂國傷時的悲憤心情。

〔一九〕貽謀：詩經大雅文王有聲：「詒厥孫謀，以燕翼子。」後以「貽謀」指父祖對子孫的訓誨。

〔二〇〕泰始羊車：晋書后妃傳上胡貴嬪：「（晋武帝）常乘羊車，恣其所之，至便宴寢。宮人乃取竹葉插户，以鹽汁灑地，而引帝車。」南史后妃傳上潘淑妃亦載此，則以爲潘淑妃事。後常以羊車降臨表示宮人得寵；不見羊車表示宮怨。泰始（二六五—二七四），晋武帝司馬炎第一個年號。

〔二一〕晋書愍懷太子傳：「賈后將廢太子，詐稱上不和，呼太子入朝。既至，后不見，置于别室，遣婢陳舞賜以酒棗，逼飲醉之。使黄門侍郎潘岳作書草，若禱神之文，有如太子素意，因醉而書之，令小婢承福以紙筆及書草使太子書之。……遍示諸公王，莫有言者，惟張華、裴頠證明太子。賈后使董猛矯以長廣公主辭白帝曰：『事宜速决，而群臣各有不同，若有不從詔，宜以軍法從事。』議至日西不决。后懼事變，乃表免太子爲庶人，詔許之。於是使尚書和郁持節，解結爲副，及大將軍梁王彤、鎮東將軍淮南王允、前將軍東武公澹、趙王倫、太保何劭詣東宮，廢太子爲庶人。……太子既廢非其罪，衆情憤怨。……秀因使反間，言殿中人欲廢賈后，迎太子。賈后聞之憂怖，乃使太醫令程據合巴豆杏子丸。三月，矯詔使黄門孫慮齎至許昌以害太子。初，太子恐見鴆，恒自煮食於前。慮以告劉振，振乃徙太子於小坊中，絶不與食，宮中猶於墻壁上過食與太子。慮乃逼太子以藥，太子不肯服，因如厠，慮以藥杵椎殺之，太子大呼，聲聞於外。時年二十三。」安仁，潘岳字。

〔二二〕晋書石崇傳：「時趙王倫專權，崇甥歐陽建與倫有隙。崇有妓曰緑珠，美而艷，善吹笛。孫秀使人求之。崇時在金谷别館，方登凉臺，臨清流，婦人侍側。使者以告。……崇竟不許。秀怒，乃勸倫誅崇、建。崇、建亦潛知其計，乃與黄門郎潘岳陰勸淮南王允、齊王冏以圖倫、秀。秀覺之，遂矯詔收崇及潘岳、歐陽建等。崇正宴於樓上，介士到門。崇謂緑珠曰：『我今爲爾得罪。』緑珠泣曰：『當效死於官前。』因自投於樓下而死。」亦見南朝宋劉義慶世説新語仇隙。

〔二三〕晋書景獻羊皇后：「景獻羊皇后諱徽瑜，泰山南城人。父衜，上黨太守；后母陳留蔡氏，漢左中郎將邕之女也。后聰敏有才行。景懷皇后崩，景帝更娶鎮北將軍濮陽吴質女，見黜，復納后，無子。武帝受禪，居弘訓宫，號弘訓太后。泰始九年，追贈蔡氏濟陽縣君，謚曰穆。咸寧四年，太后崩，時年六十五，祔葬峻平陵。」

〔二四〕紙閣：用紙糊貼窗、壁的房屋。多爲清貧者所居。

東鄰

美人摻摻〔一〕能織素，豈合家臨桃葉渡〔二〕。渡頭絲管哀入雲，此是烏衣冶游處。叵羅〔三〕落鑿〔四〕非常豪，長鯨欲吸〔五〕秋江濤。重帷深下一尺雪〔六〕，衛士寒色生弓刀。蚪冉蝟磔〔七〕蛾眉盻〔八〕，十玉〔九〕焉能辨施旦〔一〇〕。但覺春從錦罽〔一一〕生，肯教宴逐銅龍〔一二〕散。寒窗軋軋〔一三〕難成匹，照影青燈暗將滅。尺度〔一四〕盈時始下機，足弱腰酸手龜坼。此時紅燭光初午，已散纏頭〔一五〕換歌舞。雙劍輝翔九日烏〔一六〕，萬花穠解三郎鼓〔一七〕。美人側聽凝黛愁，東鄰行樂何時休？西鄰昨夜深雪裏，一十三人相抱死。

【繫年】

詩道光十一年（一八三一）冬作於南京春水園。

【注釋】

〔一〕摻摻：女手纖美貌。詩經魏風葛屨：「摻摻女手，可以縫裳。」毛傳：「摻摻，猶纖纖也。」

〔二〕桃葉渡：渡口名。在今江蘇南京秦淮河畔。宋張敦頤六朝事迹編類卷五江河門桃葉渡：「圖經云：在縣南一里秦淮口。桃葉者，晋王獻之愛妾名也。其妹曰桃根。獻之詩曰：『桃葉復桃葉，渡江不用楫。但渡無所苦，我自迎接汝。』不用楫者，謂横波急也。嘗臨此渡歌送之。楊修之有詩云：『桃葉桃根柳岸頭，獻之才調頗風流。相看不語横波急，艇子翻成送莫愁。』」

〔三〕叵羅：瞿蜕園、朱金城李白集校注上海古籍出版社，一九八〇年版卷二十五對酒：「蒲萄酒，金叵羅，吴姬十五細馬馱。」瞿蜕園、朱金城校注：「叵羅，胡語酒杯也。舊唐書高宗紀作頗羅。」

〔四〕落鑿：亦作「鑿落」。宋葉廷珪海録碎事飲食：「湘楚人以盞斝中鐫鏤金渡者爲金鑿絡。」

〔五〕長鯨欲吸：唐杜甫飲中八仙歌：「飲如長鯨吸百川，銜盃樂聖稱世賢。」後因以「鯨吸」喻狂飲。

〔六〕一尺雪：左傳隱公九年：「平地尺爲大雪。」尺雪，一尺厚的雪，指大雪。

〔七〕虯冉蝟磔：虬髯如蝟毛稠密張開。

〔八〕眄：仇視，怒視。戰國策韓策二：「楚不聽，則怨結於韓。韓挾齊魏以眄楚，楚王必重公矣。」

〔九〕十玉：蓋指西施、貂蟬、王昭君、楊玉環、馮小憐、蘇妲己、趙飛燕、鄭旦、褒姒、甄宓等中國古代十位美人。

〔一〇〕施旦：指西施、鄭旦。吴越春秋：「越王乃使相者國中得苧蘿山鬻薪之女，曰西施、鄭旦，三年學服而獻於吴；吴王大悦。」

〔一一〕錦罽：有紋彩的氈毯。

〔一二〕銅龍：唐徐堅等初學記卷二十五器物部漏刻第一：「殷夔漏刻法：爲器三重，圓皆徑尺，差立於水輿踟蹰之上，爲金龍，口吐水，轉注入踟蹰經緯之中，流於衡渠之下。」清王韜變法上：「銅龍沙漏，璿璣玉衡，中國已有之於唐虞之世。」

〔一三〕軋軋：象聲詞，織機聲。

〔一四〕尺度：規定的限度。六韜農器：「丈夫治田有畝數，婦人織紝有尺度。」

〔一五〕纏頭：宋李昉等太平御覽卷八一五引唐書：「舊俗，賞歌舞人，以錦綵置之頭上，謂之『纏頭』。」

〔一六〕九日烏：淮南子俶真訓：「雖有羿之知，而無所用之。」高誘注：「是堯時羿善射，能一日落九烏。」日烏，傳説日中有三足烏，因以烏指代太陽。

〔一七〕三郎鼓：宋王讜唐語林卷四：「玄宗性俊邁，不好琴。會聽琴，正弄未畢，叱琴者曰：『待詔出！』謂内官曰：『速令花奴將羯鼓來，爲我解穢。』」三郎，唐玄宗小字。因其排行第三，故稱。唐鄭嵎津陽門：「三郎紫笛弄烟月，怨如别鶴呼羈雌。」原注：「内中皆以上爲。」宋馬永卿懶真子卷一：「三郎謂明皇也。明皇兄弟六人，一人早亡，故明皇爲太子時，號五王宅。寧王、薛王，明皇兄也，申王、岐王，明皇弟也，故謂三郎。」花奴，唐段安節樂府雜録「羯鼓」條曰：「汝陽王花奴尤善擊鼓。花奴時戴砑絹帽子，上安葵花。數曲曲終，花不落，蓋能定頭項耳。」

述哀

蒼天本好生，殺出不得已。雖非止辟刑，所失究可紀。恢恢網難漏〔一〕，投車悔楚子〔二〕。惜哉曳豹舄，夙悟奪習伖。〔三〕凶年亮有讁〔四〕，所讁豈屯否〔五〕？奈何梃刃〔六〕餘，復使溝壑〔七〕委。

牛羊乏牧芻，任卹〔八〕談上理。因之飽鷹鸇〔九〕，黃口〔一〇〕想虛美。隆冬祈瑞雪，三白〔一一〕庶心喜。誰知枵腹〔一二〕人，先坐〔一三〕寒凍死。姑姆〔一四〕市餅餤，見奪在都市。顧彼攫食徒，焦顔瘦如鬼。欲訶轉吞聲，淚落筐籃裏。南渠有新骸，北郭積殘胔。西鄰未斷哭，東舍相繼起。徒然捐先疇〔一五〕，乞活未足恃。爭粥若陷堅，蹶則供踐履。兒號母不聞，命絶號亦止。平生掌中珠〔一六〕，及此成敝屣。病夫〔一七〕耽著書，排比兩晋史。三月不出門，焉知酷如此！我友閔我勞，暇日惠臨視。口繪流民圖〔一八〕，安能塞雙耳？中原昔板蕩〔一九〕，鋒鏑憯莫比。朝劘猛虎牙，夕罥長鯨齒。水仙〔二〇〕禍三吳，巨室欲何徙？闔門斷炊烟，蹋户見相倚。懷中抱金玉，身上覆羅綺。枕藉〔二一〕嗟已傷，封屠〔二二〕免爲豕。是時值昧屯，沸鼎無躍鯉〔二三〕。聖代方郅隆〔二四〕，萬國一輪軌。偏裁〔二五〕見顛踣，惑不解所以。努力晞春陽，殷憂釋愚杞。

【繫年】

詩道光十一年（一八三一）冬作於南京春水園。詩曰「病夫躭著書，排比兩晋史」而「三月不出門」，是其時閉門著述之真實寫照也。

【注釋】

〔一〕史記商君列傳：「後五月而秦孝公卒，太子立。公子虔之徒告商君欲反，發吏捕商君。商君亡至關下，欲舍客舍。客人不知其是商君也，曰：『商君之法，舍人無驗者坐之。』商君喟然嘆曰：『嗟乎，爲法之敝一至此哉！』」

〔二〕史記楚世家：「靈王聞太子禄之死也，自投車下，而曰：『人之愛子亦如是乎？』侍者曰：『甚是。』王曰：『余殺人之子多矣，能無及此乎？』右尹曰：『請待於郊以聽國人。』王曰：『衆怒不可犯。』曰：『且入大縣而乞師於諸侯。』王曰：『皆叛矣。』又曰：『且奔諸侯以聽大國之慮。』王曰：『大福不再，祇取辱耳。』於是王乘舟將欲入鄢。右尹度王不用其計，懼俱死，亦去王亡。」

〔三〕左傳昭公十二年：「雨雪，王皮冠，秦復陶，翠被，豹舄。」杜預注：「豹舄，以豹皮爲履。」宋王應麟困學紀聞左氏：「楚之興也，篳路藍縷；其衰也，翠被豹舄。國家之興衰，視其儉侈而已。」

〔四〕謫：罪過。老子：「善行無轍迹，善言無瑕謫。」

〔五〕屯否：周易屯卦和否卦的并稱，意謂艱難困頓。漢王粲初征賦：「逢屯否而底滯兮，忽長幼以羈旅。」

〔六〕梃刃：棍棒和刀。清唐甄潛書利才：「況豪傑之身，家國倚之，而肯冒梃刃，嬰木索乎！」

〔七〕溝壑：孟子滕文公下：「志士不忘在溝壑，勇士不忘喪其元。」趙岐注：「君子固窮，故常念死無棺椁没溝壑而不恨也。」

〔八〕任䘏：亦作「任恤」。周禮地官大司徒：「二曰六行：孝、友、睦、姻、任、恤。」鄭玄注：「任，信於友道。恤，振憂貧者。」又閭胥：「書其敬敏任恤者。」謂誠信并給人以幫助同情。

〔九〕鷹鸇：比喻凶殘的人。漢劉向説苑敬慎：「臣聞之，行者比於鳥，上畏鷹鸇，下畏網羅。」

〔一〇〕黄口：幼兒。淮南子氾論訓：「古之伐國，不殺黄口，不獲二毛。」高誘注：「黄口，幼也。」

〔一一〕三白：三度下雪。

〔一二〕枵腹：餓肚。

〔一三〕坐：因。

〔一四〕姑姆：亦作「姑母」，乳媪，老年僕婦。

〔一五〕先疇：文選班固西都賦：「士食舊德之名氏，農服先疇之畎畝。」吕延濟注：「先疇，先人畎畝。」

〔一六〕掌中珠：亦作「掌上明珠」「掌上珠」。比喻極受疼愛的人。後多指極受父母鍾愛的兒女。

〔一七〕病夫：周濟自謂也。

〔一八〕流民圖：用宋鄭俠曾監安上門作流民圖典。參詩卷一新樂府并叙萋萋芽注釋〔三〕。

〔一九〕板蕩：板、蕩皆是詩經大雅中詩篇，詩皆譏刺周厲王無道而導致國家敗壞、社會動亂。後因以指政局混亂或社會動蕩。

〔二〇〕水仙：唐司馬承順天隱子神解八：「在人謂之人仙，在天曰天仙，在地曰地仙，在水曰水仙，能變通之曰神仙。」此指水灾。

〔二一〕枕藉：亦作「枕籍」。物體縱横相枕而卧，言其多而雜亂。

〔二二〕封屠：屠封，宰割殺戮。

〔二三〕後漢書張綱傳：「相聚偷生，若魚游釜中，喘息須臾間耳。」喻處境十分危險，有行將滅亡之虞。

〔二四〕郅隆：史記司馬相如列傳：「文王改制，爰周郅隆，大行越成。」司馬貞索隱：「郅，大也。隆，盛也。……以言文王改制，及周而大盛也。」

〔二五〕偏裁：同「偏灾」，大灾。

董　生哀晋卿也

我哀董生，如雉斯繡。耿介在匈，乃頸而雊。〔一〕我哀董生，如鶴斯舉。潔白奪雪，乃翥而舞。〔二〕消息通幽〔三〕，水地晝錐〔四〕。玄壚〔五〕黄壤〔六〕，丹旐〔七〕安歸？儀之匹之，駿孰靳焉〔八〕。支離壽之〔九〕，帝胡吝焉？披文質之，亦既彬彬。煢煢余影，孰後孰先？嗚呼永哀，永永〔一〇〕曷宣？郢斫喪質〔一一〕，牙琴絶弦。〔一二〕

【繫年】

董士錫晋卿卒於道光十一年（一八三一），知詩道光十一年（一八三一）冬作於南京春水園。

【注釋】

〔一〕尚書高宗肜曰序：「高宗祭成湯，有飛雉升鼎耳而雊。」孔傳：「耳不聰之異。」孔穎達疏：「雉乃野鳥，不應入室，今乃入宗廟之内，升鼎耳而鳴。孔以雉鳴在鼎耳，故以爲耳不聽之異也。……漢書五行志劉歆以爲鼎三足，三公象也，而以耳行，野鳥居鼎耳，是小人將居公位，敗宗廟之祀也。」後因以「雉雊」爲變異之兆。

〔二〕漢劉向列仙傳王子喬：「王子喬者，周靈王太子晋也。好吹笙作鳳凰鳴。游伊、洛之間，道士浮邱公接以上嵩高山。三十餘年後，求之於山上，見桓良，曰：『告我家，七月七日待我於緱氏山巔。』至時，果乘白鶴駐山頭。望之不得到，舉手謝時人，數日而去。亦立祠於緱氏山下，及嵩山首焉。」後因以「駕鶴」比喻得道成仙。

〔三〕通幽：三國志魏書管輅傳：「經(王經)爲江夏太守。」裴松之注引三國魏管辰管輅别傳：「經每論輅，以爲得龍雲之精，能養和通幽者，非徒合會之才也。」謂與神鬼交通。

〔四〕同治雲都縣誌卷十六經籍：「三寶經葬法，劉江東著。立錐賦，劉江東著。」水地畫館蓋皆指營葬也。

〔五〕玄壚：尚書禹貢：「厥土惟壤，下土墳壚。」孔穎達疏：「壚，音盧，説文黑剛土也。」

〔六〕黄壤：猶黄泉。三國志吴書孫皓傳：「以濟元元。」裴松之注引晉虞溥江表傳：「天匪亡吴，孤所招也。瞑目黄壤，當復何顔見四帝乎！」

〔七〕丹旐：猶丹旌。舊時出喪所用的紅色銘旌。

〔八〕驂執靳焉：左傳定公九年：「吾從子，如驂之有靳。」杜預注：「靳，車中馬也。猛不敢與書争，言已從書如驂馬之隨靳也。」後以「驂靳」喻前後相隨。

〔九〕莊子人門世：「夫支離其形者，猶足以養其身，終其天年，又况支離其德者乎？」宋陸游黄鴉吟：「譬之人以支離而全，木以擁腫而壽。」詩卷七歲晏立春，雨雪不已，感念存殁，自慰索居，各序之云爾十六首其十六曰：「董晉卿士錫，武進人……中年疣附於背，自號支離叟，竟以是卒。」

〔一〇〕永永：長遠，長久。大戴禮記公符：「陛下永永，與天無極。」

〔一一〕郢斫喪質：莊子徐無鬼：「莊子送葬，過惠子之墓，顧謂從者曰：『郢人堊慢其鼻端若蠅翼，使匠石斫之。匠石運斤成風，聽而斫之，盡堊而鼻不傷，郢人立不失容。宋元君聞之，召匠石曰：「嘗試爲寡人爲之。」匠石曰：「臣則嘗能斫之。雖然，臣之質死久矣。」自夫子之死也，吾無以爲質矣，吾無與言之矣。』」

〔一二〕牙琴絶弦：吕氏春秋孝行覽本味：「伯牙鼓琴，鍾子期聽之。方鼓琴而志在太山，鍾子期曰：『善哉乎鼓琴，巍巍乎若太山。』少選之間，而志在流水，鍾子期又曰：『善哉乎鼓琴，湯湯乎若流水。』鍾子期死，伯牙破琴絶弦，終身不復鼓琴，以爲世無足復爲鼓琴者。」

池　邊

池邊桃久無華實，空占膏腴長蠹蝥。便當持斧摧作薪，嘉樹移來手封殖〔一〕。山中老桂根本大，已耐幾度隆冬雪。馳書聊試與商量，報我苦戀佳泉石。停柯向桃三嘆息，望汝作計明春發。清池照影當自見，花滿繁枝容汝活。九天垂閔無已時，忍但歲歲承甘澤。

【繫年】

詩道光十一年（一八三一）冬作於南京春水園。

【注釋】

〔一〕封殖：亦作「封埴」「封植」。壅土培育。左傳昭公二年：「宿敢不封殖此樹，以無忘角弓，遂賦甘棠。」杜預注：「封，厚也；殖，長也。」

夜　警

獲我研田〔一〕粟，不足救汝腹内饑。翦我七襄錦〔二〕，不足製汝身上衣。荒齋此外百無有，多謝夜夜來相窺。老媼雛奴互驚怪，冥搜洞壑無人在。燈昏月死影響多，膽小轉更疑狐魅。嗟余所嗜皆陳編，博物遠慚張茂先〔三〕。平生復不好窮察，華表〔四〕有木誰能然？今年夏秋水，奪我吴農穀。斗米五百錢，艱難到飦〔五〕粥。救死百不辭，禮儀安所畜？紞如〔六〕街鼓聲將住，陋巷窮尼涕如雨。竊香惜燭蓄廿金，敫貝〔七〕歸來數羸五。枕篋封槭不忍開，留待荒春繼蔬糈〔八〕。齋心雖持穢迹呪〔九〕，袒背可奈伽持杵〔一〇〕？痛哉呼謈〔一一〕天不聞，搜括那肯遺纖縷。此風歲晏每有之，况值今者饑凶時。厭聽敢入長官耳，吞咽唯有比鄰知。高墉大屋苦難入，暴客〔一二〕乃與蓬茅〔一三〕期。嗚呼，暴客乃與蓬茅期！

【繫年】

詩云「此風歲晏每有之」，據下白沙行壬辰「辛卯龍蛇再起陸，水灾雖去留沙灾」，可知詩道光十一年（一八三一）年底作於南京春水園。

【注釋】

〔一〕研田：清戴名世硯莊記：「世之人以授徒賣文稱之曰筆耕，曰硯田。以筆代耕，以硯代田，於義無傷，而藉是以供俯仰，此貧窮之士不得已之所爲也。」

〔二〕七襄錦：詩經小雅大東：「跂彼織女，終日七襄，雖則七襄，不成報章。」鄭玄箋：「襄，駕也。駕，謂更其肆也。從旦至莫七辰一移，因謂之七襄。」七襄錦指反覆推敲寫成的詩文。清龔自珍南歌子自題近詞卷尾：「七襄報我定何年？且喜南樓好夢七分圓。」

〔三〕張茂先：張華（二三二—三〇〇），字茂先，西晉方城今河北固安南人。著有博物志。

〔四〕華表：晉崔豹古今注問答釋義：「程雅問曰：『堯設誹謗之木，何也？』答曰：『今之華表木也。以橫木交柱頭，狀若花也，形似桔槔，大路交衢悉施焉。或謂之表木，以表王者納諫也。亦以表識衢路也。』」

〔五〕釬：同「餰」，稠也。

〔六〕紞如：形容擊鼓的聲音。

〔七〕敖貝：説文貝部云：「贅，以物質錢也。从敖貝。」敖貝猶放貸。

〔八〕糈：糧。

〔九〕穢迹呪：舊時僧人所誦以爲能消灾解厄的一種咒語。

〔一〇〕伽持：亦作「加持」。佛教用語，意謂施加佛力於衆生，以保護扶持之。

〔一一〕呼謈：漢書東方朔傳：「上令倡監榜舍人，舍人不勝痛，呼謈。」顏師古注：「（呼謈）謂痛切而叫呼也。與田蚡傳『呼服』音義皆同。」

〔一二〕暴客：强盗，盗賊。易繫辭下：「重門擊柝，以待暴客。」

〔一三〕蓬茅：亦作「蓬茆」，比喻低微、貧賤之人。

除日松崖上人〔一〕送唐花〔二〕

碧桃牡丹照春莫，蠟盡山堂〔三〕忽雙吐。老僧狡猾〔四〕植杖〔五〕閒，飾我几案之純素。揚州唐花世無賽，轅門橋〔六〕邊滿闌櫃。藹藹〔七〕春工〔八〕一夜生，茸茸蜀錦〔九〕千層綴。就中豪者擇所稀，花大一錢贏三倍。畫堂歌舞達官臨，秘閣杯盤麗人醉。只今高門多外扃，如斗紅殷向誰賣？歌成對花三嘆息，簾内紅爐簾外雪。明日街頭東郭多，履下分明見人迹。〔一〇〕

【繫年】

詩道光十一年（一八三一）除夕作於南京春水園。

【注釋】

〔一〕松崖上人：清湯貽汾琴隱園詩集卷二十松崖上人索題保緒山水障子，即以爲壽：「年不待暮疾則辭，我蒲柳質胡歸遲。周郎去官二十七，先我卅年林下逸。名成三絶海内聞。去年白下方交君。從君遂入遠公社，精廬乃在倉山下。登堂突兀驚奇峰，畫筆誰知春水翁？良田美地蔭桑竹，鷄犬生來有仙福。挂冠慨我立錐無，轉瞬還愁瞬還愁一笠孤。保緒割宅居予，作雙笠圖訂交。今將他游。途遥步蹇難常過，清夢時時畫中坐。平生屐齒遍名山，風雨高吟神鬼和。此圖彷彿羅與浮，鐵橋跨鶴宜春游。松下何人長不死？抱琴相對談瀛洲。阿師今年花甲週，此圖爲壽同千秋。慚愧吾詩在上頭，窮岩絶壑嗤猿猴。」清王昶春融堂集嘉慶十二年塾南書舍刻本卷七蒲褐山房集，夏太常墨竹爲松崖上人題：「夏卿一个竹，西凉十錠金。當時寸縑已寶貴，至今何啻千球琳。試觀此圖纔九幅，幅幅風雨含蕭槮。或作柔梢展寒碧，縹緲烟雲拂苔石。或作勁節撑晴空，槎枒林壑生霜風。三竿兩竿自孤挺，千葉萬葉相縈映。其餘高下互横斜，漠漠湘波極秋净。想當盤礴時，見竹不見畫。麻箋快掃墨淋漓，仿佛濃陰滴清瀣。昔見友石寫蒼筠，疑有落翠霑衣巾。合與此圖成二妙，令我遠夢依江村。去年我亦移叢篠，愛聽寒聲颸清曉。狂颷呼汹壓黄塵，坐使幽姿日枯槁。安得疏寮面面凉，茶瓜閑宿贊公房。更携寳繪同評泊，遥領林中煮笋香。」

〔二〕唐花：清王士禛居易録談卷下：「今京師臘月即賣牡丹、梅花、緋桃、探春，諸花皆貯暖室，以火烘之，所謂堂花，又名唐花是也。」

〔三〕山堂：山中的寺院。

〔四〕狡猾：情意深厚。

〔五〕植杖：杖，扶杖。論語微子：「子路從而後，遇丈人，以杖荷蓧。子路問曰：『子見夫子乎！』丈人曰：『四體不勤，五穀不分。孰爲夫子？』植其杖而芸。」後因以「植杖」爲典。

〔六〕轅門橋：清李斗揚州畫舫録卷一草河録上：「乾隆辛未丁丑南巡，皆自崇家灣一站至香阜寺。……迨乙西上方寺建坐落。方於北橋設御馬頭。至此策馬由御道幸上方寺。其馬頭例鋪棕毯。奉諭不准紅黄等氊。御道用文磚。亞次暫用石工。餘照二十二年定例用土鋪墊。此即至上方寺過運河東岸香阜寺。復過運河西岸高橋、梅花嶺、天寧門、天寧街、綵衣街、司前三鋪、教場、轅門橋、多子街、埂子上。出鈔關，花覺行至鈔關馬頭御道也。道旁或搭綵棚。或陳水嬉。共達呼嵩誠悃。所過皆然。乾隆乙酉。」清臧穀竹枝詞：「轅門橋上看招牌，第一揚州熱鬧街。聞道開張生意好，時新茶食鶴林齋。」

〔七〕藹藹：温和貌。明何景明立春日作：「藹藹春候至，天氣和且清。」

〔八〕春工：春季造化萬物之工。

〔九〕蜀錦：海棠的别稱。宋王十朋蜀錦亭：「猶餘蜀中錦，愛惜比甘棠。」自注：「蜀錦，海棠也。」

〔一〇〕典出「東郭履」「東郭之迹」。史記滑稽列傳：「東郭先生久待詔公車，貧困饑寒，衣敝，履不完。行雪中，履有上無下，足盡踐地，道中人笑之。」後因以形容處境窘迫。

白沙〔一〕行壬辰

江邊白沙白蕩蕩，壓廢民田麥難長。遠從山腹寫湖濱，浪洗風簁浄還爽。日照銀星細細明，人行雪霰蕭蕭響。十年不問黄河渡，襟上沙痕消漸去。今日江頭忽暗驚，似到短衣〔二〕馳馬處。道光癸未〔三〕水破圩，蘇、常讀若「孟」，自江寧、鎮江以上皆讀若「圍」。元氣一泄難重回。辛卯〔四〕龍蛇〔五〕再起陸〔六〕，水灾雖去留沙灾。流離已聞鴻雁哀〔七〕，復業又嘆茅茨〔八〕摧。荒春望麥麥不見，入夏那得禾秧栽？有田無力足可悲，何况一白成龍堆〔九〕。沙兮胡不隨風走，滄海於容〔一〇〕爾何有。民田歲歲輸官租，豈但收成供八口〔一一〕。口食無資租要輸，沙爾不走民須走。

【繫年】詩曰「荒春望麥麥不見，入夏那得禾秧栽」，當道光十二年（一八三二）初春作於儀徵。詩卷四夜宿京口：「西望白沙雲黯黯，迎鑾雄鎮久蒿萊。」道光二年作，至是年恰「十年」。

【注釋】

〔一〕白沙：今江蘇儀徵。參詩卷四夜宿京口注释〔一一〕。

〔二〕短衣：短裝。古代爲平民、士兵等所服。史記劉敬叔孫通列傳：「叔孫通儒服，漢王憎之，乃變其服，服短衣，楚製，漢王喜。」司馬貞索隱：「孔文祥云：『短衣便事，非儒者衣服。高祖楚人，故從其俗裁製。』」

〔三〕道光癸未：三年，一八二三。

〔四〕辛卯：十一年，一八三一。

〔五〕龍蛇：後漢書鄭玄傳：「五年春，夢孔子告之曰：『起，起，今年歲在辰，來年歲在巳。』既寤，知命當終。」唐李賢注：「北齊劉晝高才不遇傳論玄曰：『辰爲龍，巳爲蛇，歲至龍蛇賢人嗟，玄以讖合之。』」辰年和巳年，古代迷信以爲凶歲。

〔六〕起陸：太公陰符經：「天發殺機，龍蛇起陸。」

〔七〕鴻雁哀：詩經小雅鴻雁毛序：「鴻雁，美宣王也；萬民離散，不安其居，而能勞來還定，安集之，至於矜寡，無不得其所焉。」後即用以比喻災亂流離之民。

〔八〕茅茨：亦作「茆茨」，指茅屋。

〔九〕龍堆：漢揚雄法言孝至：「龍堆以西，大漠以北，鳥夷獸夷，郡勞王師，漢家不爲也。」李軌注：「白龍堆也。」

〔一〇〕於容：同「婾容」，苟且容身於世。

〔一一〕八口：一家人。孟子梁惠王上：「百畝之田，勿奪其時，八口之家可以無飢矣。」

大觀亭〔一〕雜感四首

小孤〔二〕西控楚東門，雁汊〔三〕潮兼海氣〔四〕昏。已見淮南成絶徼〔五〕，仍將塞北作中原。飛揚白旆〔六〕雙鵰〔七〕起，圓缺金甌〔八〕一鹿奔〔九〕。五百年來池水赤，緑波何處見春痕。

南戒〔一〇〕憑欄一望收，龍山〔一一〕回首隔中州。合肥柳色春無際，彭澤魚梛〔一二〕晚未休。獨客登臨重吊古，片帆安穩各隨流。昨來衹訝迎江塔〔一三〕，矗向黄河古渡〔一四〕頭。

荻蘆芽短麥苗稀，乍見驚沙泝鷁飛。鼓急兩甄〔一五〕誰射雉，風牽百丈〔一六〕但呼豨〔一七〕。斷難青草湖〔一八〕邊去，願逐紅霞海上歸。穆滿〔一九〕一軍迷處所，空教騄耳〔二〇〕試金羈。

青草迢迢接洞庭，黿鼉吹浪古涎腥。餽從羊祜〔二一〕仍須達，拜到梁松便合停〔二二〕。九派〔二三〕都來襟半壁，七襄〔二四〕空復感雙星〔二五〕。誰知力砥狂瀾者，未著兜牟〔二六〕只注經。

【繫年】

詩道光十二年（一八三二）三月作於安徽安慶。

【注釋】

〔一〕大觀亭：安慶名勝，「在正觀門外余忠宣公墓右」，明嘉靖四年（一五二五）知府陸鈳建；清康熙二十三年（一六八四）巡撫徐國相重建；咸豐三年（一八五三）毁於太平軍戰火；同治五年（一八六六）巡撫彭玉麟重修。參民國朱之英修、民國舒景蘅纂民國懷寧縣志民國七年鉛印本職名。一九三八年復毁於日軍轟炸。

〔二〕小孤：小孤山，位於安徽宿松東南長江中，有「安慶門户」「楚塞吴關」之説。

〔三〕雁汊：古澤名。在今安徽池州。參詩卷五薄暮江上口占注釋〔二〕。

〔四〕海氣：海面上或江面上的霧氣。

〔五〕絶徼：極遠的邊塞之地。唐韓愈湘中酬張十一功曹：「休垂絶徼千行淚，共泛清湘一葉舟。」

〔六〕白旆：白旗。

〔七〕雙鵝：晋書五行志中：「孝懷帝永嘉元年二月，洛陽東北步廣里地陷，有蒼、白二色鵝出，蒼者飛翔沖天，白者止焉。此羽蟲之孽，又黑白祥也。陳留童養曰：『步廣，周之狄泉，盟會地也。白者，金也，國之行也。蒼爲胡象，其可盡言乎？』是後，劉元海、石勒相繼亂華。」後詩文中以「雙鵝」爲兵亂之典。唐李白經亂後將避地剡中，留贈崔宣城：「雙鵝飛洛陽，五馬渡江徼。」

〔八〕金甌：國土。南史朱異傳：「（武帝）嘗夙興至武德閣口，獨言：『我國家猶若金甌，無一傷缺。』」

〔九〕鹿奔：史記淮陰侯列傳：「（蒯通曰：）秦失其鹿，天下共逐之，於是高材疾足者先得焉。」

〔一〇〕南戒：新唐書天文志一：「一行以爲，天下山河之象存乎兩戒。北戒……是謂北紀，所以限戎狄也。南戒，自岷山、嶓冢，負地絡之陽，東及太華，連商山、熊耳、外方、桐柏，自上洛南逾江、漢，携武當、荆山，至於衡陽，乃東循嶺徼，達東甌、閩中，是謂南紀，所以限蠻夷也。故星傳謂北戒爲『胡門』，南戒爲『越門』。」

〔一一〕龍山：清張楷安慶府志卷之三地理志山川：「大龍山，府治後三十里。北障郡城，如列屏扆，皖封鎮山也。陽隸懷，陰隸桐。其東出者曰小龍山。兩山并峙，翩然瞰江。自江視之如俯，自郭視之如負。週五十里，高十有八里。其上多石，石多露。有峰，峰多隱。東數峰欲出，西數峰欲斂，朝夕多青碧色。雨霽望之，其色瑩然，獨不類他山。其南多洞，洞可居。其北有鎖口門，多奇石，多壑。其壑可屋可田。有邨，邨多杏花，時連數十里。其東爲黄楊冲，多楊。爲蘆塘，中有窟如塘，塘多蘆，有上中下三塘。多庵、觀、亭、榭，最著者真乙上下二觀。上有龍湫，名雷澤，郡守歲主其祀。辛亥歲旱，知府姚琅虔禱於斯，有應。搆亭其上，題曰『雨蒼』。郡紳士多爲詩文紀之。」

〔一二〕魚榔：漁人捕魚時敲擊船弦以驚魚入網的長木。此指敲擊聲。

〔一三〕迎江塔：即安徽安慶迎江禪寺内的振風塔。

〔一四〕黄河古渡：當在今安徽望江黄河村，近武昌湖。

〔一五〕兩甀：左傳文公十年：「子朱及文之無畏爲左司馬」杜預注：「將獵，張兩甀，故置二左司馬，然則右司馬一人當中央。」

〔一六〕百丈：宋程大昌演繁露百丈：「杜詩舟行多用百丈，問之蜀人，云，水峻岸石又多廉稜……故劈竹爲大瓣，以麻索連貫其際，以爲牽具，是名『百丈』。」

〔一七〕呼豨：清翟灝通俗編聲音：「此皆歌之遺音。有聲無字，借字以作譜者也。今人狀風聲曰『呼豨』，當即用此二字。」

〔一八〕青草湖：原屬長江水系，爲古雷水遺迹的一部分。

〔一九〕穆滿：文選王融三月三日曲水詩序：「穆滿八駿，如舞瑶水之陰。」劉良注：「穆滿，周穆王也。」

〔二〇〕騄耳：亦作「騄駬」。竹書紀年卷下：「(周穆王)八年春，北唐來賓，獻一驪馬，是生騄耳。」史記秦本紀：「造父以善御幸於周繆王，得驥、温驪、驊騮、騄耳之駟。西巡狩，樂而忘歸。」裴駰集解引郭璞曰：「八駿皆因其毛色以爲名號。」

〔二一〕 餽從羊祜：晉書羊祜傳：「祜與陸抗相對，使命交通，抗稱祜之德量，雖樂毅、諸葛孔明不能過也。抗嘗病，祜饋之藥，抗服之無疑心。人多諫抗，抗曰：『羊祜豈鴆人者！』時談以爲華元、子反復見於今日。」

〔二二〕 後漢書馬援傳：「援嘗有疾，梁松來候之，獨拜牀下，援不答。松去後，諸子問曰：『梁伯孫帝壻，貴重朝廷，公卿已下莫不憚之，大人奈何獨不爲禮？』援曰：『我乃松父友也。雖貴，何得失其序乎？』松由是恨之。……帝乃使虎賁中郎將梁松乘驛責問援，因代監軍。會援病卒，松宿懷不平，遂因事陷之。帝大怒，追收援新息侯印綬。」

〔二三〕 九派：長江在湖北、江西一帶，分爲很多支流，因以「九派」稱這一帶的長江。

〔二四〕 七襄：織女星。

〔二五〕 雙星：指牛郎星和織女星。

〔二六〕 兜牟：亦作「兜鍪」，古代戰士頭盔。

贈王斗垣德魁〔一〕茂才并序

辛卯之水，皖當其沖。明年三月，予至皖，寓天花禪院〔二〕之完白館〔三〕。完白書弟子釋雲衫〔四〕出圖索題，見斗垣名，詢之，五十餘矣，貧且傲。訪之，言灾振利弊甚悉。斗垣，諸生耳，殷憂時事若剥膚〔五〕，講求有素，是可敬異，爲詩贈之。

士不歷憂患，無爲貴詩書。饑食溺則援，痛若憯在膚。〔六〕肫肫〔七〕王斗垣，説災淚如珠。我亦憂患人，其口三緘諸〔八〕。因君不得默，復繪監門圖〔九〕。圖成復誰看，啜泣西山隅。爲母哭其子，爲妻哭其夫。乞活中道〔一〇〕捐，期盡不須臾。茲山當我窗，昔者完白廬。完白乾嘉豪，大筆斯冰〔一一〕徒。太息我生晚，斯人今則無。問鄰得斗垣，死色〔一二〕乃更蘇。乾坤藴真氣，其發百態殊。安能金與錫，鎔液同一爐。皓皓白日斜，垂垂堤柳疏。由來助感慨，翻在淑景〔一三〕舒。願天長陽春，春長無死人。

【繫年】

據小序「辛卯之水，皖當其沖。明年三月，予至皖，寓天花禪院之完白館」，詩道光十二年（一八三二）三月作於安徽安慶。

【注釋】

〔一〕王斗垣德魁：生平不詳。清鄭梁寒村詩文選五丁詩稿卷五次韻答馮茂承送别兼束王斗垣：「往返金臺已六回，虚詞也復少入推。送行舊好忽詩句，謂承茂。話别新交更酒杯。謂斗垣。書畫留名聊寄迹，斗垣索書畫。詩文遺興敢言才？因多二子殷勤意，戀戀今番歸去來。」清葉坤厚江上小蓬萊吟舫詩存卷八寄懷王斗垣：「聲華昔日動公卿，老大如今事不成。詩酒癖將爲性命，文章傳即是功名。秋風砧杵千家淚，夜雨江湖一雁鳴。誰道窮經能致用，回頭依舊作儒生。」

〔二〕〔三〕天花禪院、完白館：民國朱之英修、民國舒景蘅纂民國懷寧縣志民國七年鉛印本卷九祠祭：「痘神庵即天花禪院，在正觀門外余忠宣公祠後。不知建自何年。清乾隆壬辰，巡撫裴宗錫捐廉買隙地重修。四十九年，僧悟本又式廓焉。悟本字雲衫，思從完白山人學書，特爲山人闢憩息之所。後武進李兆洛題其處曰『完白館』。咸豐三年燬，同治間僧一乘募化重建。工未竣，物化。非復舊觀矣。」

〔四〕釋雲衫：清震鈞國朝書人輯卷十一方外引枕經堂金石書畫題跋：「悟本，字雲衫，安徽懷寧人。吾鄉雲衫上人蓋完白山人及門弟子也。」清查揆篔谷詩文鈔道光刻本詩鈔卷十六同人修禊皖上，無與圖者。頃陳公子叔安購得文衡山畫卷，髣髴江亭，遂以當之，屬題其後：「道光二年之春修禊於江城，誰其圖者文徵明。咄咄那有此怪事，二百年前一一粉墨如平生。桃花一路紅欲死，點綴春陰作上巳。過橋已見皖公山，青緑如屏夾江水。畫中眼底將毋同，主人趁曉携溪童。伯霜仲雪好兄弟，伯游、叔安翩然先著江亭中。髯也城西飛騎出，酒黨招呼到周密。石甫摇鞭指點高松巔，已有雄談驚古佛。亭西一角浮清漪，花宫掩映青琉璃。隔林蹋破鐵門限，雪眉長老方臨池。天花庵雲衫上人。餘子紛紛出塵壒，檜柏盤空作飛蓋。或聽漁話過谿南，或看春田到烟外。丁儀仙坡大令吴質華南大令今醉髡，劉郎孟塗上舍下筆尤有神。君看牧豎與野老，然疑眙愕不知此輩客是何許人。白鷗畫裏邀君坐，今人古人無不可。古人放筆寫今人，不恨古人不見我。酒徒漸散如晨星，此圖此事留林坰。比似王維摹輞水，略加蕭翼賺蘭亭。」

〔五〕剥膚：周易剥：「剥床以膚，切近灾也。」謂灾禍已迫其身。

〔六〕典出「己溺己飢」「己飢己溺」。參詩卷六陳素庵檢少年時畫幅索，同人題咏爲題兩幅注釋〔一四〕。

〔七〕肫肫：誠懇。禮記中庸：「夫焉有所依，肫肫其仁，淵淵其淵，浩浩其天。」

〔八〕三緘其口，亦作「金人三緘」「金人緘」。孔子家語觀周：「孔子觀周，遂入太祖后稷之廟。廟堂右階之前有金人焉。三緘其口，而銘其背曰：『古之慎言人也。』」晉葛洪抱樸子重言：「於是奉老氏多敗之戒，思金人三緘之義。」

〔九〕監門圖：參詩卷一新樂府并叙萋萋芽注釋〔三〕。

〔一〇〕中道：半途，中途。

〔一一〕斯冰：秦李斯、唐李陽冰。

〔一二〕死色：蒼白灰暗的顏色。

〔一三〕淑景：春光。唐魏徵奉和正日臨朝應詔：「淑景輝雕輦，高旌揚翠烟。」

游王氏〔一〕廢園

緣城作嶔崟〔二〕，石隙劣措趾。螺旋陟其巔，江净帶棐几〔三〕。昔游多名宿，絲竹雜文字。壁箋殘可尋，了了紀其事。盛節隨東流，餘花覆西圯。聊因山僧諮，稍悟自然理。返步惜斜陽，遠憂終未已。

【繫年】

詩道光十二年（一八三二）三月作於安徽安慶。

【注釋】

〔一〕王氏：王斗垣德魁。

〔二〕嶔崟：高大，險峻。

〔三〕棐几：用棐木做的几桌，亦泛指几桌。晋書王羲之傳：「嘗詣門生家，見棐几滑浄，因書之，真草相半。」

與雲衫〔一〕閑步

夕陽沈重雲，雲罅漸流月。累累荒塚間，往往見枯骨。昔存異所蒙〔二〕，窮達今一轍。乃知長生外，不死貴自立。枯僧尚憐汝，況我血最熱？攓蓬〔三〕與之言，長眠不吾答。

【繫年】

詩道光十二年（一八三二）三月作於安徽安慶。

【注釋】

〔一〕雲衫：即釋雲衫，鄧石如弟子。參詩卷七贈王斗垣德魁茂才并序注釋〔四〕。

〔二〕蒙：蒙翳，濛翳。遮蔽，覆蓋，瀰漫。

〔三〕攓蓬：莊子至樂：「列子行食於道從，見百歲髑髏，攓蓬而指之曰：『唯予與汝知而未嘗死，未嘗生也。』」

伯厚〔一〕邀同人爐飲

散步不覺遠，面城得幽居。籬邊有餘芳，坐中無腐儒。落拓皆游客，焉知久暫殊。發興〔二〕爲清言，味澹雜笋蔬〔三〕。旨趣隨所領，咀之或有餘。

【繫年】

詩道光十二年（一八三二）三月作於安徽安慶。

【注釋】

〔一〕伯厚：清王其淦修、清湯成烈纂光緒武進陽湖縣志康熙三十四年刻本卷二十四：「楊大墉，字伯厚，號卓齋，監生，工詩善書，於經世考古之學，靡不研究。遇事有肝膽，有不平輒被酒大罵，而兩目短視，客或稍稍引去，不之覺也。客皖三十餘年，當路倒屣延致。咸豐七年，皖省郡縣相繼陷賊，大墉避地霍山。山中賊至，張目大罵，爲賊攢刺而死。十年，常州陷，其孫同白、同榴皆遇害。大墉從子銓字公望，道光十七年舉人。大挑教諭。客統軍提督鄭魁士營。城陷之歲，軍潰於溧水郭莊廟，銓死之。事聞，皆旌卹如例。」

〔二〕發興：激發意興。唐杜甫春日江村之二：「客身逢故舊，發興自林泉。」

〔三〕筍蔬：蔬筍。宋蘇軾贈詩僧道通：「語帶烟霞從古少，氣含蔬筍到公無。」自注：「謂無酸餡氣也。」宋葉夢得石林詩話卷中：「近世僧學詩者極多，皆無超然自得之氣，往往反拾掇摹效士大夫所殘棄。又自作一種僧體，格律尤凡俗，世謂之酸餡氣。」酸餡氣，僧家素食，常食酸餡，因以「酸餡氣」譏稱僧人言詞詩文的特有腔調和習氣。

蔡如竹坪〔一〕以詩贈行，依韻率答二首

浩浩蘆灰劫〔二〕，茫茫蜃氣樓。布帆〔三〕輕易卸，空翠遠難收。冰雪生虚白〔四〕，韋弦〔五〕佩寡尤。若云機尚在，爲我問江鷗〔六〕。

聚散尋常事，人言哀樂多。鬢從風絮點，詩付雪驢〔七〕馱。秋菊三年影，春池一尺波。祇應圖畫裏，暫得聽漁歌。

【繫年】

詩道光十二年（一八三二）三月作於安徽安慶。

【注釋】

〔一〕蔡如竹坪：蔡坪字平野。如竹蓋號也。清山東日照人。工繪事，有詩名。山東書畫家彙傳有傳。孫蔡曾源（一八五四—一九〇八），原名蓬海，字仙峰，又字撰辰。

〔二〕蘆灰劫：淮南子覽冥訓：「往古之時，四極廢，九州裂，天不兼覆，地不周載，火爁炎而不滅，水浩洋而不息，猛獸食顓民，鷙鳥攫老弱。於是女媧鍊五色石以補蒼天，斷鰲足以立四極，殺黑龍以濟冀州，積蘆灰以止淫水。」蘆灰劫即水災。

〔三〕布帆：布質的船帆，此借指帆船。

〔四〕虛白：潔白，皎潔。隋江總借劉太常説文：「幽居服藥餌，山宇生虛白。」

〔五〕韋弦：韓非子觀行：「西門豹之性急，故佩韋以自緩；董安於之性緩，故佩弦以自急。故以有餘補不足，以長續短之謂明主。」後因以「韋弦」比喻外界的啓迪和教益。用以警戒、規勸。

〔六〕列子黃帝：「海上之人有好漚鳥者，每旦之海上，從漚鳥游，漚鳥之至者百住而不止。其父曰：『吾聞漚鳥皆從汝游，汝取來，吾玩之。』明日之海上，漚鳥舞而不下也。」指人無巧詐之心，異類可以親近。後以「鷗鷺忘機」比喻淡泊隱居，不以世事爲懷。

〔七〕宋孫光憲北夢瑣言卷七鄭綮相詩：「唐相國鄭綮雖有詩名，本無廊廟之望。……或曰：『相國近有新詩否？』對曰：『詩思在灞橋雪中驢子上，此處何以得之？』蓋言平生苦心也。」後用爲苦吟的典故。宋范成大北門覆舟山道中：「騎驢索句當年事，歲暮騷人不自聊。」

曉起

夜來月色繞廊斜，曉起鶯聲度碧紗。吟盡鳳簫〔一〕人不見，春痕依舊在楊花〔二〕。

【繫年】

詩道光十二年（一八三二）三月作於安徽安慶。

【注釋】

〔一〕鳳簫：指鳳女，即弄玉。參詩卷二誤入注釋〔四八〕。

〔二〕楊花：楊花夢。猶春夢，美夢。南唐馮延巳菩薩蠻：「嬌鬟堆枕釵横鳳，溶溶春水楊花夢。」

獨客

獨客信〔一〕扁舟，荒江宿暝愁。雲還爲雨出，山恐逐波流。雁汊〔二〕潮偏上，蛟臺〔三〕箭豈留？興亡誰閱盡？天際月如鈎。

【繫年】

詩道光十二年（一八三二）四月作於舟中。

【注釋】

〔一〕信：隨便，放任。

〔二〕雁汊：古澤名。在今安徽池州。參詩卷五薄暮（江上口占）注釋〔二〕。

〔三〕蛟臺：射蛟臺。清顧祖禹讀史方輿紀要卷二十六南直八安慶府桐城縣：「在樅陽城……鎮西去郡城九十里。有射蛟臺，即漢武射蛟處。」

歸舟雜賦五首

濛濛濕翠那能攀，漸悵珠簾隔髻鬟。爆竹數聲回倦眼，半江雲外出浮山〔一〕。

九子〔二〕仙峰列畫屏，幾峰雲白幾峰青。若教佳日無風雨，我亦滄江守釣汀。

伯牙〔三〕山寺同登處，秋浦〔四〕春蕪一翦齊。只自潛蛟乘雨出，可憐黏絮竟無泥。

荒洲高處見遺磚，石臼沙埋壞突烟〔五〕。若問潮痕看楊柳，舞要曾上老龍涎〔六〕。

桃浪〔七〕初生水拍堤，水痕定比去年低。鰣魚不上河豚老，行盡江村無午鷄〔八〕。

【繫年】

詩道光十二年（一八三二）四月作。

【注釋】

〔一〕浮山：又名浮渡山，位於長江北岸，地屬安徽樅陽浮山鎮。

〔二〕九子：九子山，即九華山。

〔三〕伯牙：百牙。清顧祖禹讀史方輿紀要卷二十七南直九黄龍山小注：「百牙山，在城東北半里。志云：府治主山也。東麓曲水旋繞，曰落蓬灣，相傳貨舟輳泊於此，牙行百人登隴以平其直，因名。上有浮屠。」「上有浮屠」，即百牙塔，明嘉靖十七年（一五三八）由池州知府陸岡所建。

〔四〕秋浦：秋浦河，一稱貴池水。源出安徽祁門北馬鞍山，東北流到貴池市區附近入長江。

〔五〕突烟：烟囱裏的炊烟。這裏指烟囱。

〔六〕龍涎：此喻潮水。

〔七〕桃浪：桃花浪，又作桃花汛，即春汛。仲春時冰泮雨積，江河潮水暴漲，又值桃花盛開，故稱。

〔八〕午鷄：唐劉禹錫秋日送客至潛水驛：「楓林社日鼓，茅屋午時鷄。」

六月四日高旻寺〔一〕夜泊

水宿夏夜長，凛溧〔二〕四更起。此間聳浮屠，突兀介江涘。昔聞西賈胡〔三〕，登之望烟海。

管窺雖云陋，筆談懼能擬。鯨鯢生洪波，强弩射不死。聖人賤珠翠，笑却越裳雉〔四〕。取盈〔五〕盈亦羞，闌出〔六〕禁頻詭〔七〕。睢盱〔八〕感囂蹻〔九〕，忠節表馮冼㈠〔一〇〕。坳堂泛芥舟，誰能限杯水〔一一〕。卓哉畫周疆，荆蠻棄如屣〔一二〕。

【繫年】

詩道光十二年（一八三二）六月四日作於揚州。

【繫年】

㈠「冼」：底本、常州遺書後編本均作「洗」，據文意改。

【注釋】

〔一〕高旻寺：清李斗揚州畫舫録卷七城南録：「高旻寺大門臨河。右折，大殿五楹，供三世佛。殿後左右建御碑亭，中爲金佛殿。殿本康熙間撤内供奉金佛，遣學士高士奇、内務府丁皂保賫送寺中供奉，故建是殿。殿後天中塔七層。塔後方丈。左翼僧寮。最後花木竹石，相間成文。爲郡城八大刹之一。是寺康熙間賜名高旻寺，并『晴川遠適』『禪悦凝遠』『菉蔭軒』三扁，及『龍歸法座聽禪偈，鶴傍松烟養道心』一聯、『殿灑楊枝水，爐焚柏子香』一聯，碑文一首。俱載郡志。今上南巡，賜『江月澂觀』扁，及『潮湧廣陵，磬聲飛遠梵；樹連邗水，鈴語出中天』一聯，敕賜『關帝廟』扁、『氣塞宇宙』扁、『天中塔雲表天風』扁。舟行至此，金山在望。御製詩『金山不速客，暫爾隱江烟』，謂此。」

〔二〕凛溧：亦作「凛慄」「凛栗」。恐懼，驚恐。

〔三〕賈胡：清梁章鉅稱謂録卷二十八商賈：「賈胡，蘇軾詩：『處處流連似賈胡。』陳造詩：『官廨鹽烟外，居人雜賈胡。』」

〔四〕越裳雉：參詩卷三紀事二十韻注釋〔三五〕。越裳，亦作「越常」「越嘗」，古南海國名。漢王充論衡恢國：「成王之時，越常獻雉。」漢張衡東京賦：「北燮丁令，南諧越常。」

〔五〕取盈：取足賦税。孟子滕文公上：「凶年，糞其田而不足，則必取盈焉。」

〔六〕闌出：無憑證擅自出邊關。後泛指不受約束，擅自出疆界。史記汲鄭列傳：「愚民安知市買長安中物而文吏繩以爲闌出財物於邊關乎？」裴駰集解：「應劭曰：『闌，妄也。律，胡市，吏民不得持兵器出關。雖於京師市買，其法一。』瓚曰：『無符傳出入爲闌。』」

〔七〕禁頻詭：詭禁。管子幼官：「詭禁不修，不過六日，而竊盜者起。」尹知章注：「詭禁，所以禁詭常也。」防備非常變故的禁令。

〔八〕睢盱：質樸。

〔九〕嚚蹻：嚚，任嚚，晋書地理下：「後使任嚚、趙他攻越，略取陸梁地，遂定南越，以爲桂林、南海、象等三郡，非三十六郡之限，乃置南海尉以典之，所謂東南一尉也。」蹻，莊蹻，史記西南夷列傳：「始楚威王時，使將軍莊蹻將兵循江上，略巴、（蜀）黔中以西。莊蹻者，故楚莊王苗裔也。蹻至滇池，（地）方三百里，旁平地，肥饒數千里，以兵威定屬楚。欲歸報，會秦擊奪楚巴、黔中郡，道塞不通，因還，以其衆王滇，變服，從其俗，以長之。秦時常頞略通五尺道，諸此國頗置吏焉。十餘歲，秦滅。及漢興，皆弃此國而開蜀故徼。巴蜀民或竊出商賈，取其筰馬、僰僮、髦牛，以此巴蜀殷富。」

〔一〇〕馮冼：馮寶（約五〇七—五五七），字君珍，號元善，一説字柱石，號廷臣，高州良德今廣東高州東北部人。娶俚人大首領冼氏女爲妻，開創漢俚聯婚的先河。冼夫人（約五一二或五二五—約六〇二或六〇四），一作洗夫人。南朝、隋初嶺南俚族女首領。名阿莫，高凉今廣東陽江西人。嫁梁高凉太守馮寶。寶死後，她助陳統一嶺南。永定二年（五五八），遣其子馮僕朝見陳武帝。後以擊敗反陳的廣州刺史歐陽紇，封石龍太夫人。開皇九年（五八九），迎隋將韋洸入廣州，不久，又遣孫馮盎擊平王仲宣叛亂，爲隋文帝封爲譙國夫人。

〔一一〕莊子逍遥游：「覆杯水於坳堂之上，則芥爲之舟；置杯焉則膠，水淺而舟大也。」

〔一二〕史記吴太伯世家：「吴太伯，太伯弟仲雍，皆周太王之子，而王季歷之兄也。季歷賢，而有聖子昌，太王欲立季歷以及昌，於是太伯、仲雍二人乃犇荆蠻，文身斷髮，示不可用，以避季歷。季歷果立，是爲王季，而昌爲文王。太伯之犇荆蠻，自號句吴。荆蠻義之，從而歸之千餘家，立爲吴太伯。」唐白居易晋謚恭世子議：「周之衰也，楚子以霸王之器，奄有荆蠻，光啓土宇，赫赫楚國，由之而興。」

題畫四首

輕雲〔一〕不厭山，風吹有時出。幽人〔二〕不辟世，山深有時入。昨夢溪水頭，梅花白如月。靄靄〔三〕山上雲，溶溶〔四〕山下水。淡泊一相遭，自然有文理。素心〔五〕鳴朱弦，飄風〔六〕豈聒耳〔七〕？

在浚依寒泉〔八〕，其上産菉竹〔九〕。徑幽不可尋，尋即遇枝鹿〔一〇〕。野處天籟全，長嘯音滿谷〔一一〕。

松陰忽移處，仰視見高雲。嗁嗁雁南飛〔一二〕，江湖浩無垠。放意〔一三〕齊天地，安知鵬與鯤〔一四〕。

【繫年】

詩云「嗁嗁雁南飛」，知詩道光十二年（一八三二）秋作於南京。

【注釋】

〔一〕輕雲：薄雲，淡雲。

〔二〕幽人：幽隱之人，隱士。周易履：「履道坦坦，幽人貞吉。」孔穎達疏：「幽人貞吉者，既無險難，故在幽隱之人守正得吉。」

〔三〕靄靄：雲烟密集貌。

〔四〕溶溶：楚辭劉向九嘆逢紛：「揚流波之潢潢兮，體溶溶而東回。」王逸注：「溶溶，波貌也。」

〔五〕素心：素心人。心地純潔、世情淡泊的人。晋陶潛移居之一：「聞多素心人，樂與數晨夕。」

〔六〕飄風：詩經小雅何人斯：「彼何人斯，其爲飄風。」毛傳：「飄風，暴起之風。」

〔七〕聒耳：聲音刺耳。

〔八〕詩經邶風凱風：「爰有寒泉，在浚之下。有子七人，母氏勞苦！」清郝懿行、王照圓詩問卷一：「寒泉在浚，猶能滋益於人，有子七人反不能養母，使勞苦。瑞玉曰：『觀此當是因貧失養，母有去志，非本情也。』」

〔九〕菉竹：詩經衛風淇奧：「瞻彼淇奧，緑竹猗猗。」毛傳：「緑，王芻也。竹，篇竹也。」是二種草名。魯詩「緑」作「菉」，韓詩「竹」作「薄」。一解爲竹子。按：魏晋以前，原衛國所在之地遍佈竹林，漢代稱爲淇園之竹。漢元封元年漢武帝堵塞黄河決口，曾伐淇園之竹以爲楗。東漢初，寇恂爲河内太守，與緑林軍相持於洛陽北，曾伐淇川之竹治矢百餘萬以輸軍資。故此詩之「緑竹」應爲竹子。亦惟緑竹修養猗長，堪用以比喻人物形貌之美。

〔一〇〕枝鹿：標枝野鹿。莊子天地：「至治之世，不尚賢，不使能，上如標枝，民如野鹿。」標枝，樹梢之枝，比喻上古之世在上之君恬淡無爲；野鹿，比喻在下之民放而自得。後因以「標枝野鹿」指太古時代。

〔一一〕晋書阮籍傳：「籍嘗於蘇門山遇孫登，與商略終古及栖神導氣之術，登皆不應，籍因長嘯而退。至半嶺，聞有聲若鸞鳳之音，響乎岩谷，乃登之嘯也。」

〔一二〕文選宋玉九辯：「雁廱廱而南游兮，鶤鷄啁哳而悲鳴。」王逸注：「雄雌和樂，群戲行也。」

〔一三〕放意：縱情，恣意。晋陶潛咏二疏：「放意樂餘年，遑恤身後慮。」

〔一四〕鵬與鯤：莊子逍遥游：「北冥有魚，其名爲鯤。……化而爲鳥，其名爲鵬。」後以「鵬鯤」比喻具有雄才大略的人。

送叔安〔一〕之雷州〔二〕

堂上有老母，安能爲遠游？伯〔三〕歸叔則出，所營唯膳羞。古士在庠序，其次乃諸侯。〔四〕四海莽無際，僕僕〔五〕皆檣鞆〔六〕。冥心索居〔七〕者，十得一二不？逝將託飄風〔八〕，汗漫〔九〕追雲虬。庶幾我故人，相見或他州。

海運則鵬徙，斥鷃笑奚之。〔一〇〕荆扉苟能閉，焉事桑蓬〔一一〕爲？俯仰〔一二〕資一身，貧不與役期。遂令南窗下，獨咏北門〔一三〕詩。吾心本休暇〔一四〕，神氣忽遄〔一五〕馳。逐子炎州〔一六〕去，中宵歸不歸？

雨生方掛冠，共我濯春水。〔一七〕情田〔一八〕昨還家，蔬酌色然喜。胡爲君遄行，乃不待歲始？蒼蒼寒日脚〔一九〕，粲粲〔二〇〕利冰齒。賢兄不忍别，割愛况慈母？離㓨〔二一〕成天涯，居然六千里！文身俗雖革〔二二〕，豪翰〔二三〕未足恃。恭敬行以忠，服膺願無已。

【繫年】

據「雨生方掛冠，共我濯春水」，「胡爲君遄行，乃不待歲始」，知此詩道光十二年（一八三二）十二月於南京春水園。

【注釋】

〔一〕叔安：陳宇，又名方瀾，字叔安。清丁紹儀聽秋聲館詞話卷十一陳宇詞：「南宋詞家推姜白石爲巨擘，故鄱陽産而居吴興。吾友陳叔安明府宇亦家鄱陽，流寓金陵。後泝江入粵……其浮家浪迹，殆與白石同慨。今老矣，猶羈滯閩中，藉詩詞自遣，著有蒴梅詞。……叔安與保緒交最洽，故詞筆頗相似。」清查揆篔谷詩文鈔清道光刻本卷三陳叔安詩序：「予客皖江數年，未嘗出求友，獨鄱陽陳伯游、叔安兄弟時時以文字與游處。伯游天稟高峻，沈酣著述，爲古之學者。叔安年稍弱，以家學相切礪，尤好爲詩歌。間出所作質予，且曰：『昔方望溪序朱某文，譽少而規多。敢援以爲請！』予矍然起曰：『非叔安，固不能爲是言也！』奇偉非常之士，挾其才筆，霜銛電擊，不可一時。譽之恐不得當，况又可規乎哉？雖然，嘗聞之：子夏受詩於孔子，而序之者也。孔子曰：商也好與賢己者處，賜也好悦不若己者處。夫悦不若己者處，是求譽者也；好與賢己者處，是求規者也。夫詩可以規人，而叔安先求以規其詩。吾知其可規者，固無有已。叔安不以予爲不若己，而遂以爲賢己，吾則豈敢？抑尤願叔安毋求規於今人，斯可矣！今所謂詩人者，殊淵源，别門户，風氣之燥濕，性情之剛柔，才地之厚薄，既人人異，而各譽其是，各規其非，第徇一人之私。叔安又能是其所是，非其所非哉？古人往矣，不能聽其言，詩即其言也。求其立言之指而得之，而幾及之，不啻其譽我焉？得其立言之指而幾及之，而未能竟及之，不啻其規我焉？求規與譽於古人，則固已規多而譽少，不猶愈於世俗之所謂漢魏唐宋紛紛訖無定論者乎？文子曰：上學以神聽，中學以心聽，下學以耳聽。求規於今人，所謂耳聽也。且又安知今人以爲可規者，非古人之所譽乎？叔安詩，情韻不匱，唱嘆緜邈，恒使人味諸語言之外，蓋有得於古而不溺於今者，由是自信其學無有所遷，足以名其家無疑也，而又何規之足云！」

〔二〕雷州：今屬廣東湛江。

〔三〕伯：陳字兄陳伯游方海。

〔四〕漢書食貨志：「是月，餘子亦在於序室。八歲入小學，學六甲五方書計之事，始知室家長幼之節。十五入大學，學先聖禮樂，而知朝廷君臣之禮。其有秀異者，移鄉學於庠序；庠序之異者，移國學於少學。諸侯歲貢少學之異者於天子，學於大學，命曰造士。行同能偶，則别之以射，然後爵命焉。」

〔五〕僕僕：旅途勞頓。

〔六〕檣輈：桅杆和車轅，借指船和車。

〔七〕索居：禮記檀弓上：「吾離群而索居，亦已久矣。」鄭玄注：「群，謂同門朋友也；索，猶散也。」

〔八〕飄風：詩經大雅卷阿：「有卷者阿，飄風自南。」毛傳：「飄風，迴風也。」

〔九〕汗漫：漫無邊際。

〔一〇〕莊子逍遥游：「窮髮之北有冥海者，天池也。有魚焉，其廣數千里，未有知其修者，其名爲鯤。有鳥焉，其名爲鵬，背若太山，翼若垂天之雲，摶扶摇羊角而上者九萬里，絶雲氣，負青天，然後圖南，且適南冥也。斥鴳笑之曰：『彼且奚適也？我騰躍而上，不過數仞而下，翱翔蓬蒿之間，此亦飛之至也。而彼且奚適也？』」

〔一一〕桑蓬：桑蓬志，即四方之志。禮記内則：「國君世子生，告于君，接以大牢，宰掌具，三日，卜士負之，吉者宿齊，朝服寢門外，詩負之，射人以桑弧蓬矢六，射天地四方。」鄭玄注：「桑弧蓬矢本大古也，天地四方男子所有事也。」

〔一二〕俯仰：孟子梁惠王上：「是故明君制民之産，必使仰足以事父母，俯足以畜妻子。」後因以「俯仰」借指養家活口。

〔一三〕北門：詩經邶風北門。序謂「北門，刺士不得志也」。後因用以喻士之不遇。

〔一四〕休暇：閑暇。清劉大櫆江先生傳：「蓋先生生而好古而窮不見用於世，則益專其心於遠稽遐覽，終身樂之無休暇。」

〔一五〕遄：快，迅速。

〔一六〕炎州：楚辭遠游：「嘉南州之炎德兮，麗桂樹之冬榮。」後因以「炎州」泛指南方廣大地區。

〔一七〕雨生：湯貽汾（一七七八—一八五三），字雨生。參文卷四董小狂傳注釋〔八〕。道光十二年（一八三二），湯貽芬引疾去官，寓居南京。

〔一八〕情田：浦承恩，字情田，一字君錫。參文卷二玉玲瓏館詩集序注釋〔一〕。

〔一九〕日脚：太陽穿過雲隙射下來的光綫。唐岑參送李司諫歸京：「雨過風頭黑，雲開日脚黄。」

〔二〇〕粲粲：詩經小雅大東：「西人之子，粲粲衣服。」朱熹集傳：「粲粲，鮮盛貌。」

〔二一〕離袓：離膝。遠離父母的身邊。唐杜甫羌村：「嬌兒不離膝，畏我復却去。」

〔二二〕古代荆楚、南越一帶的習俗。身刺花紋，截短頭髮，以爲可避水中蛟龍的傷害。後常用以指較落後地區的民俗。史記周本紀：「（古公亶父）長子太伯、虞仲知古公欲立季歷以傳昌，乃二人亡如荆蠻，文身斷髮，以讓季歷。」裴駰集解引應劭曰：「常在水中，故斷其髮，文其身，以象龍子，故不見傷害。」此藉以指雷州之俗。

〔二三〕豪翰：「豪」通「毫」。本指毛筆，此借指詩文。

歲晏立春，雨雪不已，感念存殁，自慰索居，各序之云爾十六首

湯雨生貽汾，陽湖人，起家雲騎尉，官樂清〔一〕副戎，引疾歸，寄余春水園，時所與昕夕者。

天意不厭雪，入春尚連宵。我無隴畝〔二〕懷，吟咏意亦消。黄梅晚始花，皚皚封其條。紅英固需時，未至不可招。念欲見君畫，胛痛苦未瘳。幽居寡所營，血氣亦易調。卒卒〔三〕行改歲，此願當一訓。歡言酌春酒〔四〕，聊以永今朝。

浦情田承恩，一字君錫。無錫人，雲騎尉，官都閫[五]，寄居金陵，時將有粤西之行。

昔者江上舟，百里皓一白。作爲雪歸記，余畫有諸責[六]。今年京師來，淮津凍盈尺。歲莫各相看，幸哉好顔色。君有堂上萱[七]，蓬户那可閉？君有膝下駒[八]，騰驤世争識。浩歌抱圖史[九]，亦足永晨夕。數能來吾園，疑義待君析。[一〇]

陳伯游方海[一一]，鄱陽[一二]人，寄居金陵，試順天[一三]，報罷歸，甫五日而其弟叔安方瀾[一四]有雷州之行。

過從曾幾時，送君客金華[一五]。素衣固不緇[一六]，牛角亦徒歌[一七]。歸歟[一八]慰慈母，吾黨色始吪[一九]。鴻雁遄南征，執手涕滂沱。若不周友生[二〇]，其奈歲月何？三旬未斷雪，流潦成泥河。我伏久不出，君來豈能多？可惜庭中樹，刻玉[二一]爲枝柯。

陳叔安

一昨洗殘雪，濛濛首春[二二]雨。夜風吹虚空，散作六花[二三]舞。憶君江行舟，瑟縮[二四]在荒渚。商歌[二五]不可聞，鴻鵠失其侣。豈無一尊酒，獨酌意良苦。天涯誰能窮，適爾[二六]欲有取。茫茫世間事，得失焉足數？

包慎伯世臣〔二七〕，涇人，時寄居揚州，將卜金陵宅，尚未果也。晚景倦游，自定文集。

比閭〔二八〕二三子，神理相涵濡。念我舊友生，卅載無安居。僕僕〔二九〕懷匡時，悠悠〔三〇〕任饑驅〔三一〕。佐戎石投水〔三二〕，行堤刀割塗〔三三〕。甚愧鮑叔知〔三四〕，乃在褐之夫〔三五〕。棟樑無缺材，豫章〔三六〕復焉需？晚計托彫蟲〔三七〕，與世趣亦殊。遥遥五百年，其後逢唐衢〔三八〕。把卷一流涕，安知非故吾〔三九〕。

張翰風琦〔四〇〕，初名翊，改名與權，後改今名，武進〔四一〕人，時宰館陶〔四二〕。初，翰風欲卜居芙蓉湖〔四三〕，爲圖寄意，今年正七十，佇待懸車〔四四〕。

英姿颯當年，百里〔四五〕寄遲莫。山左〔四六〕號積疲，撫循〔四七〕亦多慮。精心附疏賤〔四八〕，大力決障錮。神民〔四九〕入虚中〔五〇〕，爲治乃殆庶〔五一〕。荏染歷三考〔五二〕，銅墨〔五三〕安故步。蒼凉經石谷〔五四〕，餘事及縑素〔五五〕。何日歸湖莊〔五六〕，蕭然遂真趣。

李申耆兆洛〔五七〕，陽湖人，余甲子、乙丑同譜也。自庶常〔五八〕出宰鳳臺〔五九〕，憂歸，遂不出，時主講江陰。

經師不易得，况乃求人師？寂寂暨陽〔六〇〕郭，弦歌風俗移。平生賤襞積〔六一〕，丹雘〔六二〕益所嗤。因扣始一鳴〔六三〕，不倦〔六四〕亦在兹。嗟予夙蹉跎，榛莽紛多歧。覽鏡見白須，然後思下帷〔六五〕。矜氣安得平，盛名適成欺。臨風動朱瑟，鏗爾〔六六〕餘音希。

吴仲倫德旋〔六七〕，宜興人，時客授鄞縣〔六八〕，聞其歸里，未得確耗〔六九〕。仲倫恒嘿嘿〔七〇〕，得少酒則豪宕感激〔七一〕，世以爲孤僻，非知仲倫者也。

孤峰無樵徑，疑若絶攀仰。豈知直如弦〔七二〕，大道平示掌〔七三〕。固因鄉曲親，情性亦不兩。生氣發枝條，誰能計尋丈？酒餘顔微酡，快意得秋爽。南游聞今歸，一握勞夢想。

章犀台天育〔七四〕，聞後更名，未審，銅陵人，特科，官寶山學博〔七五〕，别二十餘年矣，聞其精力如故，經學益進心焉，慕之。

八十不廢學，炳燭〔七六〕猶孳孳〔七七〕。斯人東海上，風雪何襟期〔七八〕？昔者女貞酒〔七九〕，同傾春雨時。雄辯争九河〔八〇〕，鯨噏〔八一〕誰復辭。别來六千日，野馬〔八二〕駸西馳。世紛滑我和〔八三〕，雙鬢生白絲。及晨汲苦短，經畬草宅之。聊修王虞〔八四〕業，懼爲陳范〔八五〕嗤。安能枉君駕，一導余所迷。

惲吉士秉怡〔八六〕，一字梧岡，陽湖人，時就養武林〔八七〕，廿年前與余書，述西湖之游，曰「日莫闖然入錢塘門，門者燭之，赤而冉，乃大駭」云云，豪興可想然。固狷者也。特科，征不起。

通介〔八八〕更相非，踁踁〔八九〕意所甘。湖山爾何神，能使廉士貪。冥行〔九〇〕詎知止，勝盡猶追探。日莫駭門侯〔九一〕，面赤多須冉。近聞目力衰，筆研不復耽。唯應水邊屐，遥辨雪中嵐。

陸祁生繼輅〔九二〕，陽湖人，由校官宰貴溪〔九三〕。祁生故宅有龍蛇影外風雨聲中之軒，庭中古檜二。余嘗信宿〔九四〕，後毁於火。

娑娑龍蛇影，颯遝風雨聲。悲歌和陸郎，日下同車徵〔九五〕。五字纏綿詩〔九六〕，惻愴勞我情。祝融〔九七〕既不相，樹隨大夏傾。漂泊及鸞鳳〔九八〕，刺促〔九九〕儕諸生。十年貫齏粥〔一〇〇〕，百里〔一〇一〕豈所營？扁舟渡彭蠡，卧治〔一〇二〕亦有名。聊因江燕愁，望遠一從横。

周伯恬儀炜〔一〇三〕，陽湖人，余甲子同譜也。官宣城學博，得薦，當爲令，非其所好，不得已也。

吾宗有逸才，下筆不可休。〔一〇四〕豈唯能述事，山水亦彫搜〔一〇五〕。挾册走四方，所至傾諸侯〔一〇六〕。問君近何爲，摧剛以爲柔〔一〇七〕。知白守其黑，道家自一流。〔一〇八〕敬亭〔一〇九〕堪永年，而亦百里求。平淡出感激〔一一〇〕，誰知情所由？已矣歲月徂，道食終可謀。〔一一一〕

丁若士履恒〔一一二〕，武進人，少有豪俊之目，敢任事。以拔萃選贛榆〔一一三〕校官，薦爲肥城〔一一四〕令，晚始臨民，菁華已竭，病免，遂不起。

張陸〔一一五〕猶分符〔一一六〕，敬禮先掛冠。四肢委不仁〔一一七〕，慟哭淚已殫。少日耀芒刃，未老鈍若鉛。銜杯對脂粉，擲劍成雙丸〔一一八〕。經世須任真〔一一九〕，何事責〔一二〇〕其顔？致飾〔一二一〕或久存，真人骨已寒。焚香不可招，漫漫中夜嘆。

沈文起欽韓〔一二二〕，一字小宛，吴人，官寧國〔一二三〕學博，同人著述無富於文起者，身歿之後，遺書可憂。

青氈〔一二四〕老茅茨，亦足慰吾黨。如何靈岩下，幽屐遂絶響。依依想窮里，雄辯互抵掌〔一二五〕。卒明鷄三號〔一二六〕，衆俯不敢仰。百觚亦不醉，人言灌夫莽〔一二七〕。豈知嫵媚極，直與鄭公兩〔一二八〕。傾耳聞遺書，誰能寫之上？

宋耻夫端己〔一二九〕，一字隱山，初名慎言，商丘人，余老畫友也。臨終自言上天去，天上樂勝世間。嘗見夢，余請從之游，笑云：「君機智未忘，談何容易！」

天趣在萬物，静者始得之。泊然宋商丘，去我忽如遺。昔爲采藥行〔一三〇〕，十宿同霞棲。明月入僧磬，山椒〔一三一〕猶不歸。冰雪兩澗泉，曲曲漱寒漪。赬霞動海日，天風〔一三二〕吹人衣。下視白茫茫，豈徒來徑迷？君今游何界，宵夢以爲期。

董晉卿士錫〔一三三〕，武進人，文筆皆絶倫，予尤美其詞。僅中副車〔一三四〕，坎壈〔一三五〕無比，中年疣附於背，自號支離叟，竟以是卒。

論年齊我兄，逝矣尚云酷。董生乃兄予，而亦感華屋[一三六]。清詞永不聞，妙筆豈能賡？中年嬰痼疾，天罰亦已竺[一三七]。文離宜長存，何意早顛踣！悠悠橫塘[一三八]夢，草草玄真[一三九]祝。襟抱[一四〇]靡弗同，塵塗[一四一]易分逐。髣髴雲中虯[一四二]，冉冉蕉下鹿[一四三]。莊屈匪一情，於何寄歌哭？

【繫年】

從「歲晏立春」「卒卒行改歲」，及謂張琦「時年七一」，詩道光十二年（一八三二）臘月立春作於南京。

【注釋】

〔一〕樂清：今浙江温州樂清。

〔二〕隴畝：三國志蜀書諸葛亮傳：「亮躬耕隴畝，好爲梁父吟。」

〔三〕卒卒：匆促急迫的樣子。

〔四〕春酒：冬釀春熟之酒；亦稱春釀秋冬始熟之酒。詩經豳風七月：「爲此春酒，以介眉壽。」毛傳：「春酒，凍醪也。」孔穎達疏：「此酒凍時釀之，故稱凍醪。」馬瑞辰通釋：「春酒即酎酒也。漢制，以正月旦作酒，八月成，名酎酒。周制，蓋以冬釀經春始成，因名春酒。」

〔五〕都閫：統兵在外的將帥。清謝堃春草堂詩話道光刻春草堂集本卷七：「三江守備浦情田承恩能詩善書，古文尤妙。」都閫蓋即謂三江守備。

〔六〕諸責：禮記表記：「是故君子與其有諸責也，寧有己怨。」孔穎達疏：「諸，謂許人之物；責，謂許而不與而被責。」

〔七〕堂上萱：堂萱，亦作「萱堂」「諼堂」「北堂萱」。宋王楙野客叢書萱堂桑梓：「今人稱母爲北堂萱，蓋祖毛詩伯兮詩：『焉得諼草，言樹之背。』……其意謂君子爲王前驅，過時不反，家人思念之切，安得諼草種於北堂，以忘其憂，蓋北堂幽陰之地，可以種萱。初未嘗言母也，不知何以遂相承爲母事。」

〔八〕膝下駒：晉書陸雲傳：「雲字士龍，六歲能屬文，性清正，有才理。少與兄機齊名，雖文章不及機，而持論過之，號曰『二陸』。幼時吴尚書廣陵閔鴻見而奇之，曰：『此兒若非龍駒，當是鳳雛。』」

〔九〕圖史：圖書。

〔一〇〕晉陶潛移居：「奇文共欣賞，疑義相與析。」

〔一一〕陳伯游方海：清錫德修、清石景芬纂同治饒州府志同治十一年刻本卷之二十二：「陳方海，字伯游，鄱陽人。學問淵博，文筆古雅，著有計有餘齋集。桐城劉孟涂開、姚石甫瑩詩、古文集。皆其序也。兩公雅重之，生平踪迹在皖居多，暮年游幕。咸豐間江陰城陷，先生懷石沈江而亡。」

〔一二〕鄱陽：今江西上饒鄱陽。

〔一三〕順天：明清兩代北京地區稱爲順天府。

〔一四〕叔安方瀾：陳宇，字叔安，又字方瀾。參詩卷七送叔安之雷州注釋〔一〕。

〔一五〕金華：今浙江金華。

〔一六〕素衣化緇：白色的衣服變成黑色的。形容塵灰多而受到污染，亦比喻清廉的操守遭受污染。

〔一七〕淮南子道應訓：「甯戚飯牛車下，望見桓公而悲，擊牛角而疾商歌。桓公聞之，撫其僕之手曰：『異哉，歌者非常人也。』命後車載之。」後以「牛角之歌」「牛下歌」爲窮士自求用世的典故。

〔一八〕歸歟：論語公冶長：「子在陳曰：『歸與，歸與！』」

〔一九〕吪：行動。

〔二〇〕友生：朋友。詩經小雅常棣：「雖有兄弟，不如友生。」

〔二一〕刻玉：玉刻。像玉石刻成的，形容形態美觀。唐皮日休石榴歌：「玉刻冰壺含露溼，斕斑似帶湘娥泣。」

〔二二〕首春：南朝梁元帝纂要：「正月孟春，亦曰孟陽、孟陬、上春、初春、開春、發春、獻春、首春、首歲、初歲、開歲、獻歲、肇歲、芳歲、華歲。」

〔二三〕六花：雪花。雪花結晶六瓣，故名。

〔二四〕瑟縮：遲緩；遲疑。唐牛僧孺相國崔群家廟碑：「九州歲貢，瑟縮不集。」

〔二五〕商歌：商聲凄涼悲切，故稱。淮南子道應訓：「甯戚飯牛車下，望見桓公而悲，擊牛角而疾商歌。桓公聞之，撫其僕之手曰：『異哉，歌者非常人也。』命後車載之。」後以「商歌」比喻自薦求官。

〔二六〕適爾：尚書康誥：「乃有大罪，非終，乃惟眚災，適爾。」蔡沈集傳：「人有大罪，非是故犯，乃其過誤，出於不幸，偶爾如此。」

〔二七〕包慎伯世臣：包世臣（一七七五—一八五三），字慎伯。安徽涇縣人。參文卷一宋隱山傳注釋〔八〕。

〔二八〕比閭：鄉里。周禮地官大司徒：「令五家爲比，使之相保，五比爲閭，使之相受。」

〔二九〕僕僕：奔走勞頓貌。

〔三〇〕悠悠：游蕩貌，懶散不盡心貌。唐高適漣上送別王秀才：「行矣當自愛，壯年莫悠悠。」

〔三一〕饑驅：指爲衣食而奔忙。語本晉陶潛飲酒之十：「此行誰使然？似爲饑所驅。」

〔三二〕石投水：以石投水。比喻事過之後，即隱秘不聞。明燕客天人合徵紀實：「鎮撫納賍，如以石投水，不敢争輕重之衡，亦不敢問多寡之數。」

〔三三〕韓非子喻老：「千丈之堤，以螻蟻之穴潰；百尺之室，以突隙之烟焚。故曰：白圭之行堤也塞其穴，丈人之慎火也塗其隙，是以白圭無水難，丈人無火患。此皆慎易以避難，敬細以遠大者也。」

〔三四〕史記管仲傳：「管仲夷吾者，潁上人也。少時常與鮑叔牙游，鮑叔知其賢。管仲貧困，常欺鮑叔，鮑叔終善遇之，不以爲言。已而鮑叔事齊公子小白，管仲事公子糾。及小白立爲桓公，公子糾死，管仲囚焉。鮑叔遂進管仲。管仲既用，任政于齊，齊桓公以霸，九合諸侯，一匡天下，管仲之謀也。管仲曰：『吾始困時，嘗與鮑叔賈，分財利多自與，鮑叔不以我爲貪，知我貧也。吾嘗爲鮑叔謀事而更窮困，鮑叔不以我爲愚，知時有利不利也。吾嘗三仕三見逐于君，鮑叔不以我爲不肖，知我不遭時也。吾嘗三戰三走，鮑叔不以我怯，知我有老母也。公子糾敗，召忽死之，吾幽囚受辱，鮑叔不以我爲無耻，知我不羞小節而耻功名不顯於天下也。生我者父母，知我者鮑子也。』鮑叔既進管仲，以身下之。子孫世禄于齊，有封邑者十餘世，常爲名大夫。天下不多管仲之賢而多鮑叔能知人也。」

〔三五〕褐之夫：褐夫。穿粗布衣服的人，古代用以指貧賤者。孟子公孫丑上：「視刺萬乘之君，若刺褐夫。」

〔三六〕豫章：比喻棟梁之材，有才能的人。南史王儉傳：「丹陽尹袁粲聞其名，及見之曰：『宰相之門也。栝柏豫章雖小，已有棟梁氣矣，終當任人家國事。』」

〔三七〕彫蟲：寫作詩文辭賦。

〔三八〕唐衢：舊唐書唐衢傳：「唐衢者，應進士，久而不第。能爲歌詩，意多感發。見人文章有所傷嘆者，讀訖必哭，涕泗不能已。每與人言論，既相别，發聲一號，音辭哀切，聞之者莫不悽然泣下。嘗客游太原，屬戎帥軍宴，衢得預會。酒酣言事，抗音而哭，一席不樂，爲之罷會，故世稱唐衢善哭。左拾遺白居易遺之詩曰：『賈誼哭時事，阮籍哭路歧。唐生今亦哭，異代同其悲。唐生者何人？五十寒且饑。不悲口無食，不悲身無衣。所悲忠與義，悲甚則哭之。太尉擊賊日，尚書叱盗時。大夫死凶寇，諫議謫蠻夷。每見如此事，聲發涕輒隨。我亦君之徒，鬱鬱何所爲？不能發聲哭，轉作樂府辭。』其爲名流稱重若此。竟不登一命而卒。」後用「唐衢痛哭」爲傷時失意之典。

〔三九〕故吾：過去之我。

〔四〇〕張琦（一七六四—一八三三），字翰風。參詩卷一虹橋舟中飲餞贈别翰風張二，即題芙蓉湖莊畫卷注釋〔一〕。

〔四一〕武進：今屬江蘇常州。

〔四二〕館陶：今河北邯鄲館陶。

〔四三〕芙蓉湖：古稱上湖、射貴湖，入無錫地稱無錫湖，在江陰境内又稱三山湖，在常州武進東、無錫錫山西北、江陰南。

〔四四〕懸車：致仕。古人一般至七十歲辭官家居，廢車不用，故云。漢班固白虎通致仕：「臣年七十懸車致仕者，臣以執事趨走爲職，七十陽道極，耳目不聰明，跂踦之屬，是以退老去避賢者。……懸車，示不用也。」

〔四五〕百里：古時一縣所轄之地。因以爲縣的代稱，此借指縣令。

〔四六〕山左：太行山以東地區。

〔四七〕撫循：安撫存恤。

〔四八〕疏賤：關係疏遠、地位低下的人。

〔四九〕神民：上神與下民。國語楚語下：「於是乎有天地神民類物之官，是謂五官，各司其序，不相亂也。」

〔五〇〕虛中：中虛，心也。

〔五一〕殆庶：周易繫辭下：「子曰：『顏氏之子，其殆庶幾乎！』」後以「殆庶」指賢德者。

〔五二〕三考：尚書舜典：「三載考績，三考，黜陟幽明。」孔穎達疏：「言帝命群官之後，經三載，乃考其功績；經三考則九載，黜陟幽明，明者升之，闇者退之。」

〔五三〕銅墨：漢書百官公卿表上：「秩比六百石以上，皆銅印黑綬。」因以指銅印黑綬，此借指縣令。

〔五四〕石谷：王翬（一六三四—一七一七），字石谷，號耕烟散人、劍門樵客、烏目山人、清暉老人等。江蘇常熟人。清代著名畫家，被稱爲「清初畫聖」。與王鑒、王時敏、王原祁合稱山水畫家「四王」。

〔五五〕縑素：此借指書畫。

〔五六〕湖莊：芙蓉湖莊。參詩卷一虹橋舟中飲餞贈别翰風張二，即題芙蓉湖莊畫卷注釋〔二二〕。

〔五七〕李申耆兆洛：李兆洛（一七六九—一八四一），字申耆。參詩卷一懷友人并序注釋〔二七〕。

〔五八〕庶常：尚書立政：「太史、尹伯，庶常吉士。」周秉鈞易解：「庶，衆也。常，祥也。吉，善也。庶常吉士，言上列各官皆祥善也。」明置庶吉士，取義於此。清因以「庶常」爲庶吉士的代稱。

〔五九〕鳳臺：今安徽鳳臺。

〔六〇〕暨陽：古縣名，在江蘇江陰。此借指江陰。

〔六一〕襞積：重復、堆砌故典。宋王安石上邵學士書：「某嘗悉近世之文，辭弗顧于理，理弗顧于事，以襞積故實爲有學，以雕繪語句爲精新。」

〔六二〕丹雘：藻飾。清吴偉業送宛陵施愚山提學山東：「伊昔嘉隆時，文章尚丹雘。」

〔六三〕禮記學記：「善待問者如撞鐘，叩之以小者則小鳴，叩之以大者則大鳴。」

〔六四〕不倦：誨人不倦。論語述而：「子曰：『默而識之，學而不厭，誨人不倦，何有於我哉！』」邢昺疏：「教誨於人，不有倦息。」

〔六五〕下帷：放下室内懸掛的帷幕，此指閉門讀書。

〔六六〕鏗爾：論語先進：「鼓瑟希，鏗爾，舍瑟而作。」邢昺疏：「投置其瑟，而聲鏗然也。」

〔六七〕吴仲倫德旋：吴德旋（一七六七—一八四〇），字仲倫，江蘇宜興人。參文卷四徵銘録序注釋〔一二〕。

〔六八〕鄞縣：今浙江寧波鄞州區。

〔六九〕確耗：確切的消息。

〔七〇〕嘿嘿：不説話，沉默。文選屈原卜居：「于嗟嘿嘿兮，誰知吾之廉貞。」劉良注：「嘿嘿，不言貌。」

〔七一〕感激：激動，有生氣。唐杜甫觀公孫大娘弟子舞劍器行小序：「(張旭)自此草書長進，豪蕩感激。」

〔七二〕直如弦：像弓弦一樣直。比喻爲人正直。後漢書五行志一：「順帝之末，京都童謡曰：『直如弦，死道邊。曲如鉤，反封侯。』」

〔七三〕宋魏了翁余既賦詩，坐客請以唐人家花車斜韻面賦，醉中作：「舉頭大道平如掌，入鬢韶光轉似車。」示：「示」當爲「似」之誤，與上「如」相對。

〔七四〕章犀台天育：章謙存（一七五三—一八三六），原名天育，字犀台，晚年自署强恕老人。安徽銅陵人。

參文卷四田鈞傳注釋〔一九〕。

〔七五〕學博：唐制，府郡置經學博士各一人，掌以五經教授學生。後泛稱學官爲學博。

〔七六〕炳燭：喻老而好學。參文卷二説文韻原序注釋〔一九〕。

〔七七〕孶孶：同「孜孜」。勤勉，努力不懈。禮記表記：「俯焉日有孶孶，斃而後已。」陳澔集説：「孶孶，勤勉之貌。」

〔七八〕襟期：襟懷、志趣。

〔七九〕女貞酒：一種陳年紹興酒。在女兒出生後，便釀酒祕藏，待女兒出嫁時，取出以招待賓客。亦稱爲「女兒酒」。

〔八〇〕九河：本指禹時黄河的九條支流。宋黄庭堅送謝公定作竟陵主簿：「落筆塵沙百馬奔，劇談風霆九河翻。」

〔八一〕鯨噏：鯨吸，百川鯨吸，形容饮酒豪放。唐杜甫饮中八仙歌：「飲如長鯨吸百川。」

〔八二〕野馬：莊子逍遥游：「野馬也，塵埃也。生物之以息相吹也。」郭象注：「野馬者，游氣也。」成玄英疏：「此言青春之時，陽氣發動，遥望藪澤之中，猶如奔馬，故謂之野馬也。」

〔八三〕滑我和：滑和，擾亂中和之道。文子守易：「無益於性者，不以累德；不便於生者，不以滑和。」莊子德充符：「故不足以滑和，不可入於靈府。」成玄英疏：「滑，亂也。雖復事變命遷，而隨形任化，淡然自若，不亂於中和之道也。」

〔八四〕王虞：晋代書法家王羲之、唐代書法家虞世南。

〔八五〕陳范：陳壽、范曄。

〔八六〕惲吉士秉怡：惲秉怡（一七六二—一八三三），初名秉恬，字潔士、起士、吉士，號梧岡。行二，江蘇陽湖今江蘇武進人。道光元年（一八二一）舉孝廉方正科。清代書畫家，師同里莊然一。有静存堂文稿、詩集、虞書燕石詩鈔四卷，并存。清震鈞國朝書人輯略卷九惲秉怡引初月樓文續鈔：「字潔士，一字梧岡，江蘇陽湖縣人。君書畫皆入能品，而書尤善，受法於同里莊然一，然一師歐陽率更父子，而君以徐季海爲宗，論者以爲各有勝處。」清王其淦修、清湯成烈纂光緒武進陽湖縣志卷二十三：「惲秉怡，字潔士。幼穎敏，年十六，讀陸隴其書，慕其爲人，以清操自厲。鄉試不第，筮易，得蠱之上九，益淡進取，務爲經濟之學。道光元年，詔舉孝廉方正，府縣以秉怡名上，年已六十，辭。工書畫，族兄蘭枝字紉之篤志嗜學，撰述甚勤。秉怡子彙昌，語在忠節。」清李放皇清書史卷二十四十二吻：「惲秉恬，改名秉怡，字潔士，號梧岡，武進人。道光元年舉制科。」詩卷之一有留别惲二潔士。

〔八七〕武林：舊時杭州的别稱，以武林山得名。

〔八八〕通介：通達耿介，有操守。

〔八九〕踁踁：耿直的樣子。晋書儒林傳范弘之：「雖有踁踁之稱，而非大雅之致，此亦下官所不爲也。」

〔九〇〕冥行：夜行，盲行。

〔九一〕門侯：門候，守門之官。漢書蕭望之傳：「望之以射策甲科爲郎，署小苑東門候。」顔師古注：「門候，主候時而開閉也。」

〔九二〕陸祁生繼輅：陸繼輅（一七七二—一八三四），字祁孫、祁生。参詩卷一出東門贈祁生即效其體注釋〔二〕。

〔九三〕貴溪：今江西鷹潭貴溪。

〔九四〕信宿：連宿兩夜。詩經豳風九罭：「公歸不復，於女信宿。」毛傳：「再宿曰信；宿，猶處也。」

〔九五〕車徵：徵車，古代徵召賢達使用的車子。

〔九六〕五言詩。

〔九七〕祝融：帝嚳時的火官，後尊爲火神，命曰祝融。此爲火或火災的代稱。

〔九八〕鸞鳳：鸞鳥與鳳凰，比喻夫妻。此指毁於火之「庭中古檜二」。

〔九九〕刺促：忙碌急迫，勞碌不休。

〔一〇〇〕齏粥：斷齏畫粥。宋朱熹五朝名臣言行録道光二十二年刻本參政范文正公「公生二歲而孤」原注引宋魏泰東軒筆録：「公（范仲淹）少與劉某上長白僧舍脩學，惟煮粟米二升，作粥一器，經宿遂凝，以刀畫爲四塊，早晚取二塊，斷虀數十莖……入少鹽，暖而啗之。如此者三年。」形容貧苦力學。

〔一〇一〕百里：縣令。

〔一〇二〕卧治：簡政而治。史記汲鄭列傳：「汲黯字長孺，濮陽人也。……遷爲東海太守。……黯多病，卧閨閤内不出。歲餘，東海大治。……上以爲淮陽，楚地之郊，乃召拜黯爲淮陽太守。黯伏謝不受印，詔數彊予，然後奉詔。詔召見黯，黯爲上泣曰：『臣自以爲填溝壑，不復見陛下，不意陛下復收用之。臣常有狗馬病，力不能任郡事，臣願爲中郎，出入禁闥，補過拾遺，臣之願也。』上曰：『君薄淮陽邪？吾今召君矣。顧淮陽吏民不相得，吾徒得君之重，卧而治之。』」後因以「卧治」謂政事清簡，無爲而治。

〔一〇三〕周伯恬儀煒：周儀暐，字伯恬，陽湖人。參詩卷四五十自述注釋〔五五〕。

〔一〇四〕三國魏曹丕典論論文：「武仲以能屬文，爲蘭臺令史，下筆不能自休。」

〔一〇五〕彫搜：雕搜。刻意修飾文辭。搜，通「鎪」。宋鄭樵通志圖譜：「義理之學尚攻擊，詞章之學務雕搜。」

〔一〇六〕諸侯：喻指掌握軍政大權的地方長官。

〔一〇七〕摧剛爲柔：以柔克剛。漢書季布傳：「當是時，諸公皆多布能摧剛爲柔，朱家亦以此名聞當世。」

〔一〇八〕老子：「知其白，守其黑，爲天下式。」河上公注：「白，以喻昭昭；黑，以喻默默。人雖自知昭昭明白，當復守之以默默，如闇昧無所見，如是則可爲天下法式。」後以「知白守黑」謂韜晦自處。

〔一〇九〕敬亭：敬亭山。在安徽宣城，唐李白有獨坐敬亭山。此代宣城。

〔一一〇〕感激：感奮激發。

〔一一一〕論語衛靈公：「子曰：『君子謀道不謀食。』」謀道，探求事理和道義等。謂用心於學。謀食，猶謀生。

〔一一二〕丁若士履恒：丁履恒（一七七〇—一八三二），字若士。參詩卷一出東門贈祁生即效其體注釋〔五〕。

〔一一三〕贛榆：今江蘇連雲港贛榆。

〔一一四〕肥城：今山東泰安肥城。

〔一一五〕張陸：指張琦、陸繼輅。

〔一一六〕分符：猶剖符。謂帝王封官授爵，分與符節的一半作爲信物。多指封官授爵。

〔一一七〕不仁：後漢書班超傳：「衰老被病，頭髮無黑，兩手不仁。」李賢注：「不仁猶不遂也。」

〔一一八〕清昭槤嘯亭雜録書劍俠事：「吳中有葉氏子者，少無賴，好劍術，有老嫗導之，能以劍爲雙丸，納諸口中。」三國志魏書方伎傳杜夔傳注引傅玄馬鈞傳：「其後有人上百戲者，能設而不能動也。帝以問先生：『可動否？』對曰：『可動。』帝曰：『其巧可益否？』對曰：『可益。』受詔作之。以大木雕構，使其形若輪，平地施之，潛以水發焉。設爲女樂舞象，至令木人擊鼓吹簫；作山嶽，使木人跳丸擲劍，緣垣倒立，出入自在；百官行署，春磨鬥鷄，變化百端。」

〔一一九〕任真：任其自然，順其自然。

〔一二〇〕賁：周易賁：「白賁，無咎。」孔穎達正義：「以自爲飾而無憂患。」

〔一二一〕致飾：論語學而：「子曰：巧言令色，鮮矣仁。」何晏集注：「巧，好；令，善也。好其言，善其色，致飾於外，務以悦人，則人欲肆，而本心之德亡矣。聖人辭不迫切，專言鮮，則絶無可知。學者所當深戒也。」

〔一二二〕沈文起欽韓：沈欽韓（一七七五—一八三一），字文起。參詩卷一懷友人并序注釋〔三一〕。

〔一二三〕寧國：今安徽宣城寧國。

〔一二四〕青氈：清寒貧困的生活。

〔一二五〕抵掌：亦作「抵掌」。擊掌。指人在談話中的高興神情，亦因指快談。

〔一二六〕史記曆書：「時鷄三號，卒明。」司馬貞索隱：「三號，三鳴也。」

〔一二七〕灌夫莽：漢書灌夫傳：「飲酒酣，武安起爲壽，坐皆避席伏。已魏其侯爲壽，獨故人避席耳，餘半膝席。灌夫不悦。起行酒，至武安，武安膝席曰：『不能滿觴。』夫怒，因嘻笑曰：『將軍貴人也，屬之！』時武安不肯。行酒次至臨汝侯，臨汝侯方與程不識耳語，又不避席。夫無所發怒，乃罵臨汝侯曰：『生平毀程不識不直一錢，今日長者爲壽，乃效女兒呫囁耳語！』武安謂灌夫曰：『程李俱東西宮衛尉，今衆辱程將軍，仲孺獨不爲李將軍地乎？』灌夫曰：『今日斬頭陷匈，何知程李乎！』坐乃起更衣，稍稍去。魏其侯去，麾灌夫出。武安遂怒曰：『此吾驕灌夫罪。』乃令騎留灌夫。灌夫欲出不得。籍福起爲謝，案灌夫項令謝。夫愈怒，不肯謝。武安乃麾騎縛夫置傳舍，召長史曰：『今日召宗室，有詔。』劾灌夫罵坐不敬，繫居室。遂按其前事，遣吏分曹逐捕諸灌氏支屬，皆得弃市罪。魏其侯大媿，爲資使賓客請，莫能解。武安吏皆爲耳目，諸灌氏皆亡匿，夫繫，遂不得告言武安陰事。」後以「莽灌夫」泛指粗魯率性的人。

〔一二八〕舊唐書魏徵傳：「尋宴於丹霄樓，酒酣，太宗謂長孫無忌曰：『魏徵、王珪，昔在東宫，盡心所事，當時誠亦可惡。我能拔擢用之，以至今日，足爲無愧古人。然徵每諫我不從，發言輒即不應，何也？』對曰：『臣以事有不可，所以陳論，若不從輒應，便恐此事即行。』帝曰：『但當時且應，更別陳論，豈不得耶？』徵曰：『昔舜誡群臣：「爾無面從，退有後言。」若臣面從陛下方始諫，此即「退有後言」，豈是稷、契事堯、舜之意耶？』帝大笑曰：『人言魏徵舉動疏慢，我但覺嫵媚，適爲此耳。』徵拜謝曰：『陛下導之使言，臣所以敢諫，若陛下不受臣諫，豈敢數犯龍鱗？』」鄭公，魏徵封鄭國公，故稱。

〔一二九〕宋耻夫端己：宋端己（一七八〇——一八三〇）。參文卷二宋隱山傳。

〔一三〇〕采藥行：鹿門采藥。後漢書逸民傳龐公傳：「龐公者，南郡襄陽人也。居峴山之南，未嘗入城府。夫妻相敬如賓。荆州刺史劉表數延請，不能屈，乃就候之。謂曰：『夫保全一身，孰若保全天下乎？』龐公笑曰：『鴻鵠巢於高林之上，暮而得所栖；黿鼉穴於深淵之下，夕而得所宿。夫趣舍行止，亦人之巢穴也。且各得其栖宿而已，天下非所保也。』因釋耕於壟上，而妻子耘於前。表指而問曰：『先生苦居畎畝而不肯官禄，後世何以遺子孫乎？』龐公曰：『世人皆遺之以危，今獨遺之以安，雖所遺不同，未爲無所遺也。』表嘆息而去。後遂携其妻子登鹿門山，因采藥不反。」後喻舉家隱居。道光元年秋，周濟、宋端己等有攝山游，濟有同希尹緘夫游攝山，晚宿澍公山房等八詩。參詩卷四。

〔一三一〕山椒：文選謝莊月賦：「洞庭始波，木葉微脱；菊散芳於山椒，雁流哀於江瀨。」李善注：「山椒，山頂也。」

〔一三二〕天風：風。風行天空，故稱。

〔一三三〕董晋卿士錫：董士錫，字晋卿。參詩卷之一懷友人并序注〔五〇〕。

〔一三四〕副車：清代稱鄉試的副榜貢生。

〔一三五〕坎壈：不得志。

〔一三六〕感華屋：三國魏曹植箜篌引：「生在華屋處，零落歸山丘。」狀麗的建築化爲土丘。喻興亡盛衰的迅速。

〔一三七〕竺：通「篤」，病沉重，如「病篤」。

〔一三八〕横塘：古堤名。在江蘇蘇州。宋賀鑄青玉案横塘路：「凌波不過横塘路，但目送、芳塵去。」

〔一三九〕玄真：又名妙真。老子：「玄之又玄，衆妙之門。」謂道家所稱的「道」深奥難識，萬物皆出於此。後因以「玄妙」指「道」。

〔一四〇〕襟抱：襟懷抱負。

〔一四一〕塵塗：世俗之路。

〔一四二〕宋徐鉉寄和州韓舍人：「急景駸駸度，遥懷處處生。」駸駸，疾速。駿馬的美稱。文選曹植七啓：「僕將爲吾子駕雲龍之飛駟，飾玉輅之繁纓。」李善注：「馬有龍稱，而雲從龍，故曰雲龍也。周禮曰：凡馬八尺已上爲龍。」

〔一四三〕蕉下鹿：列子周穆王：「鄭人有薪於野者，遇駭鹿，禦而擊之，斃之。恐人見之也，遽而藏諸隍中，覆之以蕉，不勝其喜。俄而遺其所藏之處，遂以爲夢焉。順途而咏其事，傍人有聞者，用其言而取之。既歸，告其室人曰：『向薪者夢得鹿而不知其處，吾今得之，彼直真夢者矣。』」後以「蕉鹿」指夢幻。

立春十日，庭雪盈尺，因成小山，起伏可玩。復摘檐牙冰箸百十有二枚，叢爲寒林，邀友人同看

小池頃刻起孱顔〔一〕，照眼森森玉笋班。詞賦相如勞狗監〔二〕，功名元載艷冰山〔三〕。紅珊脱網無枝葉，素柰傳簪〔四〕有髻鬟。寄語袁安莫高卧〔五〕，春風只在淺深間。

【繫年】

詩道光十二年（一八三二）臘月立春後十日作於南京。

【注釋】

〔一〕孱顔：參差不齊貌。

〔二〕史記司馬相列傳：「居久之，蜀人楊得意爲狗監，侍上。上讀子虚賦而善之，曰：『朕獨不得與此人同時哉！』得意曰：『臣邑人司馬相如自言爲此賦。』上驚，乃召問相如。相如曰：『有是。然此乃諸侯之事，未足觀也。請爲天子游獵賦，賦成奏之。』上許，令尚書給筆劄。相如以『子虚』，虚言也，爲楚稱；『烏有先生』者，烏有此事也，爲齊難；『無是公』者，無是人也，明天子之義。故空藉此三人爲辭，以推天子諸侯之苑囿。其卒章

歸之於節儉，因以風諫。奏之天子，天子大說。」

〔三〕五代王仁裕開元天寶遺事卷上依冰山：「楊國忠權傾天下，四方之士争詣其門。進士張彖者，陝州人也，力學有大名，志氣高大，未嘗低折於人。人有勸彖令修謁國忠可圖顯榮，彖曰：『爾輩以謂楊公之勢倚靠如泰山，以吾所見，乃冰山也。或皎日大明之際，則此山當誤人爾。』後果如其言。時人美張生見幾。後年張生及第，釋褐授華陽縣尉。令、太守俱非其人，多行不法。張生有吏道，勤於政事，每舉一事，則太守、令尹抑而不從。張生曰：『大丈夫有凌霄蓋世之志，而拘於下位，若立身於矮屋中，使人擡頭不得。』遂拂衣長往，歸遯於嵩山。」蓋周濟錯認爲元載之事。

〔四〕素柰傳簪：晋書后妃傳下成帝杜皇后：「先是，三吴女子相與簪白花，望之如素柰，傳言天公織女死，爲之著服，至是而后崩。」

〔五〕後漢書袁安傳：「袁安字邵公，汝南汝陽人也。」唐李賢注引汝南先賢傳曰：「時大雪積地丈餘，洛陽令身出案行，見人家皆除雪出，有乞食者。至袁安門，無有行路。謂安已死，令人除雪入户，見安僵卧。問何以不出。安曰：『大雪人皆餓，不宜干人。』令以爲賢，舉爲孝廉。」後因以「袁安高卧」爲典，指身處困窮但仍堅守節操的行爲。

蕪湖大好園〔一〕宴集詩并序　癸巳

雲容〔二〕上躋，奔星〔三〕自實〔四〕。潮汐西邁，浮梗〔五〕卒東。氣有所不屬，力有所必窮。而欲使簪笏之子調簧〔六〕緪瑟〔七〕，導其至和以暢結轖〔八〕要眇〔九〕之情，固已難矣。若乃農無廢隴，而粟不登於倉儲；士無越思〔一〇〕，而兆難忘于桑棘〔一一〕。閒居雖賦，豈安面城之室；〔一二〕歸來〔一三〕既咏，終回門生之輿〔一四〕。時異事遷，心焉獨感，重之以縞帶〔一五〕，申之以飧璧〔一六〕。水檻風定，翠微蔭重，潛鱗依藻而仰出，候鳥得林而自命。顧賞欣動，悠哉緬諸。故知太阿〔一七〕薄柱，則不如桃椎之韌也；騏騄〔一八〕服耩〔一九〕，則不如觭犢〔二〇〕之馴也。鵬翼唯大，乃困於枌榆〔二一〕；神龍既靈，安逃於涸轍？〔二二〕夫士則烏可以不概哉！言咏雖所及懷，十二三有志各言，亦所願聞也。

東風送輕舟，江渚無停山。欲吹慈姥竹〔二三〕，叢徑不可刪。昭乎日已馳，漁楫何其閑？方城移戰地〔二四〕，夜鳥虛翩翻。行子〔二五〕得斯憩，援止〔二六〕意亦安。餘英況在階，名酒解我顏。一枰亦不辭，勝負非所關。晝理既有餘，長吟往復還。笑彼金城柳，空勞司馬攀。〔二七〕

【繫年】

據詩題下「癸巳」，詩道光十三年（一八三三）四月初作於安徽蕪湖。

【注釋】

〔一〕大好園：民國余誼密修、民國鮑實等纂民國蕪湖縣志民國八年石印本卷十三建置志會館：「徽州會館，康熙間建，在西門内索麪巷。額曰『天都文獻』。嘉慶間徽人孫元鏜、許仁、謝崧等嫌其狹小不足以壯觀瞻，遂倡捐巨款，復集同鄉輸資，購城西狀元坊下首百家鋪基地，建造廳堂、齋舍，供奉朱子神位，額曰『徽國文公祠』。嗣因款項有餘，又購祠後二街北首荒地十數畝，圍墻垣，築亭舍，種竹栽花，題其額曰『新安大好園』，含山倪變爲之撰聯。毁於咸豐粤亂，所遺園基舘址，先後由徽人同鄉清理規復，今新安同善堂、徽州旅蕪公學，皆新安大好園舊址也。民國三年，又於東首大院增建大殿及新式圍墻。」

〔二〕雲容：雲層。

〔三〕奔星：流星。

〔四〕霣：通「隕」。

〔五〕浮梗：戰國策齊策三：「有土偶人與桃梗相與語。……（土偶）曰：『今子東國之桃梗也，刻削子以爲人，降雨下，淄水至，流子而去，則子漂漂者將何如耳！』」後以「浮梗」喻飄流無定。

〔六〕調簧：調弄舌頭，謂啼鳴。宋梅堯臣和歐陽永叔啼鳥十八韻：「口中調簧定何益，下啄蚯蚓孰曰清。」

〔七〕縆瑟：楚辭九歌東君：「縆瑟兮交鼓，簫鐘兮瑤虡。」王逸注：「縆，急張弦也。」

〔八〕結轖：將轖連結起來，比喻心中鬱結不暢。

〔九〕要眇：亦作「要妙」，精神微妙。

〔一〇〕越思：左傳襄公二十五年：「行無越思，如農之有畔，其過鮮矣。」越軌的思想行爲。

〔一一〕桑棘：詩經曹風鳲鳩：「鳲鳩在桑，其子在棘。淑人君子，其儀不忒。」毛序：「鳲鳩，刺不一也。在位無君子，用心之不一也。」朱熹詩集傳：「詩人美君子之用心平均專一。」

〔一二〕北周庾信小園賦：「雖復晏嬰近市，不求朝夕之利；潘岳面城，且適閑居之樂。」潘岳閑居賦：「於是退而閒居，於洛之涘。身齊逸民，名綴下士。背京沂伊，面郊後市。」

〔一三〕歸來：晋陶潛歸去來辭。

〔一四〕門生之輿：宋書隱逸傳陶潛：「潛有脚疾，使一門生二兒轝籃輿。」

〔一五〕縞帶：白色生絹帶。樸質之衣飾，借指學子之服。

〔一六〕飧璧：清王照圓列女傳補注卷三仁智傳：「曹大夫僖負羈之妻也。晉公子重耳亡，過曹，恭公不禮焉。聞其駢脅，近其舍，伺其將浴，設微薄而觀之。負羈之妻言於夫曰：『吾觀晉公子，其從者三人，皆國相也。以此三人者，皆善戮力以輔人，必得晉國。若得反國，必霸諸侯而討無禮，曹必爲首。若曹有難，子必不免，子胡不早自貳焉？且吾聞之：不知其子者視其父，不知其君者視其所使。今其從者皆卿相之僕也，則其君必霸王之主也。若加禮焉，必能報施矣。若有罪焉，必能討過。子不早圖，禍至不久矣。』負羈乃遺之壺飧，加璧其上，公子受飧反璧。及公子反國，伐曹，乃表負羈之閭，令兵士無敢入。士民之扶老携弱而赴其閭者，門外成市。君子謂僖氏之妻能遠識。詩云：『既明且哲，以保其身。』此之謂也。」

〔一七〕太阿：古寶劍名。相傳爲春秋時歐冶子、干將所鑄。

〔一八〕騏騄：良馬。

〔一九〕耩：耬車。元王禎農書卷十二：「耬車，下種器也。……其制兩柄上彎，高可三尺；兩足中虚，闊合一壟；横桄四匝，中置耬斗，其所盛種粒，各下通足竅；仍旁挾兩轅，可容一牛。用一人牽，傍一人執耬，且行且摇，種乃自下。」

〔二〇〕觭犢：一隻小牛。觭，單，只。

〔二一〕莊子逍遥游：「北冥有魚，其名爲鯤。鯤之大，不知其幾千里也；化而爲鳥，其名爲鵬。鵬之背，不知其幾千里也；怒而飛，其翼若垂天之雲。是鳥也，海運則將徙於南冥。……蜩與鷽鳩笑之曰：『我决起而飛，搶榆枋，時則不至，而控於地而已矣。奚以之九萬里而南爲？』適莽蒼者，三飡而反，腹猶果然；適百里者，宿舂糧；適千里者，三月聚糧。之二蟲又何知！」「枌榆」蓋「榆枋」之誤。

〔二二〕莊子外物：「莊周家貧，故往貸粟於監河侯。監河侯曰：『諾。我將得邑金，將貸子三百金，可乎？』莊周忿然作色曰：『周昨來，有中道而呼者。周顧視車轍中，有鮒魚焉。周問之曰：「鮒魚來！子何爲者邪？」對曰：「我，東海之波臣也。君豈有斗升之水而活我哉？」周曰：「諾。我且南游吴越之王，激西江之水而迎子，可乎？」鮒魚忿然作色曰：「吾失我常與，我無所處。吾得斗升之水然活耳，君乃言此，曾不如早索我於枯魚之肆！」』」

〔二三〕慈姥竹：清顧祖禹讀史方輿紀要卷二十南直二：「慈姥山，府西南百十里。以山有慈姥廟而名。積石臨江，崖壁峻絶。一名鼓吹山，以山産簫管也。山下有慈姥溪，與太平府當塗縣接界。」

〔二四〕俗稱打麻將爲「方城之戰」。

〔二五〕行子：出行之人。

〔二六〕援止：孟子公孫丑上：「故由由然與之偕而不自失焉，援而止之而止。援而止之而止者，是亦不屑去已。」言欲去而可留也。

〔二七〕晉書桓温傳：「温自江陵北伐，行經金城，見少爲琅邪時所種柳皆已十圍，慨然曰：『木猶如此，人何以堪。』攀枝執條，泫然流涕。」

却寄東溪少尹〔一〕兼東鳩江〔二〕諸子

指點新洲一髮〔三〕青，翠螺山色竚揚舲〔四〕。别來竟夕相思發，三日江城〔五〕酒乍醒。無數帆檣隨去鳥，蒼茫身世感浮萍。明年甲午〔六〕應須記，沖抱堂〔七〕前得聚星〔八〕。

【繫年】

據詩中「明年甲午」，知詩道光十三年（一八三三）四月初作於蕪湖。

【注釋】

〔一〕東溪少尹：林淮，字東溪，浙江慈溪人。時官裕溪司巡檢，故稱其「少尹」。參文卷三循陔采蘭圖記注釋〔一〕。

〔二〕鳩江：左傳襄公三年：「楚子重伐吴，爲簡之師，克鳩兹。」楊伯峻注：「鳩兹，吴邑，當在今安徽蕪湖市東南二十五里。」長江蕪湖段稱鳩江。

〔三〕一髮：極言視野中新洲之小如髮絲。

〔四〕揚舲：揚帆。

〔五〕江城：蕪湖又稱江城。

〔六〕甲午：道光十四年（一八三四）。

〔七〕沖抱堂：詩卷七春水園詩并序：「園中之勝曰沖抱堂，背倚修竹，面環叢桂。」

〔八〕聚星：星聚，會聚。

四月十四

四月十四見流螢，墻要[一]池面青熒熒。微光豈從腐草出[二]，異數[三]得及餘花馨。去冬聞蟬驚太晚，雪片紛紛落桃瓣。土牛[四]作使氣不揚，夏蟲又亂春心眼[五]。行年五十變節序[六]，頗覺寒暄無著處。長江萬里只東流，知閱人間幾今古？古人哀樂徒爾爲，小雅國風留待誰？荒山趼足[七]杜陵[八]老，燒研[九]應慚鄭五[一〇]才。

【繫年】

詩道光十三年（一八三三）四月十四作於離蕪湖東返南京舟中。

【注釋】

〔一〕要：通「腰」。

〔二〕逸周書時訓：「大暑之日，腐草化爲螢。」

〔三〕異數：特殊的禮遇。

〔四〕土牛：禮記月令：「（季冬之月）命有司大難，旁磔，出土牛，以送寒氣。」鄭玄注：「土牛者，丑爲牛，牛可牽止也。」孫希旦集解：「出土牛者，牛爲土畜，又以作之，土能勝水，故於旁磔之時，出之於九門之外，以穰除陰氣也。」

〔五〕心眼：南朝梁王僧孺夜愁示諸賓：「誰知心眼亂，看朱忽成碧。」

〔六〕節序：節令，節氣。

〔七〕跰足：生老跰的脚，引申指艱苦跋涉。

〔八〕杜陵：唐杜甫自稱「杜陵野老」。

〔九〕燒研：晋書陸機傳：「君苗見兄文，輒欲燒其筆硯。」謂自愧文不如人而欲自燒其硯，不復寫作。

〔一〇〕鄭五：唐鄭綮。因排行第五，故稱。

讀歸潜志〔一〕金渾源劉祁〔二〕作

代北〔三〕有奇士，始亦詞賦豪。騫騰〔四〕一失意，揮手辭其曹。頗紬石室書〔五〕，兼采輶軒〔六〕畚〔七〕。發憤〔八〕刺頹風，熸若眉在燒。金章〔九〕侈文翰〔一〇〕，士氣日以囂。飾窮必遇蠱〔一一〕，大柄〔一二〕胥徒〔一三〕操。貴人仰鼻息〔一四〕，端拱〔一五〕容莫朝。〔一六〕秦肥越自瘠〔一七〕，豈肯傷毫毛〔一八〕？强鄰盤西垂，摩雲攫大雕。遠勢蓄已成，膺擊〔一九〕來蔡郊〔二〇〕。桓桓〔二一〕程將軍〔二二〕，空兹原野膏。孤城彈丸耳，咬骨饑難療。永固出五將〔二三〕，後嗣困馬髦〔二四〕。青岡燐未散，覆軌血再漂。崔立張劉徒，穹碑樹中朝。貢諛既所悔，嫁禍豈憚勞？大筆推遺山〔二五〕，强捉太學刀。脅以考叔母〔二六〕，將覆文舉巢〔二七〕。辭官如探湯〔二八〕，肌肉中脱消。〔二九〕祁也奮奇策，本欲建降旄。意豈與立殊，乃忽縮頸逃。〔三〇〕實慚南史筆〔三一〕，虛解揚雄嘲〔三二〕。天地既翻覆，王屋〔三三〕墻生蒿。在陳糧豈絶〔三四〕，逾陘〔三五〕路則遥。新堂俯浩瀚，故山陟嶕嶢〔三六〕。清凉〔三七〕緬南襟，汝潁〔三八〕絶東標。縱窮百泉〔三九〕勝，焉養孫登高〔四〇〕？太息讀遺文，彼亦各所遭。抉摘時俗髓，清言故滔滔。誰能緘熱淚，而以餔餘糟〔四一〕。葺亭倂野史，没命隨幕僚。〔四二〕不知改物〔四三〕後，咀墨〔四四〕仍何抄。去人近千載，精爽猶昭昭。乃知是與非，真氣常芔包〔四五〕。園林風雨多，吾意甘寂寥。因君動芒角〔四六〕，夜燭光亦摇。卷書命濁醪，壘塊須一澆〔四七〕。丘山醉則平，莊蝶〔四八〕方吾招。

【繫年】

詩道光十三年（一八三三）四月下旬作於南京。

【注釋】

〔一〕歸潛志：記述金朝史實的私家著作，共十四卷。金末劉祁撰。元末編修金史，即以歸潛志爲史源之一。

〔二〕劉祁：字京叔，號神川遯士，渾源今山西渾源人。生於金章宗泰和三年（一二〇三），卒於元定宗海迷失后二年（一二五〇）。高祖劉撝，號南山翁，金初天會元年（一一二三）詞賦進士。父劉從益，官至御史大夫、應奉翰林文字。自幼隨父宦居汴京，弱冠舉金進士，廷試失意，閉户讀書。所著古賦雜説等詩文，爲時賢趙秉文、李純甫等所賞識。汴京陷，北歸，躬耕自給，額所居室曰「歸潛」。元太宗十年戊戌試，魁西京，選充考試官。後從征南行臺拈合珪至相下，凡七年而歿，年四十八。劉祁好三蘇之文，爲學能自刻厲。有神川遯士集二十卷，今未見傳本，清顧嗣立輯元詩選，在二集編録劉祁詩九首，題作神川遯士集。另著處言四十三篇、歸潛志十四卷等，并編選詩總集泰山雅咏。生平見金史劉從益傳附其事。

〔三〕代北：古地區名。泛指漢、晋代郡和唐以後代州北部或以北地區。當今山西北部及河北西北部一帶。

〔四〕騫騰：地位上升。

〔五〕史記太史公自序：「遷爲太史令，紬史記石室金匱之書。」紬，綴集也。

〔六〕輶軒：文選張協七命：「語不傳於輶軒，地不被乎正朔。」李善注引風俗通：「秦周常以八月輶軒使采異代方言，藏之秘府。」

〔七〕畬：同「謡」。

〔八〕發憤：史記太史公自序：「詩三百篇，大抵賢聖發憤之所爲作也。」

〔九〕金章：金章玉句，華麗的詩文。

〔一〇〕文翰：文章，文辭。

〔一一〕墨子卷九：「孔某盛容脩飾以蠱世，弦歌鼓舞以聚徒，繁登降之禮以示儀，務趨翔之節以勸衆。」

〔一二〕大柄：禮記禮運：「是故禮者，君之大柄也，所以别嫌明微，儐鬼神。考制度，别仁義。」鄭玄注：「柄，所操以治事。」謂禮爲人君持以治國之本。後以「大柄」喻握以治事的大權。歸潛志卷一：「金海陵庶人讀書有文才，爲藩王時，嘗書人扇云：『大柄若在手，清風滿天下。』人知其有大志。」

〔一三〕胥徒：周禮天官序官：「胥，十有二人，徒，百有二十人。」鄭玄注：「此民給徭役者，若今衛士矣。

胥，讀如如謂，謂其有才知，爲什長。」

〔一四〕仰鼻息：後漢書袁紹傳：「袁紹孤客窮軍，仰我鼻息，譬猶嬰兒在股掌之上，絶其哺乳，立可餓殺。」後因以「仰人鼻息」謂依靠別人而求得生存。此引申爲迎合別人的意旨。

〔一五〕端拱：閑適自得，清静無爲。晋書阮孚傳：「日月自朗，臣亦何可爝火不息？正應端拱嘯咏，以樂當年耳。」

〔一六〕「金章侈文翰」六句：歸潜志卷十二辯亡：「然學文止于詞章，不知講明經術爲保國保民之道，以圖基祚久長。又頗好浮侈，崇建宫闕，外戚小人多預政，且無志聖賢高躅，陰尚夷風；大臣惟知奉承，不敢逆其所好，故上下皆無維持長世之策，安樂一時，此所以啓大安、貞祐之弱也。衛王苛吝，不知人君體，不足言。已而强敵生邊，賊臣得柄，外内交病，莫敢療理。宣宗立于賊手，本懦弱無能，性頗猜忌，懲權臣之禍，恒恐爲人所摇，故大臣宿將有罪，必除去不貸。其遷都大梁可謂失謀。向使守關中，猶可以數世，況南渡之後，不能苦心刻意如越王勾踐志報會稽之羞，但苟安幸存以延歲月。由高琪執政後，擢用胥吏，抑士大夫之氣不得伸，文法棼然，無興復遠略。大臣在位者，亦無忘身徇國之人，縱有之，亦不得馳騁。又偏私族類，疏外漢人，其機密謀謨，雖漢相不得預。人主以至公治天下，其分别如此，望群下盡力難哉。故當路者惟知迎合其意，謹守簿書而已。爲將者，但知奉承近侍以偷榮幸寵，無效死之心。倖臣貴戚，皆據要職于一時，士大夫一有敢言、敢爲者，皆投置散地。此所以啓天興之亡也。末帝奪長而立，出于愛私。雖資不殘酷，然以聖智自處，少爲黠吏時全所教，用術取人，雖外示寬宏以取名，而内實淫縱自肆。且諱言過惡，喜聽諛言，又闇于用人，其將相止取從來貴戚。雖不殺大臣，其驕將多難制不馴。況不知大略，臨大事輒退怯自沮，此所以一遇勍敵而不能振也。」

〔一七〕唐韓愈爭臣論：「視政之得失，若越人之視秦人之肥瘠，忽焉不加喜戚於其心。」

〔一八〕毫毛：莊子山木：「故朝夕賦斂，而毫毛不挫。」猶絲毫，極小或很少。

〔一九〕膺擊：孟子滕文公篇：「魯頌曰：戎狄是膺。」趙岐注：「膺，擊也。」

〔二〇〕金歿於蔡州今河南汝南。

〔二一〕桓桓：尚書牧誓：「勗哉夫子！尚桓桓。」孔傳：「桓桓，武貌。」

〔二二〕程將軍：歸潛志卷六：「完顔中郎將陳和尚，字良佐，兄斜烈，畢里海世襲猛安也。忠義勇敢著名。嘗陷北朝，亡歸，擢帥壽泗，威望甚重。性好士，幕府延致文人。改安平都尉。嘗憤鬱無所施，發病死。良佐從其兄在軍中，勇冠一時。嘗坐擅殺人，將抵死，上奇其材，特赦之。爲忠孝軍總領，擢禦侮中郎將。天興改元，北兵入河南，良佐從完顔合打力戰鈞臺，軍敗被擒，不屈死。」

〔二三〕晋書苻堅載記：「苻堅字永固，一名文玉，雄之子也。……城中有書曰古符傳賈録，載『帝出五將久長得』。先是，又謡曰：『堅入五將山長得。』堅大信之，告其太子宏曰：『脱如此言，天或導予。今留汝兼總戎政，勿與賊争利，朕當出隴收兵運糧以給汝。天其或者正訓予也。』於是遣衛將軍楊定擊沖於城西，爲沖所擒。堅彌懼，付宏以後事，將中山公詵、張夫人率騎數百出如五將，宣告州郡，期以孟冬救長安。……堅至五將山，姚萇遣將軍吴忠圍之。堅衆奔散，獨侍御十數人而已。神色自若，坐而待之，召宰人進食。俄而忠至，執堅以歸新平，幽之於别室。……堅既不許萇以禪代，罵而求死，萇乃縊堅於新平佛寺中，時年四十八。」

〔二四〕晋書苻登載記：「登字文高，堅之族孫也。……初，登之東也，留其弟司徒廣守雍，太子崇守胡空堡。廣、崇聞登敗，出奔，衆散。登至，無所歸，遂奔平涼，收集遺衆入馬毛山。興率衆攻之，登遣子汝陰王宗質于隴西鮮卑乞伏乾歸，結婚請援，乾歸遣騎二萬救登。登引軍出迎，與興戰于山南，爲興所敗，登被殺。」

〔二五〕遺山：元好問（一一九〇—一二五七），字裕之，號遺山。太原秀容今山西忻州人，金末元初著名文學家、歷史學家、文壇盟主。

〔二六〕史記鄭世家十二：「莊公元年，封弟段於京，號太叔。祭仲曰：『京大於國，非所以封庶也。』莊公曰：『武姜欲之，我弗敢奪也。』段至京，繕治甲兵，與其母武姜謀襲鄭。二十二年，段果襲鄭，武姜爲内應。莊公發兵伐段，段走。伐京，京人畔段，段出走鄢。鄢潰，段出奔共。於是莊公遷其母武姜於城潁，誓言曰：『不至黄泉，毋相見也。』居歲餘，已悔思母。潁谷之考叔有獻於公，公賜食。考叔曰：『臣有母，請君食賜臣母。』莊公曰：『我甚思母，惡負盟，奈何？』考叔曰：『穿地至黄泉，則相見矣。』於是遂從之，見母。」

〔二七〕南朝宋劉義慶世説新語言語：「孔融被收，中外惶怖。時融兒大者九歲，小者八歲。二兒故琢釘戲，了無遽容。融謂使者曰：『冀罪止於身，二兒可得全不？』兒徐進曰：『大人豈見覆巢之下，復有完卵乎？』尋亦收至。」

〔二八〕探湯：探試沸水。比喻艱難痛苦之境。

〔二九〕歸潛志卷一四録崔立碑事：「崔立既變，以南京降，自負其有救一城生靈功，謂左司員外郎元裕之曰：『汝等何時立一石，書吾反狀邪？』時立國柄入手，生殺在一言，省庭日流血，上下震悚，諸在位者畏之，於是乎有立碑頌功德議。數日，忽一省卒詣予家，齎尚書禮房小帖子云：『首領官召赴禮房。』予初愕然，自以布衣不預事，不知何謂，即往至省。門外遇麻信之，予因語之。信之曰：『昨日見左司郎中張信之言，鄭王碑事欲屬我輩作，豈其然邪？』即同入省禮房。省掾曹益甫引見首領官張信之、元裕之二人曰：『今鄭王以一身救百萬生靈，其功德誠可嘉。今在京官吏、父老欲爲立碑紀其事，衆議屬之二君，且已白鄭王矣，二君其無讓。』予即辭曰：『祁輩布衣無職，此非所當爲。況有翰林諸公如王丈從之及裕之輩在，祁等不敢。』裕之曰：『此事出於衆心，且吾曹生自王得之，爲之何辭？君等無讓。』予即曰：『吾當見王丈論之。』裕之曰：『王論亦如此矣。』予即趨出，至學士院，見王丈，時修撰張子忠、應奉張元美亦在焉。予因語其事，且曰：『此實諸公職，某輩何與焉？』王曰：『此事議久矣，蓋以院中人爲之，若尚書檄學士院作，非出於在京官吏、父老心，若自布衣中爲之，乃衆欲也。且子未仕，在布衣，今士民屬子，子爲之亦不傷於義也。』余於是陰悟諸公自以仕金顯達，欲避其名以嫁諸布衣。又念平生爲文，今而遇此患難，以是知揚子雲劇秦美新，其亦出於不得已邪？因遜讓而别。連延數日，又被督促。知不能辭，即略爲草定，付裕之。一二日後，一省卒來召云：『諸宰執召君。』余不得已，赴省。途中，遇元裕之騎馬索予，因劫以行，且拉麻信之俱往。初不言碑事，止云省中召王學士諸公會飲，余亦陰揣其然。既入，即引詣左參政幕中，見參政劉公謙甫舉杯屬吾二人曰：『大王碑事，衆議煩公等，公等成之甚善。』余與信之俱遜讓曰：『不敢。』已而，謙甫出，見王丈在焉，相與酬酢。酒數行，日將入矣，余二人告歸。裕之曰：『省門已鎖，今夕既飲，當留宿省中。』余輩無如之何，已而燭至，飲餘，裕之倡曰：『作鄭王碑文，今夕可畢手也。』余曰：『有諸公在，諸公爲之。』王丈謂余曰：『此事鄭王已知衆人請太學中名士作，子如堅拒，使王知諸生輩不肯作，是不許其以城降也，則銜之以刻骨，縉紳俱受禍矣。是子以一人累衆也。且子有老祖母、老母在堂，今一觸其鋒，禍及親族，何以爲智，子熟思之。』予惟以非職辭。久之，且曰：『予既爲草定，不當諸公意，請改命他人。』諸公不許，促迫甚。予知其事無可奈何，則曰：『吾素不知館閣體，今夕諸公共議之，如諸公避其名，但書某名在諸公後。』於是裕之引紙落筆草其事。王丈又曰：『此文姑使裕之作以爲君作又何妨？且君集中不載亦可也。』予曰：『裕之作政宜，某復何言？』碑文既成，以示王丈及余。信之欲相商評，王丈爲定數字。其銘詞則王丈、裕之、信之及存予舊數言。其碑序全裕之筆也。然其文止實叙事，亦無褒稱立言。時夜幾四鼓，裕之趣曹益甫書之，裕之即於燭前焚其稿。遲明，予輩趨去。後數日，立坐朝堂，諸宰執首領官共獻其文以爲壽，遂召余、信之等俱詣立第受官。余輩深懼見立。俄而，諸首領官齎告身三通以出，付余輩曰：『特賜進士出身。』因爲余輩賀。後聞求巨石不得，省門左舊有宋徽宗時甘露碑，有司取而磨之，工書人張君庸者求書。刻方畢，北兵入城縱剽，余輩狼狽而出，不知其竟能立否也？嗟乎！諸公本畏立禍，不敢不成其言。已而又欲避其名以賣布衣之士。余輩不幸有虛名，一旦爲人之所劫，欲以死拒之則發諸公嫁名之機，諸公必怒，怒而達崔立，禍不可測，則吾二親何以自存？吾之死，所謂自經於溝瀆而莫之知，且輕殺吾身以憂吾親爲大不孝矣，況身未禄仕，權義之輕重，親莫重焉，故余姑隱忍保身爲二親計，且其文皆衆筆，非余全文，彼欲嫁名于余，余安得而辭也？今天下士議往往知裕之所爲，且有曹通甫詩，楊叔能詞在，亦不待余辯也。因書其首尾之詳，以志少年之過。空山静思，可以一笑。」

〔三〇〕歸潛志卷一一録大樑事：「廿有一日，忽聞執政召在京父老、士庶計事，詣都堂，余同麻革潛衆中以聽。……余語麻革，將出而白前事。革言：『莫若以奏記密陳。子歸草之，吾當共上也。』余以是退，將明日同革獻書。其夕，頗聞民間稱有二西南崔都尉、藥招撫者將起事，衆皆曰：『事急矣，安得無人？』予既歸，夜草書，備論其事。遲明，懷以詣省庭，且邀革往。自斷此事系完顔氏存滅，且以救余民，雖死亦無愧矣。是旦，大陰晦，俄雨作，余姑避民間。忽聞軍馬聲，市人奔走相傳曰：『達靼入城矣。』余知事已不及，遂急歸。路聞非北兵，蓋西南兵變，已圍尚書省矣。」

〔三一〕南史筆：左傳襄公二十五年：「太史書曰：『崔杼弒其君。』崔子殺之。其弟嗣書而死者二人；其弟又書，乃捨之。南史氏聞太史盡死，執簡以往；聞既書矣，乃還。」後漢書臧洪傳：「昔晏嬰不降志於白刃，南史不曲筆以求存，故身傳圖像，名垂後世。」

〔三二〕揚雄嘲：漢書揚雄傳下：「時雄方草太玄，有以自守，泊如也。或嘲雄以玄尚白，而雄解之，號曰解嘲。」

〔三三〕王屋：帝王宮殿。

〔三四〕論語衛靈公：「（孔子）在陳絶糧，從者病，莫能興。子路愠，見曰：『君子亦有窮乎？』子曰：『君子固窮，小人窮斯濫矣。』」後因以「在陳之厄」指饑貧等困境。

〔三五〕逾陘：周禮秋官司寇野廬氏：「禁野之横行徑逾者。」鄭玄注：「徑逾，射邪趨疾，越堤渠也」孔穎達疏：「徑謂不遵道而射邪趨疾。逾，越也，謂越堤渠者也。」

〔三六〕嶕嶢：峻峭，高聳。

〔三七〕清凉：山西忻州清凉山。

〔三八〕汝潁：汝河、潁河。

〔三九〕百泉：河南輝縣蘇門山百泉，又名珍珠泉。

〔四〇〕晋書嵇康傳：「至汲郡山中見孫登，康遂從之游。登沈默自守，無所言説。康臨去，登曰：『君性烈而才雋，其能免乎！』」後康果爲鍾會所害。

〔四一〕餔糟：楚辭漁父：「衆人皆醉，何不餔其糟而歠其釃？」比喻屈志從俗，隨波逐流。

〔四二〕金史文藝傳下元好問：「晚年尤以著作自任，以金源氏有天下，典章法度幾及漢唐，國亡史作，已所當任。時金國實録在順天張萬户家，乃言於張，願爲撰述，既而爲樂夔所沮而止。好問曰：『不可令一代之迹泯而不傳。』乃搆亭於家，著述其上，因名曰『野史』。……纂修金史，多本其所著云。」

〔四三〕改物：改變前朝的文物制度。多指改正朔、易服色。此因以指改朝换代。

〔四四〕咀墨：嚼墨噴紙。晋葛洪神仙傳班孟：「班孟者，不知何許人。……又能吞墨，舒紙著前，嚼墨噴之（紙），皆成文字，滿紙各有意義。」後用以稱善爲文者。

〔四五〕卄包：舉包，包舉也。總括，包括。

〔四六〕芒角：棱角，指人的鋒芒或鋭氣。

〔四七〕南朝宋劉義慶世説新語任誕：「阮籍胸中壘塊，故須酒澆之。」

〔四八〕莊蝶：莊子齊物論：「昔者莊周夢爲胡蝶，栩栩然胡蝶也。自喻適志與，不知周也。俄然覺，則蘧蘧然周也。不知周之夢爲胡蝶與，胡蝶之夢爲周與？周與胡蝶，則必有分矣。此之謂物化。」

哭翰風〔一〕

懷君歲云莫，題詩無便郵。期君歸蓉湖〔二〕，濬宕續前游。人生有聚散，所重在白頭。老得共①晨夕，壯别何足愁？落落六七人，半已歸山丘。潮聲暨陽〔三〕郭，雨意淮東樓。獨對冶城〔四〕望，雲飛去何遒？願爲從風翼，永謝楫與輈。亹亹〔五〕日月逝，渺渺魚龍秋〔六〕。喜發包君〔七〕書，中讀涕淚稠。弦歌資三徑〔八〕，非君意所求。魂魄安桐鄉，社食亦不羞。〔九〕奈何捐故人，一面無再謀？長聚無四旬，小别星再周。丹旐〔一〇〕縱或瞻，笑言安可留？因君邁高步〔一一〕，余亦念前修〔一二〕。中歲痛污染，甫思濯清流。伏處念良箴，衍篋〔一三〕窮冥搜。豈伊懷妙筆，藥石庶有瘳？轉觸沈郎哀〔一四〕，董生亦云休〔一五〕。想君雲旗舉，與之結綢繆〔一六〕。逝者苟永存，餘年吾豈不。傳聞道路堅，亦有金穀〔一七〕憂。引領睎北風〔一八〕，憑心繞南州〔一九〕。西華昔所嘆〔二〇〕，况已千載悠。猶子〔二一〕阻中塗，靈輀〔二二〕詎輕投？細弱〔二三〕百餘指〔二四〕，誰爲行者掫〔二五〕？念此如沃涫〔二六〕，雪涕〔二七〕焉能收？

【繫年】清包世臣皇敕授文林郎山東館陶縣知縣加五級張君墓志銘：「道光十三年三月十二，山東知館陶縣事陽湖張君卒于官，以是年十一月初六葬白門之能山。」詩曰「亹亹日月逝」，故詩道光十三年（一八三三）四月底或五月初作於南京。

【校勘】

㊀「共」：底本作「其」，據常州先哲遺書後編本改。

【注釋】

〔一〕翰風：張琦（一七六四—一八三三），字翰風。參詩卷一虹橋舟中飲餞贈别翰風張二，即題芙蓉湖莊畫卷注釋〔一〕。

〔二〕蓉湖：參詩卷七歲晏立春，雨雪不已，感念存殁，自慰索居，各序之云爾十六首注釋〔三九〕。

〔三〕暨陽：江蘇江陰舊稱。

〔四〕冶城：南京。

〔五〕亹亹：楚辭九辯：「時亹亹而過中兮，蹇淹留而無成。」王逸注：「亹亹，進貌。」

〔六〕魚龍秋：唐杜甫秦州雜詩之一：「水落魚龍夜，山空鳥鼠秋。」杜修可注引水經注：「魚龍以秋日爲夜。龍秋分而降，蟄寢於淵，故以秋日爲夜也。」

〔七〕包君：包世臣。

〔八〕三徑：宋書陶潛傳：「親老家貧，起爲州祭酒，不堪吏職，少日，自解歸。州召主簿，不就。躬耕自資，遂抱羸疾，復爲鎮軍、建威參軍。謂親朋曰：『聊欲弦歌，以爲三徑之資，可乎？』執事者聞之，以爲彭澤令。」

〔九〕漢書循吏傳朱邑：「（朱邑）少時爲舒桐鄉嗇夫，廉平不苛，以愛利爲行，未嘗笞辱人，存問耆老孤寡，遇之有恩，所部吏民愛敬焉。……初邑病且死，屬其子曰：『我故爲桐鄉吏，其民愛我，必葬我桐鄉。後世子孫奉嘗我，不如桐鄉民。』及死，其子葬之桐鄉西郭外，民果共爲邑起冢立祠，歲時祠祭。」後因以爲官吏在任行惠政，有遺愛之典。桐鄉，在今安徽桐城北。春秋時爲桐國，漢改桐鄉。

〔一〇〕丹旐：丹旌。舊時出喪所用的紅色銘旌。

〔一一〕高步：猶高蹈，指隱居。

〔一二〕前修：猶前賢。

〔一三〕衍篋：即篋衍，盛物竹器。

〔一四〕沈郎哀：沈欽韓道光十一年（一八三一）卒。

〔一五〕董士錫道光十一年（一八三一）卒。

〔一六〕綢繆：文選吴質答東阿王書：「奉所惠貺，發函伸紙，是何文采之巨麗，而慰喻之綢繆乎！」吕延濟注：「綢繆，謂殷勤之意也。」

〔一七〕金穀：錢財和糧食。

〔一八〕古詩十九首行行重行行：「胡馬依北風，越鳥巢南枝。」胡馬，北方之馬。詩人托物以喻意，後遂以「北風之戀」喻對故土的懷念。

〔一九〕後漢書徐稚傳：「徐稚字孺子，豫章南昌人也。……及林宗有母憂，稚往弔之，置生芻一束於廬前而去。衆怪，不知其故。林宗曰：『此必南州高士徐孺子也。』」後用爲禮遇嘉賓之典實。南州指豫章郡。

〔二〇〕南史任昉傳：「（昉）子西華冬月葛帔練裙，道逢平原劉孝標，泫然矜之，謂曰：『我當爲卿計。』」因作廣絶交論以譏其舊交。後因「西華葛帔」指人情勢利，交道不終。

〔二一〕猶子：侄子。

〔二二〕靈輀：喪車。

〔二三〕細弱：妻子兒女，泛指家屬。

〔二四〕百餘指：唐元結元魯縣墓表：「不頌之，何以戒占田千夫、室宇千柱、家童百指之徒也哉！」百指，猶言十口，十個人。

〔二五〕掫：巡夜打更。

〔二六〕沃涫：通「沃沸」，以湯沃沸，義同以湯沃沸。

〔二七〕雪涕：晶瑩淚珠。

小暑後作㊀

一雨農氣蘇，晴日復已積。頗見雲爲霓〔一〕，屯膏〔二〕吝灑淅〔三〕。艱食〔四〕本人事，豈盡恃天澤？胡不謀灌溉，無乃自玩愒〔五〕？老農惻愴〔六〕言，合作鮮通力。客作〔七〕誠可雇，安可得雇值？自從三年來，稠疊〔八〕遇煎逼。妻孥〔九〕身上衣，丈夫口中食。野菜挑已無，草根掘豈得？

三朝冀一飽，糠覈〔一〇〕來遠乞。去年遭仍饑，緩賦今歲率。每煩詛號〔一一〕吏，來入懸罄室〔一二〕。煢煢小兒女，臨去啼繞膝。汝去陌上塵〔一三〕，汝留溝中瘠〔一四〕。別離非不苦，意外儻一活。不見荒春頭〔一五〕，死者相枕籍〔一六〕。宿麥間有收，栽插甫得畢。平生氣力盡，所剩但嘘息。長者復有詞，加我游惰責。俯顔對槁苗，無語淚偷滴。

【繫年】

詩道光十三年（一八三三）小暑後作，於南京或揚州暫不可考。

【校勘】

㊀「作」：底本無，據常州先哲遺書後編本補。

【注釋】

〔一〕雲爲霓：孟子梁惠王下：「民望之，若大旱之望雲霓也。」趙岐注：「霓，虹也，雨則虹見，故大旱而思見之。」孫奭疏：「雲霓，虹也。」

〔二〕屯膏：周易屯：「九五，屯其膏。」程頤傳：「唯其施爲有所不行，德澤有所不下，是屯其膏，人君之屯也。」屯，吝嗇；膏，恩澤。後因以「屯膏」謂恩澤不施於下。

〔三〕灑淅：通「灑析」。即「析灑」，披散貌。喻風雨飄散。

〔四〕艱食：糧食匱乏。

〔五〕玩愒：「玩歲愒日」「玩時愒日」的略語。謂貪圖安逸，曠廢時日。

〔六〕惻愴：哀傷。

〔七〕客作：雇工，傭保。

〔八〕稠疊：稠密重疊，密密層層。

〔九〕妻孥：亦作「妻帑」。詩經小雅常棣：「宜爾家室，樂爾妻帑。」毛傳：「帑，子也。」

〔一〇〕糠覈：亦作「糠籺」。史記陳丞相世家：「人或謂陳平曰：『貧何食而肥若是？』其嫂嫉平之不視家生產，曰：『亦食糠覈耳。』」裴駰集解：「孟康曰：『麥糠中不破者也。』晉灼曰：『覈音紇，京師謂粗屑爲紇頭。』」

〔一一〕[illegible]號：號叫。

〔一二〕懸罄室：亦作「懸磬室」。左傳僖公二十六年：「齊侯曰：『室如縣罄，野無青草。何恃而不恐？』」杜預注：「時夏四月，今之二月，野物未成，故言居室而資糧縣盡，在野則無蔬食之物，所以當恐。」楊伯峻注：「磬之懸掛，中高而兩旁下，其間空洞無物。百姓貧乏，室無所有，雖房舍高起，兩檐下垂，如古磬之懸掛者然也。」

〔一三〕陌上塵：晉陶淵明雜詩：「人生無根蒂，飄如陌上塵。」

〔一四〕溝中瘠：亦省作「溝瘠」。荀子榮辱：「是其所以不免於凍餓，操瓢囊爲溝壑中瘠者也。」指因貧窮而困厄或死於溝壑的人。

〔一五〕荒春頭：青黃不接的春季。

〔一六〕枕籍：亦作「枕藉」。物體縱橫相枕而卧。言其多而雜亂。

出郭步天寧〔一〕、重寧寺〔二〕後

出郭行散憂，乃涉蒿與蓴〔三〕。水鳥喧㪷〔四〕枝，長蘿逾垝垣。昔者所丹刻〔五〕，斑駁猶間存。刺天芊〔六〕屋椽，其上井藻〔七〕髡。哀湍瀉驚杜〔八〕，森竹束感元〔九〕。古意豈獨摯，物態馮精魂。彳亍〔一〇〕過周墉，列罫〔一一〕何廣輪〔一二〕。黽勉藝瓜豆，民色痗〔一三〕且昏。一池供環汲，中涸生莎蕢〔一四〕。群植萃豈免，羨彼生逢原。側聞滄江波，日逐東流翻。圩塍又滈減〔一五〕，辛卯〔一六〕事忍言？天膏施有時，地液淫不鍵。山澤農并㊀勞，田廬焉可轅？頳陽〔一七〕逼西崦〔一八〕，雲脚〔一九〕相温暾〔二〇〕。仰睎甘澤兆，俯憂新漲痕。吾年餘五十，得饔不須飧。樣櫟〔二一〕云可茹，長饑何足論。溝瘠〔二二〕顧在懷，誰能割斯恩？良牧〔二三〕謀芻茭，前聞期式尊〔二四〕。

【繫年】

詩道光十三年（一八三三）七月作於揚州。

【校勘】

㊀「并」：常州先哲遺書後編本作「幷」。

【注釋】

〔一〕天寧：揚州天寧禪寺。
〔二〕重寧寺：在揚州。
〔三〕蕁：類似蒿的叢生草。
〔四〕㪍：同「壞」。
〔五〕丹刻：丹楹刻桷。左傳莊公二十三年：「秋，丹桓宫楹。」又莊公二十四年：「春，王三月，刻桓宫桷。」紅漆的柱子與刻有花紋的椽子，形容屋宇華麗精美。
〔六〕芉：艸木叢生。
〔七〕井藻：藻井。中國傳統建築中室内頂棚的獨特裝飾部分。一般做成向上隆起的井狀。
〔八〕唐杜甫玉華宫：「陰房鬼火青，壞道哀湍瀉。」哀湍，凄清的急流。
〔九〕唐元稹和東川李相公慈竹十二韻：「慈竹不外長，密比青瑶華。矛攢有森束，玉粒無蹉跎。」
〔一〇〕彳亍：小步走，走走停停貌。
〔一一〕列罫：方罫，整齊的方格形。清李斗揚州畫舫録草河録上引清馬曰琯畢園詞：「廢池吹縠，野田方罫，著眼都如畫。」
〔一二〕廣輪：廣袤。
〔一三〕痗：痗然，憂傷貌。
〔一四〕莎蕡：莎草和蕡草。
〔一五〕湢滅：當爲「汩㓕」，水疾流貌。

〔一六〕辛卯：道光十一年（一八三一），是年大水。
〔一七〕頹陽：落日。
〔一八〕西崦：崦嵫山。傳説中的日落處，此泛指西山。
〔一九〕雲脚：雲彩。
〔二〇〕温暾：亦作「温燉」。微暖，不冷不熱。
〔二一〕樣櫟：清焦循毛詩草木鳥獸蟲魚釋卷六：「杼，實名樣。櫟，實名梂。」
〔二二〕溝瘠：指因貧窮而困厄或死於溝壑的人。參詩卷七小暑後作注釋〔一四〕。
〔二三〕良牧：賢能的州郡長官。
〔二四〕式尊：效法。

釣　翁〔一〕

疏林半欲脱，枉渚〔二〕望全空。鳧雁無人意，葭蘆落日風。餘波沈竈〔三〕後，盡室〔三〕小船中。莫道堪圖畫，翻來羨釣翁。

【繫年】

詩道光十三年（一八三三）秋作於揚州。

【繫年】

①「釣翁」：底本奪，據常州先哲遺書後編本補。

【注釋】

〔一〕枉渚：彎曲之渚。

〔二〕沈竈：沈竈產蛙。亦作「沈竈生蛙」。國語晉語九：「（趙襄子）乃走晉陽，晉師圍而灌之，沈竈產蛙，民無畔意。」韋昭注：「沈竈，懸釜而炊也。產蛙，蛙生於生竈也。蛙，蝦蟆也。」竈淹没於水中，日久致孳生青蛙。形容水患嚴重

〔三〕盡室：全家。

舟行聞犬吠

寂寂炊烟斷，冥冥〔一〕落日渾。偶然有人意，饑犬吠空村。

【繫年】

詩道光十三年（一八三三）秋作於揚州。

【注釋】

〔一〕冥冥：昏暗。

横塘〔一〕曲

觀光橋〔二〕下水，依前南北流。莫唱横塘曲，行人先自愁。雲起横塘山，雨打横塘樹。行人問雨師〔三〕，莫是横塘住？横塘在何處，乃在石湖〔四〕邊。吹破姜夔笛〔五〕，無人説可憐。不見大雪花〔六〕，砰訇〔七〕擊雷鼓〔八〕。生憎賀鬼頭〔九〕，唱出黄梅雨〔一〇〕。

【繫年】

詩道光十三年（一八三三）夏作於蘇州。

【注釋】

〔一〕横塘：古堤名，在蘇州。

〔二〕觀光橋：清馮桂芬同治蘇州府志光緒九年刊本卷三十五府城外吴縣治橋：「觀光橋，三拱，今圮。」

〔三〕雨師：傳説中掌管雨的神。

〔四〕石湖：在蘇州西南。

〔五〕南宋姜夔惜紅衣水漲横塘：「水漲横塘，風吹白雨，柳亭側佇。浪湧波翻，重涯失柔櫓。吴魚嶺雁潜匿，料今時、空漠無數。惆悵徘徊，嗟荒城孤旅。清觴自舉，歷歷先年，杯中又相遇。高林掩蔽草舍，笛聲縷。窗外鳥兒雲集，歌響滿天飛舞。看杏腮嬌媚，金獸香薰佳句。」

〔六〕雪花：唐高正臣晦日置酒林亭：「柳翠含烟葉，梅芳帶雪花。」

〔七〕砰訇：象聲詞，迅雷聲。

〔八〕雷鼓：指雷，雷声。

〔九〕賀鬼頭：賀鑄。宋陸游老學庵筆記卷八：「賀方回狀貌奇醜，色青黑而有英氣，俗謂之賀鬼頭。喜校書，朱黄未嘗去手。詩文皆高，不獨攻長短句也。潘邠老贈方回詩云：『詩束牛腰藏舊稿，書訛馬尾辨新讎。』有二子，曰房、曰稟。於文，『房』從方，『稟』從回，蓋寓父字於二子名也。」

〔一〇〕南宋賀鑄青玉案：「凌波不過横塘路，但目送、芳塵去。……試問閒愁都幾許？一川烟草，滿城風絮，梅子黄時雨。」

同人泛舟游吾與庵〔一〕，即事有述

扁舟向斜溪，雜樹導遠目。霜風不入山，往往有遺緑。琳宫〔二〕乍結構，門外寫寒玉。入門見闍黎，精神頗渟滀〔三〕。先友沈文起，遺文在可讀。〔四〕别來近廿載，抵死未一握。今觀所書文，心痛稍欲哭。文起耽著書，通古以正俗。攻難〔五〕若救鬥〔六〕，擊斷〔七〕類折獄。莊語〔八〕梟弗諧，所志在膏馥〔九〕。其或有宗仰，如竇鼠謂璞。〔一〇〕茲聞平湖誰，雅意將刻木。〔一一〕身死書見珍，誰云死非福？不然雙蛾眉，所至厭謡諑。〔一二〕同心一二子，脛短不可續。〔一三〕因詢好事人，姓氏盍余〔一四〕屬。僧笑而不言，烏能度其腹。日晚登西樓，山文〔一五〕美而曲。其横聯翔鸞〔一六〕，其縱鋌走鹿〔一七〕。其上寺益多，其僧轉刺促〔一八〕。揮手命榜師〔一九〕，歸歟棹須速。

【繫年】

詩道光十三年（一八三三）秋作於蘇州。

【注釋】

〔一〕吾與庵：清馮桂芬同治蘇州府志光緒九年刊本卷四十寺觀二：「吾與庵，在支硎山下，舊名善英庵，天台僧際風易今額。國朝道光元年，里人建鐘樓，沈欽韓記。三年置常住田五十三畝。」

〔二〕琳宫：仙宫。亦爲道觀、殿堂之美稱。此指吾與庵。

〔三〕渟滀：彙聚貌。

〔四〕沈文起欽韓有吾與庵鐘樓記。

〔五〕攻難：質疑詰難。

〔六〕救鬥：勸解鬥毆。

〔七〕擊斷：專斷，决斷。
〔八〕莊語：嚴正的議論，正經話。
〔九〕膏馥：本爲脂膏的香味，借喻對詩文的美好的回味。
〔一〇〕戰國策秦策三：「鄭人謂玉未理者璞。周人謂鼠未臘者樸。周人懷樸過鄭賈曰：『欲買樸乎？』鄭賈曰：『欲之。』出其樸視之，乃鼠也。因謝不取。」
〔一一〕清彭潤章修、清葉廉鍔纂光緒平湖縣志光緒十二年刊本卷十七：「小重山館書目，六册，胡惠孚。未刊，佚。惠孚，錢天樹婿。天樹精賞鑒，所購諸書，皆天樹過目，内寫本居十之六，餘多宋元精刻及國朝諸名人手校之册。錢警石曝書雜記甚稱之。」詩中「平湖某」，蓋即錢天樹也。刻木，即刻板，即雕板（印書）。
〔一二〕謡諑：楚辭離騷：「衆女嫉余之蛾眉兮，謡諑謂余以善淫。」王逸注：「謡，謂毁也。諑，猶譖也。」洪興祖補注：「言衆女競爲謡言，以譖愬我。」
〔一三〕莊子駢拇：「是故鳧脛雖短，續之則憂；鶴脛雖長，斷之則悲。」唐劉知幾史通浮詞：「蓋鳧脛雖短，續之則悲，史文雖約，增之反累。」
〔一四〕盍余：闔廬（前五一四—前四九六），春秋末吴國國君，姬姓，名光。
〔一五〕山文：同「山紋」，山的紋理。
〔一六〕翔鸞：飛鸞。
〔一七〕鋌走鹿：鋌鹿，快速奔逃的鹿。
〔一八〕刺促：忙碌急迫，勞碌不休。
〔一九〕榜師：船夫。

附：清沈欽韓幼學堂詩文稿嘉慶十八年刻、道光八年增修本卷六吾與庵鐘樓記

在昔卿大夫家之有鐘磬也，非以爲飾也，辨其等以備其物，備其物而致其禮。身之度，家之政，一由於禮，而共器爲貴且重。末世以禮爲患苦，人若疲馬，決銜頓轡，去之惟恐不速，而冠昏享祭之禮盡亡。禮亡，器不可以梠然於堂階，于是樂懸并亡。而釋氏者獨瞰先王制作之本原，得其妙用，變其名號，舉夫禮與器而奄有之。信乎，儒者之無人，而釋氏之支别未艾也，何以明其然耶？釋氏之教，不怒而衆自肅，不煩而事自舉。養尊處優，而其旅莫之僭；因材任能，而其職無不舉：此非得禮之治辯，孰能群處？不争乎如是，而旦暮作息，一聽於鐘鼓。其器誠爲貴且重，不推其本，而議其迹，則僧伽三衣非冠裳也。膜拜擎拳，非揖讓也；犍椎梵唄，非聲歌也；儒者哆然言禮，立于闐闠，曾不足以解妻妾之喧，而惡乎呰其異爲。江浙之間，佛法淵藪，名叢林數十，而杭州理安稱精嚴。吾與庵者，理安長老澄谷退歸之所，道俗向慕寂而猶音，後人念實奉其教誡，一如理安之規，獨闕朝暮之具，力不及此。于是善宿陸厶具金募工，鼓排不三月，鐘成，權三十鈞，而羸樓庵之東偏隙地以落之，則石厶倡之，衆力鳩之，始于道光辛巳秋九月，畢於壬午春二月。久而董博士國琛諗欽韓爲記。

竊念古者吏與民視若一體，堤防溝渠興作之事，爲吏者歲滿課殿最而已。其久遠利害，一受諸民；然長民者德化未孚，雖以是號於民，民聱然莫之應也。彼佛以慈力和合衆心，能使鼓舞歡喜不厭，乃僧家蒙庥享成，非大宏其道，不足以報佛恩，而堅衆志向也。無其力而闕之，此邦人之責，僧無與焉；有其器而使之貴且重，維僧之事，邦人亦無與焉。若其感應拯拔之説，僧當爲衆言，某無庸爲僧言也。八月壬寅朔記。

宿暨陽書院〔一〕五日，既別，却寄申耆〔二〕

忽忽三十年，我復來暨陽。雨雪何雱雱〔三〕，登我執友〔四〕堂。執友別十年，鬢髮則已蒼。含輝久益媚，空谷滿蘭芳。執手無寒暄，但問業所將。導我視壁間，渾蓋〔五〕左右張。爲言述曆算，自漢以迄明。其所以疏密，一一言其方。又有輿地圖，沿革十四更。每更輒追溯，乃至秦始皇。弟子四五人，各各擅所長。索居此爲歡，焉覺歲月唐〔六〕。三才〔七〕必通經，乃得以儒名。先生其庶幾，而我目屢瞠。知時愧家鷄〔八〕，畫地迷建章〔九〕。徒攻典午〔一〇〕書，操莛一寸强〔一一〕。時時有扞格〔一二〕，伯也呼載將〔一三〕。安得長相從，療我聾與盲。

【繫年】

詩道光十三年（一八三三）冬作於江陰。

【注釋】

〔一〕暨陽書院：在江蘇江陰。清盧文弨常郡八邑藝文志光緒十六年刻本卷四之下趙曦明暨陽書院新栽花木記：「今書院之建，肇自前邑侯高苑蔡公。歲己卯，閣學晉寧李公視學江蘇，因斥而大之，更舊題之『澄江』爲『暨陽』。」清陳延恩等修道光江陰縣志道光二十年刊本卷之五李因培興建書院記：「暨陽有書院自元始，州人蔡以忠創之。修西山之學，聞於朝，賜名澄江書院。許北、郭恕爲山長，益用實學厲多士，士風以振。厥後漸廢弛，至明遂圮。三百餘年，莫能復建。雍正乙卯，青州蔡進士澍尹是邦，始考故址，創講堂三楹，而規制未備，物力亦不支。乾隆乙亥歲，予奉命視學江南。至暨陽，既入學釋奠，退而臨視書院，則湫隘無以供游息。念書院原輔學校所不及，使學者習焉安焉，相觀而善。今力既不足延明師，無由作育人才，廣國家德意，心滋恧焉。迨已卯春，爰進都人士周諮僉以爲非改作莫能振興，非捐輸莫由集事，以一邑之餘力，養佳子而陶成之計，莫便於此。乃即故講堂拓而大之，相陰陽，審面勢，門庭堂廡以次繕完，黝堊丹漆以時備，具費至若干緡，復以其餘力置田若干頃爲久遠計。於是規模始立。已，復爲諸生求師，得錢塘盧紹弓學士。」同上陶澍重修暨陽書院增置沙田記：「江陰之有書院，肇於元人蔡以忠。初以澄江爲名，自明逮我朝，遷建屢矣。乾隆三十年，學使滇南李公因培拓而大之，改題曰『暨陽書院』，閱今六十載，復就頽廢，生徒充數。道光三年，湘潭周公系英以户部侍郎來視學，慨然思所以振興之，捐廉倡葺，復諭蕭令瑾檢核濱江沙漲之田三千餘畝，議購充經費，遴委縣丞姚儲履畝勘丈。未竣事，而周公卒於任。余來蘇時，屢諭王署令澐及姚丞以勉竟厥緒，規程一切，則致書山長李先生兆洛，俾衡定焉。」

〔二〕申耆：李兆洛（一七六九—一八四一），字申耆。參詩卷一懷友人并序注釋〔二七〕。

〔三〕雱雱：雨雪盛貌。

〔四〕執友：禮記曲禮上：「僚友，稱其弟也。執友，稱其仁也。交游，稱其信也。」鄭玄注：「執友，志同者。」此指李兆洛。

〔五〕渾蓋：渾天説與益天説的并稱。

〔六〕唐：唐捐。虛耗，虛擲。

〔七〕三才：舊唐書劉子玄傳：「禮部尚書鄭惟忠嘗問子玄曰：『自古以來，文士多而史才少，何也？』對曰：『史才須有三長，世無其人，故史才少也。三長謂才也，學也，識也。」

〔八〕三國志魏書方伎傳管輅傳注：「(管輅)常云：『家鷄野鵠，猶尚知時，况於人乎？』」

〔九〕晋書張華傳：「武帝常問漢宫室制度及建章千門萬户，華應對如流，聽者忘倦，畫地成圖，左右屬目。」建章，建章宫。三輔黄圖漢宫：「武帝太初元年，柏梁殿灾。粤巫勇之曰：『粤俗，有火灾即復大起屋，以厭勝之。』帝於是作建章宫，度爲千門萬户。宫在未央宫西，長安城外。」

〔一〇〕典午：三國志蜀書譙周傳：「周語次，因書版示立曰：『典午忽兮，月西没兮。』典午者，謂司馬也；月西者，謂八月也。至八月而文王(司馬昭)果崩。」晋帝姓司馬氏，後因以「典午」指晋朝。

〔一一〕典出「寸莛撞鐘」。漢東方朔答客難：「以管窺天，以蠡測海，以莛撞鐘，豈能通其條貫，考其文理，發其音聲哉。」用草莖打鐘，毫無聲響。比喻才識淺陋的人向高明的學者發問，得不到回答。

〔一二〕扞格：抵觸，格格不入。

〔一三〕典出「將伯之助」。詩經小雅正月：「載輸爾載，將伯助予。」毛傳：「將，請也；伯，長也。」孔穎達疏：「請長者助我。」後因以「將伯」稱别人對自己的幫助或向人求助。

歸舟讀惜抱軒集〔一〕，賦寄毛生甫嶽生〔二〕

久聞小毛公〔三〕，昨日始見之。鬚眉一何美，倜儻而權奇〔四〕。其中廓然虚，名理吐妙詞。世賢競撏摭〔五〕，吹索古垢疵〔六〕。自喜一得愚〔七〕，奮筆争丹雌〔八〕。將非實事心，乃與求是違〔九〕。毛生卅年學，渾化〔一〇〕糠與秕。畛域〔一一〕平漢宋〔一二〕，道遠行不歧。坐忘臧穀羊〔一三〕，默識犬豹姿[一四]。惟誠故不息，可以自得師。况有惜抱翁[一五]，善誘如塤篪[一六]。吾生豈云晚，折節則已遲。大雅[一七]舍我去，餘芳焉可追？舟居阻風水，發策深長思。

【繫年】

詩道光十三年（一八三三）冬作。

【注釋】

〔一〕惜抱軒集：清姚鼐撰。凡文集十六卷，文後集十卷，詩集十卷，詩後集一卷，詩外集一卷。

〔二〕毛生甫嶽生：毛嶽生（一七九一—一八四一），字生甫，上海寶山人。嘗從姚鼐游，工詩古文辭。著有休復居詩文集十二卷。

〔三〕小毛公：毛嶽生與父毛際盛并稱小、大毛公。

〔四〕權奇：形容人智謀出衆。

〔五〕撏撦：猶撏撦。宋劉攽中山詩話：「祥符、天禧中，楊大年、錢文僖、晏元獻、劉子儀以文章立朝，爲詩皆宗尚李義山，號『西崑體』，後進多竊義山語句。賜宴，優人有爲義山者，衣服敗敝，告人曰：『我爲諸館職撏撦至此。』聞者懽笑。」拉撕剥取。特指在寫作中對他人的著作率意割裂，取用。

〔六〕韓非子大體：「古之全大體者……不吹毛而求小疵，不洗垢而察難知。」吹開皮上的毛，尋找裏面的毛病。比喻刻意挑剔過失或缺點。

〔七〕一得愚：晏子春秋内篇雜下景公以晏子食不足致千金而晏子固不受第十八：「聖人千慮，必有一失；愚人千慮，必有一得。」對自己意見的謙詞。猶言一點膚淺的見解。

〔八〕丹雌：丹黄。舊時點校書籍用朱筆書寫，遇誤字，塗以雌黄，故稱點校文字的丹砂和雌黄爲丹黄。

〔九〕漢書河間獻王劉德傳：「河間獻王德以孝景前二年立，修學好古，實事求是。」顏師古注：「務得事實，每求真是也。」

〔一〇〕渾化：渾然化一，融爲一體。明王守仁傳習録卷中：「來書云：質美者，明得盡，查滓便渾化。」

〔一一〕畛域：比喻成見或宗派情緒。

〔一二〕漢宋：漢學和宋學。

〔一三〕典出「臧穀亡羊」。莊子駢拇載：「臧與穀，二人相與牧羊而俱亡其羊。問臧奚事，則挾筴讀書；問穀奚事，則博塞以游。二人者，事業不同，其於亡羊均也。」後因以爲典，喻事不同而實則一。

〔一四〕豹姿：舊指君子的儀容。晋書石季龍載記論：「季龍心味德義，幼而輕險，假豹姿於羊質，騁梟心於狼性，始懷怨懟，終行簒奪。」

〔一五〕惜抱翁：清姚鼐字姬傳，一字夢谷，室名惜抱軒，世稱惜抱先生、姚惜抱。

〔一六〕塤篪：亦作「壎篪」「塤箎」。詩經小雅何人斯：「伯氏吹壎，仲氏吹篪。」毛傳：「土曰壎，竹曰篪。」鄭玄箋：「伯仲，喻兄弟也。我與女恩如兄弟，其相應和如壎篪，以言俱爲王臣，宜相親愛。」孔穎達疏：「其恩亦當如伯仲之爲兄弟，其情志亦當如壎篪之相應和。」

〔一七〕大雅：德高而有大才之人。此指姚鼐。

龍潭〔一〕道中

有婦蓬頭雙脚赤，有兒鼻涕垂一尺。揮鋤奮築河壖〔二〕地，寒日幾中未皇〔三〕食。客來勞問何辛勤，欲説淚陊〔四〕先沾臆：「前年水灾壞圩岸，百里青秧成一白。去年水落未得耕，八口〔五〕扶携遠行乞。今年歸看舊田廬，勉掘荒畦補圩缺。敧斜〔六〕屋瓦不暇整，結草〔七〕覆體營耕植。朝朝望苗復望秀，香收白華黄見粒。腹饑幸已得眼飽〔八〕，鄰里相慶重生活。清霜瑟瑟飛八月，白露苦雨無休歇。海潮逆上江不東，那更救護須糾結。抽椽作杙扉作板，惟有取土嗟無術。連畦揠稻誰敢嗔，所冀十一存千百〔九〕。寧知水志〔一〇〕有成例，不潰堤防終不泄。夜半驚聞風雨聲，哀號那禁魚龍〔一一〕入。即今隆冬已數九，舉眼茫茫尚如昔。惟餘近水出數弓〔一二〕，那不争先種麰麥。山頭昨夜飛凍雪，堤上柳葉還含碧。早聞雷電動潛陽，農占〔一三〕米貴民多疾。」江南生養二百載，和氣〔一四〕滂薄成淫僻。小懲大誡〔一五〕造物仁，不見古者遭鋒鏑？且將筋力補沈菑〔一六〕，况聞蠲緩多恩澤。民惟自怨不怨天，長者幸爲搜奇策。」我聞此語心骨〔一七〕熱，我亦游惰〔一八〕煩天責。少年不幸忝科第，怕宰百里〔一九〕貪安逸。荷戈思作萬里行，撫劍終然一夫敵〔二〇〕。齏鹽〔二一〕分定安可强？多事持籌〔二二〕争逆億〔二三〕。人生精力苦有限，强壯年華供浪擲。竭來〔二四〕齒髮行就衰，始欲補過嗟何及。小儒章句亮足耻〔二五〕，德薄敢望言能立？汗顔對彼莫置詞，寫作歌詩志吾失。

【繫年】

據詩中「前年水灾壞圩岸，百里青秧成一白。去年水落未得耕，八口扶携遠行乞」，知詩道光十三年（一八三三）冬作於長江中龍潭洲。

【注釋】

〔一〕龍潭：元張鉉至正金陵新志至正四年刊本卷之六：「龍潭洲。在城西南九十五里，周迴一十五里。」

〔二〕河壖：亦作「河堧」。河邊地。

〔三〕未皇：未遑。

〔四〕陊：同「墮」，落。

〔五〕八口：孟子梁惠王上：「百畝之田，勿奪其時，八口之家可以無飢矣。」指一家人。

〔六〕攲斜：同「攲邪」。傾斜，不正。

〔七〕結草：構造簡陋的茅屋。

〔八〕眼飽：形容看得多感到滿足。

〔九〕文選陸機嘆逝賦：「親落落而日稀，友靡靡而愈索；顧舊要於遺存，得十一於千百。」李善注：「言顧久要於遺存之中，得十一於千百之内。」「十一存千百」，存十一於千百。謂亡多而存少。

〔一〇〕水志：記載河道水系的書籍。

〔一一〕魚龍：魚和龍。泛指鱗介水族。

〔一二〕弓：舊時丈量地畝的計算單位。一弓等於五尺。

〔一三〕國語周語上：「古者太史順時覛土，陽癉憤盈，土氣震發，農祥晨正。」韋昭注：「農祥，房星也。農事之候，故曰農祥。」

〔一四〕和氣：古人認爲天地間陰氣與陽氣交合而成之氣。萬物由此「和氣」而生。

〔一五〕小懲大誡：周易繫辭下：「小人不耻不仁，不畏不義，不見利不勸，不威不懲；小懲而大誡，此小人之福也。」

〔一六〕沈菑：漢書揚雄傳上：「灑沈菑於豁瀆兮，播九河於東瀕。」顔師古注：「(菑)，古灾字也。沈灾，洪水也。」

〔一七〕心骨：猶心，内心。

〔一八〕游惰：亦作「游墮」。游蕩懶惰。

〔一九〕百里：古時一縣所轄之地。因以爲縣的代稱。

〔二〇〕史記項羽本紀：「劍一人敵，不足學，學萬人敵。」

〔二一〕齏鹽：亦作「虀鹽」。齏鹽指人吃飯只配鹹菜和鹽。形容非常窮困。

〔二二〕持籌：手持算籌。多指理財或經商。

〔二三〕逆億：猜想，預料。

〔二四〕竭來：猶言來。歸來，來到。

〔二五〕宋陳亮龍川文集永康胡氏退補齋刊本卷十經書發題詩經：「聖人之於詩，固將使天下復性情之正，而得其平施於日用之間者。乃區區於章句訓詁之末，豈聖人之心也哉！」

寫瓊臺觀瀑圖贈雲槎孫二〔一〕甲午

昔我聞瓊臺〔二〕，馳想色已變。靈芝出幽谷，亭亭上霄漢。迂塗陟對山，乃若俯據案。始知此高深，不可尋丈算。側足躡虛危，咫踵劣厝半。飛泉穿雲來，縹緲難近玩。欲到隔一城，絶壁卧龍見。蒼苔垂鬖髿〔三〕，露脊白比綫。升仙斯爲橋，俗骨耻自獻。清淮〔四〕無部塿〔五〕，山腹〔六〕饑欲眩。放筆成此圖，屠門〔七〕且三咽。

【繫年】

據詩題下「甲午」，詩道光十四年（一八三四）春作於淮安。

【注釋】

〔一〕雲槎孫二：清許喬林於道光九年重陽節曾作詩已丑重九張怡齋明府謙招同孫雲槎司馬、朱竹坪大令、陶柳村别駕、楊玉堂廣文、黄小莎孝廉、蔡問梅文學、方琴舫茂才、洪竹田上舍集小琅玕館，分韻得重字。孫雲槎當即孫吉昌。孫氏與許桂林、許喬林兄弟、李汝珍爲好友。孫吉昌有繪圖鏡花緣題辭松石歌：「是書初成，手香行者曾題百韻詩記其事，附刊卷首，故同人咸有題辭盛舉。兹以是書出自松石道人之手，復作松石歌一首，洵稱雙璧。爰復二十八字，以志欽佩：鏡花水月是前身，松石青蓮不染塵。笑我漆園蝴蝶夢，廿年勞苦作書人。」清潘衍桐兩浙輶軒續録光緒十七年浙江書局刻本卷三十四：「孫吉昌，字訒齋，號手香，錢塘人，著訒齋詩存。

浦承恩曰：『手香僑寓邗江，好擊劍、走馬作萬里游，有吟癖，其詩多美麗，爲時所稱。』清王豫淮海英靈續集道光刻本庚集卷五：「孫吉昌，字手香，號訒齋，錢塘人，甘泉籍布衣，著訒齋詩存。手香爲名父夢餘先生之子，以高士袁竹室爲師，廣文應叔雅、大令金振之爲友，故詞旨新雋，筆力矯健，迴異凡響。」

〔二〕瓊臺：明釋無盡天台山方外志要卷二：「瓊臺、雙闕兩山。自崇道觀西北行二里，至元應真人祠，由真人祠取道仙人迹，經龍潭側凡五里，至瓊臺；轉南三里，至雙闕，皆翠壁萬仞，森倚相向。孫綽賦所謂『雙闕雲竦以夾道，瓊臺中天而危居』是也。」

〔三〕髣髴：比喻草木枝叶散乱貌。

〔四〕清淮：清江與淮城的合稱，即今淮安市。

〔五〕部婁：亦作「培塿」。左傳襄公二十四年：「部婁無松柏。」杜預注：「部婁，小阜。」

〔六〕山腹：山腰。

〔七〕屠門：漢桓譚新論：「人聞長安樂，則出門西向而笑，肉味美，對屠門而嚼。」比喻欣羡而不能得，聊爲已得之狀以自慰。

爲海峰〔一〕題華秋岳〔二〕泰山雲海圖

世間雲海無地無，但要清曉升天衢。我昔見之龍池〔三〕頂，欲雨未雨六月冷。松竹徐爲荇藻沈，岩巒直是圭璋挺。巉山〔四〕之顛復飽看，江日將升忽匿景〔五〕。茫茫一白仍奔騰，多少驪龍抱珠〔六〕醒。低昂起伏無定姿，不信山如仁者静〔七〕。三見乃在縹緲峰〔八〕，游絲珠絡初玲瓏。恍疑地鏡〔九〕連八水，纖秀忽變爲沈雄。坐吞三萬六千頃〔一〇〕，嘘噏一氣生青紅。獨登泰岱日亭午〔一一〕，日觀〔一二〕盤陀〔一三〕風帶舞。求仙念不到蓬瀛，問俗空勞指齊魯。蕩蕩〔一四〕青天無片雲，一一都堪掌中數。此生未了名山願，天目〔一五〕天都〔一六〕要親辨。漫士〔一七〕房山〔一八〕絶代人，何時爲爾開生面。

【繫年】

詩道光十四年（一八三四）春作於淮安。

【注釋】

〔一〕海峰：徐登鰲字子切，一字墨南，號海峰。嘉慶壬申諸生，道光壬午舉人，江浦教諭，著有虚白堂詩草。清邱沅修、清段朝端纂宣統續纂山陽縣志民國十年刻本卷二人物：「道光間以授徒稱大師者推登鰲居首，風範方嚴，門弟子多魁春秋榜。性極孝，母往戚家，登鰲必往日省，然後赴塾，寒暑無間。選江浦教諭，大吏檄查賑，登鰲至灾户家，必就視煁竈，驗其舉火與否，無濫無漏。以瞶疾歸，主講阜寧表海書院，士林敬畏。年七十六卒。」

〔二〕華秋岳：華嵒（一六八二—一七五六），一作華岩，字德嵩，更字秋岳，號白沙道人、新羅山人、東園生、布衣生、離垢居士等，老年自喻「飄篷者」，福建上杭人，後寓杭州。工畫人物、山水、花鳥、草蟲，脱去時習，力追古法，寫動物尤佳。善書，能詩，時稱「三絶」，爲清代傑出繪畫大家，揚州畫派的代表人物之一。清徐珂清稗類鈔藝術類華秋岳賣畫：「道光時，華秋岳嵒在京賣畫，顧知者鮮。一日，有人以名人字畫求售，視之，無佳品，將返之，瞥見包畫之紙亦爲畫殘，似甚佳，異而視，即己之畫也。華帳嘆萬狀，遂浩然出都。」

〔三〕龍池：龍池山，在江蘇宜興。

〔四〕繖山：南京棲霞山，古稱繖（傘）山，又稱攝山。參詩卷二奇伶歌并序注釋〔二六〕。

〔五〕匿景：遁陰匿景。隱藏形迹。

〔六〕驪龍抱珠：莊子列禦寇：「夫千金之珠，必在九重之淵，而驪龍頷下。子能得珠者，必遭其睡也。」

〔七〕論語雍也：「子曰：『知者樂水，仁者樂山。知者動，仁者静；知者樂，仁者壽。』」

〔八〕縹緲峰：蘇州西山主峰。

〔九〕地鏡：本謂地面的積水。此代太湖。

〔一〇〕明王士性廣志繹卷之二兩都：「太湖三萬六千頃，山環七十二峰，中有洞庭兩山，亦名包山，下有洞穴，潛行水底，九疑、衡岳無所不通，號爲地肺。」

〔一一〕亭午：正午。

〔一二〕日觀：北魏酈道元水經注汶水引漢應劭漢官儀：「泰山東南山頂名曰日觀。日觀者，鷄一鳴時，見日始欲出，長三丈許，故以名焉。」

〔一三〕盤陀：曲折回旋貌。

〔一四〕蕩蕩：廣大貌，博大貌。

〔一五〕天目：天目山，在浙皖交界處。

〔一六〕天都：安徽黄山最高峰。

〔一七〕漫士：不受世俗約束的文人。宋鄧椿畫繼卷三：「襄陽漫士米黻，字元章，嘗自述云：『黻即芾也』，即作芾。」故米芾多有稱米漫士、襄陽漫士者。此特指米芾。

〔一八〕房山：高克恭（一二四八—一三一〇）字彦敬，號房山。畫山水初學二米，後學董源、李成筆法，專取寫意氣韻，亦擅長墨竹，與文徵明并馳，造詣精絶。

風雨後看小桃雜感五首

開才幾日經風雨，澹不成裝雜笑啼。楊柳若知人念遠，肯將青過畫廊西？

弄粉調朱畫却休，好風閒過十三樓〔一〕。無多幾日飄風絮，便不征塗也自愁。

細糝梅英不可尋，隔墻荒塚緑應深。一窗斜日還披卷，輪與春風閲古今。

九十春光〔二〕七十過，眼前剩有小枝柯。長江不斷閒舟楫，廿八番〔三〕邊住幾多。

直道〔四〕花源〔五〕也易窮，即今斷岸〔六〕少殘紅。醒來午枕聽鷄犬，漠漠閑雲澹澹風。

【繫年】

詩道光十四年（一八三四）春作於淮安。

【注釋】

〔一〕十三樓：亦稱十三間樓。宋周淙乾道臨安志樓：「十三間樓去錢塘門二里許，蘇軾治杭日，多治事於此。」此泛指供游樂的名樓。

〔二〕九十春光：春季三个月，共九十天。此指春天的美好光景。

〔三〕廿八番：明袁宏道袁中郎全集明崇禎刊本卷二十八十二月十七日五弟初度：「任運閱年光，不識支干易。但聞臘梅香，知弟生辰至。二十八番花，一開一回麗。讀盡古人書，識遍天下事。家世安國學，鐵硯工文字。無射不穿楊，一往看聯轡。屈指兔目花，黄時甫再歲。千里宿春糧，養就天池翅。」

〔四〕直道：大路，正路。

〔五〕花源：「桃花源」的省稱。晋陶潜作有桃花源記。後遂用以指避世隱居的地方，亦指理想的境地。

〔六〕斷岸：江邊絶壁。

寓居黎襄勤公祠堂〔一〕瞻拜感賦三首

奠定十三載〔二〕，兹功豈幸成？移山驅帝女〔三〕，沈玉〔四〕動川精。祇覺難供職，焉知竟易名〔五〕？摳衣〔六〕祠下拜，感激到書生。

箕尾〔七〕朝元〔八〕日，支祁脱鎖年〔九〕。沈菑〔一〇〕歸浩劫，搔首〔一一〕對農田。潮汐應無改，陰晴亦未愆。蒼生嗟薄祜〔一二〕，無計贖斯賢。

大海停飛挽〔一三〕，連艘候灌塘。策從奇後險，謀賴集時良。秦瘠終非越〔一四〕，堯年或勝湯。十年思獻吊，多愧到斯堂。

【繫年】

黎世序卒於一八二四年，「十年思獻吊，多愧到斯堂」，正道光十四年（一八三四）。故詩道光十四年（一八三四）春作於淮安。

【注釋】

〔一〕黎襄勤公祠堂：即黎公祠。清胡裕燕修、清吴昆田纂光緒清河縣志光緒二年刊本卷三：「黎公祠在先農壇東南。道光九年建。祀總河黎世序。」黎襄勤公，黎世序（一七七二—一八二四），字景和，號湛溪，幼名承惠，謚襄勤。河南羅山人。清水利學家、經學家。嘉慶元年（一七九六）進士。

〔二〕十三載：黎世序嘉慶十七年（一八一二）任南河總督，道光四年（一八二四）卒於任，正十三載。

〔三〕山海經山經：「又北二百里，曰發鳩之山。其上多柘木。有鳥焉，其狀如烏，文首白喙赤足，名曰精衛。其名自詨。是炎帝之少女，名曰女娃。女娃游于東海，溺而不返，故爲精衛。常銜西山之木石，以堙東海。」

〔四〕沈玉：古代祭水時，把玉沉於水中。

〔五〕易名：古時帝王、公卿、大夫死後朝廷爲之立謚號。

〔六〕摳衣：管子弟子職：「已食者作，摳衣而降，旋而鄉席，各徹其餽，如於賓客。」提起衣服前襟。古人迎趨時的動作，表示恭敬。

〔七〕箕尾：騎箕尾，亦作「騎箕翼」「騎箕」。莊子大宗師：「傅説得之，以相武丁，奄有天下，乘東維，騎箕尾，而比於列星。」傅説一星，在箕星、尾星之間，相傳爲傅説死後升天而化。後因以指游仙。亦代指去世。

〔八〕朝元：亦作「朝玄」。道教徒朝拜老子。此代指去世。

〔九〕唐李肇唐國史補卷上：「楚州有漁人，忽於淮中釣得古鐵鎖，挽之不絶，以告官，刺史李陽大集人力引之。鎖窮，有青獼猴躍出水，復没而逝。後有驗山海經云：『水獸好爲害，禹鎖于軍山之下，其名曰無支奇。』」支祁，無支祁，亦作「無支奇」「無支祈」，古代傳説中淮水水怪名。

〔一〇〕沈菑：洪水。參詩卷七龍潭道中注釋〔一七〕。

〔一一〕搔首：以手搔頭。焦急或有所思貌。

〔一二〕薄祜：福氣微少。

〔一三〕飛挽：漢書主父偃傳：「又使天下飛芻輓粟。」顔師古注：「運載芻槁，令其疾至，故曰飛芻也。輓謂引車船也。」

〔一四〕唐韓愈爭臣論：「視政之得失，若越人之視秦人之肥瘠，忽焉不加喜戚於其心。」比喻痛癢與己無關。

題梅生〔一〕寄廬燈影圖〔二〕并序

聞詩過庭〔三〕，與玄造膝〔四〕，耳提面命十有餘載，學不能通一經，材不能成一器，唐擲〔五〕歲月，恬嬉燕游。甫計貽令〔六〕，二毛已戴；濟之隱恨，没齒何贖？梅生兄弟陟岵〔七〕髫齓之年，綿葛〔八〕渭陽〔九〕之宅。侍績紡以終夜，篝燈火以繼晷。所遇之艱，十倍下走〔一〇〕，而能卓犖自樹。上古下今，躬磨圭璧之玷，氣吐雲霞之色。抽豪〔一一〕則千樸并削，借箸〔一二〕則累銖〔一三〕靡爽。然後盡交當世之賢達，發揚前人之懿美，何其盛哉！齧指〔一四〕萬里，銜哀一苦〔一五〕，復土〔一六〕灑其滂沱〔一七〕，攀柏〔一八〕感其蕉萃〔一九〕。親無憾焉，友則愧矣。旅人善懷〔二〇〕，重嬰斯感，凄然命燭，泫然成篇。資明鏡以鑒媸，倚玉樹〔二一〕而彰穢。

教兒望兒賢，親心誰不爾？望兒嗔兒頑，兒頑豈知此？嚴父况遠游，嬌兒侍慈母。母依舅以居，母憂焉得已？軋軋寒機鳴，寒聲出母指。熒熒燈火光，伴兒書幃裏。一更二更兒氣壯，清切書聲激雲上。三更四更兒氣衰，兒倦抛書母暗悲。母悲兒倦天欲曙，慈烏〔二二〕啞啞〔二三〕噪庭樹。烏飛會有返哺時，學成不成未可知。一朝振翮破空去，母鬢那復存烏絲？蕭家兄弟報章〔二四〕異，冰蜆〔二五〕龍鬚〔二六〕五紋罽〔二七〕。杼柚精嚴段匹長，量裁妥帖總紇〔二八〕細。著出剛教誇萬口，織成獨自憐雙臂。斑衣〔二九〕滿身霞，麻衣〔三〇〕滿身雪。娱親苦日短，思親無終極。畫師解畫當年人，難畫當年心上血。

【繫年】

詩當道光十四年（一八三四）春作於淮安。

【注釋】

〔一〕梅生：蕭令裕（？—一八五四），字梅生，又作枚生，子問。清毛嶽生休復居詩集道光二十四年黄氏西溪草廬本卷二與清河蕭子問令裕别五歲，頃相見江寧，作詩二首奉贈，并寄令弟子敬。原名光裕。清淮安府清河縣今清河區人，一生主要在淮安榷關、廣州海關、兩廣總督府擔任文案及幕僚，晚年任山東鹽運司經歷，未及赴任。著有清河疆域沿革表、淮榷志遺、寄生館集、英吉利記、粤東市舶論等。

〔二〕寄廬燈影圖：錢仲聯清詩紀事嘉慶朝卷錢儀吉條引夢苕盦詩話：『蕭枚生寄廬鐙影圖云：『奇士清裁遇合疏，曠觀天地一蘧廬。海南風霧江南雨，但映寒鐙自著書。』俱清勁逼宋人。塵土之氣，洗鍊殆盡。李愛伯日記謂其斧鑿痕太多，未能名家，非確論也。」

〔三〕論語季氏：「鯉趨而過庭，曰：『學詩乎？』對曰：『未也。』『不學詩，無以言。』鯉退而學詩。他日又獨立，鯉趨而過庭，曰：『學禮乎？』對曰：『未也。』『不學禮，無以立。』鯉退而學禮。」後因以「過庭」指承受父訓或徑指父訓。

〔四〕南朝宋劉義慶世説新語品藻：「郗嘉賓道謝公：『造厀雖不深徹，而纏綿綸至。』」玄，謝玄。造厀，本指促膝。此引申爲談論，切磋。

〔五〕唐擲：唐捐。虚耗，虚擲。

〔六〕令：令名。

〔七〕陟岵：詩經魏風陟岵：「陟彼岵兮，瞻望父兮。」此借指父親謝世。

〔八〕綿葛：詩經王風葛藟：「綿綿葛藟，在河之滸。」後以「葛藟」借指流亡他鄉。

〔九〕渭陽：詩經秦風渭陽：「我送舅氏，曰至渭陽。」朱熹集傳：「舅氏，秦康公之舅，晋公子重耳也。出亡在外，穆公召而納之。時康公爲太子，送之渭陽而作此詩。」此代稱舅父。

〔一〇〕下走：漢書蕭望之傳：「若管晏而休，則下走將歸延陵之皋。」顏師古注：「下走者，自謙言趨走之役也。」

〔一一〕抽豪：抽毫，抽筆出套，借指寫作。

〔一二〕借箸：史記留侯世家：「食其未行，張良從外來謁。漢王方食，曰：『子房前！客有爲我計橈楚權者。』具以酈生語告，曰：『於子房何如？』良曰：『誰爲陛下畫此計者？陛下事去矣。』漢王曰：『何哉？』張良對曰：『臣請藉前箸爲大王籌之。』」後因以「借箸」指爲人謀劃。

〔一三〕累銖：寸積銖累，點滴積纍。

〔一四〕齧指：晋干寶搜神記卷八感應篇曾子：「曾子從仲尼，在楚而心動。辭歸，問母，曰：『思之齧指。』孔子聞之曰：『曾之至誠也，精感萬里。』」同卷周暢：「周暢少孝，獨與母居。每出入，母欲呼之，常自齧其手，暢即應手痛而至。治中從事未之信，候暢時在田，母齧手，而暢即歸。」表示思念深切。

〔一五〕儀禮既夕禮：「居倚廬，寢苦枕塊。」賈公彦疏：「孝子寢卧之時，寢於苦以塊枕頭，必寢苦者，哀親之在草；枕塊者，哀親之在土云。」

〔一六〕復土：周禮地官小師徒：「大喪，帥邦役，治其政教。」鄭玄注：「喪役，正棺引窆復土。」賈公彦疏：「復土者，掘坎之時，掘土向外，下棺之後，反復此土，以爲丘陵，故云復土。」

〔一七〕滂沱：涕泗滂沱。詩經陳風澤陂：「寤寐無爲，涕泗滂沱。」謂淚如雨下。

〔一八〕攀柏：晋書王裒傳：「(哀)痛父非命，未嘗西向而坐，示不臣朝廷也。於是隱居教授，三徵七辟皆不就。廬于墓側，旦夕常至墓所拜跪，攀柏悲號，涕淚著樹，樹爲之枯。」後以「攀柏」爲悼念亡親之典故。

〔一九〕蕉萃：同「憔悴」。

〔二〇〕善懷：詩經鄘風載馳：「女子善懷，亦各有行。」鄭玄箋：「善，猶多也。懷，思也。」朱熹集傳：「善懷，多憂思也。」

〔二一〕南朝宋劉義慶世説新語容止：「魏明帝使后弟毛曾與夏侯玄共坐，時人謂『蒹葭依玉樹』。」蒹葭，指毛曾；玉樹，指夏侯玄。謂兩個品貌極不相稱的人在一起。後以「蒹葭玉樹」表示地位低的人仰攀、依附地位高貴的人，亦常用作謙辭。

〔二二〕慈烏：烏鴉的一種。相傳此鳥能反哺其母，故稱。

〔二三〕啞啞：象聲詞。禽鳥鳴聲。

〔二四〕報章：詩經小雅大東：「雖則七襄，不成報章。」毛傳：「不能反報成章也。」鄭玄箋：「不如人織相反報成文章。」此引申爲文采；文章。

〔二五〕冰蜆：當作「冰繭」。冰蠶所結的繭。常用作普通蠶繭的美稱。

〔二六〕龍鬚：草名，莖可織席。

〔二七〕五紋罽：五彩毛氈。

〔二八〕總紽：清張文虎舒藝室餘筆光緒七年刻本卷一：「羔羊詩素絲五紽、素絲五緎、素絲五總，紽、緎、總皆數也。」

〔二九〕斑衣：唐歐陽詢等藝文類聚卷二十引列女傳：「老萊子孝養二親，行年七十，嬰兒自娱，著五色采衣。嘗取漿上堂，跌仆，因卧地爲小兒啼，或弄烏鳥於親側。」後因用「老萊衣」爲孝養父母之詞。

〔三〇〕麻衣：古時喪服。禮記間傳：「又期而大祥，素縞麻衣。」鄭玄注：「謂之麻者，純用布，無采飾也。」

附：清董士錫齊物論齋文集道光二十年江陰暨陽書院刻本卷三蕭氏寄爐燈影圖記

清河蕭光裕梅生者，介而和，舉事識大體，與人交審至而不瀆，卓然一時之俊也。遠游廣東，其弟光業梅江則家居。風骨清挺，學無所不窺也，尤長於詩、古文、詞，下語不襲前人，而鍛煉自善。與余交也久，因得聞其母劉太夫人之賢。每於過從，稱其善養。梅江曰：「子未睹夫寄廬也，昔先子久客京師，方困阸，無以贍家室，賴舅氏樸崖、西樵兩君割宅以處，八口所需，外家焉恃？」時光業尚幼，與伯兄常相課讀，而太夫人則命季弟讀于織所，無閑於風雪，機聲與風雨聲相和，每夜半乃止。如是者殆十年。今光業兄弟稍有以異於昔，而先子棄養，幸構此廬以奉太夫人。行將爲太夫偁觴，太夫人曰：「勿爾。」命繪寄廬燈景圖，以勖光業昆弟，且勿忘舅氏，并以自儆。今圖既成，以文請。

夫自唐以來，母之教往往過於父，非父之拙于教也，富貴之家無論，以其貧賤者，則常奔走衣食。夫士不能家居者，多矣。投其身於數千里之外，衣服飲食一己所給，歲且廑具居。數年有成，而此數年以不復能内顧；即無成，更有忍不言者。

烏乎！此真士之不幸，獨賴士有賢婦，而以今乙太夫人之賢，能養以教，梅江兄弟又能學而有成，此學士大夫之所共欽，作爲詩文，以極咏嘆頌嘆之致，而梅江獨以屬余者，將以是文傳觀於衆氣，爲辭章以紀斯盛，則余又不可辭也。是爲記。

贈孫雲槎[一]一首

連風維塵冥[二]，一雨衆緑蘇。野人[三]蒔菊苗，盆盎羅階除。小者不盈寸，大亦一寸餘。掐摘離其根，江表來淮壖。物土各有宜，兹豈董澤蒲[四]。居然滿生意，新芽茁敷腴[五]。對此感身世，匏繫[六]非吾徒。

萍蹤[七]聚已久，餘春變初夏。衡宇[八]喜相望，清言賞多暇。古人不可見，遺文但揞[九]架。豈真磨旁驢，陳迹躡足跨。[一〇]淋漓含元精[一一]，噴薄糞一瀉。逶迤遵曲防[一二]，盈科[一三]赴王霸。已矣勿復言，山梁雉[一四]初下。

【繫年】

詩曰「餘春變初夏」，故道光十四年（一八三四）初夏作於淮安。

【注釋】

〔一〕孫雲槎：參詩卷七寫瓊臺觀瀑圖贈雲槎孫二注釋〔一〕。

〔二〕維塵冥：詩經小雅無將大車：「無將大車，維塵冥冥。」朱熹集傳：「冥冥，昏晦也。」

〔三〕野人：唐杜甫贈李白：「野人對羶腥，蔬食常不飽。」仇兆鰲注：「野人，公自謂也。」

〔四〕董澤蒲：左傳宣公十二年：「厨武子怒，曰：『非子之求，而蒲之愛。董澤之蒲，可勝既乎！』」杜預

注：「董澤，澤名，河東聞喜縣東北有黄池陂。」清顧棟高春秋大事表春秋輿圖聞喜：「曲沃在縣東二十里，桓叔所封。後爲别都，亦曰新城，曰下國。董在縣東北四十里，即董澤。」

〔五〕敷腴：唐杜甫遣懷：「憶與高李輩，論交入酒壚。兩公壯藻思，得我色敷腴。」仇兆鰲注：「敷腴，喜悦之色。」

〔六〕匏繫：論語陽貨：「吾豈匏瓜也哉！焉能繫而不食？」劉寶楠正義：「匏瓜以不食，得繫滯一處。」後以「匏繫」謂羈滯。此喻不爲時用，賦閑。

〔七〕萍蹤：行蹤飄泊無定。

〔八〕衡宇：簡陋的房屋。晋陶潛歸去來辭：「乃瞻衡宇，載欣載奔。」

〔九〕搘：同「支」，支撑。

〔一〇〕清方浚頤二知軒詩續鈔同治刻本卷五曉起偶成：「弦訝更張誤，棋看打劫新。停鞭還自笑，驢磨迹旋陳。」同上卷六寄别恢垣即次贈行詩韻：「珠璣投贈意何殷？一櫂秋風别海濆。塵世總如驢磨轉，宦途可奈雁行分。」

〔一一〕元精：後漢書郎顗傳：「元精所生，王之佐臣；天之生固，必爲聖漢。」李賢注：「元爲天精，謂之精氣。」

〔一二〕曲防：孟子告子下：「無曲防，無遏糴，無有封而不告。」朱熹集注：「無曲防，不得曲爲堤防，壅泉激水，以專小利，病鄰國也。」

〔一三〕盈科：孟子離婁下：「原泉混混，不舍晝夜，盈科而後進，放乎四海。」趙岐注：「盈，滿；科，坎。」此喻打下堅實基礎。明王守仁傳習録卷上：「爲學須有本原，須從本原上用力，漸漸盈科而進。」

〔一四〕山梁雉：論語鄉黨：「色斯举矣。翔而后集。曰：山梁雌雉，時哉時哉。子路共之，三嗅而作。」劉寶楠正義：「山梁，則山澗中橋，以通人行也。」

禹王臺鐵樹歌和安儀莊都尉〔一〕

安都尉作鐵樹歌，此樹我未親摩挲。傳聞禹王臺上物，不長花葉惟枝柯。〔二〕淮神誤壅淮河水，不遣東流入滄海。倒灌荆塗〔三〕汝潁愁，魚頭夜哭堯心痗〔四〕。司空銜命〔五〕下徐邳，檄召初將置諸李〔六〕。誰知桀傲不易馴，倏弄盤渦沸千里。司空震怒貶童律，别選才臣供任使。庚辰執縛投龜山，樹不生花不容起。〔七〕當時山海圖爲經，囊括六合之精靈。〔八〕後來九鼎借模範，窮奇極怪無藏形。〔九〕神力制神無足異，異此種自何方致？得非烈火燔燒餘，飛牒東王破成例。〔一〇〕驅訶豐隆〔一一〕爐炭熾，作使飛廉〔一二〕鼓鞲鞴〔一三〕。金精〔一四〕鎔液鑪爲恩，剛化至柔生木氣。赤光一注下天河，却向黄泉轉騰厲。鐵芽出土如玉芽，澤下生上偁量細。中匀五丈分幹根，盤互〔一五〕槎枒一時備。構形已定蠲榮枯，雷雨無功霜雪避。不然坐閲年四千，胡弗拏雲出奇勢？高仍三仞大十圍，落落無情老天地。夫差圖霸開邗溝，先引淮水通江流。〔一六〕石門〔一七〕不守連鄭汴，又導黄河下淮甸。熙寧奪泗復奪淮〔一八〕，大禹神功局全變。獨留兹樹鎮淮浦，鎖脱支祁誰救汝？南枝歲歲望南糧，潘靳〔一九〕規隨又千古。會當摧汝爲薪蒸，已見吴剛磨

玉斧。〔二〇〕

【繫年】

詩道光十四年（一八三四）夏作於淮安。

【注釋】

〔一〕安儀莊：儀莊似爲地名，在江蘇無錫。詩曰「安都尉作鐵樹歌」，知其曾官都尉。餘不詳。

〔二〕清謝啓昆樹經堂詩初集嘉慶刻本卷八鐵樹行清江浦禹王臺側：「鑄鐵作樹樹非樹，灌嬰井洗蛟龍腥。南昌靈佑宮鐵樹井，許旌陽鎮蛟處。有樹名鐵鐵非鐵，禹王臺現仙楂形。苔蘚剥蝕鐵花鏽，三株鼎峙同峥嶸。不辨文木幾時種，不知翠葉何年零。灌注淮流隔黄瀆，蒼茫生氣回空冥。深根入土土抱樹，樹化爲石石轉青。歷冬不枯春不榮，扣之錚錚鏗有聲。迷離黑黯來風雨，惝恍劫燒經雷霆。夜半往往作人立，人言其下藏星精。或云武宗昔南狩，曾此繫纜三軍停。積水池頭輿疾返，豹房一閉龍髯升。此樹不救御舟覆，將軍封號殊不經。按：明史武宗漁於清江浦積水池，舟覆溺焉，遂輿疾歸，卒於豹房。然則俗傳此樹有功而封將軍者，未可盡信。桑田變易三百載，稗官野乘安足徵？廟貌巍巍明德馨，隨刊之烈實式憑。支祈神静金鎖扃，或賴此樹驅諸靈。叢祠狐兔不敢鳴，空花刊落孤雲擎。古木丹青畫不到，但聞鏐鐵聲瓏玲。祇園劍林本寓語，嶺南紫蒴嗤同名。嶺南有鐵樹似蒴面紫幹，見放翁詩。靈楷直欲方孔里，大夫義不污秦嬴。倚天拔地無敧傾，長護金堤歌永清。」

〔三〕荆塗：荆山、塗山。荆山，在今安徽懷遠西南。北魏酈道元水經注淮水：「郡國志曰：『平阿縣有當塗山，淮出於荆山之左，當塗之右，奔流二山之間，西揚濤北注之。』」資治通鑑後周世宗顯德四年：「帝馳至荆山洪，距趙步二百餘里。」胡三省注：「荆山在濠州鍾離縣西八十三里，即梁武帝築堰之地，今懷遠軍正治荆山。」塗山，在今安徽懷遠東南、淮河東岸，又名當涂山。左傳哀公七年：「禹合諸侯於塗山，執玉帛者萬國。」杜預注：「塗山在壽春東北。」

〔四〕唐韓愈月蝕詩效玉川子作：「堯呼大水浸十日，不惜萬國赤子魚頭生。」魚頭夜哭，李膺益州記云：「邛都縣下有一老姥，家貧孤獨，每食，輒有小蛇頭上戴角在牀閒，姥憐之飴之。後稍長大，遂長丈餘。令有駿馬，蛇遂吸殺之。令因大忿恨，責（姥）出蛇。姥云在牀下。令即掘地，愈深愈大，而無所見。令又遷怒殺姥。蛇乃感人以靈言嗔令：『何殺我母？當爲母報讎。』此後每夜輒聞若雷若風，四十許日，百姓相見咸驚語：『汝頭那忽戴魚？』是夜方四十里與城一時俱陷爲湖，土人謂之爲『陷河』。唯姥宅無恙，訖今猶存。漁人采捕，必依止宿，每有風浪，輒居宅側，恬静無它。風静水清，猶見城郭樓櫓睪然。今水淺時，彼土人没水取得舊木，堅貞，光黑如漆，今好事人以爲枕相贈。」後以此典指水灾爲患。痗，憂傷成病。

〔五〕司空衔命：尚書舜典：「舜曰：『咨！四岳。有能奮庸熙帝之載，使宅百揆，亮采惠疇？』僉曰：『伯禹作司空。』帝曰：『俞！咨禹，汝平水土，惟時懋哉！』禹拜稽首，讓于稷、契暨皋陶。帝曰：『俞！汝往哉。』」

〔六〕李姓先祖伯翳一作伯益，亦稱大費，恩成父子兩代，曾從大禹治水有功。

〔七〕唐李公佐古岳瀆經：「禹理水，三至桐栢山，驚風走雷，石號木鳴；五伯擁川，天老肅兵，不能興。禹怒，召集百靈，搜命夔龍。桐栢千君長稽首請命，禹因囚鴻蒙氏、章商氏、兜盧氏、犁婁氏。乃獲淮渦水神，名無支祁，善應對言語，辨江淮之淺深，原隰之遠近。形若猿猴，縮鼻高額，青軀白首，金目雪牙，頸伸百尺，力逾九象，搏擊騰踔疾奔，輕利倏忽，聞視不可久。禹授之章律，不能制；授之鳥木由，不能制；授之庚辰，能制。鴟脾、桓胡、木魅、水靈、山祅、石怪，奔號聚遶，以數千載。庚辰以戰逐去。頸鏁大索，鼻穿金鈴，徙淮陰之龜山之足下，俾淮水永安流注海也。庚辰之後，皆圖此形者，免淮濤風雨之難。庚辰之後，皆圖此形者，免淮濤風雨之難。」

〔八〕漢劉歆上山海經表：「山海經者，出於唐虞之際。昔洪水洋溢，漫衍中國，民人失據，崎嶇於丘陵，巢於樹木。鯀既無功，而帝堯使禹繼之。禹乘四載，隨山刊木，定高山大川。益與伯翳主驅禽獸，命山川，類草木，別水土；四嶽佐之，以周四方，逮人迹之所希至，及舟輿之所罕到。内別五方之山，外分八方之海，紀其珍寶奇物，異方之所生，水土草木，禽獸昆蟲麟鳳之所止，禎祥之所隱，及四海之外絶域之國，殊類之人。禹別九州，任土作貢，而益等類物善惡，著山海經，皆聖賢之遺事，古文之著明者也。」

〔九〕史記封禪書：「禹收九牧之金，鑄九鼎。皆嘗亨鬺上帝鬼神。」

〔一〇〕明李江東王公哀十首其六：「豐隆先導欲何之？九土茫茫竟遠離。一子學行還泣乳，兩瞳無主動心悲。空教月殿飛仙處，也感僯家輟社時。滄海不枯山不爛，豐隆先導欲何之！」

〔一一〕豐隆：古代神話中的雷神。

〔一二〕飛廉：傳説中古代風神。

〔一三〕韝韝：古代鼓風吹火器，即皮式風箱。

〔一四〕金精：精金。

〔一五〕盤互：交結，連結。

〔一六〕左傳哀公九年：「吴城邗溝，通江、淮。」國語吴語：「夫差起師北征，闕爲深溝於商、魯之間，北屬之沂，西屬之濟。」

〔一七〕石門：黄河三門之一黄河三門即宜川孟門、鄉寧石門、韓城龍門。

〔一八〕北宋熙寧十年（一〇七七），黄河從澶州決口後，匯入梁山泊，隨後分爲兩支：一支由泗入淮，謂之南清河；一支合濟至滄州入海，謂之北清河。

〔一九〕潘靳：即潘季馴和靳輔。潘季馴（一五二一—一五九五），浙江烏程今湖州吴興區人，明嘉靖廿九年（一五五〇）進士，曾四任總理河道都御史。靳輔（一六三三—一六九二），遼陽人，康熙時治河名臣。卒謚文襄。

〔二〇〕唐段成式酉陽雜俎天咫：「舊言月中有桂，有蟾蜍，故異書言，月桂高五百丈，下有一人常斫之，樹創隨合。人姓吴名剛，西河人，學仙有過，謫令伐樹。」又同卷鄭仁本弟：「太和中，鄭仁本表弟，不記姓名，嘗與一王秀才游嵩山，捫蘿越澗，境極幽夐，遂迷歸路。將暮，不知所之。徙倚間，忽覺叢中鼾睡聲，披蓁窺之，見一人布衣，甚潔白，枕一襆物，方眠熟。即呼之，曰：『某偶入此徑，迷路，君知向官道否？』其人舉首略視，不應，復寢。又再三呼之，乃起坐，顧曰：『來此！』二人因就之，且問其所自。其人笑曰：『君知月乃七寶合成乎？月勢如丸，其影，日爍其凸處也。常有八萬二千户修之，予即一數。』因開襆，有斤鑿數事，玉屑飯兩裹，授與二人，曰：『分食此，雖不足長生，可一生無疾耳。』乃起，與二人指一支徑：『但由此，自合官道矣。』言已不見。」

雨生〔一〕惠蟹

朵頤〔二〕時復繞園塍，寒緑虚憐菜幾稜。彭越〔三〕功名臣已老，馬卿〔四〕詞賦客無能。堆盤〔五〕忽憶東籬菊〔六〕，入座何來北郭僧？慚愧函開見金玉，裁詩索答定須應。

【繫年】

詩曰「雨生惠蟹」「寒緑虚憐菜幾稜」，故當道光十四年（一八三四）秋作於南京。

【注釋】

〔一〕雨生：湯貽汾（一七七八—一八五三），字雨生。參文卷四董小狂傳注釋〔八〕。

〔二〕朵頤：鼓腮嚼食。

〔三〕彭越：宋高承事物紀原蟲魚禽獸彭越：「似蟹而小，世傳漢醢彭越以賜諸侯，九江王英布獵得之，不忍視，盡以覆江中，化而爲此，故名『彭越』。」「彭越」亦寫作「彭月」，即彭蜞。此語雙關。

〔四〕馬卿：漢司馬相如字長卿，後人遂稱之爲馬卿。晋崔豹古今注魚蟲：「蟛蜞，小蟹也。生長海邊塗中，食土，一名『長卿』。」此語雙關。

〔五〕堆盤：苜蓿堆盤，喻生活清貧。參詩卷之一送許魯泉獻賦天津注釋〔一〇〕。

〔六〕東籬菊：晋陶潛飲酒之五：「采菊東籬下，悠然見南山。」

送慎伯〔一〕之官江西乙未

中宗隆漢祚，委任二千石。太守體日尊，牧令代其責。〔二〕今年大挑〔三〕班，聖意加决擇。仰窺覆幬〔四〕心，所閔在煎迫。時論難河漕，謂此繫國脈。專長取偏才，末弁〔五〕奏殊績。豈如百里〔六〕寄，搏兔必全力〔七〕。古者富方穀〔八〕，今也明恥急。四維〔九〕苟不張，民命安所立？聖賢赴倉卒〔一〇〕，不暇足兵食〔一一〕。豈云食可緩，標本各有職。公事進澹臺〔一二〕，表正影庶直〔一三〕。勿憂無其人，忠信在十室。〔一四〕昭茲介石〔一五〕貴，陰使爭錐〔一六〕絀。衆心知所趣，下令乃不惑。牛刀雖利器，鷄肋亦孔密。〔一七〕烹魚〔一八〕戒其煩，此固君所述。西江篇幅窘，舞袖展不得。〔一九〕大才惜槃槃〔二〇〕，斯語吾未契。仕途多攀躋〔二一〕，民氣寡蘇息〔二二〕。豈如絶冀倖〔二三〕，可以安卵翼〔二四〕。樹木久乃成，配社〔二五〕貴無敵。雍容歷三考〔二六〕，熙皞〔二七〕見民質。

【繫年】

包世臣澗泉編有九日啓程，留别荆溪周二保緒、桐城汪四均之正鋆、儀徵張大司衡銓。保緒十日後，亦之官淮陰矣，保緒以詩贈行，弆之木笥，未審也。十八日抵吴門，啓笥見詩，感其訓詞深厚，依韻寄答，故詩道光十五年（一八三五）閏六月九日作於南京。

【注釋】

〔一〕慎伯：包世臣（一七七五—一八五三），字慎伯。安徽涇縣人。參文卷一宋隱山傳注釋〔八〕。

〔二〕漢書循吏傳：「及至孝宣，繇仄陋而登至尊，興于閭閻，知民事之艱難。自霍光薨後始躬萬機，厲精爲治，五日一聽事，自丞相已下各奉職而進。及拜刺史守相，輒親見問，觀其所繇，退而考察所行以質其言，有名實不相應，必知其所以然。常稱曰：『庶民所以安其田里而亡嘆息愁恨之心者，政平訟理也。與我共此者，其唯良二千石乎！』以爲太守，吏民之本也。數變易則下不安，民知其將久，不可欺罔，乃服從其教化。故二千石有治理效，輒以璽書勉厲，增秩賜金，或爵至關內侯，公卿缺則選諸所表以次用之。是故漢世良吏，於是爲盛，稱中興焉。」漢宣帝劉詢（前九一—前四九）廟號中宗。二千石，漢制，郡守俸祿爲二千石，即月俸百二十斛。世因稱郡守爲「二千石」。牧令，舊時稱地方長官。

〔三〕大挑：清乾隆以後定制，三科以上會試不中的舉人，挑取其中一等的以知縣用，二等的以教職用。六年舉行一次，意在使舉人出身的有較寬的出路，名爲大挑。挑選的標準多重形貌，相傳有「同田貫日氣甲由申」八字訣，合於前四字形貌者爲合格。例如長方面型爲「同」，方面型爲「田」，身體長大爲「貫」，身體勻稱爲「日」。

〔四〕覆幬：亦作「覆燾」。猶覆被，謂施恩，加惠。

〔五〕末弁：低級武官。

〔六〕百里：後漢書循吏傳仇覽：「（王）渙謂曰：『枳棘非鸞鳳所棲，百里豈大賢之路？』」李賢注：「時渙爲縣令，故自稱百里也。」

〔七〕宋道原景德傳燈錄諸方雜舉征拈代別語：「僧問老宿云：『師子捉兔亦全其力，捉象亦全其力，未審全個什麼力？』」比喻對小事情也拿出全部力量認真對付。

〔八〕尚書洪範：「凡厥正人，既富方穀。」孔傳：「凡其正直之人，既當以爵祿富之，又當以善道接之。」

〔九〕四維：舊時以禮、義、廉、恥爲治國之四綱，稱爲「四維」。

〔一〇〕宋程頤、程顥二程粹言卷四：「夫圖治於長久者，雖聖賢爲之，且不能倉卒，苟簡而就，蓋必本之人情而爲這法度，然後可使去惡而從善，則紀綱教條必審定而後行。」

〔一一〕足兵食：論語顏淵：「子貢問政。子曰：『足食，足兵，民信之矣。』」

〔一二〕澹臺：史記仲尼弟子列傳：「澹臺滅明，字子羽。少孔子三十九歲。狀貌甚惡。欲事孔子，孔子以爲材薄。既已受業，退而修行，行不由徑，非公事不見卿大夫。南游至江，從弟子三百人，設取予去就，名施乎諸侯。孔子聞之，曰：『吾以言取人，失之宰予；以貌取人，失之子羽。』」

〔一三〕周書蘇綽傳：「太祖方欲革易時政，務弘强國富民之道，故綽得盡其智能，贊成其事。減官員，置二長，并置屯田以資軍國。又爲六條詔書，奏施行之。……凡人君之身者，乃百姓之表，一國之的也。表不正，不可求直影；的不明，不可責射中。今君身不能自治，而望治百姓，是猶曲表而求直影也；君行不能自修，而欲百姓修行者，是猶無的而責射中也。故爲人君者，必心如清水，形如白玉。躬行仁義，躬行孝悌，躬行忠信，躬行禮讓，躬行廉平，躬行儉約，然後繼之以無倦，加之以明察。行此八者，以訓其民。是以其人畏而愛之，則而象之，不待家教日見而自興行矣。」

〔一四〕論語公冶長：「子曰：『十室之邑，必有忠信如丘者焉，不如丘之好學也。』」漢書武帝紀：「夫十室之邑，必有忠信；三人并行，厥有我師。」

〔一五〕介石：周易豫：「介於石，不終日，貞吉。」操守堅貞。

〔一六〕争錐：宋李綱理財論中：「釋此弗議而欲聚斂掊克與民争錐刀之利，亦可謂不知理財之本矣？」錐，錐刀之利，亦作「錐刀之末」。左傳昭公六年：「錐刀之末，將盡争之。」

〔一七〕論語陽貨：「子之武城，聞弦歌之聲。夫子莞爾而笑曰：『割鷄焉用牛刀？』子游對曰：『昔者偃也聞諸夫子曰：「君子學道則愛人，小人學道則易使也。」』子曰：『二三子！偃之言是也。前言戲之耳。』」

〔一八〕烹魚：詩經檜風匪風：「誰能亨魚？溉之釜鬵。」毛傳：「亨魚煩則碎，治民煩則散，知亨魚，則知治民矣。」後以喻治民。

〔一九〕典出「長沙舞」。參文卷四宋四家詞筏序注釋〔三九〕。後以「長沙舞」喻無施展才能的空間。

〔二〇〕南朝宋劉義慶世説新語賞譽下「揚州獨步王文度，後來出人郗嘉賓」劉孝標注引南朝宋檀道鸞續晋陽秋：「時人爲一代盛譽者語曰：『大才槃槃謝家安，江東獨步王文度，盛德日新郗嘉賓。』」槃槃，大貌。多指才能出衆。

〔二一〕攀躋：亦作「攀隮」，猶攀登。

〔二二〕蘇息：休養生息。

〔二三〕冀倖：亦作「冀幸」，猶僥倖、希冀。管子君臣下：「上無浸淫之論，則下無冀幸之心矣。」

〔二四〕卵翼：鳥用翼護卵，孵出小鳥，比喻養育或庇護。

〔二五〕配社：配食於社廟。後漢書儒林傳上宋登：「（宋登）病免，卒於家，汝陰人配社祠之。」

〔二六〕三考：尚書舜典：「三載考績，三考，黜陟幽明。」孔穎達疏：「言帝命群官之後，經三載，乃考其功績；經三考則九載，黜陟幽明，明者升之，闇者退之。」

〔二七〕熙皞：和樂，怡然自得。

將去金陵留別集園汪四〔一〕

二十初遇君，剖瓜共君食。剖瓜見瓜瓤，表此中大赤。中赤亦何爲？斯民三代直。〔二〕三十守此意，拳拳恐一失。豈無機變巧〔三〕，固拒若臨敵。四十墮圜圚〔四〕，幾希死臣質〔五〕。剥膚〔六〕始知痛，五十就陰息〔七〕。共君清溪漁，共君土山弈。晨梳鍾阜雲，莫餞清涼日。消遥曾幾時，别君意淒惻。惟君席貴胄，處潤乃更瘠。居貞〔八〕素士〔九〕素，出訪逸民逸。膝下駒已騰，囊中錐〔一〇〕且出。昔也顔渥丹〔一一〕，今也髮參白。矧耽枯禪理，亦足自解脱。已窮蒼狗幻〔一二〕，豈戀玄蟬蜕〔一三〕？龍眠〔一四〕最幽處，可以著高屐〔一五〕。謝墩〔一六〕豈足争，拭目觀退鷁〔一七〕。

【繫年】

詩道光十五年（一八三五）閏六月十九日作於將離南京復任淮安教授之時。

【注釋】

〔一〕集園汪四：汪正鋆，字均之，鈞之，號集園。參文卷二宋隱山傳注釋〔三〕。

〔二〕論語衛靈公：「子曰：『吾之於人也，誰毁誰譽？如有所譽者，其有所試矣。斯民也，三代之所以直道而行也。』」朱熹注：「斯民者，今此之人也。三代，夏、商、周也。直道，無私曲也。言吾之所以無所毁譽者，蓋以此民即三代之時所以善其善、惡其惡而無所私曲之民，故我今亦不得而枉其是非之實也。」

〔三〕機變巧：孟子盡心上：「耻之於人大矣，爲機變之巧者，無所用耻焉。」

〔四〕闤闠：同「闤闠」。文選左思魏都賦：「班列肆以兼羅，設闤闠以襟帶。」吕向注：「闤闠，市中巷繞市，如衣之襟帶然。」

〔五〕臣質：委質爲臣。委質，亦作「委摯」。亦作「委贄」。國語晉語九：「臣委質於狄之鼓，未委質於晉之鼓也。臣聞之：委質爲臣，無有二心，委質而策死，古之法也。」韋昭注：「言委贄於君，書名於册，示必死也。」清丁晏周先生傳：「濟南孫公爲兩江節相，慕君才，略延致之，以淮南北鹽梟充斥，撥緝捕費二萬金，屬君獨任其事，令各營副參以下，惟君指麾左右之。時梟黨數千人皆亡命無賴，并力拒捕。君偵知穴巢，要擊殲除，不遺餘力。一日，與梟衆相持，梟自後將發巨礮。君覺有異，急回馬，抽矢射之，中其巨指，礮不得發。乘勢追擊之，擒梟衆十百人。君長於兵法，不得一展其才。捕戮私梟甚非所願。以其拒傷官軍，戕害民命，特藉此小試，以張朝廷之威，然非君志也。會有以激變言於制府者，事寢不行，而君亦決計退休矣。」「幾希死臣質」蓋謂此也。

〔六〕剥膚：周易剥：「剥床以膚，切近灾也。」謂灾禍已迫其身。

〔七〕就陰息：莊子雜篇漁父篇：「客凄然變容曰：『甚矣，子之難悟也！人有畏影惡迹而去之走者，舉足愈數而迹愈多，走愈疾而影不離身，自以爲尚遲，疾走不休，絶力而死。不知處陰以休影，處静以息迹，愚亦甚矣！子審仁義之間，察同異之際，觀動静之變，適受與之度，理好惡之情，和喜怒之節，而幾於不免矣。謹修而身，慎守其真，還以物與人，則無所累矣。今不修身而求之人，不亦外乎！』」

〔八〕居貞：周易頤：「居貞之吉，順以從上也。」遵守正道。貞，通「正」。

〔九〕素士：布衣之士。亦指貧寒的讀書人。

〔一〇〕史記平原君虞卿列傳：「平原君曰：『夫賢士之處世也，譬若錐之處囊中，其末立見。……』毛遂曰：『臣乃今日請處囊中耳。使遂早得處囊中，乃穎脱而出，非特其末見而已。』」後以「囊裹盛錐」謂讓有才能的人得到機會表現自己。

〔一一〕顔渥丹：詩經秦風終南：「顔如渥丹，其君也哉！」鄭玄箋：「渥，厚漬也。顔色如厚漬之丹，言赤而澤也。」

〔一二〕蒼狗幻：唐杜甫可嘆：「天上浮雲如白衣，斯須改變如蒼狗。」後以「白衣蒼狗」比喻世事變化無常。

〔一三〕玄蟬蜕：喻擺脱貧賤，獲致功名利禄。

〔一四〕龍眠：歸隱林下。

〔一五〕高屐：南朝宋劉義慶世説新語簡傲：「王子敬兄弟見郗公，躡履問訊，甚脩外生禮。及嘉賓死，皆箸高屐，儀容輕慢。命坐，皆云『有事，不暇坐』。」

〔一六〕謝墩：謝公墩。晋謝安與王羲之登臨處。在今南京東隅蔣山半山上。

〔一七〕退鷁：同「退鷁」，退飛之畫鷁。

伯游〔一〕爲詩三章贈别率答

兄歸燕臺〔二〕雲，弟踏炎洲〔三〕雪。雁行〔四〕尚如此，我能不君别？莫學遵長塗，披卷竚開益。商量陳范史〔五〕，抉擇韓歐筆〔六〕。所業紛未終，舍君去何適？淮陰舊游地，皋比〔七〕愧重襲。衰庸〔八〕理相乘，黽勉力豈及？三吴方藴隆〔九〕，苗槁土龜坼。溝塍寡生氣，圜圚〔一〇〕有驕色〔一一〕。險情忽騎危〔一二〕，早計〔一三〕在逋邑。昔登縹緲峰〔一四〕，翛若生羽翼。盪匈三萬頃，夢想久不釋。豈有笠澤〔一五〕漁，甘從漂母〔一六〕食。數椽〔一七〕吾儻就，一榻爲君設〔一八〕。馳書招海鷗，共探龍威〔一九〕秘。

【繫年】

詩道光十五年（一八三五）閏六月十九日作於將離南京復任淮安教授之時。

【注釋】

〔一〕伯游：陳伯游方海。參詩卷七歲晏立春，雨雪不已，感念存殁，自慰索居，各序之云爾十六首注釋〔一〇〕。

〔二〕燕臺：戰國時燕昭王所築的黄金臺。故址在今河北易縣東南。上年秋，陳伯游方海「試順天」，故曰「歸燕臺」。

〔三〕炎洲：神話中地名，此泛指南方炎熱地區。

〔四〕雁行：禮記王制：「父之齒隨行，兄之齒雁行，朋友不相逾。」陳澔集説：「父之齒，兄之齒，謂其人年與父等，或與兄等也。隨行，隨其後也；雁行，并行而稍後也。」後因以比喻兄弟。

〔五〕陳范史：陳壽三國志、范曄後漢書。

〔六〕韓歐：唐韓愈、宋歐陽修。陳方海計有餘齋文稿有韓文公集書後、歐陽文忠公集書後。

〔七〕臯比：古人坐虎皮講學。後因以指講席。宋朱熹横渠先生畫像贊：「早悦孫吴，晚逃佛老。勇撤臯比，一變至道。」

〔八〕衰庸：衰庸闒懦。庸弱無能。

〔九〕藴隆：詩經大雅云漢：「旱既大甚，藴隆蟲蟲。」朱熹集傳：「藴，蓄；隆，盛也。」馬瑞辰通釋：「藴隆謂暑氣鬱積而隆盛。蟲蟲則熱氣熏蒸之狀也。」

〔一〇〕 闤闠：同「闤闠」。參詩卷七將去金陵留别集園汪四注釋〔四〕。

〔一一〕 驕色：驕矜的神色。

〔一二〕 騎危：史記魏世家：「趙使人謂魏王曰：『爲我殺范痤，吾請獻七十里之地。』魏王曰：『諾。』使吏捕之，圍而未殺。痤因上屋騎危，謂使者曰：『與其以死痤市，不如以生痤市。有如痤死，趙不予王地，則王將奈何？故不若與先定割地，然後殺痤。』魏王曰：『善。』痤因上書信陵君曰：『痤，故魏之免相也，趙以地殺痤而魏王聽之，有如彊秦亦將襲趙之欲，則君且奈何？』信陵君言於王而出之。」危，屋脊。

〔一三〕 早計：過早盤算。莊子齊物論：「且女亦大早計，見卵而求時夜，見彈而求鴞炙。」

〔一四〕 縹緲峰：蘇州西山主峰，太湖七十二峰之首。

〔一五〕 笠澤：太湖。

〔一六〕 漂母：史記淮陰侯列傳：「信（韓信）釣於城下，諸母漂，有一母見信飢，飯信，竟漂數十日。信喜，謂漂母曰：『吾必有以重報母。』母怒曰：『大丈夫不能自食，吾哀王孫而進食，豈望報乎！』……漢五年正月，徙齊王信爲楚王，都下邳。信至國，召所從食漂母，賜千金。」

〔一七〕 椽：古代房屋間數的代稱。

〔一八〕 漢書陳蕃傳：「郡人周璆，高潔之士。前後郡守招命莫肯至，唯蕃能致焉。字而不名，特爲置一榻，去則縣之。」

〔一九〕 龍威：唐杜光庭仙傳拾遺卷四龍威丈人：「龍威丈人，隱居包山，亡其姓氏。吴王闔閭十二年，觀兵於敵國，途由包山。山有洞穴，吴王欲知其深淺，請隱居窮究之。遂秉燭晝夜行一百七十四日而還。見金城玉宇，有光如晝，紫玉流黄間爲窗牖，其城門榜曰『天后别宫』，藻錦甚盛。玉房中得素書一卷，皆鳥迹篆籀之文，歸以書奏吴王。王後使賫其文以問孔子，曰：『寡君昔游包山，有赤烏銜此書於車前，使下臣賫靈文奉謁，願告休戚。』孔子發函，遽曰：『昔夏禹理水功畢，乃游於鍾山之阿，得黄帝、帝嚳等所受太上靈寶真經，藏一通於名山石磧中，一通付於水神，當有得道之士以獻於王。若云赤烏所銜，丘未聞也。』」

春水園詩并序

甲申〔一〕四月，始買金陵江氏致園〔二〕，易其名曰春水。丁亥〔三〕秋，舉家徙焉。然余猶往來淮揚，未嘗得終歲。甲午〔四〕七月至乙未〔五〕閏六月，盤桓最久，而與園别矣。此一年中，水㊀石花木争妍獻奇，豈知其將去而然耶？送眷口歸荆溪畢，扁舟赴淮，追賦此詩。園中之勝曰沖抱堂，背倚修竹，面環叢桂。堂西曰味雋齋，宣石〔六〕虎踞，古藤鳳騫。曰遠風樓，遥攬幕府〔七〕，近挹鷄籠〔八〕。曰春水懷人之舍，方塘鏡涵，危磯鷺立。南爲介山，山有亭，曰介亭。清涼〔九〕西帀〔一〇〕，牛首〔一一〕南朝；紫金〔一二〕覆舟〔一三〕鎮其丑艮〔一四〕，青龍〔一五〕黄土〔一六〕帶其辰巽〔一七〕；曲池三疊浸其麓，喬林四起蔭其巔。陟山南下，曰緑波畫舫，垂絲拂衣，怪峰拱袂。轉而東，曰水樂軒，小橋乍通，游魚可數。轉而北，曰來鷗館，疏梅覆水，連梧入雲。曰爽來閣，高柳歸涼，丹楓送夕。轉而東，曰貯素樓，朝霞浸檻，圓月洞窗。曰珍叢館，丹蕚連蹟，翠條遠翥。曰止庵，余所偃息也。麂籬〔一八〕縈碧，菱落浮香。園中之友則慎伯父子〔一九〕，伯游兄弟〔二〇〕，雨生夫婦〔二一〕，蘭崖師徒〔二二〕，及門六七人，方外兩三子，莫不敦氣誼，擅才能。而均之〔二三〕、鄴樓〔二四〕實肇相度之勤；隱山、定生〔二五〕尤感死生之契。是可恝也，孰不可忘？嗟乎，懷居〔二六〕求安，自昔所鄙，緊豈未聞而蹈斯轍？顧惟疏懶無當世之用，加以年過强艾〔二七〕，精力衰耗，伏案纂録，尚形疲劇，矧其進此者乎。兹行也，有所不得已焉，抑亦拙者之分也。他日歸葺敝廬，未知與兹園孰適？聊存其所眷眷〔二八〕者，以供暇日之披覽云爾。

丘壑嫌新置，幽微襲舊營。水裙三面闊，山帶四圍平。款款〔二九〕尋堂樹，翛翛〔三〇〕忘市城。數峰青映竹，曲沼浄無萍。桂養叢猶小，松騫勢欲成。露晞棕髮亂，風折柳要輕。丹粉葩殊色，生梏石異名。沖抱堂後竹中峰石〔三一〕數十株。其一株雖久晴亦濕，十年來繼長一尺餘矣。石已離山而尚生，亦稍異于他石者。窗虚翾蝶誤，磯淺戲魚驚。畫借波爲舫，鷗來館共盟。洵宜三宿戀〔三二〕，況乃十年情？縱目依高敞，臨流襲壑坑。雲銜初月彩，雨送落花聲。雀門催晨起，蛩〔三三〕啼守夜更。印糕梅雪艷，插笋玉芽精。姬人印雪爲糕，余有詞。〔三四〕積雪山插冰箸爲林，余有詩。〔三五〕小舉長沙袖〔三六〕，低吹少室笙〔三七〕。夢雲梨〔三八〕乍白，滕酒〔三九〕菊同清。舊里仍須返，儒冠勉再纓。牽連〔四〇〕成草草〔四一〕，冰望〔四二〕轉盈盈。自舍溪山宅，偏登霧雨程。濛濛香粳〔四三〕濕，瀲瀲晚霞晴。寂寂篷窗卧，番番〔四四〕別緒縈。文章重起豹〔四五〕，羽翮未遷鶯〔四六〕。元季方齊譽〔四七〕，安重〔四八〕道各行。煉神譚手臂，坐穩寄楸枰。〔四九〕墨幻〔五〇〕更端〔五一〕出，琴心接坐呈〔五二〕。故人都散朗〔五三〕，陳迹總分明。易踏汪倫曲〔五四〕，難祈宋玉〔五五〕生。試留莊蝶夢〔五六〕，付與達觀評。

【繫年】

詩題云「丁亥秋，舉家徙焉」，詩又云「洵宜三宿戀，況乃十年情」，「甲午七月至乙未閏六月，盤桓最久，而與園別矣」，「送眷口歸荆溪畢，扁舟赴淮，追賦此詩」，知此詩道光十五年（一八三五）閏六月作於荆溪赴淮安途中。

【校勘】

㈠「水」：底本無，據常州先哲遺書後編本補。

【注釋】

〔一〕甲申：道光十四年（一八三四）。

〔二〕江氏致園：清李斗揚州畫舫録卷十二橋東録：「江蘭，字芳谷，號畹香。官巡撫。工詩文，有集。弟蕃，字君佐，號春圃。居揚州，購黄氏容園以爲觴咏之地。弟苾，字芬揚。工詩歌，熟于鹽筴。其子侄士相，字得禄，工詩、鑒别書畫古器。士栻、士梅業儒。」陳詒紱金陵園墅志民國二十二年（一九三三）翰文書店卷上：「致園，在盧妃巷。古名美人巷，今改洪武路。全椒江芳谷别墅。緘庵憶説謂其中累石山，亭榭軒齋，周遭圍繞，樹木深茂，隙地無多木，免陰森逼人。」

〔三〕丁亥：道光七年（一八二七）。

〔四〕甲午：道光十四年（一八三四）。

〔五〕乙未：道光十五年（一八三五）。

〔六〕宣石：明計成園冶：「宣石産于寧國縣所屬，其色潔白，多於土積漬，須用刷洗，讒見其質。或梅雨天瓦溝下水，客沖盡土色。惟斯石應舊，逾舊逾白，儼如雪山也。一種名『馬牙宜』，可置几案。」

〔七〕幕府：宋張敦頤六朝事迹編類卷六山岡門幕府山：「寰宇記云：在城西北二十里，周回三十里，高七十丈，東北臨直瀆浦，西接寶林山，南接蟹浦。輿地志云：臨沂縣東八里有幕府山。寰宇記云：晋元帝自廣陵渡江，建康城荒落，以府第居縣北山下，因以『幕府山』爲名。圖經云：丞相王導建幕府於此山，因名之。山上有虎跑泉，其西巔有仙人臺。宋明帝高寧陵在山西，王導、温嶠亦葬山西。又按寰宇記云：陳武帝破北齊軍四十六萬於幕府山下，至後主禎明中，嘗幸此山校獵，虞世南獻賦以美之。楊修之有詩云：『六代繁華一瞬間，平蕪遠樹不勝閒。倚樓天暝雲如幕，知是琅琊幕府山。』」

〔八〕鷄籠：宋張敦頤六朝事迹編類卷六山岡門鷄籠山：「寰宇記云：在城西北九里，西接落星澗，北臨棲玄塘。輿地志云：鷄籠山，在覆舟山之西二百餘步，其狀如鷄籠，因以爲名。按南史宋文帝元嘉十五年，立儒館於北郊，命雷次宗居之。次宗因開館於鷄籠山，齊高帝嘗就次宗受禮及左氏春秋。又竟陵王子良嘗移居鷄籠山下，集四學士鈔五經、百家爲四部要略千卷。又按，宋文帝元嘉中改爲龍山，以黑龍嘗見玄武湖，此山正臨湖上，因以爲名。今去縣六里。晋元帝、明帝、成帝、哀帝四陵，皆在山南，中有佛寺五所。」

〔九〕清涼：清涼山。

〔一〇〕帀：同「匝」，環繞。

〔一一〕牛首：牛首山，位於南京江寧區。因山頂南北雙峰似牛角而得名。

〔一二〕紫金：紫金山，又稱鍾山。

〔一三〕覆舟：宋張敦頤六朝事迹編類卷六山岡門覆舟山：「寰宇記云：在城北五里，周回三里，高三十一丈，東接青溪，北臨玄武湖，狀如覆舟，因以爲名。輿地志云：宋元嘉中，改名玄武山，以其臨玄武湖，山復有玄武觀故也。晋北郊壇、宋藥園壘、樂游苑、冰井、甘露亭，皆在此山。」

〔一四〕丑艮：東北方。

〔一五〕青龍：青龍山，在南京東。

〔一六〕黄土：黄土山，在南京下關。

〔一七〕辰巽：東南方。

〔一八〕麂籬：麂目籬，又稱麂眼籬。竹籬。籬格斜方如麂眼，故名。宋陸游山行：「緣崖曲曲羊腸路，傍水疏疏麂眼籬。」清曹寅虎丘雪霽追和芷園看菊：「紅姑子爛三塘晚，那及吾家麂目籬。」

〔一九〕慎伯父子：包世臣、包宗甫父子。包世臣（一七七五—一八五三），字慎伯。安徽涇縣人。參文卷一宋隱山傳注釋〔八〕。

〔二〇〕伯游兄弟：陳伯游方海、陳叔安方瀾。分別參詩卷七歲晏立春，雨雪不已，感念存歿，自慰索居，各序之云爾十六首注釋〔一〇〕、參詩卷七送叔安之雷州注釋〔一〕。

〔二一〕雨生夫婦：湯貽汾、董婉貞。湯貽汾（一七七八—一八五三），字雨生。參文卷四董小狂傳注釋〔八〕。

〔二二〕蘭崖師徒：江之桐及周濟孫周煒。參文卷二江之桐傳。

〔二三〕均之：汪正鋆，字均之、鈞之，號集園。參文卷二宋隱山傳注釋〔三〕。

〔二四〕鄴樓：汪度，字鄴樓。參詩卷五同人半山寺小集注釋〔八〕。

〔二五〕隱山、定生：宋端己、宋定生父子。參文卷二宋隱山傳。

〔二六〕懷居：論語憲問：「士而懷居，不足以爲士矣。」朱熹集注：「居，謂意所便安處也。」

〔二七〕强艾：禮記曲禮上：「四十曰强，而仕；五十曰艾，服官政。」陳澔集説：「古者四十始命之仕，五十始命之服官政。」後因稱五十而作官從政，預聞邦國之大事爲「艾服」。此指年過五十。

〔二八〕眷眷：亦作「睠睠」。依戀反顧貌。詩經小雅小明：「念彼共人，睠睠懷顧。」

〔二九〕款款：徐緩貌。唐杜甫曲江：「穿花蛺蝶深深見，點水蜻蜓款款飛。」

〔三〇〕儵儵：儵然。莊子大宗師：「儵然而往，儵然而來而已矣。」成玄英疏：「儵然，無係貌也。」

〔三一〕峰石：獨立放置在景觀中的觀賞石。

〔三二〕三宿戀：後漢書襄楷傳：「浮屠不三宿桑下，不欲久生恩愛，精之至也。」李賢注：「言浮屠之人寄桑下者，不經三宿便即移去，示無愛戀之心也。」後因以「三宿戀」指對世俗的愛戀之情。

〔三三〕螿：寒螿，螿蟬也。

〔三四〕參詞卷三一枝春群姬印雪成糕，飾以脂澤，戲賦此解。

〔三五〕參詩卷七立春十日，庭雪盈尺，因成小山，起伏可玩，復摘檐牙冰箸百十有二枚叢爲寒林，邀友人同看。

〔三六〕長沙袖：亦作「長沙舞」。參文卷四宋四家詞筏序注釋〔三九〕。後因以「長沙舞」比喻無施展才能的空間。

〔三七〕少室笙：即嵩陽笙。漢劉向列仙傳王子喬：「王子喬者，周靈王太子晉也。好吹笙作鳳凰鳴。游伊、洛之間，道士浮丘公接以上嵩高山。三十餘年後，求之於山上，見桓良，曰：『告我家，七月七日待我於緱氏山巔。』至時，果乘白鶴駐山頭。望之不得到，舉手謝時人，數日而去。亦立祠於緱氏山下，及嵩山首焉。」後因以嵩陽笙指仙界音樂。

〔三八〕夢雲梨：梨花雲，指夢中恍惚所見如雲似雪的繽紛梨花。後用爲狀雪景之典。參詩卷三五月庭中繡毬作花，率然成咏注釋〔六〕。

〔三九〕媵酒：縢酒，黄縢酒，即黄封酒。宋代官釀酒名。宋蘇軾岐亭之三：「爲我取黄封，親拆官泥赤。」宋施元之注：「京師官法酒以黄紙或黄羅絹封羃缾口，名黄封酒。」

〔四〇〕牽連：留連，牽掛。

〔四一〕草草：詩經小雅巷伯：「驕人好好，勞人草草。」毛傳：「草草，勞心也。」

〔四二〕冰望：凝望。

〔四三〕粳：通「輭」，軟也。

〔四四〕番番：一次又一次。

〔四五〕明陶宗儀輟耕録作今樂府法：「喬孟符吉博學多能，以樂府稱。嘗云：『作樂府亦有法，曰鳳頭、豬肚、豹尾六字是也。大概起要美麗，中要浩蕩，結要響亮。』」句謂文章開頭、結尾極爲關鍵。

〔四六〕遷鶯：詩經小雅伐木：「伐木丁丁，鳥鳴嚶嚶。出自幽谷，遷於喬木。」「嚶嚶」爲鳥鳴聲。自唐以來，常以嚶鳴出谷之鳥爲黄鶯，故以「鶯遷」指登第，或爲升擢、遷居的頌詞。

〔四七〕南朝宋劉義慶世説新語德行：「陳元方子長文，有英才，與季方子孝先各論其父功德，争之不能决。咨於太丘，太丘曰：元方難爲兄，季方難爲弟。」後稱兄弟皆賢爲「難兄難弟」或「元方季方」。

〔四八〕安重：安土重遷。

〔四九〕南朝宋劉義慶世説新語巧藝：「王中郎以圍棋是坐隱，支公以圍棋爲手談。」譚手臂：手談。下圍棋。

楸枰：棋盤。古時多用楸木製作，故名。

〔五〇〕墨幻：幻墨。宋趙汝績謝高左藏惠墨竹：「幅箋幻墨起秋風，便與蘭亭景致同。料得揮毫盤礴際，渭川千畝在胸中。」

〔五一〕更端：書寫時另行换頭。清龔自珍最録穆天子傳：「今闕文有二種：有闕甚多，不知若干名者，事更端也，寫書者宜書之曰闕；有闕一二名者，事無更端，則食也，寫書者宜爲方空於行間，不言闕。」

〔五二〕史記司馬相如列傳：「酒酣，臨邛令前奏琴曰：『竊聞長卿好之，願以自娱。』相如辭謝，爲鼓一再行。」

是時卓王孫有女文君新寡，好音，故相如繆與令相重，而以琴心挑之。相如之臨邛，從車騎，雍容閒雅甚都；及飲卓氏，弄琴，文君竊從户窺之，心悦而好之，恐不得當也。既罷，相如乃使人重賜文君侍者通殷勤。文君夜亡奔相如，相如乃與馳歸成都。」後以「坐上琴心」指男子對女子的愛慕之情。

〔五三〕散朗：飄逸爽朗。南朝宋劉義慶世説新語讒險：「卿形雖散朗而内勁狹，以此處世，難得其死。」

〔五四〕唐李白贈汪倫：「李白乘舟將欲行，忽聞岸上踏歌聲。桃花潭水深千尺，不及汪倫送我情。」

〔五五〕宋玉：戰國時楚人，辭賦家。

〔五六〕莊蝶夢：用「莊周夢蝶」之典。參詩卷三七夕注釋〔一九〕。

雨中舟出京口〔一〕二首

習習吹面風，濛濛打窗雨。逴逴〔二〕欲何之？卑官在淮浦。落落三十年，重來踐斯土。咥其先自笑〔三〕，即次占在旅〔四〕。豈真下車人，來搏負嵎虎。〔五〕緬彼高飛鴻，銜蘆或有取。〔六〕

行經潤州〔七〕郭，山色慘若變。疑承鍾阜〔八〕移，并致狷〔九〕鶴怨。平生澹蕩心，止謗在無辯。尚辭金粉地〔一〇〕，况作風塵面。兹行亦有期，素約〔一一〕豈不踐？寄語雙梅花〔一二〕，開時得相見。

【繫年】

詩道光十五年（一八三五）秋作于江蘇鎮江。

【注釋】

〔一〕京口：今江蘇鎮江。

〔二〕遑遑：驚恐匆忙，心神不定。

〔三〕詩經衛風氓「兄弟不知，咥其笑矣」鄭玄箋：「兄弟在家，不知我之見酷暴；若其知之，則咥咥然笑我。」

〔四〕占在旅：旅占。謂與衆人共同占卜。儀禮士喪禮：「反之東面旅占。」鄭玄注：「反與其屬共占之。」一説，依其長幼之序而占之。清王引之經義述聞儀禮：「旅，序也。旅占，謂占者三人順其長幼之序以占也。特牲饋食禮：『筮者還東面長占。』注曰：『長占，以其年之長幼占之。』疏曰：『從長者爲始也』是其明證。……古文『旅』作『臚』，亦序也。爾雅曰：『臚，叙也。』臚與旅同，叙與序同。」

〔五〕孟子盡心下：「孟子曰：『是爲馮婦也。晋人有馮婦者，善搏虎，卒爲善士。則之野，有衆逐虎，虎負嵎，莫之敢攖，望見，馮婦趨而迎之。馮婦攘臂下車，衆皆悦之，其爲士者笑之。』」

〔六〕尸子卷下：「雁銜蘆而捍網，牛結陳以却虎。」淮南子修務訓：「夫雁順風以愛氣力，銜蘆而翔，以備矰弋。」高誘注：「銜蘆所以令繳不得截其翼也。」晋崔豹古今注鳥獸：「雁自河北渡江南，瘠瘦能高飛，不畏矰繳。江南沃饒，每至還河北，體肥不能高飛，恐爲虞人所獲，嘗銜蘆長數寸，以防矰繳焉。」

〔七〕潤州：今江蘇鎮江。

〔八〕鍾阜：亦稱鍾山、紫金山。在今江蘇南京東北。三國吴孫權避祖諱，更名蔣山。至宋復名鍾山。

〔九〕猨：同「猿」。

〔一〇〕金粉地：清吴偉業殘畫：「六朝金粉地，落木更蕭蕭。」此代指南京。

〔一一〕素約：舊約，早先約定的。史記韓世家：「且楚韓非兄弟之國也，又非素約而謀伐秦也。」

〔一二〕雙梅花：宋范成大梅譜：「鴛鴦梅。多葉紅梅也。花輕盈，重葉數層。凡雙果必并蒂，惟此一蒂而結雙梅，亦尤物。」宋邵雍邵雍集伊川擊壤集卷之八東軒黄紅二梅正開坐上書呈友人：「一年一度見雙梅，能見雙梅幾度開。人壽百年今六十，休論閑事且銜盃。」

揚州小住，中秋對雨

小病成㊀高卧，安閒耐積陰。揚州十萬户，同此夜沈沈。蕭鼓通南市，燈船照北林。昔游真浪漫，佳節易侵尋〔一〕。婦瘦顔仍莞，兒憨拜屨深。假饒〔二〕明月出，衹擾故園心。

【繫年】

詩道光十五年（一八三五）中秋作於揚州。

【校勘】

㊀「成」：底本作「或」，據常州先哲遺書後編本改。

【注釋】

〔一〕侵尋：亦作「侵潯」。漸進，漸次發展。

〔二〕假饒：即使，縱使。唐李山甫南山：「假饒不是神仙骨，終抱琴書向此游。」

將至淮陰，舟中感興

秋風吹落日，莽莽〔一〕下重湖〔二〕。天地此蕭瑟，客心能不孤？淮陰昔垂釣，水寒嘆無魚。王孫不自食，漂母誚非夫。〔三〕咄嗟王霸業，豈與耕獲殊？所以報韓人，辟穀爲良圖。〔四〕十畝在桑間，歲晏有餘儲。不然行負薪，飦粥亦可敷〔五〕。取禾憚稼穡〔六〕，代耕〔七〕能稱無？坐久意不怡，明星〔八〕在西隅。瀼瀼蒹葭露，渺渺伊人居。〔九〕題詩當寄誰，獨咏常嗟吁。

【繫年】

詩道光十五年（一八三五）秋作於赴淮陰途中。

【注釋】

〔一〕莽莽：無涯際貌。

〔二〕重湖：宋柳永望海潮：「重湖疊巘清嘉。有三秋桂子，十里荷花。」

〔三〕史記淮陰侯列傳：「信釣於城下，諸母漂，有一母見信飢，飯信，竟漂數十日。信喜，謂漂母曰：『吾必有以重報母。』母怒曰：『大丈夫不能自食，吾哀王孫而進食，豈望報乎！』」清梁恭辰楹聯四話卷二名勝廟祀：「淮陰釣臺在淮安府城外，上有漂母祠。」

〔四〕史記留侯世家：「留侯張良者，其先韓人也。大父開地，相韓昭侯、宣惠王、襄哀王。父平，相釐王、悼惠王。悼惠王二十三年，平卒。卒二十歲，秦滅韓。良年少，未宦事韓。韓破，良家僮三百人，弟死不葬，悉以家財求客刺秦王，爲韓報仇，以大父、父五世相韓故。……留侯從（高祖）入關。留侯性多病，即道引不食穀，杜門不出歲餘。」

〔五〕莊子讓王：「孔子謂顔回曰：『回，來！家貧居卑，胡不仕乎？』顔回對曰：『不願仕。回有郭外之田五十畝，足以給饘粥；郭内之田十畝，足以爲絲麻；鼓琴足以自娱，所學夫子之道者足以自樂也。回不願仕。』」後以「耕十畝田」謂棄仕歸田。負薪，唐李賀自昌谷到洛後門：「爲探秦臺意，豈命余負薪。」王琦彙解：「今將西適秦地，必將有所遇合，豈令余窮困無聊，而至於負薪自給乎？」飦粥，亦作「饘粥」「饘鬻」。稀飯。

〔六〕詩經魏風伐檀：「不稼不穡，胡取禾三百廛兮？」

〔七〕代耕：禮記王制：「諸侯之下士，視上農夫，禄足以代其耕也」。舊時官吏不耕而食，因稱爲官食禄爲代耕。

〔八〕明星：啓明星，即金星。

〔九〕詩經秦風蒹葭：「蒹葭蒼蒼，白露爲霜，所謂伊人，在水一方。」瀼瀼：詩經小雅蓼蕭：「蓼彼蕭斯，零露瀼瀼。」毛傳：「瀼瀼，露蕃貌。」

前在黃元和〔一〕許〔二〕得慎伯〔三〕所留詩卷，既以言别，復見酬和，舟中反覆至於數四。久雨乍晴，夜睹光景，結轖〔四〕萬感，遲見伊人

世稱百里宰〔五〕，拮据甚難爲。上嫌法網密，不得任設施〔六〕。下嫌民俗頑，好惡徇其私。內憂度支絀，日供無米炊。外憂交際廣，奉水沃漏〔七〕卮。斯言豈不諒，深念轉多疑。昭昭戒石銘〔八〕，首在惜民脂。巧取日更新，法外意多奇。誰能爲法屈，而弗營蜆絲〔九〕。深宵坐堂皇〔一〇〕，兩造〔一一〕力具疲。片言獄遂折，案若山不移。誰能顧民譽，稍霽風雷威？度支非不絀，子弟算郎訾〔一二〕。交際非不廣，具邇〔一三〕多長饑。生無保赤〔一四〕誠，死銜掣肘〔一五〕悲。水深匿萬怪，幽燭無溫犀。〔一六〕百里實難爲，難爲異於斯。壅敝〔一七〕最難決，肘掖〔一八〕環戎夷〔一九〕。爪牙〔二〇〕最難戢，虎冠〔二一〕肉成糜。耳目最難真，偃室〔二二〕容纖兒〔二三〕。自非推一誠，何以張四維。內外必洞達，可與言孝慈。然後導元氣，默運雨露滋。害馬思剔攘，揠苗戒支離。徐徐進食飲，緩緩施刀圭〔二四〕。三考〔二五〕署中中，民病或庶幾。稍存欲速心，必貽鹵莽嗤。名高責轉大，負重躓亦危。太息殷深源〔二六〕，商量孔稚珪〔二七〕。濟也才力薄，所懼在自欺。刀匪屠坦〔二八〕藏，井憚彭祖窺〔二九〕。而君奮迅起，亦在老大時。常流〔三〇〕悼局步〔三一〕，智士審蹈機〔三二〕。敢云首塗〔三三〕晚，翻幸成材遲。答我一篇詩，白日下照之。湛湛西江〔三四〕水，鑒此涅不緇〔三五〕。閱歷四十年，大木摧爲楝〔三六〕。赤心不肯死，霜雪凝春姿。即看均平願，豈負循

良〔三七〕期。昔游二三子，存没皆可思。申耆〔三八〕介如石〔三九〕，宛鄰〔四〇〕豐其碑〔四一〕。丁陸〔四二〕亦俊彦，惻愴難爲詞。金錫非至純，奪氣對爐錘。我今罹大患，患復爲人師。學殖〔四三〕荒落久，詎堪多士〔四四〕儀。雙鳧〔四五〕溯遠迹，六鶂〔四六〕隨高飛。久陰閉篷窗，明月不可睎。乍見垣南星〔四七〕，耿耿吐殊輝。天象信幽渺，人事念睽乖〔四八〕。睽乖亦何傷，盈缶〔四九〕貴自持。季秋群動〔五〇〕肅，蟋蟀緣階墀。微蟲奮其怒，鬥敵死不辭。魚龍〔五一〕静秋夜，蛙黽潛深池。跳踉〔五二〕安足言，日精〔五三〕必揚灰。豫防古所重，遠慮戚自貽。欲語君天涯，愁心當告誰？

【繫年】

詩道光十五年（一八三五）秋作於赴淮陰途中。包世臣管情三義卷第八澗泉編保緒以詩贈行，弆之木笥，未審也。十八日抵吴門，啓笥見詩，感其訓詞深厚，依韻寄答蓋即詩是所云「慎伯所留詩卷」。

【注釋】

〔一〕黄元和：清慶霖等修、戚學標等纂嘉慶太平縣志嘉慶十五年修，光緒二十二年重刻本卷之七：「黄元和，世居鷄鳴山麓，因山水之勝，遂建庵于其上，名其庵曰『三乘』；助田地十餘畝，助山十畝，以爲久遠之計。後人廣其楹，鄉之士子多讀書于其間，頗有賴焉。」

〔二〕許：處所，地方。

〔三〕慎伯：包世臣（一七七五—一八五三），字慎伯。安徽涇縣人。參文卷一宋隱山傳注釋〔八〕。

〔四〕結轖：將轖連結起來，比喻心中鬱結不暢。

〔五〕百里宰：亦稱百里君，縣令的别稱。唐李白贈張公洲革處士：「長揖二千石，遠辭百里君。」王琦注：「百里君，謂縣令。」包慎伯世臣曾任縣令，故稱。

〔六〕設施：施展才能。漢王充論衡定賢：「有高才潔行，無知明以設施之，則與愚而無操者，同一實也。」

〔七〕沃漏：周禮夏官挈壺氏：「及冬，則以火爨鼎水，而沸之，而沃之。」鄭玄注引漢鄭司農曰：「冬，水凍，漏不下。以火炊水，沸以沃之，謂沃漏也。」

〔八〕戒石銘：宋張端義貴耳集卷上：「泰陵書戒石銘賜郡國曰：『爾俸爾禄，民膏民脂，下民易虐，上天難欺。』用蜀檮杌中所載孟王昶文。」宋李心傳建炎以來繫年要録紹興二年六月：「癸巳，頒黄庭堅所書太宗御製戒石銘於郡縣，命長吏刻之庭石，置之座右，以爲晨夕之戒。」宋以後立石碑於地方官署，爲警戒官吏的銘文。

〔九〕繭絲：繭絲，此泛指賦税。斂賦如抽絲於繭，故云。國語晋語九：「趙簡子使尹鐸爲晋陽。請曰：『以爲繭絲乎？抑爲保障乎？』」韋昭注：「繭絲，賦税；保障，蔽扞也。」

〔一〇〕堂皇：特指官吏治事的廳堂。

〔一一〕兩造：尚書吕刑：「兩造具備，師聽五辭。」孔傳：「兩，謂囚、證；造，至也。」指訴訟的雙方，原告和被告。

〔一二〕算郎訾：漢書景帝紀：「今訾算十以上乃得宦，廉士算不必衆。」顔師古注引應劭曰：「限訾十算乃得爲吏。十算，十萬也。」王先謙補注：「何焯曰：董仲舒所謂選郎吏以富訾，指此訾算也。司馬相如以訾算爲郎。」

〔一三〕具邇：具爾。詩經大雅行葦：「戚戚兄弟，莫遠具爾。」具，猶俱；爾，通「邇」。後以爲兄弟的代稱。

〔一四〕保赤：尚書康誥：「若保赤子，惟民其康乂。」孔傳：「愛養人如安孩兒赤子，不失其欲。」

〔一五〕掣肘：吕氏春秋具備：「宓子賤治亶父，恐魯君之聽讒人，而令己不得行其術也。將辭而行，請近吏二人於魯君，與之俱至於亶父。邑吏皆朝，宓子賤令吏二人書。吏方將書，宓子賤從旁時掣搖其肘；吏書之不善，則宓子賤爲之怒。吏甚患之，辭而請歸。……魯君太息而嘆曰：『宓子以此諫寡人之不肖也。』」

〔一六〕用温嶠牛渚磯犀照之典。參詩卷三牛渚注釋〔三〕。後以「温犀」比喻洞察一切的才識。

〔一七〕壅蔽：壅蔽。遮蔽，阻塞。

〔一八〕肘掖：肘腋，喻切近之地。

〔一九〕戎夷：戎和夷，古民族名，此泛指少數民族。

〔二〇〕爪牙：黨羽，幫凶。史記酷吏列傳：「是以湯雖文深意忌不專平，然得此聲譽。而刻深吏多爲爪牙用者，依於文學之士。」

〔二一〕虎冠：虎而戴冠，喻凶惡殘暴之人。此指凶狠殘暴的官吏，雖穿衣戴帽却凶殘如虎。史記齊悼惠王世家：「齊王母家駟鈞，惡戾，虎而冠者也。」裴駰集解引張晏曰：「言鈞惡戾，如虎而著冠。」

〔二二〕偃室：論語雍也：「曰：『有儋臺滅明者，行不由徑，非公事，未嘗至偃之室也。』」疏「公事，其家課税也。偃，子游名也。偃之室，謂子游所住邑之廨舍也。子游又言：滅明既方正，若非常公税之事，則不嘗無事至偃住處也。舉其明不托狎倚勢於朋友也。」

〔二三〕纖兒：猶小兒，含鄙視意。晋書陸納傳：「時會稽王道子以少年專政，委任群小，納望闕而嘆曰：『好家居，纖兒欲撞壞之邪！』」

〔二四〕刀圭：晋葛洪抱樸子金丹：「服之三刀圭，三尸九蟲皆即消壞，百病皆愈也。」王明校釋：「刀圭，量藥具。武威漢墓出土醫藥木簡中有刀圭之稱。此指刀圭藥，以刀圭稱量的中藥。指粉劑。唐殷堯藩中元日觀諸道士步虚：「儻賜刀圭藥，還留不死名。」

〔二五〕三考：尚書舜典：「三載考績，三考，黜陟幽明。」孔穎達疏：「言帝命群官之後，經三載，乃考其功績；經三考則九載，黜陟幽明，明者升之，闇者退之。」

〔二六〕典出「殷浩書空」。南朝宋劉義慶世説新語黜免：「殷中軍被廢，在信安，終日恒書空作字。揚州吏民尋義逐之，竊視，唯作『咄咄怪事』四字而已。」殷浩（？—三五六），字深源，晋陳郡長平今河南西華人。

〔二七〕五代李瀚蒙求集注四庫全書本卷下：「姜肱共被，孔融讓果。」集注曰：「漢孔融字文舉，魯國人，孔子二十世孫。幼有異才。……融家傳曰：『兄弟七人，融第六。四歲時，與諸兄共食梨棗，輒引小者。人問其故。答曰：「我小兒，法當取小者。」由是宗族奇之。』」

〔二八〕屠坦：屠牛坦，亦作屠牛吐。古齊國之善屠牛者。淮南子齊俗訓：「屠牛吐，一朝解九牛，而刀以剃毛。」高誘注：「齊之大屠。」太平御覽卷八二八引作「屠牛坦」。

〔二九〕宋蘇軾代滕甫論西夏書：「俗言彭祖觀井，自係大木之上，以車輪覆井，而後敢觀。」明周履靖赤鳳髓載「彭祖（錢鏗）觀井導引法」。清宋繼澄題彭祖觀井圖：「井深人所汲，墜陷亦或偶。蓋之以車輪，俯視其何有。繫身於大樹，得非迂愚叟。彭祖八百人，於世恒不苟。示以常愛生，欲人知所守。嗚呼適所適，得無屢娶否。」後用「觀井」以比喻遇事謹慎小心。清錢謙益方生行送方爾止還金陵：「共嗟梵志還家日，却笑彭公觀井年。」

〔三〇〕常流：凡庸之輩。

〔三一〕局步：亦作「跼步」，謂極短的距離，小步。宋書索虜傳：「駘駟安局步，騏驥志千里。」

〔三二〕蹈機：事物的迹象和表徵已顯露時。晋葛洪抱樸子嘉遯：「蓋尋微以知著，原始以見終，然而闇夫蹈機不覺，何前識之至難。」

〔三三〕首塗：亦作「首途」。文選沈約齊故安陸昭王碑文「威令首塗，仁風載路。」李善注：「首塗，猶首路也。」

〔三四〕西江：唐人多稱長江中下游爲西江。唐李白夜泊牛渚懷古：「牛渚西江夜，青天無片雲。」唐元稹相憶淚：「西江流水到江州，聞道分成九道流。」

〔三五〕涅不緇：涅而不緇。亦作「涅而不淄」。論語陽貨：「不曰堅乎，磨而不磷；不曰白乎，涅而不緇」。

〔三六〕爾雅釋木：「梀，赤梀；白者梀。」郭注：「赤梀，樹葉細而岐鋭，皮理錯戾，好叢生山中，中爲車輞。白梀葉員而岐，爲大木。」

〔三七〕循良：官吏奉公守法。

〔三八〕申耆：李兆洛（一七六九—一八四一），字申耆。參詩卷一懷友人并序注釋〔二七〕。

〔三九〕介如石：周易豫：「介於石，不終日，貞吉。」謂操守堅貞。

〔四〇〕宛鄰：張琦（一七六四—一八三三），字翰風。參詩卷一虹橋舟中飲餞贈别翰風張二，即題芙蓉湖莊畫卷注釋〔一〕。

〔四一〕豐其碑：豐碑雷震。宋惠洪冷齋夜話卷二：「范文正公鎮鄱陽，有書生獻詩甚工，文正禮之。書生自言：『天下之至寒餓者無在某右。』時盛行歐陽率更書，薦福寺碑墨本值千錢。文正爲具紙墨打千本，使售於京師。紙墨已具，一夕雷擊碎其碑。」後因以「豐碑雷震」爲命運多舛、所至失意的典故。

〔四二〕丁陸：丁，丁履恒（一七七〇—一八三二），字若士。參詩卷一出東門贈祁生即效其體注釋〔五〕。陸，陸繼輅（一七七二—一八三四），字祁孫。參詩卷一出東門贈祁生即效其體注釋〔二〕。

〔四三〕學殖：左傳昭公十八年：「夫學，殖也；不殖將落。」杜預注：「殖，生長也；言學之進德，如農之殖苗，日新日益。」原指學問的積纍增進，後泛指學業、學問。

〔四四〕多士：古指衆多的賢士。尚書多方：「猷告爾有方多士，暨殷多士。」詩經大雅文王：「濟濟多士，文王以寧。」

〔四五〕雙凫：後漢書方術傳上王喬：「王喬者，河東人也。顯宗世，爲葉令。喬有神術，每月朔望，常自縣詣臺朝。帝怪其來數，而不見車騎，密令太史伺望之。言其臨至，輒有雙凫從東南飛來。於是候凫至，舉羅張之，但得一隻舄焉。乃詔尚方診視，則四年中所賜尚書官屬履也。」後用爲地方官的故實。

〔四六〕六鷁：亦作「六鶂」。左傳僖公十六年：「六鷁退飛，過宋都。」杜預注：「鷁，水鳥。高飛遇風而退。宋人以爲災，告於諸侯，故書。」史記宋微子世家「六鶂退蜚，風疾也。」後以指灾異或局勢逆轉。

〔四七〕垣南星：南星，南箕星。詩經小雅巷伯：「哆兮侈兮，成是南箕。彼譖人者，誰適與謀？」鄭玄箋：「箕星哆然，踵狹而舌廣。今讒人之因寺人之近嫌而成言其罪，猶因箕星之哆而侈大之。」

〔四八〕睽乖：乖睽，背離。

〔四九〕盈缶：元保巴周易原旨卷一比：「初六，有孚比之，無咎；有孚盈缶，終來有他，吉。」注：「缶，器也。盈，滿也。以坤土爲器，以坎水爲實，器皿充實之盛，譬信之誠於中而應於外也。」

〔五〇〕群動：各種動物。晋陶潛飲酒之七：「日入群動息，歸鳥趨林鳴。」

〔五一〕魚龍：魚和龍。泛指鱗介水族。

〔五二〕跳踉：莊子逍遥游：「子獨不見狸狌乎？卑身而伏，以候敖者；東西跳梁，不辟高下。」成玄英疏：「跳梁，猶走擲也。」

〔五三〕日精：宋葉廷珪海録碎事百工醫技：「日精，雲母也。」

不寐

卧覺霜被體，起看星在天。蒼茫莫秋氣，浩蕩始衰年。舊雨〔一〕江湖隔，孤心日月懸。冠山鰲奰屓〔二〕，驅鱷筆纏綿〔三〕。名將曾傳李，奇功不在邊。〔四〕波瀾迴地軸〔五〕，道里候星纏〔六〕。得勢瓜戎〔七〕掎，攻心絳諜剸〔八〕。餘氛〔九〕侯幾輩，善撫箸重前。稠疊〔一〇〕夷蠻貢，紛紜南北船。險塗歸枕席〔一一〕，元氣静戈鋋。珠積重泉〔一二〕淚，香收抱木〔一三〕涎。已聞虚馬迹〔一四〕，况乃哨陳錢〔一五〕。漆室〔一六〕人空老，金城〔一七〕守最堅。只應蓬島上，高會揖群仙。

【繫年】

詩道光十五年（一八三五）秋作於赴淮陰途中。

【注釋】

〔一〕舊雨：唐杜甫秋述：「常時車馬之客，舊，雨來；今，雨不來。」謂過去賓客遇雨也來，而今遇雨却不來了。後以「舊雨」作爲老友的代稱。

〔二〕唐歐陽詢等藝文類聚卷九七引符子：「東海有鰲焉，冠蓬萊而游於滄海，騰躍而上則干雲，没而下潜於重泉。有紅蟻者聞而悦，與群蟻相要乎海畔，欲觀鰲之行，月餘未出群作也。數日風止，海中隱淪如岊，其高概天，或游而西。群蟻曰：『彼之冠山，何異乎我之戴粒也。』」冠山喻大，戴粒喻小。比喻大小各得其宜。贔屓，亦作「贔屭」，壯大貌。

〔三〕新唐書韓愈傳：「初，愈至潮，問民疾苦，皆曰：『惡溪有鱷魚，食民畜産且盡，民以是窮。』數日，愈自往視之，令其屬秦濟以一羊一豚投谿水而祝之曰：……祝之夕，暴風震電起谿中，數日水盡涸，西徙六十里，自是潮無鱷魚患。」韓愈爲此次驅鱷作有鱷魚文。

〔四〕唐李白述德兼陳情上哥舒大夫：「天爲國家孕英才，森森矛戟擁靈臺。浩蕩深謀噴江海，縱横逸氣走風雷。丈夫立身有如此，一呼三軍皆披靡。衛青謾作大將軍，白起真成一豎子。」

〔五〕地軸：晋張華博物志卷一：「地有三千六百軸，犬牙相舉。」

〔六〕星纏：通「星躔」。日月星辰的運行。

〔七〕瓜戎，即瓜州戎、陸渾戎。陸渾，古地名，也稱瓜州，原指今甘肅敦煌一帶。史記匈奴列傳：「於是戎狄或居於陸渾，東至於衛，侵盗暴虐中國。」裴駰集解引徐廣曰：「一爲『陸邑』。」司馬貞索隱：「春秋左氏：『秦晋遷陸渾之戎于伊川。』杜預以爲『允姓之戎居陸渾，在秦晋之間，二國誘而徙之伊川，遂從戎號，今陸渾縣是也。』」

〔八〕史記絳侯周勃世家：「歲餘，每河東守尉行縣至絳，絳侯勃自畏恐誅，常被甲，令家人持兵以見之。其後人有上書告勃欲反，下廷尉。廷尉下其事長安，逮捕勃治之。勃恐，不知置辭。吏稍侵辱之。勃以千金與獄吏，獄吏乃書牘背示之，曰『以公主爲證』。公主者，孝文帝女也，勃太子勝之尚之，故獄吏教引爲證。勃之益封受賜，盡以予薄昭。及繫急，薄昭爲言薄太后，太后亦以爲無反事。文帝朝，太后以冒絮提文帝，曰：『絳侯綰皇帝璽，將兵於北軍，不以此時反，今居一小縣，顧欲反邪！』文帝既見絳侯獄辭，乃謝曰：『吏（事）方驗而出之。』於是使使持節赦絳侯，復爵邑。絳侯既出，曰：『吾嘗將百萬軍，然安知獄吏之貴乎！』」諜，諜諜，通「喋」。史記張釋之馮唐列傳：「夫絳侯、東陽侯稱爲長者，此兩人言事曾不能出口，豈斅此嗇夫諜諜利口捷給哉！」司馬貞索隱：「漢書作『喋喋』，口多言。」

〔九〕餘氛：殘留的妖氛，借指殘存的寇賊。

〔一〇〕稠疊：稠密重疊，密密層層。

〔一一〕歸枕席：漢書趙充國傳：「治湟狹中道橋，令可至鮮水，以制西域，信威千里，從枕席上過師。」顏師古注引鄭氏曰：「橋成軍行安易，若於枕席上過也。」後因以「枕席過師」形容行軍道路極其平坦安穩。

〔一二〕重泉：重淵。莊子列御寇：「千金之珠，必在九重之淵。」

〔一三〕抱木：晋嵇含南方草木狀抱香履：「抱木生於水松之旁，若寄生然，極柔弱，不勝刀鋸，乘濕時刳而爲履，易如削瓜，既乾而韌，不可理也。……出扶南、大秦諸國。」清屈大均廣東新語卷十六器語屐：「士大夫亦皆尚屐。沐浴乘凉時，散足著之，名之曰散屐。散屐以潮州所製拖皮爲雅。或以抱木爲之。抱木附水松根而生，香而柔韌，可作履。」

〔一四〕馬迹：馬迹山，位於浙江嵊泗馬迹山岛。

〔一五〕陳錢：陳錢山，即嵊山，古稱乘名山、神前山、陳錢山、盡山等。位於浙江嵊泗嵊山島。

〔一六〕漆室：關心國事之典。參詩卷二漆室女注釋〔一〕。

〔一七〕金城：後漢書班固傳上：「建金城其萬雉，呀周池而成淵。」李賢注：「金城，言堅固也。」

代家書

有幽隰桑〔一〕中，突兀兩梅出。此梅雖不古，近三百年物。前明盛鐘鼎，陽蔡〔二〕稔遺迹。事往園爲田，偃蹇樹猶立。桂園皆合抱，梅徑寸者七。不知同霜露，何以異肥瘠？道光乙未秋七月，大風拔木梅竟卒〔三〕。念其壽命當已竟，勉爲移徙求重活。小船卧載浪拍舷，隘巷斜經墻卸闕。山土細簁水新汲，十夫勞勞旦至夕。三支椏木防風摇，四壓巨石愁根揭。亦知物理有前定，護惜且復窮人力。明年花發照眼明，人日〔四〕封椷〔五〕報行客。

【繫年】

詩道光十五年（一八三五）冬作於淮安。

【注釋】

〔一〕隰桑：隰桑，隰中之桑。詩經小雅有隰桑篇。

〔二〕陽蔡：當在宜興蔡家河的南面。

〔三〕卒：同「槭」。

〔四〕人日：舊俗以農曆正月初七爲人日。宋李昉等太平御覽卷九七六引南朝梁宗懍荆楚歲時記：「正月七日爲人日。以七種菜爲羹，剪綵爲人或鏤金箔爲人，以貼屏風，亦戴之頭鬢。又造華勝以相遺，登高賦詩。」

〔五〕封椷：封緘。

贈李生[一]

悽悽復悽悽，既饑那不啼？靈芝托磐石，上有華露滋。鯷魚偶緣木[二]，杲杲遂岩棲[三]。士生嬴秦前，謀食[四]良足嗤。顔氏樂簞瓢[五]，百畝[六]供取携[七]。自從封建[八]壞，養士風日稀。桑蓬[九]志四方，垂翼困明夷。[一〇]皇皇禹稷願，若已饑溺之。[一一]疾苦在斯民，身受痛彌知。研田[一二]歲屢豐，僅可饘粥[一三]支。皋比[一四]一旦撤，生計全家非。誰能無疾病，誰能免衰羸？幸哉尚居安，遠慮在思危。所以治生急，後儒多恕詞[一五]。終然托業[一六]異，事與心常違。欲耕郭無田，欲賈囊無資。譬如繭中蛹，蹙縮無伸期。風雲忽然來，化蛾始能飛。若其落湯鑊，乙乙[一七]抽成絲。絲完蛹亦爛，織作他人衣。執鞭[一八]既難求，從好且自怡。我昔不受命[一九]，三十四十時。尻輪任一往，意馬紛四馳。[二〇]當其縱漁獵[二一]，叱吒真忘疲。時移事忽盡，追悔每刻肌[二二]。不悔黄金散，不悔素衣緇[二三]。所悔壯盛年，精力乖所治。桑榆[二四]雖云收，促步無舒儀。君今四十餘，裴回[二五]始臨歧。發軔[二六]一不端，既東無復西。及其途路窮，欲悔將無[二七]遲。前車已足鑒，願子深長思。

【繫年】

詩道光十五年(一八三五)冬作於淮安。文卷四李篋樓詩序，蓋即此詩中之李生。

【注釋】

〔一〕李生：蓋即李篋樓鎮。參文卷四李篋樓詩序注釋〔一〕。

〔二〕明陳繼儒珍珠船卷四：「蜀有魶魚，善緣木，有聲如啼兒。」史記司馬相如傳「禺禺鱋魶」裴駰集解：「徐廣曰：『禺禺，魚牛也。鱋，一作「鱋」，音榻。魶音納，一作「鳎」。』駰案：漢書音義曰『鱋，比目魚也。魶，鯷魚』。」

〔三〕岩棲：舊題師曠禽經：「山鳥岩棲，原鳥地處。」張華注：「山岩之鳥多不巢。」栖宿在山岩上。

〔四〕論語衛靈公：「子曰：『君子謀道不謀食。』」

〔五〕論語雍也：「一簞食，一瓢飲，在陋巷，人不堪其憂，回也不改其樂。」

〔六〕百畝：孟子滕文公上：「夏后氏五十而貢，殷人七十而助，周人百畝而徹，其實皆什一也。」孟子寡人之于國也：「五畝之宅，樹之以桑，五十者可以衣帛矣；鷄豚狗彘之畜，無失其時，七十者可以食肉矣；百畝之田，勿奪其時，數口之家可以無饑矣；謹庠序之教，申之以孝悌之義，頒白者不負戴于道路矣。七十者衣帛食肉，黎民不饑不寒，然而不王者，未之有也。」按：莊子讓王謂顏回有「郭外之田五十畝」，「郭内之田十畝」，「足以自樂也」。此處似用此典。

〔七〕取携：亦作「携取」。詩經大雅板：「天之牖民，如壎如篪，如璋如圭，如取如携。」孔穎達疏：「言其必從君化，如携取之隨人君也。」携帶，拿取。

〔八〕封建：封邦建國。古代帝王把爵位、土地分賜親戚或功臣，使之在各該區域内建立邦國。相傳黄帝爲封建之始，至周制度始備。

〔九〕桑蓬：即桑弧蓬矢。禮記内則：「國君世子生，告于君，接以大牢，宰掌具，三日，卜士負之，吉者宿齊，朝服寢門外，詩負之，射人以桑弧蓬矢六，射天地四方。」鄭玄注：「桑弧蓬矢本大古也，天地四方男子所有事也。」

〔一〇〕周易明夷：「明夷於飛，垂其翼。」王弼注：「懷懼而行，行不敢顯，故曰垂其翼。」謂鳥翅下垂不能高飛。後以「垂翼」比喻人受挫折，止息不前。

〔一一〕孟子離婁下：「禹思天下有溺者，由己溺之也；稷思天下有饑者，由己饑之也，是以如是其急也。」

〔一二〕研田：通「硯田」，以硯喻田，謂靠筆墨維持生計。

〔一三〕饘粥：亦作「饘鬻」，稀飯。

〔一四〕皋比：古人坐虎皮講學，後因以指講席。參詩卷七伯游爲詩三章贈别率答注釋〔七〕。

〔一五〕恕詞：亦作「恕辭」，開脱或原諒的言辭。

〔一六〕托業：亦作「托業」，借此以爲治生之業。宋書隱逸傳雷次宗：「暨於弱冠，遂托業廬山，逮事釋和尚。」

〔一七〕乙乙：一一，逐一。清田雯繰車辭：「初長如蟻今成繭，乙乙上簇黄白滿。」

〔一八〕執鞭：執鞭墜鐙，亦作「執鞭隨鐙」，謂服侍别人乘騎，多表示傾心追隨。

〔一九〕不受命：孟子離婁上：「齊景公曰：『既不能令，又不受命，是絶物也。』」朱熹集注：「受命，聽命於人也。」

〔二〇〕莊子大宗師：「浸假而化予之尻以爲輪，以神爲馬，予因以乘之，豈更駕哉。」成玄英疏：「尻無識而爲輪，神有知而作馬，因漸漬而變化，乘輪馬以遨游，苟隨任以安排，亦於何而不適者也。」謂以尻爲車輿而神游。後以「尻輪神馬」爲隨心所欲遨游自然之典。亦省作「尻神」「尻馬」「尻輪」。

〔二一〕漁獵：貪求并追逐。

〔二二〕刻肌：刻肌刻骨，謂感受深切。

〔二三〕素衣緇：素衣化緇，白色的衣服變成黑色的。形容塵灰多而受到污染，亦比喻清廉的操守遭受污染。

〔二四〕桑榆：後漢書馮異傳：「始雖垂翅回谿，終能奮翼黽池，可謂失之東隅，收之桑榆」。謂初雖有失，而終得補償。後以「收之桑榆」謂事猶未晚，尚可補救。

〔二五〕裴回：同「徘徊」。彷徨，徘徊不進貌。

〔二六〕發軔：楚辭離騷：「朝發軔於蒼梧兮，夕余至乎縣圃。」朱熹集注：「軔，搘車木也，將行則發之。」

〔二七〕將無：莫非，恐怕。

病股率述示篴樓〔一〕，兼柬秋伯〔二〕同年五首

冬暖爰居〔三〕避，春寒鶺鴒〔四〕號。病夫中左股，凄洌不自憭。平生畏爐炭，榾柮〔五〕頃亦燒。雖云適事宜，敢言貞素操？

著書心脈動，飲酒肺氣滯。唯聞好言語，可以歐券肆〔六〕。擁爐遲我友，寂寂不復至。殘臘〔七〕餘幾日，誰能無歲事〔八〕？

李生感意氣〔九〕，日日侍匡床〔一〇〕。艱難不足言，出處始見商。我爲蟄谷鶯，稀復調寒簧〔一一〕。生如出繭蛾，絲緒故未忘。今年三月中，紅雪沾衣裳。炎炎日夜火，薨薨〔一二〕夏秋蝗。室廬雖多焚，稼穡幸未傷。隆冬無一白，大官禱龍王。明日入新春，今日雪雱雱〔一三〕。天心幸仁愛，吾道方吉昌。勉矣遵前塗，率意對賢良。

毛君我同歲，少我僅十月。多君在江湖，心不離魏闕。〔一四〕醉餘發悲慨，誓欲粉軀骨。勸人應科舉，豪興莽飛越。吾衰但自愧，脛若林雍刜〔一五〕。囊底敂〔一六〕已空，焉足當一吷〔一七〕？

去日已苦多，新歲行復來。悠悠薄宦〔一八〕心，苦憶故園梅。移根自秋苑，植我北園隈。感我發繁華，豈不願我回。繫匏〔一九〕解無期，坐撥寒爐灰。

【繫年】

據「明日入新春」，知詩道光十五年（一八三五）十二月底作於淮安。

【注釋】

〔一〕篋樓：李篋樓鎮。參文卷四李篋樓詩序。

〔二〕秋伯：毛夢蘭（一七八二—一八五六），號秋伯。參文卷四毛秋伯夢蘭母壽序注釋〔一〕。

〔三〕爰居：左傳文公二年：「作虛器，縱逆祀，祀爰居。」杜預注：「海鳥曰爰居。」爾雅釋鳥：「爰居，雜縣。」邢昺疏：「爰居，海鳥也，大如馬駒，一名雜縣。漢元帝時，琅邪有之。」

〔四〕鶤鷄：文選張衡西京賦：「翔鶤仰而弗逮，況青鳥與黄雀。」李善注引穆天子傳：「鶤鷄飛八百里。」郭璞注：「鶤即鶤鷄，鶤與鶤同。」

〔五〕榾柮：木柴塊，樹根疙瘩。可代炭用。

〔六〕券肆：戰國策齊策四：「（馮諼）驅而之薛，使吏召諸民當償者，悉來合券。券遍合，起矯命以責賜諸民，因燒其券，民稱萬歲。長驅到齊，晨而求見。孟嘗君怪其疾也，衣冠而見之，曰：『責畢收乎？來何疾也！』曰：『收畢矣。』『以何市而反？』馮諼曰：『君雲「視吾家所寡有者」。臣竊計，君宫中積珍寶，狗馬實外厩，美人充下陳。君家所寡有者以義耳！竊以爲君市義。』孟嘗君曰：『市義奈何？』曰：『今君有區區之薛，不拊愛子其民，因而賈利之。臣竊矯君命，以責賜諸民，因燒其券，民稱萬歲。乃臣所以爲君市義也。』」

〔七〕殘臘：農曆年底。

〔八〕歲事：每年祭祀的事。

〔九〕意氣：情誼，恩義。

〔一〇〕匡床：漢桓寬鹽鐵論取下：「匡床旃席，侍御滿側者，不知負輅輓船，登高絶流之難也。」王利器校注：「淮南子主術篇曰：『匡床蒻席。』今案高誘注曰：『匡，安也。』莊子齊物篇：『與王同筐床。』釋文云：『本亦作「匡」，司馬云：「安床也。」』」

〔一一〕調簧：調弄舌頭，啼鳴。宋梅堯臣和歐陽永叔啼鳥十八韻：「口中調簧定何益，下啄蚯蚓孰曰清。」

〔一二〕薨薨：象聲詞，衆蟲齊飛聲。詩經周南螽斯：「螽斯羽，薨薨兮。」

〔一三〕雱雱：雨雪盛貌。

〔一四〕吕氏春秋審爲：「中山公子牟謂詹子曰：『身在江海之上，心居乎魏闕之下，奈何？』」後以「身在江湖，心存魏闕」指雖不居官，仍關懷朝政。多，贊許，推崇。魏闕，古代宫門外兩邊高聳的樓觀。樓觀下常爲懸布法令之所。亦借指朝廷。

〔一五〕左傳昭公二十六年：「苑子刜林雍，斷其足，鑋而乘於他車。」

〔一六〕敂：同「叩」。

〔一七〕呋：同「啜」，飲、喝。

〔一八〕薄宦：卑微的官職。

〔一九〕繫匏：論語陽貨：「吾豈匏瓜也哉，焉能繫而不食？」按，匏瓜味苦，故繫置不用。後用「繫匏」比喻隱居未仕或棄置閑散。

雪後遲，篴樓〔一〕不至

時雪既覆地，入春興悠然。手君一編詩，熟復情復牽。殘白曖易消，新緑暗已延。生氣與之俱，鬱勃造物先。病夫左脚痹，養拙〔二〕謝時賢。坐知郊原外，宿麥青芊芊。斯人豈無睹，睹即感時遷。念與子别離，寒月更缺圓。焉能各羈棲〔三〕，默默終殘年。

【繫年】

據「明日入新春」，知詩道光十五年（一八三五）除夕作於淮安。

【注釋】

〔一〕篴樓：李篴樓鎮。參文卷四李篴樓詩序。

〔二〕養拙：才能低下而閑居度日，常用爲退隱不仕的自謙之辭。晋潘岳閑居賦：「仰衆妙而絶思，終優游以養拙。」

〔三〕羈棲：淹留他鄉。

題秋伯〔一〕行看子〔二〕丙申

洞庭八水〔三〕會，九疑〔四〕五領〔五〕頭。何人少年日，便作湘西侯。〔六〕馮馮〔七〕蒼梧〔八〕雲，漠漠蒼梧雨。湘累〔九〕不可吊，其人則已古。漢藩置傅相〔一〇〕，所職亦親民。願訪賈生〔一一〕治，必還三代淳。洞庭春泛圖

秋風不入關，關内無黄沙。春風不出關，關外無桃花。蒼慈〔一二〕既均覆，中外成一家。暫爲萬里行，終及期年瓜〔一三〕。書生帶長刀，必令膽智加。焉能坐穹廬〔一四〕，但聽胡琵琶？出塞圖

作吏不廢書，從軍不廢樂。淮陰一闤市〔一五〕，翩然下遼鶴〔一六〕。屋小欲打頭〔一七〕，焉能置

丘壑〔一八〕？借緑喜有鄰，中庭滿幽沃。問奇〔一九〕諸生業，推襟〔二〇〕故人約。往迹漸欲忘，新徯那須鑿？且復命酒徒，怡然動春酌。借緑山房圖

【繫年】

據小注「丙申」，詩道光十六年（一八三六）正月作於淮安。

【注釋】

〔一〕秋伯：毛夢蘭（一七八二—一八五六），號秋伯。參文卷四毛秋伯夢蘭母壽序注釋〔一〕。

〔二〕行看子：清方濬師蕉軒隨録卷八畫像：「是畫像由來已久。今之繪衣冠者曰影、曰真容，圖行樂者曰小照、曰行看子。」清陸以湉冷廬雜識卷五傳神寫照：「『傳神寫照』，見於晉書顧愷之傳，後世謂之『行看子』，亦稱『行樂圖』。至今日而此風盛行，幾於人各爲圖，競出新意命名，求人題咏，甚至有空紙一幅，名曰『尸解圖』以乞詩者，真愈出愈奇矣！」

〔三〕八水：松滋河、虎渡河、藕池河、調弦河、湘、資、沅、澧。

〔四〕九疑：九嶷山，又名蒼梧山。位於湖南永州寧遠境内，北魏酈道元水經注資水：「蒼梧之野，峰秀數郡之間，羅岩九峰，各導一溪，岫壑負阻，異嶺同勢。游者疑焉，故曰九疑山。」史記五帝本紀：「舜南巡崩於蒼梧之野，葬於江南九嶷。」

〔五〕五領：亦作「五嶺」。大庾嶺、越城嶺、騎田嶺、萌渚嶺、都龐嶺的總稱。

〔六〕毛秋伯夢蘭早年曾歷官湖南邵陽、沅江、武陵、湘鄉、湘潭。

〔七〕馮馮：漢揚雄太玄廓：「維豐維崇，百辟馮馮。」司馬光集注：「馮，古憑字。馮馮，盛多貌。」

〔八〕蒼梧：九嶷山又名蒼梧山。

〔九〕湘累：亦作湘纍。郭沫若李白與杜甫杜甫的地主生活：「屈原是赴湘水支流而溺死的，古人稱之爲湘累。」

〔一〇〕傅相：古稱輔導國君、諸侯王之官。漢諸侯國有太傅，景帝中元五年令諸侯王不得治國，改丞相曰相，通稱傅相。史記梁孝王世家：「故諸侯王當爲置良師傅相忠言之士。」

〔一一〕賈生：賈誼（前二〇〇—前一六八），西漢洛陽人。曾爲長沙王太傅，遷爲梁懷王太傅，後懷王墮馬死，誼自傷爲傅無狀，年餘亦卒，世人稱爲賈太傅、賈長沙，又稱爲賈生。

〔一二〕蒼慈：即倉慈。三国志魏書倉慈傳：「倉慈字孝仁，淮南人也。……太和中，遷燉煌太守。郡在西陲，以喪亂隔絶，曠無太守二十歲，大姓雄張，遂以爲俗。前太守尹奉等，循故而已，無所匡革。慈到，抑挫權右，撫恤貧羸，甚得其理。舊大族田地有餘，而小民無立錐之土；慈皆隨口割賦，稍稍使畢其本直。先是屬城獄訟衆猥，縣不能決，多集治下；慈躬往省閲，料簡輕重，自非殊死，但鞭杖遣之，一歲決刑曾不滿十人。又常日西域雜胡欲來貢獻，而諸豪族多逆斷絶；既與貿遷，欺詐侮易，多不得分明。胡常怨望，慈皆勞之。欲詣洛者，爲封過所，欲從郡還者，官爲平取，輒以府見物與共交市，使吏民護送道路，由是民夷翕然稱其德惠。數年卒官，吏民悲感如喪親戚，圖畫其形，思其遺像。及西域諸胡聞慈死，悉共會聚於戊己校尉及長吏治下發哀，或有以刀畫面，以明血誠，又爲立祠，遥共祠之。」

〔一三〕瓜：瓜代。左傳莊公八年：「齊侯使連稱、管至父戍葵丘。瓜時而往，曰：『及瓜而代。』」後稱官吏任職期滿由他人接替爲「瓜代」。

〔一四〕穹廬：古代游牧民族居住的氈帳。

〔一五〕闤市：鬧市。

〔一六〕遼鶴用晋遼東丁令威得仙化鶴歸里事。參詩卷二雜賦九首示確叔，兼寄犀台老兄健鶻注釋〔五〕。

〔一七〕打頭：碰頭。宋蘇軾戲子由：「宛丘先生長如丘，宛丘學舍小如舟，常時低頭誦經史，忽然欠伸屋打頭。」

〔一八〕丘壑：喻深遠的意境。宋黄庭堅題子瞻枯木：「胸中元自有丘壑，故作老木蟠風霜。」

〔一九〕問奇：漢書揚雄傳下：「間請問其故，乃劉棻嘗從雄學作奇字。……雄以病免，復召爲大夫。家素貧，耆酒，人希至其門。時有好事者載酒肴從游學，而鉅鹿侯芭常從雄居，受其太玄、法言焉。」

〔二〇〕推襟：即「推襟送抱」。比喻推誠相與。襟抱，心意。

送儉卿〔一〕計偕〔二〕北上

聞君重高誼，歲晚始相逢。愛我如骨肉，别我爲飛蓬〔三〕。飛蓬去何許？飄飖上九天。天門詄蕩〔四〕開，下士成飛仙。仙家歲月長，一日當一年。下士重離别，飛仙豈不然？一日腸九回〔五〕，三秋〔六〕那可言？湯湯〔七〕淮之水，直波〔八〕清且漣。君去我何爲？伐檀置河干〔九〕。上有千卷書，下有二頃田〔一〇〕。曰歸胡不歸？此邦實多賢。待君出度材，視此梓與楩〔一一〕。然後别君去，吾道亦不愆。斯志誠悠悠，時光如水流。

【繫年】

據清吴昆田、陶鑲柘翁先生年譜，丁晏道光十三年（一八三三）「丁太安人艱」，至十六年服闋，於三月初三至京應會試。又詩題言「送儉卿計偕北上」，知詩道光十六年（一八三六）二月初作於淮安。

【注釋】

〔一〕儉卿：丁晏（一七九四—一八七五），字儉卿。參文卷四丁儉卿晏頤志齋詩序注釋〔一〕。

〔二〕計偕：史記儒林列傳序：「郡國縣道邑有好文學、敬長上、肅政教、順鄉里、出入不悖所聞者，令相長丞上屬所二千石，二千石謹察可者，當與計偕，詣太常，得受業如弟子。」司馬貞索隱：「計，計吏也。偕，俱也。謂令與計吏俱詣太常也。」後遂用「計偕」稱舉人赴京會試。

〔三〕飛蓬：枯後根斷遇風飛旋的蓬草，喻行蹤飄泊不定。

〔四〕詄蕩：詄蕩蕩，空曠無際貌。漢書禮樂志：「天門開，詄蕩蕩，穆并騁，以臨饗。」顔師古注引如淳曰：「詄讀如迭。詄蕩蕩，天體堅清之狀也。」

〔五〕漢司馬遷報任少卿書：「是以腸一日而九迴。」愁腸反覆翻轉。比喻憂思鬱結難解。

〔六〕三秋：詩經王風采葛：「一日不見，如三秋兮。」三秋，三年。見清俞樾古書疑義舉例以小名代大名例。

〔七〕湯湯：詩經衛風氓：「淇水湯湯，漸車帷裳。」毛傳：「湯湯，水盛貌。」

〔八〕直波：清馬瑞辰毛詩傳箋通釋卷十魏風：「『河水清且直漪』，傳：『直，直波也。』瑞辰按：釋水：『直波爲徑。』郭注：『言徑涏也。』釋名作『水直波曰涇』，云：『涇，徑也；言如道徑也。』爾雅瀾、淪皆釋此詩，則徑亦釋詩。詩本蓋作『徑漪』，毛傳原作『徑，直波也』。徑、直聲轉，古即讀如直，後人以徑於韻不協，乃改爲直，正義所云『直波不言徑而言直者，取韻故也』。然直波不可單稱直，猶漣爲大波不可遂稱大，淪爲小波不可遂稱小也。又按説文：『涇，直流也。』與直波爲徑音義相近，疑徑即涇之假借。徑、涇、罄皆雙聲，涇之通作徑，猶詩『缾之罄矣』之通作窒也。」

〔九〕詩經魏風伐檀：「坎坎伐檀兮，寘之河之干兮。河水清且漣猗。不稼不穡，胡取禾三百廛兮？不狩不獵，胡瞻爾庭有縣貆兮？」

〔一〇〕二頃田：史記蘇秦列傳：「蘇秦喟然嘆曰：『此一人之身，富貴則親戚畏懼之，貧賤則輕易之，況衆人乎！且使我有雒陽負郭田二頃，吾豈能佩六國相印乎！』於是散千金以賜宗族朋友。」司馬貞索隱：「負者，背也，枕也。近城之地，沃潤流澤，最爲膏腴，故曰『負郭』也。」後因以「二頃田」「負郭田」爲典，泛指田。

〔一一〕梓與楩：黄楩樹與梓樹，兩種大木，此喻棟梁之材。

别儉卿却寄

出門亦相思，入門亦相思。相思不相見，相見不相知。魯叟雖棲棲〔一〕，英才固從之。困阸陳蔡間〔二〕，飄搖〔三〕滄海湄。一德〔四〕感獨深，聚散當何疑？人生異出處，均荷造物慈。自無臭味〔五〕招，致斯離索〔六〕悲。誦讀與施爲〔七〕，少壯已失時。老膺教誨責，取懷鮮所資。上慚先民矩，下愧多士師。春風入瑶瑟，獨坐增歔欷。庭前桃李枝，花萼日夜滋。承彼雨露恩，惜此歲月馳。敬告同心友，吾衰不可辭〔八〕。

【繫年】

參上，知詩道光十六年（一八三六）二月初作於淮安。

【注釋】

〔一〕論語憲問：「丘何爲是栖栖者與？無乃爲佞乎？」魯叟，指孔子。唐李白早秋贈裴十七仲堪詩：「荆人泣美玉，魯叟悲匏瓜。」棲棲，詩經小雅六月：「六月棲棲，戎車既飭。」朱熹集傳：「棲棲，猶皇皇不安之貌。」

〔二〕漢韓嬰韓詩外傳卷第七：「孔子困於陳蔡之間，席三經之席，七日不食，藜羹不糁。弟子有飢色。讀書習禮樂不休。」

〔三〕飄摇：漂泊奔波，形容行止無定。

〔四〕一德：周易繫辭下：「恒以一德。」孔穎達疏：「恒能始終不移，是純一其德也。」

〔五〕臭味：左傳襄公八年：「季武子曰：『誰敢哉！今譬於草木，寡君在君，君之臭味也。』」杜預注：「言同類。」

〔六〕離索：唐杜甫夜聽許十一誦詩愛而有作：「離索晚相逢，包蒙欣有擊。」仇兆鰲注：「離索，離群索居，見禮記子夏語。」

〔七〕施爲：作爲。

〔八〕論語述而：「甚矣，吾衰也！久矣，吾不復夢見周公。」孔穎達疏：「孔子衰老，不復夢見周公。明盛時夢見周公，欲行其道也。」

牽牛發花欣然有作

娟娟牽牛藤，糾結在高籬。喜近君子堂，自然忘賤微。纏綿念初締，援引及扶持。九夏〔一〕豈不長？旦旦〔二〕手自爲。兹晨數朵出，興與秋雲飛。澹色發深叢，素跗〔三〕承紫蕤。朝陽避光采，宿露養華滋。殘月綴疏星，與爾幽芳期。伊余〔四〕爛熳〔五〕人，櫛沐〔六〕恒及熚。對此獨忘言，躁心焉得知？

【繫年】

詩當道光十六年（一八三六）初夏作於淮安。

【注釋】

〔一〕九夏：夏季，夏天。晉陶潛榮木序：「日月推遷，已復九夏。」

〔二〕旦旦：天天。

〔三〕素跗：白花。「跗」通「柎」。

〔四〕伊余：自指，我。

〔五〕爛熳：情感真摯坦率。

〔六〕櫛沐：櫛風沐雨。

竹

靈均憾幽篁〔一〕，少陵斬惡竹〔二〕。伊人豈異情，忍此森森緑。其下不容人，其上不見天。浪沿此君名，誰能相謂然？庭陰長一叢，蒙密〔三〕蘞蔓〔四〕同。頗疑蚊與虺，潛伏盈其中。薄暮日晻靄，深宵月朦朧。行經或坐對，不覺心忡忡〔五〕。呼童薙其穢，畚臿一時進。柔枝連蔓葉，剪落稍稍盡。餘竿才數十，及肩若稚女。夭屈受風笑〔六〕，主人始憐汝。何年挺勁節，松柏以爲侶。一雪冬草〔七〕誣，歷歷心萬古。

【繫年】

詩當道光十六年（一八三六）夏作於淮安。

【注釋】

〔一〕楚辭九歌山鬼："余處幽篁兮終不見天。"王逸注："幽篁，竹林也。"

〔二〕唐杜甫將赴成都草堂途中有作先寄嚴鄭公："新松恨不高千尺，惡竹應須斬萬竿。"

〔三〕蒙密：茂密。

〔四〕蘞蔓：詩經唐風葛生："葛生蒙楚，蘞蔓于野。"馬瑞辰按："葛與蘞皆蔓草，延於松柏則得其所，猶婦人隨夫榮貴。今詩言蒙楚、蒙棘、蔓野、蔓域，蓋以喻婦人失其所依，隨夫卑賤。杜詩『兔絲附蓬麻，引蔓故不長』，其取興與此詩同義。"

〔五〕忡忡：詩經召南草蟲："未見君子，憂心忡忡。"

〔六〕說文竹部笑宋徐鉉案："李陽冰刊定說文：從竹從夭。義云：竹得風，其體夭屈，如人之笑。"

〔七〕冬草：南朝齊蕭子暉冬草賦："有閒居之蔓草，獨幽隱而羅生。對離披之苦節，反葳蕤而有情。若夫火山滅焰，湯泉沸濤；日悠揚而少色，天陰霖而四下。于時直木先摧，曲蓬多隕；衆芳摧而萎絶，百卉颯以徂盡。未若兹草，凌霜自保；挺秀色于冰塗，厲貞心於寒道。已矣哉，徒撫心其何益？但使萬物之後凋，夫何獨知于松柏！"

省墓暫歸京口〔一〕，牐〔二〕阻江行，過圌山〔三〕

鎮江山力倦，東下决無疑。海氣〔四〕接茫昧，日華銷陸離〔五〕。安知大造〔六〕性，且赴野鷗期〔七〕。入手綸竿在，吾今豈甚衰？

【繫年】

下首看燈作於道光十七年（一八三七）返鄉後，此詩題曰「省墓」，當作於返鄉途中，故當道光十六年（一八三六）年末作於江蘇鎮江。

【注釋】

〔一〕京口：今江蘇鎮江。

〔二〕牐：古同「閘」。

〔三〕圌山：又名洗山、誰山、譙山、瞿山、仙鶴山，在江蘇鎮江。宋在此置圌山寨。建炎三年，韓世忠駐軍於此，防金兵由海路進攻江浙。

〔四〕海氣：海面上或江面上的霧氣。

〔五〕陸離：文選揚雄甘泉賦：「聲駢隱以陸離兮，輕先疾雷而馺遺風。」李善注：「廣雅曰：陸離，參差也。」

〔六〕大造：天地，大自然。南朝宋謝靈運宋武帝誄：「業盛曩代，惠侔大造，澤及四海，功格八表。」

〔七〕野鷗期：寒鷗約。與鷗鳥訂立的盟約。喻指退隱。

看燈丁酉

鄉里情意厚，春燈競沖泥〔一〕。卅年始復看，我亦珍重之。縱横騁龍馬，颯遝〔二〕喧征鼙。沿緣出墻曲，掩映循谿湄。兒童及姥媪，旋繞如螺師〔三〕。光景遠明滅，物罕乃見奇。豈如揚州市，比屋皆光輝。比屋皆光輝，光輝能幾時？吾鄉二百年，風俗終不移。願與鄉里約，歲歲如今兹。

【繫年】

據小注「丁酉」，詩道光十七年（一八三七）正月十五前後作於宜興。

【注釋】

〔一〕沖泥：踏泥而行，不避雨雪。

〔二〕颯遝：文選潘岳笙賦：「終嵬峨以蹇諤，又颯遝而繁沸。」劉良注：「颯遝、繁沸，聲湧起貌。」

〔三〕螺師：即螺螄。

喜晴

三冬〔一〕無雪釀春陰，勒遲梅花費苦尋。到底一枝供醉眼，莫將千畝〔二〕動閒心。吾衰更喜聞鳴鳥，日出居然照北林。〔三〕清絶畫溪〔四〕危見石，任他游泳各浮沈。

【繫年】

詩道光十七年（一八三七）正月作於宜興。

【注釋】

〔一〕三冬：冬季三月。即冬季。

〔二〕千畝：渭川千畝。史記貨殖列傳：「齊魯千畝桑麻，渭川千畝竹……此其人皆與千户侯等。」用以言竹之繁茂。

〔三〕詩經秦風晨風：「鴥彼晨風，鬱彼北林。」毛傳：「北林，林名。」三國魏曹植雜詩之一：「高臺多悲風，朝日照北林。」

〔四〕畫溪：宋樂史太平寰宇記卷之九十二江南東道四常州：「圻溪，今俗呼爲罨畫溪，在（宜興）縣南三十六里。源出懸脚嶺，東流入太湖。夾岸花竹，照映水中。」

喜所移梅樹得花

陽蔡〔一〕移老梅，來植我蔬圃。累累見紅萼，南枝最先吐。花意豈異人，所戀必故土。歷年矧三百，松柏作伴侣。狂飆忽吹拔，僵卧行就斧。捆載謀更生，相惜意良苦。幸哉得一活，况乃有新乳！其下抽氣條〔二〕，叢雜相錯午〔三〕。似兹乘王氣，駿發〔四〕孰能阻？同移梨與杏，亦各安處所。甘脆能結實，花葉争媚嫵。譬如兩庶姓，來媵大國女。〔五〕昨爲陽蔡行，乃見未移者。葛藟〔六〕蒙其顛，荒穢不可寫。虯松多爲薪，老桂半枯赭。始知天動威，俾我速聘取。老物自通靈，黽勉悦所主。報我以瓊瑶〔七〕，惜我尚羈旅。失喜〔八〕在乍看，久要豈相負？釃酒臨北窗，餘年分偕汝。

【繫年】

詩卷七代家書曰梅樹「道光乙未秋七月，大風拔木梅竟踣。念其壽命當已竟，勉爲移徙求重活」。故此詩謂「昨爲陽蔡行，乃見未移者」。詩道光十七年（一八三七）春初作於宜興。

【注釋】

〔一〕陽蔡：當在宜興蔡家河的南面。

〔二〕氣條：宋范成大梅譜後序：「梅以韻勝，以格高，故以横斜疏瘦與老枝怪奇者爲貴。其新接穉木，一歲抽嫩枝直上，或三、四尺，如酴醾、薔薇輩者，吴下謂之氣條。此直宜取實規利，無所謂韻與格矣。又有一種糞壤力勝者，於條上茁短横枝，狀如棘針，花密綴之，亦非高品。近世始畫墨梅，江西有楊補之者尤有名，其徒倣之者實繁。觀楊氏畫，大略皆氣條耳。雖筆法奇峭，去梅實遠。惟廉宣仲所作，差有風致，世鮮有評之者，余故附之譜後。」

〔三〕錯午：錯迕。交錯，錯雜。

〔四〕駿發：詩經周頌噫嘻：「駿發爾私。」鄭玄箋：「駿，疾也；發，伐也。……使民疾耕發其私田。」後用以指迅速發揚。

〔五〕左傳成公九年：「齊人來媵。」孔穎達引鄭玄箋云：「禮稱納女於天子曰備百姓，於國君曰備酒漿，不得云百姓，是不博異氣也。齊是大國，今來媵，我得之爲榮，不得貶也。」公羊傳莊公十九年：「媵者何？諸侯娶一國而二國往媵之，以侄娣從。侄者何？兄之子也；娣者何？弟也。」

〔六〕葛藟：詩經周南樛木：「南有樛木，葛藟纍之。」左傳文公七年：「葛藟猶能庇其本根，故君子以爲比。」楊伯峻注：「葛藟爲一物。……亦單名藟，亦名千歲藟、虆蕪、推虆、苣瓜、巨荒，屬葡萄科，爲自生之蔓性植物。」

〔七〕詩經衛風木瓜：「投我以木瓜，報之以瓊琚。非報也，永以爲好也。投我以木桃，報之以瓊瑶。匪報也，永以爲好也。」

〔八〕失喜：喜極不能自制。

别梅

老幹疏花能幾枝?未開猶遣惜將離。淮東萬樹空如錦,不值山翁一展眉。

【繫年】

詩道光十七年(一八三七)春初作於宜興。

過洑溪〔一〕感懷徐二良卿〔二〕

雪明松暗日初沈,東氿〔三〕扁舟客感深。童丱〔四〕故人封宿草〔五〕,江湖浪迹入微吟。自知衰疾難重健,可奈家山引獨尋?官事願同長孺〔六〕了,不看五柳〔七〕漸成陰。

【繫年】

詩道光十七年(一八三七)春作於北返淮安途中。時在宜興。

【注釋】

〔一〕洑溪：清顧祖禹讀史方輿紀要卷二十五南直七荆溪：「洑溪，在縣東南五里。源出君山，北入荆溪。」

〔二〕徐二良卿：徐薰，行二，字良卿，江蘇吴縣今蘇州吴中區人。見詩卷一秋夜散步懷良卿木君注釋〔一〕。

〔三〕東氿：湖名，在江蘇宜興。

〔四〕童丱：童子，童年。丱，丱角，兒童髮式。

〔五〕宿草：禮記檀弓上：「朋友之墓，有宿草而不哭焉。」孔穎達疏：「宿草，陳根也，草經一年則根陳也，朋友相爲哭一期，草根陳乃不哭也。」後多用爲悼亡之辭。此借指人已死多時。

〔六〕長儒：史記汲黯傳：「汲黯字長孺，濮陽人也。……東越相攻，上使黯往視之。不至，至吴而還，報曰：『越人相攻，固其俗然，不足以辱天子之使。』河内失火，延燒千餘家，上使黯往視之。還報曰：『家人失火，屋比延燒，不足憂也。臣過河南，河南貧人傷水旱萬餘家，或父子相食，臣謹以便宜，持節發河南倉粟以振貧民。臣請歸節，伏矯制之罪。』上賢而釋之，遷爲滎陽令。黯耻爲令，病歸田里。上聞，乃召拜爲中大夫。以數切諫，不得久留内，遷爲東海太守。黯學黄老之言，治官民，好清静，擇丞史任之，責大指而已，不細苛。黯多病，卧閤内不出。歲餘，東海大治，稱之。上聞，召爲主爵都尉，列於九卿。治務在無爲而已，引大體，不拘文法。」

〔七〕五柳：東晋陶潜五柳先生傳：「先生不知何許人也，亦不詳其姓字。宅邊有五柳樹，因以爲號焉。」

贈張大喻兹〔一〕

喻兹以紙索我畫，嫩不受墨將如何？夜來雨過偶發興，長言〔二〕讕語〔三〕沓復拖。昔年耽吟苦嘔血，老至不復能頭陀。詩家誑語誇老境，白打〔四〕矍鑠皆婞阿〔五〕。任城張生贈我筆，誅求舊墨政已苛。淵伯〔六〕寶研若拱璧，從我三歲日月磨。文房四妙大冤抑，拙書綿弱牽秋蘿〔七〕。書成一笑請糊壁，閒庭足雨緣蝸螺〔八〕。

【繫年】

詩當道光十七年（一八三七）作於淮安。

【注釋】

〔一〕張大喻兹：清丁晏頤志齋詩草清鈔本卷四邊頤公泌墨硯歌爲張介純用熙邑宰賦小注曰：「令兄喻兹在署。」同卷有李笛樓鎮招桐城張喻兹、荆溪周止安、甘泉毛秋伯、含山慶石城、同邑周木齋小飲，同看桃花。張介純用熙，安徽桐城人，舉人，道光十二年調任山陽知縣，至二十四年離任。張大喻兹爲其兄。

〔二〕長言：引長聲音吟唱。禮記樂記：「言之不足，故長言之；長言之不足，故嗟嘆之。」鄭玄注：「長言之，引其聲也。」

〔三〕譋語：妄語。

〔四〕白打：清杭世駿訂訛類編卷二事訛白打非蹴踘戲：「閩小記云周亮工著：王建詩『寒食内人常白打』，韋莊詩『上相閑分白打錢』，楊用修曰：『白打，戲名，未明指爲何事。』焦弱侯云：『蹴踘戲也。兩人對踢爲白打，三人角踢爲官場。』予謂白打即今之手搏名短打者是也。昔人目手不持寸鐵爲白戰，似即其意。武藝十八，終以白打。以白打爲終，明乎其不持寸鐵也。以爲蹴踘者非。」

〔五〕媕阿：亦作「媕阿」「媕婀」「媕婀」。依違阿曲，無主見。

〔六〕淵伯：袁潛，字學潛，江西豐城人，一字潛齊，號石農，晚號淵伯。工書法，精繪事，有名于時。乾隆五十九年（一七九四）甲寅恩科鄉試，袁守定子，著有勉齋詩集。

〔七〕秋蘿：秋羅，一種質薄而輕，有條紋的絲織品。

〔八〕蝸螺：螺螄。

題江龍門開[一]美人良馬卷子戊戌

雲如美人風如馬，大筆盤旋共爐冶。鑄出傾城[二]歷塊[三]姿，余吾[四]空谷原瀟灑[五]。一朝遇合判升沉[六]，玉勒珠鈿隨用舍。蛾眉從此妒深宫[七]，蹋膝亡何困東野[八]。江郎少負權奇[九]材，必逢美盼[一〇]笑口開。只今落拓將四十，風雲之期[一一]安在哉？不能不生才，天地有氣焰。不能必用才，天地有缺陷。生之用之天地慈，不用亦非天地私。陽阿且晞髮[一二]，瑶圃[一三]且脱羈。左顧右盼[一四]誰雄雌，風雲之氣[一五]無窮期。

【繫年】

據詩題下小注「戊戌」，道光十八年（一八三八）作於淮安。

【注釋】

〔一〕江龍門開：錢仲聯清詩紀事道光朝卷：「江開，字龍門，安徽廬江人。道光十五年乙未舉人，官陝西紫陽、咸陽、富平等縣知縣。有浩然堂詩集七卷。」狄葆賢平等閣詩話：「江龍門大令開，廬江人，家於桐城之龍眠。豐頤修幹，美鬚髯，性卓犖，善技擊，文章敏贍。少年鋭意功業，縱横博辯，舉孝廉游京師，一時名卿如楊昭勇侯遇春、周制軍天爵，聞其名咸相敬禮羅致。先生負才陵物，與時觸迕，屢遭罷黜。以嫺於政事，終得復起爲陝西紫陽令。時道光之季，先生知天下將亂，乃盡室以行。咸豐末年終於陝，年古稀矣。其子若孫遂爲陝人。咸陽李孟符水部與有姻戚，謂近徙居隴上，其遺稿遂殘缺不完。先生於詩古文書畫靡弗精絶。鶴柴里居日嘗稍稍見之，且得略聞其遺事於故老，每嘆邑乘之不詳，而爲余述其崖略如此。先生著有浩然堂集，嘗與荆溪周保緒、山陽潘四農、寶山毛生甫爲文字友。兹録其詩二首：秋夜懷王伯生云：『月華入窗隙，幽人思未央。空階吟蟋蟀，清夢落瀟湘。木葉下秋水，江波生夜凉。離魂驚曉角，同是客他鄉。』祝鷄祠云：『花鳥從天落，靈祠比露筋。相窺惟寶月，無夢作朝雲。登道山林合，灘聲風雨聞。劉安拔宅後，神女亦呼群。』朗拔，是豪俊人語，彌近太白、嘉州。又咏牽牛花句云：『小苑烟霜成獨處，滿天風露若相望。』登潼關城樓句云：『四塞山河三輔壯，九秋風雨二陵多。』秀曼沈雄，足見才人之詩無所不可。」

〔二〕傾城：漢書外戚傳上孝武李夫人：「延年侍上起舞，歌曰：『北方有佳人，絶世而獨立，一顧傾人城，再顧傾人國』」。

〔三〕歷塊：漢書王褒傳：「過都越國，蹶如歷塊。」顔師古注：「如經歷一塊，言其疾之甚」。後以「歷塊」形容疾速。

〔四〕余吾：史記匈奴列傳：「匈奴聞，悉遠其累重於余吾水北，而單于以十萬騎待水南，與貳師將軍接戰。」余吾即今蒙古國鄂爾渾河。

〔五〕瀟灑：亦作「瀟洒」。灑脱不拘、超逸絶俗貌。

〔六〕漢武故事：「帝以乙酉年七月七日生於猗蘭殿。年四歲，立爲膠東王。數歲，長公主嫖抱置膝上，問曰：『兒欲得婦不？』膠東王曰：『欲得婦。』長主指左右長御百餘人，皆云不用。末指其女問曰：『阿嬌好不？』於是乃笑對曰：『好！若得阿嬌作婦，當作金屋貯之也。』」遇合，相遇而彼此投合。

〔七〕參詩卷一日莫碧雲合一首懷翰風文起慎伯注釋〔九〕。

〔八〕莊子達生：「東野稷以御見莊公，進退中繩，左右旋中規，莊公以爲文弗過也，使之鉤百而反。顔闔遇之，入見曰：『稷之馬將敗。』公密而不應。少焉，果敗而反。公曰：『子何以知之？』曰：『其馬力竭矣，而猶求焉，故曰敗。』」齧膝，亦作「啮䣛」，良马名。

〔九〕權奇：形容人智謀出衆。三國魏劉劭人物志材能：「夫人材不同，能各有異……有權奇之能，有威猛之能。」

〔一〇〕美盼：詩經衛風碩人：「巧笑倩兮，美目盼兮。」毛傳：「盼，白黑分。」

〔一一〕風雲之期：周易乾：「雲從龍，風從虎，聖人作而萬物睹。」意謂同類相感應。後因以「風雲」比喻遇合、相從。

〔一二〕楚辭九歌少司命：「與女沐兮咸池，晞女髪兮陽之阿。」王逸注：「阿，曲隅，日所行也。言己願託司命，俱沐咸池，乾發陽阿。」

〔一三〕瑶圃：楚辭九章涉江：「駕青虬兮驂白螭，吾與重華游兮瑶之圃。」瑶圃，産玉的園圃，指仙境。

〔一四〕左顧右盼：三國魏曹植與吴季重書：「左顧右盼，謂若無人，豈非吾志壯志哉？」

〔一五〕風雲之氣：英雄氣。

又題息心觀化圖

朝聞聖人道，夕死無不可。〔一〕可死道乃存，一可了萬叵。息之訓本生〔二〕，機與化相妥。觀化〔三〕無停機，知止〔四〕斯不婍。笑彼枯木禪〔五〕，妄證無生果〔六〕。

【繫年】

詩道光十八年（一八三八）作於淮安。據詩題，當另有一首題息心觀化圖，今不存。

【注釋】

〔一〕論語里仁：「子曰：『朝聞道，夕死可矣。』」

〔二〕本生：猶個人，自身。

〔三〕觀化：莊子至樂：「且吾與子觀化而化及我，我又何惡焉！」觀察變化；觀察造化。

〔四〕知止：禮記大學：「大學之道……在止於至善。知止而後有定，定而後能静。」謂志在達到至善的境地。

〔五〕枯木禪：源出臨濟一脈。宋賾藏古尊宿語録卷二大鑑下四世黄檗希運斷際禪師：「何不與我心心同虛空去，如枯木石頭去，如寒灰死火去，方有少分相應。」

〔六〕無生果：佛教語。謂經修持求得涅槃之理，而無生滅之果。唐玄奘大唐西域記案達羅國：「見此光明相，疑入金剛定，因請菩薩證無生果。」

又題鏡心圖

熒熒五寸水無波，欲寫心期〔一〕寫得麽？鏡比秋蟾心比日，日光終比月光多。

【繫年】

詩道光十八年（一八三八）春作於淮安。據詩題，當另有一首題鏡心圖，今不存。

【注釋】

〔一〕心期：情緒，心境。

六月十四日即事

烈風過雨天如洗，點綴輕雲原可喜。日送餘㈠霞片片花，月臨銀漢盈盈水。此時此際好微吟，自憐自惜無知音。不如風雨長如晦，十斛糟醨〔一〕千日醉〔二〕。

【繫年】

詩道光十八年（一八三八）六月十四日作於淮安。

【校勘】

㊀「餘」：底本奪，據常州先哲遺書後編本補。

【注釋】

〔一〕糟醨：左傳襄公三十年：「鄭伯有嗜酒，爲窟室，而夜飲酒擊鐘焉。朝至，未已。朝者曰：『公焉在？』其人曰：『吾公在壑谷。』」

〔二〕千日醉：晉張華博物志卷五：「昔劉玄石於中山酒家酤酒，酒家與千日酒，忘言其節度，歸至家當醉，而家人不知，以爲死也，權葬之。酒家計千日滿，乃憶玄石前來酤酒，醉向醒耳。往視之，云玄石亡來三年，已葬。於是開棺，醉始醒。俗云，玄石飲酒一醉千日。」

七月十二日夜占四首

七月初旬雨似綿，連宵喜見露如烟。荒齋也荷蒼慈〔一〕覆，菊葉長肥豆粒圓。

絡緯[二]蕭蕭不住啼，坐看斜月過墻西。祇憑幾本淵明菊，要遣山翁醉似泥。[三]

蓮衣漸脱菊苗新，分與花農共苦辛。漫惜英雄漂泊地，當年已誤報恩人。[四]

半窗明月半床書，夢醒南軒清有餘。一事棄他張翰笑，秋風又老細鱗魚。[五]

【繫年】

詩道光十八年（一八三八）七月十二日夜作於淮安。

【注釋】

〔一〕蒼慈：倉慈，此喻雨水之恩澤。參詩卷七題秋伯行看子注釋〔一二〕。

〔二〕絡緯：蟲名，即莎鷄，俗稱絡絲娘、紡織娘。參詩卷三留别山居花木注釋〔二五〕。

〔三〕宋曾敏行獨醒雜志卷四：「江州德化縣楚城鄉，乃陶淵明所居之地，詩中所謂柴桑者。宣和初，部刺史即其地立陶淵明祠，洪芻駒甫爲之記。祠前横小溪，溪中盤屹一石人，謂淵明醉石也。土人遇重九日即携酒擷菊酹奠祠下，歲以爲常。」

〔四〕用「漂母進飯」之典。參詩卷二樂志詩并序注釋〔二八〕。

〔五〕典出晋書文苑傳張翰傳。參詩卷六六月一日，同人泛湖爲包山之游，四日返櫂，得雜詩十三首注釋〔二九〕。

木齋〔一〕招同青霞〔二〕、秋伯〔三〕、儉卿〔四〕集太平庵〔五〕聽黄金穀平話〔六〕己亥

水禽拍拍〔七〕戲春泥，春柳才黄半未齊。賺得英雄酒邊淚，的盧辛苦躍檀溪。〔八〕

【繫年】

據詩題下小注「己亥」，道光十九年（一八三九）春作於淮安。

【注釋】

〔一〕木齋：姓周，名寅，淮安人。參文卷一晚禪庵詩序注釋〔五〕。

〔二〕青霞：生平不詳。

〔三〕秋伯：毛夢蘭（一七八二—一八五六），號秋伯。參文卷四毛秋伯夢蘭母壽序注釋〔一〕。

〔四〕儉卿：丁晏（一七九四—一八七五），字儉卿。參文卷四丁儉卿晏頤志齋詩序注釋〔一〕。

〔五〕太平庵：清張兆棟修、清何紹基纂同治重修山陽縣志同治十二年刻本卷三：「由倉橋向北，經太平庵、白虎橋、三思橋至縣署。」清邱沅修、清段朝端纂宣統續纂山陽縣志民國十年刻本卷七：「公立青雲高初兩等小學堂。在觀音寺，即勺湖蒙塾舊址。光緒三十四年，邑人顧震福、王恩繹等假城内太平庵剏辦小學，分兩級教授。宣統元年增設高初兩等，始移此，以青雲會公車款爲常年經費。三十年卒業停辦。」

〔六〕黄金穀平話：清代平話，内容不詳。民國時黎錦暉、王人路編有兒童讀物黄金穀，不知與此平話相

關否。

〔七〕拍拍：象聲詞，鼓翅起飛聲。唐韓愈病鴟：「青泥掩兩翅，拍拍不得離。」

〔八〕三國志蜀書先主傳「表疑其心，陰禦之」裴松之注引世語：「備屯樊城，劉表禮焉，憚其爲人，不甚信用。曾請備宴會，蒯越、蔡瑁欲因會取備，備覺之，僞如厠，潛遁出。所乘馬名的盧，騎的盧走，墮襄陽城西檀溪水中，溺不得出。備急曰：『的盧：今日厄矣，可努力！』的盧乃一踊三丈，遂得過。」

題何五橋〔一〕吟梅館圖

故園老梅三百年，三年不見心茫然。衙齋種梅遭水厄，索笑〔二〕不成翻太息。眼前忽爾蒸紅霞，東園同賞千株花。歸來索我題詩句，滿紙琳琅〔三〕無著處。就中多半未歸人，天地何心慣羈旅？頽唐老筆豈有神，卷圖慚謝吟香人。

【繫年】

詩道光十九年（一八三九）作於淮安。詩卷七代家書曰梅樹「道光乙未秋七月，大風拔木梅竟卒。念其壽命當已竟，勉爲移徙求重活」。道光十六年（一八三六）年末返宜興，道光十七年（一八三七）春別梅，詩卷七喜所移梅樹得花、別梅於十九年正「三年不見」。

【注釋】

〔一〕何五橋：清吴清鵬笏庵詩咸豐五年刻吴氏一家稿本卷十一：「笪江上山人仿趙文敏墨筆蘭竹，爲何五橋秀才題：『國初畫手誰最誇？同時三老各一家。用長舍短有能事，不相師授不相加。山水無過清暉閣，惲老遁而花卉托。笪公又欲避南田，墨暈能將五色奪？一蘭一竹筆不多，王孫鈎勒法如何？百年紙色古慘淡，若有風露含枝柯。何郎示我要鑒別，斷知鷗笑齋中物。鷗波真迹不復見，此一幅可數金直。』」清韓佩金修、清張文虎等纂光緒重修奉賢縣志光緒四年刻本卷十一人物志二：「何一碧，字涵青，號五橋，世居莊行鎮，歲貢生。少工詞章。後覃研經術，與華亭倪思寬、陸明瑨齊名，著有四書説、經説、五橋説詩、四友堂文稿。子二，渟，歲貢生，亦以詩文名。參府志。」

〔二〕索笑：猶逗樂，取笑。

〔三〕琳琅：南朝宋劉義慶世説新語容止：「有人詣王太尉，遇安豐、大將軍、丞相在坐，往別屋見季胤、平子。還語人曰：『今日之行，觸目見琳琅珠玉。』」原謂所見皆名流。後以「琳琅觸目」謂眼前所見都是珍貴的物品或美好的詩文。

自題五十九歲小像畫一虎坐，履其尾。

休言行路難，虎在心頭坐。坦蕩出戰兢，圖以箴吾過。
四十九固非，五十九未是。〔一〕悠悠又十年，此生可勝悔。

【繫年】

據詩題「自題五十九歲小像畫」，此詩道光十九年（一八三九）二月初七生日作於舟中。

【注釋】

〔一〕淮南子原道訓：「凡人中壽七十歲，然而趨舍指湊，日以月悔也，以至於死，故蘧伯玉年五十而有四十九年非。」

黄州赤壁〔一〕二賦堂〔二〕

菜布黄金地，花迷玉局〔三〕津。了知無盡藏〔四〕，豈必再來人〔五〕。

【繫年】

詩道光十九年（一八三九）春作於經黄州赤壁。

【注釋】

〔一〕黄州赤壁：在湖北黄岡臨江處，人稱東坡赤壁。

〔二〕二賦堂：建於清初，爲紀念蘇軾前後赤壁賦，後毁，同治七年（一八六八）重建。

〔三〕玉局：蘇軾曾任玉局觀提舉，後人遂以「玉局」稱蘇軾。

〔四〕無盡藏：佛教語，謂佛德廣大無邊，作用於萬物，無窮無盡。大乘義章十四：「德廣難窮，名爲無盡。無盡之德苞含曰藏。」唐法藏華嚴探玄記卷十九：「出生業用無窮，故曰無盡藏。」

〔五〕再來人：佛教稱再度轉世皈依佛門的人。

三月十二日作五首

倦枕慵敧聽北風，春寒作意〔一〕惱衰翁。起來閑讀陳顧傳，羡煞天門耳竟聾。〔二〕

聞道長沙娑娑時，忍將筦鑰付愆期。〔三〕貞瑁〔四〕樂石〔五〕知多少，可抵羊公墮淚碑〔六〕。

桃花净盡菜花無，一角空庭長緑蕪。誰遣播州劉夢得，重將冷眼向玄都。〔七〕

六朝燕子傍彫梁，飛去飛來鎮日〔八〕忙。但得主人能醉客，從他馬糞換諸王〔九〕。

海上風鹹集衆蠅，有人曾語夏蟲冰〔一〇〕。既開利孔〔一一〕誰能塞？留與他年作創懲〔一二〕。

【繫年】

詩道光十九年（一八三九）三月十二日作於武昌。

【注釋】

〔一〕作意：指故意、特意。唐杜甫江頭五咏花鴨：「稻粱霑汝在，作意莫先鳴。」

〔二〕晋書陳頵傳：「陳頵字延思，陳國苦人也。……後拜天門太守，殊俗安之。選腹心之吏爲荆州參軍，若有調發，動静馳白，故恒得宿辦。陶侃征還，頵先至巴陵上禮。侃以爲能，表爲梁州刺史。綏懷荒弊，甚有威惠。梁州大姓互相嫉妬，説頵年老耳聾。侃召頵還，以西陽太守蔣巽代之。年六十九卒。」

〔三〕晋書陶侃傳：「季年懷止足之分，不與朝權。未亡一年，欲遜位歸國，佐吏等苦留之。及疾篤，將歸長沙，軍資器仗牛馬舟船皆有定簿，封印倉庫，自加管鑰，以付王愆期，然後登舟，朝野以爲美談。將出府門，顧謂愆期曰：『老子婆娑，正坐諸君輩。』」婆娑，亦作「媻娑」。醉態蹣跚貌。晋葛洪抱樸子酒誡：「漢高婆娑巨醉，故能斬蛇鞠旅。」筦鑰，亦作「管鑰」。鎖匙。

〔四〕貞瑉：又作「貞珉」，石刻碑銘的美稱。

〔五〕樂石：古文苑李斯嶧山刻石文：「今皇帝壹家天下，兵不復起。……群臣頌略，刻此樂石，以著經紀。」章樵注：「石之精堅堪爲樂器者，如泗濱浮磬之類。」原指可製樂器的石料，因嶧山石刻文用此石鎸刻，後以之泛指碑石或碑碣。

〔六〕羊公墮淚碑：晋書羊祜傳：「襄陽百姓於峴山（羊）祜平生游憩之所建碑立廟，歲時饗祭焉。望其碑者莫不流涕，杜預因名爲墮淚碑。荆州人爲祜諱名，屋室皆以門爲稱，改户曹爲辭曹焉。」

〔七〕唐劉禹錫戲贈看花諸君子：「玄都觀裏桃千樹，盡是劉郎去後栽。」劉禹錫（七七二—八四二）字夢得。貞元間，參加王叔文革新集團。失敗後本被貶播州，得柳宗元以身代，貶朗州司馬。

〔八〕鎮日：整天，從早到晚。

〔九〕馬糞換諸王：南史王志傳：「志家居建康禁中里馬糞巷。父僧虔門風寬恕，志尤惇厚，所歷不以罪咎劾人。門下客嘗盜脱志車幰賣之，志知而不問，待之如初。賓客游其門者，專蓋其過而稱其善。兄弟子侄皆篤實謙和，時人號馬糞諸王爲長者。」清查慎行燕臺雜興：「紫色蛙聲雄八族，烏衣、馬糞笑諸王。」

〔一〇〕夏蟲冰：夏蟲語冰，亦作「夏蟲疑冰」。莊子秋水：「井蛙不可以語於海者，拘於虚也；夏蟲不可以語於冰者，篤於時也。」喻人囿於見聞，知識短淺。

〔一一〕利孔：經濟利益的來源。管子國蓄：「利出於一孔者，其國無敵；出二孔者，其兵不詘；出三孔者，不可以舉兵；出四孔者，其國必亡。」漢桓寬鹽鐵論本議：「故平準、均輸所以平萬物而便百姓，非開利孔爲民罪梯者也。」

〔一二〕創懲：懲戒，懲處。

答洪春衢〔一〕曾官鹽城縣校官，正余前在淮安時。

相逢合在卅年前，君尚中年我壯年。偏不同傾淮市酒，直來〔二〕分擘漢皋〔三〕箋。一湖緑暗題春晚，三度觥飛見月圓。欲寫新歡〔四〕寄天末，故人多少盼歸船。

【繫年】

詩曰「春晚」「見月圓」，當道光十九年（一八三九）三月十五作於武昌。

【注釋】

〔一〕洪春衢：洪人驊，字伯仰，一字春衢一作號春衢。乾隆己酉（一七八九）舉人。乾隆五十九年（一七九四）任江西石城知縣鍾喜焯修、江珣纂民國石城縣志卷五職官志文職表，民國二十年鉛印本：「洪人驊，江蘇儀徵。舉人。（乾隆）五十九年任（石城知縣）。」嘉慶元年（一七九六）任廣東仁化知縣何炯璋修、譚鳳儀纂民國仁化縣志卷四秩官第六知縣，民國二十年鉛印本：「洪人驊，儀徵人，元年任。舉人。」四年改任廣東高要知縣韓附飛修、清何元纂道光高要縣志卷二職官，清道光六年刊本：「洪人驊，江蘇儀徵人，（嘉慶）四年署（知縣）。」旋因仁化任上「奉檄墾沙田，知爲民累，緩其議，被劾」去任，改官鹽城教諭清王逢源修、清李保泰纂嘉慶江都縣續志卷四，嘉慶十六年修、二十四年刻本：「（己酉恩科）洪人驊，順天榜，儀籍。廣東知縣，改鹽城教諭。」年九十二卒。據清英傑修同治續纂揚州府志同治十三年刊本卷之二十二，洪人驊著有今樂舉隅、蚓簫僅存三卷、毛氏四書説斥妄。清王檢心修、清劉文淇纂道光重修儀徵縣志光緒十六年刻本卷三十二：「洪人驊，字伯仰，一字春衢。乾隆己酉舉人，考授教習，議叙爲廣東仁化知縣。廉俸外絲粟不取。旱躡草履步禱雨輒應。奉檄墾沙田，知爲民累，緩其議，被劾。去任日，民舉清官旗相屬於路。尊信朱子，忿毛西河四書改錯之謬，條爲辨析，皆衷至當。作衛道編行世。年九十二卒。金鎮蕃洪伯仰傳」又清英傑修同治續纂揚州府志同治十三年刊本卷之九：「洪人驊，字伯仰，號春衢，儀徵人。乾隆五十四年舉人，考取教習，選授廣東仁化知縣。廉俸外不苟取。旱，躡草履步禱雨，輒應。舉檄墾沙田，知爲民累，緩其議，被劾。去任日，民流涕送之。尊信朱子，忿毛西河四書改錯之謬，條分辨析皆衷至當。作衛道編行世，卒年九十二。家傳。」清吳文鎔吳文節公遺集卷七十三壽洪春衢先生人驊九十：「百里才曾覘幹局，千秋業更擅文章。仁民化已孚炎嶠，宰仁化多惠政，不愧邑名焉。衛道功能助紫陽。西河毛氏力攻朱注，先生一一著書駁正之。元氣蟠胸春盎盎，德容晬面度汪汪。回思漢上題襟日，接席師資敢或忘。冰清卅載垿鄉偕，蔗境回甘慰老懷。筆付阿郎原未晚，六旬外始得子。詩賡新婦亦殊佳。子婦工詩。聲名山斗推尊宿，飲啖風流軼輩儕。我愧報章逋宿諾，百齡百韻待重排。先生八旬時以自壽詩八章郵京師屬和，匆匆未報，期以九旬補作。今復以九旬用原韻自壽詩見示，意徵前諾也。而予簿書迷悶，仍不及依次奉答，謹寄二詩侑觴。小子詩債之展，竊幸先生壽量之賒也。」

〔二〕直來：無事而來。

〔三〕漢皋：漢口別稱。

〔四〕新歡：新的歡樂，新的歡快。三國魏曹丕猛虎行：「與君媾新歡，托配於二儀。」

答王第花〔一〕校官需次〔二〕

奇才能拔豈吾曹〔三〕，但爲雲霄〔四〕惜羽毛〔五〕。官冷〔六〕祇應人似菊〔七〕，興酣遲對客揮豪。功名鷄肋〔八〕抛餘骨，書卷饑〔九〕齊擘後螯。聞道清和〔一〇〕動歸思，揭來〔一一〕相與醉蒲桃〔一二〕。

【繫年】

詩曰「聞道清和動歸思」，故道光十九年（一八三九）四月作於武昌。

【注釋】

〔一〕王第花：清潘衍桐兩浙輶軒續録光緒刻本卷三十九：「王兆杏，字第花，仁和廪貢，官淳安教諭，杭郡詩三輯。第花熟史事，有吏才，魁梧豪飲，一時之傑。」道光中任浙江德清教諭，喜收藏圖書，建有藏書樓知悔齋，并編有知悔齋總目，編纂有（道光）昌化縣志清于尚齡等修、清王兆杏等纂，道光三年鈔本，輯録喻選古方試驗舊題清喻嘉言選輯，清王兆杏録。王兆杏等四世藏書，後歸浙江圖書館。

〔二〕需次：舊時指官吏授職後，按照資歷依次補缺。

〔三〕唐杜甫短歌行贈王郎司直：「王郎酒酣拔劍斫地歌莫哀，我能拔爾抑塞磊落之奇才。」

〔四〕雲霄：喻指高位。晉陸雲晉故豫章内史夏府君誄：「明明皇儲，叡哲時招。奮厥河滸，矯足雲霄。」

〔五〕惜羽毛：愛惜羽毛。漢劉向説苑雜言：「夫君子愛口，孔雀愛羽，虎豹愛爪。」後以「愛惜羽毛」喻珍惜自己的名聲。

〔六〕官冷：冷官，地位不重要、事務不繁忙的官職。唐張籍早春閑游：「年長身多病，獨宜作冷官。」

〔七〕人似菊：唐司空圖二十四詩品典雅：「玉壺買春，賞雨茅屋。坐中佳士，左右修竹。白雲初晴，幽鳥相逐。眠琴緑陰，上有飛瀑。落花無言，人淡如菊。書之歲華，其曰可讀。」

〔八〕鷄肋：三國志魏書武帝紀「備因險拒守」裴松之注引晉司馬彪九州春秋：「時王欲還，出令曰『鷄肋』，官屬不知所謂。主簿楊脩便自嚴裝，人驚問脩：『何以知之？』脩曰：『夫鷄肋，棄之如可惜，食之無所得，以比漢中，知王欲還也。』」

〔九〕鑯：古同「尖」，尖鋭。

〔一〇〕清和：農曆四月的俗稱。

〔一一〕朅來：猶言來。歸來，來到。文選陸機吊魏武帝文：「咏歸塗以反旆，登崤澠而朅來。」吕延濟注：「朅來，言歸去來也。」

〔一二〕蒲桃：蒲桃酒，亦作葡萄酒。

贈范白舫〔一〕

昔我游渚宫〔二〕，未得識君面。廿年偶重來，握手快相羨。羨君眼如漆〔三〕，小篆蟲書〔四〕親下筆。羨君脛如〔五〕虎，屐底兩蹋峨嵋雪。心盦〔六〕老去雲伯〔七〕來，君交例得留仙〔八〕才。皤皤九老見其八，亦有篇章相贈答。齒少精衰衹自慚，悔不入蜀肩長鑱。〔九〕因君欲得千年健，助我芒鞋聊陟巘。割取一衡山一片雲，歸來好作雲腴燕〔一〇〕。

【繫年】

詩道光十九年（一八三九）作於武漢。

【校勘】

一「取」：底本奪，據常州先哲遺書後編本補。

【注釋】

〔一〕范白舫：范鍇（一七六五—一八四四），原名范音，字聲山，號白舫，別號苕溪漁隱、苕溪漁叟。浙江烏程今吳興南潯人。貢生。有雋才，工詩詞，好游歷。無意仕途，而寓意於鹽策，往來於淮揚楚蜀之間達三十年之久。旅漢經營鹽業多年，所作漢口叢談，叙漢口發展歷史甚詳。著有苕溪漁隱詩稿等。

〔二〕渚宫：春秋時楚國行宫，在今湖北江陵。後泛指江陵一帶。

〔三〕眼如漆：晋書杜乂傳：「王羲之見而目之曰：『膚若凝脂，眼如點漆，此神仙人也。』」後因以「凝脂點漆」形容人皮膚白嫩，眼睛明亮。

〔四〕蟲書：又名鳥蟲書。漢書藝文志：「六體者：古文、奇字、篆書、隸書、繆篆、蟲書。」顏師古注：「蟲書，謂爲蟲鳥之形，所以書幡信也。」

〔五〕脛如：清俞樾諸子平議光緒二十五年刻春在堂全書本卷三十三揚子太玄：「臂膞脛如。……『脛』當訓『直』。漢書楊惲傳注『脛，脛直貌』是也。臂膞脛如，言其不能屈伸也。爾雅釋詁：頲，直也。禮記曲禮篇：鮮魚曰脡祭。鄭注曰：脡，直也。脛與頲、脡聲并相近。」

〔六〕心盦：黄承增，字心盦，歙縣人，參詩卷一淮上贈心庵注釋〔一〕。

〔七〕雲伯：陳文述（一七七一—一八四三），初名文傑，字譜香，又字雋甫、雲伯，英白，後改名文述，别號元龍、退庵、雲伯，又號碧城外史、頤道居士、蓮可居士等，錢塘今浙江杭州人。嘉慶五年舉人，曾官全椒等縣知縣。頗有詩名，大倡閨秀文學，廣收女弟子。詩學吳梅村、錢牧齋，博雅綺麗，在京師與楊芳燦齊名，時稱「楊陳」，著有碧城詩館詩鈔、頤道堂集等。參鍾慧琳陳文述年譜初編，載東海大學中文系東海中文學報第十六七期，二〇〇四年七月。

〔八〕留仙：清蒲松齡（一六四〇—一七一五）字留仙，一字劍臣，號柳泉，世稱聊齋先生，自稱異史氏。

〔九〕范鍇曾兩度入蜀，并參與清廷鎮壓川楚白蓮教起義。

〔一〇〕雲腴燕：雲腴宴。雲腴，傳説中的仙藥。宋張君房雲笈七籤卷七十四方藥太上巨勝腴煮五石英法：「又雲腴之味，香甘異美……長魂養魄，真神藥也。」

雜詩三首

已摻漁陽入鼓聲〔一〕，又標鸚鵡作洲名〔二〕。荆州〔三〕江夏〔四〕真堪吊，底事〔五〕人偏吊正平〔六〕。

沔〔七〕南沔北總成湖，中澤飛鴻集得無〔八〕？客子開軒猶莳藕，鎔哀鑄樂一洪爐。

盆荷池藕葉田田，縱不成花亦可憐。但得嬉春心眼〔九〕在，四時無日不芳妍。

【繫年】

詩曰「盆荷池藕葉田田」，故道光十九年（一八三九）夏作於武漢，

【注釋】

〔一〕典出漁陽參撾。漁陽參撾亦稱漁陽摻撾，鼓曲名。參詩卷五納凉與陳生楷偶述注釋〔九〕。

〔二〕後漢書禰衡傳：「（黄）祖長子射爲章陵太守，尤善於衡。嘗與衡俱游，共讀蔡邕所作碑文，射愛其辭，還恨不繕寫。衡曰：『吾雖一覽，猶能識之，唯其中石缺二字爲不明耳。』因書出之，射馳使寫碑還校，如衡所

書，莫不嘆伏。射時大會賓客，人有獻鸚鵡者，射舉卮於衡曰：『願先生賦之，以娛嘉賓。』衡攬筆而作，文無加點，辭采甚麗。」

〔三〕荆州：劉表（一四二—二〇八），字景升，山陽郡高平今山東微山人。東漢末年宗室、名士，曾任荆州牧，故稱劉荆州。

〔四〕江夏：黄祖（？—二〇八），東漢末年將領。劉表任荆州牧時，黄祖出任江夏太守，故稱黄江夏。

〔五〕底事：何事。

〔六〕正平：禰衡（一七三—一九八），字正平。

〔七〕沔：沔水。漢江流經沔縣今陝西勉縣故稱沔水，東流至漢中始稱漢江有别于古漢水。

〔八〕詩經小雅鴻雁：「鴻雁於飛，集於中澤。」毛傳：「中澤，澤中也。」

〔九〕心眼：心意，心思。元劉天迪齊天樂：「甚新雨情懷，故園心眼，明日西江，斜陽帆影轉。」

介存齋詩

卷一 乙丑至壬申

虹橋[一]舟中飲餞，贈別翰風張二[二]，即題芙蓉湖莊[三]畫卷

湖水碧於烟，芙蓉渺何處？江河各浩蕩，欲度俱風雨。我爲出山雲[四]，肅肅隨鴻羽。未知卷與舒，燕趙或齊魯。君懷被褐玉[五]，憑虛結衡宇[六]。未知斤與斲，吴越或荆楚。秋風思蓴鱸[七]，遲莫多間阻。不如及春[八]歸，芳洲滿蘅杜。采采遺佳人，佳人在南浦[九]。直道綸獨繭[一〇]，忘機收數罟[一一]。

【繫年】

詩嘉慶十年（一八〇五）初作於蘇州，時濟離鄉赴京應試，途經蘇州，詩中「我爲出山雲」「未知卷與舒」，寫出了作者期盼高中的忐忑心情。本卷日莫碧雲合一首懷翰風文起慎伯「春見包與張，淹留在江潯」，當指此次相會。

【注釋】

〔一〕虹橋：清顧名龔潤森修、清吴德璇纂重刊續纂宜荆縣志道光二十二年刻本卷七之三荆溪人物志文苑：「徐炳中，字虹橋，年未成童，下筆千言。族祖瀛士甚賞之。旋受知郡守雅堂卞公，以郡試第一補博士弟子員，屢試高等食餼。門下請業者日衆，因假保安寺僧舍授經，口講指畫，一時推爲名師焉。」

〔二〕張二：張琦（一七六四—一八三三），初名翊，字翰風，號宛鄰，江蘇陽湖今江蘇常州人。嘉慶十八年（一八一三）舉人。歷知章丘、館陶等縣。善醫術，工詩詞古文，尤精輿地之學，與兄惠言齊名。著有宛鄰詩文集四卷、戰國策釋地二卷、素問釋義十二卷。

〔三〕芙蓉湖莊：明嘉靖甲辰（一五四四）顧可久建。明王永積錫山景物略：「蓉湖莊，出寺塘涇，舟行去惠山里許。清波繞門，烟深樹密，回廊曲檻，奇石林立，爲名人佈置。」惠山記續編：「憑高眺望，山色撩人，遠水帆檣，横塘燈火，悉集案几，園林之勝。實無逾此。」芙蓉湖古稱「上湖」「射貴湖」，入無錫地稱無錫湖，在江陰境内又稱三山湖，在常州武進東、無錫錫山西北、江陰南。

〔四〕出山雲：禮記孔子閒居第二十九：「清明在躬，氣志如神。耆欲將至，有開必先。天降時雨，山川出雲。」

〔五〕被褐玉：「被褐懷玉」。老子：「知我者希，則我者貴，是以聖人被褐懷玉。」河上公注：「被褐者，薄外；懷玉者，厚內。匿寶藏懷，不以示人也。」

〔六〕衡宇：簡陋的房屋。晋陶潛歸去來辭：「乃瞻衡宇，載欣載奔。」

〔七〕南朝宋劉義慶世説新語識鑒：「張季鷹辟齊王東曹掾，在洛見秋風起，因思吴中蒓菜羹、鱸魚膾，曰：『人生貴得適意爾，何能羈宦數千里以要名爵！』遂命駕便歸。俄而齊王敗，時人皆謂爲見機。」後以「蒓鱸之思」代思鄉。

〔八〕及春：唐李白月下獨酌四首其一：「暫伴月將影，行樂須及春。」

〔九〕佳人在南浦：楚辭九歌河伯：「子交手兮東行，送美人兮南浦。」南浦，南面的水邊，後用稱送别之地。

〔一〇〕綸獨繭：列子湯問：「詹何以獨繭絲爲綸，芒針爲鈎，荆篠爲竿，剖粒爲餌，引盈車之魚於百仞之淵、汩流之中，綸不絶，鈎不伸，竿不撓。」

〔一一〕數罟：細密的網。孟子梁惠王上：「數罟不入洿池，魚鼈不可勝食也。」

題包十五〔一〕南山草屋圖

空山竟無人，霧雨爲誰濕？岩扉敞寂寥，竹路轉幽澀。楚楚〔二〕田中茨，茅屋亦須葺。辛苦負米〔三〕心，芒屨手自輯。再拜告阿母，自兹奉晨夕。荷鋤幸可勝，閉關掃行迹。頗嗤謝東山〔四〕，雅咏雜箏笛。槃槃〔五〕棟樑材，蒼生阻關鄴〔六〕。躬耕雖云疲，樂道意自適。我行逐風塵〔七〕，形暌志未隔。矯首望青雲，日數南來翼〔八〕。

【繫年】

詩嘉慶十年（一八〇五）初作於蘇州，時濟離鄉赴京應試，途經蘇州，「我行逐風塵」，蓋指應試之事。

【注釋】

〔一〕包十五：即包世臣。參文卷二宋隱山傳注釋〔八〕。

〔二〕楚楚：詩經小雅楚茨：「楚楚者茨，言抽其棘。」朱熹集傳：「楚楚，盛密貌。」

〔三〕負米：漢劉向説苑建本篇：「子路曰：負重道遠者，不擇地而休；家貧親老者，不擇禄而仕。昔者由事二親之時，常食藜藿之實，而爲親負米百里之外。親没之後，南游於楚，從車百乘，積粟萬鍾，累茵而坐，列鼎而食，願食藜藿爲親負米之時，不可復得也。」

〔四〕謝東山：東晋謝安早年曾辭官隱居會稽之東山，經朝廷屢次徵聘，方從東山復出，官至司徒要職，成爲東晋重臣。

〔五〕槃槃：大貌。多指才能出衆。南朝宋劉義慶世説新語賞譽下「後來出人郗嘉賓」劉孝標注引南朝宋檀道鸞續晋陽秋：「大才槃槃謝家安，江東獨步王文度，盛德日新郗嘉賓。」

〔六〕關鄴：關，武關，在陝西商洛丹鳳東武關河北岸，與函谷關、蕭關、大散關并爲「秦之四塞」；鄴，鄴都，在今河北臨漳西、河南安陽北郊一帶。此泛指要塞、重鎮。

〔七〕風塵：宦途，官場。

〔八〕南來翼：南來燕。

堤上感懷

宛宛長堤似帶縈，不知春水幾時生。斜陽落盡湖光白，蘆笋未齊魚艇橫。

居人渚淺即撈蝦，新苦茅檐又幾家。湖水年年只如故，便來相伴種桑麻。

【繫年】

詩嘉慶十年（一八〇五）初作於蘇州，時濟離鄉赴京應試，途經蘇州。

書胡元謹〔一〕南游詩後

老儒抱書不出户，眯眼糠秕何比數〔二〕。雲章〔三〕龍氣〔四〕劇飛騰，足下須行萬里路。眉峰示我南游詩，傾囊字字舒心脾。昆池〔五〕鷄足〔六〕好山水，恨我未到徒神馳。畫沙聚米〔七〕得皮相，真形必藉文章垂。吁嗟眉峰玩世久，幾擲千金買醇酒〔八〕。醉來走馬天生橋〔九〕，香瘴濃時試身手。祇今潦倒卧窮巷，賣劍椎琴易升斗。晤言今夕那可致，但誦君詩不去口。春風蕩波江路長，殘月無光墜纖柳。浩歌復恐千層霄，不畏吾狂定誰某〔一〇〕。

【繫年】

詩嘉慶十年(一八〇五)初作於蘇州，時濟離鄉赴京應試，途經蘇州。

【注釋】

〔一〕胡元謹(一七四九—一八二一?)：即胡量，原名梅，字元謹，號眉一作嵋峰，室名海紅堂。華亭今上海松江人，僑長洲今江蘇蘇州。「博覽古籍，工詩文，善醫術，兼長六法」，蔣寶齡墨林今話卷七「笥河爲風雅宗，天下名流出門下，然常曰妙才黄仲則，奇才胡眉峰，故都下言詩必推黄、胡」，包世臣藝舟雙楫胡眉峰詩序有海紅堂集二卷。

〔二〕比數：相與并列，相提并論。

〔三〕雲章：彩雲。

〔四〕龍氣：周易乾：「雲從龍。」後因稱雲霧爲「龍氣」。

〔五〕昆池：即昆明池，又稱滇池，在雲南昆明西南。

〔六〕鷄足：鷄足山。在雲南賓川西北、洱海東北。爲佛教名山之一。

〔七〕畫沙聚米：後漢書馬援傳：「援因説隗囂將帥有土崩之執，兵進有必破之狀。又於帝前聚米爲山谷，指畫形執，開示衆軍所從道徑往來，分析曲折，昭然可曉。」後因以「聚米」比喻指劃形勢，運籌決策。

〔八〕唐李白將進酒：「陳王昔時宴平樂，鬥酒十千恣歡謔。」

〔九〕天生橋：在雲南中、緬邊境。

〔一〇〕誰某：猶某某。

附：包世臣藝舟雙楫胡眉峰詩序

眉峰年十九，題詩於虎丘石壁，爲朱笥河先生所見，遂招携入都。笥河爲風雅宗，天下名流出門下，然常曰妙才黄仲則，奇才胡眉峰，故都下言詩必推黄、胡。眉峰博學無所不通，尤精於史氏，而喜言兵。明史館方開，求熟明事者，大學士王文端公、劉文清公合詞延眉峰。而眉峰斥王氏明史稿爲穢書，非事實，駁正數十百事，二公不能從，遂佩櫜鞬躍馬，從吉林將軍出關。洎入都，而廷議裁革巡臺御史，眉峰走告二公曰：「果爾，則臺民必叛！」卒有林爽文之變。眉峰既困躓，笥河言於陝西巡撫畢宫保，使同出都。而眉峰一見，即勸其速回陝閲兵，練標下以備回民。宫保以爲妄，謝罷之。旋陝不數月而回民叛，宫保大驚，專弁入都招眉峰。其客曰：眉峰語常喪氣，聞者輒不詳。遂止。眉峰乃從孫文靖至雲南。安南之役，文靖不用其謀，眉峰怒，絶去，仍入都。而湖南議改折收苗布，眉峰曰：「吾素知湖南官吏遇苗民無狀，徒以懷朝廷恩德耳。若必改布税，則苗民立叛。」當事聞者，目笑之。未幾，苗果叛。兵皆集苗疆，川楚教匪乘虚起，兵事連者且十年。

眉峰既不用於世，益使酒作爲歌詩，然疏懶不録副，所至輒散失。嘉慶辛酉，始相識於揚州市上。眉峰頭白且童秃，行裝惟酒具一、劍一、襆被一，而酒酣耳熱，縱談南北邊形勝碯塞，述古人成敗之迹，如指掌。又誦其詩數十百篇，皆奇氣坌湧，不可控制。嗣以愛子夭折而病劇，夫人又相繼逝，遂欲削髪入山。既不果，出游無所之。頓躓吴中，至木瀆，居義學訓村童。道光紀年，吴人以眉峰老且病甚，口授壯歲之詩，百不及一，因爲收集十數年來宴集酬酢之章，共得若干首付之梓，八月刻成。而予適過眉峰，眉峰卧破氈不能起，執手且泣且語曰：「慎伯知我，爲我序之。我住世七十二年，無一是處。讀書萬卷豈誤我？我自誤詩書耳。慎伯明述之，使後世知所戒也。」

時仲則殁已卅餘年，友人裒其詩數千首以行世，至家有其書；眉峰雖塊然尚存，而著述零落殆盡。天之困詩人也，常不遺餘力，故少陵之家屬餓於同谷者七人，其身才得一醉，遂以死。青蓮卧病江上，其子爲土偶所祟，至不血食。仲則之子小仲今年春亦病殁，無嗣人。天之所以困眉峰者，既已備至，而復使其詩散佚無存。兹之所刻，非直不足以見眉峰之人已也。狐理之而狐扣之，是以無成功。天生眉峰，而厄之如不克至是極也夫。天乎人乎？後世其何從讀眉峰之詩乎？道光二年九月，包世臣書於都下。

懷友人并序

少僻，岩谷獨寐寤言咏，古人之風載懷，縞紵〔一〕出交里黨，戇率〔二〕逢尤〔三〕，坐此膠固〔四〕，知識蒙昧。癸甲〔五〕之間，始經酬對，紉蘭〔六〕投玉〔七〕，既益宏深。良晤易希，遽斯暌阻。山中懷其霧雨，江上信其風波，短篷孤征，遠念交動。夫思接於境，情宣其辭。平湖餞日，坐鵠首之清飆；雜樹齊蔬，數雁聲於別浦。即欲冥心夙好，豈其或然？是申短歌，用抒積抱。

慈祥士所貴，貴有嚴重〔八〕姿。英英〔九〕張處士，温厲淑爾儀。凝神既淵穆〔一〇〕，命辭必箴規。餘力考水地〔一一〕，脈縷〔一二〕分崇夷〔一三〕。聚米〔一四〕可坐籌，刻蠟〔一五〕亦真師。良玉豈自炫，甘爲世所遺。〔一六〕窮居賃斗室，不免寒與饑。張翰風翊。後更名琦。

絳侯樹奇績，乃在能木强。當其持重時，利害不敢嘗。〔一七〕古岩〔一八〕善養氣，充塞全至剛。〔一九〕矯矯真虎臣〔二〇〕，蜿蜿宜龍翔。如何白下門〔二一〕，射策〔二二〕猶隨行。一士必有濟〔二三〕，效忠固無方。所以報清時，何必在文章。願持寬柔教，化彼衽革〔二四〕鄉。高古岩蟠石

李君〔二五〕素方嚴，壁立幾千仞〔二六〕。琢磨守家學，萬石〔二七〕訓惟謹。温温菁華韜，抑抑圭角損。藹如春風和，頽俗不可緄。逢時良所資，華國〔二八〕豈無本。威鳳〔二九〕既人瑞，先睹快群蠢。綺紈與布帛，裁縫安可准？所施諒有宜，懷此轉紆軫〔三〇〕。李申耆兆洛

文起〔三一〕夙穎敏，讀書無留目〔三二〕。河華起方寸，鳳叫碎昆玉〔三三〕。跌宕〔三四〕數酒徒，時和秦娥〔三五〕哭。靈岩閟佳勝，窮冬寡游躅。招携踏重扃，湖光蕩遐矚〔三六〕。磊砢千尺松，奔濤轉鰲軸〔三七〕。古處〔三八〕晁賈〔三九〕期，放言戒縮朒〔四〇〕。是時以酒從，十觴舉相續。〔四一〕頽然醉即休，低頭入茅屋。〔四二〕沈文起欽韓

包生〔四三〕信麟角，髫年賦方員。煌煌川楚策，指畫明公〔四四〕前。成務〔四五〕自有期，豈在旦夕間。奔走越江漢，不如且言旋〔四六〕。言旋奉老母，聊樂桑榆年。時時嘆塵甑〔四七〕，所乏躬耕田。大人〔四八〕計宇内，遑恤匹士〔四九〕艱。守貧安吾分，拙哉受人憐。包慎伯世臣

晉卿〔五〇〕年最少，下筆無古人。作爲易象賦，萬變羅乾坤。消息通淵微，幽玄鬱紛綸。情言忽獨秀，惻愴不可聞。雪涕始交頤〔五一〕，融冶〔五二〕復嬉春。文章不徒妙，性度尤清真。賢郎

必似舅，晉卿之舅曰張臯文惠言，其一翰風也。諸侯[五三]所願賓。時宜從此練，所學匪庇身。勉旃[五四]入世塗，首與凡庶親。董晉卿士錫

【繫年】

詩嘉慶十年（一八〇五）初作於蘇州，時濟離鄉赴京應試，途經蘇州。沈欽韓幼學堂詩文稿嘉慶十八年刻，道光八年增修本詩稿卷六長句贈周二濟北上，并寄懷毗陵張與權、李兆洛、周儀暐、涇包世臣、靈璧高蟠石諸子，蓋即是次酬唱之作。

【注釋】

〔一〕縞紵：左傳襄公二十九年：「（吴季札）聘於鄭，見子産，如舊相識。與之縞帶，子産獻紵衣焉。」後因以「縞紵」喻深厚的友誼。

〔二〕戇率：同「戇介」。迂直耿介。

〔三〕逢尤：遭受指責。楚辭九章：「紛逢尤以離謗兮，謇不可釋。」

〔四〕膠固：固陋，固執。南朝梁江淹建平王讓右將軍荆州刺史表：「寧臣膠固，所宜膺荷。」

〔五〕癸甲：嘉慶癸亥（一八〇三）至甲子（一八〇四）。周濟介存齋詩自序：「歲甲子，年二十四，初交慎伯。慎伯曰：『子之詩質美而未學心。』怪焉。歸，盡棄所學，取舊作録存者千餘首焚之，始肆力于曹阮陶謝。」

〔六〕紉蘭：紉佩。楚辭離騷：「扈江離與辟芷兮，紉秋蘭以爲佩。」謂捻綴秋蘭，佩帶在身。後用以比喻

對别人的德澤或教益銘感於心，如紉佩在身。多用於書信。

〔七〕投玉：投瓊。詩經衛風木瓜：「投我以木瓜，報之以瓊琚。」後以「投瓊」喻施惠於人。

〔八〕嚴重：嚴肅穩重。

〔九〕英英：奇偉，傑出。

〔一〇〕淵穆：沉默，深沉。

〔一一〕張琦著有戰國策釋地二卷。

〔一二〕脈縷：端緒。

〔一三〕崇夷：高地與平地。

〔一四〕聚米：指劃形勢，運籌决策。參詩卷一書胡元謹南游詩後注釋〔七〕。

〔一五〕刻蠟：刻燭。南史王僧孺傳：「竟陵王子良嘗夜集學士，刻燭爲詩，四韻者則刻一寸，以此爲率。文琰曰：『頓燒一寸燭，而成四韻詩，何難之有？』」後因以喻詩才敏捷。

〔一六〕論語子罕：「子貢曰：『有美玉於斯，韞櫝而藏諸，求善賈而沽諸？』子曰：『沽之哉，沽之哉，我待賈者也。』」何晏集解引包咸曰：「沽之哉，不炫賣之辭。」後因以「炫玉自售」比喻自誇其才以求任用或信任。

〔一七〕史記絳侯周勃世家：「勃爲人木强敦厚，高帝以爲可屬大事。……歲餘，每河東守尉行縣至絳，絳侯勃自畏恐誅，常被甲，令家人持兵以見之。」木强，質直剛强。持重，擔負重大任務。

〔一八〕古岩：高古岩蟠石，安徽靈璧人。清于萬培修、清謝永泰續修光緒鳳陽縣志光緒十三年刊本卷十六上：「高蟠石銕崖詩草。靈璧縣志」清沈欽韓幼學堂詩文稿嘉慶十八年刻，道光八年增修卷六有長句贈周二濟北上，并寄懷毗陵張與權、李兆洛、周儀暐、涇包世臣、靈壁高蟠石諸子。

〔一九〕孟子公孫丑上：「敢問何謂浩然之氣？曰：難言也。其爲氣也，至大至剛，以直養而無害，則塞於天地之間。」

〔二〇〕詩經魯頌泮水：「矯矯虎臣，在泮獻馘。」虎臣，比喻勇武之臣。

〔二一〕白下門：即白下，在今南京西北，唐移金陵縣於此，改名白下縣。後因用爲南京的别稱。

〔二二〕射策：泛指應試。

〔二三〕有濟：尚書君陳：「必有忍，其乃有濟。有容，德乃大。」朱熹集注：「孔子曰：『小不忍，則亂大謀。』必有所忍，而後能有所濟。然此猶有堅制力蓄之意。若洪裕寬綽，恢恢乎有餘地者，斯乃德之大也。忍言事，容言德，各以深淺言也。」

〔二四〕衽革：衽革枕戈。形容戰事頻仍，生活不安定。

〔二五〕李君：李兆洛（一七六九—一八四一），字申耆，晚號養一老人，陽湖今屬江蘇常州武進人。

〔二六〕南朝宋劉義慶世説新語賞譽：「王公目太尉：岩岩清峙，壁立千仞。」清史稿文苑三謂李兆洛「短身碩腹，豹顱剛目，望之若不可近」。

〔二七〕萬石：史記萬石張叔列傳：「於是景帝曰：『石君及四子皆二千石，人臣尊寵乃集其門。』號奮爲萬石君。」李兆洛曾官鳳陽縣令，故此以「萬石」代縣令。

〔二八〕華國：周禮春官典路「凡會同軍旅，弔于四方，以路從」。鄭玄注：「王出於事無常，王乘一路，典路以其餘路從行，亦以華國。」光耀國家。

〔二九〕威鳳：漢書宣帝紀：「九真獻奇獸，南郡獲白虎、威鳳爲寶。」顔師古注引晋灼曰：「鳳之有威儀者也，與尚書『鳳皇來儀』同意。」

〔三〇〕紆軫：痛苦縈繞於心而不去。楚辭九章「背膺牉以交痛兮，心鬱結而紆軫。」王逸曰：「言己不忍變心易行，則憂思鬱結，胸背分裂，心中交引而隱痛也。」朱熹曰：「通上章，三者皆不可爲，則背胸一體而中分之，其爲痛楚，有不可言者矣。」

〔三一〕文起：沈欽韓（一七七五—一八三二）字文起，號小宛，江蘇吴縣今吴中區人。著有左傳補注十二卷、左氏地理補注十二卷、兩漢書疏證七十四卷、三國志注補訓故八卷、釋地理八卷、水經注疏證四十卷、韓昌黎集補注、王荆公詩補注、文集注，蘇詩查注補正等。兼工詩古文辭，尤嗜駢體，著有幼學堂文集八卷、詩集十七卷。清史列傳卷六十九儒林傳下二

〔三二〕留目：注目，注視。

〔三三〕唐李賀李憑箜篌引：「昆山玉碎鳳凰叫，芙蓉泣露香蘭笑。」

〔三四〕跌宕：縱情，沉溺，耽嗜。金朱之才後薄薄酒之一：「李白跌宕三百盃，阮籍沈醬六十日。」

〔三五〕秦娥：文選陸機擬今日良宴會：「齊僮梁甫吟，秦娥張女彈。」李周翰注：「齊僮、秦娥，皆古善歌者。」

〔三六〕遐矚：遠眺，遠望。

〔三七〕鰲軸：船舵。

〔三八〕古處：詩經邶風日月：「乃如之人兮，逝不古處。」鄭玄箋：「其所以接及我者不以故處，甚違其初時。」馬瑞辰通釋：「古者，故之渻借，凡以故舊相處謂之故，故之言固也。」或以爲以古道相處。朱熹集傳：「或云，以古道相處。」

〔三九〕晁賈：漢晁錯、賈誼。

〔四〇〕縮朒：行動遲緩貌，退縮不前貌。説文月部：「朒，朔而月見東方謂之縮朒。」漢書五行志下之下：「當春秋時，侯王率多縮朒不任事。」

〔四一〕唐杜甫贈衛八處士：「主稱會面難，一舉累十觴。十觴亦不醉，感子故意長。」

〔四二〕宋蘇軾續麗人行：「心醉歸來茅屋底，方信人間有西子。」

〔四三〕包生：包世臣。參文卷二宋隱山傳注釋〔八〕。

〔四四〕明公：明亮（一七三六—一八二二），姓富察，字寅齋、鐵崖，滿洲鑲黄旗人。楊鍾羲雪橋詩話三集：「寅齋相國明亮有佩劍，長三尺許，薄如紙，面有血痕及髮蝕滿鋒口，有七星及一『虹』字。……相國爲米恩翰曾孫，世臣勳親，由文生授整儀尉。於乾隆丙子、丁丑間，即從征西域，久歷戎行。嘉慶間，晋襄勇侯。丁丑，拜首揆。道光元年予告，次年卒。年八十有八。謚文襄。嘯亭主人紀其言行甚詳。」胡朴安包慎伯先生年譜：「（嘉慶四年）夏，明文毅公任川楚左參贊，聘先生入蜀治戎事。」

〔四五〕成務：周易繫辭上：「夫易何爲者也？夫易，開物成務，冒天下之道，如斯而已者也。」成就事業。

〔四六〕言旋：詩經小雅黄鳥：「言旋言歸，復我邦族。」言旋，回還。言，語首助詞。

〔四七〕塵甑：漢書獨行傳范冉：「（冉）遭黨人禁錮，遂推鹿車，載妻子，捃拾自資，或寓息客廬，或依宿樹蔭。如此十餘年，乃結草室而居焉。所止單陋，有時粮粒盡，窮居自若，言貌無改，閭里歌之曰：『甑中生塵范史雲，釜中生魚范萊蕪。』」後因以爲清貧之典。

〔四八〕大人：指在高位者，如王公貴族。

〔四九〕四士：即士。以其地位低微，故稱。

〔五〇〕晋卿：董士錫，字晋卿，一字損甫，江蘇武進人。從兩舅氏張惠言、張琦游。古文賦詩詞皆精妙，而所受虞仲翔易義尤精。著有齊物論齋集，内有易象賦。

〔五一〕交頤：滿腮。孫子兵法九地：「士卒坐者涕沾襟，偃卧者涕交頤。」

〔五二〕融治：和樂舒適。

〔五三〕諸侯：喻指掌握軍政大權的地方長官。

〔五四〕勉旃：努力。多於勸勉時用之。旃，語助，之焉的合音字。

閑　庭

閑庭有奇樹，作葉不作華。所恐花芳專〔一〕，流蕩入鄰家。鄰家起高閣，窗寮結綺羅。主人岸巾〔二〕坐，賦客一何多。但賦花婀娜，不賦葉婆娑。花開光照席，飛觴醉流霞。飛觴豈不樂，當奈花落何。

【繫年】

詩嘉慶十年（一八〇五）初作於北京，時濟應已抵京，「所恐花芳專，流蕩入鄰家」，寫出了擔心落榜的忐忑心情。

【注釋】

〔一〕尃：古同「敷」，遍也。

〔二〕岸巾：岸幘。幘以覆額，露額曰岸幘。推起頭巾，露出前額。形容態度灑脱，或衣着簡率不拘。晉書謝奕傳：「岸幘嘯咏，無異常日。」

盛　夏

盛夏復久晴，九陌競輪蹢〔一〕。午風糅衆塵，懊惱乘毒熱。客子無所營，展簟卧幽室。嗚蜩百其音，各各寫匈臆。自矜飲露清〔二〕，豈解臭味及。深山多美蔭，欲移遠難即。倘能從吾游，爲洗雙梧碧〔三〕。

【繫年】

詩嘉慶十年（一八〇五）夏作於北京。時濟雖然「成進士」，然「以對策戇言抑置丙科」，丁晏周先生傳濟心有塊壘，故有「飲露清」「洗雙梧碧」之喻。

【注釋】

〔一〕輪蹢：輪蹄。車輪與馬蹄。代指車馬。

〔二〕露清：清露。唐虞世南蟬：「垂緌飲清露，流響出疏桐。」

〔三〕明顧元慶雲林遺事清借月山房匯鈔本潔癖第三：「倪嘗留客夜榻，恐有所穢，時出聽之。一夕，聞有咳嗽聲，侵晨令家僮遍覓無所得。童慮捶楚，僞言窗外梧桐葉有唾痕者。元鎮遂令剪葉棄十餘里外，蓋宿露所凝，詭指爲唾以紿之耳。」明王錡寓圃雜記明抄本卷六：「倪雲林潔病自古所無。……雲林歸，徐往謁，慕其清祕閣，懇之得入。偶出一唾，雲林命僕遶閣覓其唾處，不得，因自覓得於桐樹之根，遽命扛水洗其樹不已。徐大慚而出。其不情如此！」清來集之倘湖樵書康熙倘湖小築刻本卷一：「雲林遺事云：倪雲林性好潔，文房器物，兩童輪轉拂塵，須臾勿停。庭前有梧桐樹，旦夕汲水揩洗，竟致槁死。」「洗桐」因此成爲文人雅士潔身自好的象徵。

鶴

衆鶴同一林，翺翔出雲際。溽暑蒸炎歊〔一〕，誰憐損雙翅？徘徊獨斂翮，且復喬柯寄。〔二〕入秋天氣肅，萬象與今異。警露引清吭〔三〕，九皋試孤唳〔四〕。

【繫年】

詩嘉慶十年（一八〇五）夏作於北京。亦是濟抒發心中塊壘之作。

【注釋】

〔一〕炎歊：暑熱。

〔二〕唐許渾鄭侍御廳玩鶴：「雙翅一開千萬里，只應棲隱戀喬柯。」

〔三〕唐歐陽詢等藝文類聚卷九十引晋周處風土記：「鶴鳴戒露，此鳥性警，至八月白露降，流於草上，滴滴有聲，因即高鳴相警，移徙所宿處，慮有變害也。」後因以「警露」作爲咏鶴的典故。

〔四〕詩經小雅鶴鳴：「鶴鳴於九皋。」韓詩：「九皋，九折之澤。」後以亦「九皋」指鶴。元郝經讀鄉先生劉景玄碑：「九皋清唳誰不聞，海内至今揚清芬。」

贈宋于廷〔一〕

結交初得君，清神溢毛髪。矯如孤行鶴，健翮下漻泬〔二〕。示我學古編，傳疏獨穿穴〔三〕。欲以今人心，備箴古人闕。説經舍大義，危言相傾軋。蹈虚〔四〕訾宋儒，抱殘醜漢法。紛紛立門户，盾陷矛亦齧。入主即出奴〔五〕，狐埋定狐搰〔六〕。惟君固善疑，觀古喜所拂。枝葉良以詳，本根懼斯撥。當知著書心，非徒辨名物。

【繫年】

詩嘉慶十年（一八〇五）夏作於北京。時濟與宋初識於京。宋翔鳳憶山堂詩録嘉慶二十三年刻，道光五年增修本卷之三有贈陸繼輅周濟、送陸祁生繼輅周保緒濟歸常州四首，當即唱和之作。

【注釋】

〔一〕宋于廷：宋翔鳳（一七七九—一八六〇），字虞庭，一字於庭，江蘇長洲今蘇州人。清嘉道時期著名經學家。莊述祖有「劉甥可師，宋甥可友」語，劉謂劉逢禄，宋謂宋翔鳳也。著有論語説義十卷、論語鄭注十卷、孟子趙注補正六卷、孟子劉熙注一卷、四書釋地辨證二卷、尚書説一卷、尚書譜一卷、爾雅釋服一卷、小爾雅訓纂六卷、五經要義一卷、五經通義一卷等。

〔二〕漻泬：空曠虚静貌。

〔三〕穿穴：鑽研。

〔四〕蹈虚：無史實根據的虚構。

〔五〕入主即出奴：今作「入奴出主」。唐韓愈原道：「其言道德仁義者，不入于楊，則入于墨；不入于老，則入于佛。入于彼，必出于此。入者主之，出者奴之；入者附之，出者污之。噫！後之人其欲聞仁義道德之説，孰從而聽之？」原意是崇信了一種學説，必然排斥另一種學説；把前者奉爲主人，把後者當作奴僕。後比喻學術思想上的宗派主義。

〔六〕狐埋狐搰：亦作「狐埋狐揚」。國語吴語第十九：「夫諺曰：『狐埋之而狐搰之，是以無成功。』」韋注：「埋，藏也。搰，發也。」謂狐性多疑，才埋藏一物，就掘出查看。喻疑慮過甚。

爲方彦和〔一〕送魏大〔二〕之官河南即壽其尊君

京邑托崇蘭〔三〕，對床〔四〕垂十年。奉檄爲高堂〔五〕，銅墨〔六〕載慈顔。作官能作福〔七〕，大人〔八〕心喜歡。作官或作孽，大人心憂煎。福孽在一心，孝慈本同原。當思大人愠，勿苟計擢遷。當思大人喜，非徒却金錢。貞宜守介石〔九〕，辱若臨蒲鞭〔一〇〕。慮事勿太周，懼作柔道〔一一〕牽。用意勿太果，戒此自信堅。古稱布政〔一二〕優，乃在剛柔間。要使事有濟，寧必意獨宣？驅車南西門，黄壚〔一三〕障離筵。遥知大河陰，慈澤亦復然。去矣慎前路，佩韋勝佩弦〔一四〕。

【繫年】

詩嘉慶十年（一八〇五）夏作於北京。宋翔鳳憶山堂詩録嘉慶二十三年刻，道光五年增修本卷之三有贈魏大襄授河南令假歸省親，當即唱和之作。

【注釋】

〔一〕彦和：方傳穆，字彦和，行二參贈方二彦和，安徽桐城人。祖方觀承、父方維甸。嘉慶二十四年（一八一九）己卯恩科進士。官至福建延建邵道，遷沅州知府。

〔二〕魏大：魏襄，字曾容，行一。大興今北京大興籍，陽湖今江蘇武進人。嘉慶乙丑進士（一八〇五），楊鍾羲雪橋詩話續集曾任永寧知縣，嘉慶十七年（一八一二）任洛陽知縣。

〔三〕崇蘭：楚辭招魂：「光風轉蕙，氾崇蘭些。」清王念孫讀書雜誌餘編楚辭：「崇蘭，猶叢蘭耳。文子上德：『叢蘭欲茂，秋風敗之。』説文：『叢，聚也。』廣雅：『崇，聚也。』是崇與叢同義。」

〔四〕對床：兩人對床而卧。喻相聚的歡樂。

〔五〕後漢書劉平等傳序：「中興，廬江毛義少節，家貧，以孝行稱。南陽人張奉慕其名，往候之。坐定而府檄適至，以義守令，義奉檄而入，喜動顔色。奉者，志尚士也，心賤之，自恨來，固辭而去。及義母死，去官行服。數辟公府，爲縣令，進退必以禮。後舉賢良，公車徵，遂不至。張奉嘆曰：『賢者固不可測。往日之喜，乃爲親屈也。斯蓋所謂「家貧親老，不擇官而仕」者也。』建初中，章帝下詔褒寵義，賜穀千斛，常以八月長吏問起居，加賜羊酒。壽終于家。」後以「奉檄色喜」作爲得俸養親而去作官的典故。

〔六〕銅墨：後漢書輿服志：「凡吏秩比二千石以上，皆銀印青綬，光禄大夫無。秩比六百石以上，皆銅印黑綬，大夫、博士、御史、謁者、郎無。其僕射、御史治書尚符璽者，有印綬。比二百石以上，皆銅印黄綬。」劉昭輿服志注引東觀書云：「公侯金印、紫綬，中二千石至四百石皆銅印、墨綬。」此以「銅墨」借指縣令。

〔七〕作福：賜福。尚書洪範：「惟辟作福，惟辟作威。」

〔八〕大人：漢書淮陽憲王劉欽傳：「博辭去，令弟光恐云王遇大人益解，博欲上書爲大人乞骸骨去。」顔師古注：「大人，博自稱其母也。」

〔九〕介石：周易豫：「介於石，不終日，貞吉。」謂操守堅貞。

〔一〇〕蒲鞭：以蒲草爲鞭。常用以表示刑罰寬仁。後漢書劉寬傳：「吏人有過，但用蒲鞭罰之，示辱而已，終不加苦。」

〔一一〕柔道：温和安撫的治術或謀略。後漢書光武帝紀下：「吾理天下，亦欲以柔道行之。」

〔一二〕布政：施政。

〔一三〕黄壒：黄埃。

〔一四〕佩韋佩弦：韓非子觀行：「西門豹之性急，故佩韋以自緩；董安于之心緩，故佩弦以自急。」佩戴韋弦，用以警戒自己。此引申爲樂聞規勸。

贈曾容〔一〕

一令十萬户〔二〕，專如古諸侯。謂此不足爲，讀書何所求？熙朝重民社〔三〕，簡拔咸殊尤。大吏體帝心，頗不越俎〔四〕謀。奈何脂韋〔五〕夫，自致〔六〕曲如鈎〔七〕。貪餌魚辭淵，豈怨在梁鶩〔八〕。魏君發硎〔九〕刃，却窾〔一〇〕慎所投。髖髀〔一一〕姑徐徐，全鋒行不留。終然三門〔一二〕險，一柱砥横流。

【繫年】

詩嘉慶十年（一八〇五）作於北京。

【注釋】

〔一〕曾容：魏襄字曾容。參詩卷一爲方彦和送魏大之官河南即壽其尊君注釋〔一〕。

〔二〕十萬户：史記秦始皇本紀：「莊襄王元年，以呂不韋爲丞相，封爲文信侯，食河南雒陽十萬户。」

〔三〕民社：此借指州縣地方長官。

〔四〕越俎：越俎代庖。莊子逍遥游：「庖人雖不治庖，尸、祝不越樽俎而代之矣。」原意謂人各有專職，庖人雖不盡職，主祭等人也不越過樽俎去代他辦席。後因以「越俎代庖」比喻越權辦事或包辦代替。

〔五〕脂韋：楚辭卜居：「將突梯滑稽，如脂如韋，以潔楹乎？」。脂，油脂；韋，熟牛皮；如脂如韋，取其油滑柔軟，指善於應酬，

〔六〕自致：竭盡自己的心力。論語子張：「曾子曰：『吾聞諸夫子，人未有自致者也，必也親喪乎。』」

〔七〕曲如鈎：後漢書五行志一：「順帝之末，京都童謡曰：『直如弦，死道邊；曲如鈎，反封侯。』」因以「弦直」指正直，「曲鈎」喻奸邪。

〔八〕梁鶖：鶖梁。詩經小雅白華：「有鶖在梁，有鶴在林。」孔穎達疏：「有秃鶖之鳥在於魚梁之上。」

〔九〕發硎：亦作「發鉶」。唐杜甫秦州見敕目薛三璩畢四曜遷官兼述索居：「掘劍知埋獄，提刀見發硎。」楊倫箋注：「二句方及除官，言刀劍之光氣，至今始發。」仇兆鰲注：「發硎，幸見用方新。」

〔一〇〕却窾：批郤導窾，亦作「批隙導窾」。莊子養生主：「批大郤，導大窾。」陸德明釋文：「批，擊也；郤，間也；窾，空也。」謂在骨節空隙處運刀，牛體自然迎刃而分解。比喻處理事情善於從關鍵處入手，因而順利解決。

〔一一〕髖髀：漢書賈誼傳：「夫仁義恩厚，人主之芒刃也；權勢法制，人主之斤斧也。今諸侯王皆衆髖髀也，釋斤斧之用，而欲嬰以芒刃，臣以爲不缺則折。」喻互相勾結、勢力强大的諸侯王。

〔一二〕三門：晏子春秋諫下二四：「古冶子曰：『吾嘗從君濟於河，黿銜左驂以入砥柱之中流。』」砥柱，山

名，又稱厎柱山、三門山。在今河南三門峽市，當黄河中流。以山在激流中矗立如柱，故名。今因整治河道，山已炸毀。

有懷高二丈亦耕〔一〕、族祖木君〔二〕即寄

登山望湖月，醉眼憶同開。歌哭消長日，田園老異才。狂言逢世怒，塵夢到江回〔三〕。料得重相訪，閑門閉緑苔。

廢圃將重葺，新來興若何。秋驚一夜至，夢或小樓多。生計漁樵足，名心歲月過。嗟余滯京邑，徒爾戀岩阿。

【繫年】

詩嘉慶十年（一八〇五）初秋作於北京。

【注釋】

〔一〕高二丈亦耕：高森榮。參文卷二文學高森榮墓表注釋〔二〕。

〔二〕木君：山溪周氏宗譜卷七之三：「璣，詵羽公長子。一名青，字青琮，又字木君。著有柳下詞一卷，梓行，載邑志。生乾隆四十七年壬寅四月二十八，卒道光元年辛巳七月二十六。葬村南田内，癸丁向。有傳。」

配呂氏，生乾隆四十九年甲辰九月初，卒葬無考。子三，恩露、恩榮、恩山。恩露出嗣兄璇。」卷一藝文匯録：「十四房十四世，木君公璣，著有柳下詞行世。」清蔣敦復芬陀利室詞話卷一周青柳下詞：「保緒先生有族叔名青，字木君，所著有柳下詞，保緒序而刻之。」

〔三〕江回：亦作「江迴」。指江潮回落。唐張叔卿空靈岸：「寒盡鴻先去，江迴客未歸。」

贈方二彦和〔一〕

紅蓮濯清漪，作花上葉頂。朝露豈不時，瀼瀼〔二〕沁芳冷。人言好顔色，心苦蓮自省。

【繫年】

詩嘉慶十年（一八〇五）初秋作於北京。

【注釋】

〔一〕方二彦和：方傳穆，字彦和，行二。參詩卷一爲方彦和送魏大之官河南即壽其尊君注釋〔一〕。

〔二〕瀼瀼：詩經小雅蓼蕭：「蓼彼蕭斯，零露瀼瀼。」毛傳：「瀼瀼，露蕃貌。」

哭高氏姊[一]

客中得家書，珍重未開拆。先見平安字[二]，已覺意怡懌。上言北堂[三]健，中言連枝[四]適。何圖高氏姊，盛歲遘摧折。欲慟不成聲，百脈繞咽結。手足非常情，何堪細追憶？我昔周歲時，姊爲覓梨栗[五]。抱持口授詩，一日半置膝。最先木蘭詞，唧唧復唧唧。稍長解讀書，就傅[六]出外宅。莫歸共案讀，燈火照寒夕。十一學古文，倔强逞筆力。姊能怒我狂，姊能喜我傑。十三姊出閨，恍惚[七]一臂失。豈無同門友，形氣能不隔。我姊歸高甥，歲事在稼穡。亦能勤婦工，冬紡夏則績。高甥淳樸人，賴姊勸内職。生産日頗豐，兒女皆慧黠。見我升鄉書[八]，望我遂通籍[九]。一第幸已成，歸當喜盈頰。何圖遂黄壤[一〇]，無處見顔色。亦有徐氏姊，自小同研席[一一]。不知此月中，涕淚誰慰借？我母素鍾愛，衰年見悲慼。豈免眠食損，書中苦不説。不知因何恙，此恙太倉卒。吾弟素善醫，胡乏起死術？徐甥收我淚，謂我悲無益。直知悲無益，淚自收不得。

【繫年】

詩嘉慶十年（一八〇五）初秋作於北京。詩中「一第幸已成，歸當喜盈頰」正合。

【注釋】

〔一〕高氏姊：山溪周氏宗譜卷四之一大分五房世表上：「（周仁）女四：長適雙廟頭太學生呂揆倫，次適任渚高氏，三適塍里高，四適城中道光辛巳恩科舉人、安徽潛山縣訓導徐紹侃。」此高氏姊，蓋即適塍里高者。

〔二〕平安字：報告平安的書信。

〔三〕北堂：古代士族主婦居住北堂，後因以代指母親。

〔四〕連枝：兩樹的枝條連生一起。喻同胞兄弟姐妹。南朝梁周興嗣千字文：「孔懷兄弟，同氣連枝。」

〔五〕覓梨栗：晉陶潛責子：「通子垂九齡，但覓梨與栗。」唐秦係山中奉寄錢起員外兼簡苗發員外：「稚子唯能覓梨栗，逸妻相共老烟霞。」

〔六〕就傅：禮記由則：「十年，出就外傅，居宿於外，學書記。」鄭玄注：「外傅，教學之師也。」

〔七〕恍惚：知覺迷糊或神思不定。

〔八〕鄉書：亦稱鄉老書。周禮地官鄉大夫：「鄉老及鄉大夫獻賢能之書于王，王再拜受之，登於天府。」後世因以「鄉書」代指科舉鄉試中式。明王鏊送戴大賓詩：「十四尚少十二多，鄉書已中異等科。」

〔九〕通籍：漢書應劭注：「籍者，爲二尺竹牒，記其年紀名字物色，縣之宫門，案省相應，乃得入也。」後世稱做官爲「通籍」。

〔一〇〕黄壤：猶黄泉。

〔一一〕研席：同「硯席」，硯臺與坐席，亦借指學習。

留別惲二潔士〔一〕

陽春二三月，百卉覺紛馥。秋風灑然來，摇落壽命促。榮枯自相乘，明者〔二〕賞所獨。綺思寓澹宕，摇筆秀衆緑。時時爲微行，蓬門脱雙轂。清言必竟日，小飲恒不速。扁舟既束裝，別君向岩谷。吾廬竹所環，濃翠翳朝旭。引流灌其根，水蒼戛鳴玉。展君所畫讀，疏粺〔三〕意亦足。

【繫年】

詩嘉慶十年（一八〇五）秋作於離京返鄉前。

【注釋】

〔一〕惲二潔士：惲秉怡（一七六二—一八三三）。參詩卷七歲晏立春，雨雪不已，感念存歿，自慰索居，各序之云爾其十注釋〔八六〕。

〔二〕明者：有見識、有智慧的人。

〔三〕疏粺：毛詩注疏召旻：「維昔之富不如時。維今之疚不如兹。彼疏斯粺，胡不自替？職兄斯引。」疏云：「彼宜食疏，今反食精粺。……箋云：疏，粗也，謂糲米也。……彼賢者禄薄食粗，而此昏椓之黨反食精粺。女小人耳，何不自廢退，使賢者得進？乃兹復主長此爲亂之事乎？責之也。」

留别廷大曙墀〔一〕

世人但作官，性情日以漓。如君守敦樸，懷抱固不移。識君登君堂，清暉良猶夷〔二〕。竹樹亦槮梢，花藥相紛披。塵埃方翳日，清凉獨在兹。夜鶴怨空山，去矣從此辭。君方作大郡，五馬〔三〕東西馳。宦游無近遠，相見安可期。但得黎庶親，豈必朋友隨？出處各自營，古處〔四〕誓不疑。

【繫年】

詩嘉慶十年（一八〇五）秋作於離京返鄉前。時完顔廷璐「回旗居太常公喪，在都虞司行走。而戴佳夫人猶在堂，素賢惲君，惲君之友，入都門者多主君家。君與余及孫君讓、洪君飴孫、魏君襄、周君濟尤相善，每偕過君，留旬日不去，至解金帶質錢設酒饌，戴佳夫人聞而甚歡。余下第將歸，入辭夫人，夫人坐受其拜跪，掩涕久之，君亦侍立泣下，君諸子皆環繞攬衣不聽余行。」陸繼輅山東泰安知府完顔廷鏴墓誌銘清朱一新京師坊巷志稿鼓樓東大街：「陸續輅崇百藥齋續集黄壚感舊詩自注：『完顔曙墀太守舊宅，在鼓樓東街，合歡作花特盛，花下小齋，余及潔士、于丕、申耆、孟慈、曾容、保緒醉眠處也。』」

【注釋】

〔一〕廷大曙墀：完顔廷璐（一七七一—一八二〇），字衡伯，一字曙墀，滿洲鑲黄旗人。嘉慶三年（一七九八）任蘇州府總捕同知。十一年任浙江台州知府，十二年授温州知府。十九年補泰安知府。二十五以疾去官，四月己丑，卒于涿州南皋旅次。妻惲珠，字珍甫，號星聯，晚號蓉湖道人，陽湖今江蘇常州人，有紅香館詩餘。子麟慶、麟昌、麟書。參陸繼輅山東泰安知府完顏廷鏴墓誌銘、孫玉庭誥授朝議大夫山東泰安府知府例晋榮禄大夫兵部侍郎江南河道總督完顏公暨配誥封恭人例晋一品太夫人惲太夫人神道碑銘。

〔二〕猶夷：舒散、游逛。

〔三〕五馬：漢時太守乘坐的車用五匹馬駕轅，因借指太守的車駕。此爲太守的代稱。

〔四〕古處：詩經邶風日月：「乃如之人兮，逝不古處。」鄭玄箋：「其所以接及我者不以故處，甚違其初時。」

留别許薴舲〔一〕

昔我湖上游，寒日薄凍霧。黛色鬱不開，慘慘若齎怒〔二〕。安得同心人，長嘯豁陰冱〔三〕。何圖緇塵〔四〕中，皎皎見瓊樹。果然清綺質，生小〔五〕湖上住。示我一卷詩，芳香若蘭杜。得酒意轉豪，命燭夜頻午。我當先君歸，不久君亦去。明年三月春，訪君正飛絮。同泛蜻蛉船，西溪最深處。

【繫年】

詩嘉慶十年(一八〇五)秋作於離京返鄉前。

【注釋】

〔一〕許灋舲:錢仲聯清詩紀事嘉慶朝卷:「許乃賡,字念颺,號灋舲。浙江仁和人。嘉慶二十二年丁丑進士,改庶吉士,授編修,歷官右庶子。吴振棫國朝杭郡詩續輯:『性質直寡言,遇事不辭其難,必求其是。不可干以私,人以是重之。平居喜閲近思録,頗耽性理之學。閒亦發爲吟咏,每落筆輒匿其稿,以故傳者絶少。』徐世昌晚晴簃詩匯詩話:『故事史館大臣傳積卷帙既多,加以覆勘,使體例斠若畫一,即謂之畫一本。灋舲在館覆勘嘉慶以前存傳三百八十餘卷,勒成畫一本,出其手定者爲多。治性理之學,詩不存稿,故傳者絶少。』」

〔二〕齎怒:疾怒,暴怒。齎,通「齌」。齎,一本作「賫」。

〔三〕陰冱:冱陰。陰冷之氣,凝聚不散。

〔四〕緇塵:黑色灰塵。常喻世俗污垢。

〔五〕生小:猶自小,幼小。

出東門〔一〕贈祁生〔二〕即效其體

出東門,車班班,赤日欲下黄塵殷。道旁行人莽無數,不看黄塵看紫霧〔三〕。黄塵因風吹上天，化作紫霧色頓鮮。行人但看上天日，豈知起自車輪邊。一車前行一車逐，車中何人周與陸[四]。厭看日下群花紅，始憶江南故山緑。相逢初在殘春時，衆芳摇落風參差。行沽不向風前醉，芳草無情馬蹄外。楊柳眉長眄玉鈎，鷓鴣樣好披雲袂。相留幸得主人賢，對坐常憐客心碎。丁生[五]感激宋生[六]哀，乍别還疑不再來。薄是浮雲凉是月，碧天如此豈登臺？浮瓜沈李[七]銷長夏，選舞徵歌[八]更多暇。環翠軒[九]前竹未齊，怡香院[一〇]裏燈初謝。狂懷只喜劍花寒，起踏蒼蒼月影看。病馬劇憐猶齧草，新鷹那許便梳翰。宵衣[一一]往往愁霑露，醉裏同車[一二]覓歸路。小住原知不當家，人間那得容吾處？黄塵紫霧日紛紛，欲歸不歸遲問君。君言昨夢江南去，猶有青山戀夕曛。

【繫年】

詩嘉慶十年（一八〇五）秋作於離京返鄉之初。

【注釋】

〔一〕出東門：漢樂府有無名氏東門行。

〔二〕祁生：陸繼輅（一七七二—一八三四）：字祁孫、祁生，别署小元池居士、修平居士，號崇百藥齋主人。江蘇陽湖今江蘇常州人。與兄子耀遹齊名，人稱「二陸」。嘉慶五年（一八〇〇）舉人。著有崇百藥齋文集四十四卷、合肥學舍札記八卷。清史稿卷七二文苑傳三有傳。清震鈞國朝書人輯略卷九：「陸繼輅，字祁孫，儀幹秀削，與兄子耀遹齊名，時稱二陸。嘉慶五年舉人，選合肥縣訓導，甚得時譽。俸滿，保舉失縣，以修安徽省志叙勞，選江西貴溪知縣，任三年，以疾乞休，卒。繼輅於詩致力最深，亦長古文辭。」

〔三〕紫霧：紅光紫霧，祥瑞的徵兆。

〔四〕周與陸：周濟、陸繼輅。

〔五〕丁生：丁履恒（一七七〇—一八三二），字若士，一字道久，晚號東心，江蘇武進人。詩文負重名，尤深經學，不持漢、宋門户。有春秋公羊例、左氏通義、毛詩名物志、説文形聲類編、思賢閣集等。

〔六〕宋生：宋于廷。參詩卷一有贈宋于廷。

〔七〕三國魏曹丕與朝歌令吴質書：「浮甘瓜於清泉，沈朱李於寒水。」謂以寒泉洗瓜果解渴。後因以「浮瓜沈李」代指消夏樂事。

〔八〕選舞徵歌：亦作「選色徵歌」「選歌試舞」。挑選美女，徵召歌伎，指放蕩的生活方式。

〔九〕環翠軒：清沐雲叟道光錫金志外道光二十六年刊本卷二：「環翠軒：在膠山寺。」

〔一〇〕怡香院：當是清北京八大胡同之一的怡香院。

〔一一〕宵衣：天不亮就穿衣起身，此喻早行。

〔一二〕同車：詩經邶風北風：「惠而好我，攜手同車。」同乘一車。用以形容同心，同志。

日莫碧雲合一首懷翰風、文起、慎伯〔一〕

日莫碧雲合，凉風吹衣襟。客子未得歸，肅肅生秋心。憶昨切求友，衆鳥匪一林。嚶鳴互相答，和如瑟與琴。金陵好明月，宕漾鍾山岑。叢花近高樓，結袂同登臨。治具作燕會，中夜何愔愔〔二〕！海風櫂簸蕩〔三〕，湖雨愁霪霖。酒薄不成醉，詩哀未能唫。別來各離居〔四〕，相思那可禁？寄書托雙魚〔五〕，道遠恐浮沈〔六〕。客冬晤文起，潦倒傷中忱。春見包與張，淹留在江潯。自兹接郵訊，但得張君音。上言貧未去，下言病相侵。藥物苦非易，可恃但砭針。中言別包君，杳杳亦至今。安知南山霧〔七〕，七日曾長陰。饑軀〔八〕倘不免，作賦豈當金〔九〕。沈君更寥廓〔一〇〕，知作書中蟫〔一一〕。往往逢飛鴞，誰能食桑葚。〔一二〕嗟余滯歸舟，日夕逾蹄涔〔一三〕。晤語須何時，落月看横參〔一四〕。

【繫年】

詩嘉慶十年（一八〇五）秋作於離京返鄉途中。

【注釋】

〔一〕翰風、文起、慎伯：張琦、沈欽韓、包世臣。

〔二〕愔愔：詩經周頌湛露：「厭厭夜飲，在宗載考。」釋文：「厭厭，韓詩作愔愔，和悦之貌。」西晉左思魏都賦：「愔愔醧燕，酣湑無譁。」

〔三〕簸蕩：飄蕩。

〔四〕離居：散處，分居。

〔五〕雙魚：同「雙鯉」。一底一蓋。把書信夾在裏面的魚形木板，常指代書信。

〔六〕浮沈：南朝宋劉義慶世説新語任誕：「殷羨作豫章郡太守。臨去，都下人因寄百許函書。既至石頭，悉擲水中，因祝曰：『沈者自沈，浮者自浮，殷洪喬不能作致書郵！』」後稱書信未送到爲「浮沈」。

〔七〕南山霧：同「南山豹」。漢劉向列女傳陶答子妻：「妾聞南山有玄豹，霧雨七日而不下食者，何也？欲以澤其毛而成文章也。故藏而遠害。犬彘不擇食以肥其身，生而須死耳。」後因以「南山豹」比喻隱居伏處、愛惜其身，有所不爲的人。

〔八〕饑驅：爲飢餓所驅使。謂爲衣食而奔忙。

〔九〕漢司馬相如長門賦序：「孝武皇帝陳皇后，時得幸，頗妒，别在長門宫，愁悶悲思。聞蜀郡成都司馬相如，天下工爲文，奉黄金百斤，爲相如、文君取酒，因於解悲愁之辭。而相如爲文以悟主上，陳皇后復得親幸。」

〔一〇〕寥廓：史記魯仲連鄒陽列傳：「今欲使天下寥廓之士，攝於威重之權，主於位勢之貴。」顔師古曰：「寥廓，遠大之度也，脅迫也。寥，音聊。」

〔一一〕書中蟫：書蟫。即書魚、蠹魚、衣魚，蛀蝕衣服、書籍的一種小蟲。

〔一二〕詩經衛風氓：「吁嗟鳩兮，無食桑葚。」

〔一三〕蹄涔：亦作「蹏涔」。淮南子俶真訓：「夫牛蹏之涔，無尺之鯉；塊阜之山，無丈之材。所以然者何也？皆其營宇狹小，而不能容巨大也。」蹄涔，牛馬所踐之迹，因而渟水處也，非盈尺之鯉所可容身。

〔一四〕横參：横斜的參星。參星在夜深之時横斜。

岸柳一首寄懷京邑諸子

岸柳各蕉顇[一]，凉風吹客心。始知朝日晏，應爲碧雲深。别路送千里，露華消一林。故人方紫陌[二]，曾否念秋陰？

【繫年】

詩嘉慶十年（一八〇五）秋作於離京返鄉途中。

【注釋】

〔一〕蕉顇：又作「憔悴」，凋零、枯萎。漢焦贛易林需之否：「毛羽憔悴，志如死灰。」

〔二〕紫陌：京師郊野的道路。

滄州舟次寄浣霞[一]儀部[二]

時平無製作，儀部爲閑曹。過君深巷中，門户何蕭蕭？擁書一萬卷，下榻居同袍。清吟自相答，炎暑泠然消。時時飲我酒，我醉談逾高。世人嗤我狂，君獨謂我豪。秋風一以至，歸舟俟河皋。踟躕不忍發，所慮見面遥。河流夜有聲，新隼羽翰驕。奮飛諒不能，淹滯心摇摇。二月掘竹萌〔三〕，三月羹蔞蒿。八月膾四腮〔四〕，九月持雙螯〔五〕。故鄉信足樂，勿但歸心勞。

【繫年】

詩嘉慶十年（一八〇五）作於離京返鄉途經滄州時。

【注釋】

〔一〕蔡鑾揚：字浣霞，浙江桐鄉人。嘉慶戊午（三年，一七九八）舉人，己未進士，有證向齋詩集。清潘衍桐兩浙輶軒續録光緒十七年浙江書局刻本敘：「府志：鑾揚七歲誦離騷及唐人詩，有所得，即執筆吟弄。學政阮元按試，奇其才，命肄業詁經精舍。卒成進士。縣志：公生平無他好，惟於詩力追古人，超絶流輩。官京師時，壇坫極盛。及典郡八閩，猶復與海内詞人詩簡往還不絶，論者謂得六代、三唐遺意。冷廬雜識：浣霞先生由儀曹出知延平，風雅好詩。公事之暇，於署中大觀樓集同人及其子伯翼、鹺尹鴻恩、季成、少尹鴻憲爲詩社，更唱迭和，佳什甚多。」譚獻謂其「五古句法熟於唐調，七古學高岑昌谷者勝，七絶學古，刻意求似，長律縣麗，最近義山，五言絶句得小樂府法，當推此體擅場。」復堂日記卷一

〔二〕儀部：對禮部主事及郎中的别稱。

〔三〕竹萌：爾雅釋草：「筍，竹萌。」邢昺疏曰：「竹初萌生謂之筍。凡草木初生謂之萌，筍則竹之初生

者，故曰笋竹萌也。」

〔四〕四腮：清王有光吴下諺聯四腮鱸：「松江之鱸，巨口細鱗，小者六七寸許，大者尺計，其腮有四，今松人不稱四腮鱸者，以鰕虎魚奪之也。……吴中士大夫稱大鱸但曰鱸，稱鰕虎曰四腮鱸，承訛襲僞，不知幾何世矣。素史氏曾譔百物志，手取大鱸，啓其腮，左右各四焉，因鱸自藏其腮，人不及見，隱其實，不得標其名也。松江華、奉、婁、金、上、南、青七屬，非吴淞江也。其鱸左右各四腮，併計而八。若蘇、太屬界，其鱸左右各三腮，併計而六，故曰『四腮鱸，除了松江天下無』。」

〔五〕持雙螯：南朝宋劉義慶世説新語任誕：「畢茂世云：『一手持蟹螯，一手持酒杯，拍浮酒池中，便足了一生。』」

東昌〔一〕雨泊贈祁生〔二〕

脈脈宵來雨，茫茫失遠林。翻教憐碧月，不忍照秋心。流水聲忽競，寒蟲語易沈。誰知同剪燭〔三〕，各有淚痕深。

【繫年】

詩嘉慶十年（一八〇五）作於離京返鄉途經東昌時。

【注釋】

〔一〕東昌：今山東聊城。

〔二〕祁生：陸繼輅（一七七二—一八三四），字祁孫。參詩卷一出東門贈祁生即效其體注釋〔一〕。

〔三〕剪燭：唐李商隱夜雨寄北：「何當共剪西窗燭，却話巴山夜雨時。」後以「剪燭」爲促膝夜談之典。

秋月

秋月不可照，凄然傷我情。美人竟千里，遥夜各三更。皎潔或相見，高寒愁獨行。誰令吹畫角，送汝下蕪城〔一〕。

【繫年】

詩嘉慶十年（一八〇五）秋作於離京返鄉途中。

【注釋】

〔一〕蕪城：即廣陵城。故址在今江蘇江都境。此代揚州。

祁生著海上珊瑚網〔一〕，叙申江諸伶，形聲并繪，感慨遥佚過燕蘭小譜〔二〕矣，歸舟聯榻，出以相示，輒題五絶句

篷窗秋夢感湘靈，無數秋蟬唤不醒。可惜長堤人字柳，年年爲客減眉青。

欲作疏紅是蓼花，星星秋色戀浮查〔三〕。春申江〔四〕比潯陽〔五〕闊，拚得青衫賦琵琶〔六〕。

顧曲〔七〕當場兩黯然，憐君哀樂感中年。傷心我亦秦淮海，燈火高城照不眠。〔八〕

月白如霜夜易分，自將短夢寫秋雲。胡床莫弄桓伊〔九〕笛，客到山陽〔一〇〕不忍聞。

難將勳業留歌舞，空有文章尉寂寥。如此秋風送歸客，斜陽何處不魂消。

【繫年】

詩嘉慶十年（一八〇五）秋作於離京返鄉途中。

【注釋】

〔一〕海上珊瑚網：當爲陸祁生繼輅仿汪砢玉珊瑚網而作，「叙申江諸伶」。佚，亦未見他有著録。

〔二〕燕蘭小譜：清吴長元撰。五卷。成書於乾隆五十年（一七八五）。戲曲人物志，共録清代京都名伶六十四人，品題詩一百三十八首，雜咏佚事傳聞五十首。清謝章鋌賭棋山莊詞話燕蘭小譜載：「燕蘭小譜五卷，自稱西湖安樂山樵，傳者謂余秋室集所作。皆紀有名京旦，分花雅二部。花者，弋腔梆子傅粉旦也，四十四人，

以成都陳銀官爲冠，王桂官次之，魏長生爲殿。雅者，崑腔不傳粉旦也，二十人，以元和吴大保爲冠，四喜官次之，張發官爲殿。」吴長元，字太初，浙江仁和今屬杭州人。别號西湖安樂山樵。曾寓居北京多年，有宸垣雜記等歷史著作。

〔三〕浮查：同「浮楂」「浮槎」。晋張華博物志卷十：「舊説云：天河與海通，近世有人居海渚者，年年八月，有浮槎去來，不失期。」泛指木船。

〔四〕春申江：春申浦，簡稱申江。即今上海黄浦江。相傳爲春申君所鑿，故名。

〔五〕潯陽：長江流經江西九江北的一段稱「潯陽」。

〔六〕拚得：不顧惜。此句典出唐白居易琵琶行。

〔七〕顧曲：三國志吴書周瑜傳：「瑜少精意於音樂，雖三爵之後，其有闕誤，瑜必知之，知之必顧，故時人謡曰：『曲有誤，周郎顧。』」

〔八〕宋秦觀滿庭芳：「傷情處，高城望斷，燈火已黄昏。」

〔九〕桓伊：字叔夏，一字野王，譙國銍今安徽宿州西南人。東晋著名將領和音樂家。晋書本傳：「及苻堅南寇，伊與冠軍將軍謝玄、輔國將軍謝琰俱破堅於肥水，以功封永脩縣侯，進號右軍將軍，賜錢百萬，袍表千端。伊性謙素，雖有大功，而始終不替。善音樂，盡一時之妙，爲江左第一。」晋書羊曇傳：「初，羊曇善唱樂，桓伊能挽歌，及山松行路難繼之，時人謂之『三絶』。」

〔一〇〕山陽：嵇康、吕安被殺後，向秀過嵇康山陽舊居，「鄰人有吹笛者，發聲寥亮。追想曩昔游宴之好，感音而嘆」，故而作思舊賦。後遂以「山陽笛」等喻悼念、懷念故友。

酬祁生〔一〕

同行五十日，清淚已千行。斯世非湖海〔二〕，何人厭稻粱〔三〕？蓮衣秋浦晚，月影夜船涼。絲竹從陶寫，無爲哀樂傷〔四〕。

【繫年】

詩嘉慶十年（一八〇五）秋作於離京返鄉途中。

【注釋】

〔一〕祁生：陸繼輅（一七七二—一八三四），字祁孫。參詩卷一出東門贈祁生即效其體注釋〔二〕。

〔二〕湖海：浪迹江湖，不與朝政。

〔三〕稻粱：即「稻粱謀」。本指禽鳥尋覓食物。唐杜甫同諸公登慈恩寺塔：「君看隨陽雁，各有稻粱謀。」此喻人謀求衣食。清龔自珍詠史：「避席畏聞文字獄，著書都爲稻粱謀。」

〔四〕南朝宋劉義慶世説新語言語：「謝太傅語王右軍曰：『中年傷於哀樂，與親友別，輒作數日惡。』王曰：『年在桑榆，自然至此，正賴絲竹陶寫。恒恐兒輩覺，損欣樂之趣。』」

淮上贈心庵〔一〕

世事關心老更窮，何時真得把垂虹〔二〕？滄波若大扁舟小，辛苦人間作釣翁。

【繫年】

詩嘉慶十年（一八〇五）作於離京返鄉途經淮安時。

【注釋】

〔一〕心庵：黄承增，字心庵，歙縣人，監生。據清包世臣小倦游閣集卷第二十五歙黄心盦承增六十壽序：「明年丙子（一八一六）二月，心盦年六十。」知其生於乾隆二十一年（一七五六）二月。又據清范鍇漢口從談：「辛巳，心盦歿於四月。」知其卒於道光元年（一八二一）四月，年六十五。著有樧山艸堂詩稿、寄漚閒舫詞鈔、漢口漫志二十三卷，未竣，編有今詩所見集六卷、淮上題襟集嘉慶六年刊本，已佚，輯有廣虞初新志四十卷寄鷗閒舫刻本。

〔二〕垂虹：即垂虹亭。宋祝穆方輿勝覽卷之二浙西路橋梁：「垂虹橋：在吴江縣今蘇州吴江區。東西千餘尺，用木萬計。前臨具區，横絶松陵，湖光海氣，蕩漾一色，乃三吴之絶景。橋之中有亭曰垂虹。」

憶臥松即贈〔一〕

憶昨相逢廿四橋〔二〕，邗江〔三〕淺水夜停橈。殘年共擬登樓賦〔四〕，別路誰聽乞食簫〔五〕？無數秋蟲吊清露，可憐明月易中宵。湖山此去應容我，手劚閒雲種藥苗〔六〕。

【繫年】

詩嘉慶十年（一八〇五）年末作於離京返鄉途經揚州時。

【注釋】

〔一〕臥松：清吳鼒吳學士詩文集光緒八年江寧藩署刻本詩集卷三五律題劉臥松習贈劍圖：「似子真豪士，斯人非暗投。新知在歧路，古木正清秋。劍易千金值，恩難七尺酬。防身忠孝在，未恃佩吳鈎。」又，清凌霄快園詩話嘉慶二十五年凌霄刻本卷一：「劉臥松曛著無依集，有句曰：『懷家千里敬亭山，心自勞勞夢自閒。不但欲歸歸不得，音書還在有無間。』據此知臥松名習，又名曛，字臥松，安徽旌德人，著有無依集。

〔二〕廿四橋：揚州畫舫録卷十五岡西録廿四橋：「廿四橋即吳家磚橋。一名紅藥橋。在熙春臺後。」

〔三〕邗江：太平寰宇記卷一百二十三淮南道一：「合瀆渠，在縣東二里。本吳掘邗溝以通江淮之水路也。昔吳王夫差將伐齊，北霸中國，自廣陵城東南築邗城，城下掘深溝，謂之邗江，亦曰邗溝，自江東北通射陽湖。今謂之山陽瀆。」

〔四〕登樓賦：文選王粲登樓賦：「登兹樓以四望兮，聊暇日以銷憂。」劉良注引魏志：「王粲，山陽高平人也。少而聰惠有大才，仕爲侍中。時董卓作亂，仲宣避難荆州，依劉表，遂登江陵城樓，因懷舊而有此作，述其進退危懼之情也。」舊時常作爲文人思鄉、懷才不遇的典故。

〔五〕乞食簫：亦作「吴市簫」「吴市之簫」「吴市吹簫」，喻街頭行乞。史記范睢蔡澤列傳：「伍子胥橐載而出昭關，夜行晝伏，至於陵水，無以餬其口，厀行蒲伏，稽首肉袒，鼓腹吹篪，乞食於吴市，卒興吴國，闔閭爲伯。」

〔六〕藥苗：茶葉。宋蘇頌和劉明仲都曹見别三首其三：「茗飲藥苗留待客，時時賓友自過從。」句下附注：「予飲酒絶少，但喜啜茶，家山多藥芽，可爲篋實。」

彦若〔一〕從游金山舟中口占

蘭陵〔二〕市上酒如油，北固山前水亂流。扶醉教人打雙槳，柳條風〔三〕裏看揚州。

【繫年】

嘉慶十一年正月，周濟赴游鎮江，於十八日赴丹徒。清陸耀遹雙白燕堂詩道光至光緒間刊本卷三丹徒與周保緒進士濟相左。越七日，定遠道中却寄呈洪稚存學使亮吉、趙味辛青州懷玉兩丈暨里中諸君子：「周郎先我客潤州，遲我同作金蕉游。……周郎念侣復乘興，一舸直下京江隈。城東夜飲城西别，宛宛楊枝未堪折。周以元夕後三日赴丹徒。」故詩嘉慶十一年（一八〇六）正月於游鎮江時。

【注釋】

〔一〕彦若：陸獻，字彦若，號伊湄，南宋陸秀夫裔孫，世居江蘇丹徒。道光元年（一八二一）順天舉人，道光七年隨欽差大臣那彦成赴新疆辦理善後事宜，保舉知縣，選授山東蓬萊知縣，轉繁縣、曹縣。所至勸民種樹栽桑養蠶，設立教織局，刊印論文等。咸豐間去官回籍。在山東時，著山左蠶桑考，在安徽又重印張揚園農書及元人蠶桑輯要，又著有尊樸齋詩草。卒年五十八。丹徒縣志有傳。清沈欽韓幼學堂詩文稿詩稿卷十有長至偕陸生獻登曲阿僧寺，因乞酒，仍前韻。

〔二〕蘭陵：今常州武進。其奔牛鎮所産的美酒，味甘性緩，世稱「蘭陵酒」，又稱「曲阿酒」。唐李白客中作：「蘭陵美酒鬱金香，玉碗盛來琥珀光。」

〔三〕柳條風：即楊柳風，春風也。

金山同雲溪〔一〕、晉卿〔二〕作

層雲侵閣雨初來，翦燭〔三〕堪同緑螘〔四〕杯。莫問人間湖海士，南朝金劍易沈埋〔五〕。

大撓〔六〕甲子紀冥靈〔七〕，豈有神書〔八〕下六丁〔九〕。酒陳真堪了長夜，掌中閑煞握奇經〔一〇〕。

紅雪飄零春半時，闌珊一樹檻前攲。冰花解續香風偈，莫悵東皇〔一一〕早嫁伊。

去年此日沙河渡〔一二〕，徹曉風聲撼白楊。今夜濤瀧〔一三〕人高枕，杏花時節貫思鄉。

【繫年】

詩嘉慶十一年（一八〇六）正月於游鎮江時。

【注釋】

〔一〕雲溪：高森槐，字雲溪。參文卷二雲溪遺稿序注釋〔一〕。

〔二〕晋卿：董士錫，字晋卿。參詩卷之一懷友人并序注〔五〕。

〔三〕翦燭：促膝夜談。參詩卷一東昌雨泊贈祁生注釋〔一〕。

〔四〕緑螘：同「緑蟻」，美酒名。南朝齊謝朓在郡卧病呈沈尚書：「緑蟻方獨持。」李善注：「釋名曰：『酒有汎齊，浮蟻在上汎汎然。』」

〔五〕南唐李煜浪淘沙：「金劍已沈埋，壯氣蒿萊。」「金劍」多作「金鎖」。晋書王濬傳：「吴人於江磧要害之處，并以鐵鎖横截之；又作鐵錐，長丈餘，暗置江中，以逆拒舟艦。濬作大筏數十，方百餘步，縛草爲人，被甲持仗，令善水者以筏先行，遇鐵錐，錐輒著筏而去。又作大炬，長十餘丈，大數十圍，灌以麻油，在船前，遇鎖，然炬燒之，須臾，融液斷絶，於是船無所礙。」唐劉禹錫金陵懷古：「千尋鐵鎖沉江底，一片降幡出石頭。」「金鎖沉埋」喻説國家滅亡。

〔六〕大撓：世本曰：「大撓作甲子，容成作曆。」大撓、容成皆黄帝臣。大撓作甲子，地支十二，陰陽各界以六，故一歲十二月，一日十二時，寒暑晝夜，皆復於七。

〔七〕冥靈：莊子逍遥游：「楚之南，有冥靈者，以五百歲爲春，五百歲爲秋；上古有大椿者，以八千歲爲春，八千歲爲秋。」陸德明釋文引李頤曰：「冥靈，木名也。江南生，以葉生爲春，葉落爲秋。」

〔八〕神書：六甲天書。道教編造的一種據稱可以驅遣鬼神、呼風唤雨的法術秘籍，常見於舊小説、戲曲。

〔九〕六丁：指甲子中丁卯、丁巳、丁未、丁酉、丁亥、丁丑，道教認爲是陰神，爲天帝所役使；道士則可用符籙召請，以供驅使。

〔一〇〕握奇經：又名握機經、幄機經。是古代關於佈陣的軍事著作，相傳爲黄帝大臣風后所作。

〔一一〕東皇：司春之神。

〔一二〕沙河渡：清阿史當阿修、清姚文田纂嘉慶揚州府志嘉慶十五年刊本卷之二十五：「自瓜洲而東十八里爲沙河港，其東南與焦山寺相對，亦謂之沙壩河，舊與白塔、芒稻二河俱爲泄水通江處。」

〔一三〕濤瀧：急流大波。

雜感

蓬户晝不開，中有嗜古彦。我來叩其門，握手快相見。新人工織縑，不賣世所賤〔一〕。信知相思難，何必淚如霰？

我别美人久，思之無早旦。美人不我思，棄我如涣汗〔二〕。鴻雁〔三〕飛一雙，鯉魚長尺半〔四〕。唐棣終有懷〔五〕，豈敢遂離泮〔六〕。再拜重問訊，恐是阻魚雁〔七〕。

白日忽以匿，皎月殊未生。捲簾望天末，忽忽〔八〕此何情。壺觴引即醉，徙倚〔九〕臨前楹。浮雲本無根，佇此清飆興。悵然遂中夜，露下霑空庭。

【繫年】

詩嘉慶十一年（一八〇六）秋作於淮安。

【注釋】

〔一〕宋王安石王深甫墓誌銘：「至於揚雄，尤當世之所賤。簡其爲門人者，一侯芭而已。芭稱雄書以爲勝周易。易不可勝也，芭尚不爲知雄者，而人皆曰：古之人生無所遇合，至其没久而後世莫不知。若軻、雄者，其没皆過千歲，讀其書、知其意者甚少，則後世所謂知者未必真也。」宋晁公溯子雲：「子雲世所賤，既死名乃傳。至今讀其書，共言以爲賢。必待成丘壟，何如用當年。貴耳不重目，斯人真可憐。」

〔二〕涣汗：周易涣：「九五，涣汗其大號。」正義：「人遇險阨，驚怖而勞，則汗出體外，故以汗喻險阨也。九五處尊履正，在號令之中，能行號令以散險阨者也。」多喻帝王發佈號令，如汗出於身，不能收回。此喻「美人」「棄我」如汗出於身。

〔三〕鴻雁：漢書蘇武傳：「教使者謂單于，言天子射上林中得雁，足有係帛書，言武等在荒澤中。」後以爲書信的代稱。

〔四〕漢蔡邕飲馬長城窟行：「客從遠方來，遺我雙鯉魚。呼兒烹鯉魚，中有尺素書。」後因以「鯉魚」代稱書信。

〔五〕論語子罕：「唐棣之華，偏其反而。豈不爾思，室是遠而。」

〔六〕離泮：支離離泮，分散。

〔七〕魚雁：書信。參注釋〔三〕。

〔八〕忽忽：迷糊，恍忽。

〔九〕徙倚：楚辭哀時命：「獨徙倚而彷徨。」注：「徙倚，猶低徊也。」

哭高亦耕二〔一〕丈

束髮〔二〕眼空闊，安知世網攖。壺因讀史碎〔三〕，劍每向人鳴〔四〕。憶昨初相識，心中各不平。對堋〔五〕如臂弩〔六〕，釋憾在心兵〔七〕。廣武聞長嘆〔八〕，鴻溝〔九〕欲暗争。帶圍輸試械〔一〇〕，鞅掉〔一一〕御靡旌〔一二〕。健豈甘推董〔一三〕，嚴終不毁程〔一四〕。通言〔一五〕美胥命〔一六〕，約信〔一七〕賤要盟。過從〔一八〕無賓主，因依〔一九〕即弟兄。隔溪冰喚渡，申旦〔二〇〕雪催更。未得拋科目〔二一〕，時來入府城。薇香深巷鎖，屐印濕泥偵。多感年空逝，無題句易賡。燕輕蛛網掛，龍怒海濤驚。焚研〔二二〕原無賴〔二三〕，逃禪亦有情。青山埋骨瘦，古月照胸明。湖海餘勞客，田園念友生。安知太白〔二四〕醉，遂使少微〔二五〕傾。止酒雖元亮〔二六〕，消中竟長卿〔二七〕。石花留紺唾〔二八〕，野飯却青精〔二九〕。入夢楓林遠〔三〇〕，傳書雁字横。山陽聞怨笛〔三一〕，緱嶺〔三二〕斷瑶笙。遺稿休輕散，孤兒望夙成〔三三〕。欷歔臣質死，空負運斤名。〔三四〕

【繫年】

詩嘉慶十一年(一八〇六)秋作於淮安。

【校勘】

㈠「堋」:求志堂存稿彙編本作「坪」,誤。

【注釋】

〔一〕高亦耕二:高森榮(一七七〇—一八〇六)字亦耕,行二。參文卷二文學高森榮墓表注釋〔一〕。

〔二〕束髮:漢賈誼新書容經:「古者年九歲入就小學,蹍小節焉,業小道焉;束髮就大學,蹍大節焉,業大道焉。」古代男孩成童時束髮爲髻,因以代指成童之年。

〔三〕南朝宋劉義慶世説新語豪爽:「王處仲(敦)每酒後輒咏『老驥伏櫪,志在千里。烈士暮年,壯心不已』,以如意打唾壺,壺口盡缺。」後以「唾壺擊缺」「唾壺敲缺」「擊碎歌壺」「擊碎唾壺」「擊壺缺」「擊壺歌」等形容心情憂憤或感情激昂。

〔四〕傳説楚王(一説吴王)命鏌邪鑄雙劍,劍成,鏌邪留下雄劍,把雌劍獻給楚王,雌劍在匣中常悲鳴。南朝宋鮑照贈故人馬子喬之六:「雙劍將離别,先在匣中鳴。……雌沉吴江裹,雄飛入楚城。」後以「孤劍鳴」喻别後思念之切。

〔五〕堋:懸掛箭靶的矮墻。北周庾信馬射賦:「弓如明月對堋,馬似浮雲向埒。」

〔六〕臂弩:又稱神臂弓。宋史兵志:「熙寧元年,始命入内副都知張若水、西上閤門使李評料簡弓弩而增修之。若水進所造神臂弓，實李宏所獻，蓋弩類也。以檿爲身，檀爲弰，鐵爲鐙子槍頭，銅爲馬面牙發，麻繩扎絲爲弦。弓之身三尺有二寸，弦長二尺有五寸，箭木羽長數寸，射三百四十餘步，入榆木半笴。帝閱而善之。於是神臂始用，而他器弗及焉。」

〔七〕心兵：清劉鳳苞莊子雪心編雜篇第六：「鶴列徒驥，兵衛之森嚴也；麗譙錙壇，肘腋之近地也；心兵之動，其象亦猶是矣。藏則伏險以出奇，逆則偵諜以求勝。巧者兵機之默運，謀者兵法之周詳，戰者兵端之迭起，三者在内則謂之心兵，在外遂成爲兵象。」雜篇第七：「心兵弗起，則乖戾潛消，反是必至於天人交戰。以内兵召外兵，而伏莽興戎，無往而非戈矛之所在也。」

〔八〕廣武嘆：「項王與漢俱臨廣武而軍。」史記項羽本紀後阮籍「嘗登廣武，觀楚漢戰處，嘆曰：『時無英雄，使豎子成名！』」晋書阮籍後用「廣武嘆」指無能者僥幸得以成名。廣武，山名，在今河南滎陽東北。

〔九〕鴻溝：史記項羽本紀裴駰集解：「文穎曰：『於滎陽下引河東南爲鴻溝，以通宋、鄭、陳、蔡、曹、衛，與濟、汝、淮、泗會於楚，即今官渡水也。』」

〔一〇〕墨子公輸篇：「於是見公輸盤。子墨子解帶爲城，以牒爲械，公輸盤九設攻城之機變，子墨子九距之。公輸盤之攻械盡，子墨子之守圉有餘。」

〔一一〕鞅掉：掉鞅。左傳宣公十二年：「吾聞致師者，左射以菆，代御執轡，御下兩馬，掉鞅而還。」杜預注：「掉，正也；示閑暇。」本謂駕戰車入敵營挑戰時，下車整理馬脖子上的皮帶，以示御術高超，從容有餘。後泛指從容駕馭或掌握戰鬥的主動權。

〔一二〕靡旌：驅疾也。左傳宣十二年：「楚子又使求成于晋，晋人許之，盟有日矣。楚許伯御樂伯，攝叔爲右，以致晋師。許伯曰：『吾聞致師者，御靡旌摩壘而還。』」

〔一三〕後漢書袁紹劉表列傳：「頃之，卓議欲廢立，謂紹曰：『天下之主，宜得賢明，每念靈帝，令人憤毒。董侯似可，今當立之。』紹曰：『今上富於春秋，未有不善宣於天下。若公違禮任情，廢嫡立庶，恐衆議未安。』卓案劒叱紹曰：『竪子敢然！天下之事，豈不在我？我欲爲之，誰敢不從！』紹詭對曰：『此國之大事，請出與太傅議之。』卓復言『劉氏種不足復遺』，紹勃然曰：『天下健者，豈惟董公！』横刀長揖徑出。懸節於上東門，而奔冀州。」

〔一四〕史記李將軍列傳：「是時漢邊郡李廣、程不識皆爲名將，然匈奴畏李廣之略，士卒亦多樂從李廣而苦程不識。程不識孝景時以數直諫爲太中大夫。爲人廉，謹於文法。」資治通鑑漢紀九司馬光評曰：「李廣之將，使人人自便。以廣之材，如此焉可也；然不可以爲法。何則？其繼者難也；况與之并時而爲將乎！夫小人之情，樂於安肆而昧於近禍，彼既以程不識爲煩擾而樂於從廣，且將仇其上而不服。然則簡易之害，非徒廣軍無以禁虜之倉卒而已也！故曰『兵事以嚴終』，爲將者，亦嚴而已矣。然則效程不識，雖無功，猶不敗；效李廣，鮮不覆亡哉！」

〔一五〕通言：互通言語。

〔一六〕胥命：左傳桓公三年：「夏，齊侯、衛侯胥命于蒲。」杜預注：「胥命者，諸侯相見，約言而不歃血。」

〔一七〕約信：用言辭訂立相互信守之約定。

〔一八〕過從：互相往來，交往。

〔一九〕因依：倚傍，依托。

〔二〇〕申旦：自夜達旦。猶通宵。

〔二一〕科目：唐以來分科選拔官吏的名目。此代應舉。

〔二二〕焚研：亦作「焚硯」。晉書陸機傳：「機天才秀逸，辭藻宏麗，張華嘗謂之曰：『人之爲文，常恨才少，而子更患其多。』弟雲嘗與書曰：『君苗見兄文，輒欲燒其筆硯。』」自愧文不如人而欲自燒其硯，不復寫作。

〔二三〕無賴：史記張釋之馮唐列傳：「上問上林尉諸禽獸簿。十餘問，尉左右視，盡不能對。虎圈嗇夫從旁代尉對上所問禽獸簿甚悉。……文帝曰：『吏不當若是耶？尉無賴！』」裴駰集解引張晏曰：「才無可恃。」

〔二四〕太白：即大白，大酒杯。明高啓次韻答朱冠君游城西之作：「笑看明月問狂客，我舉太白君當浮。」

〔二五〕少微：星座名。共四星，在太微垣西南。

〔二六〕晉陶潛止酒：「平生不止酒，止酒情無喜。」止酒，戒酒。

〔二七〕史記司馬相如列傳：「相如口吃而善著書，常有消渴疾。」消中，即消渴。素問脈要精微論：「風成爲寒熱，癉成爲消中。」王冰注：「消中之證，善食而瘦。」林億等校正：「按本經多食數溲，爲之消中。」

〔二八〕紺唾：唾花石。舊題漢伶元飛燕外傳：「后與婕妤坐，后誤唾婕妤袖，婕妤曰：『姊唾染人紺袖，正似石上華，假令尚方爲之，未必能若此衣之華，以爲石華廣袖。』」

〔二九〕青精：南宋鄭樵通志昆蟲草木略第二：「南燭，曰烏草，曰猴藥，曰男續，曰後草，曰維那木，曰黑飯草，以其可染黑飯也，道家謂之青精飯。亦曰牛筋，言食其飯，則健如牛筋也。吳越名猴菽，又名染菽，亦名文燭，經冬不凋，春夏采枝莖，秋冬采根。此木類而叢生，高三五尺，亦似草，故號爲南燭。草木圖經云：人家多植於庭院間，俗謂之南天燭。其實如梧桐子，勻圓黑色，九月熟，兒童食之極美。今茅山道士采其嫩葉染飯，謂之烏飯，甚甘香，可以寄遠。杜詩云：『豈無青精飯，使我顔色好。』謂食此能變白駐顔。故仙經云：『子服草木之王，氣與神通；子食青燭之津，命不復殞。』并謂此也。」

〔三〇〕典出楚辭招魂：「湛湛江水兮上有楓，目極千里兮傷春心，魂兮歸來哀江南。」唐杜甫夢李白二首其一：「魂來楓林青，魂返關塞黑。」

〔三一〕參詩卷一祁生著海上珊瑚網，叙申江諸伶，形聲并繪，感慨遥佚，過燕蘭小譜矣，歸舟聯榻，出以相示，輒題五絶句注釋〔七〕。

〔三二〕緱嶺：即緱氏山，在今河南偃師。漢劉向列仙傳王子喬：「王子喬者，周靈王太子晋也。好吹笙，作鳳凰鳴。游伊洛之間，道士浮丘公接以上嵩高山。三十餘年後，求之於山上，見桓良曰：『告我家：七月七日待我於緱氏山巔。』至時，果乘白鶴駐山頭，望之不得到，舉手謝時人，數日而去。」

〔三三〕夙成：早成，早熟。

〔三四〕莊子徐無鬼：「莊子送葬，過惠子之墓，顧謂從者曰：『郢人堊漫其鼻端若蠅翼，使匠石斲之。匠石運斤成風，聽而斲之，盡堊而鼻不傷，郢人立不失容。宋元君聞之，召匠石曰：「嘗試爲寡人爲之。」匠石曰：「臣則嘗能斲之。雖然，臣之質死久矣。」自夫子之死也，吾無以爲質矣，吾無與言之矣。』」

之桃源〔一〕

于役〔二〕始濟河，平野何茫茫？甘泉〔三〕芒碭〔四〕間，千里無連崗。居人本寥落，況乃頗流亡。終勞聖代恩，發粟復緩糧。願告撫循吏，慎勿言其長。

晨光漸熹微，蕎花泫宵露。翠葉發紫莖，荏苒轉相互。日至〔五〕尚有期，炊烟隱深樹。頗聞鷄犬音，遂即牛車路。短籬開黍稭，留客籬下住。屑豆持作糜，勸客好下箸。勿言奉客薄，頻年飽番芋。

【繫年】

據沈欽韓幼學堂詩文稿詩稿卷七七夕集補蘿吟館分韻，得流字，送周保緒郡博之官淮安、七夕後二日同米樓、保緒放舟香谿，欲别不忍，復同宿牧牛禪舍，凉蟾入户，詩思灑然，米樓以人間世分韻得間字，知周濟七月中下旬始啓程赴淮安任，故詩嘉慶十一年（一八〇六）秋初途經桃源時作。「蕎花泫宵露」，蕎花農曆七八月份盛開。

【注釋】

〔一〕桃源：江蘇泗陽舊稱。元至元十四年（一二七七）始設桃園縣，明改稱桃源，清相沿不變。民國初年，因與湖南桃源重名而改稱泗陽。

〔二〕于役：詩經王風君子于役：「君子于役，不知其期。」鄭玄箋：「君子于往行役，我不知其反期。」于役，行役。因兵役、勞役或公務奔走在外。

〔三〕甘泉：縣名，清雍正九年（一七三一）分江都置，因縣西北有甘泉山得名，一九一二年併入江都。

〔四〕芒碭：芒山、碭山的合稱。在今安徽碭山東南，與河南永城接界。史記高祖紀：「秦始皇常曰：『東南有天子氣。』於是因東游以厭之。高祖即自疑，亡匿，隱於芒碭山澤岩石之間。」

〔五〕日至：夏至日照最長，稱長至；冬至日照最短，稱短至。此指冬至。

出郭

出郭偶小憩，遂逢鉢山〔一〕僧。爲言寺中田，比歲數不登。非由土膏殫，習俗無深耕。既種不灌溉，但望天所生。小旱愁焦枯，小雨愁濘汀〔二〕。安得禮農師〔三〕，畫我溝洫〔四〕成。聞之三永嘆，憂時爾輩情。

【繫年】

詩嘉慶十一年（一八〇六）夏末秋初作於淮安城郊。

【注釋】

〔一〕鉢山：钵池山。清顧祖禹讀史方輿紀要南直四淮安府：「鉢池山，府西北四十里，以形似名。岡阜盤旋凡三四里，今堤此以禦河患。又有金牛洞，在府西北十里。五代周世宗嘗宿兵於此。」清劉廷在園雜志卷三山陽縣：「揚子江以北，數百里平原，并無一山，而淮安府附郭名山陽縣。考志書云：『舊有地名山陽，因以名縣。』然未詳所以命名之故。詢諸野老，參以己意，蓋山以南爲陽，縣北有鉢池山，爲七十二福地之一，王子喬修仙處，地形較他處高數仞，非土非石，皆積砂所成。豈山陽以此得名耶？」

〔二〕濘汀：汀濘。泛指池沼等淺水。

〔三〕師農：古代掌管農事的官。

〔四〕溝洫：周禮考工記匠人：「匠人爲溝洫。……九夫爲井，井間廣四尺，深四尺，謂之溝。方十里爲成，成間廣八尺，深八尺，謂之洫。」鄭玄注：「主通利田間之水道。」此借指農田水利。

秋夜散步懷良卿〔一〕、木君〔二〕

秋月照菰蒲，清氣互相蕩。委襟從風入，信步逐流往。空觀斷續碕，不聞潺湲響。徑會趨平橋〔三〕，途窮假紅舫。河柳影自摇，露草珠潛長。故人渺千里，何以共兹賞？時時見鷺鷥，獨立引清嗓。

【繫年】

詩嘉慶十一年（一八〇六）秋作於淮安。

【注釋】

〔一〕良卿：徐薫，行二，周濟有短歌寄徐二良卿、過洑溪感懷徐二良卿字良卿，江蘇吴縣今蘇州吴中區人，作有傳奇太極奏、玉素珠、軒轅鏡、蓮花筏、吉慶圖、飛龍鳳、錦雲裘、瑞霓羅、御雪豹、石麟鏡、九蓮燈、纓絡會、賫神龍、萬花樓、建黄圖、乾坤嘯、艷雲亭、奪秋魁、萬壽冠、雙和合、壽榮華、五代榮、寶曇月、漁家樂、牡丹圖二十五種。揚州畫舫録卷五新城北録下國朝傳奇録，謂「吴縣朱良卿作」。詞集格香詞沈欽韓幼學堂文集卷一徐良卿格香詞序，介存齋論詞雜著録其評秦觀、吴文英詞各一則。

〔二〕木君：周青。參詩卷一有懷高二丈亦耕、族祖木君即寄注釋〔二〕。

〔三〕平橋：清顧祖禹讀史方輿紀要南直四淮安：「平河橋，在府西南四十里，南至寶應縣六十里，爲往來通衢。」

初到淮安示諸生

時俗誤儒術，拘迂轉相嗤。豈知備文武，乃足爲人師。醇風曷由宣？經行惟先資。自慚譾劣躬，將滋來者疑。抒懷賤苟得，違衆〔一〕寧足奇。黄淮方交馳，地力亦已疲。中精恐淆滑，風氣隨轉移。特立良不易，詎非心所期。

冥冥著書心，千載炳日月。陳言不足貴，所貴箴時缺。苕蘭〔二〕無秋榮，參昴亦晨没。報章〔三〕寧在天，萋菲〔四〕徒捲舌。撫事懷所欽，乃在管與葛〔五〕。力田終逢歲，執爨方得食。積靨謝利心，甘餘寡德色。庶幾敦信義，遂使民可立。

晨登城南樓，鼓角聞悲鳴。忼慨彈鋏歌〔六〕，寧知烈士情。潢池昔盗弄〔七〕，書生始談兵。真勇謝温克〔八〕，結習馳縱横。進士歲有程，文武無畸輕。柔翰坐易工，技擊誰能精？往往溝猶儒〔九〕，掉舌摧干城〔一〇〕。詎聞方與召，馳檄平淮涇。〔一一〕挽强果十石，豈貴識一丁？〔一二〕况復知大義，可以托死生。願回私鬥勇，努力期榮名。

【繫年】

詩嘉慶十一年(一八〇六)夏作於到任淮安府學教授伊始。

【注釋】

〔一〕違衆：與衆不同，違反常規。唐韓愈送牛堪序：「違衆而求識，立奇而取名，非堪心之所存也。」

〔二〕苕蘭：蘭苕。蘭花。

〔三〕報章：詩經小雅大東：「維天有漢，監亦有光。跂彼織女，終日七襄。雖則七襄，不成報章。」

〔四〕萋菲：詩經小雅巷伯：「萋兮菲兮，成是貝錦。彼譖人者，亦已大甚。」毛傳：「萋菲，文章相錯也。」鄭玄箋：「喻讒人集作己過，以成於罪，猶女工之集采色，以成錦文。」

〔五〕管、葛：管仲、諸葛亮。

〔六〕戰國策齊策齊人有馮諼者章：「(馮諼)居有頃，倚柱彈其劍，歌曰：『長鋏歸來乎！食無魚。』左右以告。孟嘗君曰：『食之，比門下之(魚)客。』居有頃，複彈其鋏，歌曰：『長鋏歸來乎！出無車。』左右皆笑之，以告。孟嘗君曰：『爲之駕，比門下之車客。』於是，乘其車，揭其劍，過其友曰：『孟嘗君客我。』後有頃，復彈其劍鋏，歌曰：『長鋏歸來乎！無以爲家。』」

〔七〕漢書龔遂傳：「其民困於飢寒而吏不恤，故使陛下赤子盗弄陛下之兵於潢池中耳。今欲使臣勝之邪，將安之也？」後用「潢池盗弄」爲造反的諱稱。潢池，池塘。

〔八〕温克：詩經小雅小宛：「人之齊聖，飲酒温克。彼昏不知，壹醉日富。各敬爾儀，天命不又。」鄭箋：「飲酒雖醉，猶能温(蘊)藉自持以勝。」

〔九〕溝猶儒：荀子非十二子：「世俗之溝猶瞀儒，嚾嚾然不知其所非也。」楊倞注：「溝猶瞀儒合四字爲疊韻。」王先謙集解引郝懿行曰：「溝猶瞀儒四字疊韻，其義則皆謂愚蒙也。」

〔一〇〕史記淮陰侯列傳：「且酈生一士，伏軾掉三寸之舌，下齊七十餘城。」

〔一一〕用唐裴度平定淮西吴元濟叛亂典。

〔一二〕舊唐書張弘靖傳：「汝輩挽得兩石力弓，不如識一丁字。」後以「識丁」指識字。

冬夜齋樓雜憶

烟月夜寒生，嚴城似帶橫。人家亂茆屋，犬吠警初更。暫了饑驅事，仍增遠攬情。同袍〔一〕辭賦好，幾輩頌河清〔二〕。

吾道固屢空，綈袍〔三〕寧足懷。星徵西肆石〔四〕，鹿記上林牌〔五〕。獨賞誠非易，時宜或未乖。休憐消壯歲，猶勝縛弓韣。聞慎伯多聚骨董。

窮巷回車轍，冬來得米無？〔六〕朋游多落拓，身世且胡盧〔七〕。鋭氣因書减，清神入道腴。所希常此意，珍重問潛夫〔八〕。

江介感悲風，登樓想復同。山靈千疊聚，水闊九條通。叢桂虛招鸜，黄蘆易斷鴻。寄書遲不達，愁唱月當中。「輕雲亂卷四山風，不管多情皓月，在當中」，晉卿九江見寄詞也。〔九〕

聽雨虛初約，宵來倍悵兹。斷垣凋薜荔，缺月映罘罳。楓落銅官路〔一〇〕，花侵玉女池〔一一〕。

明年遂歸計，猶及共鞭絲〔一二〕。良卿有樓名聽雨。

【繫年】

詩中小注言及之董士錫南歌子新霽是年立秋後作於九江。故詩嘉慶丙寅（十一年，一八〇六）冬作於淮安。

【注釋】

〔一〕同袍：詩經秦風無衣：「豈曰無衣，與子同袍。王於興師，修我戈矛，與子同仇。」後軍人用以互稱。此泛指朋友、同年、同僚、同學等。

〔二〕河清：黄河水濁，少有清時，古人以「河清」爲升平祥瑞的象徵。

〔三〕綈袍：史記范雎蔡澤列傳：「范雎既相秦，秦號曰張禄……魏使須賈於秦。范雎聞之，爲微行，敝衣閑步之邸，見須賈。須賈見之而驚曰：『范叔固無恙乎！』范雎曰：『然。』須賈笑曰：『范叔有説於秦邪？』曰：『不也。雎前日得過於魏相，故亡逃至此，安敢説乎！』須賈曰：『今叔何事？』范雎曰：『臣爲人庸賃。』須賈意哀之，留與坐飲食，曰：『范叔一寒如此哉！』乃取其一綈袍以賜之。」後以「綈袍」「綈袍之贈」喻不忘舊日交情。

〔四〕西肆石：典出不詳，蓋亦古代流傳下來之星石隕石也。

〔五〕唐鄭處誨明皇别録：「芙蓉園得一白鹿，山人王旻曰：『此漢時鹿。』果於角際雪毛中得一銅牌，刻曰『宜春苑中白鹿』。上目之曰：『仙客命圉人善蓄之。』」「上林鹿」典出宋吴淑事類賦注卷二十三獸部四：「武帝時有殺上林鹿者，下有司收殺之。朔時在旁，曰：『是固當死者三：使陛下以鹿殺人，一當死；天下聞陛下重鹿賤人，二當死；匈奴有急，以鹿觸之，三當死。』帝默然，赦之。」此蓋以「上林鹿」代指宜春苑白鹿也。

〔六〕宋辛棄疾最高樓吾擬乞歸，犬子以田産未置止我，賦此罵之：「暫忘設醴抽身去，未曾得米棄官歸。」

〔七〕胡盧：即「葫蘆提」，也作「葫蘆蹄」「葫蘆題」「鶻鷺啼」「鶻突」「糊塗」，黄侃謂皆「混沌」之轉也。宋、元時口語，元曲中常用，意即糊里糊塗，糊塗。

〔八〕潛夫：隱者。後漢書王符傳：「王符字節信，安定臨涇人也。少好學，有志操，與馬融、竇章、張衡、崔瑗等友善。安定俗鄙庶孽，而符無外家，爲鄉人所賤。自和、安之後，世務游宦，當塗者更相薦引，而符獨耿介不同於俗，以此遂不得升進。志意藴憤，乃隱居著書三十餘篇，以譏當時失得，不欲章顯其名，故號曰潛夫論。其指訐時短，討讁物情，足以觀見當時風政，著其五篇云爾。」

〔九〕清董士錫南歌子新霽：「短港三篙水，遥天百尺虹。夕陽吹墮一江紅。幾許燕支濃淚，與君同。暗葦啼秋雁，寒階泣夜蛩。輕雲亂卷四山風，不管多情皓月，在當中。」

〔一〇〕銅官：即銅官山，在宜興城南，相傳秦始皇於此置銅官管理采銅，故名。

〔一一〕玉女池：即玉女潭，在宜興湖汶境内，相傳曾有仙女隱居于此。

〔一二〕鞭絲：馬鞭，借指出游。

送許魯泉〔一〕獻賦天津

古人一賦千黄金〔二〕，黄金不難難賦心。時人愛金不愛賦，縱有千言空染素。特達〔三〕非邀聖主知，華年終爲奇文誤。何從得此高陽生〔四〕，慨然意氣思飛騰。昔我與之共登覽，石角礙路猶攀藤。江波蕩胸風入袖，馬駝〔五〕鵝鼻〔六〕争鋒棱。手中健筆快落紙，俊爽大類盤秋鷹。京洛吾先倦塵土〔七〕，世事千人竟何補？自信惟應老敝廬，君言必欲紆長組〔八〕。文章有神亦有命，此去先須戒奔競。細雨同消苜蓿盤〔九〕，春風看立芙蓉鏡〔一〇〕。

【繫年】

據注釋〔一〕，許魯泉是次赴嘉慶戊辰（十三年，一八〇八年）召試，途經淮安。又詩中曰「春風看立芙蓉鏡」，而周濟二月因丁祭事忤知府王轂而去職，故詩當作於一月。

【注釋】

〔一〕許魯泉：許椿頤（一七八一—一八一三），字魯泉，號杏濱，直隶順天籍，江蘇江陰人。清吴惠元修、清俞樾纂同治續天津縣志同治九年刻本卷首：「嘉慶十三年三月，仁宗睿皇帝巡幸淀津，閲視河工，由静海縣之楊芬港啓鑾至天津王家廠水營，次日至行宫。……上諭此次巡幸淀津，直隸各省士子迎鑾，獻賦蹈咏抒誠，因命題考試，就其文義高下，量加録取。所有列在一等之直隸庠生龍汝言、安徽貢生齊彦槐、安徽貢生唐人勗、直隸庠生李大壯、安徽增生方士淦、順天附生許椿頤，俱著賞給舉人，准其一體會試。」清曹振鏞、戴均元等纂修仁宗睿皇帝實録道光間内府抄本卷之一百九十三：「壬戌賞召試一等直隸廩生龍汝言、安徽貢生齊彦槐、唐人最、直隸廩生李大壯、安徽增生方士淦、順天附生許椿頤舉人，一體會試。」清方浚師蕉軒隨録卷一戊辰召試同治十一年刻本：「嘉慶十三年戊辰春，聖駕巡幸淀津，特開召試之典。御製賦得雨過潮平江海碧詩云：『巨浸涵新漲，洪波浩瀚盈。雨收雲霧浄，潮捲水天平。大海一泓湛，長江萬里晴。翠奩浮瀲灩，碧浪晃晶瑩。遠挹三山秀，遥連四瀆清。淵渟接蓬閬，澄澈達滄瀛。透潤敷青甸，餘霞建赤城。濟川欣作楫，繼起望群英。』御製詩注：『國家闢門籲俊務博，其途即巡幸所涖省分舉行召試之典，頗爲得人。今朝列中如戴衢亨，即乾隆丙申我皇考巡幸天津所取一等二名士也。兹伊已渥荷兩朝恩遇，洊用至户部尚書、協辦大學士，且每日趨直樞廷，宣綸出諭，堪稱任使。兹予以閲視河堤要工，莅臨駐此，亦舉斯典，惟冀爾多士中有能自砥礪繼起，有人爲異日作楫之用，此予命題拈咏，以望爾多士之至意也。』是年御試題是竹箭有筠松柏有心賦、損上益下論，五言八韻詩即御製題。一等共取六人，第一爲桐城龍汝言，第二爲婺源齊彦槐，第三爲含山唐人最，第四爲天津李大壯，第五乃臣伯父士淦，順天許椿頤則第六名也。恭識於此，以昭榮遇。」錫賜舉人，選覺羅官學教習。著有鷗舫齋詩鈔五卷，扣舷吟二卷，五臺游草。民國陳思修，民國繆荃孫纂民國江陰縣續志卷二十，民國九年刊本。妻潘氏，子兆桂。清陳延恩等修道光江陰縣志道光二十年刊本卷之十：「潘氏，召試舉人、覺羅教習許椿頤妻，三十歲，夫亡，撫子兆桂餼於庠。」

〔二〕参詩卷一日莫碧雲合一首懷翰風文起慎伯注釋〔九〕。

〔三〕特達：自達，自薦。

〔四〕高陽生：典出「高陽酒徒」。史記酈生陸賈列傳：「初，沛公引兵過陳留，酈生踵軍門上謁曰：……使者出謝曰：『沛公敬謝先生，方以天下爲事，未暇見儒人也。』酈生瞋目案劍叱使者曰：『走！復入言沛公，吾高陽酒徒也，非儒人也。』」後用以指嗜酒而放蕩不羈的人。許椿頤籍順天，此以「高陽生」代許。

〔五〕馬駝：馬駄沙，江蘇靖江舊名。明張汝華靖江縣造縣歲月記：「楊子江中有地曰馬駄沙，蓋江源萬里，數道之水一滙而注於海。至是海近，潮勢湯湯，江闊數倍，水歧而復合，中積成沙洲，適居水之中央，東西可五十里，南北可二十里。……成化辛卯，巡撫大臣以周圍風波不時，居民往來舟楫阽危，奏準開設靖江縣于沙之東土城，除授縣學正佐等官，汝華于是年十一月廿八日來任。」

〔六〕鵝鼻：鵝鼻嘴，在江蘇江陰澄江。明尹嘉賓沙懷晚渡：「家住馬馱沙，慣從鵝鼻渡。江頭酒未醒，那怕晚屬怒。」

〔七〕京洛塵：亦作「京雒塵」。晋陸機爲顧彦先贈婦之一：「京洛多風塵，素衣化爲緇。」後以「京洛塵」比喻功名利禄等塵俗之事。

〔八〕紆長組：紆組，繫佩官印，謂身居官位。

〔九〕苜蓿盤：亦作「盤中苜蓿」「苜蓿堆盤」「苜蓿長欄干」。宋王讜唐語林卷五補遺：「薛令之，閩之長溪人。神龍二年，趙彦昭下進士及第，後爲左補闕兼太子侍講。時東宫官冷落，之次難進，令之有詩曰：『明月夜團團，照見先生盤。盤中何所有？苜蓿長闌干。飯澀匙難綰，羹稀箸易寬。只可謀朝夕，那能度歲寒？』明皇幸東宫，見之不悦，以爲諷上。援筆酬曰：『啄木觜距長，鳳凰毛羽短；若嫌松桂寒，任逐桑榆暖。』令之遂謝病歸。及肅宗即位，召之。詔下，而令之已卒。」喻生活清貧。

〔一〇〕芙蓉鏡：唐段成式酉陽雜俎續集支諾臯中：「相國李公固言，元和六年下第游蜀，遇一老姥，言：『郎君明年芙蓉鏡下及第，後二紀拜相，當鎮蜀土，某此時不復見郎君出將之榮也。』明年，果然狀頭及第，詩賦題有人鏡芙蓉之目。後二十年，李公登庸。」

送别黄清溪〔一〕

淮南木落天雨霜，先生别我歸江鄉。江鄉今年足稻秫，歸酌春酒〔二〕酣高堂。昨君未來我苦寂，日日馬蹋河沙黄。盤雕眼疾細草死，風埃一道昏殘陽。書生胡爲衣短後〔三〕？獨吟無和聲難揚。初聞君來色然喜，令子昔曾交短李〔四〕。李子論交最有名，家學因兹測涯涘。握手便作雲龍〔五〕譚，乃識君書著皮裏〔六〕。君言枕葃〔七〕四十年，落紙果化爲雲烟。君言静參恒累宿，吐舌果解生青蓮〔八〕。君言楚璞〔九〕獻已倦，十上不選張郎錢〔一〇〕。君言作官非所樂，游戲聊復來人間。下士聞之各大笑，謂我白癡君亦然。是時亢陽〔一一〕驕不雨，山㊀秩〔一二〕陪祀清泠淵。蒼生膏澤别有寄，我等冗散空相煎。秋風吹我過江去，接離倒著〔一三〕看青山。五旬小别意悽愴，夜夢往往逢君顔。重來見君話契闊，我病君歸各飛越。君愛堆盤玉斧〔一四〕肥，我思壓酒銀針〔一五〕活。君今先歸我亦去，冷落淮山剩寒樹。他日相逢我荷瓢〔一六〕，君能戴笠〔一七〕真吾侣。黄之長君與丁若士〔一八〕同拔萃科，申耆〔一九〕識之，言其人快士也。㊁

【繫年】

詩嘉慶十三年（一八〇八）一月作於淮安。

【校勘】

㊀ 山：求志堂存稿彙編本、揚州本、晚晴簃詩匯本作「日」。

㊁ 晚晴簃詩匯本無小注。

【注釋】

〔一〕黄清溪：清吴德旋初月樓文鈔卷六江村書塾記：「如皋黄學博青溪，與予相遇於淮陰，索予文觀之而好之，因囑予爲其江村書塾記而并述所以請記之意。」

〔二〕春酒：詩經豳風七月：「爲此春酒，以介眉壽。」毛傳：「春酒，凍醪也。」孔穎達疏：「此酒凍時釀之，故稱凍醪。」馬瑞辰通釋：「春酒即酎酒也。漢制，以正月旦作酒，八月成，名酎酒。周制，蓋以冬釀經春始成，因名春酒。」

〔三〕衣短後：莊子説劍：「吾王所見劍士，皆蓬頭、突鬢，垂冠，曼胡之纓，短後之衣，瞋目而語難。」郭象注：「短後之衣，爲便於事也。」後幅較短的上衣，便於活動，多爲武士之衣。

〔四〕短李：新唐書李紳傳：「（李紳）爲人短小精悍，於詩最有名，時號『短李』。」此指李申耆兆洛。

〔五〕雲龍：喻朋友相得。清趙翼余簡稚存詩，稚存答詩再簡奉酬：「昔唐有韓孟，雲龍兩連翩。」

〔六〕皮裏：皮裏陽秋。晋書褚裒傳：「譙國桓彝見而目之曰：『季野有皮裏陽秋。』言其外無臧否，而内有所褒貶也。」

〔七〕枕葄：枕藉，引申爲沉迷。

〔八〕晋書藝術傳佛圖澄：「勒召澄，試以道術。澄即取鉢盛水，燒香呪之，須臾鉢中生青蓮花，光色曜日，勒由此信之。」後人以「舌燦蓮花」「口吐蓮花」喻説話的文采和美妙。

〔九〕楚璞：韓非子和氏：「楚人和氏得玉璞楚山中，奉而獻之厲王。厲王使玉人相之，玉人曰：『石也。』王以和爲誑，而刖其左足。及厲王薨，武王即位，和又奉其璞而獻之武王。武王使玉人相之，又曰：『石也。』王又以和爲誑，而刖其右足。武王薨，文王即位，和乃抱其璞而哭於山之下，三日三夜，淚盡而繼之以血。王聞之，使人問其故曰：『天下之刖者多矣，子奚哭之悲也？』和曰：『吾非悲刖也，悲夫寶玉而題之以石，貞士而名之以誑，此吾所以悲也。』王乃使玉人理其璞而得寶焉，遂命曰『和氏之璧』。」

〔一〇〕唐張九齡曾上敕議放私錢疏。

〔一一〕亢陽：周易乾：「上九，亢龍有悔。」孔穎達疏：「上九，亢陽之至，大而極盛。」此借指旱災。

〔一二〕凵秩：祈雨。凵，通「坎」。周易習坎：「象曰：習坎，重險也。水流而不盈，行險而不失其信。」秩，祭祀。尚書舜典：「望秩於山川。」

〔一三〕南朝宋劉義慶世說新語容止：「山季倫爲荆州，時出酣暢。人爲之歌曰：『山公時一醉，徑造高陽池。日莫倒載歸，茗艼無所知。復能乘駿馬，倒箸白接䍦。舉手問葛彊，何如并州兒？』高陽池在襄陽。彊是其愛將，并州人也。」接䍦，古代的一種頭巾，亦可能當作帽子。

〔一四〕玉斧：宋歐陽修初食車螯：「璀璨殻如玉，斑爛點生花。合漿不肯吐，得火遽已呀。」車螯又稱文蛤、蛤蜊、玉斧。

〔一五〕銀針：一種白茶。

〔一六〕荷瓢：即「挂瓢」「掛瓢」。宋李昉等太平御覽卷七六二引漢蔡邕琴操：「許由無杯器，常以手捧水。人以一瓢遺之，由操飲畢，以瓢掛樹。風吹樹，瓢動，歷歷有聲。由以爲煩擾，遂取捐之。」後以「掛瓢」爲隱居或隱者傲世的典故。

〔一七〕戴笠：唐徐堅初學記人部中交友第二：「風土記曰：越俗性率朴。初與人交有禮，封土壇，祭以犬鷄，祝曰：『卿雖乘車我戴笠，後日相逢下車揖。我步行，卿乘馬，後日相逢卿當下。』」後以「戴笠乘車」喻貧賤之交或貴賤相逢，不忘舊交。

〔一八〕丁若士：丁履恒（一七七〇—一八三二），字若士。參詩卷一出東門贈祁生即效其體注釋〔五〕。

〔一九〕申耆：李兆洛（一七六九—一八四一）。字申耆。參詩卷一懷友人并序注釋〔二七〕。

觀寶山張孟如〔一〕試竹槍木刀。桐生太守〔二〕用少陵大食刀歌〔三〕韻贈之，即席同賦。蔡䦧〔四〕窺吴淞，張曾應募爲軍鋒，故追紀其事

軍聲夜發何嘈嘈，樓櫓〔五〕險倚重關牢。跳梁〔六〕野將馳飛艘，守烽士怯起欲逃。何人青錦製短袍，揮突不顧倭奴刀。劖鐘無聲利吹毛〔七〕，寒動月魄霜華高〔八〕。彎弧便覺擁樹號，投擲自斃哀群猱。〔九〕三英之裘〔一〇〕膏以膏，閱武能射胥江濤〔一一〕。是時畫疆〔一二〕阻深濠，吴鈎空掛紅絨絛。惜哉縶膝縱海鰲〔一三〕，織鐵爲網成徒勞。不若快舞尊前豪，燭光如虹射睟起。跳脱宜僚弄丸〔一四〕始，蓄勢初爲虎抱子〔一五〕。顧步縱横叙文理，轉石險短利激水。奇化若鬼態未已，千方萬狀不可紀。懦夫旁觀迅兩耳，筋骨開張使心喜。翥鳳騰龍换崇庳，罷舞仰天重徙倚〔一六〕。猿臂於今辭象弭〔一七〕，堇鐵邪銅〔一八〕竹木比。處女誰尋越山裏〔一九〕，命酒與君浣塵滓。

【繫年】嘉慶十三年（一八〇八）二月，周濟因丁祭事忤知府王穀，辭去淮安府教授一職。詩當二月底或三月周濟南返途經揚州時所作。洪桐生梧時任揚州梅花書院山長。

【注釋】

〔一〕張孟如：清徐珂清稗類鈔技勇類：「力士張立松，字孟如，太倉人。短而髯，善技擊，嘗從擊蔡牽。既平，聞南海盗張保、烏石二等未滅，投曾賓谷方伯。比至，困於逆旅，遇武進湯貞愍公貽汾，遂相過從。飲酒微醉後，喜舞刀，又善畫松。貞愍嘗贈以詩云……」光緒寶山縣志卷十人物志藝術：「張立松，初名雲駿，字孟如，居城中，武生。豐頤修髯，工擊刺，手持半段槍，能敵數十人。畫無所師，而寫山水别具天趣。中歲爲仇家所窘，橐筆漫游，足迹半天下，自號夢餘。晚年歸里，筆益奇勁。尤喜畫長松老檜，墻壁雖數丈，憑梯懸腕揮灑，頃刻而遍。」

〔二〕桐生太守：洪梧（一七五〇—一八一七），字桐生，一字植垣，號東弧。兄樸、榜。安徽歙縣人。乾隆庚子（一七八〇）召試舉人，授中書。乾隆庚戌（一七九〇）年進士。由編修官沂州知府。歸主揚州安定、梅花書院，終於講席。長於經學，工詞翰。著有辛壬韓江唱酬集四卷、春餘賦草一卷。

〔三〕大食刀歌：即唐杜甫荆南兵馬使太常卿趙公大食刀歌。

〔四〕蔡牽（一七六一—一八〇九）：福建漳浦人。乾隆五十九年（一七九四）因饑荒而下海爲盗寇，船幫馳騁於閩、浙、粤海面。一八〇九年，於浙江漁山外洋戰敗，沉海而死。

〔五〕樓櫓：古代軍中用以瞭望、攻守的無頂蓋的高臺。建於地面或車、船之上。

〔六〕跳梁：同「跳踉」。跋扈，强横。

〔七〕唐竇庠于闐鍾歌送靈徹上人歸越：「手提文鋒百煉成，恐劃此鍾無一聲。」

〔八〕唐孟郊上河陽李大夫：「霜劍奪衆景，夜星失長輝。」

〔九〕宋李昉等太平御覽卷三五引韓非子：「楚人有白猿，王自射之，則搏矢而熙。使養由基射之，始調弓矯矢，未發，而猿擁樹號矣。」

〔一〇〕三英之裘：詩經鄭風羔裘：「羔裘晏兮，三英粲兮。」傳云：「三英，三德也。」箋云：「三德：剛克、柔克、正直也。」朱熹集傳：「三英，裘飾。未詳其制。」馬瑞辰通釋：「初學記卷二十六引郭璞毛詩拾遺：『英，謂古者以素絲英飾裘，即上素絲五紽也。』田間詩學引范氏説，謂五紽、五緎、五總即此詩三英是也。古者衣以章身，即以表德。傳云『三英，三德』者，蓋謂以象三德耳。」

〔一一〕射濤：射潮。宋范坰、林禹吳越備史武肅王：「八月，始築捍海塘。王因江濤沖激，命强弩以射濤頭，遂定基；復建候潮、通江等城門。」

〔一二〕畫疆：畫疆墨守。喻樹立門户或固守門户之見。

〔一三〕莊子秋水：「東海之鱉，左足未入，而右膝已縶矣。」

〔一四〕宜僚弄丸：莊子徐無鬼：「市南宜僚弄丸而兩家之難解，孫叔敖甘寢秉羽而郢人投兵。」成玄英疏：「楚白公勝欲因作亂，將殺令尹子西。司馬子綦言熊宜勇士也，若得，敵五百人，遂遣使屈之。宜僚正上下弄丸而戲，不與使者言。使因以劍乘之，宜僚曾不驚懼，既不從命，亦不言它。白公不得宜僚，反事不成，故曰：『兩家之難解。』市南宜僚、孫叔敖人皆以無爲而解難息兵。」

〔一五〕虎抱子：佛教故事，有虎雪天産子，擔心幼虎凍死而不敢離開，餓極，王子得知，捨身飼虎。

〔一六〕徙倚：楚辭遠游：「步徙倚而遥思兮，怊惝怳而乖懷。」王逸注：「彷徨東西，意愁憤也。」

〔一七〕象弭：詩經小雅采薇：「四牡翼翼，象弭魚服。」朱熹集傳：「象弭，以象骨飾弓弰也。」

〔一八〕堇鐵邪銅：赤堇山之鐵，若耶溪之銅。越絶書越絶外傳記寶劍第十三：「當造此劍之時，赤堇之山，破而出錫；若耶之溪，涸而出銅；雨師掃灑，雷公擊橐；蛟龍捧鑪，天帝裝炭；太一下觀，天精下之。歐冶乃因天之精神，悉其伎巧，造爲大刑三，小刑二。」

〔一九〕漢趙曄撰、宋徐天祜音注吴越春秋古今逸史本卷九：「十道志：勾踐索美女以獻吴王，得之諸暨苧蘿山賣薪女也。西施山下有浣沙石。」

附：清湯貽汾琴隱園詩集卷十四懷人詩七首太倉力士張立松：

字孟如，短而髯，善技擊，阮芸臺先生撫浙時客，嘗從李總統擊蔡牽。既平，聞南海盜張保、烏石二等未滅，投曾賓谷方伯。比至，適降困于逆旅，與予過從，飲無醉，期醉，則爲予舞刀。又善畫松。襆被天南壯士飢，樓船十萬見君奇。誰如猿臂黄熊掌，能敵顔弓朱亥椎。筆底蛟龍松十丈，胸中塊磊酒千卮。市樓歌哭無人問，一劍如飛去幾時。

京口舟中作

江風吹我舟，倏忽指南渚。衆山揖歸客，蒼翠不可數。我行未云久，載寒一離暑。卧疾敢懷禄〔一〕，况復遂將母〔二〕。江干艤群艘，刻日漕天庾〔三〕。輕颸冀乘潮，失意此中沮。倚閭〔四〕知久望，憶兒尚行旅。兒行未云久，兒歸未云苦。托迹慚雲霄，役性違簪組〔五〕。幸得耕原田，泄泄終十畝〔六〕。

伯兄四十三，奮志發書籍。季弟二十三，年力正强桀。雖聞儒冠誤，豈乏開卷益？及余獲遂初〔七〕，斗室共昕夕。諸侄漸長大，能服先畝穡〔八〕。暇日行負薪，永掃城府迹。令節具酒漿，蔬果亦蠲絜〔九〕。上堂侍阿母，歡喜動顔色。謂兒勿浪走，馳驅損精力。况乃世事艱，每坐不暖席。

故交久不見，何以慰相思？掃徑待我來，把袂索新詩。新詩雖無多，勞歌〔一〇〕聽者移。人事有緩急，世路交險夷。念我涉川陸，僕僕饑且疲。行意虚昔願，及晨偭前規。趣乖强顔對，興倦摳衣〔一一〕追。不及守桑梓，酌酒歡春時。芳園日正永，榮彼桃李枝。擷英動滿把，俯仰當貽誰？亦有同袍〔一二〕人，矯翼尚高飛。高飛倘易倦，招爾同歸來。

【繫年】

詩曰「伯兄四十三，奮志發書籍。季弟二十三，年力正强桀。」據山溪周氏宗譜卷四之一大分五房世表上，周潛「生乾隆三十一年丙戌十月二十七日」，周治「生乾隆五十一年丙午四月二十一日」。故詩作於嘉慶十三年（一八〇八）二月底，時周濟因丁祭事忤知府王轂，辭去淮安府教授一職，返鄉途經鎮江。魏源荆溪周君保緒傳：「歲餘，淮安府知府王轂丁祭至學宫，禮畢，將就殿門外升輿，君力拒之，轂不懌去，君即日移病去。是秋，淮安府山陽縣知縣王伸漢冒賑事發，王轂大辟，所屬吏及委員皆詿誤，惟君先幾得免。」清史稿文苑三：「上丁釋奠，禮畢，知府王轂就殿門外升輿，濟趨前阻之，知府不懌去，濟遂引疾歸。是秋冒賑事發，自轂以下吏皆得罪，濟以先去免。」按：江蘇查賑知縣李毓昌爲山陽知縣王伸漢毒斃事发，在嘉慶十四年。又，清代每年陰曆二月、八月第一個丁日祭祀孔子，稱丁祭。然據清管同因寄軒文集二集道光十三年管氏刻本卷二觀潮圖記：「嘉慶戊辰，予客寶山。鉅野田仲衡爲縣令，荆谿周保緒棄官來游。」然此詩曰「我行未云久，載寒一離暑」「及余獲遂初，斗室共昕夕」。十一年春，周濟赴官淮安，途經鎮江，作有彦若從游金山舟中口占、金山同雲溪晋卿作，距十三年二月返鄉，正「載寒一離暑」也。

【注釋】

〔一〕懷禄：晏子春秋問上一：「盡忠不豫交，不用不懷禄，晏子可謂廉矣。」留戀爵禄。

〔二〕將母：詩經小雅四牡：「翩翩者鵻，載飛載下，集于苞栩。王事靡盬，不遑將父。翩翩者鵻，載飛載止，集于苞杞。王事靡盬，不遑將母。」

〔三〕天庾：星名。晋書天文志上：「天倉六星，在婁南，倉穀所藏也。南四星曰天庾，積厨粟之所也。」此謂國家的倉廪。清魏源籌漕篇下：「内河之貢道，天庾之正供，其不能全歸於海運明矣。」

〔四〕倚閭：戰國策齊策六：「女朝出而晚來，則吾倚門而望；女暮出而不還，則吾倚閭而望。」形容父母或親長殷切的盼望子女歸來。

〔五〕簪組：本指冠簪和冠帶。此借指官宦。

〔六〕詩經魏風十畝之間：「十畝之間兮，桑者泄泄兮。」詩序：「十畝之間，刺時也。言其國削小民無所居焉。」朱熹集傳：「泄泄，猶閑閑也。」

〔七〕遂初：晋書孫綽傳：「（孫綽）少與高陽許詢俱有高尚之志。居于會稽，游放山水，十有餘年，乃作遂初賦以致其意。」遂初，遂其初願，謂去官隱居。

〔八〕畝穭：按畝收賦。

〔九〕蠲絜：亦作「蠲潔」。清潔。

〔一〇〕勞歌：憂傷、惜别之歌。

〔一一〕摳衣：禮記曲禮上：「毋踐屨，毋踖席，摳衣趨隅，必慎唯諾。」又曰：「請業則起，請益則起。請業則起，請益則起。」鄭氏曰：「尊師重道也。起，若今摳衣前請也。業，謂篇卷也。益，謂受説不了，欲師更明説之。子路問政。子曰：『先之勞之。』請益。曰：『無倦。』」提起衣服前襟。古人迎趨時的動作，表示恭敬。

〔一二〕同袍：詩經秦風無衣：「豈曰無衣，與子同袍。」泛指朋友、同年、同僚、同學等。

三月三日旅次蘇州有作

柳絲緑卷杏花風〔一〕，小艇吴娃泛酒〔二〕紅。盡有風懷銷未得，一窗和雨夢淮東。

【繫年】

詩嘉慶十三年（一八〇八）三月三日作於蘇州。

【注釋】

〔一〕杏花風：清明前後杏花開放時的風，春風。

〔二〕泛酒：古代風俗。每逢三月三日，宴飲於環曲的水渠旁，浮酒杯於水上，任其飄流，停則取飲，相與爲樂，謂之「泛酒」。

學繡

十三初學繡，儷色拈金縷。繡作雙胡蝶，蹀躞花間舞。花開不滿枝，花落空相思。花開復花落，胡蝶年年飛。駙馬橋〔一〕頭流水淺，鏡閣〔二〕臨流媚春眼。對鏡新更時勢妝，鬢蟬未合雙蛾長。粘珠貼翠聊復爾，東鄰色動西鄰喜。短歌只愛華山畿〔三〕，不爲同心肯同死。檻前流水空年年，繡床自倚春風前。嫁衣手製贈良娣，著向花溪唱采蓮〔四〕。

【繫年】

詩嘉慶十三年（一八〇七）三月作於蘇州。

【注釋】

〔一〕駙馬橋：清馮桂芬同治蘇州府志光緒九年刊本卷三十三：「錢駙馬橋在徐家橋南。五代楊行密女歸錢元璙，故名。」

〔二〕鏡閣：當是天鏡閣。在蘇州石湖。

〔三〕華山畿：宋郭茂倩樂府詩集清商曲辭三：「古今樂録曰：『華山畿者，宋少帝時懊惱一曲，亦變曲也。少帝時，南徐一士子，從華山畿往雲陽。見客舍有女子年十八九，悦之無因，遂感心疾。母問其故，具以啓母。母爲至華山尋訪，見女具説聞感之因。脱蔽膝令母密置其席下卧之，當已。少日果差。忽舉席見蔽膝而抱持，遂吞食而死。氣欲絶，謂母曰：「葬時車載，從華山度。」母從其意。比至女門，牛不肯前，打拍不動。女曰：「且待須臾。」妝點沐浴，既而出。歌曰：「華山畿，君既爲儂死，獨活爲誰施？歡若見憐時，棺木爲儂開。」棺應聲開，女透入棺，家人叩打，無如之何，乃合葬，呼曰神女冢。』」

〔四〕采蓮：宋郭茂倩樂府詩集相和歌辭一江南序：「樂府解題曰：『江南古辭，蓋美芳晨麗景，嬉游得時。若梁簡文「桂檝晚應旋」，〔唯〕歌游戲也。』按：梁武帝作江南弄以代西曲，有采蓮采菱，蓋出於此。唐陸龜蒙又廣古辭爲五解云。」清商曲辭七江南弄序：「古今樂録曰：『梁天監十一年冬，武帝改西曲，製江南上雲樂十四曲，江南弄七曲：一曰江南弄，二曰龍笛曲，三曰采蓮曲，四曰鳳笛曲，五曰采菱曲，六曰游女曲，七曰朝雲曲。又沈約作四曲：一曰趙瑟曲，二曰秦箏曲，三曰陽春曲，四曰朝雲曲，亦謂之江南弄云。』」

寶山炮臺歌并序

寶山，吴淞入海處也。在崇明、定海間，形勢孤露，夾江舊有兩炮臺，皆外向，於形勢〔一〕不足控扼。嘉慶八九年間，蔡牽〔二〕再至其地，田侯〔三〕以才武自鎮洋〔四〕奉檄來籌備禦，始改江東一臺内向，與老岸之臺犄角。臺高，火彈不能抵水面，又各於臺下建土臺。田曰：禦寇不於海，委孤城當其沖，非計也。馬迹〔五〕、羊山〔六〕皆在海中，去老岸數百里，周亦數百里，宜規爲巡船駐箚之所，則寇至内洋無泊舟地，吴淞可以安堵〔七〕。會蔡牽三日即去，當事者以措置過鉅，未用田策。田乃請江寧大炮曰神威將軍者如干〔八〕位，牙互〔九〕口岸，則防禦亦稍稍密矣。十三年五月五日，余與江寧管同〔一〇〕策馬來游，東南望絶宏敞，然所謂羊山、馬迹皆不可見。想象指點，昔之震盪波駭，今安在哉？從人具飲，同酌臺上，潮平日淡，百里如鏡，相與歌咏之云爾，田名鈞字仲衡，山東鉅野人，其子端、果皆從余游。

石臺廿尺臨海潯，神威將軍鑄黑金。東風駕潮拍臺下，倒卷紅旗驅白馬。憶昔鯨魚輕暴腮〔一一〕，艤舸帛闌〔一二〕西向來。雙螯鎖鑰棄遥島，作計控扼餘孤臺。斯臺枕海百無倚，臺上蓬蒿臺下海。國家財賦重東南，忽委襟喉等糠秕。桓桓田侯飛羽書，登堞佩刀心膽粗。昌言古人制白梃〔一三〕，僧兵尚可殲倭奴〔一四〕。舍舟涉陸賊用短，如設擭阱驅於菟〔一五〕。願出家財葺廢址，不請國帑虧民租。是時上流倚侯重，侯所建白〔一六〕刀封塗。西風送潮賊却走，保庶依舊收全吴。侯言地險不可失，馬迹、羊山本羅列。駐防多暇且耕漁，宜以新洲佐儲積。已慶洪波永不揚，無人更采書生策。獨許神威鎮一方，雪丸試擬横天擊。將軍神威信不凡，赤虹未飛賊膽裂。不然頻歲擾澎湖〔一七〕，豈之南風送浮鷁。短衣匹馬同閒游，一蕩俗匈開兩眸。文人只賦觀潮樂，那解形家〔一八〕辨垠堮〔一九〕。信步因登昔日臺，老兵爲述修臺約。員牌整齊短斧利，大藥〔二〇〕身輕紙燈薄。同守兹臺三百輩，今逢節日聊休沐。近人豈有狄青〔二一〕才，且碎菖蒲漚清酌〔二二〕。屬君浮白〔二三〕君不辭，沃我巨觥我釂之。幸得環瀛息烽燧，不聞横海徵舟師。黄麥登場炊餅熟，緑艾插門游厲伏。大醉高歌飽捫腹，落日歸來剪華燭。

【繫年】

據序，詩嘉慶十三年（一八〇八）五月五日作於寶山。管同寶山記游記此事甚詳。參附録唱和。下題竹贈管異之、和管異之海塘觀夜潮作於本年夏四月既望。

【注釋】

〔一〕形勢：地理狀況，地勢。

〔二〕蔡牽：參詩卷一觀寶山張孟如試竹槍木刀。桐生太守用少陵大食刀歌韻贈之，即席同賦。蔡牽窺吴淞，張曾應募爲軍鋒，故追紀其事注釋〔四〕。

〔三〕田侯：田鈞，字仲衡，山東鉅野人。參文卷四田鈞傳。

〔四〕鎮洋：今屬江蘇太倉。參文卷四田鈞傳注釋〔九〕。

〔五〕馬迹：位於浙江嵊泗馬迹山島。

〔六〕羊山：即浙江嵊泗大洋山島、小洋山島。

〔七〕安堵：猶安居。

〔八〕如干：若干。

〔九〕牙互：犬牙差互，典出唐柳宗元小石潭記：「其岸勢犬牙差互，不可知其源。」喻地勢像犬牙一樣參差不齊。

〔一〇〕管同（一七八〇—一八三一）：清儒學案惜抱學案下管先生同：「管同字異之，上元人。道光乙酉舉人。惜抱主鍾山書院，從學，最受知。鄉舉爲陳侍郎用光所拔，侍郎同與受學於惜抱，不敢以世俗門生之禮相待。同縣鄧公廷楨爲安徽巡撫，延課其子凡六年。赴京師，卒於宿遷途次，年五十二。先生爲文雄駿，惜抱稱『其才氣當時無出其右者』。且曰：『智過於師，乃堪傳法，須立志跨越老夫，乃爲豪傑耳。』有經世志，爲學不守章句。……所著因寄軒文初集十卷、二集六卷，行於世。又有孟子年譜、七經紀聞、大學説、文中子考、戰國地理考、皖水詞存諸書。」

〔一一〕暴腮：亦作「曝腮」。後漢書郡國志五「（交趾郡）封谿，建武十九年置」劉昭注引晉劉欣期交州記：「有堤防龍門，水深百尋，大魚登此門化成龍，不得過，曝鰓點額，血流此水，恒如丹池。」後以喻挫折、困頓。

〔一二〕帛闌：即帛蘭船。後漢書公孫述傳：「又造十層赤樓帛蘭船。」注云：「以帛飾其闌檻。」

〔一三〕白梃：漢書諸侯王表第二：「陳、吴奮其白挺，劉、項隨而斃之。」應劭曰：「白挺，大杖也。」孟子書曰『可使制挺以撻秦』是也。」

〔一四〕明張鼐吴淞甲乙倭變志民國上海掌故叢書本卷下僧兵：「僧兵係山東應募者。其徒衆少即習兵，曰大造化、月空、天池、一舟、玉田、太虚、性空、東明、古泉、大用、碧溪等四十名，皆稱少林僧，俱持鐵棍，長七尺，重三十斤，運轉便捷如竹杖，驍勇雄傑，官兵每臨陣，輒用爲前鋒。嘉靖癸丑六月，官兵擊倭于南匯，僧兵四人死之。時倭方駐白沙灣，都司韓壐率各路兵及僧兵百人禦之。大戰，斬賊百餘。賊隊有巨人，穿紅衣，舞刀而來。領兵僧月空和尚遍視，諸僧皆失色，獨一僧名智囊神色不動，即遣拒之。兵始交，智囊僧提鐵棍、一築，躍過紅衣倭左，隨一棍，落其一刀；賊復滚轉，又躍過紅衣倭右，又落其一刀。倭應手斃矣。群賊皆跪乞命。或潰散走，而所屯巢遂空。中有四僧了心、徹堂、一峰、真元者，乘勝追斬其級，爲賊所乘，被殺。或云倭奔，匿民舍，伏壁間，四僧輪棍入呼曰：『賊快出受死！』倭突從壁後出斫之，俱遇害。是日幾大勝，而四僧兵不免，則以貪級不設備故也。甲寅二月，官兵戰葉謝、馬家浜諸地。僧兵衝鋒，頗多斬獲，援兵不繼，且不識地理，遂前進陷于敵，大有、西堂、天移、古峰二十一僧皆死之。乙卯十月，提督諸公合浙直諸路兵進勦陶宅倭，僧兵前隊直至巢門，輪棍進破，敵遇者即仆。頃刻，斃數倭。倭詭將先一日所敗我兵服色、器械，扮作我兵，忽繞出其後，鼓譟混殺。僧兵不知，猶呼後兵接進，而倭刃已及身，遂大呼皇天而死者若干人，僵尸滿田間，見者無不流涕也。悲夫！將帥不知用兵，而驅猛士爲賊所乘！吾松之敗衂，大抵繇此矣！後僧兵骨，官爲立石塔，瘞于佘山。」

〔一五〕於菟：左傳宣公四年：「楚人謂乳穀，謂虎於菟，故命之曰鬥穀於菟。」

〔一六〕建白：對國事有所建議及陳述。

〔一七〕澎湖：澎湖列島。

〔一八〕形家：清徐世昌晚晴簃詩匯詩話：「大鴻爲堪輿大家，神解超邁，近百年來形家奉爲圭臬。」

〔一九〕垠堮：亦作「垠鍔」「垠㟧」，界限、邊際。

〔二〇〕大藥：道家的金丹。

〔二一〕狄青（一〇〇八—一〇五七）：北宋大將。字漢臣，汾州西河今山西汾陽人。

〔二二〕清酌：禮記曲禮下：「凡祭宗廟之禮……酒曰清酌。」孔穎達疏：「言此酒甚清澈，可斟酌。」

〔二三〕浮白：漢劉向説苑善説：「魏文侯與大夫飲酒，使公乘不仁爲觴政，曰：『飲不釂者，浮以大白。』」原意爲罰飲一滿杯酒，後亦稱滿飲或暢飲酒爲浮白。

題竹贈管異之

清風欻虛谷，萬籟各自獻。勁竹亦猗猗，回轉適時變。豈無歲寒節，虛心珍所善。威鳳方將翱，莫貢東南箭[一]。

【繫年】

詩嘉慶十三年（一八〇八）夏五月既望作於寶山。

【注釋】

〔一〕東南箭：爾雅釋地：「東南之美者，有會稽之竹箭焉。」

和管異之海塘觀夜潮

攬衣出重闉，風月曠無象。洪波入夜澄，淼發乘桴[一]想。靈鰲[二]怒客慢，噓氣潮驟長。鞺鞳[三]驚洪鐘，玲瓏散珠網。堤危縈一綫，性命萬家仰。是時風轉急，指點見遥舫。落帆趣安澳，始釋中心養[四]。鯨鯢未騈戮[五]，泥沙方倔强。皎月忽冥冥，或照南軍賞。管子意有餘，歸來倚虚幌。清酌盡三升，高吟轉蕭爽。

【繫年】

詩嘉慶十三年（一八〇八）夏五月既望作於寶山。

【注釋】

〔一〕乘桴：論語公冶長：「道不行，乘桴浮於海。」

〔二〕靈鰲：楚辭天問：「鰲戴山抃，何以安之？」王逸注引列仙傳：「有巨靈之鰲，背負蓬萊之山而抃舞。」

〔三〕鞺鞳：鐘鼓聲。亦指其他類似的響聲。

〔四〕中心養：中心養養。詩經邶風二子乘舟：「二子乘舟，汎汎其景。願言思子，中心養養。」養養，猶漾漾。

〔五〕駢戮：一併被殺。

附：管同因寄軒文集二集道光十三年管氏刻本卷二觀潮圖記

嘉慶戊辰，予客寶山。鉅野田仲衡爲縣令，荆谿周保緒棄官來游。三人者相驩無閒也。一夕大月，保緒邀予共步海上。時夕潮方盛，月光照水，倏明倏滅，如龍鱗億萬。遠視崇明諸山，低昂隱見，而海舟數十，遠者如落葉乘風翔舞波際。予甚樂之，以爲天下奇境無逾此者，因作寶山記游，文載集中。久矣，道光壬午，予家居，而保緒來游。追憶前事，爲繪斯圖。筆勢雄遠，殆不類今人。當予客寶山時年才二十有九，今予年四十有三，鬢髮犂然，大半白。保緒閒數載始一過，而田仲衡者遠官陝西，思之了不可見。嗟夫！人生世上，能幾何時？彼相好者，何其難聚而易散耶！仲衡名鈞。保緒名濟，介存者其别號也。古人書畫題款，必以名字者，他人之相稱耳。子瞻、子昂，宋元人間自書之，然不足法。今題款曰介存，保緒之失也。

郯　城〔一〕

問官〔二〕遺俗在，頗説悍民多。赤白探丸〔三〕貫，鹹鹺捨命過。刀耕惟佩犢〔四〕，野陳輒爲鵝〔五〕。不信龔黄〔六〕日，斯人尚未和。

【繫年】

據周濟詞辨自序，嘉慶十七年壬申夏日，周濟詞辨告成。既成寫本，付田端「携以北，付糧艘行，衣鉫不戒，厄於黄流」。嘉慶十八年春二月，寶山令田鈞丁母憂。蓋田母十七年即已告病重，即遣子田端返鄉視病，周濟因即解館，復有北游。故詩當嘉慶十七年（一八一二）秋作於山東郯城。

【注釋】

〔一〕郯城：縣名，在山東臨沂。

〔二〕問官：問官答花。謂答非所問。

〔三〕赤白探丸：又作「探丸借客」「探黑白」。漢書酷吏列傳尹賞：「長安中奸猾浸多，閭里少年群輩殺吏，受賕報仇，相與探丸爲彈，得赤丸者斫武吏，得黑丸者斫文吏，白者主治喪；城中薄暮塵起，剽劫行者，死傷橫道，枹鼓不絶。」顔師古注：「其黨與有爲吏及它人所殺者，則主其喪事也。」後用爲奸猾不法之典實，或喻游俠殺人報仇。

〔四〕佩犢：漢書循吏傳龔遂：「遂見齊俗奢侈，好末技，不田作，乃躬率以儉約，勸民務農桑。……民有帶持刀劍者，使賣劍買牛，賣刀買犢，曰：『何爲帶牛佩犢！』」後因以「佩犢」喻棄官務農。

〔五〕鵝陳：戰陣名，亦指列陣參戰。

〔六〕龔黄：龔遂、黄霸。漢書循吏列傳：「王成、黄霸、朱邑、龔遂、鄭弘、召信臣等，所居民富，所去見思，生有榮號，死見奉祀，此廩廩庶幾德讓君子之遺風矣。」

墨莊王繩榘〔一〕招爲郭外之游，即事成句

塵海逢迎慣，相憐太樸〔二〕存。旅懷寛爾我，秋興在郊原。秀飽鵲華〔三〕色，歸思桑苧村。人生苟知足，榮萃亦何論？

【繫年】

民國王陵基修，民國于宗潼纂民國福山縣志稿民國二十年鉛印本卷之七：「王繩矩，號墨莊。……在都與吉撫軍時相過從，撫軍雅愛重之。……逮吉督漕運，聘充麗正書院主講，旋撫山東，聘充濼陽書院主講。併設帳其

官署，一切地方利弊，時詢及之。」吉綸嘉慶七年（一八〇二）至十二年（一八〇七）任漕運總督，時王充淮安麗正書院主講；而周濟十一年至十三年任淮安府學教授，故與吉、王有交往。十二年至十六年吉綸任山東巡撫，又聘王充濼陽書院主講。十七年吉遷工部尚書後，王或仍主講於書院。周濟十七年北游，在濟南有此郭外之游。故詩當嘉慶十七年（一八一二）秋作於濟南。

【注釋】

〔一〕墨莊王繩榘：民國王陵基修，民國于宗潼纂民國福山縣志稿卷之七：「王繩矩，號墨莊。孫介社河北村人。嘉慶戊午領鄉薦。歷任萊蕪、諸城、館陶、高唐、章丘各縣教諭。在都與吉撫軍時相過從，撫軍雅愛重之。嘗云：『以子學問經濟，淪落閒曹，殊屬可惜！』逮吉督漕運，聘充麗正書院主講，旋撫山東，聘充濼陽書院主講。併設帳其官署，一切地方利弊，時詢及之。於是游於門者日衆，誘掖獎勸，均荷裁成，以故列門墻爲名諸生者極一時之選。濟南一民婦被誣，擬重辟，將定讞矣。廉得其情，請於撫軍，得白。撫軍欲奏減榮城學額，增入福山，力争乃已。邑立官，鬥事起，爲陳其狀，即行，停止。正直無私，多此類。歸里後，有族人念誠者，農夫也，聆孝友訓，輒起舞，後事母以孝，聞其盛德感人又如此。子三人，穎傅、穎儲附生，穎儒國學生。孫鍾淮進士，自有傳。著有東園存草四卷，塾解筆記六卷。據采訪册纂入。」清方汝翼修，清周悦讓纂光緒增修登州府志光緒刻本卷之四十舉人嘉慶：「王繩矩，戊午。歷諸城、章丘、萊蕪、館陶、高密教諭。著有東園存草。以孫鍾淮贈朝議大夫。」清成瓘道光濟南府志道光二十年刻本卷三十秩官八國朝章丘教諭：「王繩矩，福山人。嘉慶戊午舉人。（道光）九年二月任國朝章丘訓導。」十五年九月，趙淳接任。

〔二〕太樸：原始質樸的大道。

〔三〕 鵲華：月光。

附：民國王陵基修，民國于宗潼纂民國福山縣志稿卷之六録王繩榘晚眺：

晚涼隨適意，緩步出孤城。殘日林梢下，微烟遠墅生。麥黄經雨熟，衣薄受風輕。恨少青山色，柴門罷送迎。

望岱

千里平原盡，巍然此即尊。西來失培塿〔一〕，東狩聚輪軒〔二〕。避雨松猶媚，乾封〔三〕石不言。惟將豁秋眺，一鏡海天昏。

【繫年】

詩當嘉慶十七年（一八一二）秋作於泰安。

【注釋】

〔一〕 培塿：本作「部婁」。小土丘。

〔二〕 輪軒：古代一種供顯貴乘的輕便車。

〔三〕乾封：曬乾新築的祭壇。

登岱

籃輿〔一〕凡幾折，破碎失全峰。澗咽將乾瀑，岩欹未死松。荒唐説吴練〔二〕，惆悵對秦封〔三〕。惟有中天日，虞巡禹益〔四〕逢。

【繫年】

詩當嘉慶十七年（一八一二）秋作於泰安。

【注釋】

〔一〕籃輿：竹轎。晋書孫碁傳：「每行乘籃輿。」

〔二〕吴練：宋李昉等太平御覽八一八引韓詩外傳云：「孔子、顔淵登魯東山，望吴昌門。淵曰：『見一疋練，前有生藍。』子曰：『白馬蘆芻也。』」此以吴練喻山峰。

〔三〕秦封：漢官儀：「秦始皇上封泰山，風雨暴至，休於松下，因封其下爲五大夫。」此指松樹。

〔四〕益：即「伯益」「伯翳」「柏翳」，亦稱「大費」。舜時東夷部落的首領，爲嬴姓各族的祖先。漢蔡邕釋誨謂其「綜聲於鳥語」。尚書舜典載舜曾任命益爲虞官，掌山澤草木鳥獸。助禹治水有功，禹讓位於益，益避居箕山之北。

對松山〔一〕

北來稀見松，翠鬣轉疏爽。陰岩雷已削，危幹龍仍上。樵柯絕徑路，匠目誤尋丈。自保千歲姿，安知萬人仰。道旁有古槐，緑蔭一何廣。云是唐時樹，巋然寄天壤。近人雖見愛，翦伐終在想。所以鸞鳳儔，仙山乍孤往。

【繫年】

詩當嘉慶十七年（一八一二）秋作於泰安。

【注釋】

〔一〕對松山：又名萬松山。在泰山朝陽洞北。

南天門

直上百餘級，天門詄蕩〔一〕開。輿夫貫登陟，笑我偶能來。

【繫年】

詩當嘉慶十七年(一八一二)秋作於泰安。

【注釋】

〔一〕詄蕩：詄蕩蕩，空曠無際貌。

日觀峰

一峰東晲欲入海，似恨兹山失精彩。我謂兹峰姑少留，滄海桑田有時改。何况兹山祭秩〔一〕登上公，闔冗〔二〕猶能訴真宰？兹峰掉頭更不顧，但惜飛騰無徑路。夸娥〔三〕巨靈〔四〕呼不來，赭鞭〔五〕擲掛榑桑〔六〕樹。日月跳丸〔七〕朝復莫，爾留不留吾且去。

【繫年】

詩當嘉慶十七年(一八一二)秋作於泰安。

【注釋】

〔一〕祭秩：秩祀。依禮分等級舉行之祭。

〔二〕闒冗：亦作「闒茸」。漢書司馬遷傳：「在闒茸之中。」顔師古曰：「闒茸，猥賤也。」猶言庸冗也。

〔三〕夸娥：亦作「夸娥」「夸蛾」，或與夸父爲同一人。列子湯問：「帝感其誠，命夸蛾氏二子負二山，一厝朔東，一厝雍南。」

〔四〕巨靈：傳説中劈開華山的河神。漢張衡西京賦：「綴以二華，巨靈贔屭，高掌遠蹠，以流河曲，厥迹猶存。」

〔五〕赭鞭：晋干寶搜神記神農：「神農以赭鞭鞭百草，盡知其平毒寒温之性、臭味所主，以播百穀，故天下號『神農』也。」

〔六〕榑桑：同「扶桑」。説文木部云：「榑桑，神木，日所出也。」

〔七〕日月跳丸：喻日月運行，謂時間過得很快。

寄書

落日蕭條索酒尊，客懷饒醉與誰論？兒争秉穗〔一〕喧鄰陌，犬吠衣冠出古村。淡月西偏宜鞠影，銀河南直瀉秋痕。寄書不及歸遲蚤，但問荒園芥有孫〔二〕。

【繫年】

詩當嘉慶十七年（一八一二）秋作於泰安南返途中。

【注釋】

〔一〕秉穗：收稻時遺留在田中的禾把與禾實。

〔二〕芥有孫：宋蘇軾擷菜并引：「秋來霜露滿東園，蘆菔生兒芥有孫。我與何曾同一飽，不知何苦食鷄豚。」

桃花橋〔一〕題村店

氈車夜發歷寒郊，霜白沙黄曉鵲抄。却怪過橋仍緑樹，相扶紅旆出墻坳。

【繫年】

詩當嘉慶十七年（一八一二）秋作於蘇州。

【注釋】

〔一〕桃花橋：在蘇州閶門西街北端，北塊爲桃花塢大街。

積雨始霽，旅館薔薇發花有作，并贈李寶之〔一〕

晨光始熹微，鳥雀喧檐端。卧聞鳥聲樂，起見庭花繁。緑跗拆丹萼，一一相躋攀。高枝最夭灼，光艷感衆頑。念我同心友，離居寡所歡。拜〔二〕條欲有遺，甚恐道路難。道遠亦不畏，兹花無久顔。寘之獨徘徊，何人知永嘆。

李生信美士，玉立何亭亭。推窗見花枝，清艷相與并。鏤雲〔三〕出新制，環颯〔四〕移我情。中有惜春思，遲暮勞屏營〔五〕。况復風雨逼，坐見穠芳零。遠揚〔六〕何旖旎，結翠垂青旌。蓓蕾或晚發，磊落如晨星。盛衰豈不感，重感時邁征〔七〕。有酒且斟酌，頹然醉南榮〔八〕。

【繫年】

詩當嘉慶十七年（一八一二）秋作於蘇州。

【注釋】

〔一〕李寶之：李瑶，生卒年不詳，字子玉、寶之（珠），號七寶轉輪藏主人，明經、博士、畫隱，蘇州人。清代著名私人刻書家。山水秀韻，深得文伯仁筆意。書法惲壽平。工詩。尤喜漢魏以下駢儷瓌奇之文，好古而好游。晚年客居杭州，於道光九年（一八二九）和十二年（一八三二）先後在杭州完成南疆繹史勘本和校補金石例四種兩部膠泥活字版圖書的印製。清馮詢子良詩存清刻本卷五李寶之明經瑶寄示新居詩賦贈：「扶輪大雅有文章，敢説青蓮但古狂？謫到神仙天寂寞，閲殘湖海客蒼凉。買山未定逃名計，築室先求避俗方。便欲賦閒閒不得，一生長爲著書忙。久耳門多長者車，解來問字或非迂。我尋吴郡新詩卷，寶之蘇州人。人道高陽舊酒徒。未必座能容俗吏，不妨市亦著潛夫。蒼官骨格分明在，堪比昂藏七尺無。承畫丈幅鉅松。」清袁翼邃懷堂全集光緒十四年袁鎮嵩刻本卷四投壺圖譜序：「吳門李寶之學博工投壺之技，著圖譜一卷。」清袁翼邃懷堂全集後編寄隱山莊歌贈李寶之明經：「良朋會合有時數，咫尺天涯吳越路。我住灌城已五年，與君今夕樽前晤。憶昔翩翩弱冠齡，田何弟子受羲經。鉅野田若谷師由鎮洋調任寶山，君以高弟在幕。鶴江烟月邀春醉，鰲嶼風濤入夢聽。我年二十困童試，使君謬賞出群器。土鉎能收爨下桐，鹽車早脱泥中驥。衙齋把臂意纏綿，君是蓬萊小謫仙。萬卷圖書孫北海，一家花鳥惲南田。敝席爲門窮巷窄，踏葉時聞高士屐。隔籬呼酒蟹持黄，翦燭論文鷄唱白。五經閣上絳帷開，江左周郎曠世才。師延宜興周保緒先生課諸公子於尊經閣，翼亦受業焉。學術常期追賈董，文章猶負敵鄒枚。我師奉諱歸東魯，小子沉疴久鍵户。夜雨人棲短簿祠，秋風客散春申浦。十年買棹廣陵過，重謁濂溪鬢未皤。身屬扶風門下士，後堂絲竹許聞歌。槐花游倦長安市，粵嶠看山七千里。君隱西湖作寓公，小朝廷繹南疆史。君住杭州吳山，著南疆繹史二十卷，紀弘光時事。摩抄銅狄忽咨嗟，欲弔黄壚堠驛賒。雙擲淚珠何處灑，孝侯臺與武安家。若谷、保緒兩師下世已久。西河老絶讀書種，手校芸編問誰唪？白首無兒比鄧攸，黑頭巧宦輸江總。憔悴重逢李十郎，夕陽紅樹輞川莊。分來一片琉璃影，照此千秋翰墨光。酒酣拔劍倚天舞，天道茫茫誰與語？招隱詩成君解否，同入匡廬最深處。」

〔二〕拜：通「掰」。

〔三〕鏤雲：裁月鏤雲。隋李諤上隋高祖革文華書：「連篇累牘，不出月露之形；積案盈箱，唯是風雲之狀。」喻詩文辭藻潤飾，景物描繪新巧。

〔四〕環諷：反復諷咏。

〔五〕屏營：惶恐，彷徨。國語吳語：「王親獨行，屏營彷徨于山林之中，三日乃見其涓人疇。」

〔六〕遠揚：詩經豳風七月：「蠶月條桑，取彼斧斨，以伐遠揚，猗彼女桑。」朱熹集傳：「遠揚，遠枝揚起者也。」

〔七〕邁征：猶遠征。

〔八〕南榮：房屋的南檐。榮，屋檐兩頭翹起的部分。

對竹

積雨洗修竹，一一青璆琅。初日來照之，晻曖〔一〕自生光。微風一披拂，枝葉相低昂。豈無亭亭節，勵志在秋霜。幽懷契君子，婀娜俾可忘。

【繫年】

詩當嘉慶十七年（一八一二）秋作於蘇州。按：成乃凡增編歷代咏竹詩山西人民出版社二〇一〇年版下收録此詩。

【注釋】

〔一〕晻曖：昏暗貌。姜亮夫屈原賦校注：「晻藹本雙聲聯綿字，又作晻靄、晻濭、晻曖、庵藹、暗濭、暗藹、闇藹、暗薆、烟靄。蓋古有其聲，後擬其字，至漢賦所用遂益繁複不可理矣。釋文作濭者，蓋漢人别本也。」

珍珠蘭〔一〕

碧油簾卷波紋膩，髻擁秋山花學翠。暗香十步先襲人，可惜珍珠掌中碎。纖枝細琢青珊瑚，一琲拈來百媚俱。擬向鬢邊還照鏡，嬌波[二]欲淡不能無。劇憐秀色侵書幌[三]，曉露濃濃日初上。絶無人處獨裴褢[四]，翻疑有屧行廊響[五]。

【繫年】

詩當嘉慶十七年（一八一二）秋作於蘇州。

【注釋】

〔一〕珍珠蘭：清徐珂清稗類鈔植物類珠蘭：「珠蘭爲常緑小灌木，一名金粟蘭，亦稱珍珠蘭，植於園圃，莖高二三尺，有節，葉橢圓而厚，稍類茶。花黄緑，圓而甚小，無花被，爲穗狀花序，香氣濃郁。」

〔二〕嬌波：嫵媚可愛的目光。

〔三〕書幌：猶書帷、書窗，謂書齋。南朝梁劉孝綽昭明太子集序：「雖一日二日，攝覽萬機，猶臨書幌而不休，對欹案而忘怠。」

〔四〕裴褢：通「徘徊」。

〔五〕屧行廊響：典出「响屧廊」。宋范成大吴郡志古迹：「響屧廊，在靈岩山寺。相傳吴王令西施輩步屧，廊虚而響，故名。今寺中以圓照塔前小斜廊爲之，白樂天亦名『鳴屧廊』。」

卷二　癸酉

詠史

孝文至恭儉，衣袈見後穿。銅山屬山虞，世行鄧氏錢。〔一〕一孺〔二〕弄姿首，創業事已然。遂聞匈奴使，亦疑三公年。〔三〕豈必效噲之〔四〕，乃見佞倖專。熒滑〔五〕在主德，破老〔六〕由比頑。洛陽流涕書〔七〕，胡不聞斯言。

項羽不賞功，竟坐失霸圖。東京重郎官〔八〕，吏治踵西都〔九〕。有司出納吝〔一〇〕，斯言詎不符？將非濟艱難，道與持盈〔一一〕殊。越王軾怒蛙〔一二〕，壯士入姑蘇。迢迢五湖舟，忽有范大夫。〔一三〕未了計然策〔一四〕，地下重謀吳〔一五〕。無疆遂顛危，只手誰能扶？平世寡異勳，獎拔在菰蘆〔一六〕。況遇中流風，不買千金壺〔一七〕。

水運苦丁夫，鄧訓銜命來。上書改驢輦，歲免千鴻哀。〔一八〕法弊必更張，膠柱終難諧。〔一九〕褒斜道雖通，湍激如雷㕓。〔二〇〕三門險可避，轉般實通材。〔二一〕忍令吾人愁，瓠子頻年開〔二二〕。

拜郎先算貲，所以防貪吏。〔二三〕拜公悔小靳，無乃失此義。〔二四〕每惜當時賢，亦阿趙嬈意〔二五〕。豈徒自媒醜，或嗜如賈利。〔二六〕錢室金爲堂，舂粱猶未既。〔二七〕流蘇供馬軫〔二八〕，敗壁餓官倚。采穭筐不盈〔二九〕，然臍脂已沸〔三〇〕。三復子輿篇，交征國危矣〔三一〕。

陳思詞賦豪，君子亦在兹。自命一何遠，遠與周公期。嫌疑不可處，瓜李防細微。〔三二〕焉知銅雀臺〔三三〕，遂作當塗基〔三四〕。西南紛戰鬥，承訊忽心馳。〔三五〕豈伊違夙願，將由諷國危。太阿一倒持〔三六〕，大厦傾安支？黄臺蔓易傷〔三七〕，況無尺土資？六代鑒匪遠，任術〔三八〕徒爾〔三九〕爲。屏翰〔四〇〕既外替，蝎蠹〔四一〕即内滋。樹國〔四二〕固磐石，太山猶四維。如何孤立主，罔念委裘〔四三〕時。

典午〔四四〕值隆運，撫宇規一統。羌胡處人間，雜糅錯五種〔四五〕。豈非包荒度〔四六〕，詒燕〔四七〕違克鞏〔四八〕。八王〔四九〕未沸渭〔五〇〕，震撼首汧隴〔五一〕。夷甫〔五二〕方清談，長嘯〔五三〕邊聲動。聖人子億兆，有若農易壟。豈徒芟荑稗，稌〔五四〕黍戒并寵。同倫〔五五〕甄民行〔五六〕，異服〔五七〕衆所聳。一朝袒臂〔五八〕呼，萬里横流〔五九〕洶。載觀徙戎論〔六〇〕，杞憂〔六一〕有餘恐。

元海昔羈絆，聲名滿朝彦。〔六二〕崇岡起遐矚〔六三〕，雙眸曜紫電〔六四〕。息馬金日磾，觸瑟〔六五〕首誅亂。豈如倚市兒〔六六〕，聽讀留侯傳〔六七〕。皇輿〔六八〕忽板蕩〔六九〕，闕鄴〔七〇〕有争戰。元二〔七一〕灾已成，五部〔七二〕勢彌健。縧雁〔七三〕一脱韝〔七四〕，萬目青冥眩。玉斗鴻門撞〔七五〕，麥飯呼池獻〔七六〕。高光〔七七〕出屯否〔七八〕，有似弦激箭。後來慕容垂，亦伺苻秦便〔七九〕。

少年事筆研，壯乃好戎機。〔八〇〕寰宇方清晏，萬里無鉦鼙。西顧昆侖虚〔八一〕，大夏〔八二〕接條支〔八三〕。博望〔八四〕事已遠，誰揚馮〔八五〕鄭〔八六〕威？寄身在絶域，百死猶不辭。寧知作都護，雄圖暢車師〔八七〕。屬國三十六，首爲漢節仾。斯人茍不出，何計安西垂？

西北山崗連，東南海濤闊。天以限中外，何人敢開闢？始貪外夷利，市舶偶來入。奸民走若鶩，歲歲蜂蟻集。木腐蟲必生，外侮由内慝。閉關商不行，根株始能絶。道覆初跳梁，局促圖苟活。因隙授廣州，羽翼逐盤結。敗殺桑落洲〔八八〕，震盪到京邑。孫盧〔八九〕雖就戮，餘孽此猖獗。寄奴〔九〇〕設不來，雀桁莽流血〔九一〕。乃知翦鯨鯢，所戒在姑息。狼子終野心〔九二〕，慎旃〔九三〕懷以德。

蕭何本秦掾，入關抱遺籍。遂令西京治，師吏弊不革。〔九四〕周公著六官，不立誅賞格。〔九五〕用竹〔九六〕及鑄鼎〔九七〕，遺譏炳圖册。良驥駕鼓車〔九八〕，何以先蹇劣〔九九〕？鴻鵠遭羈紱，應悔生六翮〔一〇〇〕。末流〔一〇一〕何汶汶〔一〇二〕，公輔〔一〇三〕亦刀筆〔一〇四〕。猶言漢法寬，白首究唐律。斷獄或引經，俯仰見嗤責。臨民〔一〇五〕若拘係〔一〇六〕，徽墨寘叢棘〔一〇七〕。八枋〔一〇八〕上所操，散飽蠹魚〔一〇九〕食。

六代上浮華，唐人試詩賦。往往當時賢，羞與雕蟲〔一一〇〕伍。子衿既支達〔一一一〕，驤首〔一一二〕趣王路〔一一三〕。不知稼穡艱，何術敦本務〔一一四〕？幼儀〔一一五〕未親肄，何道化頑固？脂韋〔一一六〕得美遷，混沌致久富。亦有落機阱〔一一七〕，與吏共爲蠹。委身餓虎蹊〔一一八〕，且復攫狐兔〔一一九〕。妖蜃信沴氣〔一二〇〕，呼吸幻雲樹。可憐黄口雀〔一二一〕，微命遭此僕。豐沛多公侯，南陽踵斯盛。〔一二二〕膏粱與寒素，九品聽中正〔一二三〕。寸莖蔭喬松，托地誰能問〔一二四〕。豈無躍冶〔一二五〕金，終不鑄刀刃。楚璞〔一二六〕幸可完，勿使洟徒隕。

【繫年】

詩嘉慶癸酉（十八年，一八一三）初作於蘇州。

【注釋】

〔一〕史記佞幸列傳：「孝文帝夢欲上天，不能，有一黄頭郎從後推之上天，顧見其衣裻帶後穿。覺而之漸臺，以夢中陰目求推者郎，即見鄧通，其衣後穿，夢中所見也。召問其名姓，姓鄧氏，名通，文帝説焉，尊幸之日異。通亦愿謹，不好外交，雖賜洗沐，不欲出。於是文帝賞賜通巨萬以十數，官至上大夫。文帝時時如鄧通家游戲。然鄧通無他能，不能有所薦士，獨自謹其身以媚上而已。上使善相者相通，曰『當貧餓死』。文帝曰：『能富通者在我也。何謂貧乎？』於是賜鄧通蜀嚴道銅山，得自鑄錢，『鄧氏錢』布天下。其富如此。」山虞，周禮地官司徒第二下山虞：「山虞掌山林之政令，物爲之厲而爲之守禁。」

〔二〕二孺：蓋指趙同、北宫伯子。史記佞幸列傳：「孝文時中寵臣，士人則鄧通，宦者則趙同、北宫伯子。北宫伯子以愛人長者；而趙同以星氣幸，常爲文帝參乘；鄧通無伎能。」

〔三〕漢書佞幸傳：「董賢字聖卿，雲陽人也。……遂以賢代明爲大司馬衛將軍。……是時賢年二十二，雖爲三公，常給事中，領尚書，百官因賢奏事。……明年，匈奴單于來朝，宴見，群臣在前。單于怪賢年少，以問譯，上令譯報曰：『大司馬年少，以大賢居位。』單于乃起拜，賀漢得賢臣。」

〔四〕噲之：燕噲子之。史記蘇秦列傳：「燕相子之與蘇代婚，而欲得燕權，乃使蘇代侍質子於齊。齊使代報燕，燕王噲問曰：『齊王其霸乎？』曰：『不能。』曰：『何也？』曰：『不信其臣。』於是燕王專任子之，已而讓位，燕大亂。齊伐燕，殺王噲、子之。」

〔五〕熒滑：瑩滑。晶瑩潤滑。

〔六〕破老：逸周書武稱：「美男破老，美女破舌。」朱右曾校釋：「美男，外寵。老，老成人也。」

〔七〕宋邵博邵氏聞見後録卷第二十四：「予得李格非文叔洛陽名園記，讀之至流涕。文叔出東坡之門，其文亦可觀。如論『天下之治亂，候於洛陽之盛衰；洛陽之盛衰，候於園囿之興廢』。其知言哉！」

〔八〕後漢書顯宗孝明帝紀：「帝遵奉建武制度，無敢違者。後宫之家，不得封侯與政。館陶公主爲子求郎，不許，而賜錢千萬。謂群臣曰：『郎官上應列宿，出宰百里，有非其人，則民受其殃，是以難之。』故吏稱其官，民安其業，遠近肅服，户口滋殖焉。」

〔九〕漢書東方朔傳：「隆慮主卒，昭平君日驕，醉殺主傅，獄繫内官。以公主子，廷尉上請請論。左右人人爲言：『前又入贖，陛下許之。』上曰：『吾弟老有是一子，死以屬我。』於是爲之垂涕嘆息，良久曰：『法令者，先帝所造也，用弟故而誣先帝之法，吾何面目入高廟乎！又下負萬民。』乃可其奏，哀不能自止，左右盡悲。」

〔一〇〕論語堯曰：「子曰：『不教而殺謂之虐，不戒視成謂之暴，慢令致期謂之賊，猶之與人也，出納之吝謂之有司。』」俞樾群經平議論語二：「此自言出之吝耳，納則何吝之有？因出納爲人之恒言，故言出而并及納。」

〔一一〕持盈：老子：「持而盈之，不如其已。」保守成業。

〔一二〕宋李昉等太平廣記昆蟲一揖怒蛙：「越王句踐既爲吴辱，常盡禮接士，思以平吴。一日出游，見蛙怒，句踐揖之。左右曰：『王揖怒蛙何也？』答曰：『蛙如是怒，何敢不揖。』於是勇士聞之，皆歸越而平吴。」

〔一三〕史記貨殖列傳：「范蠡既雪會稽之耻，乃喟然而嘆曰：『計然之策七，越用其五而得意。既已施於國，吾欲用之家。』乃乘扁舟浮於江湖，變名易姓，適齊爲鴟夷子皮，之陶爲朱公。」後因以「扁舟五湖」爲典，指范蠡功成身退。泛指辭官歸隱。五湖，太湖之別名。

〔一四〕計然策：史記貨殖列傳：「昔者越王句踐困於會稽之上，乃用范蠡、計然。計然曰：……修之十年，國富，厚賂戰士，士赴矢石，如渴得飲，遂報彊吳，觀兵中國，稱號『五霸』。」

〔一五〕吳越春秋句踐伐吳外傳第十：「越王復召相國謂曰：『子有陰謀兵法，傾敵取國，九術之策，今用三，已破彊吳，其六尚在子所，願幸以餘術爲孤前王於地下謀吳之前人。』於是種仰天嘆曰：『嗟乎！吾聞大恩不報，大功不還，其謂斯乎。吾悔不隨范蠡之謀，乃爲越王所戮。吾不食善言，故哺以人惡。』越王遂賜文種屬盧之劍。種得劍，又嘆曰：『南陽之宰，而爲越王之擒。』自笑曰：『後百世之末，忠臣必以吾爲喻矣。』遂伏劍而死。」

〔一六〕菰蘆：隱者所居之處，民間。

〔一七〕千金壺：鶡冠子學問：「中河失船，一壺千金，貴賤無常，時使物然。」喻物雖微賤，關鍵時得其所用，便十分寶貴。

〔一八〕東漢劉珍等東觀漢記卷九傳四鄧訓：「鄧訓，字平叔，永平中，治滹沲、石臼河，從都盧至羊腸倉，欲令通漕。太原吏民苦轉運，所經三百八十九隘，前後没溺死者不可勝筭。建初三年，拜訓謁者，使監領其事，更用驢輦，歲省億萬計，活徒士數千人。」

〔一九〕文子道德篇引老子曰：「執一世之法籍，以非傳代之俗，譬猶膠柱調瑟。」史記藺相如傳：「王以名使括，若膠柱而鼓瑟耳。」揚雄法言：「以往聖之法治將來，譬膠柱而鼓瑟。」

〔二〇〕史記河渠書第七：「拜湯子卬爲漢中守，發數萬人作褒斜道五百餘里。道果便近，而水湍石，不可漕。」

〔二一〕新唐書食貨志三：「二十一年，耀卿爲京兆尹，京師雨水，穀踊貴，玄宗將幸東都，復問耀卿漕事，耀卿因請『罷陜陸運，而置倉河口，使江南漕舟至河口者，輸粟於倉而去，縣官雇舟以分入河、洛。置倉三門東西，漕舟輸其東倉，而陸運以輸西倉，復以舟漕，以避三門之水險』。玄宗以爲然。乃於河陰置河陰倉，河清置柏崖倉；三門東置集津倉，西置鹽倉；鑿山十八里以陸運。自江、淮漕者，皆輸河陰倉，自河陰西至太原倉，謂之北運，自太原倉浮渭以實關中。」

〔二二〕史記河渠書：「今天子元光之中，而河決於瓠子，東南注鉅野，通於淮、泗。於是天子使汲黯、鄭當時興人徒塞之，輒復壞。是時武安侯田蚡爲丞相，其奉邑食鄃。鄃居河北，河決而南則鄃無水菑，邑收多。蚡言於上曰：『江河之決皆天事，未易以人力爲彊塞，塞之未必應天。』而望氣用數者亦以爲然。於是天子久之不事復塞也。」瓠子，瓠子口，在今河南濮陽南。

〔二三〕後漢書郭杜孔張廉王蘇羊賈陸列傳：「中平三年……拜續爲南陽太守。……府丞嘗獻其生魚，續受而懸於庭；丞後又進之，續乃出前所懸者以杜其意。續妻後與子祕俱往郡舍，續閉門不內，妻自將祕行，其資藏唯有布衾、敝祗裯，鹽、麥數斛而已，顧勑祕曰：『吾自奉若此，何以資爾母乎？』使與母俱歸。……六年，靈帝欲以續爲太尉。時拜三公者，皆輸東園禮錢千萬，令中使督之，名爲『左騶』。其所之往，輒迎致禮敬，厚加贈賂。續乃坐使人於單席，舉緼袍以示之，曰：『臣之所資，唯斯而已。』」

〔二四〕後漢書崔駰列傳：「烈時因傅母入錢五百萬，得爲司徒。及拜日，天子臨軒，百僚畢會。帝顧謂親倖者曰：『悔不小靳，可至千萬。』」

〔二五〕後漢書陳蕃傳：「蕃與后父大將軍竇武，同心盡力，徵用名賢，共參政事，天下之士，莫不延頸想望太平。而帝乳母趙嬈，旦夕在太后側，中常侍曹節、王甫等與共交搆，諂事太后。太后信之，數出詔命，有所封拜，及其支類，多行貪虐。」

〔二六〕管子形勢：「自媒之女，醜而不信。」韓詩外傳二：「子路率爾而對曰：『昔者由也聞之於夫子，士不中道相見，女無媒而嫁者，君子不行也。』」越絶書外傳記范伯：「大夫石買，居國有權，辯口，進曰：『衒女不貞，衒士不信。客歷諸侯，渡河津，無因自致，殆非真賢。夫和氏之璧，求者不争賈，騏驥之才，不難阻險之路。□□之邦，歷諸侯無所售，道聽之徒，唯大王察之。』於是范蠡退而不言，游於楚越之間。」

〔二七〕後漢書五行一：「桓帝之初，京都童謡曰：『城上烏，尾畢逋。公爲吏，子爲徒。一徒死，百乘車。車班班，入河間。河間姹女工數錢，以錢爲室金爲堂。石上慊慊春黄粱。梁下有懸鼓，我欲擊之丞卿怒。』案此皆謂爲政貪也。……河間姹女工數錢，以錢爲室金爲堂者，靈帝既立，其母永樂太后好聚金以爲堂也。石上慊慊春黄粱者，言永樂雖積金錢，慊慊常苦不足，使人春黄粱而食之也。梁下有懸鼓，我欲擊之丞卿怒者，言永樂主教靈帝，使賣官受錢，所禄非其人，天下忠篤之士怨望，欲擊懸鼓以求見，丞卿主鼓者，亦復諂順，怒而止我也。」

〔二八〕晋書張方傳：「於是軍人便亂入宫閤，争割流蘇武帳而爲馬帴。」

〔二九〕後漢書獻帝紀：「是時，宫室燒盡，百官披荆棘，依墻壁間。州郡各擁彊兵，而委輸不至，群僚飢乏，尚書郎以下自出采稆，或飢死墻壁間，或爲兵士所殺。」

〔三〇〕後漢書董卓傳：「乃尸卓於市。天時始熱，卓素充肥，脂流於地。守尸吏然火置卓臍中，光明達曙，如是積日。諸袁門生又聚董氏之尸，焚灰揚之於路。」

〔三一〕孟子梁惠王上：「上下交征利，而國危矣！」子輿，孟子字子輿。

〔三二〕樂府詩集相和歌辭君子行：「君子防未然，不處嫌疑間。瓜田不納履，李下不正冠。嫂叔不親授，長幼不比肩。勞謙得其柄，和光甚獨難。周公下白屋，吐哺不及餐。一沐三握髮，後世稱聖賢。」此首無作者名，一説曹植作。

〔三三〕銅雀臺：漢末建安十五年冬曹操所建。故址在今河北臨漳西南。此代曹魏。

〔三四〕當塗基：後漢書公孫述傳：「述亦好符命鬼神瑞應之事，妄引讖記。……引録運法云：『廢昌帝，立公孫。』……又自言手文有奇，及得龍興之瑞，數移書中國，冀以感動衆心。帝患之，乃與述書曰：『圖讖言「公孫」，即宣帝也。代漢者當塗高，君豈高之身邪？……』」三國志魏書文帝紀：「當塗高者，魏也；象魏者，兩觀闕是也；當道而高大者魏。魏當代漢。」

〔三五〕三國魏曹植求自試表：「方今天下一統，九州晏如，而顧西有違命之蜀，東有不臣之吴，使邊境未得脱甲，謀士未得高枕者，誠欲混同宇内以致太和也。……竊不自量，志在效命，庶立毛髮之功，以報所受之恩。……流聞東軍失備，師徒小衄，輟食棄餐，奮袂攘衽，撫劍東顧，而心已馳於吴會矣。」

〔三六〕太阿倒持：漢書梅福傳：「至秦則不然，張誹謗之罔，以爲漢敺除，倒持泰阿，授楚其柄。」泰阿即太阿，古劍名。後以「太阿倒持」比喻授人權柄，自受其害。

〔三七〕舊唐書承天皇帝倓傳：「泌因奏曰：『臣幼稚時念黄臺瓜辭，陛下嘗聞其説乎？高宗大帝有八子，睿宗最幼。天后所生四子，自爲行第，故睿宗第四。長曰孝敬皇帝，爲太子監國，而仁明孝悌。天后方圖臨朝，乃鴆殺孝敬，立雍王賢爲太子。賢每日憂惕，知必不保全，與二弟同侍於父母之側，無由敢言。乃作黄臺瓜辭，令樂工歌之，冀天后聞之省悟，即生哀愍。辭云：「種瓜黄臺下，瓜熟子離離。一摘使瓜好，再摘令瓜稀，三摘猶尚可，四摘抱蔓歸。」而太子賢終爲天后所逐，死于黔中。』」

〔三八〕任術：棄道任術。史記商君列傳：「鞅曰：『吾説君以帝王之道比三代，而君曰：「久遠，吾不能待。且賢君者，各及其身顯名天下，安能邑邑待數十百年以成帝王乎？」故吾以彊國之術説君，君大説之耳。然亦難以比德於殷周矣。』」後因以謂統治者不行王道而行霸術。

〔三九〕徒爾：徒然，枉然。

〔四〇〕屏翰：國家重臣。詩經大雅板：「价人維藩，大師維垣，大邦維屏，大宗維翰，懷德維寧，宗子維城。」

〔四一〕蝎蠹：蛀蝕。引申爲損害。唐李德裕幽州紀聖功碑銘序：「蝎蠹上國，百有餘年。」

〔四二〕樹國：分封或臣屬之國。晋書劉頌傳：「且樹國苟固，則所任之臣，得賢益理；次委中智，亦足以安。何則？勢固易持故也。」

〔四三〕委裘：幼君在位。因幼君不勝禮服，坐朝則委裘於地，故稱。晋書後妃傳論：「昔者高宗諒闇，總百官於元老；成王沖眇，托萬機於上公。太后御宸，諒知非古。而明穆、康獻，仍世臨朝，時屬委裘，躬行負扆。各免華陽之釁，竟躡和熹之蹤，保陵遲以克終，所幸實爲多矣。」

〔四四〕典午：晋朝代稱。三國志蜀書譙周傳：「周語次，因書版示立曰：『典午忽兮，月酉没兮。』典午者謂司馬也，月酉者謂八月也，至八月而文王果崩。」明胡應麟少室山房筆叢史書占畢四：「當塗爲魏，典午爲晋，世率知之，而意義出處，或未明瞭。案，典，司也；午，馬也。」

〔四五〕五種：五胡。指東晋十六國時期匈奴、羯、鮮卑、氐、羌五族。

〔四六〕包荒度：度量寬大，即「羌胡處人間，雜糅錯五種」。

〔四七〕詒燕：詩經大雅文王有聲：「詒厥孫謀，以燕翼子。」鄭玄箋：「傳其所以順天下之謀，以安敬事之子孫。」後遂以「詒燕」謂爲子孫妥善謀劃，使子孫安樂。

〔四八〕克鞏：詩經大雅瞻卬：「藐藐昊天，無不克鞏。」毛傳：「鞏，固也。」

〔四九〕八王：晋惠帝（司馬衷）時，宗室諸王間大混戰，史稱「八王之亂」。八王指汝南王亮、楚王瑋、趙王倫、齊王冏、長沙王乂、成都王穎、河間王顒、東海王越。

〔五〇〕沸渭：揚雄長楊賦：「汾沄沸渭，雲合電發。」李善注：「汾沄沸渭，衆盛貌也。」駢雅釋詁：「郁毓、殷轔、殷賑、縝紛、沸渭、豐沛、璀錯，盛多也。」

〔五一〕西晋西北流民起義頻仍，尤以元康四年齊萬年起義影響最大。

〔五二〕夷甫：王衍（二五六—三一一），字夷甫。琅邪郡臨沂縣今山東臨沂北人。西晋時著名清談家。歷任黄門侍郎、中領軍、尚書令、尚書僕射、司空、太尉兼尚書令等職。永嘉五年（三一一）爲石勒所殺。

〔五三〕晋書石勒載記上：「石勒字世龍，初名匐，上黨武鄉羯人也。……年十四，隨邑人行販洛陽，倚嘯上東門，王衍見而異之，顧謂左右曰：『向者胡雛，吾觀其聲視有奇志，恐將爲天下之患。』馳遣收之，會勒已去。」

〔五四〕稌：稻子。

〔五五〕同倫：同類。

〔五六〕民行：周易繫辭下：「因貳以濟民行，以明失得之報。」晏子春秋問下二五：「政教錯，而民行有倫矣。」

〔五七〕異服：外族的不同的服飾。此代指少數民族，即異族。

〔五八〕袒臂：同「袒右」。脱去右袖，露出右臂。古時表示參加起事的標志。漢書陳勝傳：「乃詐稱公子扶蘇、項燕，從民望也。袒右，稱大楚。」顏師古注：「袒右者，脱右肩之衣。當時取異於凡衆也。」

〔五九〕横流：比喻動亂，灾禍。

〔六〇〕徙戎論：元康九年（二九九），西晋太子洗馬江統，鑒於當時游牧民族大量内遷雜居，齊萬年等在邊關作亂的情況，上表徙戎論，提出將内遷關中的少數民族「申諭發遣，還其本域，慰彼羇旅懷土之思，釋我華夏纖介之憂」。

〔六一〕杞憂：殷憂，深憂。

〔六二〕晉書劉元海傳：「劉元海（淵），新興匈奴人，冒頓之後也。名犯高祖廟諱，故稱其字焉。……咸熙中，爲任子在洛陽，文帝深待之。泰始之後，渾又屢言之於武帝。帝召與語，大悦之，謂王濟曰：『劉元海容儀機鑒，雖由余、日磾無以加也。』濟對曰：『元海儀容機鑒，實如聖旨，然其文武才幹賢於二子遠矣。陛下若任之以東南之事，吴會不足平也。』帝稱善。孔恂、楊珧進曰：『臣觀元海之才，當今懼無其比，陛下若輕其衆，不足以成事；若假之威權，平吴之後，恐其不復北渡也。非我族類，其心必異。任之以本部，臣竊爲陛下寒心。若舉天阻之固以資之，無乃不可乎！』帝默然。」

〔六三〕晉書劉元海傳：「當爲崇岡峻阜，何能爲培塿乎？」

〔六四〕紫電：紫色光芒。形容人目光鋭利。唐李白登廣武古戰場懷古：「項王氣蓋世，紫電明雙瞳。」

〔六五〕觸瑟：漢書金日磾傳：「何羅褏白刃從東箱上，見日磾，色變，走趨卧内欲入，〔八〕行觸寶瑟，僵。日磾得抱何羅，因傳曰：『莽何羅反！』上驚起，左右拔刃欲格之，上恐并中日磾，止勿格。日磾捽胡投何羅殿下，得禽縛之，窮治皆伏辜。」後以「觸瑟」爲奸邪暴露。

〔六六〕倚市兒：多作「倚市門」「倚市」。史記貨殖列傳：「夫用貧求富，農不如工，工不如商，刺繡文不如倚市門。」倚市門謂經營商業。此謂石勒。晉書石勒傳上：「（石勒）年十四，隨邑人行販洛陽，倚嘯上東門。」

〔六七〕晉書石勒傳下：「勒雅好文學，雖在軍旅，常令儒生讀史書而聽之，每以其意論古帝王善惡，朝賢儒士聽者莫不歸美焉。嘗使人讀漢書，聞酈食其勸立六國後，大驚曰：『此法當失，何得遂成天下！』至留侯諫，乃曰：『賴有此耳。』其天資英達如此。」

〔六八〕皇輿：亦作「皇轝」。國君所乘的高大車子。多借指王朝或國君。

〔六九〕板蕩：板、蕩均是詩經大雅中譏刺周厲王無道而導致國家敗壞、社會動亂的詩篇。後因以指政局混亂或社會動蕩。

〔七〇〕關鄴：武關、鄴城。此泛指關隘。

〔七一〕元二：古代術數語。謂一元之中，有天地二厄，即陽九與百六。後因以指灾年，厄運。

〔七二〕五部：東漢獻帝建安二十一年（二一六），南匈奴呼厨泉單于入朝于魏，被魏王曹操留於鄴，分其衆爲五部，每部立其貴族爲帥，稱「五部帥」。

〔七三〕縧雁：當爲「縧鷹」。爲諧律而改。宋陸游懷成都十韻：「壯士臂立緑縧鷹，佳人袍畫金泥鳳。」唐崔鉉咏架上鷹：「天邊心膽架頭身，欲擬飛騰未有因。萬里碧霄終一去，不知誰是解縧人。」

〔七四〕韝：鷹韝。豢鷹者所用的皮臂套。打獵時用以保護手臂，停立獵鷹。

〔七五〕史記項羽本紀：「沛公已去，間至軍中，張良入謝，曰：『沛公不勝杯杓，不能辭。謹使臣良奉白璧一雙，再拜獻大王足下；玉斗一雙，再拜奉大將軍足下。』項王曰：『沛公安在？』良曰：『聞大王有意督過之，脱身獨去，已至軍矣。』項王則受璧，置之坐上。亞父受玉斗，置之地，拔劍撞而破之，曰：『唉！豎子不足與謀。奪項王天下者，必沛公也，吾屬今爲之虜矣。』」

〔七六〕後漢書馮異傳：「光武自薊東南馳，晨夜草舍，至饒陽無蔞亭。時天寒烈，衆皆飢疲，異上豆粥。明旦，光武謂諸將曰：『昨得公孫豆粥，飢寒俱解。』及至南宫，遇大風雨，光武引車入道傍空舍，異抱薪，鄧禹熱火，光武對竈燎衣。異復進麥飯菟肩。因復度虖沱河至信都，使異别收河間兵。……六年春，異朝京師。引見，帝謂公卿曰：『是我起兵時主簿也。爲吾披荆棘，定關中。』既罷，使中黄門賜以珍寶、衣服、錢帛。詔曰：『倉卒無蕪亭豆粥，虖沱河麥飯，厚意久不報。』」呼池，滹沱河。

〔七七〕高光：漢高祖和漢光武帝的并稱。

〔七八〕屯否：周易屯卦和否卦的并稱。意謂艱難困頓。

〔七九〕慕容垂（三二六—三九六），字道明，昌黎棘城今遼寧義縣西北人。鮮卑族。前燕時封吴王。曾在枋頭今河南浚縣西南大敗東晉桓温軍。後爲太傅慕容評等排斥，投奔前秦。淝水之戰前秦失敗，他乘機恢復爲前秦所滅的前燕，定都中山，今河北定州。史稱後燕。

〔八〇〕班超（三二—一〇二）：東漢名將、外交家。字仲升，扶風安陵今陝西咸陽東北人。「家貧，常爲官傭書以供養。久勞苦，嘗輟業投筆嘆曰：『大丈夫無它志略，猶當效傅介子、張騫立功異域，以取封侯，安能久事筆研閒乎？』」永平十六年（七三），從竇固擊北匈奴，旋奉命率吏士三十六人赴西域。他攻殺匈奴派駐鄯善的使者，又廢親匈奴的疏勒王，鞏固了漢朝在西域的統治。後北匈奴在西域進行反撲，他在疏勒等地堅守。後得東漢政府援軍，聯合當地力量，開始反擊。從章和元年（八七年）到永元六年（九四年），陸續平定莎車、龜兹、焉耆等地貴族的變亂，并擊退月氏的入侵，保障了西域各族的安全，以及「絲綢之路」的暢通。永元三年，任西域都護。後封定遠侯。他曾遣甘英出使大秦羅馬帝國，至條支的西海今波斯灣而還。永元十四年回洛陽，病死。參後漢書班超傳。

〔八一〕崑崙虚：崑崙山。

〔八二〕大夏：古國名。音譯巴克特里亞，即希臘巴克特里亞王國。漢代稱之爲大夏。爲大月氏所滅。在今阿富汗北部一帶。

〔八三〕條支：古西域國名。約在今伊拉克境内。

〔八四〕博望：史記衛將軍驃騎傳附張騫：「將軍張騫，以使通大夏，還，爲校尉。從大將軍有功，封爲博望侯。」

〔八五〕馮：馮奉世（？—前三十九），西漢上黨潞縣今山西潞城西南人，字子明。宣帝時，以衛侯使持節赴大宛今中亞費爾幹納盆地。時莎車今新疆莎車一帶殺漢官員，破壞漢朝在西域的統治，他率兵擊破莎車。後爲左將軍，封關内侯。歲餘病卒。

〔八六〕鄭：鄭吉（？—前四十九）：西漢會稽今浙江紹興人。數出西域。宣帝時，任侍郎，屯田渠犁，蓄積兵食，攻破車師，遷衛司馬。神爵二年（前六〇），率兵迎匈奴西部日逐王歸漢至長安，他被任西域都護，治烏壘今新疆輪臺東北。因經營西域有功，封安遠侯。

〔八七〕漢宣帝置西域都護，總監西域諸國，并護南北道，爲西域地區最高長官。分車師地爲前後兩部等，後皆屬西域都護。車師前部治交河城，後部治務涂谷。

〔八八〕晋書安帝紀：「戊子，衛將軍劉毅及盧循戰于桑落洲，王師敗績。」

〔八九〕孫盧：孫恩、盧循。

〔九〇〕寄奴：宋書武帝紀上：「高祖武皇帝諱裕，字德輿，小字寄奴，彭城縣綏輿里人，漢高帝弟楚元王交之後也。……（元興二年）十二月，桓玄篡帝位，遷天子於尋陽。……（三年三月）庚申，高祖鎮石頭城，立留臺官，焚桓温神主於宣陽門外，造晋新主，立于太廟。遣諸將帥追玄，尚書王嘏率百官奉迎乘輿。」

〔九一〕晋書王敦傳：「敦、充首同日懸于南桁，觀者莫不稱慶。敦首既懸，莫敢收葬者。尚書令郗鑒言於帝曰：『昔王莽漆頭以輗車，董卓然腹以照市，王凌儭土，徐馥焚首。前朝誅楊駿等，皆先極官刑，後聽私殯。然春秋許齊襄之葬紀侯，魏武義王修之哭袁譚。由斯言之，王誅加於上，私義行於下。臣以爲可聽私葬，於義爲弘。』

詔許之，於是敦家收葬焉。」雀桁，朱雀桁的簡稱。東晉、南朝時建康正南朱雀門外的古浮橋。

〔九二〕左傳宣公四年：「初，楚司馬子良生子越椒，子文曰：『必殺之。是子也，熊虎之狀，而豺狼之聲，弗殺，必滅若敖氏矣。諺曰：「狼子野心。」是乃狼也，其可畜乎！』」

〔九三〕慎旃：尚慎旃哉。詩經魏風陟岵：「尚慎旃哉，猶來無止。」

〔九四〕史記蕭相國世家：「蕭相國何者，沛豐人也。以文無害爲沛主吏掾。……沛公至咸陽，諸將皆争走金帛財物之府分之，何獨先入收秦丞相御史律令圖書藏之。沛公爲漢王，以何爲丞相。項王與諸侯屠燒咸陽而去。漢王所以具知天下阸塞，户口多少，彊弱之處，民所疾苦者，以何具得秦圖書也。」

〔九五〕周禮天官大宰：「三歲，則大計群吏之治而誅賞之。」此諷王莽托周公之名改制。漢書王莽傳中：「置大司馬司允，大司徒司直，大司空司若，位皆孤卿。更名大司農曰羲和，後更爲納言，大理曰作士，太常曰秩宗，大鴻臚曰典樂，少府曰共工，水衡都尉曰予虞，與三公司卿凡九卿，分屬三公。每一卿置大夫三人，一大夫置元士三人，凡二十七大夫，八十一元士，分主中都官諸職。更名光禄勳曰司中，太僕曰太御，衛尉曰太衛，執金吾曰奮武，中尉曰軍正，又置大贅官，主乘輿服御物，後又典兵秩，位皆上卿，號曰六監。」并大封王舜、平晏等十餘人。

〔九六〕用竹：漢書王莽傳中：「翟義黨王孫慶捕得，莽使太醫、尚方與巧屠共刳剥之，量度五藏，以竹筳導其脈，知所終始，云可以治病。」

〔九七〕鑄鼎：史記封禪書：「黄帝采首山銅，鑄鼎於荆山下。鼎既成，有龍垂鬍髯下迎黄帝。黄帝上騎，群臣後宫從上者七十餘人，龍乃上去。餘小臣不得上，乃悉持龍髯，龍髯拔，墮，墮黄帝之弓。百姓仰望黄帝既上天，乃抱其弓與鬍髯號。故後世名其處曰鼎湖，其弓曰烏號。」漢書王莽傳上：「（王莽稱帝時）下書曰：『予以不德，托于皇初祖考黄帝之後，皇始祖考虞帝之苗裔，而太皇太后之末屬。』」

〔九八〕後漢書循吏傳序：「初，光武長於民間，頗達情僞，見稼穡艱難，百姓病害，至天下已定，務用安静，解王莽之繁密，還漢世之輕法。身衣大練，色無重綵，耳不聽鄭衛之音，手不持珠玉之玩，宫房無私愛，左右無偏恩。建武十三年，異國有獻名馬者，日行千里，又進寶劍，賈兼百金，詔以馬駕鼓車，劍賜騎士。」

〔九九〕蹇劣：身體衰病。

〔一〇〇〕六翮：鳥類雙翅中的正羽，用以指鳥的兩翼。

〔一〇一〕末流：末期，末世。

〔一〇二〕汶汶：不明貌。漢劉向新序節士：「汶汶嘿嘿，以是爲非，以清爲濁。」

〔一〇三〕公輔：三公、四輔，均爲天子之佐。借指宰相一類的大臣。

〔一〇四〕刀筆：刀筆吏。

〔一〇五〕臨民：治民。

〔一〇六〕拘係：拘禁。

〔一〇七〕周易坎：「上六，係用徽纆，寘于叢棘。」孔穎達疏：「謂囚執之處，以棘叢而禁之也。」陸德明釋文引劉表云：「三股曰徽，兩股曰纆，皆索名。」

〔一〇八〕八枋：八柄。周禮春官内史：「掌王之八枋之法，以詔王治，一曰爵，二曰禄，三曰廢，四曰置，五曰殺，六曰生，七曰予，八曰奪。」

〔一〇九〕蠹魚：蟲名，即蟫，又稱衣魚，蛀蝕書籍衣服。此指死啃書本的讀書人。清唐孫華再疊隨庵韻：「衰年髣佛燭光餘，猶向殘編作蠹魚。」

〔一一〇〕雕蟲：寫作詩文辭賦。

〔一一一〕詩經鄭風子衿：「挑兮達兮，在城闕兮。」毛傳：「挑達，往來相見貌。」叏達，挑達。亦作「挑闥」「挑撻」。

〔一一二〕驤首：比喻意氣軒昂。

〔一一三〕王路：仕途。

〔一一四〕本務：農事。

〔一一五〕幼儀：禮記內則：「十年出就外傅，朝夕學幼儀，請肄簡諒。十有三年，學樂，誦詩，舞勺。成童，舞象，學射御。二十而冠，始學禮，舞大夏。」少事長之儀也。

〔一一六〕脂韋：楚辭卜居：「寧廉潔正直以自清乎，將突梯滑稽如脂如韋以絜楹乎。」後因以「脂韋」比喻阿諛或圓滑。

〔一一七〕機阱：本指設有機關的捕獸陷阱。多此喻坑害人的圈套。

〔一一八〕委肉虎蹊：把肉丢在餓虎經過的路上。比喻處境危險，灾禍即將到來。

〔一一九〕狐兔：此喻壞人，小人。

〔一二〇〕沴氣：灾害不祥之氣。

〔一二一〕黄口雀：漢劉向説苑敬慎：「孔子見羅者，其所得者皆黄口也。孔子曰：『黄口盡得，大爵獨不得，何也？』」此指幼兒。

〔一二二〕漢王充論衡命義：「猶高祖初起，相工入豐沛之邦，多封侯之人矣，未必老少男女俱貴而有相也。」周書閻慶傳：「中陽御曆，沛邑多封侯；白水配天，南陽皆貴戚。」晋書郭璞傳：「豈惟豐沛之英，南陽之豪！」

〔一二三〕魏文帝曹丕黄初元年采納吏部尚書陳群的建議，各州、郡設立中正官，將各地士人按才能分別評爲九等（九品），供朝廷按等選用，謂之「九品官人法」。沿至晉、南北朝，選取專重門第，致「下品無高門，上品無賤族」，成爲世族豪門把持政權的工具。

〔一二四〕西晉左思詠史：「鬱鬱澗底松，離離山上苗。以彼徑寸莖，蔭此百尺條。世胄躡高位，英俊沉下僚。地勢使之然，由來非一朝。金張藉舊業，七葉珥漢貂。馮公豈不偉，白首不見招。」

〔一二五〕躍冶：指樂於接受鍛煉而成良器。

〔一二六〕楚璞：參詩卷一送別黄清溪注釋〔五〕。

聞柝

鄉人擊柝有嚴聲，静裏遥聞韻更清。萬里蕭條荒塞夢，五更零亂畫樓情。霜中路滑愁頻咽，酒後醒難數未明。莫向郵亭嗔醉尉〔一〕，南山草竊〔二〕倘縱横。

【繫年】

詩作於嘉慶十八年（一八一三）初，時周濟居宜興鄉里。

【注釋】

〔一〕典出「郵亭醉尉」，又作「霸陵醉尉」「醉尉惱將軍」「逢醉尉」「夜行觸尉」「灞陵呵夜」「小尉呵」「困醉尉」

「醉尉呵」「醉尉欺李廣」。史記李將軍列傳：「廣家與故潁陰侯孫屏野居藍田南山中射獵。嘗夜從一騎出，從人田間飲。還至霸陵亭，霸陵尉醉，呵止廣。廣騎曰：『故李將軍。』尉曰：『今將軍尚不得夜行，何乃故也！』止廣宿亭下。」

〔二〕草竊：草寇。尚書微子：「殷罔不小大，好草竊姦宄。」孔傳：「草野竊盗又爲姦宄於内外。」

撤屋爲小庭

突兀眼前二十年，今朝撤去欲凄然。幸非奪取歸豪姓，却喜晶瑩見遠天。裋褐〔一〕負暄〔二〕煨芋〔三〕孰，清宵看月鬥霜妍。懷居〔四〕因速求安謗，豈但牽船〔五〕愧昔賢。

【繫年】

詩作於嘉慶十八年（一八一三）初，時周濟居宜興鄉里。

【注釋】

〔一〕裋褐：列子力命：「朕衣則裋褐，食則粢糲，居則蓬室，出則徒行。」楊伯峻集釋：「許慎注淮南子云：楚人謂袍爲裋。說文云：粗衣也。又敝布襦也。又云：襜褕短者曰裋褕。有作短褐者，誤。荀子作『豎褐』。楊倞注云：『僮豎之褐』，於義亦曲。」

〔二〕負暄：冬天受日光曝曬取暖。

〔三〕煨芋：宋贊寧等宋高僧傳卷十九感通傳二唐南岳山明瓚：「候中夜，李公潛往謁焉，望席門自贊而拜。瓚大詬，仰空而唾曰：『是將賊我。』李愈加鄭重，唯拜而已。瓚正發牛糞火，出芋啗之，良久乃曰：『可以席地。』取所啗芋之半以授焉。李跪捧盡食而謝。謂李公曰：『慎勿多言，領取十年宰相。』李拜而退。」此用「煨芋」本義。

〔四〕懷居：留戀安逸，懷念故居。論語憲問：「士而懷居，不足以爲士矣。」朱熹集注：「居，謂意所便安處也。」

〔五〕牽船：宋李昉等太平御覽人事部嘲戲引晉裴啓語林：「劉道真遭亂，於河側自牽船，見一老嫗采穭，劉謂之曰：『女子何不調機利杼而采穭？』女答曰：『丈夫何不跨馬揮鞭而牽船？』」

海月

海月生遂古〔一〕，今宵也自明。無人補宮闕，跋浪〔二〕有鮫鯨。氣欲三山〔三〕失，光仍一鑑清。高歌風露裏，誰與共嚴更〔四〕？

【繫年】

詩作於嘉慶十八年（一八一三）初，時周濟居宜興鄉里。

【注釋】

〔一〕遂古：遠古、上古。楚辭天問：「遂古之初，誰傳道之？」

〔二〕跋浪：破浪，踏浪。唐杜甫短歌行贈王郎司直：「豫章翻風白日動，鯨魚跋浪滄溟開。」

〔三〕三山：傳説中的海上三神山。晋王嘉拾遺記高辛：「三壺，則海中三山也。一曰方壺，則方丈也；二曰蓬壺，則蓬萊也；三曰瀛壺，則瀛洲也。」

〔四〕嚴更：警夜行的更鼓。文選班固西都賦：「周以鈎陳之位，衛以嚴更之署。」

雜賦九首示確叔〔一〕，兼寄犀台〔二〕老兄

拱璧

刖足卞和泣〔三〕，相如睨柱爭〔四〕。可憐一片石，幾死兩狂生。肉好〔五〕國工制，瑕瑜俗眼評。有時還抵鵲〔六〕，莫漫詡連城〔七〕。

【繫年】

詩作於嘉慶十八年（一八一三）初，時周濟居宜興鄉里。

【注釋】

〔一〕碓叔：生平不詳。

〔二〕犀台：章謙存（一七五三—一八三六），原名天育，字犀台，晚年自署强恕老人。安徽銅陵人。參文卷四田鈞傳注釋〔一九〕。

〔三〕卞和泣：參詩卷一送别黄清溪注釋〔五〕。

〔四〕史記廉頗藺相如列傳：「相如持其璧睨柱，欲以擊柱。秦王恐其破璧，乃辭謝固請，召有司案圖，指從此以往十五都予趙。」

〔五〕肉好：古代圓形玉器和錢幣等的邊和孔。肉，邊；好，中間的孔。爾雅釋器：「肉倍好謂之璧，好倍肉謂之瑗，肉好若一謂之環。」漢書食貨志下：「（周景王）卒鑄大錢，文曰『寶貨』，肉好皆有周郭。」

〔六〕抵鵲：漢桓寬鹽鐵論崇禮：「中國所鮮，外國賤之。故南越以孔雀珥門户，崑山之旁，以玉璞抵烏鵲。」

〔七〕連城：史記廉頗藺相如列傳：「趙惠文王時，得楚和氏璧。秦昭王聞之，使人遺趙王書，願以十五城請易璧。」後以「連城」指和氏璧或珍貴之物。

明鏡

欲識鬚眉古，惟當鏡裏看。餘人愁照膽〔一〕，狂客喜危冠〔二〕。秋月一奩好，精金百煉難。

也應資目力，始見兩龍盤。

【注釋】

〔一〕照膽：照膽鏡。宋李昉等太平御覽人事部膽引西京雜記：「（漢）高祖入咸陽宫，周行府庫，有方鏡九寸，表裏明徹。人直來照，影則側見。以手掩心而來，即腸胃五臟歷然無礙。人有病在内，則掩心而照之，即知病之所在。女子有邪心，則膽張心動。秦始皇帝以照宫人，膽張心動者殺之。」舊唐書錢徽傳：「苟非秦鏡照膽，堯羊觸邪，時君聽之，安可不惑？」

〔二〕危冠：高冠。

寶劍

雄劍〔一〕不出匣，誰知秋水〔二〕光。嘯當黑月夜〔三〕，掛在素琴〔四〕旁。杯酒自相酹，全鋒幸好藏。直須揮晉鄭〔五〕，休入少年場〔六〕。

【注釋】

〔一〕雄劍：原指春秋吴國干將所鑄二劍之一。此泛指寶劍。

〔二〕秋水：形容劍光冷峻明澈。宋蘇軾郭祥正家醉畫竹石壁上，郭作詩爲謝，且遺古銅劍其二：「一雙銅劍秋水光，兩首新詩争劍鋩。劍在床頭詩在手，不知誰作蛟龍吼。」

〔三〕宋陆游長歌行：「國仇未報壯士老，匣中寶劍夜有聲。」

〔四〕素琴：不加裝飾的琴。

〔五〕晋鄭：漢袁康越絶書外傳記寶劍：「於是楚王聞之，引泰阿之劍，發城而麾之，三軍破敗，士卒迷惑，流血千里，猛獸歐瞻，江水折揚，晋鄭之頭畢白。」

〔六〕少年場：指年輕人聚會的場所。漢書酷吏傳尹賞傳：「長安中歌之曰：『安所求子死？桓東少年場。生時諒不謹，枯骨後何葬？』」

駿馬

大漠爲誰開？天教試軼材。千盤山險失，萬里月飛來。〔一〕宴憶瑶池侍〔二〕，嗚嘶御仗陪〔三〕。前身原列宿〔四〕，豈但上金臺〔五〕。

【注釋】

〔一〕唐李賀馬詩二十三首其五：「大漠山如雪，燕山月似鈎。何當金絡腦，快走路清秋。」

〔二〕瑶池侍：唐李商隱瑶池：「瑶池阿母綺窗開，黄竹歌聲動地哀。八駿日行三萬里，穆王何事不重來。」

〔三〕唐李賀馬詩二十三首其二十二：「汗血到王家，隨鸞撼玉珂。」

〔四〕唐李賀馬詩二十三首其四：「此馬非凡馬，房星本是星。」

〔五〕金臺：唐李賀馬詩二十三首其十三：「堆金賣駿骨，將送楚襄王。」

風帆

前路各茫茫，風帆次第張。聽楓三峽静，逐日大河黄。我自憐凫泛〔一〕，人猶羡馬當〔二〕。好將忠信意，説與棹船郎〔三〕。

【注釋】

〔一〕凫泛：浮游。

〔二〕馬當：山名。在今江西彭澤東北，北臨長江。山形似馬，故名。明王士性廣志繹卷之四江南諸省：「後閻伯嶼重脩（滕王閣），因九日宴賓客，欲誇其壻吴子章之文，令夙搆之，時王勃省父至馬當，去南昌七百里，水神告之故，且助以風，一夕而至，預會。」唐陸龜蒙馬當山銘：「言天下之險者，在山曰太行，在水曰吕梁，合二險而爲一，吾又聞乎馬當。」

〔三〕棹船郎：即艄公。

健鶻

奇鷹未脱韝，兀若杖端鳩。乍展扶摇翅，全生狐兔愁。鳴髇〔一〕清唳〔二〕合，殘燒〔三〕廣埸〔四〕留。記否辭遼海〔五〕，危崖萬木秋。

【注釋】

〔一〕鳴髇：亦作「鳴鏑」，即響箭。史記匈奴列傳：「冒頓乃作爲鳴鏑，習勒其騎射，令曰：『鳴鏑所射而不悉射者，斬之。』」裴駰集解：「漢書音義曰：『鏑，箭也，如今鳴箭也。』韋昭曰：『矢鏑飛則鳴。』」

〔二〕清唳：鶴鳴声。鶴鳴清响，故謂。

〔三〕殘燒：晚霞。唐張喬郢州即事：「鳥歸殘燒外，帆出斷雲間。」

〔四〕廣場：廣闊的場地。

〔五〕遼海：遼海鶴。晋干寶搜神記神化篇丁令威：「遼東城門有華表柱，忽有一白鶴集柱頭。時有少年舉弓欲射之，鶴乃飛，徘徊空中而言曰：『有鳥有鳥丁令威，去家千歲今來歸，城郭如故人民非，何不學仙冢壘壘？』遂高上冲天而去。後人於華表柱立二鶴，至此始矣。今遼東諸丁，云其先世有升仙者，不知名字。」

幽蘭

一夜春風發，千山桃李勻。美人捲簾坐，先爲落花顰。〔一〕玉軫〔二〕香初泛，瑶臺夢〔三〕欲真。遠披楚騷讀，百畝是芳鄰。〔四〕

【注釋】

〔一〕唐李白怨情：「美人卷朱簾，獨坐顰蛾眉。但見淚痕濕，不知心恨誰。」

〔二〕玉軫：玉製的琴柱。此喻蘭花枝。

〔三〕瑶臺夢：仙女思凡之夢。

〔四〕楚辭離騷：「余既滋蘭之九畹兮，又樹蕙之百畝。」

大樹

誰言無用木？得地即非凡。〔一〕向背昏明異，升沉日月嵌。天陰增魅𩴾，社古署神銜。我有三珠樹〔二〕，亭亭在絳岩〔三〕。

【注釋】

〔一〕晋左思咏史：「鬱鬱澗底松，離離山上苗。以彼徑寸莖，蔭此百尺條。世胄躡高位，英俊沉下僚。地勢使之然，由來非一朝。金張藉舊業，七葉珥漢貂。馮公豈不偉，白首不見招。」

〔二〕三珠樹：本作「三株樹」。古代傳説中的珍木。山海經海外南經：「三株樹在厭火北，生赤水上。其爲樹如柏，葉皆爲珠。」

〔三〕絳岩：紫岩，紫色山崖，多指隱者所居。

怪石

拜爾不能語，肅然生古心。苔痕延宿雨，雲氣驗朝陰。欲倚愁原側，將移覺最深。飛來吾未信，何計下危岑？

學呵殿〔一〕并序

寓居葑門〔二〕青松寺，每日仄，聞呵殿聲。此地去官府頗遠，蹤迹〔三〕之，知爲賣菜傭之戲也，風俗移人，不能無槩㊀，率然成篇。

吴兒種菜住城外，朝擔瓜茄入城賣。城中富兒不買吃，日中倚杖街心立。貧兒雖買不易空，腸胃巑岏〔四〕口焦急。忽然賣盡喜可知，數錢買餅療腹饑。東鄰西舍呼相見，貫百誰多互稱羨。錢多立貴錢少賤，貴者居中賤呵殿。道旁一腐儒，佝僂循墻趨。請公駐騶從〔五〕，我欲陳區區：大聖〔六〕惜繁纓〔七〕，正名〔八〕論已迂。側聞鄭大夫，濟人以乘輿〔九〕。小惠鄙黄鳥〔一〇〕，匪敢冀後車。但願公等遵前途，先後慎勿相攙逾〔一一〕。溝深膝窄泥没踝，一跌飄然如墜瓦。留取筐中子母錢〔一二〕，歸來好結鷄豚社〔一三〕。

【繫年】

詩嘉慶癸酉（十八年，一八一三）初作於蘇州。

【校勘】

㊀「槩」：求志堂存稿彙編本作「既」，誤。

【注釋】

〔一〕呵殿：古代官員出行，儀衛前呵後殿，喝令行人讓道。

〔二〕葑門：位於蘇州城東，相門之南。初名封門，以封禺山得名，後改爲葑門。

〔三〕蹤迹：踪迹。按行蹤影迹追查、追尋。

〔四〕巑岏：尖鋭之物。此形容饑腸轆轆，有如針扎。

〔五〕騶從：古時貴族騎馬的侍從。

〔六〕大聖：帝王。吕氏春秋君守：「大聖無事，而千官盡能。」

〔七〕繁纓：古代天子、諸侯所用輅馬的帶飾。禮記禮器：「大路繁纓一就，次路繁纓七就。」

〔八〕正名：論語子路：「子路曰：『衛君待子而爲政，子將奚先？』子曰：『必也正名乎。』」

〔九〕孟子離婁下：「子産聽鄭國之政，以其乘輿濟人於溱、洧。」

〔一〇〕小惠：左傳哀公十年：「公曰：『衣食所安，弗敢專也，必以分人。』（曹劌）對曰：『小惠未遍，民弗從也。』」黄鳥：詩經秦風黄鳥。左傳文公六年：「秦伯任好卒，以子車氏之三子奄息、仲行、針虎爲殉，皆秦之良也。國人哀之，爲之賦黄鳥。」

〔一一〕攙逾：攙越，越出本分，如越職、越權等。

〔一二〕子母錢：本錢。

〔一三〕鷄豚社：古時祭祀土地神後鄉人聚餐的交誼活動。唐韓愈南溪始泛其二：「願爲同社人，鷄豚燕春秋。」

贈胡元謹[一]

跌宕[二]四十年，歸來習禪寂。釋迦不敢收，依然隸儒籍。黑甜[三]養心性，白酒[四]銷鋒鏑。神偕秋水瑩，夢與春雲隔。故人叩幽扃，一見喜逾昔。披臆出深衷，開懷佇新益。共棹蜻蛉舟，言永風雨夕。故吾君所知，肝膽互傾瀝。稍分倚柱憂[五]，齪齪[六]問田宅[七]。君言方寸丹[八]，湛久化爲碧[九]。每當野燐飛[一〇]，終念溝中瘠[一一]。頗聞螽蝝[一二]生，未易可撲滅。誓將身化鳥，十百千萬億。多君懷衆濟，愧我成地癖[一三]。位置丘壑間，猶煩一摇筆[一四]。

【繫年】

詩嘉慶癸酉（十八年，一八一三）春作於蘇州。

【注釋】

〔一〕胡元謹：胡量。參詩卷一書胡元謹南游詩後注釋〔一〕。

〔二〕跌宕：放蕩不拘。

〔三〕〔四〕黑甜、白酒：宋惠洪冷齋夜話：「北人以晝睡爲黑甜，南人以飲酒爲軟飽，故東坡詩曰：『三杯軟飽後，一枕黑甜餘。』」

〔五〕倚柱憂：戰國策齊策四：「居有頃，倚柱彈其劍，歌曰：『長鋏歸來乎！食無魚。』左右以告。孟嘗君曰：『食之，比門下之客。』居有頃，復彈其鋏，歌曰：『長鋏歸來乎！出無車。』左右皆笑之，以告。孟嘗君曰：『爲之駕，比門下之車客。』於是，乘其車，揭其劍，過其友曰：『孟嘗君客我。』後有頃，復彈其劍鋏，歌曰：『長鋏歸來乎！無以爲家。』左右皆惡之以爲貪而不知足。孟嘗君問：『馮公有親乎？』對曰：『有老母。』孟嘗君使人給其食用，無使乏。於是，馮諼不復歌。」後因以「倚柱」謂辭家求宦，不能侍親於膝下。

〔六〕齪齪：拘謹貌，謹小慎微貌。史記貨殖列傳：「而鄒魯濱洙、泗，猶有周公遺風，俗好儒，備於禮，故其民齪齪。」

〔七〕問田宅：求田問舍。三國志魏書陳登傳：「備曰：『君有國士之名，今天下大亂，帝主失所，望君憂國忘家，有救世之意，而君求田問舍，言無可采，是元龍所諱也，何緣當與君語？如小人，欲卧百尺樓上，卧君於地，何但上下牀之間邪？』」

〔八〕方寸丹：亦作「方寸心」「方寸」。心處胸中方寸間，故稱。

〔九〕化爲碧：莊子外物：「萇弘死於蜀，藏其血，三年而化爲碧。」

〔一〇〕野燐飛：淮南子氾論：「久血爲燐，人弗怪也。」高誘注：「血精在地，暴露百日則爲燐，遥望炯炯，若燃火也。」宋歐陽修送威勝軍張判官：「野燐驚行客，烽烟入遠塵。」

〔一一〕溝中瘠：荀子榮辱：「是其所以不免於凍餓，操瓢囊爲溝壑中瘠者也。」

〔一二〕螽蝝：螽，螽斯，蚱蜢；蝝，蝻，幼蝗。

〔一三〕地癖：多謂廣置田産的癖好。此指愛好山水。

〔一四〕摇筆：動筆。謂寫字作文。

冰

有風即温風，有雨亦如湯。萬物無不變，酷暑安可當？金流〔一〕石泐總先熱，惟有寒冰寒到骨。坐看消盡磊砢〔二〕身，耿耿猶餘凉氣入。虚堂六月日在巳，樹梢不動天如洗。甘瓜自沉朱李浮〔三〕，那得嵰山〔四〕雪盈齒。忽聞門外摇冬丁〔五〕，買盛盆盎神已清。三峰削出明照眼，寒生滿奩琉璃屏〔六〕。憶我當時客京輦，十日平原〔七〕興猶淺。孰後林禽〔八〕荔子香，剥來湖目〔九〕鷄頭〔一〇〕軟。薅惱〔一一〕難辭褦襶〔一二〕行，破除賴有清凉散。不然道上盡鹽車〔一三〕，至死何人問牛喘〔一四〕。南歸八載未貫見，鐘鼓爰居〔一五〕避冬暖。今來却似展鮫綃〔一六〕，蝨蟎到飛蠅罷扇。藏冰〔一七〕改火〔一八〕聖政同，燮理〔一九〕最是調元〔二〇〕功。窮鄉往往頒不到，虚語㊀安能信夏蟲〔二一〕。也知不辨〔二二〕回天意，且得炎蒸稍奪氣。趨炎炙手各紛紛，縱使成山誰敢倚。

【繫年】　詩嘉慶癸酉（十八年，一八一三）六月巳日作於蘇州。詩云「憶我當時客京輦」，「南歸八載」，正當嘉慶十八年。

【校勘】

㈠「語」：求志堂存稿彙編本奪。

【注釋】

〔一〕金流：莊子逍遥游：「之人也，物莫之傷，大浸稽天而不溺，大旱金石流土山焦而不熱。」大旱使金石溶化，後以「金流」形容酷熱。

〔二〕磊砢：亦作「磥砢」。鬱結在心中的不平之氣。

〔三〕三國魏曹丕與朝歌令吴質書：「浮甘瓜於清泉，沈朱李於寒水。」謂以寒泉洗瓜果解渴。後因以「浮瓜沈李」代指消夏樂事。

〔四〕嵰山：宋吴淑事類賦注卷之三天部三引拾遺記曰：「穆王東至大㠓之谷，西王母來，進嵰州甜雪。嵰州，去玉門三千里，地寒多雪，露著木石之上，皆融而甘，可以爲菓。」

〔五〕冬丁：同「丁冬」。象聲詞。唐莊南杰陽春曲：「紫錦紅囊香滿風，金鸞玉軾摇丁冬。」

〔六〕南朝宋劉義慶世説新語言語：「滿奮畏風，在晋武帝坐，北窗作琉璃屏，實密似疏，奮有難色。帝笑之，奮答曰：『臣猶吴牛，見月而喘。』」

〔七〕十日平原：史記范雎蔡澤列傳：「秦昭王聞魏齊在平原君所，欲爲范雎必報其仇，乃詳爲好書遺平原君曰：『寡人聞君之高義，願與君爲布衣之友，君幸過寡人，寡人願與君爲十日之飲。』平原君畏秦，且以爲然，而入秦見昭王。」後因以「十日飲」喻朋友連日歡聚。

〔八〕林禽：亦作「林檎」「來禽」，又名花紅、沙果。

〔九〕湖目：唐段成式酉陽雜俎廣知：「湖目，蓮子也。」

〔一〇〕鷄頭：方言云：「葰芡，鷄頭也。北燕謂之葰，青徐淮泗之間謂之芡，南楚江湘之間謂之鷄頭，或謂之雁頭，或謂之烏頭。」

〔一一〕薅惱：煩惱，不悦。

〔一二〕褦襶：夏天遮日的凉笠。

〔一三〕鹽車：戰國策楚策四：「汗明曰：『君亦聞驥乎？夫驥之齒至矣，服鹽車而上太行。蹄申膝折，尾湛胕潰，漉汁灑地，白汗交流；中阪遷延，負轅不能上。伯樂遭之，下車攀而哭之，解紵衣以冪之。驥於是俯而噴，仰而鳴，聲達於天，若出金石聲者，何也？彼見伯樂之知己也。今僕之不肖，阨於州部，堀穴窮巷，沈洿鄙俗之日久矣。君獨無意湔拔僕也？使得爲君高鳴屈于梁乎？』」

〔一四〕牛喘：漢書丙吉傳：「吉又嘗出，逢清道群鬥者，死傷横道，吉過之不問，掾史獨怪之。吉前行，逢人逐牛，牛喘吐舌。吉止駐，使騎吏問：『逐牛行幾里矣？』掾史獨謂丞相前後失問或以譏吉，吉曰：『民鬥相殺傷，長安令、京兆尹職所當禁備逐捕，歲竟丞相課其殿最，奏行賞罰而已。宰相不親小事，非所當於道路問也。方春少陽用事，未可大熱，恐牛近行，用暑故喘，此時氣失節，恐有所傷害也。三公典調和陰陽，職所當憂，是以問之。』掾史乃服，以吉知大體。」後用以比喻庶民之疾苦。

〔一五〕國語魯語：「海鳥曰『爰居』，止於魯東門之外三日，臧文仲使國人祭之。展禽曰：『越哉，臧孫之爲政也！』夫祀，國之大節也；節，政之所成也。故慎制祀以爲國典。今無故而加典，非政之宜也。今海鳥至，己不知而祀之，以爲國典，難以言仁且知矣。無功而祀之，非仁也；弗知而不問，非知也。今兹海其有灾乎！夫廣川之鳥獸，皆知辟其灾。是歲，海多大風，冬暖。」後引申爲遷居。

〔一六〕鮫綃：傳説中鮫人所織的綃。亦借指薄絹、輕紗。

〔一七〕藏冰：詩經豳風七月：「二之日鑿冰冲冲，三之日納于凌陰。」鄭箋：「古者日在北陸而藏冰，西陸朝覿而出之。祭司寒而藏之，獻羔而啓之。其出之也，朝之禄位，賓食喪祭，於是乎用之。月令：『仲春，天子乃獻羔，開冰，先薦寢廟。』周禮凌人之職：『夏，頒冰掌事。秋，刷。』上章備寒，故此章備暑，后稷先公，禮教備也。」

〔一八〕改火：論語陽貨：「舊穀既没，新穀既升，鑽燧改火，期可已矣。」何晏集解引馬融曰：「周書月令有更火之文。春取榆柳之火，夏取棗杏之火，季夏取桑柘之火，秋取柞楢之火，冬取槐檀之火。一年之中，鑽火各異木，故曰改火也。」

〔一九〕燮理：燮理阴阳。大臣辅佐天子治理国事。

〔二〇〕調元：謂調和陰陽，執掌大政。多用以指爲宰相。

〔二一〕莊子秋水：「井蛙不可以語於海者，拘於虚也；夏蟲不可以語於冰者，篤於時也。」

〔二二〕不辦：不能。

孫子祠〔一〕病鸖呈淵如先生〔二〕

氄毨〔三〕斂翮下秋雯〔四〕，一入樊籠那可云。無復縞衣〔五〕驚客夢，空留丹頂壓鷄群〔六〕。漚盟〔七〕散後休遵海〔八〕，龍性〔九〕馴來隻卧雲〔一〇〕。安得胡盧生過市，刺將人血療夫君。〔一一〕

【繫年】

詩當嘉慶十八年（一八一三）夏作於蘇州。

【注釋】

〔一〕孫子祠：清顧禄桐橋倚棹録：「孫武子祠，一名滬瀆廟，在東山浜内，祀吴王客、齊孫武子及其孫臏。」清嘉慶十一年（一八〇六）孫星衍建，清咸豐三十年（一八八〇）毁於太平天國戰火。又清阮元山東糧道孫君星衍傳：「（嘉慶十三年）秋至江寧，與族人置田爲孫子祠，肖孫子及齊將臏象，又擇祠西鐵佛庵廢屋故阯，爲許太夫人建旌節專祠。」清錢泳履園叢話叢話六耆舊曰：「又創建吴將孫子祠於虎丘，重建烈愍祠于金陵。」孫星衍于嘉慶十六年（一八一一）代山東布政使任上稱病還鄉，三年後始離鄉客居揚州。故詩所中所言乃蘇州之孫子祠。

〔二〕淵如先生：孫星衍（一七五三—一八一八），字淵如，號伯淵，别署芳茂山人、微隱。陽湖今江蘇武進人，後遷居金陵。清代著名藏書家、目録學家、書法家、經學家。於經史、文字、音訓、諸子百家，皆通其義。著有周易集解、寰宇訪碑録、孫氏家藏書目録内外篇、芳茂山人詩録等。

〔三〕氋氃：毛鬆散貌。清趙翼西莊書知目疾已霍然：「蠅頭積細碎，牛毛散氋氃。」

〔四〕秋雯：秋天的雲彩。雯，成花紋的雲彩。金王喆瑶臺月遠終南山：「香烟起盤裊，盡成雯蓋。」

〔五〕縞衣：白絹衣裳。後以代羽毛。明何景明畫鶴賦：「儼縞衣而不驚，騰玉羽而將翔。」

〔六〕唐歐陽詢等藝文類聚卷九十引晋戴逵竹林七賢論：「嵇紹入洛，或謂王戎曰：『昨於稠人中始見嵇紹，昂昂然若野鶴之在鷄群。』」後以「鶴立鷄群」喻人的才能或儀表卓然出衆。丹頂，丹頂鶴。

〔七〕漚盟：通「鷗盟」。謂與鷗鳥爲友。比喻隱退。宋陸游夙興：「鶴怨憑誰解，鷗盟恐已寒。」

〔八〕遵海：孟子梁惠王下：「昔者，齊景公問於晏子曰：『吾欲觀於轉附、朝儛，遵海而南，放於琅邪。吾何脩而可以比於先王觀也？』晏子對曰：『善哉問也！天子適諸侯曰巡狩，巡狩者，巡所守也；諸侯朝於天子曰述職，述職者述所職也。無非事者。春省耕而補不足，秋省斂而助不給。夏諺曰：吾王不游，吾何以休？吾王不豫，吾何以助？一游一豫，爲諸侯度。今也不然：師行而糧食，飢者弗食，勞者弗息。睊睊胥讒，民乃作慝。方命虐民，飲食若流。流連荒亡，爲諸侯憂。從流下而忘反謂之流，從流上而忘反謂之連，從獸無厭謂之荒，樂酒無厭謂之亡。先王無流連之樂，荒亡之行。惟君所行也。』」「遵海」指沿着海岸。此代「流連忘返」。

〔九〕龍性：倔强難馴的性格。南朝宋顔延之五君咏嵇中散：「鸞翮有時鎩，龍性誰能馴。」

〔一〇〕卧雲：喻指隱居。唐方干寄李頻及第：「弟子已攀桂，先生猶卧雲。」

〔一一〕宋李昉等太平廣記卷四百六十禽鳥裴沆引酉陽雜俎：「同州司馬裴沆嘗説，再從伯自洛中將往鄭州，在路數日，曉程偶下馬，覺道左有人呻吟聲，因披蒿萊尋之。荆叢下見一病鶴，垂翼俯味，翅下瘡壞無毛。且異其聲，忽有老人白衣曳杖，數十步而至，謂曰：『郎君少年，豈解哀此鶴邪？若得人血一塗，則能飛矣。』裴頗知道，性甚高逸，遽曰：『某請刺此臂血，不難。』老人笑曰：『君此志甚勁，然須三世是人，其血方中。郎君前生非人，唯洛中胡盧生，三世人矣。郎君此行，非有急切，豈能至洛中，干胡盧生乎？』裴欣然而返，未信宿，至洛，乃訪胡盧生，具陳其事，且拜祈之。胡盧生初無難易，開袱，取一石合，大若兩指，授針刺臂，滴血下滿合，授裴曰：『無多言也。』及至鶴處，老人已至，喜曰：『固是信士。』乃令盡塗其鶴。……復引裴視鶴，鶴損處毛已生矣。」

樂志詩并序

余友鉅野田大令〔一〕、銅陵章學博〔二〕，皆篤厚君子。遭遇厄窮，未嘗苟且憔悴。酒酣耳熱，各言爾志，無不以力田、孝弟、信友、善俗爲准的。時大吏丈阜寧葦蕩、沙田，許人自占，輒復有欲焉。然卒無所資，徒空言快意。余因衍爲韻語四章〔三〕，相與觀笑，不足示外人。

龍顔提劍致太平〔四〕，未央上壽嗤仲兄〔五〕。安知謹厚勤稼穡〔六〕，伯升嗣封資叔力〔七〕。張良破産〔八〕韓信餓〔九〕，跌宕英雄誰復過？後來亦有馬文淵，畜牧耕田起北邊。〔一〇〕帝王將相猶如此，何況區區布衣士？求田問舍意所甘，縱卧下床心亦喜。〔一一〕舍南十畝厭厭〔一二〕苗，曉含珠露稚且嬌。朝暾〔一三〕未晞拭眼看，一洗萬卉千花妖。何不歸去翻桔槔〔一四〕，觸熱〔一五〕吳市聽諠呶。歲耕十畝畝五斛，租調供餘用不足。江南寸土皆黄金，欲耕少田住少屋。近聞黄河西挾沙，東流入海淤日加。〔一六〕雲梯關〔一七〕旁二百里，沃地如掌〔一八〕無田家。圍取作田種黍稷，菽麥瓜瓠皆可植。更饒桃李及桑麻，魚滬〔一九〕溝中澤豚苙〔二〇〕。煮鹽論石不論觔〔二一〕，入市惟須市耕鐵。居人别自〔二二〕射厚利，豫畜萑苻〔二三〕似山積。覬逢異漲一平堤，官府争收倍還直。紛紛末富〔二四〕各自營，可惜土曠無人辟。慨然便欲移家去，那復依違〔二五〕戀鄉邑？君不見，康成傭耕在高密。〔二六〕

丈夫豈作守錢鹵，手散多金亦豪舉。〔二七〕先期五宗〔二八〕得膏潤〔二九〕，次及外姻無困苦。平生朋友多客游，招作比鄰一方住。彭澤〔三〇〕朝同鞠圃耡，幼安〔三一〕夜接藜床〔三二〕語。乃營一舍習禮容〔三三〕，後奉祖禰〔三四〕前儒宗。門塾〔三五〕陳碑階堂室，佈置悉與先民同。約束子弟讀且農，服農習勞筋骨堅。讀書致用文武全，秋冬射獵春誦弦〔三六〕。晝日負耒〔三七〕宵敶編〔三八〕，矻矻〔三九〕儻可追前賢。古人莫學喻秉燭〔四〇〕，況我盛年空鹿鹿〔四一〕。卜居〔四二〕最擬鄭公鄉〔四三〕，何敢嬉游問花竹？叔水因承阿母歡〔四四〕，林泉丘壑得盤桓。伯兄季弟日聚首，多養鷄豚多釀酒。談忠説孝雜風賦〔四五〕，旁及裨官〔四六〕無不有。神仙物怪恣揮霍〔四七〕，惟置浮名不關口。阿母欣然爲微笑㊀，當飲數升能一斗。春風爛漫桃李榮，夏日方塘采菱藕。月臨秋漢案疏櫳，雪擁遥山入虛牖。年年歲歲佳辰在，歲歲年年樂長久。

【繫年】

詩嘉慶十八年（一八一三）作於蘇州。據詩中「觸熱」，知作於盛夏。

【校勘】

㊀「笑」：底本作「关」，當是「关」之誤，「笑」的異體字。

【注釋】

〔一〕鉅野田大令：田鈞，字仲衡。參詩卷一寶山炮臺歌注釋〔二〕。

〔二〕銅陵章學博：章謙存（一七五三—一八三六），原名天育，字犀台，晚年自署强恕老人。安徽銅陵人。參文卷四田鈞傳注釋〔一九〕。

〔三〕韻語四章：此處隻録兩韻。

〔四〕史記高祖本紀：「高祖爲人，隆準而龍顔，美須髯。……高祖被酒，夜徑澤中，令一人行前。行前者還報曰：『前有大蛇當徑，願還。』高祖醉，曰：『壯士行，何畏！』乃前，拔劍擊斬蛇。蛇遂分爲兩，徑開。行數里，醉，因卧。後人來至蛇所，有一老嫗夜哭。人問何哭，嫗曰：『人殺吾子，故哭之。』人曰：『嫗子何爲見殺？』嫗曰：『吾，白帝子也，化爲蛇，當道，今爲赤帝子斬之，故哭。』人乃以嫗爲不誠，欲告之，嫗因忽不見。」

〔五〕史記高祖本紀：「未央宫成。高祖大朝諸侯群臣，置酒未央前殿。高祖奉玉巵，起爲太上皇壽，曰：『始大人常以臣無賴，不能治産業，不如仲力。今某之業所就孰與仲多？』殿上群臣皆呼萬歲，大笑爲樂。」

〔六〕漢書光武帝本紀上：「（光武帝）性勤於稼穡，而兄伯升好俠養士，常非笑光武事田業，比之高祖兄仲。」

〔七〕後漢書劉縯傳：「齊武王縯字伯升，光武之長兄也。……伯升部將宗人劉稷，數陷陳潰圍，勇冠三軍。時將兵擊魯陽，聞更始立，怒曰：『本起兵圖大事者，伯升兄弟也，今更始何爲者邪？』更始君臣聞而心忌之，以稷爲抗威將軍，稷不肯拜。更始乃與諸將陳兵數千人，先收稷，將誅之，伯升固争。李軼、朱鮪因勸更始并執伯升，即日害之。有二子。建武二年，立長子章爲太原王，興爲魯王。十一年，徙章爲齊王。十五年，追謚伯升爲齊武王。」

〔八〕張良破產：史記留侯世家：「留侯張良者，其先韓人也。大父開地，相韓昭侯、宣惠王、襄哀王。父平，相釐王、悼惠王。悼惠王二十三年，平卒。卒二十歲，秦滅韓。良年少，未宦事韓。韓破，良家僮三百人，弟死不葬，悉以家財求客刺秦王，爲韓報仇，以大父、父五世相韓故。」

〔九〕韓信餓：史記淮陰侯列傳：「淮陰侯韓信者，淮陰人也。……信釣於城下，諸母漂，有一母見信饑，飯信，竟漂數十日。信喜，謂漂母曰：『吾必有以重報母。』母怒曰：『大丈夫不能自食，吾哀王孫而進食，豈望報乎！』」

〔一〇〕後漢書馬援傳：「馬援字文淵，扶風茂陵人也。……援年十二而孤，少有大志，諸兄奇之。嘗受齊詩，意不能守章句，乃辭況，欲就邊郡田牧。況曰：『汝大才，當晚成。良工不示人以朴，且從所好。』會況卒，援行服期年，不離墓所；敬事寡嫂，不冠不入廬。後爲郡督郵，送囚至司命府，囚有重罪，援哀而縱之，遂亡命北地。遇赦，因留牧畜，賓客多歸附者，遂役屬數百家。」

〔一一〕三國志魏書陳登傳：「備曰：『君有國士之名，今天下大亂，帝主失所，望君憂國忘家，有救世之意，而君求田問舍，言無可采，是元龍所諱也，何緣當與君語？如小人，欲臥百尺樓上，臥君於地，何但上下牀之間邪？』」「求田問舍」謂專營家產而無遠大志向；「臥下床」指簡慢客人。

〔一二〕厭厭：詩經周頌載芟：「厭厭其苗，綿綿其麃。」鄭玄箋：「厭厭其苗，衆齊等也。」

〔一三〕朝暾：早晨的陽光。

〔一四〕莊子天地：「子貢南游于楚，反于晋，過漢陰，見一丈人方將爲圃畦，鑿隧而入井，抱甕而出灌，搰搰然用力甚多而見功寡。子貢曰：『有械於此，一日浸百畦，用力甚寡而見功多，夫子不欲乎？』爲圃者仰而視之曰：『奈何？』曰：『鑿木爲機，後重前輕，挈水若抽，數如泆湯，其名爲槔。』爲圃者忿然作色而笑曰：『吾聞之吾師，有機械者必有機事，有機事者必有機心。機心存於胸中，則純白不備；純白不備，則神生不定；神生不定者，道之所不載也。吾非不知，羞而不爲也。』子貢瞞然慚，俯而不對。」後以「抱甕灌園」喻安於拙陋的淳樸生活。

〔一五〕觸熱：冒着炎熱。漢崔駰博徒論：「（博徒）乃謂曰：『子觸熱耕耘，背上生鹽。』」唐杜甫送高書記：「借問今何官，觸熱向武威？」

〔一六〕據清史稿河渠志，嘉慶三年、八年、十八年、二十三年、二十四年、二十五年黄河屢次大決堤。清龔自珍咏史其二：「宣室今年起故侯，銜兼中外轄黄流。金鑾午夜開乾惕，銀漢千尋瀉豫州。猿鶴驚心悲皓月，魚龍得意舞高秋。雲梯關外茫茫路，一夜吟魂萬里愁。」

〔一七〕雲梯關：位於今江蘇響水，原是淮河的入海口。自唐至清，向爲歷代海防重鎮、交通要道，險要河防、宗教聖地和商貿集散地，有「東南沿海第一關」「江淮平原第一關」之美譽。

〔一八〕如掌：喻土地平整如手掌。南宋樓璹耕圖二十一首碌碡：「三春欲盡頭，萬頃平如掌。」

〔一九〕魚滬：亦作「漁滬」，即魚簖。插在水裏，阻擋魚類，以便捕捉的竹柵欄。

〔二〇〕苙：豬欄。孟子盡心下：「如追放豚，既入其苙，又從而招之。」

〔二一〕觔：通「斤」。

〔二二〕别自：各自。

〔二三〕萑苻：水楊的别名。唐蘇鶚蘇氏演義卷下：「水楊，蒲楊也。枝勁細紉，作矢用。或言萑苻，亦水楊也。」

〔二四〕末富：史記貨殖列傳：「本富爲上，末富次之，奸富最下。」分别謂農業致富、工商業致富和非法手段致富。

〔二五〕依違：遲疑。漢劉向九嘆離世：「余思舊邦，心依違兮。」

〔二六〕後漢書鄭玄傳：「鄭玄字康成，北海高密人也。……玄自游學，十餘年乃歸鄉里。家貧，客耕東萊，學徒相隨已數百千人。」

〔二七〕後漢書馬援傳：「因處田牧，至有牛馬羊數千頭，穀數萬斛。既而嘆曰：『凡殖貨財産，貴其能施賑也，否則守錢虜耳。』乃盡散以班昆弟故舊，身衣羊裘皮褲。」「守錢鹵」多作「守錢虜」「守錢奴」。

〔二八〕五宗：猶言五世。謂高祖、曾祖、祖、父、己身五代。

〔二九〕膏潤：指使草木滋潤生長的雨露和養料。亦借喻對人的恩惠。南朝梁劉勰文心雕龍奏启：「政無膏潤，形于篇章矣。」

〔三〇〕彭澤：陶淵明曾官彭澤令，故稱。愛菊。

〔三一〕幼安：辛棄疾，字幼安，號稼軒，南宋歷城今屬山東濟南人。

〔三二〕藜床：藜莖編的床榻，泛指簡陋的坐榻。北周庾信小園賦：「管寧藜床，雖穿而可坐；嵇康鍛竈，既暖而堪眠。」

〔三三〕禮容：禮制儀容。

〔三四〕祖禰：祖廟與父廟。

〔三五〕門塾：閭門兩側之堂，爲鄉里教化之所。

〔三六〕誦弦：禮記文王世子：「春誦夏弦，大師詔之。瞽宗秋學禮，執禮者詔之。冬讀書，典書者詔之。禮在瞽宗，書在上庠。」鄭玄注：「誦，謂歌樂也；弦，謂以絲播詩。」孔穎達疏：「『誦謂歌樂』者，謂口誦歌樂之篇章，不以琴瑟歌也；云『弦謂以絲播詩』者，謂以琴瑟播彼詩之音節，詩音則樂章也。」

〔三七〕負耒：孟子滕文公上：「陳良之徒陳相，與其弟辛，負耒耜而自宋之滕。」

〔三八〕disappointments：陳編。指古籍、古書。

〔三九〕矻矻：漢書王褒傳：「器用利，則用力少而就效衆。故工人之用鈍器也，勞筋苦骨，終日矻矻。」顔師古注：「應劭曰：『勞極貌。』如淳曰：『健作貌。』如説是也。」

〔四〇〕秉燭：同「炳燭」，喻老而好學。參文卷二説文韻原序注釋〔一九〕。

〔四一〕鹿鹿：忙碌。

〔四二〕卜居：擇地居住。唐歐陽詢等藝文類聚卷六四引南朝齊蕭子良行宅：「訪宇北山阿，卜居西野外。」

〔四三〕鄭公鄉：後漢書鄭玄傳：「國相孔融深敬於玄，屣履造門。告高密縣爲玄特立一鄉，曰：『昔齊置士鄉，越有君子軍，皆異賢之意也。鄭君好學，實懷明德。昔太史公、廷尉吴公、謁者僕射鄧公，皆漢之名臣。又南山四皓有園公、夏黄公，潛光隱耀，世嘉其高，皆悉稱公。然則公者仁德之正號，不必三事大夫也。今鄭君鄉宜曰鄭公鄉。昔東海于公僅有一節，猶或戒鄉人侈其門閭，矧乃鄭公之德，而無駟牡之路！可廣開門衢，令容高車，號爲通德門。』」

〔四四〕禮記檀弓下：「子路曰：『傷哉，貧也！生無以爲養，死無以爲禮也。』孔子曰：『啜菽飲水，盡其歡，斯之謂孝。斂手足形，還葬而無椁，稱其財，斯之謂禮。』」後以「菽水」喻晚輩對長輩的供養。

〔四五〕風賦：代詩歌。

〔四六〕裨官：稗官，小官。小説家出於稗官，後因稱野史小説爲稗官。

〔四七〕揮霍：揮霍談笑，恣意説笑聊天。

澤農〔一〕謡

何來一區田〔二〕，不種秔，不種秫，但種鷄頭〔三〕與茭白。茭白水淺鷄頭深，水深二尺淺一尺。茭葉利如劍，鷄頭亦多芒。種者低頭水撲面，體無完膚恒被傷。問渠何不種稻麥，答云租重難爲償。此田畝租十六斗，斛加一斗恣主量。年年自送上倉〔四〕去，從無蠲減優㊀〔五〕灾荒。茭芡利多猶可給，稻麥利少將何入？可憐名號是澤農，歲歲將錢買顆粒〔六〕。我聞此言殊未信，或是奸頑肆熒惑。疑我官中刺事人〔七〕，先學青蠅肴白黑〔八〕。却哀地力此既殫，莽莽中原有荆棘〔九〕。居民度地古所慎，今世司空竟何職。㊁〔一〇〕坐令土曠粟米貴，歲課漕船自南北。歸來剪燭〔一一〕讀漢書，最喜班生志溝洫〔一二〕。㊂

【繫年】

詩嘉慶十八年（一八一三）夏作於蘇州。

【校勘】

㊀「優」：清張應昌清詩鐸卷五農政澤農謡作「憂」。

㊁「茭芡……何職」：清張應昌清詩鐸卷五農政澤農謡無。

㊂「坐令……溝洫」：清張應昌清詩鐸卷五農政澤農謡無。

【注釋】

〔一〕澤農：周禮天官大宰：「一曰三農，生九穀。」鄭玄注引鄭司農云：「三農，平地、山、澤也。」澤農乃三農之一。周禮地官掌葛：「凡葛征，徵草貢之材於澤農，以當邦賦之政令。」

〔二〕區田：用區田法種植的田地。區田法，北魏賈思勰齊民要術種穀引漢氾勝之氾勝之書區田法：「湯有旱灾，伊尹作爲區田，教民糞種，負水澆稼。區田以糞氣爲美，非必須良田也。諸山、陵，近邑高危傾阪，及丘城上，皆可爲區田。區田不耕旁地，庶盡地力。」可參文卷一區田議。

〔三〕鷄頭：鷄頭蓮，即芡實。

〔四〕上倉：入庫。

〔五〕優：通「憂」。

〔六〕顆粒：糧食。

〔七〕刺事人：打探事情的人。

〔八〕詩經小雅青蠅：「營營青蠅，止于樊。豈弟君子，無信讒言。營營青蠅，止于棘。饞人罔極，交亂四國。營營青蠅，止于榛。讒人罔極，構我二人。」鄭玄箋：「蠅之爲蟲，污白使黑，污黑使白。喻佞人變亂善惡也。」今多作「青蠅點素」「青蠅點璧」「青蠅染白」。

〔九〕荆棘：後漢書馮異傳：「爲吾披荆棘，定關中。」李賢注：「荆棘，榛梗之謂，以喻紛亂。」

〔一〇〕禮記王制：「司空執度，度地，居民，山川沮澤，時四時，量地遠近，興事任力。……凡居民，量地以制邑，度地以居民，地、邑、民居，必參相得也。無曠土，無游民，食節事時，民咸安其居，樂事勸功，尊君親上，然後興學。」

〔一一〕剪燭：唐李商隱夜雨寄北：「何當共剪西窗燭，却話巴山夜雨時。」剪掉多餘的燭芯來維持明亮的照明。

〔一二〕溝洫：漢書溝洫志。

寄章犀台〔一〕

一樹江梅照别卮，半年何日不相思。書成即是成連操〔二〕，海上時人知未知？
老擁青氈〔三〕已可憐，鹹風腥雨況炎天？休嫌問字〔四〕人來少，誤讀南華悔昔年。
罵人劉四〔五〕測交稀，瘦盡齋羊〔六〕義獨肥。鎮日風簾應不卷，生憎〔七〕蝴蝶上階飛。

【繫年】

詩嘉慶十八年（一八一三）夏作於蘇州。

【注釋】

〔一〕章犀台：章謙存（一七五三—一八三六），原名天育，字犀台，晚年自署强恕老人。安徽銅陵人。參文卷四田鈞傳注釋〔一九〕。

〔二〕成連：春秋時成連用船把伯牙送到荒島上，讓他從自然界的音響中悟得琴理。後因以「刺船」爲使人移情之典。參文卷四樂論注釋〔二四〕。

〔三〕青氈：青色毛毯。後多用來清寒貧困的生活。宋王禹偁求致仕第一表：「豈期陛下軫念青氈，重升黄閣。」宋李光集詩述感：「門巷蕭條酬應懶，英雄末路一青氈。」

〔四〕問字：漢書揚雄列傳下：「時雄校書天禄閣上，治獄使者來，欲收雄，雄恐不能自免，乃從閣上自投下，幾死。莽聞之曰：『雄素不與事，何故在此？』間請問其故，乃劉棻嘗從雄學作奇字，雄不知情。有詔勿問。然京師爲之語曰：『惟寂寞，自投閣；爰清静，作符命。』」後來稱從人受學或向人請教爲「問字」。

〔五〕駡人劉四：舊唐書劉禕之傳：「（劉禕之）父子翼，善吟諷，有學行。……性不容非，朋僚有短，常面折之。友人李伯藥常稱曰：『劉四雖復駡人，人都不恨。』」後以「劉四駡人」謂用俏皮淺露的語言駡人。

〔六〕後漢書甄宇傳：「建武中，（甄宇）爲州從事，徵拜博士。」李賢注引東觀漢記：「建武中每臘，詔書賜博士一羊。羊有大小肥瘦。時博士祭酒議，欲殺羊分肉，又欲投鈎，宇復耻之。宇因先自取其最瘦者，由是不復有争訟，後召會問『瘦羊博士』所在，京師因以號之。」後用以「瘦羊博士」指能克己讓人的人。

〔七〕生憎：最恨，偏恨。

奇伶歌并序

海客〔一〕叢譚稱，朱邪〔二〕御極，同光〔三〕紀元，有供奉奇伶，不傳姓氏，傅朱墨爲靚，引喉發聲，屋瓦皆震，所以象時君戡亂之勳，耀武之烈，必冠其曹。既見群伶媟慢〔四〕無度，知唐祚不永，即以疾求去，往來南唐吴越間。所至以歌傾倒士大夫，凡伶所在部，聲價十倍。時君既惜其去，又聞其流譽南國，特詔索之。

伶喟然曰：「吾不幸以技事人，但當食吾技而已，安能與狐鼠之徒共憑城社〔五〕，爲百世口實哉？」即自髡爲桑門〔六〕以遁。厥後伶官果倡亂，聚樂器焚同光。明宗〔七〕兵入皆夷滅，惟伶超然遠覽，絶聲迹焉。此事殊偉，未見他書，乃爲歌以讚美之。

天寶奇伶雷海青，同光奇伶無姓名。海青罵賊凝碧池，燕築破裂舞馬嘶。同時朝士王摩詰，葉落空宫但賦詩。摩詰身存海青死，生最可憐死可喜。〔八〕何如薙髮入山人，矯矯龍翔不見尾。同光天子稱知音，雜奏胡樂升哇淫〔九〕。此伶發聲滿天地，鰲吸鯨呿〔一〇〕群籟喑。是時武功正光美，三矢告廟〔一一〕神來臨。象功〔一二〕作樂意雄桀，陳雲〔一三〕沛艾〔一四〕白日陰。忽聞大呼李天下，帝面著掌還訶罵。若然殺却鏡新磨，銅即無光誰敢者。〔一五〕此伶幽憤不可吐，稱病乞身蒙帝許。從此江湖有高唱，遨頭〔一六〕最重梨園部。錦衣被樹醉錢王〔一七〕，金粉昇州〔一八〕六代香。一曲纏頭〔一九〕縑幾匹，何戡〔二〇〕未老足輕狂。詔書忽自中原至，唤取龜年〔二一〕重入侍。翻然夜半换方袍〔二二〕，許大〔二三〕人間盡游戲。金山〔二四〕江勢攝山〔二五〕雲，湖上高峰亦不群。不然南訪天台〔二六〕去，到處烟霞是主人。咄嗟蓋世英雄盡，夜半倉皇别宫省。空將斷髮誓蒼天，危笱枯桐同一燼。〔二七〕山僧頭白逢人話，北望夷門〔二八〕淚如瀉。今日才留木石〔二九〕身，當時險與蟲沙〔三〇〕化。奇伶奇伶爾何奇，奇爾蚤歲能知幾。同時宰相馮長樂〔三一〕，五十餘年著紫衣。

【繫年】

詩嘉慶十八年（一八一三）夏作於蘇州。

【注釋】

〔一〕海客：謂航海者。清黄遵憲春夜招鄉人飲：「常聞海客談，異説十七八。」此蓋假托叙事之人，非實爲航海者也。

〔二〕朱邪：唐時西突厥部族名，歸唐後族人以朱邪爲復姓。五代後唐莊宗李存勗即其後。此特指李存勗。

〔三〕同光：後唐莊宗年號。

〔四〕媟慢：亦作「媟嫚」。輕薄，不莊重。詩經小雅賓之初筵「威儀怭怭」毛傳：「怭怭，媟嫚也。」漢書谷永傳：「亂服共坐，流湎媟嫚，溷殽無别。」

〔五〕晏子春秋問上九：「夫社，束木而塗之，鼠因往托焉，熏之則恐燒其木，灌之則恐敗其塗，此鼠所以不可得殺者，以社故也。」城狐社鼠：喻有所憑依而爲非作歹又很難除掉的人。

〔六〕桑門：僧侶。「沙門」的異譯。

〔七〕明宗：李嗣源（八六七—九三三），五代後唐第二位皇帝。原名邈佶烈，稱帝後更名李亶。

〔八〕唐鄭處誨明皇雜録補遺：「天寶末，群賊陷兩京，大掠文武朝臣及黄門宫嬪樂工騎士，每獲數百人，以兵仗嚴衛，送於雒陽。至有逃於山谷者，而卒能羅捕追脅，授以冠帶。禄山尤致意樂工，求訪頗切，於旬日獲梨園弟子數百人。群賊因相與大會於凝碧池，宴僞官數十人，大陳御庫珍寶，羅列於前後。樂既作，梨園舊人不覺歔欷，相對泣下，群逆皆露刃持滿以脅之，而悲不能已。有樂工雷海清者，投樂器於地，西向慟哭。逆黨乃縛海清於戲馬殿，支解以示衆，聞之者莫不傷痛。王維時爲賊拘於菩提寺中，聞之賦詩曰：『萬户傷心生野烟，百官何日更朝天。秋槐葉落空宫裏，凝碧池頭奏管弦。』」

〔九〕哇淫：鄙俗淫靡。唐鄭薰贈鞏疇：「疏越捨朱弦，哇淫鄙秦箏。」

〔一〇〕鰲吸鯨呿：化用「鰲擲鯨吞」。清宋犖漫堂説詩三：「至於杜之海涵地負，韓之鰲擲鯨呿，尚有所未逮。」本喻文辭氣勢磅礴，跌宕起伏。改「擲」爲吸，用以喻奇伶聲唱之文辭氣勢磅礴、跌宕起伏。

〔一一〕三矢告廟：新五代史伶官傳序：「世言晋王之將終也，以三矢賜莊宗而告之曰：『梁，吾仇也；燕王吾所立，契丹與吾約爲兄弟，而皆背晋以歸梁，吾遺恨也。與爾三矢，爾其無忘乃父之志！』莊宗受而藏之於廟。其後用兵，則遣從事以一少牢告廟，請其矢，盛以錦囊，負而前驅，及凱旋而納之。」

〔一二〕象功：白虎通禮樂篇云：「歌者在堂上，舞在堂下何？歌者象德，舞者象功，君子尚德而下功。書曰：『下管鞀鼓，笙鏞以間。』」

〔一三〕陣雲：陣雲。濃重厚積形似戰陣的雲。古人以爲戰争之兆。史記天官書：「陣雲如立垣。」唐高適燕歌行：「殺氣三時作陣雲，寒聲一夜傳刁斗。」

〔一四〕沛艾：馬頭摇動貌。晋潘岳藉田賦：「金根照耀以炯晃兮，龍驥騰驤而沛艾。」唐嚴維奉和劉祭酒傷白馬：「沛艾如龍馬，來從上苑中。」

〔一五〕新五代史伶官傳：「莊宗嘗與群優戲于庭，四顧而呼曰：『李天下，李天下何在？』新磨遽前以手批其頰。莊宗失色，左右皆恐，群伶亦大驚駭，共持新磨詰曰：『汝奈何批天子頰？』新磨對曰：『李天下者，一人而已，復誰呼邪！』於是左右皆笑，莊宗大喜，賜與新磨甚厚。新磨嘗奏事殿中，殿中多惡犬，新磨去，一犬起逐之，新磨倚柱而呼曰：『陛下毋縱兒女齧人！』莊宗家世夷狄，夷狄之人諱狗，故新磨以此譏之。莊宗大怒，彎弓注矢將射之，新磨急呼曰：『陛下無殺臣！臣與陛下爲一體，殺之不祥！』莊宗大驚，問其故，對曰：『陛下開國，改元同光，天下皆謂陛下同光帝。且同，銅也，若殺敬新磨，則同無光矣。』莊宗大笑，乃釋之。」

〔一六〕遨頭：宋代成都自正月至四月浣花，太守出游，士女縱觀，稱太守爲「遨頭」。宋陸游老學庵筆記卷八：「四月十九日成都謂之浣花，遨頭宴於杜子美草堂滄浪亭，傾城皆出，錦繡夾道，自開歲宴游至是而止。」

〔一七〕新五代史吴越世家：「昭宗詔鏐圖形淩烟閣，升衣錦營爲衣錦城，石鑑山曰衣錦山，大官山曰功臣山。鏐游衣錦城，宴故老，山林皆覆以錦，號其幼所嘗戲大木曰『衣錦將軍』。」

〔一八〕昇州：唐乾元元年（七五八）改江寧郡置。上元二年（七六一）廢，光啓三年（八八七）復置。治上元今南京市。轄境相當今南京及江寧、句容、溧水、溧陽等地。五代吴改金陵府，南唐改江寧府。宋開寶間復爲昇州，天禧二年（一〇一八）升爲江寧府。

〔一九〕纏頭：明于慎行穀山筆麈卷十四：「唐時，賓客宴集，爲人起舞，當此禮者，即以彩物爲贈，謂之纏頭，如僕固懷恩爲中使駱奉仙起舞，奉仙以纏頭爲贈是也。娼妓當筵舞者，亦有纏頭賜。故杜詩云：『笑時花近眼，舞罷錦纏頭。』」

〔二〇〕何戡：唐元和、長慶時著名歌者。宋李昉等太平廣記樂二米嘉榮引盧氏雜説：「歌曲之妙，其來久矣。元和中，國樂有米嘉榮、何戡。近有陳不嫌、不嫌子意奴。一二十年來，絶不聞善唱，盛以拍彈行於世。拍彈起於李可久。懿宗朝恩澤曲子、別趙十、哭趙十之名。劉尚書禹錫與米嘉榮詩云：『三朝供奉米嘉榮，能變新聲作舊聲。于今後輩輕前輩，好染髭鬚事後生。』又自貶所歸京，聞何戡歌曰：『二十年來別帝京，重聞天樂不勝情。舊人唯有何戡在，更請殷勤唱渭城。』」

〔二一〕龜年：李龜年。唐鄭處誨明皇雜録曰：「開元中，樂工李龜年能歌，特承顧遇，於東都通遠坊大起第宅，僭侈逾於公侯，中堂制度，甲於都下。其後，裴晋公度購得之，移於定鼎門別廬，號緑野堂。」安史之亂後，李流落江南，杜甫有江南逢李龜年詩。

〔二二〕方袍：僧人所穿的袈裟。因平攤爲方形，故稱。

〔二三〕許大：這般大。

〔二四〕金山：在江蘇鎮江西北。

〔二五〕攝山：南京棲霞山又名攝山。宋張敦頤六朝事迹編類卷六山岡門攝山：「寰宇記云：周回四十里，高一百三十二丈，東連畫石山，南接落星山。陳江總攝山棲霞寺碑文云：南徐州琅琊郡江乘縣有攝山，其狀似繖，亦名繖山。尹先生記云：山多草藥，可以攝養，故以攝爲名。南史：齊明僧紹住江乘攝山，今棲霞寺即其宅也。今去城四十五里。」

〔二六〕天台：天台山，在浙江天台北。

〔二七〕舊五代史莊宗紀第八：「甲戌，次石橋……於是(元行欽)百餘人皆援刀截髮，置髻於地，以斷首自誓……四月丁丑朔……俄而帝爲流矢所中，亭午，崩於絳霄殿之廡下，時年四十三。是時，帝之左右例皆奔散，唯五坊人善友斂廊下樂器簇於帝尸之上，發火焚之。」枯桐：後漢書蔡邕傳：「吴人有燒桐以爨者，邕聞火烈之聲，知其良木，因請而裁爲琴，果有美音，而其尾猶焦，故時人名曰『焦尾琴』焉。」後遂以「枯桐」代稱琴。

〔二八〕夷門：大梁(開封)的别稱。唐唐堯客大梁行：「舊國多孤壘，夷門荆棘生。」

〔二九〕木石：比喻無知覺、無感情之物。漢司馬遷報任少卿書：「身非木石，獨與法吏爲伍，深幽囹圄之中，誰可告愬者？」

〔三〇〕蟲沙：晋葛洪抱朴子内篇釋滯：「三軍之衆，一朝盡化，君子爲鶴，小人成沙。」蟲沙喻戰死的兵卒。亦泛指死於戰亂者。

〔三一〕馮長樂：馮道(八八二—九五四)，字可道，自號長樂老。後唐、後晋時，歷任宰相；契丹滅後晋，又附契丹，任太傅；後漢時，任太師；後周時，又任太師、中書令。

曩過孫子祠〔一〕，有病鸛焉，伯淵先生〔二〕之所蓄也，褵褷〔三〕垂翅，依人可憐。予曾爲賦一詩，閱月重來，則鸛死矣，感而重作

遼陽歸大鵜㊀〔四〕，秋露警新寒。埋骨土應繡〔五〕，題銘墨未乾。千金空駿馬，對鏡但孤鸞〔六〕。羽化只如此，軒車那可安〔七〕。

【繫年】

詩嘉慶十八年（一八一三）秋作於蘇州。

【校勘】

㊀「大鵜」：求志堂存稿彙編本作「大雞」，誤。此「鵜」作「鳥」解，不作「雞」異體字解。「大雞」即「大鳥」，即鶴也。

【注釋】

〔一〕孫子祠：蘇州孫子祠。參詩卷二孫子祠病鸛呈淵如先生注釋〔一〕。

〔二〕伯淵先生：孫星衍（一七五三—一八一八），字淵如。參詩卷二孫子祠病鸜呈淵如先生注釋〔二〕。

〔三〕褵褷：文選木華海賦：「䴏雛褵褷，鶴子淋滲。」李善注：「褵褷、淋滲，毛羽始生之貌。」

〔四〕用晉遼東丁令威得仙化鶴歸里事。參詩卷二雜賦九首示確叔，兼寄犀台老兄健鵲注釋〔五〕。

〔五〕清黄仲則擬飲馬長城窟：「髑髏出土繡碧花，猶道秦時築城卒。」碧花，指蘚苔。唐李賀金銅仙人辭漢歌：「三十六宫土花碧。」

〔六〕南朝宋范泰鸞鳥詩序：「昔罽賓王結罝峻祁之山，獲一鸞鳥。王甚愛之，欲其鳴而不能致也。乃飾以金樊，饗以珍羞，對之愈戚，三年不鳴。其夫人曰：『嘗聞鳥見其類而後鳴，何不懸鏡以映之？』王從其言。鸞睹形感契，慨然悲鳴，哀響中霄，一奮而絶。」

〔七〕左傳閔公二年：「衛懿公好鶴，鶴有乘軒者。將戰，國人受甲者皆曰：『使鶴，鶴有禄位，余焉能戰？』」

道㊀南書院〔一〕

孫武今廟食，王珣舊有祠〔二〕。如何訪遺迹，獨未拜人師。壞瓦當眉落，頹垣壓頂欹。弦歌誰肄習，梁木坐崩摧。㦸達〔三〕青衿子，荒淫白苧詞〔四〕。畫船回晚日，梵宇鬥靈旗。不惜金錢擲，甘將歲月嬉。奇才裂新錦〔五〕，老學〔六〕偭前規。薄俗終爲爾，斯文〔七〕豈在兹？惟應賢守令〔八〕，雪涕〔九〕視吾詩。

【繫年】

詩嘉慶十八年（一八一三）秋作於蘇州道南書院。

【校勘】

㊀「道」：求志堂存稿彙編本奪。

【注釋】

〔一〕道南書院：清馮桂芬同治蘇州府志光緒九年刊卷三十七：「楊文靖公祠在虎丘二山門外，元和縣志作三楊公祠。亦名道南書院，祀宋龜山先生楊時。明兵部尚書莊簡公成、解元忠文先生廷樞祔。國朝康熙五十八年，布政使楊朝麟建，乾隆二年給帑修，三十二年又修。莊簡公舊有祠，在黄鸝坊橋巷，明崇禎五年，巡撫莊祖詒建，子端孝先生大灤祔，後合祀於此。道光九年裔孫楊承湛承修，咸豐十年燬。」

〔二〕元高德基平江記事：「虎丘，初名海湧。……山去吴縣而九里二百步，高一百三十丈，周二百一十丈。東晉成帝咸和二年二月二十五日獻穆王珣同弟中書令瑨捨宅爲寺。始則一山中分二寺，就劍池東西建之。宋初合爲一寺。山在寺中，門垣環遶，包羅勝槩。先入寺門，而後登山，故張籍有詩云：『老僧只怕山移去，日暮先教鎖寺門。』後人有詩云：『出城先見塔，入寺始登山。』僧志閒亦云：『中原山寺幾多般，未見將山寺裏安。』蓋以天下名山勝刹皆山藏寺，虎丘乃寺裏登山，海内福地未嘗有也。至元間，雲游僧秋江月到寺題云：『平生只見山中寺，今日來看寺裏山。』亦得古人餘意。」明文洪文淶水詩明萬曆十六年文肇祉輯刻文氏家藏詩集本三月晦徐少宰同游虎丘：「海涌峰頭宿霧開，王珣祠畔少風。」清包世臣藝舟雙楫卷六論書二跋重刻王夫人墓誌：「嘉慶丁巳，吳人修短簿祠，土名東山廟。」清顧禄桐橋倚棹録卷四祠宇：「東嶺草堂，見朱長文詩。文志云：『莫詳其處。今短簿祠在東嶺，轉東，僧舍有樓三楹，古柏數株，蜀高第名之。憑欄而眺，吳之諸山蜿蜒迴拱，欲趨而先，誠虎阜之絶勝也。太倉王錫爵偕其弟讀書於此。』任志謂此即梅花樓。」王珣（三四九—四〇〇），字元琳，小字法護，琅邪臨沂今山東臨沂。人，謚號獻穆，後改贈司徒。王導之孫，王洽之子。有文集十一卷。工書法，明董其昌稱其「瀟灑古澹，東晉風流，宛然在眼」，代表作伯遠帖。

〔三〕攴達：挑達，亦作「挑闥」「挑撻」。詩經鄭風子衿：「挑兮達兮，在城闕兮。」朱熹集傳：「挑，輕儇跳躍之貌。達，放恣也。」

〔四〕白苧詞：白紵歌。樂府吳舞曲名。始於晉代的白紵舞。南朝梁沈約有四時白紵歌，清謝遵王吳中感興：「兩月金閶住，聽殘白紵歌。」

〔五〕漢劉向列女傳鄒孟軻母：「孟子之少也，既學而歸，孟母方績，問曰：『學所至矣？』孟子曰：『自若也。』孟母以刀斷其織。孟子懼而問其故，孟母曰：『子之廢學，若吾斷斯織也。夫君子學以立名，問則廣知，是以居則安寧，動則遠害。今而廢之，是不免於厮役，而無以離於禍患也。何以異於織績而食，中道廢而不爲，寧能衣其夫子而長不乏糧食哉？女則廢其所食，男則墮於修德，不爲竊盜，則爲虜役矣。』孟子懼，旦夕勤學不息，師事子思，遂成天下之名儒。」後漢書列女傳樂羊子妻：「遠尋師學。一年來歸，妻跪問其故。羊子曰：『久行懷思，無它異也。』妻乃引刀趨機而言曰：『此織生自蠶繭，成於機杼，一絲而累，以至於寸，累寸不已，遂成丈匹。今若斷斯織也，則捐失成功，稽廢時月。夫子積學，當日知其所亡，以就懿德。若中道而歸，何異斷斯織乎？』羊子感其言，復還終業，遂七年不反。」

〔六〕老學：年老飽學之士。

〔七〕斯文：禮樂教化、典章制度。論語子罕：「天之將喪斯文也，後死者不得與於斯文也。」

〔八〕賢守令：蓋指寶山令田鈞。

〔九〕雪涕：擦拭眼淚。列子力命：「晏子獨笑於旁。公雪涕而顧晏子。」

寒蟬

寒蟬復寒蟬，長鳴高樹端。但覺秋露好，不知秋氣寒。寒蟬語西風，爾盍憐楊柳？一夜葉打窗，柳禿如㡉帚。寒蟬抱樹僵，螳螂不得食。何如黄雀兒，入水化爲蛤。〔一〕

【繫年】

詩嘉慶十八年（一八一三）秋作於蘇州。

【注釋】

〔一〕禮記月令：「季秋之月，日在房，昏虚中，旦柳中。……鴻雁來賓，爵入大水爲蛤，鞠有黄華，豺乃祭獸戮禽。」鄭玄曰：「皆記時候也。來賓，言其客止未去也。大水，海也。」

若谷〔一〕病困甚，聞直隸豫東匪徒滋事〔二〕，聊爲快語慰之

野火新燒一徑紅，尖轤剛趁皂雕〔三〕風。平原狡兔知多少？盡對窮猿〔四〕泣羿弓〔五〕。

班草〔六〕沙中落日黄，一傾一斗累千觴。笑看野雉〔七〕星文動，擲却毛錐〔八〕拭劍芒。弧矢星北一大星，青白芒角，野鷄精也，俗誤謂天狼。

髑髏夜語〔九〕一何悲，似怨王師撻伐〔一〇〕遲。滅盡尤來大槍〔一一〕賊，黎陽〔一二〕渡口擲鞭時。

赤松〔一三〕山徑久荒蕪，寂寞人間范大夫〔一四〕。買得閑田〔一五〕待何日？不如隨地釣菰蒲〔一六〕。

雨笠烟蓑〔一七〕我最諳，君耽塞北我江南。煩將五月羊裘〔一八〕寄，報子霜天二百〔一九〕甘。

【繫年】

詩嘉慶十八年（一八一三）秋作於蘇州。清魏源荆溪周君保緒傳：「癸酉春，田君丁母憂，而河南、山東教匪叛，田君鉅野人，以母喪在家未葬，鄰曹縣賊境，身牽官累弗克歸，日夜憂泣。」清史列傳卷七十二文苑傳三周濟傳：「仲衡虧官帑四千餘兩，母喪不得歸，檄追甚急。」

【注釋】

〔一〕若谷：田鈞，字仲衡，一字若谷。參詩卷一竇山炮臺歌注注釋〔二〕。

〔二〕清嘉慶十八年（一八一三）九月至十二月林清、李文成領導豫東、京畿天理教武裝暴動。

〔三〕皂雕：一種黑色大型猛禽。唐王昌齡城傍曲：「邯鄲飲來酒未消，城北原平掣皂雕。」

〔四〕窮猿：比喻人處困境，急於尋覓栖身之地。南朝宋劉義慶世説新語言語：「李弘度常嘆不被遇，殷揚州知其家貧，問：『君能屈志百里不？』李答曰：『北門之嘆，久已上聞，窮猿奔林，豈暇擇木！』遂授剡縣。」

〔五〕羿弓：羿彀。莊子德充符：「游於羿之彀中，中央者，中地也；然而不中者，命也。」王先謙集解：「以羿彀喻刑網，言同居刑網之中，孰能自信無過，其不爲刑網所加，亦命之偶值耳。」後以「羿彀」指世網或人間的危機。

〔六〕班草：班荆。左傳襄公二十六年：「楚伍參與蔡太師子朝友，其子伍舉與聲子相善。……伍舉奔鄭，將遂奔晋。聲子將如晋，遇之於鄭郊，班荆相與食，而言復故。」杜預注：「班，布也。布荆坐地，共議歸楚，事朋友世親。」後泛指朋友相遇，共叙離情。

〔七〕野雉：星名。晋書天文志上：「野鷄一日生，主變怪，在軍市中。」

〔八〕毛錐：毛錐子，毛筆的别稱。因其形如錐，束毛而成，故名。漢書史弘肇傳：「弘肇又厲聲言曰：『安朝廷，定禍亂，直須長槍大劍，至如毛錐子，焉足用哉！』三司使王章曰：『雖有長槍大劍，若無毛錐子，贍軍財富，自何而集？』」

〔九〕宋釋贊寧東坡先生物類相感志明鈔本卷第六髑髏：「以蓬穿之，則夜語矣。凡百先徵，無不響告。初得准，以臣巨大者爲最，以香衣净洗之，然以蓬穿，始則呻吟，然後問之，或以土實之，以赤豆植，以夜則言，告吉凶相狀焉。」

〔一〇〕撻伐：詩經商頌殷武：「撻彼殷武，奮伐荆楚。」毛傳：「撻，疾意也。」原意爲迅速攻伐，後撻伐連用，爲征討、討伐之意。

〔一一〕尤來大槍：清王先謙後漢書集解民國王氏虚受堂刻本後漢書一上：「又别號諸賊：銅馬、大彤、高湖、重連、鐵脛、大搶、尤來、上江、青犢、五校、檀鄉、五幡、五樓、富平、獲索等，諸賊或以山川土地爲名，或以軍容彊盛爲號。【集解】惠棟曰：鄧晨、伏隆傳皆作胡。重連，【集解】惠棟曰：袁紀作「董連」。銅馬賊帥東山荒秃、上淮况等，大彤渠帥樊崇，五校賊帥高扈，檀鄉賊帥董次仲，五樓賊帥張文，富平賊帥徐少，索賊帥古師郎等，并見東觀記。【集解】錢大昕曰：按，鐵脛、上江、五樓，紀不載。其後事，馮異傳：擊破鐵脛於北平；吴漢傳：與偏將軍馮異擊昌城，五樓賊，張文等破之。惠棟曰：徐少字異卿，見伏湛傳，古師郎，伏隆傳作「右師郎」。先謙曰：搶當爲槍，耿弇傳作大槍，古書从手从木之字，多通作。各領部曲，續漢志曰：大將軍營有五部，部三校尉，部下有曲，曲有軍侯一人。衆合數百萬人。所在寇掠。光武將擊之，先遣吴漢北發十郡兵，幽州牧苗曾不從，漢遂斬曾，而發其衆。秋，光武擊銅馬於鄡。」清顧祖禹讀史方輿紀要卷十一：「俊靡廢縣，在縣北。漢縣屬右北平郡。靡音麻。後漢因之。建武中，遣吴漢等擊尤來大槍賊，窮追至俊靡是也。晉屬北平郡，後廢。」

〔一二〕黎陽：今河南浚縣。

〔一三〕赤松：史記留侯世家：「願棄人間事，欲從赤松子游耳。」司馬貞索隱引列仙傳：「神農時雨師也，能入火自燒，崑崙山上隨風雨上下也。」

〔一四〕范大夫：范蠡。

〔一五〕買田：買田陽羡。宋蘇軾菩薩蠻：「買田陽羡吾將老，從來只爲溪山好。」後因以「買田陽羡」指辭官歸隱。

〔一六〕菰蒲：本指菰和蒲，此借指湖澤。

〔一七〕雨笠烟蓑：本指蓑衣斗笠兩種雨具，此借指隱者優游自適的生活。

〔一八〕五月羊裘：晋皇甫謐高士傳漢魏叢書本卷上披裘公：「披裘公者，吴人也。延陵季子出游，見道中有遺金，顧披裘公曰：『取彼金。』公投鎌瞋目，拂手而言曰：『何子處之高而視人之卑？五月披裘而負薪，豈取金者哉？』季子大驚，既謝而問姓名。公曰：『吾子皮相之士，何足語姓名也。』」

〔一九〕二百：文章二百年。南史謝朓傳：「朓善草隸，長五言詩，沈約常云：『二百年來無此詩也。』」極言文章精妙，爲二百年來所未有。

秋懷

落葉欲糞本〔一〕，忽然隨長風〔二〕。飄飆週四極，四極安可窮？委命會有地〔三〕，擇蹈〔四〕當自躬。如何騁絶轡〔五〕，一往無還蹤。孤根〔六〕盤峻嶺，獨有歲寒松〔七〕。

林疏秋月入，萬籟忽然起。茶槍〔八〕本無竅，軋若繅車〔九〕子。水火互相煎，寒温悟微理。寒如湛淵寂，温即噫氣〔一〇〕始。歘然〔一一〕兩大間〔一二〕，亭毒〔一三〕誰所使？王侯與溝壑，左右見隆庳〔一四〕。

萬籟各有爲，沸鬱〔一五〕鳴其生。紛紛苦與樂，哀怨或忿争。臧耳不解判〔一六〕，但知秋氣并。秋氣一何肅，能使群動驚。患聰畏蟻鬥〔一七〕，如何常獨醒。

出門何所見？蕪城〔一八〕帶寒塘。衆星出雲罅，灼灼如珠璫〔一九〕。須臾明月來，草葉泫露光。零露〔二〇〕下已久，得月清暉揚。清輝幾何時，肅殺爲嚴霜。

螢火〔二一〕不識寒，但覺飛難遥。熒熒一寸光，委照在邪蒿〔二二〕。昨養白鳥〔二三〕羞，今隨腐草消。微命豈足惜，曾亂群星高。群星不及晨，况爾安能豪？

【繫年】

詩嘉慶十八年（一八一三）九月底作於北上鉅野途經揚州時。

【注釋】

〔一〕葉落糞本：樹葉凋落，化爲肥料，仍爲根吸收。比喻事物最後終須返回本源。亦作「葉落歸根」。

〔二〕長風：文選左思吴都賦「習御長風，狎翫靈胥。」劉逵注：「長風，遠風也。」

〔三〕有地：生有地，死有處。俗語，即生死大事自有天數。

〔四〕擇蹈：擇地而蹈。選擇地方行走。形容做事小心謹慎。史記伯夷列傳：「或擇地而蹈之，時然後出言，行不由徑，非公正不發憤。」

〔五〕絶轡：猶脱韁。

〔六〕孤根：唐張九齡叙懷：「孤根亦何賴？感激此爲鄰。」

〔七〕論語子罕：「歲寒，然後知松柏之後彫也。」

〔八〕茶槍：茶未展的嫩芽。宋蘇軾儋州之一：「茶槍燒後出，麥浪水前空。」

〔九〕繰車：抽繭出絲的工具。

〔一〇〕噫氣：氣壅塞而得通，吐氣。

〔一一〕歘然：穆然，静思貌。漢書東方朔傳：「於是吴王穆然，俯而深惟，仰而泣下交頤。」顔師古注：「穆然，静思貌。」

〔一二〕兩大間：唐韓愈原人：「形於上者謂之天，形於下者謂之地，命於其兩間者謂之人。」

〔一三〕亭毒：老子：「長之育之，亭之毒之，養之覆之。」一本作「成之熟之」。高亨正詁：「『亭』當讀爲『成』，『毒』當讀爲『熟』，皆音同通用。」後引申爲養育，化育。

〔一四〕隆庳：崇庳，亦作「崇卑」。高低，高下。

〔一五〕沸鬱：衆多貌。史記河渠書：「吾山平兮鉅野溢，魚沸鬱兮柏冬日。」

〔一六〕論語衛靈公：「子曰：『臧文仲其竊位者與？知柳下惠之賢而不與立。』」

〔一七〕蟻鬥：蟻鬥蝸爭。比喻微末的争鬥。宋劉克莊和仲弟之四：「蟻鬥蝸爭求予没，老夫身世自難裁。」

〔一八〕蕪城：廣陵城。故址在今江蘇江都境。西漢吴王劉濞建都於此，築廣陵城。南朝宋竟陵王劉誕據廣陵反，兵敗死焉，城遂荒蕪，鮑照作蕪城賦以諷之，因得名。此代揚州。

〔一九〕珠璫：綴珠的耳飾。

〔二〇〕零露：詩經鄭風野有蔓草：「野有蔓草，零露漙兮。」鄭玄箋：「零，落也。」

〔二一〕螢火：唐杜甫見螢火：「巫山秋夜螢火飛，疏簾巧入坐人衣。」

〔二二〕邪蒿：清徐珂清稗類鈔植物邪蒿：「邪蒿，草名，野生，莖高二尺許，葉爲複葉，分歧甚多。夏開小白花，爲複繖形花序。其根、葉，古以爲蔬。」

〔一三〕白鳥：大戴禮記夏小正：「（八月）丹鳥羞白鳥。丹鳥也者，謂丹良也。白鳥也者，謂蚊蚋也。」南朝梁元帝金樓子立言上：「白鳥，蚊也。齊桓公卧於柏寢，謂仲父曰：『吾國富民殷，無餘憂矣。一物失所，寡人猶爲之悒悒，今白鳥營營，饑而未飽，寡人憂之。』因開翠紗之幬，進蚊子焉。」

蜘蛛

蜘蛛豈嗜殺，結網伺飛蟲。只以果微腹，居然點太空〔一〕。織應憐帶露，穿更惜當風。終作蚍蜉〔二〕食，安防五尺童〔三〕？

【繫年】

詩嘉慶十八年（一八一三）九月底作於北上鉅野途中。

【注釋】

〔一〕太空：天空。

〔二〕蚍蜉：大蟻。禮記學記：「蛾子時術之。」漢鄭玄注：「蛾，蚍蜉也，蚍蜉之子微蟲耳，時術蚍蜉之所爲，其功乃復成大垤。」

〔三〕五尺童：五尺童子。戰國策齊策四：「王獨不見夫蜻蛉乎？六足四翼，飛翔乎天地之間，俯啄蚊虻而食之，仰承甘露而飲之，自以爲無患，與人無争也。不知夫五尺童子，方將調飴膠絲，加己乎四仞之上，而下爲螻蟻食也。」

蟻

蟻子亦何物，延緣[一]砌路中。能銜等身鐵，不赦叩頭蟲[二]。糞埽矜微命，滋生蠹恤宫[三]。不成蠻觸[四]戰，一笑大槐空[五]。

【繫年】

詩嘉慶十八年（一八一三）九月底作於北上鉅野途中。

【注釋】

〔一〕延緣：緩慢移行。莊子漁父：「（客）乃刺船而去，延緣葦間。」

〔二〕叩頭蟲：清翟灝通俗編卷二十九禽魚：「叩頭蟲，劉敬叔異苑：『有小蟲形如大豆，呪令叩頭，即從所教，俗呼叩頭蟲。晉傅玄有叩頭蟲賦，唐人詩有「窗閒脂膊叩頭蟲」句。』」

〔三〕恤宫：詩經魯頌閟宫：「閟宫有恤，實實枚枚。」閟宫，神宫。恤，清静貌。

〔四〕蠻觸：莊子則陽：「有國於蝸之左角者，曰觸氏；有國於蝸之右角者，曰蠻氏。時相與争地而戰，伏屍數萬，逐北，旬有五日而後反。」後以「蠻觸」爲典，常以喻指爲小事而爭鬥者。

〔五〕唐李公佐南柯太守傳載，淳于棼夢到槐安國，娶了公主，任南柯太守，享盡富貴榮華。醒後才知道是一場大夢，原來槐安國就是庭前槐樹下的蟻穴。後因以「一枕南柯」指一場夢幻。

漫興

炎漢〔一〕失統紀，中原沸如湯。群雄踔厲起，天地爲低昂。奕奕劉景升〔二〕，作鎮在荆襄。開閤延俊髦，雍容集冠裳〔三〕。鸚鵡〔四〕一何悲，登樓〔五〕亦彷徨。誰令天下士，彳亍〔六〕如群羊。獨有躬耕人，偃息在南陽。〔七〕

鉛刀未一割〔八〕，自詭龍可屠〔九〕。莫邪〔一〇〕薄柱擊，寸斷如拉楉〔一一〕。梁父方哀唫，謹謹爲耕夫。〔一二〕日出負耒耕，夜還讀素書〔一三〕。秋稼初登場，僶俯〔一四〕課官租。餘儲亦無幾，糲食〔一五〕山農俱。

少陵〔一六〕非好唫，哀憤無所訴。流離在兵間，豺虎梗王路。仰呵星辰逼，俯蹴坤軸〔一七〕仆。瘦肩荷長鑱，微命托朝露。〔一八〕朝露恒易晞，斸藥恒苦饑。饑來羞乞食，但作聱齬〔一九〕啼。局促浣花居〔二〇〕，餘生安可期。

大海何茫茫，黿鼉〔二一〕走秦鞭〔二二〕。蓬萊不可到，何計爲神仙？神仙亦何樂？所樂在長年。黄金爲宫闕，富厚空復然。仙人苦不饑，何用煮棗塡？〔二三〕何用衣六銖〔二四〕？仙人苦不寒。琅玕〔二五〕與瑶草〔二六〕，何用生瓊田〔二七〕。我欲陵虚空，馭氣獨往還。置身成毁外，下視齊州烟〔二八〕。復恐見流離，惻然傷肺肝。

【繫年】

詩嘉慶十八年（一八一三）九月底作於北上鉅野途中。

【注釋】

〔一〕炎漢：漢自稱以火德王，故稱炎漢。

〔二〕劉景升：劉表（一四二—二〇八），東漢末山陽高平今山東鄒城西南人，字景升。漢遠支皇族。初平元年（一九〇）任荆州刺史，後爲荆州牧。

〔三〕冠裳：指官宦士紳。

〔四〕鸚鵡：東漢禰衡鸚鵡賦。賦借描繪鸚鵡色澤明輝鮮麗、靈機聰慧、高潔情趣，抒寫悲苦遭遇和心境，表現紛亂的思緒、身不由己的哀怨和無以爲樂的悒悶。

〔五〕登樓：東漢王粲在荆州依劉表，意不自得，且痛家國喪亂，乃賦登樓，借寫眼前景物，以抒鬱憤之情。後詞曲中常以「王粲登樓」喻士不得志而懷故土之思。

〔六〕彳亍：文選潘岳射雉賦：「彳亍中輟，馥焉中鏑。」張銑注：「彳亍，行貌，中少留也。」

〔七〕三國志蜀書諸葛亮傳：「臣本布衣，躬耕于南陽。」

〔八〕後漢書班超傳：「況臣奉大漢之威，而無鈆刀一割之用乎？」鉛質的刀雖純，但總可以割一次。比喻鈍駑無能，但是還可一用。

〔九〕屠龍：莊子列御寇：「朱泙漫學屠龍於支離益，單千金之家，三年技成，而無所用其巧。」後因以指高超的技藝或高超而無用的技藝。

〔一〇〕莫邪：春秋吴王闔廬使干將鑄劍，成二劍。雄名干將，雌名莫邪。後因用作寶劍名。

〔一一〕拉㭰：通「拉枯」。摧枯拉朽。

〔一二〕三國志蜀書諸葛亮傳：「亮躬耕隴畝，好爲梁父吟。」梁父吟，亦作梁甫吟。樂府楚調曲名。梁甫，即梁父，山名，在泰山下。梁甫吟蓋言人死葬此山，亦爲葬歌。今傳諸葛亮所作梁甫吟辭，乃述春秋齊相晏嬰二桃殺三士事；李白所作辭，則抒寫其抱負不能實現的悲憤。

〔一三〕素書：兵書名。舊題漢黄石公撰，宋張商英注，或疑爲張商英所僞托。

〔一四〕僶俯：亦作「僶勉」。努力，勤奮。

〔一五〕糲食：粗惡的飯食。

〔一六〕少陵：唐杜甫（七一二—七七〇），字子美，自號少陵野老。

〔一七〕坤軸：晉張華博物志地：「崑崙山北地轉下三千六百里，有八玄幽都，方二十萬里。地下有四柱，四柱廣十萬里，地有三千六百軸，犬牙相舉。」

〔一八〕唐杜甫乾元中寓居同谷縣作歌之二：「长鑱长鑱白木柄，我生托了以爲命。」

〔一九〕麏鼯：亦作「麇鼯」，獐子與鼯鼠。這兩種動物活動於荒蕪之地，故用以形容荒蕪。

〔二〇〕浣花居：浣花草堂，即杜甫草堂。位於成都浣花溪畔，故名。

〔二一〕黿鼉：巨鱉和豬婆龍。

〔二二〕秦鞭：唐歐陽詢等藝文類聚卷七九引晋伏琛三齊略記：「始皇作石橋，欲過海觀日出處。于時有神人，能驅石下海，城陽一山石，盡起立，嶷嶷東傾，狀似相隨而去云。石去不速，神人輒鞭之，盡流血，石莫不悉赤，至今猶爾。」後因以「驅石駕滄津」爲神助秦始皇造橋的典故，表現帝業天成，神助其功。

〔二三〕北魏楊衒之洛陽伽藍記建春門：「景陽山南，有百果園。……有仙人棗，長五寸，把之兩頭俱出，核細如針，霜降乃熟，食之甚美。俗傳云出崑崙山，一曰西王母棗。」

〔二四〕六銖：六銖衣。佛經稱忉利天衣重六銖，謂其輕而薄。見長阿含經世紀經忉利天品。後稱佛、仙之衣爲「六銖衣」。

〔二五〕琅玕：傳説和神話中的仙樹，其實似珠。山海經海内西經：「服常樹，其上有三頭人，伺琅玕樹。」郭璞注：「琅玕子似珠。」

〔二六〕瑶草：瓊田草。玉芝的異名。古人以爲食之可以長生。宋蘇軾和李太白序：「玉芝一名瓊田草。」

〔二七〕瓊田：傳説中能生靈草的田。舊題漢東方朔十洲記祖洲：「鬼谷先生云：『此草是東海祖洲上，有不死之草，生瓊田中，或名爲養神芝。其葉似菰，苗叢生，一株可活一人。』」北周庾信周趙國公夫人紇豆陵氏墓志銘：「胡香四兩，嗟西域之使稀；靈草一枝，恨瓊田之路絶。」

〔二八〕齊州烟：齊烟九點。齊，齊州，指中國。言俯視九州，小如烟點。語出唐李賀夢天：「遥望齊州九點烟，一泓海水杯中瀉。」

漆室女

漆室女雙鬟，垂頸宵倚柱。〔一〕季孟歌鐘樂未央〔二〕，更漏沈沈淚如雨。

【繫年】

詩嘉慶十八年（一八一三）九月底作於北上鉅野途中。

【注釋】

〔一〕漢劉向列女傳：「魯漆室女過時未適人，當穆公時，君老太子幼，女倚柱而嘯，其鄰人婦從之游，曰：『何嘯之悲也！子欲嫁邪？』漆室女曰：『嗟乎！吾始以子爲有知，今無識也。吾憂魯君老太子幼。』鄰婦笑曰：『此乃魯大夫之憂，婦人何與焉？』漆室女曰：『非子所知也。昔晋客舍吾家，繫馬園中，馬佚馳走踐吾葵，使我終歲不食葵。鄰人女奔隨人亡，其家倩吾兄行追之，逢霖水出，溺流而死，令吾終身無兄。吾聞河潤九里，漸洳三百步。今魯君老悖，太子少愚，魯國有患，君臣父子皆被其辱，禍及衆庶，婦人獨安所避乎？吾甚憂之。』三年，魯果亂，齊、楚攻之，男子戰鬥，婦人轉輸，不得休息。君子曰：遠矣！漆室女之思也。詩云：『知我者，謂我心憂；不知我者，謂我何求？』此之謂也。」

〔二〕論語八佾：「孔子謂季氏，『八佾舞於庭，是可忍也，孰不可忍也！』三家者以雍徹。子曰：『「相維辟公，天子穆穆」，奚取於三家之堂？』」

礪　劍

平生有一劍，自礪向秋水。湛湛夫容〔一〕花，繡澀蝕泥滓。光輝一朝發，蔚若騰蛟起。王路方清夷〔二〕，跌宕〔三〕在文史〔四〕。何圖沖斗氣〔五〕，掛壁鳴不已〔六〕。刜〔七〕鐘慎全鋒，繞指〔八〕契妙理。祝汝化爲龍，詄蕩〔九〕行四海。

【繫年】

詩嘉慶十八年（一八一三）九月底作於北上鉅野途中。

【注釋】

〔一〕夫容：漢袁康越絶書外傳記寶劍：「昔者，越王句踐有寶劍五，聞於天下。客有能相劍者，名薛燭。……（薛燭）手振拂，揚其華，捽如芙蓉始出。」後因以指利劍。

〔二〕清夷：亦作「清彝」。清平，太平。

〔三〕跌宕：縱情，沉溺，耽嗜。

〔四〕文史：文書記事。漢書司馬遷傳：「僕之先人非有剖符丹書之功，文史星曆近乎卜祝之間，固主上所戲弄，倡優畜之，流俗之所輕也。」

〔五〕沖斗氣：晉書張華傳：「初，吴之未滅也，斗牛之間常有紫氣，道術者皆以吴方强盛，未可圖也，惟華以爲不然。及吴平之後，紫氣愈明。華聞豫章人雷焕妙達緯象，乃要焕宿，屏人曰：『可共尋天文，知將來吉凶。』因登樓仰觀。焕曰：『僕察之久矣，惟斗牛之間頗有異氣。』華曰：『是何祥也？』焕曰：『寶劍之精，上徹於天耳。』華曰：『君言得之。吾少時有相者言，吾年出六十，位登三事，當得寶劍佩之。斯言豈效與！』因問曰：『在何郡？』焕曰：『在豫章豐城。』華曰：『欲屈君爲宰，密共尋之，可乎？』焕許之。華大喜，即補焕爲豐城令。焕到縣，掘獄屋基，入地四丈餘，得一石函，光氣非常，中有雙劍，并刻題，一曰龍泉，一曰太阿。其夕，斗牛間氣不復見焉。焕以南昌西山北岩下土以拭劍，光芒艷發。大盆盛水，置劍其上，視之者精芒炫目。遣使送一劍并土與華，留一自佩。或謂焕曰：『得兩送一，張公豈可欺乎？』焕曰：『本朝將亂，張公當受其禍。此劍當繫徐君墓樹耳。靈異之物，終當化去，不永爲人服也。』華得劍，寶愛之，常置坐側。華以南昌土不如華陰赤土，報焕書曰：『詳觀劍文，乃干將也，莫邪何復不至？雖然，天生神物，終當合耳。』因以華陰土一斤致焕。焕更以拭劍，倍益精明。華誅，失劍所在。焕卒，子華爲州從事，持劍行經延平津，劍忽於腰間躍出墮水。使人没水取之，不見劍，但見兩龍各長數丈，蟠縈有文章，没者懼而反。須臾光彩照水，波浪驚沸，於是失劍。華歎曰：『先君化去之言，張公終合之論，此其驗乎！』華之博物多此類，不可詳載焉。」

〔六〕晉王嘉拾遺記卷一：「帝顓頊有曳影之劍，騰空而舒。若四方有兵，此劍則飛起指其方，則剋伐；未用之時，常於匣裏，如龍虎之吟。」

〔七〕刜：砍，擊。

〔八〕繞指：繞指柔。文選劉琨重贈盧諶：「何意百煉剛，化爲繞指柔。」吕延濟注：「百煉之鐵堅剛，而今可繞指。自喻經破敗而至柔弱也。」後因以「繞指柔」比喻堅强者經過挫折而變得隨和軟弱。

〔九〕詄蕩：横逸豪放。清袁昶贈龔生記異：「詄蕩名家子，胡爲窮海邊。」

渡河

決河全入渦〔一〕，此渡載舟纔。斂翮王雎〔二〕立，争津客蹇趻。向人探北問，訝我却南來。五夜頗嚴凜，安從得酒杯。

【繫年】

詩嘉慶十八年（一八一三）九月底作於北上鉅野途中。

【注釋】

〔一〕渦：即渦河，源出河南尉氏，上源爲青岡河，南流經杞縣、太康爲渦河，東南流經安徽蒙城、懷遠注入淮河。

〔二〕王雎：雎鳩。詩經周南關雎：「關關雎鳩，在河之洲。」朱熹集傳：「雎鳩，水鳥，一名王雎，狀類鳧鷖，今江淮間有之。」

皂河〔一〕書事

堤中千畝穀，積水未能消。帆影尋村卸，魚羹待客饒。婦饑烹馬齒〔二〕，兒憊載牛腰。告爾皇威赫，安居莫動摇。

【繫年】

詩嘉慶十八年（一八一三）九月底作於北上鉅野途經江蘇宿遷時。

【注釋】

〔一〕皂河：源於山東郯城，墨河支流，於江蘇宿遷入運河，因水底土色發黑而得名。

〔二〕馬齒：馬齒莧。

洞山〔一〕題壁

晚投墟落趁斜曛，莽莽中原有陳雲。射虎〔二〕溪山小棲隱，盤龍〔三〕身手健從軍。草間狐兔容偷活，天上麒麟〔四〕待策勳〔五〕。試問建牙〔六〕諸大帥，何人越甲耻鳴君〔七〕。

【繫年】

詩嘉慶十八年（一八一三）九月底作於北上鉅野途經江蘇徐州時作。

【注釋】

〔一〕洞山：北洞山。位於徐州銅山茅村洞山村境内。

〔二〕射虎：宋蘇軾江城子密州出獵：「爲報傾城隨太守，親射虎，看孫郎。」

〔三〕盤龍：龍盤。三國志魏書杜襲傳：「襲避亂荆州，劉表待以賓禮。同郡繁欽數見奇於表，襲喻之曰：『吾所以與子俱來者，徒欲龍蟠幽藪，待時鳳翔。』」喻豪傑之士隱伏待時。

〔四〕天上麒麟：南史徐陵傳：「（徐陵）年數歲，家人携以候沙門釋寶誌，寶誌摩其頂曰：『天上石麒麟也。』」後因以「天上麒麟」稱贊他人之子有文才。

〔五〕策勳：亦作「策勛」。記功勛於策書之上。

〔六〕建牙：指武臣出鎮。唐鮑溶讀淮南李相行營至楚州：「閫外建牙威不賓，古來戡難憶忠臣。」

〔七〕漢劉向説苑立節：「越甲至齊，雍門子狄請死之。齊王曰：『鼓鐸之聲未聞，矢石未交，長兵未接，子何務死之？爲人臣之禮邪？』雍門子狄對曰：『臣聞之，昔者王田於囿，左轂鳴，車右請死之，而王曰：「子何爲死？」車右對曰：「爲其鳴吾君也。」……遂刎頸而死。知有之乎？』齊王曰：『有之。』雍門子狄曰：『今越甲至，其鳴吾君也，豈左轂之下哉？車右可以死左轂，而臣獨不可以死越甲也？』遂刎頸而死。是日，越人引甲而退七十里，曰：『齊王有臣鈞如雍門子狄，擬使越社稷不血食。』遂引甲而歸。」後以「越甲鳴君」爲忠君愛國之典。

新樂府并叙

山東之有教匪也，自劉韃子〔一〕始也。韃子誅死，其徒詭言未死化去〔二〕，變其黨號虎尾鞭〔三〕，頗横。

土人更爲黨曰義和拳以拒之。別有紅磚會，仇之者曰瓦刀社，而八卦教最大，蔓延直隸、河南之境，凡數百里。其徒自張大，以爲天下皆有之，其實未也。前數年鉅野、金鄉〔四〕人控於大吏〔五〕，大吏惡傲繞〔六〕，寢其事。其徒則約癸酉〔七〕閏八月十五爲同逆期。已而改閏月，賊失期；又期九月十五日云。然而東人憂之甚，首告〔八〕者紛紛。候補令吴君階〔九〕首發逆謀，大吏駭而聽之。命攝金鄉，到即捕二首逆，其徒凶懼，遂以初六、初九、初十日先後戕官。本無多人，撫軍欲需大兵會剿，發兵遲遲，衆始盛。然劉都轉〔一〇〕之破賊也，官馬兩百，沙家海〔一一〕回民五百而已。客兵集，賊已蕩盡，乃皆赴河南圍滑縣〔一二〕。余友田仲衡〔一三〕，鉅野人，以憂罷職，留蘇州，病幾殆，余爲主藥餌。既聞警，田有兩柩未葬，涕泣悲苦。予乃許爲視其家，即束裝北，以九月二十八日至曹州〔一四〕。蓋是時，官兵始與賊接云。既知田氏宅無恙，則單車往來旁縣，凡鄉曲隅奥，聞有騷動意者，靡不到。冀詳知民疾苦，得告當道，非有意爲詩也。賊既平，始追憶所聞見，述而録之。著於篇，訊兵事者舉以告，異乎郵傳〔一五〕之荒唐，質于文移之藻飾，以俟采風者得焉。

【繫年】

詩嘉慶十八年（一八一三）十一月作。八卦教起義，始於嘉慶十八年九月，横跨直、魯、豫三省，歷時三個月之久。參涂丹《禍起腹心：嘉慶年間八卦教叛亂之解析》，厦門大學碩士學位論文，二〇一一年；〔美〕韓書瑞著、陳仲丹譯《千年末世之亂：一八一三年八卦教起義》，江蘇人民出版社，二〇一〇年。

【注釋】

〔一〕劉韃子：當即劉奉天（一六一七—一六九三），山東單縣人。八卦教創始人。曾化名李廷玉、劉佐臣、劉鳳天等。

〔二〕化去：楚辭遠游：「與化去而不見兮，名聲著而日延。」王夫之通釋：「與化去者，蜕形而往，所謂屍解也。」

〔三〕虎尾鞭：清徐珂清稗類鈔宗教類：「初，齊、豫奸民糾結死黨，曰虎尾鞭、義和拳、紅甎社、瓦刀社，最大者曰八卦教。」

〔四〕金鄉：今山東濟寧金鄉。

〔五〕大吏：指同興，滿洲鑲黄旗人，嘉慶十六年（一八一一）至十九年（一八一四）任山東巡撫。

〔六〕徼繞：纏繞，錯綜。徼，通「繳」。史記龜策列傳褚少孫論：「暮昏龜之徼也，不可以卜。」司馬貞索隱：「徼，音叫。謂徼繞不明也。」

〔七〕癸酉：嘉慶十八年（一八一三）。

〔八〕首告：出面告發。

〔九〕吴君階：清陸繼輅山東曹州知府吴君堦墓誌銘：「嘉慶十八年，逆賊林清等乘大駕幸木蘭，將以九月十五日潛入禁城爲亂，而其黨之散處於山東、河南、直隸者同日起兵應之。河南賊首曰李文成、牛亮臣起滑；山東賊首曰崔士俊起金鄉；曰馮克善、曰徐安國起曹、定陶；直隸賊首朱成貴等起東明、長垣、開。滑令强君克捷捕得李文成、牛亮臣，署金鄉令吴君捕得崔士俊，群賊知事泄，倉猝起，不獲與林賊如約，二君之功大矣。然李、牛二賊破獄出，城陷，强君死之。而金鄉晏然，總統無分兵輸餉之勞，得與楊公遇春等專力破滑，所謂曲突徙薪者非邪。於虖！君負才名，三十年顛躓坎壈，愛憎之口互有異同，而卒能自見如此。然則瓌奇之士，固非目論者所得而測識邪！

君少孤貧，年十八即獨身走京師，謁諸父執。諸父執或延見或否，而王少司寇昶獨奇之，爲取婦留館邸第最久。後又受知於朱學士筠、陸撫部燿，與懷寧余鵬少雲、同縣黃景仁仲則齊名京洛。三君者，才日益奇，遇亦日益困。仲則、少雲不勝其憤，先後客死。而君嘗從王、陸二公習章奏律令，試挾其能游秦、晉間，聲大起，資傭值以養母，稍稍買宅、市裘馬爲豪士。

君年三十，識余楊荔浦倫座上，欲與爲友，時君方以純廟南巡獻賦，拜文綺之賜，名藉甚，且年倍長，謝之。又八年，始與定交於鄉試號舍。自是有無相通，患難相恤，疾病相扶持。二十八年之中，雖屢與君別，而箋疏規勉，間以駁辨，月或一再往復，今尚存篋中，而君已長逝。於虖！爲可悲也。

君客晉垂二十年，罄所蓄貲入户部，以知縣注選次，後不得除，復大困。同學少年，或外擁節麾，內參機務，下者爲廉能吏有聲。君鬱鬱無可藉手，乃益揮金錢，盛宴會，飛騰綺麗，以自遨放，所稱貸積數千金，既償不如期，頗見窘辱，而君處之泰然。謗君者口日益衆，雖知君者，亦相顧咄詫不能置一辭。

久之，南河大工需人，君將往投效，余及徐君準宜、莊君曾儀、丁君履恒携酒脯餞之，飲次，君泫然曰：『僕以辭賦竊譽誠過當，然尤善制舉文，雖諸君不吾知，知之者獨伍堯學士法式善耳。』因出十一科落卷，呼其子孝釗至，使藏之，君遂行。留南河二年，工竣叙勞，以本班發山東試用，累署聊城、郯城、泰安，卒未真授。最後署金鄉，遂邀特擢。

君之署郯城也，余往省之。郯人方臚君德政，求文辭壽君，余至，遂以屬余；余亦喜君政之足以傳余之文也，爲箸新樂府十章，郯人大喜。余留郯三月將歸，會君亦以母喪解任，郯人送君者至持余而泣。其後四年，余自都門還過郯，郯人聞余至，爭來問訊，因告余以君守金鄉事，已而悵然嘆息，有出涕者，謂君官貴不復可作郯城令也。

君既全金鄉，論功升桃源同知，賜花翎。未抵任，升曹州知府。君素有瘖疾，引見時方劇，上知爲積勞所致也，嘉嘆久之。君至曹，自以小臣受主知無可報，知府責在察吏，然非自律嚴無以率屬，於是敝衣惡食，深自刻厲，然後創爲一年兩考之法，凡州縣有所施行及聽斷，纖悉箸籍以聞於府，府次其弟以聞於行省，行之數年，吏治清肅，爲十二府州最。論者謂君旦夕當任方岳，而君再失官。再復，遂終於曹，時今上建元之八月四日也，春秋六十有五。明年月日歸葬某鄉某原。

君諱堦，字次升，武進人。曾祖馮栻，翰林檢討，記名以坊局升用。祖正琳，父炎，舉人，兩世俱以君官贈朝議大夫。祖母龔氏，母潘氏，俱贈恭人。妻蔣氏，繼妻莊氏，妾壯氏、程氏。丈夫子三：孝鏊，湖南候補典史，爲世父後；孝釗，國子監生；孝鉞，福建候補府經歷。女子子一，吾友蔣學沂，其壻也。孫二：悌澤、悌澄。孝釗以書來告葬，且乞銘。

嗟乎！方川、楚奸民習教時，意在斂財而已，非有潛伏若斯之衆也，非有內應如劉得財、楊進忠其人也。然而軍興至五六年，糜帑至億萬萬計而後廓清。使當時牧令盡如吴君，但各保所治，不軌之徒固已無所容其頂踵矣。君之功既上見明詔，其鈎致調遣捍禦之精詳，復具於盛君大士、周君濟之所序述，書生之效於斯偉矣，君其可無恨。君遺書曰禮石山房集，都五卷；曰手治官書，曰金鄉紀事，各四卷；又少時通曉音律，著樂府三種，曰皖江雲、人天誥、護花幡。銘曰：

孰進退之，悠悠者人邪。孰顯晦之，昭昭者天邪。我銘君藏，固君夙昔之所命也，而惡知其言之信邪。」

〔一〇〕劉都轉：劉清（一七四二—一八二二），貴州廣順今長順人，字天一，號朗渠，又號松齋。拔貢出身。乾隆末、嘉慶初任四川南充知縣，號爲「劉青天」。曾誘殺白蓮教起義軍首領王三槐。又編練鄉勇，鎮壓義軍，由知縣升至按察使。嘉慶十七年（一八一二）任山東鹽運使。次年參與鎮壓林清、李文成起義，後改授總兵。

〔一一〕沙家海：山東金鄉前海沙村。

〔一二〕滑縣：今河南滑縣。

〔一三〕田仲衡：田鈞，字仲衡。參詩卷一賓山炮臺歌注釋〔二〕。

〔一四〕曹州：今山東菏澤。

〔一五〕郵傳：傳播，口耳相傳。唐柳宗元與裴塤書：「有喙有耳者，相郵傳作醜語耳。」

滑稽翁金鄉令吴密移曹縣，使捕朱成貴〔一〕，曹令姚〔二〕以爲邀功生事，謾罵置之。既知爲大憲意，始行捕。顧久泄，成貴遁去，亂作，姚令死頗烈。然早與吴君協謀，東省亂可弭。破曲突之謀〔三〕者，姚君哉！賊入曹者八十人，其魁則成貴。

趙女歌，吴兒舞，銀燭熒煌月當午。歌闌舞罷擁吴兒，趙女擎燈不去帷。咒央〔四〕婁艾〔五〕誰能辨，行樂未終聞急變。可憐白刃潔如霜，頸血先將賕吏濺。寇戎伏莽〔六〕豈不知？羽書鄰境曾飛馳。老翁七十工滑稽，踞床謾罵白眼嗤：尊中有酒不識醉，而乃生事邀功爲？一門駢首〔七〕血染尸，生以樂死死曷悲。椎珠焚玉不足恨，絶恨從此勞王師。此翁有兒亦跌宕〔八〕，是夜青樓試高唱。模糊髑髏催夢醒，繡被猶翻鄂君浪〔九〕。

【注釋】

〔一〕朱成貴：山東曹縣扈家集人。嘉慶十六年（一八一一）「拜徐安國爲師，習震卦教，與其從昆弟成方、成來、成文、成珍同屬李文成部下」，嘉慶十八年八卦教起義，「直隸徐安國是各路總教頭，曹縣朱成貴是山東教頭，崔士俊是金鄉教頭」，後敗亡，「成貴（被俘）伏誅」。清蘭簃外史靖逆記卷五

〔二〕曹令姚：姚國旃（？—一八一三）。清陳嗣良修、清孟廣來纂光緒曹縣志光緒十年刻本卷十名宦：「姚國旃，江蘇甘泉縣人。由捐納補授曹縣知縣，爲政簡易，與民相安。嘉慶十八年癸酉秋，白蓮教匪侵掠地方，公聞信，捕之，未及搜剔，匪乘間潛入城，招集群醜，嚮晨進署。公罵賊，不屈死之，眷屬同時遇害者二十七人。戎事畢憲臺詳請，蒙恩賜卹，葬祭如禮，給職世襲。闔邑紳民吁請邑侯張公正勳申詳憲臺，於縣署前建立專祠，以時祭饗。」

〔三〕曲突之謀：唐歐陽詢等藝文類聚卷八十引漢桓譚新論：「淳于髡至鄰家，見其竈突之直而積薪在傍，謂曰：『此且有火。』使爲曲突而徙薪。鄰家不聽，後果焚其屋，鄰家救火，乃滅。烹羊具酒謝救火者，不肯呼髡。智士譏之曰：『曲突徙薪無恩澤，燋頭爛額爲上客。』蓋傷其賤本而貴末也」。後用以比喻事先采取措施，防患於未然。

〔四〕殃央：同「鴛鴦」。

〔五〕婁艾：即婁豬、艾豭。左傳定公十四年：「野人歌之曰：『既定爾婁豬，盍歸吾艾豭？』」杜預注：「婁豬，求子豬，以喻南子。艾豭喻宋朝。」南子，衛靈公妃，淫亂，故以喻之。

〔六〕伏莽：周易同人：「九三，伏戎於莽。」莽，叢生的草木。後以「伏莽」指軍隊埋伏在草莽中。亦指潛藏的寇盜。

〔七〕駢首：駢首就戮。一併被殺。

〔八〕跌宕：亦作「跌蕩」。放蕩不拘。

〔九〕漢劉向説苑善説：「襄成君始封之日，衣翠衣，帶玉璣劍，履縞舄，立於流水之上，大夫擁鍾錘，縣令執桴號令，呼『誰渡王者』。於是也，楚大夫莊辛過而説之，遂造托而拜謁起立曰：『臣願把君之手，其可乎？』襄成君忿然作色而不言。莊辛遷延盥手而稱曰：『君獨不聞夫鄂君子晳之泛舟於新波之中也？乘青翰之舟，極𦼮芘，張翠蓋而檢犀尾，班麗袿衽，會鐘鼓之音畢，榜枻越人擁楫而歌。歌辭曰：「濫兮抃草，濫予昌枑，澤予昌州，州𩜾州焉乎？秦胥胥縵予乎昭澶，秦逾滲惿隨河湖。」鄂君子晳曰：「吾不知越歌，子試爲我楚説之。」於是乃召越譯，乃楚説之曰：「今夕何夕兮，搴舟中流。今日何日兮，得與王子同舟。蒙羞被好兮，不訾詬恥。心幾頑而不絶兮，得知王子。山有木兮木有枝，心説君兮君不知。」於是鄂君子晳乃揄修袂行擁之，舉繡被而覆之。鄂君子晳親楚王母弟也，官爲令尹，爵爲執珪，一榜枻越人，猶得交歡盡意焉。今君何以逾于鄂君子晳，臣何以獨不若榜枻之人，願把君之手其不可何也？』襄成君乃奉手而進之曰：『吾少之時，亦嘗以色稱于長者矣，未嘗遇僇如此之卒也。自今以後，願以壯少之禮，謹受命。』」後因以「鄂君被」爲歌咏男女歡愛的典故。

出北門　初，定陶〔一〕民縛蕭學義、學禮以獻，陳令〔二〕訊而釋之。及亂，陳以入闈得免，攝篆〔三〕賀君〔四〕罹其酷焉。賊入定陶者六十人，其魁則二蕭，二蕭猶朱成貴徒也。

真令庇賊不忍誅，攝令遇難腰領〔五〕殊。真令養虎合自噬，攝令之死無乃非其辜？定陶城，車可過，賊已發，官尤卧。夜半倉皇出北門，殘星無光弦月墮。垂涕訴太守，太守驚欲死。太守急發兵，兵羸安可使？仿山〔一六〕遇賊才一呼，滿地紛紛積弓矢。兵敗走官〔七〕走不脱，身獨留賊刃交下。官命休，姚令死昏昏，賀令死昭昭。〔八〕二鬼地下語，乍可作賀不作姚。官兵收復定陶日，真令尤思再供職。若然真令竟瓦全，攝令煩冤〔九〕安得釋？

【校勘】

㊀「仿山」：底本作「彷山」，誤。

【注釋】

〔一〕定陶：今山東菏澤定陶。

〔二〕陳令：陳達。清托津平定教匪紀略嘉慶武英殿刻本卷十九：「又，署定陶縣知縣賀德瀚先因本任知縣陳達派調簾差，委署是缺，隻身在署。」

〔三〕攝篆：代理官職。篆，指官印。

〔四〕賀君：賀德瀚。參民國馮麟溎修、民國曹垣纂民國定陶縣志民國五年刊本卷之四。清穆阿彰嘉慶重修一統志長沙府四：「賀德瀚，寧鄉人，乾隆鄉舉，官山東知縣，所至有聲，最後署定陶。值河南教匪倡亂，闌人縣境，戰不勝，德瀚冠帶上堂，厲聲罵賊，死事。聞贈知府銜，給祭葬，予雲騎尉世職，祀昭忠祠。」

〔五〕腰領：腰部與頸部。兩者爲人體的重要部分，斷之即死。

〔六〕仿山：亦作「髣山」。清顧祖禹讀史方輿紀要卷三十三山東四定陶縣：「髣山，縣北十五里。志云：曹國十五世皆葬此，積壤之高，髣髴如山，因名。」

〔七〕走官：行官。指主持事務的僕臣，代理官職。

〔八〕孟子盡心下：「賢者以其昭昭，使人昭昭；今以其昏昏，使人昭昭。」用自己模模糊糊的認識，想要使別人明白。

〔九〕煩冤：楚辭九章思美人：「蹇蹇之煩冤兮，陷滯而不發。」王逸注：「忠謀盤紆，氣盈胸也。」

捍孤城

既戕兩令，出屯於野，通聲援於滑。熊觀察介兹〔一〕乃自河上馳入曹守空城。賊聞，欲還攻蒲連集〔二〕，張鵬〔三〕等以鄉兵距之，久而張敗。其敗也，城守之兵始至。

官兵未集鄉兵起，蒲連張家十三子。裹創血戰二十日，爲捍孤城誓同死。官兵不來賊漸多，鼓音不起奈戰何？可憐一炬半天赤，壯士無家歸不得。殘鱗敗甲向東關，但仰軍儲升斗〔四〕食。軍儲只祇待官兵，官兵一來官府驚。鄉兵無事安可久坐食？立時裁遣歸鄉耕。牛椎作脯犁作薪〔五〕，刀劍欲賣〔六〕賊未平。丈夫戰死亦不悔，凍死餓死徒吞聲。

【注釋】

〔一〕熊觀察介兹：熊方受（？—一八二六），字介兹，號夢庵，廣西永康今扶綏人。乾隆己亥（四十五年，一七八〇）舉人，乾隆庚戌（五十五年，一七九〇）進士。嘉慶四年（一七九九）十月由禮部主事入直。十六年（一八一一）簡授兗沂曹濟兵備道兼管黄河兵備道。十八（一八一三）年參與鎮壓曹縣天理教起義。二十年（一八一五）補山東東昌知府，二十五年（一八二〇）以原品致仕。參黄南津熊方受生平考辨，廣西地方誌，一九九五年第五期。

〔二〕蒲連集：位於山東曹縣東北。

〔三〕張鵬：生平不詳。

〔四〕升斗：借指少量的米糧、口糧。

〔五〕鄉兵「椎牛」爲「脯」，摧「犁」爲「薪」。

〔六〕漢書循吏傳龔遂：「民有帶持刀劍者，使賣劍買牛，賣刀買犢，曰：『何爲帶牛佩犢！』春夏不得不趨田畝，秋冬課收斂，益蓄果實菱芡。勞來循行，郡中皆有畜積，吏民皆富實。獄訟止息。」

沙場月

孔家蓮阬〔一〕戰亦苦，屢挫賊鋒賊氣沮。長蛇積怒恣毒螫，勢將一炬成焦土。適聞官兵駐村後，主將〔二〕威名闞如虎。具裝〔三〕健馬二百匹，步卒倍之成一旅。遣迎致賂肯入衛，堅陳〔四〕堂堂樹旗鼓。明朝賊至鄉兵進，恃有援師歡欲舞。軍聲始合中權〔五〕奔，淝水苻堅走朱序〔六〕。父兄子弟多併命，戮及嬰孩殘婦女。國殤烈烈宜明禋〔七〕，厲鬼啾啾羞夜語。此時子玉〔八〕能收卒，師不尸屍〔九〕賴以律。疾走鄰村索飽餐，三更静看沙場月。

【注釋】

〔一〕孔家蓮阬：孔蓮坑，村莊名，在今山東菏澤定陶西。據孔氏墓碑記載：明正德二年（一五〇七）孔子第五十五代孫孔克諧由菏澤遷此建村，因村南有一藕坑，故名孔蓮坑。民國馮麟溎修、民國曹垣纂民國定陶縣志卷之六：「孔毓伯，字鳴壎，增生；弟毓仲，字曉篪，廩生。世居城西孔蓮坑。」

〔二〕主將：曹縣營參將劉風喈。

〔三〕具裝：馬的鎧甲。

〔四〕堅陣：堅守陣脚或營壘。

〔五〕中權：中軍。南朝宋謝莊從駕頓上：「中權臨楚路，前茅望吴雲。」

〔六〕朱序（？—三九三），東晉義陽平氏今河南桐柏西人，字次倫。太元二年（三七七）任梁州刺史，鎮襄陽。前秦軍攻城，他率衆固守，母韓氏率婦女補築新城，號爲「夫人城」。後以部將叛變，城破被俘，苻堅用爲尚書。八年隨堅南下，淝水之戰中，乘間反秦。回晉後歷官豫、兖、青諸州刺史，屢立戰功。

〔七〕明禋：尚書洛誥：「伻來毖殷，乃命寧予以秬鬯二卣，曰明禋，拜手稽首休享。」蔡沈集傳：「明，潔；禋，敬也，以事神之禮事公也。」

〔八〕子玉：即成得臣（？—前六三二）。春秋楚國人。治軍嚴，性剛愎。楚成王三十五年（前六三七），因伐陳有功，被子文薦爲令尹。後隨楚成王率軍圍宋，晉出兵攻楚盟國曹、衛以援宋。楚成王命撤圍，他拒命請戰，與晉軍對陣於城濮今山東鄄城西南。晉軍退避三舍，他進兵不止，終被晉軍擊潰，旋受責自殺。

〔九〕尸屍：亦作「輿尸」。以車運尸。周易師：「師或輿尸，大無功也。」漢揚雄法言淵騫：「鼓之以道德，征之以仁義，輿尸血刃，皆所不爲也。」

相公〔一〕示

客從徐州來，有冠不加纓。借問客何意？恐人呼作徐州兵。徐州客兵〔二〕一入市，大商小販皆收停。傳聞客兵昨初過，百姓都愁客兵餓。筐筥〔三〕爭前餅餌香，安知攫食無錢償？賜睒〔四〕怒目岩電〔五〕光，一瞋辟易誰能擋？〔六〕老兵不知官府意，官府〔七〕深知過兵〔八〕弊。君不見，令嚴糧足不擾民，到處高懸相公示。

【注釋】

〔一〕相公：泛稱官吏。

〔二〕客兵：由外地調來的軍隊。唐韓愈論淮西事宜狀：「所在將帥，以其客兵難處使，先不存優恤。」

〔三〕筐筥：筐與筥的并稱。方形爲筐，圓形爲筥。亦泛指竹器。詩經周頌良耜：「或來瞻女，載筐及筥。」

〔四〕睗睒：北周庾信枯樹賦：「木魅睗睒。」章樵注：「疾視貌。木之妖化爲鬼魅能變形覷視人。」

〔五〕岩電：「岩下電」之省稱。形容目光炯炯有神。宋釋文瑩玉壺清話卷一引宋李至序：「金龍蟠踞於牀之上，碧髯金鬛，光射天地。旁有緑衣道士，轉眄若嵒電。」宋陸游效蜀人煎茶戲作長句：「岩電已能開倦眼，春雷不許殷枯腸。」

〔六〕史記項羽本紀：「是時，赤泉侯爲騎將，追項王，項王瞋目而叱之，赤泉侯人馬俱驚，辟易數里。」張守節正義：「言人馬俱驚，開張易舊處，乃至數里。」辟易，退避，避開。

〔七〕官府：長官，官吏。新唐書姜謩傳：「謩至，撫邊俗以恩信，盗賊衰止。人喜曰：『不意復見太平官府。』」

〔八〕過兵：客兵。參注釋〔二〕。

好官府 金鄉令吳君階，摘奸發伏，首禽蔡五倫、崔士俊，皆渠魁。九日，爲城守計。十日，賊發，更推李卓立爲首。縣不可破，掠於野。吳君説齊、海〔一〕兩將出戰，敗之，尋禽卓立。

金鄉民，涕如雨，奈何奪我好官府？好官初來刑罰嚴，百姓十人八九嫌。一朝首發崔蔡難，僚吏沸騰賓友嘆。誰知重九鞠花杯〔二〕，暗躡孤城四圍看。明日豺狼當道嗥，書生親手拔鞾刀。乘墉〔三〕子弟聲雷諾，出郭將軍受豹韜〔四〕。鄰境紛紛飛白羽〔五〕，金鄉一城如卧虎。循聲〔六〕從此冠山東，借寇〔七〕安能重乞汝。使君去汝心亦悲，汝送使君雙淚垂。使君平日不能飲，飲汝眼淚三百杯。顧汝叮嚀向汝説，汝之新官能汝活。歸家好好看冬田，祝汝今年有甘雪。

【注釋】

〔一〕齊、海：齊國珍、海陵阿。

〔二〕鞠花杯：菊花杯，猶言菊花酒。亦指重陽日酒會。唐張説湘州九日城北亭子：「寧知沅水上，復有菊花杯。」

〔三〕乘墉：登上城墻，謂守衛疆域。

〔四〕豹韜：古代兵書六韜篇名之一，相傳爲周吕尚所撰。淮南子精神訓：「故通許由之意，金縢、豹韜廢矣！」高誘注：「金縢、豹韜，周公、太公陰謀圖王之書也。」此借指用兵的韜略。

〔五〕白羽：羽書。又名羽檄。古代徵調軍隊的文書，插鳥羽示緊急，故名。

〔六〕循聲：指爲官有循良之聲。宋孫奕履齋示兒編文説史體因革：「傳之爲體，大抵記公卿之行事，遷始傳循吏，晋曰良吏。」

〔七〕借寇：後漢書寇恂傳：「寇恂字子翼，上谷昌平人也，世爲著姓。……恂歸潁川。三年，遣使者即拜爲汝南太守，又使驃騎將軍杜茂將兵助恂討盗賊。盗賊清静，郡中無事。恂素好學，乃修鄉校，教生徒，聘能爲左氏春秋者，親受學焉。七年，代朱浮爲執金吾。明年，從車駕擊隗囂，而潁川盗賊群起，帝乃引軍還，謂恂曰：『潁川迫近京師，當以時定。惟念獨卿能平之耳，從九卿復出，以憂國可也。』恂對曰：『潁川剽輕，聞陛下遠逾阻險，有事隴、蜀，故狂狡乘閒相詿誤耳。如聞乘輿南向，賊必惶怖歸死，臣願執鋭前驅。』即日車駕南征，恂從至潁川，盗賊悉降，而竟不拜郡。百姓遮道曰：『願從陛下復借寇君一年。』乃留恂長社，鎮撫吏人，受納餘降。」後因以「借寇」爲地方上挽留官吏的典故。

瞿鑠翁省中聞警〔一〕，撫軍同〔二〕大駭，集議。都轉劉公清〔三〕主速剿，請以輕兵先，撫軍持重不决，劉公争之急，久而獲許：凡聞警二十日始發兵。劉公疾馳，力戰九日而賊平。方劉之戰也，鎮軍陳公〔四〕股栗不能騎，乃運籌于幄中云。

軍中有一劉，逆賊聞之相向愁。劉公拔萃夜郎國〔五〕，試吏〔六〕錦江〔七〕綬初墨〔八〕。是時川楚兵縱横〔九〕，惟公義烈爲干城〔一〇〕。峻節親從賊口説，至尊〔一一〕始識青天名。凱旋十年公漸老，忽據征鞍光彩生。卧槍將軍工協律，夜半軍書催曉發。五花驄馬〔一二〕試牽來，欲上先愁去超忽。自云壬甲〔一三〕有神機，羽扇新看上將揮。劉遐〔一四〕萬衆雖縈策〔一五〕，得侶陳平六出奇。〔一六〕功人功狗〔一七〕從君擬，自作軍鋒期滅此。風勁弓膠折更彎，露凝劍血腥還洗。一聽征鼙怒若雷，波騰鱗駭陳雲開。歸來却入將軍帳，更與將軍共舉杯。

【注釋】

〔一〕嘉慶十八年（一八一三）九月，林清率天理教教徒攻進紫禁城。省中，宫禁之中。

〔二〕撫軍同：時任山東巡撫同興。參詩卷二新樂府并叙注釋〔五〕。

〔三〕劉公清：劉清（一七四二—一八二二）。參詩卷二新樂府并叙注釋〔一一〕。

〔四〕鎮軍陳公：陳廣寧（？—一八一四），浙江山陰今紹興人，字靖侯，號默齋、雪樵。乾隆時襲雲騎尉，任紹興都司、象山左營守備。嘉慶間歷任海昌海防守備，福建汀州、建寧、漳州，山東兖州，安徽壽春，雲南騰越總兵。精審金石，兼工詩文，尤長於畫山水小景，曾繪西涯别業圖。有壽雪山房詩稿。陳廣寧是次平亂表現，清錢泳履園叢話叢話六耆舊雪樵總戎有載，與周濟説法頗異，兹録於下：「（嘉慶）十八年，有旨擢安徽壽春鎮總兵。入覲，仁宗召對，詢廣寧出身履歷，頒賜克什。抵任未幾，又調山東兖州鎮總兵。其明年，兖屬洊饑，廣寧與郡守捐廉施粥，又預貸府庫，普加賑給，活者甚衆。九月十日，忽得直隸長垣教匪倡亂之信，即挑選精兵起行前往。行至鉅野，又聞定陶、曹縣有戕官陷城之事，而金鄉又復告急，當即分兵派守，一面飛調各營兵齊赴曹州，聽候守禦。時曹人惶惑，一日數警，廣寧親督諸將搜查奸宄，復檄附近各州縣團練、鄉勇嚴加防衛，以待大軍。旋獲賊匪王朝棟等二十餘名梟首，賊聞之少却，而金鄉之圍亦解。當是時，山東巡撫童公興提兵亦至曹州，奉廷寄『現在大軍未集，總兵陳廣寧毋得輕自赴敵』等語，廣寧聞之，益加奮勉。時各路賊匪方窺東明，據滑縣，圍濬城，勢甚張，毗連三省。廣寧以本標將士可用，請先擊賊，防其蔓延合一，以入東境。遂率兵分三路兜剿，自髫山至安陵集，且殺且追，殲賊無算。及全軍告捷，而東省以安。時有嫉之者，諍于經略某公，遂參劾之。仁宗知其賢，置不問。調任雲南騰越鎮總兵。廣寧奏言：『今開州未平，滑縣未破，請暫留軍營，俟大功告成再赴新任。』奉旨依議。適拏獲僞知府王學禮、僞總兵朱文盛等一百七十八名，亦附片奏聞。十二月，滑縣平，撤兵回究，交印信，星夜進京。上召見，詢山左戰功勞績，奏對稱旨，又賜克什等物，諭云：『滇江重寄，毋得稍延。』廣寧即日出都，兼程遄發，行至潛江卒，年五十。」

〔五〕夜郎國：漢時我國西南地區古國名。在今貴州西北部及雲南、四川二省部分地區。此代指貴州。

〔六〕試吏：出任官吏。

〔七〕錦江：岷江分支之一。傳説蜀人織錦濯其中則錦色鮮艷，濯於他水，則錦色暗淡，故稱。此代指四川。

〔八〕綬初墨：漢書百官公卿表上：「縣令、長，皆秦官，掌治其縣。萬户以上爲令，秩千石至六百石；減萬户爲長，秩五百石至三百石。……秩比六百石以上，皆銅印黑綬。」後漢書蔡邕傳：「墨綬長吏，職典理人。」後因以「墨綬」作爲縣官及其職權的象徵。

〔九〕嘉慶年間，四川、陝西、河南和湖北邊境地區爆發白蓮教武裝反清起義。從嘉慶元年（一七九六）到嘉慶九年（一八〇四），歷時九載。

〔一〇〕干城：比喻捍衛或捍衛者。詩經周南兔罝：「赳赳武夫，公侯干城。」

〔一一〕至尊：皇帝的代稱。

〔一二〕五花驄馬：五花馬。唐人喜將駿馬鬃毛修剪成瓣以爲飾，分成五瓣者，稱「五花馬」，亦稱「五花」。唐杜甫高都護驄馬行：「五花散作雲滿身，萬里方看汗流血。」仇兆鰲注引郭若虚曰：「五花者，剪鬃爲瓣，或三花，或五花。」一説，「五花馬，謂馬之毛色作五花文者」。見唐李白將進酒王琦注。

〔二三〕壬甲：嘉慶十七年（一八一二）。

〔二四〕劉遐（？—三二六）：晋書劉遐傳：「劉遐字正長，廣平易陽人也。性果毅，便弓馬，開豁勇壯。值天下大亂，遐爲塢主，每擊賊，率壯士陷堅摧鋒，冀方比之張飛、關羽。鄉人冀州刺史邵續深器之，以女妻焉，遂壁于河濟之間，賊不敢逼。遐間道遣使受元帝節度，朝廷嘉之，璽書慰勉，以爲龍驤將軍、平原内史。建武初，元帝令曰：『遐忠勇果毅，義誠可嘉。以遐爲下邳内史，將軍如故。』初，沛人周堅，一名撫，與同郡周默因天下亂，各爲塢主，以寇抄爲事。默降祖逖，撫怒，遂襲殺默，以彭城叛，石勒遣騎援之。詔遐領彭城内史，與徐州刺史蔡豹、太山太守徐龕共討撫，戰於寒山，撫敗走。詔徙遐爲臨淮太守。徐龕復反，事平，以遐爲北中郎將、兖州刺史。太寧初，自彭城移屯泗口。王含反，遐與蘇峻俱赴京都。含敗，隨丹楊尹温嶠追含至于淮南，遐頗放兵虜掠。嶠曰：『天道助順，故王含剿絶，不可因亂爲亂也。』遐深自陳而拜謝。事平，以功封泉陵公，遷散騎常侍、監淮北軍事、北中郎將、徐州刺史、假節，代王邃鎮淮陰。咸和元年卒，追贈安北將軍。……遐妻驍果有父風。遐嘗爲石季龍所圍，妻單將數騎，拔遐出於萬衆之中。及田防等欲爲亂，遐妻止之，不從，乃密起火燒甲杖都盡。」

〔二五〕縈策：謂揮動馬鞭，回旋如繞。南朝宋劉義慶世説新語賞譽：「濟（王濟）從騎有一馬，絶難乘，少能騎者。濟聊問叔（王湛）：『好騎乘不？』曰：『亦好爾。』濟又使騎難乘馬，叔姿形既妙，回策如縈，名騎無以過之。濟益嘆其難測，非復一事。」後以「縈策」爲典，謂夙有俊才，人所未識，而一旦顯現。

〔二六〕史記陳丞相世家：「凡六出奇計，輒益邑，凡六益封。奇計或頗秘，世莫能聞也。」清錢大昭漢書辨疑陳平傳：「間疏楚君臣，一奇計也；夜出女子二千人滎陽東門，二奇計也；躡漢王立信爲齊王，三奇計也；僞游雲夢縛信，四奇計也；解平城圍，五奇計也；其六當在從擊臧荼、陳豨、黥布時，史傳無文。」

〔一七〕功人功狗：漢高祖平定天下後，論功行賞，以蕭何居第一，群臣以何無戰功不服。高祖説：「夫獵，追殺獸兔者狗也，而發蹤指示獸處者人也。今諸君徒能得走獸耳，功狗也。至如蕭何，發蹤指示，功人也。」史記蕭相國世家後以「功人」泛指起關鍵作用，有特殊貢獻的人；以「功狗」比喻殺敵立功的人。

蔞蔞芽

女兒隨娘男隨爺，出門去掘蔞蔞芽。淤地芽多沙地少，傾筐未盈日已斜。道旁行人不解事，道是采藥供醫家。雨中況有賊竊發，縣官走死民遭殺。流離半月晝夜驚，得脱餘生才一髮〔一〕。今秋淫雨敗我吉貝〔二〕花。駐馬一問訊，欲言涕墮紛如麻。頻年赤旱苗盡槁，幸遇劉青天，日日載米來鄉閭。日長米少不敢食，留度荒春難復難。掘取蔞蔞芽，歸作蔞蔞粥，亂掩柴門相抱宿。天不雪，無麥苗；天若雪，眼前凍死何處逃？只今世上無鄭俠〔三〕，聖主安知鴻雁鳴嗷嗷〔四〕。

【校勘】

清張應昌清詩鐸卷十四灾荒總蔞蔞芽同。

【注釋】

〔一〕吉貝：梵語或馬來語的譯音。古時兼指棉花和木棉。古籍記載中的吉貝，實多指草棉，但仍常將棉花與木棉科的木棉樹相混淆。梁書諸夷傳林邑國：「吉貝者，樹名也。其華成時如鵝毳，抽其緒紡之以作布，潔白與紵布不殊。」

〔二〕一髮：漢書枚乘傳：「夫以一縷之任，係千鈞之重，上縣無極之高，下垂不測之淵，雖甚愚之人，猶知哀其將絶也。」謂一根頭髮上繫着千鈞的重量。比喻極其危險。

〔三〕鄭俠：宋史鄭俠傳：「鄭俠字介夫，福州福清人。……久之，監安上門。……是時，自熙寧六年七月不雨，至于七年之三月，人無生意。東北流民，每風沙霾曀，扶携塞道，羸瘠愁苦，身無完衣。并城民買麻秠麥麩，合米爲糜，或茹木實草根，至身被鎖械，而負瓦揭木，賣以償官，累累不絶。俠知安石不可諫，悉繪所見爲圖，奏疏詣閤門，不納。乃假稱密急，發馬遞上之銀臺司。……疏奏，神宗反覆觀圖，長吁數四，袖以入。是夕，寢不能寐。翌日，命開封體放免行錢，三司察市易，司農發常平倉，三衛具熙河所用兵，諸路上民物流散之故。青苗、免役權息追呼，方田、保甲并罷，凡十有八事。民間讙叫相賀。又下責躬詔求言。越三日，大雨，遠近沾洽。輔臣入賀，帝示以俠所進圖狀，且責之，皆再拜謝。」宋魏泰東軒筆録卷五：「熙寧六七年，河東、河北、陝西大饑，百姓流移京西就食者，無慮數萬。……流連襁負，取道於京師者，日有千數。選人鄭俠監安上門，遂畫流民圖，及疏言時政之失。」後以鄭俠圖、流民圖、監門圖後借指反映社會黑暗現實的作品。

〔四〕詩經小雅鴻雁：「鴻雁于飛，哀鳴嗷嗷。」陸德明釋文：「嗷，本又作嗷。」高亨注：「嗷，同嗷。嗷嗷，雁哀鳴聲。」

州衙水

濟寧牧王〔一〕喜興土木以媚神，亦頗嗜聲色，其催科也，以軍興〔二〕梏士於庭。公子尤豪橫，能陵轢州將并及星使〔三〕云。

汶水清，泗水清，兩水合流環濟寧。城中萬家飲清水，商富民醇士風美。何意州衙水獨滋，一飲令人頑，再飲令人癡。癡頑老子〔四〕今有之，亦知肉糜堪療饑〔五〕。楊家壩〔六〕上新樓閣，玉露庵〔七〕中舊禱祠。感應〔八〕懸同孝經速，風雷敢道六丁〔九〕遲？濟寧之城七百雉〔一〇〕，養兵二千安所使？富者且貧貧者死，疊疊官書索租籽。銀鐺擲地鎖青衿〔一一〕，羅綺裁衣分媚子〔一二〕。郎君〔一三〕煉鐵作寶刀，佩向軍門意轉豪。不教小隊〔一四〕隨呼出，甘作尊前刎頸交〔一五〕。豸冠〔一六〕星使倉皇絶，罷酒停歌改顏色。嗚呼廉藺〔一七〕亦何人，罵坐灌夫容豈得〔一八〕？

【注釋】

〔一〕濟寧牧王：據張文濤清代山東濟寧州歷任知州考論曲阜師範大學碩士論文，二〇一七年，王旭升嘉慶十五年（一八一〇）三月至十九年九月任濟寧知州。

〔二〕軍興：指戰時的法令制度。漢書雋不疑傳：「（暴勝之）以軍興誅不從命者，威振州郡。」顔師古注：「有所追捕及行誅罰，皆依興軍之制。」

〔三〕星使：古時認爲天節八星主使臣事，因稱帝王的使者爲星使。

〔四〕癡頑老子：新五代史雜傳十六馮道：「德光責道事晋無狀，道不能對。又問曰：『何以來朝？』對曰：『無城無兵，安敢不來。』德光誚之曰：『爾是何等老子？』對曰：『無才無德癡頑老子。』德光喜，以道爲太傅。」亦省作「癡頑老」。

〔五〕晋書惠帝紀：「及天下荒亂，百姓餓死，帝曰：『何不食肉糜？』」資治通鑑晋惠帝元康九年引此文，胡三省注曰：「糜……粥也。」

〔六〕楊家壩：清史稿李清時傳：「泗水經兖州西流入府河，濟寧城東舊有楊家壩，遏水使入馬場湖，蓄以濟運，遇伏秋水漲不能泄，淹民田，令改壩爲閘，視水盛衰爲啓閉。」

〔七〕玉露庵：民國潘守廉修、民國袁紹昂纂民國濟寧縣志民國十六年鉛印本卷之二宗教篇：「玉露庵，在東門外。向係叢林，其中禪房、齋堂、戒堂均整理清潔，僧人掛單者甚多。入民國，曾放戒二次。」

〔八〕孝經第十六章爲感應章。

〔九〕六丁：道教認爲六丁（丁卯、丁巳、丁未、丁酉、丁亥、丁丑）爲陰神，爲天帝所役使；道士則可用符籙召請，以供驅使。

〔一〇〕百雉：指城牆圍牆長三百丈。

〔一一〕青衿：詩經鄭風子衿：「青青子衿，悠悠我心。」毛傳：「青衿，青領也。學子之所服。」此借指學子。

〔一二〕媢子：愛子。漢王符潛夫論忠貴：「嬰兒常病傷飽也，貴臣常禍傷寵也。父母常失在不能已於媢子，人君常過在不能已於驕臣。」

〔一三〕郎君：漢制，二千石以上官員得任其子爲郎，後來門生故吏因稱長官或師門子弟爲郎君。此稱貴家子弟爲郎君。

〔一四〕小隊：亦稱「小隊子」。清代地方長官招募來維持治安的兵丁。

〔一五〕刎頸交：史記張耳陳餘列傳：「富人公乘氏以其女妻之，亦知陳餘非庸人也。餘年少，父事張耳，兩人相與爲刎頸交。」司馬貞索隱：「崔浩云：『言要齊生死，斷頸無悔。』」

〔一六〕豸冠：即獬豸冠，古代御史等執法官吏戴的帽子。此指御史等執法官吏。

〔一七〕廉藺：戰國時趙國廉頗和藺相如的并稱。

〔一八〕漢灌夫爲人剛直不阿，好使酒。一日，與魏其侯竇嬰共赴丞相田蚡宴。夫怒蚡傲慢無禮，遂借行酒之機指臨汝侯灌賢而罵之，其意實在蚡。蚡乃劾夫罵坐不敬。事見史記魏其武安侯列傳。後因稱在酒宴上借酒使性，辱罵同席之人爲「使酒罵座」。

九女集〔一〕

紅旗飄飖九女集，三賈〔二〕銀牌〔三〕掛當臆。撫軍〔四〕云此是義民，日出搜巢著勞績。我聞鄉評〔五〕殊不爾，賈氏頗多無賴子。一朝官府用鄉兵，恩怨分明從此始。恩即護持怨即殺，白布〔六〕一條强束髮。囊頭〔七〕呼舋〔八〕長官庭，縱有煩冤〔九〕安得達？未曾死賊却死兵，重典〔一〇〕今日爲祥刑〔一一〕。痕侵黑索〔一二〕骨潛碎，血化歐刀〔一三〕燈夜青。四年仍饑户暗減，况復干戈碎心膽？頹垣往往斷炊烟，淅米矛頭〔一四〕竟誰敢？

【注釋】

〔一〕九女集：九女集鎮，位於山東菏澤成武西南。

〔二〕三賈：地名。當指山東曹縣賈李村、賈集村、賈莊村。見後附清盛大士蘊愫閣詩集道光元年刻本卷六有三賈謡。

〔三〕銀牌：銀牌館。舊時規定以銀幣爲賭注的賭場。

〔四〕撫軍：明清時巡撫的別稱。此指時任山東巡撫同興。

〔五〕鄉評：鄉里公衆的評論。

〔六〕白布：漢王充論衡商蟲：「時或白布豪民、猾吏被刑乞貸者，威勝於官，取多於吏，其蟲形象何如狀哉？」劉盼遂注：「白布，連綿字。凶横恣縱之意，與跋扈、拂扈諸詞，蓋同一聲韻之轉。」

〔七〕囊頭：古代酷刑。以物蒙蓋頭部。後漢書黨錮傳范滂：「桓帝使中常侍王甫以次辨詰，滂等皆三木囊頭，暴於階下。」李賢注：「三木，項及手足皆有械，更以物蒙覆其頭也。」

〔八〕呼謈：漢書東方朔傳：「上令倡監榜舍人，舍人不勝痛，呼謈。」顔師古注：「（呼謈）謂痛切而叫呼也。與田蚡傳『呼服』音義皆同。」

〔九〕煩冤：煩躁憤懣。楚辭九章思美人：「蹇蹇之煩冤兮，陷滯而不發。」王逸注：「忠謀盤紆，氣盈胸也。」

〔一〇〕重典：周禮秋官大司寇：「刑亂國用重典。」鄭玄注：「『用重典』者，以其化惡伐滅之。」

〔一一〕祥刑：同「詳刑」。謂善用刑罰。尚書吕刑：「有邦有土，告爾祥刑。」孔傳：「告汝以善用刑之道。」

〔一二〕黑索：論語公冶長第五：「虽在縲绁之中。」孔安國曰：「縲，黑索；絏，攣也。所以拘罪人。」

〔一三〕歐刀：古歐冶子所作之劍。後泛指刑人之刀或良劍。

〔一四〕淅米矛頭：南朝宋劉義慶世説新語排調：「桓南郡與殷荆州語次，因共作了語。……次復作危語。桓曰：『矛頭淅米劍頭炊。』殷曰：『百歲老翁攀枯枝。』」余嘉錫箋疏：「此不過言於戰場中造飯，死生呼吸，所以爲危也。」

妖狐魅

金鄉李〔一〕，定陶蕭〔二〕。身既作逆首，妻女安可使倖逃？果然蕭是妖狐姓〔三〕，囚服當階猶顧影〔四〕。不知夜半魅何人，曉起乘車東出境。居民被害怨次骨〔五〕，追向中途控車軛。問渠那得聽自便？官有文書文有印。罪人不孥〔六〕曠蕩〔七〕恩，此恩或者出至尊。如何區區百里宰〔八〕，法外施仁乃至此！噫嘻哉，手無尚方斬馬劍〔九〕，不斬此官有如水〔一〇〕。

【注釋】

〔一〕金鄉李：前好官府序中所言李卓立。

〔二〕定陶蕭：前出北門序中所言蕭學義、學禮。

〔三〕典出不詳。蓋取妖、蕭音近。

〔四〕顧影：顧影弄姿。回看自己的形影，裝出各種姿態，形容賣弄姿色。

〔五〕次骨：史記酷吏列傳：「（杜周）重遲，外寬，內深次骨。」司馬貞索隱：「次，至也。李奇曰：『其用法刻至骨。』」

〔六〕罪人不孥：孟子梁惠王下：「澤梁無禁，罪人不孥。」朱熹集注：「孥，妻子也。惡惡止其身，不及妻子也。」

〔七〕曠蕩：浩蕩，廣大。

〔八〕百里宰：亦作「百里君」。縣令的別稱。

〔九〕尚方斬馬劍：漢書朱雲傳：「今朝廷大臣上不能匡主，下亡以益民，皆尸位素餐。……臣願賜尚方斬馬劍，斷佞臣一人以厲其餘。」顏師古注：「尚方，少府之屬官也，作供御器物，故有斬馬劍，劍利可以斬馬也。」

〔一〇〕有如水：衆怒如水火。左傳昭公十三年：「衆怒如水火焉，不可爲謀。」群衆的憤怒如同水火一般厲害。

閉城門

閉城門，閉城門，城外車馬如雲屯〔一〕。入城不值將軍令，日中直至天黄昏。設官以衛民，設城以衛官。官民既隔絶，安用守此一彈丸？君不見，四鄉發火光照天，兒啼女哭終夜喧。不知村落蕭條後，官閉空城誰與守？況復城中百貨無，軍士食面馬食麩，朝朝城外聞追呼。

【注釋】

〔一〕雲屯：如雲之聚集，形容盛多。

黄雀悲

黄雀遭鷹鸇，所坐肌肉肥。鷹鸇啓鳳皇〔一〕，云搏㊀鶚與鵰。鵰梟太横不敢搏，搏食黄雀聊伸威，毁巢破卵無孑遺。〔二〕鵰鶚來，黄雀飛。鵰鶚去，黄雀歸。黄雀歸，鷹鸇㊁來。鷹鸇來，黄雀悲。可憐黄雀悲鳴日，正是鵰鶚得意時，鳳兮鳳兮安得知。

【校勘】

㊀「搏」：求志堂存稿彙編本作「捕」，誤。

㊁「鷹鸇」：底本作「雁鸇」，據求志堂存稿彙編本改。左傳文公十八年：「見無禮於其君者，誅之，如鷹鸇之逐鳥雀也。」

【注釋】

〔一〕山海經海内西經：「開明西有鳳皇、鸞鳥，皆戴蛇踐蛇，膺有赤蛇。」郝懿行疏：「鶉鳥，鳳也；海内西經云：昆侖開明西北皆有鳳皇，此是也。埤雅引師曠禽經云：『赤鳳謂之鶉。』」

〔二〕南朝宋劉義慶世説新語言語：「孔融被收，中外惶怖。時融兒大者九歲，小者八歲。二兒故琢釘戲，了無遽容。融謂使者曰：『冀罪止於身，二兒可得全不？』兒徐進曰：『大人豈見覆巢之下，復有完卵乎？』尋亦收至。」

附：清盛大士蘊愫閣詩集道光元年刻本卷六豫東紀事詩六十二韻等

余在兖州途次，遇客從軍中來者，詳述山東、河南邪匪之亂，援筆誌其顛末，俾陳風者有所采焉。

甄食毛，并踐土，教養二百年。蠢兹不靖徒，自外光華天。奸民結私黨，豫東連齊燕。或倡瓦刀社，或摇虎尾鞭。大者八卦教，禍勢久蔓延。惡林飛鴟鴞，患懲陰雨先。願告守土臣，義在豳風篇。爲虺勿早摧，爲蛇悔徒然。癸酉秋九月，殺氣盈中原。妖星三十丈，上犯北斗躔。曹縣被蹂躪，定陶空城捐。河朔十數郡，岌岌累卵懸。强侯殉滑邑，慘殺吁可憐。全家同死難，膏血腥戈鋋。天心佑忠良，幸得愛子全。一城化蟲沙，百里虚炊烟。朱樓誰家宅，隱隱聞管弦。推扉寂無人，髑髏狼藉眠。門前烏桕樹，血染霜花鮮。屋後枯松枝，落月啼杜鵑。烽燧且四起，比户無完壓。躑躅田間翁，白髮垂過肩。手携兩弱穉，衣絮紛糾牽。黄口不肯走，驅之涕洏漣。鄉兵導前路，數里索百錢。無錢瞋目叱，中道傷扑顛。怒駡甘耐忍，尚恐飽老拳。死亡在呼吸，飢渴奚足言？忽報劉都轉，將令軍中宣。馬隊數百匹，弓箭腰間纏。精兵不貴多，一卒殺賊千。旌旗亂雲中，鋭氣凌無前。走賊扈家集，剿賊大廟邊。轉戰九日夜，賊首絡繹傳。滑賊竄輝縣，根株斷猶連。困獸各死鬭，負嵎惡不悛。太行高嵯峨，賊欲巢其巔。桓桓楊提軍，修髯美而鬈。一麾躍萬馬，飛出雙龍泉。縱火焚其巢，飛礮衝其堅。風沙震屋瓦，鼓鼙助喧闐。鐵衣耀白雪，紅旗舞翩翾。戰歸宴將佐，玉帳開觴筵。劍花杯底落，弓月城頭圓。戎醜就俘馘，王師歌凱旋。草蟲賦喓喓，野蠋烝蜎蜎。難民始復甦，稍稍歸園田。面目慘黧黑，肢體病踊蹮。頭上髮不櫛，身上衣無縣。入門眂妻子，卧席擁敗氈。尚疑夢中境，鬼物身爲緣。煮粥拾橡粟，和以艸根煎。性命喜再活，幸不溝壑填。詔書切撫卹，被兵租全蠲。陽春霈甘澤，百卉滋芳妍。晴晅盪沴戾，陰陽平伏愆。上蒼仁愛心，轉移默有權。憑誰問牛喘，燮理無頗偏。霖雨救亢旱，舟楫濟巨川。欲報聖主聖，必藉賢臣賢。我言雖芻蕘，采之毋舍旃。

髣山行

定陶城南殺氣驕，定陶城北軍聲囂。豺狼滿街攫人肉，血光直射蒼天高。朝辭定陶城，暮走髣山麓。悲風蕭寥響群木，徹夜千村萬村哭。村民避賊攔路號，路旁忽見官先逃。黄埃障天日色薄，官遇賊兵官膽落。不聞軍中戰鼓聲，倏化蟲沙與猿鶴。吁嗟乎，官死賊手官可憐，民罹賊虐誰之愆？定陶城中十萬户，奈何倉猝全城捐！

金鄉曲

深山毒藪潛鯢鯨，群醜計奪金鄉城。金鄉邑令捕首逆，鄰境縱之不敢獲。即鹿入林不見幾，逐虎負嵎又誰責？黄花九日金杯浮，銜杯賞花城上樓。暗躡城垣料丁壯，部署健卒藏戈矛。明晨戰鼓掀天震，賊騎雖驕不敢進。菊花無恙笑顔開，紅燭三更百壺酳。城中既有備，城外亦晏然。市者復居肆，畊者仍歸田。金鄉不逢賢守令，生靈百萬何由全？君不見，定曹闔境良家子，血作城濠濠上水。

蒲連嘆

我讀老杜兵車行，不信從軍古云樂。賊兵蠭起官閉城，急召鄉兵動村落。蒲連張家十三子，荷戟同仇誓同死。淚眼愁看白髮枯，荒原瞥見黄塵起。妻子别歧路，不辨東與西。摇手掩口不敢哭，問君幾日歸鉏犂。男兒尸當裹馬革，何以家爲戀魂魄。上有鬱鬱之高松，下有青青之古柏。蒲連大寨賊乘虚，一炬灰飛半天赤。官兵漸集鄉兵歸，歸來宅破無半扉。流離老幼鳥獸散，存者僵凍無完衣。聞道皇仁免租賦，賜糧藉免今冬饑。黄昏仰看星月色，嗚咽磨刀誓殺賊。

三賈謡

險莫薄扈家集，危莫入曹縣城，居莫近蒲連寨，走莫遇三賈兵。紅旗繽紛耀城市，三賈村中無賴子。得錢能脱困獸阱，無錢竟陷良民死。睚眦報復恩讎私，十人九人慄慄危。蒲萄杯紅酒香冽，此中半是蒼生血。血污游魂無路歸，冤泉飛作炎天雪。君不見，炊烟墟里鷄犬愁，陰霾暗慘風飀飀。銀牌高挂者誰子？朝烹肥羊夜宰牛。

定陶捷

青天高懸大將星，賊刃墮地賊膽驚。封狼貙貔抱頭竄，戒不敢犯劉公兵。劉公十年老行陣，據鞍顧盼威風生。公之作官不愛錢，公之待民如愛子。身先將士習甘苦，將士甘心爲公死。定陶城，劉公來。賊黨散，城門開。飛鴻滿野嗷嗷哀，白骨狼藉蘊荒萊。傷心慘目有如此，那堪攜酒臨高臺。噫嘻乎，悲哉！皇穹欲甦爾民困，得遇劉公死無恨。

滑城哀

滑城九月鬼晝哭，白狐跳梁烏啄屋。市人狂呼走避賊，婦孺老羸亂躑躅。官符捕賊督官吏，官吏先爲賊奸細。鞫訊先嚴首惡刑，倉猝群凶肆毒計。城樓高搴八卦旗，箭飛如雨合四圍。慷慨握節縣官死，碧血夜逐青燐飛。營兵竄伏不敢起，罵賊惟聞弱女子。羅裙血染猩猩紅，常山之舌睢陽齒。嗚呼！滑令死，滑城亡，醜類從此争披猖。滑城一日賊未滅，哭向皇天憤所切。

道口歌

滑浚屯糧道口鎮，西通太行達懷慶。賊兵二萬同日進，七路官軍制其命。聞道將軍幕府開，岩關雪夜羽書催。彎弓盤馬不遽發，詔書譴怒如霆雷。古稱需者事之賊，况此小醜何足滅？巽宫王，兑宫伯，汝能爲鴞爲鴟爲鬼爲蜮，乃褫汝魂魄，擣汝巢穴。獨不見，髯將軍挽鬚成結，身先士卒，歸來脱甲宴軍門，萬點猩紅戰袍血。

司寨引

滑城賊鋒數摧敗，鋌險西奔入司寨。南湖賊目尤猖狂，尅日裹糧趨太行。高峰插天一千丈，絶壑悲風亂松響。烈山焚林抛火毬，赤龍鱗甲飛寒湫。裹創苦戰一日夜，殺聲震天天亦愁。白土岡頭兵兩翼，五雲照耀旌旗色。官軍破道口，滑城之圍乃可合。官軍破司寨，滑城之賊乃可滅。流民亂後苦無家，灑涕城南望城北。

滕縣

井疆五十里，到此獨徘徊。渺爾彈丸邑，曾逢命世才。青山拱凫嶧，喬木秀徂徠。古廟蓬蒿没，愁聞鴻雁哀。

東平道中流民歌

去年九月東昌府，城頭烏啼月色苦。今年二月東平州，城邊艸碧花光稠。春花秋月年年度，愁苦飄零向誰訴？提挈老幼飽風雨，負擔牽衣不知數。攀轅叩頭手索錢，對我淚下如流泉。或從淮北來，污田數畝埋荒萊；或從河南去，弟妹避兵在何處？朝廷有詔開倉穀，聞道官堂設官粥。居民一飽尚不足，那望流民果其腹。聖澤如天溥四海，邑有流亡咎誰在？使君大事不糊塗，請繪鄭俠流民圖。

夜過汶上投宿郚舍，寒甚不寐

天陰風色慘，蒼莽陣雲屯。漸近干戈地，不成鷄犬村。酒錢寒易竭，穀價貴難論。擊斷城頭柝，中宵驚客魂。

任丘

任丘漢郡屬吾丘，唐境漁陽接莫州。古壘旌旗迷野色，岩關鼙鼓入邊愁。承平野叟耕黄犢，辛苦征人嘆白頭。南北地形居險要，蒼生幹濟賴持籌。

燕南道中雜咏

二月燕南不見春，曉寒飛雪送行人。故鄉幾日鶯聲裏，楊柳堤邊艸又新。
破寒夜酌酒盈卮，馬上高吟夢裏詩。何處鄉情消不得，十三橋畔月來時。
東方故里客停鞍，古井梧桐露正團。臣朔也愁饑欲死，長安索米自來難。
一笑紅粧劍血痕，買絲争欲繡平原。但求肝膽酬公子，便雪蛾眉地下寃。
鶤鶚摩霄朔氣清，戍樓風急峭寒生。三更明月一聲笛，吹作幽燕變徵聲。
王師去歲盪妖魔，徵調兵車喚渡河。馬上紅旗馬前雪，將軍醉唱凱旋歌。
胭脂北地擅傾城，銀燭宵彈趙女箏。一自羽書徵戍役，玉簫聲是别離聲。
冥濛烟靄鷺鷥汀，十里平沙水荇青。稍喜魚梁生意足，不愁在罶見三星。

東阡南陌冷萋迷，啄粟愁聽黄鳥啼。剩有一畦霜後菜，免教此色到黔黎。
白楊荒冢望蕭條，欲問巫咸賦大招。緑酒但澆墳上土，青燐不照舊時瓢。
陌上車塵暮復朝，南鴻北雁路迢迢。征人若問春消息，莫遣東風過柳條。
艸長鶯飛節候新，五年曾踏鳳城春。白雲自向山中宿，匹馬重關愧此身。

濟陽〔一〕途次遇雨，旅宿既寤，不聞雨聲，疑有雪，喜作

驅車逐塵堁〔二〕，小雨忽星星。不惜征衣淫，所希原麥青。殘更隨戍角，虚白〔三〕晃疏欞。竟慰遺黎〔四〕望，方知頌雪靈。

【繫年】

詩嘉慶十八年（一八一三）十一月南返途中作於濟陽。

【注釋】

〔一〕濟陽：今山東濟南濟陽。

〔二〕塵堁：塵埃。

〔三〕虚白：潔白，皎潔。此代月亮。唐錢起禁闈玩雪寄薛左丞：「虚白生臺榭，寒光入晃旒。」

〔四〕遺黎：亦作「遺黧」。本指亡國之民。此喻劫後殘留的人民。舊唐書裴度傳：「度乃約法，唯盜賊鬥

殺外，餘盡除之，其往來者，不復以晝夜爲限，於是蔡之遺黎始知有生人之樂。」

讀史

虞詡陳倉竈日增〔一〕，馬隆轉战樹機能〔二〕。也知龔遂單車好〔三〕，劇賊其如有杜曾〔四〕。

拉虎排熊自一曹〔五〕，據鞍〔六〕叱馭〔七〕興都豪。并看細柳成兒戲〔八〕，有幾方城沈子高〔九〕。

李崇〔一〇〕何事妒王羆〔一一〕，一樣歡聲應鼓鼙。忍死休教床下伏〔一二〕，岑彭〔一三〕端不愧男兒。

金帶横要酒半酣，狄城未下魯連慚。〔一四〕言言覆案來君叔〔一五〕，不畫雲臺〔一六〕意亦甘。

【繫年】

詩嘉慶十八年（一八一三）十一月作於濟陽。

【注釋】

〔一〕後漢書虞詡傳：「虞詡字升卿，陳國武平人也。……後羌寇武都，鄧太后以詡有將帥之略，遷武都太守，引見嘉德殿，厚加賞賜。羌乃率衆數千，遮詡于陳倉、崤谷，詡即停軍不進，而宣言上書請兵，須到當發。羌聞之，乃分抄傍縣，詡因其兵散，日夜進道，兼行百餘里。令吏士各作兩竈，日增倍之，羌不敢逼。或問曰：『孫臏減竈而君增之。兵法日行不過三十里，以戒不虞，而今日且二百里。何也？』詡曰：『虜衆多，吾兵少。徐行則易爲所及，速進則彼所不測。虜見吾竈日增，必謂郡兵來迎。衆多行速，必憚追我。孫臏見弱，吾今示强，勢有不同故也。』」

〔二〕晉書馬隆傳：「馬隆，字孝興，東平平陸人。……虜樹機能等以衆萬計，或乘險以遏隆前，或設伏以截隆後。隆依八陣圖作偏箱車，地廣則鹿角車營，路狹則爲木屋施於車上，且戰且前，弓矢所及，應弦而倒。奇謀間發，出敵不意。或夾道累磁石，賊負鐵鎧，行不得前，隆卒悉被犀甲，無所留礙，賊咸以爲神。轉戰千里，殺傷以千數。」

〔三〕漢書龔遂傳：「遂字少卿，山陽南平陽人也。……至渤海界，郡聞新太守至，發兵以迎，遂皆遣還，移書敕屬縣悉罷逐捕盜賊吏。諸持鉏鈎田器者皆爲良民，吏毋得問，持兵者乃爲盜賊。遂單車獨行至府，郡中翕然，盜賊亦皆罷。」

〔四〕杜曾（？—三一九）：新野今河南新野人。時胡亢自號楚公，據竟陵反晉，曾火拼胡亢軍，自號南中郎將、竟陵太守。擊敗陶侃、王廙軍，與王敦將周訪交戰，兵敗被殺。

〔五〕三國魏曹植七啓：「乃使北宫、東郭之疇，生抽豹尾，分裂貙肩。形不抗手，骨不隱拳。批熊碎掌，拉虎摧斑。野無毛類，林無羽群，積獸如陵，飛翮成雲。」

〔六〕據鞍：漢書馬援傳：「二十四年，武威將軍劉尚擊武陵五溪蠻夷，深入，軍没，援因復請行。時年六十二，帝湣其老，未許之。援自請曰：『臣尚能披甲上馬。』帝令試之。援據鞍顧眄，以示可用。帝笑曰：『矍鑠哉是翁也！』」

〔七〕叱馭：漢書王尊傳：「王尊字子贛，涿郡高陽人也。……涿郡太守徐明薦尊不宜久在閭巷，上以尊爲郿令，遷益州刺史。先是，琅邪王陽爲益州刺史，行部至邛郲九折阪，嘆曰：『奉先人遺體，奈何數乘此險！』

後以病去。及尊爲刺史，至其阪，問吏曰：『此非王陽所畏道耶？』吏對曰：『是。』尊叱其馭曰：『驅之！王陽爲孝子，王尊爲忠臣。』」

〔八〕史記絳侯周勃世家：「文帝之後六年，匈奴大入邊。乃以宗正劉禮爲將軍，軍霸上；祝茲侯徐厲爲將軍，軍棘門；以河内守亞夫爲將軍，軍細柳：以備胡。上自勞軍。至霸上及棘門軍，直馳入，將以下騎送迎。已而之細柳軍，軍士吏被甲，鋭兵刃，彀弓弩，持滿。天子先驅至，不得入。先驅曰：『天子且至！』軍門都尉曰：『將軍令曰「軍中聞將軍令，不聞天子之詔」。』居無何，上至，又不得入。於是上乃使使持節詔將軍：『吾欲入勞軍。』亞夫乃傳言開壁門。壁門士吏謂從屬車騎曰：『將軍約，軍中不得驅馳。』於是天子乃按轡徐行。至營，將軍亞夫持兵揖曰：『介胄之士不拜，請以軍禮見。』天子爲動，改容式車。使人稱謝：『皇帝敬勞將軍。』成禮而去。既出軍門，群臣皆驚。文帝曰：『嗟乎，此真將軍矣！曩者霸上、棘門軍，若兒戲耳，其將固可襲而虜也。至於亞夫，可得而犯邪！』稱善者久之。月餘，三軍皆罷。乃拜亞夫爲中尉。」

〔九〕沈子高：生卒年不詳，芈姓，沈氏，名諸梁，字子高。春秋末楚國令尹。長期任楚方城外重鎮葉邑今河南葉縣南縣尹。

〔一〇〕北史李崇傳：「李崇字繼長，小名繼伯，頓丘人也。文成元皇后第二兄誕之子。……（崇）除兖州刺史。兖土舊多劫盗，崇乃村置一樓，樓懸一鼓，盗發之處，雙槌亂擊，四面諸村，聞鼓皆守要路。俄頃之間，聲布百里，其中險要，悉有伏人，盗竊始發，便爾禽送。諸州置樓懸鼓，自崇始也。」

〔一一〕北史王羆傳：「王羆字熊羆，京兆霸城人。……時關中大饑，徵税人間穀食，以供軍費。或隱匿者，令遞相告，多被蒡捶，以是人有逃散。唯羆信著于人，人莫有隱者，得粟不少諸州，而無怨讟。……羆性儉率，不事邊幅。嘗有臺使至，羆爲設食，使乃裂去薄餅緣。羆曰：『耕種收穫，其功已深，舂爨造成，用力不少，爾之選擇，當是未饑。』命左右撤去之。使者愕然大慚。又客與羆食瓜，客削瓜皮，侵肉稍厚，羆意嫌之。及瓜皮落地，乃引手就地取而食之。客甚愧色。性又嚴急，嘗有吏挾私陳事者，羆不暇命捶撲，乃手自取靴履，持以擊之。每至享會，自秤量酒肉，分給將士。時人尚其均平，嗤其鄙碎。羆舉動率情，不爲巧詐，凡所經處，雖無當時功迹，咸去乃見思。」

〔一二〕後漢書馬援傳：「傍縣嘗有報仇者，吏民驚言羌反，百姓奔入城郭。狄道長詣門，請閉城發兵。援時與賓客飲，大笑曰：『燒虜何敢復犯我。曉狄道長歸守寺舍，良怖急者，可牀下伏。』後稍定，郡中服之。」

〔一三〕岑彭（？—三五）：東漢初南陽棘陽今河南南陽南人，字君然。新莽時爲本縣長，繼降緑林軍，復屬劉縯，再歸劉秀，任刺奸大將軍，從定河北。劉秀即位後，任廷尉，行大將軍事，封舞陰侯。曾平定荆州等地的割據勢力，遷征南大將軍。後率軍進攻公孫述，進至成都附近，被公孫述派人刺死。後漢書有傳。

〔一四〕戰國策齊策：「田單將攻狄，往見魯仲子，仲子曰：『將軍攻狄，不能下也。』田單曰：『臣以五里之城，七里之郭，破亡餘卒，破萬乘之燕，復齊墟，攻狄而不下何也？』上車弗謝而去。遂攻狄，三月而不克之也。齊嬰兒謡曰：『大冠若箕，脩劍拄頤，攻狄不下，壘於梧丘。』田單乃懼。問魯仲子曰：『先生謂單不能下狄，請聞其説。』魯仲子曰：『將軍之在即墨，坐而織蕢，立則丈插，爲士卒倡曰：「可往矣，宗廟亡矣，云白尚矣，歸於何黨矣！」當此之時，將軍有死之心，而士卒無生之氣，聞若言，莫不揮泣奮臂而欲戰，此所以破燕也。當今將軍，東有夜邑之奉，西有菑上之虞，黄金横帶，而馳乎淄、澠之間，有生之樂，無死之心，所以不勝者也。』田單曰：『單有心，先生志之矣。』明日，乃厲氣循城，立于矢、石之所及，援枹鼓之，狄人乃下。」

〔一五〕來君叔：來歙（？—三五），東漢初南陽新野人，字君叔。初依附更始，旋歸劉秀，任太中大夫，説隗囂歸漢。後囂叛，他以精兵襲破其衆，盡取隴右。建武十一年（三五），率軍入蜀攻公孫述，途中被公孫述派人刺得免而東歸。」

〔一六〕雲臺：東漢明帝永平三年（六〇），漢明帝劉莊在洛陽南宫雲臺閣命人畫二十八將像，稱雲臺二十八將。此二十八人助漢光武帝劉秀一統天下、重興漢室江山，功勞最大、能力最强。

自定陶還鉅野

却出東郭門，雜樹羅道旁。中有雙白榆〔一〕，槃槃〔二〕堪棟梁。大道直如弦〔三〕，驅車獨彷徨〔四〕。懷茲龍蛇蟄〔五〕，歸卧金山〔六〕陽。中夜聞鳴鷄，心熱如沸湯。〔七〕安能假羽翼，一舉登九閶〔八〕。左顧窮渤海〔九〕，右顧見太行。時聞滑賊潰而東西竄。

【繫年】

據「時聞滑賊潰而東西竄」，此詩當作於嘉慶十八年（一八一三）十一月二十日清軍攻破道口不久。

【注釋】

〔一〕白榆：白皮的榆樹。詩經陳風東門之枌：「東門之枌，宛丘之栩。」毛傳：「枌，白榆也。」

〔二〕槃槃：大貌。多指才能出衆。南朝宋劉義慶世説新語賞譽下：「後來出人郗嘉賓。」劉孝標注引南朝宋檀道鸞續晉陽秋：「大才槃槃謝家安，江東獨步王文度，盛德日新郗嘉賓。」

〔三〕直如弦：像弓弦一樣直。比喻爲人正直。後漢書五行志一：「順帝之末，京都童謡曰：『直如弦，死道邊。曲如鈎，反封侯。』」

〔四〕古詩十九首驅車上東門：「驅車上東門，遥望郭北墓。白楊何蕭蕭，松柏夾廣路。下有陳死人，杳杳即長暮。潛寐黄泉下，千載永不寤。浩浩陰陽移，年命如朝露。人生忽如寄，壽無金石固。萬歲更相迭，聖賢莫能度。服食求神仙，多爲藥所誤。不如飲美酒，被服紈與素。」

〔五〕龍蛇蟄：周易繫辭下：「龍蛇之蟄，以存身也。」後因以「龍蛇」喻隱退。漢書揚雄傳上：「以爲君子得時則大行，不得時則龍蛇。」

〔六〕金山：山名，在山東鉅野東南，因鑿石得金而名。

〔七〕南朝宋劉義慶世説新語賞譽：「晉陽秋曰：逖與司空劉琨俱以雄豪著名。年二十四，與琨同辟司州主簿，情好綢繆，共被而寢。中夜聞鷄鳴，俱起曰：『此非惡聲也。』每語世事，則中宵起坐，相謂曰：『若四海鼎沸，豪傑共起，吾與足下相避中原耳！』」

〔八〕九閶：九天之門，指天。

〔九〕渤海：渤海郡，亦作勃海郡。在今河北滄州一帶。

田氏〔一〕東園井

朝日未照窗，何人踏霜葉。伊啞聞轆轤，知是井上汲。

穿地十二尺，湛湛見清水。何不用溉田，坐看禾稼死？
井泉利最久，一夫溉十畝。不見百尺繩，商顏汲龍首〔二〕。

【繫年】

詩嘉慶十八年（一八一三）十一月底作於山東鉅野。

【注釋】

〔一〕田氏：田仲衡鈞，字若谷，山東鉅野人。参詩卷一寶山炮臺歌注釋〔二〕。

〔二〕史記河渠書：「其後莊熊羆言：『臨晋民願穿洛以溉重泉以東萬餘頃故鹵地。誠得水，可令畝十石。』於是爲發卒萬餘人穿渠，自徵引洛水至商顏山下。岸善崩，乃鑿井，深者四十餘丈。往往爲井，井下相通行水。水穨以絶商顏，東至山嶺十餘里間。井渠之生自此始。穿渠得龍骨，故名曰龍首渠。作之十餘歲，渠頗通，猶未得其饒。」裴駰集解：「服虔曰：『顏音崖。或曰商顏，山名也。』」司馬貞索隱：「顏音崖，又如字。商顏，山名也。」張守節正義：「括地志云：『伏龍祠在同州馮翊縣西北四十里。故老云漢時自徵穿渠引洛，得龍骨，其後立祠，因以伏龍爲名。今祠頗有靈驗也。』」

漫　與㊀

軍儲〔二〕一夜唱量沙〔二〕，又聽催租萬口嘩。小吏有才工度事，長官無賴〔三〕坐排衙〔四〕。火城〔五〕百雉〔六〕宵光燭〔七〕，野哭連村少婦髽〔八〕。安得重逢天雨粟〔九〕，不教逋賦困公家？

【繫年】

詩嘉慶十八年（一八一三）十一月底作於山東鉅野。

【校勘】

㊀「漫與」：諸本皆同。當是「漫興」之誤。漫興，謂率意爲詩。詩卷二另有漫興。杜甫有漫興九首。

【注釋】

〔一〕軍儲：糧秣等軍需物資。

〔二〕南史檀道濟傳：「道濟時與魏軍三十餘戰，多捷，軍至歷城，以資運竭乃還。時人降魏者具説糧食已罄，於是士卒憂懼，莫有固志。道濟夜唱籌量沙，以所餘少米散其上。及旦，魏軍謂資糧有餘，故不復追，以降者妄，斬以徇。」後以「量沙」爲安定軍心，迷惑敵人之典。

〔三〕無賴：無聊。

〔四〕排衙：舊時主官升座，衙署陳設儀仗，僚屬依次參謁，分立兩旁，謂之排衙。

〔五〕火城：謂於城周舉火，形成火的城墻，使敵不能進。

〔六〕百雉：禮記坊記：「都城不過百雉。」鄭玄注：「雉，度名也，高一丈，長三丈。」城墻長度達三百丈，是春秋時國君的特權。此借指城墻。

〔七〕光燭：猶明燭。南朝梁何遜看伏郎新婚：「何如光燭夜，輕扇掩紅妝。」

〔八〕髽：古代婦女服喪時用麻扎髮髻。

〔九〕天雨粟：淮南子本經訓：「昔者蒼頡作書，而天雨粟、鬼夜哭。」高誘注：「蒼頡始視鳥迹之文造書契，則詐僞萌生，詐僞萌生則去本趨末、棄耕作之業而務錐刀之利。天知其將餓，故爲雨粟。」

黄梅花〔一〕

梅花不畏寒，黄梅發更早。凛凛嚴霜中，翻使顔色好。主人勤愛惜，包護用茅草。唯恐風暗吹，祇餘日斜照。豈知絶天陽〔二〕，一閼〔三〕生意槁。所以戒揠苗〔四〕，無爲〔五〕合大道。

【繫年】

詩嘉慶十八年（一八一三）十一月底作於山東鉅野。

【注釋】

〔一〕黄梅花：蠟梅花。清汪灝廣群芳譜花譜二十蠟梅引明王世懋學圃餘蔬：「考蠟梅原名黄梅，故王安國熙寧間，尚咏黄梅，至元祐間蘇、黄命爲蠟梅。人言臘時開，故名臘梅。非也，爲色正似黄蠟耳。」

〔二〕天陽：天之陽氣。禮記郊特牲：「天子大社，必受霜露風雨，以達天地之氣也。是故喪國之社屋之，不受天陽也。」

〔三〕閼：阻塞。

〔四〕揠苗：揠苗助長。

〔五〕無爲：道家主張清静虚無，順應自然，稱爲「無爲」。

長至〔一〕

笑拈窗外黄梅〔二〕嗅，知是天心〔三〕應復來。滿眼干戈消戾氣〔四〕，一時盤錯〔五〕見長才〔六〕。游蹤漂泊親朋遠，歸計遲留節序〔七〕催。未敢預愁〔八〕風雪阻，椒花〔九〕願及頌新醅〔一〇〕。

【繫年】

清袁潔蠡莊詩話：「常州周保緒進士濟，榜下以知縣用。改就教職，選淮安教授，旋引疾去。詩酒遨游，不樂仕進，且精於武事，工長矛擊刺之法。癸酉秋，山東教匪滋事，保緒投效軍營不果。余延至金鄉署中，專演子弟兵，事竣而去。記其長至一律云云。」故詩當嘉慶十八年（一八一三）十一月三十日作於山東金鄉，是日冬至。

【注釋】

㊀「醅」：六卷本、求志堂存稿彙編本同，四卷本誤作「酷」。

【注釋】

〔一〕長至：即長至節。冬至俗稱「冬節」「長至節」等，既是一個重要的節氣，也是一個傳統節日。宋孟元老東京夢華録冬至：「十一月冬至，京師最重此節，雖至貧者，一年之間，積累假借，至此日更易新衣，備辦飲食，享祀先祖。官放關撲，慶賀往來，一如年節。」

〔二〕黄梅：蠟梅。參詩卷二黄梅花注釋〔一〕。

〔三〕天心：天帝之心。尚書咸有一德：「克享天心，受天明命。」此代天陽，天之陽氣。

〔四〕戾氣：邪惡之氣。

〔五〕盤錯：盤根錯節，喻事情的艱難複雜，即上句所言「滿眼干戈」「戾氣」。

〔六〕長才：優異的才能。

〔七〕節序：節令，節氣，節令的順序。

〔八〕預愁：在憂愁之中。南唐李中送孫明府赴壽陽：「預愁別後相思處，月入閑窗遠夢迴。」

〔九〕椒花：椒花頌，晋書列女傳劉臻妻陳氏：「劉臻妻陳氏者，亦聰辨能屬文，嘗正旦獻椒花頌。其詞曰：『旋穹周迴，三朝肇建。青陽散輝，澄景載焕。標美靈葩，爰采爰獻。聖容映之，永壽於萬。』」後遂用爲新年祝詞。

〔一〇〕新醅：新釀之酒。唐白居易問劉十九：「緑蟻新醅酒，紅泥小火爐。晚來天欲雪，能飲一杯無？」

雁

南去北來何所營，隨陽〔一〕知否鑒葵誠〔二〕。稻粱計〔三〕拙群難飽，矰繳〔四〕憂深宿亦驚。風急行斜多薄莫〔五〕，霜寒天遠易邊城。九皋有鶴鳴相和〔六〕，不擬乘軒〔七〕骨最清。

【繫年】

詩當嘉慶十八年（一八一三）十二月初作於山東。

【注釋】

〔一〕隨陽：尚書禹貢：「陽鳥攸居。」孔傳：「隨陽之鳥，鴻雁之屬，冬月所居於此澤。」孔穎達疏：「日行，夏至漸南，冬至漸北，鴻雁九月而南，正月而北。」跟着太陽運行，指候鳥依季節而定行止。

〔二〕葵誠：亦作「葵藿」。三國志魏書陳思王植傳：「若葵藿之傾葉，太陽雖不爲之回光，然向之者誠也。竊自比於葵藿，若降天地之施，垂三光之明者，實在陛下。」葵性向日，故古人多用以比喻下對上赤心趨向。

〔三〕稻粱計：稻粱謀。本指禽鳥尋覓食物，多用以比喻人謀求衣食。此用本義。

〔四〕矰繳：繫有絲繩、弋射飛鳥的短箭。晋陶潛歸鳥：「晨風清興，好音時交；矰繳奚施，已卷安勞。」

〔五〕薄莫：同「薄暮」，傍晚。

〔六〕詩經小雅鶴鳴：「鶴鳴于九皋，聲聞于野。」毛傳：「皋，澤也。言身隱而名著也。」鄭玄箋：「皋，澤中水溢出所爲坎，自外數至九，喻深遠也。鶴在中鳴焉，而野聞其鳴聲。……喻賢者雖隱居，人咸知之。」

〔七〕乘軒：乘軒鶴。左傳閔公二年：「冬十二月，狄人伐衛。衛懿公好鶴，鶴有乘軒者。將戰，國人受甲者皆曰：『使鶴，鶴實有禄位，余焉能戰！』」後以喻無功受禄。

西上

西上太行山，行路一何艱。陰凌〔一〕礙馬足，十步九坐嘆。大壑轉委蛇〔二〕，中有修蛇〔三〕盤。吞食虎與豹，出入無定端。雄劍〔四〕既已化，凡鐵〔五〕柔且頑。一失割斷機，嗟哉復何言。

【繫年】

詩嘉慶十八年（一八一三）十二月初作於南太行。

【注釋】

〔一〕陰凌：即「凌陰」，藏冰的地窖。詩經豳風七月：「二之日鑿冰沖沖，三之日納于凌陰。」毛傳：「凌陰，冰室也。」此指山路結冰。

〔二〕委蛇：綿延屈曲貌。

〔三〕修蛇：長蛇，大蛇。淮南子本經訓：「逮至堯之時，十日并出，焦禾稼，殺草木，而民無所食。猰貐、鑿齒、九嬰、大風、封豨、修蛇皆爲民害。」高誘注：「修蛇，大蛇，吞象三年而出其骨之類。」常比喻壞人。漢書揚雄傳上：「屨般首，帶修蛇。」此蓋指天理教義軍餘部。

〔四〕雄劍：本指春秋吴國干將所鑄二劍之一。此泛指寶劍。

〔五〕凡鐵：此特指一般的劍，區别於名劍。

聞司家寨〔一〕大捷，首逆就擒，詩以志喜

楗竹〔二〕方深聖主焦，淇園忽見燒蕭條〔三〕。民因土沃難逃劫，將爲功多定不驕。車下詩成桑野蠋〔四〕，侍中〔五〕榮過漢庭貂〔六〕。洗兵〔七〕好挽黄河水，仍注銅豐、萬福〔八〕鐃。時睢州河决〔九〕未塞。

【繫年】

詩嘉慶十八年（一八一三）十二月初作於山東。

【注釋】

〔一〕司家寨：即司寨，在河南輝縣西北。

〔二〕楗竹：指治理河道堤岸用的竹木樁。清馮桂芬孔俊峰瓢城餞别圖：「祇今楗竹淮壖路，猶想甘棠召棣陰。」

〔三〕史記河渠書：「是時東郡燒草，以故薪柴少，而下淇園之竹以爲楗。天子既臨河決，悼功之不成，乃作歌曰：『……』一曰：『河湯湯兮激潺湲，北渡污兮浚流難。搴長茭兮沈美玉，河伯許兮薪不屬。薪不屬兮衛人罪，燒蕭條兮噫乎何以禦水！穨林竹兮楗石菑，宣房塞兮萬福來。』」淇園，古代衛國園林名。在今河南淇縣西北。産竹，故詩經衛風淇奥曰：「瞻彼淇奥，緑竹猗猗。」

〔四〕詩經豳風東山：「蜎蜎者蠋，烝在桑野。敦彼獨宿，亦在車下。」毛序：「周公東征也。周公東征，三年而歸。勞歸士，大夫美之，故作是詩也。」桑野蠋，植桑的田野。

〔五〕侍中：侍中貂。唐門下省有侍中二人，正二品，其官帽以貂尾爲飾。因借指朝廷珍貴的賞賜。唐杜甫諸將之四：「殊錫曾爲大司馬，總戎皆插侍中貂。」

〔六〕漢庭貂：即「漢珥貂」「漢貂」。文選左思咏史之二：「金張藉舊業，七葉珥漢貂。」李善注引董巴輿服制：「侍中、中常侍，冠武弁，貂尾爲飾。」亦借指侍中、中常侍。

〔七〕洗兵：漢劉向説苑權謀：「武王伐紂，晨舉脂燭。過隧斬岸，過水折舟，過谷發梁，過山焚萊，示民無返志也。至於有戎之隧，大風折旆，散宜生諫曰：『此其妖歟？』武王曰：『非也。天落兵也。』風霽而乘以大雨，水準地而雷。散宜生又諫曰：『此其妖歟？』武王曰：『非也，天灑兵也。』卜而龜熸。散宜生又諫曰：『此其妖歟？』武王曰：『不利以禱祠，利以擊衆，是熸之已。』故武王順天地，犯三妖，而禽紂於牧野，其所獨見者精也。」後遂以「洗兵」表示勝利結束戰争。

〔八〕銅豐、萬福：銅，今江蘇徐州銅山。豐，鹽城大豐。萬福，萬福河，禹貢之菏水，西起定陶仿山。漢武帝塞黄河瓠子决口，歌曰「宣防塞兮萬福來」即其地。

〔九〕睢州河决：事在嘉慶十八年九月乙亥。

附：清昭槤嘯亭雜録滑縣之捷

河南滑縣，地鄰直、東三省，易於藏奸。有李文成者，素習白蓮教，爲若輩所推服，與林清相勾通，約於九月中起事。有縣吏牛亮臣、主計馮克善皆與逆謀。又有宋元成，身軀壯偉多黠智，乃勾通東昌、曹州、大名諸逆賊。時又有曹福昌、劉得財黨羽内應之舉，諸賊恃爲泰山，有司有知之者，皆不敢舉發。滑縣知縣强克捷，陝西韓城人，中戊辰進士。人素忠梗，乃收捕李文成於獄，根究結黨逆謀，上司有阻之者，强不爲所撼。牛亮臣、宋元成遂糾結賊衆，於九月初九日劫獄入署。强聞難，朝服立於堂中，以大義責之曰：「汝輩皆朝廷赤子，奈何崇信邪教，甘謀不軌？自古紅巾，幾見有爲帝王者？乃爲此滅族之計，吾爲汝父母官，應代爲悲也。」衆有感其惠者，不忍戕害，宋元成首犯强公，因屠害家屬數十人。其媳徐氏美而艷，賊欲犯之，徐瞋目大駡，怒齧賊背，賊怒，臨其軀。劫文成出獄，遂據城叛。時欲結隊北上，有教諭吕某佯降賊，因紿之曰：「昔川、楚教匪蔓延九年，所以終爲官兵撲滅者，因其不據城池，無所固守故也。今可高築雉堞，閉關自守，以待他郡接援，然後會師北上，始能保萬全也。」賊信其説，遂屯聚道口諸村堡，以爲聲援計。事聞，上命直督温承惠爲總統，率古北口提督馬瑜及護軍統領富蘭、副都統格布舍、蘇爾慎等，率直隸、河南等處緑營兵以討之。温馳至正定，聞禁城變，復率兵歸保定。上以其失察林清及逗遛故，褫其職，改命陝督那彦成督師。命簡健鋭、火器二營兵二千名，命侍郎公慶祥，副都統御前侍衛桑吉斯塔爾，副都統積德、長慶等率之往。時山東東昌亦有應之者，賴鹽運使劉清，副將馬建紀、張拱辰等率兵抵禦，誅夷無算。上又命固原提督楊遇春率陝中兵討賊。楊固宿將，所統兵皆降賊，技勇熟練，身經百戰者，楊善爲撫馭，得其死力。時河南巡撫高杞被圍於浚縣，富蘭等統兵救之，圍乃解。那繹堂馳至軍，請申明紀律，檄調各省兵馬。上責其逗遛，那謂人曰：「不教而戰，是殃民也。昔川、楚之所以失事者，皆兵力未集而遽與之戰，反爲所敗。是以人心震慴，不敢復攖其鋒，以致蔓延日久也。今吾當厚集兵力，一鼓滅之。」遂屯河陽未進。楊遇春領關西兵至，先率數騎馳入賊壘，遍觀形勢，曰：「烏合之衆易擒也。」會吉林、黑龍江勁旅至，遂於十一月二十日攻破道口諸賊壘。時李文成于官兵未合圍時已驅車遁，以被知縣强公夾傷，故遷延不能速行，那繹堂命總兵特依順保、楊芳，副都統德英額等追之。李文成遁入林縣司寨山中，徑路曲險，賴獲土人導之以進。官兵有潰散者，賴楊芳斬數騎，人始用命。四面合攻，自辰至酉，賊勢稍衰，我兵得以前進。賊皆潰散，墜澗壑死者無算，屍與澗平，我兵踏賊腹背以進。李文成知事急，自焚死，司寨之賊始盡。其據城者，猶日將白旗招颭，以期外援。時將林清等之首示之，賊皆以爲僞，以林清内有奥援，其事定當早成，其愚暗也若此。宋元成遂遣馮克善潛出圍北上，以偵林清事之成敗，及號召其黨羽至河間旅店中，爲知縣張翔所獲。時上命今大學士托公津馳赴大名，率富蘭、馬瑜等討長垣諸賊，以次撲滅。那繹堂用楊時齋提督掘地道計，初於城西北掘之，爲賊所破，復於西南隅掘之。既爇，城轟然崩隤，楊時齋持皂旗首登堞，桑吉斯塔爾繼之。會城隅關帝廟被焚，火光照如白晝，我兵乘勝，無不用命。那繹堂與高公杞登土阜，督率進兵，至天明，屠戮賊人殆盡，於破屋中擒牛亮臣、徐安國二賊首。賊畏懼，無不延頸受戮，積屍若山阜。凡九十日，滑縣乃平。教諭吕某亦自縊死。

戚購得之。

常開平〔一〕鐵槍歌，爲開平後裔孫冠英〔二〕作

槍沉鄱陽湖中，掛鱼綱乃出，冠英副戎濟寧，從其

魏武橫稍賦鹿鳴〔三〕，虞翻倚矛注周易〔四〕。古來擊刺須長兵，劍術雖工一人敵〔五〕。平生嗜

好有如此，魯國來尋戰清迹。衰周代遠蕪沒盡，隴上深耕少遺鐵。當筵眉宇忽飛動，出水蛟龍矯且軼。晶瑩七尺紅珊瑚〔六〕，老幹亭亭净如拭。網來定自東海底，未信鄱陽有神物。初如潛虯待雷雨，泥污苔埋深晦匿。忽如王鮪離山岫，倔强沖波對人立。〔七〕觸舷鏗爾聞金聲，老漁手柔掣不得。摩挲始見大將名，從此飛騰世人識。開平善戰無等倫，豈有利器成抛失。當時親操舴艋舟，縈繞漢〔八〕軍入復出。應由地逼利刀盾，故把神鋒輕一擲。邇來四百四十年〔九〕，刃上朱殷尚留血。冠英錚錚起營州〔一〇〕，拔迹虎賁分節鉞。歲寒觴我酒正酣，得展英風信奇絶。昭昭我祖亦濠梁〔一一〕，射虎臺〔一二〕邊卜新宅。强弓大箭今何在，却弄毛錐〔一三〕究詩律。還君此物三太息，我方學耕須鑄戟〔一四〕。

【繫年】

詩嘉慶十八年（一八一三）十二月初作於濟寧。

【注釋】

〔一〕常開平：常遇春（一三三〇—一三六九），字伯仁，號燕衡，南直隸鳳陽懷遠今安徽懷遠人。明開國名將。洪武二年（一三六九），北伐中原，暴卒軍中，追封開平王。

〔二〕冠英：常冠英，常遇春裔孫，曾官營州。詩曰：「冠英錚錚起營州。」又據清張同聲修、清李圖纂道光重修膠州志，曾任膠州營副將。濟寧爲東河道總督駐地，河標中軍副將爲副職，河標兵主帥，從二品。詩云冠英「副戎濟寧」「分節鉞」，時當官此職。

〔三〕唐元稹唐故工部員外郎杜君墓係銘：「建安之後，天下文士遭罹兵戰，曹氏父子鞍馬間爲文，往往橫槊賦詩，故其抑揚怨哀悲離之作，尤極於古。」稍，同「槊」。鹿鳴，曹操短歌行：「對酒當歌，人生幾何！譬如朝露，去日苦多。……呦呦鹿鳴，食野之苹。我有嘉賓，鼓瑟吹笙。」

〔四〕三國志吴書虞翻傳引吴書：「策討山越，斬其渠帥，悉令左右分行逐賊，獨騎與翻相得山中。翻問左右安在，策曰：『悉行逐賊。』翻曰：『危事也！』令策下馬：『此草深，卒有驚急，馬不及縈策，但牽之，執弓矢以步。翻善用矛，請在前行。』」虞翻（一六四—二三三），字仲翔，會稽餘姚今屬浙江寧波人。三國吴經學家。家傳西漢今文孟氏易，撰易注，已佚。唐李鼎祚周易集解曾采録，清黄奭漢學堂叢書、孫堂漢魏二十一家易注亦有輯録。

〔五〕史記項羽本紀：「書足以記名姓而已。劍一人敵，不足學，學萬人敵。」

〔六〕七尺紅珊瑚：南朝宋劉義慶世説新語汰侈門：「石崇與王愷争豪，并窮綺麗，以飾輿服。武帝，愷之甥也，每助愷。嘗以一珊瑚樹，高二尺許賜愷。枝柯扶疏，世罕其比。愷以示崇。崇視訖，以鐵如意擊之，應手而碎。愷既惋惜，又以爲疾己之寶，聲色甚厲。崇曰：『不足恨，今還卿。』乃命左右悉取珊瑚樹，有三尺四尺，條幹絶世，光彩溢目者六七枚，如愷許比甚衆。愷惘然自失。」

〔七〕漢張衡東京賦：「王鮪岫居，能鱉三趾。」明宋濂寓林折枝王鮪：「東海有巨魚，名王鮪焉。不知其大多少。赤幟曳曳見龕赭間，則其鬣也。王鮪出入海中，鼓浪歕沫，腥風蓋倐倐然云。逢鮰鰼鰹魠必吞，日以十千計，不能饜。出游黑水洋，海船聚洋中者萬。王鮪一噴，皆没不見。其從容行海間，孰敢向問之者？」

〔八〕漢：元末農民起義領袖陳友諒（一三二〇—一三六三）建立政權，國號漢。

〔九〕一三六三年，朱元璋在鄱陽湖大敗陳友諒六十萬水軍。距嘉慶十八年（一八一三），四百五十年，近四百四十年。

〔一〇〕營州：今遼寧朝陽。

〔一一〕詩卷五始識少伯於葵如寓齋，雨後同游齊山序：「余家譜載始遷祖傳八公，自定遠從明將湯公和度江下常州宜興，蓋鄉郡也，因家焉。」濠梁，濠州，今安徽鳳陽。

〔一二〕射虎臺：射虎亭，又名凌亭、虔亭。在江蘇宜興懸脚嶺東側。三國孫權任陽羡今宜興長時，射虎於虔亭。故名。

〔一三〕毛錐：毛錐子，毛筆的别稱。

〔一四〕鑄戟：銷戈鑄戟，以爲農器。

附：清沈欽韓幼學堂詩文稿卷一三周保緒常副將軍折槍歌常開平槍于鄱陽湖得之。

將軍發迹牛渚磯，銅頭鐵額摧童麋。手中丈八寒骨白，神州一掃窮朔陲。鞋山合圍戰鼓竭，沔陽漁子氣咆勃。萬人呼號玉蝀光，膽落江神掀貝闕。妖星雨急嚚子口，虎魄墮地群狼走。將軍呼酒解裲襠，大羽腰間猶剩否？黑蛇掘斷波心擲，千歲老蛟吞不得。魚鑾罥網半段强，齒齒濤痕湔血色。周郎寓目快作歌，泥沙戡蹙三摩挲。淬鍊一朝鐘鼎出，壯士從此挽天河。君不見，秦武衛殿庭肆設琱戈貴；又不見，王彦章廬陵嗟嘆記鐵槍。男兒所遭亦間闊，金錫躍冶誠不祥。周郎武庫艱一試，剛砮逡循土花翠。揭來麟閣自賞詩，拈弄毛錐愈有味。聊看退筆滿墻根，亦似將軍折槍棄。

官軍破滑縣賦得百五十字

滑臺〔一〕雄勝地，道口〔二〕況儲糧？先據敖倉〔三〕粟，仍嚴困獸防。先復道口，而後合圍。楊提軍遇春〔四〕之謀也。登巢〔五〕初踴躍，負户〔六〕已蒼皇。詔許投誠活，魚偏戀釜僵〔七〕。頹垣飛鐵杖，暗阱架虹梁。莫應蕭茅〔八〕哭，誰窺鄭井狂〔九〕。孤雛〔一〇〕填馬足，蓬首〔一一〕壓車箱〔一二〕。卷旆西風立，吹笳落日黃。血青多化燐〔一三〕，骨白總疑霜。俘已中朝獻，鴻猶大澤翔〔一四〕。春林巢有燕〔一五〕，土缶怪生羊〔一六〕。帝極憂民困，時宜得吏良。薪然已息焰，弦絶許更張〔一七〕。此日牛橫帶〔一八〕，何年雉下桑〔一九〕。願言弛束縛，慎勿重周章〔二〇〕。

【繫年】

此詩作於嘉慶十八年十二月滑縣城破不久。

【注釋】

〔一〕滑臺：古地名。今河南滑縣。相傳古有滑氏，於此築壘，後人築以爲城。漢末以來爲軍事要沖。

〔二〕道口：今滑縣道口鎮，亦即滑臺。

〔三〕敖倉：亦作敖庾，在河南鄭州西北邙山即敖山上。山上有城，秦置穀倉於其中，故曰「敖倉」。後泛指糧倉。

〔四〕楊提軍遇春：楊遇春（一七六一—一八三七），清四川崇慶今崇州人，字時齋。乾隆六十年（一七九五）從福康安至貴州，鎮壓苗民起義。嘉慶二年（一七九七）又隨額勒登保轉戰川陝，鎮壓白蓮教起義軍，升提督。十八年，爲參贊大臣，從那彦成鎮壓林清、李文成起義，攻破滑縣。道光五年（一八二五）署陝甘總督，次年出兵平定張格爾叛亂。後以年老辭官。

〔五〕巢：巢車，一種古代的兵車。車上有轆轤升降的瞭望臺，人在臺内，如鳥在巢中，故稱爲「巢車」。可用來瞭望敵軍。左傳成公十六年：「楚子登巢車以望晋軍。」

〔六〕負户：背着門板以擋弓箭。後漢書光武帝紀上：「或爲地道，衝輣橦城。積弩亂發，矢下如雨，城中負户而汲。」

〔七〕後漢書張綱傳：「若魚游釜中，喘息須臾間耳。」後用「魚游釜中」喻處境危險，快要滅亡。

〔八〕蕭茅：祭祀時供縮酒用的苞茅。周禮天官冢宰第一甸師：「祭祀，共蕭茅，共野果蓏之薦。」左傳僖公四年：「爾貢苞茅不入，王祭不共，無以縮酒，寡人是徵。」此用以代清軍征剿。

〔九〕明馮夢龍叔詹據鼎抗晋侯，弦高假命犒秦軍：「蹇叔又曰：『君何不使人行吊於鄭，以窺鄭之可攻與否。毋爲杞子輩虚言所惑也！』」鄭井：周滅商後，周武王封姜太公之少子井叔于鄭，史稱西鄭。周穆王奪西鄭爲下都，姜姓鄭國亡。國人姓奠井氏，或爲鄭井氏，亦即鄭氏。

〔一〇〕孤雛：後漢書竇憲傳：「帝大怒，召憲切責曰：『深思前過，奪主田園時，何用愈趙高指鹿爲馬？……今貴主尚見枉奪，何况小人哉！國家棄憲如孤雛腐鼠耳。』」孤雛腐鼠，喻微賤不足道的人或物。

〔一一〕蓬首：詩經衛風伯兮：「自伯之東，首如飛蓬。」本形容頭髮散亂如飛蓬。此義同上句「孤雛」，喻微賤不足道的人或物。

〔一二〕車箱：箱車。偏箱車。古兵車名。晉書程馬隆傳：「隆依八陣圖作偏箱車，地廣則鹿角車營，路狹則爲木屋施於車上，且戰且前，弓矢所及，應弦而倒。」明史兵志四：「景泰元年，定襄伯郭登請仿古制爲偏箱車。轅長丈三尺，闊九尺，高七尺五寸，箱用薄板，置銃。出則左右相連，前後相接，鈎環牽互。」

〔一三〕清魏禧徵于忠肅祠：「丹心縱死還如鐵，碧血长埋未化燐。」「血青」即「青血」，碧血。

〔一四〕史記陳涉世家：「陳涉少時，嘗與人傭耕，輟耕之壟上，悵恨久之，曰：『苟富貴，無相忘。』庸者笑而應曰：『若爲庸耕，何富貴也？』陳涉太息曰：『嗟乎，燕雀安知鴻鵠之志哉！』」

〔一五〕左傳襄公二十九年：「（吴公子札）自衛如晉，將宿於戚，聞鐘聲焉，曰：『異哉！吾聞之也，辯而不德，必加於戮，夫子獲罪於君以在此，懼猶不足，而又何樂？夫子之在此也，猶燕之巢於幕上。』」杜預注：「至危。」楊伯峻注：「帳幕，隨時可撤。燕巢於其上，至爲危險。」

〔一六〕史記孔子世家：「季桓子穿井得土缶，中若羊，問仲尼云『得狗』。仲尼曰：『以丘所聞，羊也。丘聞之，木石之怪夔、罔閬，水之怪龍、罔象，土之怪墳羊。』」

〔一七〕漢書董仲舒傳：「竊譬之琴瑟不調，甚者必解而更張之，乃可鼓也；爲政而不行，甚者必變而更化之，乃可理也。」

〔一八〕牛横帶：漢書循吏傳龔遂：「宣帝即位，久之，渤海左右郡歲飢，盗賊并起，二千石不能禽制。……遂見齊俗奢侈，好末技，不田作，乃躬率以儉約，勸民務農桑，令口種一樹榆、百本䪥、五十本葱、一畦韭，家二母彘、五鷄。民有帶持刀劍者，使賣劍買牛，賣刀買犢，曰：『何爲帶牛佩犢！』春夏不得不趨田畝，秋冬課收斂，益蓄果實菱芡。勞來循行，郡中皆有畜積，吏民皆富實。獄訟止息。」後世因以「帶牛佩犢」爲農民被迫棄農暴亂之典。

〔一九〕後漢書魯恭傳：「魯恭字仲康，扶風平陵人也。……建初七年，郡國螟傷稼，犬牙緣界，不入中牟。

河南尹袁安聞之，疑其不實，使仁恕掾肥親往廉之。恭隨行阡陌，俱坐桑下，有雉過，止其傍。傍有童兒，親曰：『兒何不捕之？』兒言：『雉方將雛。』親瞿然而起，與恭訣曰：『所以來者，欲察君之政迹耳。今蟲不犯境，此一異也；化及鳥獸，此二異也；竪子有仁心，此三異也。久留，徒擾賢者耳。』」後因以「桑雉」爲施行仁政、普及教化的典實。

〔二〇〕周章：周密而嚴苛的律法。

遥聞

遥聞清渭濱，逼歲動征塵。〔一〕地胏〔二〕終南〔三〕接，江源蜀棧〔四〕親。八年經討伐〔五〕，諸將各艱辛。今日詢遺策〔六〕，應多百戰身。

太白夜生芒，秦兵氣必揚。〔七〕機原乘破竹〔八〕，勢即等驅羊〔九〕。轉漕三門〔一〇〕險，搜巢六谷〔一一〕長。因思鍾傅績，坐鎮亦非常。〔一二〕

隴蜀昔合勢〔一三〕，況今惟一區？蒺藜平軟屐〔一四〕，陳寶辟妖書〔一五〕。板屋〔一六〕同仇易，軍心挾纊〔一七〕如。所嗟在人命，鋒鏑本殘餘。

【繫年】

據「逼歲」，知詩作於嘉慶十三年（一八〇八）十二月底。

【注釋】

〔一〕嘉慶十八年（一八一三），陝西伐木工於岐山三才峽起義，史稱「箱工起義」。

〔二〕地肺：地肺山，即商山，在商洛上洛縣南十四里。高士傳四皓：「秦始皇時，（四皓）見秦政虐，乃退入藍田山，而作歌曰：……乃共入商雒，隱地肺山，以待天下定。及秦敗，漢高聞而徵之，不至，深自匿終南山，不能屈。」

〔三〕終南：終南山。

〔四〕蜀棧：蜀中的棧道。一名閣道，三國蜀漢時所建，故稱。

〔五〕嘉慶元年（一七九六），川楚陝白蓮教大起義爆發。至嘉慶十年五月，起義最終失敗。

〔六〕遺策：漢賈誼過秦論上：「孝公既没，惠文、武、昭襄王蒙故業，因遺策，南取漢中，西舉巴蜀，東割膏腴之地，北收要害之郡。」

〔七〕漢書鄒陽傳：「昔者荆軻慕燕丹之義，白虹貫日，太子畏之；衛先生爲秦畫長平之事，太白蝕昴，而昭王疑之。」三國魏如淳注：「太白主西方，秦在西，敗趙之兆也。」

〔八〕破竹：晋書杜預傳：「昔樂毅藉濟西一戰以并强齊，今兵威已振，譬如破竹，數節之後，皆迎刃而解，無復著手處也。」

〔九〕驅羊：唐杜牧冬至日寄小侄阿宜：「朝廷用文治，大開官職場。願爾出門去，取官如驅羊。」

〔一〇〕三門：三門峽，在河南。

〔一一〕六谷：武威祁連山中古浪河谷洪源谷、黄羊河谷、雜木河谷閘渠河、金塔河谷、西營河谷、東大河；一説大通河谷、金强河谷、古浪河谷、哈溪河谷、武威南山河谷、永昌南山河谷。此喻農民起義所據之地。

〔一二〕鍾繇（一五一—二三〇），字元常。豫州潁川長社今河南許昌長葛東人。漢末至三國曹魏時著名書法家、政治家。鍾繇被曹操委以重任，爲司隸校尉，鎮守關中，功勳卓著。明帝時官拜太傅，世稱鍾太傅。

〔一三〕嘉慶年間白蓮教大起義蔓延川、楚、陝三省。

〔一四〕晉書宣帝紀：「關中多蒺藜，帝使軍士二千人著軟材平底木屐前行，蒺藜悉著屐，然後馬步俱進。追到赤岸，乃知亮死審問。時百姓爲之諺曰：『死諸葛走生仲達。』帝聞而笑曰：『吾便料生，不便料死故也。』」

〔一五〕史記封禪書：「作鄜畤後九年，文公獲若石云，于陳倉北阪城祠之。其神或歲不至，或歲數來，來也常以夜，光輝若流星，從東南來集于祠城，則若雄鷄，其聲殷云，野鷄夜雊。以一牢祠，命曰陳寶。」司馬貞索隱引列異傳：「陳倉人得異物以獻之，道遇二童子，云：『此名爲媦，在地下食死人腦。』媦乃言云：『彼二童子名陳寶，得雄者王，得雌者伯。』乃逐童子，化爲雉。秦穆公大獵，果獲其雌，爲立祠。祭，有光，雷電之聲。雄止南陽，有赤光長十餘丈，來入陳倉祠中。」

〔一六〕板屋：一椽板屋。指狹小的船艙，用木板搭蓋的房屋。宋楊萬里閶門外登谿船一：「一椽板屋纔經雨，兩面油窗好讀書。」

〔一七〕挾纊：左傳宣公十二年：「申公巫臣曰：『師人多寒。』王巡三軍，拊而勉之，三軍之士皆如挾纊。」杜預注：「纊，綿也。言説以忘寒。」

除夕

辭家三月近，改歲此宵臨。百感熏爐火，深杯〔一〕壯士心。及晨餘一劍〔二〕，味世識多金〔三〕。

好作春田計，天緣釀雪陰。

【繫年】

詩作於嘉慶十八年（一八一三）除夕。

【注釋】

〔一〕深杯：滿杯。指飲酒。

〔二〕宋黄庭堅次韻吉老十小詩其十：「學似斫輪扁，詩如飯顆山。室中餘一劍，無氣斗牛間。」

〔三〕多金：戰國策秦策一：「蘇秦曰：『嫂何前倨而後卑也？』嫂曰：『以季子之位尊而多金。』」

正月二十四日小雪，其明日雪大，喜而成詩

四年山左苦赤旱，去冬無雪愁仍饑。飯餘上馬出西郭，似有蠛蠓〔一〕相逐飛。因風眩轉塵亂睫，得暖消化珠盈題〔二〕。南窗擁爐獨高臥，漠漠天色垂檐低。漸密先令意蕭爽，乍疏復覺心狐疑。須臾勢合風轉急，縈繞驛絡〔三〕千蛛絲。忽驚一瓣似梅大，終年不見成新奇。千花萬蕊落復落，地下稍稍塗銀泥。直知一夜没馬耳〔四〕，豈意曉月揚蛾眉。食時始復見飄蕩，紛糅雜遝〔五〕還離披〔六〕。歡聲萬户盡雷動，絶勝論斛量珠璣〔七〕。且欣有麥果夏腹，何暇顧粟生春肌？獨斟濁酒不成醉，爲念西士〔八〕寒無衣。

【繫年】

詩嘉慶十九年（一八一四）正月二十四日作於山東東昌。

【注釋】

〔一〕蠛蠓：文選揚雄甘泉賦：「歷倒景而絶飛梁兮，浮蠛蠓而撇天。」李善注引孫炎爾雅注：「蠛蠓，蟲小

於蚊。」此喻雪花。

〔二〕題：爾雅釋言：「頲，題也。」注：「題，額也。」

〔三〕驛絡：猶絡繹，連續不斷。驛，通「繹」。

〔四〕馬耳：馬耳關。在今山東萊蕪東北七十二里原山西麓。

〔五〕雜遝：紛雜繁多貌。

〔六〕離披：亦作「離披」。分散下垂貌，紛紛下落貌。

〔七〕宋李昉等太平廣記卷三百九十九水緑珠井：「緑珠井在白州雙角山下。昔梁氏之女有容貌，石季倫爲交趾采訪使，以圓珠三斛買之。梁氏之居，舊井存焉。耆老傳云：『汲飲此水者，誕女必多美麗。』里閭有識者，以美色無益於時，遂以巨石填之。邇後雖時有産女端嚴，則七竅四肢多不完全。異哉。」

〔八〕西士：指蓋指在山東、河南一帶西征農民起義的清軍將士。

遠游

遠游必動倚廬〔一〕情，爲讀遺經百感生。雪裏殘更聽轉逼，寒多歸夢續難成。許身何地堪投筆〔二〕？閱世傷心但指楹〔三〕。獨有隆中解高卧〔四〕，梅花落後看春耕。

【繫年】

詩嘉慶十九年(一八一四)正月底作於山東。

【注釋】

〔一〕倚廬：同「倚門」「倚閭」。戰國策齊策六：「王孫賈年十五，事閔王。王出走，失王之處。其母曰：『女朝出而晚來，則吾倚門而望；女暮出而不還，則吾倚閭而望。』」後因以「倚門」或「倚閭」「倚廬」謂父母望子歸來之心殷切。

〔二〕投筆：用班超投筆從戎之典。參詩卷二咏史注釋〔七六〕。

〔三〕左傳昭公元年：「叔孫歸，曾夭御季孫以勞之。旦及日中不出。曾夭謂曾阜曰：『旦及日中，吾知罪矣。魯以相忍爲國也，忍其外，不忍其内，焉用之？』阜曰：『數月於外，一旦於是，庸何傷？賈而欲贏，而惡囂乎？』阜謂叔孫曰：『可以出矣。』叔孫指楹，曰：『雖惡是，其可去乎？』乃出見之。」清李慈銘趙新又同年左傳質疑序：「蓋叔孫氏實季氏之黨，觀指楹可去，及叔出季處之言，其爲黨交，已可概見。」

〔四〕三國志蜀書諸葛亮傳：「好爲梁父吟。」裴松之注引晋習鑿齒漢晋春秋：「亮家於南陽之鄧縣，在襄陽城西二十里，號曰隆中。」

贈嵇久之〔一〕太守

鬢髯如戟眼偏明，湖海〔二〕襟期〔三〕許共傾。我負狂名君負謗〔四〕，相逢只管話蒼生。

泉林〔五〕遺迹久荒蕪，汶泗經流任有無。不比離堆〔六〕與龍骨〔七〕，世人猶是惜工夫。
燈紅酒緑市聲稀，殘雪庭陰耀素輝。官况〔八〕蕭條仍作客，不知家世是黄扉〔九〕。

【繫年】

詩嘉慶十九年（一八一四）正月底作於東昌。

【注釋】

〔一〕嵇久之：清王贈芳、王鎮修，清成燿、冷烜纂道光濟南府志道光二十年刻本卷三十二：「嵇承群，字久之，號誠軒，江蘇無錫人。議叙，四十八年由滋陽縣丞署任陞泰安知縣、武定府同知，擢東昌府知府。有傳。」卷三十八：「嵇承群，字久之，號應和，大學士文敏公之孫，文恭公第四子也。監生。四庫館議叙選滋陽縣丞，歷署淄川、臨邑，治尚寬平，從未以輕怒妄刑一人。冬月用刑，必令鋪皮，而後施杖，故受刑者必感泣，惟訟師必嚴治之。尤篤愛士子，所治以學校爲先務，訪有高才者，優游以勵其餘。在臨邑一年，政績最著，民多繪名衣傘以志感戴。去官時，送者滿路，謝之不去，至脱鞾以繫思慕焉。補泰安縣，陞武定同知，調濟南同知，防河汛，剿逆匪，俱有勞績，擢東昌知府。在東四十年，貧無寸土，殁後賴同官賻贈，始得歸葬云。」

〔二〕湖海：浪迹江湖，不與朝政。

〔三〕襟期：襟懷、志趣。

〔四〕清佚名清史列傳大臣畫一傳檔正編十八嵇璜：「五十九年四月，諭曰：『據福寧奏保舉堪勝知府之武定府同知嵇承群、曹州府同知陳文駿二員，并聲明「嵇承群係大學士嵇璜之子」等語。外省保舉，自應簡拔寒畯，况前降諭旨，令督撫等各保舉一二員送部引見，如該撫因一時乏人，即保薦一人，有何不可？且該省同知、直隸州知州不下十餘員，其中豈無一二才具堪膺方面之選者，而必須將嵇璜之子嵇承群登諸薦剡，殊屬非是。大學士之子，朕所素知，如果才堪任使，原可量加酌用。即如阿桂之子阿迪斯現任侍郎，和珅之弟和琳前因辦理糧餉軍務，認真出力，洊擢尚書。然此皆朕特加簡擢，并非因人保薦，始行用至卿貳也。朕臨御五十九年，因材器使，一秉至公，大學士子弟從不准臣工等互相保薦，致啓黨援之漸。今福寧輒將嵇承群保奏，雖於摺尾聲明，究不免瞻徇情面。福寧著交部議處，嵇承群不准送部引見。』」

〔五〕泉林：在山東濟寧泗水東。爲泗河源頭所在地，孔子曾於此慨嘆「逝者如斯夫，不舍晝夜」，北魏酈道元譽爲「海岱名川」。

〔六〕離堆：亦作「離碓」。古地名。在四川都江堰。史記河渠書：「蜀守冰鑿離碓，辟沫水之害，穿二江成都之中。」裴駰集解引晋灼曰：「（碓），古『堆』字也。」

〔七〕龍骨：史記河渠書：「於是爲發卒萬餘人穿渠，自徵引洛水至商顔山下。岸善崩，乃鑿井，深者四十餘丈。往往爲井，井下相通行水。水積以絶商顔，東至山嶺十餘里間。井渠之生自此始。穿渠得龍骨，故曰龍首渠。作之十餘歲，渠頗通，猶未得其饒。」

〔八〕官况：居官的境遇。

〔九〕黄扉：古代丞相、三公、給事中等高官辦事的地方，以黄色塗門上，故稱。嵇承群祖父嵇曾筠（一六七〇—一七三八），字松友，號禮齋。歷官河南巡撫、兵部侍郎、河南副總河、河道總督、文華殿大學士、吏部尚書、浙江巡撫、總督等；父嵇璜（一七一一—一七九四）歷任日講起居注官、翰林院侍讀學士、通政司副使、都察院右僉都御史、吏部右侍郎、禮部尚書等。

春陰

春半連陰未放晴，獨騎驕馬郭西行。王孫〔一〕緑淺遥迷望，楊柳風〔二〕多暗繞城。白眼〔三〕不辭村酒醉，絳唇何處杏花明〔四〕？韶華翻得餘寒力，留取芳菲晚更榮。

【繫年】

詩嘉慶十九年（一八一四）二月初作於東昌。

【注釋】

〔一〕王孫：王孫草。漢淮南小山招隱士：「王孫游兮不歸，春草生兮萋萋。」後以「王孫草」指牽人離愁的景色。

〔二〕楊柳風：春風。自小寒至穀雨，凡四月，共八個節氣，一百二十日，每五日一候，計二十四候，每候應以一種花的信風。每氣三番。小寒：梅花、山茶、水仙；大寒：瑞香、蘭花、山礬；立春：迎春、櫻桃、望春；雨水：菜花、杏花、李花；驚蟄：桃花、棣棠、薔薇；春分：海棠、梨花、木蘭；清明：桐花、麥花、柳花；穀雨：牡丹、酴醾、楝花。參南朝梁宗懔荆楚歲時記、宋程大昌演繁露花信風、宋王逵蠡海集氣候類。一説，每月有兩番花的信風，一年有二十四番花信風。見明楊慎二十四番花信風引南朝梁元帝纂要。

〔三〕白眼：晋書阮籍傳：「籍又能爲青白眼，見禮俗之士，以白眼對之。及嵇喜來吊，籍作白眼，喜不懌而退。喜弟康聞之，乃齎酒挾琴造焉。籍大悦，乃見青眼。」清仇兆鰲杜詩詳注卷之二飲中八仙歌：「宗之蕭灑美少年，舉觴白眼望青天，皎如玉樹臨風前。」注曰：「宗之蕭灑，丰姿超逸。白眼望天，席前傲岸之狀。玉樹臨風，醉後摇曳之態。」

〔四〕宋葛天民杏花：「陌上春泥苦未乾，絳唇漸吐不禁寒。海棠尚晚教誰伴，山帽沖風每自看。聲好最憐清曉賣，味甘長紀緑陰團。年年過雨胭脂落，時序關心有幾般。」

冠英副戎〔一〕合四營校獵，詩以紀之

朔風猶怒士氣驕，將軍健鶻思解絛〔二〕。連鑣百騎出北郭，九女堆〔三〕邊日色惡。初張兩翼次三驅〔四〕，狐兔悲愁出叢薄〔五〕。臂上青骹〔六〕果神駿，直起横捎試雲陣。翻然一擊當馬頭，功狗〔七〕微勞此時奮。割鮮野飲〔八〕意有餘，醉與將軍共馳騁。書生每聞髀自撫〔九〕，志士誰令髭徒運〔一〇〕？王述蟻封〔一一〕頗閑習，杜陵白帝空顛頓〔一二〕。解裙縛袴猶急裝〔一三〕，緩帶輕裘豈高韻？歸鞭稍促黄塵起，血赤殘陽射眸子。賴是今年小麥青，逾時約射尋媒雉〔一四〕。

【繫年】

詩當嘉慶十九年（一八一四）二月初作於東昌。

【注釋】

〔一〕冠英副戎：常冠英。參詩卷二常開平鐵槍歌，爲開平後裔孫冠英作注釋〔二〕。

〔二〕宋李昉等太平廣記卷一七五崔鉉引南楚新聞：「魏公崔相鉉，元略之子也。爲童兒時，隨父訪於韓公滉，滉見而憐之。父曰：『此子爾來詩道頗長。』滉乃指駕上鷹令咏焉。遂命箋筆，略無佇思，於是進曰：『天邊心性架頭身，欲擬飛騰未有因。萬里碧霄終一去，不知誰是解絛人。』滉益奇之，嘆曰：『此兒可謂前程萬里也。』」後遂用「俊鷹解絛」爲一朝得志，前程遠大之典。

〔三〕九女堆：俗稱「九女（米）堌堆」「九女墳」。民國袁紹昂等濟寧縣志民國十六年鉛印本卷一：「九女堆，在縣北五里，凡九堆，七在東，二在西，參差相向，或以爲檀道濟唱籌量沙所築，非是，疑亦古墓。明靳學顔有九塚詩。」然據今考古發掘，爲東漢任城王陵。參胡廣躍漢任城王墓出土題記刻石及其相關問題研究，碑林集刊第十九輯，三秦出版社二〇一三年。

〔四〕三驅：周易比：「九五，顯比，王用三驅。」孔穎達疏：「褚氏諸儒皆以爲三面著人驅禽。必知三面者，禽唯有背己、向己、趣己，故左右及於後，皆有驅之。」田獵時須讓開一面，三面驅趕，以示好生之德。

〔五〕叢薄：叢生的草木。淮南子俶真訓：「夫鳥飛千仞之上，獸走叢薄之中，禍猶及之。」

〔六〕青骹：一種青腿的獵鷹。晋張載榷論：「青骹繁霜，縶於籠中，何以效其撮東郭於韝下也。」

〔七〕功狗：史記蕭相國世家：「高帝曰：『夫獵，追殺獸兔者狗也，而發蹤指示獸處者人也。今諸君徒能得走獸耳，功狗也。至如蕭何，發蹤指示，功人也。』」

〔八〕割鮮野飲：文選張衡西京賦：「割鮮野饗，犒勤賞功。」張銑注：「謂披破牲體以布賜士卒，割新殺之獸勞賞勤功。」

〔九〕髀自撫：撫髀。以手拍股。表示振奮或感嘆。南朝宋劉義慶世説新語識鑒謝子微見許子將劉孝標注引晉周斐汝南先賢傳：「虔恒撫髀稱劭，自以爲不及也。」

〔一〇〕甓徒運：晉書陶侃傳：「侃在州無事，輒朝運百甓於齋外，暮運於齋内。人問其故，答曰：『吾方致力中原，過爾優逸，恐不堪事。』其勵志勤力，皆此類也。」後以「運甓」喻刻苦自勵。

〔一一〕王述蟻封：當爲「王湛蟻封」之誤。南朝宋劉義慶世説新語賞譽王汝南既除所生服劉孝標注引晉鄧粲晉紀曰：「王湛字處沖，太原人。隱德，人莫之知，雖兄弟宗族亦以爲癡，唯父昶異焉。昶喪，居墓次。兄子濟往省湛，見牀頭有周易，謂湛曰：『叔父用此何爲？頗曾看不？』湛笑曰：『體中佳時，脱復看耳。今日當與汝言。』因共談易，剖析入微，妙言奇趣，濟所未聞，嘆不能測。濟性好馬，而所乘馬駿駛，意甚愛之。湛曰：『此雖小駛，然力薄不堪苦。近見督郵馬，當勝此，但養不至耳。』濟取督郵馬，穀食十數日，與湛試之。湛未嘗乘馬，卒然便馳騁，步驟不異於濟，而馬不相勝。湛曰：『今直行車路，何以别馬勝不，唯當就蟻封耳。』於是就蟻封盤馬，果倒踣。其儁識天才乃爾。」後用「蟻封盤馬」比喻在很小的天地裏施展才能。

〔一二〕唐杜甫白帝：「白帝城中雲出門，白帝城下雨翻盆。高江急峽雷霆鬥，古木蒼藤日月昏。戎馬不如歸馬逸，千家今有百家存。哀哀寡婦誅求盡，慟哭秋原何處村？」

〔一三〕急裝：扎縛緊湊的裝束。

〔一四〕媒雉：雉媒。爲獵人所馴養用以誘捕野雉的雉。文選潘嶽射雉賦：「恐吾游之晏起。」南朝宋徐爰

注：「游，雉媒名，江淮間謂之游。」

應憐

同是天涯客，應憐最小身〔一〕。郎當〔二〕聞鐸語〔三〕，蕉萃〔四〕作春人〔五〕。意密么弦〔六〕訴，歸難旅思親。安知覆杯〔七〕者，遥夜憶西秦。

【繫年】

詩當作於嘉慶十九年（一八一四）二月初。

【注釋】

〔一〕小身：佛教語。謂菩薩顯現縮小了的金色化身。觀無量壽經：「或現大身，滿虚空中；或現小身，丈六、八尺。所現之形，皆真金色。」

〔二〕郎當：象聲詞。清厲鶚除夕宿德州：「郎當運鐸仍催起，回首東風又一年。」

〔三〕鐸語：檐鈴聲，風鈴聲。

〔四〕蕉萃：同「憔悴」。

〔五〕春人：懷春的人。

〔六〕么弦：琵琶的第四弦，此借指琵琶。
〔七〕覆杯：倒置酒杯，形容盡飲。南朝宋鮑照三日：「解衿欣景預，臨流競覆杯。」

端四日〔一〕常副戎〔二〕招飲，即席有贈，兼呈介兹觀察〔三〕，時用兵之後不雨連月，旅人觸事，不能無愁

不聽清歌已十年，無端〔四〕定子〔五〕忽當筵。氍毹〔六〕步窄愁難穩，弦索〔七〕聲多感易纏。粲月乍醒刁斗〔八〕夢，殢人〔九〕剛值舞雩〔一〇〕天。爲君一醉拚顛倒，如此風光劇可憐。

【繫年】

詩嘉慶十九年（一八一四）五月初四作於東昌。

【注釋】

〔一〕端四日：五月初四。
〔二〕常副戎：常冠英。參詩卷二常開平鐵槍歌，爲開平後裔孫冠英作注釋〔二〕。
〔三〕介兹觀察：熊方受（？—一八二六），字介兹，號夢庵，廣西永康今扶綏人。參詩卷二新樂府并序捍孤城注釋〔一〕。

〔四〕無端：無心，無意。

〔五〕定子：唐杜牧隋苑：「定子當筵睡臉新。」自注：「定子，牛相小青。」唐李商隱定子詩：「檀槽一抹廣陵春，定子初開睡臉新。却笑喫虛隋煬帝，破家亡國爲何人。」即年青的婢女。古婢女穿青色衣，故稱「小青」。

〔六〕氍毹：舊時演劇用紅氍毹鋪地，因用以爲歌舞場、舞臺的代稱。

〔七〕弦索：弦樂器上的弦，指弦樂器。

〔八〕刁斗：亦作「刀斗」。史記李將軍列傳：「及出擊胡，而廣行無部伍行陳，就善水草屯，舍止，人人自便，不擊刀斗以自衛，莫府省約文書籍事，然亦遠斥候，未嘗遇害。程不識正部曲行伍營陳，擊刀斗，士吏治軍簿至明，軍不得休息，然亦未嘗遇害。」裴駰集解引孟康曰：「以銅作鐎器，受一斗，晝炊飯食，夜擊持行，名曰刀斗。」

〔九〕殢人：嗔怪人。

〔一〇〕舞雩：論語先進：「浴乎沂，風乎舞雩，咏而歸。」知時處世，逍遥游樂。

惆悵曲并序

執徐之年〔一〕，建辰之月〔二〕，蘇臺〔三〕旅寓，遂洽琴心〔四〕。暇日經過，乃逢姝子〔五〕。笑長卿之竊貲，豈嘗越禮；〔六〕陋幼輿之折齒，差未投梭。〔七〕及乎首夏之日，櫻笋并陳；悃款〔八〕之言，肝鬲〔九〕都盡。悠悠造化，理曷能齊？一違八載，及此旃蒙〔一〇〕。蕭寂山寺之中，惆悵風雨之夕，忽思往事，遂觸餘情。盟無割臂〔一一〕，何慚决絶之篇；卜任他生，且録風懷〔一二〕之什。後有君子，諒之而已。

山中春盡啼鵑咽，陰雲如磐壓檐急。朱弦掛壁慘無聲，八載清商爲誰歇？〔一三〕紫藤垂地何愔愔〔一四〕，巷犬不鳴春意深。紙閣〔一五〕蘆簾養花氣，金徽〔一六〕玉軫〔一七〕酬知音。琵琶渌水浮紅舫，多少珊瑚遺鐵網〔一八〕。早看梳頭莫入帷，盈盈脈脈妝樓上。〔一九〕揀盡寒枝始欲棲〔二〇〕，楊花無奈待沾泥〔二一〕。呼來雙燕銜難去，吹向微風東復西。〔二二〕堆盤〔二三〕如豆青梅〔二四〕脆，羌管聲中含别淚。墜葉明珠曉露晞，離腰寶玦連環碎。宛轉回看掌上身〔二五〕，蟬嫣〔二六〕忽斷眉間翠〔二七〕。於今七度送殘春，春自重來人不再。魚鱗波急動三秋，織錦〔二八〕題紅〔二九〕意未休。忍淚何人看着筆，凝妝無日不登樓。自憐薄倖〔三〇〕非真薄，鸞豈孤鸞〔三一〕鵠雙鵠〔三二〕。情如皓月浸澄潭，遇比浮雲過山閣。撫枕誰知感萬重，挑燈復恐僧先覺。花落未妨風雨催，落花片片沾蒼苔。粉香雖盡憐難盡，夢繞清陰知幾回？

【繫年】

據序「及此旃蒙」，「首夏之日」，詩當嘉慶乙亥（二十年，一八一五）四月作於揚州。

【注釋】

〔一〕執徐之年：古時以干支紀年，歲在辰爲執徐。爾雅釋天歲陽：「太歲在寅曰攝提格，在卯曰單閼，在辰曰執徐，在巳曰大荒落，在午曰敦牂，在未曰協洽，在申曰涒灘，在酉曰作噩，在戌曰閹茂，在亥曰大淵獻，在子曰困敦，在丑曰赤奮若。」陸德明釋文引李巡云：「執，蟄也。徐，舒也。言蟄物皆敷舒而出，故曰執徐也。」據此，序中所言「執徐之年」當爲嘉慶戊辰（十三年，一八〇八）。

〔二〕建辰之月：禮記月令鄭注云：「日月之行，一歲十二會。聖王因其會，而分之以爲大數焉。觀斗所建，命其四時。此云孟春者，日月會於諏訾，而斗建寅之辰也。仲春者，日月會於降婁，而斗建卯之辰也。季春者，日月會於大梁，而斗建辰之辰也。孟夏者，日月會於實沈，而斗建巳之辰也。仲夏者，日月會於鶉首，而斗建午之辰也。季夏者，日月會於鶉火，而斗建未之辰也。孟秋者，日月會於鶉尾，而斗建申之辰也。仲秋者，日月會於壽星，而斗建酉之辰也。季秋者，日月會於大火，而斗建戌之辰也。孟冬者，日月會於析木之津，而斗建亥之辰也。仲冬者，日月會於星紀，而斗建子之辰也。季冬者，日月會於玄枵，而斗建丑之辰也。」

〔三〕蘇臺：姑蘇臺，亦作姑胥臺、胥臺。在蘇州西南姑蘇山上。相傳爲春秋時吳王闔廬所築，夫差於臺上立春宵宫，作長夜之飲。越國攻吳，吳太子友戰敗，遂焚其臺。此用以借指蘇州。

〔四〕琴心：琴聲表達的情意。史記司馬相如列傳：「是時，卓王孫有女文君新寡，好音，故相如繆與令相重，而以琴心挑之。」

〔五〕姝子：詩卷三後惆悵曲：「昔以餞春日別月儀，曾追賦惆悵曲。及識苕華，亦餞春日也，離懷棖觸，更有斯篇。」故此「姝子」即月儀也。月儀生平，參詩卷三後惆悵曲注釋〔三〕。

〔六〕漢揚雄解嘲：「若夫藺生收功於章臺，四皓采榮於商山，公孫創業於金馬，驃騎發迹於祁連，司馬長卿竊貲於卓氏，東方朔割炙於細君。」趙曦明曰：「漢書司馬相如傳：『相如字長卿，蜀郡成都人。客游梁，梁孝王薨，歸而家貧無以自業。素與臨邛令王吉相善，往舍都亭。令繆爲恭敬，日往朝相如，相如初尚見之，後稱病謝吉，吉愈謹肅。富人卓王孫乃與程鄭謂令：「有貴客，爲具召之。」并召令。長卿謝病不能臨，令身自迎，相如爲不得已而往。酒酣，令前奏琴，相如爲鼓一再行。時王孫有女文君新寡，好音，故相如繆與令相重，而以琴心挑之。文君竊從户窺，心悦而好之，恐不得當也。既罷，相如乃令侍人重賜文君侍者，通殷勤。文君夜奔相如。相如與馳歸成都，家徒四壁立。後俱之臨邛，賣酒。卓王孫不得已，分與財物。乃歸成都，買田宅，爲富人。』」李詳曰：「案漢書揚雄傳：『司馬長卿，竊貲於卓氏。』」後漢書崔駰傳注引華嶠後漢書曰：「駰譏揚雄，以爲范、蔡、鄒衍之徒，乘釁相傾，誑曜諸侯者也，而云『彼我異時』。又曰，竊貲卓氏，割炙細君，斯蓋士之贅行，而云『不能與此數公者同』。以爲失類而改之也。」

〔七〕晋書謝鯤傳：「鄰家高氏女有美色，鯤嘗挑之，女投梭，折其兩齒。時人爲之語曰：『任達不已，幼輿折齒。』」後用「折齒」或「折齒梭」爲調戲婦女被拒而受懲的典故。謝鯤（二八一—三二四），字幼輿，陳郡陽夏今河南太康人，兩晋時期名士。因官至豫章太守，所以稱其爲謝豫章。

〔八〕悃款：誠摯。楚辭卜居：「吾寧悃悃款款樸以忠乎？將送往勞來斯無窮乎？」唐張九齡進千秋節金鏡録表：「雖聞見褊淺，所擇不深。至於區區效愚，其庶乎萬一，不勝悃款之至。」

〔九〕肝鬲：猶肺腑，比喻内心。

〔一〇〕旃蒙：十干中乙的别稱，古代用以紀年。爾雅釋天：「太歲在甲曰閼逢，在乙曰旃蒙。」當爲嘉慶乙亥（二十年，一八一五）。

〔一一〕割臂：割臂之盟。左傳莊公三十二年：「初，公築臺，臨黨氏，見孟任，從之。閟。而以夫人言，許之，割臂盟公。生子般焉。」後因稱男女相愛，私下訂立婚約爲「割臂盟」。

〔一二〕風懷：猶風情。指男女相愛的情懷。元方回瀛奎律髓風懷類序：「晏元獻類要有『左風懷』『右風懷』二類，男爲左，女爲右，今取此義以類。」

〔一三〕漢劉歆西京雜記卷三：「相如將聘茂陵人女爲妾，卓文君作白頭吟以自絶，相如乃止。」白頭吟後附訣别書：「春華競芳，五色凌素，琴尚在御，而新聲代故！錦水有鴛，漢宫有木，彼物而新，嗟世之人兮，瞀於淫而不悟！朱弦斷，明鏡缺，朝露晞，芳時歇，白頭吟，傷離别。努力加餐勿念妾，錦水湯湯，與君長訣！」朱弦，亦作「朱絃」，用熟絲製的琴弦。此泛指琴瑟類弦樂器。

〔一四〕愔愔：幽深貌，悄寂貌。

〔一五〕紙閣：用紙糊貼窗、壁的房屋。多爲清貧者所居。

〔一六〕金徽：本指琴上繫弦之繩。此借指琴。

〔一七〕玉軫：玉製的琴柱。此借指琴瑟。晋劉妙容宛轉歌：「低紅掩翠方無色，金徽玉軫爲誰鏘。」

〔一八〕珊瑚鐵網：新唐書西域傳下拂菻傳：「海中有珊瑚洲，海人乘大舶，墮鐵網水底。珊瑚初生磬石上，白如菌，一歲而黄，三歲赤，枝格交錯，高三四尺。鐵發其根，繫網舶上，絞而出之。」

〔一九〕唐温庭筠望江南：「梳洗罷，獨倚望江樓。過盡千帆皆不是，斜暉脈脈水悠悠。腸斷白蘋洲。」

〔二〇〕宋蘇軾卜算子黄州定慧院寓居作：「揀盡寒枝不肯棲，寂寞沙洲冷。」

〔二一〕宋蘇軾水龍吟次韻章質夫楊花詞：「春色三分，二分塵土，一分流水。」清古吴墨浪子西湖佳話六橋才迹：「楊花若不沾泥去，尚可隨花落繡裀。」

〔二二〕北朝無名氏楊白花歌：「陽春二三月，楊柳齊作花。春風一夜入閨闥，楊花飄蕩落南家。含情出户脚無力，拾得楊花淚沾臆。春去秋來雙燕子，願銜楊花歸窠裏。」

〔二三〕堆盤：苜蓿堆盤。喻生活清貧。參詩卷一送許魯泉獻賦天津注釋〔一〇〕。

〔二四〕如豆青梅：宋歐陽修阮郎歸南園春半踏青時：「南園春半踏青時，風和聞馬嘶。青梅如豆柳如眉，日長蝴蝶飛。花露重，草烟低，人家簾幕垂。秋千慵困解羅衣，畫堂雙燕歸。」

〔二五〕掌上身：宋樂史楊太真外傳：「上在百花院便殿，因覽漢成帝内傳，時妃子後至，以手整上衣領曰：『看何文書？』上笑曰：『莫問。知則又殢人。』覓去，乃是漢成帝獲飛燕，身輕欲不勝風，恐其飄翥，帝爲造水晶盤，令宫人掌之而歌舞。又製七寶避風臺，間以諸香安於上，恐其四肢不禁也。上又曰：『爾則任吹多少！』蓋妃微有肌也，故上有此語戲妃。」

〔二六〕蟬嫣：漢書揚雄傳上：「有周氏之蟬嫣兮，或鼻祖於汾隅。」顔師古注引應劭曰：「蟬嫣，連也，言與周氏親連也。」

〔二七〕翠：翠鈿，猶翠靨。唐温庭筠南歌子詞：「臉上金霞細，眉間翠鈿深。」

〔二八〕織錦：織錦回文。晋書列女傳竇滔妻蘇氏：「滔，苻堅時爲秦州刺史，被徙流沙。蘇氏思之，織回文旋圖詩以贈滔。」後以代情詩或書法。

〔二九〕題紅：典出紅葉題詩傳情。記載頗多，此引其一。唐范攄雲溪友議卷下題紅怨：「盧渥舍人應舉之歲，偶臨御溝，見一紅葉，命僕搴來。葉上乃有一絶句，置於巾箱，或呈於同志。及宣宗既省宫人，初下詔：許從百官司吏，獨不許貢舉人。後亦一任范陽，獲其退宫，睹紅葉而吁怨久之。曰：『當時偶題隨流，不謂郎君收藏巾篋。』驗其書，無不訝焉。詩曰：『水流何太急，深宫盡日閑。慇懃謝紅葉，好去到人間。』」

〔三〇〕薄倖：薄情，負心。唐杜牧遣懷：「十年一覺揚州夢，贏得青樓薄倖名。」

〔三一〕孤鸞：無偶的友鸞，比喻喪偶的男子。

〔三二〕雙鵠：寡鵠，比喻寡婦，指失偶的男女。

屠孟昭〔一〕靈壁石〔二〕名曰角鷹

伏莽〔三〕饒狐兔，神鷹竟不飛。一韝〔四〕秋夢穩，千里勁雲歸。旬㈠始〔五〕精初隕，陳倉賽〔六〕漸稀。閑庭餘燕雀，期爾振霜威〔七〕。

【繫年】

詩當嘉慶乙亥（二十年，一八一五）四月作於儀徵。

【校勘】

㈠「旬」：求志堂存稿彙編本作「句」，誤。

【注釋】

〔一〕屠孟昭：屠倬（一七八一—一八二八），字孟昭，號琴鄔，晚號潛園老人，浙江諸暨人，寄居錢塘今浙江杭州，一作錢塘人。嘉慶十三年（一八〇八）進士。嘉慶十五年（一八一〇）拜儀徵令。道光初擢九江知府，以疾辭。工詩古文，詩與郭麐齊名。有是程堂詩文集。

〔二〕靈壁石：石名，産於安徽靈壁磬石山。

〔三〕伏莽：周易同人：「九三，伏戎於莽。」

〔四〕鞲：鞲鷹。蹲在臂套上的蒼鷹。

〔五〕旬始：楚辭遠游：「集重陽入帝宫兮，造旬始而觀清都。」王逸注：「旬始，星名。」春秋考異郵曰：「太白，名旬始，如雄鷄也。」洪興祖補注：「旬始，氣如雄鷄，見北斗旁。」

〔六〕陳倉賽：史記封禪書：「作鄜畤後九年，文公獲若石云，於陳倉北阪城祠之。其神或歲不至，或歲數來，來也常以夜，光輝若流星，從東南來集於祠城，則若雄鷄，其聲殷云，野鷄夜雊。以一牢祠，命曰陳寶。」賽，舊時祭祀酬報神恩的活動。

〔七〕霜威：嚴威。

重至北固山房〔一〕訪石雷上人〔二〕留贈

十年前共山僧話，盛氣蒼茫欲食牛〔三〕。羽息鵬知天地窄〔四〕，露溥菌喜歲華幽。當窗種樹延新緑，卧榻看雲憶舊游。不及荒江老漁父，一庵終日對浮漚〔五〕。

【繫年】

詩當嘉慶乙亥（二十年，一八一五）四月作於鎮江。詞卷一湘春夜月答枳村見贈，同訪申耆，即送别之京口作，亦當作於是年。

【注釋】

〔一〕北固山房：清楊棨京口山水志卷一：「北固山房，在（北固）山中峰，内有玄武殿。」

〔二〕石雷上人：清何紹章修、清呂耀斗纂光緒丹徒縣志光緒五年刊本卷四十五方外：「北固山房顯震，一號石雷，如愚和尚，浙江四明陳氏子。幼多疾，遂祝髮於天台高明寺，習智者教觀，後得具於本寺。年二十，遍參諸方，北歷幽燕，南盡吴楚。後至虎林天華寺，深得密印，澹禪師命主法席二載。遂游京口，與蔡生甫太史、查篆仙觀察游。是時北固山房缺員，請師住持。二十年修葺殿宇，開墾田畝，暇日賦詩自娱，有石雷吟草六卷。嘉慶二十四年無疾而終，世壽七十有八。塔於本山之陰。北固山志」清屠倬是程堂集卷一三贈石雷上人次洪稚存前輩韻：「雙扉剥啄徑紆回，磬口花争破臘開。垂老山中忘歲月，論交方外得宗雷。誅茅有地曾飛錫，煨芋何心更撥灰？留此新詩記游迹。江山第一我初來。北固山有宋吴琚書「天下第一江山」。」清洪亮吉北固山房訪石雷僧：「瓜步濤聲到此回，寺門遥對象山開。煮茶曉接雲頭露，破夢春喧石脅雷。古佛一軀全點黛，枯僧百念總成灰。原空如燒岡如炙，何日江神送雨來。」

〔三〕食牛：尸子卷下：「虎豹之駒，雖未成文，而有食牛之氣；鴻鵠之鷇，羽翼未全，而有四海之心。賢者之生亦然。」後以「食牛」贊美青少年志壯心雄，氣概豪邁。

〔四〕莊子逍遥游：「鵬之徙於南冥也，水擊三千里，摶扶摇而上者九萬里。」

〔五〕浮漚：水面上的泡沫。因其易生易滅，常比喻變化無常的世事和短暫的生命。

仲起〔一〕席上

蜜炬〔二〕光生綺席〔三〕塵，萍蹤多幸此相親。坐中快士〔四〕如晴雪，意外狂花〔五〕得美人。疊鼓令嚴傳盞〔六〕急，六幺〔七〕拍促點鞋頻。年來英氣消仍在，未敢當筵乞醉身。

【繫年】

詩當嘉慶乙亥（二十年，一八一五）四月作於鎮江。

【注釋】

〔一〕仲起：當爲周世紹，清乾隆、嘉慶間人，字仲起，祥符今河南開封人。爲黄易、翁方綱所器重，工詩，能畫，善刻印。

〔二〕蜜炬：蠟燭。

〔三〕綺席：華麗的席具。古人稱坐卧之鋪墊用具爲席。南朝梁江淹效惠休怨别：「膏爐絶沈燎，綺席生浮埃。」

〔四〕快士：俊爽之士。

〔五〕狂花：宋曾慥類説卷四三引唐皇甫崧醉鄉日月：「或有勇於牛飲者以巨觥沃之，既撼狂花復凋病葉者。飲流謂睚眥者爲狂花，且睡者爲病葉。」喻酒醉後瞪眼發怒之態。

〔六〕傳盞：傳杯。

〔七〕六幺：六幺令，又名緑腰，唐教坊曲名。

資福寺[一]看牡丹

幾日連陰花有神，也應得似故園春。無多江路歸難定，采得文無[二]且贈人。

【繫年】

詩當嘉慶乙亥（二十年，一八一五）四月作於儀徵。

【注釋】

〔一〕資福寺：儀徵資福寺初建於北宋，原在儀徵城東東嶽廟附近，亦稱東寺。明萬曆移至學宮所在今儀徵市政府所在地，「資福晚鐘」爲儀徵八景之一。

〔二〕文無：中藥當歸的別名。晉崔豹古今注問答釋義：「芍藥一名可離，故將別以贈之；亦猶相招召，贈之以文無。文無名當歸也。」

五月庭中繡毬[一]作花，率然成咏

一花忽見中庭發，瓊蕊瑶英相對出。本來見汝伴春叢[二]，長夏[三]猶能慰岑寂。唐昌[四]老樹豈足多，隨分[五]於人便相惜。千皴萬疊勞剪裁，化作空明映初月。夢折梨雲[六]與白人[七]，落梅飛絮空紛紛。萬杆緑竹一溪水，安得扁舟理釣綸。

【繫年】

詩當嘉慶乙亥（二十年，一八一五）五月作於儀徵。

【注釋】

〔一〕繡毬：花名。一名粉團、八仙花、玉蕊花、瑒花。宋趙彦衛雲麓漫鈔卷四：「今瑒花即玉蕊花也。介甫以比瑒，謂當用此瑒字。蓋瑒，玉名，取其白。山谷又名爲山礬，謂可以染也。……唐昌玉蕊以少，故見珍耳。」

〔二〕春叢：春日叢生的花木。

〔三〕長夏：夏日。因其白晝較長，故稱。

〔四〕唐昌：唐昌觀。在長安安業坊南。以玄宗女唐昌公主而得名。觀中有玉蕊花，傳爲公主手植，唐宋詩人多有吟咏。唐康駢劇談録卷下、宋宋敏求長安志卷九。可參石潤宏唐長安城唐昌觀玉蕊花景觀興廢考，唐都學刊二〇一六年第一期。

〔五〕隨分：清翟灝通俗編隨分：「易坤卦正義：『厚德載物，隨分多少，不必如至聖之極也。』白居易詩：『笙歌與談笑，隨分自將行。』」

〔六〕梨雲：梨花雲。宋張邦基墨莊漫録卷六引唐王建夢看梨花雲歌：「薄薄落落霧不分，夢中唤作梨花雲。瑶池水光蓬萊雪，青葉白花相次發。……落英散粉飄滿空，梨花顔色同不同。眼穿臂短取不得，取得亦如從夢中。無人爲我解此夢，梨花一曲心珍重。」「梨花雲」指夢中恍惚所見如雲似雪的繽紛梨花。

〔七〕白人：玉人，皮膚潔白的女子。唐王涯宫詞：「白人宜著紫衣裳，冠子梳頭雙眼長。」

真州〔一〕小集，重見歌者，忽憶山左舊游，慨然賦贈

急管〔二〕催離宴，歸舟尚憶君。烽烟鄉信斷，琴築客愁分。何意來江國，翻然見紫雲〔三〕。十年仍落拓，莫笑杜司勳〔四〕。

【繫年】

周濟嘉慶十年（一八〇五）登第，距嘉慶乙亥（二十年，一八一五）五月正「十年」。

【注釋】

〔一〕真州：今江蘇儀徵。

〔二〕急管：急管繁弦。形容節拍急促、演奏熱鬧的樂奏。

〔三〕紫雲：題中所言之歌者。

〔四〕杜司勳：唐杜牧曾官司勛員外郎，故稱。其遣懷云：「落魄江湖載酒行，楚腰纖細掌中輕。十年一覺揚州夢，贏得青樓薄幸名。」

酬李公褱[一]見贈自書詩

斯冰[二]魂散不可招，完伯山人[三]生大朝。神飛色舞蕩坤軸，左馴怒猊[四]右掣蛟[五]。少年絶恨未識面，江都李翁與最善。李翁亦工柔翰[六]書，嘯樹低腰[七]飽曾見。墨卿太守[八]知撥燈[九]，鑿險[一〇]絶代包生[一一]能。翁之所交既數子，况復於吾忘年齒。十年不見頭未雪，尉借[一二]窮愁豈神術。袖中一卷自書詩，讀罷仰天三嘆息。

沈沈苦雨埋新秋，農興獨坐懷百憂。展君新詩爲君讀，不覺神與孤鴻游[一三]。山泉漱石泥滓盡，枯藤垂蔓援饑猴。野花忽發一枝笑，西南初月黄銀鈎。人生貴自出新意，優孟衣冠[一四]苦兒戲。懸解[一五]才知吾道尊，眼底秦山成破碎[一六]。李君即今貧澈骨，雨中更少朋游詣。不如白眼[一七]且放歌，階下苔痕老蒼翠。

【繫年】

詩曰「沈沈苦雨埋新秋」，故當嘉慶乙亥（二十年，一八一五）初秋作於儀徵。

【注釋】

〔一〕李公褱：李懷。據詩，懷爲江都人，善篆書。餘不詳。

〔二〕斯冰：秦李斯、唐李陽冰的并稱。二人皆以篆書名世。

〔三〕完伯山人：鄧石如（一七四三—一八〇五），清代篆刻家、書法家，鄧派創始人。初名琰，字石如，避嘉慶帝諱，遂以字行，後更字頑伯，因居皖公山下，號完白山人，又號笈游道人、鳳水漁長、龍山樵長，安徽懷寧人。少好篆刻，客居金陵梅鏐家八年，盡摹所藏秦漢以來金石善本。遂工四體書，尤長於篆書，以秦李斯、唐李陽冰爲宗。有完白山人篆刻偶存。

〔四〕怒猊：新唐書徐浩傳：「嘗書四十二幅屏，八體皆備，草隸尤工。世狀其法曰『怒猊抉石，渴驥奔泉』云。」

〔五〕掣蛟：宋陸游夜卧久不得寐，復披衣起，呼燈作草書數紙，乃復酣：「朝作一池墨，弄筆招羈魂。初若奔騄驥，忽如掣蛟鯨。」蛟，蛟篆。筆畫盤曲如蛟的鐘鼎文。

〔六〕柔翰：毛筆。文選左思咏史：「弱冠弄柔翰，卓犖觀群書。」劉良注：「柔翰，筆也。」

〔七〕嘯樹低腰：南朝梁袁昂古今書評：「薄紹之一作蕭思話書字勢蹉跎如舞女低腰，仙人嘯樹，乃至揮毫振紙，有疾閃飛動之勢。」

〔八〕墨卿太守：伊秉綬（一七五四—一八一五），字祖似，號墨卿，晚號默庵，清代書法家，福建汀州寧化人，故人又稱伊汀州。乾隆四十四年（一七七九）舉人，乾隆五十四年（一七八九）進士。歷任刑部主事，後擢員外郎。嘉慶十年冬爲揚州知府，至嘉慶十二年丁父憂去官，家居八載。嘉慶二十年由閩赴都，五月道經揚州，至九月十一日卒於揚州。參吴奇偉伊墨卿先生年譜，中國美術學院碩士論文，二〇一三年；譚平國伊秉章年譜，東方出版中心，二〇一七年。

〔九〕撥鐙：撥鐙法，書法用語，指作字運筆的方法。各家解説不同，大致可分三説：唐林韞撥鐙序：

「鐙，馬鐙也，蓋以筆管著中指、無名指尖令圓活易轉動，筆皆直則虎口間圓如馬鐙也。足踏馬鐙淺則易轉運，手執筆管亦欲其淺則易轉動矣。」元陶宗儀説郛卷二九引宋陳賓桃源手聽書法：「錢鄧州若水嘗言，古之善書，鮮有得筆法者，唐陸希聲得之，凡五字，擫、押、鉤、格、柢，用筆雙鉤，則點畫遒勁而盡妙矣，謂之撥鐙法。」明楊慎撥鐙法：「鐙，古燈字，撥鐙、畫沙、懸針、垂露，皆諭言。撥鐙如挑燈，不急不徐也。」

〔一〇〕鑿險：鑿險縋幽。比喻追求峻險幽奇的藝術境界。清袁枚隨園詩話卷六：「詩貴温柔，而公性情刻酷，故鑿險縋幽，自墮魔障。」

〔一一〕包生：包世臣。參文卷二宋隱山傳注釋〔八〕。

〔一二〕慰借：慰藉。

〔一三〕三國魏嵇康兄秀才公穆入軍贈詩之一：「目送歸鴻，手揮五弦。俯仰自得，游心太玄。」

〔一四〕優孟衣冠：史記滑稽列傳：「楚相孫叔敖知其賢人也，善待之。病且死，屬其子曰：『我死，汝必貧困。若往見優孟，言我孫叔敖之子也。』居數年，其子窮困負薪，逢優孟，與言曰：『我，孫叔敖子也。父且死時，屬我貧困往見優孟。』優孟曰：『若無遠有所之。』即爲孫叔敖衣冠，抵掌談語。歲餘，像孫叔敖，楚王及左右不能别也。莊王置酒，優孟前爲壽。莊王大驚，以爲孫叔敖復生也，欲以爲相。優孟曰：『請歸與婦計之，三日而爲相。』莊王許之。三日後，優孟復來。王曰：『婦言謂何？』孟曰：『婦言慎無爲，楚相不足爲也。如孫叔敖之爲楚相，盡忠爲廉以治楚，楚王得以霸。今死，其子無立錐之地，貧困負薪以自飲食。必如孫叔敖，不如自殺。』因歌曰：『山居耕田苦，難以得食。起而爲吏，身貪鄙者餘財，不顧恥辱。身死家室富，又恐受賕枉法，爲奸觸大罪，身死而家滅。貪吏安可爲也！念爲廉吏，奉法守職，竟死不敢爲非。廉吏安可爲也！楚相孫叔敖持廉至死，方今妻子窮困負薪而食，不足爲也！』於是莊王謝優孟，乃召孫叔敖子，封之寢丘四百户，以奉其祀。後十世不絶。此知可以言時矣。」後因稱登場演戲爲「優孟衣冠」。指藝術上單純地模仿，只在外表、形式上相似。

〔一五〕懸解：瞭悟。宋李昉等太平廣記卷七二引唐張讀宣室志袁隱居：「校其年月日，亦符九十三之數，豈非懸解之妙手乎？」

〔一六〕秦山破碎：唐杜甫同諸公登慈恩寺塔：「秦山忽破碎，涇渭不可求。」秦山即秦嶺。明王嗣奭杜臆卷之一同諸公登慈恩寺塔：「三山老人語録云：此詩譏天寶時事也。山者，君象。秦山破碎，則人君失道矣。賢否混淆，清濁不分，故曰『涇渭不可求』。」

〔一七〕白眼：用阮籍青白眼事。參詩卷三春陰注釋〔三〕。

過元〔一〕詩

丹徒〔二〕有豪吏，籍家〔三〕戍河陽〔四〕。旅没三孤幼，聞訃但哀傷。水陸二千里，歸櫬何所望？過元尋常僕，發憤潛慨慷。同輩〔五〕豈無人？勢敗久遁藏。裹襆〔六〕從此去，咫尺視川梁。吏死仍負債，紛來索元償。一身餘乞食，何計來白鏹〔七〕？中夜向殯宫〔八〕，暗泣淚浪浪〔九〕。惟當抱主骸，徒步返故鄉。啓棺見白骨，斫梃如骨長。麻繩相聯絡，解被縛作裝。向人説破畫，背人奠壺漿〔一〇〕。歸家見幼主，足繭〔一一〕一寸强。林空鳥徒戀，安得不飛翔？況彼賢主人，俾督囷與倉。乃是阮中丞〔一二〕，奉命撫岩疆。名士走若鶩〔一三〕，惟恐不登堂。再三招過元，呼兒齊輩行。不知因何辭，辭以母髪蒼。援筆愴余懷，斯人今則亡。

【繫年】

詩當嘉慶二十年(一八一五)秋作於丹徒。

【注釋】

〔一〕過元:清何紹章修、清呂耀斗纂光緒丹徒縣志光緒五年刊本卷三十六:「過元,縣吏金某僕也。金以賭博事入王姓罪,王故饒於財,金反坐得罪,遣河南,死戍所。過元逾二千里,負屍歸葬。里閈莫不稱義。楊鑄有負屍行紀其事。見自春堂詩集。載藝文。」卷五十二引楊鑄負屍行,爲義僕過元作:「紙錢四飄揚,僵骸抱人起。負屍在背骸骨輕,晝宿宵行二千里。陰風漠漠野鬼嗔,僕與主人同一身。凍膚龜裂汗流血,石棱割足沙封脣。中夜不敢哭,忍淚還逡巡。猩猩嘑霜來攫人,跪告土地呼山神:過元一命不足惜,此心萬古空沈淪。乾糧食盡食煤土,過元有身不知苦。一時天性所激發,過元何曾計千古?噫吁嘻!人間孝烈子與孫,高坊大柱旌其門。子孫盡孝僕守義,姓名亦足留乾坤,我今秉筆書過元。」

〔二〕丹徒:今江蘇鎮江丹徒。

〔三〕籍家:亦稱收孥,即判處某種刑罰時,還同時將其妻子,兒女等家屬没收爲官奴婢。

〔四〕河陽:在今河南孟州西。

〔五〕同輩:猶同列,同僚。

〔六〕裹襆:整理行裝。

〔七〕白鏹:作「白鏘」,白銀的别稱。

〔八〕殯宫:停放靈柩的房舍。儀禮既夕禮:「遂適殯宫,皆如啓位。」

〔九〕浪浪：楚辭離騷：「攬茹蕙以掩涕兮，沾余襟之浪浪。」王逸注：「浪浪，流貌也。」洪興祖補注：「浪音郎。」

〔一〇〕壺漿：茶水、酒漿。

〔一一〕足繭：足趼。脚掌因磨擦而生出的硬皮，喻指跋涉辛勞。

〔一二〕阮中丞：阮元（一七六四—一八四九），字伯元，號蕓臺、雷塘庵主，晚號怡性老人，江蘇儀徵人，乾隆五十四年（一七八九）進士。歷乾隆、嘉慶、道光三朝，官至體仁閣大學士，太傅，謚號文達。在經史、數學、天算、輿地、編纂、金石、校勘等均有較高造詣，被尊爲一代文宗。

〔一三〕若鶩：通「若鶩」。趨之若鶩，像野鴨成群而往。比喻很多人争相趨附、前往。

哭殤侄阿槐〔一〕并序

吾有七侄，惟槐最慧。老母及弟鍾愛固殊。九歲而殤，病六日耳。吾歸始知，哀悼累旬。輒有抒寫，不足云詩。

客中吾寄書，問爾讀何如？歸來訝慈母，流涕滿衣裾。夙慧求難得，家聲繼有餘。生薑田畔土，不忍見揮鋤。兒死葬宅南生薑田，與殤侄女阿寶俱。

吾年垂四十，未有膝前兒。諸侄雖長大，何人頭角〔二〕奇？園中所種樹，風折最高枝。此讖誠非偶，先知或可爲。

汝父未竟讀，倚兒文彩振。凡吾所輯録，爲爾益精神。雅訓〔三〕才終帙，周官始及春〔四〕。遺編忍重見，寸積案頭塵。

如此蓬頭子，寧生王霸慚。〔五〕見人知禮讓，與衆異嬌憨。苦謝遺棺漆，三緘賜墨函。細詢臨没話，熱淚那能含？兒自言不能送父母終老，死當殮以素棺，從之。去年冬，愛吾一書篋子而不敢言，吾知即賜之。其殁也，凡吾所賜筆墨，皆手封著篋中。

皎皎中秋月，誰携稚魄看？吾憐汝父病，對酒不能歡。復恐傷親意，潛爲制鼻酸〔六〕。楠榕來索餅，棖觸〔七〕又汍瀾〔八〕。兒子楠、弟子榕，皆小於槐，槐能憐之。

已定移家局，揚州小滯淫〔九〕。詩書請業易，燈火共宵深。遂汝從游願，寬吾望子心。吁嗟此事已，寂寞二毛〔一〇〕侵。槐每告父母，爲人當如二伯父。予弟告槐：「但汝自能衣食便宿，當縱汝從二伯父游四方。」兒大喜，讀益奮。明年春，予將携家遷揚州，自教兒讀，兒竟以六月殁，傷哉。

【繫年】

詩曰「皎皎中秋月」，故詩當嘉慶二十一年（一八一六）中秋作於宜興。

【注釋】

〔一〕阿槐：詩序曰「吾有七侄，惟槐最慧」。小注曰「兒子楠、弟子榕，皆小於槐，槐能憐之」。據山溪周氏世徵録卷四之二大分五房世表下，周潛有六子：楨、榦、霖、棟、榆、楠；弟周治有二子槐、榕：共八人。蓋榦九年已卒，故稱「七侄」。阿槐以本年九歲殤，當生於嘉慶十一年（一八〇六）。

〔二〕頭角：比喻青少年的氣概或才華。

〔三〕雅訓：訓雅。詩、書的代稱。訓爲書六體之一，雅爲詩六義之一，故稱。泛指詩書。

〔四〕春：周禮春官。

〔五〕後漢書列女傳：「太原王霸妻者，不知何氏之女也。霸少立高節，光武時，連徵不仕。霸已見逸人傳。妻亦美志行。初，霸與同郡令狐子伯爲友，後子伯爲楚相，而其子爲郡功曹。子伯乃令子奉書於霸，車馬服從，雍容如也。霸子時方耕於野，聞賓至，投耒而歸，見令狐子，沮怍不能仰視。霸目之，有愧容，客去而久卧不起。妻怪問其故，始不肯告，妻請罪，而後言曰：『吾與子伯素不相若，向見其子容服甚光，舉措有適，而我兒曹蓬髮歷齒，未知禮則，見客而有慙色。父子恩深，不覺自失耳。』妻曰：『君少修清節，不顧榮禄。今子伯之貴孰與君之高？奈何忘宿志而慙兒女子乎！』霸屈起而笑曰：『有是哉！』遂共終身隱遯。」後以王霸慚子喻有才能的人甘居貧賤，長期隱居；也用來指爲子女不爭氣而羞愧。

〔六〕鼻酸：鼻發酸。形容悲痛傷心。

〔七〕棖觸：感觸。

〔八〕汍瀾：亦作「汍蘭」。淚疾流貌。宋洪适隸釋漢金鄉長侯成碑：「號泣發哀，泣涕汍蘭。」

〔九〕滯淫：長久停留。

〔一〇〕二毛：左傳僖公二十二年：「君子不重傷，不禽二毛。」杜預注：「二毛，頭白有二色。」斑白的頭髮。常用以指老年人。

咳血自嘆

勇色吾皆好，傷心更哭槐〔一〕。火淫侵病肺，血損卧茅齋〔二〕。妻妾久知懼，賓朋尚進俳〔三〕。解嘲〔四〕聊止酒〔五〕，兼免拔金釵〔六〕。

【繫年】

詩當嘉慶二十年（一八一五）中秋稍後作於宜興。

【注釋】

〔一〕槐：周濟侄阿槐。參詩卷三哭殤侄阿槐并序。

〔二〕茅齋：茅蓋的屋舍。齋，多指書房、學舍。

〔三〕俳：俳語，戲言。

〔四〕解嘲：聊以解嘲。姑且用來掩蓋或粉飾別人的嘲笑。宋胡仔苕溪漁隱叢話前集五柳先生上：「子美困頓於山川，蓋爲不知者詬病，以爲拙於生事，又往往譏議宗文、宗武失學，故聊解嘲耳。」

〔五〕止酒：戒酒。

〔六〕拔金釵：唐元稹遣悲懷其一：「顧我無衣搜畫篋，泥他沽酒拔金釵。」

示弟

汝喪佳兒能不哀？傳經心事我猶灰。即看憂病傷親意，且復扶羸仗藥材。手製參苓頗細膩，口貪魚蟹略遲回。新春香糯堪爲粥，一日何妨進十杯。

【繫年】

詩當嘉慶二十年（一八一五）中秋稍後作於宜興。

有感

少陵上樹千回健〔一〕，太白當階六尺雄〔二〕。文武不成虚壯歲，深宵秋雨戰秋風。

【繫年】

詩當嘉慶二十年（一八一五）中秋稍後作於宜興。

【注釋】

〔一〕唐杜甫百憂集行：「憶年十五心尚孩，健如黄犢走復來。庭前八月梨棗熟，一日上樹能千回。」

〔二〕唐李白與韓荆州書：「雖長不滿七尺，而心雄萬夫。」

途中見載牛骨者

頗聞官禁宰耕牛，枯骼仍看滿泛舟。力盡甃應無許衆，農貧事盍借前籌〔一〕？燕王馬骨憐神駿〔二〕，秦相羊皮托蹇修〔三〕。已是客懷〔四〕饒感慨，椎埋〔五〕風俗况堪憂。

【繫年】

詩當嘉慶二十一年（一八一六）春赴揚州途中。

【注釋】

〔一〕借前籌：又作「借箸代籌」「借箸」。史記留侯世家：「食其未行，張良從外來謁。漢王方食，曰：『子房前！客有爲我計橈楚權者。』具以酈生語告，曰：『於子房何如？』良曰：『誰爲陛下畫此計者？陛下事去矣。』漢王曰：『何哉？』張良對曰：『臣請藉前箸爲大王籌之。』」後因以「借箸」指爲人謀劃。

〔二〕戰國策燕策一：「郭隗先生曰：『臣聞古之君人，有以千金求千里馬者，三年不能得，涓人言於君曰：「請求之。」君遣之。三月得千里馬，馬已死，買其首五百金，反以報君。君大怒曰：「所求者生馬，安事死馬而捐五百金？」涓人對曰：「死馬且買之五百金，况生馬乎？天下必以王爲能市馬，馬今至矣。」於是不能期年，千里之馬至者三。今王誠欲致士，先從隗始；隗且見事，况賢於隗者乎？豈遠千里哉！」」

〔三〕史記秦本紀：「繆公聞百里傒賢，欲重贖之，恐楚人不與，乃使人謂楚曰：『吾媵臣百里傒在焉，請以五羖羊皮贖之。』楚人遂許與之。當是時，百里傒年已七十餘，繆公釋其囚，與語國事。謝曰：『臣亡國之臣，何足問！』繆公曰：『虞君不用子，故亡，非子罪也。』固問，語三日，繆公大説，授之國政，號曰五羖大夫。百里傒讓曰：『臣不及臣友蹇叔，蹇叔賢，而世莫知。臣常游困于齊而乞食銍人，蹇叔收臣；臣因而欲事齊君無知，蹇叔止臣。臣得脱齊難，遂之周。周王子頹好牛，臣以養牛干之。及頹欲用臣，蹇叔止臣，臣去，得不誅。事虞君，蹇叔止臣。臣知虞君不用臣，臣誠私利禄爵，且留。再用其言，得脱；一不用，及虞君難。是以知其賢。』於是繆公使人厚幣迎蹇叔，以爲上大夫。」

〔四〕客懷：身處異鄉的情懷。

〔五〕椎埋：劫殺人而埋之。亦泛指殺人。此指隨意殺牛。

紀事二十韻

金葉殊方表〔一〕，香山〔二〕互市洲。蜀原通大夏，〔三〕駱即越東甌。〔四〕蓼角沙〔五〕全避，鼉磯島〔六〕暗浮。張瑄開別道〔七〕，王濬造新舟〔八〕。撤殿〔九〕珠雖進〔一〇〕，横腰劍〔一一〕尚留。那應容鶴膝〔一二〕，竟不屈螭頭〔一三〕。浩蕩聞天語，蠢頑赦泮〔一四〕酋。休屠〔一五〕收鑄象〔一六〕，離畢〔一七〕饗椎牛〔一八〕。漢〔一九〕大塗難測，夷貪賜總優。護行勞屬國，供帳〔二〇〕動諸侯。誤上長干塔〔二一〕，平窺建業〔二二〕秋。筆呵羚角〔二三〕細，圖寫涉厘〔二四〕稠。楚嶺莊難度〔二五〕，秦邊趙坐籌〔二六〕。重臣懷汲黯〔二七〕，設險念渠丘〔二八〕。側貳封加洗〔二九〕，孫盧殄自劉〔三〇〕。巡攔〔三一〕今約束，闢白〔三二〕古戈矛。風引仙靈竄，波揚汗漫游。四夷遵道守，重譯〔三三〕罷兵謀。豈有蒼鶊〔三四〕出，終須白雉〔三五〕收。祁連埋驃騎，高塚使人愁。〔三六〕

【繫年】

詩當嘉慶二十一年（一八一六）作。

【注釋】

〔一〕金葉表：金葉表文。以金箔作表文。

〔二〕香山：指澳門。澳門舊屬廣東香山。含今廣東中山、珠海及澳門。明清時澳門設立牙行，與海外互市。

〔三〕史記大宛傳：「今使大夏，從羌中，險，羌人惡之；少北，則爲匈奴所得；從蜀宜徑，又無寇。」

〔四〕史記南越列傳：「陀因此以兵威邊，財物賂遺閩越、西甌、駱，役屬焉。」裴駰集解引漢書音義：「（駱，）駱越也。」

〔五〕蓼角沙：明顧道含巢民先生題玉山君所臨薛稷十一鶴圖：「白狼東去百廿里，蓼角沙洲名海嘴。上衢有仙草人不識，鶴産仙雛哺於此。緑脚龜紋表殊異，相以圖經集諸美。四十年來地運移，海角坍没波濤裏。衢草不復見群鹿，鶴乎歸飛蓬萊矣。」詩下小注：「蓼角嘴入海，亘南北三四百里，江海氣交，亦地脈結根處。上有仙人草不識，有鹿群以數百來游，浮海來去。角坍没，鹿不復至，而鶴亦種絶。」地當今江蘇啓東吕四鎮。

〔六〕鼉磯島：山東蓬萊鼉磯島。

〔七〕張瑄（？—一三〇二），嘉定高橋今上海浦東高橋人。元初，奉伯顔命，與羅璧、朱清、張瑄首開海運。清顧祖禹讀史方輿紀要海運圖説十五：「按海運始於元，而朱清、張瑄者故海上亡命也，久爲盗魁，出没險阻，若風與鬼，掠劫商人，甚苦之。至元二十一年伯顔建議海運，乃招二人授以金符千户，押運糧三萬五千石，仍立海道萬户府三，以清、瑄與羅璧爲萬户，轄千户所，領虎符金牌素銀牌。船大者不過千石，小者三百石，自劉家港出揚子江，盤轉黄連沙觜，月餘始至淮口，過膠州勞山，一路至延真，望北行轉成山，西行到九皋島、劉公島、沙門島，放萊州大洋，收界河西，月餘抵直沽，實爲繁重。……延祐以來，各造海船，大者八九千石，小者二千餘石，歲運三百六十萬石，京師稱便，迤南番貢亦通。蓋自上海至直沽内楊村馬頭，凡萬三千五百五十里，不出月餘可以達，省費不貲。若長樂港出福州經崇明以北，又自古未有之利也。」

〔八〕王濬（二〇六—二八六），晋弘農人，官益州刺史，受命造樓船伐吴，發自成都，破江中鐵鎖，直抵石頭城下。

〔九〕撤殿：宋袁樞通鑑紀事本末卷二十九上：「（魏）徵宅無堂，上命輟小殿之材以構之，五日而成，仍賜以素屏風、素褥、几杖等，以遂其所尚。」

〔一〇〕珠雖進：剖腹藏珠。資治通鑑唐太宗貞觀元年：「上謂侍臣曰：『吾聞西域賈胡得美珠，剖身以藏之，有諸？』侍臣曰：『有之。』上曰：『人皆知笑彼之愛珠而不愛其身也；吏受賕抵法，與帝王徇奢欲而亡國者，何以異于彼胡之可笑邪！』魏徵曰：『昔魯哀公謂孔子曰：「人有好忘者，徙宅而忘其妻。」孔子曰：「又有甚於此者，桀、紂乃忘其身。」亦猶是也。』上曰：『然。朕與公宜戮力相輔，庶免爲人所笑也！』」

〔一一〕横腰劍：唐李白魯郡堯祠送張十四游河北：「豈無横腰劍，屈彼淮陰人。」

〔一二〕鶴膝：鶴膝蜂腰。宋魏慶之詩人玉屑詩病詩病有八：「三曰蜂腰，第二字不得與第五字同聲；……四曰鶴膝，第五字不得與第十五字同聲。」這是指詩歌聲律八病的兩種。後來用「鶴膝蜂腰」泛指詩歌聲律上所犯的毛病。

〔一三〕螭頭：螭頭載筆。新唐書百官志二：「其後復置起居舍人，分侍左右，秉筆隨宰相入殿。若仗在紫宸内閣，則夾香案分立殿下，直第二螭首，和墨濡筆，皆即坳處，時號螭頭。」因以「螭頭載筆」表示史官侍值。

〔一四〕泮：通「叛」。

〔一五〕休屠：同「浮屠」。僧侣、佛陀。

〔一六〕鑄象：國語越語下：「遂乘輕舟，以浮於五湖，莫知其所終極。王命金工以良金寫范蠡之狀，而朝禮之。」

〔一七〕離畢：詩經小雅漸漸之石：「月離於畢，俾滂沱矣。」毛傳：「畢，噣也。月離陰星則雨。」文選張協七命：「南箕之風，不能暢其化。離畢之雲，無以豐其澤。」李善注引春秋緯：「月失其行，離於箕者風，離於畢者雨。」

〔一八〕饗椎牛：椎牛饗士。後漢書吴漢傳：「漢乃勃然裹創而起，椎牛饗士。……於是軍士激怒，人倍其氣。」

〔一九〕漢：借指中國。與下句「夷」相對。

〔二〇〕供帳：亦作「供張」。陳設供宴會用的帷帳、用具、飲食等物。

〔二一〕長干塔：明顧起元客座贅語卷五長干塔：「長干寺舊有阿育王塔。梁大同三年，高祖改造，出舊塔下舍利及爪髮，髮青紺色，衆僧以手伸之，隨手長短，放之則屈爲蠡形。始吴時有尼居此地，爲小精舍，孫綝尋毁除之，塔亦同泯。吴平後，諸道人復於舊處建立焉。中宗渡江，更修飾之。至簡文咸安中，使沙門安法師程造小塔，未及成而亡。弟子僧顯繼而修之，至孝武太元九年上金相輪及承露。其後西河離石縣有胡人劉薩何遇疾暴亡，而心下猶暖，不敢便殯，經七日更蘇，説云：有兩吏見録至十八地獄，隨報重輕，受諸苦毒。見觀世音語云：『汝緣未盡，若得活，可作沙門。洛下、齊城、丹陽、會稽并有阿育王塔，可往禮拜，則不復地獄。』因此出家游行禮塔，至丹陽，未知塔處，乃登越城，望見長干里有異氣色，因就禮拜，果見阿育王塔所放光明。由是定知有舍利，乃集衆掘之，入一丈〔七〕，得三石碑，中一碑有鐵函，函中有銀函，銀函中有金函，盛三舍利及爪髮各一枚，長數尺。即遷舍利近北，對簡文所造塔，建一層塔。十六年，沙門僧尚加爲三層，即梁高祖所開者也。至南唐時，廢寺爲營廬。久之，舍利數表見感應。祥符中僧可政狀其迹，併感應舍利投進，有詔復爲寺，即其表見之地建塔，賜號聖感舍利塔。天禧元年，改名天禧寺。元至順初，賜金修塔，塔完之日，天花如雨，祥光如練滿空者數日。國朝永樂中，即其地重建大報恩寺，塔高九層，純用琉璃爲之，其工麗甲古今佛刹矣。第不知塔中舍利仍是阿育王塔中所函否？舊曾以問寺僧，無能詳者。」二〇〇七年十二月，南京博物院考古隊在南京明代大報恩寺遺址考古發掘中，在宋代塔基地宫中，發現金陵長干寺真身塔藏舍利石函記，題曰「法主承天院住持圓覺大師賜紫德明述并書」。見龔巨平、祁海寧金陵長干寺真身塔藏舍利石函記考釋及相關問題，東南文化二〇一一年第一期。

〔二二〕建業：南京。

〔二三〕羚角：「麟角」之誤。麟角筆。晋王嘉拾遺記晋時事：「賜麟角筆，以麟角爲筆管，此遼西國所獻。」

〔二四〕涉厘：陟厘，陟釐紙。紙名。用陟釐製成。即苔紙，也稱側理紙。

〔二五〕後漢書南蠻西南夷列傳：「初，楚頃襄王時，遣將莊豪從沅水伐夜郎，軍至且蘭，椓船於岸而步戰。既滅夜郎，因留王滇池。」史記西南夷列傳：「太史公曰：楚之先豈有天禄哉？在周爲文王師，封楚。及周之衰，地稱五千里。秦滅諸侯，唯楚苗裔尚有滇王。」

〔二六〕趙佗（約前二四〇—前一三七）原爲秦朝將領，與任囂南下攻打百越。秦末大亂時，趙佗割據嶺南，建立南越國。

〔二七〕汲黯（？—前一一二）：西漢名臣。字長孺，濮陽人。景帝時任太子洗馬。武帝時出爲東海太守，有政績。被召爲主爵都尉，列於九卿。汲黯爲人耿直，好直諫廷諍，武帝稱其爲「社稷之臣」。後免官，居田園數年，召拜淮陽太守。事見史記汲黯傳。

〔二八〕渠丘：清洪亮吉春秋左傳詁卷十傳成公：「（八年）晉侯使申公巫臣如吴，假道於莒，與渠丘公立於池上。曰：『城已惡。』莒子曰：『辟陋在，夷其孰以我爲虞。』對曰：『夫狡焉，思啓封疆以利社稷者，何國蔑有？唯然，故多大國矣。惟或思或縱也。勇夫重閉，况國乎？』……（九年）冬十一月，楚子重自陳伐莒，圍渠丘，渠丘城惡，衆潰奔莒。戊申，楚入渠丘。月六日，莒人囚楚公子平。楚人曰：『勿殺吾，歸而俘。』莒人殺之，楚師圍莒，莒城亦惡。庚申，莒潰。月十八日，楚遂入鄆。莒無備，故也終。巫臣之言，君子曰：恃陋而不備，罪之大者也。備豫不虞，善之大者也。莒恃其陋而不脩城郭，浹辰之間而楚克其三都，無備也夫。詩曰：『雖有絲麻，無棄菅蒯。雖有姬、姜，無棄蕉萃。凡百君子，莫不代匱。』言備之不可以已也。」

〔二九〕後漢書馬援傳：「又交阯女子徵側及女弟徵貳反，攻没其郡，九真、日南、合浦蠻夷皆應之，寇略嶺外六十餘城，側自立爲王。於是璽書拜援伏波將軍。……援追徵側等至禁谿，數敗之，賊遂散走。明年正月，斬徵側、徵貳，傳首洛陽。」

〔三〇〕東晉末年孫恩、盧循領導的農民起義義，從隆安三年（三九九）十月至義熙七年（四一一）四月，轉戰長江中下游以南的廣大地區，後被劉裕所敗。

〔三一〕巡攔：巡視稽察。

〔三二〕關白：陳述、禀告。漢書霍光金日磾傳：「諸事皆先關白光，然後奏天子。」

〔三三〕重譯：輾轉翻譯。指偏方絶域，言語不通，必須輾轉相譯，方能明白意思。

〔三四〕蒼鵝：晋書五行志中：「孝懷帝永嘉元年二月，洛陽東北步廣里地陷，有蒼白二色鵝出，蒼者飛翔衝天，白者止焉。此羽蟲之孽，又黑白祥也。陳留董養曰：『步廣，周之狄泉，盟會地也。白者，金色，國之行也。蒼爲胡象，其可盡言乎？』是後，劉元海、石勒相繼亂華。」

〔三五〕白雉：尚書大傳卷四：「周公居攝六年，制禮作樂，天下和平。越裳以三象重譯而獻白雉。」漢書平帝紀：「元始元年春正月，越裳氏重譯獻白雉一，黑雉二，詔使三公以薦宗廟。」

〔三六〕史記霍去病傳：「驃騎將軍自四年軍後三年，元狩六年而卒。天子悼之，發屬國玄甲軍，陳自長安至茂陵，爲塚象祁連山。謚之，并武與廣地曰景桓侯。」

劉松齋〔一〕都轉奏改登州〔二〕總戎

百戰身存鬢已霜，自嫌籌策遜弘羊〔三〕。牢盆〔四〕舌避南箕翕〔五〕，虎帳〔六〕星騰北落〔七〕芒。獻雉〔八〕近聞來碣石〔九〕，掛弓今合到榑桑〔一〇〕。青州〔一一〕疆域逾遼海〔一二〕，安得秦鞭架作梁〔一三〕。

【繫年】

清佚名清史列傳卷三十三大臣傳次編八劉清：「（嘉慶）十七年，授山東鹽運使。……十九年五月，授雲南布政使。……（二十一年）八月，病痊，特授山東登州鎮總兵。二十五年，軍曹州鎮總兵。」按：劉清實未赴雲南布政使任。詩作於嘉慶二十一年（一八一六）八月。

【注釋】

〔一〕劉松齋：劉清（一七四二—一八二二）。參詩卷二新樂府并叙注釋〔一二〕。

〔二〕登州：武周如意元年（六九二）置州，治牟平今烟臺牟平，唐神龍中移治蓬萊今蓬萊市。唐宋轄境相當今山東蓬萊、龍口、棲霞、海陽等地。明洪武九年（一三七六）升爲府，增轄今招遠、萊陽、萊西等地。一九一三年廢。

〔三〕弘羊：桑弘羊（前一五二—前八〇），西漢洛陽人。武帝時爲治粟都尉，領大農丞，總管天下鹽鐵，作平準法，以善理財著稱。後以謀反被誅。

〔四〕牢盆：史記平準書：「願募民自給費，因官器作煮鹽，官與牢盆。」裴駰集解引如淳曰：「牢，廩食也。古者名廩爲牢也。盆者，煮鹽之盆也。」

〔五〕舌避南箕翕：詩經小雅巷伯：「哆兮侈兮，成是南箕。彼譖人者，誰適與謀？」鄭玄箋：「箕星哆然，踵狹而舌廣。今讒人之因寺人之近嫌而成言其罪，猶因箕星之哆而侈大之。」又：詩經小雅大東：「維南有箕，不可以簸揚。維北有斗，不可以挹酒漿。維南有箕，載翕其舌。維北有斗，西柄之揭。」

〔六〕虎帳：舊時指將軍的營帳。

〔七〕北落：星名。即北落師門。色橙黄，爲南天之大星。史記天官書：「北宫玄武，虚、危。……其南有衆星，曰羽林天軍。軍西爲壘，或曰鉞。旁有一大星爲北落。」張守節正義：「北落師門一星，在羽林西南，天軍之門也。」

〔八〕獻雉：尚書大傳卷四：「周公居攝六年，制禮作樂，天下和平。越裳以三象重譯而獻白雉。」

〔九〕碣石：山名。在河北昌黎北。碣石山餘脈的柱狀石亦稱碣石，該石自漢末起已逐漸沉没海中。東漢曹操北征烏桓返，經此，作步出夏門行觀滄海：「東臨碣石，以觀滄海。」

〔一〇〕三國魏阮籍咏懷之三十八：「彎弓挂扶桑，長劍倚天外。」唐李白代壽山答孟少府移文書：「將欲倚劍天外，挂弓扶桑。」

〔一一〕青州：州、府名。漢置青州。魏及晉初因之。南北朝仍置州，治所屢遷，轄領不一。隋廢。唐初復置州，後改平盧軍節度使。五代及宋因之。元改益都路。明改爲青州府，清因之。舊治在今山東青州。

〔一二〕遼海：遼東。泛指遼河以東沿海地區。

〔一三〕秦鞭架作梁：用神人鞭石助秦始皇造橋之典，喻帝業天成，神助其功。參詩卷二漫興「炎漢失統紀」注釋〔一二〕。

回首

歐血〔一〕精誠墨未乾，江河〔二〕回首恨漫漫。丸探赤白〔三〕鉏奸易，氣識金銀〔四〕指佞難。鉗

網〔五〕獄成皆故紙，泥犁〔六〕業〔七〕在是旃檀〔八〕。鯫生憤獻奇章吊，傳與揚州杜牧看。〔九〕

恩生怨死快當年，功罪平分亦可憐。蟻穴堤防〔一〇〕軍令肅，牛刀〔一一〕肥瘠〔一二〕水衡〔一三〕權。

碑存峴首摹遺愛〔一四〕，鼓動尼山愧昔賢〔一五〕。身後姚崇仍得計〔一六〕，嘵嘵病榻笑中元〔一七〕。

【繫年】

詩當嘉慶二十一年（一八一六）秋冬作於揚州。

【注釋】

〔一〕歐血：吐血。

〔二〕江河：猶江湖。泛指四方各地。

〔三〕丸探赤白：又作「探丸借客」「探黑白」。用爲奸猾不法之典實。或喻游俠殺人報仇。參詩卷一郯城注釋〔三〕。

〔四〕氣識金銀：清浦起龍讀杜心解卷四題張氏隱居二首：「不貪夜識金銀氣，遠害朝看麋鹿游。」注曰：「左傳：子罕曰：『我以不貪爲寶。』朱注：南史載梁隱士孔祐至行通神，嘗見四明山谷中有錢數百斛，視之如瓦石。樵人競取，入手即成沙礫。金銀氣殆是類耶？地鏡圖：凡觀金玉寶劍之氣，皆以辛日雨霽之旦及黄昏夜半伺之，黄金之氣赤黄，千萬斤以上，光大如鏡盤。史天官書：敗軍場，破國之墟，下有積錢，金寶之上，皆有氣，不可不察。」

〔五〕鉗網：猶刑獄。

〔六〕泥犁：佛教語，梵語的譯音，意爲地獄。

〔七〕業：梵語，業報。

〔八〕旃檀：檀香。

〔九〕宋李昉等太平廣記卷二七三引唐闕史云：「牧少雋，性疏野放蕩，雖爲檢刻，而不能自禁。會丞相牛僧孺出鎮揚州，辟節度掌書記。牧供職之外，唯以宴游爲事。揚州，勝地也，每重城向夕，倡樓之上，常有絳紗燈萬數，輝羅耀列空中，九里三十步街中，珠翠填咽，邈若仙境。牧常出没馳逐其間，無虚夕。復有卒三十人，易服隨後潛護之，僧孺之密教也。而牧自謂得計，人不知之，所至成歡，無不會意。如是且數年。及徵拜侍御史，僧孺于中堂餞，因戒之曰：『以侍御史氣概遠馭，固當自極夷塗，然常慮風情不節，或至尊體乖和。』牧因謬曰：『某幸自檢守，不至貽尊憂耳！』僧孺笑而不答，即命侍兒取一小書簏，對牧發之，乃街卒之密報也。凡數十百，悉曰：『某夕，杜書記過某家，無恙。』『某夕，宴某家。』亦如之。牧對之大慚，因泣拜致謝，而終身感焉。」奇章，牛僧孺（七七九—八四七），唐穆宗、文宗時宰相。字思黯。安定鶉觚今甘肅靈臺人。牛李黨争中牛黨領袖。舊唐書敬宗文宗上：「丁酉，宰相牛僧孺進封奇章郡公。」故稱。

〔一〇〕蟻穴堤防：韓非子喻老：「千丈之堤，以螻蟻之穴潰。百尺之室，以突隙之烟焚。」

〔一一〕牛刀：論語陽貨：「子之武城，聞弦歌之聲。夫子莞爾而笑，曰：『割鷄焉用牛刀？』」

〔一二〕肥瘠：亦作「肥膌」，謂肥瘦。

〔一三〕水衡：水衡錢。漢代皇室私藏的錢。由水衡都尉、水衡丞掌管、鑄造，故稱。泛指國帑。周濟曾稽查私鹽。

〔一四〕晋書羊祜傳：「襄陽百姓於峴山祜平生游憩之所建碑立廟，歲時饗祭焉。望其碑者莫不流涕，杜預因名爲墮淚碑。」

〔一五〕東漢蔡邕琴操猗蘭操：「猗蘭操者，孔子所作也。孔子歷聘諸侯，諸侯莫能任。自衛反魯，過隱谷之中，見薌蘭獨茂，喟然嘆曰：『夫蘭當爲王者香，今乃獨茂，與衆草爲伍，譬猶賢者不逢時，與鄙夫爲倫也。』乃止車援琴鼓之云云。自傷不逢時。托辭於薌蘭云。」

〔一六〕唐鄭處誨明皇雜録卷上：「姚元崇與張説同爲宰輔，頗懷疑阻，屢以事相侵，張銜之頗切。姚既病，誡諸子曰：『張丞相與我不葉，釁隙甚深。然其人少懷奢侈，尤好服玩，吾身殁之後，以吾嘗同寮，當來弔。汝其盛陳吾平生服玩寶帶重器，羅列於帳前，若不顧，汝速計家事，舉族無類矣；目此，吾屬無所虞，便當録其玩用，致於張公，仍以神道碑爲請。既獲其文，登時便寫進，仍先礱石以待之，便令鎸刻。張丞相見事遲於我，數日之後必當悔，若却徵碑文，以刊削爲辭，當引使視其鎸刻，仍告以聞上。』訖姚既殁，張果至，目其服玩三四，姚氏諸孤悉如教誡。不數日文成，叙述該詳，時爲極筆。其略曰：『八柱承天，高明之位列；四時成歲，亭毒之功存。』後數日，張果使使取文本，以爲詞未周密，欲重爲删改。姚氏諸子乃引使者視其碑，乃告以奏御。使者復命，悔恨拊膺，曰：『死姚崇猶能算生張説，吾今日方知才之不及也遠矣。』」

〔一七〕中元：指農曆七月十五日。舊時道觀於此日作齋醮，僧寺作盂蘭盆會，民俗亦有祭祀亡故親人等活動。

除日自真州回揚途中口號

真州客舍畏除夕，作計〔一〕揚州度歲除。竹外酒旗斜颭處，家家春帖〔二〕换新書。

有田竟不歸躬耕，歲莫擾擾何時寧？肩輿泥滑〔三〕五十里，地上騏驎如此行。

【繫年】

詩嘉慶二十二年（一八一七）除夕作於儀徵。

【注釋】

〔一〕作計：謀劃，考慮。

〔二〕春帖：又稱春帖子、春端帖、春端帖子。宋制，翰林一年八節要撰作帖子詞。或歌頌升平，或寓意規諫，貼於禁中門帳。於立春日撰作的帖子詞，稱「春帖子」。多爲五、七言絶句。其體工麗。此指春聯。清顧禄清嘉録卷十二十二月春聯：「居人更换春帖，曰『春聯』。先除夕一二十日，塾師與學書兒書寫以賣，榜於門曰『春聯處』。多寫千金、百順，宜春、迪吉，一財、二喜，及家聲、世澤等語爲門聯。或集葩經吉語、唐宋人詩句爲楹帖。周宗泰姑蘇竹枝詞云：『學書兒童弄筆勤，春聯幅幅賣斯文。人來問價增三倍，不使鵞群籠右軍。』」

〔三〕泥滑：泥濘。

鼠齧燭

旅人被酒〔一〕亦復醉，未覺鼠子緣書檠。朝來蠟淚見狼藉，嘆詫如有奚奴〔二〕聲。梁懸臘肉瓶蓋粟，久不與汝填饞阬〔三〕。膏明〔四〕自煎苦未盡，饞口敢爾來相傾？複壁潛蹤劇詭閟〔五〕，況乃柔貓本蕉萃。李斯但欲作客卿〔六〕，張湯焉能爲酷吏〔七〕。黑殘鬖髾〔八〕金蟲〔九〕飛，白踏〔一〇〕縱橫落梅〔一一〕細。奴兮奴兮爾勿嗔，此物應支〔一二〕生有神。但留書卷破我寂，餘者何足勞紛紛。

【繫年】

詩嘉慶二十二年（一八一七）正月作於回揚州途中。

【注釋】

〔一〕被酒：爲酒所醉。猶中酒。

〔二〕奚奴：周禮天官序官：「奚三百人。」鄭玄注：「古者從坐男女没入縣官爲奴，其少才知以爲奚，今之侍史官婢。或曰：奚，宦女。」後因稱奴僕爲「奚奴」。

〔三〕饞阬：饞坑，饞餓之腹。

〔四〕膏明：膏火照明。漢書龔勝傳：「薰以香自燒，膏以明自銷。」後多以「膏明」喻人因有所爲而自招其禍。

〔五〕詭閟：詭秘。神秘，隱秘。

〔六〕史記李斯列傳：「李斯者，楚上蔡人也。年少時，爲郡小吏，見吏舍厠中鼠食不絜，近人犬，數驚恐之。斯入倉，觀倉中鼠，食積粟，居大廡之下，不見人犬之憂。於是李斯乃嘆曰：『人之賢不肖譬如鼠矣，在所自處耳！』」

〔七〕史記酷吏列傳張湯傳：「張湯者，杜人也。其父爲長安丞，出，湯爲兒守舍。還而鼠盜肉，其父怒，笞湯。湯掘窟得盜鼠及餘肉，劾鼠掠治，傳爰書，訊鞫論報，并取鼠與肉，具獄磔堂下。其父見之，視其文辭如老獄吏，大驚，遂使書獄。父死後，湯爲長安吏，久之。」

〔八〕鬖髻：亦作「髮髻」。鬖髻美好貌。

〔九〕金蟲：婦女首飾。以黄金製成蟲形，故稱。

〔一〇〕白踏：唐李賀馬詩二十三首其一：「龍脊貼連錢，銀蹄白踏烟。無人織錦韂，誰爲鑄金鞭。」姚佺箋：「烟可踏乎，狀其行空也。」王琦解：「謂其四蹄白色，如踏烟而行；烟，即雲也。」

〔一一〕落梅：即梅花落。古笛曲名。

〔一二〕應支：十二地支中，子爲鼠。

上相〔一〕二首

漢使星軺〔二〕未却回，流離雁户〔三〕久堪哀。民難自裕三年蓄，天豈能爲合例灾。破牘虚傳良吏補〔四〕，驩聲剛值令公來。直將饑溺聞堯禹〔五〕，始是熙朝上相才。

口分〔六〕工博〔七〕惠慈名，甓社湖〔八〕邊訪政聲。劉晏馬鞭工自捉〔九〕，馮驩兔窟〔一〇〕幾時成？如聞棠邑推誠復〔一一〕，更勝河南矯詔行〔一二〕。浩蕩新恩黎老泣，屯膏〔一三〕豈愜聖皇情。

【繫年】

清楊鍾義雪橋詩話續集：「嘉慶二十二年，松文清以武英殿大學士署江督，承張文敏之後。徐海淮揚大水，新任總督孫寄圃，巡撫爲胡果泉，請給沛縣一月口糧。文清北旋，行至邳州，百姓遮道哀號，特以聞。於是，總督續以邳州、銅山、宿遷、蕭、豐等州縣災傷入告，一體撫恤。周止庵詩云云。『上相』謂文清也。」清孫玉庭延釐堂集延釐堂詩卷下丁丑正月松浦相國攝篆兩江，竣事北旋，於邳州道中遇饑民求賑，即回車暫駐，飛章入告，得旨撫恤。於其歸也，州人繪像志感，即以送行，爲賦七律二首其二：「江左重逢聯舊雨，河干出祖感殘春。」小注曰：「丙子嘉平與公快晤金陵，次年二月杪於邳州送別。」據此，可知詩作於嘉慶二十二年(一八一七)二月杪作於揚州。

【注釋】

〔一〕上相：宰相。史記陸賈傳：「足下位爲上相，食三萬户。」

〔二〕漢使星軺：漢書平帝紀：「徵天下通知逸經、古記、天文、曆算、鍾律、小學、史篇、方術、本草及以五經、論語、孝經、爾雅教授者，在所爲駕一封軺傳，遣詣京師。」顔師古注引如淳曰：「律，諸當乘傳及發駕置傳者，皆持尺五寸木傳信，封以御史大夫印章。其乘傳參封之。參，三也。有期會累封兩端，端各兩封，凡四封也。乘置馳傳五封也，兩端各二，中央一也。軺傳兩馬再封之，一馬一封也。」此指松文清所上之書。

〔三〕雁户：流動無定的民户。

〔四〕宋史趙普傳：「宋初，在相位者多齷齪循默，普剛毅果斷，未有其比。嘗奏薦某人爲某官，太祖不用。普明日復奏其人，亦不用。明日，普又以其人奏，太祖怒，碎裂奏牘擲地，普顔色不變，跪而拾之以歸。他日補綴舊紙，復奏如初。太祖乃悟，卒用其人。」後遂用「補牘」爲忠貞事君的典故。

〔五〕孟子離婁下：「禹思天下有溺者，由己溺之也；稷思天下有飢者，由己飢之也，是以如是其急也。」

〔六〕口分：分口。謂人同時口述不同内容的問題。新唐書岑文本傳：「及得文本，號善職，而敏速過之。或策令叢遽，敕吏六七人泚筆待，分口占授，成無遺意。」此謂松文清所上之文。

〔七〕工博：精工博大。

〔八〕甓社湖：湖名。在江蘇高郵西北。

〔九〕唐陳諫劉晏論：「初，州縣取富人督漕輓，謂之『船頭』；主郵遞，謂之『捉驛』；税外横取，謂之『白著』。人不堪命，皆去爲盜賊。上元、寶應間，如袁晁、陳莊、方清、許欽等亂江淮，十餘年乃定。晏始以官船漕，而吏主驛事，罷無名之斂，正鹽官法，以裨用度。起廣德二年，盡建中元年，黜陟使實天下户，收三百餘萬。王者愛人，不在賜與，當使之耕耘織紝，常歲平斂之，荒年糶救之，大率歲增十之一。而晏尤能時其緩急而先後之。每州縣荒歉有端，則計官所贏，先令曰：『糴某物，貸某户。』民未及困，而奏報已行矣。議者或譏晏不直賑救，而多賤出以濟民者，則又不然。善治病者，不使至危憊；善救灾者，勿使至賑給。故賑給少則不足活人，活人多則闕國用，國用闕則復重斂矣；又賑給近僥幸，吏下爲奸，彊得之多，弱得之少，雖刀鋸在前不可禁。以爲二害。灾沴之鄉，所乏糧耳，它産尚在，賤以出之，易其雜貨，因人之力，轉於豐處，或官自用，則國計不乏；多出菽粟，恣之糶運，散入村閭，下户力農，不能詣市，轉相沾逮，自免阻飢，不待令驅。以爲二勝。」

〔一〇〕馮驩兔窟：戰國策齊策四：「狡兔有三窟，僅得免其死耳；今君有一窟，未得高枕而卧也；請爲君復鑿二窟。」後以「狡兔三窟」喻藏身處多，便於避禍。

〔一一〕孟子盡心下：「齊饑，陳臻曰：『國人皆以夫子將復爲發棠，殆不可復。』」注：「棠，齊邑也。孟子嘗勸王發棠邑之倉，以振貧窮，時人賴之。今齊人復饑，陳臻言一國之人皆以爲夫子復若發棠時勸王也。殆不可復言之也。」

〔一二〕漢書汲黯傳：「河內失火，燒千餘家，上使黯往視之。還報曰：『家人失火，屋比延燒，不足憂。臣過河內，河內貧人傷水旱萬餘家，或父子相食，臣謹以便宜，持節發河內倉粟以振貧民。請歸節，伏矯制罪。』上賢而釋之，遷爲滎陽令。」

〔一三〕屯膏：周易屯：「九五，屯其膏。」程頤傳：「唯其施爲有所不行，德澤有所不下，是屯其膏，人君之屯也。」屯，吝嗇；膏，恩澤。後因以「屯膏」謂恩澤不施於下。

乞食

牛衣〔一〕一任改寒温，薄醉聊傾老瓦盆〔二〕。久笑青蚨〔三〕驕白晝，虚勞村犬吠黄昏。不羞妻妾〔四〕風逾古，獨拙言辭〔五〕體自尊。席地幕天〔六〕伸脚易，故人多少傍朱門！

【繫年】

詩嘉慶二十二年(一八一七)三月作於揚州。

【注釋】

〔一〕牛衣：供牛禦寒用的披蓋物。如蓑衣之類。漢書王章傳：「章疾病，無被，卧牛衣中。」顔師古注：

「牛衣，編亂麻爲之，即今俗呼爲龍具者。」晉書劉寔傳：「劉寔字子真，平原高唐人也。……寔少貧苦，賣牛衣以自給。……寔少貧窶，杖策徒行，每所憩止，不累主人，薪水之事，皆自營給。」

〔二〕老瓦盆：陳舊的陶製酒器。唐杜甫少年行之一：「莫笑田家老瓦盆，自從盛酒長兒孫。」分門集注杜工部詩引蘇軾曰：「陳暄好飲，一日，貴客笑暄用陶器，暄曰：『莫笑此老瓦盆，多見興廢也。』客無語。」

〔三〕青蚨：宋李昉等太平廣記昆蟲五青蚨：「青蚨似蟬而狀稍大，其味辛，可食。每生子，必依草葉，大如蠶子。人將子歸，其母亦飛來，不以近遠，其母必知處。然後各致小錢于巾，埋東行陰墻下。三日開之，即以母血塗之如前。每市物，先用子，即子歸母；用母者，即母歸子。如此輪還，不知休息。若買金銀珍寶，即錢不還。青蚨者。一名魚伯。」後因以指錢。

〔四〕羞妻妾：孟子離婁下：「齊人有一妻一妾而處室者，其良人出，則必饜酒肉而後反。其妻問所與飲食者，則盡富貴也。其妻告其妾曰：『良人出，則必饜酒肉而後反，問其與飲食者，盡富貴也，而未嘗有顯者來。吾將瞯良人之所之也。』蚤起，施從良人之所之，遍國中無與立談者。卒之東郭墦間，之祭者乞其餘，不足，又顧而之他。此其爲饜足之道也。其妻歸告其妾，曰：『良人者，所仰望而終身也，今若此。』與其妾訕其良人，而相泣於中庭。而良人未之知也，施施從外來，驕其妻妾。」

〔五〕拙言辭：東晉陶淵明乞食：「飢來驅我去，不知竟何。行行至斯里，叩門拙言辭。」

〔六〕席地幕天：西晉劉伶酒德頌：「行無轍迹，居無室廬，幕天席地，縱意所如。」

掃墓南歸

蒼葭結寒露，黄葉隕高秋。野水不計里，片帆何處舟？瞻依〔一〕餘涕淚，顔色〔二〕在松楸〔三〕。

抱母傷繁植，孤根不暫留。

【繫年】

嘉慶二十二年六月二十三日，周濟母卒，壽七十四。山溪周氏宗譜卷四之一大分五房世表上：「仁，坤度公長子。原名芬，字宗少，號逸庵。……配定跨許氏。……生於乾隆九年甲子八月初二日，卒於嘉慶二十二年丁丑六月二十三日，壽七十四歲。」故詩當嘉慶二十二年（一八一七）初秋周濟歸宜興掃墓時作。

【注釋】

〔一〕瞻依：瞻仰依恃。表示對尊長的敬意。詩經小雅小弁：「靡瞻匪父，靡依匪母。」鄭玄箋：「此言人無不瞻仰其父取法則者，無不依恃其母以長大者。」

〔二〕顔色：表情，神色。論語泰伯：「正顔色，斯近信矣。」

〔三〕松楸：松樹與楸樹。墓地多植，因以代稱墳墓。此特指父母墳塋。宋洪邁容齋續筆思潁詩：「（歐陽修）逍遥於潁，蓋無幾時，惜無一語及於松楸之思。」

新　月

誰憐一鈎月，寒出小樓西。已送殘陽没，全臨野樹低。光融蟆决吻〔一〕，魄死〔二〕藥磨珪〔三〕。

後夜中天處，南枝任鵲棲〔四〕。

【繫年】

詩嘉慶二十二年（一八一七）秋作於南歸宜興途中。

【注釋】

〔一〕淮南子説林訓：「月照天下，蝕於詹諸。」因用「蝦蟆抱桂」指月蝕。唐盧仝月蝕：「傳聞古老説，蝦蟆蝕明月。」決吻，开唇。

〔二〕魄死：死魄。漢書律曆志：「三統云：死霸，朔也；生霸，望也。」又云：「周書武成篇：『惟一月壬辰旁死魄。』」注：「孟康曰：『魄，月質也。月二日以往，月魄死，故言死魄。』」舊謂月亮的有光部分爲明，無光部分爲魄。朔後月明漸增，月魄漸減，故謂之死魄。反之，望後月明漸減，月魄漸生，即謂之生魄。

〔三〕磨珪：珪月。未圓的秋月。唐韓鄂歲華紀麗七夕：「珪月初生，珠露方滴。」原注：「秋月如珪。」

〔四〕古詩十九首行行重行行：「胡馬依北風，越鳥巢南枝。」因以「南枝」指故土、故國。

紅衣船〔一〕

鬼薪〔二〕城旦〔三〕爾何名，慢櫓輕篙傍我行。未必英雄非此輩，紅衣高颺萬船驚。

【繫年】

詩嘉慶二十二年（一八一七）秋作於南歸宜興途中。

【注釋】

〔一〕紅衣船：又稱紅船。明代載囚犯的船。清代多指長江一帶的救生船。清徐珂清稗類鈔舟車類紅船：「紅船，長江有之，用以救生，故亦曰救生船。遇有客舟之阨於風潮者則拯之，遷其人物於紅船中。」蓋救生船之水手初多由囚犯担任。

〔二〕鬼薪：秦漢時的一種徒刑。因最初爲宗廟采薪而得名。鬼薪從事官府雜役、手工業生産勞動以及其它各種重體力勞動等。史記秦始皇本紀：「盡得毐（嫪毐）等。……車裂以徇滅其宗。及其舍人，輕者爲鬼薪。」裴駰集解：「應劭曰：『取薪給宗廟爲鬼薪也。』如淳曰：『律説鬼薪作三歲。』」

〔三〕城旦：古代刑罰名。一種築城四年的勞役。墨子號令：「以令爲除死罪二人，城旦四人。」孫詒讓間詁引應劭曰：「城旦者，旦起行治城，四歲刑也。」史記秦始皇本紀：「令下三十日不燒，黥爲城旦。」裴駰集解引如淳曰：「律説：論决爲髡鉗，輸邊築長城，晝日伺寇虜，夜暮築長城。城旦，四歲刑。」後以指流放或徒刑。

歌寄徐二良卿〔一〕

鬱鬱復鬱鬱，短歌寄徐生。廿年文字交，相望如晨星。當時夫容〔二〕下，松醪〔三〕必同傾。

醉後發高唱，肝膽何縱横？君先鎩鸞翮〔四〕，我亦逃時名〔五〕。霜楓點肧血，古寺寒聽經。忽爲海上游，賦潮對滄瀛。〔六〕中宵偶彈鋏〔七〕，未免懷不平。頭顱〔八〕各如許，歲月徒峥嶸。韓康竟賣藥〔九〕，高密還躬耕。躬耕輟耒嘆，魯衛纏刀兵。〔一〇〕鑿枘〔一一〕既未安，牢盆〔一二〕隨所營。邇來逐賈豎〔一三〕，焉避銅山〔一四〕腥。作酒不厭濁，作水不厭清。如何清濁間，酒水兩不成。不畏故人笑，所畏故人驚。故人慎勿驚，浮海〔一五〕終難行。駑驥既同皂〔一六〕，中阪空哀鳴〔一七〕。烏倮〔一八〕亦何辱，季次〔一九〕亦何榮。東陵〔二〇〕與柳下〔二一〕，傳此好弟兄。蓬顆〔二二〕蔽高塚，賢否誰能明？

【繫年】

詩嘉慶二十二年（一八一七）秋作於宜興。

【注釋】

〔一〕徐二良卿：徐薰，行二，字良卿，江蘇吴縣今蘇州吴中區人。見詩卷一秋夜散步懷良卿木君注釋〔一〕。

〔二〕夫容：芙蓉，荷花的别名。漢書揚雄傳上：「衿芰茄之緑衣兮，被夫容之朱裳。」

〔三〕松醪：用松肪或松花釀製的酒。

〔四〕鎩翮：同「鎩羽」，摧落羽毛，常比喻不得志。南朝宋顔延年五君咏嵇中散：「鸞翮有時鎩，龍性誰能馴。」

〔五〕逃名：逃避聲名而不居。後漢書逸民傳法真：「法真名可得聞，身難得而見；逃名而名我隨，避名而名我追，追，可謂百世之師者矣！」

〔六〕嘉慶十三年（一八〇八）五月五日。管同、周濟同游寶山炮臺，觀潮。參詩卷一和管異之海塘觀夜潮。

〔七〕彈鋏：用戰國馮驩彈鋏之典。

〔八〕頭顱：亦作「頭盧」，命運，人生。南朝梁陶弘景與從兄書：「仕宦，期四十左右作尚書郎，即抽簪高邁。今三十六，方作朝奉請，頭顱可知，不如早去。」

〔九〕漢趙岐三輔決録卷一：「韓康，字伯休，京兆霸陵人也。常游名山，采藥賣於長安市中，口不二價者三十餘年。時有女子買藥於康，怒康守價，乃曰：『公是韓伯休邪，乃不二價乎？』康嘆曰：『我欲避名，今區區女子皆知有我，何用藥爲？』遂遯入霸陵山中，博士公車連徵不至。」事亦見後漢書逸民傳韓康。後遂以韓康借指隱逸高士。亦泛指采藥、賣藥者。

〔一〇〕後漢書鄭玄傳：「鄭玄字康成，北海高密人也。……玄自游學，十餘年乃歸鄉里。家貧，客耕東萊，學徒相隨已數百千人。……會黄巾寇青部，乃避地徐州，徐州牧陶謙接以師友之禮。建安元年，自徐州還高密，道遇黄巾賊數萬人，見玄皆拜，相約不敢入縣境。玄後嘗疾篤，自慮，以書戒子益恩曰……」魯衛，泛指禮義之邦。宋蘇軾答丁連州啓：「自疑本儋崖之人，難復見魯衛之士，而況清時雅望、令德高標，固已聞名而自慚。」

〔一一〕鑿枘：楚辭九辯：「圜鑿而方枘兮，吾固知其鉏鋙而難入。」比喻兩者不相投合。

〔一二〕牢盆：漢書食貨志下：「官與牢盆。」王先謙補注：「此是官與以煮鹽器作，而定其價直，故曰牢盆。」此借指鹽政或鹽業。

〔一三〕賈竪：舊時對商人的賤稱。

〔一四〕銅山：用漢文帝賜寵臣鄧通以蜀郡嚴道銅山自鑄錢而致巨富之典。見詩卷二詠史注釋〔一〕。後以銅山指金錢。

〔一五〕浮海：論語公冶長：「子曰：『道不行，乘桴浮於海，從我者其由歟？』」

〔一六〕同皁：牛驥同皁。亦作「牛驥同槽」。謂牛與千里馬同槽而食，比喻賢愚不分。漢焦贛易林升之小畜：「牛驥同槽，郭氏以亡。」

〔一七〕漢王褒九懷陶壅：「驥垂兩耳兮，中阪蹉跎。」

〔一八〕烏倮：史記貨殖列傳：「烏氏倮畜牧，及衆，斥賣，求奇繒物，閒獻遺戎王。戎王什倍其償，與之畜，畜至用谷量馬牛。秦始皇帝令倮比封君，以時與列臣朝請。而巴寡婦清，其先得丹穴，而擅其利數世，家亦不訾。清，寡婦也，能守其業，用財自衛，不見侵犯。秦皇帝以爲貞婦而客之，爲築女懷清臺。夫倮鄙人牧長，清窮鄉寡婦，禮抗萬乘，名顯天下，豈非以富邪？」

〔一九〕季次：史記仲尼弟子列傳：「公晰哀字季次。孔子曰：『天下無行，多爲家臣，仕於都；唯季次未嘗仕。』」又游俠列傳序：「及若季次、原憲，閭巷人也，讀書懷獨行君子之德，義不苟合當世。……終身空室蓬户，褐衣疏食不厭。」後用作貧賤不移之典。

〔二〇〕東陵：莊子駢拇：「伯夷死名於首陽之下，盗蹠死利於東陵之上。二人者，所死不同，其於殘生傷性，均也，奚必伯夷之是而盗蹠之非乎！」後因以東陵代稱蹠。盗蹠，姬姓，又名柳下蹠、柳展雄，柳下惠之弟。

〔二一〕柳下：柳下惠。春秋魯大夫展獲，字季，又字禽，曾爲士師官，食邑柳下，謚惠，故稱其爲展禽、柳下季、柳士師、柳下惠等。

〔二二〕蓬顆：漢書賈山傳：「使其後世曾不得蓬顆蔽冢而托葬焉。」顔師古注：「顆謂土塊。蓬顆，言塊上生蓬者耳。」

雜詩

不讀太史書，不知慕朱郭〔一〕。誰能無睚眦，不見客頭落。〔二〕書生得一劍，自號青夫容〔三〕。自磨自愛惜，酹以醇酎〔四〕濃。北風夜吼露華〔五〕澀，燈下蛟螭〔六〕向人立。欲舞先愁收不得，擬飲誰家負心血？酒亦不可飲，劍亦不可磨。紛紛恩怨何其多，朱兮郭兮奈爾何！

作鷹不作臂上鷹〔七〕，作馬不作絡頭馬。朔風滿天霜滿地，直上横行意瀟灑。少年借酒乃神王〔八〕，此是英雄寒乞相〔九〕。醒眼才知天地寬，不辦〔一〇〕相争辦相讓。人皆孑孑獨有餘，指爪〔一一〕便足神龍居。飛騰變化在雷雨，豈有鱗甲蟠泥塗？垂天大翼乃鵬累，六月之息何所容其軀。〔一二〕

博徒與賣漿，傾倒魏無忌。〔一三〕買絲繡平原，長吉爾何意？〔一四〕論斛量珠〔一五〕换歌舞，若耶采薪〔一六〕淚如雨。居奇只有范大夫〔一七〕，笑殺秦時洛陽賈〔一八〕。奔踶千里漢帝求〔一九〕，椒房衛霍先封侯〔二〇〕。不然豈有匈奴種，直至呼韓兵始休〔二一〕。陛戟東方朔〔二二〕，懷印朱買臣〔二三〕。紛紛諧媚各有術，不及公孫布被〔二四〕親。

大臣法，小臣廉，〔二五〕浣衣濯冠古所嫌〔二六〕。并兼俗成無貴賤，賤者驕淫貴者羨。金
張〔二七〕覆轍太分明，司馬夫人敢衣練〔二八〕。當時四十八萬人，頌德惟稱安漢儉。〔二九〕君不見，林
邑神師行萬里，摶象淋漓血盈齒。〔三〇〕黔驢戀豆齧空槽，饑虎遭踶技止此。〔三一〕青虯〔三二〕玉
軑〔三三〕賦大言〔三四〕，策蹇〔三五〕誰能憐舉子。

燭花不剪燭不明，零落金蟲〔三六〕那能惜。機祥〔三七〕小數〔三八〕或有之，不悔粗豪悔姑息〔三九〕。
始皇竟築萬里城，雖亡天下心已平。功垂百世易一姓，天地何爭劉與嬴？此後無人見此意，局
促轅駒〔四〇〕可憐事。焚書〔四一〕不敢敢求書，四百年來增讖記〔四二〕。瞀儒摇筆圖不朽，誰换黄
金〔四三〕誰覆瓿〔四四〕？天傾地陷昏不知，侫妄頑童競多口。〔四五〕

天不得不西北傾，不周之柱空亭亭。〔四六〕女媧能煉五色石〔四七〕，究竟頑質無光明。煉石作
天元氣塞，摶土爲人肺肝别。不遭洪水换九州，堯禹焉能再開闢？龍蛇〔四八〕起陸〔四九〕非殺機，
殺機乃在煉石時。何年天傾女媧出，寄語煉神休煉質。窺天勿用鏡，窺見天質如玻璃。玻璃
可碎天不碎，翀霄有翼〔五〇〕安能飛。罡風不可當，化爾骨肉成游絲。游絲不化骨肉化，罡風之
力何能爲不能。有化無能化，有知爲無知。豈怪衆星各曠職，羅落〔五一〕四布徒離離。小雅詩
人不善怨，但怨北斗與南箕。〔五二〕南箕北斗應自恨，自恨名字爲人嗤。搔首問星星不語，中夜
風多隕如雨。

亭亭古柏古，鬱鬱長松長。〔五三〕尼山黄帝知夢覺〔五四〕，我欲問之吁已亡。人生難免一抔土，

精氣何憑留萬古？古人望今人，今人與古何情親？今人望後起，後起之人路人耳。同生天地作蜉蝣〔五五〕，快意當前即心喜。金堅漚脆〔五六〕皆須臾，伯勞飛燕東西殊〔五七〕。東飛不解西飛意，伯勞呼燕何其愚。

【繫年】

詩嘉慶二十二年（一八一七）秋作於宜興。

【注釋】

〔一〕朱郭：朱，朱家。漢初魯地俠士。郭，郭解，字翁伯，漢軹今河南濟源人。漢景帝和漢武帝年間俠士。兩人事見史記游俠列傳。

〔二〕史記范雎蔡澤列傳：「范雎者，魏人也，字叔。留數月，未得報。齊襄王聞雎辯口，乃使人賜雎金十斤及牛酒，雎辭謝不敢受。須賈知之，大怒，以爲雎持魏國陰事告齊，故得此饋，令雎受其牛酒，還其金。既歸，心怒雎，以告魏相。魏相，魏之諸公子，曰魏齊。魏齊大怒，使舍人笞擊雎，折脅摺齒。雎詳死，即卷以簀，置厠中。賓客飲者醉，更溺雎，故僇辱以懲後，令無妄言者。雎從簀中謂守者曰：『公能出我，我必厚謝公。』守者乃請出弃簀中死人。魏齊醉，曰：『可矣。』范雎得出。後魏齊悔，復召求之。魏人鄭安平聞之，乃遂操范雎亡，伏匿，更名姓曰張禄。……范雎於是散家財物，盡以報所嘗困戹者。一飯之德必償，睚眦之怨必報。……秦昭王聞魏齊在平原君所，欲爲范雎必報其仇，乃詳爲好書遺平原君曰：『寡人聞君之高義，願與君爲布衣之友，君幸過寡人，寡人願與君爲十日之飲。』平原君畏秦，且以爲然，而入秦見昭王。……魏齊聞信陵君之初難見之，怒而自到。趙王聞之，卒取其頭予秦。秦昭王乃出平原君歸趙。」睚眦，睚眥，瞋目怒視，瞪眼看人。借指微小的怨恨。

〔三〕青夫容：芙蓉劍，即古純鈎劍。唐歐陽詢等藝文類聚卷六〇軍器部引吴越春秋：「越王允常聘區冶子作名劍五枚，一曰純鈎……秦客薛燭善相劍，王取純鈎示之。薛燭矍然望之曰：『沉沉如芙蓉始生於湖，觀其文，如列星之行；觀其光，如水之溢塘。』」唐盧照鄰長安古意其二：「俱邀俠客芙蓉劍，共宿娼家桃李蹊。」此泛指寶劍。

〔四〕醇酎：味厚的美酒。唐徐堅等初學記卷二六引漢鄒陽酒賦：「凝醳醇酎，千日一醒。」

〔五〕露華：清冷的月光。

〔六〕蛟螭：形似蛟龍的影子。

〔七〕臂上鷹：臂鷹。後漢書梁冀傳：「又好臂鷹走狗，騁馬鬥鷄。」

〔八〕神王：精神旺盛。王，通「旺」。莊子養生主：「澤雉十步一啄，百步一飲，不蘄畜乎樊中，神雖王不善也。」成玄英疏：「心神長王，志氣盈豫。」

〔九〕寒乞相：乞兒相，寒酸相。

〔一〇〕不辦：不能。

〔一一〕指爪：喻痕迹。宋蘇軾和子由澠池懷舊：「人生到處知何似，應似飛鴻踏雪泥。泥上偶然留指爪，鴻飛那復計東西。」

〔一二〕莊子逍遥游：「鵬之徙於南冥也，水擊三千里，摶扶摇而上者九萬里，去以六月息者也。」

〔一三〕史記魏公子列傳：「公子聞趙有處士毛公藏於博徒，薛公藏於賣漿家，公子欲見兩人，兩人自匿不肯見公子。公子聞所在，乃閒步往從此兩人游，甚歡。平原君聞之，謂其夫人曰：『始吾聞夫人弟公子天下無雙，今吾聞之，乃妄從博徒賣漿者游，公子妄人耳。』夫人以告公子。公子乃謝夫人去，曰：『始吾聞平原君賢，故負魏王而救趙，以稱平原君。平原君之游，徒豪舉耳，不求士也。無忌自在大梁時，常聞此兩人賢，至趙，恐不得見。以無忌從之游，尚恐其不我欲也，今平原君乃以爲羞，其不足從游。』乃裝爲去。夫人具以語平原君。平原君乃免冠謝，固留公子。平原君門下聞之，半去平原君歸公子，天下士復往歸公子，公子傾平原君客。」博徒，賭徒。賣漿，出售茶水、酒、醋等飲料。

〔一四〕唐李賀浩歌：「買絲繡作平原君，有酒惟澆趙州土。」此謂對平原君表示懷念。後因以平原繡爲典，指對人的敬仰。

〔一五〕論斛量珠：宋李昉等太平廣記三九九引嶺表録異云：「緑珠井，在白州雙角山下。昔梁氏之女有容貌，石季倫爲交趾采訪使，以圓珠三斛買之。」清劉聲木萇楚齋續筆卷九楊貴妃等生廣西：「梁緑珠爲廣西博白縣緑羅村人，生而端嚴。石崇爲采訪使，交趾回，道經博白縣，以珍珠三斛買之。終雖墜樓以報石崇，亦無救於石崇之破家喪身。」

〔一六〕若耶采薪：宋李昉等太平御覽卷三八一引越絶書：「越王得采薪二女西施、鄭旦，以獻吴王。」

〔一七〕史記貨殖列傳：「(范蠡)乃乘扁舟浮於江湖，變名易姓，適齊爲鴟夷子皮，之陶爲朱公。朱公以爲陶天下之中，諸侯四通，貨物所交易也，乃治産積居，與時逐而不責於人。」

〔一八〕史記貨殖列傳：「白圭，周人也。當魏文侯時，李克盡地力，而白圭樂觀時變，故人弃我取，人取我與。……故曰：『吾治生産，猶伊尹、吕尚之謀，孫吴用兵，商鞅行法是也。是故其智不足與權變，勇不足以决斷，仁不能以取予，彊不能有所守，雖欲學吾術，終不告之矣。』蓋天下言治生祖白圭。」

〔一九〕漢書武帝紀：「故馬或奔踶而致千里，士或有負俗之累而立功名。」顔師古注：「踶，蹋也。奔，走也。奔踶者，乘之即奔，立則踶人也。」一説，奔踶猶奔馳。見清王念孫讀書雜志漢書十六「連語」。

〔二〇〕西漢名將衛青、霍去病乃漢武帝第二任皇后衛子夫的弟弟、外甥，封長平侯、冠軍侯。椒房，椒房親，指皇帝的姻親。

〔二一〕呼韓：文選張衡東京賦：「宣重威以撫和戎狄，呼韓來享。」薛綜注：「漢書宣（帝）紀曰：『呼韓邪單于款五原塞，願奉國珍。』」

〔二二〕漢書東方朔傳：「是時，朔陛戟殿下，辟戟而前曰：……賜朔黄金三十斤。董君之寵由是日衰，至年三十而終。」陛戟，持戟侍衛於殿階兩側。

〔二三〕漢書朱買臣傳：「初，買臣免，待詔，常從會稽守邸者寄居飯食。拜爲太守，買臣衣故衣，懷其印綬，步歸郡邸。直上計時，會稽吏方相與群飲，不視買臣。買臣入室中，守邸與共食，食且飽，少見其綬。守邸怪之，前引其綬，視其印，會稽太守章也。守邸驚，出語上計掾吏。皆醉，大呼曰：『妄誕耳！』守邸曰：『試來視之。』其故人素輕買臣者入内視之，還走，疾呼曰：『實然！』坐中驚駭，白守丞，相推排陳列中庭拜謁。買臣徐出户。」

〔二四〕公孫布被：史記平津侯主父列傳：「（公孫）弘爲人恢奇多聞，常稱以爲人主病不廣大，人臣病不儉節。弘爲布被，食不重肉。後母死，服喪三年。」

〔二五〕禮記禮運：「大臣法，小臣廉，官職相序，君臣相正，國之肥也。」

〔二六〕禮記禮器：「晏平仲祀其先人，豚肩不揜豆，澣衣濯冠以朝，君子以爲隘矣。」孔氏曰：「大夫祭用少牢，今平仲用豚，豚又過小，併豚兩肩，不揜豆也。必言肩者，周人貴肩也。肩在俎，不在豆，喻其少，假豆言之。

大夫須鮮華之美，澣衣濯冠，是不華也。隘，狹也。愚謂濫而僭上，隘而逼下，皆失禮之宜者也。」

〔二七〕金張：漢書蓋寬饒傳：「上無許史之屬，下無金張之托。」顏師古注引應劭曰：「金，金日磾也。張，張安世也。」漢書金日磾傳：「金日磾夷狄亡國，羈虜漢庭，而以篤敬寤主，忠信自著，勒功上將，傳國後嗣，世名忠孝，七世内侍，何其盛也！」漢書張湯傳：「及禹誅滅，安世子孫相繼，自宣、元以來爲侍中、中常侍、諸曹散騎、列校尉者凡十餘人。功臣之世，唯有金氏、張氏，親近寵貴，比于外戚。」

〔二八〕漢書王莽傳上：「母病，公卿列侯遣夫人問疾。莽妻迎之，衣不曳地，布蔽膝，見之者以爲僮。使問，知其夫人，皆驚。」

〔二九〕漢書王莽傳上：「五年正月，祫祭明堂，諸侯王二十八人，列侯百二十人，宗室子九百餘人，徵助祭。禮畢，封孝宣曾孫信等三十六人爲列侯，餘皆益户賜爵，金帛之賞各有數。是時，吏民以莽不受新野田而上書者前後四十八萬七千五百七十二人，及諸侯王、公、列侯、宗室見者皆叩頭言，宜亟加賞於安漢公。」

〔三〇〕宋書宗慤傳：「元嘉二十二年，伐林邑，慤自奮請行。義恭舉慤有膽勇，乃除振武將軍，爲安西參軍蕭景憲軍副，隨交州刺史檀和之圍區粟城。林邑遣將范毗沙達來救區粟，和之遣偏軍拒之，爲賊所敗。又遣慤，慤乃分軍爲數道，偃旗潛進，討破之，拔區粟，入象浦。林邑王范陽邁傾國來拒，以具裝被象，前後無際，士卒不能當。慤曰：『吾聞師子威服百獸。』乃製其形，與象相禦，象果驚奔，衆因潰散，遂克林邑。」

〔三一〕用黔驢技窮之典。

〔三二〕青虯：戰國屈原九章涉江：「駕青虯兮驂白螭。」本爲傳説中一種無角的龍，此處借指駿馬。

〔三三〕玉軑：亦作「玉釱」，玉飾的車轄，借指華麗的車。

〔三四〕大言：戰國宋玉大言賦。

〔三五〕策蹇：策蹇驢。晉葛洪抱樸子金丹：「何異策蹇驢而追迅風，棹藍舟而濟大川乎？」亦省作「策蹇」。

〔三六〕金蟲：喻燈花。清納蘭性德浣溪紗庚申除夜：「竹葉樽空翻綵燕，九枝燈灺顫金蟲。」

〔三七〕機祥：指變異之事，謂吉凶之先兆。史記天官書：「所見天變，皆國殊窟穴，家占物怪，以合時應，其文圖籍機祥不法。」張守節正義引顧野王曰：「機祥，吉凶之先見也。」

〔三八〕小數：術數。泛指陰陽卜筮、鬼神仙道、祈禳厭勝之類。漢書藝文志：「陰陽家者流，蓋出於羲和之官，敬順昊天，曆象日月星辰，敬授民時，此其所長也。及拘者爲之，則牽於禁忌，泥於小數，舍人事而任鬼神。」

〔三九〕姑息：無原則的寬容。

〔四〇〕局促轅駒：史記魏其武安侯列傳：「今日廷論，局趣效轅下駒。」張守節正義引應劭曰：「駒馬加著轅。局趣，纖小之貌。」指車轅下不慣駕車之幼馬。亦比喻少見世面、器局不大之人。

〔四一〕焚書：秦始皇焚書坑儒。

〔四二〕讖記：即讖書，記載讖語的書，此指讖緯之學。興起于西漢武帝時期，氾濫于西漢哀、平之世，盛行于東漢，衰落于魏晉之際，對兩漢的政治與思想産生了極爲重要的影響。

〔四三〕換黄金：黄金買賦。參詩卷一日莫碧雲合一首懷翰風文起慎伯注釋〔九〕。

〔四四〕覆瓿：喻著作毫無價值或不被人重視。亦用以表示自謙。宋陆游秋晚寓嘆之四：「著書終覆瓿，得句漫投囊。」

〔四五〕後漢書五行志一録十三首童謡，後十首反映了和帝至東漢滅亡一百四十年間的腐朽政治。

〔四六〕淮南子原道訓：「昔者共工與顓頊争爲帝，怒而觸不周之山，天柱折，地維絶。天傾西北，故日月星辰移焉；地不滿東南，故水潦塵埃歸焉。」

〔四七〕淮南子覽冥訓：「往古之時，四極廢，九州裂，天不兼覆，地不周載，火爁炎而不滅，水浩洋而不息，猛獸食顓民，鷙鳥攫老弱。於是女媧鍊五色石以補蒼天，斷鼇足以立四極，殺黑龍以濟冀州，積蘆灰以止淫水。」

〔四八〕龍蛇：喻桀驁不馴、凶横暴虐之人。

〔四九〕起陸：騰躍而上。

〔五〇〕翀霄有翼：韓非子喻老：「楚莊王莅政三年，無令發，無政爲也。右司馬御座，而與王隱曰：『有鳥止南方之阜，三年不翅，不飛不鳴，嘿然無聲，此爲何名？』王曰：『三年不翅，將以長羽翼；不飛不鳴，將以觀民。則雖無飛，飛必沖天；雖無鳴，鳴必驚人。』」後因以「沖天翼」比喻施展抱負做出驚人業績的才能，多指獲取功名。

〔五一〕羅落：布列。

〔五二〕詩經小雅大東：「維南有箕，不可以簸揚；維北有斗，不可以挹酒漿。」後即用以比喻有名無實。南箕北斗，箕宿和斗宿。箕宿四星，形似簸箕；斗宿六星，形似古代盛酒的斗。當箕斗并在南方時，箕在南而斗在北，因稱南箕北斗。

〔五三〕東晋左思咏史詩：「鬱鬱澗底松，離離山上苗。以彼徑寸莖，蔭此百尺條。」

〔五四〕禮記檀弓上：「遂趨而入。夫子曰：『賜！爾來何遲也？夏后氏殯於東階之上，則猶在阼也。殷人殯於兩楹之間，則與賓主夾之也。周人殯於西階之上，則猶賓之也。而丘也，殷人也。予疇昔之夜，夢坐奠於兩楹之間。夫明王不興，而天下其孰能宗予？予殆將死也！』蓋寢疾七日而没。」後因以「兩楹夢」借指孔子之死。列子黃帝：「（黃帝）晝寢，而夢游於華胥氏之國。華胥氏之國在弇州之西，台州之北，不知斯齊國幾千萬里。蓋非舟車足力之所及，神游而已。其國無帥長，自然而已；其民無嗜欲，自然而已。……黃帝既寤，怡然自得。」後用以指理想的安樂和平之境，或作夢境的代稱。

〔五五〕蜉蝣：詩經曹風蜉蝣：「蜉蝣之羽，衣裳楚楚。」毛傳：「蜉蝣，渠略也，朝生夕死。」

〔五六〕甌脆：似當作「甌脆」，與「金堅」相對。

〔五七〕玉臺新咏古詞東飛伯勞歌：「東飛伯勞西飛燕，黄姑織女時相見。」後以「伯勞飛燕」借指離别的親人或朋友。伯勞，詩經豳風七月：「七月鳴鵙。」毛傳：「鵙，伯勞也。」

感事即簡二愚〔一〕

文章司馬甘長賤〔二〕，心計弘羊〔三〕苦未工。局比平吴〔四〕煩聖慮，神終移谷慰愚公〔五〕。繁稱博士書驢券〔六〕，夢想單車佩犢風〔七〕。如帶黄河縈眼底，祇應閑煞射雕弓。

【繫年】

詩嘉慶二十二年（一八一七）秋作於揚州。

【注釋】

〔一〕二愚：平衡，字二愚。清王定安兩淮鹽法志光緒三十一年刻本卷三：「道光七年十二月，軍機大臣等奉上諭：有人參奏江蘇著名劣幕平二愚即平衡，前於嘉慶年間在兩江督署婪賄招摇，被參驅逐。嗣又在兩淮鹽政幕中營私舞弊，經前督臣孫玉庭押逐回籍。近年復在總商黄瀠泰家辦理商務，交通當事。前鹽政曾燠爲其所惑，致鹺務毫無整頓。上年張青選到任後，又加信任，所有引銷事宜，及一切奏摺，俱係該劣幕在黄瀠泰家主辦。總商等聽其指揮，每年幫送萬金，復遇事婪索，前後所得私款，不可計數。伊侄平翰以佐雜候補，不數年洊升知縣。伊子亦援例報捐等語。各直省衙門，延致幕友。幫辦文案，原不許擅自出入，致滋弊竇。該劣幕平二愚即平衡，若係鹽政幕賓，衙署例有關防，不應在外居住，仍代商人辦事；若係商夥，又何得與鹽政往來，干預奏章事件？兩淮鹺務日形敗壞，或竟由若輩欺矇把持所致，不可不嚴行查禁，著蔣攸銛等將所參情節嚴密訪查，如實有在外干預鹽政事務，欺矇婪索情弊，即一面將家産嚴密查鈔，不准任其寄頓隱匿，一面從重定擬具奏。欽此！」

清劉開劉孟塗集道光六年姚氏檗山草堂刻本卷十六有題平二愚節端高山流水圖。

〔二〕司馬遷以腐刑贖身死，背負屈辱，完成史記。

〔三〕心計弘羊：史記平準書：「弘羊，雒陽賈人子，以心計，年十三侍中。」心計，計算，計算的才能。

〔四〕西晋武帝滅東吴。

〔五〕用愚公移山之典。

〔六〕北齊顔之推顔氏家訓勉學：「問一言輒酬數百，責其指歸，或無要會。鄴下諺云：『博士買驢，書券三紙，未有驢字。』」後用以比喻文字、語言繁冗，不及要旨。

〔七〕單車佩犢：漢書循吏列傳龔遂傳：「遂單車獨行至府。……見齊俗奢侈，好末技，不田作，乃躬率以儉約勸農務農商。……民有帶刀劍者，使賣劍買牛，賣刀買犢。曰：『何爲帶刀佩犢！』」

不見叔翹〔一〕十年矣，過存〔二〕揚州賦贈

十載相思鬢各秋，竹西〔三〕夜語不知休。地消戰壘星芒〔四〕斂，仙入詩心〔五〕海氣浮。豎子登壇〔六〕愁跋扈，佳人開卷見風流〔七〕。英雄一例皆黄土，辛苦生封萬户侯〔八〕。

【繫年】

詩嘉慶二十二年（一八一七）秋作於揚州。

【注釋】

〔一〕叔翹：清史稿卷四百九十九許所望傳：「許所望，字叔翹，安徽懷遠人。諸生。工爲詩。嘉慶七年冬，宿州民王朝明、李勝才爲亂，州破。所望與其戚王冠英出粟三千石佐軍，且率其徒邱惠齡、張國綱、謝崇訓等破賊陳家集。十八年秋，林清亂起，師圍滑縣，兩江總督百齡駐徐州，安徽巡撫胡克家駐亳州，爲備。歸德盜楊七郎據引河集，其黨洪廣漢據保安山，與潁州亂民沙占魁等遥相結，觀變。克家知所望，以書招之。所望率八百人至亳州，以惠齡等十人爲隊長。所望謀曰：『楊七郎猛且狡，宜以計誘之。』令國綱、崇訓率健兒八人僞爲逃卒詣七郎，越五日誘之出，以百餘人至邱家集。七郎忽疑曰：『若爲許所望來耶？』崇訓出不意斷七郎臂，衆大驚，國綱疾呼曰：『我張國綱也！』立擊殺數人。國綱與惠齡同破宿州賊，以勇聞，賊素憚之，遂大潰。所望率兵至，七郎走死，廣漢亦潰。占魁等走永城，會師克滑縣，餘賊走與合，焚會亭。所望與戰公基湖，列十火槍土埠上，令

衆伏地，曰：『賊至二百步，槍發，乘烟疾進擊之。』賊潰奔，逐之數十里，亳州師乃罷。百齡在徐州，亦得河南張永祥者，以鄉兵三百助守。事定，所望辭叙功，以諸生應試如故。永祥從巡撫阮元自河南移浙江，亦罷去，人呼爲『張鐵槍』云。」清管同因寄軒文集二集道光十三年管氏刻本卷二許叔翹文集序：「吾友許君叔翹以布衣諸生與平宿州之亂。其後滑縣竄賊渡河而南，君又督率鄉兵禦而殲之於境。大吏欲奏而官之，君不可。獨時時鍵户讀書，研究當時利弊，著文數十篇，以待世用。叔翹鳳陽懷遠人也。其武略有其鄉先賢風，其儒雅清高非其鄉先賢所能及矣。……予幼聞君名，欲一見不可得。君乃訪予於江寧，以詩見贈。及今再來，則遂盡出其文，使予序之。叔翹之文，皆有用之文也。其答胡中丞書，深處遠謀，尤爲切於時務。道光三年四月十一日序。」

〔二〕過存：登門拜訪。

〔三〕竹西：唐杜牧題揚州禪智寺：「誰知竹西路，歌吹是揚州。」後人因於其處築竹西亭，又名歌吹亭，在揚州府甘泉縣今江蘇揚州北。

〔四〕星芒：慧星。慧星又名欃槍，古人認爲是凶星，多主兵。

〔五〕仙入詩心：仙心，喻卓越的文思才情。

〔六〕豎子登壇：用阮籍「廣武嘆」之典，後指無能者僥幸得以成名。參詩卷一哭高亦耕二丈注釋〔八〕。

〔七〕風流：形容文學作品超逸佳妙。

〔八〕唐李白與韓荊州書：「生不用萬户侯，但願一識韓荊州。」

題許叔翹説劍圖

湛盧〔一〕未去國，鼠輩欲從横〔二〕。秋水夫容〔三〕發，空山狷鸛驚。蒼凉歌古調，鹵莽謝時名。

必遇徐洪客〔四〕，方知老大情。

【繫年】

詩嘉慶二十二年（一八一七）秋作於揚州。

【注釋】

〔一〕湛盧：古代寶劍名。傳爲春秋時歐冶子所鑄。

〔二〕從横：亦作「從衡」。謂横行天下。三國魏曹丕又報孫權書：「君生於擾攘之際，本有從横之志。」

〔三〕秋水夫容：秋水、夫容均代指利劍。

〔四〕徐洪客：傳爲魏徵和徐茂公師，曾助張仲堅奪國做扶餘國主，并在張的幫助下奪國做了錫蘭國王，後兩人抛去王位游戲塵寰。

書許叔翹從軍紀略卷後

古寓兵於農，今寓將於士。寓兵作其勇，寓將厲其志。不然承平二百年，小丑跳樑何術制？羽檄〔一〕徵兵轉餉〔二〕難，中宵風鶴〔三〕動江關〔四〕。定知劇孟非豪俠，猶在條侯疑信間。〔五〕許渾跌宕原詩客，那識談兵有奇策。〔六〕輕揮白羽〔七〕度如仙，兀坐交床〔八〕心似鐵。推誠伍士醪屢投〔九〕，抗揖〔一〇〕名卿襪争結〔一一〕。已將大義伏椎埋，肯累清時破資格？浩蕩江湖養四靈〔一二〕，趨蹌〔一三〕臺省辭三傑〔一四〕。相思相見動經年，握手量須各黯然。良金豈躍不祥冶〔一五〕，古井自洌無波泉〔一六〕。秋風颯颯長淮路，買醉聊從村酒務〔一七〕。歲在揚州大有年〔一八〕，鷄豚隨便〔一九〕成賓主。莫憶封羊饗士時，蕭蕭〔二〇〕雙鬢已如絲。故人有約君須記，贈爾邛崍竹〔二〇〕一枝。

【繫年】

詩嘉慶二十二年（一八一七）秋作於揚州。

【注釋】

〔一〕羽檄：史記韓信盧綰列傳：「陳豨反，邯鄲以北皆豨有，吾以羽檄徵天下兵，未有至者，今唯獨邯鄲中兵耳。」裴駰集解：「魏武帝奏事曰：『今邊有小警，輒露檄插羽，飛羽檄之意也。』駰案：推其言，則以鳥羽插檄書，謂之羽檄，取其急速若飛鳥也。」

〔二〕轉餉：亦作「轉饟」。漢書高帝紀上：「丁壯苦軍旅，老弱罷轉餉。」顔師古注：「轉，運；餉，饋也。」

〔三〕風鶴：指戰爭的消息。清顧炎武與湯聖弘書：「向有棲迹華山之願，因烽火乍傳，暫居汾曲。近者風鶴稍寧，而關中二三君子重理前説，將建考亭書院。」

〔四〕江關：猶言海内。唐杜甫咏懷古迹之一：「庾信生平最蕭瑟，暮年詩賦動江關。」

〔五〕史記游俠列傳劇孟傳：「劇孟者，洛陽人也。周人以商賈爲資，劇孟以俠顯。吴、楚反時，條侯爲太尉，乘傳東，將至河南，得劇孟，喜曰：『吴、楚舉大事而不求劇孟，吾知其無能爲已。』天下騷動，大將軍得之若一敵國云。」

〔六〕許渾（約七九一—約八五八），字用晦，一作仲晦，唐代詩人，潤州丹陽今江蘇丹陽人。此兩句言許渾僅爲詩人，而許叔翹則文武雙全。

〔七〕白羽：古代軍中主帥所執的指揮旗，又稱白旄，亦泛指軍旗。唐李白九日登巴陵置酒望洞庭水軍：「今兹討鯨鯢，旌旆何繽紛。白羽落酒樽，洞庭羅三軍。」

〔八〕交床：胡床的别稱，一種有靠背、能摺疊的坐具。唐吴兢貞觀政要慎所好：「隋煬帝性好猜防，專信邪道，大忌胡人，乃至謂胡床爲交床，胡瓜爲黄瓜。」

〔九〕投醪：吕氏春秋順民：「越王苦會稽之耻。……下養百姓以來其心，有甘脆，不足分，弗敢食，有酒，流之江，與民同之。」後因以「投醪」指與軍民同甘苦。

〔一〇〕抗揖：史記汲黯傳：「大將軍青既益尊，姊爲皇后，然黯與亢禮。人或説黯曰：『自天子欲群臣下大將軍，大將軍尊重益貴，君不可以不拜。』黯曰：『夫以大將軍有揖客，反不重邪？』大將軍聞，愈賢黯，數請問國家朝廷所疑，遇黯過於平生。」抗揖，行平等的拱手禮。

〔一一〕結襪：史記張釋之馮唐列傳：「王生者，善爲黄老言，處士也。嘗召居廷中，三公九卿盡會立，王生老人，曰『吾襪解』，顧謂張廷尉：『爲我結襪！』釋之跪而結之。既已，人或謂王生曰：『獨奈何廷辱張廷尉，使跪結襪？』王生曰：『吾老且賤，自度終無益於張廷尉。張廷尉方今天下名臣，吾故聊辱廷尉，使跪結襪，欲以重之。』諸公聞之，賢王生而重張廷尉。」後因以結襪爲士大夫屈身敬事長者，或士人蔑視權貴之典。

〔一二〕四靈：禮記禮運：「何謂四靈？麟、鳳、龜、龍謂之四靈。」孔穎達疏：「以此四獸皆有神靈，異於他物，故謂之靈。」

〔一三〕趨蹌：形容步趨中節。古時朝拜晉謁須依一定的節奏和規則行步。亦指朝拜，進謁。

〔一四〕三傑：新唐書宋璟傳：「十七年，（宋璟）爲尚書右丞相，而張説爲左丞相，源乾曜爲太子少傅，同日拜。有詔太官設饌，太常奏樂，會百官尚書省東堂。帝賦三傑詩自寫以賜。」

〔一五〕莊子大宗師：「今之大冶鑄金，金踴躍曰：『我且必爲鏌鋣。』大冶必以爲不祥之金。」成玄英疏：「夫洪鑪大冶，鎔鑄金鐵，隨器大小，悉皆爲之。而鑪中之金，忽然跳躑，殷勤致請，願爲良劍，匠者驚嗟，用爲不善。」後以「躍冶」比喻自以爲能，急於求用。

〔一六〕唐白居易贈元稹：「無波古井水，有節秋竹竿。」

〔一七〕酒務：古代民間稱酒店爲酒務。

〔一八〕大有年：左傳宣公十六年：「冬，大有年。」穀梁傳：「五穀大熟，爲大有年。」

〔一九〕隨便：隨其所宜。北魏賈思勰齊民要術園籬：「若值巧人，隨便采用，則無事不成。」

〔二〇〕蕭蕭：稀疏。

〔二〇〕邛崍竹：文選左思蜀都賦：「邛竹緣嶺，菌桂臨崖。」劉逵注：「邛竹，出興古、盤江以南，竹中實而高節，可以作杖。」

九日虎丘〔一〕後山作

重陽易風雨，晴日賞宜頻。寺背蹬斜落，溪頭意忽親。荒阡足故鬼〔二〕，深樹出村人。未信隔千步，全生羅襪塵〔三〕。
客路滿秋水，鄉心隔秫田〔四〕。聊呼半輪月，白墮〔五〕酒尊前。鬥駛鄰船急，垂燈岸市偏。
那應容少伯〔六〕，獨卧五湖〔七〕烟。

【繫年】

詩嘉慶二十二年（一八一七）九月九日重陽節作於蘇州虎丘。

【注釋】

〔一〕虎丘：虎丘山，在蘇州。

〔二〕故鬼：舊鬼，死去已久的人的鬼魂。

〔三〕羅襪塵：三國魏曹植洛神賦：「陵波微步，羅襪生塵。」文選李善注：「陵波而襪生塵，言神人異也。」謂洛神走在水面上而襪底騰起塵埃。文選五臣注：「微步，輕步也。步於水波之上，如塵生也。」黄侃文選平點：「『陵波微步，羅襪生塵』二句，上正意，下比辭，言履險若平地也。後人多不得羅襪生塵之解，緣（李善）注誤之也。」

〔四〕秫田：種植黏粟之田。晋陶潛和郭主簿：「春秫作美酒，酒熟吾自斟。」元方瀾淵明：「尚不歸蓮社，誰能愛秫田？」

〔五〕白墮：北魏楊衒之洛陽伽藍記法雲寺：「河東人劉白墮善能釀酒。季夏六月，時暑赫晞，以甖貯酒，暴於日中。經一旬，其酒不動，飲之香美而醉，經月不醒。」後因用作美酒別稱。
〔六〕少伯：范蠡（前五三六—四四八），春秋末期越國大夫。字少伯，楚國宛今河南南陽人。
〔七〕五湖：太湖別名。

折梨花行

晴窗〔一〕炯炯春禽唤，覺後依稀睹嬌面。擁被回思夢裏人，一簾紅雨〔二〕啼春怨。憶扶殘醉東城東，初看笑靨桃花紅。六尺氍毹〔三〕試垂手〔四〕，欲摇不摇風困柳。燭光劍氣相吐吞，那得當筵肯辭酒？蘭芳玉白羅襴裏，試結同心〔五〕聞報可。清宵杳杳月中天，烱視〔六〕朦朦春解鎖。此時此際相憐惜，萬古千秋意何及。一樹梨花識斷腸〔七〕，吹開悔著東風力。爲君鞭馬渡溪橋，爲君親折園丁腰。馬上但愁枝葉損，路旁焉避兒童嘲？歸來解髮初開鏡，素靨朱顔互輝映。深注檀心〔八〕襲暗香，斜臨寶月分嬌鬢。錦江豪客〔九〕氣如雷，仗策親從河北來。拊髀暗生新野嘆〔一〇〕，聞鷄〔一一〕共有晉陽哀〔一二〕。離筵盡醉休惆悵，縛褲〔一三〕安能辭鞅掌〔一四〕。迢迢銀漢隔雙星，不許相親許相望。燕子西飛日欲斜，殘春送盡莫諮嗟〔一五〕。明年春到重嘶馬，不折梨花折杏花。

【繫年】

詩嘉慶二十三年（一八一八）暮春作於揚州。

【注釋】

〔一〕晴窗：明亮的窗户。

〔二〕紅雨：比喻落花。

〔三〕氍毹：舊時演劇用紅氍毹鋪地，因用以爲歌舞場、舞臺的代稱。明張岱陶庵夢憶劉暉吉女戲：「十數人手携一燈，忽隱忽現，怪幻百出，匪夷所思，令唐明皇見之，亦必目睁口開，謂氍毹場中那得如許光怪耶！」

〔四〕垂手：樂府詩集雜曲歌辭十六大垂手：「樂府解題曰：『大垂手、小垂手，皆言舞而垂其手也。』」

〔五〕同心：同心結。唐長孫佐輔答邊信：「揮刀就燭裁紅綺，結作同心答千里。」

〔六〕烟視：烟視媚行，微視徐行，形容安詳的神態、舉止。吕氏春秋不屈：「人有新取婦者，婦至，宜安矜，烟視媚行。」高誘注：「媚行，徐行。」許維遹集釋引梁玉繩曰：「謂若人在烟中，目不能張，其視甚微也。」

〔七〕唐白居易長恨歌：「玉容寂寞淚闌幹，梨花一枝春帶雨。」

〔八〕檀心：淺紅色的花蕊。宋蘇軾黄葵：「檀心自成暈，翠葉森有芒。」

〔九〕錦江豪客：唐李白送别：「斗酒渭城邊，壚頭醉不眠。梨花千樹雪，楊葉萬條烟。惜别傾壺醑，臨分贈馬鞭。看君潁上去，新月到家園。」

〔一〇〕三國志蜀書先主傳：「紹遣將道路奉迎，身去鄴二百里，與先主相見。」裴松之注引晉司馬彪九州春秋：「備住荆州數年，嘗於表坐起至厠，見髀裏肉生，慨然流涕。還坐，表怪問備，備曰：『吾常身不離鞍，髀肉皆消。今不復騎，髀裏肉生。日月若馳，老將至矣，而功業不建，是以悲耳。』」後以「驚肉生髀」驚嘆久處安逸，不能有所作爲。

〔一一〕聞鷄：晋書祖逖傳：「（祖逖）與司空劉琨俱爲司州主簿，情好綢繆，共被同寢。中夜聞荒鷄鳴，蹴琨覺曰：『此非惡聲也。』因起舞。」

〔一二〕晋陽哀：晋書劉琨傳：「琨少負志氣，有縱横之才，善交勝己，而頗浮誇。與范陽祖逖爲友，聞逖被用，與親故書曰：『吾枕戈待旦，志梟逆虜，常恐祖生先吾著鞭。』其意氣相期如此。在晋陽，嘗爲胡騎所圍數重，城中窘迫無計，琨乃乘月登樓清嘯，賊聞之，皆悽然長嘆。中夜奏胡笳，賊又流涕歔欷，有懷土之切。向曉復吹之，賊并棄圍而走。」

〔一三〕縛褲：扎緊套褲脚管，以便騎乘。亦泛指戎裝。

〔一四〕鞅掌：詩經小雅北山：「或棲遲偃仰，或王事鞅掌。」毛傳：「鞅掌，失容也。」鄭玄箋：「鞅猶何也，掌謂捧之也。負何捧持以趨走，言促遽也。」孔穎達疏：「傳以鞅掌爲煩勞之狀，故云失容。言事煩鞅掌然，不暇爲容儀也，今俗語以職煩爲鞅掌，其言出於此傳也。故鄭以鞅掌爲事煩之實，故言鞅猶荷也。」

〔一五〕諮嗟：諮嗟，嘆息。漢焦贛易林離之升：「車傷牛罷，日暮諮嗟。」

七夕

正及穿針夜〔一〕，來同説餅凉〔二〕。匆匆搴翠幕，款款浴蘭湯〔三〕。革帶量新孔，征衫〔四〕换急裝〔五〕。味回瓜蒂〔六〕苦，情續藕絲長。驗扇輕羅在〔七〕，看星密意將。蕙帷簪并蒂，蓮不采空房。

雙暈微生頰，横波〔八〕暗溢眶。依然携素〔九〕貫，焉避齧甘〔一〇〕狂。拭月安眉鈿，流雲動尾鬟。帳深憐稍恣，燈背〔一一〕笑難藏。教躡文犀履〔一二〕，重添寶鴨〔一三〕香。相思然瑞草〔一四〕，消渴進瓊漿。頓覺蕉心展，全疏藕綬〔一五〕防。雲飛幾鴻鵠，水宿兩鴛鴦。絮絮〔一六〕蛩偏急，蘧蘧〔一七〕蝶太忙。游仙真有枕〔一八〕，何必賦高唐〔一九〕。

【繫年】

詩嘉慶二十三年（一八一八）七月初七作於揚州。

【注釋】

〔一〕穿針夜：舊時風俗，農曆七月七日夜婦女穿七孔針向織女星乞求智巧。

〔二〕餅凉：凉餅，乞巧餅，巧餅。

〔三〕浴蘭湯：浴於蘭湯，即用香草水洗澡。古人認爲蘭草避不祥，故以蘭湯潔齋祭祀。大戴禮記夏小正：「五月……蓄蘭，爲集浴也。」楚辭九歌雲中君：「浴蘭湯兮沐芳，華采衣兮若英。」王逸注：「蘭，香草也。」

〔四〕征衫：旅人之衣。

〔五〕急裝：本指扎縛緊湊的裝束。此謂因消瘦而將征衫换成急裝。

〔六〕瓜蒂：神農本草經卷二：「瓜蒂，味苦寒，主大水身面四肢浮腫。」

〔七〕漢班婕妤怨歌行：「常恐秋節至，凉風奪炎熱，棄捐篋笥中，恩情中道絶。」後以「悲紈扇」比喻婦女因色衰失寵而感到悲傷。此反其義而用之。

〔八〕横波：此借指婦女之目。

〔九〕素：素手。

〔一〇〕齧甘：爾雅釋地：「西方有比肩獸焉，與邛邛岠虚比，爲邛邛岠虚齧甘草，即有難，邛邛岠虚負而走，其名謂之蟨。」

〔一一〕燈背：浦江清詞的講解：「燈燭之背，是唐時俗語。臨睡時燈燭未熄，移向屏帳之背，故曰背。」

〔一二〕文犀履：文履，飾以文彩的鞋子。

〔一三〕寶鴨：即香爐，因作鴨形，故稱。

〔一四〕清金埴巾箱説巾箱説卷：「今之烟者，神農未嘗，本草不載。佛説楞嚴經中列於五辛，名曰興渠，比於葷血腥之穢。有悞食者，須懺悔四十九日，方許禮佛。法苑珠林詮釋甚詳。其種生於外國，名曰『淡把姑』，亦曰『金絲明薰草』。明末始入中華，今人呼爲『相思草』，言不食則相思弗能已也。」

〔一五〕藹綬：爾雅釋草藹綬：「小草，有雜色，似綬。」

〔一六〕絮絮：語繁不斷貌。

〔一七〕蘧蘧：莊子齊物論：「昔者莊周夢爲胡蝶，栩栩然胡蝶也。自喻適志與，不知周也。俄然覺，則蘧蘧然周也。不知周之夢爲胡蝶與，胡蝶之夢爲周與？周與胡蝶，則必有分矣。此之謂物化。」蘧蘧，悠然自得貌。

〔一八〕五代王仁裕開元天寶遺事游仙枕：「龜兹國進奉枕一枚，其色如瑪瑙，温温如玉，製作甚樸素。枕之寢，則十洲、三島、四海、五湖盡在夢中所見，帝因立名爲游仙枕。」

〔一九〕戰國宋玉高唐賦序：「昔者楚襄王與宋玉游於雲夢之臺，望高唐之觀。」

祥符閘〔一〕馬上口占

短衣長策上征驂，貫把疏林當畫嵐。秋燕亂飛湖草緑，昨宵凉雨夢江南。

【繫年】

詩嘉慶二十三年（一八一八）秋作於江蘇宿遷祥符閘。

【注釋】

〔一〕祥符閘：又名錢廢閘，舊址在今江蘇宿遷倉集鎮西北閘圩村境内。

欲　歸

篷窗回首感秋風，岸柳蕭蕭緑幾叢。撫枕竟無懷夢草〔一〕，出門真作可憐蟲。浮雲是處迷游子，大澤誰人賦斷鴻〔二〕？已買閑田〔三〕歸未得，牽船何苦學張融。〔四〕

【繫年】

詩嘉慶二十三年（一八一八）秋作於淮陰。

【注釋】

〔一〕懷夢草：舊題漢郭憲洞冥記卷三：「種火之山，有夢草，似蒲，色紅，晝縮入地，夜則出，亦名懷夢。懷其葉，則知夢之吉凶，立驗也。帝（漢武帝）思李夫人之容不可得，朔（東方朔）乃獻一枝，帝懷之，夜果夢李夫人。」

〔二〕斷鴻：失群的孤雁。

〔三〕已買閑田：宋蘇軾菩薩蠻：「買田陽羨吾將老，從來只爲溪山好。」後因以「買田陽羨」指辭官歸隱。

〔四〕張融（四四四—四九七），字思光，一名少子。南朝齊吴郡今江蘇蘇州人。官至黄門郎，太子中庶子，司徒左長史，世稱「張長史」。宋李昉等太平廣記詼諧二張融：「宋張融嘗乞假還。帝問所居。答曰：『臣陸居非屋。舟居非水。』上未解，問張緒。緒曰：『融近東山。未有居止。權牽小船上岸。住在其間。』上大笑。」

淮陰雨泊

短篷無日不天涯，攬鏡蒼茫感歲華。細雨一窗歸社燕，新詩初稿動秋蛇〔一〕。抽豪〔二〕上客身空老，罷釣王孫計亦差。濁酒自傾難取醉，夕陽還與散餘霞。

憶昨投鞭〔三〕渡濁黄，劍頭吹映忽生芒。月明草樹迎飛轡，風定弓刀立夜霜。功狗〔四〕由來無了局〔五〕，勞魚〔六〕到處是殊鄉。不因胯下難忘報，争肯從人索假王。〔七〕

【繫年】

詩嘉慶二十三年（一八一八）秋作於淮陰。

【注釋】

〔一〕秋蛇：春蚓秋蛇。晋書王羲之傳論：「子雲近出，擅名江表，然僅得成書，無丈夫之氣，行行若縈春蚓，字字如綰秋蛇。」

〔二〕抽豪：揮豪，謂書寫或繪畫。

〔三〕投鞭：扔掉馬鞭，借謂下馬。

〔四〕功狗：史記蕭相國世家：「高帝曰：『夫獵，追殺獸兔者狗也，而發蹤指示獸處者人也。今諸君徒能得走獸耳，功狗也。至如蕭何，發蹤指示，功人也。』」

〔五〕無了局：終非了局，終歸不是長久之計。

〔六〕勞魚：魚勞。詩經周南汝墳：「魴魚頳尾。」毛傳：「頳，赤也。魚勞則尾赤。」鄭玄箋：「君子仕於亂世，其顔色瘦病，如魚勞則尾赤。」本謂魚疲頓，後比喻人的奔波勞頓。

〔七〕史記淮陰侯列傳：「淮陰侯韓信者，淮陰人也。……淮陰屠中少年有侮信者，曰：『若雖長大，好帶刀劍，中情怯耳。』衆辱之曰：『信能死，刺我；不能死，出我袴下。』於是信孰視之，俯出袴下，蒲伏。一市人皆笑信，以爲怯。……漢四年，遂皆降平齊。使人言漢王曰：『齊僞詐多變，反覆之國也，南邊楚，不爲假王以鎮之，其勢不定。願爲假王便。』當是時，楚方急圍漢王於滎陽，韓信使者至，發書，漢王大怒，罵曰：『吾困於此，旦暮望若來佐我，乃欲自立爲王！』張良、陳平躡漢王足，因附耳語曰：『漢方不利，寧能禁信之王乎？不如因而立，善遇之，使自爲守。不然，變生。』漢王亦悟，因復罵曰：『大丈夫定諸侯，即爲真王耳，何以假爲！』乃遣張良往立信爲齊王，徵其兵擊楚。」

寶應〔一〕感事

湖水碧溶溶，黄流竟暗通。一從珠彩失，長嘆鳳巢空。薄醉因沙蟹，新寒入草蟲。蘆花輕似雪，休認玉玲瓏〔二〕。

【繫年】

據「蘆花輕似雪」，詩嘉慶二十三年（一八一八）秋作於揚州寶應，蓋咏寶應湖也。

【注釋】

〔一〕寶應：今江蘇揚州寶應。

〔二〕玉玲瓏：花的別名，可指代各種花。

不寐

撫枕聽殘更，月明天未明。濕雲連水汽，柔櫓和鷄聲。涉險惟忠信，持危見性情。何須感丘貉〔一〕，各有及晨鳴。

【繫年】

詩嘉慶二十三年（一八一八）秋作於揚州。

【注釋】

〔一〕丘貉：漢書楊惲傳：「古與今如一丘之貉。」顏師古曰：「言其同類也。貉，獸名，似狐而善睡，音胡各反。」

誤入

誤入摩登〔一〕舍，天花散滿衣〔二〕。合尊初嘯侶〔三〕，朗月正延輝。曲兆秋江別，鶯交夏木飛〔四〕。破瓜〔五〕原碧玉〔六〕，上馬即明妃〔七〕。眉語〔八〕才通款〔九〕，心兵〔一〇〕暗合圍。耿侯〔一一〕雖落落，魏相〔一二〕竟依依。奪盞收瓊液〔一三〕，停梭下錦機〔一四〕。謝鯤捫齒在〔一五〕，阮籍臥壚稀〔一六〕。珠未量金谷〔一七〕，眉先對翠微〔一八〕。從兹防打鴨〔一九〕，無復和呼豨〔二〇〕。半臂猶祛冷〔二一〕，連心〔二二〕尚慰饑。祇應抱柱死〔二三〕，豈有食言肥〔二四〕？桃葉〔二五〕回雙楫，楊花促四騑〔二六〕。別憐經月苦，路恐再來非。肘後連環鎖〔二七〕，堂前薄怒磯。真躔磨蝎〔二八〕限，欲唱華山畿〔二九〕。跌宕〔三〇〕争搴袖，支離〔三一〕獨掩幃。鳥難分共命〔三二〕，藥且恃當歸。落店餘巉骨〔三三〕，臨流舞素翬〔三四〕。淚痕裙釵檢，心事枕函〔三五〕違。絮語增多感，深情苦畏譏。由來中婦〔三六〕艷，難得碩人頎〔三七〕。襲美〔三八〕須被褐〔三九〕，持盈〔四〇〕必佩韋〔四一〕。從人乞針綫〔四二〕，避母卸珠璣。信誓空申旦〔四三〕，牢愁〔四四〕但累欷。換巢無屬玉〔四五〕，在室羨伊蝛〔四六〕。汧渭〔四七〕誰簫史〔四八〕，滄桑我令威〔四九〕。可堪身畔影，預卜見時希。蜀東〔五〇〕星仍燦，良占望已幾。連城完趙璧〔五一〕，看竹待王徽〔五二〕。碧化三生石〔五三〕，紅銷一丈薇〔五四〕。夫容〔五五〕盈去路，重似憶春菲。

【繫年】詩嘉慶二十三年（一八一八）冬作於揚州。

【注釋】

〔一〕摩登：即摩登伽女，印度摩登伽神之淫女，能移日月墮地。因愛阿難僧而入僧團修行，後懺悔并成果，世人終於感德，摒棄對其賤民鄙視而尊敬供養。

〔二〕法華經序品：「爾時世尊，四衆圍繞，供養恭敬尊重讚嘆，爲諸菩薩説大乘經。……佛説此經已，結加趺坐，入於無量義處三昧，身心不動。是時天雨曼陀羅華、摩訶曼陀羅華、曼殊沙華、摩訶曼殊沙華，而散佛上及諸大衆。」

〔三〕嘯侣：呼叫同類，召唤同伴。三國魏曹植洛神賦：「爾迺衆靈雜遝，命儔嘯侣，或戲清流，或翔神渚，或采明珠，或拾翠羽。」

〔四〕唐王維積雨輞川莊作：「漠漠水田飛白鷺，陰陰夏木囀黄鸝。」

〔五〕破瓜：舊稱女子十六歲爲「破瓜」。「瓜」字拆開爲兩個八字，即二八之年，故稱。晋孫綽情人碧玉歌之二：「碧玉破瓜時，郎爲情顛倒。」

〔六〕碧玉：人名。南朝宋汝南王妾。北周庾信結客少年場行：「定知劉碧玉，偷嫁汝南王。」借指年輕貌美的婢妾或小家女。

〔七〕明妃：漢元帝宫人王嬙字昭君，晋代避司馬昭（文帝）諱，改稱明君，後人又稱之爲明妃。

〔八〕眉語：用眉的舒斂傳情示意。

〔九〕通款：互相表達友好之情。清大汕海外紀事卷二：「相對難通款，人都無姓名。」

〔一〇〕心兵：吕氏春秋蕩兵：「在心而未發，兵也。」後以「心兵」喻心事。

〔一一〕漢書食貨志：「宣帝即位，用吏多選賢良，百姓安土，歲數豐穰，穀至石五錢，農人少利。時大司農中丞耿壽昌以善爲算能商功利得幸於上，五鳳中奏言：『故事，歲漕關東穀四百萬斛以給京師，用卒六萬人。宜糴三輔、弘農、河東、上黨、太原郡穀足供京師，可以省關東漕卒過半。』又白增海租三倍，天子皆從其計。御史大夫蕭望之奏言：『故御史屬徐宫家在東萊，言往年加海租，魚不出。長老皆言武帝時縣官嘗自漁，海魚不出，後復予民，魚乃出。夫陰陽之感，物類相應，萬事盡然。今壽昌欲近糴漕關内之穀，築倉治船，費直二萬萬餘，有動衆之功，恐生旱氣，民被其災。壽昌習於商功分銖之事，其深計遠慮，誠未足任，宜且如故。』上不聽。漕事果便，壽昌遂白令邊郡皆築倉，以穀賤時增其賈而糴，以利農，穀貴時減賈而糶，名曰常平倉。民便之。上乃下詔，賜壽昌爵關内侯。而蔡癸以好農使勸郡國，至大官。」

〔一二〕魏相（？—前五九）：西漢大臣。字弱翁，濟陰定陶今山東定陶西北人，徙平陵今陝西咸陽西北。舉賢良，爲茂陵令。後遷河南太守，抑制豪强勢力。宣帝即位，任大司農，遷御史大夫，繼爲丞相，封高平侯。主張整頓吏治，考核實效，多被宣帝采納。卒於官。

〔一三〕晋書劉伶傳：「劉伶字伯倫，沛國人也。……嘗渴甚，求酒於其妻。妻捐酒毁器，涕泣諫曰：『君酒太過，非攝生之道，必宜斷之。』伶曰：『善！吾不能自禁，惟當祝鬼神自誓耳。便可具酒肉。』妻從之。伶跪祝曰：『天生劉伶，以酒爲名。一飲一斛，五斗解酲。婦兒之言，慎不可聽。』仍引酒御肉，隗然復醉。」

〔一四〕唐温庭筠楊柳枝：「織錦機邊鶯語頻，停梭垂淚憶征人。塞門三月猶蕭索，縱有垂楊未覺春。」

〔一五〕晋書謝鯤傳：「鄰家高氏女有美色，鯤嘗挑之，女投梭，折其兩齒。」後以「投梭折齒」爲女子拒絶調戲的典故。

〔一六〕南朝宋劉義慶世説新語傷逝：「（王濬沖）經黄公酒壚下過，顧謂後車客：『吾昔與嵇叔夜、阮嗣宗共酣飲於此壚。竹林之游，亦預其末。自嵇生夭、阮公亡以來，便爲時所羈紲。今日視此雖近，邈若山河。』」後詩文常以「黄公酒壚」指朋友聚飲之所，抒發物是人非的感嘆。

〔一七〕唐劉恂嶺表録異卷上：「緑珠井，在白州雙角山下。昔梁氏之女有容貌，石季倫爲交趾采訪使，以真珠三斛買之。」金谷，晋石崇於金谷澗築金谷園，此指示代石崇。

〔一八〕翠微：泛指青山。

〔一九〕打鴨：宋趙令畤侯鯖録卷八梅聖俞莫打鴨詩：「宣城守吕士隆，好緣微罪杖營妓。後，樂籍中得一客娼名麗華，善歌，有聲於江南，士隆眷之。一日，復欲杖營妓，妓泣訴曰：『某不敢避杖，但恐新到某人者，不安此耳。』士隆笑而從之。麗華短肥，故梅聖俞作莫打鴨詩以解之曰：『莫打鴨，莫打鴨，打鴨驚鴛鴦，鴛鴦新自南池落，不比孤洲老秃鶬，秃鶬尚欲遠飛去，何况鴛鴦羽翼長。』」

〔二〇〕呼狶：清翟灝通俗編呼狶：「漢樂府有『羊吾夷』『妃呼狶』『伊何那』等文。按：此皆歌之遺音，有聲無字，借字以作譜者也。今人狀風聲曰『呼狶』，當即用此二字。」

〔二一〕宋魏泰東軒筆録卷十五：「宋子京博學能文章，天資蘊藉，好游宴，以矜持自喜，晚年知成都府，帶唐書於本任刊修，每宴罷，盥漱畢，開寢門，垂簾，燃二椽燭，媵婢夾侍，和墨伸紙，遠近觀者，皆知尚書修唐書矣，望之如神仙焉。多内寵，後庭曳羅綺者甚衆，嘗宴於錦江，偶微寒，命取半臂，諸婢各送一枚，凡十餘枚皆至。子京視之茫然，恐有厚薄之嫌，竟不敢服，忍冷而歸。」

〔二二〕連心：即蓮實，也叫蓮肉。

〔二三〕抱柱死：莊子盗跖：「尾生與女子期於梁下，女子不來，水至不去，抱梁柱而死。」後以「抱柱」爲堅守信約的典故。

〔二四〕食言肥：左傳哀公二十五年：「公宴於五梧。武伯爲祝，惡郭重，曰：『何肥也？』季孫曰：『請飲彘也！以魯國之密邇仇讎，臣是以不獲從君，克免於大行，又謂重也肥。』公曰：『是食言多矣，能無肥乎？』」

〔二五〕 桃葉：桃葉渡，渡口名，在今江蘇南京秦淮河畔。相傳因晋王獻之在此送其愛妾桃葉而得名。

〔二六〕 四騑：四牡。詩經小雅四牡：「四牡騑騑，周道倭遲，豈不懷歸？王事靡盬，我心傷悲！」序曰：「四牡，勞使臣之來也。」或亦指出征者思歸之作，而用爲勞使臣之詩也。

〔二七〕 環鎖：鎖環，鎖鏈。北魏楊衒之洛陽伽藍記法雲寺：「以銀爲槽，金爲鎖環。」一本作「環鎖」。

〔二八〕 磨蝎：磨蝎宫，星宿名。「磨蝎宫」的省稱。舊時迷信星象者，謂生平行事常遭挫折者爲遭逢磨蝎。宋蘇軾東坡志林退之平生多得謗譽：「退之詩云：『我生之辰，月宿南斗。』乃知退之磨蝎爲身宫，而僕乃以磨蝎爲命，平生多得謗譽，殆是同病也。」

〔二九〕 華山畿：樂府詩集清商曲辭三華山畿引古今樂録：「華山畿者，宋少帝時懊惱一曲，亦變曲也。少帝時，南徐一士子，從華山畿往雲陽。見客舍有女子年十八九，悦之無因，遂感心疾。母問其故，具以啓母。母爲至華山尋訪，見女具説聞感之因。脱蔽膝令母密置其席下卧之，當已。少日果差。忽舉席見蔽膝而抱持，遂吞食而死。氣欲絶，謂母曰：『葬時車載，從華山度。』母從其意。比至女門，牛不肯前，打拍不動。女曰：『且待須臾。』妝點沐浴，既而出。歌曰：『華山畿，君既爲儂死，獨活爲誰施？歡若見憐時，棺木爲儂開。』棺應聲開，女透入棺，家人叩打，無如之何，乃合葬，呼曰神女冢。」

〔三〇〕 跌宕：傑出人才。

〔三一〕 支離：莊子人間世：「夫支離其形者，猶足以養其身，終其天年，又况支離其德者乎！」

〔三二〕 共命：共命鳥。梵語「耆婆耆婆迦」義譯。又譯作「命命鳥」或「生生鳥」。佛經所稱的雪山神鳥，一身兩頭，人面禽形，自鳴其名。後世詩文亦常從「共命」二字取義用之。

〔三三〕 巉骨：形容消瘦露骨。宋陸游晚過招賢渡：「老馬骨巉然，虺虺不受鞭。」

〔三四〕 素翬：國語魯語下：「仲尼在陳，有隼集於陳侯之庭而死，楛矢貫之，石砮其長尺有咫。陳惠公使人以隼如仲尼之館問之。仲尼曰：『隼之來也遠矣！此肅慎氏之矢也。昔武王克商，通道於九夷、百蠻，使各以其方賄來貢，使無忘職業。於是肅慎氏貢楛矢、石砮，其長尺有咫。先王欲昭其令德之致遠也，以示後人，使永監焉。故名其栝曰肅慎氏之貢矢。』」素翬猶白雉。

〔三五〕 枕函：同「枕中鴻寶」。漢書楚元王傳附劉向傳：「上復興神僊方術之事，而淮南有枕中鴻寶苑秘書。」顔師古注曰：「鴻寶苑秘書并道術名篇，藏在枕中，言常存不録之不漏泄也。」泛指珍秘書籍，此指書信。

〔三六〕 中婦：唐李賀惱公：「月明中婦覺，應笑畫堂空。」葉葱奇注：「中婦，指其妻。」

〔三七〕 碩人頎：詩經衛風碩人：「碩人其頎，衣錦褧衣。」鄭玄箋：「碩，大也，言莊姜儀表長麗俊好，頎頎然。」

〔三八〕 襲美：繼承美德。

〔三九〕 被褐：老子：「知我者希，則我者貴，是以聖人被褐懷玉。」河上公注：「被褐者，薄外；懷玉者，厚内。匿寶藏懷，不以示人也。」

〔四〇〕 持盈：老子：「持而盈之，不如其已。」國語越語下：「夫國家之事，有持盈，有定傾，有節事。」韋昭注：「持，守也。盈，滿也。」

〔四一〕 佩韋：韓非子觀行：「西門豹之性急，故佩韋以自緩；董安於之性緩，故佩弦以自急。故以有餘補不足，以長續短之謂明主。」後因以「韋弦」比喻外界的啓迪和教益。用以警戒、規勸。

〔四二〕 乞針綫：討針綫。謂生活所需須求他人供給，即靠他人生活。

〔四三〕申旦：自夜達旦，猶通宵。楚辭九章思美人：「申旦以舒中情兮，志沈菀而莫達。」

〔四四〕牢愁：憂愁。

〔四五〕鸘玉：即鷫鷞。史記司馬相如傳：「鴻鵠鷫鴇，鴐鵝鸘玉。」裴駰集解引郭璞曰：「鷫，鷫霜。鸘玉，似鴨而大，長頸赤目，紫紺色也。」

〔四六〕伊蝛：又作「蛜蝛」「伊威」。詩經豳風東山：「伊威在室，蠨蛸在户。」陸璣疏：「伊威，一名委黍，一名鼠婦，在壁根下甕底土中生，似白魚者也。」

〔四七〕汧渭：汧水與渭水的并稱。

〔四八〕簫史：漢劉向列仙傳簫史：「簫史者，秦穆公時人也。善吹簫，能致孔雀白鶴於庭，穆公有女，字弄玉，好之，公遂以女妻焉，日教弄玉作鳳鳴。居數年，吹似鳳聲，鳳凰來止其屋，公爲作鳳臺，夫婦止其上，不下數年，一旦皆隨鳳凰飛去。」後以「簫史」泛指如意郎君。

〔四九〕令威：用晋遼東丁令威得仙化鶴歸里事。

〔五〇〕芻束：後漢書徐稚傳：「及林宗有母憂，稚往弔之，置生芻一束於廬前而去。」参詩卷二雜賦九首示確叔，兼寄犀台老兄健鶻注釋〔五〕。

〔五一〕用戰國藺相如完璧歸趙之典。

〔五二〕南朝宋劉義慶世説新語簡傲：「王子猷嘗行過吴中，見一士大夫家極有好竹，主已知子猷當往，乃灑埽施設，在聽事坐相待。王肩輿徑造竹下，諷嘯良久，主已失望，猶冀還當通。遂直欲出門。主人大不堪，便令左右閉門，不聽出。王更以此賞主人，乃留坐，盡歡而去。」

〔五三〕三生石：唐李源與僧圓觀友善，同游三峽，見婦人引汲，觀曰：「其中孕婦姓王者，是某托身之所。」更約十二年後中秋月夜，相會於杭州天竺寺外。是夕觀果殁，而孕婦産。及期，源赴約，聞牧童歌竹枝詞：

「三生石上舊精魂，賞月吟風不要論。慚愧情人遠相訪，此身雖異性長存。」源因知牧童即圓觀之後身。事見唐袁郊甘澤謡圓觀。後人附會謂杭州天竺寺後山的三生石，即李源和圓觀相會之處。詩文中常用爲前因宿緣的典實。

〔五四〕唐白居易賣炭翁：「半匹紅紗一丈綾，繫向牛頭充炭直。」

〔五五〕夫容：芙蓉，荷花的别名。

瓜洲〔一〕早發

心事登樓賦〔二〕，行程上水船。露蒸初出日，山擁乍寒烟。塔影金鰲〔三〕失，江聲玉壘〔四〕傳。論才懷楚蜀〔五〕，輕薄〔六〕戒詩篇。

【繫年】

詩嘉慶二十四年（一八一九）春作於揚州瓜洲。

【注釋】

〔一〕瓜洲：鎮名。在江蘇邗江南部、運河分支入長江處。與鎮江隔江斜對，向爲長江南北水運交通要沖。又稱瓜埠洲。

〔二〕登樓賦：文選王粲登樓賦：「登兹樓以四望兮，聊暇日以銷憂。」劉良注引魏志：「王粲，山陽高平人也。少而聰惠有大才，仕爲侍中。時董卓作亂，仲宣避難荆州，依劉表，遂登江陵城樓，因懷舊而有此作，述其進退危懼之情也。」舊時常作爲文人思鄉、懷才不遇的典故。

〔三〕金鰲：即鎮江金山。金山原名氐父山，又名金鰲嶺、獲符山、浮玉山。

〔四〕玉壘：晋左思蜀都賦：「廓靈關以爲門，包玉壘而爲宇。」劉逵注：「玉壘，山名也，湔水出焉。在成都西北岷山界。」

〔五〕唐駱賓王幽縶書情通簡知己：「昔歲逢楊意，觀光貴楚材。」

〔六〕輕薄：晋張華輕薄篇。

江月

秋月摇江動素瀾，秋風吹起倍高寒。真無塵土凌虚度，若有胸懷放膽看。萬里濤聲迎直上，六朝山色失偏安。懸知采石〔一〕明應到，留取仙人〔二〕白玉盤〔三〕。

【繫年】

詩嘉慶二十四年（一八一九）春作於南京。

【注釋】

〔一〕采石：采石磯，在安徽馬鞍山長江東岸。

〔二〕仙人：唐李白有「謫仙人」之稱。

〔三〕白玉盤：唐李白古朗月行：「小時不識月，呼作白玉盤。」

秦淮〔一〕

秦淮潮落咽清波，短棹匆匆客裏過。無數紅樓簾不卷，夜來明月奈愁何。
韶華爛漫要〔二〕群芳，不似窮秋落葉黄。此事由來關氣運〔三〕，莫將寒儉〔四〕笑清狂。

【繫年】

詩嘉慶二十四年（一八一九）春作於南京秦淮。

【注釋】

〔一〕秦淮：秦淮河。

〔二〕要：通「邀」。

〔三〕氣運：節候的流轉變化。三國魏曹植節游賦：「感氣運之和順，樂時澤之有成。」

〔四〕寒儉：寒酸儉嗇，不體面。清陳康祺郎潛紀聞卷九：「戴簡恪公敦元，官司寇日，朝士呼爲破敗書厨，以公萬卷羅胸而粗服敝車，外觀極寒儉也。」

莫愁湖〔一〕

魚水君臣局已殘，渌波光接素秋寒。〔二〕風雲每護佳人帳，巾幗應登上將壇。漁唱晚歸彈鋏〔三〕和，雁書遥寄掃眉〔四〕看。柔情壯氣無今古，莫笑書生着手難。

【繫年】

詩嘉慶二十四年（一八一九）春作於南京莫愁湖。

【注釋】

〔一〕莫愁湖：在南京。

〔二〕舊傳明太祖朱元璋與中山王徐達下棋，朱連吃徐二子，以爲勝券穩操。不料，細觀徐已將棋子擺成「萬歲」二字。朱嘆服，遂將樓和湖賜給徐作「湯沐邑」，樓因此得名勝棋樓。

〔三〕彈鋏：用戰國馮諼彈鋏事，喻處境窘困而有所干求。參詩卷六初到淮安示諸生注釋〔三〕。

〔四〕掃眉：掃眉才子，有文才的女子。唐胡曾寄薛濤：「掃眉才子知多少，管領春風總不如。」

牛渚[一]

南渡難收晉舊疆，温公[二]早死任諸王。非關水族能爲厲，察見淵魚本不祥。[三]

采石磯邊日未曛，碧雲黄葉各紛紛。乘風已學龍驤[四]過，不吊青山太白墳[五]。

【繫年】

詩嘉慶二十四年（一八一九）春作於安徽馬鞍山。

【注釋】

〔一〕牛渚：牛渚磯，在今安徽馬鞍山西南長江邊，爲牛渚山北部突出於長江中的部分，又名采石磯。

〔二〕温公：温嶠（二八九—三二九），東晉名將。初入劉琨幕。西晉滅亡後南下，先後參與平定王敦、蘇峻的叛亂，官至驃騎將軍、江州刺史，封始安郡公。咸和四年（三二九）病逝於武昌。

〔三〕晉書温嶠傳：「嶠借資蓄，具器用，而後旋于武昌。至牛渚磯，水深不可測，世云其下多怪物，嶠遂燬犀角而照之。須臾，見水族覆火，奇形異狀，或乘馬車著赤衣者。嶠其夜夢人謂己曰：『與君幽明道別，何意相照也？』意甚惡之。嶠先有齒疾，至是拔之，因中風，至鎮未旬而卒，時年四十二。」

〔四〕龍驤：指晉大將龍驤將軍王濬。唐李白永王東巡歌之八：「君看帝子浮江日，何似龍驤出峽來！」王琦注引晉書武帝紀：「咸寧五年十一月大舉伐吴，遣龍驤將軍王濬、廣武將軍唐彬率巴蜀之兵浮江而下。」

〔五〕太白墳：即李白墓，位於安徽當塗青山西麓。

横江〔一〕詞

岸生蘆葦水生蒲，網打魚蝦稻打租〔二〕。江邊嫁娶江邊老，估客〔三〕風波一世無。

有時兩槳蕩輕舟，郎在前倉妾柁樓〔四〕。月出東梁山〔五〕頂上，與郎一棹一回頭。

【繫年】

詩嘉慶二十四年（一八一九）春作於安徽和縣横江浦。

【注釋】

〔一〕横江：横江浦。地在今安徽和縣東南，與南岸采石磯隔江相對。

〔二〕打租：出租，交租。

〔三〕估客：行商。

〔四〕柁樓：亦作「舵樓」「柂樓」。船上操舵之室，亦指後艙室，因高起如樓，故稱。

〔五〕東梁山：又名博望山。清于成龍等修，清張九征、陳焯纂江南通志康熙二十三年江南通志局刻本卷十九：「博望山，在府西南三十里亦，曰東梁山，與江西岸和州之梁山對峙如門，故亦名天門山。卧江中，遠望如積黛，故又名峨眉山。」

鳧磯祠[一]

遥薦心香[二]采白蘋，夫人遺廟肅江濱。二喬[三]許作閨中友，雙璧[四]難同帳裏身。生嫁英雄何必后，死封靈澤[五]豈無神？扁舟我欲窮荆楚，願乞東風滿一句。

【繫年】

詩嘉慶二十四年（一八一九）春作於安徽蕪湖鳧磯祠。

【注釋】

〔一〕鳧磯祠：明朱國禎湧幢小品鳧磯：「蕪湖江心有磯，磯上有祠，祠孫夫人，曰鳧磯。」

〔二〕心香：佛家語。學佛者内心精誠，自能感格於物，與焚香供佛無異，故謂之心香。俗語一瓣心香，表崇拜。

〔三〕二喬：三國志吴書周瑜傳：「頃之，策欲取荆州，以瑜爲中護軍，領江夏太守，從攻皖，拔之。時得橋公兩女，皆國色也。策自納大橋，瑜納小橋。」

〔四〕雙璧：指劉備與孫夫人。

〔五〕靈澤：清劉聲木萇楚齋隨筆卷五皇后殉帝：「自秦漢以來，以皇后殉皇帝者，僅漢昭烈皇帝孫皇后、我朝穆宗毅皇帝孝哲毅皇后二人，確係爲夫殉身。孫皇后性剛猛，有諸兄風，聞昭烈崩於永安宫，即投江以殉，尤爲難得。王文簡公士禎蟂磯夫人廟詩有云：『都將家國無窮恨，分付潯陽上下潮。』最爲得體。蜀吳之戰，質言之，即孫皇后夫家與母家之戰，所以有家國無窮之恨。潯陽上潮是蜀，下潮是吳。孫皇后投江後，屍身逆流行三日，至蕪湖北大江中蟂磯而没，是死後仍不忘蜀，其志亦可哀矣。蟂磯在今蕪湖對岸，上有孫皇后廟，頗宏敞。我朝編入祀典，敕封崇節惠利靈澤夫人。事閲千餘年，異代猶尊崇如此，孫皇后之節烈，誠卓越千古矣。」

望九華〔一〕

蒼黄紫翠夕陽間，萬疊難遮玉女顔。亂比春紅皆好樹，不因秋瘦是真山。風帆江上匆匆過，畫稿囊中一一删。聞道匡廬更奇絶，安排青眼〔二〕佇華鬘。

【繫年】

詩嘉慶二十四年（一八一九）春作於安徽池州九華山。

【注釋】

〔一〕九華：安徽池州九華山。

〔二〕青眼：用阮籍青白眼之典實。參詩卷三春陰注釋〔三〕。

聞角

荒江夜宿依荒堠〔一〕，多謝津人爲扞掫〔二〕。莫道奚囊〔三〕無長物，今朝携得九華秋。

【繫年】

詩嘉慶二十四年（一八一九）春作於安徽池州九華山。

【注釋】

〔一〕堠：瞭望敌情的堡垒，烽堠。

〔二〕扞掫：巡夜，守衛。

〔三〕奚囊：唐李商隱李長吉小傳：「每旦日出，與諸公游，恒從小奚奴，騎距驢，背一古破錦囊，遇有所得，即書投囊中。」後因稱詩囊爲「奚囊」。

彭澤〔一〕

既戀官田秫，難爲高卧人。扁舟歸已晚，衣上有風塵。

【繫年】

詩嘉慶二十四年（一八一九）春作於江西彭澤。

【注釋】

〔一〕彭澤：縣名，今屬江西九江。晋陶潛曾爲彭澤令，後棄官歸隱。

小孤山〔一〕

飛來青菡萏〔二〕，正落玉盤中。瘦極餘秋骨〔三〕，森然起閟宫〔四〕。不行巫峽雨〔五〕，解助馬當風〔六〕。詞客徒輕薄，彭郎〔七〕一笑空。

【繫年】

詩嘉慶二十四年（一八一九）春作於安徽宿松小孤山。

【注釋】

〔一〕小孤山：一稱小姑山，因其形如婦女髮髻，又稱髻山。在安徽宿松東南長江之中。

〔二〕菡萏：荷花。此喻小孤山。

〔三〕秋骨：遒勁的身骨。唐杜甫畫鶻行：「高堂見生鶻，颯爽動秋骨。」

〔四〕閟宫：詩經魯頌閟宫：「閟宫有侐，實實枚枚。」毛傳：「閟，閉也。先妣姜嫄之廟在周，常閉而無事，孟仲子曰：是禖宫也。」鄭玄箋：「閟，神也。姜嫄神所依，故廟曰神宫。」

〔五〕巫峽雨：戰國宋玉高唐賦序：「昔者先王嘗游高唐，怠而晝寢。夢見一婦人，曰：『妾巫山之女也，爲高唐之客。聞君游高唐，願薦枕席。』王因幸之。去而辭曰：『妾在巫山之陽，高丘之阻，旦爲朝雲，暮爲行雨，朝朝暮暮，陽臺之下。』旦朝視之，如言，故爲之立廟，號曰朝雲。」

〔六〕馬當風：明王士性廣志繹卷之四江南諸省：「後閻伯嶼重脩，因九日宴賓客，欲誇其壻吴子章之文，令夙搆之，時王勃省父至馬當，去南昌七百里，水神告之故，且助以風，一夕而至，預會。」唐陸龜蒙馬當山銘：「言天下之險者，在山曰太行，在水曰吕梁，合二險而爲一，吾又聞乎馬當。」

〔七〕彭郎：江西彭澤南岸有澎浪磯，隔江與大、小孤山相望，俚因轉「孤」爲「姑」，轉「澎浪」爲「彭郎」，云「彭郎者，小姑婿也」。後遂以此相傳。見宋歐陽修歸田録卷二。

望廬山

昨日望九華，新妝炫服凌朱霞。今朝望廬嶽，霧鬟風鬟映珠箔。探奇選勝各一時，豈有山靈分厚薄？滃滃〔一〕白雲起山下，翳翳〔二〕朝陽色相射。淋漓已將元氣濕，蒼茫欲與青天化。千皴萬染翻渾成，老筆荆關〔三〕不能畫。江湖〔四〕浩蕩多歧路，山勢南臨我西去。何日親扶九節筇〔五〕，來看石上雲生處。

【繫年】

詩嘉慶二十四年（一八一九）春作於江西九江。

【注釋】

〔一〕滃滃：雲氣騰涌貌。

〔二〕翳翳：晦暗不明貌。

〔三〕荆關：五代畫家荆浩、關仝師徒以擅畫山水齊名，故并稱「荆關」。

〔四〕江湖：長江、鄱陽湖。

〔五〕九節筇：宋陸游老學庵筆記卷三：「筇竹杖蜀中無之，乃出徼外蠻峒，蠻人持至瀘叙間賣之，一枝纔四五錢，以堅潤細瘦九節而直者爲上品。」

琵琶亭〔一〕

調入清商十指寒，月明拚與盡情彈。千年一度青衫淚〔二〕，識曲人多感慨難。
法曲〔三〕開元久不傳，山歌村篴各紛然。才人去後風流盡，寂寞江頭過客船。

【繫年】

詩嘉慶二十四年(一八一九)春作於江西九江。

【注釋】

〔一〕琵琶亭：位於江西九江，前臨長江，背倚琵琶湖。唐元和十年(八一五)，白居易貶任江州今江西九江司馬。翌年秋，送客于潯陽江頭，有舟中夜彈琵琶者，因作琵琶行贈之，亭即由此名。

〔二〕青衫淚：唐白居易琵琶行：「座中泣下誰最多，江州司馬青衫濕。」

〔三〕法曲：東晉南北朝稱作法樂。因其用於佛教法會而得名。原爲含有外來音樂成分的西域各族音樂，後與漢族的清商樂結合，并逐漸成爲隋朝的法曲。其樂器有鐃鈸、鐘、磬、幢簫、琵琶。至唐朝又攙雜道曲而發展至極盛階段。著名的曲子有赤白桃李花、霓裳羽衣等。

赤壁〔一〕

短堠蕭蕭牧馬鳴，緑疇如畫繞江城。扁舟欲問重游處，落日應知萬古情。

【繫年】

詩嘉慶二十四年(一八一九)春作於湖北黄岡。

【注釋】

〔一〕赤壁：湖北黄州今黄岡赤壁。蘇軾有前後赤壁賦，即賦此。

口占

西南天際月如鈎，影落簾櫳處處愁。過盡征鴻〔一〕無一字〔二〕，不知人住葉家洲〔三〕。

【繫年】

詩嘉慶二十四年（一八一九）春作於湖北武漢。

【注釋】

〔一〕征鴻：征雁。遷徙的雁，多指秋天南飛的雁。

〔二〕無一字：唐杜甫登岳陽樓：「親朋無一字，老病有孤舟。」

〔三〕葉家洲：今湖北武漢新洲。

贈余鐵香〔一〕即題風篁館詩稿後

中夜嘯吴鈎，從誰索髑髏〔二〕？白揮鵝鸛〔三〕動，瑩散鷫鷞〔四〕愁。定憶三生石〔五〕，安知萬户候。塊粗難一飽，枝小易千秋。山冷龜藏殼，江空鶴去樓。有人彈鋏〔六〕和，應是抱關〔七〕儔。

【繫年】

詩嘉慶二十四年（一八一九）春作於湖北武漢。

【注釋】

〔一〕余鐵香：胡朴安包慎伯先生年譜：「鐵香名鼎，新建人，少先生二十五歲。年少負奇才，爲詩文下筆數千言。又能持鐵槊重十二斤，上馬擊刺，簌簌風旋。」錢仲聯清詩紀事嘉慶朝卷白香山像爲葉潤臣侍讀題：「自記：『此余故友余鐵香摹南薰殿本也。鐵香名鼎，一名澤，字伯溉，新建人。流寓武漢間，才器高奇，博涉書藝，金石刻畫，靡不研究。尤工詩，著有風篁山館詩稿。潤臣云：曾於友人坐上見其遺集刊本，題曰歸樸集。』」鐵香爲其號，尚有秋夢詞。

〔二〕髑髏：莊子至樂：「莊子之楚，見空髑髏。」三國魏曹植髑髏説：「顧見髑髏，塊然獨居。」

〔三〕鵝鸛：左傳昭公二十一年：「丙戌，與華氏戰於赭丘。鄭翩願爲鸛，其御願爲鵝。」杜預注：「鸛、鵝皆陳名。」後即以「鵝鸛」并舉指軍陣。

〔四〕鶌鳩：鶌鶋。爾雅釋鳥：「鶌，須鸁。」郭璞注：「鷄，陳、楚、宋、魏之間謂之鶌鴟，桂林之中謂之割鷄，或曰鵽。」郭璞注：「鶌，鶌鶋，似鳧而小，膏中瑩刀。」

〔五〕三生石：典出唐袁郊甘澤謠圓觀。詩文中常用爲前因宿緣的典實。參詩卷三誤入注釋〔五五〕。

〔六〕彈鋏：用戰國馮諼彈鋏事，喻處境窘困而有所干求。參詩卷六初到淮安示諸生注釋〔三〕。

〔七〕抱關：荀子榮辱：「故或禄天下而不自以爲多，或監門御旅，抱關擊柝，而不以爲寡。」楊倞注：「抱關，門卒也，擊柝，擊木所以警夜者。」史記公子列傳：「嬴乃夷門抱關者也，而公子親枉車騎，自迎嬴於衆人廣坐之中。」

十二艷品〔一〕者，鐵香感蓉隱詞〔二〕事，爲翰風〔三〕作也，剪燈反覆，系之以詩。時遲，鐵香不至，即以柬之

江風忽怒號，萬里吹浮雲。客心慘不樂，中夜憶離群。少日朋游易徵逐〔四〕，生芻處處人如玉〔五〕。華燈一拂劍花〔六〕紅，銀船〔七〕滿泛春波緑。角材〔八〕鹵莽相搪撑〔九〕，吊古蒼茫互歌哭。簫寒炫奇已鄙馮煖魚〔一〇〕，躁進〔一一〕猶嫌曹劌肉〔一二〕。邇來衣食各奔走，雨墜星分十年後。伍相〔一三〕瀨邊漿〔一四〕，築和荆卿市中酒〔一五〕。佳人眄睞光采生，羽衣騎鶴吹瑶笙〔一六〕。夫容〔一七〕招手碧雲下，不動春風如有情。宣南〔一八〕秋話應多慨，一半襟期〔一九〕落湖海。菊部〔二〇〕年年换錦衣，舊人那得何戡〔二一〕在。昨見之子江之東，興酣横槊〔二二〕心膽雄。忽披艷品〔二三〕訴哀怨，巴狖〔二四〕一聲山月空。置膝投淵〔二五〕等閑事，升沉豈盡關天意？蘇季無端十上書，秦人只見貂裘敝。〔二六〕大别〔二七〕茫茫雪未消，坐遲嘉客動蘭橈。何時芳草連天緑，與子相携踏漢皋〔二八〕。

【繫年】

詩嘉慶二十四年（一八一九）春作於武漢。

【注釋】

〔一〕十二艷品：清張琦宛鄰集宛文三有十二艷品序。

〔二〕蓉隱詞：當作「蓉影詞」。清張琦宛鄰集光緒盛氏刻常州先哲遺書本宛文三答吴仲倫書：「窮老抑鬱、無聊不平之概，觸於物而形於言。於是有蓉影詞及艷品之作。」爲嘉慶二十二年（一八一七）張琦、董基誠、董士錫等在京師「蓉影唱和」之集。趙尊岳惜陰堂叢書收録。清陸繼輅崇百藥齋文集嘉慶二十五年刻本卷十二平梁歲晚寄懷鄉里之作：「仙才逸韻滿長安，蓉影詞成萬口傳。此夜鄉心留不住，雲灣雙艤孝廉船。管樹荃、方彦聞」

〔三〕翰風：張琦（一七六四—一八三三），初名翊，字翰風，號宛鄰，江蘇陽湖今江蘇常州人。參詩卷一虹橋舟中飲餞贈别翰風張二，即題芙蓉湖莊畫卷注釋〔五五〕。

〔四〕徵逐：酒食徵逐。唐韓愈柳子厚墓志銘：「今夫平居里巷相慕悦，酒食游戲相徵逐，詡詡强笑語以相取下。」酒肉朋友互相邀請吃喝玩樂。

〔五〕詩經小雅白駒：「生芻一束，其人如玉。」陳奂傳疏：「芻所以萎白駒，托言禮所以養賢人。」此寄寓思友、思賢之心。

〔六〕劍花：亦作「劍華」，劍的光芒。

〔七〕銀船：明楊慎正月六日温泉晚歸：「月似銀船勸酒，星如玉彈圍棋。」自注：「昔人咏月，『金波』自司馬相如始，『玉塔』自東坡始，『銀船』自予始也。」

〔八〕角材：考量才能。呂氏春秋簡選：「選練角材，欲其精也。」高誘注：「角，猶量也。」

〔九〕搪撐：拄撐、填塞。

〔一〇〕馮煖魚：用馮煖彈鋏歌「食無魚」事。參詩卷一初到淮安示諸生注釋〔四〕。

〔一一〕躁進：熱中於仕進，急於進取。

〔一二〕曹劌肉：左傳莊公十年：「十年，春，齊師伐我。公將戰，曹劌請見。其鄉人曰：『肉食者謀之，又何間焉？』劌曰：『肉食者鄙，未能遠謀。』乃入見。」

〔一三〕簫寒伍相：史記范睢蔡澤列傳：「伍子胥橐載而出昭關，夜行晝伏，至於陵水，無以餬其口，膝行蒲伏，稽首肉袒，鼓腹吹篪，乞食於吴市。」裴駰集解引徐廣曰：「（篪）一作『簫』。」

〔一四〕瀨邊漿：東漢袁康越絶書卷第一越絶荆平王内傳第二：「子胥遂行。至溧陽界中，見一女子擊絮於瀨水之中，子胥曰：『豈可得托食乎？』女子曰：『諾。』即發簞飯，清其壺漿而食之。子胥食已而去，謂女子曰：『掩爾壺漿，毋令之露。』女子曰：『諾。』子胥行五步，還顧女子，自縱於瀨水之中而死。」宜溧河上游古稱瀨水。

〔一五〕史記刺客列傳：「荆軻既至燕，愛燕之狗屠及善擊筑者高漸離。荆軻嗜酒，日與狗屠及高漸離飲於燕市，酒酣以往，高漸離擊筑，荆軻和而歌於市中，相樂也，已而相泣，旁若無人者。」

〔一六〕宋李昉等太平廣記神仙四王子喬引列仙傳：「王子喬者，周靈王太子也，好吹笙作鳳凰鳴，游伊洛之間。道士浮丘公，接以上嵩山，三十餘年。後求之於山，見桓良曰：『告我家。七月七日待我於緱氏山頭。』果乘白鶴，駐山嶺，望之不到，舉手謝時人。數日而去。後立祠於緱氏及嵩山。」

〔一七〕夫容：芙蓉，荷花的别名。

〔一八〕宣南：北京宣武門以南地區被稱作宣南，大體上便是原宣武區的管轄範圍。清代，宣南會館林立，爲士子集結、交往和學術交流提供了理想的公共空間。清陸繼輅崇百藥齋文集嘉慶二十五年刻本卷十二平梁歲晚寄懷鄉里之作：「宣南吟社冠當時，往在都門，與君及兩蔡、兩許、兩汪、朱篁雨、楊湘帆、戴春溪、姜聽珂諸君宴集，甚盛。一語都成別後思。自到灤湖秋太冷，經年未報送行詩。卞雅堂太守」

〔一九〕襟期：襟懷、志趣。

〔二〇〕菊部：菊部頭、菊壇，戲曲界的雅呼。宋高宗時宮中伶人有菊夫人者，人稱菊部頭。宋周密齊東野語卷十六菊花新曲破：「思陵朝，掖庭有菊夫人者，善歌舞，妙音律，爲仙韶院之冠，宮中號爲菊部頭。」

〔二一〕何戡：唐長慶時著名歌者。唐劉禹錫與歌者何戡：「舊人唯有何戡在，更與慇勤唱渭城。」

〔二二〕横槊：宋蘇軾前赤壁賦：「方其（曹操）破荆州，下江陵，順流而東也，舳艫千里，旌旗蔽空，釃酒臨江，横槊賦詩，固一世之雄也，而今安在哉？」

〔二三〕艷品：十二艷品。

〔二四〕巴狖：巴猿。北魏酈道元水經注卷三四江水引漁者歌：「巴東三峽巫峽長，猿鳴三聲淚沾裳。」

〔二五〕置膝投淵：加膝墜淵。禮記檀弓下：「今之君子，進人若將加諸膝，退人若將隊諸淵。」比喻用人愛憎無常。墜，古作「隊」。

〔二六〕戰國策秦策一：「（蘇秦）説秦王書十上而説不行，黑貂之裘敝，黄金百斤盡，資用乏絶，去秦而歸。」蘇秦，字季子。

〔二七〕大别：武漢龜山之别名。尚書禹貢：「導嶓冢，至于荆山；内方，至於大别。」

〔二八〕漢皋：漢陽地處長江、漢水交匯處，古稱漢皋。用「漢皋解佩」典。文選張衡南都賦：「游女弄珠於漢皋之曲。」李善注引韓詩外傳：「鄭交甫將南適楚，遵波漢皋臺下，乃遇二女，佩兩珠，大如荆鷄之卵。」又文選郭璞江賦：「感交甫之喪珮。」李善注引韓詩内傳：「鄭交甫遵彼漢皋臺下，遇二女，與言曰：『願請子之珮。』二女與交甫，交甫受而懷之，超然而去。十步，循探之，即亡矣。回顧二女，亦即亡矣。」後以「漢皋解佩」爲男女愛慕遺贈的典故。

偶成

一局將殘復毅〔一〕棋，重鋂〔二〕舞劍勢多奇。不應英略桓宣武〔三〕，翻道王敦是可兒〔四〕。

【繫年】

詩嘉慶二十四年（一八一九）春作於武漢。

【注釋】

〔一〕復毅：圍棋術語。宋徐鉉圍棋義例詮釋：「毅，提也。棋死而結局曰毅，既毅而隨手曰復毅，俗又謂之提。」

〔二〕重鋂：一大環上套二小環。鋂，大連環。詩經齊風盧令：「盧重鋂，其人美且偲。」孔穎達疏：「謂一大環貫二小環也。」

〔三〕桓宣武：桓温（三一二—三七三），字元子一作符子，譙國龍亢今安徽懷遠龍亢鎮人。東晉政治家、軍事家、權臣。死後謚號宣武。其子桓玄建立桓楚後，追尊爲宣武皇帝。

〔四〕南朝宋劉義慶世説新語賞譽：「桓温行經王敦墓邊，過望之云：『可兒可兒。』」注：「孫綽與庾亮箋曰：『王敦可人之目，數十年間也。』」可人，性行可取者曰「可人」。

後惆悵曲〔一〕

昔以餞春日〔二〕别月儀〔三〕，曾追賦惆悵曲。及識茗華〔四〕，亦餞春日也，離懷棖觸〔五〕，更有斯篇。

春盡楊花時撲面，璧月湛湛照華宴。紫邏〔六〕蹋弦宛轉鳴，似代金徽〔七〕訴凄怨。金徽歇絶紫邏新，負寵放嬌愁煞人。曲終不覺四座寂，定有三日飛梁塵〔八〕。流蘇帳掩星眸倦，私語如防動香篆。一片梨雲〔九〕墮掌中，細吹蘭氣融珠汗。高樓獨坐易三更，青鳥飛來銜素馨〔一〇〕。良宵不肯看孤兔〔一一〕，要人相對吹瑶笙。緑蛾〔一二〕雙蹙愁欹枕，點點胭脂黦紅錦。藥爐經月沸松烟，賤却〔一三〕沈酣河朔飲〔一四〕。秋風一别隔江關〔一五〕，無數烟嵐擁髻鬟。碧雲莫合夫容老，玄霜晨凝青楓殷。漢皋〔一六〕游女多如織，弄粉調朱門顔色。蕣華〔一七〕落盡不成春，癡雲〔一八〕苦壓檐牙〔一九〕黑。荒鷄〔二〇〕警寒角角〔二一〕啼，夢回燈灺〔二二〕風凄凄。打窗似有蓋地雪，何處一雙黄鵠棲。如聞已訂同心譜，世事紛紛或多阻。珍重明珠是夜光，人間祇合投交甫〔二三〕。欲呼真宰共靈談〔二四〕，碧玉終須嫁汝南〔二五〕。生才如此豈草草，墮溷〔二六〕休令怨蔚藍〔二七〕。已嗟涉世萬轉千回悔乍逢，春蘭秋菊惱嬌慵。一聲動地蒲牢[三一]吼，山寺無端午夜鐘。

同萍梗，雄劍蕭蕭伴孤影。况復情天[二八]現劫身，春蠶縛繭[二九]絲牽井[三〇]。

【繫年】

詩嘉慶二十四年（一八一九）四月立夏作於湖北武漢。

【注釋】

〔一〕詩卷三有惆悵曲并序。

〔二〕餞春日：立夏日，江浙一帶，人們備酒食爲歡，名爲餞春。清洪亮吉雲谿泛舟憶蔣氏舅仲：「憶昨春星大如斗，置酒花前夜搔首。餞春筵上一歸來，君亦江鄉客行久。我棹吴興舴艋舟，夜深重過水明樓。傷春何似悲秋好，一夜凉颸落葉愁。」

〔三〕月儀：清徐珂清稗類鈔植物類翠蟾蕙：「蘭之一莖數花者，爲蕙，俗名蕙蘭，亦春開。蘇州木瀆鎮周氏塔影軒蓺之，多佳種，擇尤佳者各十六品，命工繢其狀，繕成巨袠，題其端曰『香國同心』，遍徵題咏。中有翠蟾一種，爲宜興周止庵之女弟子月儀所植，嚴鐵橋有詩咏之云：『名花端合依名士，天遣周郎對翠蟾。覓句燈前成一笑，月儀風貌在吴縑。』」

〔四〕苕華：或即梁苕華。清袁昶于湖小集光緒袁氏水明樓刻本詩二送苕華館主往海上將仍回鄂渚：「句無擇律予真懶，筆未忘規子獨勤。帆拂亶洲腥霧散，艸芳江上夕陽熏。舊巢不訪華陽逸，君此行不及還焦山。力士猶求蒼海君。天地圜方吾不識，還攀黄鵠問渠云。」同卷有友人梁若華焦山、易實甫廬山皆願據爲十方常住，記蔚騰嘲：「久以焦匡姓是山，今爲逋客斸茅菅。欲專一壑瓜牛老，從狎二林雕虎斑。山姓應隨常住改，墩名久假不須還。帝前訟牒如難判，一半青教割翠鬟。」寄若華：「一片昆侖寒玉瑩，幾經魔劫石沙攻。雲生焦洞兼招我，霆擊冰山久付公。横舍箭材檠笴直，芳洲霜葉照顔紅。猶餘五筴辛文子，早辦輕舟觀海童。」

〔五〕棖觸：感觸。唐李商隱戲題樞言草閣三十二韻：「君時卧棖觸，勸客白玉杯。」

〔六〕紫邏：即邏沙，今拉薩也，所産羅薩檀。蜀地製琵琶，常用邏沙檀爲槽。參詞卷三水龍吟題沈鐵農風雨填詞圖注釋〔四〕。此代琵琶。

〔七〕金徽：本爲琴上繫弦之繩。此借指琴。

〔八〕列子湯問：「昔韓娥東之齊，匱糧，過雍門，鬻歌假食，既去而餘音繞梁，三日不絶，左右以其人弗去。」

〔九〕梨雲：梨花。

〔一〇〕素馨：宋周去非嶺外代答卷八花木門素馨花：「素馨花，番禺甚多，廣右絶少，土人尤貴重。開時旋掇花頭，裝於他枝。或以竹絲貫之，賣於市，一枝二文，人競買戴。」

〔一一〕孤兔：孤月。

〔一二〕緑蛾：女子的眉毛。古代女子以黛畫眉，呈青黑色，故稱。

〔一三〕賤却：宋朱繼芳和顔長官百咏貧女：「洗盡銅華浄潔貧，嫁衣莫説爲他人。絶憐父母窮相守，不爲金多賤却身。」

〔一四〕河朔飲：唐徐堅等初學記卷三歲時部引三國魏曹丕典論：「大駕都許，使光禄大夫劉松北鎮袁紹軍，與紹子弟日共宴飲，常以三伏之際，晝夜酣飲，極醉，至於無知。云以避一時之暑，故河朔有避暑飲。」後因以「河朔飲」指夏日避暑之飲或酣飲。

〔一五〕江關：猶言海内。唐杜甫咏懷古迹之一：「庾信生平最蕭瑟，暮年詩賦動江關。」

〔一六〕漢皋：語涉雙關。既用「漢皋解佩」之典，亦指所在之漢陽。參詩卷三十二艷品者，鐵香感蓉隱詞事，爲翰風作也。剪燈反覆，系之以詩。時遲，鐵香不至，即以柬之注釋〔二八〕。

〔一七〕蕣華：木槿之花。朝開暮謝。説文艸部：「蕣，木堇，朝華莫落者。……詩曰：『顔如蕣華。』」

〔一八〕癡雲：亦作「痴雲」。唐李商隱房中曲：「嬌郎痴若雲，抱日西簾曉。」停滯不動的雲。

〔一九〕檐牙：檐際翹出如牙的部分。

〔二〇〕荒鷄：指三更前啼叫的鷄。舊以其鳴爲惡聲，主不祥。

〔二一〕角角：象聲詞。鷄鳴聲。唐李廓鷄鳴曲：「星稀月没上五更，膠膠角角鷄初鳴。」

〔二二〕灺：没點完的蠟燭，也泛指燈燭。

〔二三〕交甫：鄭交甫。典出鄭交甫漢皋解佩。參詩卷三十二艷品者，鐵香感蓉隱詞事，爲翰風作也。剪燈反覆，系之以詩。時遲，鐵香不至，即以柬之注釋〔二八〕。

〔二四〕靈談：晋書夏統傳：「其從父敬寧祠先人，迎女巫章丹、陳珠二人。……（統）入門，忽見丹、珠在中庭，輕步佪舞，靈談鬼笑，飛觸挑柈，酬酢翩翻，統驚愕而走。」靈談，靈談鬼笑，謂巫者裝出神鬼附體，并表演出它們的音容笑貌。

〔二五〕北周庾信結客少年場行：「定知劉碧玉，偷嫁汝南王。」碧玉，劉碧玉，南朝宋汝南王妾。

〔二六〕墜溷：墜茵落溷，亦作「墜溷飄茵」。梁書儒林傳范縝：「子良精信釋教，而縝盛稱無佛。子良問曰：『君不信因果，世間何得有富貴，何得有賤貧？』縝答曰：『人之生譬如一樹花，同發一枝，俱開一蔕，隨風而墮，自有拂簾幌墜於茵席之上，自有關籬墻落於糞溷之側。墜茵蓆者，殿下是也；落糞溷者，下官是也。貴賤雖復殊途，因果竟在何處？』」喻人之境遇高下懸殊。

〔二七〕蔚藍：天。

〔二八〕情天：唐李賀金銅仙人辭漢歌：「衰蘭送客咸陽道，天若有情天亦老。」後因以「情天」稱愛情的境界。

〔二九〕春蠶縛繭：作繭自縛。唐白居易江州赴忠州至江陵已來舟中示舍弟五十韻：「燭蛾誰救護？蠶繭自纏縈。」

〔三〇〕絲牽井：唐李商隱無題之二：「金蟾齧鎖燒香入，玉虎牽絲汲井迴。」

〔三一〕蒲牢：文選班固東都賦：「於是發鯨魚，鏗華鐘。」李善注引三國吴薛綜曰：「海中有大魚曰鯨，海邊又有獸名蒲牢。蒲牢素畏鯨，鯨魚擊蒲牢，輒大鳴。凡鐘欲令聲大者，故作蒲牢於上。所以撞之者爲鯨魚。」後因以「蒲牢」爲鐘的别名。

晴川閣〔一〕

傑閣〔二〕依山敞畫圖，北襟南帶〔三〕好規模。諸姬不盡難成楚〔四〕，西蜀如亡莫問吴〔五〕。估客帆檣平亂薺，佳人才調没寒蕪。隔江我欲招黄鶴〔六〕，玉笛無聲落日孤。

【繫年】

詩嘉慶二十四年（一八一九）秋作於武漢。

【注釋】

〔一〕晴川閣：古閣名。在今武漢龜山東麓，隔江與黃鶴樓相對。明建。唐崔顥黃鶴樓詩有「晴川歷歷漢陽樹」句，閣名本此。

〔二〕傑閣：高閣。這裏指晴川閣。

〔三〕北襟南帶：襟帶，如襟如帶。比喻形勢回互接近。史記春申君傳：「王施以東山之險，帶以曲河之利，韓必爲關内之侯。」

〔四〕左傳僖公二十八年：「夏，四月戊辰，晉侯、宋公、齊國歸父、崔夭、秦小子憖次于城濮。楚師背酅而舍，晉侯患之。聽輿人之誦曰：『原田每每，舍其舊而新是謀。』公疑焉。子犯曰：『戰也！戰而捷，必得諸侯。若其不捷，表裏山河，必無害也。』公曰：『若楚惠何？』欒貞子曰：『漢陽諸姬，楚實盡之。思小惠而忘大耻，不如戰也。』晉侯夢與楚子搏，楚子伏己而鹽其腦，是以懼。子犯曰：『吉。我得天，楚伏其罪。吾且柔之矣。』」杜預注：「姬姓之國在漢北者。」夷考姬姓國之近楚者，曰隨、曰息、曰蓼、曰穀。隨終春秋不滅，穀在漢南，息、蓼在淮壖，又非漢北。蓋楚所吞滅姬姓國甚多，皆不見于經、傳也。鄭所謂九縣者，未知何所指。」

〔五〕三國志魏書鄧艾傳：「艾深自矜伐，謂蜀士大夫曰：『諸君賴遭某，故得有今日耳。若遇吳漢之徒，已殄滅矣。』」

〔六〕南齊書州郡志：「夏口城據黃鵠磯，世傳仙人子安乘黃鵠過此上也。」

答鐵香〔一〕見贈長歌

識字〔二〕不拜章句師，横槊不從游俠兒。銜杯〔三〕醒眼看顛倒，三山〔四〕復不尋安期〔五〕。十年浪迹在湖海，非仕非隱將毋〔六〕癡。陰雲匝地釀酷雪，翻然有客投新詩。剡天巨刃抉我腹，三復嘆詫心骨悲。饑鷹側翅掠枯草，乳虎怒目窺童麋。燭光炎炎宵吐蜺，荒寒欲舞士稚鷄〔七〕。掛書牛角〔八〕不敢讀，摩挲白羽腰金鎞〔九〕。擊獐飲血枕弓卧，夢隨徐福〔一〇〕驅鯨鯢。古人已死不可追，培塿〔一一〕狐魅非雄才。龍翔鳳舞變光景，曦馭〔一二〕晝停天四垂。蒼蠅凍縮那能笑，君詩何苦窮搜奇？髫年〔一三〕楚蜀蹂鼪狸〔一四〕，火旗霜鍔供酣嬉。滑臺百日罷騰踔〔一五〕，長安三載甘羈縻。坐摇柔翰〔一六〕豈不樂？耳中往往聞鉦鼙。隨珠既往趙璧歸〔一七〕，此事不復容人知，白日下窺當告之。

【繫年】

詩嘉慶二十四年（一八一九）臘月作於武漢。

【注釋】

〔一〕鐵香：余鼎，號鐵香。參詩卷三贈余鐵香即題風篁館詩稿後注釋〔一〕。

〔二〕識字：知曉文字音義，精於訓詁。

〔三〕銜杯：口含酒杯，多指飲酒。

〔四〕三山：傳説中的海上三神山，亦名「三壺」。東晋王嘉拾遺記：「海中有三山，其形如壺。方丈曰方壺，蓬萊曰蓬壺，瀛洲曰瀛壺。」

〔五〕安期：亦稱期生、安其生。仙人名。秦、漢間齊人，一説琅琊阜鄉人。傳説他曾從河上丈人習黄帝、老子之説，賣藥東海邊。秦始皇東游，與語三日夜，賜金璧數千萬，皆置之阜鄉亭而去，留書及赤玉舄一雙爲報。後始皇遣使入海求之，未至蓬萊山，遇風波而返。一説，生平與蒯通友善，嘗以策干項羽，未能用。後之方士、道家因謂其爲居海上之神仙。事見史記樂毅列傳、漢劉向列仙傳等。

〔六〕將毋：將無，莫非。

〔七〕士稚鷄：祖逖字士稚。用晋祖逖聞鷄起舞之典。參詩卷三折梨花行注釋〔一一〕。

〔八〕掛書牛角：新唐書李密傳：「它日，述諭密曰：『君世素貴，當以才學顯，何事三衛間哉！』密大喜，謝病去，感厲讀書。聞包愷在緱山，往從之。以蒲韉乘牛，挂漢書一帙角上，行且讀。」

〔九〕金錕：疑爲「金錕」之誤。金錕，寶劍。列子湯問：「周穆王大征西戎，西戎獻錕鋙之劍，火浣之布。」

〔一〇〕徐福：即徐市。史記秦始皇本紀：「既已，齊人徐市等上書，言海中有三神山，名曰蓬萊、方丈、瀛洲，僊人居之。請得齋戒，與童男女求之。於是遣徐市發童男女數千人，入海求僊人。」

〔一一〕培塿：本作「部婁」。小土丘。左傳襄公二十四年：「部婁無松柏。」杜預注：「部婁，小阜。」漢應劭風俗通山澤培引左傳作「培塿」。晋書劉元海載記：「當爲崇岡峻阜，何能爲培塿乎？」

〔一二〕曦馭：羲和馭車。指太陽運行。

〔一三〕髫年：幼年。

〔一四〕楚蜀蹂躪狸：指川楚白蓮教（一七九六—一八〇四），嘉慶年間爆發於四川、陝西、河南和湖北邊境地區的白蓮教武裝反抗清政府的事件。

〔一五〕嘉慶十六年（一八一一）林清、李文成起義，是年九月舉事，十二月兵敗。

〔一六〕柔翰：毛筆。

〔一七〕用完璧歸趙之典。春秋時，楚人卞和自山中得寶玉。戰國時，爲趙惠文王所得，故稱。

桃花廟〔一〕題三絶碑〔二〕後

獻舞歸隨執梃〔三〕班，無言猶是淚潸潸。古人夫婦如朋友〔四〕，絶世風流寫佩環〔五〕。數點梅魂身後影，一尊客思望中〔六〕山。摩挲遺墨情難盡，畢竟從來艷不頑〔七〕。

【繫年】

詩嘉慶二十四年（一八一九）臘月作於湖北黄陂。

【注釋】

〔一〕桃花廟：桃花夫人廟。大清一統志漢陽府：「桃花夫人廟，在黄陂縣東三十里。」奉祀息嬀。春秋時期，楚取息後，息夫人被擄入楚宮，息侯被楚文王遷于汝水之濱守護宗廟。後息夫人與息侯破鏡重圓。楚人追來，息夫人與息侯携手投入桃花澗。楚成王聞母死訊，於黄陂桃花澗興建廟宇。

〔二〕三絶碑：三絶碑大致可分爲三種情况：大多數爲碑文、書法、刻工均精妙絶倫，又能彙於一碑者；其二爲文章、書法與文章所述之人的德政功績傑出者又能匯於一碑的；其三爲文章、書法及鎸刻之石奇特。此指桃花廟三絶碑。

〔三〕執梃：手執梃杖。指持梃作儀衛前導。

〔四〕左傳僖公三十三年：「初，臼季使，過冀，見冀缺耨，其妻饁之，敬，相待如賓。」

〔五〕佩環：環佩。用鄭交甫漢皋解佩之典。參詩卷三十二艷品者，鐵香感蓉隱詞事，爲翰風作也，剪燈反覆，系之以詩。時遲，鐵香不至，即以柬之注釋〔一八〕。

〔六〕望中：視野之中。

〔七〕頑艷：哀感頑艷。文選繁欽與魏文帝箋：「咏北狄之遐征，奏胡馬之長思，悽入肝脾，哀感頑艷。」吕延濟注：「頑鈍艷美者皆感之。」後遂以「哀感頑艷」形容詩文的詞旨凄惻動人。

寒玉

碧城〔一〕寒玉〔二〕抱初温，便有瓊簫泣楚魂〔三〕。細水縱能歸大海，芳蘭誰解惜當門〔四〕。西風吹雨人間路，殘月揚蛾鏡裏痕。萬一重逢春滿眼，天涯莫便怨王孫〔五〕。

【繫年】

詩當嘉慶二十四年(一八一九)臘月作於舟中。

【注釋】

〔一〕碧城：宋李昉等太平御覽卷六七四引上清經：「元始(元始天尊)居紫雲之闕，碧霞爲城。」後因以「碧城」爲仙人所居之處。

〔二〕寒玉：竹的别稱。宋王禹偁竹䶉：「春笋鬰生犀，秋筠折寒玉。」

〔三〕楚魂：舜二妃娥皇、女英。

〔四〕三國志蜀書周群傳：「先主將誅張裕，諸葛亮表請其罪。先主答曰：『芳蘭生門，不得不鉏。』裕遂棄市。」比喻賢能之士生性抗直，時有違迕，爲上者將不能容忍，勢必去之。

〔五〕漢淮南小山招隱士：「王孫游兮不歸，春草生兮萋萋。」後因以「芳草王孫」爲思遠懷人之典。

除夕

年華似水去堂堂〔一〕，四十頭顱〔二〕勉自强。好爲故人留楚璞〔三〕，不教新鬢點吴霜〔四〕。杯盤客路春消酒〔五〕，燈火江星夜吐芒。獨有離情兩縈繫，英雄兒女各殊方。

【繫年】

據詩中「四十頭顱」及詩卷三庚辰正月二日，泊舟回龍夾，夢與家兄舍弟同賞庭中薔薇，早起霰雪交集，慨然有作，此詩當作於嘉慶二十四年（一八一九）臘月除夕舟中。

【注釋】

〔一〕堂堂：猶公然。唐薛能春日使府寓懷之一：「青春背我堂堂去，白髮欺人故故生。」

〔二〕頭顱：亦作「頭盧」。命運，人生。南朝梁陶弘景與從兄書：「仕宦，期四十左右作尚書郎，即抽簪高邁。今三十六，方作朝奉請，頭顱可知，不如早去。」

〔三〕楚璞：楚人卞和獻給楚王的玉璞。此喻珍品或英才。

〔四〕吳霜：本指吳地的霜。此喻白髮。

〔五〕消酒：飲酒。消，消受。

庚辰正月二日，泊舟回龍夾〔一〕，夢與家兄舍弟同賞庭中薔薇，早起霰雪交集，慨然有作

一江烟雨掛帆遲，三日新春有所思。差喜〔二〕鄉心聯棣蕚〔三〕，共傾芳酒笑花枝。路難橐筆〔四〕詩頻賦，客久憐家夢亦知。正紀歡悰〔五〕逢霰雪，那堪仍是未歸時。

【繫年】

據詩題，詩嘉慶二十五年（庚辰，一八二〇）正月二日作於湖北黄岡回龍山。

【注釋】

〔一〕回龍夾：當是湖北黄岡回龍山。背靠大别山，前臨長江。西望武漢，南臨黄岡，西接舉水，東交巴河。

〔二〕差喜：尚可喜，幸好。

〔三〕棣蕚：唐杜甫至後：「梅花一開不自覺，棣蕚一别永相望。」仇兆鰲注：「棣蕚，以比兄弟也。」

〔四〕槖筆：簪筆。漢書趙充國傳：「初，破羌將軍武賢在軍中時與中郎將卬宴語，卬道：『車騎將軍張安世始嘗不快上，上欲誅之，卬家將軍以爲安世本持槖簪筆事孝武帝數十年，見謂忠謹，宜全度之。安世用是得免。』」顔師古注引張晏曰：「槖，契囊也。近臣負槖簪筆，從備顧問，或有所紀也。」插筆於冠或笏，以備書寫。古代帝王近臣、書吏及士大夫均有此裝束。

〔五〕歡悰：歡樂。

薄倖〔一〕

已向情天〔二〕歷劫〔三〕來，蠶絲吐盡蠟成灰〔四〕。到門春水漂殘雪，伴鶴空山放早梅〔五〕。鬢影琴邊人未老〔六〕，道書簾下卷重開〔七〕。青樓薄倖渾閑事〔八〕，又遣樊川〔九〕浪費才。

【繫年】

詩嘉慶二十五年（庚辰，一八二〇）正月作於舟中。

【注釋】

〔一〕薄倖：薄情，負心。

〔二〕情天：愛情的境界。參詩卷三後惆悵曲注釋〔二七〕。

〔三〕歷劫：佛教語。謂宇宙在時間上一成一毀叫「劫」。經歷宇宙的成毀爲「歷劫」。後統謂經歷各種灾難。

〔四〕化用唐李商隱無題：「春蠶至死絲方盡，蠟炬成灰淚始乾。」

〔五〕宋沈括夢溪筆談人事二：「林逋隱居杭州孤山，常畜兩鶴，縱之則飛入雲霄，盤旋久之，復入籠中。逋常泛小艇，游西湖諸寺。有客至逋所居，則一童子出應門，延客坐，爲開籠縱鶴。良久，逋必棹小船而歸。蓋嘗以鶴飛爲驗也。」

〔六〕唐李賀咏懷二首：「長卿懷茂陵，緑草垂石井。彈琴看文君，春風吹鬢影。」

〔七〕唐元稹離思五首：「閑讀道書慵未起，水晶簾下看梳頭。」道書，道家或佛家的典籍。

〔八〕唐杜牧遣懷：「十年一覺揚州夢，贏得青樓薄倖名。」渾閑事：尋常事。南宋曾幾海棠：「少陵忘却渾閑事，更有離騷忘却梅。」

〔九〕樊川：唐杜牧别業樊川，有樊川集，故稱。

潯陽〔一〕阻雨

江流依舊繞城灣，人似賓鴻〔二〕去復還。可惜涷豪〔三〕拈不得，朝朝雪裏看廬山。
風波如此欲何之？三日潯陽枕倦欹。處處春雲帶寒色，擁爐應是憶人時。

【繫年】

詩嘉慶二十五年（庚辰，一八二〇）正月作於九江。

【注釋】

〔一〕潯陽：今江西九江。
〔二〕賓鴻：賓雁。禮記月令：「（季秋之月）鴻雁來賓。」
〔三〕涷豪：涷毫。涷筆。

讀南華經

安排〔一〕豈有求全術，消遣〔二〕真爲取樂方。閱盡艱難翻作達，傷心千古一蒙莊〔三〕。

【繫年】

詩嘉慶二十五年(庚辰，一八二〇)正月作於九江。

【注釋】

〔一〕安排：聽任自然的變化。莊子大宗師：「造適不及笑，獻笑不及排，安排而去化，乃入於寥天一。」郭象注：「安於推移而與化俱去，故乃入於寂寥而與天爲一也。」

〔二〕消遣：用自己感覺愉快的事來度過空閑時間，消閑解悶。唐鄭谷渼陂：「昔然四顧難消遣，祇有佯狂泥酒杯。」

〔三〕蒙莊：即莊周。史記老子韓非列傳：「莊子者，蒙人也，名周。周嘗爲蒙漆園吏。」

渡汎〔一〕

中流忽澎湃，戊夜〔二〕打頭〔三〕風。漸覺離家近，遲看曉日紅。倦眸消露氣，山色入孤篷。指點秋毫路〔四〕，何年屐齒〔五〕中。

【繫年】

詩嘉慶二十五年(庚辰，一八二〇)正月作於宜興。

【注釋】

〔一〕氿：東氿、西氿，均爲湖名，均在江蘇宜興。

〔二〕戊夜：五更天。

〔三〕打頭：頂頭。謂風浪阻礙前進。

〔四〕秋毫路：亦作「秋豪路」，小路。秋豪，鳥獸在秋天新長出來的細毛。此喻細微之物。

〔五〕屐齒：足迹，游蹤。宋張孝祥水龍吟過浯溪：「漫郎宅里，中興碑下，應留屐齒。」

兄弟

羸卧蕭然吾伯子〔一〕，豐肌暗削互驚看。始知鄉曲人情異，不減崎嶇世路難。草草田廬新燕鶯，寥寥〔二〕父老舊衣冠。南村〔三〕有日〔四〕容偕隱，快語何妨且自寬。

漫誇〔五〕醉裏得天真，未必民風似古淳。形役〔六〕敢忘終日戒〔七〕，身安方許一臺春〔八〕。摩挲竹樹留生氣，指點山川記劫塵。我是荆溪〔九〕舊漁隱，肯將蓑笠付他人？

【繫年】

詩嘉慶二十五年（庚辰，一八二〇）正月底、二月初作於宜興。

【注釋】

〔一〕伯子：哥哥，兄長。此指兄周潛。

〔二〕寥寥：形容數量少。

〔三〕南村：晉陶潛移居之一：「昔欲居南村，非爲卜其宅。聞多素心人，樂與數晨夕。」李公焕注：「南村，即栗里也。」地在今江西九江南陶村西。此代指歸隱之所。

〔四〕有日：不久。

〔五〕漫誇：謾誇。空自誇贊。

〔六〕形役：晉陶潛歸去來辭：「既自以心爲形役，奚惆悵而獨悲？」謂爲形骸所拘束、役使。猶言被功名利禄所牽制、支配。

〔七〕終日戒：周易既濟：「六四，繻有衣袽，終日戒。」

〔八〕臺春：春臺。春日登眺覽勝之處。老子：「衆人熙熙，如享太牢，如登春臺；我獨泊然其未兆，如嬰兒之未孩。」

〔九〕荆溪：在今江蘇宜興。

庭　花

庭花皆手種，來值不花時。爲愛濃陰好，翻嫌滿月遲。纖纖映簾額，隱隱得蛾眉。欲借黄荃〔一〕筆，先圖夜合〔二〕枝。

【繫年】

詩嘉慶二十五年（庚辰，一八二〇）早春作於宜興。

【注釋】

〔一〕黄荃（?—九六五）：字要叔，成都人。五代西蜀畫家。擅畫花、竹、翎毛、佛道、人物和山水，以畫品「富貴」流布後世。

〔二〕夜合：合歡的别名。宋李昉等太平御覽卷九五八引晋周處風土記：「夜合，葉晨舒而暮合。一名合昏。」

以兄子楝〔一〕爲子，漫與阿宣

笑我無兒忽有孫，從今不用掩柴門。〔二〕能耕能讀尋常事，呼馬呼牛〔三〕仔細論。世味〔四〕嘗來雲過眼，機心〔五〕消後酒盈尊。童騃〔六〕相對饒天趣，花影横階記月痕。

【繫年】

詩嘉慶二十五年（庚辰，一八二〇）春作於宜興。

【注釋】

〔一〕棟：山溪周氏宗譜卷四之二大分五房世表上：「棟，止安公嗣子。字家棟，一字輔臣，號甫安，太學生。敕贈儒林郎。又以孫振庸秩，光緒二年恭遇覃恩，加三級，貤贈朝議大夫。生清嘉慶四年己未十一月初二日，卒道光二十三年癸卯六月十六日。」

〔二〕唐杜甫漫興九首其六：「懶慢無堪不出村，呼兒自在掩柴門。」

〔三〕呼馬呼牛：宋林希逸莊子鬳齋口義外篇天道：「老子曰：『夫巧知神聖之人，吾自以爲脱焉。昔者子呼我牛也而謂之牛，呼我馬也而謂之馬。苟有其實，人與之名而弗受，再受其殃。吾服也恒服，吾非以服有服。』……我既無心，呼馬呼牛，聽汝而已。」

〔四〕世味：功名宦情。

〔五〕機心：莊子天地：「吾聞之吾師，有機械者必有機事，有機事者必有機心。機心存於胸中，則純白不備。」巧詐之心，機巧功利之心。

〔六〕童騃：年幼無知。唐白居易觀兒戲：「童騃饒戲樂，老大多憂悲。」

小住

故園小住日開顔，落拓柴扉竟不關。入坐有人非俗客，舉頭到處是青山。衣塵〔一〕盡被松篁笑，畫稿應將粉碧刪。偶泛輕舠沿葦去，江河舊夢倩招還。

【繫年】

詩嘉慶二十五年（庚辰，一八二〇）春作於宜興。

【注釋】

〔一〕衣塵：化衣塵。晉陸機爲顧彦先贈婦之一：「辭家遠行游，悠悠三千里。京洛多風塵，素衣化爲緇。」指所蒙受的使衣着變色的塵土。多形容仕途奔波之苦。

水

出山泉濁已多年，忽泛花溪意惘然。清畏人知横荇藻，船如天上坐神仙。疏藤老樹相涵緑，汀鷺沙鷗自在眠。往日釣徒皆寂寞，與誰商略畫中禪？

【繫年】

詩嘉慶二十五年（庚辰，一八二〇）春作於宜興。

秋蟲

秋蟲爾何意？刺促〔一〕竟宵鳴。風露真難得，庭階豈不平。草根將絮語，燈下亂書聲。比似〔二〕蚊貪血，勞勞各一生。

【繫年】

詩嘉慶二十五年（庚辰，一八二〇）春作於宜興。

【注釋】

〔一〕刺促：刺促不休。繁忙勞碌，不肯停息。

〔二〕比似：好似，如同。

雨後題月季花

微雨響群葉，數花開小紅。雖無繁艷意，喜在寂寥中。媚我真難事，歸家似寓公〔一〕。一尊聊獨對，及未嘆飄篷。

【繫年】

詩嘉慶二十五年(庚辰,一八二〇)春作於宜興。

【注釋】

〔一〕寓公:流亡寄居他鄉或别國的之人。

夜坐

疏星引月上高梧,薄薄羅雲漸欲無。偶憶玄言成獨笑〔一〕,自謀小醉不教扶。砌蟲唫韻同風馬〔二〕,庭草生機各露珠。寂感便知觀物好,壯心應悔着鞭〔三〕粗。

【繫年】

詩嘉慶二十五年(庚辰,一八二〇)春作於宜興。

【注釋】

〔一〕獨笑:獨自喜笑,自樂。

〔二〕風馬:風馬牛不相及。

〔三〕著鞭：晉書劉琨傳：「琨少負志氣，有縱横之才，善交勝己，而頗浮誇。與范陽祖逖爲友，聞逖被用，與親故書曰：『吾枕戈待旦，志梟逆虜，常恐祖生先吾著鞭。』其意氣相期如此。」猶言着手進行，開始做。後常用以勉人努力進取。

論詩

建安風格〔一〕最深沈，蘇李〔二〕河梁〔三〕有嗣音。法物〔四〕何能免殘缺，餼羊〔五〕珍重聖賢心。
綺語都從妙悟來，抽青妃白〔六〕亦奇才。就中我獨嫌山賊〔七〕，瓦狗〔八〕多多范一胎。
雅音〔九〕漢魏六朝風，詩到貞元變已窮。〔一〇〕特地昌黎盤硬〔一一〕語，别將文格逞清雄。
韓白〔一二〕登壇萬將降，孫吴節制〔一三〕漸消亡。宋人疏縱元柔靡，鮑老何須笑郭郎。〔一四〕
頭巾〔一五〕世界談風雅，七子〔一六〕艱難衆未知。讀破中州〔一七〕詩數卷，借他王李〔一八〕作鬚眉。
半使才情半使書，自翻舊稿一軒渠〔一九〕。廬山真面何難識，券上明明寫賣驢〔二〇〕。
町畦〔二一〕脱盡即町畦，萬事須防覺後迷。古月今人偶相照，天機合處水分犀〔二二〕。
换却凡胎結聖胎〔二三〕，休言明鏡本非臺。爲周爲蝶憑拈取，畢竟莊生作夢來。〔二四〕
春花秋月若無情，不合將人伴一生。歌哭便從啼笑出，非仙非佛究何名？

牛衣〔二五〕馬革〔二六〕太匆匆，多少華年誤此中。泥上爪痕君莫認，碧天自在看飛鴻。〔二七〕

【繫年】

詩嘉慶二十五年（庚辰，一八二〇）春作於宜興。

【注釋】

〔一〕建安風格：亦稱「建安風骨」「建安骨」。唐李白宣城謝朓樓餞别校書叔云：「蓬萊文章建安骨，中間小謝又清發。」王琦注：「東漢建安之末，有孔融、王粲、陳琳、徐幹、劉楨、應瑒、阮瑀及曹氏父子所作之詩，世謂之建安體。風骨遒上，最饒古氣。」

〔二〕蘇李：漢蘇武與李陵的并稱。唐韓愈薦士：「五言出漢時，蘇李首更號。」

〔三〕河梁：舊題漢李陵與蘇武之三：「携手上河梁，游子暮何之？……行人難久留，各言長相思。」

〔四〕法物：古代帝王用於儀仗、祭祀的器物。

〔五〕餼羊：論語八佾：「子貢欲去告朔之餼羊。子曰：『爾愛其羊，我愛其禮。』」朱熹集注：「告朔之禮，古者天子常以季冬頒來歲十二月之朔於諸侯，諸侯受而藏之祖廟。月朔，則以特羊告廟，請而行之。魯自文公始不視朔，而有司猶供此羊，故子貢欲去之。」後人因以「告朔餼羊」比喻形同虚設。亦省作「告朔」。

〔六〕抽青妃白：亦作「取青妃白」「取青媲白」。以青配白，比喻詩文講求對仗。

〔七〕山賊：剽賊。唐韓愈南陽樊紹述墓志銘：「惟古於詞必己出，降而不能乃剽賊。」清沈德潜説詩晬語卷下：「錢牧齋信口掎摭，謂其摹擬剽賊，同於嬰兒學語。」

〔八〕瓦狗：陶製的小犬。漢王符潛夫論浮侈：「或作泥車、瓦狗、馬騎、倡排，諸戲弄小兒之具以巧詐。」

〔九〕雅音：正音，有益於風教的詩歌和音樂。

〔一〇〕清馮班鈍吟雜録卷七誡子帖：「詩至貞元、長慶，古今一大變，李、杜始重。元、白學杜者也，元相時有學太白處。韓門諸君兼學李、杜。韋左司自是古詩，與一時文體迥異。大略六朝舊格，至此盡矣。李玉溪全法杜，文字血脉，却與齊梁人相接。温全學太白，五言律多名句，亦李法也。與瞿隣晃」

〔一一〕昌黎盤硬：唐韓愈薦士：「横空盤硬語，妥帖力排奡。」後以「盤硬」指語句新奇，不落窠臼。

〔一二〕韓白：唐韓愈、白居易。

〔一三〕孫吴節制：孫吴、東晉、宋、齊、梁、陳、隋、唐綺麗文風。

〔一四〕明瞿佑看燈詞二首其二：「傀儡妝成出教坊，彩旗前引兩三行。郭郎鮑老休相笑，畢竟何人舞袖長。」鮑老，古代戲劇脚色名。宋無名氏張協狀元戲文第五三齣：「好似傀儡棚前，一個鮑老。」錢南揚校注：「鮑老，古劇脚色名。後山詩話載楊大年傀儡詩云：『鮑老當筵笑郭郎，笑他舞袖太郎當。若教鮑老當筵舞，轉更郎當舞袖長。』」郭郎，本指戲劇行當中的丑角。唐段安節樂府雜録傀儡子：「後樂家翻爲戲，其引歌舞有郭郎者，髮正禿，善優笑，閭里呼爲郭郎，凡戲場必在俳兒之首也。」

〔一五〕頭巾：頭巾氣。指讀書人的迂腐習氣。明楊慎升庵詩話右丞詩用字：「王右丞詩：『暢以沙際鶴，兼之雲外山。』孟浩然云：『重以觀魚樂，因之鼓枻歌。』雖用助語辭，而無頭巾氣。」

〔一六〕七子：明弘治、正德年間李夢陽、何景明、徐禎卿、邊貢、康海、王九思、王廷相等七人，并以文章名世，稱「前七子」。又嘉靖、隆慶時期李攀龍、謝榛、梁有譽、宗臣、王世貞、徐中行、吴國倫等七人，亦以文章名世，稱「後七子」。

〔一七〕中州：中州集，總集名。金元好問編選。十卷，附樂府一卷。書成于金亡以後。選録金代二百四十九人的詩作，因作者多聚集于中州今河南一帶，故名。每一作家各系小傳，保存了若干歷史資料。集中不選當時在世者。

〔一八〕王李：明王世貞、李攀龍的并稱。明史文苑傳三李攀龍：「攀龍才思勁鷙，名最高，獨心重世貞，天下亦并稱王李。」清黄宗羲七怪：「應酬之下，本無所謂文章，而黠者妄談家數曰：吾本王李，風雅之正宗也。」

〔一九〕軒渠：歡悦貌，笑貌。

〔二〇〕典出「博士買驢」。北齊顔之推顔氏家訓勉學：「問一言輒酬數百，責其指歸，或無要會。鄴下諺云：『博士買驢，書券三紙，未有驢字。』」後以「博士買驢」表示文詞繁冗，不得要領。

〔二一〕町畦：喻規矩，約束。清趙執信談龍録：「聲病興而詩有町畦。然古今體之分，成於沈宋。」

〔二二〕分犀：剸犀。漢王褒聖主得賢臣頌：「及至巧冶鑄幹將之璞，清水淬其鋒，越砥歛其鍔，水斷蛟龍，陸剸犀革。」後以「剸犀」喻治事的卓越才能。

〔二三〕宋惠洪冷齋夜話换骨奪胎法引黄庭堅曰：「不易其意而造其語，謂之换骨法；窺入其意而形容之，謂之奪胎法。」

〔二四〕用「莊周夢蝶」之典。參詩卷三七夕注釋〔一九〕。

〔二五〕牛衣：漢書王章傳：「初，章爲諸生學長安，獨與妻居。章疾病，無被，卧牛衣中，與妻决，涕泣。其妻呵怒之曰：『仲卿！京師尊貴在朝廷人誰逾仲卿者？今疾病困戹，不自激卬，乃反涕泣，何鄙也！』」

〔二六〕馬革：後漢書馬援傳：「男兒要當死於邊野，以馬革裹屍還葬耳，何能卧床上在兒女子手中邪？」

〔二七〕宋蘇軾和子由澠池懷舊：「人生到處知何似？應似飛鴻踏雪泥。泥上偶然留指爪，鴻飛那復計東西？」

留别山居花木

碧梧一樹立亭亭，别汝先愁損性靈。未必裁琴皆雅奏，若言剪葉更天刑。〔一〕斜陽易送蟬聲老，塵海難教鳳羽停。新月我來殘月去，空留孤直向青冥。桐

萼緑陰陰小院中，茜妝西侍縞衣〔二〕東。花争朔雪休相賞，苞孕炎天已不同。往事酸心林處士〔三〕，重來索笑趙師雄〔四〕。淮南枉自春如海，冶杏夭桃一例紅。梅

攀枝惜到海棠梨〔五〕，辛苦花鋤手自攜。斸向空山憐艷絶，燒殘紅燭有香迷。〔六〕五年一度看開落，冶葉倡條雜笑啼。此别逢秋真睡醒，難將春態更留題。〔七〕海棠

千里單車抱爾眠，簁泥澆酒戊辰年〔八〕。是真富貴争難去〔九〕，不用扶持妒亦憐。墻角有蛩傳怨抑，筆頭無粉畫芳妍。何時醉倚青油幕〔一〇〕，爲續清平〔一一〕第四篇。牡丹

如斗何須笑牡丹，柔桑也許當花看。〔一二〕筠籃〔一三〕摘後吴蠶〔一四〕老，零雨〔一五〕歸時野蠋〔一六〕寒。差喜〔一七〕鷄鳴來好客，盡思酒熟薦村盤。不堪長負閑閑約，十畝濃陰枕未安。〔一八〕桑

掉尾翛翛碧鳳皇〔一九〕，一年陰比一年長。此君無我難醫俗〔二〇〕，久客初歸競拂墻。左右忽成佳士别〔二一〕，平安〔二二〕誰寄美人香〔二三〕。水雲〔二四〕五夜〔二五〕扁舟夢，得似今宵枕簟凉。竹

細葉輕陰已出檐，月波簾額共纖纖。開如夢影花難認，坐到昏黄我自嫌。爲爾乍添離别意，何時真遂吉祥占。重門一閉無人賞，蛺蝶虚將粉絮粘。合歡

墻陰一種葉田田，絡緯〔二六〕聲中瘦可憐。墮枕葳蕤幽夢裏〔二七〕，論香清苦玉人邊。孕來金氣難呈色，琢到天工不費錢。向汝臨行還抱甕〔二八〕，惜花心爲緑衣偏。玉簪〔二九〕

千絲萬縷舞回風，各挽行舟態不同。十里晚烟漁篷外，幾人高枕畫樓中。傷離已判醒殘月，贈遠還勞點碧空。一路孤唫誰解惜，只君相伴到淮東。柳

【繫年】

詩嘉慶二十五年（庚辰，一八二〇）春作於宜興。

【注釋】

〔一〕尚書禹貢：「羽畎夏翟，嶧陽孤桐。」孔傳：「嶧山之陽，特生桐，中琴瑟。」唐李白琴贊：「嶧陽孤桐，石聳天骨，根老冰泉，葉苦霜月。」王琦注引封氏聞見記：「土人云：此桐所以異於常桐者，諸山皆發地兼土，惟此山大石攢倚，石間周圍皆通人行，山中空虚，故桐木絶響，是以珍而入貢也。」

〔二〕縞衣：喻梅花之潔白。宋蘇軾十一月二十六日松風亭下梅花盛開：「海南仙雲嬌墮砌，月下縞衣來叩門。」

〔三〕林處士：北宋詩人林逋（九六七—一〇二九）字君復，錢塘今浙江杭州人。隱居西湖孤山，終身未娶。

賞梅養鶴，世稱「梅妻鶴子」。卒後，謚和靖先生。有山園小梅等名篇。有林和靖詩集。

〔四〕唐柳宗元龍城録卷上趙師雄醉憩梅花下：「隋開皇中，趙師雄遷羅浮。一日，天寒日暮，在醉醒間，因憩僕車於松林間酒肆，傍舍見一女人，淡粧素服出迓師雄。時已昏黑，殘雪對月，色微明。師雄喜之與之語，但覺芳香襲人，語言極清麗，因與之扣酒家門，得數盃相與飲。少頃，有一緑衣童來，笑歌戲舞，亦自可觀。頃醉寢。師雄亦懵然，但覺風寒相襲。久之，時東方已白，師雄起視，乃在大梅花樹下，上有翠羽啾嘈相顧，月落參横，但惆悵而已。」

〔五〕海棠梨：海棠果。又名「海紅」。又名「秋子」。又名「柰子」。

〔六〕宋蘇軾海棠：「只恐夜深花睡去，故燒紅燭照紅妝。」

〔七〕宋惠洪冷齋夜話：「上皇登沉香亭，詔太真妃子，妃子時是卯醉未醒，命力士從侍兒扶掖而至。妃子醉顔殘妝，鬢亂釵横，不能再拜。上皇笑曰：『豈是妃子醉，直海棠睡未足爾。』」

〔八〕戊辰年：嘉慶十三年（一八〇八）。

〔九〕宋周敦頤愛蓮説：「菊，花之隱逸者也；牡丹，花之富貴者也。」

〔一〇〕青油幕：青油塗飾的帳幕。

〔一一〕清平：清平調，唐大曲名，後用爲詞牌。相傳唐開元中，李白供翰林，時宫中木芍藥盛開，玄宗於月夜賞花，召楊貴妃侍酒，以金花箋賜李白，命進新辭清平調，白醉中乃成三章。二十八字，七言絶句，平仄不拘。宋詞蓋因舊曲名，另創新聲。雙調五十字，平韻。參唐李濬松窗雜録、宋王灼碧鷄漫志卷五。

〔一二〕宋羅大經撰、明葉廷秀節評詩譚明崇禎刻葉潤山輯著全書本卷六：「王文康公詩：『棗花至小能成實，桑葉雖柔解吐絲。堪笑牡丹如斗大，不成一事又空枝。』士以有用爲貴，觀此可以醒矣。」斗大，大如斗。對小的物體，形容其大。

〔一三〕筠籃：竹籃。

〔一四〕吴蠶：吴地盛養蠶，故稱良蠶爲吴蠶。

〔一五〕零雨：詩經豳風東山：「我來自東，零雨其濛。」孔穎達疏：「道上乃遇零落之雨，其濛濛然。」高亨注：「零雨，又慢又細的小雨。」

〔一六〕蠋：清吴偉業麥蠶：「桑蠋僵應化，冰蛆卧未逃。」吴翌鳳注：「詩集傳：蠋，桑蟲如蠶者也。」

〔一七〕差喜：尚可喜，幸好。

〔一八〕詩經魏風十畝之間：「十畝之間兮，桑者閑閑兮，行與子還兮。」朱熹集傳：「閑閑，往來者自得之貌。」高亨注：「從容不迫貌。」

〔一九〕傳説鳳鳥非竹實不食，故稱鳳凰爲竹鳳。明徐渭曇陽之六：「明知騎竹鳳，還道媚妖蛇。」明高啓茆翁畫雙竹：「應緣茆叟吹横玉，唤得雙飛碧鳳來。」

〔二〇〕醫俗：宋蘇軾於潛僧緑筠軒：「可使食無肉，不可居無竹。無肉令人瘦，無竹令人俗。人瘦尚可肥，士俗不可醫。旁人笑此言，似高還似癡。若對此君仍大嚼，世間那有揚州鶴。」

〔二一〕佳士别：唐司空圖二十四詩品典雅：「玉壺買春，賞雨茆屋，坐中佳士，左右修竹。」

〔二二〕平安：唐段成式酉陽雜俎續集支植下：「衛公（李德裕）言北都惟童子寺有竹一窠，纔長數尺，相傳其寺綱維，每日報竹平安。」後以「竹報平安」指平安家書。

〔二三〕香：香箋。箋綫的美稱。

〔二四〕水雲：唐戎昱湘南曲：「虞帝南游不復還，翠蛾幽怨水雲間。」

〔二五〕五夜：文選陸倕新刻漏銘：「六日不辨，五夜不分。」李善注引衛宏漢舊儀：「晝夜漏起，省中用火，中黃門持五夜。五夜者，甲夜、乙夜、丙夜、丁夜、戊夜也。」

〔二六〕絡緯：蟲名。即莎鷄，俗稱絡絲娘、紡織娘。夏秋夜間振羽作聲，聲如紡綫，故名。

〔二七〕宋李昉等太平廣記卷三一六引録異傳劉照：「劉照，建安中爲河間太守。婦亡，埋棺於府園中。遭黃巾賊，照委郡走。後太守至，夜夢見一婦人往就之，後又遺一雙鎖，太守不能名。婦曰：『此萎蕤鎖也，以金縷相連，屈申在人，實珍物。吾方當去，故以相別，慎無告人。』後二十日，照遣兒迎喪，守乃悟云云。兒見鎖感慟，不能自勝。」「萎蕤」亦寫作「葳蕤」，後因以「葳蕤」借指鎖。

〔二八〕抱甕：典出「抱甕灌園」，喻安於拙陋的淳樸生活。參詩卷二樂志詩并序注釋〔一四〕。

〔二九〕玉簪：玉簪花。清潘榮陛帝京歲時紀勝七月時品：「至於剪秋羅、玉簪花、芙蓉花、雁來紅，又不若秋海棠。」

慶源門〔一〕外雨泊，懷良卿〔二〕溪堂

君家隔烟水，此路飽經過。微雨侵衣濕，新凉得酒〔三〕多。看花尋早稻，采葯〔四〕動殘荷。欲往無賓主，空能發嘯歌〔五〕。

又作濱淮客，全抛繞舍田。偏舟孤泊處，細雨早秋天。學圃〔六〕非難事，依人豈静緣〔七〕？買山〔八〕曾有約，遺愧向林泉。

【繫年】

詩嘉慶二十五年（一八二〇）春作於宜興，時周濟擬離宜興赴揚州。

【注釋】

〔一〕慶源門：清顧炎武肇域志卷九：「運河在（宜興）縣北五十步，西接荆溪，北由慶源門抵沙子湖濱六十里。」

〔二〕良卿：徐薰，行二，字良卿，江蘇吴縣今蘇州吴中區人。見詩卷一秋夜散步懷良卿木君注釋〔一〕。

〔三〕得酒：乞漿得酒。比喻所得超過所求。唐劉知幾史通書志：「太歲在酉，乞漿得酒；太歲在巳，販妻鬻子。」

〔四〕菂：蓮子。

〔五〕嘯歌：詩經小雅白華：「嘯歌傷懷，念彼碩人。」

〔六〕學圃：論語子路：「（樊遲）請學爲圃，子曰：『吾不如老圃。』」朱熹集注：「種蔬菜曰圃。」

〔七〕静緣：静因之道。意謂心要保持虚静，并能順應事物之理。唐張説虚室賦：「理涉虚趣，心階静緣。室惟生白，人則思玄。」

〔八〕買山：南朝宋劉義慶世説新語排調：「支道林因人就深公買印山，深公答曰：『未聞巢由買山而隱。』」後以「買山」喻賢士的歸隱。

却寄家木君青〔一〕、高雲溪森槐〔二〕

君甘離索〔三〕今猶昔，我任飄零西復東。未死名心長短句〔四〕，已通世法馬牛風〔五〕。宅邊柳樹容高隱〔六〕，江上潮痕識短篷。送盡歸鴻成一笑〔七〕，五弦〔八〕原不在琴中。

我爲善戰千夫長，君是能耕萬户侯。海上風雲通士氣，庭中狚特〔九〕豈身謀。時平漫蓄三年艾〔一〇〕，仙好權營百尺樓。落拓琴書潦草〔一一〕醉，莫將心事問吴鈎。

【繫年】

詩嘉慶二十五年（一八二〇）春作於離宜興赴揚州途中。

【注釋】

〔一〕木君青：周青，字木君。參詩卷一有懷高二丈亦耕族祖木君即寄注釋〔二〕。

〔二〕高雲溪森槐：高森槐，字雲溪，高森榮季弟。參文卷二雲溪遺稿序注釋〔一〕。

〔三〕離索：離散獨居。

〔四〕文卷二雲溪遺稿序：「雲溪與木君同學所最昵。又好爲詩詞者，莫如余木君。每爲詞，則手其稿就余，隔别或三五日，未嘗過十日，必一相見。雲溪過從不疏於木君。見余與木君論詞，或時至忼慨於咽，汍瀾藉袂，雲溪亦移情共歌哭，而未嘗及其爲詩。」

〔五〕馬牛風：馬牛其風。尚書費誓：「馬牛其風，臣妾逋逃，勿敢越逐。」孔穎達疏：「僖四年左傳云：『唯是風馬牛不相及也。』賈逵云：『風，放也，牝牡相誘謂之風。』然則馬牛風佚，因牝牡相逐，而逐至放佚遠去也。」後用以表示互不相干。

〔六〕晉陶淵明五柳先生傳：「先生不知何許人也，亦不詳其姓字。宅邊有五柳樹一無樹字，因以爲號焉。」

〔七〕三國魏嵇康贈兄秀才入軍詩之一：「目送歸鴻，手揮五弦。」

〔八〕五弦：五弦琴，古樂器名。禮記樂記：「昔者舜作五弦之琴，以歌南風。」孔穎達疏：「謂無文武二弦，惟宫商等五弦也。」新唐書禮樂志十一：「五弦如琵琶而小，北國所出，舊以木撥彈，樂工裴神符初以手彈。」

〔九〕狟特：詩經魏風伐檀：「不狩不獵，胡瞻爾庭有縣狟兮？不狩不獵，胡瞻爾庭有縣特兮？」

〔一〇〕三年艾：陳年良藥也。

〔一一〕潦草：頽喪，失意。

飲　酒

古人不飲酒，手挹天漿〔一〕斟北斗。後人不飲酒，棄擲靈明〔二〕戀芻狗〔三〕。中年樂事苦無多，忍拒陽和〔四〕不關口？一杯初嘗如見客，乃是深交久相憶。把臂寒暄未及通，且向燈前看顔色。兩杯三杯漸有神，離愁訴過談情親。一杯一句相對説，少亦竟夜多兼旬。酒盡傾壺如送別，碧落〔五〕茫茫墜孤月。千秋萬歲留相思，死骨能枯心不歇。蘭陵〔六〕夜雨聲瀟瀟，偏舟竟過奔牛橋〔七〕。吾郡以奔牛酒爲有名。若遣〔八〕瓻中乏良醞，枯腸〔九〕渴吻〔一〇〕安能消。厨人奏刀〔一一〕苦無肉，臘笋〔一二〕堆盤〔一三〕不盈匊〔一四〕。此是他年好竹竿，呼向尊前且醫俗〔一五〕。陶然獨酌殊有情，芒角〔一六〕不生心太平。豈無吴鈎與越劍，已忘恩怨何勞卿？夾岸啾啾亂蟲語，葦葉苕華泊船處。一杯淺淺一杯深，静聽佳人弄機杼。醉抱青奴〔一七〕自在眠，新凉夢好必游仙。還邀儀狄〔一八〕修觴政，那怕黄公〔一九〕索酒錢。

【繫年】

詩嘉慶二十五年（一八二〇）春作於常州。是時周濟離宜興赴揚州，途經常州。

【注釋】

〔一〕天漿：天上的飲料、漿汁。唐韓愈調張籍：「刺手拔鯨牙，舉瓢酌天漿。」

〔二〕靈明：漢焦贛易林噬嗑之鼎：「三足孤烏，靈明爲御。」本指太陽的御者義和。此代指光陰、歲月。

〔三〕芻狗：老子：「天地不仁，以萬物爲芻狗；聖人不仁，以百姓爲芻狗。」魏源本義：「結芻爲狗，用之祭祀，既畢事則棄而踐之。」莊子天運：「夫芻狗之未陳也，盛以篋衍，巾以文繡，尸祝齊戒以將之；及其已陳也，行者踐其首脊，蘇者取而爨之而已。」陸德明釋文引李頤曰：「芻狗，結芻爲狗，巫祝用之。」本指古代祭祀時用草紮成的狗，後因用以喻微賤無用的事物或言論。

〔四〕陽和：借指佳音。明孫柚琴心記廷尉伸冤：「長卿本意九死爲期，不意陽和忽布，且喜又復官爵，還令文園。」

〔五〕碧落：青天。

〔六〕蘭陵：今江蘇武進。清顧祖禹讀史方輿紀要卷二五江南七常州府武進縣：「蘭陵城，府西北六十里，晋大興初，始置南蘭陵郡及蘭陵縣於武進界内。」

〔七〕奔牛橋：在江蘇常州武進奔牛鎮。

〔八〕若遣：假如，如果。

〔九〕枯腸：饑渴之腸，枵腹。

〔一〇〕渴吻：唇乾思飲。

〔一一〕莊子養生主：「庖丁爲文惠君解牛。……奏刀騞然。」

〔一二〕臘笋：冬笋。

〔一三〕堆盤：苜蓿堆盤。喻生活清貧。參詩卷之一送許魯泉獻賦天津注釋〔一〇〕。

〔一四〕盈匊：亦作「盈掬」。滿捧。兩手合捧曰匊。詩經唐風椒聊：「椒聊之實，蕃衍盈匊。」毛傳：「兩手曰匊。」

〔一五〕醫俗：參詩卷三留别山居花木注釋〔一九〕。

〔一六〕芒角：棱角。指人的鋒芒或鋭氣。宋范仲淹與朱校理書：「石先生芒角太高，常宜寬之。」

〔一七〕青奴：夏日取凉寢具。用竹青篾編成，或用整段竹子做成。又名竹夫人。宋黄庭堅趙子充示竹夫人詩，蓋凉寢竹器，憩臂休膝，似非夫人之職，予爲名曰青奴，并以小詩取之之二：「我無紅袖堪娱夜，政要青奴一味凉。」

〔一八〕儀狄：戰國策魏策二：「昔者帝女令儀狄作酒而美，進之禹，禹飲而甘之，遂疏儀狄，絶旨酒，曰：『後世必有以酒亡其國者。』」

〔一九〕黄公：泛指賣酒者。唐白居易晚春沽酒：「醉卧黄公肆，人知我是誰。」

早望

篷窗晨卷幔，野寺出林坳。蟬戀將衰葉，雅〔一〕争未定巢。溪山春宅遠，江海亂雲交。浮世還萍梗，誰誅宋玉茆〔二〕。

【繫年】

詩嘉慶二十五年（一八二〇）春作於離宜興赴揚州途中。

【注釋】

〔一〕雅：通「鴉」。

〔二〕宋玉茆：宋玉宅，戰國宋玉的故宅。傳説在湖北秭歸。北周庾信哀江南賦：「誅茅宋玉之宅，穿徑臨江之府。」

初到揚州小病，代柬呈斗垣徐丈〔一〕

虛堂隱几葛天民〔二〕，詩稿叢殘畫稿新。夏木已經都得地，秋陽何事尚驕人？江風吹病疏朋友，酒國埋頭自主賓。寸紙先投通德里〔三〕，祇緣老輩性情真。

【繫年】

詩嘉慶二十五年（一八二〇）夏作於揚州。

【注釋】

〔一〕斗垣徐丈：徐午，字斗垣。民國石國柱修、民國許承堯纂民國歙縣志民國二十六年鉛印本卷四：「（乾隆）三十九年甲午鄉試。……徐午，徐村人。順天榜。南昌知縣。」清彭際盛修、清胡宗元纂光緒吉水縣志光緒元年刻本卷之二十五：「徐午。歙縣。舉人。乾隆五十二年署（知縣）。」清楊文峰修、萬廷蘭纂乾隆新昌縣志乾隆五十八年增修本卷之九：「徐午，安徽歙縣人。舉人。乾隆五十四年任。」清徐午修、清萬廷蘭纂乾隆南昌縣志序乾隆五十九年刻本：「南昌縣知縣徐午，安徽歙縣人。甲午舉人。」至乾隆五十七年任南昌知縣。清許應鑅修、清曾作舟纂同治南昌府志同治十二年刻本卷二十二謂「徐午，歙縣舉人。由大庾縣署。乾隆五十七年任」，誤。又清王先謙東華續録光緒十年長沙王氏刻本（道光朝）嘉慶二：「乙丑（一八〇五）通政使司參議初彭齡參奏江西巡撫陳淮居官貪黷，信任南昌縣知縣徐午，串通舞弊各款，命解淮任，以署兩江總督蘇凌阿兼署江西巡撫，偕户部右侍郎台布往鞫。嗣訊明徐午代淮墊發贏價，修造廟宇，勒派屬實，革職逮問。」故清和寧嘉慶三州輯略嘉慶十年修舊鈔本卷之六流寓門：「嘉慶三年。徐午。原任江西南昌縣。安徽歙縣。」誤。据郭麐靈芬館詩話：「（靈芬館）第五圖乃丁卯游江西，徐斗垣司馬午爲余作，意摹宋人，設色甚古。……第五圖徐君作圖，復題七律一首於上云云。」知其於嘉慶丁卯（十二年，一八〇七）已返贛。清吴錫麒有正味齋詞集嘉慶刻有正味齋詩集本卷七有壺中天送徐斗垣同年午之漢陽，用洪桐生韻。清王文治夢樓詩集乾隆刻，道光補修本卷二十二有爲南昌令徐斗垣題前明斷腕將軍朱玉節所書東坡阿羅漢像贊長卷。

〔二〕葛天民：上古之帝，其治世不言而信，不化而行。

〔三〕通德里：後漢書鄭玄傳：「昔東海于公僅有一節，猶或戒鄉人侈其門閭，矧乃鄭公之德，而無駟壯之路！可廣開門衢，令容高車，號爲通德門。」後稱鄭玄所居之鄉爲通德里。

卷四 辛巳至庚寅〔一〕

【校勘】

〔一〕四卷本介存齋詩卷四收詩文至自瑞光寺夜泛胥江歸寓樓感賦止，較六卷本介存齋詩少謁余忠宣公墓因登大觀亭至送宋葵如之楚等三十三首。四卷本介存齋詩卷四、六卷本介存齋詩卷四、國圖藏求志堂存稿彙編本介存齋詩卷四均無「辛巳至庚寅」數字。

同希尹〔一〕緘夫〔二〕游攝山〔三〕，晚宿澍公〔四〕山房

一山包衆壑，雙澗養深林。不露真人相，能降静者心。好秋輕遠泛，新屐競危岑。此夕無塵夢〔五〕，虚勞度馨音。

【繫年】

詩當道光元年（一八二一）秋作於南京。

【注釋】

〔一〕希尹：似當爲如皋冒達義。清范仕義修、清吴鎧纂道光如皋縣志道光十七年刻本卷七：「冒炯，字錦

章，庠生，謚忠昭，重光子。年十三，從父出征伊犁，父陣亡（一七二九年），扶櫬歸里。事母以孝聞，友愛諸弟，著有賜福堂詩文集。子達義，字希尹，庠生，長於文。教授生徒，多所成就。讀書外無他好，著有塾課訓蒙文集。壽八十五。」

〔二〕緘夫：宋端己（一七七九—一八三〇），字緘夫。參文卷二宋隱山傳。

〔三〕攝山：南京棲霞山又名攝山。參詩卷二奇伶歌并序注釋〔二六〕。

〔四〕澍公：攝山僧，餘不詳。

〔五〕塵夢：塵世的夢幻。

隋舍利塔石刻象在棲霞寺殿左，寺又有江總碑〔一〕，今不存。唐中宗製明徵君碑，高正臣書〔二〕，今存殿前右方。

漢畫樸而僿，宋畫工而巧。前承顧陸〔三〕後開吴〔四〕，此象流傳安可少？豐頤鋭頭四力士，或跣或鞾俱得勢。舞虯盤作身上衣，出水當風〔五〕渾不是。下方刻者佛出迹，剥落雖多猶可識。出家成道〔六〕及涅槃，種種神通大游戲〔七〕。植樹端如羽葆〔八〕停，乘潮細似筠簾織。不矜變化要莊嚴，偶露疏奇成密麗。愛玩應同索靖〔九〕碑，鈎摹苦乏龍瞑〔一〇〕技。江總文章直穢墟〔一一〕，正臣字畫無生氣〔一二〕。巋然異寶鎮名山，莫向江邊搜鶴瘞〔一三〕。

【繫年】

詩當道光元年（一八二一）秋作於南京。

【注釋】

〔一〕江總碑：即江總禎明二年（五八八）所撰攝山棲霞寺碑銘，爲棲霞寺第一塊碑，毁于唐會昌年間。宋康定元年（一〇四〇）重建，復毁於太平天國戰火。江總（五一九—五九四），南朝陳大臣、文學家，字總持，考城今河南商丘民權人。工文辭，長於艷詩。

〔二〕清金武祥粟香隨筆粟香四筆卷五吴翊寅碑碣考録十九條：「唐棲霞寺明徵君碑，在上元縣，上元三年四月立，高正臣奉敕書，其文則高宗所御製也。案，徵君南齊處士明僧紹，隱於攝山，其子仲璋舍宅爲寺。高宗朝，其裔孫宗儼以方伎入閣供奉，高宗因製此碑賜之。舊唐書稱高宗親書，世以爲榮，殆劉熙未見石本，故云然耳。高宗御書乃江總棲霞山記，非明徵君碑，史誤顯然。」

〔三〕顧陸：東晋顧愷之、南朝宋陸探微。

〔四〕吴：唐吴道子。

〔五〕出水當風：宋郭若虚圖畫見聞志卷一論曹吴體法：「曹吴二體，學者所宗。按：唐張彦遠歷代名畫記稱：北齊曹仲達者，本曹國人，最推工畫梵像，是爲曹。謂唐吴道子曰吴。吴之筆，其勢圜轉而衣服舉；曹之筆，其體稠疊而衣服緊窄。故後輩稱之曰吴帶當風、曹衣出水。」

〔六〕成道：成佛。謂領會佛道而得證正果。

〔七〕游戲：游戲三昧，佛家謂自在無礙，而常不失定意。宋普濟五燈會元卷第三南泉普願禪師：「後扣大寂之室，頓然忘筌，得游戲三昧。」

〔八〕羽葆：帝王儀仗中以鳥羽聯綴爲飾的華蓋。此泛指鹵簿，以喻「植樹」。

〔九〕索靖（二三九—三〇三），字幼安，西晋敦煌人。博通經史，見識深遠，尤善長草書，婉轉屈致，有「銀鈎蠆尾」之稱。

〔一〇〕龍眠：李公麟（一〇四九—一一〇六），北宋畫家。字伯時，號龍眠居士，舒城今屬安徽人。擅畫鞍馬人物，運筆流暢，好用綫描，常不設色，人稱「白描」。兼工山水。還長於行、楷書，有晋、宋書家之風。

〔一一〕江總（五一九—五九四），南朝陳亡國宰相，後宫「狎客」，宫體艷詩代表詩人之一，其詩意浮艷靡麗，内容貧弱，謂其「文章直穢墟」。

〔一二〕唐張懷瓘書斷卷下：「高正臣，廣平人。官至衛尉少卿。習右軍之法，脂肉頗多，骨氣微少。……懷瓘先君與高有舊。……自任潤州、湖州，筋骨漸備，比見蓄者，多謂爲褚。後任申、邵等州，體法又變，幾合於古矣。」可參陶敏全唐詩作者小傳補正卷七二高正臣，遼海出版社，二〇一〇年。

〔一三〕鶴瘞：鶴瘞銘，著名摩崖刻石。華陽真逸撰，上皇山樵書。其時代和書者衆説紛紜，但均無確據。在今江蘇鎮江焦山崖石上。曾崩落長江中。乾隆二十二年（一七五七）移置焦山定慧寺。

畫杉樹歌

棲霞杉樹何亭亭，畫師欲畫無此膽。槎枒〔一〕應從斤斧餘，摩挲忽動升沈感。四株一本各自豪，小能不諂大不驕。此材合動工師〔二〕色，此山况在名都郊。故宫實長銅駝〔三〕棘，深巷虚營燕子巢〔四〕。棄置居然作幽景，苔痕繡澀泉聲冷。年年霜葉總成花，龍抱蒼烟自高挺。宋君〔五〕老筆信有神，秋陽兀坐傳其真。爲添怪石助聲勢，素壁〔六〕初張風雨至。後凋松柏縱堅心，盤屈應慚棟梁器〔七〕。

【繫年】

詩當道光元年（一八二一）秋作於南京。

【注釋】

〔一〕槎枿：槎蘖。國語魯語上：「且夫山不槎蘖，澤不伐夭。……蕃庶物也。」韋昭注：「槎，斫也；以株生曰蘖。」

〔二〕工師：工匠。

〔三〕晉書索靖傳：「靖有先識遠量，知天下將亂，指洛陽宫門銅駝，嘆曰：『會見汝在荆棘中耳！』」後因以「銅駝荆棘」指山河殘破、世族敗落或人事衰頽。

〔四〕唐劉禹錫烏衣巷：「舊時王謝堂前燕，飛入尋常百姓家。」

〔五〕宋君：宋端己（一七七九—一八三〇）。參文卷二宋隱山傳。

〔六〕素壁：白色的墻壁、山壁、石壁。

〔七〕棟梁器：南史孫儉傳：「丹陽尹袁粲聞其名，及見之曰：『宰相之門也。栝栢豫章雖小，已有棟梁氣矣，終當任人家國事。』」

天開岩〔一〕

一石有一法，何能强攀附？峻嶒各獻奇，不媚亦不妒。如何着眼人，翻賞無石處。

【繫年】

詩當道光元年（一八二一）秋作於南京。

【注釋】

〔一〕天開岩：位於南京棲霞山，俗名污西凹，一名唐公岩。上有南唐徐鉉、徐鍇，北宋張稚圭及明清兩代的題刻。

取道上中峰〔一〕

仰面看松根，龍拏石壁爪有痕。低頭看松頂，鸛赴幽泉引其頸。紆回百步變昏曉，高處置身應了了〔二〕。若不親從澗底來，安知尺木〔三〕皆林杪。聳壑干霄各呈態，游人已在雲林外。別有高峰號最高，亭亭獨作游人蓋。

【繫年】

詩當道光元年（一八二一）秋作於南京。

【注釋】

〔一〕中峰：即棲霞山最高峰。

〔二〕了了：清楚，明白。

〔三〕尺木：古人謂龍升天時所憑依的短小樹木。漢王充論衡龍虚：「短書言『龍無尺木，無以升天』。又曰『升天』，又言『尺木』，謂龍從木中升天也。」

登最高峰〔一〕

爲挽江流向北來，步兵廣武〔二〕事堪哀。山川豈解鍾王氣〔三〕，開闢終須杖異才。初日動摇疑有蜃，舊京板蕩〔四〕久無灰。老僧住貫渾忘却，只恐輕霜作薄菑。

【繫年】

詩當道光元年（一八二一）秋作於南京。

【注釋】

〔一〕最高峰：南京棲霞山主峰。

〔二〕用阮籍「廣武嘆」之典，後指無能者僥幸得以成名。參詩卷一哭高亦耕二丈注釋〔八〕。

〔三〕鍾王氣：清顧炎武歷代宅京記卷之十三建康：「秣陵，楚武王所置，名爲金陵。地勢岡阜連石頭，訪問故老，云昔秦始皇東巡會稽經此縣，望氣者云金陵地形有王者都邑之氣，故掘斷連岡，改名秣陵。今處所具存，地有其氣，天之所命，宜爲都邑。」

〔四〕板蕩：板、蕩均爲詩經大雅中譏刺周厲王無道而導致國家敗壞、社會動亂的詩篇。後因以指政局混亂或社會動蕩。

不寐

中峰夜不寐，忽復憶生平。行比頭陀苦，身難泉水清。光塵〔一〕磨性識〔二〕，事業避才名。欲買華陽宅〔三〕，遲留爲有情〔四〕。采藥不自服，聊聊〔五〕入攝山〔六〕。見懸銀杏乳，莫叩白雲關。鹿只留泉去，僧能伴客閑。〔七〕

曉鐘俄一動，林際辨烟鬟〔八〕。

【繫年】

詩當道光元年（一八二一）秋作於南京。

【注釋】

〔一〕光塵：老子：「和其光，同其塵。」後以「光塵」喻世俗。

〔二〕性識：天分，悟性。

〔三〕華陽宅：陶弘景（四五六—五三六），字通明，南朝梁時丹陽秣陵今江蘇南京人。後隱居茅山，立館爲華陽館，館北爲華陽洞。自號華陽隱居。

〔四〕有情：有情致。

〔五〕聊聊：寥寥。寂寞，孤單。

〔六〕攝山：南京棲霞山又名攝山。

〔七〕銀杏、鹿：清吕燕昭修、清姚鼐纂嘉慶新修江寧府志卷之十古迹：「（棲霞寺有）銀杏樹。相傳千年物。……其勝則有千佛岩、疊浪岩、天開岩、般若臺、明月臺、珍珠泉、白鹿泉、白雲庵。」

〔八〕烟鬟：喻雲霧繚繞的峰巒。

舟中回望攝山〔一〕

入山不見江，尋岩得疊浪〔二〕。出江猶見山，縹緲衆峰上。落帆指真州〔三〕，暝色不吾讓。叢荻亂新洲，星火聚烏榜〔四〕。蒙蒙雲際月，在遠得相望。此夕東桂軒〔五〕，何人發高唱？

【繫年】

詩當道光元年（一八二一）秋作於返揚州途中。

【注釋】

〔一〕攝山：南京棲霞山又名攝山。參詩卷二奇伶歌并序注釋〔二六〕。

〔二〕疊浪：疊浪岩。在棲霞山。清陳毅攝山志：「疊浪岩，岩下爲見山樓。」

〔三〕真州：今儀徵。

〔四〕烏榜：黑油塗抹的船。

〔五〕東桂軒：在棲霞山。清屠倬是程堂集卷十四有同孫淵如觀察游棲霞，留宿東桂軒。

真州道中

送我扁舟去，緑楊秋有情。所嗟蟬易老，夾岸不聞聲。

【繫年】　詩道光二年（一八二二）秋作於江蘇儀徵。詞卷三滿庭芳返自金閶，夜泊真州，憶與佩蘘同游白沙翠竹江村，忽忽十年，今成壟畝，慨然感賦，蓋即咏此游也。

書所見

一牛得草眠新雨，萬雀咀蘆〔一〕話晚晴。天與緑楊濃設色，朱霞盡處彩虹明。

【繫年】　詩道光二年（一八二二）秋作於江蘇儀徵。

【注釋】

〔一〕咀蘆：喧嘩。

夜宿京口〔一〕

三更風雨動危樓，萬里江聲半枕收。狗監相如新揖客〔二〕，牛醫叔度古清流〔三〕。持螯〔四〕只買南徐〔五〕醉，跋馬難尋北固〔六〕秋。誰共盤龍〔七〕争一擲，荻花無數繞新洲。

海門潮雜雨聲來，潛蟄龍唫助客哀。自古狂瀾皆勝局，不能飛渡是庸才〔八〕。佛貍〔九〕死戀揚州郭，寶誌生營建業臺〔一〇〕。西望白沙〔一一〕雲黯黯，迎鑾〔一二〕雄鎮久蒿萊。

【繫年】

詩道光二年（一八二二）秋作於江蘇鎮江。

【注釋】

〔一〕京口：今江蘇鎮江。

〔二〕史記司馬相如列傳：「蜀人楊得意爲狗監，侍上。上讀子虛賦而善之，曰：『朕獨不得與此人同時哉！』得意曰：『臣邑人司馬相如自言爲此賦。』」

〔三〕後漢書黄憲傳：「黄憲字叔度，汝南慎陽人也。世貧賤，父爲牛醫。……是時，同郡戴良才高倨慠，而見憲未嘗不正容，及歸，罔然若有失也。其母問曰：『汝復從牛醫兒來邪？』對曰：『良不見叔度，不自以爲不及；既睹其人，則瞻之在前，忽焉在後，固難得而測矣。』」

〔四〕持螯：南朝宋劉義慶世説新語任誕：「畢茂世云：『一手持蟹螯，一手持酒杯，拍浮酒池中，便足了一生。』」

〔五〕南徐：東晉僑置徐州於京口，南朝宋改稱南徐，即今江蘇鎮江。

〔六〕北固：鎮江北固山。

〔七〕盤龍：盤龍癖。晋書劉毅傳：「(劉毅)於東府聚摴蒱大擲，一判應至數百萬。」毅小字盤龍，後因稱嗜賭爲「盤龍癖」。

〔八〕宋辛棄疾水調歌頭舟次揚州和人韻：「誰道投鞭飛渡，憶昔鳴髇血污，風雨佛貍愁。」用宋紹興三十一年(一一六一)金主完顏亮南侵失敗，反爲其部下所殺事。

〔九〕佛貍：亦作「佛狸」，北魏太武帝拓跋燾小字。宋元嘉二十七年擊敗劉宋王玄謨以後，在今江蘇六合東南的瓜步山上建立行宫。即後來的佛貍祠。見魏書世祖紀下、宋陸游入蜀記卷二。

〔一〇〕梁慧皎高僧傳卷第十神異下梁京師釋保誌：「齊屯騎桑偃將欲謀反，往詣誌，誌遥見而走，大呼云：『圍臺城，欲反逆，斫頭破腹。』後未旬事發，偃叛往朱方，爲人所得，果斫頭破腹。」寶誌，南朝僧人，俗姓朱，工篆書，梁武帝尤深敬。臺，臺城，六朝時皇家禁城，故址在今南京鷄鳴山南、乾河沿北。

〔一一〕〔一二〕白沙、迎鑾：古鎮名。唐永淳元年(六八二)置白沙鎮，即今江蘇儀徵。五代吴改名迎鑾鎮。

山塘〔一〕寓樓偶成

黯黮〔二〕兼旬雨，蒼茫溢岸波。沖簾〔三〕新燕怯，沈竈怒蛙多〔四〕。舊業憐農圃，狂歡閲綺羅〔五〕。晚虹東望久，應許賦明河〔六〕。

鳥語忽清轉，推窗見曉霞。緑扶堤柳重，青放突烟〔七〕斜。埶隘〔八〕愁應免，污邪〔九〕望敢奢？婁江〔一〇〕好東注，碧海正無涯。

疏瀹〔一一〕何年事，吾師鬢久霜。如聞行畎澮〔一二〕，頗復感滄桑。劍失誅蛟術〔一三〕，天無補石方。浮家〔一四〕差得計，直欲買沙棠〔一五〕。

【繫年】

詩道光三年（一八二三）五月作於蘇州。道光三年，全國大水，受災最爲嚴重的省份爲直隸、江蘇、浙江、安徽、山東、河南、湖北、江西和湖南，雲南、貴州、四川、廣東、陝西和山西等省亦有災情。從受災時段來看，受災最嚴重的時間集中於五至七月。亦罹史稱「癸未大水」。

【注釋】

〔一〕山塘：水名。亦名射瀆或石瀆。據傳是唐白居易守蘇州時所開。自蘇州西北沙盆潭分運河而出，北流繞虎丘，折西至滸墅，仍入運河。

〔二〕黯黮：昏暗不明。

〔三〕沖簾：穿簾。

〔四〕國語晉語九：「（趙襄子）乃走晉陽，晉師圍而灌之，沈竈産蛙，民無畔意。」韋昭注：「沈竈，懸釜而炊也。産蛙，蛙生於生竈也。蛙，蝦蟆也。」竈淹没於水中，日久致孳生青蛙。後用「沈竈産蛙」「沈竈生蛙」，形容水患嚴重。

〔五〕綺羅：形容詩風華麗柔靡。清陳廷焯白雨齋詞話卷一：「詞至東坡，一洗綺羅香澤之態，寄慨無端，別有天地。」

〔六〕明河：天河，銀河。

〔七〕突烟：烟囱裏的炊烟。

〔八〕墊隘：左傳成公六年：「郇、瑕氏土薄水淺，其惡易覯。易覯則民愁，民愁則墊隘，於是乎有沉溺重腿之疾。」杜預注：「墊隘，羸困也。」孔穎達疏引方言：「地之下濕狹隘，猶人之羸瘦困苦。」

〔九〕污邪：史記滑稽列傳：「甌窶滿篝，污邪滿車。」司馬貞索隱引司馬彪曰：「污邪，下地田。」

〔一〇〕婁江：位於江蘇吴縣今吴中區東。爲太湖支流，東流經崑山、太倉等入長江。

〔一一〕疏瀹：疏通河道。

〔一二〕甽澮：亦作「畎澮」。田間水溝。泛指溪流、溝渠。

〔一三〕用澹臺子羽誅蛟之典。參詩卷四立秋前一日大風雨即事有作注釋〔一三〕。

〔一四〕浮家：泛宅浮家、浮家泛宅。以船爲家，浪迹江湖。新唐書隱逸傳張志和：「顏真卿爲湖州刺史，志和來謁，真卿以舟敝漏，請更之。志和曰：『願爲浮家泛宅，往來苕霅間。』」

〔一五〕沙棠：山海經西山經：「（昆侖之丘）有木焉，其狀如棠，黄華赤實，其味如李而無核，名曰沙棠；可以禦水，食之使人不溺。」吕氏春秋本味：「果之美者，沙棠之實。」

虎丘雨後獨步

一塔俯烟蘿，千家蹴白波。花田〔一〕晨霧斂，魚市夜腥多。細澗侵游屐，新苔學佛螺〔二〕。

居然成獨笑，勞爾斷笙歌。

【繫年】

詩道光三年（一八二三）五月作於蘇州。

【注釋】

〔一〕花田：江浙一帶稱棉爲花，棉田爲花田。

〔二〕佛螺：亦作「佛髻」「佛髮」。相傳釋迦牟尼的頭髮，旋屈爲螺文狀。故以「佛螺」借指盤旋高聳的峰巒。

西望

疏簾清簟似浮家〔一〕，日日憑闌玩物華〔二〕。易散笙歌跳白雨〔三〕，剩看〔四〕樓閣起朱霞。輕風拜柳蟬頻咽，細浪吹魚燕忽斜。〔五〕西望湖山青不了，祇應明月照桐花。

【繫年】

詩道光三年（一八二三）五月作於蘇州。

【注釋】

〔一〕浮家：以船爲家，浪迹江湖。參詩卷四山塘寓樓偶成注釋〔一四〕。

〔二〕物華：自然景物。

〔三〕白雨：暴雨。唐李白宿鰕湖詩：「白雨映寒山，森森似銀竹。」宋蘇軾六月二十七日望湖樓醉書：「黑雲翻墨未遮山，白雨跳珠亂入船。」

〔四〕剩看：常看。宋蘇軾常潤道中有懷錢塘寄述古之三：「二年魚鳥渾相識，三月鶯花付與公。剩看新翻眉倒暈，未應泣别臉消紅。」

〔五〕清仇兆鰲杜詩詳注卷之三引唐杜甫城西陂泛舟：「魚吹細浪摇歌扇，燕蹴飛花落舞筵。」注曰：「瓠巴鼓琴，而鳥舞魚躍，出於列子。魚吹、燕蹴，暗用其意。唐太宗詩：船移分細浪。陰鏗詩：鶯呼歌扇後，花落舞衫前。歌扇，歌者以扇障面也。摇，指水中扇影。」列子湯問：「瓠巴鼓琴，而鳥舞魚躍。」荀子勸学：「昔者瓠巴鼓瑟，而沉鱼出听。」

六月十九虎阜〔一〕寓樓夜坐，得若谷〔二〕書，偶成却寄

餘霞漸散碧天垂，風定中流畫舫移。燈火樓臺俱倒影，未妨明月上來遲。

鶴市〔三〕鱗鱗〔四〕卷畫圖，宵來剩有一輪孤。高樓卧聽誰家笛，唤起歸心對五湖〔五〕。

溪南舊擁千竿竹，海上新開十頃田〔六〕。却笑謝公墩〔七〕畔宅，底須夷甫眼中錢〔八〕？

故人書到説耕屯，直欲相招出雁門〔九〕。爲報田疇君莫笑，江南芳草戀王孫。

【繫年】

詩道光三年（一八二三）六月十九日作於蘇州。

【注釋】

〔一〕虎阜：即虎丘。

〔二〕若谷：田鈞，字若谷。參文卷四田鈞傳。

〔三〕鶴市：漢趙曄吴越春秋：「吴王有小女。王與夫人會食蒸魚，王嘗半，女怨曰：『王食魚辱我，不忍久生。』乃自殺。闔閭痛之甚，葬於郭西，舞白鶴於吴市中，令萬人隨觀，逐男女與鶴入羨門，因塞之以送死。」後以「鶴市」别稱蘇州。

〔四〕鱗鱗：鱗集貌。唐黄滔蕭山靈岩寺碑銘：「不越閏而其宇鱗鱗，其徒翼翼。」

〔五〕五湖：太湖别名。

〔六〕宋祝穆撰、宋祝洙增訂方輿勝覽卷之二浙西路平江府山川虎丘山：「在城西北九里。又名海湧山，遥望平田中一小丘。」

〔七〕謝公墩：亦称謝安墩。晋謝安與王羲之登臨處，在今南京城東蔣山半山上。唐李白登金陵冶城西北謝安墩：「冶城訪古迹，猶有謝安墩。」自注：「此墩即晋太傅謝安與右軍王羲之同登，超然有高世之志，余將營園其上，故作是詩。」清陳文述金陵歷代名勝志民國二十二年十月鉛排本：「謝公墩，在冶城北二里。謝安與王羲之共登，悠然遠想，有高世之志。」

〔八〕南朝宋劉義慶世説新語規箴：「王夷甫雅尚玄遠，常嫉其婦貪濁，口未嘗言錢字。婦欲試之，令婢以錢遶床不得行。夷甫晨起，見錢閡行，呼婢曰：『舉却阿堵物。』」王衍（二五六—三一一），字夷甫。琅邪郡臨沂縣今山東臨沂北人。西晉時期著名清談家。

〔九〕雁門：雁門關。在山西代縣北。

雲

畏日〔一〕匿西景，閑雲無定姿。纖穠異掩映，離合〔二〕生妍媸。嗟爾下土人，望望〔三〕將毋〔四〕疑。神龍欲飛騰，元氣嘘淋漓。鬱蒸本霖雨，漂泊俄風颸。穹窿〔五〕不可上，散作千萬絲。金梭〔六〕勞帝孫〔七〕，貝錦〔八〕濯咸池〔九〕。奕奕紅靴銘〔一〇〕，翩翩黄絹辭〔一一〕。視采〔一二〕信爲美，謝華終見嗤。即看向空意，何如出岫〔一三〕時。

【繫年】

詩道光三年（一八二三）夏作於蘇州。

【注釋】

〔一〕畏日：左傳文公七年：「趙衰，冬日之日也；趙盾，夏日之日也。」杜預注：「冬日可愛，夏日可畏。」後因稱夏天的太陽爲「畏日」，意爲炎熱可畏。

〔二〕離合：摇動，晃蕩。三國魏曹植洛神賦：「神光離合，乍陰乍陽。」

〔三〕望望：急切盼望貌。唐杜甫洗兵馬：「田家望望惜雨乾，布穀處處催春種。」

〔四〕將毋：將無，莫非。表示選擇的疑問詞。

〔五〕穹隆：亦作「穹窿」，天也。

〔六〕宋孔平仲孔氏談苑卷五瓜上金梭：「蔡州丁氏精於女工。每七夕，禱以酒果。忽見流星墜筵中，明日瓜上得金梭。自是，巧思益進。」

〔七〕帝孫：織女星，一稱天孫。

〔八〕貝錦：像貝的文采一樣美麗的織錦。詩經小雅巷伯：「萋兮斐兮，成是貝錦。彼譖人者，亦已大甚！」

〔九〕咸池：楚辭離騷：「飲余馬於咸池兮，揔余轡乎扶桑。」王逸注：「咸池，日浴處也。」淮南子天文訓：「日出於暘谷，浴於咸池。」

〔一〇〕紅靴銘：宋蘇軾東坡志林卷一夢中作靴銘：「軾倅武林日，夢神宗召入禁中，宫女圍侍，一紅衣女童捧紅靴一雙，命軾銘之。覺而記其一聯云：『寒女之絲，銖積寸累；天步所臨，雲蒸雷起。』既畢進御，上極嘆其敏，使宫女送出。睇眎裙帶間有六言詩一首，云：『百疊漪漪風皺，六銖縱縱雲輕。植立含風廣殿，微聞環佩摇聲。』」

〔一一〕黄絹辭：亦作「黄絹詞」，優美的詩文。

〔一二〕采：雲采，亦作雲彩。

〔一三〕出岫：出山。晋陶潛歸去來兮辭：「雲無心以出岫，鳥倦飛而知還。」

螢

月黑燈殘驚見汝，露凉波〔一〕闊始愁人。誰將畫雀輕羅〔二〕巧，細賞荒原腐草新〔三〕。風定一簾疏永夜，墻欹十竹〔四〕暗西鄰。微明自惜還來至，老許書帷〔五〕意轉親。

【繫年】

詩道光三年（一八二三）夏作於蘇州。

【注釋】

〔一〕波：簾波。簾影摇曳如水波。

〔二〕輕羅：輕羅小扇。唐杜牧秋夕：「銀燭秋光冷畫屏，輕羅小扇撲流螢。天階夜色凉如水，卧看牽牛織女星。」

〔三〕逸周書時訓：「大暑之日，腐草化爲螢。」

〔四〕十竹：宋惠洪冷齋夜話卷六清順：「西湖僧清順，頤然清苦，多佳句。嘗賦十竹詩曰：『城中寸土如寸金，幽軒種竹只十個。春風慎勿長兒孫，穿我堦前緑苔破。』又有：『久從林下游，頗識林下趣。從渠緑陰繁，不礙清風度。閑來石上眠，落葉不知數。一鳥忽飛來，啼破幽絶處。』荆公游湖上，愛之，乃稱揚其名。坡晚年亦與之游，甚多酬唱。」元劉詵十竹：「高人貴不群，種竹只種十。我思伯夷風，不妨更孤立。」

〔五〕書帷：本指書齋的帷帳，此借指書齋。

立秋前一日大風雨，即事有作

今年六月炎暑微，蚉莫往往愁單衣。三江水氣騰一丈，底須〔一〕風雨迎秋歸？梨園〔二〕聽歌歌未歇，日須乍收紫電〔三〕裂。船輕棹急不得前，努力翻成退飛鷁。短簾疏疏窗復隙，萬點淙淙〔四〕蝟毛〔五〕集。夾河欄檻卅步餘，滿眼蒼茫五湖〔六〕溢。歸來兀坐聽轉急，估客叫號漁婦泣。已聞大木卧蜿蜒，旋見重檐舞瓴甋〔七〕。因思設險〔八〕非由境，萬頃波濤生咫尺。感時季路輕浮海〔九〕，持重荀卿防躓垤〔一〇〕。惟將忠信及豚魚〔一一〕，豈有生死纏胸臆？君不見，澹臺抽劍誅雨蛟，濟河終舍千金璧。〔一二〕

【繫年】

詩道光三年（一八二三）立秋前一日作於蘇州。

【注釋】

〔一〕底須：何須，何必。

〔二〕梨園：新唐書禮樂志十二：「玄宗既知音律，又酷愛法曲，選坐部伎子弟三百教於梨園，聲有誤者，帝必覺而正之，號『皇帝梨園弟子』。宫女數百，亦爲梨園弟子，居宜春北院。」因唐玄宗時於梨園教習藝人，後以梨園泛指戲班或演戲之所。

〔三〕紫電：閃電。

〔四〕淙淙：流水聲。

〔五〕蝟毛：資治通鑑唐憲宗元和十二年：「城上矢如蝟毛。」胡三省注：「言其多也。」

〔六〕五湖：太湖别名。

〔七〕瓴甋：陶製容器，似瓶。

〔八〕設險：利用險要之地建立防禦工事。

〔九〕論語公冶長：「子曰：『道不行，乘桴浮於海，從我者，其由與？』子路聞之喜。子曰：『由也好勇過我，無所取材。』」

〔一〇〕荀子宥坐：「孔子曰：『如垤而進，吾與之；如丘而止，吾已矣。』今學曾未如肬贅，則具然欲爲人師。」淮南子人間訓：「堯戒曰：『戰戰慄慄，日慎一日。人莫蹪於山，而蹪於蛭。』」蹪，絆倒；垤，小土堆。没有因登山而絆倒，反而被小土堆絆倒了。比喻小問題常易被忽略，因而贅成錯誤。也指在小事上出了大差錯。

〔一一〕忠信及豚魚：信及豚魚。周易中孚：「豚魚吉。信及豚魚也。」王弼注：「魚者，蟲之隱者也；豚者，獸之微賤者也。争競之道不興，中信之德淳著，則雖微隱之物，信皆及之。」

〔一二〕晋張華博物志卷七：「澹臺子羽渡河，齎千金之璧于河，河伯欲之，至陽侯波起，兩鮫挾船，子羽左摻璧，右操劍，擊鮫皆死。既渡，三投璧于河伯，河伯躍而歸之，子羽毁而去。」

垂釣

昔聞詹何緡，能引盈車鱢。至均任一髮，鈞理亦足論。〔一〕清晨遵枉渚，俯見扶桑暾〔二〕。披襟類不恭，意愜斯道存。蜻蜓自相并，水馬〔三〕亦駿奔。佛悦重淵下〔四〕，寧當知寂喧。偶然便不得，豈足芳餌〔五〕愆。於牣躍靈沼，浩育歌齊賢。〔六〕生機本莫窒，化理隨所遷。金刀與銀鱗，往者曾周旋。遂令結網徒，餘羡無時捐。〔七〕童奴〔八〕笑我後，失喜〔九〕獲寸鮮。轉置盆盎中，撥剌〔一〇〕翻成憐。雖云免釜鬵〔一一〕，終擬憶淪漣〔一二〕。投竿〔一三〕聊息機，歸沐心悠然。

【繫年】

詩道光三年（一八二三）秋作於蘇州。

【注釋】

〔一〕列子湯問：「均，天下之至理也，連於形物亦然。均髮均縣，輕重而髮絶，髮不均也。均也，其絶也，莫絶。人以爲不然，自有知其然者也。詹何以獨繭絲爲綸，芒針爲鈎，荆篠爲竿，剖粒爲餌，引盈車之魚於百仞之淵、汩流之中，綸不絶，鈎不伸，竿不撓。楚王聞而異之，召問其故。詹何曰：『臣聞先大夫之言，蒲且子之弋也，弱弓纖繳，乘風振之，連雙鶬于青雲之際。用心專，動手均也。臣因其事，放而學釣，五年始盡其道。當臣之臨河持竿，心無雜慮，唯魚之念；投綸沉鈎，手無輕重，物莫能亂。魚見臣之鈎餌，猶沉埃聚沫，吞之不疑。所以能以弱制强，以輕致重也。大王治國誠能若此，則天下可運於一握，將亦奚事哉？』楚王曰：『善。』」

〔二〕扶桑暾：楚辭九歌東君：「暾將出兮東方，照吾檻兮扶桑。」王逸注：「日出，下浴于暘谷，上拂其扶桑，爰始而登，照曜四方。」

〔三〕水馬：水黽的一種。身褐色，腹白色，兩鬢，四足；常逆流疾步，輕快如飛。俗稱水划蟲。唐杜甫大曆三年春白帝城放船將適江陵四十韻：「雁兒争水馬，燕子逐檣烏。」仇兆鰲注：「(水馬)蓋蝦蟲之類。」

〔四〕文選陸機文賦：「於是沈辭佛悦，若游魚銜鈎而出重淵之深。」李善注：「佛悦，難出之貌。」

〔五〕芳餌：漢趙曄吴越春秋勾踐陰謀外傳：「臣聞高飛之鳥，死於美食；深泉之魚，死於芳餌。」

〔六〕詩經大雅靈臺：「王在靈沼，於牣魚躍。」毛傳：「靈沼，言靈道行於沼也。」孟子梁惠王上：「文王以民力爲臺爲沼，而民歡樂之，謂其臺曰靈臺，謂其沼曰靈沼，樂其有麋鹿魚鱉。」

〔七〕淮南子説林訓：「臨河而羡魚，不若歸家織網。」亦作「臨川羡魚」「臨淵羡魚」。

〔八〕童奴：僕役。

〔九〕失喜：喜極不能自制。唐宋之問牛女：「失喜先臨鏡，含羞未解羅。」

〔一〇〕撥刺：魚尾撥水聲。喻魚疾游。唐李邕國清寺碑序：「暢撥刺以掉尾，恣噞喁而鼓腮。」

〔一一〕釜鬵：釜甑。孟子滕文公上：『「許子以釜甑爨，以鐵耕乎？」曰：「然。」』朱熹集注：「釜，所以煮；甑，所以炊。」

〔一二〕淪漣：水波，微波。

〔一三〕投竿：垂釣。

自瑞光寺〔一〕夜泛胥江〔二〕歸寓樓感賦

嗚鯨〔三〕言初更，逕草露光泫。因窺林際月，已及相輪〔四〕半。籬豆花葉肥，秋蟲飽逾健。蕭蕭競繁響，同異孰能辨？任天耳或通〔五〕，攖俗性徒繕。委蛇一棹出，城郭萬象變。竿檣〔六〕隱群艘，燈火表微岸。沈沈偃橫虹，落落舒直練。平生湖海氣〔七〕，浩蕩及兹見。忽嗟三吴農，罹酷再昏墊〔八〕。黄秧始糜爛，悉索〔九〕誓復戰。畚挶〔一〇〕無地施，捧泥補殘堰。青稞畝十金，購覓邇異縣〔一一〕。豈知白波帥〔一二〕，衝突勢轉便〔一三〕。違天咎曷辭，傷心夙儲殄。嬰孩分難保，況敢牲畜戀？屠肆多耕牛，幾家待書券？懷襄堯獨憂〔一四〕，蕩析盤永奠〔一五〕。罕聞汲黯妄〔一六〕，終愧監門賤〔一七〕。誰能忘夏畦，徒兹賞秋灌。〔一八〕

【繫年】

詩道光三年（一八二三）秋作於蘇州。

【注釋】

〔一〕瑞光寺：清馮桂芬同治蘇州府志卷三十九：「瑞光禪寺在盤門内，吴赤烏四年，僧性康來自康居國，孫權建寺居之，名普濟禪院。十年，權建舍利塔十三級於寺中，以報母恩。唐天福二年重修，塔放五色光，敕賜銅牌置塔頂。宋元豐二年，神宗命漕使李復圭延僧圓照宗本説法，天雨，曇花塔現五色舍利光，堂前池有白龜聽講，庭有合歡竹，既悴復榮，法鼓自鳴，於是更堂爲『四瑞』。僧宏道記。崇寧四年，奉敕修塔，塔放五色光，賜名『天寧萬年寶塔』。宣和間，朱勔出貲重修，以浮圖十三級太峻，改爲七級，賜額爲『瑞光禪寺』。……國朝康熙十四年修塔，乾隆四年巡撫許容詣寺禱雨有應，捐俸倡修。聖祖仁皇帝、高宗純皇帝南巡時皆臨幸焉。相傳舍利塔燃燈之夕，塔影倒入太湖中，漁者一無所獲。湖距塔三十里。道光間重修，咸豐十年燬，惟塔存。同治十一年寺僧西語重修。」

〔二〕胥江：春秋末期吴國大夫伍子胥負責修建，連通太湖與蘇州。伍子胥自刎後，尸體投于江中，而得是名。

〔三〕鳴鯨：鯨鳴，鯨吼也，舊謂鯨魚吼叫，比喻濤聲。唐林寬送人歸日東：「波翻夜作電，鯨吼晝爲雷。」

〔四〕相輪：佛教語。塔刹的主要部分。貫串在刹杆上的圓環。多與塔的層數相應，爲塔的表相，故稱。

〔五〕天耳通：佛教語。又稱「天耳智證通」，六通之一。以與天耳相應之智慧，證知一切之聲境而通達無礙者。

〔六〕竿檣：檣竿，船桅杆。

〔七〕湖海氣：三國志魏書陳登傳：「陳元龍湖海之士，豪氣不除。」豪俠之氣。

〔八〕昏墊：尚書益稷：「洪水滔天，浩浩懷山襄陵，下民昏墊。」孔穎達疏：「言天下之人，遭此大水，精神昏瞀迷惑，無有所知，又若沈溺，皆困此水灾也。鄭云：『昏，没也；墊，陷也。禹言洪水之時，人有没陷之害。』」

〔九〕悉索：悉索敝賦，亦作「悉帥敝賦」「悉索薄賦」。左傳襄公八年：「敝邑之人，不敢寧處，悉索敝賦，以討於蔡。」古代按田賦出兵車、甲士，故稱兵爲「賦」。敝，謙詞，謂不精良。「悉索敝賦」原謂傾全國的軍事力量。此指盡其所有以相供給。

〔一〇〕畚挶：左傳襄公九年：「火所未至，徹小屋，塗大屋，陳畚挶，具綆缶，備水器。」杜預注：「畚，簣籠。挶，土轝。」楊伯峻注：「挶即梮，與輂同，音菊，舁土之器。畚音本，以草索爲之，可以盛糧，亦可以盛土。其器較大，甚至晉靈公用以盛死尸。梮或是以二木爲之，貫穿畚之兩耳，二人抬之以運土。」

〔一一〕異縣：異地，外地。

〔一二〕白波帥：此句雙關。白波本指白色波浪。莊子外物：「白波若山，海水震蕩。」亦指白波軍。東漢中平五年（一八八），黄巾軍餘部郭太等在西河白波谷今山西襄汾永固鎮起義，進攻太原、河東等郡，發展到十餘萬人，曾給董卓以很大打擊。後來白波軍楊奉歸附董卓部將李傕，繼又反對李傕，并招引原白波軍胡才、李樂、韓暹等人，進攻李傕、郭汜，援救漢獻帝。此借白波軍喻洪澇大水。

〔一三〕勢轉便：轉便勢。便勢，形勢有利，形勝。

〔一四〕尚書堯典：「（堯）帝曰：『諮！四岳，湯湯洪水方割，蕩蕩懷山襄陵，浩浩滔天。下民其諮，有能俾乂？』」蔡沈集傳：「懷，包其四面也。襄，駕出其上也。」懷襄，懷山襄陵，謂洪水洶涌奔騰溢上山陵。

〔一五〕尚書盤庚下：「今我民用蕩析離居，罔有定極，爾謂朕曷震動萬民以遷？」蕩析，動蕩離散。盤永奠，盤庚多次遷都，定都於殷，民始脱水患。

〔一六〕汲黯妄：史記汲黯傳：「汲黯字長孺，濮陽人也。……居無何，匈奴渾邪王率衆來降，漢發車二萬乘。縣官無錢，從民貰馬。民或匿馬，馬不具。上怒，欲斬長安令。黯曰：『長安令無罪，獨斬黯，民乃肯出馬。且匈奴畔其主而降漢，漢徐以縣次傳之，何至令天下騷動，罷弊中國而以事夷狄之人乎！』上默然。及渾邪至，賈人與市者，坐當死者五百餘人。黯請間，見高門，曰：『夫匈奴攻當路塞，絶和親，中國興兵誅之，死傷者不可勝計，而費以巨萬百數。臣愚以爲陛下得胡人，皆以爲奴婢以賜從軍死事者家；所鹵獲，因予之，以謝天下之苦，塞百姓之心。今縱不能，渾邪率數萬之衆來降，虚府庫賞賜，發良民侍養，譬若奉驕子。愚民安知市買長安中物而文吏繩以爲闌出財物于邊關乎？陛下縱不能得匈奴之資以謝天下，又以微文殺無知者五百餘人，是所謂「庇其葉而傷其枝」者也，臣竊爲陛下不取也。』上默然，不許，曰：『吾久不聞汲黯之言，今又復妄發矣。』後數月，黯坐小法，會赦免官。於是黯隱於田園。」

〔一七〕監門賤：戰國策齊策四：「今夫士之高者，乃稱匹夫徒步，而處農畝，下則鄙野，監門閭里，士之賤也亦甚矣。」

〔一八〕四卷維揚本介存齋詩至此結束。詩中「捧泥補殘堰」句「捧」字，六卷本、求志堂存稿彙編本作「奉」。蓋六卷本用四卷本舊板時，此頁重刻。

謁余忠宣公〔一〕墓，因登大觀亭〔二〕

陰陰宰木〔三〕夏生寒，右轉危亭得大觀。三面風濤環睥睨，萬家烟火聚岡巒。時平始覺登臨美，節著終因鎖鑰〔四〕難。處士近騰移鎮策，訏謨〔五〕何日奠鴻磐〔六〕。李申耆兆洛、許叔翺所望，皆欲移安慶省城於廬州府。

【繫年】

詩道光四年（一八二四）夏作於安慶。是年夏，陸繼輅有於役皖江湖舟雜感，其五曰：「周郎濟貽我一卷詩，舟行不聊日諷之。」蓋是時周濟訪陸繼輅於安慶，并以道光三年底刊刻之四卷本介存齋詩貽陸。此詩即作於此次安慶之行。

【注釋】

〔一〕余忠宣公：余闕（一三〇三—一三五八），字廷心，廬州今安徽合肥人。余闕早年喪父，耕讀於廬州東南青陽山，人稱青陽先生。元統元年（一三三三）中右榜進士第二名，官至淮西宣慰副使、淮南行省左丞，鎮守安慶，安慶城破時舉家自殺。死後謚忠宣，追封豳國公。可參周春江余闕及其青陽集研究，安徽大學碩士論文，二〇一四年。

〔二〕大觀亭：在安慶城西。

〔三〕宰木：公羊傳僖公三十三年：「秦伯怒曰：『若爾之年者，宰上之木拱矣。』」何休注：「宰，冢也。」

〔四〕鎖鑰：鎖鑰北門。左傳僖公三十二年：「杞子自鄭使告于秦曰：『鄭人使我掌其北門之管，若潛師以來，國可得也。』」杜預注：「管，鑰也。」後因以「鎖鑰北門」比喻守禦重任。

〔五〕訏謨：詩經大雅抑：「訏謨定命，遠猶辰告。」毛傳：「訏，大；謨，謀。」鄭玄箋：「大謀定命，謂正月始和，布政於邦國都鄙也。」

〔六〕鴻磐：周易漸：「鴻漸於磐，飲食衎衎，吉。」稍有升遷即安於其位。

舟中雜感

霜老蒹葭草漸枯，十年身世且胡盧〔一〕。車中閑置誇新婦〔二〕，山下相逢跪故夫〔三〕。春水園〔四〕林鷗繞舍，秋城風雨吏催租。那堪抛却登臨屐，衹許閒情入畫圖。

偶憶雲臺體勢奇，滿山紅樹染燕支〔五〕。臨絺〔六〕久作隨刊〔七〕貢，鴻雁〔八〕誰賡比興詩。少府〔九〕水衡〔一〇〕皆至計，公孫〔一一〕卜式〔一二〕竟同時。茂陵〔一三〕入室唯能賦，愧爾當年結主知。

濤瀧〔一四〕撼枕欲三更，殘月將升夜氣清。每語舟人好西顧，衹因湖水尚東傾。塗泥下下〔一五〕三吴域，玉粒〔一六〕陳陳〔一七〕萬國情。召伯埭〔一八〕成遺愛在，從來事業要〔一九〕公卿。

東楚〔二〇〕金堤〔二一〕一綫長，周橋〔二二〕父老祀陳潢〔二三〕。每疑鄧訓〔二四〕能稽古，多恐桓榮〔二五〕是面墻〔二六〕。數點烟青〔二七〕小齊魯，千帆雪白度瀛滄〔二八〕。鯨魚〔二九〕月暈〔三〇〕新殊死，從此恬波〔三一〕永不揚。

金精〔三二〕如月下湖西，萬頃波光望欲迷。村務〔三三〕難酤千日酒〔三四〕，客懷偏聽五更鷄。花門〔三五〕曾殄唐安史〔三六〕，吐谷〔三七〕休通晋羯氏〔三八〕。快讀郵書知廟勝〔三九〕，將軍無敵士心齊。

玉水方流〔四〇〕萬里遥，周王狩罷賦祈招〔四一〕。皇威已共天同覆，兵氣懸知〔四二〕德可銷。毋寡誅原因負固〔四三〕，呼韓〔四四〕降必許來朝。屯田不數營平〔四五〕策，歸騎春風拂柳條。

【繫年】

道光六年（一八二六），張格爾利用南疆各族人民的反清情緒及其宗教影響，集衆萬餘人發動叛亂。清政府命伊犁將軍長齡調集吉林、黑龍江、陝西、甘肅、四川清軍萬餘人入疆平叛，七年，清軍主力入疆，即詩中所謂「快讀郵書知廟勝，將軍無敵士心齊」。另，詩曰「十年身世且胡盧」，自嘉慶二十二年（一八一七）從孫玉庭緝私鹽，其後「十餘年來，浮沈淮海，逾越江漢，耳目所睹記，鹽務爲多」（文卷三淮鹺問倉序），至七年正當十年。故詩道光七年（一八二七）秋作於往來淮安、揚州與南京舟中。詩「十年身世且胡盧」，蓋指嘉慶二十二年從孫玉庭緝私鹽，至道光六年，正「十年」。

【注釋】

〔一〕胡盧：胡盧提，亦作「胡蘆提」「胡盧蹄」。糊裏糊塗，馬裏馬虎。宋吴曾能改齋漫録辨誤三：「張右史明道雜志云：『錢内翰穆父知開封府，斷一大事。或語之曰：可謂霹靂手。錢答曰：僅免胡盧提。蓋俗語也。』然余見王樂道記輕薄者，改張鄧公罷政詩云：『……如今我得休官去，一任夫君鶻露蹄。』乃作鶻露蹄，何邪？更俟識者。」

〔二〕梁書曹景宗傳：「今來揚州作貴人，動轉不得，路行開車幔，小人輒言不可。閉置車中，如三日新婦。遭此邑邑，使人無氣。」閉置，禁閉，關押。

〔三〕漢樂府上山采蘼蕪：「上山采蘼蕪，下山逢故夫。長跪問故夫，新人復何如？」

〔四〕春水園：周濟南京寓所。

〔五〕燕支：胭脂。

〔六〕鹽絺：尚書禹貢：「厥貢鹽絺，海物惟錯。」孔安國傳：「絺，細葛。錯，雜，非一種。」

〔七〕隨刊：隨山刊木。尚書禹貢：「禹敷土，隨山刊木，奠高山大川。」孔穎達疏：「隨行山林，斬木通道。」

〔八〕詩經小雅鴻雁：「鴻雁于飛，哀鳴嗷嗷。」朱熹傳：「流民以鴻雁哀鳴自比而作此歌也。」

〔九〕少府：將作少府。史記平準書：「大農上鹽鐵丞孔僅、咸陽言：『山海，天地之藏也，皆宜屬少府，陛下不私，以屬大農佐賦。……』使孔僅、東郭咸陽乘傳舉行天下鹽鐵，作官府，除故鹽鐵家富者爲吏。吏道益雜，不選，而多賈人矣。」司馬貞引韋昭曰：「天子私所給賜經用也。公用屬大司農也。」

〔一〇〕水衡：水衡錢，由水衡都尉、水衡丞掌管、鑄造，故稱。漢書宣帝紀：「（本始）二年春，以水衡錢爲平陵，徙民起第宅。」顏師古引應劭曰：「水衡與少府皆天子私藏耳。」

〔一一〕公孫：公孫弘（前二〇〇—前一二一），字季齊，漢薛人。習文法吏事，緣飾以儒術，武帝以爲丞相，封平津侯。

〔一二〕卜式：漢河南人，以牧羊致富，武帝時上書，願捐一半家財以助邊防軍需，又助濟貧民，受賜爲御史大夫，後因不善文章，貶爲太子太傅。

〔一三〕茂陵：漢司馬相如病免後家居茂陵，後因用以指代相如。

〔一四〕濤瀧：激波大流。

〔一五〕塗泥下下：尚書禹貢：「厥土惟塗泥，厥田惟下下，厥賦上下錯。」塗泥，濕潤的泥土。

〔一六〕玉粒：指米、粟。南朝梁簡文帝昭明太子集序：「發私藏之銅鳧，散坦下之玉粒。……受惠之家、飧恩之士咸謂櫟陽之金自空而墜，南陽之粟自野而生。」

〔一七〕陳陳：陳年的糧食。唐杜牧早秋：「銖秤與縷雪，誰覺老陳陳？」

〔一八〕召伯埭：清張文端運河圖說：「謝安鎮廣陵，見步丘地勢西高東下，每春夏湖水漲，東浸民田，而西又苦旱。安爲築埭以界之，高下兩利，名召伯埭。」

〔一九〕要：通「徼」，探求，求取。

〔二〇〕東楚：三楚之一。跨江逾淮，東至於海，約當今江蘇除西北部以外、安徽東南部及浙江北部地方。於全楚位居東北，對西楚而言，故名。

〔二一〕金堤：堅固的堤堰，後作爲堤堰的美稱。

〔二二〕周橋：周家橋。清程廷祚游周橋記：「康熙辛丑閏六月二十日，余自清江山盱公署適周家橋，蹉約也。周橋距清江百里，臨洪澤湖，爲山盱張輝麓使君防禦之地。」

〔二三〕陳潢（一六三七—一六八八）：清水利家。字天一，號省齋，浙江嘉興人，一説錢塘今杭州人。順治十六年至康熙十六年間（一六五九—一六七七），蘇北地區黄河、淮河、運河連年潰決，水灾嚴重。他輔助河道總督靳輔治水，成就顯著。康熙二十七年（一六八八）靳輔遭誣陷革職，他亦被捕下獄，旋憂憤病死。其著作河防摘要與河防述言，附載在靳輔治河方略中。

〔二四〕後漢書鄧訓傳：「訓擁衛稽故，令不得戰。」稽故，稽固，阻礙，留阻。

〔二五〕桓榮：字春卿。沛郡龍亢今安徽懷遠龍亢人。東漢初年名儒。

〔二六〕面墻：尚書周官：「不學墻面，蒞事惟煩。」孔安國傳：「人而不學，其猶正墻面而立，臨政事必煩。」

孔穎達疏：「人而不學，如面向墻無所睹見，以此臨事，則惟煩亂不能治理。」後因以「面墻」比喻不學而識見淺薄。

〔二七〕數點烟青：唐李賀夢天：「遥望齊州九點烟，一泓海水杯中瀉。」齊指齊州，此指中國。言俯視九州，小如烟點。

〔二八〕瀛滄：滄瀛。滄海、大海也。

〔二九〕鯨魚：鯨波。猶言驚濤駭浪。

〔三〇〕月暈：宋蘇洵辨奸論：「事有必至，理有固然，惟天下之静者，乃能見微而知著，月暈而風，礎潤而雨，人人知之。」

〔三一〕恬波：浪恬波静。波浪不興，水面平静。

〔三二〕金精：太白星。北周庾信哀江南賦：「地則石鼓山鳴，天則金精動宿。」倪璠注引石氏星經：「昴者，西方白虎之宿，太白者，金之精。太白入昴，金虎相薄，主有兵亂。」

〔三三〕村務：鄉村酒店。

〔三四〕千日酒：晋張華博物志卷五：「昔劉玄石於中山酒家酤酒，酒家與千日酒，忘言其節度，歸至家當醉，而家人不知，以爲死也，權葬之。酒家計千日滿，乃憶玄石前來酤酒，醉向醒耳。往視之，云玄石亡來三年，已葬。於是開棺，醉始醒。俗云，'玄石飲酒一醉千日。'」

〔三五〕唐杜甫留花門：「花門天驕子，飽肉氣勇决。……胡塵逾太行，雜種抵京室。花門既須留，原野轉蕭瑟。」趙次公注曰：「花門即回紇之别名也。」花門山在居延海北三百里。唐初在該處設立堡壘，以抵禦北方外族。天寶時爲回紇占領。後因以花門爲回紇的代稱。

〔三六〕安史：安禄山、史思明之亂。

〔三七〕吐谷：吐谷渾，古鮮卑族的一支。本居遼東，西晋時在首領吐谷渾的率領下西徙至甘肅、青海間，至其孫葉延時，始號其國曰吐谷渾。隋初，夸吕稱可汗，建都伏俟城。唐時，諾曷鉢可汗曾來朝，受封號。後爲吐蕃所併。

〔三八〕羯氏：晋武帝死後，晋室内亂，北方少數民族匈奴族的劉淵及沮渠氏、赫連氏，羯族石氏，鮮卑族慕容氏及禿髮氏、乞伏氏，氐族苻氏、吕氏，羌族姚氏，相繼在中原稱帝，史稱「五胡」。

〔三九〕廟勝：朝廷預先制定的克敵制勝的謀略。此特指清廷平定張格爾叛亂之策。

〔四〇〕玉水方流：文選顔延之贈王太常：「玉水記方流，琁源載圓折。」李善注：「尸子曰：『凡水，其方折者有玉，其圓折者有珠也。』」

〔四一〕祈招：左傳昭公十二年：「昔穆王欲肆其心，周行天下，將皆必有車轍馬迹焉。祭公謀父作祈招之詩，以止王心，王是以獲没於祗宫。」

〔四二〕懸知：預知、料想。

〔四三〕史記大宛傳：「漢使者往既多，其少從率多進熟於天子，言曰：『宛有善馬在貳師城，匿不肯與漢使。』天子既好宛馬，聞之甘心，使壯士車令等持千金及金馬以請宛王貳師城善馬。宛國饒漢物，相與謀曰：『漢去我遠，而鹽水中數敗，出其北有胡寇，出其南乏水草。又且往往而絶邑，乏食者多。漢使數百人爲輩來，而常乏食，死者過半，是安能致大軍乎？無奈我何。且貳師馬，宛寶馬也。』遂不肯予漢使。漢使怒，妄言，椎金馬而去。宛貴人怒曰：『漢使至輕我！』遣漢使去，令其東邊郁成遮攻殺漢使，取其財物。於是天子大怒。……圍其城，攻之四十餘日，其外城壞，虜宛貴人勇將煎靡。宛大恐，走入中城。宛貴人相與謀曰：『漢所爲攻宛，以王毋寡匿善馬而殺漢使。今殺王毋寡而出善馬，漢兵宜解；即不解，乃力戰而死，未晚也。』宛貴人皆以爲然，共殺其王毋寡，持其頭遣貴人使貳師，約曰：『漢毋攻我。我盡出善馬，恣所取，而給漢軍食。即不聽，我盡殺善馬，而康居之救且至。至，我居内，康居居外，與漢軍戰。漢軍熟計之，何從？』是時康居候視漢兵，漢兵尚盛，不敢進。貳師與趙始成、李哆等計：『聞宛城中新得秦人，知穿井，而其内食尚多。所爲來，誅首惡者毋寡。毋寡頭已至，如此而不許解兵，則堅守，而康居候漢罷而來救宛，破漢軍必矣。』軍吏皆以爲然，許宛之約。宛乃出其善馬，令漢自擇之，而多出食食給漢軍。漢軍取其善馬數十匹，中馬以下牡牝三千餘匹，而立宛貴人之故待遇漢使善者名昧蔡以爲宛王，與盟而罷兵。終不得入中城。乃罷而引歸。」

〔四四〕呼韓：漢時匈奴單于呼韓邪。

〔四五〕營平：趙充國（前一三七—前五二），字翁孫，原爲隴西上邽今甘肅天水人，後移居湟中今青海西寧。漢宣帝時封營平侯。神爵元年（前六一），計定羌人叛亂，并開展屯田。

春半

春去已强半，風多豈旱徵？落花遲到地，古井暗生稜。聞道經流復，行看〔一〕轉漕仍。西師〔二〕因夙飽，士馬必飛騰。

拂几沙頻集，闢窗隙亦鳴。雄心馳絶徼〔三〕，斫帳〔四〕出奇兵。芒已天狼〔五〕斂，光惟大角〔六〕明。和闐〔七〕先請吏〔八〕，取次〔九〕系長纓〔一〇〕。

【繫年】

詩道光八年（一八二八）春作於淮安。

【注釋】

〔一〕行看：且看。

〔二〕西師：清廷入疆平定張格爾叛亂之軍隊。

〔三〕絶徼：極遠的邊塞之地。

〔四〕斫帳：唐馬戴出塞詞：「金帶連環束戰袍，馬頭沖雪度臨洮。卷旗夜劫單于帳，亂斫胡兵缺寶刀。」

〔五〕天狼：楚辭九歌東君：「青雲衣兮白霓裳，舉長矢兮射天狼。」王逸注：「天狼，星名，以喻貪殘。」後以天狼比喻殘暴的侵略者。

〔六〕大角：史記天官書：「大角者，天王帝廷。」張守節正義：「大角一星在兩攝提間，人君之象也。」

〔七〕和闐：今新疆和田。漢西域三十六國之一。唐上元二年（六七五）置毗沙都督府，隸屬安西都護府。置於闐鎮，爲安西四鎮之一。一九五九年改名和田。

〔八〕請吏：請求爲臣。謂願意臣服。

〔九〕取次：次第，一個挨一個地，挨次。

〔一〇〕長纓：指捕縛敵人的長繩。漢書終軍傳：「軍自請：『願受長纓，必羈南越王而致之闕下。』」

邪許曲

千人萬人和邪許〔一〕，岸水〔二〕牽船出袁浦〔三〕。耳中愁聽闌門沙〔四〕，清水畏黄如畏虎。清輕黄重黄負清，潛來有似濟伏行〔五〕。不然引清河五道，何以前年水涸如砥平〔六〕。殷憂啓聖〔七〕古有志，相度終須因地勢。轉般〔八〕豈必重建倉，曷不剖船一爲二？對頭〔九〕過壩費不增，南北輕齎〔一〇〕涉應利。繒艍〔一一〕改作以漸修，閩粵兵船乃成例。圈堰築後河身高，況開減壩新淤膠？闌灘〔一二〕孟灘〔一三〕即全切，燕喉中梗嗟徒勞。聖祖〔一四〕當年親指畫，廟謨〔一五〕内斷收群策。易窮則變變則通，膠柱〔一六〕難諧后夔〔一七〕石。

【繫年】

詩道光八年（一八二八）春作於淮安。

【注釋】

〔一〕邪許：淮南子道應訓：「今夫舉大木者，前呼邪許，後亦應之，此舉重勸力之歌也。」

〔二〕岸水：汲水灌田。

〔三〕袁浦：今江蘇淮安清江浦。三國袁術字公路，曾在附近屯兵，因又名袁浦、公路浦。

〔四〕闌門沙：攔門沙。在淮河、黄河交匯處。

〔五〕濟伏行：新唐書奸臣上許敬宗傳：「帝曰：『書稱「浮于濟、漯」，今濟與漯斷不相屬，何故而然？』對曰：『夏禹道沇水東流爲濟，入于河。今自漯至溫而入河，水自此洑地過河而南，出爲滎，又洑而至曹、濮，散出於地，合而東，汶水自南入之，所謂「泆爲滎，東出于陶丘北，又東會于汶」是也。古者五行皆有官，水官不失職，則能辨味與色。潛而出，合而更分，皆能識之。』帝曰：『天下洪流巨谷，不載祀典，濟甚細而在四瀆，何哉？』對曰：『瀆之言獨也。不因餘水，獨能赴海者也。且天有五星，運而爲四時；地有五嶽，流而爲四瀆；人有五事，用而爲四支。五，陽數也，四，陰數也，有奇偶、陰陽焉。陽者光曜，陰者晦昧，故辰隱而難見。濟潛流屢絶，狀雖微細，獨而尊也。』帝曰：『善。』」

〔六〕砥平：平坦、平直。

〔七〕殷憂啓聖：深切的憂慮能啓發聖明。晋劉琨勸進表：「或多難以固邦國，或殷憂以啓聖明。」殷，深切。

〔八〕轉般：漕河轉運。

〔九〕對頭：迎面，面對面。

〔一〇〕輕齎：史記衛將軍驃騎列傳：「約輕齎，絶大幕。」漢書引此文顔師古注：「輕齎者，不以輜重自隨，而所齎糧食少也。一曰齎字與資同，謂資裝也。」

〔一一〕繒艑：販賣綢布的民船。

〔一二〕關灘：在江蘇漣水黄河故道。

〔一三〕孟灘：在江蘇阜寧黄河故道。

〔一四〕聖祖：康熙。

〔一五〕廟謨：亦作廟謀。朝廷或帝王對的謀劃。

〔一六〕膠柱：膠柱鼓瑟。史記廉頗藺相如列傳：「王以名使括，若膠柱而鼓瑟耳。括徒能讀其父書傳，不知合變也。」鼓瑟時膠住瑟上的弦柱，就不能調節音的高低。比喻固執拘泥，不知變通。

〔一七〕后夔：文選張衡東京賦：「伯夷起而相儀，后夔坐而爲工。」薛綜注：「后夔，舜臣，掌樂之官。」

臨池小山與耻夫〔一〕話舊

恩怨都從慧業〔二〕生，紛紛心門〔三〕日縱横。水中見蟹〔四〕真多事，湖上騎驢〔五〕亦强名〔六〕。黑白〔七〕滿盤收即了，滄桑一例變難平。夕陽新月堪同賞，已是閑鷗勿再盟〔八〕。

【繫年】

詩道光八年（一八二八）春作於南京春水園寓所。是年春，「周濟一日大悟，盡去賓客，去揚州，寓居金陵之春水園，自號止庵，自此閉門著書，先後成説文字系、韻原等。」詩卷之八春水園詩并序

【注釋】

〔一〕耻夫：宋端已（一七七九—一八三〇）。參文卷二宋隱山傳。

〔二〕慧業：佛教語，指智慧的業緣。

〔三〕心門：莊子齊物論：「其寐也魂交，其覺也形開，與接爲搆，日以心門。」成玄英疏：「渴日不足，故惜彼寸陰，心與日門也。」以智力相角逐，競争。

〔四〕水中見蟹：晉書解系傳：「及張華、裴頠之被誅也，倫、秀以宿憾收系兄弟。梁王肜救系等，倫怒曰：『我於水中見蟹且惡之，况此人兄弟輕我邪！此而可忍，孰不可忍！』肜苦争之不得，遂害之，并戮其妻子。」喻報仇心切，或喻憤怒。

〔五〕湖上騎驢：明馮夢龍智囊補術智委蛇：「韓世忠既罷，杜門絶客，口不言兵，時跨驢携酒，從一二奚童，縱酒西湖以自樂。」

〔六〕强名：老子：「吾不知其名，强字之曰道。」勉强稱作，虚名。

〔七〕黑白：圍棋分黑子白子，故稱。

〔八〕鷗盟：與鷗鳥爲友，比喻隱退。

題煨芋圖

鄴侯〔一〕唐柱石，靈本星河〔二〕鍾。璞玉未出岩，四照光熊熊。况占動静賦，稚語驚名公。〔三〕燒梨賜衣紫〔四〕，煨芋宵爐紅。仙佛互攀附，一蹟趨群聾。懶殘縱先覺，亦在甄陶中。〔五〕譬之四序〔六〕易，得氣先禽蟲。蹲鴟〔七〕可大嚼，所乏豈馬通〔八〕？緇流上側媚〔九〕，吉語紛無窮。何如木蘭寺，飯後聞清鐘。〔一〇〕

【繫年】

詩道光八年（一八二八）春作於南京春水園寓所。

【注釋】

〔一〕鄴侯：李泌（七二二—七八九）。唐朝中期著名政治家、謀臣、學者。貞元三年（七八六），拜中書侍郎、同中書門下平章事，累封鄴縣侯。

〔二〕星河：銀河。

〔三〕新唐書李泌傳：「玄宗開元十六年，悉召能言佛、道、孔子者，相答難禁中。有員俶者，九歲升坐，詞辯注射，坐人皆屈。帝異之，曰：『半千孫，固當然。』因問：『童子豈有類若者？』俶跪奏：『臣舅子李泌。』帝即馳召之。泌既至，帝方與燕國公張説觀弈，因使説試其能。説請賦『方圓動静』，泌逡巡曰：『願聞其略。』説因曰：『方若棋局，圓若棋子，動若棋生，静若棋死。』泌即答曰：『方若行義，圓若用智，動若騁材，静若得意。』説因賀帝得奇童。帝大悦曰：『是子精神，要大於身。』賜束帛，敕其家曰：『善視養之。』」

〔四〕參詩卷二撤屋爲小庭注釋〔三〕。

〔五〕宋贊寧宋高僧傳感通傳二唐南岳山明瓚：「釋明瓚者，未知氏族生緣。……尋於衡岳閑居，衆僧營作，我則晏如，縱被詆訶，殊無愧耻，時目之懶瓚也。一説伊僧差越等夷，或隨衆齋湌，或以瓦釜煑土而食，云是彌陀佛應身，未知何證驗之？一云好食僧之殘食，故殘也。殘上聲呼。或隨逐之，則時出言語，皆契佛理，事迹難知。天寶初，至南岳寺執役，晝專一寺之工，夜止群牛之下，曾無倦也。如是經二十年。」

〔六〕四序：指春、夏、秋、冬四季。魏書律曆志上：「然四序遷流，五行變易。」

〔七〕蹲鴟：史記貨殖列傳：「吾聞汶山之下，沃野，下有蹲鴟，至死不飢。」張守節正義：「蹲鴟，芋也。」

〔八〕馬通：後漢書獨行傳戴就：「主者窮竭酷慘，無復餘方，乃卧就覆船下，以馬通薰之。」李賢注：「本草經曰：『馬通，馬矢也。』」

〔九〕側媚：尚書冏命：「慎簡乃僚，無以巧言令色，便辟側媚。」孔穎達疏：「側媚者，爲僻側之事以求媚於君。」

〔一〇〕五代王定保唐摭言起自寒苦：「王播少孤貧，曾客揚州惠昭寺木蘭院，隨僧齋飯。諸僧厭怠，播至，已飯矣。後二紀，因訪舊游，嚮之題已皆碧紗幕其上。」

課僮奴刊樹有作

不知春水翁〔一〕，何從得此園？園中蔚兮薈〔二〕，人去樹空存。達心貿每懦〔三〕，醜正徒實繁〔四〕。下迷泉石性〔五〕，上阻雨露恩。發憤命斤鋸，姑息何足論？高枝落堂拒〔六〕，密葉開蒙屯〔七〕。亭亭松柏榦，直起扶〔八〕乾坤。豈無孤生桐，或巢比翼鵷。其餘梅柳杏，所職佐春暄。桂林覺森秀〔九〕，女貞許高騫。亦有樸樕〔一〇〕材，芃芃〔一一〕寄籬籓。微生托大造〔一二〕，蟣虱固處褌〔一三〕。一勺亦河荷，一卷亦山宣〔一四〕。夜明鰋鯉躍，露寒虎豹蹲。論峰紫金〔一五〕兀，比塔長干〔一六〕尊。豁然阮東平，洞開内外門。〔一七〕厥功歸健僕，以能保子孫。勿辭抱甕〔一八〕勤，煦之必知温。鄭僑雖云遠，遺愛誰能諼？〔一九〕

【繫年】

詩道光八年（一八二八）夏作於南京春水園寓所。

【注釋】

〔一〕春水翁：周濟購得南京江氏致園并易名春水園，故自稱春水翁。

〔二〕蔚兮薈：詩經曹風候人：「薈兮蔚兮，南山朝隮。」毛傳：「薈蔚，雲興貌。」

〔三〕穀梁傳僖公二年：「宫之奇之爲人也，達心而懦，又少長於君。達心則其言略，懦則不能彊諫。」范寧注：「明達之人，言則舉綱領要。」達心，謂心地明白。

〔四〕左傳昭公二十八年：「叔敖曰：鄭書有之：『惡直醜正，實蕃有徒。』」楊伯峻注：「惡、醜同義，直、正同義，惡直即醜正，同義複語。言嫉害正直者。」

〔五〕泉石性：舊唐書隱逸傳田游岩：「田游岩，京兆三原人也。初補太學生，後罷歸，游於太白山，每遇林泉會意，輒留連不能去。其母及妻子并有方外之志，與游岩同游山水二十餘年。後入箕山，就許由廟東築室而居，自稱『許由東鄰』。調露中，高宗幸嵩山，遣中書侍郎薛元超就問其母，游岩山衣田冠出拜，帝令左右扶止之，謂曰：『先生養道山中，比得佳否？』游岩曰：『臣泉石膏肓，烟霞痼疾，既逢聖代，幸得逍遥。』」

〔六〕堂拒：撑拒。撑持，支撑。

〔七〕蒙屯：周易蒙卦和屯卦的并稱。萬物初生稚弱貌。資治通鑑唐則天后長壽元年：「自文明草昧，天地屯蒙。」胡三省注：「屯者物之始，蒙者物之稚，言後稱制之初，猶天地生物之始。」

〔八〕扶：靠近。

〔九〕森秀：清秀，秀異。

〔一〇〕樸樕：詩經召南野有死麕：「林有樸樕，野有死鹿。」毛傳：「樸樕，小木也。」

〔一一〕芃芃：詩經鄘風載馳：「我行其野，芃芃其麥。」毛傳：「麥芃芃然方盛長。」

〔一二〕大造：大天地，大自然。

〔一三〕晋書阮籍傳：「上欲圖三公，下不失九州牧。獨不見群蝨之處褌中，逃乎深縫，匿乎壞絮，自以爲吉宅也。行不敢離縫際，動不敢出褌襠，自以爲得繩墨也。然炎丘火流，焦邑滅都，群蝨處於褌中而不能出也。君子之處域内，何異夫蝨之處褌中乎！」後因以「蝨處褌」比喻身處濁世，局促難安。

〔一四〕宋章崇簡步同鄉張君垓壁韻：「西蜀好山宜入畫，南合龍佳景遠舒眸。」

〔一五〕紫金：紫金山。

〔一六〕長干：長干塔。參詩卷三紀事二十韻注釋〔二〇〕。

〔一七〕晋書阮籍傳：「籍容貌瓌傑，志氣宏放，傲然獨得，任性不羈，而喜怒不形於色。……及文帝輔政，籍嘗從容言於帝曰：『籍平生曾游東平，樂其風土。』帝大悦，即拜東平相。籍乘驢到郡，壞府舍屏障，使内外相望，法令清簡，旬日而還。」

〔一八〕典出「抱甕灌園」，喻安於拙陋的淳樸生活。參詩卷二樂志詩并序注釋〔一四〕。

〔一九〕左傳昭公二十年：「及子産卒，仲尼聞之，出涕曰：『古之遺愛也。』」杜預注：「子産見愛，有古人之遺風。」子産（？—前五二二），姬姓，公孫氏，名僑，字子産，又字子美，謚成。史籍多稱「子産」，又稱「公孫成子」「國僑」等。春秋時期著名政治家、思想家，先後輔佐鄭簡公、鄭定公。

題荷鍤圖

步兵沈醉尤書案〔一〕，中散多虞强屬文〔二〕。解識青山可埋骨，先生應悔作參軍〔三〕。

【繫年】

詩道光八年（一八二八）夏作於南京春水園寓所。

【注釋】

〔一〕晋書阮籍傳：「籍聞步兵厨營人善釀，有貯酒三百斛，乃求爲步兵校尉。遺落世事，雖去佐職，恒游府内，朝宴必與焉。會帝讓九錫，公卿將勸進，使籍爲其辭。籍沈醉忘作，臨詣府，使取之，見籍方據案醉眠。使者以告，籍便書案，使寫之，無所改竄。辭甚清壯，爲時所重。」

〔二〕晋書嵇康傳：「康善談理，又能屬文，其高情遠趣，率然玄遠。撰上古以來高士爲之傳贊，欲友其人於千載也。又作太師箴，亦足以明帝王之道焉。復作聲無哀樂論，甚有條理。」中散，中散大夫的省稱。嵇康曾任中散大夫，世以「中散」稱之。

〔三〕晋書劉伶傳：「劉伶字伯倫，沛國人也。身長六尺，容貌甚陋。放情肆志，常以細宇宙、齊萬物爲心。澹默少言，不妄交游，與阮籍、嵇康相遇，欣然神解，携手入林。初不以家産有無介意。常乘鹿車，携一壺酒，使人荷鍤而隨之，謂曰：『死便埋我。』其遺形骸如此。」劉伶曾仕建威參軍，因稱劉參軍。

合肥曉發却寄趙子粤〔一〕暨同集諸子

淡黄柳葉已全凋，白石仙人〔二〕罷玉簫。一夕清譚千里别，五更殘月九思橋〔三〕。東山幸免蒼生誤〔四〕，春水〔五〕閑將鷗侶〔六〕招。手種故園梅幾樹，預愁〔七〕花發思迢迢。

【繫年】

詩道光八年（一八二八）冬作於合肥。民國馬其昶抱潤軒文集宣統元年安徽官紙印刷局石印本卷八沈石翁傳：「翁少而篤學，時時從其鄉先生趙席珍響泉問八法。趙故以學行聞於時。荆溪周教授保緒有高名，嘗過合肥。翁年廿餘，偕趙謁周邸舍。」

【注釋】

〔一〕趙子粤：清陸繼輅合肥學舍劄記光緒四年興國州署刻本第一趙氏三世工詩：「趙生彦倫之父子聘孝廉名席珍，廬陽弟一詩人也。子聘從父對瀓年甫弱冠，亦負雋才，嘗以郡試故，自其父官所馳千里南歸。比揭曉，凡録千人，竟無對瀓名。予怪之，亟從郡齋索閲試卷，乃潦草不及三百字，爲之絶倒。余嘗語陳伯游云：『士必有不願乎彼者而後有得於此焉？如對瀓者豈世俗所云佳子弟哉。』」清黄雲修、清林之望等纂光緒續修廬州府志光緒十一年刊本卷四十五：「趙席珍，字響泉，合肥人。嘉慶庚午經魁，官旌德教諭，訓士有法，風氣一變。詩文磊落不群，與包慎伯研究書法，深得其奥。著有寥天一室詩鈔。子彦倫，字雲持，十四入邑庠，少負才名，辛亥舉孝廉方正。詩詞清雋，亦工書，著有雲無心軒詩集。」

〔二〕白石仙人：白石生。傳説中的仙人。漢劉向列仙傳白石生：「白石生，中黄丈人弟子，彭祖時已二千餘歲，不愛飛昇，但以長生爲貴……因就白石山居，號白石生。」

〔三〕九思橋：當在合肥，餘不詳。

〔四〕晋書謝安傳：「初辟司徒府，除佐著作郎，并以疾辭。寓居會稽，與王羲之及高陽許詢、桑門支遁游處，出則漁弋山水，入則言咏屬文，無處世意。揚州刺史庾冰以安有重名，必欲致之，累下郡縣敦逼，不得已赴召，月餘告歸。……及萬黜廢，安始有仕進志，時年已四十餘矣。征西大將軍桓温請爲司馬，將發新亭，朝士咸送，中丞高崧戲之曰：『卿累違朝旨，高卧東山，諸人每相與言，安石不肯出，將如蒼生何！蒼生今亦將如卿何！』安甚有愧色。既到，温甚喜，言生平，歡笑竟日。既出，温問左右：『頗嘗見我有如此客不？』温後詣安，值其理髮。安性遲緩，久而方罷，使取幘。温見，留之曰：『令司馬著帽進。』其見重如此。」

〔五〕春水：春水園。

〔六〕鷗侣：鷺朋鷗侣。謂與鷺、鷗爲友。

〔七〕預愁：在憂愁之中。南唐李中送孫明府赴壽陽：「預愁别後相思處，月入閑窗遠夢迴。」

大蜀山〔一〕道中

更無落葉點征衣，莽莽平岡亂四圍。地氣遠松浮水出，天風高雁掠人飛。窮邊雪早兵權戢，腹郡晴佳麥漸肥。聞道村氓多佩犢〔二〕，大車〔三〕賦罷一歔欷。

【繫年】

詩道光八年（一八二八）冬作於合肥。

【注釋】

〔一〕大蜀山：在安徽合肥西。

〔二〕佩犢：漢書循吏傳龔遂：「遂見齊俗奢侈，好末技，不田作，乃躬率以儉約，勸民務農桑。……民有帶持刀劍者，使賣劍買牛，賣刀買犢，曰：『何爲帶牛佩犢！』」後世因以爲農民被迫棄農暴亂之典。

〔三〕大車：詩經王風大車：「大車檻檻，毳衣如菼。」毛傳：「大車，大夫之車。」

六安〔一〕州

拙計猶爲客，沖寒就曉塗。陂光歧路闊，碑影候人〔二〕孤。屯戍宜邊郡，爭鋒惡陳圖〔三〕。狼星〔四〕芒已斂，緩緩正天弧〔五〕。

【繫年】

詩道光八年（一八二八）冬作於六安。

【注釋】

〔一〕六安：今安徽六安。

〔二〕候人：周禮夏官司馬：「候人各掌其方之道治與其禁令。」鄭玄注：「道治，治道也。……禁令，備奸寇也。」候人指古代掌管整治道路稽查奸盗，或迎送賓客的官員。

〔三〕陳圖：陣圖。古代軍隊作戰時兵力部署、隊形變化的圖式。

〔四〕狼星：楚辭九歌東君：「青雲衣兮白霓裳，舉長矢兮射天狼。」王逸注：「天狼，星名，以喻貪殘。」後以「天狼」比喻殘暴的侵略者。

〔五〕天弧：亦稱弧矢，屬於南方七宿中的井宿。凡九星漢時謂有四星，形如弓弧。正對天狼星而有光，古人以爲主弭兵盗。弧矢動移不如常而現角芒，古人以爲主兵盗。

官田感事

官田相近古芍陂〔一〕，岡沖塘濼〔二〕灌溉宜。六年積穀二千萬，史言此是平吴基。〔三〕從來足兵先足食，千里轉餉無全師。老謀充國舍罕幵，先零黨散安能枝。武賢健鬥竟何益，廟謨豈厭深長思？〔四〕昔者匈奴今蒙古，南侵三藏〔五〕威西陲。伊犁底定右臂斷〔六〕，安邊上策行無疑。胡桐〔七〕鳥卵〔八〕不適用，玉璞抵鵲〔九〕徒矜奇。花門〔一〇〕蟻聚疾疥癬，斟酌元氣〔一一〕姑徐之。珠厓罷郡昭漢德〔一二〕，臧宫撫劍心空馳〔一三〕。新疆稻田久成孰，徙民實塞宜可爲。鰥生三復家令策[一四]，欲言惟恐乖于時。兵聞拙速[一五]已逾載，司農仰屋[一六]愁度支。何如土屯禦侵軼[一七]，來阻堅壁去勿追。歷觀强大制弱小，急之則合緩則離。審形擇便扼其亢[一八]，間諜購賞操樞機。凶頑坐縛得全勝，衆建[一九]部落寬羈縻。側聞富弼今入相，墾荒徙户功曾施。[二〇]豫東淮潁多惡少，抵冒[二一]禁網[二二]行其私。此曹善禦應樂徙，賚金賜爵俾招携[二三]。分屯要害自爲戰，去腹心患强四肢。詩成三嘆思出位[二四]，金橋[二五]在望謀晨炊。

【繫年】

詩道光八年（一八二八）冬作於安徽壽縣。

【注釋】

〔一〕芍陂：後漢書循吏傳王景：「郡界有楚相孫叔敖所起芍陂稻田。」李賢注：「陂在今壽州安豐縣東。陂徑百里，灌田萬頃。」又名期思陂。因引淠水經白芍亭東積而成湖，故名。

〔二〕塘濼：溏濼。池塘湖泊。宋邵伯温聞見前録卷四：「邊近西山，地勢高仰，不可爲溏濼。」

〔三〕資治通鑑卷七十四魏紀六：「朝廷欲廣田畜穀於揚、豫之間，使尚書郎汝南鄧艾行陳、項以東至壽春。艾以爲：『昔太祖破黄巾，因爲屯田，積穀許都以製四方。今三隅已定，事在淮南，每大軍出征，運兵過半，功費巨億。陳、蔡之間，土下田良，可省許昌左右諸稻田，水東下，令淮北二萬人，淮南三萬人，什二分休，常有四萬人且田且守；益開河渠以增溉灌，通漕運。計除衆費，歲完五百萬斛以爲軍資，六七年間，可積三千萬斛於淮上，此則十萬之衆五年食也。以此乘吴，無不克矣。』太傅懿善之。是歲，始開廣漕渠，每東南有事，大興軍衆，泛舟而下，達於江、淮，資食有儲而無水害。」

〔四〕漢書趙充國傳：「天子下其書充國，令與校尉以下吏士知羌事者博議。充國及長史董通年以爲『武賢欲輕引萬騎，分爲兩道出張掖，回遠千里。以一馬自佗負三十日食，爲米二斛四斗，麥八斛，又有衣裝兵器，難以追逐。勤勞而至，虜必商軍進退，稍引去，逐水中，入山林。隨而深入，虜即據前險，守後阸，以絶糧道，必有傷危之憂，爲夷狄笑，千載不可復。而武賢以爲可奪其畜産，虜其妻子，此殆空言，非至計也。又武威縣、張掖日勒皆當北塞，有通谷水草。臣恐匈奴與羌有謀，且欲大入，幸能要杜張掖、酒泉以絶西域，其郡兵尤不可發。先零首爲畔逆，它種劫略。故臣愚册，欲捐罕、幵闇昧之過，隱而勿章，先行先零之誅以震動之，宜悔過反善，因赦其罪，選擇良吏知其俗者揗循和輯，此全師保勝安邊之册。』天子下其書。公卿議者咸以爲先零兵盛，而負罕、幵之助，不先破罕、幵，則先零未可圖也。」罕、幵、先零，皆爲西漢時羌族部落。罕即罕。武賢，辛武賢，隴西郡狄道今甘肅臨洮人。曾兩任破羌將軍。

〔五〕三藏：安多藏區、康巴藏區、衛藏藏區。

〔六〕漢書西域傳贊：「孝武之世，圖制匈奴，患其兼從西國，結黨南羌，乃表河西，列四郡，開玉門，通西域，以斷匈奴右臂，隔絶南羌、月氏。單于失援，由是遠遁，而幕南無王庭。」

〔七〕胡桐：胡楊的别名。漢書西域傳上鄯善國：「國出玉，多葭葦、檉柳、胡桐、白草。」顔師古注：「胡桐亦似桐，不類桑也。蟲食其樹而沫出下流者，俗名爲胡桐淚，言似眼淚也。可以汗金銀也，今工匠皆用之。流俗語訛呼淚爲律。」

〔八〕烏卵：漢書西域傳上安息國：「以大鳥卵及犂靬眩人獻於漢。」

〔九〕玉璞抵鵲：漢桓寬鹽鐵論崇禮：「中國所鮮，外國賤之。故南越以孔雀珥門户，崑山之旁，以玉璞抵烏鵲。」

〔一〇〕花門：回紇的代稱。參詩卷四舟中雜感注釋〔三五〕。此指張格爾叛亂。

〔一一〕斟酌元氣：晉袁宏後漢紀順帝紀：「天有北斗，所以斟酌元氣；帝有尚書，所以出納王命。」斟酌，執掌。

〔一二〕漢書元帝紀：「珠厓郡山南縣反，博謀群臣。待詔賈捐之以爲宜棄珠厓，救民饑饉。乃罷珠厓。」漢書賈捐之傳：「初，武帝征南越，元封元年立儋耳、珠厓郡，皆在南方海中洲居，廣袤可千里，合十六縣，户二萬三千餘。其民暴惡，自以阻絶，數犯吏禁，吏亦酷之，率數年壹反，殺吏，漢輒發兵擊定之。……元帝初元元年，珠厓又反，發兵擊之。諸縣更叛，連年不定。上與有司議大發軍，捐之建議，以爲不當擊。……遂下詔曰：『珠厓虜殺吏民，背畔爲逆，今廷議者或言可擊，或言可守，或欲棄之，其指各殊。朕日夜惟思議者之言，羞威不行，則欲誅之；狐疑辟難，則守屯田；通于時變，則憂萬民。夫萬民之饑餓，與遠蠻之不討，危孰大焉？且宗廟之祭，凶年不備，况乎辟不嫌之辱哉！今關東大困，倉庫空虚，無以相贍，又以動兵，非特勞民，凶年隨之。其罷珠厓郡。民有慕義欲内屬，便處之；不欲，勿彊。』珠厓由是罷。」

〔一三〕後漢書臧宫傳：「二十七年，宫乃與楊虚侯馬武上書曰：『匈奴貪利，無有禮信，窮則稽首，安則侵盜，緣邊被其毒痛，中國憂其抵突。虜今人畜疫死，旱蝗赤地，疫困之力，不當中國一郡。萬里死命，縣在陛下。福不再來，時或易失，豈宜固守文德而墮武事乎？今命將臨塞，厚縣購賞，喻告高句驪、烏桓、鮮卑攻其左，發河西四郡、天水、隴西羌胡擊其右。如此，北虜之滅，不過數年。臣恐陛下仁恩不忍，謀臣狐疑，令萬世刻石之功不立於聖世。』詔報曰：『黄石公記曰：「柔能制剛，弱能制强。」柔者德也，剛者賊也，弱者仁之助也，强者怨之歸也。故曰有德之君，以所樂樂人；無德之君，以所樂樂身。樂人者其樂長，樂身者不久而亡。舍近謀遠者，勞而無功；舍遠謀近者，逸而有終。逸政多忠臣，勞政多亂人。故曰務廣地者荒，務廣德者强。有其有者安，貪人有者殘。殘滅之政，雖成必敗。今國無善政，灾變不息，百姓驚惶，人不自保，而複欲遠事邊外乎？孔子曰：「吾恐季孫之憂，不在顓臾。」且北狄尚强，而屯田警備傳聞之事，恒多失實。誠能舉天下之半以滅大寇，豈非至願；苟非其時，不如息人。』自是諸將莫敢複言兵事者。……臧宫、馬武之徒，撫鳴劍而抵掌，志馳于伊吾之北矣。」

〔一四〕論語先進：「南容三復白圭，孔子以其兄之子妻之。」何晏集解引孔安國曰：「詩云：『白圭之玷，尚可磨也；斯言之玷，不可爲也。』南容讀詩至此，三反覆之，是其心慎言也。」後因以「三復白圭」謂慎於言行。

〔一五〕孫子作戰：「故兵聞拙速，未睹巧之久也。」杜牧注：「攻取之間，雖拙於機智，然以神速爲上。蓋無老師、費財、鈍兵之患。」

〔一六〕司農仰屋：主管錢糧的官員一籌莫展，無計可施。形容國庫空虛，財政拮据。司農，漢始置，掌錢穀之事。亦稱大司農，爲九卿之一。漢建安改爲大農，由魏至明，歷代相沿，或稱司農，或稱大司農。清代以户部司漕糧田賦，故别稱户部尚書爲大司農。

〔一七〕侵軼：侵犯襲擊。

〔一八〕扼其亢：扼吭拊背、扼肮拊背。史記劉敬叔孫通列傳：「夫與人鬥，不扼其亢、拊其背，未能全其勝也。」

〔一九〕衆建：西漢賈誼治安策：「欲天下之治安，莫若衆建諸侯而少其力。力少則易使以義，國小則亡邪心。」

〔二〇〕宋史富弼傳：「富弼字彦國，河南人。……河朔大水，民流就食。弼勸所部民出粟，益以官廪，得公私廬舍十余萬區，散處其人，以便薪水。官吏自前資、待缺、寄居者，皆賦以禄，使即民所聚，選老弱病瘠者廩之，仍書其勞，約他日爲奏請受賞。率五日，輒遣人持酒肉飯糗慰藉，出於至誠，人人爲盡力。山林陂澤之利可資以生者，聽流民擅取。死者爲大塚葬之，目曰『叢塚』。明年，麥大熟，民各以遠近受糧歸，凡活五十餘萬人，募爲兵者萬計。帝聞之，遣使褒勞，拜禮部侍郎。弼曰：『此守臣職也。』辭不受。前此，救灾者皆聚民城郭中，爲粥食之，蒸爲疾疫，及相蹈藉，或待哺數日不得粥而僕，名爲救之，而實殺之。自弼立法簡便周盡，天下傳以爲式。」

〔二一〕抵冒：觸犯，抵禦。

〔二二〕禁網：同「禁罔」。張布如網的禁令法律。

〔二三〕招携：安撫，招安。

〔二四〕思出位：周易艮：「象曰：兼山艮，君子以思不出其位。」王弼注：「各止其所，不侵官也。」

〔二五〕金橋：在安徽壽縣。

村店

連宵聽貫五更鷄，曉月疏星路不迷。霧裏雅聲愁釀雪，霜邊菜甲〔一〕怒穿泥。禦冬有蓄人高卧，塗壁新成客亂題。老我奔馳應自笑，一年六十日〔二〕幽棲。

【繫年】

詩道光八年（一八二八）冬作於安徽壽縣。

【注釋】

〔一〕菜甲：菜初生的葉芽。

〔二〕一年六十日：一年三百六十日。

己丑正月三日，隱山〔一〕五十初度也，元日寫長春〔二〕卷子爲贈，并系以詩

吾友隱山子，天倪自昔和。〔三〕無非可追悔，求是任蹉跎。秋宇雲全斂，春池水不波。精神新畫稿，氣味〔四〕老頭陀。宅傍倉山小，交唯野鶴多。不知朝市客〔五〕，得壽欲如何？

【繫年】

據詩題，知詩道光九年（一八二九）正月初三作於南京。

【注釋】

〔一〕隱山：宋端己（一七七九—一八三〇）。參文卷二宋隱山傳。

〔二〕長春：長壽。宋米芾浪淘沙祝壽：「祝壽慶生申，德日維新，期頤眉壽壽長春。」

〔三〕莊子齊物論：「何謂和之以天倪？」郭象注：「天倪者，自然之分也。」

〔四〕氣味：意趣或情調。

〔五〕朝市客：朝市人，猶俗人，多指争逐名利之徒。

與隱山合作雲山小幅贈集園〔一〕

隱山藥裹〔二〕揮難去，春水〔三〕塵纓〔四〕澣不清。歲晚相逢弄柔翰〔五〕，任教嚴鼓〔六〕報深更。

千疊蒼山萬樹松，半留人看半雲封。集園縱在雲深處，只隔清溪不隔鐘。

溪上徘徊爾我君，多應商略此山雲。人間持贈原無主，留向秋空伴夕曛〔七〕。

翠微佳處起高樓，讀畫評書不肯休。莫向淮南賦招隱〔八〕，去年叢桂誤三秋。

【繫年】

詩道光九年（一八二九）正月作於南京。

【注釋】

〔一〕集園：汪正鋆，字均之，鈞之，號集園。參文卷二宋隱山傳注釋〔三〕。

〔二〕藥裹：藥包，藥囊。

〔三〕春水：周濟南京寓所名春水園，因以自稱。

〔四〕塵纓：文選孔稚珪北山移文：「昔聞投簪逸海岸，今見解蘭縛塵纓。」李周翰注：「塵纓，世事也。」

〔五〕柔翰：文選左思咏史：「弱冠弄柔翰，卓犖觀群書。」劉良注：「柔翰，筆也。」

〔六〕嚴鼓：急促的鼓聲。

〔七〕夕曛：落日的餘輝。

〔八〕淮南賦招隱：漢淮南王劉安門客淮南小山作招隱士一說爲劉安所作。借陳説山中艱苦險惡，勸告隱士王孫歸來。

題郭恕先〔一〕清江白屋圖

三百年來畫山水，樹石奪主紛喧呶。鹿臺甫能見此意〔二〕，筆窘欲割操鉛刀〔三〕。余生恨晚不古及，鸞翮那受山鷄筊〔四〕。縱横任筆〔五〕出新意，如掛片席〔六〕隨洪濤。狷狂馬劣不可制〔七〕，北宫豈免遭虜撓〔八〕。反復斯圖中忽動，真宰〔九〕似欲權親操。夜深瘮朔潑墨稿，約略〔一〇〕塗抹分庳高〔一一〕。因形就勢作樹石，如奴侍主謹且勞。隱山爲説老米〔一二〕格，大類於此吾當豪。再觀郭卷丘壑異，北平、中尉〔一三〕隨票姚〔一四〕。令嚴刁斗峙山嶽，歡騰士卒皆同袍。〔一五〕烏呼古人不可見，繪事後素〔一六〕言非慆〔一七〕。曾聞僧繇〔一八〕及摩詰〔一九〕，没骨〔二〇〕遺法神奇標。得非先染後勾勒，正與敨首〔二〕通根苗。意奇語創復誰信，蒼蠅之笑〔三〕吾焉逃？

【繫年】

詩作於道光九年（一八二九）正月作於南京。

【注釋】

〔一〕郭恕先（？—九七七）：字恕先，又字國寶，宋洛陽人。擅畫山水，擅篆、隸，兼通文字學。宋陳思書小史卷一〇：「郭忠恕，字恕先，洛陽人。七歲童子及第，漢、周之際爲湘陰公從事。工古文、小篆、八分，亦能楷法，尤善字學。著古文汗簡十卷，全倣許氏説文，偏旁凡五百四十一字。太宗朝官至國子監主簿。」

〔二〕漢劉向説苑反質：「紂爲鹿臺糟丘，酒池肉林，宮墻文畫，彫琢刻鏤，錦繡被堂，金玉珍瑋，婦女優倡，鐘鼓管弦，流漫不禁，而天下愈竭，故卒身死國亡，爲天下戮。」「宮墻文畫」就是用繪畫裝飾宮廷的墻壁，被認爲是中國畫的源頭。

〔三〕鉛刀一割，亦作「鉛刀一割」。鉛質的刀雖純，但總可以割一次。比喻鈍駑無能，但是還可一用。

〔四〕楚辭九章懷沙：「鳳凰在笯兮，鷄鶩翔舞。」洪興祖補注：「笯，籠也。」鸞翮，鳳凰一類的鳥。

〔五〕縱橫任筆：宋戴復古論詩十絶其四：「意匠如神變化生，筆端有力任縱橫。」

〔六〕片席：片帆，孤舟。

〔七〕清末民初丁傳靖宋人軼事彙編卷五引能改齋漫録：「陳堯咨爲翰林學士日，有惡馬不可馭，蹄齧傷人。一日其父諫議入厩不見馬，因詰圉人，乃曰：『内翰賣之商人矣。』諫議遽謂翰林曰：『汝爲貴臣，左右尚不能制，商人安能畜此，是移禍於人也。』亟命取馬而歸其值。」

〔八〕孟子公孫丑上：「北宫黝之養勇也，不膚撓，不目逃。」趙岐注：「人刺其肌膚，不爲撓却。」「北宫，北宫黝。淮南子主術訓：「故握劍鋒，以離北宫子、司馬蒯蕢不使應敵；操其觚，招其末，則庸人能以制勝。」高誘注：「北宫子，齊人，孟子所謂北宫黝也。」

〔九〕真宰：自然之性。

〔一〇〕約略：不經意。

〔一一〕庳高：高低。

〔一二〕老米：北宋著名書畫家米芾。其長子米友仁被稱爲小米。

〔一三〕北平、中尉：北平，西漢名將李廣（？—前一一九）曾任右北平郡太守。中尉，西漢名將程不識元光元年（前一三五）以中尉爲車騎將軍屯雁門，故稱。

〔一四〕票姚：亦作「票鷂」。本爲漢代武官名。後多用指霍去病。

〔一五〕史記李將軍列傳：「程不識故與李廣俱以邊太守將軍屯。及出擊胡，而廣行無部伍行陳，就善水草屯，舍止，人人自便，不擊刀斗以自衛，莫府省約文書籍事，然亦遠斥候，未嘗遇害。程不識正部曲行伍營陳，擊刀斗，士吏治軍簿至明，軍不得休息，然亦未嘗遇害。……廣廉，得賞賜輒分其麾下，飲食與士共之。終廣之身，爲二千石四十餘年，家無餘財，終不言家産事。……廣之將兵，乏絶之處，見水，士卒不盡飲，廣不近水，士卒不盡食，廣不嘗食。寬緩不苛，士以此愛樂爲用。」

〔一六〕繪事後素：論語八佾：「子曰：『繪事後素。』」朱熹集注：「繪事，繪畫之事也；後素，後於素也。考工記曰：『繪畫之事後素功。』謂先以粉地爲質，而後施五采，猶人有美質，然後可加文飾。」後因以「繪事後素」比喻有良好的質地，才能進行錦上添花的加工。

〔一七〕非慆：左傳昭公二十七年：「孟懿子、陽虎伐鄆。鄆人將戰。子家子曰：『天命不慆久矣。使君亡者，必此衆也。』」杜預注：「慆，疑也。言棄君不疑。」

〔一八〕僧繇：張僧繇（四七九—？），吴人，南朝梁畫家。善山水佛像。所畫佛像，自成樣式，有「張家樣」之稱。所繪山水，在素縑上，以青緑重色先圖峰巒泉石，而後染出丘壑巉岩，不以筆墨先鈎，謂之没骨皴；後人將其畫法與吴道子并稱爲「疏體」。武帝時，畫龍點睛的故事，即出自張氏。

〔一九〕摩詰：王維，字摩詰。唐著名詩人、畫家。書畫特臻其妙，後人推其爲南宗山水畫之祖。

〔二〇〕没骨：宋蘇轍王詵都尉寶繪堂詞：「清江白浪吹粉墻，異花没骨朝露香。」自注：「徐熙畫花，落筆縱横。其子嗣變格以五色染就，不見筆迹，謂之没骨。」没骨，中國畫中直接以彩色描摹，不用墨筆勾勒。

〔二一〕敤首：漢宋衷注、清秦嘉謨等輯世本八種張澍稡集補注本敤首作畫引太平御覽：「澍按：舜母握登死，瞽叟更娶東澤氏女，曰壬女。生敤手及象也。敤首一作敤手，又作婐首，或作擊手，又作繫手。顔師古云：敤音口果反。作擊者誤。又桉：列女傳云：舜之女弟繫首。與二嫂諧。初學記：舜妹有敤手。又按：易通卦驗云：伏羲氏易無書，以畫事。此畫之始也。一云軒轅子苗龍，爲繪畫之祖。事物原始，封膜作畫。」

〔二二〕蒼蠅之笑：莊子逍遥游：「蜩與鷽鳩笑之曰：『我决起而飛，槍榆枋，時則不至，而控於地而已矣，奚以之九萬里而南爲？』適莽蒼者，三飡而反，腹猶果然；適百里者，宿舂糧；適千里者，三月聚糧。之二蟲，又何知！」

集園〔一〕見所贈隱山〔二〕長卷，詫曰：「吾亦有生日，安可無畫？」因作册并系詩録二首

清暑荷亭萬柳遮，長堤一綫抱溪斜。隔溪閑殺〔三〕南村〔四〕友，午睡不來同看花。
繞屋寒林幾萬條，全無片葉逐風飄。我知松柏生憐閔，不願人稱是後雕。〔五〕

【繫年】

詩道光九年（一八二九）正月作於南京。

【注釋】

〔一〕集園：汪正鋆，字均之，鈞之，號集園。參文卷二宋隱山傳注釋〔三〕。

〔二〕隱山：宋端己（一七七九—一八三〇）。參文卷二宋隱山傳。

〔三〕閑殺：閑煞。

〔四〕南村：晋陶潜移居之一：「昔欲居南村，非爲卜其宅。聞多素心人，樂與數晨夕。」李公焕注：「南村，即栗里也。」在今江西九江南陶村西。

〔五〕後雕：論語子罕：「歲寒，然後知松柏之後雕也。」

阻風燕子磯[一]，夜雪却歸，招隱山、集園同登爽來閣[二]

高樹不受雪，萬松青刺天。因思故園石，暫舍阻風船。古道開行迹，重岡數市烟。緑嵌湖汊小，紅壓寺樓偏。入室妻孥訝，窺窗洞壑妍。鸛鶃[三]爲恐亂，兔象搏[四]將顛。小閣開西向，清池繞膝前。重招橋畔友，來證畫中禪。憶我稱流寓，於兹及四年。一經收桂粟[五]，兩見疊荷錢[六]。月賞三番滿，霜留半樹鮮。清游方未艾，塵紲[七]苦相牽。得隴[八]原知足，爲蟲太可憐[九]。釁從儒俠[一〇]起，情向怨尤遷。浩蕩瞻前路，晶瑩治寸田[一一]。終留虚白[一二]在，故實[一三]莫輕填。

【繫年】

詩道光九年（一八二九）初春作於南京。

【注釋】

〔一〕燕子磯：在南京東北觀音山，長江三大名磯之首。一面岩石屹立長江邊，三面懸絶，宛如飛燕，故名。

〔二〕爽來閣：位於春水園内。參詩卷七春水園詩并序。

〔三〕鸛鶃：鸛和鶃的飛翔，形容雪花紛飛的樣子。

〔四〕兔象搏：清黄宗羲稱心寺志序：「沾沾卷石之菁華，一花之開落，與桑經酈注争長黄池，則是獅象搏兔，皆用全力爾。」

〔五〕桂粟：桂花。因桂花細如粟米。明徐渭徐渭集卷七月下梨花四首其三：「丹輪皓質兩微茫，桂粟梨雲門淺黄。」

〔六〕荷錢：初生的小荷葉。因其形如錢，故名。

〔七〕塵紲：塵羈。塵事的束縛。晋陶潛飲酒之八：「吾生夢幻間，何事紲塵羈？」

〔八〕得隴：漢劉珍等東觀漢記隗囂傳：「西城若下，便可將兵，南擊蜀虜。人苦不知足，既平隴，復望蜀，每一發兵，頭鬚爲白。」後遂以「得隴望蜀」喻貪心不足。

〔九〕樂府詩集横吹曲辭五南朝梁企喻歌辭：「男兒可憐蟲，出門懷死憂。」可憐蟲，比喻可憐的人。

〔一〇〕儒俠：儒生和游俠。韓非子五蠹：「國平養儒俠，難至用介士，所利非所用，所用非所利。」

〔一一〕寸田：心田、心境。

〔一二〕虚白：莊子人間世：「虚室生白，吉祥止止。」謂心中純净無欲。

〔一三〕故實：出處，典故。宋何薳春渚紀聞卷六著述詳考故實：「秦少章言：公嘗言觀書之樂，夜常以三鼓爲率，雖大醉歸亦必披展至倦而寢。然自出詔獄之後，不復觀一字矣。某於錢塘從公學二年，未嘗見公特觀一書也。然每有賦咏及著譔所用故實，雖目前爛熟事，必令秦與叔黨諸人檢視而後出。」

悔詩

英英雲中鶴，斂翮投樊籠。羽儀既摧損，引頏鳴天風。境過情始遷，情移境乃窮。借

一〔一〕挺於險〔二〕，多歧慎厥終。勿貽來日憂，時哉子路共。〔三〕

得失匪人謀，命亦我所知。其如恃才意，咄咄來逼之。〔四〕馮河〔五〕一何壯，膽決〔六〕忘艱危。翻笑履冰〔七〕者，蹙蹙〔八〕虛良時。陰血既周作〔九〕，旋濘〔一〇〕無遠期。一朝逢轗坷〔一一〕，伊戚〔一二〕誰所貽？

平生讀古史，臧否懸秋鏡〔一三〕。扼捥〔一四〕孤危朝，忠邪論難定。豈知目眯睫〔一五〕，繁徒實醜正〔一六〕。甫悟言甘誣〔一七〕，膚受〔一八〕已熒聽〔一九〕。驅才駕忽要〔二〇〕，尚德步靡騁〔二一〕。遠馭〔二二〕機難乘，委心〔二三〕瘇〔二四〕易病。及知與履〔二五〕難，古語徵益信。

事窮必變法，不便守法徒。弊本緣法行，法變弊乃祛。暫祛旋復生，緩亦只須臾。須臾弗能待，必欲守與俱。上援先型〔二六〕重，下采輿論殊。束縛爾何爲，鬱鬱惟嗟吁。

嗟吁亦奚益〔二七〕，相煎〔二八〕有物務〔二九〕。確如印印泥，瞢如花隔霧。柔如蠶宿繭，牢如痞〔三〇〕拄肚。散如手搏沙〔三一〕，螫如鼻飲醋〔三二〕。逸如鶬得鼠〔三三〕，勞如獅搏兔〔三四〕。夔魖〔三五〕晝拱揖，蜂蠆〔三六〕宵回亘。坐令坦蕩胸，近憂雜遠慮。

慮遠式克濟，憂勞亦何辭。譬如果在樹，甘苦期孰之。奈何見毗劉〔三七〕，逆起〔三八〕華萼時。螟螣害田稚〔三九〕，炎火〔四〇〕來何遲？

鯢肆〔四一〕亦云久，齷齪豈忘盥。古來稱壯士，手螫腕可斷。〔四二〕何況迷復〔四三〕初，本非衷所善。失足因拯溺〔四四〕，從井〔四五〕幸及半。曲踴〔四六〕踐康衢，敝屣〔四七〕脱其絆。灑然謝桎梏，夜氣發平日。

【繫年】

詩道光九年（一八二九）春作於南京。

【注釋】

〔一〕借一：背城借一。左傳成公二年：「請收合餘燼，背城借一。」杜預注：「欲於城下，復借一戰。」

〔二〕挺於險：挺而走險。左傳文公十七年：「鋌而走險，急何能擇。」被迫走冒險的道路。挺，本作「鋌」。

〔三〕論語鄉黨：「色斯舉矣，翔而後集。曰：山梁雌雉，時哉，時哉！子路共之，三嗅而作。」

〔四〕南朝宋劉義慶世説新語排調：「（桓玄與殷仲堪等）次復作危語。桓曰：『矛頭淅米劍頭炊。』……殷曰：『百歲老翁攀枯枝。』……有一參軍在坐，云：『盲人騎瞎馬，夜半臨深池。』殷曰：『咄咄逼人。』仲堪眇目故也。」形容出語傷人，使人難以忍受。

〔五〕馮河：詩經小雅小旻：「不敢暴虎，不敢馮河，人知其一，莫知其它。」毛傳：「馮，陵也。徒涉曰馮河，徒搏曰暴虎。」

〔六〕膽决：勇敢果斷。

〔七〕履冰：行於冰上。比喻身處險境，戒慎恐懼之至。

〔八〕蹙蹙：憂懼不安貌。

〔九〕左傳僖公十五年：「亂氣狡憤，陰血周作。張脈僨興，外彊中乾。」孔穎達疏：「外爲陽，内爲陰。血在膚内，故稱陰血。」

〔一〇〕旋濘：還濘。左傳僖公十五年：「壬戌，戰于韓原。晉戎馬還濘而止。」杜預注：「濘，泥也；還，便旋也。小駟不調，故隋泥中。」楊伯峻注：「還，盤旋；濘，泥濘。小駟不調，陷泥濘中，盤旋不得出。」

〔一一〕轗坷：同「坎坷」。

〔一二〕伊戚：詩經小雅小明：「心之憂矣，自詒伊戚。」後遂以「伊戚」指煩惱、憂患。

〔一三〕秋鏡：千秋鏡，歷史的鏡子，謂世世代代可供借鑒的事物。

〔一四〕扼捥：亦作「扼捥」。用一隻手握住另一隻手腕，表示振奮、惋惜、憤慨等情緒。

〔一五〕目眯睫：目不見睫。韓非子喻老：「臣患智之如目也，能見百步之外，而不能自見其睫。」眼睛看不見自己的睫毛，比喻人無自知之明。

〔一六〕左傳昭公二十八年：「叔敖曰：鄭書有之：『惡直醜正，實蕃有徒。』」楊伯峻注：「惡、醜同義，直、正同義，惡直即醜正，同義複語。言嫉害正直者。」

〔一七〕宋李昉等太平御覽卷九五引漢劉向列女傳：「尹吉甫子伯奇至孝事後母。母取蜂去毒，繫於衣上，伯奇前欲去之，母便大呼曰：『伯奇牽我。』吉甫見疑之，伯奇自死。」後因以「掇蜂」爲離間骨肉之典。

〔一八〕膚受：膚受之愬。論語顔淵：「浸潤之譖，膚受之愬，不行焉，可謂明也已矣。」邢昺疏：「皮膚受塵，垢穢其外，不能入内也。以喻譖毁之語，但在外萋斐，構成其過惡，非其人内實有罪也。」朱熹集注：「膚受，謂肌膚所受，利害切身。」

〔一九〕熒聽：淆亂聽聞。

〔二〇〕駕忽覂：覂駕，覆車，喻難以駕馭，易致失敗。唐孔穎達禮記正義序：「猶襄陵之浸，修堤防以制之；要駕之馬，設銜策以驅之。」

〔二一〕靡騁：詩經小雅節南山：「我瞻四方，蹙蹙靡所騁。」本謂不能縱馬奔馳。後以喻不能施展抱負。

〔二二〕遠馭：長轡遠馭。亦作「長轡遠御」。放長韁繩，駕馬遠行。比喻帝王用某種政策、手段羈縻邊遠地區。晉孫楚爲石仲容與孫皓書：「長轡遠御，妙略潛授。」

〔二三〕委心：猶積心。文選揚雄劇秦美新：「豈知新室委心積意，儲思垂務。」李善注：「委亦積也。」

〔二四〕瘇：通「尰」。

〔二五〕與履：履機乘變，猶隨機應變。

〔二六〕先型：先賢。

〔二七〕奚益：何益。

〔二八〕相煎：煎熬，折磨。

〔二九〕物務：事務。

〔三〇〕痞：中醫指胸腹間氣機阻塞不舒的一種自覺症狀，有的僅有脹滿的感覺，稱「痞塊」「痞積」。

〔三一〕摶沙：捏沙成團。比喻聚而易散。宋蘇軾二公再和亦再答之：「親友如摶沙，放手還復散。」

〔三二〕鼻飲醋：宋司馬光撰，鄧廣銘、張希清點校涑水記聞附録一涑水記聞輯佚：「(范魯公質)嘗謂同列曰：『人能鼻吸三斗醇醋，即可爲宰相矣。』」

〔三三〕鵷得鼠：莊子秋水：「惠子相梁，莊子往見之。或謂惠子曰：『莊子來，欲代子相。』於是惠子恐，搜於國中三日三夜。莊子往見之，曰：『南方有鳥，其名爲鵷雛，子知之乎？夫鵷雛發於南海，而飛於北海，非梧桐不止，非練實不食，非醴泉不飲。於是鴟得腐鼠，鵷雛過之，仰而視之曰：「嚇！」今子欲以子之梁國而嚇我邪?』」

〔三四〕獅搏兔:比喻對小事情也拿出全部力量認真對付。

〔三五〕夔魖:文選張衡東京賦李善注:「魖魅,山澤之水。……夔,木石之怪,如龍有角,鱗甲光如日月,見則其邑大旱。」可參黎國韜十二獸與十二鬼新論,廣東第二師範學院學報,二〇一二年第一期。

〔三六〕蜂蠆:蜂和蠆,都是有毒刺的螫蟲。

〔三七〕毗劉:樹木枝葉枯落,樹蔭稀疏。

〔三八〕逆起:横發逆起。謂出乎所料,突然興起。

〔三九〕詩經小雅大田:「去其螟螣,及其蟊賊,無害我田稚。」毛傳:「食心曰螟,食葉曰螣。」朱熹集傳:「稚,幼禾也。」

〔四〇〕炎火:詩經小雅大田:「田祖有神,秉畀炎火。」鄭玄箋:「田祖之神不受此害,持之付與炎火,使自消亡。」朱熹集傳:「故願田祖之神,爲我持此四蟲,而付之炎火之中也。」宋王讜唐語林政事上:「大田之詩,『秉畀炎火』者,捕蝗之術也。」

〔四一〕鮑肆:鹹魚鋪。

〔四二〕史記田儋列傳:「蝮螫手則斬手,螫足則斬足。何者?爲害於身也。」三國志魏書陳泰傳:「蝮蛇螫手,壯士解其腕。」後以「螫手解腕」比喻爲了顧全大局而忍痛犧牲局部。

〔四三〕迷復:周易復:「上六,迷復,凶……象曰:迷復之凶,反君道也。」孔穎達疏:「以其迷闇不復,而反違於君道,故象云:『迷復之凶,反君道也。』」後用以指迷失不改過,糊塗不醒悟。

〔四四〕拯溺:鄧析子無厚:「不治其本,而務其末,譬如拯溺而硾之以石,救火而投之以薪。」救援溺水的人，引申指解救危難。

〔四五〕從井：從井救人。論語雍也：「仁者，雖告之曰：『井有仁（仁人）焉。』其從之也？」意謂跟着跳到井裏去救人。原用以比喻對別人并無好處而徒然危害自己的行爲。後亦用以比喻冒極大危險去拯救别人。

〔四六〕曲踴：後用以泛指跳躍，表示奮厲的氣概。

〔四七〕敝屣：孟子盡心上：「舜視棄天下，猶棄敝蹝也。」蹝，後多寫作「屣」。

答莊福持〔一〕見贈

少年意氣何浮動？佔畢〔二〕才呻思罄控〔三〕。中唐有甓〔四〕士行勞〔五〕，厝薪無火長沙痛〔六〕。忽過盧淮黄必兩行〔七〕，揚廷〔八〕掞〔九〕策遭嗤弄。冷署由來苜蓿肥〔一〇〕，渾河〔一一〕因得驊騮縱。遵海曲〔一二〕箋蟲魚〔一三〕，偶入戎行觀闐閧〔一四〕。嶽雲繞足身已仙，列禦〔一五〕無情横吹送。金銀氣〔一六〕結芒角〔一七〕摧，酒食游多肢體重。堂堂白日去不還，鬱崛〔一八〕牢愁〔一九〕竟何用？朅來〔二〇〕澹寄向林丘，兀若蜩枯〔二一〕與蠅凍〔二二〕。蒼莽修期露布才〔二三〕，優游立本〔二四〕丹青俸。莊生譽我轉自憐，局闌殘劫何堪共？會須歸去抱遺經〔二五〕，或者清游托菰葑〔二六〕。潦到能容七不堪〔二七〕，恬熙〔二八〕幸際三無奉〔二九〕。樗櫟生來是散材，縱得干霄豈梁棟？往事虚慚氣食牛〔三〇〕，新知實願門題鳳〔三一〕。

【繫年】

詩道光九年（一八二九）春作於南京。

【注釋】

〔一〕莊福持：生平不詳。

〔二〕佔畢：亦作「佔嗶」。禮記學記：「今之教者，呻其佔畢，多其訊，言及於數，進而不顧其安。」鄭玄注：「呻，吟也。佔，視也。簡謂之畢。……言今之師自不曉經之義，但吟誦其所視簡之文，多其難問也。」謂經師不解經義，但視簡上文字誦讀以教人。後亦泛稱誦讀。

〔三〕罄控：詩經鄭風大叔于田：「叔善射忌，又良御忌，抑罄控忌，抑縱送忌。」毛傳：「騁馬曰罄，止馬曰控。」罄控指馳馬與控馬。

〔四〕中唐有甓：詩經陳風防有鵲巢：「中唐有甓，邛有旨鷊。」毛傳：「中，中庭也；唐，堂塗也。」朱熹集傳：「廟中路謂之唐。」

〔五〕士行勞：晉書陶侃傳：「侃在州無事，輒朝運百甓於齋外，暮運於齋内。人問其故，答曰：『吾方致力中原，過爾優逸，恐不堪事。』其勵志勤力，皆此類也。」後以「運甓」比喻刻苦自勵。士行，陶侃字。

〔六〕漢賈誼新書數寧：「夫抱火措之積薪之下而寢其上，火未及燃，因謂之安，偷安者也。方今之勢，何以異此？」賈誼曾爲長沙王太傅，故稱「賈長沙」。

〔七〕兩行：莊子齊物論：「是以聖人和之以是非而休乎天鈞，是之謂兩行。」郭象注：「任天下之是非。」不執着於是非的争論而保持事理的自然均衡爲「兩行」。

〔八〕揚廷：亦作「敭廷」。指殿試。敭，對揚。明沈德符萬曆野獲編科場二闈試：「士人自鎖闈敭廷之外，其試事最重者，無如吏部之考選科道。」

〔九〕掞：浮艷不實。

〔一〇〕苜蓿肥：苜蓿堆盤，喻生活清貧。參詩卷之一送許魯泉獻賦天津注釋〔一〇〕。

〔一一〕渾河：元史河渠志渾河：「渾河，本盧溝水，從大興縣流至東安州、武清縣，入漷州界。」

〔一二〕海曲：縣名，漢置。治在今山東日照西。此代劉勰。劉勰祖籍山東莒縣今山東日照莒縣，著有文心雕龍。

〔一三〕蟲魚：孔子認爲讀詩可以多識草木鳥獸蟲魚之名；漢代古文經學家注釋儒家經典，注重典章制度及名物的訓釋、考據。後遂以「蟲魚」泛指名物和典章制度。有時含譏其繁瑣之意。

〔一四〕鬩鬨：爭鬥。

〔一五〕列禦：莊子逍遥游：「夫列子禦風而行，泠然善也。」晉陸機要覽：「列子禦風，常以立春歸於八荒，立秋游乎風穴。是風至，草木皆生，去則摇落，謂之離合風。」此以列禦代風。

〔一六〕金銀氣：唐杜甫題張氏隱居二首：「不貪夜識金銀氣。」九家集注杜詩：「史記天官書：敗軍破國之墟，下積金寳，上皆有氣，不可不察。以隱居不貪，故夜識其氣象也。」

〔一七〕芒角：棱角。指人的鋒芒或鋭氣。

〔一八〕鬱崛：特出、突出。

〔一九〕牢愁：離愁。

〔二〇〕朅來：文選陸機吊魏武帝文：「咏歸塗以反旆，登崤澠而朅來。」吕延濟注：「朅來，言歸去來也。」

〔二一〕蜩枯：宋黄庭堅奕棋二首呈任公漸其一：「心似蛛絲游碧落，身如蜩甲化枯枝。」

〔二二〕蠅凍：凍蠅，即寒蠅。唐韓愈送侯參謀赴河中幕：「默坐念語笑，癡如遇寒蠅。」遇寒蠅，指遇寒受凍之蒼蠅。後以「寒蠅」指冬天的蒼蠅。常用來形容愚鈍。

〔二三〕北史傅永列傳：「傅永字修期，清河人也。幼隨叔父洪仲自青州入魏，尋復南奔。有氣幹，拳勇過人，能手執馬鞍，倒立馳騁。年二十餘，有友人與之書而不能答，請洪仲，洪仲深讓之而不爲報。永乃發憤讀書，涉獵經史，兼有才幹。帝每嘆曰：『上馬能擊賊，下馬作露布，唯傅修期耳。』」

〔二四〕立本：閻立本（約六〇一—六七三），雍州萬年今陝西西安臨潼人，唐代政治家、畫家。

〔二五〕遺經：古代留傳下來的經書。

〔二六〕典出「季鷹魚」「鱸魚膾」，用爲思鄉賦歸之典。事見南朝宋劉義慶世説新語識鑒。參詩卷一虹橋舟中飲餞，贈别翰風張二，即題芙蓉湖莊畫卷注釋〔六〕。

〔二七〕七不堪：三國魏嵇康不滿當時執政的司馬師、司馬昭等。司馬集團的山濤推薦他做選曹郎，他表示拒絶，在與山巨源絶交書中列陳自己不能出仕的原因，「有必不堪者七，甚不可者二」。後來詩文中把「七不堪」作爲疏懶或才能不稱的典故。

〔二八〕恬熙：安樂。

〔二九〕三無奉：禮記孔子閒居：「子夏曰：『三王之德，參於天地，敢問：何如斯可謂參於天地矣？』孔子曰：『奉三無私以勞天下。』子夏曰：『敢問何謂三無私？』孔子曰：『天無私覆，地無私載，日月無私照。奉斯三者以勞天下，此之謂三無私。……』子夏蹶然而起，負墻而立，曰：『弟子敢不承乎？』」

〔三〇〕氣食牛：尸子卷下：「虎豹之駒，未成文而有食牛之氣。」比喻少年氣盛。

〔三一〕題鳳：南朝宋劉義慶世説新語簡傲：「嵇康與吕安善，每一相思，千里命駕。安後來，值康不在。喜（康兄）出户延之，不入。題門上作『鳳』字而去。喜不覺，猶以爲欣，故作。『鳳』字，凡鳥也。」後因以「題鳳」爲訪友的典故。

晚過露筋祠〔一〕却寄隱山〔二〕、集園〔三〕

餘霞到映艷紅羅，新月低垂澹翠蛾。此日留連及魚鳥〔四〕，頻年舟楫愧烟波〔五〕。黍民〔六〕睫上巢〔七〕偏穩，齊女〔八〕聲中怨每多。爲問忘機兩鷗侶〔九〕，故園北望思如何？

【繫年】

詩道光九年（一八二九）春作於高郵。

【注釋】

〔一〕露筋祠：俗稱仙女廟，故址在今江蘇高郵，附近有貞女墓。清談遷北游録後紀程：「甲申，陰。發十里界首驛，亦劇鎮。……二十里露筋廟。廟左運河，右負邵伯河而立。俗傳貞女不他宿，露坐飼蚊，至筋見而殞。按：王肯堂筆塵曰：『江德藻聘北道記云：「自邵伯埭三十六里至鹿筋。梁先有邏，此處足白鳥，故老云，有鹿過此，一夕爲蚊所嚙，至曉見筋，因以爲名。北音謂鹿爲露。故訛爲露耳。」』酉陽雜俎云：『江淮間有驛，俗呼露筋。嘗有人醉止其處，一夕白鳥咕嘬，血滴露筋而死。』始則訛鹿爲人，既又誤男爲女，世事往往皆然。雜俎續集世既罕行。卒莫爲是正。故特表而出之。」

〔二〕隱山：宋端己（一七七九—一八三〇），字緘夫。參文卷二宋隱山傳。

〔三〕集園：汪正鋆，字均之，鈞之，號集園。參文卷二宋隱山傳注釋〔三〕。

〔四〕魚鳥：魚和鳥。常泛指隱逸之景物。三國魏嵇康與山巨源絶交書：「游山澤，觀魚鳥，心甚樂之。」

〔五〕烟波：避世隱居的江湖。

〔六〕黍民：晋崔豹古今注問答釋義：「河内人并河而見人馬數千萬，皆如黍米，游動往來，從旦至暮。家人以火燒之，人皆是蚊蚋，馬皆是大蟻。故今人呼蚊蚋曰黍民，名蟻曰元駒也。」

〔七〕睫上巢：鷦巢蚊睫。晏子春秋外篇下：「公曰：『天下有極細乎？』晏子對曰：『有。東海有蟲，巢於蚊睫，再乳再飛，而蚊不爲驚。臣嬰不知其名，而東海漁者命曰焦冥。』」後以「鷦巢蚊睫」極言細微。

〔八〕齊女：晋崔豹古今注問答釋義：「牛亨問曰：『蟬名齊女者何？』答曰：『齊王后忿而死，尸變爲蟬，登庭樹嘒唳而鳴。王悔恨。故世名蟬曰齊女也。』」

〔九〕鷗侶：鷺朋鷗侶，謂與鷺、鷗爲友。

贈張淥卿〔一〕

淥卿以癸酉〔二〕軍功，得膠州靈山〔三〕巡檢。别十七年矣，奉檄過淮陰，復得聚首。所官地濱海，大小珠山〔四〕多玫瓌，君始教人采製爲餌。又禁伐朝陽寺〔五〕古楸，皆軼情佳話也。道光五年議開膠萊河，君考證體驗〔六〕素悉，上駁議，得罷，民最頌之。

紅曦出嶠焰欲然，虚堂兀坐如枯禪。君來失喜〔七〕看鬚鬢，前十六年〔八〕俱少年。少年跋馬〔九〕游齊魯，戎幕惟貪共君語。澆愁滿引髑髏杯〔一〇〕，拔劍驚回鸜鴿舞〔一一〕。游徼〔一二〕卑官簿尉間，海山詩思雜神仙。玫瓌香發文楸活，役罷膠萊萬口傳。由來官大心轉細，莫向升平説康濟〔一三〕。澼絖〔一四〕我已焚奇方，眠帊〔一五〕君休露豪氣。任笑蹣跚折臂翁〔一六〕，有兒能挽六鈞弓。一心欲得傳馬槊，世上豈少周盤龍〔一七〕？他年卓犖建大纛，須向東山傳捷報〔一八〕。才將一語破君疑，徒讀父書〔一九〕焉得到。

【繫年】

據詩序「淥卿以癸酉軍功，得膠州靈山巡檢。别十七年矣，奉檄過淮陰，復得聚首」，知此詩道光九年（一八二九）春作於淮陰。

【注釋】

〔一〕張淥卿：張詡，字淥卿，號勿詡，江蘇元和今屬南京江寧人，有露華軒詞一卷。清阮元揅經室集四集詩卷九題張淥卿詡露華榭稿：「淥卿昔在余幕，既乃客游山左，作壻東萊，詞采驚人，年華感舊，今廿年矣。露華詞句雅近玉田，吴穀人祭酒以詞題其集，有云『付香弦，一聲一咽，尋常歌吹全洗』。淥卿故不名詡，余昔有漢銅印文曰『張詡之印』，以贈淥卿，淥卿即自名爲詡，此皆本事也。　廿載才人説淥卿，江湖小集刻初成。七條弦咽真情味，一寸銅香古姓名。齊客例應爲贅壻，吴蒙還是作書生。富春山色揚州月，并作秋懷寄歷城。」

〔二〕癸酉：清嘉慶十八年（一八一三）。

〔三〕靈山：清顧祖禹讀史方輿紀要卷三十六山東七附見：「靈山衛，膠州東南九十里。洪武二十一年置。三十五年築城，周三里，依山環海，最爲險固。志云：衛領左、前、後三千户所。由安東衛魚溜一道，至衛轉向東北行，海中有島，横伏若橋，即薛島、陳島伏入海洋者，最險惡。元人欲於島西鑿馬家濠以避之。居人識此溜爲海運舊道，沿溜而行，可保無患。由安東衛至靈山衛馬家濠灣泊，大約三百餘里，風便一日可至。」

〔四〕大小珠山：在山東青島。

〔五〕朝陽寺：位於今山東青島靈山衛。始建於唐宣宗大中元年（八四七）。

〔六〕體驗：查核，考察。

〔七〕失喜：喜極不能自制。

〔八〕前十六年：嘉慶十八年（一八一三）。是年九月，山東教匪初起。周濟代田鈞北上鉅野。

〔九〕跋馬：騎馬馳逐。

〔一〇〕髑髏杯：骷髏杯。資治通鑑周紀一威烈王二十三年：「三家分智氏之田，趙襄子漆智伯之頭以爲飲器。」漢書匈奴傳：「昌、猛與單于及大臣俱登匈奴諾水東山，刑白馬，以徑路刀、金留犁撓酒，以老上單于所破月氏王頭爲飲器者，共飲血盟。」

〔一一〕鸜鵒舞：鴝鵒舞，樂舞名。南朝宋劉義慶世説新語任誕：「謝便起舞，神意甚暇。」劉孝標注引晉裴啓語林：「謝鎮西酒後，於槃案間，爲洛市肆工鴝鵒舞，甚佳。」

〔一二〕游徼：秦漢時鄉官名，負責巡查盜賊。秦置，漢至南北朝多沿置，後廢。此代序中所言「巡檢」。

〔一三〕康濟：安撫救助。

〔一四〕洴澼絖：莊子逍遥游：「宋人有善爲不龜手之藥者，世世以洴澼絖爲事。客聞之，請買其方百金。聚族而謀曰：『我世世爲洴澼絖，不過數金；今一朝而鬻技百金，請與之。』」後以「澼絖」爲典，借指醫治皴手的藥方或小技藝。

〔一五〕眠帕：北史徐之才傳：「郡廨遭火，之才起望，夜中不著衣，披紅眠帕出房，映光爲昂所見。功曹白請免職，昂重其才術，仍特原之。」

〔一六〕折臂翁：南朝宋劉義慶世説新語術解：「人有相羊祜父墓，後應出受命君。祜惡其言，遂掘斷墓後以壞其勢。相者立視之，曰：『猶應出折臂三公。』俄而祜墜馬折臂，位果至公。」此以羊祜喻張淥卿。

〔一七〕周盤龍（四一四—四九三）：東平蘭陵今山東蘭陵人，南朝宋、齊名將。南史有傳。

〔一八〕南朝宋劉義慶世説新語雅量：「謝公與人圍棋，俄而謝玄淮上信至，看書竟，默然無言，徐向局。客問淮上利害，答曰：『小兒輩大破賊。』意色舉止，不異於常。」

〔一九〕徒讀父書：史記廉頗藺相如列傳：「七年，秦與趙兵相距長平，時趙奢已死，而藺相如病篤，趙使廉頗將攻秦，秦數敗趙軍，趙軍固壁不戰。秦數挑戰，廉頗不肯。趙王信秦之閒。秦之閒言曰：『秦之所惡，獨畏馬服君趙奢之子趙括爲將耳。』趙王因以括爲將，代廉頗。藺相如曰：『王以名使括，若膠柱而鼓瑟耳。括徒能讀其父書傳，不知合變也。』趙王不聽，遂將之。」

吴鈎

寬柔南方强，近聞習俗更。吴鈎久闃寂，忽復腰間横。殺越〔一〕及焚蕩，往往出會城〔二〕。

何况沮澤〔三〕中，旅拒〔四〕螳臂〔五〕撑。娟娟吴山秀，黛色蛾眉輕。宛宛三江〔六〕環，笠澤〔七〕妝鏡〔八〕明。清淑表南紀〔九〕，狠戾何由生？此風起漳泉〔一〇〕，温台〔一一〕亦習成。閩船輳海市，浙甿散山耕。將非山海氣，竟與都邑争。五材〔一二〕民并用，賢者不去兵。公孫禁彍弩，吾丘論持平。〔一三〕何以賣刀劍，循吏傳其名。〔一四〕

【繫年】

詩道光九年（一八二九）春夏間作於南京。

【注釋】

〔一〕殺越：殺人越貨。尚書康誥：「殺越人於貨，暋不畏死，罔弗憝。」孔傳：「殺人，顛越人，於是以取貨利。」

〔二〕會城：省城，此指南京。

〔三〕沮澤：禮記王制：「司空執度度地，居民山川沮澤，時四時。」鄭玄注：「沮謂萊沛。」孔穎達疏引何胤曰：「沮澤，下溼地也，草所生爲萊，水所生爲沛。言沮地是有水草之處也。」

〔四〕旅拒：亦作「旅距」。後漢書馬援傳：「若大姓侵小民，黠羌欲旅距，此乃太守事宜。」王先謙集解：「旅距，聚衆相拒耳。」

〔五〕螳臂：莊子人間世：「汝不知夫螳蜋乎？怒其臂以當車轍，不知其不勝任也。」後以「螳臂」比喻自不量力或微弱之力。

〔六〕三江：尚書禹貢：「三江既入，震澤底定。」陸德明釋文引吴地記以松江、婁江、東江爲三江。

〔七〕笠澤：太湖别名。

〔八〕妝鏡：鏡子。

〔九〕南紀：詩經小雅四月：「滔滔江漢，南國之紀。」鄭玄箋：「江也，漢也，南國之大水，紀理衆川，使不壅滯，喻吴楚之君能長理旁側小國，使得其所。」後因以指南方。

〔一〇〕漳泉：漳州、泉州。

〔一一〕温台：温州、台州。

〔一二〕五材：左傳襄公二七年：「天生五材，民并用之，廢一不可。」杜預注：「五材，金、木、水、火、土也。」

〔一三〕漢書吾丘壽王傳：「丞相公孫弘奏言：『民不得挾弓弩。十賊彍弩，百吏不敢前，盗賊不輒伏辜，免脱者衆，害寡而利多，此盗賊所以蓄也。禁民不得挾弓弩，則盗賊執短兵，短兵接則衆者勝。以衆吏捕寡賊，其勢必得。盗賊有害無利，則莫犯法，刑錯之道也。臣愚以爲禁民毋得挾弓弩便。』上下其議。壽王對曰：……書奏，上以難丞相弘。弘詘服焉。」

〔一四〕漢書龔遂傳：「龔遂字少卿，山陽南平陽人也。……遂見齊俗奢侈，好末技，不田作，乃躬率以儉約，勸民務農桑，令口種一樹榆、百本䪥、五十本葱、一畦韭，家二母彘、五鷄。民有帶持刀劍者，使賣劍買牛，賣刀買犢，曰：『何爲帶牛佩犢！』春夏不得不趨田畝，秋冬課收斂，益蓄果實菱芡。勞來循行，郡中皆有畜積，吏民皆富實。獄訟止息。」

金　精〔一〕

金精維月，麗我天衢〔二〕。孕水出雲，同升與俱。自郊不雨〔三〕，逖矣升虚〔四〕。杳杳太清〔五〕，輪囷〔六〕轇紆〔七〕。匪曰虧閉，勢則有餘。山川騰答〔八〕，如塗附塗〔九〕。來者方殷〔一〇〕，積薪〔一一〕棄魚〔一二〕。穆穆金波〔一三〕，冉冉桑榆〔一四〕。瑶彩曷施，鏡利韜諸。積曀郁陽，厥有蒙風〔一五〕。噏嘘〔一六〕往還，大氣蕩胸。屏翳〔一七〕之駕，北南西東。颯沓〔一八〕上下，莫知適從。轢蹂〔一九〕决頽，洞幽返空。圜靈〔二〇〕俯照，不遺所容。嗟我下民，仰止斯崇。豈樂鳴條〔二一〕，實困于蒙〔二二〕。蒙之不發，則莫我能達。

【繫年】

詩道光九年（一八二九）夏作於南京。

【注釋】

〔一〕金精：唐徐堅等初學記卷一引河圖帝覽嬉：「月者，金之精也。」

〔二〕天衢：天空廣闊，任意通行，如世之廣衢，故稱天衢。

〔三〕自郊不雨：周易小畜：「亨，密雲不雨，自我西郊。」

〔四〕升虚：騰空。

〔五〕太清：天空。

〔六〕輪囷：禮記檀弓下：「美哉輪焉。」鄭玄注：「輪，輪囷，言高大。」

〔七〕鬱紆：鬱結曲折。

〔八〕騰答：騰達。升騰，上浮。

〔九〕如塗附塗：詩經小雅角弓：「毋教猱升木，如塗塗附。」毛傳：「塗，泥；附，著也。」原謂猿本會爬樹，勿需再教，如污泥之上又著污泥。後用以喻惡上加惡。

〔一〇〕方殷：正當興盛。

〔一一〕積薪：漢書汲黯傳：「黯褊心，不能無少望，見上，前言曰：『陛下用群臣如積薪耳，後來者居上。』」後以「積薪」喻選用人才後來居上。

〔一二〕棄魚：戰國策魏策四：「魏王與龍陽君共船而釣，龍陽君得十餘魚而涕下。王曰：『有所不安乎？如是，何不相告也？』對曰：『臣無敢不安也。』王曰：『然則，何爲涕出？』曰：『臣爲王之所得魚也。』王曰：『何謂也？』對曰：『臣之始得魚也，臣甚喜，後得又益大，今臣直欲棄臣前之所得矣。今以臣凶惡，而得爲王拂枕席。今臣爵至人君，走人於庭，辟人於途。四海之内，美人亦甚多矣，聞臣之得幸于王也，必褰裳而趨王。臣亦猶曩臣之前所得魚也，臣亦將棄矣，臣安能無涕出乎？』」後因以「前魚」喻失寵而被遺棄的人。

〔一三〕穆穆金波：漢書禮樂志：「月穆穆以金波，日華燿以宣明。」顔師古注：「言月光穆穆，若金之波流也。」

〔一四〕桑榆：宋李昉等太平御覽卷三引淮南子：「日西垂，景在樹端，謂之桑榆。」

〔一五〕蒙風：大風。

〔一六〕噏噓：噓噏。吐納，呼吸。

〔一七〕屏翳：文選曹植洛神賦：「屏翳收風，川后静波。」吕向注：「屏翳，風師也。」

〔一八〕颯沓：盤旋貌。

〔一九〕轢蹂：蹂轢。欺壓侵害。

〔二〇〕圜靈：乾靈，上天。三國魏曹植漢二祖優劣論：「世祖體乾靈之休德，禀貞和之純精。」周易説卦：「乾爲天，爲圜。」

〔二一〕鳴條：風吹樹枝發聲。

〔二二〕蒙：蒙風，大風。

贈浦情田〔一〕都尉，時值初度〔二〕

豈怪粗官〔三〕敝屣如，清時端合賦閑居〔四〕。手械藥裹三年艾，静養龍文二寸魚。故將抛弓休夜獵，佳兒奉檄〔五〕看新除〔六〕。觚生〔七〕結習〔八〕憑君笑，不爲東封〔九〕始著書。

梅君〔一〇〕扇上見君名，指屈寒暄〔一一〕十二更。識面稍遲詩益健，論交宜淡氣都平。天教青女〔一二〕同時節，酒共黄花〔一三〕寫性情。合擁渡江雙楫去，冶城〔一四〕秋色勝蕪城〔一五〕。

【繫年】

詩道光九年（一八二九）秋作於南京。

【注釋】

〔一〕浦情田：浦承恩，號情田。參文卷二玉玲瓏館詩注釋〔一〕。

〔二〕初度：楚辭離騷：「皇覽揆余初度兮，肇錫余以嘉名。」後因稱生日爲「初度」。

〔三〕粗官：武官。

〔四〕閑居：晉潘岳閑居賦。

〔五〕奉檄：奉檄色喜。後漢書劉趙淳于江劉周趙列傳：「中興，廬江毛義少節，家貧，以孝行稱。南陽人張奉慕其名，往候之。坐定而府檄適至，以義守令，義奉檄而入，喜動顔色。奉者，志尚士也，心賤之，自恨來，固辭而去。及義母死，去官行服。數辟公府，爲縣令，進退必以禮。後舉賢良，公車徵，遂不至。張奉嘆曰：『賢者固不可測。往日之喜，乃爲親屈也。斯蓋所謂「家貧親老，不擇官而仕」者也。』」後以「奉檄色喜」作爲得俸養親而去作官的典故。

〔六〕新除：新拜官職。

〔七〕鯫生：猶小生，多作自稱的謙詞。

〔八〕結習：多指積久難除之習慣，此指作文。

〔九〕東封：漢司馬相如臨終前作封禪文，盛頌漢德宏大，請武帝東幸封泰山、禪梁父，以彰功業。相如卒後八年，武帝從其言，東至泰山行封禪事。事見史記司馬相如列傳。

〔一〇〕梅君：梅曾亮。清梅曾亮柏梘山房全集咸豐六年楊以增、楊紹穀等刻，民國七年蔣國榜補修本卷五有浦君錫詩序。

〔一一〕寒暄：猶冬夏，指歲月。

〔一二〕青女：本傳説中掌管霜雪的女神，此借指霜雪。

〔一三〕黄花：菊花。

〔一四〕冶城：南京。

〔一五〕蕪城：揚州。

病中追悼隱山〔一〕

丹黄〔二〕左右陳，聲韻事攷⊖討。集園〔三〕遺書來，欲讀不能了。茫茫太古雪，巃巃〔四〕向懷抱。莓莓〔五〕靈苗〔六〕春，冥冥變枯槁。丈夫本無淚〔七〕，但覺惄如擣〔八〕。一卧七日僵，一餐終日飽。時疑籥〔九〕曾〔一〇〕雲，冉冉上征〔一一〕好。或者升仙人，以此陵八表〔一二〕。弱水隔重溟，知君返何島？

束髮〔一三〕弄柔翰〔一四〕，中歲好丹青。逢君在邗水，五嶽圖真形。兹事久絶響，叢棘迷前經。相期開蜀山，山崩壓五丁。〔一五〕孤軍失强援，郊壘〔一六〕何時平？咄哉劉越石，坐嘯連幽并。〔一七〕量力豈自昧？壯志在廓清。祖生擊楫來，久要舞鷄鳴。〔一八〕晋陽一解甲，義旅空留耕。〔一九〕前車失芳軌，來軫〔二〇〕將毋〔二一〕停。直爲絶學惜，豈獨哀友生？掩抑〔二二〕清商弦，願回知者聽。

【繫年】

宋隱山端己卒於道光十年（一八三〇）正月十七日，故詩道光十年正月底作於南京。

【校勘】

㊀「投」：求志堂存稿彙編本作「探」，蓋形近致誤也。

【注釋】

〔一〕隱山：宋端己（一七七九—一八三〇）。參文卷二宋隱山傳。

〔二〕丹黄：舊時點校書籍用朱筆書寫，遇誤字，塗以雌黄，故稱點校文字的丹砂和雌黄爲丹黄。

〔三〕集園：汪正鋆，字均之，鈞之，號集園。參文卷二宋隱山傳注釋〔三〕。

〔四〕巃巃：龍飛騰的樣子。

〔五〕莓莓：文選左思魏都賦：「蘭渚莓莓，石瀨湯湯。」劉良注：「莓莓，盛貌。」

〔六〕靈苗：傳説中的仙草。晋王嘉拾遺記炎帝神農：「神芝發其異色，靈苗擢其嘉穎。」

〔七〕唐陸龜蒙别離：「丈夫非無淚，不灑離别間。」

〔八〕惄如擣：惄焉如擣。詩經小雅小弁：「我心憂傷，惄焉如擣。」憂思傷痛，心中像有東西撞擊。形容憂傷思念，痛苦難忍。惄焉，憂思傷痛的樣子。

〔九〕翕：通「躡」，踏。漢書禮樂志：「翕浮雲，晻上池。」

〔一〇〕曾：通「層」。

〔一一〕上征：上升。

〔一二〕八表：遠極八方。

〔一三〕束髮：古代男孩成童時束髮爲髻，因以代指成童之年。一般在十五歲左右。

〔一四〕柔翰：毛筆，此指書法。

〔一五〕唐歐陽詢等藝文類聚卷七引漢揚雄蜀王本紀：「天爲蜀王生五丁力士，能獻山，秦王（秦惠王）獻美女與蜀王，蜀王遣五丁迎女。見一大蛇入山穴中，五丁并引蛇，山崩，秦五女皆上山，化爲石。」一説「秦惠王欲伐蜀而不知道，作五石牛，以金置尾下，言能屎金，蜀王負力。令五丁引之成道」。見北魏酈道元水經注沔水。五丁，神話傳説中的五個力士。

〔一六〕郊壘：禮記曲禮上：「四郊多壘，此卿大夫之辱也。」鄭玄注：「壘，壘壁也。」後即以「郊壘」指構築於郊外的防敵營壘。

〔一七〕晋書劉琨傳：「在晋陽，嘗爲胡騎所圍數重，城中窘迫無計，琨乃乘月登樓清嘯，賊聞之，皆悽然長嘆。中夜奏胡笳，賊又流涕歔欷，有懷土之切。向曉復吹之，賊并棄圍而走。」

〔一八〕用晋祖逖聞鷄起舞之典。參詩卷三折梨花行注釋〔一一〕。

〔一九〕晋書劉琨傳：「初，琨之去晋陽也，慮及危亡而大耻不雪，亦知夷狄難以義伏，冀輸寫至誠，僥倖萬一。每見將佐，發言慷慨，悲其道窮，欲率部曲死於賊壘。斯謀未果，竟爲匹磾所拘。自知必死，神色怡如也。」

〔二〇〕來軫：後繼之車。喻相續而來的人或事。後漢書左周黄傳論：「往車雖折，而來軫方遒。」

〔二一〕將毋：將無，莫非。

〔二二〕掩抑：形容聲音低沉。唐白居易琵琶行：「弦弦掩抑聲聲思，似訴平生不得意。」

將之揚州留挽隱山〔一〕

小園扶病〔二〕暫開顔，鶴詔〔三〕驚聞一夕頒。埋骨君休須白馬〔四〕，過江我又愧青山。五更落月神虚愴〔五〕，十畝偕耕〔六〕願竟慳。莫怪椎琴〔七〕狂太甚，刺船〔八〕人去幾曾還？

【繫年】

詩道光十年（一八三〇）正月底作於南京。

【注釋】

〔一〕隱山：宋端己（一七七九—一八三〇）。參文卷二宋隱山傳。

〔二〕扶病：帶病工作或行動。

〔三〕鶴詔：仙鶴的詔書。這裏指隱山仙逝的書信。

〔四〕白馬：白馬素車，古代凶喪輿服。史記秦始皇本紀：「楚將沛公破秦軍入武關，遂至霸上，使人約降子嬰。子嬰即係頸以組，白馬素車，奉天子璽符，降軹道旁。沛公遂入咸陽。」裴駰集解引應劭曰：「素車白馬，喪人之服也。」

〔五〕神愴：愴神，傷心。

〔六〕十畝偕耕：莊子讓王：「孔子謂顏回曰：『回，來！家貧居卑，胡不仕乎？』顏回對曰：『不願仕。回有郭外之田五十畝，足以給饘粥；郭内之田十畝，足以爲絲麻；鼓琴足以自娱，所學夫子之道者足以自樂也。回不願仕。』」後以「耕十畝田」謂棄仕歸田。

〔七〕椎琴：吕氏春秋本味：「鍾子期死，伯牙破琴絶弦，終身不復鼓琴。」後因以「椎琴」比喻失去知音。

〔八〕刺船：春秋時成連用船把伯牙送到荒島上，讓他從自然界的音響中悟得琴理。後因以「刺船」爲使人移情之典。參文卷四樂論注釋〔一四〕。

五十自述

于役〔一〕在新息，始見雙白鬢。荏染〔二〕及三載，茹連〔三〕繁有徒〔四〕。人生五十不爲夭，鏡裏朱顔豈長佼〔五〕。收奩自笑還自疑，似爾紛紜幾時了？少年隨輩〔六〕攻舉業，刻玉居然成楮葉〔七〕。刻成大笑鬶棄〔八〕之，忽慕龍川逢棄疾〔九〕。案上無非龜手方〔一〇〕，匈中似有匡時策。一發狂言對大廷〔一一〕，布被公孫早驚絶〔一二〕。未能下第比劉蕡〔一三〕，畢竟臣言輸激直。耳畔俄聞振鐸〔一四〕聲，階前胡蝀春風輕。淮陰市上掉頭〔一五〕過，誰信莽漢爲經生？長弓大矛驪驄馬，一道沙塵日西下。滾滾黄河飛輇〔一六〕來，娟娟紅燭新詞寫。長官之罵不可當，拂袖還耕高密鄉。〔一七〕褒衣〔一八〕弟子席初暖〔一九〕，鼙鼓〔二〇〕忽動神揚揚。要問寶劍凝秋霜，單車千里游曹陽〔二一〕。逆旅〔二二〕主人識名姓，荒村遺老同壺漿。是時哀鴻滿中澤，只憂饑民不憂賊。中丞〔二三〕都轉〔二四〕相鉏鋙〔二五〕，聊采風謡〔二六〕爲陳説。歸來故人招渡江，竹西〔二七〕脂處〔二八〕心難降〔二九〕。貨殖何妨更游俠，馬遷之傳〔三〇〕吾其雙。牧羝〔三一〕膚必膻，種棘衣必穿〔三二〕。擇術〔三三〕既不慎，憂患終相煎。況復中年縱聲色，狂歌痛飲窮留連。信陵豈有宗國恨〔三四〕，尉遲誤證三車禪〔三五〕。月盈日出如跳丸〔三六〕，歲復一歲虚棄捐。黄金揮盡狎客散，聚甗不復能成冠〔三七〕。一丘一壑容吾老，畫友商丘宋生〔三八〕好。落紙〔三九〕雲烟過眼塵，出山泉水〔四〇〕椎心稿。時翻舊業亂丹黄〔四一〕，偶得新歡寄花鳥〔四二〕。柳散和風遺嫩寒，蕉承湛露〔四三〕供清曉。宋生〔四四〕於吾一年長，忽爾騎鯨〔四五〕赴滄漭。從此來鷗館〔四六〕内人，惟有汪倫〔四七〕與吾兩。出愁入亦愁，重作邗江〔四八〕游。邗江水咽不可聽，迢迢明月懸孤影。仲倫〔四九〕貫作客，申耆〔五〇〕貪箸書。翰風〔五一〕與若士〔五二〕，鹿鹿〔五三〕司銅符〔五四〕。伯恬〔五五〕文起〔五六〕苦羊瘦〔五七〕，祁生〔五八〕多病曾容〔五九〕枯。此皆歷載不相見，竊恐相逢難識面。惟餘慎伯〔六〇〕及晋卿〔六一〕，萍水猶能共几硯。抑塞〔六二〕虚憑㊀草隸傳，支離〔六三〕實向莊騷變。平生知友數子親，歷歷疏星隔銀漢。女持盤盂兒執壺，童騃〔六四〕方爾爲歡娱。默循〔六五〕蹤迹轉怊悵〔六六〕，事業何在吾生虚〔六七〕。一卷兩卷蟲與魚〔六八〕，千字萬字焉與烏〔六九〕。性情之樂在朋友，相看老大皆菰蘆〔七〇〕。新交髦士〔七一〕

亦不乏，往往鞅靮[七二]勞饑軀[七三]。就中健者梅與浦[七四]，言咏方洽嬰繚粗[七五]。南枝未穩北風勁，鑄錯那更須洪爐。花前一斗且獨醉，醉墨淋漓[七六]唾壺碎[七七]。往日原知惜不成，人生五十焉能再？銅柱勳名曳脚看[七八]，禮堂聲望扶輿拜[七九]。補過惟聞炳燭[八〇]勤，貪天莫語揮戈[八一]怪。

【繫年】

上首將之揚州留挽隱山，此詩題「五十自述」，又詩曰「重作邗江游」，據知詩道光十年（一八三〇）春作於揚州。

【校勘】

㊀「漗」：求志堂存稿彙編本作「歷」。

【注釋】

〔一〕于役：詩經王風君子于役：「君子于役，不知其期。」鄭玄箋：「君子于往行役，我不知其反期。」行役，謂因兵役、勞役或公務奔走在外。

〔二〕荏染：當作「荏苒」，（時間）漸漸過去，常形容時光易逝。

〔三〕茹連：拔茅連茹。周易泰：「拔茅茹以其彙。」王弼注：「茅之爲物，拔其根而相牽引者也。茹，相牽引之貌也。」朱熹本義：「三陽在下，拔茅連茹之象。」比喻遞相推薦引進。

〔四〕繁有徒：實繁有徒。亦作「實蕃有徒」。左傳昭公二十八年：「叔游曰：『鄭書有之：「惡直醜正，實蕃有徒。」』」意謂確實有不少這樣的人，一般用貶義。

〔五〕長佼：長姣，修長美麗。史記蘇秦列傳：「前有樓闕軒轅，後有長姣美人。」

〔六〕隨輩：追隨衆人。

〔七〕韓非子喻老：「宋人有爲其君以象爲楮葉者，三年而成。豐殺莖柯，毫芒繁澤，亂之楮葉之中而不可別也。」後多用爲模仿亂真的典故，此喻進士登第。

〔八〕盌棄：後漢書劉盆子傳：「盆子最幼，後探得符，諸將乃皆稱臣拜。盆子時年十五，被髮徒跣，敝衣赭汗，見衆拜，恐畏欲啼。茂謂曰：『善藏符。』盆子即盌折棄之，復還依俠卿。」

〔九〕清末民初丁傳靖宋人軼事彙編卷十七引養痾漫筆：「陳同甫名亮，號龍川。始聞辛稼軒名，訪之。過小橋，三躍而馬三却，同甫怒，拔劍斬馬首，推馬仆地，徒步而進。稼軒適倚樓望見之，大驚，遣人詢之，則已及門，遂訂交。稼軒帥淮時，同甫訪於治所，相與談天下事。酒酣，稼軒言南北之利害，南之可并北者如此，北之可并南者如此，且言錢唐非帝王居，斷牛頭之山，天下無援兵，決西湖之水，滿城皆魚鼈。飲罷，宿同甫於齋，同甫夜思稼軒沈重寡言，醒必思其誤，將殺我以滅口，遂盜其駿馬而逃。月餘，致書稼軒，假十萬緡以紓困，稼軒如數與之。」

〔一〇〕龜手方：莊子逍遥游：「宋人有善爲不龜手之藥者，世以洴澼絖爲事。客聞之，請買其方百金。……客得之，以説吴王。越有難，吴王使之將。冬，與越人水戰，大敗越人。裂地而封之。」本指使手不凍裂之術，此喻微才薄技。

〔一一〕清徐珂清稗類鈔謙謹類保緒不謁戴文端：「嘉慶戊辰成進士。在都有盛名。時大庾戴文端公衢亨方筦樞密，時贊美之。周不往謁。一日猝相遇，備述傾慕之意，語之曰：『子必得大魁，廷試對策，幸無過激。』周對曰：『此乃士子進身之始，敢欺君乎？』文端失色曰：『謹受教。』遂不得上第，以知縣歸班改教。」

〔一二〕布被公孫：史記公孫弘傳：「（公孫）弘爲人恢奇多聞，常稱以爲人主病不廣大，人臣病不儉節。弘爲布被，食不重肉。」此以公孫弘喻戴衢亨。

〔一三〕劉蕡：舊唐書文苑傳：「劉蕡字去華，昌平人。父勉。蕡寶曆二年進士擢第。……文宗即位，恭儉求理，大和二年策試賢良曰：……是歲，左散騎常侍馮宿、太常少卿賈餗、庫部郎中龐嚴爲考策官，三人者，時之文士也，睹蕡條對，嘆服嗟悒，以爲漢之鼂、董，無以過之。言論激切，士林感動。時登科者二十二人，而中官當途，考官不敢留蕡在籍中，物論喧然不平之。守道正人，傳讀其文，至有相對垂泣者。諫官御史，扼腕憤發，而執政之臣，從而弭之，以避黃門之怨。唯登科人李郃謂人曰：『劉蕡不第，我輩登科，實厚顔矣。』請以所授官讓蕡，事雖不行，人士多之。」

〔一四〕振鐸：謂從事教職。

〔一五〕掉頭：摇頭。

〔一六〕飛鞚：策馬飛馳。

〔一七〕借東漢鄭玄辭師返故里高密事，喻歸隱故里。

〔一八〕褒衣：寬大之衣。宋梅堯臣送楊辯青州司理：「儒者服褒衣，氣志輕王公。」

〔一九〕席初暖：淮南子修務訓：「孔子無黔突，墨子無暖席。」謂席子未及坐暖即離去。形容忙於奔走，無時間久留。周濟此謂曾任田鈞子師。

〔二〇〕 鼙鼓：小鼓和大鼓。多爲古代軍隊所用。此代嘉慶十八年（一八一三）河南、山東天理教起義事。

〔二一〕 曹陽：清顧祖禹讀史方輿紀要卷四十八河南三：「好陽澗，在（陝州）州西四十五里。晋書地道記：『好陽亭在弘農縣東十三里，本曰曹陽，以在曹水之陽也。其水出州西南峴頭山，北流入於河。』陳涉將周章擊秦，爲章邯所敗，出關止屯曹陽。漢獻帝興平二年幸弘農，李傕等追敗乘輿，帝露次曹陽是也。曹操改曰好陽澗。」

〔二二〕 逆旅：左傳僖公二年：「今號爲不道，保于逆旅。」杜預注：「逆旅，客舍也。」

〔二三〕 中丞：明清時用作對巡撫的稱呼。此指嘉慶十八年任山東巡撫同興。參詩卷二新樂府并叙注釋〔五〕。

〔二四〕 都轉：劉清（一七四二—一八二二），嘉慶十七年（一八一二）任山東鹽運使。次年參與鎮壓林清、李文成起義，後改授總兵。參詩卷二新樂府并叙注釋〔一二〕。

〔二五〕 鉏鋙：亦作「鉏吾」。互相抵觸，格格不入。

〔二六〕 風謡：周濟所作新樂府并叙。參詩卷二新樂府并叙。

〔二七〕 竹西：唐杜牧題揚州禪智寺：「誰知竹西路，歌吹是揚州。」後人因於其處築竹西亭，又名歌吹亭，在揚州府甘泉縣今屬江蘇揚州北。

〔二八〕 脂處：脂膏之地，富裕之地。

〔二九〕 心降：降心相從，屈己從人。左傳僖公二十八年：「天禍衛國，君臣不協，以及此憂也。今天誘其衷，使皆降心以相從也。」

〔三〇〕 馬遷之傳：史記貨列列傳、游俠列傳。

〔三一〕牧羝：漢書蘇武傳：「律知武終不可脅，白單于。單于愈益欲降之，乃幽武置大窖中，絕不飲食。天雨雪，武卧齧雪與旃毛并咽之，數日不死，匈奴以爲神，乃徙武北海上無人處，使牧羝，羝乳乃得歸。」羝，公羊。

〔三二〕宋朱繼芳和顔長官百咏負薪：「有薪可賣未須悲，滿百青銅況有奇。十指束枯從禿盡，不堪棘刺罥人衣。」

〔三三〕擇術：荀子非相：「故相形不如論心，論心不如擇術。形不勝心，心不勝術。術正而心順之，則形相雖惡而心術善，無害爲君子也。形相雖善而心術惡，無害爲小人也。君子之謂吉，小人之謂凶。故長短小大善惡形相，非吉凶也。古之人無有也，學者不道也。」

〔三四〕史記魏公子列傳：「魏公子無忌者，魏昭王少子而魏安釐王異母弟也。昭王薨，安釐王即位，封公子爲信陵君。……魏安釐王三十年，公子使使遍告諸侯。諸侯聞公子將，各遣將將兵救魏。公子率五國之兵破秦軍於河外，走蒙驁。遂乘勝逐秦軍至函谷關，抑秦兵，秦兵不敢出。當是時，公子威振天下，諸侯之客進兵法，公子皆名之，故世俗稱魏公子兵法。秦王患之，乃行金萬斤於魏，求晋鄙客，令毁公子於魏王曰：『公子亡在外十年矣，今爲魏將，諸侯將皆屬，諸侯徒聞魏公子，不聞魏王。公子亦欲因此時定南面而王，諸侯畏公子之威，方欲共立之。』秦數使反間，僞賀公子得立爲魏王未也。魏王日聞其毁，不能不信，後果使人代公子將。公子自知再以毁廢，乃謝病不朝，與賓客爲長夜飲，飲醇酒，多近婦女。日夜爲樂飲者四歲，竟病酒而卒。其歲，魏安釐王亦薨。秦聞公子死，使蒙驁攻魏，拔二十城，初置東郡。其後秦稍蠶食魏，十八歲而虜魏王，屠大梁。」

〔三五〕宋贊寧等宋高僧傳卷四唐京兆大慈恩寺窺基傳：「釋窺基，字洪道，姓尉遲氏，京兆長安人也。……行至太原傳法，三車自隨，前乘經論箱袠，中乘自御，後乘家妓女僕食饌。」三車亦佛教語，喻三乘，謂以羊車喻聲聞乘（小乘），以鹿車喻緣覺乘（中乘），以牛車喻菩薩乘（大乘）。

〔三六〕跳丸：比喻日月運行，謂時間過得很快。

〔三七〕左傳僖公二十四年：「鄭子華之弟子臧出奔宋，好聚鷸冠。」杜預注：「鷸，鳥名。聚鷸羽以爲冠，非法之服。」

〔三八〕商丘宋生：宋端己（一七七九—一八三〇），字緘夫。參文卷二宋隱山傳。

〔三九〕落紙：落筆，與下「過眼」相對。

〔四〇〕出山泉水：唐杜甫佳人：「在山泉水清，出山泉水濁。」「出山」喻出仕。「出山泉水」喻做官之人，難如未仕時那樣清白。

〔四一〕丹黄：點校書籍。參詩卷四病中追悼隱山注釋〔一〕。

〔四二〕花鳥：花鳥畫。

〔四三〕湛露：楚辭九章悲回風：「吸湛露之浮涼兮，漱凝霜之雰雰。」朱熹集注：「湛，厚也。」

〔四四〕宋生：宋端己（一七七九—一八三〇），字緘夫。參文卷二宋隱山傳。

〔四五〕騎鯨：亦作「騎鯨魚」「騎長鯨」。唐杜甫送孔巢父謝病歸游江東兼呈李白：「幾歲寄我空中書，南尋禹穴見李白。」仇兆鰲注：「南尋句，一作『若逢李白騎鯨魚』。按：騎鯨魚，出羽獵賦。俗傳太白醉騎鯨魚，溺死潯陽，皆緣此句而附會之耳。」

〔四六〕來鸝館：在周濟南京寓所春水園内。

〔四七〕汪倫：唐李白贈汪倫：「桃花潭水深千尺，不及汪倫送我情。」此代集園汪正鋆。參文卷二宋隱山傳注釋〔三〕。

〔四八〕邗江：亦稱邗溝、邗溟溝。即江蘇境内自揚州西北至淮安北入淮的運河段。

〔四九〕仲倫：吴德旋（一七六七—一八四〇），字仲倫。參文卷四徵銘録序注釋〔一二〕。

〔五〇〕申耆：李兆洛（一七六九—一八四一），字申耆。參詩卷一懷友人并序注釋〔二七〕。

〔五一〕翰風：張琦（一七六四—一八三三），字翰風。參詩卷一虹橋舟中飲餞贈别翰風張二，即題芙蓉湖莊畫卷注釋〔一〕。

〔五二〕若士：丁履恒（一七七〇—一八三二），字若士。參詩卷一出東門贈祁生即效其體注釋〔五〕。

〔五三〕鹿鹿：忙碌。

〔五四〕銅符：銅魚符，銅製的魚形符信。古代官員用以證明身份和徵調兵將的憑證。後周世宗顯德六年廢除，但後世仍以「銅魚符」「銅符」作爲郡縣長官或官職的代稱。

〔五五〕伯恬：周儀暐（一七七七—一八四六），字伯恬。江蘇陽湖今常州人。嘉慶九年（一八〇四）舉人。工六朝文辭，與同里陸繼輅、李兆洛并著，爲陽湖文派後期代表人物之一。清方志學家、文學家。修纂有道光武進陽湖縣合志、桐城縣志，著有夫椒山館駢文一卷、夫椒山館詩集二三卷等。

〔五六〕文起：沈欽韓（一七七五—一八三一），字文起。參詩卷一懷友人并序注釋〔三一〕。

〔五七〕羊瘦：後漢書甄宇傳：「建武中，（甄宇）爲州從事，徵拜博士。」李賢注引東觀漢記：「建武中每臘，詔書賜博士一羊。羊有大小肥瘦。時博士祭酒議，欲殺羊分肉，又欲投鈎，宇復耻之。宇因先自取其最瘦者，由是不復有争訟，後召會問『瘦羊博士』所在，京師因以號之。」典用以指能克己讓人之人，此蓋指俸薄。

〔五八〕祁生：陸繼輅（一七四八—一八〇九），字祁孫、祁生。參詩卷一出東門贈祁生即效其體注釋〔一〕。

〔五九〕曾容：魏襄字曾容。參詩卷一爲方彦和送魏大之官河南即壽其尊君注釋〔二〕。

〔六〇〕慎伯：包世臣（一七七五—一八五三），字慎伯。參文卷二宋隱山傳注釋〔八〕。

〔六一〕晉卿：董士錫，字晉卿。參詩卷之一懷友人并序注〔五〕。

〔六二〕抑塞：抑鬱，鬱悶。

〔六三〕支離：離奇，虚妄。南朝宋何承天重答顏光禄：「足下雅秉周禮，近忽此義方，詰無形之有，爲支離之辯乎？」

〔六四〕童騃：年幼無知。

〔六五〕默循：循默也，亦作「循嘿」，謂循常隨俗而不表示意見。新唐書段平仲傳：「平仲常曰：『上聰明神武，但臣下畏怯，自爲循默爾。使我一日得召見，宜大有開納。』」

〔六六〕怊悵：惆悵。

〔六七〕吾生虚：莊子養生主：「吾生也有涯，而知也無涯，以有涯隨無涯，殆已。」晉陶潛歸去來兮辭：「善萬物之得時，感吾生之行休。」

〔六八〕蟲與魚：孔子認爲讀詩可以多識草木鳥獸蟲魚之名；漢代古文經學家注釋儒家經典，注重典章制度及名物的訓釋、考據。後遂以「蟲魚」泛指名物和典章制度。

〔六九〕烏與焉：烏焉成馬。烏、焉、馬三字字形相似，轉寫致誤。周禮天官縫人：「喪，縫棺飾焉。」鄭玄注：「故書焉爲馬，杜子春云『當爲焉』。」後泛指文字經傳抄造成訛誤。

〔七〇〕菰蘆：菰和蘆葦，此借指隱者所居之處。

〔七一〕髦士：詩經小雅甫田：「攸介攸介，烝我髦士。」毛傳：「髦，俊也。」

〔七二〕鞅鞅：鞅掌，職事紛擾煩忙。詩經小雅北山：「或棲遲偃仰，或王事鞅掌。」毛傳：「鞅掌，失容也。」鄭玄箋：「鞅猶何也，掌謂捧之也。負何捧持以趨走，言促遽也。」孔穎達疏：「傳以鞅掌爲煩勞之狀，故云失容。

言事煩鞅掌然，不暇爲容儀也，今俗語以職煩爲鞅掌，其言出於此傳也。故鄭以鞅掌爲事煩之實，故言鞅猶荷也。」

〔七三〕饑驅：飢驅。晋陶潛飲酒之十：「此行誰使然？似爲飢所驅。」爲飢餓所驅使，謂爲衣食而奔忙。

〔七四〕梅與浦：梅曾亮、浦承恩。

〔七五〕縗粗：粗麻布喪服。漢書王莽傳上：「時武王崩，縗粗未除。」文選任昉齊竟陵文宣王行狀：「故知鐘鼓非樂云之本，縗粗非隆殺之要。」李善注：「哭泣縗粗，隆殺之服，哀之末。」

〔七六〕醉墨淋漓：乘著酒興揮毫潑墨。常用以形容行文作畫揮灑自如，筆意酣暢。

〔七七〕唾壺碎：南朝宋劉義慶世説新語豪爽：「王處仲（王敦）每酒後輒咏『老驥伏櫪，志在千里。烈士暮年，壯心不已』。以如意打唾壺，壺口盡缺。」後以「唾壺擊缺」或「唾壺敲缺」形容心情憂憤或感情激昂。

〔七八〕後漢書馬援傳：「會暑甚，士卒多疫死，援亦中病，遂困，乃穿岸爲室，以避炎氣。賊每升險鼓譟，援輒曳足以觀之，左右哀其壯意，莫不爲之流涕。」後常用爲英勇將領的典實。

〔七九〕後漢書鄭玄傳：「靈帝末，黨禁解，大將軍何進聞而辟之。州郡以進權戚，不敢違意，遂迫脅玄，不得已而詣之。進爲設几杖，禮待甚優。玄不受朝服，而以幅巾見。一宿逃去。……末所憤憤者，徒以亡親墳壟未成，所好群書率皆腐敝，不得於禮堂寫定，傳於其人。」王先謙集解引惠棟曰：「別傳云：『北海有玄儒林講堂。』」

〔八〇〕炳燭：喻老而好學。參文卷二説文韻原序注釋〔一九〕。

〔八一〕揮戈：揮戈回日。淮南子覽冥訓：「魯陽公與韓搆難，戰酣，日暮，援戈而撝之，日爲之反三舍。」後多用爲力挽危局之典。扶輿，勉强扶持。

咏古

神龍墮泥尾不掉，蠅蚋嘬膚〔一〕獱獺〔二〕笑。雷雨無功白日枯，只有金鱗露光耀。豈無百丈之深淵，螺蚌〔三〕填塞那得蟠。生來頭角早岞額〔四〕，那得化作琵琶弦〔五〕。可憐銀河水清淺，北斗天漿斟不滿。天露地霧爲螣蛇〔六〕，望雨三農目睆睆〔七〕。神龍神龍爾勿悲，會有起爾爲霖時。不然吁㊀氣成雲去，骨化形銷天地知。

丹山之鳥〔八〕高翱翔，雄鳴鳳皇雌歸昌〔九〕。昔年來巢阿閣旁，青鸞白鶴左右襄。一時萬衆盡印首，歌咏證聖〔一〇〕開吉祥。依人小雀辭空倉，啅啅〔一一〕角角〔一二〕相呼將。相其毛羽黃以蒼，樸樕〔一三〕猥獾〔一四〕無文章。覆車啄粟〔一五〕是所長，忽覺翅領生輝光。雀卵累累阿閣滿，白鶴青鸞自兹遠。鳳皇一舉還高岡，黃竹空餘實纂纂。〔一六〕

白雲無心蔽明月，下土小臣浩歌〔一七〕發。常儀〔一八〕御月自在行，高處不聞蟣虱聲。一月清光滿天地，下土興雲自虧蔽。偶爾穿雲雲色殊，唤作月華〔一九〕成上瑞。月華即是蔽月雲，一則爲功一爲罪。功罪居然由愛憎，天地低昂任人意。我爲白雲長太息，即不爲霖出何益？南山有豹待爾歸，化霧猶堪作光澤。〔二〇〕

春風吹花萬花笑，惟有黃梅〔二一〕不同調。憶昨穿林振槁〔二二〕時，黃梅玓瓅〔二三〕生幽姿。或云晚節〔二四〕殿殘菊，或云得氣〔二五〕先南枝〔二六〕。譬如勝國〔二七〕有遺老，武王訪範餘囚箕。〔二八〕天奇地秘不可盡，人目之光但論寸〔二九〕。斥鷃由來笑大鵬，靈椿翻不知朝菌。〔三〇〕畢竟春風最有情，坼花扶柳太憨生〔三一〕。願君常駐春園裏，莫作蕭蕭落葉聲。

【繫年】

詩道光十年（一八三〇）春作於揚州。

【校勘】

㈠「吁」：求志堂存稿彙編本作「嘘」。

【注釋】

〔一〕蠅蚋嘬膚：孟子滕文公上：「蠅蚋姑嘬之。」焦循正義：「『姑』與方言『盬』同，即咀也，謂蠅與蚋同咀嘬之也。」

〔二〕獱獺：獺屬。居水中，食魚。又稱猵獺，簡稱「獱」或「猵」。文選揚雄羽獵賦：「蹈獱獺，據黿鼉。」李善注引郭璞三蒼解詁：「獱似狐，青色，居水中，食魚。」

〔三〕蚌：同「蜂」，「蜂」又通「蚌」。螺蚌，螺與蚌。漢王充論衡説日：「月毀於天，螺蚌泊於淵。」

〔四〕頭角早峥嵘：唐韓愈柳子厚墓志銘：「雖少年，已自成人，能取進士第，嶄然見頭角焉。」謂顯示出超群的才華。

〔五〕唐鄭嵎津陽門詩：「玉奴琵琶龍香撥，倚歌促酒聲嬌悲。」用龍香木料製成之龍香撥，可用以彈奏月琴、琵琶等弦樂器。

〔六〕螣蛇：騰蛇。韓非子難勢：「慎子曰：『飛龍乘雲，騰蛇游霧。』」漢桓寬鹽鐵論刺復：「故賢者得位，猶龍得水，騰蛇游霧。」

〔七〕睆睆：莊子天地：「内支盈於柴柵，外重纆繳，睆睆然在纆繳之中，而自以爲得。」成玄英疏：「睆睆，視貌。」陸德明釋文：「李云：『窮視貌。』一云眠目貌。」

〔八〕丹山之鳥：丹山鳥，指鳳凰。丹山，古謂産鳳之山名。吕氏春秋本味：「流沙之西，丹山之南，有鳳之丸，沃民所食。」

〔九〕歸昌：漢劉向説苑辨物：「(鳳)晨鳴曰發明。……集鳴曰歸昌。」

〔一〇〕證聖：佛教語，謂證入聖果。

〔一一〕啅啅：鳥聲紛雜貌。

〔一二〕角角：唐韓愈此日足可惜贈張籍：「百里不逢人，角角雄雉鳴。」

〔一三〕樸樕：亦作「樸遫」，猶樸素。明高攀龍家譜内傳：「高氏自黄岩公以前，樸速農家，不習文采，殆有傳之隱懿乎？」

〔一四〕猥猥：亦作「猥催」。(容貌、舉止)丑陋難看或庸俗拘束。

〔一五〕覆車啄粟：明焦竑焦氏筆乘卷一公冶長：「按：冶長辨鳥雀語云：『唶唶嘖嘖，白蓮水邊，有車覆粟。車脚淪泥，犢牛折角。收之不盡，相呼共啄。』人驗之果然。」又，宋吴淑事類賦注卷之十九禽部二雀引益都耆舊傳：「楊宣爲河内太守，行縣，有群雀鳴桑樹上。宣謂吏曰：『前有覆車粟，此雀相隨欲往食。』至前數里，果有覆粟。」

〔一六〕「依人小雀辭空倉」至「黄竹空餘實纂纂」：唐李白空城雀：「嗷嗷空城雀，身計何戚促。本與鷦鷯群，不隨鳳凰族。提携四黄口，飲乳未嘗足。食君糠秕餘，嘗恐烏鳶逐。耻涉太行險，羞營覆車粟。天命有定端，守分絶所欲。」纂纂，集聚貌。文選潘岳笙賦：「咏園桃之夭夭，歌棗下之纂纂。」李善注：「古咄唶歌曰：『棗下何攢攢，榮華各有時……』攢，聚貌。纂與攢，古字通。」

〔一七〕浩歌：放聲高歌，大聲歌唱。

〔一八〕常儀：即望舒，爲月亮駕車的神仙。

〔一九〕月華：月亮周圍的五彩光環。

〔二〇〕漢劉向列女傳陶答子妻：「妾聞南山有玄豹，霧雨七日而不下食者，何也？欲以澤其毛而成文章也。故藏而遠害。犬彘不擇食以肥其身，坐而須死耳。」後因以「南山豹」比喻隱居伏處、愛惜其身，有所不爲的人。

〔二一〕黄梅：蠟梅。清汪灝等廣群芳譜花譜二十蠟梅引明王世懋學圃餘蔬：「考蠟梅原名黄梅，故王安國熙寧間，尚咏黄梅，至元祐間蘇黄命爲蠟梅。人言臘時開，故名臘梅。非也，爲色正似黄蠟耳。」

〔二二〕振槁：擊落枯葉。

〔二三〕玓瓅：亦作「的皪」，珠光閃耀。漢司馬相如上林賦：「明月珠子，玓瓅江靡。」

〔二四〕晚節：黄花晚節，指菊花傲霜開放。

〔二五〕得氣：謂適合節氣、時令。

〔二六〕南枝：借指梅花。宋蘇軾次韻蘇伯固游蜀岡送李孝博奉使嶺表：「願及南枝謝，早隨北雁翩。」王文誥輯注引趙次公曰：「南枝，梅也。」

〔二七〕勝國：周禮地官媒氏：「凡男女之陰訟，聽之於勝國之社。」鄭玄注：「勝國，亡國也。」按：亡國謂已亡之國，爲今國所勝，故稱「勝國」。後因以指前朝。

〔二八〕周滅商後，箕子隱居陵川。武王訪之，箕子授以洪範九疇。

〔二九〕寸光：喻人眼光短，見識淺。

〔三〇〕莊子逍遥游：「朝菌不知晦朔，蟪蛄不知春秋，此小年也。楚之南有冥靈者，以五百歲爲春，五百歲爲秋；上古有大椿者，以八千歲爲春，八千歲爲秋。而彭祖乃今以久特聞，衆人匹之，不亦悲乎！湯之問棘也是已：『窮發之北有冥海者，天池也。有魚焉，其廣數千里，未有知其修者，其名爲鯤。有鳥焉，其名爲鵬，背若太山，翼若垂天之云，摶扶摇羊角而上者九萬里，絶云氣，負青天，然後圖南，且適南冥也。』斥鴳笑之曰：『彼且奚適也？我騰躍而上，不過數仞而下，翱翔蓬蒿之間，此亦飛之至也。而彼且奚適也？』此小大之辯也。」

〔三一〕憨生：嬌痴。生，語助詞。

舟中感憶

去年君五十，我爲寫林巒。元日構新意，長春敦古驩。〔一〕中宵題記在，每歲解囊看。豈料翻成讖，梅花〔二〕一寢寒。

病起循廊立，欄干作杖持。疏花禁雨在，老樹得春遲。暫與鷗波〔三〕别，因舒雪苑悲。隱山，一號雪苑遷客。那堪江上柳，仿佛故園枝。

江柳一絲絲，江天欲莫時。扁舟孤客意，絶代美人知。極浦〔四〕殘漁唱，疏林黯酒旗。西南愁望處，新月似蛾眉。

古杉依怪石，即在此山中。今日扁舟過，兼令憶默〔五〕公。泉聲凝不落，雲海望全空。杳杳棲霞〔六〕路，西州事〔七〕許同。

吹皺春江水，東風似我愁。從他潮與汐，那得復西流。粉本〔八〕當窗見，營魂〔九〕何處求？思君千萬緒，無計語沙鷗。

憶剪寒窗燭，同爲射虎圖〔一〇〕。朔風狂動屋，凉月滿張弧。自此嚴宵課，何嘗輟歲除。即看銀蠟淚，全爲客懷孤。

【繫年】

詩道光十年（一八三〇）春作於揚州返南京途中。

【注釋】

〔一〕參詩卷四有己丑正月三日，隱山五十初度也。元日寫長春卷子爲贈，并繫以詩。長春，長春卷子。古歡，同「古驩」。舊好，老朋友。此指宋端己。

〔二〕梅花：梅花紙帳。宋林洪山家清事梅花紙帳：「法用獨床。旁置四黑漆柱，各掛以半錫瓶，插梅數枝，後設黑漆板約二尺，自地及頂，欲靠以清坐。左右設横木一，可掛衣，角安斑竹書貯一，藏書三四，掛白麈一。

上作大方目頂，用細白楮衾作帳罩之。前安小踏床，於左植緑漆小荷葉一，寘香鼎，然紫藤香。中只用布單、楮衾、菊枕、蒲褥。」此泛指蚊帳。

〔三〕鷗波：鷗鳥生活的水面，比喻悠閑自在的退隱生活。

〔四〕極浦：楚辭九歌湘君：「望涔陽兮極浦，横大江兮揚靈。」王逸注：「極，遠也；浦，水涯也。」

〔五〕憶默：默憶。

〔六〕棲霞：棲霞山，在南京。

〔七〕西州事：晉書謝安傳：「羊曇者，太山人，知名士也，爲安所愛重。安薨後，輟樂彌年，行不由西州路。嘗因石頭大醉，扶路唱樂，不覺至州門。左右白曰：『此西州門。』曇悲感不已，以馬策扣扉，誦曹子建詩曰：『生存華屋處，零落歸山丘。』慟哭而去。」後將羊曇醉後過西州慟哭而去的事用爲感舊興悲之典。

〔八〕粉本：畫稿。古人于墨稿上加描粉筆，用時撲入縑素，依粉痕落墨，故名。

〔九〕營魂：魂魄。

〔一〇〕唐李翰裴將軍旻射虎圖贊序：「世稱裴將軍射虎而不及見，駕部郎中兼侍御史滎陽鄭公。……於裴氏子得其先人射虎圖傳以示予。……開元中，山戎寇邊，玄宗命將軍守北平州，且充龍華軍使，以捍薊之北門。公嘗率偏軍，横絶漠，策匹馬，陷重圍。……聲振北狄，氣慴東胡，稜威大矣！而北平連山廣野，地實多虎。……薦食邊鄙，甚於戎夷。群老憂而請焉，公于是屏車徒，去矛鍛……(虤虎)幾三十有一矣，其餘竄匿不敢復出。」

春柳

嫋嫋千絲與萬絲，一絲絲是去年枝。吹嘘〔一〕道得東風〔二〕力，點綴剛於降燕宜。水染麴麈〔三〕新漲後，人迎桃葉〔四〕乍歸時。王孫緑遍天涯路，那用攀條〔五〕慰別離。

【繫年】

詩道光十年（一八三〇）春作於南京。

【注釋】

〔一〕吹嘘：指風吹。唐孟郊哭李觀：「清麈無吹嘘，委地難飛揚。」

〔二〕東風：春風。

〔三〕麴麈：酒麴上所生菌。因色淡黄如麈，此用以指淡黄色。

〔四〕桃花：桃花汛，即春汛。仲春時冰泮雨積，江河潮水暴漲，又值桃花盛開，故謂之桃花汛。

〔五〕攀條：攀引或攀折枝條。古詩十九首庭中有奇樹：「攀條折其榮，將以遺所思。」

春草

幾日荒原没燒痕〔一〕，冶城〔二〕青接謝公墩〔三〕。未成枝葉春心徹，已過雲烟雨意存。絶域明妃〔四〕蘊恨塚，芳洲處士待招魂〔五〕。緣情總在芊綿〔六〕處，莫作離離野蔓〔七〕論。

【繫年】

詩道光十年（一八三〇）春作於南京。

【注釋】

〔一〕燒痕：野火的痕迹。

〔二〕冶城：在今江蘇南京，本吴冶鑄之所，故名。

〔三〕謝公墩：在今南京蔣山之半山上，爲當年謝安所居之地。

〔四〕明妃：即王昭君，晋避司馬昭諱，改稱明君，後人又稱之爲明妃。

〔五〕招魂：招生者之魂。楚辭有招魂篇，漢王逸題解：「招魂者，宋玉之所作也。……宋玉憐哀屈原，忠而斥棄，愁懣山澤，魂魄放佚，厥命將落。故作招魂，欲以復其精神，延其年壽。」

〔六〕芊綿：綿延不絶貌。

〔七〕野蔓：詩經鄭風野有蔓草毛序曰：「野有蔓草，思遇時也。」

送宋葵如〔一〕之楚

我思漢皋女，魃服采芳蘭。必若逢交甫，明珠解不難。〔二〕如何令樂克，只是簡王驩。〔三〕風賦〔四〕才無敵，親從北渚看。

黽阨〔五〕山前路，崎嶇不易經。探丸〔六〕殊染俗，注槊〔七〕儻懷刑〔八〕。雁每依中澤〔九〕，鵬須運北溟〔一〇〕。休將大堤曲〔一一〕，孤唱索人聽。

江勢襟吴楚，紆迴下峽勞。重門天設險，一擲命輕毛〔一二〕。井女鹽仍負〔一三〕，夔關〔一四〕鎖未牢。彩雲遥望處，往往夜猿號。

嶽鎮〔一五〕尊南紀，瀟湘合衆流。碧鷄〔一六〕當日寢，葵如前守臨安。白鹿〔一七〕幾人游。佩若渾難結，箋騷始欲愁。故園春易盡，先爾發扁舟。

【繫年】

詩道光十年（一八三〇）春末作於南京。詩曰「故園春易盡，先爾發扁舟」，蓋其時宋葵如赴楚，周濟返鄉，二人於江畔相别，濟舟先發也。

【校勘】

㊀ 國圖藏求志堂存稿彙編本介存齋詩卷四後有牌記「揚州磚街青蓮巷内柏華陞刻」，旁邊有較明顯的鏟削痕迹。清代詩文集彙編收志堂存稿彙編本介存齋詩卷四後牌記「揚州磚街青蓮巷内柏華陞刻」更加明顯。

【注釋】

〔一〕宋葵如：宋楷遠，字葵如。江蘇元和今屬南京人。曾官劍川、六安等州知州。詩卷五有東園探梅柬葵如、答葵如見示落某、舟中同葵如紹仔、始識少伯於葵如寓齋雨後同游齊山、午亭招同葵如少伯宴集桐陰桂影亭，臨别率賦。

〔二〕典出「漢皋解珮」。參詩卷三十二艷品者，鐵香感蓉隱詞事，爲翰風作也，剪燈反覆，系之以詩。時遲，鐵香不至，即以柬之注釋〔二八〕。

〔三〕孟子離婁上：「樂正子從於子敖之齊。樂正子見孟子。……孟子謂樂正子曰：『子之從於子敖來，徒餔啜也。我不意子學古之道而以餔啜也。』」趙岐注：「魯人樂正克，孟子弟子也。從於齊之右師子敖。子敖使而之魯，樂正子隨之來之齊也。孟子在齊，樂正子見之也。……子敖，齊之貴人右師王驩也。學而不行其道，徒食飲而已，謂之餔啜也。樂正子本學古聖人之道，而今隨從貴人，無所匡正，故言不意子但餔啜也。」

〔四〕風賦：宋玉風賦。

〔五〕黽厄：又名冥隘，即今河南信陽平靖關。史記魏世家：「道涉山谷，行黽厄之塞。」

〔六〕探丸：喻游俠殺人報仇。參詩卷一郯城注釋〔三〕。

〔七〕注槊：唐柳宗元段太尉逸事狀：「太尉列卒取十七人，皆斷頭注槊上，植市門外。」

〔八〕懷刑：畏刑律而守法。論語里仁：「君子懷刑，小人懷惠。」朱熹集注：「懷刑，謂畏法。」

〔九〕中澤：詩經小雅鴻雁：「鴻雁于飛，集于中澤。」毛傳：「中澤，澤中也。」

〔一〇〕莊子逍遥游：「北冥有魚，其名爲鯤。鯤之大，不知其幾千里也；化而爲鳥，其名爲鵬。」

〔一一〕大堤曲：樂府西曲歌名。與雍州曲皆出襄陽樂。梁簡文帝雍州曲有以大堤爲題的，爲唐大堤曲、大堤行所本。

〔一二〕輕毛：南朝梁張綰龍樓寺碑：「彼岸何遠，津航絶濟。輕毛易轉，花水難留。」

〔一三〕唐杜甫十二月一日三首其二：「負鹽出井此溪女，打鼓發船何郡郎。」仇兆鰲注曰：「馬嶺謡：三牛對馬嶺，不出貴人出鹽井。遠注：雲安人家有鹽井，其俗以女當門户，皆販鹽自給。唐書：夔州奉節縣，有永安井鹽官。又，雲安、大昌皆有鹽官。」

〔一四〕夔關：在四川夔州今奉節。

〔一五〕嶽鎮：周禮春官三大司樂：「凡日月食，四鎮五嶽崩，大傀異災，諸侯薨，令去樂。」

〔一六〕碧鷄：一種會報更的林鳥。明張佳胤游太華山記：「每鼓林鳥叫號，互移棲所，夜凡五起，山僧視爲更候。是夕，余不能寐，驗之果爾。枕上口占四詩，内云：『山中無玉漏，自有碧鷄啼。』蓋謂是也。」

〔一七〕白鹿：白色的鹿，古時以爲祥瑞。

江南文脉
jiangnan wenmai

周濟詩文編年校注

肆

（清）周濟 著
查明昊 編年校注

鳳凰出版社

味雋齋詞

卷一

菩薩蠻

嬌憨未識相思苦，盈盈漫捉風前絮。春去繡簾閑，黛痕[一]輕上山。　殘棋拋更著，女伴驕難約。特地唾絨[二]窗，爲添晴晝長。

【繫年】

周濟詞辨序：「余年十六學爲詞。」蔣敦復芬陀利室詞話卷一周保緒詞：「菩薩蠻前段云：『嬌憨未識相思苦。盈盈漫捉風前絮。春去繡簾閑。黛痕輕上山。』浪淘沙後段云：『回枕曲屏空。纖甲重重。睡情比勝酒情濃。多少流鶯催得起，夢又忽忽。』虞美人云：『不須把酒倚闌干。才放春晴，都不記春寒。』臨江仙云：「曉風吹面酒醒時。一雙翠羽，無處寄相思。』虞美人影云：『燈秋夜疏星共。照破銀屏幽夢。又是隙風微動。簾押文犀重。紅蕎小譜琵琶弄。碎玉丁當遥送。顫落鈿釵金鳳。酒醒脂痕凍。』凡此于南唐北宋神似，而非形似。」詞當爲其初學之作，似當嘉慶元年（一七九六）作於宜興。

【注釋】

〔一〕黛痕：青黑色。

〔二〕唾絨：唾絨：古代婦女刺繡，每當停針换綫、咬斷繡綫時，口中常沾留綫絨，隨口吐出，俗謂唾絨。紅樓夢第五回：「因看房内瑶琴、寶鼎、古畫、新詩，無所不有；更喜窗下亦有唾絨，奩間時漬粉污。」参文冗釋唾絨，紅樓夢學刊一九七九年第二期。

浪淘沙

遲日照房櫳〔一〕，春太冥蒙〔二〕。簾旌輕漾楝花風〔三〕。一架酴醿〔四〕香似雪，何處殘紅？

回枕曲屏空，纖甲重重。睡情比勝酒情濃。多少流鶯催得起，夢又匆匆。

【繫年】

詞當爲其初學之作，似當嘉慶元年（一七九六）作於宜興。

【注釋】

〔一〕房櫳：亦作「房籠」。窗櫺。

〔二〕冥蒙：亦作「冥濛」「冥矇」。幽暗不明。

〔三〕楝花風：二十四番花信風之一。十四番花信風即花信風。應花期而來的風。自小寒至穀雨，凡四月，共八個節氣，一百二十日，每五日一候，計二十四候，每候應以一種花的信風。每氣三番。小寒：梅花、山茶、水仙；大寒：瑞香、蘭花、山礬；立春：迎春、櫻桃、望春；雨水：菜花、杏花、李花；驚蟄：桃花、棣棠、薔薇；春分：海棠、梨花、木蘭；清明：桐花、麥花、柳花；穀雨：牡丹、酴醾、楝花。參南朝梁宗懍荆楚歲時記、宋程大昌演繁露定花信風、明王逵蠡海集氣候類。一說，每月有兩番花的信風，一年有二十四番花信風。見明楊慎二十四番花信風引南朝梁元帝纂要。楝花風時當暮春。

〔四〕酴醿：亦作「荼蘼」「酴醾」。

虞美人

梅花

昨宵枕上驚春雨，簾外無尋處。離人何計得消愁，約到平山〔一〕，山下泛輕舟。

信〔二〕逐東風遠，蝶夢〔三〕誰能遣。不須把酒倚欄干，纔放春晴，都不記春寒。

【繫年】

詞卷三浪淘沙小序：「嘉慶八年癸亥，始泛舟平山，今三十一年矣。舊日同游，無一存者，豈怪榱棟之傾覆哉？稍存餘冀，以諗將來。」故詞嘉慶八年（一八〇三）春作於揚州。

【注釋】

〔一〕平山：平山堂。地名。在今江蘇揚州瘦西湖北蜀岡上，宋代歐陽修所建。因登堂可以望見江南諸山，故稱爲平山堂。

〔二〕梅花信：二十四番花信風之一。參詞卷一浪淘沙「遲日照房櫳」注釋〔三〕。

〔三〕蝶夢：用「莊周夢蝶」之典。參詩卷三七夕注釋〔一九〕。

洞仙歌落梅

低飄亂灑，被東風輕餞。二月餘寒未歸燕。任多情、剪紙東閣招來。飛不到、當日含章宫殿。

春酣能幾許？穠李夭桃，一例斜陽下深院。喚起倚樓人，横笛孤吹，還贏得、啼痕如霰。待緑葉、成陰覓殘紅，笑指向、枝頭嫩黄初見。

【繫年】

詞當嘉慶八年（一八〇三）二月作於揚州。

【校勘】

清名家詞本味雋齋詞、國朝常州詞録本同。彙編本存審軒詞差異頗大，姑全文録於此：

低飄亂灑，早東風輕餞。翠被餘香有誰戀？正多情、何遜賦就招魂；湘簾外、空記當時妝面。　春酣能幾許？穠李夭桃，一例斜陽委深院。恁山中、人乍起，横笛孤吹，偏贏得、啼痕如霰。怕燕子、歸來覓殘英，總不見枝頭、剩紅一片。

菩薩蠻

殘雲和雨風吹度，深深小閣疏簾莫。落盡刺桐花，緑陰簾外斜。　影娥池〔一〕上見，風定蟾光〔二〕遍。徙倚〔三〕若爲情，弄波愁月明。

【繫年】

詞當嘉慶八年（一八〇三）二月作於揚州。

【注釋】

〔一〕影娥池：三輔黄圖未央宫：「影娥池，武帝鑿以玩月。其旁起望鵠臺，以眺月影入池中，亦曰眺蟾臺。」

〔二〕蟾光：月色，月光。

〔三〕徙倚：猶徘徊，逡巡。楚辭遠游：「步徙倚而遥思兮，怊惝怳而乖懷。」王逸注：「彷徨東西，意愁憒也。」

卜算子

山遠樹横烟，雲净波涵鏡。萬㊀字闌幹八字橋，坐久衣裳冷。　乘月却歸來，小院人初静。漠漠簾波㊁淡淡風，過了梧桐影。

【繫年】

詞當嘉慶八年（一八〇三）二月作於揚州。

【校勘】

㊀「萬」：國朝詞綜補作「卐」。

㈡「波」：國朝詞綜補作「紋」。

虞美人

曉凉和雨醒殘醉，緑捲簾波碎。牽牛花淡兔葵〔一〕濃，那更惜花，雙眼到烏榕〔二〕。人間不種紅蒲草〔三〕，夢也無心好。暈潮〔四〕枉記夜來痕，留住花枝，留不住花魂。

【繫年】

詞當嘉慶八年（一八〇三）二月作於揚州。

【注釋】

〔一〕兔葵：爾雅釋草作「莵葵」。似葵，古以爲蔬。

〔二〕烏榕：清薛紹元光緒臺灣通志清原稿本物産二：「烏榕樹，亦榕之屬，而枝稍異，葉大如榕。九月西北風作，葉盡脱，旋生新葉。葉初生包含，嫩白如花，蕊絶類辛夷。東瀛識略」

〔三〕蒲草：即香蒲。其莖葉可供編織用。唐吴仁璧逸句：「蒲草薄裁連蒂白，臙脂濃染半葩紅。」

〔四〕暈潮：女性臉上泛起紅潤的美麗光彩。宋張瓊英滿江紅題南京夷山驛：「名播蘭簪妃後裏，暈生蓮臉君王側。」

長亭怨慢 新竹

正堆砌、飄紅無數。緑意誰教，一叢如許。楚楚[一]娟娟[二]，料應先是舊風度。隔墻初見，恰帶著、星星露。有客到門來，都不管、何人爲主。　姑住。拂春衫似雪，算只極天飛絮。青鸞[三]尚小，休便要、倚風歸去。作道是、裙粉留痕，也難覓、生香銷處。待綺月紛紛，却卧横窗殘暑。

【繫年】

清董士錫齊物論齋詞有長亭怨新竹和保緒詞蘇州作等四首和詞，嘉慶十年（一八〇五）春作於蘇州。又，詞卷三齊天樂爲慎伯題桐仙畫蘭乙未作曰「卅年前對修篁坐，沈沈更無消息」，正與此合。故此詞亦嘉慶十年（一八〇五）春作於蘇州。

【注釋】

〔一〕楚楚：宋樓鑰過從子澤家：「楚楚初篁脱緑苞，城居約略似荒郊。土膏更得春風力，直引薔薇上竹梢。」

〔二〕娟娟：宋曾鞏南軒竹：「密竹娟娟數十莖，旱天蕭灑有高情。」

〔三〕青鸞：古代傳説中鳳凰一類的神鳥。赤色多者爲鳳，青色多者爲鸞。多爲神仙坐騎。

疏　影 風竹

亭亭嫋嫋。料碧痕一餉，無此風調。日莫天寒，翠袖人來，無端却恨秋早。[一]紅衣褪盡蓮房冷，問那憶、侵肌凉好。但隔簾、看取玲瓏，便爾爲伊傾倒。　幾許花須柳眼[二]，一生盡付與，烟散雲渺。吹入秋心，依舊蕭疏，不管群芳如埽。朱幡莫向人間借[三]，算此意、少兒應曉。廿四番[四]、仍要催春，孤負年年芳草。

【繫年】

詞嘉慶十年（一八〇五）春作於蘇州。

【注釋】

〔一〕唐杜甫佳人：「天寒翠袖薄，日暮倚修竹。」

〔二〕花須柳眼：柳眼花鬚。形容春天柳抽葉，花吐蕊。唐李商隱二月二日：「花須柳眼各無賴，紫蝶黄蜂俱有情。」

〔三〕用唐天寶中處士崔玄微在洛東遇花精求立朱幡典。參唐段成式酉陽雜俎校箋（中華書局二〇一五年版）續集卷三支諾臯下。

〔四〕廿四番：「二十四番花信風」的簡稱。參詞卷一浪淘沙「遲日照房櫳」注釋〔三〕。

南浦 晴竹

山角正封雲，最憐他、都要分些晴意。淺碧間群芳，依然作、秋雨秋風心事。籠烟鎖霧，留將好夢渾無計。莫卷重簾親切看，消盡韶華流水。玉簫吹徹丹山，料重來，不記人間何世。〔一〕小築繞幽泉，巡三徑〔二〕、剩得霜痕雪漬。江南路好，無人同住梅花裏。千萬莫愁時節換，璧月還來石底。

【繫年】

詞嘉慶十年（一八〇五）春作於蘇州。

【注釋】

〔一〕唐范攄雲溪友議卷中玉簫化：「西川韋相公臯，昔游江夏，止於姜使君之館。姜氏孺子曰荆寶，已習二經，雖兄呼於韋，恭事之禮，如父叔也。荆寶有小青衣曰玉簫，年纔十歲，常令祗候，侍於韋兄。玉簫亦勤於應奉。後二載，姜使君入關求官，而家累不行。韋乃易居，止頭陀寺，荆寶亦時遣玉簫往彼應奉。玉簫年稍長大，因而有情。時廉使陳常侍，得韋君季父書云：『侄臯久客貴州，切望發遣歸覲。』廉察啓緘，遺以舟楫服用，仍恐淹留，請不相見，泊舟江渚，俾篙工促行。昏暝拭淚，乃書以別荆寶。寶頃刻與玉簫俱來，既悲且喜。寶命青衣從往，韋以違覲日久，不敢俱行，乃固辭之。遂爲言約，少則五載，多則七年，取玉簫。因留玉指環一枚，并詩一首。五年既不至，玉簫乃静禱於鸚鵡洲。又逾二年。暨八年春，玉簫嘆曰：『韋家郎君，一别七年，是不來耳。』遂絶食而殞。姜氏愍其節操，以玉指環著於中指，而同殯焉。……後韋以隴右之功，終德宗之代，理蜀不替。是故年深，累遷中書令同平章事，天下響附，瀘僰歸心。因作生日，節鎮所賀，皆貢珍奇。獨東川盧八座送一歌姬，未當破瓜之年，亦以『玉簫』爲號。觀之，乃姜氏之玉簫也，其中指有肉環隱出，不異留别之玉環也。」

〔二〕三徑：亦作「三逕」。指歸隱者的家園。參詩卷六題荔庵徐漢蒼修竹吾廬卷子注釋〔二〕。

高陽臺 雨竹

潤氣生衣，翠陰沈樹，不應畫得秋真。小别天涯，聽愁又替何人？斑痕不照湘潭水，怕淋浪〔一〕、醉也無因。但銷凝、一片雲幃，一片苔茵。　故山歸去呼猿鶴〔二〕，放春波千頃，流盡斜曛。盡夜舒蕉〔三〕，分他一半酸辛。相思不爲相逢斷，爲難消、十丈緇塵〔四〕。更誰知、近了殘秋，遠了殘春。

【繫年】

詞嘉慶十年（一八〇五）春作於蘇州。

【注釋】

〔一〕淋浪：酣飲貌。宋王安石信州回車館中作之二：「山木漂摇臥弋陽，因思太白夜淋浪。」

〔二〕猿鶴：借指隱逸之士。

〔三〕舒蕉：清鄭燮咏芭蕉：「芭蕉葉葉爲多情，一葉才舒一葉生。自是相思抽不盡，却教風雨怨秋聲。」

〔四〕緇塵：黑色灰塵，常喻世俗污垢。南朝齊謝朓酬王晉安：「誰能久京洛，緇塵染素衣。」

附：董士錫齊物論齋詞和作四首

長亭怨新竹和保緒詞蘇州作、疏影、風竹、南浦晴竹、高陽臺雨竹；詞參附録酬贈董士錫。

青門引

逝㈠水無人管，催送㈡一年春短。征帆莫更殢〔一〕斜陽，碧雲深處㈢，悵望㈣繡簾卷。　燈前勸盡玻璃碗，璧月何時滿。笛聲但怨遥夜，可堪夢向天涯轉。㈤

【繫年】

詞嘉慶十年（一八〇五）春作於北上應舉途中。

【校勘】

㈠「逝」：國朝常州詞録本同。彙編本存審軒詞作「江」。

㈡「催送」：國朝常州詞録本同。彙編本存審軒詞作「流得」。

㈢「深處」：國朝常州詞録本同。彙編本存審軒詞作「莫合」。

㈣「悵望」：國朝常州詞録本同。彙編本存審軒詞作「惆悵」。

㈤「笛聲」兩句：國朝常州詞録本同。彙編本存審軒詞作「西風正好凉夜，笛聲隔得紅塵斷」。

【注釋】

〔一〕殢：滯留。

蘇幕遮

莫山横，春水映㈠。紅袖人遥㈡，緑袖人還并㈢。如此叮嚀如此聽。懊惱征帆，越是東風勁。

怯花愁，憐酒病㈣。〔一〕欲飲還辭，欲去何曾竟？月滿江樓良夜靚。紈扇團圞〔二〕，不是菱花鏡。

【繫年】

詞嘉慶十年（一八〇五）春作於北上應舉途中。

【校勘】

㊀「映」：彙編本存審軒詞作「定」。
㊁「遥」：彙編本存審軒詞作「招」。
㊂「還并」：彙編本存審軒詞作「遥應」。
㊃「病」：彙編本存審軒詞作「困」。

【注釋】

〔一〕酒病花愁：因貪戀酒色而引起的煩愁。
〔二〕紈扇團圞：漢班婕妤怨歌行：「新裂齊紈素，皎潔如霜雪。裁爲合歡扇，團團似明月。」團圞，通「團欒」，圓貌。

蘭陵王 申江追别圖爲祁生〔一〕賦

浪花甓，摇動愁珠萬斛〔二〕。休回首、無數斷霞，剩把輕紅〔三〕襯嬌緑。尊前擁比玉㊀〔四〕。

衫，飛燕華屋。斑騅〔八〕忍換連江舳。況判袂〔九〕離席，握手南浦，丁寧未語恨太促。但望斷橫目〔一〇〕。修竹，漫棖觸〔一一〕。正樹遠斜陽，風冷樺燭〔一二〕。分携〔一三〕一樣傷幽獨。怕粉本〔一四〕同看，綺緣重續。歸途如此，争掛得、布帆足。

頻屬流芳散馥。氍毹〔五〕展、眉影鬟絲，都占當筵定場〔六〕曲。紅蕉，掛蝙蝠。〔七〕更戀蝶春

【繫年】

詩卷一祁生著海上珊瑚網，叙申江諸伶，形聲并繪，感慨遥佚，過燕蘭小譜矣，歸舟聯榻，出以相示，輒題五絶句，作於嘉慶十年（一八〇五）秋陸、周二人試後南返途中，此詞當作是時。

【校勘】

㈠「比玉」：彙編本存審軒詞作「雙玉」。清周濟著、段曉華輯校周濟詞集輯校華東師範大學出版社二〇一六年版謂「按譜，此字當用仄聲字」。

【注釋】

〔一〕祁生：陸繼輅（一七七二—一八三四），字祁孫、祁生。參詩卷一出東門贈祁生即效其體注釋〔一〕。陸繼輅嘉慶七年（一八〇二）至九年客松太道李寧圃廷敬署三年。期間作有海上珊瑚網、洞庭緣等。詳情參車錫倫清代劇作家陸繼輅及其洞庭緣傳奇，揚州大學學報人文社會科學版一九八二第三四合期。

〔二〕萬斛：極言容量之多。古代以十斗爲一斛，南宋末年改爲五斗。明沈采千金記省女：「正是胸中萬斛愁難遣，付與殘花逐水流。」

〔三〕鞓紅：宋歐陽修洛陽牡丹記花釋名：「鞓紅者，單葉深紅花，出青州，亦曰青州紅。……其色類腰帶鞓，故謂之鞓紅。」此指深红色。

〔四〕比玉：雙玉。喻指兩個出色的人物。宋薛季宣二女篇：「二子終孝慈，雙玉澄江映。」

〔五〕氍毹：舊時演劇用紅氍毹鋪地，因用以爲歌舞場、舞臺的代稱。

〔六〕定場：猶壓場，謂演員技藝高超。

〔七〕唐段成式酉陽雜俎續集支動：「劉君云，南中紅蕉花，時有紅蝙蝠集花中，南人呼爲紅蝙蝠。」唐段公路北户録紅蝙蝠：「紅蝙蝠出隴州，皆深紅色。唯翼脈淺黑。多雙伏紅蕉花間，采者若獲其一，則一不去。南人收爲媚藥。」

〔八〕斑騅：毛色青白相間的駿馬。

〔九〕判袂：分手，離别。

〔一〇〕横目：横波目、横波，比喻女子眼神流動，如水横流。此借指婦女之目。唐李白長相思三首其二：「昔日横波目，今成流淚泉。」唐張碧古意：「手持紈扇獨含情，秋風吹落横波血。」

〔一一〕棖觸：感觸。唐李商隱戲題樞言草閣三十二韻：「君時卧棖觸，勸客白玉杯。」

〔一二〕樺燭：用樺木皮卷成的燭。唐白居易行簡初授拾遺，同早朝入閣，因示十二韻：「宿雨沙堤潤，秋風樺燭香。」

〔一三〕分携：離别。唐李商隱飲席戲贈同舍：「洞中屐響省分携，不是花迷客自迷。」

〔一四〕粉本：古人作畫，先施粉上樣，然後依樣落筆，故稱畫稿爲粉本。

疏　影 仙蝶圖爲祁生賦

離情未了。又倩雲把㊀夢，扶向瓊島〔一〕。喚醒春魂，不爲花枝，風前自倚嬌小。秦宮未肯花間活〔二〕，盡凍折、寒簧〔三〕清窅。恁鳳車〔四〕、故故〔五〕飛飛〔六〕，似惜落紅依草。　休問裁霞傅粉〔七〕，有誰從扇底，悟得秋早？住慣羅浮，雨合風離，只伴梅英霜曉〔八〕。如今縱悔鶯塵〔九〕錯，已誤却、韶光多少。恐畫圖、難畫歸心，一任翠衣人老。

【繫年】

詞嘉慶十年（一八〇五）秋作於試後南返途中。

【校勘】

㊀「把」：彙編本存審軒詞作「將」。

【注釋】

〔一〕瓊島：傳説中的仙島，仙人的居所。

〔二〕後漢書梁冀傳：「冀愛監奴秦宫，官至太倉令。得出入壽所。壽見宫，輒屏御者，托以言事，因與私焉。」唐李商隱可嘆：「梁家宅裏秦宫入，趙后樓中赤鳳來。」唐李賀秦宫詩：「皇天厄運猶曾裂，秦宫一生花底活。」

〔三〕寒簧：本月府侍書女。參詩卷七病股率述示篋樓兼柬秋伯同年五首注釋〔一二〕。

〔四〕鳳車：大蛺蝶的别名。晋崔豹古今注魚蟲：「（蛺蝶）其大如蝙蝠者，或黑色，或青斑，名爲鳳子。一名鳳車。」

〔五〕故故：屢次，不斷。

〔六〕飛飛：飛行貌。南朝陳徐陵鴛鴦賦：「飛飛兮海濱，去去兮迎春。」

〔七〕裁霞傅粉：蝶的别名。清厲荃事物異名録昆蟲上蝶：「傅粉郎，唐人咏蝶詩：『傅粉何郎全縞素。』」

〔八〕唐柳宗元龍城録趙師雄醉憩梅花下：「隋開皇中，趙師雄遷羅浮。一日天寒日暮，在醉醒間，因憩僕車于松林間酒肆傍舍，見一女子淡妝素服出迓師雄，時已昏黑，殘雪對月色微明，師雄喜之與之語，但覺芳香襲人，語言極清麗，因與之扣酒家門，得數杯相與飲，少頃有一緑衣童來，笑歌戲舞亦自可觀，頃醉寢，師雄亦懵然，但覺風寒相襲久之，時東方已白，師雄起視乃在大梅花樹下，上有翠羽啾嘈相顧，月落參横，但惆悵而爾。」後多爲咏梅典實。

〔九〕騖塵：車馬疾馳揚起的塵土，喻趨趨於功名利禄等世俗之物。

附：

仙蝭謡　錢通守丈維喬、李兵備廷敬、祝編修堃、林上舍鎬、孫孝廉原湘、劉孝廉嗣綰、徐孝廉準宜、舒孝廉位、樂孝廉鈞、孫孝廉爾準、莊上舍曾儀、屠主簿湘、改山人琦、徐明經硋、劉秀才珊、周秀才濟、女士席道華、歸佩珊、方外鋏舟、韻香同作陸繼輅。

仙蝶仙蝶好顔色，荔子分紅梅染碧。翩然一片羅浮雲，江南鶯燕羞青春。春光苦短看不足。平遠山房夜燃燭。當筵誰曳畫裙來，却扇神光朗于玉。曼聲一轉花亂飄，春魂如絲隨蕩摇。金爐無烟玉樽冷，羅袖動香吹酒醒。不知可是蝶前身，三匝纖腰助嬌影。君不見，清溪靈蝠餐紅蘭，化爲玉女垂雙鬟。又不見，崑崙玄鶴學童子，丹砂在頂遨人間。清宵艷絶師雄夢，萼緑曾邀聽三弄。忍俊山靈更不禁，春駒偶解青絲鞚。千疊雲山十丈塵，伶俜空與護芳辰。故山自有雙棲侣，莫向江南作雁賓。（清陸繼輅崇百藥齋文集嘉慶二十五年刻本卷四）

喜舒孝廉至，并報謝仙蝶圖題辭　陸繼輅

鋏雲寄我仙蝶篇，曉夢飄落羅浮烟。羅浮離合渺風雨，天遣仙駒迓仙侣。相逢執手意惘然，似憶何年識眉宇。南華老仙笑不休，謂味莊先生。道我此别三千秋。人間有酒頗堪戀，且復痛飲銷離愁。櫻桃芍藥花開遍，中有崔徽卷中面。未惜揮殘十樣牋，可憐同是孤飛燕。一片朝雲著雨低，虚空何處捉希夷？不如手裂滕王本，重作麻姑白練飛。（清陸繼輅崇百藥齋文集嘉慶二十五年刻本卷四）

陸祁生題仙蝶謡册子　王相

江東綵筆群芳譜，逸態翩翩神栩栩。天涯芳草駐斑騅，曳雪牽雲看歌舞。海上孤携緑綺琴，裁冰翦水幕花深。當筵顧曲春鶯語，嫋嫋詩魂醉不禁。輕衫小褰臨風騁，臉薄腰纖畫難并。直將孔雀作家禽，還得春駒助嬌影。粉衣如掌下瑶階，低惹香襟去復迴。何妨撲面招紈扇，應願將身作錦鞵。君不見，香魂曾逐韓憑化，青陵臺下哀湍瀉。賸有羅浮一片雲，宛宛依人買無價。回首金彄送陸郎，關心粉本學滕王。酒徒散盡楊枝别，孝穆多

情亦斷腸。（清王相友聲集咸豐八年芳閣刻本肩鳳齋存稿卷下）

李味莊備兵宴客，嘉蔭堂歌者孔福方演雜劇中之花魁孃子，瞥有羅浮大蝶飛至，繞伶身三帀而去。祁生孝廉作仙蝶謠，而玉壺山人七香改琦爲圖來索題句，蓋爲祁生作也　舒位

東海桃花紅兩靨，南海仙人放蝴蝶。水精簾下讀道書，屋裏衣香花不如。花非花兮花解語，細漏丁冬碧紗雨。定子當筵車子喉，消息劇於十五女。相逢不是青陵臺，且占百花頭上開。花開花落凝絲竹，絲竹分明不如肉。海水汩汩山冥冥，有人讀破南華經。造得酒樓邀李白，傳來綵筆付秦青。牽雲曳雪斑騅送，殺粉調鉛寫春夢。不知鳳子爲誰來，還問翠釵釵上鳳。（清舒位缾水齋詩集光緒十二年邊保樞刻十七年增修本卷十二）

僊蝶謠　劉嗣綰

祁生滬城書來，云平遠山房演所撰洞庭緣劇，忽有羅浮蝶大如扇，飛繞龍女衣數匝，因止座隅良久方去，繪圖邀余賦詩。余時方有所感也，賦仙蝶謠寄之。

有蝶兮僊仙，羅浮兮長年。高峰兮四百，遠路兮三千。飛飛兮烟雨悵，江南兮迷處所。驚別院之華林，艷誰家之妙舞。歌梁兮滿塵，羌目成兮美人掩；班姬兮團扇，留飛燕兮長裙。帬邊何款款，一夢三生短。空下鬱金堂，長辭桂華館。謝客兮來遲，韓憑兮別枝。邈人間兮不可留，托香魂兮長相思。香銷兮翠委，華年兮一水。烏白頭兮怨生，草紅心兮愁死。生死兮裵裒，仙山兮古苔。願素質之自保，從麻姑兮歸來。（清劉嗣綰尚絅堂集道光六年大樹園刻本卷三十六）

爲陸七祁生題羅浮仙蝶圖　周儀暐

故山飛畫木綿花，紅入江城作曉霞。昨向蓬來邀月色，珠簾青瑮總天涯。一種仙姿未可圖，曲江芳草已全

蕪。軟塵十丈長安道，二月春風卷得無？（清周儀暐夫椒山館詩道光二十七年味塵軒刻本卷七）

永遇樂 題祁生洞庭緣院本〔一〕

流盡年光，何時真翦，寒碧千頃。水珮風裳〔二〕，盡銷庸福，往事難重省。㊀靈旗〔三〕搴㊁雨，輕綃〔四〕護玉，還訪橘根仙井〔五〕。算人間、花嬌柳寵，再來祇認㊂波影。蓬萊路遠，憑仙風吹去，空笑浮萍漂㊃梗。徐市〔六〕新來，不堪重記，燒劫秦灾冷。〔七〕巴陵山色，爲誰窈窕，只合共浮魚艇〔八〕。休橫篴、眠珠〔九〕正穩，莫將喚醒。

【繫年】

詞嘉慶十年（一八〇五）秋作於試後南返途中。

【校勘】

㊀「盡銷」兩句：彙編本存審軒詞作「抵銷庸福，不是無人省」。
㊁「搴」：彙編本存審軒詞作「卷」。
㊂「搴」：彙編本存審軒詞作「卷」。
㊃「漂」：彙編本存審軒詞作「斷」。

【注釋】

〔一〕洞庭緑院本：陸繼輅於嘉慶八年（一八〇三）選取聊齋志異西湖主與織成，成傳奇洞庭緣，一卷。參車錫倫清代劇作家陸繼輅及其洞庭緣傳奇，揚州大學學報人文社會科學版一九八二第三四合期。

〔二〕唐李賀蘇小小墓：「草如茵，松如蓋，風爲裳，水爲珮。」

〔三〕靈旗：神靈的旗子。唐劉禹錫七夕之一：「河鼓靈旗動，嫦娥破鏡斜。」

〔四〕輕綃：漢書元帝紀齊三服官顏師古注引李斐曰：「春獻冠幘縰爲首服，紈素爲冬服，輕綃爲夏服，凡三。」清王士禛池北偶談談藝一粵詩：「南越輕綃似碧雲，裁爲飛燕御風裙。」

〔五〕橘根仙井：橘井。北魏酈道元撰、清楊守敬纂疏、清熊會貞參疏京都大學藏鈔本水經注疏卷三九：「桂陽列仙傳云：耽，郴縣人。少孤，養母至孝。言語虛無，時人謂之癡。常與衆兒共牧牛，更直爲帥，録牛無散。每至耽爲帥，牛輒徘徊左右，不逐自還。衆兒曰：汝直，牛何道不走耶？耽曰：非汝曹所知。即面辭母云：受性應仙，當違供養。涕泗。又説：年將大疫，死者略半，穿一井飲水，可得無恙。如是有哭聲甚哀。後見耽，乘白馬，還此山中，百姓爲立壇祠，民安歲登，民因名爲馬嶺山。」後因以「橘井」爲良藥之典。

〔六〕徐市：徐福。參詩卷三答鐵香見贈長歌注釋〔一〇〕。

〔七〕指秦朝宫殿爲項羽焚燒事。

〔八〕魚艇：輕便漁船。

〔九〕眠珠：用「探驪得珠」之典。參詩卷六集園見示群龍戲海卷子注釋〔七〕。

附：

陸孝廉繼輅洞庭緣樂府　洪亮吉

下第才人暗自傷，忽驚奇福出尋常。龍堂入夜波如海，別展鮫宮作壻鄉。玉茗花殘閣亦傾，是誰拈筆與争名。到頭一例神仙夢，樂府新傳兩柳生。（洪亮吉更生齋集洪北江遺書本卷第七）

洞庭龍女歌　爲祁生孝廉題洞庭緣院本　樂鈞

珠宮貝闕通呼吸，金甲神人奮波立。手劃洪流萬丈開，失路書生平步入。因緣荒幻世所疑，赤繩繫足如此奇。精魂淪入三生石，星娥神女皆相思。洞庭由來張樂地，瀟湘帝子此游戲。夜彈寶瑟無人知，黛眉愁對君山翠。君不聞，雨工戴角成毛群，仙顔欲化涇陵塵。馬上郎君抱明義，夫壻邯如行路人。騷人心探龍宮籙，寫作人間斷腸曲。鍊成媧石補情天，淚滿九疑峰下竹。風鬟霧鬢何娉婷，洛妃遥妬波臣驚。長生亦是等閒事，羨爾顔色能傾城。夭桃豔發五花樹，幅巾願拜哀牢主。昔日錢唐破陣聲，翻出霓裳羽衣譜。子春凡骨情亦頑，求取明珠身便還。何年借得仙人笛，吹入風濤澒洞閒。（樂鈞青芝山館詩集嘉慶二十二年刻後印本卷十五）

自題洞庭緣曲并呈李兵備畫　陸繼輅

畫諾纔完日未偏，白雲如鏡照華筵。春鶯小部傳呼急，唱我黄河遠上篇。醉牽歌袖醒先忘，却聽人傳小杜狂。説與使君渾不覺，玉山筵上任頹唐。百意憐才諱客痴，一燈遻夢製新詞。少年枉自夸仙骨，愁絶文簫證道時。

親量玉尺贈明璫，水府能容詞客狂？欲酹一杯和淚酒，烟波夢影太微茫。重翻舊曲觸閒愁，向譜秣陵秋曲，兵備命家伶習之。同把清尊話昔游。恨我識公遲十載，一簾秋影獨登樓。豪絲激竹動春潮，樂府新傳海上謡。海上謡，兵備所作。我亦歌聲出金石，尊前吹裂小紅簫。（陸繼輅崇百藥齋文集嘉慶二十五年刻本卷四滬瀆集）

湘春夜月 滄州道中見女子鬻伎

恁天涯，幾人烟水浮查〔一〕。不信霧鬟風鬢，都付與楊花。亂蹴秋千紅影，隔淥波青粉，柳外誰家。算吹簫那是，珠簾十里，烟暝香斜。㊀　扁舟倦客，安排清淚，重賦琵琶〔二〕。值得汍瀾〔三〕，渾未要㊁、回燈〔四〕喚酒，低訴年華。明宵何處，料相隨、祇有昏鴉。向淡月、祝眉痕兩點，依他纖影，休被雲遮。

【繫年】

詩卷一有滄州舟次寄浣霞儀部，作於嘉慶十年（一八〇五）秋登第南返途滄州作。詞亦作於其時。

【校勘】

㊀「珠簾十里，烟暝香斜」：彙編本存審軒詞作「揚州舊路，雁齒橋斜」。

㈡「未要」：彙編本存審軒詞作「不到」。

【注釋】

〔一〕浮查：浮槎。晉王嘉拾遺記唐堯：「堯登位三十年，有巨查浮於西海，查上有光，夜明晝滅，海人望其光，乍大乍小，若星月之出入矣。查常浮繞四海，十二年一周天，周而復始，名曰貫月查，亦謂掛星查，羽仙棲息其上。」

〔二〕唐白居易琵琶行。

〔三〕汍瀾：亦作「汍蘭」，淚疾流貌。

〔四〕回燈：移燈。唐白居易琵琶行：「移船相近邀相見，添酒回燈重開宴。」

菩薩蠻 秋蟬寄劍樓侍御〔一〕

涼風初定纖雲聚，蕭條已是愁如許。知道一聲難，夕陽天際山。　露光連月白，容易〔二〕黄花節〔三〕。真個不禁秋，軸㈠簾人倚樓。

一溪夜雨痕如綫，枯形病翼羞歸燕〔四〕。莫更訴西風，斷霞零碎紅。　有人憐鬢影〔五〕，真爲清宵冷。難忘是斜橋，緑楊千萬條。〔六〕

【繫年】

詞嘉慶十年(一八〇五)秋作於登第南返途中。是年「劍樓侍禦」吴光悦爲吏部員外郎,充乙丑科會試同考官。

【校勘】

㊀「軸」:國朝常州詞録本同。彙編本存審軒詞作「轉」。

【注釋】

〔一〕劍樓侍御:「劍樓」蓋是「見樓」之音訛。吴光悦(一七五九—一八三二),原名廷燮,字星乙,又字星一,號見樓,室名瑞芝堂。江蘇陽湖今常州市人。嘉慶元年(一七九六)進士。由内閣中書入值軍機處,擢升御史,後外放爲官,官至江西巡撫。

〔二〕容易:謂某種事物發展變化的進程快。宋陸游宴西樓:「萬里因循成久客,一年容易又秋風。」

〔三〕黄花節:重陽節。

〔四〕宋王沂孫齊天樂一襟餘恨:「病翼驚秋,枯形閲世,消得斜陽幾度。」

〔五〕鬢影:唐駱賓王在獄咏蟬:「那堪玄鬢影,來對白頭影。」後多用「鬢影」代指蟬。

〔六〕宋賀鑄鷓鴣天:「傷心兩岸官楊柳,已帶斜陽又帶蟬。」宋范成大初歸石湖:「當時手種斜橋柳,無數鳴蜩翠掃空。」

阮郎歸 秋海棠

露蟲和月吊清妍，秋痕都化烟。只聞腸斷惜華年，斷腸誰解憐？　疏雨後，夕陽前，砌蛩唫正喧。輕紅一例委霜天，輸他聞杜鵑。[一]

【繫年】

此詞及下首霜天曉角和晉卿當即和作，詞嘉慶十一年（一八〇六）秋赴淮安前作於蘇州。

【注釋】

〔一〕唐薛能初發嘉州寓題：「唯聞杜鵑夜，不見海棠時。」

霜天曉角 和晉卿[一]

別路人間，記曾扶袂看。消得疏林遮住，怕特地[一]、望長安。　綺霞飛又殘[二]，莫雲浮亂山。添取一分黃葉，渾不是、見時難。

【繫年】

詞嘉慶十一年（一八〇六）秋赴淮安前作於蘇州。

【校勘】

㊀「特地」：彙編本存審軒詞作「憔悴」。

㊁「綺霞飛又殘」：彙編本存審軒詞作「落日又輕寒」。

【注釋】

〔一〕晋卿：董士錫，字晋卿。參詩卷之一懷友人并序注釋〔五〕。

永遇樂 紅葉同良卿〔一〕賦

過了啼鵑，匆匆真個，人比花瘦。烏臼門前，一番秋信，消得重回首。〔二〕斜陽明滅，輕雲零亂，不是釀春時候。應愁絶、新來夢蝶〔三〕，怕禁月明清漏。緇塵〔四〕浣罷，江南舊路，還共停車呼㊀酒。聽雨深樓，延秋别館，約記年時〔五〕否㊁？不成又作，新來離緒，冷伴吴江衰柳。渾輸與、驕紅一院，曾垂素手㊂。

【繫年】

詞嘉慶十一年（一八〇六）秋赴淮安前作於蘇州。詩卷一有秋夜散步懷良卿木君，作於抵淮安後。

【校勘】

㈠「呼」：彙編本存審軒詞作「貰」。

㈡「約記年時否」：彙編本存審軒詞作「記去年約否」。

㈢「曾垂素手」：彙編本存審軒詞作「曾欹翠袖」。

【注釋】

〔一〕良卿：徐薰，行二，字良卿，江蘇吴縣今蘇州吴中區人。參詩卷一秋夜散步懷良卿木君注釋〔一〕。

〔二〕唐張祜逸句：「杜鵑花發杜鵑啼，鳥臼花生鳥臼啼。」

〔三〕夢蝶：用「莊周夢蝶」之典。參詩卷三七夕注釋〔一九〕。

〔四〕緇塵：黑色灰塵，喻世俗污垢。南朝宋謝朓酬王晉安：「誰能久京洛，緇塵染素衣。」

〔五〕年時：方言，去年。明孔尚任桃花扇拜年：「年時此月，問蒼天，遭的什麼花甲。」彙編本存審軒詞此句作「記去年約否」，是其明證。

湘春夜月 答枳村〔一〕見贈同訪申耆〔二〕即送別之京口作

太匆匆、共君㊀如此相逢。正恁菊短籬疏㊁，憔悴伴西風。撲盡軟紅塵土〔三〕，向妬㊂花霜葉，且泛孤篷。奈㊃瀟瀟莫雨，懷人又見，梁燕泥空〔四〕。江城夜午，分携〔五〕早㊄趁，蕭寺〔六〕傳鐘。北固山橫，何處有、荻洲千頃㊅，留待㊆冥鴻。吹將鐵篴〔七〕，怕低飛、便過遥峰。認舊侣、爲齊烟九點〔八〕，雲臺〔九〕東畔，親問朱宫〔一〇〕。

【繫年】

詞嘉慶十一年（一八〇六）秋作於鎮江。

【校勘】

㊀「共君」：彙編本存審軒詞作「人間」。
㊁「正恁菊短籬疏」：彙編本存審軒詞作「正好籬角殘英」。
㊂「妬」：彙編本存審軒詞作「荻」。
㊃「奈」：彙編本存審軒詞作「恁」。
㊄「早」：彙編本存審軒詞作「剛」。
㊅「何處有、荻洲千頃」：彙編本存審軒詞作「知幾處、新洲曲港」。

㈦「待」：彙編本存審軒詞作「得」。

【注釋】

〔一〕枳村：民國戴仁修、民國錢崇威纂民國重修沭陽縣志民國間鈔本姓氏：「徐稜字映華，號枳村，一字述城。幼負神童目。乾隆辛亥，年十六，補諸生；嘉慶辛酉拔貢，以朝考違禁，謫居常州，與洪北江、孫淵如、趙映川、楊西禾諸耆宿游，學益進，而李申耆爲稜謀原名應試，稜笑曰：『吾一辱矣，可再乎？』其剛介類如此。謫滿返，優游譔述，不涉身外事。以表揚貞孝、拔恤孤寒爲職志。王欽霖吏部微時，稜館於家，給諸墨，卒成進士。欽霖終身執弟子禮弗敢忘。讀書目炯如電，善批郤導窾，上自六經，下至名家詩文專集，多有評本，選古文法守若干卷，唐宋駢文若干卷，杜詩三百十一篇，以符毛詩之數；唐詩千一選二，選必有評，襞積褰縐，無隙地。或援諸書左證，引伸癥瘕洞見。其所著書，劫餘僅存者，於經有易指，惜僅自屯至離二十八卦。胡樵漢稱其以來虞之精窣，明程朱之理窟，而無穿鑿迂腐之病；於文有天爵堂集、茆宇集；於詩有感紅軒詩、述坡詩存、艾學詩存、肩鳳齋詩、咏物詩八百首；倚聲之作有愍秋堂樂府一卷。卒道光己丑，年五十四。子兆恕、兆麐并諸生。麐字静涵，工詩，有父風。按：稜之謫常，父老流傳皆云緣拔貢朝考事，然稜遺文内有請歸養詞，乃因李某部案，牽帶作證受累，詞中有『東海儒生，南州末裔，偈膺拔萃，叨入成均』語，則確爲稜事，未知係别一案否？」

〔二〕申耆：李兆洛（一七六九—一八四一）。字申耆。參詩卷一懷友人并序注釋〔二七〕。

〔三〕軟紅塵土：飛揚的塵土。形容繁華熱鬧。亦指繁華熱鬧的地方。宋盧祖皋魚游春水：「軟紅塵裏鳴鞭鐙，拾翠叢中句伴侣。」

〔四〕隋薛道衡昔昔鹽：「暗牖懸蛛網，空梁落燕泥。」

〔五〕分携：離别。唐李商隱飲席戲贈同舍：「洞中屐響省分携，不是花迷客自迷。」

〔六〕蕭寺：唐李肇唐國史補卷中：「梁武帝造寺，令蕭子雲飛白大書『蕭』字，至今一『蕭』字存焉。」後因稱佛寺爲蕭寺。

〔七〕鐵篴：鐵製的笛管。篴，古同「笛」。相傳隱者、高士善吹此笛，笛音響亮非凡。

〔八〕齊烟九點：言俯視九州，小如烟點。參詩卷二漫興注釋〔一二〕。

〔九〕雲臺：高聳入雲的臺閣。

〔一〇〕朱宫：亦作珠宫。水神所居之宫殿。楚辭河伯：「魚鱗屋兮龍堂，紫貝闕兮朱宫。」

相見歡 采蓮

湖光不浸山容〔一〕，翠陰重。許搦桂枝雙槳，到花叢。　莫文鴛〔二〕睡，游魚戲，語才通。

載滿船明月，又相逢。

波心魚夢初圓〔三〕，觸輕舷。遮莫〔四〕滿身凉雨，濕如烟。　采秋風别，紅衣惜，又凄然。

得空房歸去，動經年。

【繫年】

嘉慶十二年（一八〇七）秋，周濟送考至江寧。詞是年秋作於南京。

【注釋】

〔一〕山容：山的姿容。唐元稹和樂天重題別東樓：「山容水態使君知，樓上從容萬狀移。」

〔二〕文鴛：即鴛鴦。因羽毛華美，故稱。

〔三〕清張問陶曦園主人園中鑿池，因得水賦池：「草心緣岸沾，魚夢入波圓。」魚夢，宋仇遠沈上：「出門鷄一鳴，僕馬蹋曉涷。豈知牧牛兒，正作維魚夢。」波心：水中央。唐白居易春題湖上：「松排山面千重翠，月點波心一顆珠。」

〔四〕遮莫：不論，不管。宋楊萬里和張功父梅詩之一：「老無半點看花意，遮莫明朝雨及晴。」

相見歡 題紫雲出浴圖〔一〕

晶簾不漾微風，露光融。薄薄淡羅衫子，映肌紅。　梅花落，瓊簫閣，夢無蹤。化作梨雲〔二〕何處、認玲瓏。

森森鳳尾〔三〕垂陰，倚闌尋。尋到月涼雲轉，夜深深。　羅紈小，流螢巧，恨空心。莫是芳魂銷得、到而今。

【繫年】

詞嘉慶十二年（一八〇七）秋作於南京。

【注釋】

〔一〕紫雲出浴圖：清徐釚詞苑叢談卷九雲郎題詞：「廣陵冒巢民家青童紫雲，儇巧善歌，與陽羨陳其年狎。其年爲畫雲郎小照遍索題句。」後陳維崧請畫家陳鵠繪製紫雲浴後小像紫雲出浴圖，并携之在友朋間流傳，索得七十五人爲該圖題咏。可參房學惠簡析紫雲出浴圖卷，東南文化二〇〇六年第一期。

〔二〕梨雲：梨花雲，指夢中恍惚所見如雲似雪的繽紛梨花。參詩卷三五月庭中繡毬作花率然成咏注釋〔六〕。

〔三〕鳳尾：即鳳尾竹，此泛指竹子。

齊天樂蠹食册成蜨㈠〔一〕。寄形虚空，摶埴爲器，當其無有器之用，聊爲賦之。

緑茸〔二〕不記尋春路，濛濛但留纖影。玳管〔三〕輕捎，烏闌〔四〕細寫，生被銀魚〔五〕驚醒。燈花焰冷。照一片愁痕，倩誰重省。欹枕商量，化伊還怯夜風驚㈡。待，圓月如鏡。織就雲衣，調殘露屑，㈢争又前身虚并。〔六〕芝田萬頃。羅浮休便去也，有神仙恰領〔七〕。翦紙招來，費緗梅〔八〕半餅。

【繫年】

詞嘉慶十二年（一八〇七）秋作於南京。

【校勘】

㊀「蠹食册成蜨」：國朝常州詞録本同。彙編本存審軒詞作「蠹蜨，米樓有之，蠹蝕故册所成也」。

㊁「驚」：彙編本存審軒詞作「緊」。

㊂「織就雲衣，調殘露屑」：彙編本存審軒詞作「雲借裁衣，露供調粉」。

【注釋】

〔一〕蠹蜨：亦稱蠹魚、衣魚、蟫魚、白魚等。

〔二〕緑茸：纖細繁密的緑草。

〔三〕玳管：筆管以玳瑁甲製作的毛筆。

〔四〕烏闌：烏絲欄。亦作「烏絲闌」。指上下以烏絲織成欄，其間用朱墨界行的絹素。此指有墨綫格子的箋紙。

〔五〕銀魚：喻蠹蜨。

〔六〕廣東博羅羅浮山有蝴蝶洞，有大蝴蝶，傳爲僊人遺衣所化。可參楊星熒羅浮僊蝶，嶺南文史一九九二年第四期。

〔七〕消領：享受，欣賞。

〔八〕緗梅：淺黄色梅花。

菩薩蠻七夕分詠得蜘蛛、秋蕙

秋心〔一〕約得如絲瘦，還將鈿盒輕輕扣。得巧〔二〕莫言多，回文〔三〕挑幾梭。　釵頭親驗取，笑避穿針侶〔四〕。恐是悮飛來，鏡奩朝不開。

湘江更比銀河遠，有誰紉佩〔五〕臨清淺〔六〕。欲采間芙蓉，亂霞深萬重。　垂垂仍合蒂，不爲秋憔悴。生小別穠春，捲簾雙玉〔七〕人。

【繫年】

詞嘉慶十二年（一八〇七）七夕作於南京。

【注釋】

〔一〕秋心：秋日的心緒。多指因秋來而引起的悲愁心情。唐鮑溶怨詩：「秋心還遺愛，春貌無歸妍。」

〔二〕得巧：即「乞巧」。南朝梁宗懍荆楚歲時記：「七月七日爲牽牛織女聚會之夜。……是夕，人家婦女結綵縷，穿七孔針，或以金銀鍮石爲針，陳几筵酒脯瓜果於庭中以乞巧，有喜子網於瓜上則以爲符應。」五代王仁裕開元天寶遺事蛛絲卜巧：「帝與貴妃每至七月七日夜，在華清宮游宴。時宮女輩陳瓜花酒饌列於庭中，求恩於牽牛、織女星也。又各捉蜘蛛於小合中，至曉開視蛛網稀密，以爲得巧之候。密者言巧多，稀者言巧少。民間亦效之。」

〔三〕回文：回文機，織璇璣圖的布機。十六國時前秦蘇蕙因其夫竇滔被徙流沙，而織錦爲回文旋圖詩以贈。凡八百四十字，宛轉循環皆可誦讀，後世傳爲佳話。

〔四〕穿針侶：參注釋〔二〕。

〔五〕紉佩：楚辭離騷：「紉秋蘭以爲佩。」謂捻綴秋蘭，佩帶在身。

〔六〕清淺：銀河。

〔七〕雙玉：美女的兩道淚痕。

臨江仙 陸丹山〔一〕工墨梅，索詞賦贈。

手種春英〔二〕過尺五，年年悮却花期。越羅〔三〕初試月生衣〔四〕。畫眉窗下，香屑〔五〕散霏微〔六〕。

化蝶〔七〕還憐璚玉骨〔八〕，纖纖又見横枝。曉風吹面酒醒時。一雙翠羽〔九〕，無處寄相思。

【繫年】

詞嘉慶十二年（一八〇七）七夕作於南京。

【注釋】

〔一〕陸丹山：生平不詳。

〔二〕春英：春天的花朵，此蓋指梅花。

〔三〕越羅：越地所産的絲織品，以輕柔精緻著稱。

〔四〕南宋文天祥登雙溪閣：「梅花衣上月，把玩爲徘徊。」

〔五〕香屑：花瓣，花的碎片。

〔六〕霏微：飄灑，飄溢。

〔七〕化蝶：用「莊周夢蝶」之典。參詩卷三七夕注釋〔一九〕。後因借指睡夢。

〔八〕玉骨：梅花枝幹的美稱。唐馮贄雲仙雜記卷二：「袁豐居宅後，有六株梅。……（豐）嘆曰：『烟姿玉骨，世外佳人，但恨無傾城笑耳。』即使妓秋蟾出比之。」

〔九〕翠羽：五代前蜀韋莊歸國謡：「早晚得同歸去，恨無雙翠羽。」

暗香 扇上梅花

露華似水，想夜來伴㈠着，秋英都碎。幾陣緒風〔一〕，老盡群芳剩濃翠。江北江南路杳㈡，人漸遠㈢、垂鞭摻袂〔二〕。但暗記、一角春山，寒玉響環珮。〔三〕憔悴，碧雲外。又倩得笛聲，喚醒殘醉。緑珠未墜〔四〕，依約〔五〕春痕幾分在。祇恐齊紈易擲，空驗取、班姬清淚。〔六〕甚日向、烟浪裏，雪蓑共載。

【繫年】

詞嘉慶十二年（一八〇七）七夕作於南京。

【校勘】

㊀「伴」：彙編本存審軒詞作「和」。

㊁「路杳」：彙編本存審軒詞作「往事」。

㊂「人漸遠」：彙編本存審軒詞作「抵多少」。

【注釋】

〔一〕緒風：餘風。楚辭九章涉江：「乘鄂渚而反顧兮，欸秋冬之緒風。」王逸注：「緒，餘也。」

〔二〕摻袂：執袖，猶握别。

〔三〕南宋姜夔疏影：「昭君不慣胡沙遠，但暗憶、江南江北。想佩環、月夜歸來，化作此花幽獨。」

〔四〕用晋石崇愛妾緑珠墜樓而死之事。參詩卷七録史紀寒注釋〔二二〕。

〔五〕依約：仿佛。

〔六〕漢班倢妤怨歌行：「新裂齊紈素，皎潔如霜雪；裁爲合歡扇，團團似明月。」齊紈素，春秋齊地出産的一種白細絹。後因以指代團扇。

氐州第一 大明湖〔一〕醉歸

風定晨鐘，月暗夜柝，蕭蕭旋起㊀秋思。謝了芙蓉，扁舟過處，空剩一湖烟水。誰遣㊁菱歌，送㊂落日、餘霞凝紫。淺醉歸來，憑闌望久，亂蛩盈耳。不似荆溪〔二〕溪畔路。尚贏得、舊游聯袂。遠雁蘆邊，疏螢竹外，動是人千里。隔紅墻、銀漢杳，相思句，難憑錦字〔三〕。玉笛誰家，譜涼州、高樓莫倚。〔四〕

【繫年】

詞嘉慶十七年（一八一二）秋作於濟南。是年秋，周濟解館北游。參詩卷一郯城、墨莊王繩榘招爲郭外之游，即事成句兩詩繫年。

【校勘】

㊀「蕭蕭旋起」：國朝常州詞録本同。彙編本存審軒詞作「依依漸增」。

㊁「誰遣」：國朝常州詞録本同。彙編本存審軒詞作「唱徹」。

㊂「送」：國朝常州詞録本同。彙編本存審軒詞作「正」。

【注釋】

〔一〕大明湖：在山東濟南。

〔二〕荊溪：在江蘇宜興。參詩卷五卜居悔不歸也注釋〔八〕。

〔三〕錦字：錦字書。晉書列女傳竇滔妻蘇氏：「竇滔妻蘇氏，始平人也，名蕙，字若蘭。善屬文。滔，苻堅時爲秦州刺史，被徙流沙，蘇氏思之，織錦爲迴文旋圖詩對贈滔。宛轉循環以讀之，詞甚悽惋。」

〔四〕宋劉翰聞笛：「誰將玉笛按涼州，吹徹春風不下樓。」

虞美人 影

一燈秋夜疏星共，照破銀屏幽夢。又是隙風微動，簾押文犀〔一〕重。　紅蔫小譜〔二〕琵琶弄，碎玉〔三〕丁當遥送。顫落鈿釵金鳳，酒醒脂痕凍。

【繫年】

詞嘉慶十七年（一八一二）秋作於濟南。

【注釋】

〔一〕文犀：國語吴語：「建肥胡，奉文犀之渠。」韋昭注：「文犀，犀之有文理者。」

〔二〕紅蕎小譜：樂譜紅字的字迹已模糊。譜，樂曲以符號表示聲音節拍之高低、長短者。

〔三〕碎玉：五代王仁裕開元天寶遺事占風鐸：「岐王宫中於竹林内懸碎玉片子，每夜聞玉片子相觸之聲即知有風，號爲『占風鐸』。」

應天長慢

疏風透枕，殘月下牀，㊀依稀酒醒時節。繞砌亂絮鐃㊁把，離情訴寒石。苔紋縵〔一〕，芳事歇。念萬里、素光虛積。㊂但消受、草露盈盈，清淚霑肌㊃。誰遣㊄不眠人，坐燼㊅蘭缸〔二〕，細㊆數漏聲滴。社燕去㊇巢，泥墮空梁〔三〕點瑤席。琴心冷，彈未徹。倩絡緯、暗催刀尺〔四〕。柰征雁、只管南飛，衣到何日？

【繫年】

詞嘉慶十七年（一八一二）秋作於濟南。

【校勘】

㊀「疏風透枕，殘月下牀」：彙編本存審軒詞作「疏風卷幔，殘月入帷」。

㊁「絮鐃」：彙編本存審軒詞作「蛩似」。

㈢「念萬里、素光虛積」：彙編本存審軒詞作「念春去、更無蹤迹」。
㈣「清淚霑肌」：彙編本存審軒詞作「淚眼同濕」。
㈤「誰遣」：彙編本存審軒詞作「應有」。
㈥「坐爐」：彙編本存審軒詞作「挑盡」。
㈦「細」：彙編本存審軒詞作「坐」。
㈧「去」：彙編本存審軒詞作「辭」。

【注釋】

〔一〕縵：回繞。

〔二〕蘭釭：亦作「蘭釭」。燃蘭膏的燈。亦用以指精緻的燈具。南朝齊王融詠幔：「但願置尊酒，蘭釭當夜明。」

〔三〕形容婦人空閨寂寞的景象。隋薛道衡昔昔鹽：「暗牖懸蛛網，空梁落燕泥。」

〔四〕刀尺：製作服裝，唐杜甫秋興之一：「寒衣處處催刀尺，白帝城高急暮砧。」

念奴嬌 別止齋中丞〔一〕

當歌對酒，問人生何苦，年年離別？一領征衫塵未浣，又早驪駒〔二〕催發。落葉粘衣，輕風空記小語[四]丁寧，金尊同醉，明夜中秋月。月縱多情能照我，還怕浮雲重疊。便得清光，團圓如鏡，坐我瑶華闕。也難忘却，酒闌人散時節。

卷幔，去住憑誰説？那堪歸雁，數聲驚起長笛[三]。

【繫年】

詞嘉慶十七年（一八一二）秋作於濟南。是年秋，周濟解館北游。參詩卷一郯城、墨莊王繩槼招爲郭外之游，即事成句兩詩繫年。又清張兆棟修、清何紹基纂同治重修山陽縣志同治十二年刻本卷六職官二國朝總漕部院，吉綸嘉慶七年（一八〇二）至十二年任漕運總督，十二年至十六年任山東巡撫。

【注釋】

〔一〕止齋中丞：吉綸（？—一八二六），姓赫舍里，號止齋，滿洲鑲藍旗人。歷任漕運總督、山東巡撫、江西巡撫、河東河道總督、工部尚書等。民國楊鍾羲雪橋詩話民國求恕齋叢書本卷十二：「止齋司空吉綸和舍里氏有雲水集二卷。春去云：『春去花尤艷，樓高客未歸。江喧新水漲，林暗野雲飛。道路百年短，音書兩鬢稀。誰憐梅雨後，人瘦鷓鴣肥。』民國楊鍾羲雪橋詩話三集：「天長程禹山孝廉從鐵梅翁於瀋陽，寫有出塞圖。梅翁内遷，留筠莊司寇瑚素通阿署，得交百菊溪、成誤庵，刻有遼海詩鈔。梅翁督漕淮上，見招南歸，復與吉止齋、徐心如及李怡庵如枚交。」清包世臣小倦游閣集小倦游閣鈔本卷第二十四秋舫聯吟序：「秋舫聯吟者，督漕侍郎止齋吉公與其友程君禹山酬倡之所作也。……嘉慶丙寅（一八〇六）季春，德清徐端心如甫。」

〔二〕驪駒：逸詩篇名。古代告别時所賦的歌詞。漢書儒林傳王式：「謂歌吹諸生曰：『歌驪駒。』」顔師古注：「服虔曰：『逸詩篇名也，見大戴禮。客欲去歌之。』文穎曰：『其辭云「驪駒在門，僕夫俱存；驪駒在路，僕夫整駕」也。』」後因以爲典，指告别。

〔三〕長笛：長笛鄰家。晋向秀思舊賦序：「鄰人有吹笛者，發聲寥亮。追思曩昔游宴之好，感音而嘆，故作賦云。」後用「長笛鄰家」爲感舊興懷之典。

〔四〕小語：細語。

一萼紅

漏聲沈、想寒蟬一點，依約度疏林。〔一〕隱臂妝殘，扶頭酒〔二〕淺，離思空復盈襟。記初見、柔荑未握，試弦索〔三〕、嬌語囀春禽。錦幄藏花，繡鞍沖雪，都是情深。　才得畫羅親解，甚輕分鴛㊀帶，翦却同心〔四〕。舞絮樓臺，吹香〔五〕院宇，羞向夢裏重尋。念惟有、窗前玉蝶，坼紅萼、芳意不勝簪。那更歸遲，任伊閑伴瑶琴。

【繫年】

詞嘉慶十八年（一八一三）春作於蘇州。

【校勘】

㊀「鴛」：彙編本存審軒詞作「翠」。

【注釋】

〔一〕唐李中秋日途中：「疏林一路斜陽裏，颯颯西風滿耳蟬。」

〔二〕扶頭酒：易醉之酒。唐白居易早飲湖州酒寄崔使君：「一榼扶頭酒，泓澄瀉玉壺。」

〔三〕弦索：弦樂器上的弦，指弦樂器。

〔四〕同心：同心結，舊時用錦帶編成的連環回文樣式的結子，用以象徵堅貞的愛情。南朝梁武帝有所思：「腰中雙綺帶，夢爲同心結。」唐長孫佐輔答邊信：「揮刀就燭裁紅綺，結作同心答千里。」

〔五〕吹香：散發香氣。宋韓淲賀新郎十三日，小園梅枝微紅點綴，便覺可句：「底事疏枝橫絶峭，未吹香、便與花相似。」

拜星月慢寄中耆〔一〕

艷委雅鬟〔二〕，渦生梨頰〔三〕，淺笑輕顰〔四〕雙㊀絶。愁裏逢伊，又霜寒如織。問眉嫵、可是章臺〔五〕带雨初見㊁，楊柳青青時節。半晌偎人，背銀缸〔六〕低説。　萍絮因風、萬點紅香滅㊂。萍隨水、一片烟波隔㊃。〔七〕那更繞樹啼鵑，向晨星凄咽㊄。恨羅裙、路㊅草同顔色。〔八〕琵琶語〔九〕、怎㈦展丁香結〔一〇〕？但祝取〔一一〕、夜夜姮娥〔一二〕，照天空海碧。

【繫年】

詞嘉慶十八年（一八一三）春作於蘇州。

【校勘】

㈠「雙」：國朝常州詞録本同。彙編本存審軒詞作「欲」。

㈡「带雨初見」：國朝常州詞録本同。彙編本存審軒詞作「初見」。

㈢「萬點紅香滅」：國朝常州詞録本作「萬點紅塵滅」。彙編本存審軒詞作「歷盡前塵劫」。

㈣「一片烟波隔」：國朝常州詞録本同。彙編本存審軒詞作「悮却浮生迹」。

㈤「凄咽」：國朝常州詞録本同。彙編本存審軒詞作「明滅」。

㈥「路」：國朝常州詞録本同。彙編本存審軒詞作「芳」。

㈦「怎」：彙編本存審軒詞同。國朝常州詞録本作「恁」。

【注釋】

〔一〕申耆：李兆洛（一七六九—一八四一）。字申耆。參詩卷一懷友人并序注釋〔二七〕。

〔二〕雅鬟：通「鴉鬟」，猶鴉髻。唐李白酬張司馬贈墨：「黄頭奴子雙鴉鬟，錦囊養之懷袖間。」王琦注：

「雙鴉鬟，謂頭上雙髻，色黑如鴉也。」此喻垂柳的枝條，即柳鬟。

〔三〕渦生梨頰：宋羅大經鶴林玉露卷十二：「胡澹庵十年貶海外，北歸之日，飲於湘潭胡氏園，題詩云：『君恩許歸此一醉，傍有梨頰生微渦。』謂侍妓黎倩也。」此喻柳渦。宋王銍次韻國香詩：「舞盡春風力不禁，困裹腰肢一渦柳。」

〔四〕淺笑輕顰：宋陸游鷓鴣天：「才淺笑，又輕顰，淡黄楊柳又催春。」

〔五〕章臺：漢書張敞傳：「敞無威儀，時罷朝會，過走馬章臺街，使御吏驅，自以便面拊馬。又爲婦畫眉。」章臺街爲漢代長安街名，多妓館。後因以「走馬章臺」指涉足娼妓間，追歡買笑。

〔六〕銀釭：亦作「銀缸」。銀白色的燈盞、燭臺。

〔七〕唐杜甫漫興九首其一：「身如柳絮隨風飄，心似浮萍逐水流。」

〔八〕宋賀鑄生查子緑羅裙：「東風柳陌長，閉月花房小。……記得緑羅裙，處處憐芳草。」

〔九〕琵琶語：唐白居易琵琶行：「今夜聞君琵琶語，如聽仙樂耳暫明。」

〔一〇〕丁香結：丁香的花蕾。用以喻愁緒之鬱結難解。唐尹鶚撥櫂子：「寸心恰似丁香結，看看瘦盡胸前雪。」

〔一一〕取：助詞，表示動態，相當於「得」「著」。宋文天祥過零丁洋：「人生自古誰無死，留取丹心照汗青。」

〔一二〕唐李商隱嫦娥：「嫦娥應悔偷靈藥，碧海青天夜夜心。」姮娥：即嫦娥。淮南子覽冥訓：「羿請不死之藥於西王母，姮娥竊以奔月。」高誘注：「姮娥，羿妻。羿請不死之藥於西王母，未及服之，姮娥盜食之，得仙，奔入月中，爲月精也。」姮，本作「恒」，俗作「姮」。漢代因避文帝劉恒諱，改稱常娥，通作嫦娥。這裏借指月亮。

憶舊游

夾竹桃花，早開晚落，歷城[一]小寓，此樹嫣然。歸途追憶舊蹤，不禁凄斷，聊成此闋，以寄遠懷。

甚相逢草草[二]，一縷秋風，㊀吹散行雲[三]。記掩雙蟬鬢[四]，映纖娥廣額，露靨微醺。㊁惜花太解憔悴，寬盡緑羅裙。況鳳竹蕭疏，緗桃綽約，同倚斜曛。殷勤㊂，追憶處，待江上芙蓉㊃，重見文君[五]。猶帶當時怨，是遥山莫靄，寒翠[六]繽紛。不知恨取何事，孤雁入高雯[七]。縱寄得愁來，揚州明月才二分[八]。

【繫年】

詞嘉慶十九年（一八一四）春作於濟南。

【校勘】

㊀「甚相逢」兩句：國朝常州詞録本同。彙編本存審軒詞作「相逢真草草，甚秋風」。

㊁「記掩」三句：國朝常州詞録本同。彙編本存審軒詞作「記蟬輕雙鬢，娥纖廣額，臉斷微醺」。

㊂「殷勤」：國朝州詞録本同。彙編本存審軒詞作「而今」。

㊃「江上芙蓉」：國朝常州詞録本同。彙編本存審軒詞作「芙蓉江上」。

【注釋】

〔一〕歷城：今山東濟南歷城區。

〔二〕草草：匆忙倉促的樣子。唐李白南奔書懷：「草草出近關，行行昧前筭。」

〔三〕行雲：流動的雲。

〔四〕蟬鬢：南朝梁元帝登顏園故閣：「妝成理蟬鬢，笑罷斂蛾眉。」

〔五〕漢劉歆西京雜記卷二：「文君姣好，眉色如望遠山，臉際常若芙蓉。」後因以「芙蓉」喻指美女。

〔六〕寒翠：南朝梁范雲園橘：「芳條結寒翠，圓實變霜朱。」

〔七〕高雯：高雲。

〔八〕唐徐凝憶揚州：「天下三分明月夜，二分無賴是揚州。」

木蘭花慢贈柳漪㊀〔一〕

駐馬還貰酒，問卓女，可當壚？〔二〕正朔雪凝空，塞鴻失侶，吊影〔三〕相呼。瓊酥頓驚㊁瘦損〔四〕，怕重來、恨迹斂春蕪。爭似鴟夷共㊂載〔五〕，故山剛倚平湖。　金吾，任喚㊃作狂夫，〔六〕蟹舍〔七〕老菰蒲。有蔗仗〔八〕深交，蟻封〔九〕巧散，莫笑投珠〔一〇〕。檣烏練痕乍卷，颭紅旌㊄、玉手試提枹〔一一〕。彈入箜篌慢引㊅〔一二〕，歸舟天際雲孤。

【繫年】

詞嘉慶十九年（一八一四）春作於濟南。

【校勘】

㊀「贈柳漪」：底本無。據彙編本存審軒詞補。

㊁「瓊酥頓驚」：彙編本存審軒詞作「驚看十分」。

㊂「共」：彙編本存審軒詞作「同」。

㊃「金吾任唤」：彙編本存審軒詞作「從他唤我」。

㊄「檣烏練痕乍卷，颭紅旌」：彙編本存審軒詞作「紅旗一江練卷，上危檣」。

㊅「慢引」：彙編本存審軒詞作「新譜」。

【注釋】

〔一〕柳漪：清潘衍桐兩浙輶軒續録光緒十七年浙江書局刻本卷十四：「姚祖恩，字柳漪，號笏園，錢塘人。乾隆甲辰（一七八四）進士。官廣東博羅知縣。楊振鎬曰：笏園大令爲亮甫中丞之兄，同受業于舅氏金雨叔宗伯，晨夕不離。幼嗜南宋雜事詩，以爲武林掌故之彙。每游湖山，輒携一編印證。既而屬惠秋韶、嚴厚民校刊行世，即所稱扶荔山房本也。」

〔二〕史記司馬相如列傳：「相如與俱之臨邛，盡賣其車騎，買一酒舍酤酒，而令文君當鑪。相如身自著犢鼻褌，與保庸雜作，滌器於市中。」

〔三〕吊影：對影自憐。喻孤獨寂寞。南朝齊謝朓拜中軍記室辭隋王箋：「輕舟反溯，弔影獨留。」

〔四〕瘦損：消瘦。

〔五〕史記越王勾踐世家：「范蠡浮海出齊，變姓名，自謂鴟夷子皮，耕于海畔，苦身戮力，父子治産。」司馬貞索隱：「范蠡自謂也。蓋以吴王殺子胥而盛以鴟夷，今蠡自以有罪，故爲號也。韋昭曰：『鴟夷，革囊也。』或曰生牛皮也。」

〔六〕唐白居易東南行一百韻：「醉曾衝宰相，驕不揖金吾。」金吾，古官名。負責皇帝大臣警衛、儀仗以及徼循京師、掌管治安的武職官員。其名稱、體制、權限歷代多有不同。漢有執金吾，唐宋以後有金吾衛、金吾將軍、金吾校尉等。

〔七〕蟹舍：漁家。亦指漁村水鄉。唐張志和漁父歌：「松江蟹舍主人歡，菰飯蒓羹亦共餐。」

〔八〕蔗仗：三國魏曹丕典論自叙：「嘗與平虜將軍劉勳、奮威將軍鄧展等共飲，宿聞展善有手臂，曉五兵，又稱其能空手入白刃。余與論劍良久，謂言將軍法非也，余顧嘗好之，又得善術，因求與余對。時酒酣耳熱，方食芋蔗，便以爲杖，下殿數交，三中其臂，左右大笑。」形容酒後狂態。

〔九〕蟻封：亦作「螘封」。即蟻垤。孟子公孫丑上「泰山之於丘垤」漢趙岐注：「垤，蟻封也。」晉葛洪抱樸子酒誡：「或奔車走馬赴阬谷，而不憚以九折之阪爲螘封。」南朝宋劉義慶世説新語賞譽「王汝南（王湛）既除所生服」劉孝標注引晉鄧粲晋紀：「湛曰：『今直行車路，何以别馬勝不？唯當就蟻封盤馬，果倒踣。」

〔一〇〕投珠：明珠暗投。史記魯仲連傳：「臣聞明月之珠，夜光之璧，以闇投人於道路，人無不按劍相眄者。何則？無因而至前也。」

〔一一〕提枹：援枹。亦作「援桴」。手持鼓槌。

〔一二〕箜篌慢引：箜篌引。晉崔豹古今注音樂：「箜篌引，朝鮮津卒霍里子高妻麗玉所作也。子高晨起刺船而櫂，有一白首狂夫，被髮提壺，亂流而渡，其妻隨呼止之，不及，遂墮河水死。於是援箜篌而鼓之，作公無渡河之歌，聲甚悽愴。曲終，自投河而死。霍里子高還，以其聲語妻麗玉，玉傷之，乃引箜篌而寫其聲，聞者莫不墮淚飲泣焉。麗玉以其聲傳鄰女麗容，名曰箜篌引焉。」

六　醜 楊花

向濃陰翠幄，漾娟娟、春魂〔一〕如雪。畫闌獨憑，飛英鴛甃濕，正恁愁絶。又對斜陽院，亂㊀絲空娟，换一番憐惜㊁。南園悮了雙蝴蝶〔二〕。草際輕粘，簾前漫瞥。纖纖映，蛾眉月。却難尋瘦影，幽恨重疊。東風摇曳，謾低回恨迹㊂。灞岸〔三〕嗚嘶騎，情暗切。柔條几度攀折。縱天涯覓遍，買春榆莢〔四〕。祇惆悵、衆芳都歇。算誰共㊃、委艷香泥，壘向杏楣㊄春帖〔五〕。還消受、半枕寒怯。更唾絨〔六〕、點綴茸窗〔七〕底，嬌紅一捻。

【繫年】

詞嘉慶十九年（一八一四）春作於南返途中。

【校勘】

㊀「亂」：國朝常州詞録本同。彙編本存審軒詞作「晴」。
㊁「换一番憐惜」：國朝常州詞録本同。彙編本存審軒詞作「任飄零離别」。
㊂「謾低回恨迹」：國朝常州詞録本同。彙編本存審軒詞作「算塵根小劫」。
㊃「算誰共」：國朝常州詞録本同。彙編本存審軒詞作「争得似」。
㊄「壘向杏楣」：國朝常州詞録本同。彙編本存審軒詞作「長倚杏梁」。

【注釋】

〔一〕春魂：花。清龔自珍己亥雜詩之三：「罡風力大簸春魂，虎豹沈沈卧九閽。」
〔二〕晋張協雜詩之八：「借問此何時，胡蝶飛南園。」
〔三〕灞岸：灞橋。本作霸橋。據三輔黄圖橋：「霸橋，在長安東，跨水作橋。漢人送客至此橋，折柳贈别。」
〔四〕買春榆莢：載酒游春。宋劉克莊和季弟韵二十首其九：「送老只消營藁葬，買春不過費榆錢。」買春，唐司空圖二十四詩品典雅：「玉壺買春，賞雨茆屋。」郭紹虞集解：「春有二解：注釋無名氏詩品注釋：春，酒也。唐國史補：酒有郢之『富水春』，烏程之『若下春』，滎陽之『上窟春』，富平之『石東春』，劍南之『燒春』。此一義也。淺解楊廷芝詩品淺解：春，春景。此言載酒游春，春光悉爲我得，則直以爲買耳。孔平仲詩『買住青春費幾錢』，楊萬里詩『種柳堅堤非買春』。此又一義也。竊以爲二説皆通，淺解説較長。」
〔五〕春帖：又稱春帖、春端帖、春端帖子。宋制，翰林一年八節要撰作帖子詞。或歌頌升平，或寓意規諫，貼於禁中門帳。於立春日撰作的帖子詞，稱「春帖子」。多爲五、七言絶句。其體工麗。

〔六〕唾絨：即刺繡。參詞卷一菩薩蠻注釋〔一〕。

〔七〕茸窗：絨窗。刺繡織物所飾之窗，或謂唾茸窗。古時婦女刺繡，停針换綫時常用口咬斷絲綫，口角所粘絨毛隨口吐出，謂唾茸。

雨霖鈴 刺蘼〔一〕

斜陽闌曲〔二〕，照深深、院宇蓊濃緑。瓊苞未展芳蕊，憑誰説與，金鈴休觸。幾許風懷，漫㊀寄向，凝淚㊁樺燭〔三〕。算只有、仙㊂蝶雙棲，醉倚㊃香痕夢堪續。　佳人最惜瑶釵玉，笑拈來、剛趁紅巾〔四〕蹙。晶簾欲語明鏡，雲半委、回眸低矚。似水㊄華年，祇會㊅東流，幽恨難足㊆。那更聽、深掩重簾，夜雨㊇吹横竹〔五〕。

【繫年】

詞嘉慶十九年（一八一四）春作於南返途中。

【校勘】

㊀「漫」：彙編本存審軒詞作「但」。

㈡「凝淚」：彙編本存審軒詞作「遥夜」。
㈢「仙」：彙編本存審軒詞作「化」。
㈣「醉倚」：彙編本存審軒詞作「依約」。
㈤「似水」：彙編本存審軒詞作「無奈」。
㈥「衹會」：彙編本存審軒詞作「和水」。
㈦「難足」：彙編本存審軒詞作「相屬」。
㈧「深掩重簾，夜雨」：彙編本存審軒詞作「細雨樓頭，一夜」。

【注釋】

〔一〕刺蘼：薔薇。
〔二〕闌曲：曲闌。
〔三〕樺燭：用樺木皮捲成的燭。參詩卷五同人半山寺小集注釋〔二四〕。
〔四〕紅巾：美女。宋辛棄疾水龍吟登建康賞心亭：「倩何人、喚取紅巾翠袖，搵英雄淚。」
〔五〕横竹：横笛。笛以竹製而横吹，故稱。唐李賀龍夜吟：「鬈髮胡兒眼睛緑，高樓夜静吹横竹。」

生查子㈠

花房曉露涼，似有廉纖〔二〕雨。新夢覺來輕，欹枕翻無語。　嬌娃十四五，臨鏡貪眉嫵。

不憶畫眉人[二]，自把遥山[三]譜。

【繫年】

詞嘉慶十九年（一八一四）春作於南返途中。

【校勘】

㈠「生查子」：彙編本存審軒詞作「卜算子」。按詞譜當爲「生查子」。

【注釋】

〔一〕廉纖：細小，細微。多用以形容微雨。唐韓愈晚雨：「廉纖晚雨不能晴，池岸草間蚯蚓鳴。」

〔二〕畫眉人：漢書張敞傳：「敞無威儀……又爲婦畫眉，長安中傳張京兆眉憮。有司以奏敞。上問之，對曰：『臣聞閨房之内，夫婦之私，有過於畫眉者。』」後以「畫眉」喻夫妻感情融洽，「畫眉人」指夫婿。

〔三〕遥山：遠山眉。漢劉歆西京雜記卷二：「文君姣好，眉色如望遠山，臉際常若芙蓉。」

齊天樂 四春錢[一]

臨春閣[二]上宜春佩[三]，綢絲乍縈鷩蜨。鏡殿[四]前因，仙盤[五]舊恨，化作銖衣[六]輕疊。雙棲意愜。笑繡出殃央〔七〕，未諳風月。慊慊春粱〔八〕，數來堪否嘆工絕。燕支〔九〕魂斷露井〔一〇〕，買韶光又趁，綠暗紅隙。障錦斜遮，蹄瑩戲賭，拚與填將塵埒。〔一一〕騎嘶汗血〔一二〕。怕碎却連環〔一三〕，更難重覓。漫向人間，問金甌〔一四〕圓缺。

【繫年】

詞嘉慶十九年（一八一四）春作於南返途中。

【注釋】

〔一〕四春錢：四春，張相詩詞曲語辭匯釋卷五：「逡巡，迅速之義，與普通之作爲遲緩解者異。……李商隱春日寄懷詩：『世間榮落重逡巡，我獨丘園坐四春。』重，甚辭。……此言四年之間，世人之忽榮忽落甚迅速，獨我之貧困如故也。」春錢，印有「新春大吉」、背面「人口平安」的小銅錢。

〔二〕臨春閣：陳書皇后傳張貴妃：「至德二年，乃於光照殿前起臨春、結綺、望仙三閣。閣高數丈，并數十間，其窗牖、壁帶、懸楣、欄檻之類，并以沈檀香木爲之，又飾以金玉，間以珠翠，外施珠簾，内有寶牀、寶帳，其服玩之屬，瓌奇珍麗，近古所未有。」

〔三〕宜春佩：宜春帖。舊時立春及春節所剪或書寫的字樣。民間與宫中將其貼於窗户、器物、彩勝等之上，以示迎春。南朝梁宗懔荆楚歲時記：「立春之日，悉剪綵爲燕，戴之，帖『宜春』二字。」

〔四〕鏡殿：北史齊紀下幼主：「其嬪嬙諸院中，起鏡殿、寶殿、玳瑁殿，丹青雕刻，妙極當時。」唐黄滔明皇回駕經馬嵬賦：「鏡殿三春，莫問菱花之照耀；驪山七夕，休瞻榆葉之芬芳。」

〔五〕仙盤：即金銅仙人承露盤。佚名三輔黄圖卷二：「神明臺，漢書曰：『建章有神明臺。』廟記曰：『神明臺，武帝造，祭仙人處，上有承露盤，有銅仙人，舒掌捧銅盤玉杯，以承雲表之露。以露和玉屑服之，以求仙道。』長安記：『仙人掌大七圍，以銅爲之。魏文帝徙銅盤折，聲聞數十里〔四〕。』」唐李賀金銅仙人辭漢歌序：「魏明帝青龍元年八月，詔宫官牽車西取漢孝武捧露盤仙人，欲立置前殿。宫官既拆盤，仙人臨載乃潸然淚下。」

〔六〕銖衣：傳説神仙穿的衣服，重量只有數銖甚至半銖。因用以形容極輕的分量，如舞衫之類。

〔七〕殀央：鴛鴦。

〔八〕後漢書五行志一：「桓帝之初，京都童謡曰：『城上烏，尾畢逋。公爲吏，子爲徒。一徒死，百乘車。車班班，入河間。河間姹女工數錢，以錢爲室，金爲堂。石上慊慊春黄粱。梁下有懸鼓，我欲擊之丞卿怒。』……『石上慊慊春黄粱』者，言永樂雖積金錢，慊慊常苦不足，使人春黄粱而食之也。」

〔九〕燕支：指美女。

〔一〇〕露井：没有覆蓋的井。唐陸龜蒙野井：「朱閣前頭露井多，碧梧桐下美人過。」

〔一一〕南朝宋劉義慶世説新語汰侈：「王君夫以糒澳釜，石季倫用蠟燭作炊。君夫作紫絲布步障碧綾裏四十里，石崇作錦步障五十里以敵之。石以椒爲泥，王以赤石脂泥壁。……王君夫有牛名『八百里駮』，常瑩其蹄角。王武子語君夫：『我射不如卿，今指賭卿牛，以千萬對之。』君夫既恃手快，且謂駿物無有殺理，便相然可，令武子先射。武子一起便破的，却據胡牀，叱左右速探牛心來。須臾，炙至，一臠便去。」

〔一二〕汗血：汗出如血。

〔一三〕連環：連結成串的玉環。莊子天下：「今日適越而昔來，連環可解也。」

〔一四〕金甌：國土。南史朱異傳：「（武帝）嘗夙興至武德閤口，獨言：『我國家猶若金甌，無一傷缺。』」

祝英臺近 瓶中臘梅

篆烟〔一〕微，沈水〔二〕歇，孤館夢初醒。似有香來，脈脈逗春影。額黄〔三〕消得宫梅，檀心〔四〕深注，問可許、翠禽相并。　畫簾迴，況是别久書遲，何人寄芳冷。繡户粘鷄〔五〕，後約怕重省。凍瓶還抱雙枝，憑伊憔悴。料隔隴、未諳幽境㊀。

【繫年】

詞嘉慶十九年（一八一四）春作於南返途中。

【校勘】

㊀「料隔隴、未諳幽境」：彙編本存審軒詞作「恁隔隴、未傳幽信」。

【注釋】

〔一〕篆烟：盤香的烟縷。

〔二〕沈水：亦作「沉水」。晉嵇含南方草木狀蜜香沉香：「此八物同出於一樹也。……木心與節堅黑，沉水者爲沉香，與水面平者爲鷄骨香。」後因以「沉水」借指沉香。

〔三〕額黄：額妝，指古代女子華貴艷美的面妝。宋李昉等太平御覽卷九七引宋書：「武帝女壽陽公主，人日卧於含章檐下，梅花落公主額上，成五出之華，拂之不去。皇后留之。自後有梅花粧，後人多效之。」唐李商隱無題之一：「壽陽公主嫁時妝，八字宫眉捧額黄。」

〔四〕檀心：指女子額上點的梅花妝。後蜀毛熙震女冠子：「修蛾慢臉，不語檀心一點。」

〔五〕粘鷄：黏鷄。宋陳元靚歲時廣記人日最重人：「人日貼畫鷄於户，懸葦索其上，插符於旁，百鬼畏之。」宋姜夔一萼紅：「朱户黏鷄，金盤簇燕，空嘆時序侵尋。」

綺羅香 甲戌花朝〔一〕山左同人小集分賦

月拂星弧〔二〕，霜融畫角〔三〕，淺醉凴㊀銷春夜。却憶山中，此日野梅剛謝。趁小橋、縠水微波，携俊侣、落㊁英同把。鎮相看、桃李無言，㊂最憐鶯燕妒嬌姹。　閑雲辭岫未返，還被東風作弄，青㊃顰紅亞。緩鞚輕衫㊄，次第緑㊅楊嘶馬。問芊綿〔四〕、芳草初生，怎掩映、夕㊆陽西下。倩重簾、好護幽香，漫將濃恨惹。

【繫年】

詞嘉慶十九年（一八一四）二月十五日花朝節作於山東東昌。

【校勘】

㈠「馮」：彙編本存審軒詞作「易」。
㈡「落」：彙編本存審軒詞作「殘」。
㈢「鎮相看、桃李無言」：彙編本存審軒詞作「待看伊、爛漫韶光」。
㈣「青」：彙編本存審軒詞作「翠」。
㈤「緩鞚輕衫」：彙編本存審軒詞作「紫鞚青羈」。
㈥「绿」：彙編本存審軒詞作「垂」。
㈦「夕」：彙編本存審軒詞作「斜」。

【注釋】

〔一〕花朝：花朝節。舊俗以農曆二月十五日爲百花生日，故稱此日爲花朝節。
〔二〕星弧：指弧矢星，又名天弓，在天狼星東南。共九星，八星如弓形，外一星像矢，故名。
〔三〕畫角：古管樂器，傳自西羌，形如竹筒，本細末大，以竹木或皮革等製成，因表面有彩繪，故稱。發聲哀厲高亢，古時軍中多用以警昏曉，振士氣，肅軍容。帝王出巡，亦用以報警戒嚴。
〔四〕芊綿：草木茂密貌。

點絳唇上元

吴中閨人，有「膽小看月小，膽大看月大」之語，故後闋及之。㈠

隱隱岩城[一]，金蟾[二]乍上繁星杳。花枝春裹，纖影横衿巧。一様冰輪[三]，膽小看來小。王孫草[四]，空房閉蚤，夢向清暉繞。

【繫年】

詞嘉慶十九年（一八一四）春末作於自山東東昌返鄉途中。

【校勘】

㊀「上元……故後闋及之」：底本無，據彙編本存審軒詞補。

【注釋】

〔一〕岩城：高城。

〔二〕金蟾：月亮的别稱。漢張衡靈憲：「羿請不死之藥於西王母，姮娥竊之以奔月……遂托身於月，是爲蟾蠩。」

〔三〕冰輪：指明月。

〔四〕王孫草：漢淮南小山招隱士：「王孫游兮不歸，春草生兮萋萋。」後以「王孫草」指牽人離愁的景色。

浣溪沙 初歸，見緑萼梅〔一〕正盛。

風約歌珠〔二〕顆顆圓，雪香春蕊泛湖烟，客懷〔三〕蕭散是今年。　三日輕舠浮醉醒，一枝疏影立嬋娟，這番真到玉人邊。

【繫年】

詞嘉慶十九年（一八一四）春末作於宜興。

【注釋】

〔一〕緑萼梅：宋范成大梅譜：「緑萼梅。凡梅花跗蒂皆絳紫色，惟此純緑，枝梗亦青，特爲清高，好事者比之九嶷仙人萼緑華。」

〔二〕歌珠：謂圓潤如珠的歌聲。唐盧鄴和李尚書命妓餞崔侍御：「何郎載酒别賢侯，更吐歌珠宴庾樓。」

〔三〕客懷：旅懷。

風入松 將移家維揚，留别小院海棠。

西風料峭〔一〕過墻東，寒勒海棠紅。人如社燕歸來乍，花應是、憐我飄蓬〔二〕。留取瓊苞未坼，待他暖日徐烘。　芳尊浮蟻〔三〕幾巡空，醉臉倚嬌慵。　憑闌攜手深深訴，年年別、花裏匆匆。從此雙雙飛宿，故園寂寞春濃。

【繫年】

據小序「將移家維揚」。詩卷三哭殤侄阿槐并序小注曰：「明年春，予將携家還揚州，自教兒讀，兒竟以六月殁，傷哉。」故詞嘉慶二十一年（一八一六）春末作於宜興。

【注釋】

〔一〕料峭：形容微寒。亦形容風力寒冷、尖利。

〔二〕飄蓬：飄飛的蓬草。喻飄泊無定。南朝梁劉孝綽答何記室：「游子倦飄蓬，瞻途杳未窮。」

〔三〕浮蟻：亦作「浮螘」。酒。

八　歸　送彥聞〔一〕赴都

江流岸㊀鎖，平疇烟㊁接，蘆荻斜隱客棹。匆匆百五㊂飛紅斷，贏得故㊃園消息，青梅酸老。綠遍天涯迷去馬，剗不盡重重㊄芳草。但祝取、桃李陰成，三徑〔二〕黛痕繞。　無計買他雲岫〔三〕，腰鐮芟㊅棘，暗遣十年懷抱。幾人彈鋏〔四〕，幾人市骨㊆〔五〕，一例㊇長安西笑〔六〕。素琴碎後，燕築難㊈傳別時調。盡魂繫、翠旌邊柳，著甚相逢，歸來㊉應更好。

【繫年】

方彦聞履籛舉嘉慶二十三年（一八一八）順天鄉試，詞當作於方赴都應舉前，時當嘉慶二十三年春作於揚州。

【校勘】

㊀「岸」：國朝常州詞録本同；清名家詞本味雋齋詞奪；彙編本存審軒詞作「烟」。
㊁「烟」：國朝常州詞録本同。彙編本存審軒詞作「岸」。
㊂「百五」：國朝常州詞録本同。彙編本存審軒詞作「春過」。
㊃「故」：國朝常州詞録本同。彙編本存審軒詞作「鄉」。
㊄「重重」：國朝常州詞録本同。彙編本存審軒詞作「易生」。
㊅「芟」：國朝常州詞録本同。彙編本存審軒詞作「刈」。
㊆「幾人彈鋏，幾人市骨」：國朝常州詞録本同。彙編本存審軒詞作「彈鋏呼魚，捐金市骨」。
㊇「一例」：國朝常州詞録本同。彙編本存審軒詞作「幾度」。
㊈「難」：國朝常州詞録本同。彙編本存審軒詞作「休」。
㊉「歸來」：國朝常州詞録本同。彙編本存審軒詞作「賦心」。

【注釋】

〔一〕彦聞：方履籛（一七九〇—一八三一），字彦聞、術民，江蘇常州陽湖今武進人，寄籍順天府大興縣。嘉慶二十三年（一八一八）舉順天鄉試，官福建永定、閩縣知縣。著有萬善花室詩集、萬善花室文稿、金石萃編補正等。

〔二〕三徑：亦作「三逕」。指歸隱者的家園。參詩卷六題荔庵徐漢蒼修竹吾廬卷子注釋〔二〕。

〔三〕買雲岫：買山，喻賢士的歸隱。參詩卷三慶源門外雨泊，懷良卿溪堂注釋〔八〕。雲岫，晉陶潛歸去來辭：「雲無心以出岫。」後因用「雲岫」指雲霧繚繞的峰巒。

〔四〕彈鋏呼魚：用戰國馮諼彈劍之典。參詩卷六初到淮安示諸生注釋〔三〕。

〔五〕戰國策燕策一：「郭隗先生曰：『臣聞古之君人，有以千金求千里馬者，三年不能得，涓人言於君曰：「請求之。」君遣之。三月得千里馬，馬已死，買其首五百金，反以報君。君大怒曰：「所求者生馬，安事死馬而捐五百金？」涓人對曰：「死馬且買之五百金，況生馬乎？天下必以王爲能市馬，馬今至矣。」於是不能期年，千里之馬至者三。今王誠欲致士，先從隗始；隗且見事，況賢於隗者乎？豈遠千里哉！』」

〔六〕漢桓譚新論祛蔽：「人聞長安樂，則出門西向而笑；肉味美，對屠門而嚼。」長安是漢的京城。西望長安而笑，謂渴慕帝都。

洞仙歌和彦聞〔一〕新月

瓊華〔二〕斂盡，柰寒芒〔三〕難約。依舊纖纖畫樓角。散餘霞漸暝、返照無痕；娥黛〔四〕染，眉樣遠山〔五〕如削。繁星争耀彩，緑樹陰陰，幾許南枝誤飛鵲〔六〕。小拜露階凉，金闕深扃，訴密意、桂娥〔七〕應覺。待三五、清光正團圞〔八〕。怕吹裂瓊簫〔九〕，霧屏烟幕。

【繫年】

詞當嘉慶二十三年（一八一八）春作於揚州，與前八歸送彦聞赴都同時。

【注釋】

〔一〕彦聞：方履籛（一七九〇—一八三一）。參詞卷一八歸送彦聞赴都注釋〔一〕。

〔二〕瓊華：神話中瓊樹的花蕊，似玉屑。此喻新月。

〔三〕寒芒：使人感到清冷的光芒。常用以指星光月光等。宋蘇軾牛口見月：「新月皎如晝，疏星弄寒芒。」

〔四〕娥黛：蛾黛。舊時婦女畫眉用的青黑色顏料。又名螺黛。

〔五〕遠山：遠山眉。

〔六〕古詩十九首：「胡馬依北風，越鳥巢南枝。」

〔七〕桂娥：指月宫嫦娥。

〔八〕團圞：團欒，圓貌。

〔九〕宋李昉等太平廣記卷三百四李謩引國史補：「李舟好事，嘗得村舍烟竹，截爲笛，堅如石鐵石，以遺李謩。謩吹笛天下第一。月夜泛舟，與同舟人吹，廖亮逸發。俄有客於岸呼舟請載。既至，請笛而吹，甚爲精妙，山石可裂。」瓊簫：玉簫。唐王翰飛燕篇：「朝弄瓊簫下綵雲，夜踏金梯上明月。」

少年游 桃溪〔一〕游湖上，喟然曰：「此間堪老，惜少美人與明月耳！」詞以調之。

風荷轉午〔二〕，良蜩〔三〕散韻，竹院試煎㊀茶。舊雨停雲〔四〕，故人今日，千里共浮查〔五〕。

陰陰樹色連隋苑〔六〕，何處認宫斜？明月陰多，美人夢短，可惜好年華。

【繫年】

詞曰「陰陰樹色連隋苑」詞當夏季作於揚州。道光二年秋，周濟去孫玉庭幕。詞有退隱之意。故當道光二年（一八二二）夏作於揚州。

【校勘】

㊀「煎」：彙編本存審軒詞作「翦」，誤。

【注釋】

〔一〕桃溪：清邱沅修、清段朝端纂宣統續纂山陽縣志民國十年刻本卷十人物：「嘉道間，潘源字桃溪。」

〔二〕轉午：接近中午。

〔三〕良蜩：即蟬。大戴禮記夏小正：「五月……良蜩鳴。」

〔四〕停雲：停止不動的雲。晉陶潛停雲：「靄靄停雲，濛濛時雨。」因其自序稱「停雲，思親友也」，故後世多用作思親友之意。

〔五〕浮查：漂浮海上的木筏。參詞卷一湘春夜月滄州道中見女子鬻伎注釋〔一〕。

〔六〕隋苑：隋煬帝時所建。即上林苑，又名西苑。故址在江蘇揚州西北。

蝶戀花

萬柄風荷摇不定，照灼紅妝，面面凌波靚。催送殘陽烟又暝，驪珠欲唤眠難醒〔一〕。歸櫂匆匆愁路永。怨笛哀箏，都約秋心冷。一夜水仙收緑净，亭亭獨鷺窺晨鏡。

【繫年】

詞當道光二年（一八二二）夏作於揚州。

【注釋】

〔一〕莊子列御寇：「莊子曰：『河上有家貧恃緯蕭而食者，其子没於淵，得千金之珠。其父謂其子曰：

「取石來鍛之！夫千金之珠，必在九重之淵而驪龍頷下，子能得珠者，必遭其睡也。使驪龍而寤，子尚奚微之有哉！」今宋國之深，非直九重之淵也；宋王之猛，非直驪龍也；子能得車者，必遭其睡也。使宋王而寤，子爲齏粉夫！』」

木蘭花㊀

鶯花〔一〕斷送春歸去，櫻笋〔二〕堆盤難下箸。年年此日慣傷離，何意翻成歡會處？　新縑舊素都無據〔三〕，蟬鬢翠眉誰付與？按歌〔四〕剛罷月剛圓，自欲矜持天不許。

【繫年】

詞當道光二年（一八二二）夏作於揚州。

【校勘】

㊀「木蘭花」：彙編本存審軒詞作「玉樓春」。

【注釋】

〔一〕鶯花：鶯啼花開。泛指春日景色。唐杜甫陪李梓州等四使君登惠義寺：「鶯花隨世界，樓閣倚山巔。」

〔二〕櫻笋：櫻桃與春笋。櫻桃與春笋上市的時候，正值指農曆三月。

〔三〕無據：無所依憑。

〔四〕按歌：按樂而歌。

浪淘沙㈠

落日倚孤篷，歸棹匆匆。怨歌[一]齊女[二]緑楊中。訴盡飄零何限恨，萍水無蹤。　酒醒一燈紅，愁聚眉峰。别時情比見時濃。留取衫襟痕數點，好與重逢。

【繫年】

道光二年，周濟去孫玉庭幕，離揚返鄉。「别時情比見時濃。留取衫襟痕數點，好與重逢。」抒别離之情。故詞當道光二年（一八二二）秋作於揚州。

【校勘】

㈠「浪淘沙」：彙編本存審軒詞作「小重山」。

【注釋】

〔一〕怨歌：悲歌。南朝梁簡文帝箏賦：「奏相思而不見，吟夜月而怨歌。」

〔二〕齊女：蟬的異名。晉崔豹古今注問答釋義：「牛亨問曰：『蟬名齊女者何？』答曰：『齊王后忿而死，尸變爲蟬，登庭樹嘒唳而鳴。王悔恨。故世名蟬曰齊女也。』」五代劉兼新蟬：「齊女屏幃失舊容，侍中冠冕有芳蹤。」

浣溪沙

絡緯蕭蕭夾岸啼，流螢如雨各東西，新秋行客試單衣。　轉憶花前惆悵事，賦歸〔一〕人却贈將離，那能重見不依依。

【繫年】

道光二年，周濟去孫玉庭幕。詞曰「賦歸人却贈將離」。故詞當道光二年（一八二二）秋作於揚州。

【注釋】

〔一〕賦歸：論語公冶長：「子在陳曰：『歸與，歸與！』」後因以「賦歸」表示告歸，辭官歸里。

憶舊游

信東風別舸㊀，兩岸㊁遥山，處處顰眉。乍解臨皋珮〔一〕，又盈盈脈脈，㊂擬托良媒。映燈試翦秋渌，呼得夜珠來。感密意〔二〕深緘，微波〔三〕暗溯，都在停杯。迷離㊃，驚倩女，〔四〕墮夢影梨雲㊄〔五〕，香暖春回。奈被霜鐘〔六〕妒，壓鴛衾未起㊅，紅淚〔七〕先垂。釀愁最苦江水，流不到長淮。待親見崔娘〔八〕，鏡中娥緑〔九〕重細揩。

【繫年】

詞當道光二年（一八二二）秋離揚州前於作。

【校勘】

㊀「信東風別舸」：國朝常州詞録本同。彙編本存審軒詞作「東風吹別舸」。
㊁「兩岸」：國朝常州詞録本同。彙編本存審軒詞作「恨」。
㊂「乍解臨皋珮，又盈盈脈脈」：國朝常州詞録本同。彙編本存審軒詞作「乍盈盈脈脈，臨皋解珮」。
㊃「迷離」：國朝常州詞録本同。彙編本存審軒詞作「離魂」。
㊄「夢影梨雲」：國朝常州詞録本同。彙編本存審軒詞作「梨雲纖影」。
㊅「未起」：國朝常州詞録本同。彙編本存審軒詞作「夢短」。

【注釋】

〔一〕解臨皋珮：用鄭交甫漢皋解佩之典，喻男女相悦而遺贈信物。參詩卷三十二艷品者，鐵香感蓉隱詞事，爲翰風作也。剪燈反覆，系之以詩。時遲，鐵香不至，即以柬之注釋〔二八〕。

〔二〕密意：南朝陳徐陵洛陽道之二：「相看不得語，密意眼中來。」

〔三〕微波：女子的眼波。三國魏曹植洛神賦：「無良媒以接懽兮，托微波而通辭。」

〔四〕典出「倩女離魂」。宋李昉等太平廣記卷三五八引唐陳玄祐離魂記：清河張鎰曾欲以幼女倩娘許配外甥王宙，後又悔約别許他人，至倩娘抑鬱成病。一日，王宙乘船離去，夜半時倩娘忽至，遂相偕赴蜀。居五年，生二子。後同歸寧，鎰大驚，以其女病卧閨中未嘗外出。病女得訊出迎，與宙妻合爲一體。鎰乃知出奔之女即倩娘精魂所化。

〔五〕梨雲：梨花雲。指夢中恍惚所見如雲似雪的繽紛梨花。後用爲狀雪景之典。參詩卷三五月庭中繡毬作花率然成咏注釋〔六〕。

〔六〕霜鐘：山海經中山經：「（豐山）有九鐘焉，是知霜鳴。」郭璞注：「霜降則鐘鳴，故言知也。」唐李白聽蜀僧濬彈琴：「客心洗流水，餘響入霜鐘。」

〔七〕紅淚：美人淚。參詩卷五東園注釋〔六〕。

〔八〕崔娘：崔鶯鶯。唐元稹鶯鶯傳記述鶯鶯與張生相戀，後爲張所棄而他嫁。北宋趙令畤商調蝶戀花鼓子詞、金董解元西廂記諸宫調、元王實甫西廂記皆述其事。王作使鶯鶯終於沖破封建禮教和門第的束縛，與張生結合，塑造了一個美貌多情的少女的典型形象。

〔九〕娥緑：即螺黛。婦女畫眉用的青黑色顏料。此指女子用螺黛描畫的眉。宋張元幹蘭陵王：「想娥緑輕暈，鸞鑑新怨。」

念奴嬌 疏簾

畫檐深窅，隔分明心性，悵他烟縷。似恐春痕山易學，掩却盈盈眉嫵。燕啄泥融，絮粘香墜，一桁〔一〕前宵雨。緑波平漲，織愁人在何許？　贏得把卷慵來，拋書隱几，睍睆〔二〕聽綿羽〔三〕。火活松釵縈碧篆〔四〕，細憶酒邊情緒。月樣鈎斜，鵓兒〔五〕旌短，密意渾輸與。甚時輕卷，倚闌晴對瓊宇。㊀

【繫年】

詞曰「燕啄泥融，絮粘香墜，一桁前宵雨」，時當春天，故詞當道光三年（一八二三）春作於蘇州。

【校勘】

㊀ 彙編本存審軒詞以下爲卷二。

【注釋】

〔一〕一桁：一行，一列。五代韋莊灞陵道中：「春橋南望水溶溶，一桁晴山倒碧峰。」

〔二〕睍睆：鳥鳴聲清圓。詩經邶風凱風：「睍睆黄鳥，載好其音。」

〔三〕綿羽：詩經小雅綿蠻：「綿蠻黄鳥，止于丘阿。」後因以「綿羽」爲黄鳥之别稱。

〔四〕此句當寫「隔火煎香」。宋楊萬里燒香七言：「琢瓷作鼎碧于水，削銀爲葉輕如紙。不文不武火力匀，閉閤下簾風不起。詩人自炷古龍涎，但令有香不見烟。素馨忽開抹利拆，底處龍麝和沈檀？平生飽識山林味，不奈此香殘妩媚。呼兒急取蒸木犀，却作書生真富貴。」

〔五〕鵝兒：鵝黄色。

卷二

木蘭花慢

看歸帆向盡，漸風力，接荒烟。剩落日紅低，斷山翠冷，作弄遥天。梅邊，數聲怨篴，喚湘靈〔一〕萬疊和哀弦。遮莫〔二〕蘆寒散雪，還疑柳嫩搓綿〔三〕。　裁箋，待與訴嬋娟，初月未成圓。况雁塞〔四〕雲高，鷄精〔五〕星朗，併入幺篇〔六〕。陶然〔七〕，便拚醉也，奈中山醉〔八〕日止盈千，多謝江頭伴侣，尋他海上神仙〔九〕。

【繫年】

道光四年（一八二四）春末夏初周濟赴安慶，謁余闕墓，因登大觀亭。詩卷四謁余忠宣公墓，因登大觀亭詞當作於歸途舟中。

【注釋】

〔一〕湘靈：湘水之神。楚辭遠游：「使湘靈鼓瑟兮，令海若舞馮夷。」

〔二〕遮莫：儘管。宋蘇軾次韻答寶覺：「芒鞋竹杖布行纏，遮莫千山更萬山。」

〔三〕搓綿：搓揉絲綿。本形容大雪紛飛，此喻蘆花如柳絮紛飛。

〔四〕雁塞：塞雁。邊塞之雁。詩文中多喻思念遠離家鄉的親人。

〔五〕鶏精：元馬端臨文獻通考卷二百七十九象緯考二：「井八星行列河中浄。一星名鉞井邊安。兩河各三南北正。天樽三星井上頭，樽上横列五諸侯。侯上北河西積水，欲覓積薪東畔是。鉞下四星名水府。水位東邊四星序。四瀆横列南河裏。南河下頭是軍市，軍市團圓十三星，中有一個野鶏精。孫子丈人市下列，各立兩星從東説。闕邱三個南河東，邱下一狼光蓬茸。左畔九個彎弧弓，一矢擬射頑狼胸。有個老人南極中，春秋出來壽無窮。」

〔六〕幺篇：戲曲術語。北曲中連續使用同一曲牌時，後面各曲不再標出曲牌名，而寫作「幺篇」或「幺」。

〔七〕陶然：醉樂貌。晉陶潛時運：「邈邈遐景，載欣載矚。稱心而言，人亦易足。揮兹一觴，陶然自樂。」

〔八〕中山醉：相傳産於中山的一種名酒，又稱千日酒。亦泛指名酒。晉干寶搜神記卷十九：「狄希，中山人也，能造千日酒，飲之千日醉。」晉張華博物志卷五：「劉玄石於中山酒家酤酒，酒家與千日酒飲之，忘言其節度。歸至家大醉，不醒數日，而家人不知，以爲死也，具棺殮葬之。酒家計千日滿，乃憶玄石前來酤酒，醉當醒矣。往視之，云：『玄石亡來三年，已葬。』於是開棺，醉始醒。」

〔九〕唐玄宗曾與楊貴妃游幸曲江。楊貴妃馬嵬坡自縊後，有故事言其東渡日本。

水調歌頭

浮海〔一〕欲何向？無乃〔二〕向咸池〔三〕。榑桑〔四〕葉大於屋，其上有天鶏〔五〕。忽發一聲喔〔六〕，喚起千門萬户，藹藹〔七〕散春暉。拍手御風去，舟楫快相隨。君不見，列御寇〔八〕，骨成灰。

童男卯〔九〕女頭白、徐福竟安歸？〔一〇〕縹緲黃金宫外，摇盪青銅鏡裏，慧想總緣癡。一點漢槎石，天女要支機。〔一一〕

【繫年】

詞曰「浮海欲何向」。道光八年（一八二八）春，「周濟一日大悟，盡去賓客，去揚州，寓居金陵之春水園，自號止庵，自此閉門著書，先後成説文字系、韻原等。」詩卷之八春水園詩并序故詞當道光八年（一八二八）春作於揚州。

【注釋】

〔一〕浮海：論語公冶長：「道不行，乘桴浮於海。」三國志魏書管寧傳：「遂避時難，乘桴越海，羈旅遼東三十餘年。」後用以指避世。

〔二〕無乃：相當於「莫非」「恐怕是」，表示委婉測度的語氣。

〔三〕咸池：楚辭離騷：「飲余馬於咸池兮，揔余轡乎扶桑。」王逸注：「咸池，日浴處也。」淮南子天文訓：「日出於暘谷，浴於咸池。」

〔四〕榑桑：亦作「扶桑」。傳説中的神木。文選嚴忌哀時命：「衣攝葉以儲與兮，左袪挂於榑桑。」王逸注：「榑，一作扶。」洪興祖補注：「榑，與扶同。」

〔五〕天鷄：神話中天上的鷄。南朝梁任昉述異記卷下：「東南有桃都山，上有大樹，名曰『桃都』，枝相去三千里。上有天鷄，日初出，照此木，天鷄則鳴，天下鷄皆隨之鳴。」

〔六〕咿喔：象聲詞。禽鳥聲。元高明琵琶記伯喈辭官辭婚不准：「三唱天鷄咿咿喔喔，共傳紫陌更闌。」

〔七〕藹藹：暗淡貌。

〔八〕列御寇：即列子，相傳爲先秦早期道家。

〔九〕卯：同「卿」。古代對下級或晚輩的稱呼，這裏相當於「童」。羅振玉增訂殷虚書契考釋：「卯象二人相向，猶北象二人相背。」

〔一〇〕徐福：即徐市。參詩卷三答鐵香見贈長歌注釋〔一〇〕。

〔一一〕宋胡仔苕溪漁隱叢話前集杜少陵六引南朝梁宗懔荊楚歲時記：「張華博物志：漢武帝令張騫窮河源，乘槎經月而去，至一處，見城郭如官府，室内有一女織，又見一丈夫牽牛飲河，騫問云：『此是何處？』答曰：『可問嚴君平。』織女取榰機石與騫而還。」

八聲甘州

嘆天衣無縫〔一〕要天成，人間織來難。漫顛箴倒綫，翻花門葉，舞鳳翔鸞。多少金閨〔二〕妙手，淺笑倚欄杆。誰遣篷窗女，苦耐更殘。　剛道鴛鴦繡出，又東風窺幕，舞蜨成團。待添將半臂〔三〕，珍重護春寒。盼玉勒〔四〕、驕嘶甚處，但垂楊，綠比海天寬。和珠淚〔五〕，親緘畫箋，留與重看。

【繫年】

詞當道光八年（一八二八）春作於揚州。

【校勘】

㈠「和珠淚」：底本、彙編本存審軒詞作「和淚」，國朝詞綜補作「和珠淚」。清周濟著、段曉華輯校周濟詞集輯校華東師範大學出版社二〇一六年版謂「按譜，此處應爲三字逗或三字句」。據改。

【注釋】

〔一〕天衣無縫：宋李昉等太平廣記卷六八引前蜀牛嶠靈怪録郭翰：「稍聞香氣漸濃，翰甚怪之，仰視空中，見有人冉冉而下，直至翰前，乃一少女。……徐視其衣并無縫。翰問之，謂翰曰：『天衣本非針綫爲也。』」後因以「天衣無縫」喻詩文自然渾成，或事物周密完美，泯然無迹。

〔二〕金閨：閨閣的美稱。

〔三〕半臂：半臂春寒。宋魏泰東軒筆録卷十五：「（宋祁）多内寵，後庭曳羅綺者甚衆，嘗宴於錦江，偶微寒，命取半臂，諸婢各送一枚，凡十餘枚皆至，子京（宋祁）視之茫然，恐有厚薄之嫌，竟不敢服，忍冷而歸。」

〔四〕玉勒：馬。唐杜牧夏州崔常侍自少常亞列出領麾幢十韻：「别風嘶玉勒，殘日望金莖。」

摸魚兒

待拚將[一]、一聲離别，離情還更重疊。蘭香不合人間降[二]，轉眼鬘雲凝雪。芳草歇。忍怨向、春殘花老頻啼鴂。恁般哽咽。是暗裏流光，雨催風送，含淚共君説。朱弦澀，雁柱[三]斜行又折。家山黯澹風月。石城[四]舊擬垂綸處，頓遣莫愁[五]愁絶。愁未徹。况著個[六]、琵琶老大曾相識[七]。唾壺漫缺[八]。要合玦[九]成環，鏤冰[一〇]作燧，萬古意難决。

【繫年】

儲素樓詞霜葉飛序：「幼失怙恃，依於徐氏。徐母鍾愛，十有六載，未嘗暫離。於歸後，尚得同居。道光八年，隨夫子返春水園。」詞當作於行前。

【注釋】

〔一〕拚將：拼將。

〔二〕晋干寶撰、李劍國輯校新輯搜神記附録杜蘭香：「漢時有杜蘭香者，自稱南康人氏。以建業四年春，數詣張傳。傳年十七，望見其車在門外，婢通言：『阿母所生，遣授配君，可不敬從。』傳先名，改碩。碩呼女前視，可十六七，説事邈然久遠。有婢子二人，大者萱支，小者松支。鈿車青牛，上飲食皆備。作詩曰：『阿母處靈嶽，時游雲霄際。衆女侍羽儀，不出墉宫外。飄輪送我來，豈復耻塵穢。從我與福俱，嫌我與禍會。』至其年八月旦復來，作詩曰：『逍遥雲漢間，呼吸發九嶷。流汝不稽路，弱水何不之。』出藷蕷子三枚，大如鷄子，云：『食此令君不畏風波，辟寒温。』碩食二枚，欲留一，不肯，令碩食盡。言：『本爲君作妻，情無曠遠。以年命未合，其小乖。大歲東方卯，當還求君。』蘭香降時，碩問禱祀何如，香曰：『消魔自可愈疾，淫祀無益。』香以藥爲消魔。」

〔三〕雁柱：亦作「雁柱」。樂器箏上整齊排列的弦柱。唐路德延小兒詩：「簾拂魚鈎動，箏推雁柱偏。」

〔四〕石城：石頭城。今南京。

〔五〕莫愁：舊唐書音樂志二：「石城有女子名莫愁，善歌謡，石城樂和中復有『莫愁』聲，故歌云：『莫愁在何處？莫愁石城西。艇子打兩槳，催送莫愁來。』」

〔六〕著個：這個。

〔七〕唐白居易琵琶行：「老大嫁作商人婦。」

〔八〕南朝宋劉義慶世説新語豪爽：「王處仲（王敦）每酒後輒詠『老驥伏櫪，志在千里。烈士暮年，壯心不已』。以如意打唾壺，壺口盡缺。」後以「唾壺擊缺」或「唾壺敲缺」形容心情憂憤或感情激昂。

〔九〕荀子大略：「絶人以玦，反絶以環。」楊倞注：「古者，臣有罪，待放於境，三年不敢去；與之環則還，與之玦則絶。皆所以見意也。」後用「環玦」表示官員的内召和外貶。亦用爲偏義，謂招還。

〔一〇〕鏤冰：宋黄庭堅送王郎：「炊沙作糜終不飽，鏤冰文字費工巧。」喻徒勞無益。

賀新郎

夢斷江聲裏。擁重衾、一燈寒焰，欲眠還起。搔首推篷看落月，衰柳荒蘆如薺〔一〕。漸四野、鷄鳴不已。釀雪雲生星沈彩，料明朝、風力還相擬。應凍合，玉樓矣。〔二〕歸塗不是論千里。奈年來、酒懷詩興，消磨餘幾。剛問南朝棲隱處，又恐鵁鶄難比〔三〕。渾不辨、枝頭葉底。如此江山誰拌得，剩蓴絲、長共鱸魚美。只少個，季鷹耳。〔四〕

【繫年】

道光十年、十一年，周濟於陶澍改革鹽務「持議有異同」，先後作淮鹺問荅、鹽法議一、鹽法議二以上之，「陶公銜其阻撓，將摭其他故罪之先生」。清蔣彤武進李先生年譜卷三：「十一年辛卯，先生年六十有三，在暨陽。……陶公因奏章程十有五條，而欽差復密奏請裁鹽政，歸總督管理，以一事權。由是鹽務大變，兩淮洶洶，幾釀成釁端。……當改法時，保緒在揚州，熟練鹽務，持議有異同。陶公銜其阻撓，將摭其他故罪之先生。」又石彦陶、陶用舒陶澍年譜：「（道光十一年）十二月，奏請淮北滯崖試行票鹽制。……（十二年）五月，奏請淮北湖運綱鹽滯岸及食鹽各岸，試行票鹽，酌議設局徵税章程。」詞曰「夢斷江聲裏」，「剛問南朝棲隱處，又恐鵁鶄難比」，正是此時心境的寫照。故詞當道光十一年（一八三一）春作於南京。

【注釋】

〔一〕唐孟浩然秋寄萬山寄張五：「天邊樹若薺，江畔月如舟。」言「衰柳荒」蘆遥遠，極爲矮小，有如薺菜。

〔二〕宋蘇軾雪後書北臺壁二首其二：「城頭初日始翻鴉，陌上晴泥已没車。凍合玉樓寒起粟，光摇銀海眩生花。」

〔三〕莊子逍遥游：「鷦鷯巢於深林，不過一枝。」晋張華鷦鷯賦序：「鷦鷯，小鳥也，生於蒿萊之間，長於藩籬之下，翔集尋常之内，而生生之理足矣。」後因以「寄鷦鷯」比喻暫時棲身。

〔四〕典出「季鷹魚」「鱸魚膾」，用爲思鄉賦歸之典。事見南朝宋劉義慶世説新語識鑒。參詩卷一虹橋舟中飲餞，贈别翰風張二，即題芙蓉湖莊畫卷注釋〔六〕。

長亭怨慢

乍拋却、枝頭春信〔一〕，悶倚危檣，看翻鴉陣〔二〕。風急雲寒，鸛鵝〔三〕無主倩誰認？一冬祈雪，空作了、江天恨。待説與東皇〔四〕，又只恐、年華愁問。瘦盡。念亭亭此樹，可是舊時風韻？禁他幾度，怕皴裂、霜皮盈寸。便祝取、蚤蚤春回，一例把、紅羅香揾。向甚處唫看，東閣當年何遜〔五〕。

【繫年】

詞當道光十一年（一八三一）春作於南京。

【注釋】

〔一〕春信：春天的信息。唐鄭谷梅：「江國正寒春信穩，嶺頭枝上雪飄飄。」

〔二〕翻鴉陳：翻飛的鴉群。

〔三〕鸛鵝：鸛和鵝的飛翔。形容雪花紛飛的樣子。

〔四〕東皇：指司春之神。

〔五〕唐杜甫和裴迪登蜀州東亭送客逢早梅相憶見寄：「東閣官梅動詩興，還如何遜在揚州。」元虞集注曰：「何遜字仲言，梁天監中作揚州法曹，廨舍有梅花一株，遜吟咏其下。後居洛，思梅，因請再任。及抵揚州，梅花方盛開，對花彷徨終日。」按：此揚州實乃今南京也。參清朱亦棟群書劄記卷十四東閣觀梅。

水調歌頭

江上浪如雪，幾個白鷗閑。稻粱不及蒲稗〔一〕，天地本來寬〔二〕。其奈郎家北渚，使妾飄零南浦，古月向人圓。弱腕擁雙楫，制淚〔三〕赴驚湍。舟萬斛，帆百尺，勢移山。一生只辨風信〔四〕、安穩作長年。哪管星移物換，何況潮來汐去，都只等閒看。含笑問桃葉，汝渡若爲難？〔五〕

【繫年】

詞當道光十一年(一八三一)春作於南京。面對「陶公(澍)銜其阻撓，將摭其他故罪之先生」，清蔣彤武進李先生年譜卷三兩人猶如「奈郎家北渚，使妾飄零南浦」，漸行漸遠。周濟「弱腕擁雙楫，制淚赴驚湍」，無力抗爭，故「哪管星移物换，何况潮來汐去，都只等閒看」。

【注釋】

〔一〕蒲稗：蒲草與稗草。文選謝靈運石壁精舍還湖中：「芰荷迭映蔚，蒲稗相因依。」劉良注：「芰荷、蒲稗皆水草迭遞也。」

〔二〕宋陸游初寒宴坐：「道在簞瓢端自足，心閑天地本來寬。」

〔三〕制淚：掩淚，抑淚。唐李廓落第：「榜前潛制淚，衆裏自嫌身。」

〔四〕風信：隨着季節變化應時吹來的風。

〔五〕宋郭茂倩樂府詩集清商曲辭二桃葉歌解題：「古今樂録曰：『桃葉歌者，晉王子敬之所作也。桃葉，子敬妾名，緣於篤愛，所以歌之。』隋書五行志曰：『陳時江南盛歌王獻之桃葉詩，云：「桃葉復桃葉，渡江不用楫。但渡無所苦，我自迎接汝。」後隋晋王廣伐陳，置將桃葉山下，及韓擒〔虎〕渡江，大將任蠻奴至新亭，以導北軍之應。子敬，獻之字也。』」按：桃葉渡今在江蘇江寧秦淮、青溪合流處。

揚州慢

雪澤虛占，雲陰漸散，江干依舊斜陽。向淡烟籠處，待曳逗春光。怕紅萼、禁寒乍勒，碧城[一]仙侶，倦繞迴廊。隔深深簾幕、從教密意難將。似曾相識，便判年[二]、還倚新裝。盡玉照[三]空明，紅羅旖旎，翠羽低昂。一種橫斜疏影[四]，深宵月、不似銀黄[五]。算誰家籬落，堪尋前度幽香。[六]

【繫年】

詞當道光十一年（一八三一）春作於南京。

【注釋】

〔一〕碧城：宋李昉等太平御覽卷六七四引上清經：「元始居紫雲之闕，碧霞爲城。」後因以「碧城」爲仙人所居之處。

〔二〕判年：半年。唐杜甫重過何氏之五：「到此應常宿，相留可判年。」

〔三〕玉照：宋張鎡堂名。以其堂周圍皆種梅，皎潔輝映，夜如對月，因名。宋張鎡滿江紅小圃玉照堂賞梅，呈洪景盧内翰：「玉照梅開，三百樹，香雲同色。」此蓋泛指廳堂。

〔四〕横斜疏影：宋林逋山園小梅：「衆芳摇落獨暄妍，占盡風情向小園。疏影横斜水清淺，暗香浮動月黄昏。」

〔五〕銀黄：黄銀，黄銅。皆喻月色也。

〔六〕宋朱淑真卜算子咏梅：「拂拂風前度暗香，月色侵花冷。」

望海潮

愔愔〔一〕高柳，娟娟〔二〕新月，平池静夜涵空。榆莢亂翻，荷錢〔三〕暗疊，春歸誤認殘紅。人在畫樓中。料玉鈎〔四〕掛起，簾幕重重。擬倩瓊簫〔五〕，寄將離思訴東風。　東風奈又匆匆。被嗔鶯妒燕，惱盡嬌慵。屏掩斷山〔六〕，琴留逝㊀水，尋來處處無蹤。愁到甚時濃。看唾花石〔七〕上，冰翠都融。可惜香衾，但催殘夢向疏鐘。

【繫年】

詞當道光十一年（一八三一）春作於南京。

【校勘】

㊀「逝」：彙編本存審軒詞作「游」。

【注釋】

〔一〕愔愔：幽深貌，悄寂貌。漢蔡琰胡笳十八拍：「雁飛高兮邈難尋，空腸斷兮思愔愔。」

〔二〕娟娟：姿態柔美貌。唐杜甫寄韓諫議注：「美人娟娟隔秋水，濯足洞庭望八荒。」宋蘇洵張益州畫像記：「有女娟娟，閨闥閑閑。」

〔三〕荷錢：指初生的小荷葉。因其形如錢，故名。宋趙長卿朝中措首夏：「荷錢浮翠點前溪，梅雨日長時。」

〔四〕玉鈎：玉製的掛鈎。亦爲掛鈎的美稱。楚辭招魂「挂曲瓊些」王逸注：「曲瓊，玉鈎也。……雕飾玉鈎，以懸衣物也。」南唐李璟攤破浣溪沙：「手卷真珠上玉鈎，依前春恨鎖重樓。」

〔五〕瓊簫：玉簫。唐王翰飛燕篇：「朝弄瓊簫下綵雲，夜踏金梯上明月。」

〔六〕斷山：陡峭壁立的高山。南朝宋劉義慶世説新語賞譽：「世目周侯，嶷如斷山。」

〔七〕唾花石：典出「飛燕唾花」。參詩卷一哭高亦耕二丈注釋〔二九〕。

菩薩蠻 偶種芍藥數本，招同人爲婪尾之宴〔一〕，衆賓既去，慨然賦之。

飄香遠在清波外，當年只共芳蘭采。別貯漢宮嬌，醉魂飛燕銷。〔二〕　翻階教作婢，誰解東皇意？〔三〕珍重記春殘，艷深開更難。

酴醾〔四〕雪落青條瘦，荷錢〔五〕亂帖波心縐。寂寞向園林，夢春無夢⊖尋。　瓊臺仙侶集，香霧漫空濕。笙冷月明中，暗催花氣濃。

燕王墓冷豐臺窄〔六〕，霓裳攧碎宮墻笛〔七〕。十載卧青樓，杜郎愁未愁。〔八〕　年年湖上路，廿十四橋邊去。〔九〕若遣鬥芳菲，願輸金帶圍〔一〇〕。

誰憐園客〔一一〕栽香草，飛瓊〔一二〕遺下蓬萊島。歸去海霞紅，看人斜照中。　綠蕪山萬折，胡蝶飛成雪。夜久燭光沈，露凉知慣禁。

【繫年】

詞當道光十一年（一八三一）春作於南京。

【校勘】

㈠「夢」：彙編本存審軒詞作「處」。

【注釋】

〔一〕婪尾之宴：宋陶穀清異録花：「胡嶠詩『餅裏數枝婪尾春』，時人罔喻其意。桑維翰曰：『唐末文人有謂芍藥爲婪尾春者。婪尾酒乃最後之杯，芍藥殿春，亦得是名。』」

〔二〕唐李白清平調三首其二：「一枝穠艷露凝香，雲雨巫山枉斷腸。借問漢宫誰得似，可憐飛燕倚新妝。」唐人往往木芍藥、牡丹混稱。舊題唐李濬松窗雜録：「開元中，禁中初重木芍藥，即今牡丹也。」自注：「開元天寶花木記云：禁中呼木芍藥爲牡丹。」明李時珍本草綱目草三芍藥集解引蘇頌曰：「崔豹古今注云：『芍藥有二種，有草芍藥、木芍藥。』木者花大而色深，俗呼爲牡丹，非矣。」

〔三〕宋郭印時升見惠芍藥三朵作詩謝之二首其一：「婢妾紛紛只謾争，美人後出更傾城。東君可是多情思，留取妖容作餞行。」

〔四〕酴醾：宋張邦基墨莊漫録卷九酴醾花咏：「酴醾花，或作荼蘼，一名木香。有二品，一種花大而棘，長條而紫心者爲酴醾，一品花小而繁，小枝而檀心者爲木香。」

〔五〕荷錢：荷葉。

〔六〕蓋用「燕臺市骨」和北京豐臺多産芍藥之典，暗指自己早年廷對戇言見尤，沉淪下僚至今。

〔七〕唐元稹連昌宫詞：「李謩擫笛傍宫墻，偷得新翻數般曲。」自注：「又明皇（唐玄宗）嘗於上陽宫夜後按新翻一曲，屬明夕正月十五日，潛游燈下。忽聞酒樓上有笛奏前夕新曲，大駭之。明日，密遣捕捉笛者，詰驗之，自云：『某其夕竊於天津橋玩月，聞宫中度曲，遂於橋柱上插譜記之。臣即長安少年善笛者李謩也。』明皇異而遣之。」

〔八〕唐杜牧遣懷：「十年一覺揚州夢，贏得青樓薄幸名。」

〔九〕宋姜夔揚州慢：「杜郎俊賞，算而今，重到須驚。縱豆蔻詞工，青樓夢好，難賦深情。二十四橋仍在，波心蕩，冷月無聲。」

〔一〇〕金帶圍：芍藥之名貴者。也稱金腰帶。宋陳師道後山談叢：「花之名天下者，洛陽牡丹、廣陵芍藥耳。紅葉而黄腰，號金帶圍，而無種，有時而出，則城中當有宰相。」

〔一一〕園客：文選嵇康琴賦「弦以園客之絲，徽以鍾山之玉」李善注引列仙傳：「園客者，濟陰人也。常種五色香草，積數十年，食其實。一旦，有五色神蛾止香樹末。客收而薦之以布，生桑蠶焉。時有好女夜至，自稱『我與君作妻』。道蠶狀，客與俱蠶。得百頭繭，皆如甕。繅繭六十日乃盡。訖，則俱去，莫知所如。」

〔一二〕飛瓊：許飛瓊：舊題漢班固漢武帝内傳：「（王母）又命侍女許飛瓊鼓震靈之簧。」唐孟棨本事詩事感：「（許渾）賦詩云：『曉入瑶臺露氣清，坐中唯有許飛瓊。塵心未斷俗緣在，十里下山空月明。』」

大　酺

向緑陰沈，華燈謝，蒼莽飛來圓鏡。荷錢〔一〕青尚小，任垂楊空際，弄他纖影。宿鳥驚翻，游魚暗上，贏得欺花〔二〕剛定。殘英知何處，但苔痕掩翠，露光流瑩。算留篆香銷，倚闌人倦，乍尋幽境。　清歌珠〔三〕又迸。爲瓊闕、仙桂〔四〕成孤映。問甚日、紅牙〔五〕同按，紫玉雙調〔六〕，起懨懨、慢扶重聽。試共冰輪〔七〕約，渾不辨、素娥〔八〕心性。怕容易〔九〕、秋風勁。青女〔一〇〕相對，蕭瑟西窗吹病，故園就荒三徑〔一一〕。

【繫年】

詞當道光十一年（一八三一）春末作於南京。

【注釋】

〔一〕荷錢：指初生的小荷葉。

〔二〕欺花：宋史達祖綺羅香詠春雨：「做冷欺花，將烟困柳，千里偷催春暮。」

〔三〕歌珠：謂圓潤如珠的歌聲。唐盧鄴和李尚書命妓餞崔侍御：「何郎載酒别賢侯，更吐歌珠宴庾樓。」

〔四〕仙桂：唐段成式酉陽雜俎天咫：「舊言月中有桂、有蟾蜍，故異書言月桂高五百丈，下有一人常斫之，樹創隨合。」

〔五〕紅牙：樂器名。檀木製的拍板，用以調節樂曲的節拍。宋司馬光和王少卿十日與留臺國子監崇福宫諸官赴王尹賞菊之會：「紅牙板急弦聲咽，白玉舟橫酒量寬。」

〔六〕紫玉雙調：宋史乐志：「歇指調九：榆塞清、聽秋風、紫玉簫、碧池魚、鶴盤旋、湛恩新、聽秋蟬、月中歸、千家月。」

〔七〕〔八〕冰輪、素娥：月亮別稱。

〔九〕容易：輕率，草率，輕易。

〔一〇〕青女：淮南子天文訓：「至秋三月……青女乃出，以降霜雪。」高誘注：「青女，天神，青霄玉女，主霜雪也。」

〔一一〕三徑：亦作「三逕」。指歸隱者的家園。參詩卷六題茘庵徐漢蒼修竹吾廬卷子注釋〔一一〕。

蝶戀花

道光十有一年，歲在辛卯，五月三日，燕子磯〔一〕阻風，讀史感賦。

落日胭脂紅漸褪，新月如鈎，掛起天涯恨。一個閑鷗眠不穩，投林只見鴉成陣〔二〕。祝向餘霞休散盡，月似銀黃，却比黃銀㊀嫩。〔三〕剛被遥山銜一寸，浮雲片片誇輕俊。

宛轉黃龍〔四〕星彩異，斗柄〔五〕西斜，露氣連江墜㊁。嘯夜魚長人却避〔六〕，烟波勢欲無天地。萬古消沈當此際，石燕〔七〕嵯峨、空有凌霄意。獨上危亭還獨倚，北風吹冷承眶淚。老淚無端東北灑，誰遣銀河，直向西南寫。萬斛愁珠相激射，此生漫共漁樵話。買得青山〔八〕休説價，疊嶂重巒、一幅屏中畫。添個山翁騎瞎馬〔九〕，柴門歸去昏燈灺〔一〇〕。

燕子來時逢戊己，泥墜空梁，〔一一〕幕卷生生〔一二〕翠。軟語輕捎魂欲碎，沈沈畫閣人酣醉。林木營巢成底事，曲突焦頭〔一三〕、説向憑誰記？夢裏春風還暗起，吹殘幾樹瓊花蕊。釦玉泥椒芳靄集〔一四〕，論斛征螢〔一五〕，光散雷塘〔一六〕碧。萬柄風荷摇欲折，白花雪艷紅花血。

蟬鬢迴舟羅袂㊂濕，花自雙頭〔一七〕、佩自琉璃玦。香徑〔一八〕當年真誤識，蘇臺鹿去〔一九〕留㊃遺迹。獨枕黄門排闥語〔二〇〕，底事王孫，羞共將軍伍？〔二一〕奉璽功高清渭路〔二二〕，漢陵一片瀟瀟雨。伯玉佯酣情更苦〔二三〕，烈烈南風、吹夢迷陳舞。〔二四〕掩卷推篷天欲曙，勞人聽盡津頭鼓。

【繫年】

詞道光十一年（一八三一）五月三日作於南京。是年五月十四日，兄周潛卒。山溪周氏宗譜卷四之一大分五房世表上：「潛，宗少公長子，又名湘，字佐乾。邑志載字。晚號固庵。太學生，九品議叙。生乾隆三十一年丙戌十月二十七日，卒道光十一年辛卯五月十四，享年六十六歲。」周濟是行，蓋爲返鄉探兄。

【校勘】

㈠「黄銀」：彙編本存審軒詞同。國朝詞綜補作「銀黄」。

㈡「墜」：彙編本存審軒詞作「墮」，出韻。

㊂「袂」：國朝常州詞録本作「袜」。彙編本存審軒詞作「被」。

㊃「留」：彙編本存審軒詞作「無」。

【注釋】

〔一〕燕子磯：在南京東北觀音山。參詩卷四阻風燕子磯，夜雪却歸，招隱山集園同登爽來閣注釋〔一〕。

〔二〕鴉陣：鴉群。宋陸游湖中暮歸：「乍起鷺行横野去，欲栖鴉陣暗天飛。」

〔三〕銀黄、黄銀：黄銅。參詞卷二揚州慢注釋〔五〕。

〔四〕黄龍：星座名。唐楊炯渾天賦：「南宫則黄龍賦象，朱鳥成形。五帝之座，三光之庭。」

〔五〕斗柄：北斗柄。指北斗的第五至第七星，即衡、開泰、摇光。北斗，第一至第四星象斗，第五至第七星象柄。

〔六〕唐杜甫沙苑行：「泉出巨魚長比人，丹砂作尾黄金鱗。」

〔七〕石燕：此代燕子磯。

〔八〕買山：喻賢士的歸隱。參詩卷三慶源門外雨泊，懷良卿溪堂注釋〔八〕。

〔九〕南朝宋劉義慶世説新語排調：「桓南郡與殷荆州語次，因共作了語。……復作危語。桓曰：『矛頭淅米劍頭炊。』殷曰：『百歲老翁攀枯枝。』顧曰：『井上轆轤卧嬰兒。』殷有一參軍在坐，云：『盲人騎瞎馬，夜半臨深池。』」

〔一〇〕炧：熄滅。

〔一一〕宋吴淑事類賦注卷之十九禽部二燕引晉張華博物志：「鷰戊己日不銜泥塗巢，此非才智，自然得之。」戊己，禮記月令：「(季夏之月)中央土，其日戊己。」鄭玄注：「戊之言茂也，己之言起也。日之行四時之間，從黄道，月爲之佐。至此萬物皆枝葉茂盛。其含秀者，抑屈而起，故因以爲日名焉。」

〔一二〕生生：形容有活力。

〔一三〕曲突焦頭：唐歐陽詢等藝文類聚卷八十引漢桓譚新論：「淳于髡至鄰家，見其竈突之直而積薪在傍，謂曰：『此且有火。』使爲曲突而徙薪。鄰家不聽，後果焚其屋，鄰家救火，乃滅。烹羊具酒謝救火者，不肯呼髡。智士譏之曰：『曲突徙薪無恩澤，燋頭爛額爲上客。』蓋傷其賤本而貴末也」。後用「曲突」「曲突徙薪」「曲突移薪」以比喻事先采取措施，防患於未然。

〔一四〕南朝梁劉孝威烏生八九子：「金柝嚴兮翠樓肅，蜃壁光兮椒泥馥。」

〔一五〕論斛征螢：清趙宏恩等江南通志卷三十三輿地志古迹：「螢苑，在甘泉縣。隋大業末，帝幸江都，大索螢火數斛，夜出游山，放之，光遍岩谷，故名。」唐杜牧揚州三首其二：「秋風放螢苑，春草鬥鷄臺。」唐李商隱隋宮：「於今腐草爲螢火，終古垂楊有暮鴉。」

〔一六〕雷塘：隋煬帝葬所，在揚州城北平岡上。唐書地理志：「揚州江都東十一里，有雷塘。」

〔一七〕雙頭：雙頭花，同一枝上并開的兩朵花。

〔一八〕香徑：采香徑。在蘇州西南靈岩山前。宋范成大吴郡志古迹一：「采香逕，在香山之傍小溪也。吴王種香於香山，使美人泛舟於溪以采香。今自靈岩山望之，一水直如矢，故俗又名箭涇。」

〔一九〕蘇臺鹿去：漢書伍被傳：「後王(淮南王)坐東宫，召被欲與計事，呼之曰：『將軍上。』被曰：『王安得亡國之言乎？昔子胥諫吴王，吴王不用，乃曰：「臣今見麋鹿游姑蘇之臺也。」今臣亦將見宫中生荆棘，露霑衣也。』」後以「鹿走蘇臺」比喻國家敗亡，宫殿荒廢。

〔二〇〕史記樊酈滕灌列傳：「先黥布反時，高祖嘗病甚，惡見人，卧禁中，詔户者無得入群臣。群臣絳、灌等莫敢入。十餘日，噲乃排闥直入，大臣隨之。上獨枕一宦者卧。噲等見上流涕曰：『始陛下與臣等起豐沛，定天下，何其壯也！今天下已定，又何憊也！且陛下病甚，大臣震恐，不見臣等計事，顧獨與一宦者絶乎？且陛下獨不見趙高之事乎？』高帝笑而起。」黄門：宫禁。通典職官三：「凡禁門黄闥，故號黄門。」

〔二一〕史記淮陰侯列傳：「信嘗過樊將軍噲，噲跪拜送迎，言稱臣，曰：『大王乃肯臨臣。』信出門，笑曰：『生乃與噲等爲伍。』」

〔二二〕史記樊酈滕灌列傳：「其後盧綰反，高帝使噲以相國擊燕。是時高帝病甚，人有惡噲黨於吕氏，即上一日宫車晏駕，則噲欲以兵盡誅滅戚氏、趙王如意之屬。高帝聞之大怒，乃使陳平載絳侯代將，而即軍中斬噲。陳平畏吕后，執噲詣長安。至則高祖已崩，吕后釋噲，使復爵邑。」

〔二三〕晋書衛瓘傳：「惠帝之爲太子也，朝臣，咸謂純質，不能親政事。瓘每欲陳啓廢之，而未敢發。後會宴陵雲臺，瓘托醉，因跪帝牀前曰：『臣欲有所啓。』帝曰：『公所言何耶？』瓘欲言而止者三，因以手撫牀曰：『此座可惜！』帝意乃悟，因謬曰：『公真大醉耶？』瓘於此不復有言。」伯玉，衛瓘字也。

〔二四〕晋書、愍懷太子傳：「賈后將廢太子，詐稱上不和，呼太子入朝。既至，后不見，置于别室，遣婢陳舞賜以棗酒，逼飲醉之。使黄門侍郎潘岳作書草，若禱神之文，有太子素意，因醉而書之，令小婢承福以紙筆及書草使太子書之。……太子醉迷不覺，遂依而寫之，其字半不成。既而補成之，后以呈帝。」南風，晋惠帝司馬衷皇后賈旹字南風。

六幺令 銷夏灣〔一〕荷花

露濃烟重，玓瓅〔二〕愁珠碎。一枝兩枝紅艷，點出淩波翠。應是吴宫人去，萬古留憔悴。鷺蓑㊀〔三〕相對，晚蟬咽處，勝有漁歌伴殘醉　我是江湖倦㊁客，浪迹沙鷗外。著個魚婢樵青〔四〕，小艇剛同載。驀地看花心苦，暗墮鴟夷〔五〕淚，佳人難再。問他玉骨，可向西風卸環佩。

【繫年】

詞道光十一年（一八三一）夏作於蘇州。

【校勘】

㊀「蓑」：底本、清名家詞本味雋齋詞作「衰」，誤。據彙編本存審軒詞改。

㊁「倦」：清名家詞本味雋齋詞作「僊」。

【注釋】

〔一〕銷夏灣：清顧禄清嘉録卷六六月消夏灣看荷花：「洞庭西山之址，消夏灣爲荷花最深處。夏末舒華，燦若錦繡，游人放櫂納凉，花香雲影，皓月澄波，往往留夢灣中，越宿而歸。」

〔二〕玓瓅：珠光閃耀。漢司馬相如上林賦：「明月珠子，玓瓅江靡。」

〔三〕鷺蓑：白鷺的蓑羽，亦借指白鷺。

〔四〕唐顔真卿浪迹先生玄真子張志和碑：「肅宗嘗錫奴婢各一，玄真配爲夫妻，名夫曰漁僮，妻曰樵青。」後因以樵青指女婢。宋陸游幽居即事：「炊烹付樵青，鉏灌賴阿對。」

〔五〕鴟夷：即鴟夷子皮，春秋越范蠡之號。史記越王勾踐世家：「范蠡浮海出齊，變姓名，自謂鴟夷子皮，耕于海畔，苦身戮力，父子治産。」司馬貞索隱：「范蠡自謂也。蓋以吴王殺子胥而盛以鴟夷，今蠡自以有罪，故爲號也。韋昭曰：『鴟夷，革囊也。』或曰生牛皮也。」

相思兒令 憶荷華

銷夏〔一〕記泛孤篷。遍青山、難覓吴宫。歸來夢繞烟蘿，漫愁響屧廊〔二〕空。

一葉一華教見，零落盡西風。可惜緑波明月，相映小池中。

【繫年】

詞道光十一年（一八三一）夏作於蘇州。

【注釋】

〔一〕銷夏：銷夏灣。參詞卷二六幺令銷夏灣荷花注釋〔一〕。

〔二〕響屧廊：宋范成大吴郡志古迹：「響屧廊，在靈岩山寺。相傳吴王令西施輩步屧，廊虚而響，故名。今寺中以圓照塔前小斜廊爲之，白樂天亦名『鳴屧廊』。」宋朱長文吴郡圖經續記山：「（硯石山）又有響屧廊，或曰鳴屐廊，以楩梓藉其地，西子行則有聲，故以名云。」

浪淘沙慢

聽緱嶺、瑶笙乍杳，唤起長笛。〔一〕斜日餘霞漸隱，西風過雁又急。望十二瓊樓〔二〕無信息。倩青鳥〔三〕、飛度蒼茫，但弱水〔四〕、浮山〔五〕最深處，文鸞〔六〕見孤立。還憶。當年誤注仙籍〔七〕。待散髮、扁舟〔八〕隨流去，星帶羊裘客〔九〕。奈舊盟〔一〇〕都寄，漚波〔一一〕鷺雪〔一二〕。易抽獨繭〔一三〕，怕釣絲、暗惹珊瑚枝格。歸路遥、秋林雲掩，歸心尚、倚紅盼碧。試吹向、柯亭〔一四〕應更惜。甚春草、萬里芊綿〔一五〕，只一夜、輕霜作盡蕭條色。

【繫年】

詞道光十一年（一八三一）初秋於蘇州。

【注釋】

〔一〕漢劉向列仙傳王子喬：「王子喬者，周靈王太子晋也。好吹笙，作鳳凰鳴。游伊洛之間，道士浮丘公接以上嵩高山。三十餘年後，求之於山上，見桓良曰：『告我家：七月七日待我於緱氏山巔。』至時，果乘白鶴駐山頭，望之不得到，舉手謝時人，數日而去。」後因以爲修道成仙之典。

〔二〕十二瓊樓：十二樓，指神話傳説中的仙人居處。史記封禪書：「方士有言『黄帝時爲五城十二樓，以候神人於執期，命曰迎年』。上許作之如方，命曰明年。」漢書郊祀志下：「五城十二樓。」顔師古注引應劭曰：「崑崙玄圃五城十二樓，仙人之所常居。」

〔三〕青鳥：陪侍王母的仙鳥。

〔四〕弱水：古代神話傳説中稱險惡難渡的河海。舊題漢東方朔海内十洲記鳳麟洲：「鳳麟洲在西海之中央，地方一千五百里，洲四面有弱水繞之，鴻毛不浮，不可越也。」

〔五〕浮山：海市蜃樓。清黄宗羲海市賦：「南海謂之浮山，東海謂之海市，是乃方言之托也。」

〔六〕文鸞：鳳凰之類的神鳥。因有文彩，故云。

〔七〕仙籍：古以科舉及第爲登仙，因稱及第者的資格與名姓籍貫爲仙籍。

〔八〕散發扁舟：史記貨殖列傳：「范蠡既雪會稽之耻，乃喟然而嘆曰：『計然之策七，越用其五而得意。既已施於國，吾欲用之家。』乃乘扁舟浮於江湖，變名易姓，適齊爲鴟夷子皮，之陶爲朱公。」唐李白宣州謝朓樓餞别校書叔雲：「在世不稱意，明朝散髮弄扁舟。」

〔九〕羊裘客：晋皇甫謐高士傳：「嚴光字子陵，會稽餘姚人也。少有高名，同光武游學。及帝即位，光乃變易姓名，隱逝不見。帝思其賢，乃物色求之。後齊國上言：『有一男子，披羊裘釣澤中。』帝疑光也，乃遣安車玄纁聘之，三反而後至。……除爲諫議大夫，不屈，乃耕于富春山。後人名其釣處爲嚴陵瀨焉。」後因以「羊裘」指隱者或隱居生活。

〔一〇〕舊盟：鷗盟。列子黄帝好鷗鳥者：「海上之人有好鷗鳥者，每旦之海上，從鷗鳥游，鷗鳥之至者百住而不止。其父曰：『吾聞鷗鳥皆從汝游，汝取來，吾玩之』。明日之海上，鷗鳥舞而不下也。」謂與鷗鳥爲友。比喻隱退。

〔一一〕漚波：通「鷗波」，鷗鳥生活的水面，比喻悠閑自在的退隱生活。

〔一二〕鷺雪：雪鷺，白鷺。

〔一三〕獨繭：獨繭絲。列子湯問：「詹何以獨繭絲爲綸，芒針爲鈎。……引盈車之魚於百仞之淵。」

〔一四〕柯亭：柯亭笛。晋書桓伊傳：「（桓伊）善音樂，盡一時之妙，爲江左第一。有蔡邕柯亭笛，常自吹之。」亦省作「柯笛」。

〔一五〕芊綿：綿延不絶貌。

西地錦

足遣㊀秋陰如醉，替海棠冰㊁淚。空階夜漏㊂，寒蟲細語，便無愁争〔一〕睡。　何況燈昏簾内，又月明簾外。疏枝瘦影，横斜遍地，寫秋風無賴。

【繫年】

詞道光十一年（一八三一）秋作於南京。

【校勘】

㊀「足遣」：國朝詞綜補作「黯黯」。

㊁「冰」：國朝詞綜補作「凝」。

㊂「漏」：國朝常州詞録本同。彙編本存審軒詞作「滴」。

【注釋】

〔一〕争：怎。

壽樓春 登翠微亭〔一〕同叔安〔二〕作

風蕭條吹衣。又危亭共陟，寅餞〔三〕斜暉。横黛低環江表，秀餐〔四〕蛾眉。紅蓼〔五〕綻、鱸魚肥〔六〕。唤緑蓑、歸來歸來。恨暗浦沈潮，疏黄委竹，荒過釣人磯〔七〕。西南月，空依依。算何時爲我，光滿瑶臺。可奈朝雲輕散，莫烟横飛。孤眠醒，搴羅幃。望露盤〔八〕、高寒先知。嘆病渴文園〔九〕，東封著書〔一〇〕留待誰。

【繫年】

詞道光十一年（一八三一）秋作於南京。

【注釋】

〔一〕翠微亭：明施沛南京都察院志明天啓刻本卷之二十一職掌十四：「翠微亭，在清凉寺山頂，唐時建，宋末亭廢。萬曆初年，南畿提學耿公復葺爲四望亭，今又倒塌，其名在焉。」

〔二〕叔安：陳字，字叔安，又字方瀾。參詩卷七送叔安之雷州注釋〔一〕。

〔三〕寅餞：恭敬送行。尚書堯典：「分命和仲，宅西曰昧谷，寅餞納日。」孔傳：「餞，送也。日出言導，日入言送。」孔穎達疏：「日入在於西方，令此和仲恭敬從送既入之日。」清趙在翰尚書考靈曜卷二：「春夏民欲早作，故令民先日出而作，是謂寅賓出日；秋冬民欲早息，故令民候日入而息，是謂寅餞納日。春迎其來，秋送其去，無不順矣。」

〔四〕秀餐：秀色可餐，形容秀美異常。晉陸機日出東南隅行：「鮮膚一何潤，秀色若可餐。」

〔五〕紅蓼：唐杜牧歙州盧中丞見惠名醖：「猶念悲秋更分賜，夾溪紅蓼映風蒲。」

〔六〕鱸魚肥：鱸魚膾，亦作「鱸魚鱠」。用爲思鄉賦歸之典。事見南朝宋劉義慶世説新語識鑒。參詩卷一虹橋舟中飲餞，贈别翰風張二，即題芙蓉湖莊畫卷注釋〔六〕。

〔七〕釣磯：釣磯。借指隱居之處。唐劉滄贈顓頊山人：「知君濟世有長策，莫問滄浪隱釣磯。」

〔八〕露盤：承露盤。漢武帝時建於建章宫。參詞卷一齊天樂四春錢注釋〔五〕。此指月亮。

〔九〕漢司馬相如曾任孝文園令，「常有消渴疾」，因此稱病閑居。見史記司馬相如列傳。後遂以「文園病」指消渴病。

〔一〇〕漢司馬相如臨終前作封禪文，盛頌漢德宏大，請武帝東幸封泰山、禪梁父，以彰功業。相如卒後八年，武帝從其言，東至泰山行封禪事。事見史記司馬相如列傳。後因以「東封」謂帝王行封禪事，昭告天下太平。

浣溪沙㊀ 慢

別鵠寥天[一]，忽焉經歲，團欒[二]共集，弔影獨悲，情不自勝，遂成臨欒之嘆[三]。

玉骨瘦一把[四]，明月圓三五，杜郎夢醒，早見秋如許。[五]叢桂試華，禁盡連宵雨，天上人間苦。星影隔銀河，海山遥，青鸞倦羽。移家去，誰挽鮑宣車[六]，便香橙送酒[七]，修竹倚雲，遠黛横眉膴。總替㊁斷腸人畫傷心譜，莫聽傷心語。剗地[八]起西風，共秋光，都無問處。

【繫年】

詞道光十一年（一八三一）秋作於南京。道光十一年八月二十二日、九月十七日，周濟迭遭原配徐氏、弟周治之喪，參山溪周氏宗譜卷四之二。周濟「命舟星奔，含弗及視」，詩卷五卜居悔不歸也：「桂之方董，奪我内紀。如何不淑，嗟及余季。命星奔舟，含視弗及。」遂有詞序所言之「臨欒之嘆」。

【校勘】

㊀「沙」：彙編本存審軒詞作「紗」。

㊁「替」：清名家詞本味雋齋詞作「普」，誤。

【注釋】

〔一〕寥天：遼闊的天空。

〔二〕團欒：團圓。

〔三〕臨欒之嘆：禮記曲禮上：「適墓不登壟，助葬必執紼。臨喪不笑。揖人必違其位。望柩不歌，入臨不翔。當食不嘆。鄰有喪，舂不相；里有殯，不巷歌。適墓不歌，哭日不歌。送喪不由徑，送葬不辟塗潦。臨喪則必有哀色，執紼不笑，臨樂不嘆，介胄則有不可犯之色。故君子戒慎，不失色於人。」

〔四〕唐李商隱偶成轉韻七十二句贈四同舍：「天官補吏府中趨，玉骨瘦來無一把。」玉骨，清瘦秀麗的身架，多形容女子的體態。

〔五〕典出唐杜牧寄揚州韓綽判官：「青山隱隱水迢迢，秋盡江南草未凋。二十四橋明月夜，玉人何處教吹簫。」

〔六〕後漢書列女傳鮑宣妻：「勃海鮑宣妻者，桓氏之女也，字少君。宣嘗就少君父學，父奇其清苦，故以女妻之，裝送資賄甚盛。宣不悦，謂妻曰：『少君生富驕，習美飾，而吾實貧賤，不敢當禮。』妻曰：『大人以先生脩德守約，故使賤妾侍執巾櫛。既奉承君子，唯命是從。』宣笑曰：『能如是，是吾志也。』妻乃悉歸侍御服飾，更著短布裳，與宣共挽鹿車歸鄉里。拜姑禮畢，提甕出汲。脩行婦道，鄉邦稱之。」後因以「挽鹿車」爲夫妻共守清苦生活的典故。

〔七〕宋陳造招鄭良佐：「向來聞名思見面，常恨東西異鄉縣。即今去我一葦航，亦復經年不相見。重陽佳辰可虚辱，橙香蟹肥家釀熟。相過一醉猶待速，爲君已約東籬菊。」元方回瀛奎律髓匯評卷一二方：「歐陽公于自然之中或壯健，或流麗，或全雅淡。有德者之言自不同也。三、四全不喫力，俗間有云：『香橙螃蟹月，新酒菊花天。』本此。」蓋謂以香橙浸蟹佐酒。

〔八〕剗地：亦作「剗的」。依舊，照樣。宋辛棄疾新荷葉再題傅岩叟悠然閣：「歲晚淵明，也吟草盛苗稀。

風流剗地，向尊前、采菊題詩。」

水調歌頭題趙野航〔一〕懷人圖

千載數人耳，況復要同時？天涯何幸相識，相識又天涯。時節非秋非夜，光景無風無雨，那便不相思。可奈翠梧葉，飛墮最高枝。山陽路，倚樓笛，怨長離。〔二〕幾番斷續嗚咽，孤響喚雲低。贏得江湖逋客，獨對香銷燈燼，舊夢是邪非。絳闕在何許？明月向樓西。

【繫年】

詞道光十一年（一八三一）秋作於南京。

【注釋】

〔一〕趙野航：趙對澂（一七八九—一八六〇），字子徵、念堂，號野航，別署浮槎山樵，室名小羅浮山館，安徽合肥人。道光廩貢生。歷任安徽亳州、和州、池州學官。道光十五年，卸任亳州學正。道光二十四年（一八四四）任廣德州學正。咸豐十年（一八六〇）太平軍攻廣德，被殺。著有小羅浮館詩集、小羅浮館詞附雜曲，另有野航雜著十三種，其中傳奇鵑紅記一作酬紅記尤傾動一時。參趙山林中國近代戲曲編年（一八四〇—一九一九），華東師範大學出版社二〇〇八年；張增元明清戲曲作家事迹考略續編，文獻一九八九年第二期。

〔二〕晋向秀經山陽舊居，聽到鄰人吹笛，不禁追念亡友嵇康、吕安，因作思舊賦。後因以「山陽笛」爲懷念故友的典實。

好事近有贈

桐露欲沾衣，香綻滿園金粟〔一〕。病起要肢無力，看新來裝束。　中秋過也月仍圓，天然孕珠緑。更向桂娥深拜，有誰聞私祝。

【繫年】

詞道光十一年（一八三一）中秋後作於南京。

【注釋】

〔一〕金粟：桂花的别名。因其色黄如金，花小如粟，故稱。宋范成大中秋後兩日自上沙回，聞千岩觀下岩桂盛開，復檥石湖，留賞一日賦兩絶之一：「金粟枝頭一夜開，故應全得小詩催。」

好事近代答

寶鏡〔一〕隔宵圓，剛破㊀遠山愁緑。〔二〕敢道不勝羅綺，奈夜來新浴。　紅窗女伴見還憐，相携畫闌曲。共報宜秋兩字，是東君親祝。

【繫年】

詞道光十一年（一八三一）中秋後作於南京。

【校勘】

㊀「破」：彙編本存審軒詞作「被」。

【注釋】

〔一〕寶鏡：喻月。宋李樸中秋：「皓魄當空寶鏡升，雲間仙籟寂無聲。」

〔二〕唐温庭筠菩薩蠻：「繡簾垂麗𥷛，眉黛遠山緑。春水渡溪橋，凭欄魂欲銷。」清孫原湘秋樓：「愁絶緑窗風影裏，遠山早睹一痕青。」

引駕行 中秋無月

綿綿恨雨，垂垂困柳，吹不斷，少男風〔一〕。皺池面，魚跳落蕊香中。冥濛〔二〕。姮娥〔三〕耐寡，青天自遠，招不向、畫樓東。繡簾底，佳人冰望〔四〕都空。無蹤。曾萬家簫鼓，亂催燈火亘霄紅。奈事往難尋，卅載遺、青鬢〔五〕成翁。　如虹。珠光劍彩，剩付粉本〔六〕郵筒〔七〕。問甚時瓊宇，净洗碧海，一鏡孤融。秋濃。聽井梧枝上，涼颸成陣送歸鴻。算近來、花漏〔八〕漸永，怎禁到晨鐘？

【繫年】

詞道光十一年（一八三一）中秋作於南京。

【注釋】

〔一〕少男風：亦省作「少男」。東北風。又稱艮風。艮位東北，爲少男，故稱。三國志魏書管輅傳「共爲歡樂」裴松之注引管輅別傳：「輅言：『……又少男風起，衆鳥和翔，其應至矣。』須臾，果有艮風鳴鳥。」

〔二〕冥濛：幽暗不明。

〔三〕姮娥：月亮。

〔四〕冰望：凝望。

〔五〕青鬢：濃黑的鬢髮，此借指年輕人。

〔六〕粉本：古人作畫，先施粉上樣，然後依樣落筆，故稱畫稿爲粉本。

〔七〕郵筒：亦作「郵筩」。古時封寄書信的竹筒。

〔八〕花漏：蓮花漏。古代的一種計時器。唐李肇唐國史補卷中：「初，惠遠以山中不知更漏，乃取銅葉製器，狀如蓮花，置盆水之上，底孔漏水，半之則沉。每晝夜十二沉，爲行道之節，雖冬夏短長，雲陰月黑，亦無差也。」

聲聲慢 十六夜有月

鍾坡[一]散紫，幕府[二]縈青，今番漸成秋霽。玉鏡仍圓，偏帶桂娥愁思。紅窗暗驚褒冷，是淒風、連宵留在九萬里。要人人都向，畫屏無睡。　香篆替㊀尋幽素，任湘簾八幅、深掩濃翠。脈脈盈盈，爭遣露闌長倚。金徒[三]漫投箭響，正蓬瀛[四]、胡天胡帝[五]。怕怨箋，喚驪龍[六]、還又夜起。

【繫年】

詞道光十一年（一八三一）八月十六日作於南京。

【校勘】

㊀「替」：清名家詞本味雋齋詞作「普」，誤。

【注釋】

〔一〕鍾坡：鍾山。即今南京紫金山。

〔二〕幕府：幕府山，在南京西北。

〔三〕金徒：古代渾天儀上抱箭指時的胥徒像。用金鑄成，故稱。文選陸倕新刻漏銘：「銅史司刻，金徒抱箭。」李善注：「張衡漏水轉渾天儀制曰：『蓋上又鑄金銅仙人居左壺，爲胥徒居右壺，皆以左手抱箭，右手指刻，以別天時早晚。』」

〔四〕蓬瀛：蓬萊和瀛洲，相傳爲仙人所居之處，亦泛指仙境。

〔五〕胡天胡帝：詩經鄘風君子偕老：「胡然而天也！胡然而帝也！」原形容服飾容貌如同天神，後因以「胡天胡帝」表示極其崇高尊貴。

〔六〕驪龍：驪龍探珠。尸子卷下：「玉淵之中，驪龍蟠焉，頷下有珠。」

木蘭花慢十七夜，素庵〔一〕、叔安〔二〕過飲，待月不見，別後月出，已復雲陰，慨然有作。

燦閒庭桂粟〔三〕，真盼得、故人來。任雨雨風風，朝朝莫莫，總付深杯。空階，坐看暗竹，送疏螢數點傍人飛，定是涼蟾〔四〕未透，不成霧幛難開。　樓臺，倒影落君懷，依舊鎖清輝。又歸去匆匆，孤吟剩我，踏遍蒼苔。剛才，倚闌望極，甚冰輪〔五〕便碾玉塵〔六〕回。單照人間恨別，只應長似蛾眉。

向殘更冷露，雲乍起、素蛾〔七〕愁。便地角天涯，故情閑恨，總上心頭。悲秋，怪他宋玉，甚高唐尚解賦温柔。〔八〕碧海青天易老，玉尊檀板應休。〔九〕　重樓，换燭下銀鈎，不夜是瀛州〔一〇〕。怕弱水〔一一〕回瀾，神鰲戲舞〔一二〕，仙袂難留。蓮舟，醉眠太乙〔一三〕，泛銀潢〔一四〕貫與斷槎〔一五〕浮。誰道成都賣卜〔一六〕，還知飲渚牽牛〔一七〕。

【繫年】

詞道光十一年（一八三一）八月十七日作於南京。

【注釋】

〔一〕素庵：程光旭，字素安、素庵。參文卷四陶谷記注釋〔一五〕。

〔二〕叔安：陳宇，字叔安，又字方瀾。參詩卷七送叔安之雷州注釋〔一〕。

〔三〕桂粟：桂花。

〔四〕凉蟾：秋月。唐李商隱燕臺詩秋：「月浪衡天天宇濕，凉蟾落盡疏星入。」

〔五〕冰輪：月亮。

〔六〕玉塵：喻花瓣。宋向子諲水調歌頭趙伯山席上見梅：「只恐鄰笛起，化作玉塵飛。」

〔七〕素娥：月神，即嫦娥。

〔八〕用巫山神女之典。參詩卷三小孤山注釋〔五〕。

〔九〕唐李商隱嫦娥：「嫦娥應悔偷靈藥，碧海青天夜夜心。」檀板，樂器名。檀木製的拍板。

〔一〇〕瀛州：即瀛洲，傳說中的仙島。

〔一一〕弱水：舊題漢東方朔海内十洲記鳳麟洲：「鳳麟洲在西海之中央，地方一千五百里，洲四面有弱水繞之，鴻毛不浮，不可越也。」

〔一二〕楚辭天問：「鼇戴山抃，何以安之？」後以「鼇抃」形容歡欣鼓舞。

〔一三〕宋胡仔苕溪漁隱叢話前集韓子蒼語意妙絶：「李伯時畫太一真人，卧一大蓮葉中，手執書卷仰讀，蕭然有物外思。」

〔一四〕銀潢：銀河。

〔一五〕斷槎：孤筏。

〔一六〕成都賣卜：亦省作「成都卜」。漢書王貢兩龔鮑傳序：「君平卜筮於成都市，以爲『卜筮者賤業，而可以惠衆人。有邪惡非正之問，則依蓍龜爲言利害。與人子言依於孝，與人弟言依於順，與人臣言依於忠，各因勢導之以善，從吾言者，已過半矣。』裁日閲數人，得百錢足自養，則閉肆下簾而授老子。博覽亡不通，依老子、嚴周之指著書十餘萬言。」楊後用爲賣卜、卜卦的典故。

〔一七〕晉張華博物志卷三：「舊説云天河與海通，近世有人居海渚者，年年八月有浮槎去來不失期，人有奇志，立飛閣於查上，多齎糧，乘槎而去。十餘日中，猶觀星月日辰，自後芒芒忽忽，亦不覺晝夜，去十餘日，奄至一處，有城郭狀，屋舍甚嚴，遥望宫中多織婦，見一丈夫牽牛渚次飲之。牽牛人乃驚問曰：『何由至此？』此人見説來意，并問此是何處。答曰：『君還至蜀郡訪嚴君平則知之。』竟不上岸，因還如期。後至蜀問君平，曰：『某年月日有客星犯牽牛宿。』計年月，正是此人到天河時也。」

風入松

西風不管雁行斜，吹送極天涯。丁寧莫向南樓畔，有無眠、人掩窗紗。剛被一庭疏雨，喚回愁夢些些〔一〕。

沈思淚臉濕梨花〔二〕，征戍未還家。分明雁過無消息，定龍堆〔三〕、不貫風沙。有幾封侯夫婿〔四〕，可應輕問仙槎〔五〕。

【繫年】

詞道光十一年（一八三一）秋作於南京。

【注釋】

〔一〕些些：少許，一點點。

〔二〕梨花：梨花帶雨。唐白居易長恨歌：「玉容寂寞淚闌干，梨花一枝春帶雨。」「梨花帶雨」原爲形容楊貴妃泣下如雨時的姿容。後用以形容女子的嬌艷。

〔三〕龍堆：白龍堆，沙漠名，在新疆天山南路，簡稱「龍堆」。漢書匈奴傳下：「豈爲康居、烏孫能逾白龍堆而寇西邊哉，乃以制匈奴也。」顏師古注引孟康曰：「龍堆形如土龍身，無頭有尾，高大者二三丈，埤者丈餘，皆東北向，相似也。在西域中。」

〔四〕唐王昌齡閨怨：「閨中少婦不知愁，春日凝妝上翠樓。忽見陌頭楊柳色，悔教夫婿覓封侯。」

〔五〕仙槎：神話中能來往於海上和天河之間的竹木筏。典出晋張華博物志卷三。參詞卷二木蘭花慢「燦閒庭桂粟」注釋〔七〕。

金縷曲

跐跋黄塵下〔一〕。記當年、輕衫窄褎，居然〔二〕游冶。笑向氍毹〔三〕飛觥玉〔四〕，紅燭冰罏〔五〕相射。任一斛、驪珠傾瀉。〔六〕忽聽鷄鳴投杯起，正霜棱、蝟磔〔七〕鴛鴦瓦。還縛袴，再加帊〔八〕。

急裝〔九〕拌得真長訝。問何如、車中閉㊀置，緑鬟紅姹。射虎封侯尋常事〔一〇〕，醉尉逢時遭罵〔一一〕。漸英氣、都消磨也。一劍猶存堅難拔〔一二〕。料龜文〔一三〕、繡〔一四〕損千金價。且傍我，素琴掛。

【繫年】

詞道光十一年（一八三一）秋作於南京。

【校勘】

㊀「閉」：彙編本存審軒詞作「閑」。

【注釋】

〔一〕樂府詩集橫吹曲詞五折楊柳歌辭：「健兒須快馬，快馬須健馬。跳跋黄塵下，然後別雌雄。」跳跋，馬蹄擊地聲。

〔二〕居然：猶安然。形容平安，安穩。詩經大雅生民：「不康禋祀，居然生子。」唐陳子昂夏日暉上人別李參軍序：「江漢浩浩而長流，天地居然而不動。」

〔三〕氍毹：舊時演劇用紅氍毹鋪地，因用以爲歌舞場、舞臺的代稱。明張岱陶庵夢憶劉暉吉女戲：「十數人手携一燈，忽隱忽現，怪幻百出，匪夷所思，令唐明皇見之，亦必目睜口開，謂氍毹場中那得如許光怪耶！」

〔四〕觥玉：玉觥。玉製的酒杯。亦以代酒。宋梅堯臣和劉原父舍人樂郊：「渠渠有深堂，燕賓飛玉觥。」

〔五〕冰矑：明矑。明亮的眼珠。

〔六〕一斛珠：十斗珍珠。古時一斛爲十斗，極言其多。清吴偉業圜圜曲：「一斛明珠萬斛愁，關山漂泊腰支細。」

〔七〕蝟磔：馬毛蝟磔。南朝宋鮑照代出自薊北門行：「疾風衝塞起，沙礫自飄揚；馬毛縮如蝟，角弓不可張。」後因以「馬毛蝟磔」形容狂風大作，氣候惡劣。

〔八〕帞：同「帕」，巾。

〔九〕急裝：扎縛緊湊的裝束。宋書沈慶之傳：「慶之戎服履靺縛褲入，上見而驚曰：『卿何意乃爾急裝？』」清唐孫華壽朱雪鴻七十：「急裝短袖不宜身，風貌居然古逸民。」

〔一〇〕史記李將軍列傳：「李將軍廣者，隴西成紀人也。……廣從弟李蔡亦爲郎，皆爲武騎常侍，秩八百石。嘗從行，有所衝陷折關及格猛獸，而文帝曰：『惜乎，子不遇時！如令子當高帝時，萬户侯豈足道哉！』……

廣出獵，見草中石，以爲虎而射之，中石没鏃，視之石也。因復更射之，終不能復入石矣。廣所居郡聞有虎，嘗自射之。及居右北平射虎，虎騰傷廣，廣亦竟射殺之。」

〔一一〕史記李將軍列傳：「嘗夜從一騎出，從人田間飲。還至霸陵亭。霸陵尉醉，呵止廣。廣騎曰：『故李將軍。』尉曰：『今將軍尚不得夜行，何乃故也！』止廣宿亭下。」

〔一二〕史記刺客列傳：「軻既取圖奏之，秦王發圖，圖窮而匕首見。因左手把秦王之袖，而右手持匕首揕之。未至身，秦王驚，自引而起，袖絶。拔劍，劍長，操其室。時惶急，劍堅，故不可立拔。」

〔一三〕龜文：東漢趙曄吴越春秋闔閭内傳：「陽曰干將，陰曰莫耶，陽作龜文，陰作漫理。」龜文，龜背的紋理。漫理，無規則的紋理。「龜文」此指劍身的紋理。

〔一四〕鏽：通「鏞」。

長亭怨慢

見千丈、游絲飛嫋。拂柳粘花，繫春多少？替㊀得春愁，又扶春困惜春老。一聲啼鴂，都换却、池塘草。只管背人歸，定不管、抛人争好。

還道。是而今去也，畢竟爲伊重到。青梅煮酒〔一〕，容易盼、緑蓑收釣。作弄出、萬種秋聲，漸催向、寒天霜曉。但化石〔二〕枯松，斜倚蒼崖一笑。

【繫年】

詞道光十一年(一八三一)秋作於南京。

【校勘】

㊀「替」：清名家詞本味雋齋詞作「普」。

【注釋】

〔一〕青梅煮酒：以青梅爲佐酒之物的例行性、節令性飲宴活動。

〔二〕化石：變化爲石。元鄭元祐次韻劉憲副春日湖上有感：「鶴老離巢松化石，鷺孤照水竹穿沙。」

風流子 金鳳〔一〕

妖婢太呈嬌，黄花晚、又值楚蘭〔二〕彫。向瑶砌路邊，裁霞翦雪，玉容〔三〕釵畔，帖鬢粘翹。可憐許、穠歡彈指〔四〕盡，薄媚轉頭〔五〕消。鷩蜨亂飛，那尋春夢，夜蛩孤㊀語，還濕冰綃〔六〕。

佳人凝眸處，蒼苔冷、可奈恨種愁苗〔七〕。誰在九成臺〔八〕上，相并吹簫？况新乾竹粉〔九〕，難拈碎粒，漸稀梧葉，只剩空條。回首仙霞關〔一〇〕外，雲雨迢迢。

【繫年】

詞道光十一年(一八三一)秋作於南京。

【校勘】

㈠「孤」：清名家詞本味雋齋詞作「無」。

【注釋】

〔一〕金鳳：鳳仙花的别稱。明王象晋群芳譜花譜：「鳳仙……開花頭翅羽足俱翹然如鳳狀，故又有金鳳之名。」

〔二〕楚蘭：即蘭，香草名。古代男女都佩用，以祓除不祥。因盛産於楚地，屈原楚辭中又多所歌咏，故稱。

〔三〕玉容：本指美稱女子的容貌。此借指美女。唐方干陪李郎中夜宴：「遍請玉容歌白雪，高燒紅蠟照朱衣。」

〔四〕彈指：翻譯名義集時分：「僧祇云，二十念爲一瞬，二十瞬名一彈指。」捻彈手指作聲。佛家多以喻時間短暫。元谷子敬城南柳第二摺：「年光彈指過，世事轉頭空。」

〔五〕轉頭：一眨頭的工夫，形容极短促的時间。

〔六〕冰綃：薄而潔白的絲綢。

〔七〕唐韋莊宿泊孟津寄三堂友人：「只恐愁苗生兩鬢，不堪離恨入雙眉。」

〔八〕九成臺：臺名。在今廣東曲江北城上。原名聞韶臺，相傳舜南巡奏樂於此。此泛指高臺。

〔九〕竹粉：笋殼脱落時附着在竹節旁的白色粉末。宋周邦彦漁家傲：「日照釵梁光欲溜，循階竹粉沾衣袖，拂拂面紅如著酒。」

〔一〇〕仙霞關：在仙霞嶺南端，爲浙、閩交通要道。仙霞嶺，在浙江西南部，綿延浙、閩、贛邊境。西南接武夷山，東北接天台山，爲錢塘江、甌江及閩江分水嶺。

破陣子

昨夜綠窗〔一〕幽夢，分明春在枝頭。仙翠動香雙弄羽，橫吹捎雲〔二〕共倚樓〔三〕，不知庭院秋。

好月看成破鏡，空江咽作寒流。池上裛痕風自展，砌下蟲聲雨未休，幾家砧杵愁。

【繫年】

詞道光十一年（一八三一）秋作於南京。

【注釋】

〔一〕綠窗：綠色紗窗。指女子居室。唐李紳鶯鶯歌：「綠窗嬌女字鶯鶯，金雀婭鬟年十七。」五代前蜀韋莊菩薩蠻：「勸我早歸家，綠窗人似花。」

〔二〕捎雲：捎雲，即高雲，瑞雲。文選左思吳都賦：「捎雲無以逾，嶰谷弗能連。」劉良注：「言雖捎雲之高亦不能逾也。」文選郭璞江賦「梢雲」李善注引孫氏瑞應圖：「梢雲，瑞雲。」

〔三〕五代王定保唐摭言知己：「杜紫微覽趙渭南卷早秋詩云『殘星幾點雁横塞，長笛一聲人倚樓』，吟味不已。因目嘏爲趙倚樓。」

鳳銜杯

瀟瀟〔一〕料在五更前，乍醒人、聽向愁邊。不是暗風〔二〕，斜雨一年年。人不老，月長圓。

霜侵鬢，夜如烟。望潮來，潮信〔三〕頻還。只恐緑楊城郭〔四〕，更纏綿、怎不放歸船。

【繫年】

詞道光十一年（一八三一）秋作於南京。

【注釋】

〔一〕瀟瀟：風雨急驟貌。詩經鄭風風雨：「風雨瀟瀟，鷄鳴膠膠。」毛傳：「瀟瀟，暴疾也。」

〔二〕暗風：黑夜的風。唐元稹聞白樂天授江州司馬：「垂死病中仍悵望，暗風吹雨入寒窗。」

〔三〕潮信：潮水。以其漲落有定時，故稱。唐劉長卿奉送裴員外赴上都：「獨過潯陽去，空憐潮信迴。」

〔四〕清王士禎浣溪沙紅橋同籜庵、茶村、伯璣、其年、秋崖賦：「北郭清溪一帶流，紅橋風物眼中秋。緑楊城郭是揚州。」

定風波

爲有書來説見期，便愁桂粟[一]下高枝。昨夜雨聲寒透枕，愁甚，是秋風要落花時。

侵曉索㊀香來石畔。初見，星星水面任魚吹。再有三朝并五夜[二]，都謝，這番須遣略開遲。

【繫年】

詞道光十一年（一八三一）秋作於南京。

【校勘】

㊀「索」：彙編本存審軒詞作「素」。

【注釋】

〔一〕桂粟：桂花。

〔二〕三朝并五夜：三朝五夕，亦作三朝五日，三五天。

壽樓春　呼鷹〔一〕

叔安〔二〕以驅鷹詞見示，譜此答之。

高臺欹何年，帶長林蔓草，都化秋烟。巉峭初開晴宇，斷雲還連。盤馬〔三〕向，渾河〔四〕邊。叫餓鴟、蜚鴻驚弦。甚點鬢吴霜〔五〕，圍要漢柳〔六〕，鶻領近尊前。英雄記〔七〕，空陳編。任澆伊萬盞，難醉重泉〔八〕。一翅青冥〔九〕去也，望中〔一〇〕凄然。于闐鵲，江淮焉。〔一一〕到恁時、支公猶憐。〔一二〕怕唤得青骹〔一三〕，梁園但争狐兔妍。〔一四〕

【繫年】

詞道光十一年（一八三一）秋作於南京。

【注釋】

〔一〕呼鷹：宋曾慥類説襄陽耆舊傳：「劉表爲荆州刺史，築呼鷹臺，作野鷹來曲。」

〔二〕叔安：陳宇，字叔安，又字方瀾。參詩卷七送叔安之雷州注釋〔一〕。

〔三〕盤馬：盤馬彎弓。謂馳馬盤旋，張弓欲射。

〔四〕渾河：黄河支流。发源於山西朔州平魯，在殺虎口附近流入内蒙古呼和浩特和林格爾後，先自東向西流，然後又折向西南進入清水河縣，於岔河口附近匯入黄河。

〔五〕吴霜：吴地的霜。亦比喻白髮。唐李賀還自會稽歌：「吴霜點歸鬢，身與塘蒲晚。」

〔六〕北周庾信和春日晚景宴昆明池：「上林柳腰細，新豐酒徑多」

〔七〕英雄記：又作漢末英雄記、漢書英雄記。舊題漢王粲撰，第一部專門記載「英雄」的傳記，記録了東漢末年群雄的事迹。書久佚。明王世貞、宛委叢本説郛、漢魏叢書、黄奭黄氏逸書均有輯本，以黄氏輯本最稱精洽。近人俞紹初輯校建安七子集中附有黄奭未輯出的佚文九條。

〔八〕重泉：猶九泉。舊指死者所歸。南朝梁江淹雜體詩效潘岳悼亡：「美人歸重泉，悽愴無終畢。」

〔九〕青冥：形容青蒼幽遠。指青天。楚辭九章悲回風：「據青冥而攄虹兮，遂儵忽而捫天。」王逸注：「上至玄冥，舒光耀也。所至高眇不可逮也。」

〔一〇〕望中：想望之中。宋辛棄疾永遇樂京口北固亭懷古：「四十三年，望中猶記，烽火揚州路。」

〔一一〕北齊劉晝新論辯施：「崑山之下，以玉抵烏，彭蠡之濱，以魚食犬，而人不愛者，非性輕財，所豐故也。」後因以「擲鵲」喻有才而無所用。

〔一二〕唐許嵩建康實録卷第八孝宗穆皇帝：「許玄度集：遁字道林，常隱剡東山，不游人事，好養鷹馬，而不乘放，人或譏之。遁曰：『貧道愛其神駿。』卒後，戴安道嘗經其墓，嘆曰：『德音未遠，而拱木已積，冀神理綿綿，不與氣運俱盡爾。』」後「支公好」因以爲典。宋梅堯臣臘日出獵因游梅山蘭若：「鷹想支公好，人思灞上狂。」

〔一三〕青骹：一種青腿的獵鷹。晉張載榷論：「青骹繁霜，縶于籠中，何以效其撮東郭于韝下也。」

〔一四〕唐岑參梁園歌，送河南王説判官：「君不見，梁孝王修竹園，頹墻隱轔勢仍存。……當時置酒延枚叟，肯料平臺狐兔走。」

滿路花

缺月臨清曉，便向花叢繞。一夜和衣睡，醒來早。細看池面，減却香多少。剛待伊來到，待得伊來，爲伊添恨添惱。尋常百種，落去還顛倒。况是香勝色，來雲表〔一〕。乍開時節，玉露金風〔二〕了。那是春光好，教見春光，不辭人共花老。

【繫年】

詞道光十一年（一八三一）秋作於南京。

【注釋】

〔一〕雲表：雲外。漢張衡西京賦：「立脩莖之仙掌，承雲表之清露。」

〔二〕玉露金風：秋風和白露。亦借指秋天。唐李商隱辛未七夕：「由來碧落銀河畔，可要金風玉露時。」

鬥百花

欲住西風還急，欲去東君〔一〕還惜。池上石邊情味，月下星前蹤迹。蓼漵〔二〕蘋洲，都來換却秋容，一例碎紅零碧。七寶[三]圍冰雪。清影只共，十二闌干[四]露滴。聞道素娥，霓裳[五]早傳横笛。底事人間，年年待掩輕羅，却問散香消息。

【繫年】

詞道光十一年（一八三一）秋作於南京。

【注釋】

〔一〕東君：太陽之神。因日出東方，故名。

〔二〕潋：水邊。

〔三〕七寶：七寶樓臺。清王韜淞隱漫録陸月舫：「廣寒宫闕皆以水晶築成，内外通明，表裏透澈。……西偏峥嶸聳霄漢者，曰七寶樓臺，乃以諸天寶貝所建造者，蓋即嫦娥所居也。」

〔四〕十二闌干：曲曲折折的欄杆。十二，言其曲折之多。宋張先蝶戀花之一：「樓上東風春不淺，十二闌干，盡日珠簾捲。」

〔五〕霓裳：霓裳羽衣曲。

月上海棠 蟋蟀

商音不共檐鈴語。壯懷驚、昨夜夜深雨。[一]劍澀花寒，一聲聲、唤聞鷄舞[二]。天生俊、合上凌烟畫譜〔三〕。將軍鐵甲皆黄土。漫尋他、秋壑〔四〕半閑處。磬辨絲哀〔五〕，乍沈吟、舜階干羽〔六〕。休空恁、溯向天涯倦旅。

【繫年】

詞道光十一年（一八三一）秋作於南京。

【注釋】

〔一〕晋陶潛咏荆軻：「商音更流涕，羽奏壯士驚。」

〔二〕聞鷄舞：用晋祖逖聞鷄起舞之典。參詩卷三折梨花行注釋〔一一〕。

〔三〕凌烟畫譜：唐劉肅大唐新語褒錫：「貞觀十七年，太宗圖畫太原倡義及秦府功臣趙公長孫無忌、河間王孝恭、蔡公杜如晦、鄭公魏徵、梁公房玄齡、申公高士廉、鄂公尉遲敬德、鄖公張亮、陳公侯君集、盧公程知節、永興公虞世南、渝公劉政會、莒公唐儉、英公李勣、胡公秦叔寶等二十四人於凌烟閣，太宗親爲之贊，褚遂良題閣，閻立本畫。」宋葉適晋元帝廟記：「漢、唐陋矣，其殊勳盛烈，亦紀官爵，圖形貌，有麒麟、雲臺、凌烟之目，夸其得意。」

〔四〕秋壑：南宋賈似道字秋壑，以喜愛蟋蟀鳴聲著名，曾撰有蟋蟀經。

〔五〕禮記樂記：「鐘聲鏗，鏗以立號，號以立横，横以立武。君子聽鐘聲則思武臣。石聲磬，磬以立辨，辨以致死。君子聽磬聲則思死封疆之臣。絲聲哀，哀以立廉，廉以立志。君子聽琴瑟之聲則思志義之臣。竹聲濫，濫以立會，會以聚衆。君子聽竽、笙、簫、管之聲，則思畜聚之臣。鼓鼙之聲讙，讙以立動，動以進衆。君子聽鼓鼙之聲，則思將帥之臣。君子之聽音，非聽其鏗鎗而已也，彼亦有所合之也。」

〔六〕舜階干羽：尚書大禹謨：「帝乃誕敷文德，舞干羽於兩階。」

碧牡丹

不恨殘香少，不恨金風〔一〕掃。只恨閑窗，獨自些兒懷抱。雁帛〔二〕輕傳，將個人愁老。而今書也無了。　望難到，弱水蓬萊島〔三〕。人間恁般遼渺。步上危亭，可惜江山重繞。缺月如弓，收露痕清曉。蛾眉仍在天表。

【繫年】

詞道光十一年（一八三一）秋作於南京。

【注釋】

〔一〕金風：秋風。

〔二〕雁帛：書信。

〔三〕弱水蓬萊島：蓬萊弱水。喻不易到達的仙境。

江城梅花引

芳塘報導有芙蓉，淺深叢，繡重重。節近重陽，疏雨最惺忪〔一〕。人要憐花天未許，蘭棹去，楚雲〔二〕歸，十二峰〔三〕。　柳堤又聞嘶玉驄，與乍逢，清㊀鏡中。伯勞燕子，無消息、各自西東。〔四〕試問新來，愁碧爲誰濃？一寸眉心都綰了，魂斷向，晚霞邊，夕照紅。

【繫年】

詞道光十一年（一八三一）重阳前作於南京。

【校勘】

㊀「清」：國朝常州詞録本作「青」。

【注釋】

〔一〕惺忪：形容聲音輕快。

〔二〕楚雲：楚雲湘雨。喻男女幽情。唐唐彦謙無題之三：「楚雲湘雨會陽臺，錦帳芙蓉向夜開。」

〔三〕十二峰：指渝、鄂邊境巫山的十二座峰。峰名分别爲望霞、翠屏、朝雲、松巒、集仙、聚鶴、净壇、上升、起雲、飛鳳、登龍、聖泉。五代前蜀李珣河傳：「朝雲暮雨，依舊十二峰前，猿聲到客船。」

〔四〕玉臺新咏東飛伯勞歌：「東飛伯勞西飛燕，黄姑、織女時相見。」後以「伯勞飛燕」借指離别的親人或朋友。

醜奴兒慢

尋春倦也，春恨都成秋瘦，向濃靄、遥期仙侣，更與尋秋。一片楓林，縱無黄葉也颼颼。誰家籬落，相邀細語，淺碧香甌。繞盡亂峰，恰當歧路，斜照紅收。怕依舊、青驪歸去，誤了重樓。寂静黄昏，個人燈下枉凝眸。芙蓉空把，瑶京自遠，〔一〕莫莫休休〔二〕。

【繫年】

詞道光十一年（一八三一）秋作於南京。

【注釋】

〔一〕宋柳永輪臺子：「又争似、却返瑶京，重賣千金笑。」「芙蓉」，漢劉歆西京雜記卷二：「文君姣好，眉色如望遠山，臉際常若芙蓉。」後因以「芙蓉」喻指美女。

〔二〕莫莫、休休：猶言不要。表示禁止或勸阻。宋周煇清波雜志卷九：「金尊玉酒，勸我花前千萬壽，莫莫休休，白髮簪花我自羞。」

三字令

檐溜急，催夜雨，遣沈雷，奈秋懷。紅蠟燭，繡羅帷。正涼天，剛永漏〔一〕，泣瓊瓌。〔二〕砌蟲哀，爾何爲？教白露，點蒼苔。一般都，霜下老，略遲回〔三〕。

【繫年】

詞道光十一年（一八三一）秋作於南京。

【注釋】

〔一〕永漏：漫長的時間。多指長夜。

〔二〕左傳成公十七年：「初，聲伯夢涉洹，或與己瓊瑰食之，泣而爲瓊瑰，盈其懷。從而歌之，曰：『濟洹之水，贈我以瓊瑰。歸乎歸乎，瓊瑰盈吾懷乎！』懼不敢占也。還自鄭，壬申，至于貍脤而占之，曰：『余恐死，故不敢占也。今衆繁而從余三年矣，無傷也。』言之，之莫而卒。」瓊瑰，本指次於玉的美石，古人多用於死後飯含。後因以「泣瑰」「泣瓊」「泣瓊瑰」「瓊瑰之夢」爲將死之徵兆。

〔三〕遲回：猶滯留。南朝齊王琰冥祥記：「比往而山水暴漲不復可涉，吉不能泅，遲回嘆息，坐岸良久，欲下不敢渡。」

新荷葉

可惜梧桐，不曾真作秋聲。一夜飄殘，疏黄到地還輕。濃陰似幄，記晚凉、新月初生。碧羅衫薄，倚他玉立亭亭。　頓遣彫零，重陽風雨江城。耐久紅薇，數枝偏繫離情。湘簾漫押，待深宵、訴與秋聽。只愁青女〔一〕，等閒不駐雲軿〔二〕。

【繫年】

詞道光十一年（一八三一）重阳作於南京。

【注釋】

〔一〕青女：説中掌管霜雪的女神。淮南子天文訓：「至秋三月……青女乃出，以降霜雪。」高誘注：「青女，天神，青霄玉女，主霜雪也。」

〔二〕雲軿：神仙所乘之車。以雲爲之，故云。

掃花游

減秋一半，是布地黄金，亂霏香屑。怕留恨迹。要連綿細雨，灑伊空碧。顧兔〔一〕全銷，萬里只餘暗魄〔二〕，謾相惜。試吹浄遠山〔三〕，還更愁絶。瀛海〔四〕望未極。嘆絳羽翻輪，素霓嬰節。〔五〕蜃樓易結。便匆匆换了，廣寒〔六〕瑶席。地久天長，剩與姮娥〔七〕舊識。共嗚咽，夜龍〔八〕吟，數聲驚裂。

【繫年】

詞道光十一年（一八三一）秋作於南京。

【注釋】

〔一〕顧兔：亦作「顧菟」。楚辭天問：「厥利維何，而顧菟在腹？」王逸注：「言月中有菟，何所貪利；居月之腹，而顧望乎？」洪興祖補注：「菟，與兔同。靈憲曰：月者，陰精之宗，積而成獸，象兔，陰之類，其數偶。」

〔二〕暗魄：月牙兒，新月。因不如圓月明亮，故稱。

〔三〕遠山：漢劉歆西京雜記卷二：「文君姣好，眉色如望遠山，臉際常若芙蓉。」

〔四〕瀛海：大海。漢王充論衡談天：「九州之外，更有瀛海。」

〔五〕漢司馬相如大人賦：「垂絳幡之素蜺兮，載雲氣而上浮。」絳羽，絳幡，赤色旗幟。素霓，素蜺，白虹。嬰：繞。節：指掛旗的竹竿。

〔六〕廣寒：廣寒宫。

〔七〕姮娥：嫦娥。

〔八〕龍吟：形容簫笛類管樂器聲音響亮。唐徐堅等初學記卷二八引南朝梁劉孝先咏竹詩：「誰能製長笛，當爲作龍吟。」

迷神引 落葉

賴有清池當墜處，減一半、秋聲去。西風便劣，應念飄零苦。已辭枝，還吹送，向何許。背面〔一〕總天涯，休寄與。只恁點蒼苔，亂砧杵。漆室〔二〕宵來，獨倚南榮〔三〕柱。盼絳樓高，銀河阻。字痕深齧，嘆空檢，題紅譜。〔四〕待不關心，争禁得、隕如雨。曾向落花前，驚見汝，嬌緑上宫衣，稱金縷〔五〕。

【繫年】

詞道光十一年（一八三一）秋作於南京。

【注釋】

〔一〕背面：離别，分手。唐韓愈贈别元十八協律之一：「臨當背面時，裁詩示繾綣。」

〔二〕漆室：關心國事之典。參詩卷二漆室女注釋〔一〕。

〔三〕南榮：房屋的南檐。榮，屋檐兩頭翹起的部分。文選司馬相如上林賦：「偓佺之倫，暴於南榮。」李善注引郭璞曰：「棨，屋南檐也。」

〔四〕用「紅葉題詩」典。唐玄宗時，顧況在洛，偶與友游苑中，流水上得梧葉，有詩云：「一入深宫裏，年年不見春，聊題一片葉，寄與有情人。」況亦題詩葉上，於上游放於波中，詩曰：「花落深宫鶯亦悲，上陽宫女斷腸時，帝城不禁東流水，葉上題詩欲寄誰？」後十餘日，有人於苑中又得水上一葉以示況，詩曰：「一葉題詩出禁城，誰人酬和獨含情？自嗟不及波中葉，蕩漾乘春取次行。」事見唐孟棨本事詩情感。

〔五〕金縷：喻柳條。

渡江雲 聽雨

沈陰欺落日，西南望極，何處是蛾眉？莫烟吹不散，却趁斜風，化作雨絲絲。雲窗倦掩，奈瀟瀟、直透重帷。秋夜長，黄昏拚便〔一〕，聽到五更鷄。　　披衣。金蟲〔二〕澀焰，寶鴨〔三〕銷温，怕中宵不起。但暗惜、湛盧〔四〕繡滿，晋鄭難揮〔五〕。玉關未出傭書老，便封侯、骨相都非。〔六〕青嶂〔七〕好，紅藤〔八〕扶我歸來。

【繫年】

詞道光十一年（一八三一）秋作於南京。

【注釋】

〔一〕拚便：拚便，便拚。甘願，不顧惜。

〔二〕金蟲：喻燈花。

〔三〕寶鴨：香爐。因作鴨形，故稱。

〔四〕湛盧：漢袁康越絶書外傳記寶劍：「歐冶乃因天之精神，悉其伎巧，造爲大刑三，小刑二：一曰湛盧，二曰純鈞，三曰勝邪，四曰魚腸，五曰巨闕。」此泛指寶劍。

〔五〕參詩卷二雜賦九首示確叔，兼寄犀台老兄寶劍注釋〔五〕。

〔六〕漢書班超傳：「（班超）家貧，常爲官傭書以供養。久勞苦，嘗輟業投筆嘆曰：『大丈夫無它志略，猶當效傅介子、張騫立功異域，以取封侯，安能久事筆研間乎？』」後立功西域，封定遠侯。

〔七〕青嶂：如屏障的青山。文選沈約鍾山詩應西陽王教：「鬱律構丹巘，崚嶒起青嶂。」吕向注：「山横曰嶂。」

〔八〕紅藤：紅藤杖。唐白居易紅藤杖：「南詔紅藤杖，西江白首人。」自注：「杖出南蠻。」

霓裳中序第一 芙蓉

魂銷昨夜雨，岸柳池荷添恨譜。山遠愁濃黛膴，襯膩臉〔一〕斜紅〔二〕，枕痕〔三〕如縷。寶奩嬌自語。句本四字，依後疊增「寶」字。㊀盼不到、魚沈雁阻〔四〕。亭亭在、畫闌左側，獨立甚情緒。

凄楚。湘靈危柱〔五〕，調入霜天驚素女〔六〕。籬鞠難尋廢圃。但淺倚晨暉，漸成遲莫。解裝臨漢浦〔七〕，怕未抵、明珠翠羽〔八〕。愔愔〔九〕向、九華帳〔一〇〕裏，艷影醉仙侶。

【繫年】

詞道光十一年（一八三一）秋作於南京。

【校勘】

㈠「句本四字，依後疊增『寶』字」：彙編本存審軒詞無。

【注釋】

〔一〕膩臉：細膩光滑的臉頰。宋張先清平樂李閣使席：「清歌逐酒，膩臉生紅透。」

〔二〕斜紅：指人頭上所戴的紅花。南朝梁簡文帝艷歌篇十八韻：「分妝間淺靨，繞臉傅斜紅。」

〔三〕枕痕：枕函花。睡時印在臉上的枕頭花紋。宋蘇軾和子由送將官梁左藏仲通：「覺來身世都是夢，坐久枕痕猶著面。」

〔四〕魚沉雁阻：鴻斷魚沈。書信斷絶，音訊全無。

〔五〕湘靈危柱：湘靈鼓瑟，謂湘水女神彈奏古瑟。楚辭遠游：「使湘靈鼓瑟兮，令海若舞馮夷。」

〔六〕史記孝武本紀：「泰帝使素女鼓五十弦瑟，悲，帝禁不止，故破其瑟爲二十五弦。」後以素女弦比喻凄美悲愴的曲調。

〔七〕典出鄭交甫漢皋解佩。參詩卷三十二艷品者，鐵香感蓉隱詞事，爲翰風作也，剪燈反覆，系之以詩。時遲，鐵香不至，即以柬之注釋〔二八〕。

〔八〕明珠翠羽：多作「翠羽明璫」。泛指珍貴的飾物。

〔九〕愔愔：幽深貌，悄寂貌。

〔一〇〕九華帳：華麗的帳子。

木蘭花

凝雲〔一〕自向天邊住，錯道遮將明月去。倚闌無語立多時，臉上淚痕衣上露。　情深不怕秋宵曙，要翦沈陰還太素〔二〕。倚天長劍〔三〕縱荒唐，風是并刀〔四〕雲是絮。

【繫年】

詞道光十一年（一八三一）秋作於南京。

【注釋】

〔一〕凝雲：停滯不動的雲。唐李商隱房中曲：「嬌郎痴若雲，抱日西簾曉。」

〔二〕太素：天地。

〔三〕倚天長劍：形容極長的劍。戰國宋玉大言賦：「方地爲車，圓天爲蓋，長劍耿耿倚天外。」何燕倚天長劍的語源及其語義演變語文學刊二〇〇五年第十一期有詳細考辨。

〔四〕并刀：亦稱并州刀，即并州剪。唐杜甫戲題畫山水圖歌：「焉得并州快剪刀，剪取吴松半江水。」宋陸游秋思：「詩情也似并刀快，剪得秋光入卷來。」

鶯啼序 餞秋

征鴻去程漸遠，覺高樓夜永。莫雲便、都逐風消，麗天惟見參井〔一〕。綺窗外、輕聞墜葉，枉教瘦了梧桐影。問何時，扶起冰輪，桂香〔二〕重彰。九十〔三〕秋光，荏染過却，半烟昏雨暝。破愁寂、黄菊丹楓，近來都助凄哽。淥痕浸、亭亭艷骨，戲魚不上芙蓉冷。問何時、捎與紅蘭〔四〕，佩纕〔五〕重整。尋芳鬥草〔六〕，辟暑浮瓜〔七〕，把俊游漫省。可柰被、蹴花鶯燕，斷送春歸，翳葉蜩螗〔八〕，頓催凉醒。如今縱向，疏林慘黛，些些〔九〕留待客㊀光住，怕嫦娥、後夜妨孤迥〔一〇〕。清霜暗約，萋迷〔一一〕换了天涯，故國尚盼萍梗。懷人夢短，蓄艾〔一二〕年徂，鎮爲誰瘦瘠〔一三〕？怎㊁不念、枕霞山閣，静對雲松，濯髮溪橋，卧浮烟艇。猿啼鶴怨，多應知得，瓊英不慣重簾護，早春池、釀出波千頃。南枝先覺檀心〔一四〕，密蒂幽窗，共誰細領？

【繫年】

詞道光十一年（一八三一）秋末冬初作於南京。

【校勘】

㈠「客」：彙編本存審軒詞同。國朝常州詞録本作「容」。

㈡「恁」：彙編本存審軒詞同。國朝常州詞録本作「恁」。

【注釋】

〔一〕參井：參星和井星。

〔二〕冰輪桂香：指中秋前後桂花綻放，散發濃香。

〔三〕九十：謂一季。一季九十日。

〔四〕紅蘭：南朝梁江淹别賦：「見紅蘭之受露兮，望青楸之離霜。」

〔五〕佩纕：楚辭離騷：「解佩纕以結言兮，吾令蹇修以爲理。」

〔六〕鬥草：鬥百草。一種古代游戲。競采花草，比賽多寡優劣，常於端午行之。南朝梁宗懔荆楚歲時記：「五月五日，四民并蹋百草，又有鬥百草之戲。」

〔七〕浮瓜：浮瓜沈李，亦作「浮瓜沉李」。三國魏曹丕與朝歌令吴質書：「浮甘瓜於清泉，沈朱李於寒水。」謂以寒泉洗瓜果解渴。後因以「浮瓜沈李」代指消夏樂事。

〔八〕晋書文苑傳顧愷之：「尤信小術，以爲求之必得。桓玄嘗以一柳葉紿之曰：此蟬所翳葉也，取以自蔽，人不見己。愷之喜，引葉自蔽，信其不見己也，甚以珍之。」蜩螗，亦作「蜩螗」。蟬的别名。

〔九〕些些：少許。

〔一〇〕孤迥：寂寞，寂寥。唐杜牧南陵道中：「正是客心孤迥處，誰家紅袖憑江樓？」

〔一一〕萋迷：淒凉而模糊。

〔一二〕蓄艾：孟子離婁上：「今之欲王者，猶七年之病求三年之艾也；苟爲不畜，終身不得。」本指蓄藏多年之艾以治久病，後以「蓄艾」比喻應長期積蓄以備急用。

〔一三〕瘠：瘦也。

〔一四〕檀心：淺紅色的花蕊。宋蘇軾黄葵：「檀心自成暈，翠葉森有芒。」

臨江仙 家人有賦殘菊者，卧榻口占。

未擬傲霜先著雨，竛竮〔一〕斜倚籬東。老夫貪病看還慵。漫扶藤杖，酒止玉杯空。　差喜〔二〕兒曹相料檢〔三〕，殘香吟和重重。淒清聲斷北來鴻。明將瘦影，寫入素屏〔四〕中。

【繫年】　詞道光十一年（一八三一）冬作於南京。

【注釋】

〔一〕 竛竮：伶俜，孤獨貌。

〔二〕 差喜：略喜，尚喜。

〔三〕 料檢：猶查點，清理。宋葉適陰陽精義序：「景元侍兄晨出，料檢花藥。」

〔四〕 素屏：素屏風，不施彩飾的白色屏風。

哨遍㊀

黃葉半林，黃菊半籬，妝點秋如許。莽西風、千里卷平蕪。乍登臨、江山吳楚。問西塞〔一〕烟波，東山〔二〕裙屐〔三〕，幾曾留得南朝住。回首廣陵濤〔四〕，年年只背，蕪城〔五〕斜日歸㊁去。舊㊂邗溝〔六〕流恨滿江湖。共酤㊃客〔七〕愁心亂檣烏〔八〕。爛錦韶華，海蜃樓臺，畫屏歌舞。呼！痛飲張翰，生前杯酒澆黃土。〔九〕休落龍山帽〔一〇〕，金城楊柳誰賦〔一一〕。待㊄飄泊蘭成，家山重到，也難寫出關河莫。〔一二〕天際雁行斜，知他暝宿荒蘆，叢荻何處。漸鳴榔〔一三〕聲斷野烟〔一四〕鋪。剩一點、漁燈伴星孤。月初弦、輕雲低護。柴門歸便深掩，無賴〔一五〕是庭梧。蕭蕭只管打窗縈砌，不管離人離緒。閑床倦枕漫支吾〔一六〕。怕重經㊅、滿城風雨。

【繫年】

詞道光十二年（一八三二）閏重陽作於南京。

【校勘】

㊀此詞味雋齋詞不載。見載於止庵詞、清名家詞本味雋齋詞、彙編本存審軒詞。蓋爲周恭壽編彙編本存審軒詞時誤入。

㊁「歸」：國朝詞綜補作「東」。

㊂「舊」：常州先哲遺書後編本作「帶」。

㊃「酤」：彙編本存審軒詞作「估」。

㊄「待」：止庵詞作「任」。

㊅「重經」：彙編本存審軒詞、國朝詞綜補作「重陽」。

【注釋】

〔一〕西塞：西塞山，在今湖北大冶東。三國吴軍事要塞。唐劉禹錫西塞山懷古：「人幾回傷往事，山形依舊枕寒流。」唐羅隱西塞山在武昌界，孫吴以之爲西塞：「吴塞當時指此山，吴都亡後緑孱顔。嶺梅乍暖殘妝恨，沙鳥初晴小隊閑。波闊魚龍應混雜，壁危猿狖奈奸頑。會將一副寒蓑笠，來與漁翁作往還。」

〔二〕東山：謝安早年曾辭官隱居會稽之東山，經朝廷屢次徵聘，方從東山復出，官至司徒要職，成爲東晋重臣。

〔三〕裙屐：原指六朝貴游子弟的衣着。後泛指富家子弟的時髦裝束。此借指衣着時髦的富家子弟。

〔四〕廣陵濤：漢枚乘七發：「將以八月之望，與諸侯遠方交游兄弟，并往觀濤乎廣陵之曲江。」

〔五〕蕪城：即廣陵城。故址在今江蘇江都境。西漢吴王劉濞建都於此，築廣陵城。南朝宋竟陵王劉誕據廣陵反，兵敗死焉，城遂荒蕪，鮑照作蕪城賦以諷之，因得名。

〔六〕邗溝：也稱邗水、邗江、邗溟溝等。南起揚州以南的長江，北至淮安以北的淮河。

〔七〕酟客：估客，即行商。

〔八〕檣烏：桅杆上的烏形風向儀。此以比喻飄忽不定的生活。

〔九〕晋書文苑張翰傳：「翰任心自適，不求當世。或謂之曰：『卿乃可縱適一時，獨不爲身後名邪？』答曰：『使我有身後名，不如即時一杯酒。』時人貴其曠達。」

〔一〇〕晋陶潜晋故征西大將軍長史孟府君傳：「(孟嘉)舉秀才，又爲安西將軍庾翼府功曹，再爲江州别駕、巴丘令、征西大將軍譙國桓温參軍。君色和而正，温甚重之。九月九日，温游龍山，參佐畢集，四弟二甥咸在坐。時佐吏并著戎服。有風吹君帽墮落，温目左右及賓客勿言，以觀其舉止。君初不自覺，良久如厠。温命取以還之。廷尉太原孫盛，爲諮議參軍，時在坐，温命紙筆令嘲之。文成示温，温以著坐處。君歸，見嘲笑而請筆作答，了不容思，文辭超卓，四座嘆之。」

〔一一〕晋書桓温傳：「温自江陵北伐，行經金城，見少爲琅邪時所種柳皆已十圍，慨然曰：『木猶如此，人何以堪！』攀枝執條，泫然流涕。」金城，東晋時丹陽郡江乘縣地名，今地屬南京。

〔一二〕北周庾信傷心賦并序：「况乃流寓秦川，飄摇播遷，從宦非宦，歸田不田。對玉關而羈旅，坐長河而暮年。」哀江南賦：「日暮途遠，人間何世！將軍一去，大樹飄零；壯士不還，寒風蕭瑟。」蘭成，北周庾信的小字。

〔一三〕鳴榔：敲擊船舷使作聲。用以驚魚，使入網中。

〔一四〕野烟：荒僻處的靄靄霧氣。唐王維菩提寺禁，裴迪來相看，説逆賊等凝碧池上作音樂，供奉人等舉聲便一時淚下，私成口號誦，示裴迪：「萬户傷心生野烟，百官何日再朝天。」

〔一五〕無賴：無聊。謂多事而使人討厭的。南朝陳徐陵烏栖曲之二：「惟憎無賴汝南鷄，天河未落猶爭啼。」

〔一六〕支吾：排遣。元王實甫西廂記第一本第二摺：「縱然酬得今生志，着甚支吾此夜長？」

止庵詞

卷三

渡江雲 楊花　壬辰春皖江〔一〕作

春風真解事〔二〕，等閒〔三〕吹遍，無數短長亭〔四〕。一星星〔五〕是恨，直送春歸，替了落花聲。憑闌極目㊀，蕩春波、萬種春情。應笑人、春糧〔六〕幾許，便要數征程。　冥冥。車輪落日，散綺餘霞〔七〕，漸都迷幻影。問收向、紅窗畫篋，可算飄零？相逢只有浮萍好，奈蓬萊，東指弱水盈盈。休更惜，秋風吹老蒓羹。〔八〕

【繫年】

詞道光十二年（一八三二）春作於安慶。

【校勘】

㊀「目」：底本奪，據常州先哲遺書後編本補。

【注釋】

〔一〕皖江：此指安徽安慶。
〔二〕宋晏殊踏莎行：「春風不解禁楊花，濛濛亂撲行人面。」
〔三〕等閒：漫不經心。
〔四〕短長亭：唐白居易、宋孔傳白孔六帖：「十里一長亭，五里一短亭。」
〔五〕一星星：一點點，形容其小。宋周邦彦蝶戀花柳：「柳眼星星，漸欲穿窗牖。」
〔六〕春糧：莊子逍遥游：「適百里者宿春糧；適千里者三月聚糧。」
〔七〕散綺餘霞：南朝齊謝脁晚登三山還望京邑：「余霞散成綺，澄江静如練。」
〔八〕典出晉書文苑傳張翰傳，因以「蒓羹鱸膾」爲思鄉辭官的典故。參詩卷六六月一日同人泛湖爲包山之游四日返櫂得雜詩十三首注釋〔二九〕。

憶舊游 前題

甚長條〔一〕只管，祖帳〔二〕離筵，不管春休。定是迷歸路，趁晴絲萬轉，飛繞重樓。券環〔三〕泥枕無語，文竹映犀鈎〔四〕。便燕蹴〔五〕輕輕，蜂黏恰恰〔六〕，渾付閒愁。温柔。誰伴取〔七〕，剩小院苔邊，紅雨香稠。又向沙堤去，認鞭絲帽影〔八〕，何處嘶騮。故人笑指天末，晴雪〔九〕要盈頭。漫孤負當年，緑蓑青笠雙釣舟。

【繫年】

詞道光十二年（一八三二）春作於安慶。

【注釋】

〔一〕長條：柳枝。南朝梁元帝緑柳：「長條垂拂地，輕花上逐風。」

〔二〕祖帳：古代送人遠行，在郊外路旁爲餞别而設的帷帳。亦指送行的酒筵。

〔三〕劵環：倦鬟。

〔四〕犀鈎：犀牛角所作之簾鈎。

〔五〕蹴：追逐。

〔六〕恰恰：正好。唐鄭損星精石：「孤岩恰恰容堂構，可愛江南釋子園。」

〔七〕取：助詞，得，著。宋文天祥過零丁洋：「人生自古誰無死，留取丹心照汗青。」

〔八〕鞭絲帽影：馬鞭和帽子。借指出游。宋陸游齊天樂左綿道中：「塞月征塵，鞭絲帽影，常把流年虚占。」

〔九〕晴雪：比喻白髮。清林則徐塞外雜咏：「我與山靈相對笑，滿頭晴雪共難消。」

水龍吟

柔吉袁氏〔一〕歸於崇門，寡而無子，寫梨花白燕賦詩寄意，來索蘇姬〔二〕題詞，倚聲有作。白門作。

昭陽別倚新裝〔三〕，差池乍降窺春晚。〔四〕嫩晴舒葉，輕陰弄蕊，閑門深院。何處仙山，真妃舉袂，尚留清怨。是漢家青鳥，初辭金闕，長安霧，和愁見。〔五〕　休共鶯兒睍睆〔六〕。近黄昏、畫闌憑倦。霏烟作暝，回燈暈碧，夜凉如翦。絮語營巢，交飛趁蝶，那時人面〔七〕。怕飄零又傍，玉京〔八〕荒塚，啄真珠鈿。

【繫年】

詞道光十二年（一八三二）春作於南京。

【注釋】

〔一〕柔吉袁氏：袁嘉，袁枚次子袁遲長女。清王榮昌湘痕閣詩稿序：「節母姓袁氏，名嘉，字柔吉，浙江錢塘人，爲隨園和孫女。幼端慧，父遲極鍾愛。母沈本才媛，教以詩，神解獨超，尤工倚聲。長歸天長崇氏。」清沈善寶名媛詩話光緒鴻雪樓刻本卷九：「同里袁柔吉嘉，天長諸生崇雲埜一穎室，早寡，子女亦殤，歸依母家。假隨園以終老焉。現已年逾五旬，著有湘痕閣詩稿一册，詞稿一册。」據詞綜補，袁氏咸豐三年（一八五三）江寧城陷，投池殉難。可參袁美麗錢塘袁氏與嘉道詞壇，徐州師範大學學報哲學社會科學版二〇一二年第一期。

〔二〕蘇姬：蘇穆（一七九六—一八五〇），又名蘇姑，字佩蘘、佩香。淮陰今江蘇淮陰人，周濟側室。工詞，著有貯素樓詞一卷。

〔三〕唐李白清平調其二：「借問漢宮誰得似，可憐飛燕倚新妝。」昭陽，漢宮殿名。漢趙飛燕、趙合德曾居於此。因以代趙飛燕。

〔四〕詩經邶風燕燕于飛：「燕燕于飛，差池其羽。」馬瑞辰通釋：「差池二字疊韻，義與參差同，皆不齊之貌。」

〔五〕唐白居易長恨歌：「金闕西厢叩玉扃，轉教小玉報雙成。聞道漢家天子使，九華帳裏夢魂驚。昭陽殿裏恩愛絶，蓬萊宫中日月長。迴頭下望人寰處，不見長安見塵霧。唯將舊物表深情，鈿合金釵寄將去。釵留一股合一扇，釵擘黄金合分鈿。」真妃：即楊貴妃。因楊曾爲女道士，號太真，故稱。

〔六〕睍睆：詩經邶風凱風：「睍睆黄鳥，載好其音。」毛傳：「睍睆，好貌。」朱熹集傳：「睍睆，清和圓轉之意。」余冠英注：「睍睆，黄鳥鳴聲。又作『間關』。」

〔七〕人面：人。漢桓寬鹽鐵論繇役：「普天之下，惟人面之倫，莫不引領而歸其義。」

〔八〕玉京：唐李公佐燕女墳記：「宋末，娼家女姚玉京嫁襄州小吏衛敬瑜。溺水而死，玉京守志養舅姑。常有雙燕巢梁間。一日，爲鷙鳥所獲，其一孤飛悲鳴，徘徊至秋，翔集玉京之臂，如告别然。玉京以紅縷繫足曰：『新春復來，爲吾侶也。』明年果至。因贈詩曰：『昔時無偶去，今年還獨歸。故人恩義重，不忍更雙飛。』自爾秋歸春來，凡六七年。其年玉京病卒。明年燕來，周章哀鳴。家人語曰：『玉京死矣，墳在南郭。』燕逐至墳所，亦死。每風清月明，襄人見玉京與燕同游漢水之濱。」

附：蘇穆 **春雲怨**題梨花白燕圖，爲柔吉夫人作。 **春雲怨**題梨花白燕圖，爲柔吉夫人作。 蘇穆

文參附録儲素樓詞。

高陽臺友人爲杜氏季翾〔一〕乞畫，并誦其寄遠青門引小詞，意度悽婉，類有憂者。爲作緑陰清畫圖，題以示意。

花意留春，鶯聲變夏，一年能幾芳時？燕子將雛，又捎〔二〕蝶過西池。脆員葉底黄微綻，是當初、清淺横枝。黯無言，譜出青門〔三〕，寫向烏絲〔四〕。平原十日〔五〕徒豪舉，怕紅冰〔六〕嚼透，難展秋期。只有西陵，同心松柏黟黟。知他油壁經行處，聽何人、驄馬驕嘶。〔七〕漫輕將、一片清陰，付與紅兒〔八〕。

【繫年】

詞道光十二年（一八三二）春末夏初於南京。

【注釋】

〔一〕杜氏季翾：據蘇穆湘春夜月夫子爲友人寫緑陰清晝圖贈杜季翾，題詞以諷，倚聲作此。杜名小燕，知杜名小燕，字季翾，餘不詳。

〔二〕捎：掠，拂。唐杜甫重過何氏五首：「花妥鶯捎蝶，溪喧獺趁魚。」

〔三〕青門：青門引，詞牌名，屬小令，又名玉溪清。

〔四〕烏絲：即烏絲欄，指上下以烏絲織成欄，其間用朱墨界行的絹素。後亦指有墨綫格子的箋紙。唐李肇唐國史補卷下：「宋亳間，有織成界道絹素，謂之烏絲欄、朱絲欄。」

〔五〕平原十日：平原十日飲。史記范雎蔡澤列傳：「(秦昭王)乃詳爲好書遺平原君曰：『寡人聞君之高義，願與君爲布衣之友，君幸過寡人，寡人願與君爲十日之飲。』」後因以「平原十日飲」爲朋友連日歡聚的典故。

〔六〕紅冰：五代王仁裕開元天寶遺事紅冰：「楊貴妃初承恩召，與父母相别，泣涕登車，時天寒，淚結爲紅冰。」喻淚水。形容感懷之深。

〔七〕唐李賀蘇小小墓：「幽蘭露，如啼眼。無物結同心，烟花不堪剪。草如茵，松如蓋，風爲裳，水爲珮。油壁車，夕相待。冷翠燭，勞光彩。西陵下，風吹雨。」西陵，西陵橋，亦稱西林橋、西泠橋。在杭州孤山西北盡頭處，是由孤山入北山的必經之路。南朝齊錢塘名妓蘇小小墓在橋頭。

〔八〕紅兒：杜紅兒，唐代名妓。廣明中，羅虬爲李孝恭從事。籍中有善歌者杜紅兒，虬令之歌，贈以綵。孝恭以紅兒爲副戎所盼，不令受。虬怒，手刃紅兒。既而追其寃，作比紅兒詩百首爲一卷。見唐羅虬比紅兒詩序。後亦用以泛稱歌妓。此代杜小燕。

迷神引 秋鶯 和佩蘘

解喚[一]春人濃睡醒。悄不管人愁病。花間葉底，一種纏綿性。漸疏風，吹斜雨，作秋暝。雨後掛銀河[二]，遥夜静。逼曉數聲來，逗清磬。　落到雙梧，無計尋紅影。但碧天高，凉蟾迥。欲言還咽，爲誤了、春前聽。老去歌喉，難重把，玉簫并。何處是冬巢，渾未定。玄鶴下神皋，露先警。[三]

【繫年】

詞道光十二年（一八三二）秋作於南京。

【注釋】

〔一〕解喚：解，助詞，能，會。宋蘇軾六月二十日夜渡海：「參横斗轉欲三更，苦雨終風也解晴。」

〔二〕唐李白廬山謡寄盧侍御虚舟：「金闕前開二峰長，銀河倒挂三石梁。香爐瀑布遥相望，迴崖沓嶂凌蒼蒼。」

〔三〕唐歐陽詢等藝文類聚卷九十引晋周處風土記：「鳴鶴戒露，此鳥性警，至八月白露降，流於草上，滴滴有聲，因即高鳴相警，移徙所宿處。」

附：蘇穆迷神引秋鶯

文參附録儲素樓詞。

夢芙蓉來鷗館〔一〕芙蓉今年忽不發，愴焉欲吊。適叔安〔二〕譜此調見貽，即填爲報。

銀塘波似綺。有亭亭嘉植，放嬌〔三〕臨水。年年弄影，雙頰暈潮美。伴人秋社裏。耐他風露清泚〔四〕。易感中年，況真將越艷〔五〕，輕共蕙蘭死。叢桂還生細蕊。一桁疏簾，又送秋香矣。回廊繞遍，疑有怨歌起。亂蛩紛未已。小紅〔六〕疏翠相倚。縱替凄涼，只凄涼一半，一半付山鬼〔七〕。

【繫年】

詞道光十二年（一八三二）秋作於南京。

【注釋】

〔一〕來鷗館：位於春水園内。參詩卷七春水園詩并序。

〔二〕叔安：陳宇，字叔安，又字方瀾。參詩卷七送叔安之雷州注釋〔一〕。
〔三〕放嬌：撒嬌。唐李商隱碧城之二：「紫鳳放嬌銜楚珮，赤鱗狂舞撥湘弦。」
〔四〕清泚：清澈。
〔五〕越艷：清俞樾十二月花神議議之下：「六月蓮花，晁采。原議以西子爲蓮花之神，以吴下錦帆涇有西子采蓮古迹也。」
〔六〕小紅：淡紅。唐杜甫江雨有懷鄭典設：「寵光蕙葉與多碧，點注桃花舒小紅。」
〔七〕山鬼：山神。屈原有楚辭九歌山鬼。

摸魚兒 移蕉　和蘇姬佩蘘

怪墻陰、乍沾秋韻，芳心欲展還愠。畫廊幾曲東西路，便作天涯離恨。君莫問。是昨夜、疏風細雨相扶襯。衫垂袖褪。向絮絮蛩邊，愔愔〔一〕月底，獨自倚嬌困。　秋還閏。未是黄華時分。海棠初試胭粉。中秋一度重陽再，定與裁雲〔二〕斷稱〔三〕。雲一寸。要散作、遥天萬頃波黎〔四〕暈。霜圍雪陣。待寫入王維，生綃幅裏，榼個小紅印。〔五〕

【繫年】

詞道光十二年（一八三二）秋作於南京。

【注釋】

〔一〕愔愔：幽深貌，悄寂貌。

〔二〕裁雲：鏤月裁雲。雕刻月亮，剪裁雲彩。唐李義府堂堂詞之一：「鏤月爲歌扇，裁雲作舞衣。」

〔三〕斷稱：相稱，相配。

〔四〕波黎：玻璃。

〔五〕宋沈括夢溪筆談卷十七書畫：「余家所藏摩詰畫袁安卧雪圖，有雪中芭蕉。」清趙殿成王右丞集注卷末引明陳眉公眉公秘笈云：「王維雪蕉，曾在清閟閣，楊廉夫題以短歌。」

附：蘇穆摸魚兒移蕉

文參附録儲素樓詞。

湘春夜月再和蕉別

共秋陰，不曾展盡秋心〔一〕。又早帶雨鉏烟〔二〕，別處瘗瑶琴。望裏〔三〕湘紋〔四〕漸沓㊀，是半遮簾幕，寂寂愔愔〔五〕。誤人人〔六〕還促，纖纖細步，故故〔七〕重尋。垂楊貫作，兩家春色，〔八〕剛笑分襟〔九〕。海月飛來，萬里但、呼回清怨，那管宵深。裁箋寫字，一年年、雁沓㊁魚沈。〔一〇〕不信許、驗海棠去後，斑斑紅淚〔一一〕，灑到而今。

【繫年】

詞道光十二年（一八三二）秋作於南京。

【校勘】

〔一〕「沓」：常州先哲遺書後編本作「杳」。按詞譜，當作仄聲。常州先哲遺書後編本蓋形近致訛。

【注釋】

〔一〕秋心：秋日的心緒。多指因秋來而引起的悲愁心情。唐鮑溶怨詩：「秋心還遺愛，春貌無歸妍。」

〔二〕鉏烟：在雲烟之中耕耘。宋方岳感懷之三：「敲月不知僧某甲，鉏烟賴有老畦丁。」

〔三〕望裏：望中。視野之中。

〔四〕湘紋：湘文。湘地絲織品的花紋。此代女子。

〔五〕愔愔：幽深貌，悄寂貌。

〔六〕人人：用以稱親昵者。宋歐陽修蝶戀花：「翠被雙盤金縷鳳。憶得前春，有個人人共。」

〔七〕故故：故意，特意。宋徐鉉九月三十夜雨寄故人：「別念紛紛起，寒更故故遲。」

〔八〕典出「緑楊兩家春」。南史陸慧曉傳：「慧曉與張融并宅，其間有池，池上有二株楊柳。（何）點嘆曰：『此波便是醴兒，此木便是交讓。』」後遂用爲賢士結鄰之典。唐白居易欲與元八卜鄰先有是贈：「明月好同三徑夜，緑楊宜作兩家春。」

〔九〕分襟：分别。

〔一〇〕宋薛夢桂眼兒媚緑䇲：「碧筒新展緑蕉芽。黄露灑榴花。蘸烟染就，和雲捲起，秋水人家。只因一朵芙蓉月，生怕黛簾遮。燕銜不去，雁飛不到，愁滿天涯。」雁杳魚沈，謂書信斷絶。

〔一一〕紅淚：美人淚。參詩卷五東園注釋〔六〕。

鳳簫吟 又和蕉答

颭秋風、一枝梧葉，和儂暗約飄零。恁時分袂〔一〕去，斷魂都付，冷水荒萍。年年裁怨緑〔二〕，代人間、寫盡離情。〔三〕又相送、孤根〔四〕甚處，恨惹愁縈。　分明。簾垂夜久，嫌寂寞、聘取湘靈〔五〕。練絲弦廿五〔六〕，待催將暗雨，響入空冥。相逢應更好，一聲聲、都换新聲。漫惆悵、烟叢露葉，故國他生。

【繫年】

詞道光十二年（一八三二）秋作於南京。

【注釋】

〔一〕分袂：離别。

〔二〕怨緑：愁紅怨緑、愁紅慘緑，謂經風雨摧殘的敗花殘葉。宋辛棄疾鷓鴣天賦牡丹：「愁紅慘緑今宵看，却是吴宫教陣圖。」

〔三〕唐李商隱代贈：「芭蕉不展丁香結，同嚮春風各自愁。」元徐再思水僊子夜雨：「一聲梧葉一聲秋，一點芭蕉一點愁，三更歸夢三更後。」

〔四〕孤根：謂孤獨無依或孤獨無依者。唐張九齡叙懷：「孤根亦何賴？感激此爲鄰。」

〔五〕湘靈：湘水之神。楚辭遠游：「使湘靈鼓瑟兮，令海若舞馮夷。」

〔六〕絲弦廿五：二十五弦，亦作「二十五弦」。古代由二十五根弦組成的一種琴瑟。淮南子泰族訓：「琴不鳴，而二十五弦各以其聲應。」漢書郊祀志上：「泰帝使素女鼓五十弦瑟，悲，帝禁不止，故破其瑟爲二十五弦。」

附：蘇穆芳草蕉答

文參附録儲素樓詞。

南　浦秋海棠㊀

穠春艷想，被秋來、露洗漸無痕。自把㊁珊瑚瘦骨，籬角鬥精神〔一〕。莫道乍開旋落，問瓊霄、誰解駐仙雲？但數峰低矗，半潭清映，嬌煞玉樓〔二〕人。　一點流酸沁齒〔三〕，算青梅、落後恰逢君。吟到夜闌人睡，凉月白紛紛。老去全疏杯勺，嚼〔四〕紅芳、特地倚微醺。甚世間兒女，又緘情㊂淚寄離魂〔五〕。

【繫年】

詞道光十二年（一八三二）秋作於南京。

【校勘】

㊀「秋海棠」：國朝詞綜補作「秋海棠，用魯逸仲體」。

㊁「把」：國朝詞綜補作「抱」。

㊂「情」：國朝詞綜補作「清」。

【注釋】

〔一〕精神：形容人或物有生氣。宋范成大再題瓶中梅花：「風袂挽香雖淡薄，月窗横影已精神。」

〔二〕玉樓：華麗的樓。宋辛棄疾蘇武慢雪：「歌竹傳觴，探梅得句，人在玉樓。」

〔三〕流酸沁齒：亦作「留酸軟齒」。宋楊萬里閑居初夏午睡起二絶句：「梅子留酸软齒牙，芭蕉分緑與窗紗。」

〔四〕嚼：吟賞，玩味。

〔五〕離魂：游子的思緒。宋柳永滿江紅之四：「兩兩棲禽歸去急，對人相并聲相唤。似笑我、獨自向長途，離魂亂。」

滿江紅

翠羽明珠〔一〕，知何事、偏生夷越〔二〕。還又遣、沈沈珊網〔三〕，經年難得。乍轉九疑迷去住〔四〕，輕開五嶺〔五〕通南北。對晶瑩、魚鶴〔六〕兩三星，無人識。　投不了，班超筆。〔七〕灑不盡，終軍血。〔八〕笑千金歸去，依然游食。綠野堂前歌舞換〔九〕，黄茆瘴〔一〇〕裏斯銇缺〔一一〕。漫沈吟、北斗夜闌干〔一二〕，天如墨。

木葉微波〔一三〕，抵多少、靈旗風雨。渾不是、黄蕉丹荔，尋常尊俎。漫向閣中留帝子，先愁夢裏來神女。〔一四〕背蒼梧〔一五〕、雲黯不勝情，東流去。　山麋性〔一六〕，還揹拄〔一七〕。潛虯〔一八〕意，將騰舞。問文章驅鱷，人今何處？〔一九〕贏得明珠成薏苡〔二〇〕，底須勳業鐫銅柱〔二一〕。怕羅浮、仙蝶〔二二〕要人騎，歸來暮。

【繫年】

詞道光十二年（一八三二）秋作於南京。

【注釋】

〔一〕翠羽明珠：泛指珍貴的飾物。

〔二〕夷越：古代對長江中下游以南各族聚居地區之稱。

〔三〕珊網：即珊瑚網，撈取珊瑚的鐵網。新唐書西域傳下拂菻：「海中有珊瑚洲，海人乘大舶，墮鐵網水底。珊瑚初生磐石上，白如菌，一歲而黄，三歲赤，枝格交錯，高三四尺。鐵發其根，繫網舶上，絞而出之，失時不取即腐。」引申指收羅珍品或人才的措施。

〔四〕北魏酈道元水經注湘水：「營水出營陽泠道縣南山，西流逕九疑山下，蟠基蒼梧之野，峰秀數郡之間。羅岩九舉，各導一溪，岫壑負阻，異嶺同勢，游者疑焉，故曰九疑山。」

〔五〕五嶺：亦作「五領」。參詩八卷題秋伯行看子注釋〔五〕。

〔六〕魚鶴：魚星和鶴星。元馬端臨文獻通考卷三百十三物異考十九魚異：「秦始皇八年，河魚大上。……魚陰類，民象，逆流而上者，民將不從君令爲逆行也。其在天文，魚星中河而處，車騎滿野。」

〔七〕後漢書班超傳：「（班超）家貧，常爲官傭書以供養。久勞苦，嘗輟業投筆嘆曰：『大丈夫無它志略，猶當效傅介子、張騫立功異域，以取封侯，安能久事筆研間乎？』」後立功西域，封定遠侯。因以「投筆從戎」爲棄文就武的典故。

〔八〕漢書終軍傳：「終軍字子雲，濟南人也。……初，軍從濟南當詣博士，步入關，關吏予軍繻。軍問：『以此何爲？』吏曰：『爲復傳，還當以合符。』軍曰：『大丈夫西游，終不復傳還。』棄繻而去。……南越與漢和親，乃遣軍使南越，説其王，欲令入朝，比内諸侯。軍自請：『願受長纓，必羈南越王而致之闕下。』軍遂往説越王，越王聽許，請舉國内屬。天子大説，賜南越大臣印綬，壹用漢法，以新改其俗，令使者留填撫之。越相吕嘉不欲内屬，發兵攻殺其王，及漢使者皆死。語在南越傳。軍死時年二十餘，故世謂之『終童』。」

〔九〕新唐書裴度傳：「時閹豎擅威，天子擁虚器，搢紳道喪，度不復有經濟意，乃治第東都集賢里，沼石林叢，岑繚幽勝。午橋作别墅，具燠館凉臺，號緑野堂，激波其下。度野服蕭散，與白居易、劉禹錫爲文章、把酒，窮晝夜相歡，不問人間事。」

〔一〇〕黄茆瘴：宋蘇軾著、清馮應榴輯注蘇軾詩集合注卷三十贈清凉寺和長老「會須一洗黄茆瘴」注：「〔王注〕：舊五代史：成汭鎮荆門，與宰相徐彦若不平，銜之。及彦若出鎮南海，路過江陵，汭思嶺外有黄茆瘴，患者髮落，乃謂彦若曰：『黄茆瘴望相公保重。』彦若應声答曰：『南海黄茆瘴，不死成和尚。』蓋譏汭曾爲僧也。汭甚愧之〔施注〕：房千里投荒記：南方六七月芒茆黄枯，時瘴大發，土人呼爲黄茆瘴。餘見前聞喬太博换左藏詩注。」

〔一一〕斨錸缺：斧破斨缺。詩經豳風破斧：「既破我斧，又缺我斨。」謂武器破損殘缺。

〔一二〕闌干：横斜貌。三國魏曹植善哉行：「月没參横，北斗闌干。」

〔一三〕楚辭九歌湘夫人：「嫋嫋兮秋風，洞庭波兮木葉下。」

〔一四〕文選宋玉高唐賦序：「昔者先王嘗游高唐，怠而晝寢，夢見一婦人曰：『妾，巫山之女也。』」李善注引襄陽耆舊傳：「赤帝女曰姚姬一作「瑶姬」，未行而卒，葬於巫山之陽，故曰巫山之女。楚懷王游於高唐，晝寢夢見與神遇，自稱是巫山之女。」又神女賦序：「楚襄王與宋玉游於雲夢之浦，使玉賦高唐之事，其夜王寢，果夢與神女遇，其狀甚麗，王異之，明日以白玉。」

〔一五〕蒼梧：九嶷山别名。參詩七卷題秋伯行看子注釋〔四〕。

〔一六〕山麇性：麇鹿性，比喻草野優游之性。

〔一七〕揞拄：抗拒。

〔一八〕潛虯：潛龍，喻有才德而未爲世重用之人。

〔一九〕新唐書韓愈傳：「愈至潮洲，問民疾苦，皆曰：『惡溪有鱷魚，食民畜産且盡，民以是窮。』數日，愈自往視之，令其屬秦濟以一羊一豚投谿水而祝之。……祝之夕，暴風震電起谿中，數日水盡涸，西徙六十里，自是潮無鱷魚患。」

〔二〇〕後漢書馬援傳：「初，援在交阯，常餌薏苡實，用能輕身省慾，以勝瘴氣。南方薏苡實大，援欲以爲種，軍還，載之一車。時人以爲南土珍怪，權貴皆望之。援時方有寵，故莫以聞。及卒後，有上書譖之者，以爲前所載還，皆明珠文犀。」後因稱蒙冤被謗爲「薏苡之謗」或「薏苡明珠」。

〔二一〕後漢書馬援傳「嶠南悉平」李賢注引晋顧微廣州記：「援到交阯，立銅柱，爲漢之極界也。」清趙翼陔餘叢考馬氏銅柱有三：「馬援所立銅柱在林邑國。……此漢時所立銅柱在交趾者也；馬總爲安南都護，建二銅柱於漢故處，鑱著唐德，兼以明伏波之裔，此唐時所立銅柱亦在交阯者也；五代時馬希範攻溪州蠻，降之，乃立銅柱爲表，命學士李皋銘之，此五代時所立銅柱在五溪者也。」

〔二二〕仙蝶：指栖於廣東羅浮山雲峰岩下蝴蝶洞的彩蝶。相傳爲葛洪遺衣所化，故稱。參楊星熒羅浮僊蝶，嶺南文史一九九二年第四期。

鳳簫吟

曳殘蟬、一聲飛去，芳園古柳蕭蕭。斷雲斜照裏，爲誰怊悵，舞困纖要。青青〔一〕青未改，是春風、點上眉梢。有幾許、紅樓翠館，燕妒鶯嬌？　長條。離情繫貫，渾忘却、暮暮朝朝。一絲絲是恨，黛環籠紺袖，不語魂消。而今真去也，便天涯、水遠山遥。但暗裏、分將淚雨，滴向芭蕉。

【繫年】

詞道光十二年（一八三二）秋作於南京。

【注釋】

〔一〕青青：借指楊柳。宋賀鑄減字木蘭花：「西門官柳，滿把青青臨別手。」

惜紅衣九月十二日夜，陶谷主人〔一〕送荷花。

問菊重陽，都無問處，冷紅飛嫁。漫説開遲，瓊苞更無價。零零玉露，剛沁得、金莖亞香射。一種秋心，耐重簾深下。　銀蟾透也。微蕩湘紋〔二〕，凌波賦〔三〕難寫。池塘净滑，試勸水仙駕。總把暗風疏雨，付與錦帆消夏。〔四〕但幾枝好在，換了昨宵今夜。

【繫年】

詞道光十二年（一八三二）九月十二日夜作於南京春水園。詞卷三有大聖樂去年九月，陶谷贈晚荷，因乞其藕，小池見葉，蓋記此事也。

【注釋】

〔一〕陶谷主人：張熙，原名醇，避清穆宗諱改名熙。字子和，又號紫禾。山陰今浙江紹興人。生卒年不詳，家巨富，居金陵白下，築室陶谷，因號陶谷主人。後家中落，出官溧陽、寶山、丹徒、興化等縣。與湯貽汾交好。素愛填詞，兼擅篆隸，得三橋明文彭派法。生平以湖山自娛，詩酒爲樂。清杜文瀾憩園詞話卷四張子和大令詞：「揚州軍中，前後共事者五十餘人，平齋、緣仲二君外，與張子和大令最契洽。子和名熙，一字籽荷，山陰人。以父祖先後官江蘇，僑寓白門，於城北築園曰陶谷，爲一時觴咏勝地。有六朝梅一樹，詞人争賦之。粤逆久踞，遂付劫灰。子和以納粟官江蘇，歷署溧陽、寶山、興化、丹徒各邑。幼即好爲倚聲之學，其友爲刊主客圖。後與丁萍緑諸君游，慕兩宋風味，乃盡棄舊學，併素所得意句而摧燒之，别成精句爲扁舟草數十闋。丁卯秋，余權江寧藩篆，子和自吳門至，窮愁抑塞，各無暇談風月。旋以感時疾亡，傷哉。其詞稿均散失，今以友人所留搜集之，僅得六闋。」同卷余石莊茂才詞：「子和大令宰興化時，丁萍緑在其幕中，以詞酬唱。子和宰寶山時，孫月坡在其幕中，唱和甚歡，月坡因有海角詞之編也。子和與宜興儲麗江別有唱和詞付刻，當時余曾從麗江乞得一本。鍾瑞注。」清湯貽汾琴隱園詩集卷三十三仲冬廿二日，張公子子和招集陶谷，舉消寒一會，即贈。會者七人，青甫、月坡、玉年、虎溪、祥甫：「姓名猶復記長鬚，風景依然一嘆吁。三世交情醇酒厚，子和大父松庵司馬、尊甫澄齋太守，皆常文酒過從。下世久矣。六朝遺迹老梅孤。谷有老梅，相傳六朝物。殘年乞米收新帖，嘉會消寒續畫圖。不怕翟公門似水，莫教陶徑偶然蕪。真率居然賓主忘，花前鑾榼鬥芬芳。少年人妬老人壯，過去日輪來日長。傑閣三層山四面，清溪一曲木千章。此中詩意無窮在，辦取工夫白戰忙。」

〔二〕清吴偉業偶見二首其一：「欲展湘文袴，徽微蕩畫裙。」

〔三〕凌波賦：三國魏曹植洛神賦：「凌波微步，羅襪生塵。」

〔四〕唐温庭筠題城南杜邠公林亭時公鎮淮南，自西蜀移節：「卓氏壚前金綫柳，隋家堤畔錦帆風。貪爲兩地分霖雨，不見池蓮照水紅。」

附：蘇穆惜紅衣八月十二夜陶谷程夫人贈荷。，**西湖月**十八夜陶谷又贈荷花。

文參附録儲素樓詞。

高陽臺閏重陽，登翠微亭〔一〕和叔安〔二〕。時積水未退，民匙安宅，登臨送目，相對凄然。

瘦菊雷邊，寒蟬霜裏，今年別樣秋殘。展過〔三〕重陽，登高人又憑闌。翠微亭外烟波闊，蕩江南、江北青山。是誰將，一片楓林，染作朱殷？　杜鵑留取春前淚，付瑶臺神女〔四〕，灑向人間。錦樣乾坤，須知畫也都難。西風萬里成何事，送畫空、雁字先還。〔五〕漫相憐。明月蘆花，野水荒灣。

【繫年】

詞道光十二年（一八三二）閏重陽作於南京。

【注釋】

〔一〕翠微亭：在南京清涼寺。參詞卷二壽樓春登翠微亭同叔安作注釋〔一〕。

〔二〕叔安：陳宇，字叔安，又字方瀾。參詩卷七送叔安之雷州注釋〔一〕。

〔三〕展過：又過。

〔四〕瑶臺神女：用巫山神女之典。參詩卷三小孤山注釋〔五〕。

〔五〕唐白居易江樓晚眺，景物鮮奇吟玩，成篇寄水部張員外：「風翻白浪花千片，雁點青天字一行。」

哨遍

黄葉半林，黄菊半籬，妝點秋如許。莽西風、千里卷平蕪。乍登臨江山吴楚。問西塞烟波，東山裙屐，幾曾留得南朝住。回首廣陵濤，年年只背，蕪城斜日歸去。舊邗溝、流恨滿江湖。共估客、愁心亂檣烏。爛錦韶華，海蜃樓臺，畫屏歌舞。　呼！痛飲張翰，生前杯酒澆黄土。休落龍山帽，金城楊柳誰賦。任飄泊蘭成，家山重到，也難寫出關河莫。天際雁行斜，知他暝宿，荒蘆叢荻何處。漸鳴榔、聲斷野烟鋪。剩一點、漁燈伴星孤。月初弦、輕雲低護。

柴門歸便深掩，無賴是庭梧。蕭蕭只管打窗縈砌，不管離人離緒。閑床倦枕漫支吾。怕重經、滿城風雨。

【繫年】

詞道光十二年（一八三二）閏重陽后作於南京。

【校勘】

此詞存審軒見録。參詞卷二哨遍。

垂楊立冬前七日聞蟬和叔安㈠

秋懷漸遠。聽蒼黄病柳，一聲凄婉。曳入西風，可應還似秋前滿。〔一〕分明凝㈡絶〔二〕重低轉。替人説、嫩涼池館。被連番、青女〔三〕無情，把露華偷翦。知否吟蟄乍緩。便户㈢下床頭，不成濃暖。漫立高枝，夕陽偏向疏林展。誰留鬢影〔四〕誰紈扇〔五〕。但赢得、琴絲題怨。宵來霜月孤行㈣，魂易斷。

【繫年】

詞道光十二年(一八三二)立冬前七日作於南京。

【校勘】

㈠「叔安」: 國朝詞綜補本作「陳叔安」。

㈡「凝」: 國朝詞綜補作「疑」。

㈢「户」: 底本無,據常州遺書後編本補。

㈣「宵來」句: 國朝詞綜補作「更宵來霜月孤行」,多一領字。

【注釋】

〔一〕唐李中秋日途中:「信步騰騰野岸邊,離家都爲利名牽。疏林一路斜陽裏,颯颯西風滿耳蟬。」

〔二〕凝絶: 停止,中斷。唐白居易琵琶行:「水泉冷澀弦凝絶,凝絶不通聲暫歇。別有幽愁暗恨生,此時無聲勝有聲。」

〔三〕青女: 傳説中掌管霜雪的女神。淮南子天文訓:「至秋三月……青女乃出,以降霜雪。」高誘注:「青女,天神,青霄玉女,主霜雪也。」借指霜雪。宋王安石紅梨:「歲晚蒼官纔自保,日高青女尚横陳。」

〔四〕鬢影: 唐駱賓王在獄咏蟬:「那堪玄鬢影,來對白頭吟。」

〔五〕紈扇: 漢班婕妤怨歌行:「新裂齊紈素,皎潔如霜雪。裁爲合歡扇,團團似明月。出入君懷袖,動摇微風發。常恐秋節至,凉風奪炎熱。棄捐篋笥中,恩情中道絶。」

瑞鶴仙 感燕寄貴溪大令陸祁生〔一〕

新霜濃似酒。醉疏紅、斜出一枝烏臼〔二〕。纖纖扶病柳。弄輕烟還似，芳園晴晝。分明社後。又掠起、横波微縐。定吹簫人〔三〕隔，西江〔四〕吟遍，杏梁泥繡〔五〕。依舊。摇花倚月，共賞娉婷，自憐消瘦。韋郎别久。重禁到，别時候。〔六〕東風簾外，銜將碎錦〔七〕，付與深閨妙手。抱殘香、暖入冬心，冶春〔八〕定有。

【繫年】

據清楊辰傑修、清黄聯珏纂同治貴溪縣志同治十年刻本卷六職官，陸道光十二年到任，十四年由葉仲元接任。詞當道光十二年（一八三二）秋冬之交作於南京。

【注釋】

〔一〕陸祁生：陸繼輅（一七七二—一八三四），字祁孫。參詩卷一出東門贈祁生即效其體注釋〔二〕。

〔二〕烏臼：即烏臼。樂府詩集雜曲歌辭十二西洲曲：「日暮伯勞飛，風吹烏臼樹。」

〔三〕吹簫人：用蕭史、弄玉之典。參詩卷二誤入注釋〔四八〕。

〔四〕西江：唐人多稱長江中下游爲西江。唐元稹相憶淚：「西江流水到江州，聞道分成九道流。」此代江西。

〔五〕宋晏殊采桑子：「燕子雙雙，依舊銜泥入杏梁。」

〔六〕用唐韋皋與玉簫事。參詞卷一南浦晴竹注釋〔一〕。

〔七〕碎錦：喻細碎的花朵。

〔八〕冶春：游春。

六州歌頭 叔安〔一〕每過春水園，共談聲律，屬作填詞圖，圖成系此。

春花秋月，情極總無情。無人處，傳幽素，轉分明。一星星〔二〕。散作繁華夢，無端〔三〕想，無端戀，無端憶，蘊憂地，百憂生。眼底園林，草草〔四〕留人住，繚白縈青。是當年六代，於此駐霓旌〔五〕。虎斷龍争，氣難平。　正誇裙屐〔六〕，矜門第，生蘭玉〔七〕，紹勳名。烏衣巷，重來燕，認彫楹。舊巢傾。林木棲難穩，經風雨，換陰晴。争得似，深深幕，且雙停。休問重來身世，相將對、雪滿蘆汀。擁一爐寒焰，有酒不宜醒。支盡長更。

【繫年】

詞道光十二年（一八三二）冬作於南京。

【注釋】

〔一〕叔安：陳宇，字叔安，又字方瀾。參詩卷七送叔安之雷州注釋〔一〕。

〔二〕一星星：一件件，一點點。

〔三〕無端：無心，無意。唐韓愈感春之四：「今者無端讀書史，智慧只是勞精神。」

〔四〕草草：憂慮勞神的樣子。唐李白閨情：「織錦心草草，挑燈淚斑斑。」

〔五〕霓旌：綴有五色羽毛的旗幟，爲古代帝王儀仗之一。亦借指帝王。唐杜甫哀江頭：「憶昔霓旌下南苑，苑中萬物生顔色。」

〔六〕裙屐：原指六朝貴族子弟的衣著，後泛指富家子弟的時髦裝束。

〔七〕晋書謝玄傳：「玄字幼度。少穎悟，與從兄朗俱爲叔父安所器重。安嘗戒約子侄，因曰：『子弟亦何豫人事，而正欲使其佳？』諸人莫有言者。玄答曰：『譬如芝蘭玉樹，欲使其生於庭階耳。』安悦。玄少好佩紫羅香囊，安患之，而不欲傷其意，因戲賭取，即焚之，於此遂止。」後因以「蘭玉」「芝蘭玉樹」喻佳子弟。唐顔真卿祭侄季明文：「惟爾挺生，夙標劭德，宗廟瑚璉，階庭蘭玉。」

水龍吟雨生〔一〕移寓春水園，小雪賦贈。

神仙眷屬來時，輕裝只帶湖山氣。研匣〔二〕財安，琴囊未解，雪飛如此。舊日園林，新邀吟賞，松騰桂喜。便芭蕉緑老，墻陰凝立，也消得，王維意。〔三〕休問虎頭猿臂〔四〕。但崎嶔、壯游堪記。朔漠呼鷹[五]，羅浮騎蝶[六]，卅年身世。又訪寒蛩，尋常便到，水邊石底。把幽懷付與，朱弦彩筆[七]，喚閑鷗起。

【繫年】

詞道光十二年（一八三二）立冬前七日作於南京。

【注釋】

〔一〕雨生：湯貽汾（一七七八—一八五三），字雨生。參文卷四董小狂傳注釋〔八〕。

〔二〕研匣：同「硯匣」。

〔三〕唐王維有畫作袁安卧雪圖，有雪中芭蕉之景。

〔四〕虎頭猿臂：虎頭、猿臂皆喻武將、勇士。虎頭，燕頷虎頭，形容相貌威武。漢劉珍等東觀漢記班超傳：「超問其狀。相者曰：『生燕頷虎頭，飛而食肉，此萬里侯相也。』」猿臂，史記李將軍列傳：「廣爲人長，猿臂，其善射亦天性也。」裴駰集解引如淳曰：「臂如猿，通肩。」因借以借指武將、勇士。

〔五〕呼鷹：呼鷹以逐獸，因指行獵。湯貽汾嘉慶二十二年（一八一七）至道光五年（一八二五）先後任山西靈丘都司、代州參將等職。

〔六〕棲於羅浮山雲峰岩下蝴蝶洞的彩蝶，相傳爲葛洪遺衣所化。亦指湯貽汾入羅浮山緝緝盜事。參詞卷三花犯注釋〔一〕。

〔七〕清厲鶚東城雜記東皋隱者：「詩句興來題綵筆，道心悟後付朱弦。」南史江淹傳：「（江淹）又嘗宿於冶亭，夢一丈夫自稱郭璞，謂淹曰：『吾有筆在卿處多年，可以見還。』淹乃探懷中得五色筆一以授之。爾後爲詩絶無美句，時人謂之才盡。」後遂以「綵筆」稱五色筆，比喻美妙文才。

浣溪沙雨生都督暨其配雙湖夫人〔一〕俱擅丹青，有畫梅樓雙照〔二〕，索題賦此。

側側〔三〕輕寒不礙春。碧琉璃外驗春痕。暗香雙護玉樓人。　各擬松筠標格品〔四〕，對渲烟月貌豐神。旁人剛道是梅魂。

【繫年】

詞道光十二年（一八三二）立冬前七日作於南京。

【注釋】

〔一〕雙湖夫人：清王蘊章然脂餘韻卷三：「雙湖夫人董氏名琬貞，字容壺，曉滄先生之孫女。曉滄先生贅于海鹽，遂家焉。琬貞有小印曰『生長蓉湖家澉湖』，因以『雙湖』自號。」

〔二〕梅樓雙照：清吴藻吴藻集香南雪北詞臺城路湯雨生將軍、董雙湖夫人合寫畫梅樓雙照：「一家終日樓中住，千株萬株花繞。借月傳神，團香入指，點筆嫩寒春曉。鷗波夢悄。正寫出雙身，索來雙笑。如水瑶臺，問君修得幾生到。和雲低覆紙帳，看牀頭卷軸，深護多少。玉茗清才，縞衣仙侣，蛾緑兩彎剛掃。重商畫稿。記東閣吟餘，西湖吹老。解事雛鬟，并棲憐翠鳥。」

〔三〕側側：寒貌。唐韓偓寒食夜：「側側輕寒翦翦風，杏花飄雪小桃紅。」

〔四〕禮記禮器：「其在人也，如竹箭之有筠也，如松柏之有心也。二者居天下之大端矣，故貫四時而不改柯易葉。」後因以「松筠」喻節操堅貞。松與竹材質堅韌，歲寒不凋，因以「松筠之節」比喻堅貞的節操。筠，竹。

花犯

雨生奉命弋捕，改道士裝入羅浮，經月乃出。〔一〕既罷，寫其裝爲琴隱圖。

許黄冠，披裘帶索，羅浮萬峰頂㊀。奈華首臺〔二〕空，難駐仙影。七條冷玉〔三〕歸來聽。松濤渾未定。便作了、刺船〔四〕人去，餘音弦外領。　滄桑底要問麻姑〔五〕，尋常把袂〔六〕處，鴻泥〔七〕剛印。回首又、湘娥曲罷江峰靚。如今向、故園歲晚，真管取、飛瓊〔八〕三萬傾。試展出、一枝蕉葉，梅魂先喚醒。

【繫年】

詞道光十二年（一八三二）立冬前七日作於南京。

【校勘】

㊀「頂」：按譜，此句後疑漏四字句一韻。

【注釋】

〔一〕嘉慶二十年（一八一五）湯貽汾受江西巡撫阮元之命，携眼綫楊鶴齡入粤緝拿朱毛俚，曾化爲道士，入羅浮緝盜。

〔二〕華首臺：又名華首寺，位於羅浮山西南麓。

〔三〕七條冷玉：指七弦古琴。

〔四〕刺船：春秋時成連用船把伯牙送到荒島上，讓他從自然界的音響中悟得琴理。後因以「刺船」爲使人移情之典。參文卷四樂論注釋〔一四〕。

〔五〕晋葛洪神仙傳卷三王遠，東漢桓帝時，麻姑曾應仙人王遠（字方平）召，降於蔡經家，爲一美麗女子，年可十八九歲，「麻姑自説：『接待以來，已見東海三爲桑田，向到蓬萊，水又淺於往昔，會時略半也，豈將復還爲陵陸乎？』方平笑曰：『聖人皆言，海中行復揚塵也。』」底要：何須。

〔六〕把袂：拉住衣袖。表示親昵。

〔七〕鴻泥：鴻爪雪泥。宋蘇軾和子由澠池懷舊：「人生到處知何似，應似飛鴻踏雪泥，雪上偶然留爪印，鴻飛那復計東西。」後用「鴻爪」比喻往事留下的痕迹。

〔八〕飛瓊：指飄飛的白色物，如雪。宋陳三聘虞美人：「飛瓊曉壓梅枝重。」

眉嫵 雪蕉

戰驚風〔一〕寒雨，百褶羅裙，難數唾花迹〔二〕。暗裏霜鯨〔三〕吼，三更左，生生催下霏屑。翠梢聽折。弄夜光、誰伴奇石？算惟有、玉蝶〔四〕回香粉，老龍〔五〕奮蒼鬣。氊帽茸裘豹舄〔六〕。訝素鸞〔七〕一對，全隊〔八〕窗隙。暈緑分明在，瀟瀟響、廊腰〔九〕時送清滴。露華凍裂。怎未教、藴盡秋碧。抱千古冬心〔一〇〕，拚與夏蟲再説。

【繫年】

詞道光十二年（一八三二）冬至後作於南京。

【注釋】

〔一〕驚風：猛烈、强勁的風。漢司馬相如上林賦：「然後揚節而上浮，凌驚風，歷駭猋。」

〔二〕唾花迹：用趙飛燕唾花之典。參詞卷二望海潮注釋〔二〕。

〔三〕霜鯨：清沈大成學福齋集乾隆三十九年刻本卷二十三秋鐘：「秋寺霜鯨吼，聲洪遠近同。」清汪端自然好學齋詩鈔卷八古今體詩聞鐘：「雲外清鐘一杵圓，寒山古寺碧溪邊。霜鯨扣醒漁舟夢，楓葉啼烏月墮烟。」

〔四〕玉蝶：玉蝶梅。梅花中珍品。清錢泳履園叢話舊聞康熙六巡江浙：「次日，（康熙）幸虎丘，登萬歲樓。時樓前有玉蝶梅一株盛開，芳香襲人。」

〔五〕老龍：喻玉蝶梅。

〔六〕左傳昭公二十二年：「雨雪，王皮冠，秦復陶，翠被，豹舄，執鞭以出。僕析父從。」此喻雪蕉。

〔七〕素鸞：玉鸞，喻雪。宋辛棄疾水調歌頭吴江觀雪：「造物故豪縱，千里玉鸞飛。」

〔八〕陊：古同「墮」。

〔九〕廊腰：走廊、回廊的轉折處。

〔一〇〕冬心：冬日孤寂凄清的心情。

齊天樂長至〔一〕後雪夜感賦

玉龍鱗甲〔二〕漫空下，斑斑映梅梢血。海氣蒸雲，雲陰作暝，旋壓山城旋黑。風棱暗逼。便紋鼎寒灰，繡衾凝鐵。早是無眠，可堪仍見恁時節。　何人中夜唤起，劍華含舊雨，〔三〕羞爲重掣。换酒〔四〕紅樓，調弦紫障〔五〕，輸與高陵狂客〔六〕。悲歌乍闋〔七〕。誤幾度攀條〔八〕，唾壺敲裂〔九〕。祝取荒鷄〔一〇〕，一聲天地白〔一一〕。

【繫年】

詞道光十二年（一八三二）冬至後作於南京。

【注釋】

〔一〕長至：冬至俗稱冬節、長至節、亞歲等。參詩卷二長至注釋〔一〕。

〔二〕玉龍、鱗甲：均喻飛雪。宋張元雪：「戰退玉龍三百萬，敗鱗殘甲滿空飛。」

〔三〕晋書祖逖傳：「（逖）與司空劉琨俱爲司州主簿，情好綢繆，共被同寢。中夜聞荒鷄鳴，蹴琨覺曰：『此非惡聲也。』因起舞。」後以「中夜舞」喻有志之士奮發自勵。劍華，亦作「劍花」。劍的光芒。唐李白胡無人行：「流星白羽腰間插，劍花秋蓮光出匣。」唐顧況從軍行：「長弓挽滿月，劍華霜雪明。」舊雨，唐杜甫秋述：「常時車馬之客，舊，雨來；今，雨不來。」謂過去賓客遇雨也來，而今遇雨却不來了。後以「舊雨」作爲老友的代稱。

〔四〕换酒：貂裘换酒。漢劉歆西京雜記卷二載，司馬相如與卓文君還成都，以所著鷫霜裘向市人貰酒。又晋書阮孚傳謂阮孚嘗以金貂换酒。後世即以「貂裘换酒」形容名士或富貴者的風流豪縱。

〔五〕紫障：遮蔽風塵或視綫的紫色屏幕。南朝宋劉義慶世説新語汰侈：「君夫作紫絲布步障碧綾裏四十里，石崇作錦步障五十里以敵之。」

〔六〕高陵狂客：當是「高陽狂客」之誤。史記酈生陸賈列傳：「初，沛公引兵過陳留，酈生踵軍門上謁曰：『高陽賤民酈食其，竊聞沛公暴露，將兵助楚討不義，敬勞從者，願得望見，口畫天下便事。』使者入通，沛公方洗，問使者曰：『何如人也？』使者對曰：『狀貌類大儒，衣儒衣，冠側注。』沛公曰：『爲我謝之，言我方以天下爲事，未暇見儒人也。』使者出謝曰：『沛公敬謝先生，方以天下爲事，未暇見儒人也。』酈生瞋目案劍叱使者曰：『走！復入言沛公，吾高陽酒徒也，非儒人也。』使者懼而失謁，跪拾謁，還走，復入報曰：『客，天下壯士也，叱臣，臣恐，至失謁。曰「走！復入言，而公高陽酒徒也」。』沛公遽雪足杖矛曰：『延客入！』」

〔七〕闋：止息，終了。宋周邦彦浪淘沙：「南陌脂車待發，東門帳飲乍闋。」

〔八〕攀條：攀折枝條。古詩十九首庭中有奇樹：「攀條折其榮，將以遺所思。」

〔九〕唾壺敲裂：唾壺擊缺，唾壺敲缺。南朝宋劉義慶世説新語豪爽：「王處仲（王敦）每酒後輒咏『老驥伏櫪，志在千里。烈士暮年，壯心不已』。以如意打唾壺，壺口盡缺。」後以「唾壺擊缺」或「唾壺敲缺」形容心情憂憤或感情激昂。

〔一〇〕荒鷄：指三更前啼叫的鷄。

〔一一〕唐李賀致酒行：「零落棲遑一杯酒，主人奉觴客長壽。主父西游困不歸，家人折斷門前柳。吾聞馬周昔作新豐客，天荒地老無人識。空將牋上兩行書，直犯龍顔請恩澤。我有迷魂招不得，雄鷄一聲天下白。少年心事當拏雲，誰念幽寒坐嗚呃。」

又雪中憶叔安〔一〕，治裝近郡，將爲粤游。

海天誰攬鯨波起，沈沈看飛深雪。磨敵修期〔二〕，登樓王粲〔三〕，還作判年〔四〕行色〔五〕。征塗漫説。剩庾嶺〔六〕疏梅，不堪攀摘。網得珊瑚〔七〕，怕和鮫淚〔八〕透衣濕。　悤悤來去燕雁，笑伊無個事，空自南北。杏雨〔九〕朝梁，蘆風夜浦，多管〔一〇〕曾經相識。山圍故國。向㊀玉樹聲中，試聽消息。〔一一〕地老天荒，定知人恨別。

【繫年】

詞道光十二年（一八三二）冬至後作於南京。與詩卷七送叔安之雷州作於同時。

【注釋】

㈠「向」：底本奪，據常州先哲遺書後編本補。

【注釋】

〔一〕叔安：陳宇，字叔安，又字方瀾。參詩卷七送叔安之雷州注釋〔一〕。

〔二〕北史文苑列傳荀濟傳：「荀濟字子通。其先潁川人，世居江左。濟初與梁武帝布衣交，知梁武當王，然負氣不服，謂人曰：『會楯上磨墨作檄文。』」磨盾鼻，在盾牌把手上磨墨草檄。後因以稱在軍隊裏做文書工作爲「磨盾鼻」。北史傅永列傳：「傅永字脩期，清河人也。幼隨叔父洪仲與張幸自青州入魏，尋復南奔。有氣幹，拳勇過人，能手執鞍橋，倒立馳騁。年二十餘，有友人與之書而不能答，請洪仲，洪仲深讓之而不爲報。永乃發憤讀書，涉獵經史，兼有才幹。……帝嘉之，遣謁者就豫州策拜永安遠將軍、鎮南府長史、汝南太守、貝丘縣男。帝每嘆曰：『上馬能擊賊，下馬作露布，唯傅脩期耳。』」此蓋周濟誤用典故。

〔三〕東漢王粲在荊州依劉表，意不自得，且痛家國喪亂，乃以「登樓」爲題作賦，借寫眼前景物，以抒鬱憤之情。後詞曲中常以「王粲登樓」喻士不得志而懷故土之思。

〔四〕判年：半年。

〔五〕行色：行旅。

〔六〕庾嶺：即大庾嶺。五嶺之一。在江西、廣東交界處。古時嶺上多植梅，故名。唐鄭谷咸通十四年府試木向榮：「庾嶺梅花覺，隋堤柳暗驚。」

〔七〕新唐書西域傳下拂菻：「海中有珊瑚洲，海人乘大舶，墮鐵網水底。珊瑚初生磐石上，白如菌，一歲而黄，三歲赤，枝格交錯，高三四尺。鐵發其根，繫網舶上，絞而出之，失時不取即腐。」

〔八〕鮫淚：鮫人的眼淚，也泛指眼淚。鮫人，神話中的魚尾人，即美人魚，相傳其眼淚能化成珍珠。

〔九〕杏雨：杏花雨。謂清明時節所降之雨。時值杏花盛開，故稱。

〔一〇〕多管：多半，大概。

〔一一〕唐吴融金陵懷古：「玉樹聲沉戰艦收，萬家冠蓋入中州。只應江令偏惆悵，頭白歸來是客游。」

霜葉飛 讀雨生〔一〕劍人緣〔二〕院本，即題十二古琴書屋填詞圖〔三〕。

卅年秋水，魚龍夜〔四〕，芙蓉〔五〕紅湛㊀霜鍔〔六〕。海山扶月暈沈沈，太白〔七〕寒生角。共四野、荒鷄〔八〕暗約。佳人無奈調弦索。幻蜃綺樓空，借短短、歸帆釣起，一雙靈鱷〔九〕。　休便挽銀河㊁〔一〇〕，千秋萬里，向誰懷抱飛落。酒杯深處祝華林，玉宇高難托。怕誤了、填橋癡鵲〔一一〕。依然還把瓊簫閣。歲漸闌、東皇〔一二〕定，作弄春前，數枝梅萼。

【繫年】

詞道光十二年（一八三二）冬作於南京。

【校勘】

㊀「湛」：底本作「堪」。按律當作仄聲，據常州先哲遺書後編本改。

㊁按譜，各家皆爲六字，此處少一字。

【注釋】

〔一〕雨生：湯貽汾（一七七八—一八五三），字雨生。參文卷四董小狂傳注釋〔八〕。

〔二〕劍人緣：清蔣敦復芬陀利室詞話：「（湯貽汾）官嶺南時，作劍人緣傳奇，聞余名，大驚，世間果有劍人緣，屢寄聲，願定交。」清湯貽汾琴隱園詩集卷七自題劍人緣傳奇：「舉世論交渭與涇，英雄終古會飄零。平原底幸逢朱亥，郭解何妨老白丁？豈有神仙能度世，祇應林壑可忘形。公侯不過榮朱紫，難得湖堤柳眼青。幾見逢時似馬周，北平飛將那無愁？也知憂患中年集，可有勳名異日酬？入手三杯忘宇宙，橫腰一劍息恩讎。全腔熱血頻誰灑，珍重知音菊部頭。」

〔三〕同咏之作，有清吴藻吴藻集香南雪北詞念奴嬌又題十二古琴書屋填詞圖、清趙芬濾月軒詩餘高山流水題湯雨生十二古琴書屋填詞圖。十二古琴書屋，清陳作霖等金陵瑣志光緒二十六年、民國六年刊本鍾南淮北區域志：「歷浮橋。橋北爲紗帽巷，有潘忠毅公鐸宅，以總督殉難於雲南者也。旁爲湯貞愍公貽汾琴隱園，有十二古琴書屋、琴清月滿軒、畫梅樓、還讀我書齋、延緑山房、商彝周敦漢瓦晋甎之室、鷄鳴長伴讀書齋、凌雲閣、幽篁裏、五十年尚友之齋、默龕琴臺、百步廊、黄花徑、梅門、藤幄、薜荔柏、戲鴛池、度鶴橋、鸚鵡冢、凌雲峰、十三峰、七賢峰諸勝。後殉節於獅子窟池，而此園遂蕩然矣。又有綱巾市與紗帽巷，皆鬻明時官服處也。」清湯貽汾琴隱園詩集卷二十八琴隱園雜咏二十四首其一十二古琴書屋：「我琴十有二，一一古人遺。古人是何代？惟有琴知之。一瞬古人我，後來誰我知？珍重簾前月，千古常相隨。」同書卷二十松崖上人索題保緒山水障子，即以爲壽小注謂：「保緒割宅居予，作雙笠圖訂交。今將他游。」卷二十一桐城劉菊生保泰孝廉藏其婦翁李次卿仲昭侍御遺琴，曰真隱，有記有贊。憶二十年前侍御嘗携此訪予羊城，各弄數曲，頃忽睹之於白門安園，不勝人琴之感，因作歌以貽之小注曰：「予蓄琴十二，顔所居曰十二古琴書屋，本保緒宅，今將易主。」

〔四〕魚龍夜：指秋日。唐杜甫秦州雜詩之一：「水落魚龍夜，山空鳥鼠秋。」杜修可注引水經注：「魚龍以秋日爲夜。龍秋分而降，蟄寢於淵，故以秋日爲夜也。」

〔五〕芙蓉：芙蓉劍。漢袁康越絶書外傳記寶劍：「王取純鈞，薜燭聞之，忽如敗。有頃，懼如悟。下階而深惟，簡衣而坐望之。手振拂揚，其華捽如芙蓉始出。觀其鈲，爛如列星之行；觀其光，渾渾如水之溢於塘；觀其斷，岩岩如瑣石；觀其才，焕焕如冰釋。」後因以指利劍。

〔六〕霜鍔：白亮鋒利的刀。晋張協七命：「霜鍔水凝，冰刃露潔。」

〔七〕太白：即金星。又名啓明、長庚。古星象家以爲太白星主殺伐，故多以喻兵戎。唐李白胡無人：「雲龍風虎盡交回，太白入月敵可摧。」

〔八〕荒鷄：天將亮時報曉之鷄。

〔九〕靈鼉：鯨波鼉浪。猶言驚濤駭浪。

〔一〇〕唐杜甫洗兵行：「安得壯士挽天河，净洗甲兵長不用。」

〔一一〕填橋癡鵲：漢應劭風俗記佚文：「織女七夕爲渡河，使鵲爲橋。」

〔一二〕東皇：司春之神。

附：蘇穆夢橫塘雨生都督有劍人緣傳奇，讀竟題「十二古琴書屋填詞圖」，呈雙湖夫人。

文參附録儲素樓詞。

徵招 冰鉦

邊笳吹老天山雪〔一〕，踆烏〔二〕乍棲庭樹。露重卸金盤〔三〕，聽商音凄苦。兒童驕自詡〔四〕。便閑把、棘門軍聚。〔五〕數點敲殘，千家寒月，隔墻碪杵。何處。是靈津〔六〕，流澌結、衝衝〔七〕馬蹄難駐。待約鸖鵝〔八〕，齊沸春池蛙鼓〔九〕。熏風〔一〇〕知幾度，向瑶⊖榭、换將荷柱。漫凝想、鶴氅〔一一〕風姿，有顧榮揮羽〔一二〕。

【繫年】

詞道光十二年（一八三二）冬作於南京。

【校勘】

㈠「瑶」：國朝常州詞録本作「瓊」。

【注釋】

〔一〕唐李白塞下曲六首其一：「五月天山雪，無花只有寒。笛中聞折柳，春色未曾看。曉戰隨金鼓，宵眠抱玉鞍。願將腰下劍，直爲斬樓蘭。」

〔二〕踆烏：淮南子精神訓：「日中有踆烏而月中有蟾蜍。」高誘注：「踆，猶蹲也。謂三足烏。」後因以「踆烏」借指太陽。

〔三〕金盤：承露之盤。後漢書陶謙傳：「大起浮屠寺，上累金盤，下爲重樓。」唐韓偓中秋禁直：「露和玉屑金盤冷，月射珠光貝闕寒。」

〔四〕宋楊萬里稚子弄冰：「稚子金盆脱曉冰，綵絲穿取當銀鉦。」周汝昌注：「鉦，古代樂器名。羅類，或即用以代鑼。」冰鉦，銀鉦。

〔五〕漢書周亞夫傳載：「上（文帝）自勞軍，至霸上及棘門軍，直馳入，將以下騎出入送迎。已而之細柳軍，軍士吏被甲，鋭兵刃，彀弓弩，持滿。天子先驅至，不得入。先驅曰：『天子且至！』軍門都尉曰：『軍中聞將軍之令，不聞天子之詔。』有頃，上至，又不得入。於是上使使持節詔將軍曰：『吾欲勞軍。』亞夫乃傳言開壁門。壁門士請車騎曰：『將軍約，軍中不得驅馳。』於是天子乃按轡徐行。至中營，將軍亞夫揖，曰：『介胄之士不拜，請以軍禮見。』天子爲動，改容式車。使人稱謝：『皇帝敬勞將軍。』成禮而去。既出軍門，群臣皆驚。文帝曰：『嗟乎，此真將軍矣！鄉者霸上、棘門如兒戲耳，其將固可襲而虜也。至於亞夫，可得而犯邪！』稱善者久之。」後因以「棘門軍」稱紀律鬆弛的軍隊。

〔六〕靈津：晉書石勒載記下：「（石勒）命石堪、石聰及豫州刺史桃豹等各統見衆會滎陽，使石季龍進據石門，以左衛石邃都督中軍事，勒統步騎四萬赴金墉，濟自大堨。先是，流澌風猛，軍至，冰泮清和，濟畢，流澌大至，勒以爲神靈之助也，命曰靈昌津。」靈昌津本名延津，黄河重要渡口之一，在今河南延津北。

〔七〕衙衙：行貌，往來不絶貌。

〔八〕鸛鵝：水鳥鸛鳥與天鵝。

〔九〕蛙鼓：群蛙叫聲。

〔一〇〕熏風：東南風，和風。吕氏春秋有始：「東南曰熏風。」高誘注：「巽氣所生，一曰清明風。」

〔一一〕鶴氅：用鶖鳥羽毛製成的衣服。

〔一二〕顧榮揮羽：晉書顧榮傳：「屬廣陵相陳敏反，南渡江，逐揚州刺史劉機、丹楊内史王曠，阻兵據州，分置子弟爲列郡，收禮豪桀，有孫氏鼎峙之計。假榮右將軍、丹楊内史。榮數踐危亡之際，恒以恭遜自勉。會敏欲誅諸士人，榮説之曰：『中國喪亂，胡夷内侮，觀太傅今日不能復振華夏，百姓無復遺種。江南雖有石冰之寇，人物尚全。榮常憂無竇氏、孫、劉之策，有以存之耳。今將軍懷神武之略，有孫吴之能，功勳效於已著，勇略冠於當世，帶甲數萬，舳艫山積，上方雖有數州，亦可傳檄而定也。若能委信君子，各得盡懷，散蔕芥之恨，塞讒諂之口，則大事可圖也。』敏納其言，悉引諸豪族委任之。敏仍遣甘卓出横江，堅甲利器，盡以委之。榮私於卓曰：『若江東之事可濟，當共成之。然卿觀事勢當有濟理不？敏既常才，本無大略，政令反覆，計無所定，然其子弟各已驕矜，其敗必矣。而吾等安然受其官禄，事敗之日，使江西諸軍函首送洛，題曰逆賊顧榮、甘卓之首，豈惟一身顛覆，辱及萬世，可不圖之！』卓從之。明年，周玘與榮及甘卓、紀瞻潛謀起兵攻敏。榮廢橋斂舟於南岸，敏率萬餘人出，不獲濟，榮麾以羽扇，其衆潰散。」

齊天樂 水仙

洛妃〔一〕不入黄初賦〔二〕，凌波又來塵世。翦玉蘢葱，鏤冰玓瓅〔三〕，仙掌露盤〔四〕交倚。九成帳〔五〕裏。漫展盡芳心，歲華徂矣。綵勝〔六〕椒槃〔七〕，可能閑賞舊風味。　西窗前度載酒〔八〕，問雪深徑小，誰聳孤翠？奮㊀鬣〔九〕捎雲，批鱗〔一〇〕卧石，幾許斜陽照水。湘斑〔一一〕暗洗。便寄與鮫綃〔一二〕，只封清淚。一點梅英，怕扶春不起。

【繫年】

詞道光十二年（一八三二）冬作於南京。

【校勘】

㊀「奮」：底本無，據常州先哲遺書後編本補。

【注釋】

〔一〕洛妃：傳説中的洛水女神宓妃。

〔二〕黄初賦：三國魏曹植洛神賦序：「黄初三年，余朝京師，還濟洛川。古人有言，斯水之神，名曰宓妃。感宋玉對楚王説神女之事，遂作斯賦。」黄初，魏文帝年號（二二〇—二二六）。因洛神賦作于黄初年間，亦稱黄初賦。

〔三〕玓瓅：亦作「的皪」。光亮、鮮明貌。

〔四〕仙掌露盤：參詞卷一齊天樂四春錢注釋〔五〕。

〔五〕九成帳：漢伶玄飛燕外傳：「一夕，昭儀醉進七丸，帝昏夜擁昭儀居九成帳，笑吃吃不絶。」

〔六〕綵勝：旛勝。唐宋風俗，每逢立春日，剪紙或綢作旛戴在頭上或繫在花下，以慶祝春日來臨。

〔七〕椒槃：椒盤。爾雅翼釋木三：「後世率以正月一日，以盤進椒，飲酒則撮真酒中，號椒盤焉。」

〔八〕載酒：載酒賣花。宋盧祖皋江城子：「載酒買花少年事，渾不似，舊心情。」

〔九〕奮鬣：獸、畜等揚起頸上的長毛，形容奮發或狂怒。漢張衡西京賦：「於是蚩尤秉鉞，奮鬣被般。」此喻向上生長的樹枝。

〔一〇〕批鱗：韓非子説難：「夫龍之爲蟲也，柔可狎而騎也；然其喉下有逆鱗徑尺，若人有嬰之者，則必殺人。人主亦有逆鱗，説者能無嬰人主之逆鱗則幾矣。」此喻下垂之樹枝。

〔一一〕湘斑：即湘妃竹、斑竹。唐徐堅等初學記卷二十八引晋張華博物志：「舜死，二妃淚下，染竹即斑。妃死爲湘水神，故曰湘妃竹。」

〔一二〕鮫綃：亦作「鮫鮹」。南朝梁任昉述異記卷上：「南海出鮫綃紗，泉室潛織，一名龍紗。其價百餘金，以爲服，入水不濡。」

一枝春 群姬印雪成糕，飾以脂澤〔一〕，戲賦此解。　癸巳春白下作

妙手搓酥，薦春槃〔二〕乍試，山厨〔三〕新様。瓊霙〔四〕自潔，更灑疏梅枝上。寒香〔五〕待嚼，奈春淺、露華遲放。渾未辨、浮蟻〔六〕尊前，小印脆圓相餉。　相如夢回仙掌〔七〕。正松釵〔八〕火細，竹爐〔九〕微養。茶經漫檢，乍似雪桃神爽。藍田〔一〇〕路杳，有誰聽、臼邊清響。還只把、一點脂痕，齧唇暗想。

【繫年】

詞道光十三年癸巳（一八三三）春作於南京白下。詩卷七春水園詩小注曰：「姬人印雪爲糕，余有詞。積雪山插冰箸爲林，余有詩。」又詩卷七立春十日，庭雪盈尺，因成小山，起伏可玩復，摘檐牙冰箸百十有二枚，叢爲寒林，邀友人同看。蓋皆追憶十一年底、十二年初間事也。

【注釋】

〔一〕脂澤：脂粉、香膏等化妝品。韓非子顯學：「故善毛嗇、西施之美，無益吾面，用脂澤粉黛，則倍其初。」

〔二〕春槃：春盤。古代風俗，立春日以韭黄、果品、餅餌等簇盤爲食，或饋贈親友，稱春盤。帝王亦於立春前一天，以春盤并酒賜近臣。唐沈佺期歲夜安樂公主滿月侍宴：「歲炬常然桂，春盤預折梅。」

〔三〕山厨：山野人家的厨房。唐王維過崔駙馬山池：「脱貂貰桂醑，射雁與山厨。」

〔四〕瓊霙：瓊英，喻雪花。唐裴夷直和周侍御洛城雪：「天街飛轡踏瓊英，四顧全疑在玉京。」

〔五〕寒香：清冽的香氣。形容梅花的香氣。唐羅隱梅花：「愁憐粉艷飄歌席，静愛寒香撲酒樽。」

〔六〕浮蟻：酒。唐鄭谷自適：「浮蟻滿杯難暫捨，貫珠一曲莫辭聽。」

〔七〕宋羅大經鶴林玉露卷之二漢宫詩：「唐李商隱漢宫詩云：『青雀西飛竟未回，君王長在集靈臺。侍臣最有相如渴，不賜金莖露一杯。』譏武帝求仙也。言青雀杳然不回，神仙無可致之理必矣。而君王未悟，猶徊徊臺上，庶幾見之，且胡不以一物驗其真妄乎？金盤盛露，和以玉屑，服之可以長生，此方士之説也。今侍臣相如，正苦消渴，何不以一杯賜之，若服之而愈，則方士之説，猶可信也；不然，則其妄明矣。二十八字之間，委蛇曲折，含不盡之意。」

〔八〕松釵：宋周密癸辛雜識前集松五粒：「凡松葉皆雙股，故世以爲松釵。」

〔九〕竹爐：亦作「竹罏」。一種外殼爲竹編、内安小缽、用以盛炭火取暖的用具。

〔一〇〕藍田：縣名。在陝西渭河平原南緣、秦嶺北麓、渭河支流灞河上游。秦置縣，以産美玉聞名。

好事近 既賦雪糕，因屬樂民〔一〕繪圖，名之玉戲〔二〕，題詞其上。

剛道是春歸，枝上雪深盈尺。都向少人行處，斷梅花消息。　朝來紅日出榑桑〔三〕，雲影蕩空碧。剗地〔四〕北風吹暝，亂一群蝴蝶。

三日不曾晴，惱亂玉人春思。閑逞堆槃妙手，簇紅桃朱柿。纖纖葱嫩却勝寒，攀摘動香膩。應是并扶紅萼，惜一枝垂地。

【繫年】

詞道光十三年（一八三三）春作於南京白下。

【注釋】

〔一〕樂民：湯禄名（一八〇四—一八七四），字樂民，武進今江蘇常州人，寓金陵。湯貽汾第四子，官兩淮鹽運判。善白描人物，銀鈎鐵畫，雅近李公麟。工設色仕女，尤以花卉果實擅長。

〔二〕玉戲：宋陶穀清異録天文：「比丘清傳，與一客同入湖南，客曰：『凡雪，仙人亦重之，號天公玉戲。』」後因以稱下雪。

〔三〕榑桑：扶桑。楚辭九歌東君：「暾將出兮東方，照吾檻兮扶桑。」王逸注：「日出，下浴於湯谷，上拂其扶桑，爰始而登，照曜四方。」

〔四〕剗地：忽然。

大聖樂落梅

點地無聲，隨波寫影，十分春瘦〔一〕。到畫簾、燕子來時，絳臘夜深，祗照睡香酣透。〔二〕寂寞清明雨僝風僽〔三〕。空山消殘雪，問誰向、溪邊垂素手。蒼茫極，是斜日暮烟，孤吟時候。

盡紅付夭桃青付柳。甚黏枝一點，酸心〔四〕偏得，黛眉雙縐。倦聽江城人吹笛〔五〕，算妝額〔六〕、年年還自有。菱花掩，願留取㊀、凝脂依舊。

【繫年】

詞曰「清明雨僝風僽」，蓋道光十三年（一八三三）清明作於南京。

【校勘】

㊀ 取：國朝詞綜補作「將」。

【注釋】

〔一〕宋慧洪上元宿百丈：「十分春瘦緣何事，一掬歸心未到家。」

〔二〕宋蘇軾海棠：「東風嫋嫋泛崇光，香霧空蒙月轉廊。只恐夜深花睡去，故燒高燭照紅妝。」

〔三〕僝僽：亦作「僝偢」。煩惱，愁苦。參詞卷三大聖樂落梅注釋〔三〕。

〔四〕酸心：宋周端臣古斷腸曲三十首其一：「連花折得青梅子，怕觸傷心不敢賞。」

〔五〕唐李白與史郎中欽聽黃鶴樓上吹笛：「一爲遷客去長沙，西望長安不見家。黃鶴樓中吹玉笛，江城五月落梅花。」

〔六〕宋李昉等太平御覽卷九七〇引宋書：「武帝女壽陽公主人日卧含章檐下，梅花落公主額上，成五出之花，拂之不去，皇后留之，自後有梅花妝。婦女多效之，在額心描梅爲飾。」

五彩結同心

疏梅凋砌，艷杏燒林〔一〕，芳菲恰趁春酣。欲去還留影，輕雷響、飛雪又滿江南。年年花事〔二〕難消息〔三〕，風和雨、三月初三〔四〕。尋常向、榆錢柳絮，一回一惜嬌憨。　玉樓〔五〕幾時消凍，記南枝〔六〕信沓㊀，蜆宿吴蠶〔七〕。剛道嬉游處，晴光擁、高閣四面烟嵐。不成粉本〔八〕開圖畫，重匀染、新水〔九〕拖藍〔一〇〕。人間世、沈吟無語，且憑斗酒携柑〔一一〕。

【繫年】

詞道光十三年（一八三三）三月初三春作於南京。

【校勘】

㊀「沓」：底本作「沓」，據常州先哲遺書後編本改。

【注釋】

〔一〕宋柳永木蘭花慢：「正艷杏燒林，緗桃繡野，蕨景如屏。」

〔二〕花事：關於花的情事。春季百花盛開，故多指游春看花等事。宋楊萬里買菊：「如今小寓咸陽市，有口何曾問花事。」

〔三〕消息：停止，平息。後漢書蔡邕傳：「又尚方工技之作，鴻都篇賦之文，可且消息，以示惟憂。」

〔四〕三月初三：漢以前以農曆三月上旬巳日爲「上巳」；魏晉以後定爲三月三日，不必取巳日。後漢書禮儀志上：「是月上巳，官民皆絜於東流水上，曰洗濯祓除去宿垢疢爲大絜。」宋書禮志二引韓詩：「鄭國之俗，三月上巳，之溱洧兩水之上，招魂續魄。秉蘭草，拂不祥。」

〔五〕玉樓：亦稱「玉樓子」。牡丹花的一種。宋陸游天彭牡丹譜花釋名：「玉樓子者，白花，起樓，高標逸韻，自然是風塵外物。」

〔六〕南枝：古詩十九首行行重行行：「胡馬依北風，越鳥巢南枝。」因以指故土，故國。周書杜杲傳：「王褒、庾信之徒既羈旅關中，亦當有南枝之思耳。」

〔七〕吴地蠶開始結繭。蜆，繭也。

〔八〕粉本：畫稿。古人作畫，先施粉上樣，然後依樣落筆，故稱畫稿爲粉本。唐韓偓商山道中：「却憶往年看粉本，始知名畫有工夫。」

〔九〕新水：春水。唐雍陶晴：「新水亂侵青草路，殘陽猶傍緑楊村。」

〔一〇〕拖藍：同「拖碧」。元無名氏猿聽經第一折：「端的是奇山覽秀，緑水拖藍；真乃是洞天之處，福地之鄉。」

〔一一〕斗酒携柑：斗酒雙柑。後唐馮贄雲仙雜記腸鼓吹俗耳針砭詩腸鼓吹引高隱外書：「戴顒春携雙柑斗酒，人問何之，曰：『往聽黄鸝聲。』」後因以「斗酒雙柑」指春日勝游。

滿庭芳 梨花

珍重經年，玲瓏數朵，樓前越樣〔一〕丰姿。東君〔二〕著意，開比海棠遲。爛漫群芳似錦，深宵露、洗盡燕支。無人見，亭亭顧影〔三〕，明月過墻時。渾疑。逢洛浦，凌波〔四〕佩解，〔五〕天慰相思。正團圓果就，怎説將離？閨閣中以「梨」音同「離」，諱之，呼爲團圓果。一剪紅襟〔六〕斜度，窺鴛枕、雲想〔七〕輕移。年年約，湔裙〔八〕俊侶，沈醉碧頗黎〔九〕。

【繫年】

詞道光十三年（一八三三）三月初作於南京。

【注釋】

〔一〕越樣：出格，出衆。宋辛棄疾永遇樂賦梅雪：「細看來，風流添得，自家越樣標格。」

〔二〕東君：司春之神。唐王初立春後作：「東君珂佩響珊珊，青馭多時下九關。方信玉霄千萬里，春風猶未到人間。」

〔三〕顧影：亦作「顧景」，自顧其影，有自矜、自負之意。後漢書南匈奴傳：「昭君豐容靚飾，光明漢宮，顧景裴回，竦動左右。」

〔四〕凌波：三國魏曹植洛神賦：「凌波微步，羅襪生塵。」後詩文中常用以指代美女。

〔五〕典出鄭交甫漢皋解佩。參詩卷三十二艷品者，鐵香感蓉隱詞事，爲翰風作也，剪燈反覆，系之以詩。時遲，鐵香不至，即以柬之注釋〔二八〕。

〔六〕紅襟：燕子。唐丁仙芝餘杭醉歌贈吳山人：「曉幕紅襟燕，春城白項烏。」

〔七〕雲想：霞思雲想，苦思冥想。

〔八〕湔裙：同「湔裳」。隋杜臺卿玉燭寶典卷一：「（農曆正月）元日至于月晦，民并爲酺食、渡水，士女悉湔裳、酹酒於水湄，以爲度厄。」注：「今世唯晦日臨河解除，婦女或湔裙也。」

〔九〕頗黎：指狀如水晶的寶石。唐李商隱飲席戲贈同舍：「唱盡陽關無限疊，半杯松葉凍頗黎。」

八六子

乍春晴。一窗紅日，花魂定後還驚。記積雪閒庭暫洗，圓蟾良夜難窺，凄其淚零。沈沈真過清明。杏靨〔一〕半凋殘粉，梨渦〔二〕尚怯朝酲。願者番〔三〕、都作淡雲微雨，痛憐輕惜，艷歡濃笑，安排細啄香泥燕燕，斜穿新緑鶯鶯。太憨生〔四〕。春歸只争數程。

【繫年】

詞道光十三年（一八三三）三月初作於南京。

【注釋】

〔一〕杏靨：指杏花。宋王安石再用前韻寄蔡天啓：「黄尋遠蓮須，紅閲鄰杏靨。」

〔二〕梨渦：亦作「梨窩」。宋羅大經鶴林玉露卷十二：「胡澹庵十年貶海外，北歸之日，飲於湘潭胡氏園，題詩云：『君恩許歸此一醉，傍有梨頰生微渦。』謂侍妓黎倩也。」後因以「梨渦」指酒渦。亦借指美女。

〔三〕者番：這番，這次。宋晏幾道少年游之三：「細想從來，斷腸多處，不與者番同。」

〔四〕太憨生：猶言太嬌痴。生，語助詞。唐顔師古隋遺録：「時洛陽進合蔕迎輦花。……帝命寶兒持之，號曰司花女，時詔虞世南草征遼指揮德音敕於帝側，寶兒注視久之，帝謂世南曰：『昔傳飛燕可掌上舞，朕常謂儒生飾於文字，豈人能若是乎，及今得寶兒，方昭前事，然多憨態，今注目於卿，卿才人，可便嘲之。』世南應詔爲絶句曰：『學畫鴉黄半未成，垂肩嚲袖太憨生，緣憨却得君王惜，長把花枝傍輦行。』」

雨零鈴 春水　以下揚州作

寒消岷雪，更瀟湘、九派〔一〕蕩空碧。江南微雨初過，麴塵〔二〕乍起，浮花無力。已是梅殘，漸柳絮、低轉香陌。燕子傍、朱檻彫楹，又替仙桃問消息。　燕支鏡裏嬌無匹。洗春痕、一片紅全濕。斜陽萬里西去，唤不醒、遥山重疊。試鎖東流，莫向滄洲〔三〕，争奈潮汐。只解帶、兩字相思，寄與烟波客〔四〕。

【繫年】

詞道光十三年（一八三三）三月初作於揚州。

【注釋】

〔一〕九派：長江在湖北、江西一帶，分爲很多支流，因以九派稱這一帶的長江。

〔二〕麴塵：初春時嫩柳倒映水中而呈鵝黄色的春水。

〔三〕滄洲：濱水的地方。古時常用以稱隱士的居處。

〔四〕烟波客：烟波釣徒。新唐書張志和傳：「後坐事貶南浦尉，會赦還，以親既喪，不復仕，居江湖，自稱烟波釣徒。」泛指隱居者。

安公子 杏花謝後作

落去憑誰遣。飛時翻恨東風軟。〔一〕有限天涯千萬里，礙游絲低轉。怎得似、疏簾一桁情無限。聽再來、絮語紅襟燕〔二〕。道去年今日，剛映桃花妝倩。淚盡看花眼。〔三〕蘼蕪〔四〕山下青猶淺。蛺蝶偏知香欲老，趁飄零相見。一一是、佳人粉指彈清怨。尋故宫、倡徹〔五〕冰綃翦。待重疊仙衣，蕊珠〔六〕那回人遠。

【繫年】

詞道光十三年（一八三三）三月初作於揚州。

【注釋】

〔一〕宋王安石北陂杏花：「縱被東風吹作雪，絶勝南陌碾作塵。」宋虞集風入松寄柯敬仲：「幾回晚直金鑾殿，東風軟、花裏停驂。……報導先生歸也，杏花春雨江南。」

〔二〕紅襟燕：燕子的一种。參詞卷三滿庭芳梨花注釋〔六〕。

〔三〕唐戎昱感春：「看花淚盡知春盡，魂斷看花只恨春。名位未沾身欲老，詩書寧救眼前貧。」

〔四〕蘼蕪：山海經西山經：「（浮山）有草焉，名曰薰草，麻葉而方莖，赤華而黑實，臭如蘼蕪，佩之可以已癘。」

〔五〕倡徹：柔嫩透明，這裏指杏花。

〔六〕蕊珠：蕊珠宫。宋周邦彦汴都賦：「蕊珠、廣寒、黄帝之宫，榮光休氣，艟朧往來。」

又 紙鳶

澹澹東風裏。片雲暗逐楊花起。撲蝶無心嬌鳳遠，漾春魂〔一〕如此。寫不盡、相思雁字傳千里。〔二〕縈斷腸、寸縷還輕繫。嘆漢家〔三〕青鳥〔四〕，空度冥冥塵海。何處尋簫史。秦樓聲斷娥眉死。〔五〕萬古消沈情一點，對斜陽凝紫〔六〕。又亂惹、狂蜂去抱閑〔七〕花蕊。窺繡窗、送入愁人耳。向簾幕深中，素弦〔八〕甚時重理。

【繫年】

詞道光十三年（一八三三）三月初作於揚州。

【注釋】

〔一〕春魂：春日的情懷。

〔二〕宋張炎水龍吟寄袁竹初：「幾番問平安，雁書不盡相思字。」宋周密掃花游九日懷歸：「雁字無多，寫得相思幾許。」雁字：成列而飛的雁群。群雁飛行時常排成「一」或「人」字，故稱。唐白居易江樓晚眺，景物鮮奇，吟玩成篇，寄水部張員外：「風翻白浪花千片，雁點青天字一行。」

〔三〕漢家：天河。

〔四〕青鳥：山海經西山經：「又西二百二十里，曰三危之山，三青鳥居之。」郭璞注：「三青鳥主爲西王母取食者，别自棲息於此山也。」唐歐陽詢等藝文類聚卷九一引舊題漢班固漢武故事：「七月七日，上（漢武帝）於承華殿齋，正中，忽有一青鳥從西方來，集殿前。上問東方朔，朔曰：『此西王母欲來也。』有頃，王母至，有兩青鳥如烏，俠侍王母旁。」後遂以「青鳥」爲信使的代稱。

〔五〕典出簫史、弄玉吹簫。參詩卷二誤入注釋〔四八〕。娥眉，借指美女。

〔六〕唐李賀雁門太守行：「角色滿天秋色里，塞上胭脂凝夜紫。」

〔七〕抱閑：閑抱。五代前蜀韋莊謁金門春漏促：「閑抱琵琶尋舊曲，遠山眉黛緑。」

〔八〕素弦：無裝飾之琴，也稱素琴。

夜飛鵲海棠　和四篁〔一〕

春酣鎮〔二〕無語，閑倚朝雲。渾不解、爲何人。胭脂著意暈雙頰，輕綃疊翠圓勻。生來七分媚骨，況霞明烟淡，作得三分。尋常伴侣，試新妝，漫約湔裙〔三〕。　天上三郎撾鼓〔四〕，催滿苑花枝，與鬥精神。一例團雲裁雪，流鶯暗約，蜂蝶空群。燒殘絳蠟，奈真妃、也則銷魂。〔五〕待濛濛雨歇，可堪重訪，綺陌芳塵。

【繫年】

詞道光十三年癸巳（一八三三）三月初作於揚州。

【注釋】

〔一〕四篁：王直潤，字四篁，會稽今浙江紹興人，曾任南滙、婁縣縣丞，有自喜齋詞，周濟弟子。清金福曾修、清張文虎纂光緒南匯縣志民國十六年重印本卷十宦績：「王直潤，字四篁，浙江人。道光十九年任縣丞，事政持大體，不尚煩苛。尤長文學，公餘之暇，與文士詩酒往還。或干以私，凛然難犯，一時稱之。」清蔣敦復芬陀利室詞話王四篁詞：「道光壬寅癸卯（按：當爲癸酉之誤）間，余被蜚語，易僧服避人于南匯。時會稽王四篁潤爲二尹，邑人顧澹園上舍成順、李吟香明經墀相與訂方外交。延余主荷花塢梔子庵，有香光樓爲董華亭讀書處，書『繡佛前』三字。」

〔二〕鎮：時常。

〔三〕湔裙：亦作湔裳。隋杜臺卿玉燭寶典卷一：「（農曆正月）元日至于月晦，民并爲酺食、渡水，士女悉湔裳、酹酒於水湄，以爲度厄。」注：「今世唯晦日臨河解除，婦女或湔裙也。」

〔四〕三郎撾鼓：典出「花奴羯鼓」。參詩卷七東鄰注釋〔一八〕。

〔五〕參詩卷三留別山居花木注釋〔六〕〔七〕。

水調歌頭 泛舟倚虹園〔一〕賦贈慎伯〔二〕六首

一棹泛空碧，冉冉接蘅皋〔三〕。仙靈幻出樓觀，轉眼又全消。天意欲晴還雨，人意欲留還去。分付竹邊桃。春事尚餘幾，灼灼復夭夭〔四〕。　尋麥秀〔五〕，聽雉雊〔六〕，陟岦嶢〔七〕。隔江淺淺山色，遮不住江濤。東望海門黯澹，爲問蓬萊宫闕，安否駕雙鰲。〔八〕回首暮雲起，斜日下林梢。

春色暗中老，飛燕又將雛。舊巢歲歲無恙，難得好家居〔九〕。一自玉樓人醉，不管花開花落，怕省下方書〔一〇〕。萬里富烟景〔一一〕，生計足樵漁。　恁曲檻，遥縱目，記當初。垂楊面面遮斷，驄馬立踟躕。歧路東西南北，寫出殘山剩水，半幅董源〔一二〕圖。欲采攝山〔一三〕藥，曾見赤松〔一四〕無？

山色愛平遠，人意向春和。春風只弄原上，宿麥起微波。此地朱闌畫楯，卅載羊燈兔月〔一五〕，往事擲如梭〔一六〕。稍見水邊石，瘦影羅烟蘿。　摇落盡，端正樹〔一七〕，入樵柯。名花傾國〔一八〕相似，那不暗消磨。天上瓊枝不老。容易〔一九〕投壺〔二〇〕一笑。鳳舞對鸞歌〔二一〕。漫作步虚〔二二〕想，桂影正婆娑。

欲雨四山變，雲起不分嵐。可憐水底天色，一片尚拖藍〔二三〕。荷臿人來埋骨〔二四〕，何處雷塘〔二五〕禪智〔二六〕，夜蝶化金蠶〔二七〕。京口有良醖，誰共老兵談？·〔二八〕　江北塔，平眺盡，大江南。當年西走瓜步〔二九〕，東走海陵〔三〇〕監。市舶〔三一〕因風逴越〔三二〕，直擬水仙〔三三〕來往，海蜃氣酣酣。回首六朝樹，如此我何堪？

穀雨將過半，未脱木綿裘。一春花事草草，白了燕鶯頭。不是舞停歌罷，直是心慵性懶，怕説少年游。静鎖一庭雨，灑作十分愁。　天亦老，花有淚，付誰收？褪紅萬點如雨，更比雨絲柔。和雨無聲到地，和雨無情破夢，人在最深樓。翠幕曉難卷，卷即緑陰稠。

楊柳繞堤碧，自昔〔三四〕映朱甍。榆錢買笑無數，春住竟何曾。〔三五〕散牧漸聞嘶馬，斷彴〔三六〕，時逢漁艇，烟雨菜花塍。湖海卅年士，零落似殘僧。財射策〔三七〕，還側盾〔三八〕，又呼鷹〔三九〕。黃流〔四〇〕只解東注，天漢却西騰。老去翻憐彩筆〔四一〕，消得珠光劍氣〔四二〕，風雨一龕燈〔四三〕。食字換仙骨，脈望爾偏能。〔四四〕

【繫年】

詞道光十三年癸巳（一八三三）三月初作於揚州。

【注釋】

〔一〕倚虹園：清李斗揚州畫舫録卷十虹橋録上：「虹橋脩禊，元崔伯亨花園，今洪氏別墅也。洪氏有二園：虹橋脩禊爲大洪園，卷石洞天爲小洪園。大洪園有二景：一爲虹橋脩禊，一爲柳湖春泛。是園爲王文簡賦冶春詩處。後盧轉運脩禊亦于此。因以虹橋脩禊名其景。列于牙牌二十四景中。恭邀賜名『倚虹園』。園門在渡春橋東岸。」

〔二〕慎伯：包世臣（一七七五—一八五三），字慎伯。安徽涇縣人。參文卷一宋隱山傳注釋〔八〕。

〔三〕蘅皋：生長香草的水邊高地。

〔四〕詩經周南桃夭：「桃之夭夭，灼灼其華。」毛傳：「桃有華之盛者，夭夭，其少壯也。」

〔五〕麥秀：尚書大傳卷三：「微子朝周，過殷故墟，見麥秀之蘄蘄兮，禾黍之蠅蠅也，曰：此故父母之國。乃爲麥秀之歌，曰：『麥秀漸漸兮，禾黍油油。彼狡童兮，不我好仇！』」史記宋微子世家亦載此事，「微子」作「箕子」。後因以「黍油麥秀」爲亡國之痛的感嘆。

〔六〕雉雊：禮記月令：「（季冬之月）雁北鄉，鵲始巢，雉雊鷄乳。」鄭玄注：「雊，雉鳴也。」唐王維渭川田家：「雉雊麥苗秀，蠶眠桑葉稀。」

〔七〕岝峣：高山。

〔八〕楚辭天問：「鰲戴山抃，何以安之？」王逸注引列仙傳：「有巨靈之鰲，背負蓬萊之山而抃舞。」

〔九〕家居：指辭去官職或無職業，在家裏閑住。

〔一〇〕方書：官府文書、案牘。

〔一一〕烟景：春天的美景。

〔一二〕董源（？—約九六二）：五代畫家。名一作元，字叔達，鍾陵今江西南昌人。擅畫水墨或淡設色山水，用筆富有獨創性。善以披麻皴、點苔法表現江南山水。與巨然并稱「董巨」，對後世影響很大。有瀟湘圖等存世。

〔一三〕清陳毅攝山志卷一圖序：「攝山在江寧府東北，山多藥草，可以養生，故名攝山。」

〔一四〕赤松：即赤松子，亦稱赤誦子、赤松子輿。相傳爲上古時神仙。

〔一五〕羊燈兔月：北周庾信七夕賦：「兔月先上，羊燈次安。」兔月，月亮。羊燈，用竹絲扎成外糊以紙的羊形燈。民間常在燈節懸掛。

〔一六〕擲如梭：擲梭，喻時光迅疾。宋張君房雲笈七籤第一一三：「紅顔三春樹，流年一擲梭。」

〔一七〕唐温庭筠題端正樹：「路傍佳樹碧雲愁，曾侍金輿幸驛樓。草木榮枯似人事，緑陰寂寞漢陵秋。」華清宮有端正樓，爲楊貴妃梳洗處。端正樹蓋即端正樓前或附近之樹。

〔一八〕傾國：美女。南朝梁何思澄南苑逢美人：「傾城今始見，傾國昔曾聞。」

〔一九〕容易：輕率，草率，輕易。

〔二〇〕投壺：古代宴會禮制，亦爲娛樂活動。賓主依次用矢投向盛酒的壺口，以投中多少决勝負，負者飲酒。

〔二一〕鸞歌：山海經大荒南經：「爰有歌舞之鳥，鸞鳥自歌，鳳鳥自舞。」後以「鸞歌鳳舞」比喻美妙的歌舞。

〔二二〕步虚：指道家傳説中神仙的凌空步行。

〔二三〕拖藍：同「拖碧」，形容水碧綠綿長。

〔二四〕晋書劉伶傳：「劉伶字伯倫，沛國人也。身長六尺，容貌甚陋。放情肆志，常以細宇宙齊萬物爲心。澹默少言，不妄交游，與阮籍、嵇康相遇，欣然神解，携手入林。初不以家産有無介意。常乘鹿車，携一壺酒，使人荷鍤而隨之，謂曰：『死便埋我。』其遺形骸如此。嘗渴甚，」後因以「荷臿」「荷鍤」隨行指狂傲放誕。

〔二五〕雷塘：又名雷陂，在江蘇揚州城北。李淵建唐以後，以帝王之禮葬隋煬帝於此。

〔二六〕禪智：上方禪智寺，又名竹西寺。參詩卷六納凉雜賦五首注釋〔六〕。

〔二七〕金蠶：金鑄的蠶。古代帝王的一種殉葬品。後漢書張奂傳「奢非晋文」李賢注引晋陸翽鄴中記：「永嘉末，發齊桓公墓，得水銀池金蠶數十箔。」

〔二八〕晋書郗超傳：「時愔在北府，徐州人多勁悍，温恒云『京口酒可飲，兵可用』，深不欲愔居之。」後用爲名酒的典實。

〔二九〕瓜步：山名，在南京六合東南。

〔三〇〕海陵，今江蘇泰州。

〔三一〕市舶：商船。

〔三二〕逴越：跳躍，騰躍。

〔三三〕水仙：唐司馬承順天隱子神解八：「在人謂之人仙，在天曰天仙，在地曰地仙，在水曰水仙，能變通之曰神仙。」

〔三四〕自昔：往昔，從前。

〔三五〕宋華嶽奇見：「榆錢不買千金笑，柳帶何須百寶妝。」金董解元西厢記諸宫調卷一：「滿地榆錢，算來難買春光住。」

〔三六〕彴：獨木橋。

〔三七〕射策：古代考試應試選題，泛指應考。

〔三八〕側盾：史記項羽本紀：「噲即帶劍擁盾入軍門。交戟之衛士欲止不内，樊噲側其盾以撞，衛士仆地，噲遂入，披帷西嚮立，瞋目視項王，頭髮上指，目眥盡裂。」元張憲鴻門會：「披帷壯士髮捐冠，側盾當筵請公舞。」

〔三九〕呼鷹：呼鷹以逐獸，因指行獵。唐李白南都行：「走馬紅陽城，呼鷹白河灣。」

〔四〇〕黄流：黄河之水。

〔四一〕宋李昉等太平廣記卷第二百七十七夢二梁江淹諷：「宣城太守濟陽江淹少時，嘗夢人授以五色筆，故文彩俊發。後夢一丈夫，自稱郭景純，謂淹曰：『前借卿筆，可以見還？』探懷得五色筆，與之。自爾淹文章躓矣。故時人有才盡之論。」

〔四二〕劍氣：指劍的光芒。常以喻人的才華和才氣。

〔四三〕龕燈：佛燈。

〔四四〕宋李昉等太平廣記卷第四十二神仙四十二何諷：「唐建中末，書生何諷嘗買得黄紙古書一卷。讀之，卷中得髮捲，規四寸，如環無端。諷因絶之，斷處兩頭滴水升餘，燒之作髮氣。諷嘗言於道者，道者曰：『吁！君固俗骨，遇此不能羽化，命也！據仙經曰，蠹魚三食神仙字，則化爲此物，名曰脉望。夜以規映當天中星，星使立降，可求還丹。取此水和而服之，即時换骨上昇。』因取古書閲之，數處蠹漏；尋義讀之，皆神仙字。諷方嘆伏。」

安公子 見月，憶貯素樓〔一〕梨花。

雪後綿綿雨。雨中不覺春將暮。雨濕飛紅〔二〕飛不起，甚征衫塵土。正好倩、重簾替隔流鶯〔三〕語。千萬重、雲壓沈沈樹。把黛痕濃染，山外斜陽歸路。月向初更吐。闌干知共誰凝佇。如此清光如此夜，稱〔四〕閑安尊俎。又却是、園林寂寞人羈旅。憑素娥、略寄遥情與。算初展檀心，怎禁恁般〔五〕悽楚。

【繫年】

詞道光十三年（一八三三）三月初作於揚州。

【注釋】

〔一〕貯素樓：在南京春水園内。參詩卷七春水園詩并序。

〔二〕飛紅：落花。

〔三〕流鶯：即鶯。流，謂其鳴聲婉轉。南朝梁沈約八咏詩會圃臨東風：「舞春雪，雜流鶯。」

〔四〕稱：趁。

〔五〕恁般：這般。

西平樂此調本於「難逭」分段，只兩疊，今審定爲三疊。〔一〕

爲謝清光〔二〕特地，照我閒池館〔三〕。由古春歸似羽，抛盡榆錢難買，〔四〕争怪楊花零亂。深宵無影，應逐瑶臺夢斷。恨難逭。三度見。輪未滿。又被雲屏霧障，和著風頭雨脚，暗送輕雷轉。止逗得、初更一半。生拚醉裏，消他岑寂，題不起、素娥怨。可奈今宵乍看。酒懷散後，空剩盈盈望眼。

【繫年】

詞道光十三年癸巳（一八三三）三月初作於揚州。

【注釋】

〔一〕西平樂有仄韻、平韻兩體，皆爲上下兩片，字數、句式相差甚大。仄韻始自柳永，樂章集作「小石調」。平韻始自周邦彦清真集，一名西平樂慢。周濟此調用仄韻，字數、句式略與柳詞同，惟分爲三疊。

〔二〕清光：清亮的光輝。多指月光、燈光之類。南朝齊謝脁侍宴華光殿曲水：「歡飫終日，清光欲暮。」

〔三〕池館：池苑館舍。南朝齊謝脁游後園賦：「惠氣湛兮帷殿肅，清陰起兮池館凉。」

〔四〕參詞卷三水調歌頭泛舟倚虹園賦贈慎伯注釋〔三五〕。由古，自古。

傾杯樂 積雨遣悶

送鷁橫江，没蒲盈渚，瀟瀟未歇繁響〔一〕。倦枕悶倚，斷夢再續，怪誰搴書幌〔二〕。屏山染透南宫〔三〕筆，緑意苔潛長。耩犁欲動，何處有、野老雲霓私望〔四〕。漫道平山〔五〕勝日，翠裙紅袖，青雀舟〔六〕難放。怕擫笛〔七〕樓邊，熏籠〔八〕簾底，换春人〔九〕模樣。燕子銜來，芹泥〔一〇〕輕薄，任污妝臺上。暗凝㊀想。人正在、雪濤烟嶂。

【繫年】

詞道光十三年癸巳（一八三三）三月初作於揚州。

【校勘】

㊀「凝」：底本奪，據常州先哲遺書後編本補。

【注釋】

〔一〕繁響：繁密的響聲，此指雨聲。

〔二〕書幌：書帷。

〔三〕南宮：米芾（一〇五一—一一〇七），北宋書畫家。初名黻，字元章，號襄陽漫士、海嶽外史等，祖籍太原，定居潤州今江蘇鎮江。官禮部員外郎，因稱米南宮。唐及以後，尚書省六部統稱南宮。舉止怪異，人稱「米顛」。書法與蘇軾、黄庭堅、蔡襄并稱「宋四家」。用筆爽勁豪邁。畫山水有「米家山」之稱。亦工詩文。著有書史、畫史及山林集已佚，存輯本寶晋英光集。

〔四〕雲霓私望：雲霓之望。孟子梁惠王下：「民望之，若大旱之望雲霓也。」趙岐注：「霓，虹也，雨則虹見，故大旱而思見之。」爽疏：「雲霓，虹也。」

〔五〕平山：平山堂。地名。在今江蘇揚州瘦西湖北蜀岡上，參詞卷一虞美人注釋〔一〕。

〔六〕青雀舟：青雀舫。方言卷九「鷁首」郭璞注：「鷁，鳥名也。今江東貴人船前作青雀，是其像也。」後因稱船首畫有青雀之舟爲「青雀舫」。泛指華貴游船。

〔七〕擫笛：按笛奏曲。

〔八〕熏籠：亦作「燻籠」，一種覆蓋於火爐上供熏香、烘物和取暖用的器物。

〔九〕春人：游春的人。

〔一〇〕芹泥：燕子築巢所用的草泥。

夜半樂

錦城〔一〕班馬〔二〕聲動，最難消是，千古峨眉雪。漫艷訝蓮紅，味誇膽白。漢家遠略，相如檄就，一枝筇杖輕扶，弩簡誰惜。〔三〕視隴水、分流倍歔欷。〔四〕　傭書人慣寂寞，萬里橋邊，看他籌筆。〔五〕風雨晦、鷄鳴膠膠〔六〕終夕。素琴無韻，青燈斂焰，匣中不吼蒼龍，盡懸塵壁〔七〕。漸光隱、芙蓉花〔八〕繡澀。　怎奈從此，重緑鶯迷，亂紅狼藉。總不似、尋歡舊蹤迹。絳樓高、橫竹〔九〕也則當風裂。掩畫扇、褪了天桃色。可堪剛到愁時節。

【繫年】

詞道光十三年（一八三三）三月初作於揚州。

【注釋】

〔一〕錦城：成都。

〔二〕班馬：離群之馬。唐李白送友人：「揮手自茲去，蕭蕭班馬鳴。」王琦注：「主客之馬將分道，而蕭蕭長鳴，亦若有離群之感。」

〔三〕史記司馬相如列傳：「相如爲郎數歲，會唐蒙使略通夜郎西僰中，發巴蜀吏卒千人，郡又多爲發轉漕萬餘人，用興法誅其渠帥，巴蜀民大驚恐。上聞之，乃使相如責唐蒙，因喻告巴蜀民以非上意。檄曰：……天子以爲然，乃拜相如爲中郎將，建節往使。副使王然于、壺充國、吕越人馳四乘之傳，因巴蜀吏幣物以賂西夷。至蜀，蜀太守以下郊迎，縣令負弩矢先驅，蜀人以爲寵。」「檄」即司馬相如喻巴蜀檄。後因以「相如檄」指曉諭軍民的文告。蘭，古代盛弩箭的器具。負弩，背負弓箭，開路先行。古代迎接貴賓之禮。

〔四〕唐李白秋浦歌之二：「青溪非隴水，翻作斷腸流。」王琦注引隴頭歌：「隴頭流水，鳴聲幽咽；遥望秦川，肝腸斷絶。」隴水，源出隴山，因名。欱欱，同「咽嗚」，猶吞吞吐吐。

〔五〕五代王建寄蜀中薛濤校書：「萬里橋邊女校書，枇杷花裏閉門居。掃眉才子知多少，管領春風總不如。」傭書人，受雇爲人抄書。亦泛指爲人做筆札工作。萬里橋，橋名。在四川成都南。唐李吉甫元和郡縣圖志劍南道上成都縣：「萬里橋架大江水，在縣南八里，蜀使費褘聘吴，諸葛祖之。褘嘆曰：『萬里之路，始於此行。』因以爲名。」

〔六〕膠膠：鷄鳴聲。詩經鄭風風雨：「風雨瀟瀟，鷄鳴膠膠。」

〔七〕懸壁：挂壁，掛於壁上，比喻擱置不用。

〔八〕芙蓉花：漢袁康越絶書外傳記寶劍載越王勾踐有寶劍名「純鈞」，相劍者薛燭以「手振拂，揚其華，捽如芙蓉始出」。後因以指利劍。

〔九〕横竹：横笛。笛以竹製而横吹，故稱。唐李賀龍夜吟：「鬈髮胡兒眼睛緑，高樓夜静吹横竹。」

大聖樂三月十四夜對月

積雨全收，輕雲漸散，匣開塵鏡〔一〕。嘆一春、帶眼〔二〕頻移，耐得夜珠，真向露霄〔三〕飛暎。回燈〔四〕坐看光可惜花魂迷蝴蝶，綴何處、高枝摇艷影。扶難起，是臺砌蘚垣，萍池莎徑。靚。料先有、歡聲騰萬井〔五〕。蕩湖山十里，明波遥對，畫樓天迥。待倚南風〔六〕吹龍笛〔七〕，唤深掩重簾人乍醒。休西下，怕來日、難尋幽景。

【繫年】

詞道光十三年（一八三三）三月十四日夜作於揚州。

【注釋】

〔一〕塵鏡：唐盧綸郊居對雨寄趙涓給事、包佶郎中：「塵鏡愁多掩，蓬頭懶更梳。」

〔二〕帶眼：腰帶上的孔眼。宋陸游新涼書懷：「烏帽圍寬帶眼移，閉門慣忍日長饑。」

〔三〕露霄：霄露。雲露。南朝梁劉孝標與舉法師書：「衣裳虹蜺，帷幕霄露。」

〔四〕回燈：移燈。

〔五〕萬井：千家萬户。

〔六〕南風：詩經邶風凱風：「凱風自南。」毛傳：「南風謂之凱風。」

〔七〕龍笛：亦作「龍篴」。漢馬融長笛賦：「龍鳴水中不見已，截竹吹之聲相似。」據説其聲似水中龍鳴，故稱。後多指管首爲龍形的笛。

八六子

竟春歸。落英孤負，海山冉冉晴暉。嘆不㊀共鶯衣〔一〕熠耀，偏隨燕羽飄零，年光付誰？垂楊空門腰圍〔二〕。只見陌頭泥滑，那聞駿馬嘶來。向翠樓深處，障風揄袖〔三〕，惜香㊁人去，艷情無極，只憑楚調〔四〕湘弦〔五〕急絙，秦聲羌管横吹。傍妝臺。游絲但牽恨回。

【繫年】

詞道光十三年（一八三三）三月中下旬作於揚州。

【校勘】

㊀「不」：底本奪，據常州先哲遺書後編本補。

㊁「香」：國朝先哲常州詞録本作「春」。

【注釋】

〔一〕鶯衣：黄鶯的羽毛。

〔二〕北周庾信和春日晚景宴昆明池：「上林柳腰細，新豐酒徑多。」

〔三〕宋周邦彦瑞龍吟大石春景：「侵晨淺約宫黄，障風映袖，盈盈笑語。」宋姜夔角招：「猶有畫船障袖，青樓倚扇，相映人争秀。」

〔四〕楚調：楚地曲調，常與吴弦、燕歌對舉，後爲樂府相和調之一。

〔五〕湘弦：亦作「湘弦」，即湘瑟，湘妃所彈之瑟，亦指代瑟。

垂楊

春寒特地。護餘英〔一〕不住，但添憔悴。雨壓飛紅，幾時教逐東流水。東流最要寬無際。漾花片、寄情千里。嘆新來、械就魚箋〔二〕，也暗沈波底。屈指清和節氣〔三〕。尚早擁羊裘，晚熏鴛被。燕燕鶯鶯，訴他幽怨無人理。高樓應是慵梳洗。更愁重、雙蛾〔四〕難起。前宵梨月〔五〕朧明〔六〕，魂斷矣。

【繫年】

詞道光十三年（一八三三）三月中下旬作於揚州。

【注釋】

〔一〕餘英：殘花。

〔二〕魚箋：魚子箋的簡稱。古代一種布目紙。産於蜀地。後多指書信。

〔三〕清和節氣：農曆四月的俗稱。清胡鳴玉訂訛雜録清和月：「二月爲清和。張平子歸田賦：『仲春令月，時和氣清。』謝靈運詩：『首夏猶清和。』今以四月當之。」

〔四〕雙蛾：雙眉。

〔五〕梨月：梨花月，如梨花布地的溶溶月色。

〔六〕朧明：微明，即朦朦朧朧。

蝶戀花

柳絮年年三月暮。斷送鶯花〔一〕，十里湖邊路。〔二〕萬轉千回無落處，隨儂只恁低低去。　滿眼頹垣欹病樹，縱有餘英，不直封姨〔三〕妒。烟裏黄沙遮不住，河流日夜東南注。

【繫年】

詞道光十三年（一八三三）三月底作於揚州。

【注釋】

〔一〕鶯花：鶯啼花開。泛指春日景色。

〔二〕唐杜牧贈别其一：「春風十里揚州路，卷上珠簾總不如。」

〔三〕封姨：亦作封夷、封家姨、十八姨、封十八姨。古時神話傳説中的風神。

浪淘沙

嘉慶八年癸亥，始泛舟平山〔一〕，今三十一年矣。舊日同游，無一存者，豈怪榱棟〔二〕之傾覆哉？稍存餘冀，以諗將來。

倒影寫樓臺。卅載前來。便聞遺老話興衰。難得垂楊依舊緑，飛絮投杯。　菜圃旋鐫開。惜到荒萊〔三〕。水邊攲石石邊苔。留取他年憑弔處，老眼重揩。

【繫年】

嘉慶八年（一八〇三）癸亥後「三十一年」，正當道光十三年（一八三三）。詞是年三月中下旬作於揚州。

【注釋】

〔一〕平山：平山堂，在江蘇揚州。參詞卷一虞美人注釋〔一〕。

〔二〕榱棟：屋椽及棟梁。

〔三〕荒萊：猶草萊，亦指荒地。三國志魏書王昶傳：「時都畿樹木成林，昶斫開荒萊，勤勸百姓，墾田特多。」

被花惱 薔薇始發，予往鳩江〔一〕，十日歸來，餘英尚麗。阿蘇有詞〔二〕，倚聲和答。以下歸春水園作。

沈沈風絮困人〔三〕天，騰架〔四〕翠虬香膩。旋翦輕紅逞姝麗。高擎的皪〔五〕，低垂鬖髿，恰稱妝臺意。鬟十八，曉來慵，欲攀還又重扶起。　催上木蘭舟，千種幽情付江水。鮹鱗嫩碧，巧襯朱櫻，正對茸茸蕊。〔六〕盡天涯是處著消魂，總不似、伊行繡簾底。便真個、重見枝頭朝露洗。

【繫年】

詞道光十三年（一八三三）四月中下旬作於南京春水園。前此作者游蕪湖歸來。

【注釋】

〔一〕鳩江：即鳩兹，古邑名，今名蕪湖。左傳襄公三年：「楚子重伐吳，爲簡之師，克鳩兹。」楊伯峻注：「鳩兹，吳邑，當在今安徽蕪湖市東南二十五里。」

〔二〕參附録蘇穆貯素樓詞湘春夜月春水園填詞圖。

〔三〕困人：使人困倦。宋蘇軾浣溪沙：「困人天氣近清明。」

〔四〕騰架：藤架，以藤蔓構成的棚架。

〔五〕的皪：光亮、鮮明貌。漢司馬相如上林賦：「明月珠子，的皪江靡。」

〔六〕唐李賀美人梳頭歌：「西施曉夢綃帳寒，香鬟墮髻半沉檀。轆轤咿啞轉鳴玉，驚起芙蓉睡新足。雙鸞開鏡秋水光，解鬟臨鏡立象牀。一編香絲雲撒地，玉釵落處無聲膩。纖手却盤老鴉色，翠滑寶釵簪不得。春風爛熳惱嬌慵，十八鬟多無氣力。粧成鬖髿欹不斜，雲裾數步踏雁沙。背人不語向何處，下堦自折櫻桃花。」鬖髿：髮髻美好貌。此喻翠藤如長髮。

玉京秋 緑陰　和佩蘘〔一〕

春乍去。金鈴〔二〕倚高閣，小紅〔一〇〕虛護。自開自落〔三〕，何關風雨。多謝疏簾影，面面遮斷，送春心緒。鶯休語。不知誰在，緑窗深處。　一枕香迷蝶栩〔三〕。向西園、餘情更苦。記那回〔四〕、青驪嘶過，蘼蕪橫路。忘却珊鞭〔四〕墜，爲憶樓上，盈盈眉嫵。空凝佇。唯有垂楊貫舞。

【繫年】

詞道光十三年（一八三三）四月作於南京春水園。

【校勘】

㊀「緑陰和佩囊」：國朝詞綜補詞題作「緑陰」，有小序云：「詞律於此調多脱字未補，分句亦參差未確，賦此正之。」

㊁「小紅」：國朝詞綜補作「彩幡」。

㊂「自開自落」：國朝詞綜補作「幾許嫣紅，霎時吹盡」。

㊃「記那回」：國朝詞綜補作「記得那回」。

【注釋】

〔一〕金鈴：菊花品種名。宋孟元老東京夢華録重陽：「都下賞菊有數種，黄色而圓者曰金鈴菊。」

〔二〕小紅：淡紅。

〔三〕蝶栩：莊子齊物論：「昔者莊周夢爲胡蝴，栩栩然胡蝶也。」

〔四〕珊鞭：珊瑚鞭，珊瑚製作的馬鞭。唐崔國輔長樂少年行：「遺却珊瑚鞭，白馬驕不行。章臺折楊柳，春日路旁情。」元楊維楨珊瑚鞭：「儂出青桑下，郎來渌水邊。相看成自語，馬脱珊瑚鞭。」

大聖樂去年九月，陶谷贈晚荷〔一〕，因乞其藕，小池見葉。

碾碧抽簪，疊雲擎蓋，不知塵處。記黄華、開後逢君，灩月半櫳，剛稱膽瓶〔二〕清貯。乞得數枝摻摻〔三〕玉，漸禁過〔四〕、清明時節雨。春光裏，把紅紫萬千，盡情輸與。如今緑陰倦午。甚萱黛榴裙〔五〕還鬥舞。盼桂旗〔六〕何處，留仙〔七〕愁向，盈盈南浦。解蕩畫橈憐嬌小，漫題起、絲長心更苦。秋風早，且消却、人間炎暑。

【繫年】

詞道光十三年(一八三三)四月清明後作於南京春水園。

【注釋】

〔一〕詞卷三有惜紅衣九月十二日夜，陶谷主人送荷花。

〔二〕膽瓶：長頸大腹的花瓶，因形如懸膽而名。

〔三〕摻摻：女手纖美貌。詩經魏風葛屨：「摻摻女手，可以縫裳。」毛傳：「摻摻，猶纖纖也。」

〔四〕禁過：禁不過，忍受不了。

〔五〕萱黛榴裙：唐萬楚五日觀妓：「眉黛奪將萱草色，紅裙妒殺石榴花。」

〔六〕桂旗：楚辭九歌山鬼：「乘赤豹兮從文狸，辛夷車兮結桂旗。」王逸注：「結桂與辛夷以爲車旗，言其香絜也。」後因以「桂旗」指神祇車上所樹之旗。此喻荷葉。

〔七〕留仙：留仙裙，有縐褶的裙，類似今之百褶裙。漢伶玄趙飛燕外傳：「(成)帝於太液池作千人舟，號合宮之舟。后歌舞歸風送遠之曲，侍郎馮無方吹笙以倚后歌。中流歌酣，風大起，后揚袖曰：『仙乎仙乎，去故而就新，寧忘懷乎？』帝令無方持后裙，風止，裙爲之縐。他日，宫姝或襞裙爲縐，號留仙裙。」此喻荷波。

戚氏

春夏之交，雜花競發，淡姿静色，惟籬上鐵綫蓮〔一〕久而弗渝，零落感賦。

送春歸。都將婪尾〔二〕付深杯。幾疊清平，沈香亭畔，醉真妃。〔三〕徘徊。碧雲堆。霜邊菊把緑衣裁。柔絲繞指〔四〕如意，翠陰重處鎖萎蕤〔五〕。朝露净洗，夜珠孤映，稱得蓮性初胎。漸安蓮子結，紅藕香動，零落蒼苔。　因念往事堪哀。穠艷向盡，寂寞寄高齋〔六〕。喬枝似、怒龍拏攫，暗起風雷。萬千回。忍更宛轉縈虆〔七〕。怕便葉落秋槐。辱脂恨粉〔八〕，浩態狂香〔九〕，取次〔一〇〕都上瑶階。　待解熏風慍〔一一〕，尋枕簟，淡泊尊罍。一任流酸濺齒〔一二〕，綴紅芳、且綻雨肥梅〔一三〕。浮瓜摘取到黄臺〔一四〕。漫傾煮酒，醉裏愁如海〔一五〕。早馬卿、詞賦無人買。〔一六〕和卓女、珠淚雙垂。〔一七〕奈倚闌、又見紛飛。點清池、一角浪萍開。向枝頭覓，傳簪〔一八〕素髻，雪滿鸞釵。

【繫年】

詞道光十三年（一八三三）四月作於南京春水園。

【注釋】

〔一〕鐵綫蓮：清劉灝廣群芳譜花譜十鐵綫蓮：「鐵綫蓮花葉，俱似西番花心，黑如鐵綫。」清徐珂清稗類鈔植物鐵綫蓮：「鐵綫蓮，狀如灌木而蔓生，以葉柄纏物上升，合九小葉，成一複葉。夏月開紫花或白花，千瓣細狹，開時由外向内，以漸而舒，未到花心輒謝。」

〔二〕婪尾：酒巡至末座。唐蘇鶚蘇氏演義卷下：「今人以酒巡匝爲婪尾。」

〔三〕宋樂史楊太真外傳：「開元中，禁中重芍藥，即今之牡丹也，得數本紅紫淺紅通白者，上因移植於興慶池東，沈香亭前……上曰：『賞名花，對妃子，焉用舊樂詞爲？』遂命李龜年持金花牋，宣賜翰林李白立進清平調辭三章。」

〔四〕繞指：繞指柔，形容柔軟之極。唐高適咏馬鞭：「珠重重，星連連，繞指柔，純金堅。」

〔五〕萋蕤：草木茂盛貌。

〔六〕高齋：高雅的書齋，常用作對他人屋舍的敬稱。唐孟浩然宴張别駕新齋：「高齋徵學問，虚薄濫先登。」

〔七〕縈藟：縈累，牽累。

〔八〕明顧貞立滿庭芳：「便瓊花難奈，風散雲流。多少朱顔緑鬢，空耽誤、粉怨脂愁。」

〔九〕唐韓愈芍藥：「浩態狂香昔未逢，紅燈爍爍緑盤龍。」

〔一〇〕取次：次第，一個挨一個地，挨次。

〔一一〕解熏風愠：薰风解愠。孔子家語辯樂：「昔日舜彈五弦之琴，造南風之詩，其詩曰：『南風之薰兮，可以解吾民之愠兮。』」

〔一二〕流酸濺齒：亦作「留酸軟齒」。宋楊萬里閑居初夏午睡起二絶句：「梅子留酸软齒牙，芭蕉分緑與窗紗。」

〔一三〕唐杜甫陪鄭廣文游何將軍山林：「緑垂風折笋，紅綻雨肥梅。」

〔一四〕舊唐書承天皇帝倓傳：「泌因奏曰：『臣幼稚時念黄臺瓜辭，陛下嘗聞其説乎？高宗大帝有八子，睿宗最幼。天后所生四子，自爲行第，故睿宗第四。長曰孝敬皇帝，爲太子監國，而仁明孝悌。天后方圖臨朝，乃鴆殺孝敬，立雍王賢爲太子。賢每日憂惕，知必不保全，與二弟同侍于父母之側，無由敢言。乃作黄臺瓜辭，令樂工歌之，冀天后聞之省悟，即生哀湣。辭云：「種瓜黄臺下，瓜熟子離離。一摘使瓜好，再摘令瓜稀，三摘猶尚可，四摘抱蔓歸。」而太子賢終爲天后所逐，死於黔中。』」

〔一五〕宋秦觀千秋歲水邊沙外：「春去也，飛紅萬點愁如海。」

〔一六〕「買賦」喻失意後想方設法，以圖再起。參詩卷一日莫碧雲合一首懷翰風文起慎伯注釋〔九〕。

〔一七〕漢劉歆西京雜記卷三：「（司馬）相如將聘茂陵人女爲妾，卓文君作白頭吟以自絶，相如乃止。」

〔一八〕傳簪：家傳簪組。

水龍吟白蓮

月臨千頃玻黎，水仙無語亭亭立。空明〔一〕只共，靈風〔二〕來往，夜深香别。小簟疏簾，齊紈〔三〕鷺羽〔四〕，欲摇無力。奈麗譙〔五〕更盡，闌干斜轉，天西碾，常儀〔六〕轍。曾向吴宫愁絶。

葬西施、浪花噴雪〔七〕。魂歸縹緲，舞衫都换，斷無人識。出手纖纖，多應還似，浣紗時節。怪吹簫俊侣〔八〕，當年只解，把紅衣〔九〕惜。

【繫年】

詞道光十三年（一八三三）夏作於南京春水園。詞卷三水龍吟白蓮：「昔歲閲樂府補題，曾追和宋人此作。」蓋即此詞也。

【注釋】

〔一〕空明：月光下的清波。宋蘇軾前赤壁賦：「桂棹兮蘭槳，擊空明兮泝流光。」

〔二〕靈風：春風，東風。唐李商隱贈白道者：「十二樓前再拜辭，靈風正滿碧桃枝。」叶蔥奇疏解：「次句標明時令。」

〔三〕齊紈：齊紈素，春秋齊地出産的白細絹。漢班倢妤怨歌行：「新裂齊紈素，皎潔如霜雪。裁爲合歡扇，團團似明月。」後因以指代團扇。

〔四〕鷺羽：白鷺的羽毛，古人用以製成舞具，此指羽扇。

〔五〕麗譙：亦作麗樵，華麗的高樓。莊子徐無鬼：「君亦必無盛鶴列於麗譙之間。」郭象注：「麗譙，高樓也。」成玄英疏：「言其華麗嶕嶢也。」

〔六〕常儀：人名，同嫦娥。神話傳説中的奔月者。此代月亮。

〔七〕噴雪：形容白浪洶涌或水花飛濺。

〔八〕吹簫俊侶：：用蕭史、弄玉之典。參詩卷二誤入注釋〔四八〕。

〔九〕紅衣：荷花瓣的别稱。

揚州慢 鴿鈴

城卧荒烟，塔擎仙掌〔一〕，一聲乍透遥空。便笙簧重暖〔二〕，怕鶴背〔三〕難逢。訴千載、甖斯〔四〕怨抑，少兒〔五〕偏則〔六〕，推徵移宫〔七〕。漸斜陽、山外冥冥，收盡餘紅。　絳樓路杳，算飛奴〔八〕、争㊀耐剛風〔九〕。况夜色旋迷，歸禽寂寂，噍羽〔一〇〕悤悤。萬衆一時擡眼，餘音斷、影没空濛。問三危何處，誰窺王母簾櫳。〔一一〕

【繫年】

詞「怕鶴背難逢」語涉「鶴背入維揚」之典，宋范成大藻侄比課五言詩已有意趣，老懷喜甚，因吟之一故道光十三年（一八三三）夏作於揚州。

【校勘】

㊀「争」：底本奪，據常州先哲遺書後編本補。

【注釋】

〔一〕仙掌：用漢武帝爲承露仙掌之典。詞卷一齊天樂四春錢注釋〔五〕。

〔二〕笙簧重暖：宋周密齊東野語笙炭：「（笙部）自十月旦至二月終，日給焙笙炭五十斤，用綿熏籠藉笙於上，復以四和香熏之。蓋笙簧必用高麗銅爲之，簧暖則字正而聲清越，故必用焙而後可。」

〔三〕鶴背：宋范成大藻侄比課五言詩已有意趣，老懷喜甚，因吟之一：「若教身更健，鶴背入維揚。」

〔四〕鸒斯：詩經小雅小弁：「弁彼鸒斯，歸飛提提。」毛傳：「鸒，卑居。卑居，雅烏也。」孔穎達疏：「此烏名鸒，而云斯者，語辭。」古詩文中常用以比喻貪利小人。

〔五〕少兒：稍兒。

〔六〕偏則：偏側。

〔七〕推徵移宫：换徵移宫，猶言移宫换羽。宋史樂志：「審乎此道，以之製作，器定聲應，自不奪倫。移宫换羽，特餘事耳。」宋周邦彦意難忘：「知音見説無雙。解移宫换羽，未怕周郎。」

〔八〕飛奴：信鴿。五代王仁裕開元天寶遺事傳書鴿：「張九齡少年時，家養群鴿，每與親知書信往來，只以書繫鴿足上，依所教之處飛往投之，九齡目之爲飛奴。」

〔九〕剛風：罡風，高天强勁的風。

〔一〇〕嚼羽：嚼羽，謂調弄音律。

〔一一〕山海經西山經：「又西二百二十里，曰三危之山，三青鳥居之。」郭璞注：「三青鳥主爲西王母取食者，别自棲息於此山也。」晉陶潛讀山海經之五：「朝爲王母使，暮歸三危山。」

臨江曲㊀

種得芭蕉供聽雨，雨聲偏帶愁聲。可憐好月幾分明。宵來都逐，江上暗潮生。　争怪海棠垂素朵，年年怕説秋晴。本來蓄淚與君傾。長雲連樹，并作遠山青。

【繫年】

詞道光十三年（一八三三）夏作於揚州。

【校勘】

㊀「臨江曲」：疑爲「臨江仙」之誤。

念奴嬌 七夕

晚風收雨，剩纖雲流影，越羅〔一〕輕縐。月轉重簾人病起，又是傷秋時候。淚檢紅冰〔二〕，簪敲碧玉，恰稱蛩吟瘦。夜闌無語，漢宫人正携手。〔三〕　從道死别〔四〕吞聲〔五〕，年年佳節，怕雪盤中藕。〔六〕羽蓋飆輪〔七〕成底事〔八〕，只見靈槎〔九〕東走。絶代英雄，尋常兒女，一例成衰朽。不

如沈醉，長星還勸杯酒。〔一〇〕

【繫年】

詞道光十三年（一八三三）七月初七作於揚州。

【注釋】

〔一〕越羅：越地絲織品，以輕柔精緻著稱。唐劉禹錫酬樂天衫酒見寄：「酒法衆傳吴米好，舞衣偏尚越羅輕。」

〔二〕紅冰：喻淚水，形容感懷之深。五代王仁裕開元天寶遺事紅冰：「楊貴妃初承恩召，與父母相别，泣涕登車，時天寒，淚結爲紅冰。」

〔三〕漢班婕妤怨歌行：「新裂齊紈素，皎潔如霜雪。裁爲合歡扇，團團似明月。出入君懷袖，動摇微風發。常恐秋節至，凉風奪炎熱。棄捐篋笥中，恩情中道絶。」

〔四〕死别：永别。玉臺新咏古詩爲焦仲卿妻作：「生人作死别，恨恨那可論！」

〔五〕吞聲：無聲地悲泣。唐杜甫哀江頭：「少陵野老吞聲哭，春日潛行曲江曲。」

〔六〕清陶元藻全浙詩話卷六徐婕妤引致虚雜俎：「徐婕妤，七夕雕鏤菱藕，作奇花異鳥，攢於水晶盤中以進，極其精巧。上大稱賞，賜以珍寶無數。上對之竟日，喜不可言。至定昏時，上自散置宫中几上，令宫人暗中摸取，以多寡精粗爲勝負，謂之門巧，以爲歡笑。」

〔七〕羽蓋、飆輪：均爲仙人車駕。唐韋應物王母歌：「衆仙翼神母，羽蓋隨雲起。」唐陸龜蒙和江南道中懷茅山廣文南陽博士之一：「莫言洞府能招隱，會輾飆輪見玉皇。」

〔八〕底事：何事。

〔九〕靈槎：亦作「靈查」。能乘往天河的船筏。典出晉張華博物志卷十：「近世有人居海渚者，年年八月有浮槎去來，不失期，人有奇志，立飛閣於查上，多齎糧，乘槎而去。」

〔一〇〕南朝宋劉義慶世説新語雅量：「太元末，長星見，孝武心甚惡之。夜，華林園中飲酒，舉杯屬星云：『長星，勸爾一杯酒，自古何時有萬歲天子！』」長星，古星名，類似彗星，古人以爲長星出現，將有兵革之事。後因以「杯酒勸長星」爲正視生死、達觀處世的典故。

高陽臺立冬前二日夜對菊影

電欲穿窗，雷疑破柱，銀河飛落檐牙〔一〕。兩日秋歸，者般〔二〕斷送黄華〔三〕。疏籬已自凌霜看，分全將、艷冶輪他。奈年來，青女〔四〕權移，列缺〔五〕威加。　一枝冷作幽房供，弄寒燈瘦影，紙壁横斜。莫問褒城，芳疇定屬誰家。〔六〕淵明爲米腰重折，盼孤松、早又天涯。夜何其，街鼓沈沈，數到蝦蟇。〔七〕

【繫年】

詞道光十三年（一八三三）立冬前二日作於揚州。

【注釋】

〔一〕檐牙：檐際翹出如牙的部分。宋張元幹青玉案燕趙端禮堂成：「天涯相遇鞭鸞鳳，老去堂成更情重。月轉檐牙雲遶棟。」

〔二〕者般：這般。

〔三〕黄華：菊花。

〔四〕青女：霜雪。

〔五〕列缺：閃電。史記司馬相如列傳：「貫列缺之倒景兮，涉豐隆之滂沛。」裴駰集解引漢書音義：「列缺，天閃也。」

〔六〕唐胡曾褒城：「侍寵嬌多得自由，驪山舉火戲諸侯。只知一笑傾人國，不覺胡塵滿玉樓。」褒城，在陝西西南。隋由褒中縣改置。一九五八年併入沔縣，一九六四年改勉縣。

〔七〕唐徐凝和侍郎邀宿不至：「蟾蜍有色門應鎖，街鼓無聲夜自深。」街鼓：設置在京城街道的警夜鼓。宵禁開始和終止時擊鼓通報。始於唐，宋以後亦泛指「更鼓」。蝦蟇，蝦蟆，亦作蛤蟆。此代月亮。

臨江仙 憶與文起〔一〕、晉卿〔二〕游宴横塘〔三〕、木瀆〔四〕，極一時之勝。扁舟重至，郢匠〔五〕歸然，感而賦此。 蘇州作

卅載横塘風雨夜，故人幾度聯床〔六〕。揮戈不解駐流光。〔七〕酸鹹回味後，辛苦個中嘗。

華表歸來剛一瞬〔八〕，底須〔九〕遠問滄桑？原頭宿草草頭霜。斜暉低木瀆，孤雁過銅坑〔一〇〕。

【繫年】

詞道光十三年（一八三三）冬作於蘇州。嘉慶九年，周濟、董士錫初識於蘇州，正與詞中「卅載横塘風雨夜」合。

【注釋】

〔一〕文起：沈欽韓（一七七五—一八三一）：字文起。參詩卷一懷友人并序注釋〔三一〕。

〔二〕晋卿：董士錫，字晋卿。參詩卷一懷友人并序注〔五〇〕。

〔三〕横塘：古堤名，在蘇州。

〔四〕木瀆：在蘇州。

〔五〕郢匠：莊子徐無鬼：「郢人堊漫其鼻端，若蠅翼，使匠石斫之。匠石運斤成風，聽而斫之，盡堊而鼻不傷，郢人立不失容。」此喻指衡文取士的考官或砥礪切磋的師友。

〔六〕聯床：連床，并榻或同床而卧，多形容情誼篤厚。唐白居易奉送三兄：「杭州暮醉連床卧，吴郡春游并馬行。」

〔七〕唐李白日出入行：「魯陽何德，駐景揮戈？」「魯陽何德」典出淮南子覽冥訓：「魯陽公與韓搆難，戰酣日暮，援戈而撝之，日爲之反三舍。」挥舞长戈使太阳停止運行。比喻留住逝去的光阴。

〔八〕用晋遼東丁令威得仙化鶴歸里事。參詩卷二雜賦九首示確叔，兼寄犀台老兄健鶻注釋〔五〕。後常用「鶴歸華表」感嘆人世的變遷。

〔九〕底須：何須，何必。

〔一〇〕銅坑：山名，在蘇州吴中區西南，一名銅井山。

滿庭芳 返自金閶〔一〕，夜泊真州〔二〕，憶與佩蘘同游白沙翠竹江村〔三〕，忽忽十年，今成壟畝，慨然感賦。

喬木圍溪，新畬繞屋，白沙翠竹江村。當年游處，曾有個人人〔四〕。笑指荼蘼滿院，道伊才、粉膩香勻。閑評度〔五〕，幽棲自可，可惜少芳鄰。　梨雲〔六〕。難選夢，歸期暗數，指屈還伸。算扁舟暝宿，已是傷神。那料重尋勝賞〔七〕，但蒼茫、烟水無痕。空惆悵，人間何世，萬里錦乾坤。

【繫年】

詞道光十三年（一八三三）冬作於江蘇儀徵。詩卷四有真州道中，作於道光二年（一八二二），蓋即十年前游儀徵所作也。

【注釋】

〔一〕金閶：蘇州有金門、閶門兩城門，故以「金閶」借指蘇州。

〔二〕真州：今江蘇儀徵。

〔三〕白沙翠竹江村：儀徵古稱白沙。白沙翠竹江村是江蘇儀徵東部一座著名園林，清王檢心修、清劉文淇纂道光重修儀徵縣志光緒十六年刻本卷七：「白沙翠竹江村。顔志云：新城都天廟東南濱江，康熙中鄭肇新築，後屬吴氏。俗以姓傳，今歸余氏，益新拓之。」又據清李斗揚州畫舫録卷二：「揚州以名園勝，名園以壘石勝。余氏萬石園出道濟手，至今稱勝迹。次之張南垣所壘白沙翠竹江村，石壁皆傳誦一時。」有耕烟閣、香葉山莊、見山樓、華黍齋、小山秋雲、東溪白雲亭、溉岩、芙蓉汫、箖箊徑、度鶴橋、因是庵、寸草亭、乳桐嶺、桃花潭等十四景。康熙至道光年間，石濤、曹寅、吴敬梓、姚言田、曾燠、屠倬等一大批文人墨客曾游覽此園，并留有大量詩文。道光三年以後，頻遭水患，因廢。參王建文、巫晨、鄧桂安、侯芳梅江蘇省儀徵市清代園林白沙翠竹江村位置及余氏主人的研究，北京林業大學學報社會科學版二〇一六年第四期；王偉康白沙翠竹江村名園與吴敬梓題詩，揚州職業大學學報二〇一二年第三期。

〔四〕人人：用以稱親昵者，此指蘇穆。

〔五〕評度：評説，評論。

〔六〕梨雲：亦作「梨花夢」「梨雲夢」「梨花雲」。梨花雲，指夢中恍惚所見如雲似雪的繽紛梨花。後用爲狀雪景之典。參詩卷三五月庭中繡毬作花率然成咏注釋〔六〕。

〔七〕勝賞：快意觀賞。

沁園春

江上閑鷗，無心更隨，昏鴉陣旋〔一〕。待芳洲曲渚，招回舊侣；白蘋紅蓼，了却當年。不道西風，吹將晴雪，畫出生寒十月天。歸何處，便東流到海，也只人間。仙山。便有神仙。怕萬古離愁倍黯然。算琪花樹樹，開還是落；鸞歌對對，寂總成喧。碧月多情，修勞玉斧，怎不真成夜夜圓。〔二〕歸何處，向尋常淺水，一覺酣眠。

【繫年】

詞道光十三年（一八三三）冬十月作於揚州。

【注釋】

〔一〕東漢曹操短歌行：「月明星稀，烏鵲南飛。繞樹三匝，何枝可依。」

〔二〕唐段成式酉陽雜俎卷一天咫：「太和中，鄭仁本表弟，不記姓名，嘗與一王秀才游嵩山，捫蘿越澗，境極幽夐，遂迷歸路。將暮，不知所之。徙倚間，忽覺叢中鼾睡聲，披蓁窺之，見一人布衣，甚潔白，枕一襆物，方眠熟。即呼之，曰：『某偶入此徑，迷路，君知向官道否？』其人舉首略視，不應，復寢。又再三呼之，乃起坐，顧曰：『來此！』二人因就之，且問其所自。其人笑曰：『君知月乃七寶合成乎？月勢如丸，其影，日爍其凸處也。常有八萬二千户修之，予即一數。』因開襆，有斤鑿數事，玉屑飯兩裹，授與二人，曰：『分食此，雖不足長生，可一生無疾耳。』乃起，與二人指一支徑：『但由此，自合官道矣。』言已不見。」

法曲獻仙音

寒雨才收，輕雲又起，錦樹空濛難認。逝水東流，去帆西上，西風又吹新恨。待病柳荒蘆底，閑鷗自眠穩。　暗思忖。怕湖邊、莫愁重見，須笑我、閑裏換將青鬢。那是不禁秋，奈年來、春事〔一〕無准。亂點花籌〔二〕，任仙梅、空抱香粉。又黄昏月上，誤了嶺頭芳訊〔三〕。

【繫年】

詞當道光十三年（一八三三）冬十月作於揚州。

【注釋】

〔一〕春事：春意。

〔二〕花籌：即花風令，又稱二十四花風令，一款花主題的酒令花籌。製酒籌二十四根，選二十四種時令花卉名字，分刻在二十四根籌子的上端，籌子的下端刻寫該行何令，如何行酒等令約，製爲酒籌。將酒籌共置於一個籌筒中。行令時，由令官開始，合席諸人輪流掣籌，每人每次掣一根。然後照籌中刻寫的令約行令飲酒。游戲時，製過的籌不再入筒，待籌筒中籌子全部掣完爲結束。

〔三〕嶺頭芳訊：大庾嶺上梅花，古來有名。因嶺南北氣候差異，梅花南枝已落，北枝方開。宋蘇軾定風波：「萬里歸來顔愈少，微笑，時時猶帶嶺梅香。」宋晏幾道生查子：「多情美少年，屈指勞菲近。誰寄嶺頭梅，來報江南信。」

惜餘春慢

柳困成烟，蘆垂欲雪，江上小春〔一〕如畫。閑抽客緒，慢轉檣烏〔二〕，山色隔江虛迓。苦向滄波寄愁，争奈都成，相思閒話。念東皇〔三〕果會，知人愁味，不應歸也。休只記，絮撲簾櫳，花飄階砌，那日那人情乍。鷹邊風急，雁背雲孤〔四〕，短景〔五〕漸催遥夜。料得龍眠未醒，吹裂柯亭〔六〕，終須吹罷。只悤悤送了，山外斜陽西下。

【繫年】

詞道光十三年（一八三三）十月作於揚州。

【注釋】

〔一〕小春：清翟灝通俗編小春：「初學記：『十月天時和暖似春，故曰「小春之月」。』范成大詩『狂飈吹小春』，楊萬里詩『小春活脱似春時』。按：爾雅『十月爲陽月』，因又曰『小陽春』。」

〔二〕檣烏：桅杆上的烏形風向儀。

〔三〕東皇：司春之神。

〔四〕宋樓璹織圖二十四首其二十三攀花："更將無限思，織作雁背雲。"

〔五〕短景：日影短，謂白晝不長或將盡。

〔六〕柯亭：柯亭笛，柯笛。元馬端臨文獻通考卷一百三十八樂考十一柯亭笛："昔蔡邕嘗經會稽柯亭，見屋東十六椽竹，取以爲笛，果有異聲。晉桓伊善音樂，爲江左第一。有蔡邕柯亭笛，常自寶而吹之。至於爲王徽之作三調弄，豈得已哉！"

唐多令 楊花 甲午袁浦〔一〕作㊀

轉過赤欄橋〔二〕。縈簾故故〔三〕飄。共春魂、一樣難銷。贏得青蕪斜照裏，人獨立，燕雙拋。〔四〕

委地太無聊。回頭見舞腰。倩東風、吹上長條。剛被游絲牽惹住，渾不是，畫檐高。

【繫年】

詞道光十四年（一八三四）春作於淮安。

【校勘】

㊀國朝常州詞録本無小序。

【注釋】

〔一〕袁浦：今江蘇淮安清江浦。參詩卷四邪許曲注釋〔三〕。

〔二〕赤欄橋：俞平伯唐宋詞選釋（人民文學出版社一九七九年版）周邦彦玉樓春注釋〔四〕：「『赤欄橋』，這裏似不作地名用。顧況題葉道士山房：『水邊垂柳赤欄橋。』温庭筠楊柳枝詞：『渠春水赤欄橋。』韓偓重過李氏園亭有懷：『往年同在彎橋上，見倚朱闌咏柳綿。今日獨來春徑里，更無人迹有苔錢。』詩雖把『朱闌』『赤橋』分開，而本詞這兩句正與詩意相合，不僅關合字面。黄葉路點明秋景，赤欄橋未言楊柳，是春景却不説破。」

〔三〕故故：屢屢。一作「故意」，有意。

〔四〕宋晏幾道臨江仙：「落花人獨立，微雨燕雙飛。」

夜飛鵲

楊花過無影，影也凄其〔一〕。紅日澹，畫簾低。生生〔二〕穠艷〔三〕向人盡，悤悤〔四〕開到荼蘼〔五〕。飄零算伊似我，要憑將風力，卷恨南飛。珍叢〔六〕静繞，有人人〔七〕、袖彈〔八〕鬟攲〔九〕。爲報新來憔悴，爲滿眼花光，滿耳鶯啼。那更滿庭明月，滿身香霧，滿把金卮。江湖夢短，喚仙山、海鶴〔一〇〕同騎。問漫空雪絮，可容塵土，點上銖衣〔一一〕。

【繫年】

詞道光十四年（一八三四）春作於淮安。

【注釋】

〔一〕凄其：凄凉貌。

〔二〕生生：形容有活力。民國張昭漢荷亭坐雨：「剪剪紅襟濕，生生翠羽過。」

〔三〕穠艷：花木茂盛而鮮艷，亦指穠艷的花木。

〔四〕悤悤：蔥蔥，形容草木青翠茂盛或氣象旺盛。

〔五〕荼蘼：薔薇科花卉，夏季最後綻放的花。

〔六〕珍叢：美麗的花叢。宋晏殊菩薩蠻：「高梧葉下秋光晚，珍叢化出黄金盞。」

〔七〕人人：指親昵者。

〔八〕嚲：下垂。

〔九〕敧：傾斜。

〔一〇〕海鶴：即遼海鶴，遼東鶴。用丁令威修道升仙，化鶴歸飛之典。參詩卷二雜賦九首示確叔，兼寄犀台老兄健鶻注釋〔五〕。

〔一一〕銖衣：傳説神仙穿的衣服。重量只有數銖甚至半銖。因用以形容極輕的分量，如舞衫之類。

采桑子 題潘湘雲〔一〕小影，有序　歸春水園作

雨生〔二〕以嘉慶戊辰逢眉峰〔三〕於蕪城〔四〕之闉，眉峰舉贈此卷，且謂雨生曰：「吾家無長物，唯餘此耳，不忍棄之市儈，今贈子。膝下一女，他日望君念之。」雨生南官嶺表〔五〕，北逾句注〔六〕，二十載始蒞浙，詢眉峰，謝世已久，訪其弱息〔七〕，靡復知者，抱此常邑邑〔八〕。今年重裝是卷，裝成示余，屬爲記之。憶余與眉峰嘉慶丙寅晤蘇門〔九〕之夏侯橋〔一〇〕，眉峰飲余酒。酒半，嬌女出見，右鬢方展，肩齊於案，捉桃花畫扇，乞余題詩，許之。將下筆，則曰：「否，須三江全韻〔一一〕。」許之，則又曰：「否，須隨指隨押。」余大笑，先命巨觥連十釂，然後如言爲之。既成，笑謂眉峰：「賴醉不自知顔厚，若在醒治，必爲孺子所困。」眉峰亦大笑。是時眉峰雖落魄，尚未至如遇雨生時也。眉峰名量，字元謹，嘉興人。博涉多通，尤喜兵家言及甘石術〔一二〕。好飲酒，嗜吟咏，倚馬〔一三〕萬言，奇氣蓬勃。少年能雙帶櫜鞬〔一四〕，左右馳射。足迹遍天下，所至莫不倒屣〔一五〕，手散萬金者數矣。晚乃寄居靈岩〔一六〕破寺中，教僧雛〔一七〕以没。可悲也夫！昔陳季常〔一八〕、龍伯康〔一九〕得長公〔二〇〕、同甫〔二一〕摹繪，頰豪〔二二〕至今動人肝鬲，尚矣！卷中潘湘雲，一姝耳，眷鮑生讓侯〔二三〕，不得委身，爲之死，後人憐之，圖其遺掛。誰爲眉峰、鮑生者乎？題詩朋舊，存少殁多，見翰風〔二四〕、小宛〔二五〕筆墨，尤難爲懷也。道光十四年甲午十一月十日。

纖雲偶蹴湘波起，影太玲瓏。澹澹西風。吹過青天碧海東。　才人厮養〔二六〕君休問，猿臂難封〔二七〕。幾輩英雄。曾到閶吴〔二八〕畫本中。

【繫年】

詞道光十四年(一八三四)十一月十日作於南京春水園。

【注釋】

〔一〕潘湘云：清樂鈞青芝山館詩集嘉慶二十二年刻後印本卷十六古今體詩題潘湘雲小影并序：「湘雲，秀水名妓，當明末，居吴中，與無錫鮑讓侯相悦，有終身約。已而，鮑落魄，無耗問，潘遂屬一老兵，鬱鬱以死。好事者圖其像梅花林下。近時崑山女畫師陸芝仙摹之以貽長洲胡眉峰，爲題此詩。讓侯者，嘗與陳定生、侯朝宗輩游，蓋名士也。」清吴錫麒有正味齋詞集續集嘉慶刻有正味齋詩集本卷一湘春夜月：「國初時，梁溪鮑讓侯在吴門有狹斜之游，遇名妓潘湘雲，遂訂密約。後鮑落魄江湖，久羈不返，潘爲共家逼嫁老兵，抑鬱以死，好事者圖之梅花樹下。後崑山女畫師陸芝仙爲摹本，以貽長洲胡眉峰量，題者甚衆。余填此調，即用卷中汪飲泉潮生韻。」

〔二〕雨生：湯貽汾(一七七八—一八五三)，字雨生。參文卷四董小狂傳注釋〔八〕。

〔三〕眉峰：胡元謹(一七四九—一八二一?)，又名胡量，原名梅，字元謹，號眉一作嵋峰，室名海紅堂。參詩卷一書胡元謹南游詩後注釋〔一〕。

〔四〕蕪城：即廣陵城。故址在今江蘇江都境。西漢吴王劉濞建都於此，築廣陵城。南朝宋竟陵王劉誕據廣陵反，兵敗死焉，城遂荒蕪，鮑照作蕪城賦以諷之，因得名。

〔五〕嶺表：嶺外。晉書滕脩傳：「廣州部曲督郭馬等爲亂，皓以脩宿有威惠，爲嶺表所伏，以爲使持節都督廣州軍事、鎮南將軍、廣州牧以討之。」

〔六〕句注：山名。在今山西代縣北，爲古代九塞之一。吕氏春秋有始：「何謂九塞？大汾、冥厄、荆阮、方城、殽、井陘、令疵、句注、居庸。」高誘注：「句注在雁門。」史記張儀列傳：「（趙襄子）欲并代，約與代王遇於句注之塞。」張守節正義：「句注山在代州也。」

〔七〕弱息：幼弱的子女，此志指女兒。

〔八〕邑邑：憂鬱不樂貌。

〔九〕蘇門：蘇州鮮見有簡稱「蘇門」者，當是「葑門」之誤。葑門位於蘇州城東，相門之南。又名封門。

〔一〇〕夏侯橋：明張德夫修、明皇甫汸纂隆慶長洲縣志明隆慶五年刻本卷之十二：「夏侯橋，宋潘夢旂記略云郡治稍西。橋曰『夏侯』，以地有夏侯廟得名。締創於皇祐壬辰，重修于紹興辛未。或云唐夏侯司空所建，故名。」錢仲聯清詩紀事光緒宣統朝卷朱錫梁引鄭逸梅南社叢談：「吴中有夏侯橋，因築路拆建，他認爲古迹，嚮當道申請保存弗拆，當道以人微言輕，不加考慮，他抱了橋柱痛哭，人以朱癡子目之。」

〔一一〕三江韻：平水韻裏第三部以「江」字爲第一個韻字，所以叫「三江韻」。

〔一二〕甘石術：天文星象之學。甘石，戰國時齊人甘公與魏人石申的并稱。兩人皆擅天文之學。

〔一三〕倚馬：倚馬可待。形容才思敏捷，爲文頃刻而成。

〔一四〕櫜鞬：左傳僖公二十三年：「（晋文公）對曰：『若以君之靈，得反晋國。晋楚治兵，遇于中原，其辟君三舍。若不獲命，其左執鞭弭，右屬櫜鞬，以與君周旋。』」楊伯峻注：「櫜，音高，盛箭矢之器，鞬，音犍，盛弓之物。」

〔一五〕倒屣：三國志魏書王粲傳：「獻帝西遷，粲徙長安，左中郎將蔡邕見而奇之。時邕才學顯著，貴重朝廷，常車騎填巷，賓客盈坐。聞粲在門，倒屣迎之。粲至，年既幼弱，容狀短小，一坐盡驚。邕曰：『此王公孫也，有異才，吾不如也。吾家書籍文章，盡當與之。』」後因以形容熱情迎客。

〔一六〕靈岩：靈岩山，在蘇州木瀆。

〔一七〕僧雛：幼齡僧人。

〔一八〕宋洪邁容齋三筆陳季常：「陳慥字季常……自稱龍丘先生，又曰方山子。好賓客，喜畜聲妓，然其妻柳氏絶凶妒，故東坡有詩云：『龍丘居士亦可憐，談空説有夜不眠。忽聞河東師子吼，拄杖落手心茫然。』」後用以比喻妒悍的妻子發怒，并借以嘲笑懼内的人。

〔一九〕宋陳亮中興遺傳序：「初，龍可伯康游京師，輩飲市肆，方叫呼大噱，趙九齡次張旁行過之，雅與伯康不相識，俄追止次張，牽其臂，迫與共飲。次張之父時守官河東，方以疾聞。次張以實告，伯康曰：『毋苦！乃翁疾行瘳矣。子可人意者，爲我姑少留。』次張不得已從之。箕踞笑歌，恢諧縱謔，旁若無人，次張固已心異。一日行城外，過麻村觀大閱之所，伯康勃然曰：『子亦喜射乎？』次張曰：『頗亦好之，而不能精也。』伯康曰：『姑試之。』次張從旁取弓挾矢以興，十發而貼中者六七。次張心頗自喜。伯康拾矢而射，一發中的，矢矢相屬，十發亡一差者。次張驚曰：『子射至此乎！』伯康曰：『此亦何足道。千軍萬馬，頭目轉動不常，意之所指，猶望必中，況此定的，又何怪乎！』次張吐其舌不能收。俄指其地而謂次張曰：『後三年，此間皆胡人，子姑識之。火龍騎日，飛雪滿天，此京城破日之兆。』因嘻吁長嘆，不能自禁。後三年，京城失守，其言皆驗。中原流離，伯康自是不復見矣。豈喪亂之際，或死於兵，抑有所奮而不能成也！次張每念其人，言則嘆惜。」

〔二〇〕長公：宋胡仔苕溪漁隱叢話後集東坡五：「復齋漫録云：『當時以東坡爲長公，子由（蘇轍）爲少公。』」

〔二一〕同甫：陳亮（一一四三—一一九四），南宋思想家、文學家，字同甫，學者稱龍川先生。

〔二二〕頰豪：頰毫。即「頰上三毫」「頰上三毛」，南朝宋劉義慶世説新語巧藝：「顧長康畫裴叔則，頰上益三毛。人問其故，顧曰：『裴楷儁朗有識具，正此是其識具。看畫者尋之，定覺益三毛如有神明，殊勝未安時。』」後遂以「頰上三毛」比喻文章或圖畫的得神之處。

〔二三〕鮑生讓侯：清丁紹儀國朝詞綜補光緒刻前五十八卷本卷四：「鮑鼎銓字讓侯，無錫人。康熙八年舉人，官知縣。」據清魏裔介兼濟堂文集卷六鮑讓侯詩集序，知其有心遠堂詩，「蓋其盡洗鉛華，獨抒至性，如孟襄陽之澹遠，如王摩詰之寂悟，如岑嘉州之陡健，如劉隨州之悲涼，而又如明遠家法，諸體俱備也。嚴滄浪云：『詩有妙悟，非關理也。』若讓侯者，其從悟後而得之乎！悟者之於詩，譬如畫龍點睛，其餘鱗甲，都無用處。彼區區有意摹古者，其於古人愈遠而愈失之矣。」

〔二四〕翰風：張琦（一七六四—一八三三）字翰風。參詩卷一虹橋舟中飲餞，贈别翰風張二，即題芙蓉湖莊畫卷注〔一〕。

〔二五〕小宛：沈欽韓（一七七五—一八三一）：字文起，號小宛，江蘇吴縣今吴中區人。參詩卷一懷友人并序注釋〔三三〕。

〔二六〕才人厮養：南朝齊謝朓邯鄲才人嫁爲厮養卒婦：「生平宫閣裏，出入侍丹墀。開笥方羅縠，窺鏡比蛾眉。初别意未解，去久日生悲。憔悴不自識，嬌羞餘故姿。夢中忽彷彿，猶言承宴私。」唐李白邯鄲才人嫁爲厮養卒婦：「妾本叢臺女，揚蛾入丹闕。自倚顔如花，寧知有凋歇。一辭玉階下，去若朝雲没。每憶邯鄲城，深宫夢秋月。君王不可見，惆悵至明發。」厮養，戰國策齊策五：「士大夫之所匿，厮養士之所竊，十年之田而不償也。」鮑彪注：「厮，析薪養馬者。」史記張耳陳餘列傳：「有厮養卒謝其舍中曰：『吾爲公説燕，與趙王載歸。』」裴駰集解引韋昭曰：「析薪爲厮，炊烹爲養。」

〔二七〕猿臂難封：史記李廣傳：「廣爲人長猿臂，其善射亦天性也。」李廣部下因軍功而封侯的人很多，而李廣本人抗擊匈奴，戰功顯赫，却不見封侯。後因以「李廣未封」「李廣不侯」「李廣難封」慨嘆功高不爵，命運乖舛。唐王勃滕王閣序：「馮唐易老，李廣難封。屈賈誼於長沙，非無聖主；竄梁鴻於海曲，豈乏明時。」

〔二八〕閻吴：閻立本、吴道子。

齊天樂爲慎伯〔一〕題桐仙畫蘭　乙未作

卅年前對修篁坐〔二〕，沈沈更無消息。又被春風，吹回瘦影，閑共芸窗〔三〕拈筆。飛紅漸積。剩燕尾横斜，自摇空碧。那見靈苗〔四〕，托根〔五〕都要倚磐石。西江遥接贛水〔六〕，盼騷人不到，千載愁絶。怒鼓松濤，哀摐澗玉，一點烘爐霏雪〔七〕。陔笙〔八〕韻徹。便幽谷無言，自成標格〔九〕。豈况凉生，玉階人佇立。

【繫年】

詞道光十五年（一八三五）春末作於南京。詞卷一有長亭怨慢新竹等四首，正與詞中「卅年前對修篁坐」合。

【注釋】

〔一〕慎伯：包世臣（一七七五—一八五三），字慎伯。參文卷二宋隱山傳注釋。

〔二〕詩卷一題包十五南山草屋圖曰「空山竟無人，霧雨爲誰濕？岩扉敞寂寥，竹路轉幽澀」，作於嘉慶十年（一八〇五）。此句蓋指是次之游也。詞卷一長亭怨慢新竹等四詞，亦作於其時。

〔三〕芸窗：書齋。芸，香草，置書頁内可以辟蠹，故稱。唐蕭項贈翁承贊漆林書堂詩：「却對芸窗勤苦處，舉頭全是錦爲衣。」

〔四〕靈苗：晋王嘉拾遺記炎帝神農：「神芝發其異色，靈苗擢其嘉穎。」宋陸游有客：「靈苗生絶壁，光景中夜發，斸根食之盡，倏爾换金骨。」

〔五〕托根：附著生根。比喻置足，寄身。晋書文苑傳趙至：「又北土之性，難以托根；投人夜光，鮮不按劍。」

〔六〕道光十五年（一八三五）包世臣「大挑以知縣發江西」，尋值母喪，至道光十八年（一八三八）始任江西新喻今江西新余縣令，年餘，被彈劾免職。

〔七〕洪爐點雪：亦作「紅爐點雪」「紅爐上一點雪」，爲禪林用語。火爐裏放進一點雪，立即融化。指旺火盛燃之爐上的一片雪。意爲十分渺小、不留痕迹，文人常以此自謙。此喻領悟、接受迅速，思想改變快。

〔八〕陔笙：南陔是詩經小雅鹿鳴之什最後一篇。六笙詩之一，有目無詩。南陔、白華、華黍爲前三篇，是燕饗之樂。詩經小雅南陔序：「南陔，孝子相戒以養也；白華，孝子之絜白也；華黍，時和歲豐，宜黍稷也。有其義而亡其辭。」儀禮鄉飲酒禮：「笙入堂下，磬南北面立，樂南陔、白華、華黍。」後用爲奉養和孝敬雙親的典實。

〔九〕標格：規範、楷模。

蝶戀花 丙申　以下淮安作〔一〕

絡緯〔二〕啼秋啼不已。一種秋聲，萬種秋心裏。殘月似嫌人未起。斜光直透羅幃底。

喚向〔三〕閒庭看露洗，薄翠疏紅，畢竟能餘幾？記得春花真似綺。誰將片片隨流水？

【繫年】

詞道光十六年（一八三六）秋作於淮安。

【校勘】

㊀ 國朝常州詞録本無小注。

㊁「向」：國朝常州詞録本、篋中詞作「起」。

【注釋】

〔一〕絡緯：即莎鷄，俗稱絡絲娘、紡織娘。夏秋夜間振羽作聲，聲如紡綫，故名。

高陽臺 閨人賦瓶中梨花，有「海棠偏睡伊偏醒」〔一〕之句，戲賦此解，爲海棠解嘲。　丁酉作

不爲酣春〔二〕，非關中酒〔三〕，生來只喜高眠〔四〕。澹到無香，何須更説嬌妍？人間一例風和雨，看濛濛、吹滿空烟。漫因他、榮落無憑，錯恨啼鵑。　先生便腹〔五〕能攤飯〔六〕，但紅燈青史〔七〕，坐對嬋娟。多少升沈，都隨蝶化翩翩。〔八〕如今試問窗前月，一番番、圓向誰邊？任伊將、醒眼看儂，儂睡依然。

【繫年】

詞道光十七年(一八三七)春作於淮安。

【注釋】

〔一〕蘇穆儲素樓詞今不存此詞。

〔二〕酣春:春意正濃。

〔三〕中酒:病酒。宋張元幹蘭陵王春恨:「中酒心情怕杯勺。」胡云翼注:「飲酒成病。」

〔四〕宋蘇軾海棠:「東風嫋嫋泛崇光,香霧空蒙月轉廊。只恐夜深花睡去,故燒高燭照紅妝。」

〔五〕便腹:肥滿之腹。宋蘇軾寶山晝睡:「七尺頑軀走世塵,十圍便腹貯天真。」

〔六〕攤飯:午睡。宋陸游春晚村居雜賦之五:「澆書滿挹浮蛆瓮,攤飯横眠夢蝶床。」自注:「東坡先生謂晨飲爲澆書,李黄門謂午睡爲攤飯。」

〔七〕青史:古代以竹簡記事,故稱史籍爲「青史」。

〔八〕用莊子夢化爲蝴蝶的故事,喻睡夢。

解蹀躞

又是飛綿〔一〕時節,催夢天涯繞。近來一點、春魂〔二〕漸孤小。只見去水流紅,更流不到伊邊，已都拚了。被誰惱。傳語鶯兒頻訴，妝臺門眉巧。鏡中描與、纖纖舊時稿。只恐斗帳[三]沈酣，更無人喚伊醒，黛痕空老。

【繫年】

詞道光十七年（一八三七）春作於淮安。

【注釋】

〔一〕飛綿：指柳絮。宋周邦彦蝶恋花柳之三：「蠢蠢黄金初脱後。暖日飛綿，取次黏窗牖。」

〔二〕春魂：花。

〔三〕斗帳：釋名釋床帳：「小帳曰斗帳，形如覆斗也。」玉臺新咏古詩爲焦仲卿妻作：「紅羅複斗帳，四角垂香囊。」

惜秋芳[一]

階下秋海棠爲群鷄所殘，檢得一株，僅存半葉，手加培植，製曲弔焉。

處處脂穠粉艷，甚餘生、鷄口一寸都慳。特地移栽，要他耐到秋殘。銅人縱有清鉛水[二]，被西風將去，灑作湘斑。奈兩字相思，總在人間。　暗燈照影摇凄碧，問前身可記，紅淚[三]曾彈。分與酸心[四]，何須苦説才難[五]。而今尚探花消息，剩啼螿三五[六]，低訴頹垣。便盼得花開，也只閑看。

【繫年】

詞曰「殘秋」「剩啼螿〔三五〕」，故詞道光十七年（一八三七）秋作於淮安。

【注釋】

〔一〕此調爲周濟自度曲。

〔二〕唐李賀金銅仙人辭漢歌：「空將漢月出宫門，憶君清淚如鉛水。」鉛水，喻晶瑩凝聚的眼淚。

〔三〕紅淚：美人淚。參詩卷五東園注釋〔六〕。此喻海棠花。

〔四〕酸心：傷心。晋陸雲與楊彦明書：「朋類喪索，同好日盡，如此生輩那可復多耶！臨書酸心。」

〔五〕才難：論語泰伯第八：「舜有臣五人，而天下治。武王曰：『予有乱臣十人。』孔子曰：『才難，不其然乎？唐虞之际，于斯爲盛。有妇人焉，九人而已。三分天下有其二，以服事殷。周之德，可謂至德也已矣。』」

〔六〕三五：約舉之數，表示數目不多。

一萼紅

早霜天。見籬根菊蕊，取次〔一〕弄芳妍。海角雲多，天心月濇，人意〔二〕剛在花前。問誰解、肥環〔三〕被哂，耐風雨、將瘦博儂憐。白傅青衫〔四〕，杜郎紅藥〔五〕，空自當筵。曾識茂陵殘客〔六〕，但愁深呼酒〔七〕，衣冷裝綿。銀漢三千，瓊樓十二，今夕還是何年。縱翻盡、霓裳舊譜，奈高會、鸞鶴〔八〕散群仙。且掛歸帆，閉門靜婣爐烟。

【繫年】

詞道光十七年（一八三七）秋作於淮安。

【注釋】

〔一〕取次：亦作「取此」。隨便，任意。晋葛洪抱樸子祛惑：「此兒當興卿門宗，四海將受其賜，不但卿家，不可取次也。」

〔二〕人意：人的意願、情緒。詩經小雅無羊：「麾之以肱，畢來既升。」漢鄭玄箋：「此言擾馴，從人意也。」

〔三〕肥環：環肥。唐玄宗貴妃楊玉環體胖而貌美，因以「環肥」指體態豐滿的美女。又因楊玉環有「海棠睡」之典，故又以代海棠。參詩卷三留別山居花木注釋〔七〕。

〔四〕唐白居易琵琶行詩：「座中泣下誰最多？江州司馬青衫濕。」

〔五〕南宋姜夔揚州慢淮左名都：「杜郎俊賞，算而今、重到須驚。縱豆蔻詞工，青樓夢好，難賦深情。二十四橋仍在，波心蕩、冷月無聲。念橋邊紅藥，年年知爲誰生。」

〔六〕茂陵殘客：漢司馬相如病免後家居茂陵，後因用以指代司馬相如。北周庾信奉和永豐殿下言志之七：「茂陵體猶瘠，淮陽疾未袪。」

〔七〕呼酒：舊唐書馬周傳載，馬周早年窮困不得志，初游長安，路過新豐，住於旅店中，受到店主的冷遇。後到京城，住在大將常何家裏，替常何向唐太宗寫條陳，爲唐太宗賞識，得到破格任用。後因以「新豐客」指懷才不遇，行旅在外遭冷落的人。「呼酒新豐」形容窮士的曠達豪爽。

〔八〕鸞鶴：鸞與鶴。相傳爲仙人所乘。

水龍吟 題沈鐵農〔一〕風雨填詞圖

尋常春去秋來，冷吟閑醉堪愁絕。不成多事，要教管領〔二〕，人間詞筆〔三〕。紫邏〔四〕眉低，紅牙〔五〕挽脆，玉簫聲咽。便消他艷福，也難禁受，烏啼曉，鵑啼月。　何況幽篁深處，鎖重樓、蕭蕭瑟瑟。孤衾倦擁，起彈長鋏〔六〕，霜華暗澀。漫賦閒情，未歸陶令〔七〕，鬢絲先雪。待甚時才遣，大江東去，洗英雄血。

【繫年】

詞道光十七年（一八三七）秋作於淮安。

【注釋】

〔一〕沈鐵農：臺北圖書館藏清姜紹書無聲詩史，乃清道光間吴門沈圻鈔本，前有石廣沅道光十八年跋語：「右無聲詩史七卷，吴門沈鐵農圻藏有乾隆二十六年何鐵庵氏鈔本，余偶借觀一過。鐵農復手録此本，未及校正，即出以贈余。時予奉檄淮陰，川塗無事，因并借其所藏何氏本，就蓬窗勘之。何本之脱誤不可□者，與鐵農之已訂正者，皆仍之。……道光戊戌重陽，艤舟射陂識，茗山石廣沅。」餘不詳。

〔二〕管領：領受，消受，欣賞。唐白居易題小橋前新竹招客：「管領好風烟，輕欺凡草木。」

〔三〕詞筆：指有韻和無韻的文字，亦指賦詩作文的才能。

〔四〕紫邏：清宋長白柳亭詩話康熙間天苗園刻本卷十七紫邏：「舊唐書：薛仁貴爲邏沙道行軍總管，即吐蕃之都城也。太白詩『雲山紫邏深』，子美詩『春山紫邏長』，皆指此地，猶云紫塞也。楊去奢箋以『邏』字作山色，誤矣。」邏沙亦作「邏娑」「邏莎」「邏𡿨」「邏些」，唐時吐蕃都城，今拉薩。此代邏沙檀。古時蜀地製作琵琶，常用邏沙檀爲槽，音色俱佳。宋樂史楊太真外傳上：「妃子琵琶邏沙檀，寺人白季貞使蜀還獻。其木温潤如玉，光耀可鑒。」文獻通考樂十：「唐天寶中，宦者白秀正使西蜀，回獻雙鳳琵琶，以邏沙檀爲槽，温潤輝光，隱若圭璧，有金縷紅文，蹙成雙鳳。」

〔五〕紅牙：檀木製的拍板，用以調節樂曲的節拍。

〔六〕長鋏：用戰國馮諼彈鋏事，喻處境窘困而有所干求。參詩卷六初到淮安示諸生注釋〔三〕。

〔七〕晉陶潛有閒情賦。

又蜀山書院〔一〕，堂名楚頌，歲以十二月十九祀蘇長公〔二〕。余恒出游，不與者二十餘年矣。消寒〔三〕小集，偶值兹辰。

吾家楚頌亭邊，瓣香〔四〕歲下先生拜。而今匏繫〔五〕，淮陰市上，欲歸仍未。北睇彭城〔六〕，西瞻潁谷〔七〕，雪浮雲靉。問湖山佳處，東南遥指，七十一，長亭外。〔八〕　漫擬宫同磨蝎，便文章、已輸千載。〔九〕垂綸帶劍，少年心性，渠儂安在？〔一〇〕本未成眠，還勞唤醒，夢婆〔一一〕真贅。但清尊且向，疏梅影裏，伴閑鷗醉。

【繫年】

詞道光十七年（一八三七）十二月十九日作於淮安。

【注釋】

〔一〕蜀山書院：清顧名、龔潤森修，清吴德旋纂道光重刊續纂宜荆縣志道光二十年刊本卷三之一：「蜀山書院，舊在西門外會真庵旁，前宜令阮升基改名陽羨書院。嘉慶七年前宜令高守訓以地僻遠，同荆令王之導將城東通真觀從屋修葺改建，仍額曰『蜀山書院』。年久傾圮，道光二十年，宜令李玫、荆令龔潤森捐廉重建，荆令龔潤森譔記，改名陽羨書院。東坡書院在蜀山。乾隆間書院移入城中，名曰蜀山書院。嘉慶間，蜀山附近紳士復新東坡書院，各族次第辦課。週而復始，講堂圮，荆令李奕賡勸募修葺。道光元年，荆令俞德淵捐廉藏成之。

十二年，荆令張綬組捐廉重修。俱有記。」

〔二〕蘇長公：蘇東坡，因排行居長，故稱。

〔三〕消寒：舊俗入冬後，親朋相聚，宴飲作樂，謂之「消寒會」。此俗唐代即有，也叫暖冬會。見五代王仁裕開元天寶遺事卷三。

〔四〕瓣香：師承、敬仰。清洪亮吉北江詩話卷一：「近來浙中詩人，皆瓣香厲鶚樊榭山房集。」

〔五〕匏繫：論語陽貨：「吾豈匏瓜也哉！焉能繫而不食？」劉寶楠正義：「匏瓜以不食，得繫滯一處。」以「匏繫」謂羈滯。

〔六〕彭城：今江蘇徐州。

〔七〕潁谷：本爲春秋鄭邊邑，在今河南登封西南。唐劉長卿送袁明府之任：「雪覆淮南道，春生潁谷烟。」

〔八〕唐杜牧題齊安城樓：「嗚軋江樓角一聲，微陽瀲瀲落寒汀。不用憑欄苦回首，故鄉七十五長亭。」「七十五長亭」與周濟詞中「七十一，長亭外」皆虛指，以較大數目狀「何處是歸程，長亭更短亭」家鄉遥遠的情景。

〔九〕宋蘇軾東坡志林退之平生多得謗譽：「退之詩云：『我生之辰，月宿南斗。』乃知退之磨蝎爲身宫，而僕乃以磨蝎爲命，平生多得謗譽，殆是同病也。」磨蝎，星宿名，「磨蝎宫」的省稱。舊時迷信星象者，謂生平行事常遭挫折者爲遭逢磨蝎。

〔一〇〕史記淮陰侯列傳：「信釣於城下，諸母漂，有一母見信飢，飯信，竟漂數十日。信喜，謂漂母曰：『吾必有以重報母。』母怒曰：『大丈夫不能自食，吾哀王孫而進食，豈望報乎！』淮陰屠中少年有侮信者，曰：『若雖長大，好帶刀劍，中情怯耳。』衆辱之曰：『信能死，刺我；不能死，出我袴下。』於是信孰視之，俛出袴下，蒲伏。

一市人皆笑信，以爲怯。」渠儂：他。

〔一一〕夢婆：春夢婆。宋趙令畤侯鯖録卷七東坡在昌化：「東坡老人在昌化，嘗負大瓢行歌於田間。有老婦年七十，謂坡云：『内翰昔日富貴，一場春夢。』坡然之。里人呼此媪爲春夢婆。坡被酒獨行遍至子雲諸黎之舍，作詩云：『符老風情老奈何，朱顔減盡鬢絲多。投梭每困東鄰女，换扇唯逢春夢婆。』是日，老符秀才言换扇事。」後因用爲感嘆變幻無定的富貴榮華的典實。

孤鸞

珠湖〔一〕舟次贈柘唐〔二〕　己亥

斜陽西下。送露葉風條，翠凋紅謝。此際銷魂，總是年時嬌奼。離鸞鏡中試舞〔三〕，悔當初、小喬〔四〕輕嫁。凝想淚珠點點，浣〔五〕粉香羅帕。　壓繡床、卅載花枝亞。誤幾度春明，鳳臺〔六〕聲價。鬢已蕭疏，漫説新霜來乍。寒窗共憐瘦影，顫昏燈、一般遥夜。那得寄書青鳥〔七〕，問冰肌姑射〔八〕。

【繫年】

詞道光十九年（一八三九）二月初作於高郵。

【注釋】

〔一〕珠湖：清張德盛修、清王曾禄纂雍正高郵州志鈔本卷之二：「珠湖，在州治西七十里，通五湖。」宋秦少游詩：『高郵西北多巨湖，纍纍相連如貫珠。』明郡人黄綺詩：『家住珠湖上，生涯擬種田。麟經消暇日，蛙鼓卜豐年。籬有水黄犢，囊無子毌錢一。犂春雨足，便是養生篇。』」

〔二〕柘唐：丁晏（一七九四—一八七五），字儉卿。參文卷四丁儉卿晏頤志齋詩序注釋〔一〕。

〔三〕宋李昉等太平御覽卷九一六引南朝宋范泰鸞鳥詩序：「昔罽賓王結罝峻祁之山，獲一鸞鳥，王甚愛之，欲其鳴而不致也。乃飾以金樊，饗以珍羞。對之逾戚，三年不鳴。夫人曰：『嘗聞鳥見其類而後鳴，何不縣鏡以映之！』王從言。鸞睹影感契，慨焉悲鳴，哀響中霄，一奮而絶。」後即以「鸞鏡」指妝鏡。

〔四〕小喬：三國吴周瑜之妻。宋蘇軾念奴嬌赤壁懷古：「遥想公瑾當年，小喬初嫁了，雄姿英發。」後用以泛指美人。

〔五〕涴：點涴，猶點污。

〔六〕鳳臺：古臺名。參詩卷六秋興注釋〔一八〕。

〔七〕青鳥：神話傳説中爲西王母取食傳信的神鳥。

〔八〕冰肌姑射：莊子逍遥游：「藐姑射之山，有神人居焉，肌膚若冰雪，淖約若處子。」後詩文中以「姑射」爲神仙或美人代稱。

長相思以下漢上〔一〕作

雨霏霏，燕飛飛。簾内佳人簾外伊，芳心一樣迷。　玉驄嘶，短長堤。四面青莎〔二〕都襯蹄，踏來何處泥。正風沙，又楊花。鸚鵡洲頭春剩些，樓高可是家？　掩窗紗，護蘭芽。那得分明說向他，餘紅海上霞。

【繫年】

詞道光十九年（一八三九）春末作於武漢。

【注釋】

〔一〕漢上：泛指漢水和長江一帶。此特指漢口、漢陽、武昌一帶。

〔二〕青莎：即莎草。楚辭淮南小山招隱士：「青莎雜樹兮，薠草靃靡。」洪興祖補注引本草：「莎，古人爲詩多用之，此草根名香附子，荊襄人謂之莎草。」

青玉案送春

春剛送我天涯住，争㊀又撇、人歸去？江閣生寒星欲曙。雪融巫峽，潮迎雁汊〔一〕，總是銷魂處。　拈將瑶草〔二〕無憑據，脈脈盈盈甚情緒。只有常儀〔三〕能萬古。從他圓缺，冰輪只碾，一轍西南路。

【繫年】

詞道光十九年（一八三九）春末夏初作於武漢。

【校勘】

㈠「争」：底本無，據常州先哲遺書後編本補。

【注釋】

〔一〕雁汊：古澤名。在今安徽池州。參詩卷五薄暮江上口占注釋〔一〕。

〔二〕瑶草：傳説中的香草。漢東方朔與友人書：「不可使塵網名韁拘鎖，怡然長笑，脱去十洲三島。相期拾瑶草，吞日月之光華，共輕舉耳。」此泛指珍美的草。

〔三〕常儀：嫦娥。月亮。

夢横塘　緑陰

駐雲天窄，落影庭深，半黄梅子時候。作弄凄迷，渾不是、雨僝風僽〔一〕。倚竹生寒，唾花〔二〕暈碧，個人衫袖。待收將黛色，譜入遥山〔三〕，愁痕活，描難就。　春來便遣相逢，教尋常見慣，那曾消瘦？萬紫千紅，争不怨、東君〔四〕催繡。甚飛絮、輕萍易化，小白〔五〕都嫌展眉〔六〕

緺。祝取新晴，晚霞如綺，向林梢濃透。

【繫年】

詞道光十九年（一八三九）夏初作於武漢。

【注釋】

〔一〕僝僽：亦作「僝僽」。煩惱，愁苦。宋周紫芝宴桃源：「簾幕疏疏風透，庭下月寒花瘦，寬盡沈郎衣，方寸不禁僝僽。」

〔二〕唾花：用趙飛燕唾花之典。參詞卷二望海潮注釋〔二〕。

〔三〕遥山：遠山黛，指秀美之眉。用黛色畫眉，色如遠山，故謂。

〔四〕東君：司春之神。

〔五〕小白：小白長紅。大大小小，紅紅白白。指各種顏色的花。唐李賀南園之一：「花枝草蔓眼中開，小白長紅越女腮。」

〔六〕展眉：因喜悦而眉開。唐元稹三遣悲懷詩之三：「唯將終夜長開眼，報答平生未展眉。」

曲游春 梅江上人〔一〕供魚子蘭〔二〕

乍起維摩病〔三〕，是何時天女，來散芳蕊〔四〕。鼻觀〔五〕潛通，染嬌黄串作，明璣千琲。長記雕闌外。擎纖掌、怕教輕墜。十八鬟多〔六〕，垂向雙分燕尾。楚水。吴船易買。賴不是隋珠，投暗遭駭。〔七〕只恐柔情，厭袈裟香澹，要伊濃綴。愠盡熏風解。〔八〕休遲到、露澄金海〔九〕。無限沅芷湘蘭〔一〇〕，幽人未采。

【繫年】

詞道光十九年（一八三九）四月初作於武漢。

【注釋】

〔一〕梅江上人：漢口僧，生平不詳。

〔二〕魚子蘭：明蕈溪子蘭史蔣氏別下齋鈔本：「真珠蘭，一名賽蘭，俗名魚子蘭，今或稱金粟蘭。花紫色，蓓蕾如粟，瓣作桃形，嫩莖叢生，如珊瑚枝。花著枝間，纍纍如穗，折之簪佩，香氣甚烈。」

〔三〕維摩病：維摩經青文殊師利問疾品載，佛在毗耶離城庵摩羅園，城中五百長者子至佛所請説法時，居士維摩詰故意稱病不往。後用「維摩病」謂佛教徒生病。

〔四〕維摩經觀衆生品：「時維摩詰室有一天女，見諸大人聞所説説法，便現其身，即以天華散諸菩薩、大弟子上，華至諸菩薩即皆墮落，至大弟子便著不墮。一切弟子神力去華，不能令去。」本以花是否着身驗證諸菩薩、聲聞的向道之心，聲聞結習未盡，花即着身。後多以「天女散花」形容拋灑東西或大雪紛飛的樣子。唐宋之問設齋嘆佛文：「龍王獻水，噴車馬之埃塵；天女散花，綴山林之草樹。」

〔五〕鼻觀：亦作「鼻端白」，佛教修行法之一。注目諦觀鼻尖，時久鼻息成白。楞嚴經卷五：「世尊教我及拘絺羅觀鼻端白，我初諦觀，經三七日，見鼻中氣出入如烟，身心內明，圓動世界，遍成虛浄，猶如琉璃，烟相漸銷，鼻息成白，心開漏盡，諸出入息化爲光明，照十方界，得阿羅漢。」

〔六〕唐李賀美人梳頭歌：「西施曉夢綃帳寒，香鬟墮髻半沉檀。轆轤咿啞轉鳴玉，驚起芙蓉睡新足。雙鸞開鏡秋水光，解鬟臨鏡立象床。一編香絲雲撒地，玉釵落處無聲膩。纖手却盤老鴉色，翠滑寶釵簪不得。春風爛漫惱嬌慵，十八鬟多無氣力。妝成婑鬌欹不斜，雲裾數步踏雁沙。背人不語向何處？下階自折櫻桃花。」

〔七〕莊子讓王：「今且有人於此，以隨侯之珠，彈千仞之雀，世必笑之。是何也？則其所用者重，而所要者輕也。」後因以「隨珠彈雀」比喻處理事情輕重失當，得不償失。

〔八〕孔子家語辯樂：「昔日舜彈五弦之琴，造南風之詩，其詩曰：『南風之薰兮，可以解吾民之慍兮。』」

〔九〕金海：魚子蘭花開如「金海」。清翁心存翁心存詩文集翁心存詩集卷一北麓集上趙氏廢園雙桂歌：「惟有此花香不改，年年花發如金海。」

〔一〇〕沅芷湘蘭：楚辭九歌湘夫人：「沅有芷兮澧有兰，思公子兮未敢言。」

龍山會

酐酐〔一〕黄梅雨。無限平疇，併入空濛去。風颿隨意舉。記昨日、餅餌香纔辭釜。〔二〕倚檻換憑臨，知多少、飛鴻〔三〕酸楚。恨終南，無端攘剔，錯成千古。〔四〕嘉陵〔五〕遠挾渾流，到處平填，甚得閒洲渚。神皋鷺翠羽，怕幾日、羅襪塵生微步。〔六〕我更憶江南，夢繞遍、海門〔七〕沙嶼。要留將、扁舟歸日，共鷗盟〔八〕處。

【繫年】

詞道光十九年（一八三九）夏初作於武漢。

【注釋】

〔一〕酎酎：通「醇醇」「淳淳」。莊子則陽：「禍福淳淳，至有所拂者而有所宜。」郭象注：「流行反覆。」成玄英疏：「淳淳，流行貌。」唐白居易酒功贊：「納諸喉舌之内，淳淳泄泄；醍醐沆瀣，沃諸心胸之中。」

〔二〕宋蘇軾南園：「不種夭桃與緑楊，使君應欲候農桑。春畦雨過羅紈膩，夏壠風來餅餌香。」

〔三〕飛鴻：目斷飛鴻。極目遠望，直至飛雁不見。常形容離别的悲悽之情。

〔四〕新唐書盧藏用傳：「始隱山中時，有意當世，人目爲『隨駕隱士』。晚乃徇權利，務爲驕縱，素節盡矣。司馬承禎嘗召至闕下，將還山，藏用指終南曰：『此中大有嘉處。』承禎徐曰：『以僕視之，仕宦之捷徑耳。』藏用慚。無子。」元王惲歸志來圖：「先生踐迹高千古，不似終南捷徑多。」

〔五〕嘉陵：嘉陵江。長江上游川江段四大支流之一。

〔六〕三國魏曹植洛神賦：「或戏清流，或翔神渚。或采明珠，或拾翠羽。……陵波微步，罗袜生尘。」

〔七〕海門：海口，内河通海之處。

〔八〕鷗盟：與鷗鳥爲友，比喻隱退。

尉遲杯月湖〔一〕堤有感

愁滋味。行蹋〔二〕處、湊著淒涼地。饒他艷感群頑〔三〕，也則翻成憔悴。池荒徑悄，人不到、狂鴟弄妖喙。更誰憐、舊日周郎〔四〕，酒邊消盡英氣。隔湖幾點青山，剛梅子黄時，豈免酸意？試上琴臺〔五〕彈清角〔六〕，便贏得、游魚掉尾。怕難把、風雷輕托，傳幽素、驚將個儂〔七〕起。對昏燈、歸卧僧廬，又聽風雨如晦。

【繫年】

詞道光十九年（一八三九）夏作於武漢。

【注釋】

〔一〕月湖：清陶士偰修、清劉湘煃纂乾隆漢陽府志乾隆十二年刻鈔本卷之八：「月湖，在大别山陰東，近大江，北連漢水，有楊柳、郭公、三擱石三堤，俱見堤防下。舊志：古有却月城，在沔口左，湖或以此得名也。」清陳文述頤道堂詩選嘉慶十二年刻、道光增修本卷二十三月湖，古郎官湖也。太白與張正言泛此得名。葉塄苕生自吴門來漢上省視，余邀同泛舟湖上，作爲此詩：「月湖如月影團圞，流照清輝一倍寒。憐我此間成旅客，期君他日作郎官。桃花祠近浮紅檻，梅子山遥漾翠瀾。擬築一龕棲二客，琴臺西畔起詩壇。」

〔二〕行蹋：同「行踏」，往來、走動。宋佚名大宋宣和遺事亨集：「天子自有皇后、貴妃追歡之樂，賤妾平康潑妓，豈是天子行踏去處？」

〔三〕艷感群頑：頑艷，艷麗。

〔四〕周郎：周濟自謂也。

〔五〕琴臺：清劉嗣孔修、清劉湘煃纂乾隆漢陽縣志乾隆十三年刻本卷之十五：「伯牙臺，一名琴臺，一名碎琴山，在大别山尾，相傳鍾期聽琴於此，縣治西五十里馬鞍山有村名集賢，亦傳是鍾子故居。」始建於北宋，後屢毁屢建。清嘉慶初年，湖廣總督畢沅主持重建。

〔六〕清角：唐徐堅等初學記卷十六引南朝梁元帝纂要：「古琴名有清角。」元馬端臨文獻通考樂十：「黄帝之清角，齊桓之號鐘，楚莊之繞梁，相如之緑綺，蔡邕之焦尾……名號之别也。」

〔七〕個儂：這人，那人。

水龍吟 梅江上人〔一〕於余行館後作池蒔荷，一夕田田，喜而賦此。

水芝〔二〕一夜飛來，緑雲晨壓銀塘遍。文人福慧〔三〕，花神狡獪〔四〕，老僧聞見。遠挹平湖，恰宜初月，鏡圓眉淺。待今番唤起，一鈎斜照，空羞了、何郎面〔五〕。　寄語修蛾〔六〕休怨。是恩恩、昨宵才展。儻持作柱，多應還共，楚材同薦。去矣君休，儂今只賞，露凉珠濺。待他時曳出，風裳水佩，送秋江晚。

【繫年】

詞道光十九年（一八三九）夏作於武漢。

【注釋】

〔一〕梅江上人：漢口僧，生平不詳。

〔二〕水芝：荷花的别名。晋崔豹古今注草木：「芙蓉，一名荷華，生池澤中，實曰蓮。花之最秀異者，一名水芝，一名水花。」

〔三〕福慧：福德與智慧。

〔四〕狡獪：戲言，玩笑。

〔五〕何郎面：典出「何郎粉面」。參詩卷六明樂安長公主玉印歌和徐徵士漢蒼注釋〔一三〕。

〔六〕修蛾：美眉，指美女。

金明池同人皆用此調作前題，余亦繼聲。㊀

十五年前，明灣〔一〕消夏，夜擁紅香酣睡。船唇〔二〕畔、錦圍繡繞，三十六、鴛鴦妃隊。〔三〕甚頻將、楚水吴山，都化作海蜃，無馮雲氣。但戢翼〔四〕僧盧，分他古佛，坐下蓮趺香靄。雪藕留絲絲却在。又演出田田，弄波情態。金莖露、明擎在掌，〔五〕争傾作、一池珠碎。定知他、弱不勝梁，似水荇牽風，空餘翠帶。〔六〕待過了新秋，那時重認，顧影珊珊環佩。

【繫年】

詞道光十九年（一八三九）夏初作於武漢。

【校勘】

㊀國朝常州詞録本無小序，然有題作「荷花」。

【注釋】

〔一〕明灣：在今江蘇蘇州西山。

〔二〕船脣：馬背船脣。清馮桂芬驗方新編序：「審是書出，而窮鄉僻壤，馬背船脣，無不可治之證。」

〔三〕唐李商隱代應：「本來銀漢是紅墻，隔得盧家白玉堂。誰與王昌報消息，盡知三十六鴛鴦。」三十六，約計之詞，極言其多。文選班固西都賦：「離宫别館，三十六所。」娖隊：整齊佇列。

〔四〕戢翼：喻歸隱或謙卑自處。南朝梁任昉宣德皇后令：「在昔晦明，隱鱗戢翼。」

〔五〕三輔黄圖卷三：「建章宫有神明臺，武帝造，祭仙人處。上有承露臺，有銅仙人舒掌捧銅盤玉杯，以承雲表之露，和玉屑服之。」

〔六〕唐杜甫曲江對雨：「林花著雨燕支落，水荇牽風翠帶長。」

水龍吟 白蓮

昔歲閲樂府補題〔一〕，曾追和宋人此作〔二〕。今歲寓漢上自在庵〔三〕，韻禪〔四〕相從學詞，偶拈此題，賦尉遲杯一闋，戲復爲此，得勿嫌蔬笋氣〔五〕耶？

夜珠海上飛來。淋漓似帶龍涎擲〔六〕。明波一片，都無著處，枝枝擎出。好傍僧廬，還便客枕，不留空色。恰維摩病〔七〕起，天花〔八〕散了，餘香共，爐烟直。　月到中天人寂，只閑鷗、浮來一一。盟心〔九〕都在，沙汀烟嶼，緑蓑青笠。莫遣文鴛〔一〇〕，等閒知道，個中消息。怕尋常兒女，拈將并蒂，作相思説。

【繫年】

詞道光十九年（一八三九）夏初作於武漢。昔歲追和之作，當即詞卷三水龍吟白蓮「月臨千傾玻黎」。

【注釋】

〔一〕樂府補題：清朱彝尊樂府補題序：「樂府補題一卷，常熟吴氏鈔白本，休寧汪氏購之長興藏書家，予愛而亟録之，携之京師。宜興蔣京少好倚聲，爲長短句，讀之激賞不已，遂鏤板以傳。按集中作者唐玉潛氏，以攢宮改殯，義聲著聞。周公謹氏寓居西吴，自稱弁陽老人，而武林遺事題曰『泗水潛夫』者，研北雜志謂即公謹。仇近仁氏詩載月泉吟社中。張叔夏詞序謂鄭所南氏作王聖與氏，先叔夏卒，叔夏爲題集，繹其詞，殆嘗仕宋爲翰林。其餘雖無行事可考，大率皆宋末隱君子也。誦其詞，可以觀志意所存，雖有山林友朋之娱，而身世之感，别有凄然言外者，其騷人橘頌之遺音乎！度諸君子在當日唱和之篇，必不止此，亦必有序以志歲月，惜今皆逸矣。幸而是編僅存，不爲蟫蝕鼠齧，經四百年，藉二子之功復流播於世，詞章之傳，蓋亦有數焉。」

〔二〕詞卷三有水龍吟白蓮「月臨千頃玻黎」，道光十三年（一八三三）夏作於南京，蓋即「追和宋人此作」也。

〔三〕自在庵：清范鍇漢口叢談卷二：「河街：自在庵。」河街即今漢口沿江大道。

〔四〕韻禪：清丁宿章湖北詩徵傳略光緒七年孝感丁氏涇北草堂刻本卷八：「德修字韻禪，廣純字常浄，餐霞字赤城。德修自南海歸，携其游艸過訪。江風颯颯，不遠數十里波浪而來，其眷戀舊雨如此。廣純精於弈，韻語頗雋。惪修見贈云：『坐卧儲峰下，翛然遠世情。開軒黄葉墮，埽徑碧雲横。茶罷聞山雨，詩成掣海鯨。八季重得見，懷抱一岂傾。』廣純警句云：『千花明斷壒，弌鳥丁寒塘。江帆秋共遠，岩樹雨先昏。』餐霞句云：『滿塢茶烟孫竹緑，弌龕蕉雨祖燈紅。』皆吾邑近岂詩僧。石樓詩話」坡公所謂無蔬筍氣者也。

〔五〕蔬筍氣：酸餡氣。僧家素食，常食酸餡，因以「酸餡氣」譏稱僧人言詞詩文的特有腔調和習氣。宋蘇軾贈詩僧道通：「語帶烟霞從古少，氣含蔬筍到公無。」自注：「謂無酸餡氣也。」

〔六〕典出「探驪得珠」。參詩卷六集園見示群龍戲海卷子注釋〔七〕。

〔七〕維摩病：亦作「維摩疾」。謂佛教徒生病。參詞卷三曲游春梅江上人供魚子蘭注釋〔三〕。

〔八〕天花：「天女散花」多形容拋灑東西或大雪紛飛的樣子。此以天花喻白蓮。參詞卷三曲游春梅江上人供魚子蘭注釋〔四〕。

〔九〕盟心：鷗盟，謂與鷗鳥爲友，比喻隱退。

〔一〇〕文鴛：羽毛華美的鴛鴦。

浣溪沙

颯遝〔一〕渾如萬馬過。誰家壁上去龍梭〔二〕。枕函殘夢不堪訛。雨罷湖心明白屋〔三〕，風停池面正青荷。年光終是好時多。

【繫年】

詞道光十九年（一八三九）夏作於武漢。

【注釋】

〔一〕颯遝：紛繁、衆多、迅疾的樣子。

〔二〕龍梭：晉書陶侃傳：「侃少時漁於雷澤，網得一織梭，以掛於壁。有頃雷雨，自化爲龍而去。」後因以「龍梭」爲織梭的美稱。此謂時光如梭。

〔三〕白屋：不施采色、露出本材的房屋。一説以白茅覆蓋的房屋。爲古代平民所居。尸子君治：「人之言君天下者瑶臺九纍，而堯白屋。」漢書王莽傳上：「開門延士，下及白屋。」顔師古注：「白屋，謂庶人以白茅覆屋者也。」

二郎神

晨雨乍晴，黄芳谷至棠〔一〕偕金子春望華〔二〕、介臣鎮蕃〔三〕見詣，洪朗夫昭業〔四〕亦來作畫，晚留看月，諸君有作，余亦繼聲。

桂娥〔五〕無恙，向雨裏、飛來圓鏡。看老柳疏桐，都將凉意，添入西廊畫影。病久相如〔六〕，那堪獨卧，蕭寺〔七〕殘鐘殘磬。招幾個野鷗，斜陽小住，耐他烟暝。光瑩。琉璃一片，澄波全映。嘆曾幾何時，黄雲卷地，化作横波釣艇。世事頻遷，吟情漫與，江閣鷄蟲〔八〕相競。愁一霎、彩雲㥁㥁散也，後期深訂。

【繫年】

詞道光十九年(一八三九)夏初作於武漢。

【注釋】

〔一〕黄芳谷至棠：清丁紹儀國朝詞綜補光緒刻前五十八卷本卷四十十四：「字芳谷，甘泉人。」民國閔爾昌碑傳集補卷四十八阮元江都春谷黄君墓誌銘：「君諱承吉，字謙牧，號春谷。……（嘉慶）乙丑科會試中式，賜同進士出身，即用廣西興安縣知縣，再署岑溪縣事。……生於乾隆三十六年十一月十七日，卒于道光二十二年七月三日，得年七十有二。」

〔二〕金子春望華：清何紹基（光緒）重修安徽通志光緒四年刻本卷二百二十九：「金望華字子春，全椒文生，鹽知事，工詩詞，著有筆山書屋詩詞稿。」全椒縣志清范鍇苕溪漁隱詩集道光十六年刻卷四題金子春秀才望華碧山吟館詩卷後，故其有詩集曰碧山吟館詩。

〔三〕介臣鎮藩：光緒重修安徽通志清光緒四年刻本卷二百二十九文苑八滁州：「按：滁州以詩文名者，國朝尚有……（全椒）金鎮藩，增生，著醒南醉北齋詩草。」卷三百四十六藝文志集部四：「金鎮南，醒南醉北齋詩草。」

〔四〕洪朗夫昭業：生平不詳。

〔五〕桂娥：月裏嫦娥，此借指月亮。

〔六〕史記司馬相如列傳：「相如口吃而善著書，常有消渴疾。與卓氏婚，饒於財。其進仕宦，未嘗肯與公卿國家之事，稱病閒居，不慕官爵。」後因以「相如病渴」爲文人失意居閑、貧病交加的典故。時周濟卧病僧寺，以「相如病渴」自況。

〔七〕蕭寺：唐李肇唐國史補卷中：「梁武帝造寺，令蕭子雲飛白大書『蕭』字，至今一『蕭』字存焉。」後因稱佛寺爲蕭寺。

〔八〕鷄蟲：鷄蟲得失。唐杜甫縛鷄行：「小奴縛鷄向市賣，鷄被縛急相喧爭。家中厭鷄食蟲蟻，不知鷄賣還遭烹。蟲鷄於人何厚薄，吾叱奴人解其縛。鷄蟲得失無了時，注目寒江倚山閣。」後改變原意，以比喻無關緊要的細微得失。

浪淘沙 六月十九日憶梅

紅綻果辭枝。葉也紛披。炎天誰解問冰姿[一]。我識瓊葩剛暗孕，入骨相思。　秋到不多時，且伴東籬[二]。穠華漸淡漸相宜。青鳥宵來明月下，説與歸期。

説與夏蟲[三]難。玉骨珊珊[四]。若非能暑那能寒。好把蘊隆[五]行赤日，當朔風看。　幾樹影檀欒[六]。相對空山。月斜應憶我江關[七]。病後心情無一可[八]，只盼平安。

【繫年】

詞道光十九年（一八三九）六月十九日作於武漢。

【注釋】

〔一〕冰姿：淡雅的姿態。宋蘇軾西江月梅花：「玉骨那愁瘴霧，冰姿自有仙風。」

〔二〕東籬：晋陶潛飲酒之五：「采菊東籬下，悠然見南山。」後因以指種菊之處；菊圃。

〔三〕夏蟲：比喻識見短淺的人。莊子秋水：「井蛙不可以語於海者，拘於虚也；夏蟲不可以語於冰者，篤於時也。」

〔四〕珊珊：高潔飄逸貌。清袁枚隨園詩話卷一引清奇麗川和高青邱梅花：「珊珊仙骨誰能近，字與林家恐未真。」

〔五〕蘊隆：暑氣鬱結而隆盛。詩經大雅雲漢：「旱既大甚，蘊隆蟲蟲。」

〔六〕檀欒：秀美。

〔七〕江關：江南。清龔自珍寒月吟：「江關斷消息，生死知無因。」

〔八〕無一可：猶言無可無不可。

附録

一、自序

介存齋詩自序

余十餘歲好爲詩，喜香山、樊川，已而厭之。喜長吉、飛卿，又厭之。喜太白、退之，就質邑先輩，令學摩詰、襄陽，又厭之。於是宋金元明諸家，無所不涉，人頗謂之能詩。歲甲子，年二十四，初交慎伯。慎伯曰：「子之詩質美而未學心。」怪焉。歸，盡棄所學，取舊作録存者千餘首焚之，始肆力于曹阮陶謝。閲七年，壬申讀亭林詩，忽有得，面目爲之一變。則向之所已學者，時時流露於行間，而最喜少陵矣。嘗學書，知用筆内外、使轉、方員、垂縮，無不以騰擲出之，因用爲詩筆。嘗學詞，比興互用、内心外體、棄單取複、排陰比陽、沈激要眇，因用爲詩聲。拙於論議，以憨見尤，及其持久，咸謂樸誠，因用爲詩心。詼諧微辭，每出風致，謔而不虐，聞者頤解，因用爲詩趣。貧女譯室，悍夫詈街，名士放浪於杯盤，軒冕促刺於遷擢，醜伎炫服而臨鏡，枯僧垂眉而啅經，每見之，必噱之，因用爲詩戒。然而境有感觸，心所郁陶，粗者、豪者、艷者、幽者、怨者、激者、佚蕩者、如不足者、繁瑣曲折者、徑行自遂者，皆不得免焉。和平之音，百不獲一。與其亡而惜之，不若存而悔之。其人、其時、其事、其心，往往而在，毋剿説，毋雷同，若是則已矣。傳歟否歟，傳之廣歟不廣，久歟不久，余烏乎知之？自古在昔，先民有作，亦且有自知之者乎？

道光三年，歲在癸未，五月既望，介存居士自叙於因是軒。

【繫年】

據文末，序道光三年（一八二三）五月既望作於蘇州因是軒。按：六卷本介存齋詩一仍四卷本介存齋詩自序。

【出處】

序據國家圖書館藏「維揚磚街青蓮巷内柏華陞刻」本。

存審軒詞自序

詞之爲技小矣。然考之於昔，南北分宗；徵之於今，江浙別派：是亦有故焉。吾郡自皋文、子居兩先生開闢榛莽，以國風離騷之旨趣，鑄温、韋、周、辛之面目，一時作者競出。晉卿集其成，余與晉卿議論，或合或否，要其指歸，各有正鵠。倘亦知人論世者所取資也。既刻詩，乃并平時所爲詞刻之。兩先生往矣，聊以質之晉卿焉。

道光癸未仲冬，介存居士自叙。

【繫年】

據文末，序道光癸未（三年，一八二三）仲冬作於蘇州。按：味雋齋詞一仍存審軒詞自序。

【出處】

序據國家圖書館藏「求志堂存稿彙編本味雋齋詞」。

晉略序目

自古帝王受命有天下，雖德力殊軌，未有不計功食報者也。福過則倖，禍必償之。昔漢高祖無尺土之階，崛起阡陌之中，功成數稘，衍祚四百，斯不嗜殺人，與秦、楚易道之所致也。及其末流，黄巾俶擾，董、袁跋扈。魏武艱難，百戰僅乃克之，德雖靡偁，功亦偉矣；文、明相繼，疆宇粗定。司馬宣王升榻受遺，任均骨肉。主雖幼弱，未聞否德也。恩之弗圖，唯闚竊是務，父子兄弟，異刃同割，股肱遭其闕翦，元首隨其移易，假借威力，劫制海内，揆其功烈，皆是邀利境外，夸張揚詡之績，非有奠定區宇、康濟民物之勤，此豈足與魏武之刱業相次比哉？且夫魏武延攬英雄，識拔超軼，委任授成，殆無遺策，此宜足以奔走一世者也。司馬氏專行箝制迫脅之術，乃亦舉世靡然。迨乎太康，遂壹區寓，南東萬里，書軌畢協，統馭所届，反侈于魏氏。然後同氣搏噬，非族偪處，剥喪鑱削，極乎無始。始徼非常之倖，卒致非常之禍，豈不哀哉！向使泰始之初，受寵若驚，揆國重以植綱紀，别俗慝以培元氣，庶幾哉逆取順守，或可補救于萬一。而乃志略侈于并吞，情欲縱于得意，其建官則大臣多而政柄雜，其封域則肩背缺而心腹披，其政體則寬積于上，急積于下，其風俗則男奏聲譽，婦耽逸游。仰稽天心，則無祖宗積絫之報；俯度地勢，則無秦、漢金湯之固；中察人事，則無魯、衛禮讓之俗，維持不傾之效。洎乎南度，寄命荆、襄。交、廣資儲，永絶方貢；西藩、北府，漕戍不息。以區區之三吴，供億萬乘，民勞極矣。然猶危而不亡，蹷而復起，引引延延，百數十年，是遵何道哉？昔者三國鼎立，英偉卓犖之士，張牙嶷角，奮其尺寸，上之人取適時用，棄捐科繩，包瑕藏蕆，唯恐有所摧抑。逮于有晉，此風未艾，是以一材一器之長，靡弗效用。詭譎以爲智，跌踼以爲辯，飛揚跋扈以爲雄，咸能夌昔擠今，照耀奕代。乃至遐陬殊俗之方，椎薶剽刦之伍，魁奇絶特，蝟磔而起，洪濤蟄山怪石出，雷雨殷地芝菌生，氣至物化，莫知其然。斯蓋大造之變局，非常情所可測已。晉之立國，崇長親親，以八王之庸駑，方五胡之桀黠，聚優讓劣，化機斯見。是以朝權幻于獻蜃，方鎮危于覆局，民力盡于錙銖，人命輕于艸芔，運鍾否剥，亶其然乎？然而水火之阸待拯，飢渴之懷易副，人窮反本，事半功倍。繭絲俗成，土龍圖形而配社；芻牧是求，丁劭移州而擊轂。慘舒之氣，居然相貿，則知禍福徵召，匙不由人。景響相尋，捷于枹燭，局雖變而情則同，固未可謂造物之不仁，民生之多辟也。帝王之治民，猶農夫之力穡，民之性情，穡之根本，利害中之，慘于蝥蠈。原夫漢季，淳喪野，清朝濁，魏氏尚通，毀裂防維，名教積而利權熾，上下之交固以涣然離矣。方且采飾虛譽，寄之隆棟，陳畫餅以餽餒，集蓉裳以禦冬。晉乘斯釁，遂遷鼎器。炊煬竈而直突，踵覆車而縈策，棄忽甫田驕莠之戒，摧毁虎兕將出之柙，辟猶縱齊斧以伐性，養巨癰而待潰，有識之士惴焉。黼扆鼎鉉，宴然靡警，規爲措置，務矜私智，始則隕懿親以護駃豎，終則敵外戚而樹强宗，兆争唯恐其不工，招釁唯恐其不速，夫何貽安之有哉？一統者，上聖之盛業也；太平者，至德之珍符也。焉有如此之根基，如此之形勢，如此之政俗，而可以撫寧六合，祚之子孫者乎？中興之難，甚于繼體，琅琊蒙玄石之蔵讖，適江表之讎國，奮弱力以雪積耻，斯事體大，容無責焉。東北八州，羈縻段、邵；中都夾河，飄摇李、郭；祖楫聽其自擊，琨哀告而不舉。加以翼翼南士則尊而弗親，觥觥直言則斥而彌遠，遂使門户堅于盤石，白望重于籲俊，内蔑植基固本之謀，外成調停姑息之局，太阿倒受，沸羹靡息。劉、石、慕容、苻、姚之徒，奮梟雄而恃險遠，或借資于闘墻，或假威于討逆，朽木生蠧，其是之謂歟？盜亦有道，視其所杖，右侯殞而世龍欷，玄恭在而宣武憂，堅須白于景略，虎嘆發于謝艾，有由然矣。且夫克捷莫果于民志，恢弘必因于資力；民志不可以不素定，資力不可以不豫儲。是以經緯上材，必綢繆于農殖；折衝妙策，先整齊于士氣。自治之術，强弱雖殊，未之有改也。而晋魚肉以虚其内，假借以驕其外，昵邪佞以摧直榦，慕雅遠以虧實用，方欲驅策疲氓，力征經營天下，豈所謂明分數、識成敗者乎？强而自治，則其强可久；弱而自治，則其弱漸强。洛都不善用其强，建康不善用其弱，來軫方遒，安得不取資龜鑑也？

昔在唐初，群籍粲備，鈎稽蒐討，綽乎有裕。而文皇手制，意存曲藝；諸臣承旨，競采春華。裁非一手，牴牾屢見。恭讀欽定四庫書目，取備正史，由于恤無，因加討論，究其翔實，述本紀六篇，表五篇，列傳三十六篇，國傳十一篇，彙傳七篇，序目一篇，都六十六篇。仁儉受直，是用開闢，作事謀始，慎終盡美，述武帝本紀第一；外戚親藩，倚重必危，禍之本由宫闈，述惠懷愍三帝本紀第二；中興偏安，以勞逸爲隆替，英主不永年，魁柄復棄，述元明成三帝本紀第三；主少國疑，委重將相，相弱將强，幸乃不亡，述康穆哀廢簡文五帝本紀第四；將相和同，雖否必通，不明生疑，乃遺厥薿，述孝武帝本紀第五；國天民，民天食，貧不和，本先撥，爲新主，資不祀忽，述安恭二帝本紀第六；維天生才，有才不才，帝王御極，俾得其職，是以寧壹，相彼不平，分崩離析，述甲子表第七；地以山川隔風氣，王者域之因其勢，雖革必沿職方志，述州郡表第八；土宇分裂，民生狹隘，譬彼舟流，莫知所屆，述割據表第九；下理務，上丞弼，慎委任，毋僭忒，述執政表第十；股肱弗衛腹心弊，述方鎮表第十一；禪代之世，忠貞闃焉，采彼葑菲，以冠厥元，述安平睢陵列傳第十二；國有與立，視其所以，佞媚在廷，雖泰必否，述賈荀列傳第十三；主好大，臣喜功，張厥外，枵厥中，述羊杜列傳第十四；天府之雄，注厝弗崇，失肩背弗知，以寒其躬，述扶風列傳第十五；任親爲治，親賢乃忌，弗克其私，卒罔攸濟，述齊王列傳第十六；直言觥觥，維國之楨，悦而不懌，奚貴錫朋，述傅劉列傳第十七；容身過頭曰有德，家計之工，國計之絀，述山魏劉庾列傳第十八；隙開乃塞，塞必潰，機危而觸，觸必殆，述臨晉二王太子列傳第十九；中流得壺，載浮載沈，暫可支，久弗任，述張裴列傳第二十；木蠹在内，烈風在外，何必齊斧，然後摧碎，述八王列傳第二十一；版蕩識貞，松柏後凋，江河滔滔，山岳弗摇，述劉荆州列傳第二十二；方嶽雖分，師克在和，慨彼乖戾，萎葉辭柯，述劉王荀列傳第二十三；蘖芽再植，難植易拔，銜石西山，哀彼精衛，述閻賈索麴列傳第二十四；豈曰在遠，幸而獲濟，實賴忠貞，以紹其世，述張凉州列傳第二十五；國無常形，造形者誠，兵無常勢，作勢者氣，不逢少康倡寡和，遺黎屑屑淚雨哆，述祖豫州列傳第二十六；止吴酷，晉之施，報以偏安乃其宜，不有君子誰汝毗，述周顧列傳第二十七；南方之强，厥師老、莊，述王丞相列傳第二十八；南紀之重居上流，卓哉勳名世罕儔，述周陶列傳第二十九；始安術智，高平德慧，三吴之豪，莫

不慷慨，日西再中，揮戈是賴，述溫郗列傳第三十；虛名可噉，敦以矜豪，白公怙亂，峻也忽哮，
不有良工，六轡焉調，述王蘇列傳第三十一；身可戮也，不可辱也，致命遂志，不可奪也，荀嘉
其忠，而昧其功，是謂瞽矇，述郭譙周戴卞劉鍾桓列傳第三十二；德足矜式，才亦濟時，或宗或
桷，大匠咸資，述華陸褚孔列傳第三十三；德優才弱，而爲滕、薛，雖奮百里，終虞一蹶，述庾何
褚殷列傳第三十四；知本知時，明哲庶幾，述蔡王列傳第三十五；任達之流，矜豪自奮，平乘
一嘆，持矛陷盾，力小任重，竟以顛隕，永戒將來，履滿思損，述桓大司馬列傳第三十六；太原、
琅邪，所出異門，俱扶名義，輝前裕昆，述二王列傳第三十七；持危扶顛用彼相，何以咏德曰克
讓，述謝桓列傳第三十八；出柙毁櫝，將焉用彼，任親在賢，失不可悔，述會稽列傳第三十九；
吏治經術豈殊致，勿爲墨守庶起廢，述范徐列傳第四十；親外戚内吕禍息，親内戚外桓禍亟，
禍發無門，豈緊親戚，述王兖州列傳第四十一；昏酣駃嬉，屏粒而嘑，枯朽既成，爾拉爾摧，吁
嗟狂且鼎竟移，述桓楚列傳第四十二；邪孰啓之，俾秏三吴，無罪無辜，淪胥以鋪，述孫盧列傳
第四十三；桓桓干城，白日青天，過涉滅頂，亦無咎焉，述毛何列傳第四十四；釁肇争雄，禍鍾
拔本，厄運同遭，萬夫所閔，述劉馬列傳第四十五；攀鱗附翼，飈起雲涌，立功前朝，以受新寵，
述劉王沈朱列傳第四十六；令狐爲楊，實維氏豪，負固于邊，不忘本朝，述仇池列傳第四十
七；主弱客强，流逋爲王，恃險卒亡，述成漢國傳第四十八；才兼文武，鬱不得吐，乃激而僭，
復侯王之所，述漢趙國傳第四十九；勒唯匙耻，虎尤不仁，雄强相仍，殄宗及群，述後趙國傳第

五十；霸假仁，會有由，厥宗多才，媢嫉生尤，述燕國傳第五十一；健前驅，登後勁，王咸陽，永固盛，鑒禍盈，可守勝，述秦國傳第五十二；詐開基，文飾之，謾無誠，骨肉携，述後秦國傳第五十三；棄忠就詐，似智實愚，後嗣顛覆，垂之辜，述後燕國傳第五十四；哀姚棄壤，竊以倔彊，乘墉弗克，乃伏于莽，述西秦國傳第五十五；親必噬，狗之猘，運會極，鍾戾氣，述夏國傳第五十六；蠻觸之争，不如弈棋，誰能覆局，軌寔是師，述諸凉國傳第五十七；不忘忠信，中墜復起，芟夷群雄，孰謂無以，述魏國傳第五十八；葛藟綿綿，初緐終瘁，本根既傷，枝葉焉芘，述宗室彙傳第五十九；孝友忠義，節烈與媲，性情獨摯，德不求備，述篤行彙傳第六十；不必有德聖訓昭，一代風尚如蜩螗，擇其善者使意消，述清談彙傳第六十一；全生生全，亦各有道，其廢中權，妄者顰效，述任達彙傳第六十二；有民人焉，是亦爲政，水深火熱，得此爲幸，述良吏彙傳第六十三；經尚調停，史侈綴録，翰墨勳績，弗驚寵辱，述文學彙傳第六十四；天地開泰，彼寧自苦，魚潛于淵，冀免溉釜，違親絶俗，不遑宴處，亦有中清，式歌且舞，述隱逸彙傳第六十五；其文則史，義各有取，述序目第六十六。編爲十册。至于諸志，杜、馬善矣。

自揆舉羽之力，恒懷絶臏之慮。顧念始自弱冠，即存斯志，洎乎壯歲，雖復訓酢人事，獨居深念，未嘗去褏。日月不居，學殖弗益，始衰之年，忽焉已過，釋今弗圖，逝將靡及，勉就剌刻，彰其要害。事即前史，言成一家，將以喻志，適用匪侈。博聞什七，折衷依于涑水，庶幾無悖「資治」之意云爾。若夫搜覽叢殘，掇拾遺佚，以資考證，世有君子，鄙人謝不敏焉。

道光十八年戊戌十月朔，荆溪周濟編次訖。

【繫年】

光緒味雋齋本晋略跋末有「道光十八年戊戌十月朔」。然是本潘樹辰跋謂「其序文一首，爲癸卯年所撰，原書未及刊入。一再讀之，益知先生之著是書，半生心血盡萃於此。而遍求卒不復得，用以爲憾」。知是文初稿道光十三年（一八三三）作於南京，嗣後兩易其稿，於道光十八年（一八三八）定稿。

【出處】

序據光緒味雋齋本晋略。

詞辨自序

余年十六學爲詞，甲子始識武進董晋卿。晋卿年少於余，而其詞纏綿往復，窮高極深，異乎平時所仿效，心向慕不能已。晋卿爲詞，師其舅氏張皋文、翰風兄弟。二張輯詞選而序之，以爲詞者，意内而言外，變風、騷人之遺。其叙文旨深詞約，淵乎登古作者之堂，而進退之矣。晋卿雖師二張，所作實出其上。予遂受法晋卿，已而造詣日以異，論説亦互相短長。晋卿初好玉田，余曰：「玉田意盡於言，不足好。」余不喜清真，而晋卿推其沈著拗怒，比之少陵。牴牾者一年，晋卿益厭玉田，而余遂篤好清真。既予以少游多庸格，爲淺鈍者所易托。白石疏放，醞釀不深。而晋卿深詆竹山粗鄙。牴牾又一年，予始薄竹山，然終不能好少游也。其後，晋卿遠在中州，余客受吴淞。弟子田生端學爲詞，因欲次第古人之作，辨其是非，與二張、董氏各存岸略，庶幾他日有所觀省。爰録唐以來詞爲十卷，而叙之曰：古稱作者，豈不難哉？自温庭筠、韋莊、歐陽修、秦觀、周邦彦、周密、吴文英、王沂孫、張炎之流，莫不藴藉深厚，而才艷思力，各騁一途，以極其致。譬如匡廬、衡嶽，殊體而并勝，南威、西施，别態而同妍矣。若其著述未富，可采者鮮。而孤章特出，合乎道揆，亦因時代而附益之。夫人感物而動，興之所托，未必咸本莊雅。要在諷誦紬繹，歸諸中正，辭不害志，人不廢言。雖乖繆庸劣，纖微委瑣，苟可馳喻比類，翼聲究實，吾皆樂取，無苟責焉。後世之樂，去詩遠矣，詞最近之。是故入人爲深，感人爲速。往往流連反覆，有平矜釋躁、懲忿窒欲、敦薄寬鄙之功。南唐後主以下，雖駿快馳騖，豪宕感激，稍稍漓矣。然猶皆委曲以致其情，未有亢厲剽悍之習，抑亦正聲之次也。若乃世俗傳習，而或辭不逮意，意不尊體，與夫淺陋淫褻之篇，亦遞取而論斷之。庶以愛厚古人，而祛學者之惑。

嘉慶十七年壬申夏日，介存周濟序。

向次詞辨十卷：一卷起飛卿爲正；二卷起南唐後主爲變；名篇之稍有疵累者爲三四

卷；平妥清通、纔及格調者爲五六卷；大體紕繆、精彩間出爲七八卷；本事、詞話爲九卷；庸選惡劄迷誤後生、大聲疾呼以昭炯戒爲十卷。既成，寫本付田生。田生攜以北，附糧艘行，衣袽不戒，厄于黄流，既無副本，惋嘆而已。爾後稍稍追憶，僅存正變兩卷，尚有遺落。頻年客游，不及裒集補緝，恐其久而復失，乃先録付刻，以俟將來。於虖！詞小技也，以一人之心思才力，進退古人，既未必盡無遺憾，而尚零落，則述録之難爲何如哉。介存又記。

【繫年】

據文末，知此文作於嘉慶十七年壬申（一八一二）夏日。

【出處】

據中國科學院圖書館藏清光緒四年刻詞辨本。

柳下詞序

木君蹇於遇，居恒愁苦怨抑，恤然不可以終日，故其詞多酸澀之味，思力沈摯，求諸古人，往往而合也。余既常出游，木君益困萃，竟以死。遺詞散失，爲録其完善者刻之。吾郡多詞人，木君足不出里門，概未之識，惟與余相切劘。余不能專精，而木君生死以之，宜其刻琢泰甚，竟夭天年也！曩見木君，才三十而嘆老，心竊憂之。今信矣！其自識也，情溢乎詞。然世之寶貴壽考而修詞者，亦獨何哉？

道光三年癸未冬日，族孫濟序。

【繫年】

據文末，知此文道光三年癸未（一八二三）冬日作於蘇州。

【出處】

序據求志堂存稿彙編。按：國家圖書館藏求志堂存稿彙編本無此序。

宋四家詞選序論

序曰：清真，集大成者也。稼軒斂雄心，抗高調，變温婉，成悲凉。碧山饜心切理，言近指遠，聲容調度，一一可循。夢窗奇思壯采，騰天潛淵，返南宋之清泚，爲北宋之穠摯。是爲四家，領袖一代。餘子犖犖，以方附庸。夫詞，非寄托不入，專寄托不出，一物一事，引而伸之，觸類多通，驅心若游絲之罥飛英，含毫如郢斤之斫蠅翼，以無厚入有間，既習已，意感偶生，假類畢達，閱載千百，謦欬弗達，斯入矣。賦情獨深，逐境必寤，醞釀日久，冥發妄中，雖鋪叙平淡，摹繢淺近，而萬感横集，五中無主，讀其篇者，臨淵窺魚，意爲魴鯉，中宵驚電，罔識東西。赤子隨母笑啼，鄉人緣劇喜怒，抑可謂能出矣。問塗碧山，歷夢窗、稼軒以還清真之渾化。余所望於世之爲詞人者，蓋如此。

論曰：清真渾厚，正於鈎勒處見。他人一鈎勒便刻削，清真愈鈎勒，愈渾厚。耆卿鎔情入景，故淡遠。方回鎔景入情，故穠麗。少游最和婉醇正，稍遜清真者，辣耳。少游意在含蓄，如花初胎，故少重筆。然清真沈痛至極，仍能含蓄。子野清出處、生脆處，味極雋永，只是偏才，無大起落。晏氏父子，仍步温、韋，小晏精力尤勝。西麓宗少游，徑平思鈍，鄉愿之亂德也。蘇、辛并稱。東坡天趣獨到處，殆成絶詣，而苦不經意，完璧甚少。稼軒則沈著痛快，有轍可循。南宋諸公，無不傳其衣鉢，固未可同年而語也。稼軒由北開南，夢窗由南追北：是詞家轉境。韓、范諸巨公，偶一染翰，意盛足舉，其文雖足樹幟，故非專家。若歐公則當行矣。白石脱胎稼軒，變雄健爲清剛，變馳驟爲疏宕：蓋二公皆極熱中，故氣味吻合。辛寬姜窄：寬，故容穢；窄，故鬥硬。白石號爲宗工，然亦有俗濫處、揚州慢：「淮左名都，竹西佳處。」寒酸處、法曲獻仙音：「象筆鸞箋，甚而今不道秀句。」補湊處、齊天樂：「邠詩漫與，笑蘺落呼燈，世間兒女。」敷衍處、淒凉犯「追念西湖」上半闋。支處、湘月：「舊家樂事誰省。」複處，一萼紅：「翠藤共，閑穿徑竹」「記曾共西樓雅集」。

不可不知。白石小序甚可觀，苦與詞複。若序其緣起，不犯詞境，斯爲兩美已。竹山有俗骨，然思力沈透處，可以起懦。碧山胸次恬淡，故黍離、麥秀之感，只以唱嘆出之，無劍拔弩張習氣。咏物最争托意隸事處，以意貫串，渾化無痕，碧山勝場也。詞以思、筆爲入門階陛，碧山思、筆，可謂雙絶。幽折處，大勝白石，惟圭角太分明，反復讀之，有水清無魚之恨。梅溪才思，可匹竹山。竹山粗俗，梅溪纖巧。粗俗之病易見；纖巧之習難除，穎悟子弟，尤易受其薰染。余選梅溪詞，多所割愛，蓋慎之又慎云。梅溪好用偷字，品格便不高。玉田才本不高，專恃磨礱雕琢，裝頭作脚，處處妥當，後人翕然宗之。然如南浦之賦春水，疏影之賦梅影，逐韻湊成，豪無脈胳，而户誦不已，真耳食也！其他宅句安章，偶出風致，乍見可喜，深味索然者，悉從沙汰。筆以行意也，不行須换筆；换筆不行，便須换意。玉田惟换筆，不换意。皋文不取夢窗，是爲碧山門逕所限耳。夢窗立意高，取逕遠，皆非餘子所及。惟過嗜餖飣，以此被議。若其虚實并到之作，雖清真不過也。竹屋、蒲江并有盛名。蒲江窘促，等諸自鄶；竹屋硜硜，亦凡聲耳。草窗鏤冰刻楮，精妙絶倫；但立意不高，取韻不遠，當與玉田抗行，未可方駕王、吴也。北宋主樂章，故情景但取當前，無窮高極深之趣。南宋則文人弄筆，彼此争名，故變化益多，取材益富。然南宋有門逕，有門逕，故似深而轉淺；北宋無門逕，無門逕，故似易而實難。初學琢得五七字成句，便思高揖晏、周，殆不然也，北宋含蓄之妙，逼近温、韋；非點水成冰時，安能脱口即是？周、柳、黄、晁皆喜爲曲中俚語，山谷尤甚，此當時之軟平勾領，原非雅音。若托體近俳，而擇言尤雅，是名本色俊語，又不可抹煞矣。雅俗有辨，生死有辨，真僞有辨，真僞尤難辨。稼軒豪邁是真，竹山便僞；碧山恬退是真，姜、張皆僞。味在酸鹹之外，未易爲淺嘗人道也。詞筆不外順、逆、反、正，尤妙在複、在脱。複處無垂不縮，故脱處如望海上三山妙發。温、韋、晏、周、歐、柳，推演盡致；南渡諸公，罕復從事矣。

「東」「真」韻寬平。「支」「先」韻細膩，「魚」「歌」韻纏綿，「蕭」「尤」韻感慨，各有聲響，莫草草亂用。陽聲字多則沈頓，陰聲字多則激昂，重陽間一陰，則柔而不靡，重陰間一陽，則高而不危。韻上一字最要相發。或竟相貼，相其上下而調之，則鏗鏘諧暢矣。紅友極辨上去，是已。上入亦宜辨：入可代去，上不可代去，入之作平者無論矣。其作上者可代平，作去者斷不可以代平。平去是兩端：上由平而之去，入由去而之平。

上聲韻，韻上應用仄字者，去爲妙。去入韻，則上爲妙。平聲韻，韻上應用仄字者，去爲妙，入次之。疊則聱牙，鄰則無力。雙聲疊韻字，要著意佈置，有宜雙不宜疊，宜疊不宜雙處。重字則既雙且疊，尤宜斟酌。如李易安之「淒淒慘慘戚戚」三疊韻、六雙聲，是鍛煉出來，非偶然拈得也。硬字軟字宜相間，如水龍吟等俳句尤重。領句單字，一調數用，宜令變化渾成，勿相犯。一領四五六字句，上二下三、上三下一句，上三下四、上四下三句，四字平句，五七字渾成句，要合調無痕；重頭疊脚，蜂腰鶴膝，大小韻，詩中所忌，皆宜忌之。積字成句，積句成段，最是見筋節處。如金縷曲中第四韻，煞上則妙，領下則減色矣。吞吐之妙，全在换頭煞尾。古人名换頭爲「過變」，或藕斷絲連，或異軍突起，皆須令讀者耳目振動，方成佳制。换頭多偷聲，須和婉。和婉則句長節短，可容攢簇。煞尾多减字，須峭勁。峭勁則字過音留，可供摇曳。文人卑填詞爲小道，未有以全力注之者。其實專精一二年，便可卓然成家。若厭難取易，雖畢生馳逐，費烟楮耳！余少嗜此，中更三變，年逾五十，始識康莊。自悼冥行之艱，遂慮問津之誤；不揣挽陋，爲察察言。退蘇進辛，糾彈姜、張。剟刺陳、史，芟夷盧、高，皆足駭世。由中之誠，豈不或亮？其或不亮，然余誠矣！

道光十有二年冬十一月八日，止庵周濟記于春水懷人之舍。

【繫年】

據文末，知此文作於道光十二年（一八三二）冬十一月八日。

【出處】

序據清同治十二年（一八七三）潘祖蔭刻滂喜齋叢書本。

味雋齋史義自序

昔人偁史記爲太史公書，以人名其書者。明此人欲自發舒，知空言不如實事，故取舊文自證明。古立則今悟，著見則微表，文成則指達。孟子曰：「其事則齊桓、晋文，其文則史。孔子曰：『其義則丘竊取之矣。』此之謂也。」故論春秋之未作也，有事然後有文，有文然後有義；而論孔子之作春秋也，則欲申其義始寓之文，欲成其文始寓之事，自黄帝至于「麟止」，皆太史所寓焉爾。莊周所申汪洋自恣之意，故寓諸虚；太史欲申禮節名教之防，故寓諸實。惟其實而寓也，故曰「究天人之際，通古今之變，成一家之言」，故反覆而非煩也，陵亂而非雜也，刊削而非漏也，補綴而非博也，質野而非俚也，荒忽而非怪也。此寓也，則有其所寓者；求其所寓者，而彼固一以貫之矣。今人四肢百骸，顧不有支離鄙薉可笑者乎？又不有若贅焉者乎、若缺焉者乎？非是，則不可以爲人者，其生然也，形其寓也，資所寓以全其生，生全而形立矣。若欲因形以求生，則雖以造化之神運，懼不能肖一肢。凡吾所以讀太史公書者如此，此猶夫人之所知，非別有知也；吾知之以吾，人何必不各知之，以其吾也。然夫人應知之而或不盡知之者，則惑于史家之説也。吾壹不知，夫論史者之何所見于太史公書也，而曰：遷、固皆良史才也。固之爲漢書也，所以舉漢事也。有其事而後有其文，以其文舉其事，固之意盡乎文，固之文盡乎事。事舉而文美，謂之良史可也。并太史公書，而史之無他焉，殆以其官史官也，其書名史記也。夫以其官與其書名，而欲因以讀其書，究其義，無怪乎趯趯然遠也。太史公知之矣。其言曰：「非好學深思，心知其意，固難爲淺見，寡聞道也。」誠自惜其義也。吾嘗伏而研其義，其得則釋然也，如見其人焉；其不得則矘然也，想見其人焉；其有得而無以自信也，則博求其效，而不敢遽决也。蓋必吾所云云者，皆出于其人之所自云然；而後吾之云云者，乃非吾之意，而其人之意也，則庶乎可謂讀太史公書者歟？篇與篇之次也，人與人之次也，事與事之次也，莫不有義焉。三千年而一朝也，聖賢、庸愚、亂賊而一堂也，禮樂刑政、妖祥夢卜而一轍也，褒揚嗟惜、嬉笑怒駡而一情也。凡以暢其義也，鳧鶴之脛不可得而續斷也，棟梁、築桷、瓴甓，塗塈髹彩以爲室，一材缺則不成也。凡以輔其義也，自是而外，蓋積卷盈百，皆可斷章而賦之矣，則史而已矣。

道光十有二年壬辰二月，荆谿周濟序。

【繫年】

據文末，知此文作於道光十有二年（一八三二）二月。

【出處】

序載清周濟味雋齋史義，據國家圖書館藏求志堂存稿彙編本。

折肱録序

曩與慎伯同學書，致力六年，得背心一點奇痛。每懸腕作小楷，至六七百字輒發，發則坐不得卧。蓋陽維交迕處受傷，書遂不得不廢。廢書之後，改而學畫。當世既無可師，古人復不及見，遂自以學書用筆之法，冥行求合。積六七年，朋友中未嘗知余從事於此也。既交商丘宋隱山端己。隱山家世臨倣，沈酣古人，然有能以自立。相與共學又六七年，乃稍稍成章，而隱山逝矣。自是以來，獨學無友。

隱山哲嗣定生從游最久。定生攻苦殊甚，勇猛精進，而未免急於求成，不能優游涵養以需其自化。今亦年過氣平，將有所得矣。

憶與隱山共學時，每得一法，輒以爲絶去時輩，直追古人，不旬日而覺其非，棄去。復變如此者，未嘗一日間！蓋吾兩人皇皇於闇室，倀倀於歧途者，亦已久矣。及其既了，乃知精神浪擲。然頃年以來，每於逍遥閒適中，覺向所致力之處，時時奔赴腕下，效其勤勞，始知學不負人，非徒自苦也。

因述其要領，以授定生，名之曰折肱録。凡我同志，亦備覽焉。塾出於余，孰出於隱山，都不可復別。要吾兩人所懷，則可謂發篋陳實，毫無餘藴者也。

【繫年】

道光十年（一八三〇）正月，周濟痛宋隱山病逝，作病中追悼隱山、將之揚州留挽隱山。嗣後爲作宋隱山傳，并編與隱山論畫語爲折肱録。文卷一宋隱山傳：「君生平論畫，余則别著之，爲書以授定生。」

【出處】

序據天津圖書館藏求志堂存稿彙編本。

二、他序

求志堂存稿彙編

序

任道鎔

天地生才必有用，不以之用世，即以之傳世，而其所以用世與傳世，莫不有數存乎其間。古今來，才堪大用而不能用，徒垂空文以表見者，何可勝嘆也！吾邑周止庵先生，英敏過人，髫年力學，九歲能文，稍長喜觀兵略，兼習騎射擊刺，藝且精。先生具大用志，而人視之，以爲山水靈秀所鍾，殆可接踵孝侯者。及至登賢書，成進士，改官淮安教授，韜其光，斂其才，專事著書。以晋書非成於一人，不足爲信史，先生竭二十餘年之心力，撰成晋略，補正史之缺，其功當不在遷固之下矣。而所著詩、古文、詞，以及韻原、字系諸書，合二百萬餘言，著作之富，罕有過之。東阿周文忠公爲漕帥時，素重先生品學，移督兩湖，延之偕行。先生去官從之。

夫以先生之經濟韜略，當天下多事之秋，必可建殊勳，奏奇績，與中興諸元老相頡頏，乃將届中壽即赴道山！天付以才，而卒不能見用於世，豈非數也哉！周公紀其喪，梓其晋略。先生之史才，始著於世。其他各稿，兵燹後散失殆盡，後嗣苦志搜羅，僅得史義、古文各二卷，詩詞八卷，折肱録一卷，彙爲一編。今得而讀之，乃知先生之文，能明天地事物之理，古今得失之迹，聖賢修己治人之道，無一非傳世之言；詩詞得風雅之正；即折肱録一書，雖筆墨緒餘，亦爲畫家圭臬。古人云：既能得身後之名，焉用享期頤之壽？先生而傳世，亦庶幾無憾矣乎！然而，有不能無憾者：先生天生神勇，名冠一時，練習營陣圖法，古之名將，不能過之。僅以送友歸喪，中途殺賊，督捕私梟，藉振軍威，偶然小試其技能，未得假以事權，大有造於斯世。所恃者立言，而又佚多存少。後之讀是編者，能不掩卷而爲之三嘆哉！

光緒十有九年仲秋之月，邑後學任道鎔書於吴門之寓齋。

書後一

馮元燿

不才之醉心於先生，垂六十年矣。道光之初，燿以童齡侍几席於春水園。十季之間，覺先生言論之宏博，識見之高曠，與夫下筆之敏捷，茫乎莫知其津厓：此燿耳目中之先生也。自先生復任淮安，遂游楚北，而山頹木壞，安仰遽傷！於是耳目中之先生，徒得於著作中求之。每朗誦論著，高咏辭章，依依然醰若春醪，如見疇曩丰采。嚮者執經之餘，好録先生之撰著，及是益珍襲其刊本，手録其未刊。後丁㗊亂，南涉粤，鹵入蜀，北走趙代，輒載卷帙於行囊，不忍釋手；行得所托，則借繕寫以消憂。計嘗謄晋略二部，以一贈黄季剛，晋略論贊三部，其二亦以贈知己；史義、古文詩詞各二部；説文韻原一部；説文字系兩部，一以贈諶展卿；宋四家詞選，中本、袖珍本各一部；四調詞譜一部；易簡編一部；折肱録久爲畫家圭臬，方太史伯熊嘆爲唐以後無人能道此者也，尤繕寫數十通，以餉學者。燿也不才，不獲登先生之堂，而唫其㦸。然慕悦之隱，不爲不深，嗜好之衷，不爲不久。獨悵饑驅奔走，蕉萃舟車，嚮來所録諸書，强半散失，今先生之喆嗣燮堂、曾孫鏗甫重圖雕版，收羅遺稿，彙爲一編，此正燿所禱祠以祈者。急出所存，以補其缺，行將授之手民矣。其斯與復梓之晋略并傳不朽矣乎！猶憶先生之作晋略，起草於道光之十二年壬辰，告成於十九年己亥，歷八載而三易稿耳。初稿草寫，次稿付門人謄録，録者五人，則戴希齋、陳自堂、諶秉之、諶展卿與燿。是其三次定本，則已在淮安，燿未及見。方起草時，每日出而起，據案走筆，如風掃籜，至午餐，率二千餘言。午餐後則優游園林，作書寫畫，或與朋友談宴，及門人講解，閒暇如常時，往來諸公，無有知先生著書者。惟包慎伯、汪均資兩先生嘗知之，嘆爲筆下有神焉。今觀晋略跋言中有竭二十年之精力與嘔血而成書之語，是特擬議之辭，異虖燿所目睹，非實録也。先生才之敏捷，試即以制藝論之。嘗見日高丈餘，占出十題，寫作告成，日猶未没。嘗書院考課，三人執題領教，先生卧而誦之，三生手謄，三藝并就，不過一時許。教官到任，例課一文。題下而先生與客談讚正酣，日已向晚，同席敦促，乃取卷一揮而就。所以聞之漕帥周文忠公，益加嘆服。及調兩湖，必邀先生同行，且爲鋟晉略之版也。今先生遠矣，而細編巨册燦然俱新。用舉燿所聞見於春水園，與六十年間所甘苦自喻者，覼縷之於編杪，以慰燮堂、鏗甫。予生已晚之恨，實亦燿情不自禁，不自覺其言之剌剌也。光緒十三年丁亥三月三日，受業鶴山馮元燿謹贅於古皖之庾嶺山莊，時年七十有五。

跋

周佐臣

先奉政公著作頗繁，自邑被兵，唯晉略及是編以業授梓得存。受業士馮君白虛嘗手録數通，知板已毁，割惠全編。後徐君漢臣亦以存本見贈。方悵手澤靡遺，未能遠索，幸得有此，遂與侄煒圖踵事乎晉略之刻。煒旋即世，更遲至今，始得率從孫振庸勉復前板，舊本諸種各自爲編，今體例標目一如其舊，而匯爲一編，仍以柳下詞并訂，更附儲素樓詞一集焉。此外韻原四十卷、字系十卷、論語問答、八陣圖説、止庵隨筆、春水園詞及詩文手稿，雖未梓行，容有寫本見弆於大方家者，倘嘉惠一二，俾更恢手澤於既湮，則佐臣幸甚！振庸幸甚！光緒戊子秋日，男佐臣謹識。

跋

周恭壽

彙編之輯，始事於戊寅，至今日始成刊本，非故遷延，思更廣蒐羅，要其大備，而卒未有所得。付梓者，止此耳。十餘年間，卓卿兄未老而旋歿，白虛丈以耄齡作古，燮堂叔財中年復相繼逝，惟壽孑遺，而困於輭脚，頹老亦日增，殊嘆圖成之不易，廢墜之難回。而人生之存亡聚散，倏若飆塵，爲足悲愴也。公之著作，韻原但成草本，未獲鈔傳；字系雖有鈔傳，僅一二數。洸洸巨帙，殆無餘思。其他雜著，亦見聞闃然。惟止庵詞辨，聞吴潘氏季玉方伯嘗序而刊之；宋四家詞選獲刊於吴縣潘文懿公鄭庵；又聞浙中譚氏仲脩藏有鈔本詞話一書，或曰非詞話也，即詞辨，或曰即鄭庵尚書詞選序中所謂論調。仲脩氏宿望耆儒，以斯文爲己任，容當尼求而得之，合詞類數種併入是編，以成不備中之備，想譚先生必樂相與以有成也。光緒十八年，歲次壬辰季冬，侄孫恭壽謹識。

【出處】

以上均據求志堂存稿彙編。

晋略

序

包世臣

晋略六十六篇，都爲十册，吾友荆溪周濟保緒之所作也。孟子㊀曰：「不仁而得國者，有之矣；不仁而得天下者，未之有也。」晉之得天下，可謂不仁矣。是故其得也至易至奇，而分崩蕩析亦至速至慘。中宗東奔，居讎地，用讎民，乃享國奕世，大亂屢作，宗祀卒延，豈不以吴皓暴虐，平吴之役，善反其政，依於誅君吊民之遺，至於敗亡逃死，又能卒定大計，使南土智勇不失其職。始事有經，濟變得權，所以致此，固非倖矣。然則無功叨竊，雖得群小比周之力，而埋狐者扣不旋踵，以當塗孤立爲監，而大禍即發，宗藩防患，其可極乎？德在黎庶，雖微弱無可比數，卒食其報，此可以明天道之不變，而長世者誠不可任狙詐以自獲罪也。唐初儒臣集十八家之説，纂爲晉書，事迹頗具，而此旨不明，無以昭勸戒、垂世法。保緒深達治源，取晉書斟酌之。歷廿餘載，至道光癸巳寫出清本，走使相質。既得余覆，又解散成書。五閲寒暑，乃成今本。而余赴章門，保緒赴淮陰。轉客漢皋㊁，相距較遠。保緒繼以己亥秋物故旅次，及余還轅，保緒嗣孫煒以刻本來將遺命乞序。余披閲再過，見其分散故籍，事歸一綫，簡而有要，切而不俚，抉得失之情，原興衰之故，貶惡而不没善，諱賢而不藏慝，大之創業垂統之猷，小之居官持身之術，不爲高論，不尚微言，要歸於平情審勢，足以救敗善後而已。匪典午之要删，實千秋之金鑒。至於郡縣紛錯，詳覈爲難。展卷豁然，庶無遺憾。雖峻潔稍遜承祚，而視永叔之原委不具君紀，情勢不了臣傳者，亦已遠矣。此子爲不朽，來哲難誣，必有以余爲知言者。保緒穎慧絶人，遷善不勸。嘉慶甲子，訪余于白門。一見之頃，問難竟日。歸則取詩文舊稿盈尺者付之火，持燼見示，以請極言。勇决精進，宜其所就能至此也。余壯本落殖，近且七十，一事無成，追憶昔游，愧悔何已！

道光二十有三年歲在癸卯四月朔，安吴包世臣書。

【出處】

序據光緒二年味雋齋重刊本晉略。

【校勘】

㈠「孟子」：底本作「荀子」，誤。

㈡「漢皋」：底本作「成皋」，誤。

跋

鮑源深

昔唐太宗取何法盛等十八家之書，命房、喬等重加撰次，分類纂輯，以成晉書。藉功衆手，指歸不一，紀載複雜，詞旨浮靡，且多取沈約誣誕之説，并雜采語林、世説、幽明録、搜神記諸書，窮博而失所歸。其不足爲信史而昭法戒，前人論之詳矣。

吾師止庵先生撰晉略一書，舉晉書中之繁蕪浮誕及義所未安、言之不順者，悉汰之；事以類附，例以義起，爲本紀六、表五、列傳三十六、國傳十一、彙傳七、序目一，計六十六篇，而晉之始末釐然秩然，其文約，其旨賅也。自序一篇，原晋所以得天下與以致於淪喪之故，洋洋三千餘言，形勢利病瞭如指掌，尤足以昭勸戒而示將來。書刊於道光戊戌。越歲，先生歸道山，流布未廣。旋遭寇亂，版亦燬焉。喆嗣奭堂將重付梨棗，郵函乞序。

深維作史必兼三長，而三長非專爲作史之用。以先生之才學識，倘得志而大用於世，出其所蓄，必有卓然異於人。而上維國計，下澤民生者，奚僅以史筆傳也？即不然，備職史館，濡染大筆，揚朝廷之謨烈，當不在司馬子長、班孟堅下，復奚僅以私居著作見也？先生往矣，而先生之才學識，讀是書者猶可約略覘之。

昔胡五峰著叙古蒙求，其子爲之刊行。前之人萃畢生精力手著一篇，賴後之人成之。先生之著是書也，以數十年考據之功，窮歲月，嘔心血，甫成而遭亂，亦已付之煨燼矣。奭堂讀父書，出入烽火之中，奔走江湖之上，抱守缺殘，重謀付梓，視彼刊遺稿而成先志，其賢何多讓焉？

先生生平詩古文辭及他著述藏稿甚富，雖經兵燹，散佚大江南北，當猶有存者。他日奭堂摉得重刊之，與此一篇并傳世而行遠，於以塞海内文人之望，豈惟及門私淑諸人同深忻幸者歟？

光緒二年歲次丙子仲冬月下浣，門人鮑源深謹書於山右節署之再思軒。

【出處】

跋據光緒二年味雋齋重刊本晉略。鮑源深補竹軒文集光緒刻本卷五重刊晉略跋與此序文字略異。

跋

潘樹辰

荆溪周止庵先生以名進士改官淮安教授，學問淹博，著作宏富，而晉略六十六篇尤名顯一時。書成於道光丁酉，明年前兩湖總替周文忠公刻於楚北之夏口。

庚戌夏五，樹辰客游邗上，偶於坊間見是書，讀其自作序目，始知先生於兩晉百五十餘年間其家國之興亡，政治之得失，人才之賢否，風俗之醨漓，瞭如指掌。歷數十寒暑，成一家言，非尋常譔述比也。亟購以歸，置案頭，晦輒展讀。旋以避寇流離，書遂散失。

同治戊辰，需次吴门，會丁雨生撫軍奏请開設江蘇書局，命樹辰提調局務，搜訪古今書籍，得包氏慎伯與先生論晉略書，反覆詳盡，洋洋千餘言。其序文一首，爲癸卯年所撰，原書未及刊入。一再讀之，益知先生之著是書，半生心血盡萃於此。而遍求卒不復得，用以爲憾。

辛未四月，樹辰奉檄宰荆溪，下車之始，詢悉先生世居城東均下鄉之湯渡。其季子爽堂司馬衡泌徜徉，足不履城市，頗有高曠之致。丹文参佐名煒，其孫也。適因公來，謁問其書，則原板已燬於庚申之亂，出其家藏遺本見示，披誦迴環，恍如舊識。因謂先生是書洵足千古，盍謀重録以廣其傳？丹文曰：「此意蓄之有年矣。徒以卷帙浩繁，需費過鉅，力不足而中道止，非所以重先澤故。遲遲未果。辱承諄諭，敢不力圖？」歸告其叔奭堂司馬，遂定議焉。時山西巡撫鮑花潭中丞與先生有私淑誼。曩者督學吴中，每遇校官爲先生同里者，輒拳拳於是書。奭堂司馬因有重刻之舉，郵書乞序，中丞忻然手答許之，并分廉泉爲倡。樹辰亦勉竭俸餘以爲之助。

光緒紀元六月，調署金山邑篆，瀕行，丹文遠道走送，述知晋略鐫貲近已集有成數，鳩工庀役，開雕將有日矣。越歲丙子十月還任，丹文以久病未得見。十二月，中丞跋語由驛遞至。今年四月書成，而丹文遽於五月歸道山。

嗚呼！先生之書，始以印本無多，未獲風行海内；繼以粤逆之亂，大江南北被禍久且烈，故家遺族，凡圖書彝鼎及一切希世之珍，幾於焚劫殆盡，而書之投於煨燼者尤酷。奭堂竹林抱殘守缺，出入烽火兵刃中。事平十餘年，卒得重梓行世，以竟先人之志，是必有默爲呵護者。工既竣，而丹文殁，又若有陰爲鑒佑者。丹文之志，亦可慰矣。其哲嗣鏗甫農部奉遺命，囑弁言簡端，固辭不獲，因將丹文重刊晋略顛末聊綴數行，附諸書後。至是書學識之精，取裁之正，中丞題跋與包氏原序已詳言之，兹不復贅一詞云。

時光緒三年歲次丁丑夏六月既望，歸安潘樹辰書於臨津公廨之求是齋。

【出處】

跋據光緒二年味雋齋重刊本晉略。

跋

曹文煥

從古修史，多出一人之手，成一家之言，故世稱班馬最良，而歷代亦相沿無異。獨唐修晉史，則兼策群力，約計十有八家。雖其時各盡所長，然意見多有紛歧，隸事亦有詳略，加之半出詞臣，言多駢儷，不合體裁，以故歷代之書，惟晉史極爲蕪冗：此讀史者往往浩嘆而不能贊一辭也。

荆溪周保緒師門以名進士請改教授淮安，資學兼優，經經緯史，而且才嫻韜略，猿臂稱奇，凡天文地理、諸子百家，無不通曉，固一代之奇才，而千秋之絶詣也。課士之次，以晉書繁雜，竭數十年心力，箸成晉略一書。

煥於道光丙申、丁酉游幕淮陰，執贄門下，曾手鈔槀本，故得悉其詳。嗣以軍書旁午，投筆從戎。江省肅清，適以同治乙丑攝荆溪瑑務。保緒師門之孫丹文世兄因公來見，談及先世，始悉晉略早經發刊，以遭兵燹，鐫板蕩然。出其家所留，惠貺全部。受而讀之，見其芟繁袪冗，文質相稱，本末兼賅，直是合才識學三長，而登班馬之堂，高出晉史而上，寢饋者久之。

光緒丁丑春，焕以俸滿引見，三莅崇明，展丹文世兄寓書，已將晋略重加刊印，以廣流傳，并屬爲題跋。是能紹前徽而承祖志也。焕以親炙師門有年，受知亦久。兹雖風塵奔走，簡畢就荒，快睹大集，洸洸垂諸來禩，附名驥尾，何幸如之！謹跋數言續於編末，時光緒三年歲次丁丑夏五月朔日，受業太湖曹文焕謹識。

【出處】

跋據光緒二年味雋齋重刊本晋略。

跋

周佐臣

晋略一書，先君子譔自中年，歷二十餘載始成定稾，極爲周文忠公天爵所稱許。道光戊戌，文忠節制楚北，即將藁本付梓。先君子旋應聘往。工逮竣，而即世，板歸本籍，從兄重庚加校勘焉。自經寇亂，故板盡湮。同治丙寅，和州花潭鮑中丞源深督學吴中，眷懷師誼，勗佐重鋟。及撫三晋，復寓書敦勉，且畀兼金；而歸安芝岑潘司馬樹辰，及門太湖燮卿曹太守文焕後先莅任荆溪，亦各分俸相佽，用與侄焯勉力圖成。板襲前刊，工凡十月。自維譾陋，譌誤良多，所望碩學名儒覽觀焉，而匡所不逮爾。光緒丁丑三月望，男佐臣謹識。

【出處】

跋據光緒二年味雋齋重刊本晉略。

周保緒晉略序

丁晏

余昔年讀干寶晉紀總論，每夜分獨坐，背誦琅琅，輒爲流涕，亦不自知其何以至此也。又嘆令升身仕晉朝，其論當代之事，深切著明，可謂忠矣。何法盛書稱干紀評論切中，劉知幾亦稱其直而能婉，甚爲當時所稱。使其全書具在，必有可觀，而惜乎不可得見已。今所傳者，唐貞觀中所撰唐書，以臧榮緒書爲祖本。史通謂修晉書者，皆當代詞人，遠棄史班，近宗徐庾；宋人亦斥其好采詭異；學者譏之略實行而獎浮華，棄正典而取小説：爲後世詬病久矣。

乙未秋，荆溪周止安先生爲吾郡教授，與吾雅相善。止安少有命世之志，今老矣，目瞑意倦，專事著書，出其所緝晉略相示。余受而讀之，亦如向之讀晉紀總論時，輒欷歔不能自已，意其言之切中，實有所得於中，故其發而爲言，與吾意相證合，而不覺其感人之深耶。止安甚自重其書，自言一生精力，畢萃於斯。每得暇，即增捐改竄，未嘗去手，舟車傳舍，挈以隨行，不輕出以示人，以余粗有所知，特以相質。然余之譾陋，何足以知止安之書哉？昔孫之翰著唐史論斷，恒自珍惜其稿，别緘一笥，戒家人曰：萬一有水火兵刃之患，他財貨盡棄之，此笥不可失也。後金陵廨舍灾，家人負其笥避島上得免，孫公馳至宣州，還亟問：唐史在乎？家人對曰：在。乃悦。餘無所問。文潞公嘗從借讀，孫公不與，僅録姚宋論示之。今其論斷具在，當時歐陽文忠、蘇文忠、司馬文正甚重其書，曾文定稱其推見治亂，若身履其間，其信今傳後無疑也。今止安之書，亦如孫論，抑不知後之見是書者，將如余之欷歔而欲涕耶？抑漠然置之，無所動於衷耶？其或有如文潞公其人者求之而讀，幸已。即不然，得如歐曾蘇司馬其人者引重其書，猶爲幸也。其又不幸荒陋如余，若有嗜痂之癖，信而好之，則亦可慨也已，然不可謂非知是書者也。或謂唐撰晋書，列於正史，後有述作，無異贅疣；且唐志纂晋事者，王隱、虞預等十有八家，雖軼不傳，其見於它書所引，梗概尚有存者。至如世説注、華陽國志、十六國春秋之類，具載典午軼事，今欲排比晋書，當博考載籍，參互正史，庶幾是正舊文，有裨來學。若晋略所取者，不出貞觀晋書、温公通鑑二書，疑其取載之儉也。余曰：是二者所言近是，然皆非止安意也。止安之意，攄懷舊之蓄念，發思古之幽情，體例精精，因而實創，雖述舊文，直同作者。以是爲止安之書云爾，非好學深思、心知其意者，未能讀是書也，豈屑屑與貞觀書較絜短長哉？若夫考證秘文，鈎稽佚事，則今之學子優爲之，又非止安之屑也。余與止安講論久，故能識其旨歸。嘗欲鈔其文論爲一編如孫公論斷，别行於世，亦以見余之愛之也。然余言不足重，略爲序引，以竢後人之論定。使其言之妄，則姑置之；若言之不妄，則止安之論與晋紀同符，謂令升之書至今不亡，可也。道光十有六年歲在丙申九月。

【出處】

載清丁晏頤志齋文集民國三十八年丁步坤鉛印本卷五

晉略書後

姚椿

晉略文六十六篇，荆谿周君濟保緒作也。君爲嘉慶丁卯科舉人，次年成進士。有盛名，宰輔戴大庾迎謂曰：「子必得大魁，廷試對策語幸無過激。」保緒對曰：「此乃士人進身之始，敢欺君乎？」大庾失色，謝曰：「謹受教！」遂不得上第。歸班後數年，選淮安府學教授。與知府論事不合，投劾歸，遨游山東諸省，晚而客楚，之漢上，其同姓官制府者，向與友善，遂爲刊是書，而君親督之。未幾卒。

予識君於丁卯，又一見於京師。以後不相值，亦不知有是書。今始見之，絶爲欽嘆。古人著書，所以重晚歲也。晉書繁蕪不足觀也，此故以簡覈勝，當是承祚流亞，其叙事間有未詳實，如本紀前當作世紀，序三代；苻堅遣使來降且乞援事，不見秦國傳；議論謂習氏不當及正統，重成敗而失義節；謂事必期於有功，語涉偏激：向爲吾友異之所譏。然不害其大體精當。論述多用駢偶，仿佛干令升諸家，此效兩晉文體，然不足深訝。諸志則當采杜典、馬考而成之，君自言未暇也。

要之，此書既成，固自可廢舊史而孤行，又不知此外，復有何遺文？他日東歸，當更求其行事書之。道光甲辰年秋月婁姚椿記。

【出處】

文載清姚椿通藝閣文集道光二十八年木活字印本卷五。

味雋齋史義

保緒公味雋齋史義書後并序

方爾咸

先生諱濟，嘉慶乙丑進士，以直言對策置三甲，出爲淮安教授。發憤著書，凡數百萬言。詩、古文、詞、書畫之藝，無不精，尤好兵法，工拳擊。講求營陣，及山川形勢，慨然有用世之略。既不得志，乃求爲通儒。所著書，以晉略爲最顯。史義一册，篇幅雖細，而能發明史遷之志。大旨以爲王道不壞于暴秦，而壞於漢；漢治不壞於中末，而壞于文；終漢之世，可與言治者，唯賈誼一人，而文不能用。持論甚偉，而先生所自負可知矣。余讀其書，想見其人，哀其遇而多其志。爰作此詩，以效仰止云。

道旁樕樹丈許長，工師争取爲舟梁。深山老柏二千尺，百年徒飽風與霜。生才之世用不盡，人事難測天所傷。先生學業何堂堂，奴隷五伯窺三王。斧柯在彼不可假，乃以餘緒施文章。文章日富飯不足，走向淮安噉苜蓿。冷官著述亦可喜，玉我庸非紅勒帛。賈生直言蒙竄逐，先生與賈同一哭。哀哉黄老漢之毒，賈欲王漢漢不欲。群雌高飛難則伏，盜蹠大年淵則促。賈生之志無與白，先生論史理紆曲。觀其下筆若斬蛟，孝侯之後人中豪。莽操并世未足滅，山東群盜誠秋毫。張拳掉臂行其巢，真氣所懾莫敢驕。用本傳事。投筆猶宜爲班超，胡爲抱器長寂寥？·先生少與安吴交，謂包慎伯先生。談兵治水能分曹。安吴小試操牛刀，先生大勇驅鹽梟。用本傳事。千金寶劍維吹毛，明珠黯黯埋蓬蒿。九閽欲叩道路遥，古來盛事難相遭。

【出處】

序載山溪周氏宗譜卷四。

折肱録

跋

崔書巘

向讀包慎翁藝舟雙楫，恍有所得，以爲學書者固當如是。去歲余在味雋齋，子興出其尊君止庵先生折肱録見示。余受而讀之，乃知止庵學畫用力之深，一如慎伯之學書，而其與隱山宋君日相劘切，不獨冥行求合、力追古人，且高簡之法，歸之慎重，真有道之言，此與柳公權論書心正筆正之意，何異？余擬與藝舟雙楫合訂一册而未果也，先爲印聚珍板，以當乘韋，附贅數語。時當道光乙酉七夕，眷侄崔書黻謹識。

跋

周振庸

折肱録一編，早爲畫家圭臬，嚮無鐫板。至道光己酉，始有崔仲綸先生聚珍版之刷。今之付刊，合編於諸稿之後，深疑體製不侔，特以先人手澤，苟可蒐羅，必期弗墜，駮雜之嫌，弗敢恤也。戊寅十月，曾孫振庸謹識。

【出處】

兩跋據求志堂存稿彙編。

詞辨

序

潘曾瑋

余向讀張氏詞選，喜其於源流正變之故，多深造自得之言。張氏之言曰：「詞者蓋出於唐之詩人，采樂府之音，以製新律，因繫其詞，故曰詞。傳曰：意内而言外謂之詞。其緣情造端，興於微言，以相感動。極命風謡里巷男女哀樂，以道賢人君子幽約怨悱不能自言之情。」竊嘗觀其去取次第之所在，大要懲昌狂雕琢之流弊，而思導之于風雅之歸。沿襲既久，承學之士，忽焉不察，余甚病之。嘗欲舉張氏一書，以正今之學者之失，而世之人，顧弗之好也。友人承子久儀部好爲詞，嘗與余上下其議論，自三唐兩宋，迄于元之季世，條分縷晰，未嘗不以余言爲然。蓋子久與余，皆取法于張氏。暇出所録介存周氏詞辨二卷，屬爲審訂。介存自序，以爲曾受法于董晋卿，亦學于張氏者。介存之詞，貳于晋卿。而其辨説，多主張氏之言，久欲刻而未果。其所選與張氏略有出入，要其大旨，固深惡夫昌狂雕琢之習而不反，而亟思有以釐定之，是固張氏之意也。因樂爲叙而刊之，以副子久之屬。介存之論詞云：見事多，識理透，可爲後人論世之資。詩有史，詞亦有史。世之譚者，多以詞爲小技而鄙夷之。若介存者，可謂知言也夫。原本總十卷，不戒于水，存止二卷。今刊本，子久所録也。

道光二十七年歲次丁未孟夏月，吴縣潘曾瑋。

【出處】

據中國科學院圖書館藏清光緒四年刻詞辨本。

宋四家詞選

序

潘祖蔭

季玉叔父嘗以周止庵宋四家詞選示讀。云得于符南樵孝廉。南樵，蔭舊識，嘗師事止庵，手録是選，思付剞劂，奔走無暇。蔭居瀫園時，以之自隨。庚申園毁，意成灰燼，去年檢書，幸得之，亟付梓。

近世論詞，張氏詞選稱極善，止庵詞辨亦懲時俗昌狂雕琢之習。與董晋卿輩同期復古意，仍張氏言，不苟同。季玉叔父曾序而刊之。此卷晚出，抉擇益精。止庵負經濟偉略，復寄情於藝事，進退古人，妙具心得，忠愛之作、尤深流連，宜南樵珍護如是。今南樵亦歸道山，蔭既刊之，南樵可無憾。獨念蔭昔對此卷時，露研風簾，萬花如海，倏忽之間，渺乎莫覯。天時人事，濤奔電驅。固不特故人長逝，爲可傷悼。此卷孤存，固止庵精氣不可磨滅，然什百寶貴于此者何限，不得謂此非偶脱於灰燼也。止庵復有論調一書，以婉、澀、高、平四品分之。其選調視紅友所載，只四分之一。南樵嘗言之，今不可復見，海内倘有此本，蔭固樂受而觀焉。

同治十二年二月，吴縣潘祖蔭。

【出處】

據同治十二年潘祖蔭輯滂喜齋叢書本宋四家詞選。

介存齋文稿

序

周南金

止庵先生每撰著，必自爲序，文獨無有。或曰：自道不足序也。或曰：文自明，不必序也。或曰：將質諸世，待序於人也。

夫先生之文，稱重一時，豈不足序？人之立言，意有各得，奚不必序？從事既深，甘苦自喻，何待人序？然則無序，乃未及序也。先生中年之文，間有存草，其當可者，輒隨時付梓，以省傳鈔。後客晋楚，雖無刊作，手稿滋繁，意將遲之，又久積之，備而始序以行之也。令積之備而序焉，必將道其生平閲歷之境，數十年得力之處，與夫古今名家之孰優孰劣，如史義、詩、詞之序之所云然者。而是編廖落數首，序固無庸遽爾。今諸手稿訖於烽烟，存僅有此。先生季子燮堂、長孫丹文既刊晋略，將并及諸稿。以凡稿有序，文獨無序，若不稱然，就予乞言。

噫！予不能文，何能序人文？不知先生文，更何能序其文？而燮堂曰：文獨無序，非稱也，而又以概求人序爲無當也。然則將何以序此文乎？予惟原未序之故，聊泐數言以具體已爾。不然，何能爲序？

光緒三年，歲在丁丑，四月八日，族叔南金書於晝溪之聊憩山房。

【出處】

序據求志堂存稿彙編。

止庵遺稿

跋

金武祥

光緒己丑，司榷廣州，得周止庵先生遺稿於仁和王子展觀察許，擬携之粟香室叢書中。癸巳銜恤里居，薄游吳門，宜興任筱沅中丞見贈新刻求志堂存稿彙編，因合校之，僅同折肱録一卷、哨遍一闋。而此本詩、文、詞各卷，爲道光庚子所刊，距先生歿後一年，謂之遺稿，不知刊於何人，皆今彙編所未編入者。彙編有先生從孫伯匡明經跋語，知其蒐緝之勤，歎圖成之不易，尚有泥求鈔本之語，則此本固求之而未得者也。曩無錫顧君西山刻梁汾先生彈指詞，丐余手録未刻詞一卷郵寄，補梓之同郡名賢遺稿，藉有足本。今先生詞媲美宛鄰，無愧彈指，况復有所遺詩文詞各一卷？巨製佳篇愈足珍重，當寄荆溪，合刊彙編，無誒羼入粟香室叢書中矣。先生名濟，字保緒，晚號止安，與吾從伯梅偶先生臯同舉嘉慶甲子經魁，先生聯捷成進士，出爲淮安教授云。光緒十九年癸巳冬月。

【出處】

清金武祥粟香室文稿光緒二十六年活字印刷本。

跋

盛宣懷

止庵遺集三卷，周濟撰。濟字保緒，荆溪人，嘉慶乙丑進士。歸班以知縣候選，改就教職，兩補淮安府教授。著晋略八十卷，介存齋詩存六卷，文二卷，折肱録一卷，味雋齋史義二卷，存審軒詞一卷，均自刻之。身後友人復刻其文、詩、詞各一卷，曰止庵遺稿。自遭兵燹，板久不存。其季子燮堂、長孫丹文、侄孫恭壽先刻晋略，後刻求志堂存稿彙編，而獨遺此種。嗚呼！先生偉略，足以濟世，文字足以復古。當道奉之如蓍蔡，學者仰之如泰斗，何待宣懷之表章！今幸著述悉已刊行，得以霑溉後學，稍慰先生於九原耳。宣統紀元重五日，武進盛宣懷跋。

【出處】

據常州先哲遺書後編本止庵遺集。

槍經

序

管同

淮安學博周保緒棄官歸吴，日肆力於經綸之學，考治亂，究興衰，暇則游心於武藝，於是以其所受於人之槍法，著經十篇，以傳世。昔者先王既偃武修文，而弓、劒五兵之屬，率聽其民之佩習。安居則以制猛獸，而備非常；有事則以設守衛，而施行陣。及至秦兼天下，折鋒刃，銷甲兵，違令收藏者有罪。循習至後世，其禁尤嚴，自非軍人有莫得而執習者矣。古之時，聽民習兵，底滅亡而無匹夫群起之禍；秦人反其令，二世之後，而閭左謫戍之徒，耰鋤棘矜壹倡而亡其天下。今夫善防民者，亦顧其教養如何而已？舍教養而防以法禁，如秦人者，其所見與兒童何異？兵者，國之大事；而五兵之屬，三軍之所宜素習者也。兵不完利，與空手同；中不能入，與無鏃同。而自秦以來，非軍人莫得習兵；而爲軍人者，則又畏愞躄踊，執干戈而不知何以用，則何怪乎小值寇警，蛾伏豕奔相繼，而識者皆謂兵之不足恃以爲安哉！保緒嘗言五兵之用，近莫利於槍，而遠莫加於弓矢。其著是經，蓋欲士大夫兼明武藝，而推其法以教天下之軍人，其與世之談劍術、言拳勇者，猶塵堁也。予曩與保緒游，時保緒此經始屬稾。今别一年，計其書當已成就，乃以予所素論者爲之序以貽焉。

【出處】

清管同因寄軒文初集道光十三年管氏刻本卷五。

周保緒詞

周保緒詞叙

董士錫

士不能出其懷持以正於世，不得以而取其生平悲喜怨慕之情，發而爲文，以見其志，亦非君子之所尚矣。故曰：君子之道，修身以待命，正也。怨非正也。雖然，將抑其情而不予之遂邪？抑之不已，其氣慘黯而不舒，其體屈撓而不寧，而偏激躁矜之疾生。故君子之道，不引乎情，不可以率乎禮，蓋及其治心澤身之學既大成，其幾微過中之情，固可以漸而化之。然則吾徒俯仰一世，感慨人已。情之所發，跌盪往反，固所不能自已者也。

周子保緒工於爲詞，隱其志意，專於比興，以寄其不欲明言之旨，故依喻深至，温良可風。丙寅歲，都爲三卷，屬予叙之。

夫予之言詞，烏足以盡保緒哉？保緒往年以舉進士而不得意于有司，感慨悲憤頗形於色。既且釋然。予謂保緒鋭然以直道自任，未爲非也。君子之道，不以用舍類其志，不以逆順挫其氣，而况保緒年未三十遏不用，方以此曾益其不能，又豈足爲怪？而人或且稱保緒以其勇敢駿厲之氣，爲可以風。夫保緒之學之有深淺得失，固宜與世共見之也，而豈在是哉？抑余之所以知保緒者，其有以異乎人也？讀其詞，而有感於斯焉，故復論之，亦唯保緒自知之而已。

【出處】

董士錫齊物論齋文集道光二十年江陰暨陽書院刻本卷二。

三、輯佚

白真真女士蕪湖留仙亭題壁詞後記

此在揚州時所書。是日同人小集湖上，余書晉卿金陵述懷詩一百均貽慎伯，慎伯以此爲報。嗣即由揚州入都，道中往往唫諷，感其指趣，爲絶句十首仿之，不能似也。今年在蘇州，與璇衡爲天平之游，劇飲十日，偶從行笈中爲所見，輒欲得之。近人小真書絶少合作，余所見，翰風、古香兩三輩而已。翰風之堅勁廉悍，古香之縈紆委備，俱自成一家，而慎伯尤力求頓挫跌宕。余從慎伯受筆訣三年，於今間有得手之處，終以未能妥貼爲憾。此紙余所貴重，璇衡實知慎伯書，故肯以爲贈，因并爲作此跋，亦可知作書之難。以予之好慎伯書，且親受口訣，心慕手追。既耑且久，而相去若此也。嘉慶十一年四月二十一日，濟跋于洑溪之聽雨樓，即日將復之蘇州尋慎伯。

【出處】

文載同聲月刊第二輯一九四三論著籜公荒鷄警夢室雜綴：「頃從太疏樓獲觀宜興任黯庵先生所藏包慎伯世臣書白真真女士蕪湖留仙亭題壁詞。小真書極似道因碑。後有周止庵濟小字題記，亦精勁可喜。爰爲迻録如下。慎伯題署「嘉禾」，下鈐『包十五』小印，知者亦殊鮮也。……嘉慶十年乙丑春正月二十日，嘉禾爲保緒書。」

【繫年】

嘉慶十一年（一八〇六）四月二十一日作於宜興。

樗庵公傳

府君諱某字某，敏齋公次子，坤厚公嗣子也。與先府君雁行最篤，雖出嗣，居稍遠，無朝夕不聚首。勘酌爲諸奇器，以一意逆西法，巧殆匹之。先府君好静專，府君性通率。坐客常滿，調絲品竹，雅歌清談，竟日夜，無倦容。先府君遇子弟嚴，府君濟之以和藹，後生皆樂從府君游。府君遇事調停曲折，不憚煩劇，必使得當乃止；中遭負累，猶不爲衰減：天性然也。先府君没，府君號痛曰：「大哥知吾身樂而心苦，大哥去，無知我苦者。吾苦將益滋。」自後朋從之樂頓減常半，日默坐以迄於終。府君好飲酒，厨饌修整，每燕嘉客，必命濟侍坐，出游多以濟從，撫之如己出。先府君督責，府君多婉容巽詞爲解免。壬子之輯譜，局設府君所，先府君主稿。濟年十有二，執經於内堂。每受苔杖，府君至爲涕泣。濟舉於鄉，府君泫然；明年成進士，亦如之：念先府君不得見也。府君之没，濟授讀于寶山，聞疾亟馳歸，已不及見。自府君亡，濟乃真孤露矣。府君孝友睦婣，懿行甚多：族黨公事，無不竭力爲衆先所以成。敏齋公志甚大甚篤，族人皆能知而言之，濟之所以不能已言者，天性之際，庶吾家子孫，有所述而規矩存焉，非獨闡揚盛而已出。

【出處】山溪周氏世徵録卷四大分傳序雜著二五房下。

【繫年】道光壬午（二年，一八二二）山溪周氏宗譜三修。此文當作於此年或稍前。

書李氏三忠事迹考證後

諸君徒死，不能延偏安之局。嗟夫！臨難非死節之臣，平居豈可爲寄命之士？明之亡，坐用賢之不早耳！於諸君子何尤哉？語曰有天下者定所尚，又曰其效可睹，讀是編者，其各惕然而有感也夫。

【出處】清黎庶昌續古文辭類纂光緒十五年刊本卷六管異之書李氏三忠事迹考證後：「吾友周保緒跋是編曰：『……』」又見清管同因寄軒文集道光十三年管氏刻本二集卷五書李氏三忠事迹考證後。

【繫年】

道光七年（一八二七）作。清宋翔鳳洞簫樓詩紀卷八有李心陔復來，以其先世三忠事迹考證見示，嘆其能明舊德，爲賢子孫也，五年後始綴一詩於卷尾。是詩作於道光八年。

宋緘夫丹荔珍禽圖卷跋（擬）

緘夫工於臨摹，脱手亂真轍，得重價，不肯自署名。惜其精力耗於作僞，苦勸始相聽從，此其出手第一幅也。

【出處】

羅振玉著、羅繼祖主編、王同策副主編羅振玉全集上海古籍出版社二〇一三年版松翁近稿外十種下：「此卷無題識，筝力古健，賦色沈厚，置之宋人真迹中，幾不復辨。後有道光六年介存居士、道光戊申柘唐二跋。介存居士者，荆溪周止庵教授濟，柘唐則山陽丁儉卿舍人晏也。周跋謂是商丘宋緘夫作，丁跋又稱焉宋隱山，均不著其名。周跋謂……云云。則緘夫與介存乃故交，故不記其名。今檢之書畫譜録，不見其人。抱此絶詣乃後世而名不稱，可悲也。我朝畫學，至嘉道以後寖至式微，竟有如緘夫者，其功力天才足與宋人血戰，每一展卷，令人變色驚嘆。止庵教授謂『苦勸始相聽從』，而卷尾則不署款如故也。以藝自娱而無名心，其品誼尤足尚矣。

予平生喜收古人真迹之不經見者，此卷爲姊夫何益三孝廉福謙所贈，藏篋中數年，寶之如宋元人名迹。頃曝畫，復取觀。爰書卷尾，俾我子孫知所寶貴。異日若竟檢得其名，豈非快事，謹弆以俟之。戊(子)[午]長夏。」

【繫年】

道光六年(一八二六)作。

與李兆洛七十壽書(擬)

推度、輿圖兩業是否已竟？足下今年政七十，所應一一了之。與其多營，不如急就。晋略已斷手，粗可擬宋景文耳。然精力已耗，怔忡遂成。

【出處】

清蔣彤武進李先生年譜卷三：「(道光十八年)九月二十四日，先生七十壽辰，會者數百人，學使以下畢至。賀儀有自千里來者，保緒與先生書曰：『……』云云。時保緒去淮安教授，就兩湖總督周公天爵之聘，隨從幕府。」

【繫年】

道光十八年(一八三八)九月。

茶器銘

惠山之泉蜀山茗，與君飲之永無病。

【出處】

清陸繼輅合肥學舍劄記光緒四年興國州署刻本卷第六記毀茶器：「嘉慶乙丑，保緒寄一宜興磁壺，銘其蓋云：「……」予甚珍之，出門嘗以自隨，至今道光壬午，十有八年矣。以八月七日碎于合肥學舍，爲之悵然。至移時不能自遣，因思古人作器能銘，往往有子孫寶用之語。何其寄意之深長，而用情之肫摯耶？玩歲愒日之徒，一切苟且，自謂達觀君子弗尚也。」

【繫年】

據前，知此逸句作於嘉慶十年（一八〇五）。

金縷曲 偶憶金陵舊游，時擬卜居未果，感而賦此。

六代興亡地，剩年年，春花獻笑，秋風凝睇。鐵板銅弦豪絶處，添個胡笳淒戾。合付與、詞人排比。一掬小倉山下水，蕩秦淮，十里烟波膩。呼鬥酒，斫鱸膾。倦游已定移家計。買陂塘、澆蔬蒔藥，餘生堪寄。萬一情多閑不了，好領雙鬟歌意。便拚向、花前沈醉。殘月曉風離别恨，早消沈、背嵬英雄氣。休更惜，唾壺碎。

【出處】

國朝詞綜補卷二二。

【繫年】

據詩卷七春水園詩并序，道光四年四月，周濟買金陵江氏致園，易其名曰春水。此詞曰「時擬卜居未果」，「倦游已定移家計。買陂塘、澆蔬蒔藥，餘生堪寄」，當作於道光三年底或四年初。

逸　句

一

汝他日學爲古文，游其門，就正可也。

【出處】

清袁翼邃懷堂文集光緒十三年六月夏六月開工彙刊本卷四送包慎伯大令歸隱白門序：「年甫冠，受業於宜興周保緒夫子。見案頭有包往返手札，曰：『……』包即慎伯先生也。」

【繫年】

袁翼生於乾隆五十四年（一七八九），「甫冠」蓋嘉慶十四年（一八〇九）。

二

瓦礫累累北河下，誰似高生筆端畫。

【出處】

清宋翔鳳洞簫樓詩紀道光五年刻本卷五古月樓圖：「揚州西門外迤蜀岡而東，園亭樓榭曲折，過紅橋直達北水關，鈎連襟帶。至月上時，則水天一色，如畫如鏡，繁花千種，咸落空影。昔人稱『揚州二分月』者，宜以此也。余三月中在揚州得高西園翔所繪古月樓圖，吴縣鈕匪石樹玉舊題此，云蓋揚城舊迹，而遺址杳不可知。按其圖，構其地，依城女墻外，檣影隱約。憶康山樓閣，景色相似。或康山舊有此樓。荆溪周保緒濟題句云：『……』者，當謂此。然康山夜色其蒼凉綿遠，尚遜蜀岡。余素結願於紅橋之左起洞簫樓以攄旅思，今見此圖，有動於懷，遂系短歌云爾。道光四年七月記。」

【繫年】

卷三高樓風雨圖三首小注曰「圖系周保緒所作」，此詩道光元年春作於揚州。故此逸句當作於道光元年（一八二一）。

説儲批注

濟按：漢立沈命法而盜賊滋熾，坐吏莫也發伏耳。

濟按：贓吏罪發，勢必錮其子弟，將令子弟個供「諫而不聽」以希免坐，則禁錮之法，仍不得行，此宜酌之。

濟按：既除搜檢糊名，以教廉耻，所爲座師、舉主，必皆道義中卓卓者，此條似嫌太過。

【出處】

清包世臣撰，李星、劉長桂點校包世臣全集黄山書社一九九一年小倦游閣集説儲。

評周木齋寅詩（擬）

五斗

五斗雖辭彭澤米，饑軀乞食亦堪傷。不知緑竹何年實，腐鼠而今飽鳳凰。

荆溪周濟云：五言古詩，駸駸漢魏，牢籠漱滌，摧剛爲柔，異乎無本而炳烺者。

【出處】

丁晏原輯、周桂峰校點山陽詩徵陝西人民出版社，二〇〇九年版卷二十五周寅。

通甫遺稿文後評

書王雨慈遺劄

周止安云：華華哀艷。

哭王考功文

周止安云：精悍直入柳州之室。

【出處】

郝潤華輯校魯通甫集三秦出版社二〇一一年附録三評論資料節選一通甫遺稿文後評。哭王考功文曰：「王考功慈雨，以丁酉之三月没於京師，其同年魯一同後二月始得聞，北向號而哭曰……」

【繫年】

魯一同文撰於道光丁酉（十七年，一八三七）五月，周濟兩文之批語，亦當作於是年。

四、傳記

周先生傳

丁晏

先生姓周氏，名濟，字保緒，又字介存，號未齋，晚號止安。江蘇荆溪人。君之生也，父夢顛僧驅虎入室，及覺而君墮地，遂以「濟」命名。幼敏悟，勇於爲學。九歲能屬文，稍長深沈有智略，膂力絶人。讀書明大義，不屑爲章句之學。年二十四，嘉慶甲子舉鄉魁。明年乙丑，成進士，以對策戇言置丙科，出爲淮安府教授。因憮然曰：吾今日始可讀書矣。益自淬厲，求之六經三史，以期實用；深明韜鈐，練習營陣圖法。暇則縱情詩酒，放浪於江淮間。要其讀書精進，未嘗一日輟學也。未幾，謝病去官。乃出游，求天下之士，得涇包君世臣，以實事求是相切劘，屏去瑣碎，提挈要領，卓然爲通儒有用之學。間與包君共學書，肆力北朝碑帖，窮日夜臨摹，至髀痛不少勌。闚其用筆、换骨、用筋，嘗病大王姿媚，唐主好之，沿爲習尚，而古意寖微；近世書，惟鄧完白山人篆隸精妙，陵轢古今，書學絶而復續。與包君論書之秘曰峻曰澀曰中實。其書變化騰擲，自成一家，時人莫之好也。又與商丘宋君端己學作畫，謂畫衰于文、董，而絶于惲、王。因求之北宋大家，得其骨法，純用墨鈎，使筆如鐵，著折肱録以見志。僑居金陵春水園，撫真景入尺幅，每自署曰春水翁。作花卉，必折供膽瓶，玩其向背，曲盡寫生之妙。君之書畫初出，當世頗不謂然。迄今閲三十年，長幀短箋，珍逾什襲，競爲士大夫寶貴矣。君任俠，好施與，數往來齊魯晋楚，結納豪士，擊刺騎射，互較所長，君必精其技乃已。君之友寶山令田君家鉅野，有母喪，時豫省賊匪滋事，剽掠曹滑，田君以道阻不得歸，憂形於色。君慨然曰：「我爲君一行。」挈一僕從，七晝夜至鉅野。時賊將平，視田太君喪，得無恙。田君復以虧帑失職，君又鬻田産抵於有司，田君始得釋。其好義輕財、急人之難，多類此。方君之之鉅野也，道出曹州，猝遇賊數百人。君下車持鎗擊之，僕其前隊二人，其被重創走者又十數人，賊驚竄遁去。由是，君之名益震。濟南孫公爲兩江節相，慕君才略，延致之，以淮南北鹽梟充斥，撥緝捕費二萬金，屬君獨任其事，令各營副參以下，惟君指麾左右之。時梟黨數千人皆亡命無賴，并力拒捕。君偵知穴巢，要擊殲除，不遺餘力。一日，與梟衆相持，梟自後將發巨礮。君覺有異，急回馬，抽矢射之，中其巨指，礮不得發。乘勢追擊之，擒梟衆十百人。君長於兵法，不得一展其才。捕戮私梟甚非所願。以其拒傷官軍，戕害民命，特藉此小試，以張朝廷之威，然非君之志也。會有以激變言於制府者，事寢不行，而君亦決計退休，無意當世之事矣。乙未秋，復起病，爲淮安校官，垂老著書，折節爲儒者行，以讀書、敦品教士子。淮之人，幽光潛德久而未彰者，君牒於大府，舉節烈貞孝千有餘人，皆旌其閭。文廟雅樂久湮，君力爲振興。遴童子之秀良者，教以執籥秉翟舞蹈之節，吹箎擊鐘搏拊之事，凡數月而文物燦然。丁酉春，釋奠觀禮者逾萬人，君又節修脯所入，輸錢二百緡存質庫，權子母爲每歲興舞之用，則復古之盛事也。漕帥東阿周公雅重君之爲人。周公擢兩湖總督，君遂辭官從之行。抵夏口，嬰疾弗瘳，以道光己亥年七月三日卒於僧庵，年五十有九。周公經紀其喪，賻遺甚厚，并刻其晉略以傳世。君所著有説文字系四卷、韻原一卷、介存齋詩六卷、味雋齋詞一卷、史義二卷，而最著者爲晉略云。

論曰：君之爲晉略也，自言一生精力畢萃於斯。舟車傳舍，挈以隨行。增損改竄，未嘗去乎。體例精深，因而實刱，非好學深思、留心當世之務者，烏能讀是書哉？余讀其史論，推見治亂，若身履其間，每覽一篇，未嘗不欷歔流涕。君少有命世之志，既不得意，乃著書以自見，雖

述舊文，直同作者。以是爲周君之書云爾。豈王隱臧榮緒之書所可同論乎。（清丁晏頤志齋文鈔民國四年羅氏鉛印雪堂叢刻本）

周止庵廣文

丁晏

名濟，字保緒，宜興人。嘉慶己丑進士，淮安府教授。好學深思，朱墨丹鉛不去手。校讎温公通鑑，至爲精審；分畫輿地，爲數十圖，阨塞山川如指諸掌。肆力北宋，畫法筆墨沈著卓然名家，一洗空描枯澁之習。嘗爲余作册頁十二幅，經年乃成。又作著色山水小景，歷八日乃就。止庵有陶詩譜，余病其年月未審，别爲陶譜。即自毁所作，以余譜序而刊之。詩文皆用心精進，雖賁育不過也，刻有介存堂稿、晉略。

周生不羈才，放曠無乃侈。鋭進追古人，精心穿溟涬。晨夕慰輖飢，四載飫聞咫。晉略論猶存，軀鑑今升史。（清周丁晏頤志齋感舊詩民國四年羅氏鉛印雪堂叢刻本）

荆溪周君保緒傳

魏源

君諱濟，字保緒，一字介存，荆溪人。荆溪周氏，皆晉孝侯周處之裔也。君自祖父以上無達者，及君生而敏悟絶人，嘉慶十年舉於鄉，明年成進士。廷對縱言天下事，字數逾格，以三甲歸班，銓選知縣，改就淮安府學教授。

歲餘，淮安府知府王轂丁祭至學宮，禮畢，將就殿門外升輿，君力拒之，轂不懌去，君即日移病去。是秋，淮安府山陽縣知縣王伸漢冒賑事發，王轂大辟，所屬吏及委員皆詿誤，惟君先幾得免。

君少與同郡李君兆洛、張君琦、涇縣包君世臣以經世學相切劘；兼習兵家言，習擊刺騎射；至是益交江淮豪士，互較所長，盡通其術，并詳訓練營陣之制。

時海賊蔡牽出没江、浙，寶山知縣田鈞延君往商海防，因客寶山數載。癸酉春，田君丁母憂，而河南、山東教匪叛，田君鉅野人，以母喪在家未葬，鄰曹縣賊境，身牽官累弗克歸，日夜憂泣。君慨然請代行，約四川武舉任子田同往。七晝夜馳二千里至鉅野，知田君家無恙，乃往來曹、濟間行視郡邑戰守之術。途遇曹州賊數百人突至，君與任子田下車，各持一鎗，仆其前二人，創其黨數十人，衆悉遁去。山東鹽運使劉清剿賊有名，與君語甚契，欲留君幕下，君以事平謝歸，作山東新樂府數十章，以代詩史。

回至吴門，則田君尚虧官帑四千餘兩，檄追甚急。君乃請以己廬十餘間及田五十畝稟官代抵，事始釋。

嘗過京口，丹徒令屠君倬，患居民訟洲田莫得其實，久不決。君曰：「明日可具鞍馬夫役，爲君行視之。」晨起至洲，先丈量一處，計其步數，乃令役前行，凡若干步即止，馬至止所，又令一役前行。自晨至日晡，縱横環遶皆如之，凡八十餘里。還至署，令吏取所記，用開方法各乘除之，謂屠君曰：「此特以測遠法用之方田耳。」諸幕友如言覆核之，盡得其實，遂申報定案。其學有實用如是。

自山左歸，寓揚州。兩江總督、大學士孫公聞其名，過揚州，邀見舟中，縱談兵事，曰：「君，將才也，承平無所試，可姑試諸兩淮私梟乎？」君笑曰：「諾。」孫公令淮北各營伍及州縣聽君號令。時淮北梟徒千百爲群，器械精鋭。君則招諸豪士數十輩，兼募巡卒，教以擊刺。月餘，皆可用。偵擊其大隊於安東，屢敗禽之，淮北斂迹。然君遂謝事，曰：「鹺務不治其本而徒緝私，私不可勝緝也。」

淮南諸商争延重君，遂措貲數萬金托君辦鹺淮北。君則以其貲購妖姬，養豪客劍士，過酒樓，酣歌恒舞，裙屐雜沓。間填小樂府，倚聲度曲，悲歌慷慨。醉持丈八矛，揮霍如飛，滿堂風雨；醒則磨墨數斗，狂草淋漓；或放筆爲數丈山水，雲垂海立，見者毛髮豎：人皆莫測君何許人。嘗言：「願得十萬金，當置義倉、義學，贍諸族姻，并置書數萬卷，招東南士友之不得志者，分治經史，各盡所長，不令旅食干謁廢學。」所志皆恢闊難就。

一日，翻然悔曰：「吾數年一念所誤乃至此！」盡散其貲，謝其黨，因自號止安，作五言詩自訟，訟其兵農雜進負初心，遂去揚州，寓金陵之春水園。時道光八年也，年四十七。盡屏豪蕩技藝，復理故業。先成説文字系四卷、韻原四卷，輯平日古今體詩二卷、詞二卷、雜文二卷。最後乃成晉略十册，則以寓平生經世之學，借史事發揮之。遐識渺慮，非徒考訂，筆力過人。

深坐斗室，前此豪士過門，概謝不見，前後如兩人。然食貧日甚，遂復就淮安府學教授。適漕運總督周公天爵駐節淮安，亦好講武，相得歡甚。及擢兩湖總督，强同往，許爲盡刊所著書。遂以七月三日卒武昌，年五十有九。周制府使人歸其喪，葬於荆溪。君無子，嗣其兄弟子二人，皆不能讀書。晚年，妾蘇氏有遺腹子云。

魏源曰：予晚晤君金陵、淮安，沖夷如也，無復少壯時態。然以君所禀受，苟見諸用，庶幾周孝侯、盧忠烈之風。即使中年專力學問，不耗於詭奇，所就亦不當止是。君没次年，海氛訌熾，朝廷詔求奇才之士欲如君者，海内不可復得。天之生材不易，生之而得盡其用又十不一二，亦獨何哉！（魏源集雜篇 中華書局二〇〇九年版）

書周進士濟

徐士芬

余門人袁生翼佐余校士嶺南，嘗述其師周進士事甚奇。

進士名濟，江南宜興人。年十八，領甲子鄉薦，次年聯捷，以知縣用。父兄以其性卞急，懼僨事，爲請改教職，銓淮安教授。促之到官，然非其志也。

郡守王轂簠簋不飭，濟揭諸大府，獄不得直，罷職。歸，主講婁東書院，其教士善誘不倦，士樂就之。然非其志也。

時淮楚間鹽梟横甚，有司治之無策。濟詣制府孫相國獻計，從其言，畀以偵緝之任。濟素善拳勇，工擊刺，梟不敢近，往往棄鹽而逃。以所獲鹽隨地鬻之，前後集金無算。會所親守襄陽，請以所集金召募農人，開墾襄陽曠土若干頃，守不聽。而前所逃諸梟，結聚楚北，伺其出，將殺之，乃間道歸。治宅廣陵，甚壯麗，珍物、美人皆具。居無何，棄之去。蓋亦非其志也。

尋又主講山左曹州，與總戎飲於郡署。總戎素以驍勇稱，酒酣，語多自負，濟曰：「公勇甚，盍試之？」總戎正技癢，鼓氣作勢，奮擊濟。濟一揮，應手而仆，負傷憊甚。慚且恚，踉蹌而歸。郡守惡其失師儒體，辭之。復歸維揚，日以醇酒婦人自廢。噫！此豈其意歟！袁生述其軀體偉岸，手大如箕，不類書生者。嗚呼！可以想濟之志矣。（清徐士芬漱芳閣集卷五）

本傳

沈銘石

先生姓周氏，名濟，字保緒，號未齋，晚號止安，荆溪之畫溪里人。父仁，多學，有孝行。夢顛僧驅虎入室，而先生生，故以「濟」名。幼奇慧，九歲能屬文，稍長卓犖自命。好讀史，尤好觀古將帥兵略。暇則兼習騎射擊刺，藝精絶，隱然負用世志。年二十四，魁鄉書。明年，成進士，以對策言直，置丙科，出爲淮安教授。慨然曰：「此天將以玉成吾才也。」益發憤求有用之學，爲深博無涯涘。於經史外，凡韜鈐、營陣、圖法，罔弗指次鑿鑿。無何，引疾去。曆之齊魯晋楚，遇山川形勝、關隘阻阨處，必窮究其要領，不徒作汗漫游，而更隱求當世豪傑士以相切劘。於是交游中稍稍知先生有偉略矣。鉅野田君仲衡鈞，以才武交者也。仲衡令寶山，有母喪，值豫匪梗道，不得返，泣爲先生言。先生惻然曰：「友母如吾母。請代子行。」仲衡爲具徒從。先生曰：「道遠人衆，滋累耳。無庸。」單騎遂往，道出曹州，猝遇賊黨數百人，先生鎗僕前隊一二人，被創者又十餘人，賊驚遁，卒至鉅野視田太君喪，無恙而返，并察近縣諸利害，得問爲當事言之，於是方面重臣亦有知先生非文弱士者。濟南寄園孫公持節兩江，以淮南北鹽梟充斥，聘先生任緝私事，令所在營弁得聽指揮，先生以兵法部勒，擒擊防撫畢當。一日，與梟衆相持。梟自後將發巨礮，先生怒馬抽矢射之，中其巨指，礮不得發。乘勢擊之，獲百十人。會有尼於制府者，事寢不行，先生遂去。而知兵之名，益震大江南北間。後僑寓白門春水園，與契友涇邑包慎伯世臣砥礪實學，互相警發。包公深悉水利，先生洞曉兵機。當是時，數吴中士有裨益世用者，必首及兩人。而先生一腔藴藉磅礴無寄，乃賅括薈萃，著爲晋略一書，體例精深，褒譏英特。其諸論贊中，於攻取、防守、地勢，必反覆曲折，確有指歸，俾覽者得所依據。自言此書爲一生精力所聚，實亦一生志略所寓也，不得施諸世，因以托之言，豈徒與王隱、臧榮緒輩較其得失短長已哉？晚復秉鐸淮安，磨礲英氣，更慥慥爲篤行儒。教育之餘，採地之孝貞節烈者盈千人，牒諸大府，旌其閭。㢘樂久廢，先生遴童子之秀者，教以舞蹈、搏擊。丁酉釋奠，觀禮者盈千人，一時稱爲盛事。漕帥周文忠公梧村移督兩湖，邀先生行。先生猶冀有奮，去官從之。抵夏口，遇疾卒，年五十有九。周公厚紀其喪，并刊其所譔晋略焉。

論曰：先生書宗六朝，畫宗北宋。其他詩古文詞及韻原字系諸書，合二百余萬言，而傳弗詳載者，恐掩其大也。嗟乎！天之生才，不數生才矣。使成爲有用之才，尤不數。抱負如先生，沈没山林則已耳；亦既策名天府，見知於一二大臣，卒不使爲國干城，展盡生平底藴，而僅僅以柔翰功名終，亦獨何哉？亦獨何哉？（徐世昌等清儒學案卷一百三十六安吳學案安吳交游周先生濟）

周先生濟

周濟字保緒，一字介存，號未齋，晚號止庵。荆溪人。幼奇慧，九歲能屬文。稍長，卓犖自負，好讀史，尤好觀古將帥兵略，暇則兼習騎射擊刺，藝絶精。嘉慶乙丑成進士，歸班知縣，改就淮安府學教授。歲餘，移病去。丹徒知縣屠倬患居民訟洲田，不得其實，先生親爲丈量。還至署，令東取所記，用開方法乘除之。謂屠曰：「此特以測遠法用之方田耳。」幕友如言覈之，盡得其實，案乃定。江督孫玉庭以兩淮鹽梟充斥，禮聘屬以緝私事，令所在營弁得聽指揮，以兵法部勒，擒擊防撫畢當。淮北斂迹，遂謝事曰：「鹺務不治其本，而徒緝私，私不可勝緝也。」

因發憤與慎伯訂交，時吴中士有裨世用者，推二人。嘗與慎伯問難竟日，歸取其舊稿悉焚之。因發憤撰述，先成説文字系、韻原、介存齋詩、味雋齋詞、史義各若干卷。最後乃成晋略六十六卷，體例精深，識議英特，諸論贊中於攻取、防守、地勢，必反覆曲折，俾覽者得所依據。蓋以寓平生經世之學，借史事發之，遐識渺慮，非徒考訂而已。晚復任淮安教授，采其地之孝貞節烈者千有餘人，牒諸大府，旌其閭。庠中樂久廢，遴童子之秀者，教以舞蹈詠歌。及釋奠，觀禮者逾千人，一時稱爲盛事。漕督周天爵移督湖廣，邀同行，抵夏口，卒，年五十九。（清繆荃孫編續碑傳集卷七十七文學二周濟周止庵先生傳）

周濟傳

周濟，字保緒，江蘇荆溪人。九歲能屬文，稍長深沉有遠志。與同郡李兆洛、張琦以經世學相切劘。好讀史，尤好觀古將帥兵略，暇則兼習騎射擊刺，藝絶精。嘉慶十年成進士，或迎謂之曰：「子必得大魁，對策語幸無過激。」濟曰：「此乃士人進身之始，敢欺君乎？」廷對，縱言天下事，字數逾格，以三甲歸班，選知縣，改就淮安府學教授。時淮安府知府王轂丁祭至學宫，禮畢，將就殿門外升輿，濟力拒之，轂不懌去。濟遂引疾歸。是秋，山陽縣知縣王伸漢冒賑事發，轂與所屬吏皆得罪，濟以先去獨免。已而授經吴門，寶山縣知縣鉅野田仲衡聞濟名，延爲子師，與縱論天下事，互以才武相推許，相得甚歡。仲衡虧官帑四千餘兩，母喪不得歸，檄追甚急。濟自鬻田宅抵之，事始釋。丹徒知縣屠倬患居民訟洲田，不得其實，濟親爲丈量，還至署，令束取所記，用開方法乘除之，謂倬曰：「此特以測遠法，用之方田耳。」幕友如言覈之，盡得其實，案乃定。兩江總督孫玉庭以淮南北鹽梟充斥，聘濟囑以緝私事，令所在營弁得聽指揮。濟以兵法部勒，擒擊防撫畢當。一日，與梟衆相持，梟自後將發巨礮，濟怒，抽矢射之，中其巨指，礮不得發，獲百十人。濟曰：「鹺務不治其本，而徒緝私，不可勝緝也。」遂謝去，與涇縣包世臣訂交。

時吴中士有裨世用者，推世臣及濟。濟蘊蓄既深，鬱不得展。一日，翻然悔，盡屏豪蕩技藝，復理故業，豪士過門，概謝不見，前後如兩人。與包世臣問難竟日，歸取其舊稿悉焚之，持灰燼示世臣，請盡言。因發憤撰述，先成説文字系四卷、韻原四卷、古今體詩二卷、詞二卷、雜文二卷，最後乃成晉略八十卷，體例精深，識議英特，諸論贊中，於攻取防守地勢，必反覆曲折，俾覽者得所依據。蓋以寓平生經世之學，借史事發之，遐識渺慮，非徒考訂而已也。晚復任淮安教授，湔除豪氣，更慥慥爲篤行儒，采其地之孝貞節烈者盈千人，牒諸大府旌其閭。庠中樂久廢，濟遴童子之秀者，教以舞蹈咏歌及釋奠，觀禮者盈千人，一時稱爲盛事。漕運總督周天爵移督湖廣，邀濟偕行，濟猶冀有所遇，去官從之，抵夏口疾，卒，年五十九。（清史列傳卷七十二文苑傳三）

周濟傳

周濟，字保緒，荆溪人。好讀史，喜觀古將帥兵略，騎射擊刺藝絶精。嘉慶十年進士。或謂之曰：「對策語幸無過激。」濟曰：「始進，敢欺君乎！」及廷對，縱言天下事，字逾恒格。以三甲歸班選知縣，改就淮安府學教授。上丁釋奠，禮畢，知府王轂就殿門外升輿，濟趨前阻之，知府不懌去，濟遂引疾歸。是秋冒賑事發，自轂以下吏皆得罪，濟以先去免。淮南北鹽梟充斥，總督孫玉庭知濟能，以防撫事屬之。濟集營弁，勒以兵法，奸民皆斂迹。已而嘆曰：「鹽務不理其本，徒緝私，私不可勝緝也。」因謝去。濟與李兆洛、張琦、包世臣訂交。當是時，數吴中士有裨世用者，必首及世臣、濟兩人。

濟雖以才自喜，一日盡屏豪習，閉門撰述，成晋略八十卷，例精辭潔，於攻取防守地勢多發明論贊中，非徒考訂已也。晚復任淮安教授，遴秀童教以樂舞，禮成，觀者盈千。周天爵移督湖廣，邀濟偕行。道卒，年五十九。（清史稿列傳三）

周濟傳

周濟字保緒，號介存。年甫逾冠，不樂爲冷官，不數載移疾去。性任俠，好施與，轉徙江湖間，陰求天下奇士。既僑居金陵，得江氏致園，易名春水園，自號止脅。五十復起，病。官淮上，莅任四載，折節爲儒者，興雅樂，舉節孝。復應兩湖節制周天爵聘，轉客漢皋，不三月暴疾没。濟天才奇特，好學深思，校讎温公通鑑極精，分畫輿地爲數十圖，阨塞山川如指諸掌。尤熟典午事迹，成晋略六十六篇，可謂不朽盛業。書畫詩詞皆入昔賢之室。少有命世之志，禁不得用，乃著書以自見云。（清邱沅修、清段朝端纂宣統續纂山陽縣志民國十年刻本卷五）

周濟傳

周濟字保緒，一字介存。幼精敏，九歲能屬文，稍長深沈，有遠志，勇力過人。讀書期致實用，好談文武大略。年二十五，成進士，官淮安府學教授。尋以疾罷。已而授經吴門。時寶山令鉅野田仲衡聞濟名，延爲子師，與縱論天下事，相得甚歡。及仲衡以母憂歸，濟遂家居，益讀書著述習射以自娱。丹徒富商包振若好結納當世奇傑士，首致濟，館之揚州，尊禮之甚至。揚州，淮南北往來之衝，士大夫過揚州，其才者無不願交於濟，濟亦樂與諸才士一吐其胷中之奇。當此之時，濟名聞天下。濟才故高，議論博辯英偉，小廉曲謹之儒見之，自避去。既又僑居金陵，閉户著書。復官淮安教授，漕帥周公天爵與語時事，大奇之。周公督兩湖，招往湖北，得疾卒，年五十九歲。

濟於諸雜藝無不長，其持論好獨出己見，嘗以爲史記叙事勝左傳，於詩亦稱陶杜。然痛詆謝康樂，而以近人顧炎武之詩謂爲少陵後一人。書學王大令，畫以北宋爲宗，意主不同於俗，俗人莫測其所從來，亦未敢遽輕之也。著有晉略八十卷，史義四卷，味雋軒文四卷，詩五卷，詞二卷，并刻行世。

濟少時從學於吴聞，聞字時敏，諸生，學長於史，常喜摘録諸正史、别史中處事之可爲師法者以教弟子，有管中見八卷，濟爲序之。聞之友曰曹嘉字禄申亦諸生，嘗至聞書塾中，見濟垂髫時所屬文，即驚異之曰：「奇童子也。」嘉性喜蒐輯邑先輩詩文遺集借鈔訂正，嘗刻女士倪瑞璿詩稿，欲將手鈔諸先輩遺詩文擇其尤善者刻之，未就而卒。（清顧名、龔潤森修，清吴德旋纂重刊續纂宜荆縣志道光二十年刻本卷七之三荆溪人物志文苑）

雜傳數則

佛家輪回之説頗有證引鑿鑿者。羅兩峰我信録載前身、後身兩則，匯列甚多。余翻覽所及，亦得數事。……周保緒生時，父仁夢顛僧驅虎入室，因名曰濟，是前身爲濟顛也。（清何聖生檐醉雜記卷三）

周濟字保緒，號介存，一號石民，亦號春水，又號未齋，晚年僑居江寧，號止庵，自署白門逋客。荆溪人。嘉慶十年進士，官淮安府教授，丁晏撰傳云與包君世臣共學書，肆力北碑，窮日夜臨摹，至髀病不少倦。窺其用筆，换骨易筋。嘗病大王姿媚，唐主好之，沿爲習尚，而古意寖微；近世書，惟鄧完白山人篆隸精妙，陵轢古今書家，絶而復續。與包君論書之秘曰峻曰澀曰中實，其書變化騰擲自成一家。（清李放皇清書史卷二十一）

周濟字保緒，一字介存，荆溪人，嘉慶九年舉於鄉，十年成進士。例銓知縣，改就淮安府學教授。歲餘移病去官。道光二十年七月客武昌卒，年五十有九。生而敏悟絶人，少與同郡李鳳臺兆洛、張館陶琦、涇縣包新喻世臣以經世學相切劘，兼習兵家言，習擊刺騎射，以豪俠名。四十後悔之，因自號止安，復理故業，先成説文字系四卷，韻原四卷，輯平日詩詞雜文各二卷，最後乃成晉略十册，以寓平生經世之學，借史事發揮之。且於地志，下考其沿革，悉以今測之，赤道經緯度分詳注之，遐識渺慮，非徒考訂也。頗精於步算，而不著爲書。嘗過京口，仁和屠太守倬方爲丹徒令，患居民訟洲田，莫得其實，久不決，教授曰：明日可具窜馬夫役，爲君行視之。晨起至洲，先丈量一處，計其步數，乃令役前行凡若干步，即止馬。至止所，又令一役前行。自晨至日晡，縱横環繞，皆如之，凡八十餘里。還至署，令吏取所記，用開方法各乘除之，謂屠君曰：此特以測遠法，用之方田耳。諸幕友如言覆覈之，盡得其實，遂申報定案。其學有實用如是。（清魏源古微堂外集）

論曰：周教授之用算也，蓋神明乎句股和較之術矣。先丈計步者，所以立一爲率也；役行馬止者，所以知對角之垂綫也；縱横環繞如之者，所以遍度其邊也。於是可不煩儀矩，而邊綫悉得矣；邊綫既得，乃綜錯所記，而如法入之，面羃實積將焉遁哉？夫九數之學，貴明體而達用，然後可見諸施行而無所閡。教授小試其端，而易視其爲法，方田言。若謂夫人而能之耳，抑思道古測望之篇，敬齋演段之草，苟深通而熟悉之，有資乎兵農者，其利甚廣，而其效且大。今欲得如教授之才，海内誠不多覯。有之而遂得盡其用，又什弗二三焉。亦獨何歟！（清諸可寶疇人傳三編光緒十四年江陰南菁書院刻南菁書院叢書本卷二周濟）

荆谿周保緒教授濟，嘉慶乙丑進士，爲淮安府教授。少工詞章，與張翰風、李申耆善。又習易筋經、卷簾諸術，拳勇技擊一時無兩。初客寶山縣署，縣令鉅野田鈞敬禮之爲上客。田丁憂，以交代未清，羈蘇州，時李文成之亂連及山東，田念母柩未葬，慮燬於賊，北望號泣。周慨然，與武舉任子田往視，兩人單馬持矛出入賊藪，凡刺殺百數十人，葬田母畢，復并騎反，歷十八日以報田，田泣拜之。

官淮安日，與漕督周文忠公天爵、知府周聽松燾并以勇力聞，號「淮有三洲」，以「洲」之音同於「周」也。城守營參將某以勦川、陝教匪立功，自矜武力，周曰：「姑至廠署一較，何如？」翌日往，共睹躍大成殿，周十上十下，如飛鳥濯翼，超過檐際，某僅得其六，微側，遽墮，折其右足，醫數月，卒跛而行。

山陽有豪胥，士紳多折輩行與交，見周，唱喏而已。一日，周散步署前，胥適過，呼之來，以所吸烟筒銅斗遍擊其首，叱曰：「速去。」胥至家，首暴痛，腫幾如斗，呼謈求死。胥妻子知胥罪，泣跪階下求救，命舁至，又以銅斗微擊數周，痛立時止。

兩江總督孫寄圃制軍重其才，屬統江淮緝私之任，資以厚糈。乃招置奇材劍客，闢園亭於揚州，日夕訓練，先後捕獲梟匪數輩報孫，凡累致數萬金。當其盛時，妖姬曼舞，迭侍左右，醉則使矛如風，或縱筆爲巨幅山水，一時盡十數紙，下款署「介存」。久而厭之，散遣壯士，斥財立盡，一意閉關著書，遂成晋略。周文忠督鄂日，猶招其一往，未幾卒。（清稗類鈔技勇類周保緒習易筋經、卷簾術）

荆谿周濟字保緒，所著晋略六十六篇，大體不失爲精當。其風骨尤有不可及者。嘉慶戊辰成進士。在都有盛名。時大庾戴文端公衢亨方筦樞密，時贊美之。周不往謁。一日猝相遇，備述傾慕之意，語之曰：「子必得大魁，廷試對策，幸無過激。」周對曰：「此乃士子進身之始，敢欺君乎？」文端失色曰：「謹受教。」遂不得上第，以知縣歸班改教。後數年，選淮安府學教授，與知府論事不合，投劾歸。游四方。既而客漢上，旋依曲阿周制軍天爵以老。制軍爲刊其晋略以行世。（清稗類鈔謙謹類保緒不謁戴文端）

紅娥者，荆溪周濟妾也。濟字保緒，嘉慶朝人。善古文詞，與張皋文齊名。又嫻技擊，辟易百人。性任俠，好作不平鳴，往來齊、魯間，殺盜以百計，盜憾焉。一日，道出山東，遇劇盜二，陰躡其後，將甘心於濟，濟不知也。夜宿逆旅，月光斜射入室，明見纖屑。方滅燈欲寐，户驟闢，有二盜躍入室，猛撲濟榻，疾若風。濟驚起，覺二盜藝出己上，且倉卒無刃，勢不敵，皇遽間，一女子自窗外飛入，徑奔二盜。時盜刃將及濟，間不容髮，突覺有人襲其後，大驚，急還刃，返身迎鬥。女舞雙劍敵二盜，夭矯若長虹。刀光閃倏中，一盜喪其元，立仆，其一知不敵，欲奪門遁，女揮劍擊之，亦斃。乃從容拭劍入鞘，顧謂濟曰：「倉卒不及豫告，致鼠輩驚君子矣。妾紅娥，逆旅主人女也。方君入室時，妾見二盜尾君後，徘徊門外，此故劇盜，夙諗之。察其意，似將不利於君。君儀表不凡，非横死盜手者，故來救也。」方女鬥時，濟錯愕，惟袖手觀。見女藝遠勝己，大驚異，至是，女與語，始恍然覺。月光中注視女，則窄袖蠻靴，儀態萬方，一十七八麗人也。因急揖，謝相援德。女又曰：「雖然，妾以一念不忍，夜入君室，非禮孰甚，人其謂我何？事已至此，不可别字，請從君。」濟謝曰：「卿言良是，顧僕有室矣，奈何？」女毅然曰：「無傷，妾我亦可。」濟大感，許之，女遂去。翌日，見女母，解佩爲贄。及娶之，偕返，濟妻素悍妒，見夫挾美妾歸，大怒，旦夕詬誶，待女尤酷，日鞭撻之。然女性和順，未嘗有怨言。或諷以略顯技勇藉警妒婦，女正色曰：「惡是何言！庶之事嫡，禮固宜是。雖受譴責，顧皆有以自取，何與夫人事而仇之耶？」（清稗類鈔技勇類紅娥舞雙）

乾、嘉之際，作詞者約分浙西、常州二派。浙西派始於厲鶚，常州派始於武進張惠言。鶚詞宗彝尊，而數用新事，世多未見，故重其富。後生效之，每以捃摭爲工，後遂浸淫而及於大江南北。然鈔撮堆砌，音節頓挫之妙未免蕩然。惠言乃起而振之，與其弟琦選唐宋詞四十四家百六十首爲詞選一書。闡意内言外之旨，推文微事著之原，比傅景物，張皇幽渺，約千編爲一簡，蹙萬里於徑寸，誠爲樂府之揭櫫，詞林之津逮。故所撰作，亦觸類修鬯，悉臻正軌。其友人惲敬、錢寄重、丁履恒、陸繼輅、左輔、李兆洛、黄景仁、鄭善長輩，亦皆不愧一時作家。其學於惠言而有得者，則歙縣金應城、金式玉也。其以惠言之甥而傳其學者，則武進董士錫也。荆溪周濟友於士錫，嘗謂詞非寄托不入，專寄托不出。其所立論，實足推明張氏之説而廣大之。所著味雋齋詞及止齋詞，堪與惠言之茗柯詞把臂入林。蓋自濟而後，常州詞派之基礎益以鞏固。潘德輿雖著論非之，莫能相掩也。

後七家者，張惠言、周濟、龔自珍、項鴻祚、許宗衡、蔣春霖、蔣敦復也。惠言，字皋文；濟，字保緒，號止菴；自珍，字定庵；鴻祚，字蓮生；宗衡，字海秋；春霖，字鹿潭；敦復，字劍人。七家中，蓮生、海秋、鹿潭之作，大都幽艷哀斷。而鹿潭尤婉約深至，流别甚正，家數頗大，人推爲倚聲家老杜。合以張琦、姚燮、王拯三家，是爲後十家，世多稱之。（清稗類鈔文學類詞學名家之類聚）

荆溪周止庵進士教授吾郡，詩、古文辭迥異恒蹊，而世鮮知者。書法直逼晋人，既見涇人包丈慎伯字，嘆曰：「同能不如獨勝！」去而學畫，亦臻絶詣。又以餘力習武事技擊，絶工。嘗販鹽，出入私梟間，動輒争鬭，莫能敵也。會南中不靖，漕帥周公静脩招集壯勇，日加訓練，拳擊刀槊之法、戰陣坐作之圖，俾止翁教之。署中掘坎數尺，率諸壯者躍而上下，半月後，以次遞加，至丈八而止。由是便利者縱横跳盪，升屋如飛，時人以爲善。遂請設局勸捐，脩城池爲保薦計，而不知夷人火器之利。善戰者不恃陣，善守者更不庄戎也。（清黄鈞宰金壺七墨同治十二年刻本卷三周止庵）

駢枝贅憶一卷，符葆森撰，寄鷗館手稿稿本。葆森字南樵，江都人，師事姚瑩、周濟，工于韻語，長於詩詞，謳吟之餘，撰爲是編。

時當道光、咸豐之時，太平軍興之後，清廷諸政廢弛，因循苟安，著者記述其朝野見聞，揚州鹽商奢侈之情與當時官僚縉紳夤緣奔競忝顔無耻之狀，而尤于其師桐城姚石甫之參穆彰阿及周止安之一事，言之特詳，足裨藝林談史之資。（謝國楨江浙訪書記駢枝贅憶一卷上海書店出版社二〇〇四年版）

五、酬贈

沈欽韓

送周保緒之淮安教授序

節驚白藏，人違素心。蘿碧一山，霞綺千里。吾友保緒之官淮安，縹醪不御，朱弦無聲，蛩如雨急，雲若蓋摶。松篁拂逕，娟沖魄以孤清；蒹葭被水，颯商飈而獨遠。鷺立亭秋，梟衝波晚。支頤隱几，子綦乃喪其偶；展簟掩閨，張敏猶迷於夢。嘅中違於結佩，舒積愫於轢車。原夫教授之官，立於汴宋，始版除於慶曆，繼堂選於熙寧，良以昧昧鯫生，顓顓桐子，教於蒙養，乃可要之老成；授於觀容，乃可試之釋褐。往古遺規，略可覼縷：自州長、黨正、道藝、考庠、上老、少師、節義、明塾、俊秀，無分乎士農官吏，即爲之師長。漢世以來，儒吏異方，政教乖分，雖文翁開閤傳教，每進經生；何武垂帷行部，先觀雅拜：僅右文之美事，非治劇之要言。於時，卒史則郡置五經，從事則州稱五業，亭長無鷹鸇之志，嗇夫有康樂之書，然師儒專職文學一掾而已。魏晋以降，玄風既熾，門蔭方滋，秀才以軍興而廢，胄學以國恤而停，郡崇、州望皆江左之虚名，博士、助教亦索頭之曠典。盧辨巍立於伯朝，劉炫難争於隨代。唐則校官之事共參長史，方州之内遍置經師，率皆溝猶之瞀儒，庵婪之鄙士，欲望丹青之染、蘭芷之漸，不幾如援戈舂黍、擿埴索塗乎？宋元以來，乃參碩望，及其弊也，家所習者詩禮之空言，國所求者名法之碎事，一登仕版，學術皆非，苟歷顯途，華實并喪，至張要津於七篇之藝，而學校等綿蕝之營矣。專充廷於三年之試，而師儒儼玄默之尸矣。苟非鶩痾，肯作枝官？上之設是職也，僅優爲末路，而莫重其選士之箸，其録者亦視若曠僚，而莫親其教。盯聹班削之間，剸鬗堂皇之下，嗜利及於錐刀，問字惑於銀鎖，所以塵生横舍，草鞠精廬，此又近代之佚文也。或者謂君慧箬青睛，相明黑子。思行年少，已講一經；少孺文疾，即成百賦；尹翁歸文武之材，劉叔林珪璋之質。既射甲科，備四行，自宜含香瑣闥，抱蜀雲臺，錢標景伯，杜識田郎，號殿中無雙，試尚書第一，即宰百里，專一城，馴中牟之雉，長單父之魚，饒爲之也。乃自枉長材，遽占便地。唐世衣冠，一氈擁坐，恥爲州學；漢廷拜起，譙及議曹。豈知君子宅心，只任窳隆之道，無分冷熱之官。荒傖革其千卷署門。詔鼓篋之諸生，拓橫經之外舍。推講學祭酒，他郡遵其規；號儒林丈人，陋。孝弟忠信明，則不以科名爲弋獲；兵農禮樂備，庶不以帖括爲專家。俾得澆風漸返，化雨方滋，孰非從政之本懷、出身之無忝哉？又況鄧仲華以書生仕郡，豈必徹侯；雋不疑以文學入官，安知上輔？借朝暮之齏鹽，勵肺肝之冰雪。齋厨羊瘦，講堂雀來。列鈎楹而有造，宰兩社而皆宜。此固造物之老其才而玉于成也。去矣周生！江介風高，淮南木落。載酒陳琳之宅，投竿韓信之臺。笏拄小山，雁雲如墨；盎鳴老壩，鯨浪若雷。屋角之蒿，乃大於樹；秋原之稼，獨搖其稆。長淮瀰瀰，叢桂團團。想與弟子員游緇林，烹瓠葉，投壺行馬，聞弦觀風，立月旦之評，設五經而拜，褒衣大袑，雍容進退其間也。（沈欽韓幼學堂詩文稿嘉慶十八年刻，道光八年增修本文稿卷二）

答周保緒書

得書。針砭頑鄙，循環雒誦，喜悚交并。自棲景家衖，日與田儓爲伍。市次嘲閧，喧豗犽牙。孰有以先哲法言繩墨之而謦欬之者乎？足下資性高朗，勇於改過，近者旨論益復粹然，抑揚高下，甘若自得。嘆吾友學道深造如此！然僕之奉教於君子，及周旋於庸衆人中，自謂如淄澠之分、朱墨之别，非詹詹之智能然也。枯梩不堅於金剛輪，野干不雄於師子王。夫人而辨之，如屠沽兒與足下等，較其厚薄，比其好惡，其相縣絶，豈特百億由旬哉！徒以直諒多聞之友，不過數人，散處四方，宦者、學仕、寄食爲餬，不得數數見。而此庸衆人如蠅如塵，所至成聚，滃萃鎚鑿，日來嫪嬈，既無隱龍遁芝可以匿景藏形，其小小謁食，勢不能絶不相共。若輩方以同志同類援儒入墨，百妄一真，握手指心。僕於此時，寧能噤不發一聲哉？對牛鼓簧，游戲三昧，謿詠萬端，十數年來，所遇大抵如此。倪得倪失，如雲如雨，亦不可悉數矣！然粗可告於友朋者，自處有素，與之作緣分際，了了如清濟之貫濁河，如六祖之食肉邊菜，假如析微塵爲百憶分，不能有一分沾染於我，雖日閲百千人，庸詎有一人在心目中哉？往在都下，有以懷刺、占覗相慫者，僕之杜門自若也。及歸家，又有以雀鼠分肥爲姡者，僕之屏迹自苦也。則其不爲叢棘徽纆也，明矣！

足下所爲，艒艒過慮，不知其渙然而解，如土委地也，熟矣！若塊然獨居，不遨則瘦，南鄰酒伴，相與聊浪，歡然取醉，此固不能免也，人誰不欲與？明師益友，共處一堂，切磋道義，一言一行，皆實事求是，豈顧舍此而就彼哉？既以伏處蓬蒿爲寠人子，不能青芻白飯反扳高賢之駕，又不能負書裹糧千里相從，至孤僨無聊，神識瞪瞢，舌本間强，亦可憫矣。古人言與蕭人游，如行霧中，潛自有潤。僕之不蒙其潤久矣。

足下又謂僕責蕭之道，不擇人而施，此其累，誠然。又復作是思，惟以吾心思才力，耎撰怐瞀，無所異於人。用能區區自立者，皆二十年來交游同志刀礲石錯之益也。而我今日於才智具足者，何有加焉？正當向邪見熾盛之人作威音吼，摧破魔嬈，使方員鉱摫不至偭滅無餘，豈可如啞羊僧爲自了漢，背此二十年來交游同學之思乎？僕則有可慮者，海内之廣，酬應所及，百庸人中，庸有一佳士，又豈無一桀黠有才之小人？此百庸人不過無益於我之動静作息，而此桀黠有才之小人，一旦置身青雲，且遺誤方來，殃及根本。天下滔滔，秀眉穉齒，聚頭促膝，率儒而䮕儈者也。有此桀黠者舍沙吹腥，叫嗥眩幻，如驅臺羊，如簸糠粃，從風而靡矣！一二佳士，猶芳蘭獨秀於𩃬窟糞場中，安能揚其清芬哉？吾道孤立，人才一不振，所當太息者此也。僕之不成浙行，良卿能述其故。家食者一年矣。顑頷何傷，亦緣方寸素定耳；豚犬無般若文字，緣恐不堪負荷。近舉一男，以「慧珠」名之。蝦不生鯉子，虞翻所嘆，亦不無幾微企望也。飲量比減十之一，於客中尤撙節，不能名我酒狂，惟不肯作阿修羅行耳。白駒過隙，如露如電，以此忽忽。思與足下相見，何日過敝廬翦燭深談也。（文稿卷四）

與周保緒書

保緒足下：春夏以來未接音問，念念！欽韓撰注左傳初稿已畢，今却復重勘更録。竊嘆左氏親承夫子之緒論，目睹百二十國之寶書，其於措辭則微婉隱約，或諱而不言，使人深思連類而自得之，蓋慎重之至也。公、穀二家晚出戰國，向壁虚造，乃敢呵斥罵詈，以誣聖經。其優劣本懸絶。啖、趙以來至劉敞、胡安國輩，皆著書孤行，乃復鹵莽滅裂，承公、穀之餘竅，猖狂鼓説，横斥左氏，至以其實録爲不足信，可哀也矣！然爲左氏之疻痏，而得罪於聖經者，無如杜預也。賈、服之注，今已不傳。其精者偏爲杜預攘取，孔疏惟摘其細碎以爲嗤笑。然他經如周禮、儀禮疏中所引服氏，猶可想見向來經師之講習，左氏之面目，未全顛倒變易。杜預乃盡翻家法，移左氏之義以就其邪僻曲戾之説，創長曆以爲牽附移掇之計，造釋例以成其網羅文致之私，疏家及後之爲左氏者，動輒惑於其例，於是左氏之學亡，而杜預儼然專門名家矣。

故經學之亡，亡於唐初撰五經正義，棄河朔之樸學，尚江左之虚浮，殊可浩嘆。後之粗才，以擊鄭學、排左傳爲能事，其習氣則陳祥道、鄭樵等喪心狂易之人開之也。欽韓作是注也，糾駁杜預之謬，發明左氏之奥，掃晦盲否塞而還爲青天白日。世有桓譚，必以爲可傳也。近日閲蘇文忠集，見其答張嘉父問春秋學，云此書自有妙用，學者罕能領會，多求之繩束中，乃近法家者流，惟丘明識其用微見端兆，使學者自得之云云。益喜鄙見之適符，而蘇公當棄古學如弁髦之時，能推見精奥爲學者標準，此所以爲天人也。

足下近日有何所得？詩篇琳琅，想益富然。真知此事之甘苦者，少耳。尊酒論文，何日忘之？吾道益寡，差强人意，隱若敵國者，非足下其誰邪？（文稿卷七）

長句贈周二濟北上，并寄懷毗陵張與權、李兆洛、周儀暐、涇包世臣、靈璧高蟠石諸子

銅官山下一年少，嗜古急若追亡逋。積書五笥恣探討，嫏嬛捋盡癡龍珠。刀礲石錯學精

好，出游翰墨交鴻儒。尋章摘句非素志，發策决科寧異趨？一入風簾然官燭，孤羆據座驚睢盱。得人競夸龍虎榜，侍郎朝服賓興俱。光榮嘖嘖羨鄉國，聲譽鬱鬱馳上都。嗟余弱冠綴文筆，輇才自笑鑽堅瓠。鏤心織辭徒小技，寶山既失淘金麩。生年三十未聞道，聽瑩志梏渾忘吾。包張二人乃不鄙，狂狷一得爲噓枯。險巇抵欺身蹣踵，米鹽瑣屑口囁嚅。聯座捫心偶感激，攤書仰屋常嘻吁。君從二子得稱説，觸熱顧我襌襂濡。鍾山濕雲壓書幌，白門細柳圍酒壚。翦燭悲歌斫地劍，振衣長嘯彎天弧。賢豪聚首不易得，一伸眉宇憐須臾。李生粹然玉界尺，伯恬晉卿清而癯。靈壁高生尤忼爽，縱横智略通陰符。別來低顔向流輩，齷齪肺肝非丈夫。獰飈攪地驚群鳧，孤篷歷亂雲滿湖。此時瑟縮茅檐底，跫然子復臨荒塗。相共聞鷄蹴被起，相從解佩提壺沽。城西沈徐皆好事，酒酣爲我熬淳母。醉墨淋漓志良會，驪歌揮手迷平蕪。看君袞袞黄塵蹋，一第得失與人殊。要知對策上金馬，終勝抱璞藏菰蘆。况逢聖道張天綱，尤企國士恢皇圖。古今參互有良法，先後施設須成模。讀書努力蘄不逮，何至發篋遭胡盧？惜哉包生經駁放，羈留到處如賈胡。張公酸寒飢欲死，登山孰可庚癸呼？望君著鞭語同志，惟駿有靳翔雲衢。我今伏處空矯首，明星歷歷天上榆。幸有數子滯鄉里，考悳問業砭其愚。方名教兒略記憶，菽水奉母稍歡娛。百王陳迹發光怪，菁華斟酌抒奇觚。雲龍追逐相上下，此樂亦足忘歲徂。嗚呼此樂誠難量，一瓢一簞何能無？（沈欽韓幼學堂詩文稿嘉慶十八年刻，道光八年增修本詩稿卷六）

徐大顼、李四兆洛、周二濟俱登第，詩以志喜，并簡黄大成

一紙傳來千佛名，摩挲眼向故人明。魚當燒尾知甘苦，豹若留皮定重輕。幾爲放春悲去景，也從呼旦快先鳴。鐙花細剔澆杯酒，莫聽檐前滴雨聲。吴中首夏苦雨傷麥。題襟往日共圍鐙，齷齪容顔只自憎。一第粗如償折券，千秋還與壯行縢。從知書史窮堪慰，轉使妻孥愧莫憑。老大便爲貢公喜，齒牙勝否啗紅綾？黄來語云，知績學汲古者亦不盡斥於有司。貢公之喜，可知也。（詩稿卷六）

懷人詩十二首并序

客授無憀，頗憶良會。述其蹤迹，綴以小詩，抽毫命辭，如接歡笑。

周郎年少通經史，三爵風流更憶渠。看盡豐臺紅芍藥，挑鐙應艸萬言書。周進士濟。（詩稿卷七）

周進士濟過訪，偕至回真道院，就董上舍士錫寓齋，流連數日，別後却寄

經旬襆被共霜寒，玉骨金心向酒闌。科第於今風漢少，江湖有此俊人難。不塹妻子眠龍具，聊壯書生跨馬鞍。强欲悲歌誰屬和？南山木石自同壇。（詩稿卷七）

過周保緒横塘寓齋不值，用其見贈詩韵留壁

龍公釀霡霂，呵寒一櫂理。隆隆臥酒瓮，推篷即小市。麈尾自懸㮣，烏好屋山止。墻根幾載屐，鋭蒬未洗滓。應笑戴安道，興盡不逢子。緘書玉屑霏，情長托短紙。我窮耑無籍，子憂坐伊始。緯未急治生，敢云劉仲鄙？古人有坊表，薄俗多決圮。萬牛挽梁棟，蟻穴紛竊擬。眉心熨不平，黄土猶憂杞。四輪遞相轉，香海沸未已。頗願荒江濵，一日三洗耳。短李更臨風，謂申耆庶常。素心幾屈指？（詩稿卷七）

立夏後荆谿周進士濟偕徐、吕諸子放櫂過香谿，招余游西山

丘壑携琴往，江湖載酒同。燕低飃葉雨，人倚釣絲風。豆莢疏籬外，松花古寺中。預宜排筆研，佳處理詩筒。

小艇鳧翁逐，桑陰又一村。疏鐘催客飯，幽鳥應僧門。籜解先棋響，花飛上酒痕。三條黄篾束，便擬坐雲根。（詩稿卷七）

七夕集補蘿吟館分韻得流字送周保緒郡博之官淮安

吴山洗露氣，蟬腹引新秋。羅雲低鼉網，眉月平簾鈎。緑蘿眷遐眄，紅葉凝清愁。悲風江

介隔，疏星河渚流。此夕重握手，長年感倚樓。好去攀叢桂，離思隨浮鷗。（詩稿卷七）

七夕後二日同米樓、保緒放舟香谿，欲别不忍，復同宿牧牛禪舍。涼蟾入户，詩思灑然。米樓以人間世分韻，得間字

别思菰蒲外，烟光林樾間。客笻窺竹笑，佛髻引雲還。咽露蛩調韻，侵河月洗顔。糝淘魁芋滑，茶注瘿瓢彎。一榻苔重拂，中年柳怯攀。宵殘猶刻燭，秋轉已如環。白紵抛璇室，黄麞唱玉關。流波深霧閣，芳草謝風鬟。蟢巧心同罥，螗肥骨自孱。青氈打頭屋，紅樹過江山。高浪張鬐怒，平蕪側目閒。補蘿吾自急，跨馬子應嫻。擬檢殘書賣，休辭賸稿删。明朝終判袂，烟水隔前灣。（詩稿卷七）

題保緒夢游圖

毰毸鳳尾拂天風，咏罷霓裳碧落空。重向瑯嬛尋福地，不應猶作守門童。

古梅篩影玉麈飛，萬點蒼山弄夕霏。爲道金梭無處用，翦霞只織五銖衣。

葯華有句繡鮫綃，琴響那羅蹙怒潮。怨殺魚龍盡悲嘯，不知墻角雨鳴蕉。

平原千里淡斜陽，瑶想瓊思付緑章。采得芙蓉誰可贈，踏歌聲斷手搓香。

香水流波落月銜，狂花一尺積書岩。豈宜高惠迷途反，乞我松風到枕函。

樹神彈指出行厨，乞食人間較勝無。蟻穴闕心抛未得，神山且莫逐仙夫。（詩稿卷七）

與保緒、璇衡、志匡諸子别後卧疾有懷

十日平原共飲醇，牽船猶與水仙鄰。鷗波夢遠題襟友，蕉雨窻寒擁絮人。書斂薑牙圍棐几，棋彈巾角坐花裀。追歡郤恨嵐軒晚，白飯青芻未厭貧。（詩稿卷七）

阻風段腰見竿縣髑髏與慎伯、保緒、晉卿聯句

挂席迎秋風，江流咽不下。蕭蕭循荻洲，依依問漁舍。霞起映餘昳，潮迴逐新瀉。方舟一暫紲，野樹指孤跨。寒燐睒星明，權火摇雲罅。長年相人偶，無籍此梗化。鈇膏生安逃，竿首死未貰。陳王詞何傷，蜡氏禁自詫。蛛网儼平楮，鴟室峗并架。投棘稻芒罥，染毛面具假。眉見初覆軾，齒著今仰杷。眼抉凶魄沈，面創鬼箭射。血漉蟻垤穿，髮鬖苔痕亞。嚇腐烏不號，箠枯馬仍駕。虎跳電光搜，蜜腊歆陽炙。窽凹若刳螺，骼蝕如嚼蔗。蜂刺知砭憯，蠅鳴助嘯怕。瓠落豈中浮，椰剖匪承醡。揭書可傳觀，函盛豈汝借。獰飈怒獨旋，血拇腥相迓。抱月柁樓窺，蹴波茭旗砑。影騈露白初，泣對燭跋乍。燗鼎壯士埋，披羽獠婦嫁。誰探赤丸起，致盛革囊罷。撫枕夢詎通，蔽月拜空藉。籠昏柃椵烟，唬亂鵂鶹夜。長顚異伐鰐，剔臍始羨麝。警息犬生毶，歲樂貓迎蜡。奔鰌憶横海，插羽傳距灞。虎穴宜尹賞，鷗舍关黄霸。當戈喉必

春，負嵎首猶帕。鑄鐘已待釁，挂户豈懸價。不吝藁街爵，抑致陳野禡。終期訊馘并，耻用鈎距詐。形天摩腹嘻，狂猘戴頭咤。庶幾裳裹呼，坐見鱗甲卸。盡撤山海防，熙熙樂耕稼。（詩稿卷八）

秋雨懷徐良卿

吴子結團瓢，竹林露滴研。周生投劾歸，狂歌索帬練。一唱望江南，我游亦易倦。去年櫂舟訪良卿于荆溪，其同縣吴處士賣畫自給，所居團蕉僅容茶竈，遶廬植竹不下千株，琴書清寂，依然有隱君子風在。塵土一置思，誠可羡也。周保緒年未及三十，棄官歸，與湖山作主人。余之録録，亦奚爲哉？（詩稿卷九）

題周保緒畫

泉紳石劍插孱顔，肝肺槎牙楮墨間。記得舫樓長嘯處，漢津東指大觀山。

技是屠龍前進士，力如射虎故將軍。題詩我亦傷心甚，茅屋荒江隔暮雲。（詩稿卷十三）

廣陵留别四友詩并序

庚辰歲，計偕北行，將訪徐良卿、周保緒於廣陵。登京口北固山，遇吴仲倫，遂同舟渡江，共至監運庫康君官舍晤良卿，并識高凉黄子修存。修存年甚少，器量甚遠，讀其詩，知性行淳固。慨然志乎著作之林，於交友間審，所以待余者，可槩焉。仲倫、良卿、保緒并陽羨人，三人者所尚不一，然并與余善。今又得修存，蓋朝市中所未易覯也。臨别惘然。宿邵伯埭，賦詩各一章寄之。

吴君良史材，被褐老環堵。著録闡前修，論文嚴家數。陰崖挺松翠，華池輝鷺羽。别緒亂穠春，孤芳若爲吐。徐子晚逃禪，韞德面逾澤。挾纊座常温，飲醇醉更適。天花未散岩，仙杳難遶宅。憐我老無成，亟著繞朝策。

周郎文武姿，冉冉年四十。一劒亦莫當，千絹何所入？翻羡毛錐功，終懷廣厦立。老大勸深杯，商歌易爲泣。

黄生信無雙，廣益師友發。文辭粲雅琴，肝膽高秋月。期我瓊樹枝，相思若把渴。悲風踐長塗，别袂何倉卒。（詩稿卷十三）

歸舟有感示良卿、保緒

兩句愁水又愁風，幾誤闈燈護玉蟲。多謝友朋爲挽轂，可憐歲月易飄蓬。載筐空望斗牛野，磨蝎已銜奴僕宫。一笑翻勝蕭穎士，折除此事不應窮。（詩稿卷十三）

和周保緒、常副將軍折槍歌開平槍于鄱陽湖得之。

將軍發迹牛渚磯，銅頭鐵額摧童麋。手中丈八寒骨白，神州一掃窮朔陲。鞋山合圍戰鼓竭，沔陽漁子氣咆勃。萬人呼號玉蝀光，膽落江神掀貝闕。妖星雨急罌子口，虎魄墮地群狼走。將軍呼酒解裲襠，大羽腰間猶剩否？黑蛇掘斷波心擲，千歲老蛟吞不得。魚蠻罥網半段强，齒齒濤痕湔血色。周郎寓目快作歌，泥沙散蹙三摩挲。淬鏈一朝鍾鼎出，壯士從此挽天河。君不見，秦武衛殿庭肆設雕戈貴，又不見，王彦章廬陵嗟嘆記鐵槍。男兒所遭亦間闊，金錫躍冶誠不祥。周郎武庫艱一試，剛砮逡循土花翠。朅來麟閣自賞詩，拈弄毛錐愈有味。聊看退筆滿墻根，亦似將軍折槍棄。（詩稿卷十三）

湯貽汾

移居周保緒進士園林即贈

病忘久矣嘆衰年，獨憶平園似散仙。赤手能除豺虎暴，白頭猶惹燕鶯憐。林泉許我分清福，詩酒從君了夙緣。不比道南輕結客，長生偏自愧蘇玄。（湯貽汾琴隱園詩集卷二十琴隱集）

哭保緒即自題雙笠孤笠圖

一笠飛上天，一笠老江邊。江流正無已，山色故依然。野鶴知游處，蒼松記别年。笛聲聽不得，深巷鎖寒烟。

幕府悲秋日，江亭望遠時。雁回書不見，君病我安知。空谷牽蘿婢，孤舟脱襁兒。銅官三尺土，未解乞銘辭。

三十六閒鷗，秦淮古渡頭。思君空有夢，老我竟無儔。畫舫紅襟燕，春燈紫綺裘。雲烟消易盡，何地獨埋愁。

少小工游戲，魚鹽復綺羅。畫眉矜落雁，書練值籠鵝。豈有才文武，而終遇坎軻。青氊是何物，豪氣使消磨。

落日盧妃巷，紅樓枕碧湍。鶯花三易主，琴鶴再休官。漢水長流恨，芸編劇嘔肝。定文慙後死，老淚溢毫端。

昔年觴咏地，婦子亦徜徉。月滿聞箏夜，風迴撲棗廊。道南蕪棘枳，硯北語蛩螿。雙笠空千古，回頭幾斷腸。（卷二十四）

保緒寫生宗宋人句勒法，有雀梅一紙，勾已而未設色。周子堅得於廣陵。重故人遺墨，亟付裝池，而使予補成之。

自有千秋業，恒多未竟心。豹皮嗟片紙，駿骨幾知音。悲樂花前夢，東西枝上禽。定文誰慰汝，握管一哀吟。（卷二十五）

按：周濟此仿宋人花鳥之作今存，見於香港蘇富比拍賣有限公司二〇一六年五月拍賣會上。雅昌拍賣網有畫作圖片。上有多人題跋、鈐印。姑録於此：

自有千秋業，恒多未竟心。豹皮嗟片帋，駿骨感知音。悲樂花前夢，東西枝上禽。定文誰慰汝，握管一哀吟。

周保緒教授寫生，宗宋人勾勒法。此紙勾已而未設色，子堅偶睹之於廣陵，重爲故人遺墨，亟付裝池，而使予補成之，以予亦保緒友也。予聞保緒遺稿爲鹽城某生所得，不知其人，視子堅何如，因并題一詩奉正。辛丑二月八日，貽汾并識。

「貽汾私印」

白骨亦可肉，將軍下筆心。二難今始并，雙笠奮知音。君是生春手，我如垂翼禽。杈枒憶標格，梅月擁孤吟。

雨生都督設色竟，并繫以詩，因和其韻，時道光辛丑二月八日也，詒樸題并記。

鈐印：「子堅」

此家保緒仿宋寫生幅也，輪廓成而設色未就，兒子涑得之邗上，藏笥中三年矣。今春始請雨生都督足成之，遂爲兩美。同日子堅又記。

「周詒樸印」「子堅」

吾師幼歲即博通藝事，惟學畫最晚，致力亦最深。然專工山水，其花鳥人物，每與隱山合作者居多。此幅勾勒而未卒業，得歸子堅，遂爲完璧。白骨既肉，而且相與歌咏嗟悼之，文人之所望於同氣者，豈有既哉？辛丑三月，子堅來揚州，出以屬題，敬識數語而歸之。高凉黄樹賓。

保緒先生宏林碩學，資性絶人，每習一藝，藝必窮高極深，思力交至，不作弟二人想。初依安吴法作書，時出新意，後事箸述，稍輟業，自謂莫及。遂并力作畫，一以宋人爲宗。晚年就官淮陰，更不多作，故友朋得者亦少。此幅乃未竟稿本，子堅雅重故人筆迹，極屬雨生都督傅色，裝而藏之，其用情有出於翰墨外者。道光辛丑穀雨後三日，吴廷颺謹題。

「吴廷颺印」「熙載」

保翁著晋略時，嘗以畫酬人寫稿，於是書手所藏誇富於吾輩。昔以此事與保翁戲争，今子堅出示此幀，恍憶笑言在耳，何待山陽聞笛，感觸當年。鄱陽陳方海。

「陳方海印」「伯斿」

保翁早負文武才，司鐸淮上，中歲僑揚、僑金陵，□焉於畫。晚箸晋略，畫始稀，故成者益鮮。雨生都督亦退居金陵，先生之故人也。故子堅倩傅色以成之，□志斯愛。道光廿一年閏月，楊亮謹題。

「臣亮」

止庵嗜畫，攻之至力，積廿餘寒暑，然不能人物、屋宇，每作之，輒爲通局之累。此花樹筆力遒麗，轉側有姿致，而翎毛亦殊穩洽，唯氣稍膩。殆宋耻夫所補，非止庵所作，雨生設色。若樹杪兩朶，雖謂出止庵手可已。子堅藏此，屬題拳拳，故友世臣，尤不忍欺泉下至好也。癸卯正初，包世臣記。

鈐印：「倦翁」

史稿一編落吾手，畫稿枯枝君合有，何處覓此支離叟。

子堅來絜園觀保翁晉略原稿，并出此畫共賞，因題。時道光廿三載孟春，方送子堅淮北之行，魏原。

鈐印：「原」

管同

寶山記游

寶山縣城臨大海，潮汐萬態，稱爲奇觀。而予初至縣時，顧未嘗一出。獨夜臥人静，風濤洶洶，直逼枕簟，魚龍舞嘯，其形聲時入夢寐間，意灑然快也。

夏四月，荆溪周保緒自吴中來。保緒故好奇，與予善。是月既望，遂相攜觀月於海塘。海濤山崩，月影銀碎，寥闊清寒，相對疑非人世境。予大樂之。

不數日，又相携觀日出。至則昏暗，咫尺不辨，第聞濤聲，若風雷之驟至。須臾天明，日乃出。然不遽出也，一綫之光，低昂隱見，久之而後升。楚辭曰：「長太息兮將上。」不至此，烏知其體物之工哉！及其大上，則斑駁激射，大抵與月同，而其光侵眸，可略觀而不可注視焉。

後月五日，保緒復置酒吴淞臺上。午晴風休，遠波若鏡。南望大洋，若有落葉十數，浮泛波間者，不食頃已皆抵臺下，視之，皆莫大舟艫。蘇子瞻記登州之境，今乃信之。於是保緒爲予言京都及海内事，相對慷慨悲歌，至日暮乃反。

寶山者，嘉定分縣，其對岸縣曰崇明。水之出乎兩縣間者，實大海之支流，非即大海也。然對岸東西八十里，其所見已極爲奇觀。由是而迤南，鄉所見落葉浮泛處，乃爲大海，而海與天連，不可復辨矣。（清管同因寄軒文集道光十三年管氏刻本初集卷七）

觀潮圖記

嘉慶戊辰，予客寶山。鉅野田仲衡爲縣令，荆谿周保緒棄官來游，三人者相驩無閒也。一夕大月，保緒邀予共步海上，時夕潮方盛，月光照水，倏明倏滅，如龍鱗億萬，遠視崇明諸山，低昂隱見。而海舟數十，遠者如落葉乘風翔舞波際。予甚樂之，以爲天下奇境，無逾此者，因作寶山記游，文載集中久矣。道光壬午，予家居，而保緒來游，追憶前事，爲繪斯圖。筆勢雄遠，殆不類今人。當予客寶山，時年才二十有九。今予年四十有三，鬚髮犂然大半白。保緒閒數載始一過，而田仲衡者遠官陝西，思之了不可見。

嗟夫！人生世上，能幾何時？彼相好者，何其難聚而易散耶？仲衡名鈞，保緒名濟，介存者其別號也。古人書畫題款，必以名；字者，他人之相稱耳。子瞻、子昂，宋、元人閒自書之，然不足法。今題款曰介存，保緒之失也。（二集卷五）

董士錫

長亭怨慢新竹　和周保緒四首　蘇州作

看籬畔、籜龍初嘯，嫩葉初篁，數枝偏早。拂石侵衣，花間戍削，趁嬌小。青青如此，會比得、苔痕好。柳絮莫飛來，不解隨風顛倒。　難道，新涼端正後，便是一林寒篠。墻頭倚久，第一怕、極天衰草，更休到、翠袖偎時，禁受起、西風殘照。怎祝與他年、容得鳳凰棲老。（清董士錫齊物論齋詞道光二十年江陰暨陽書院刻本）

疏影風竹

深深庭院、又涼飈乍起，飄動簾幔。困絮欺絲，卷水流雲，蕭蕭響到叢箭。篔簹萬個風前舞，怪掠削、翹鬟低見。更憐伊、墻角横削，界破翠陰千片。　回首清明露華，似細雨花外，零亂底事。狂飆略趁，驕陽便已，燕殘鶯懶今朝。修竹依然好看，滿地落英如霰，慰中宵、瘦影孤摇，唯有月明遥伴。（齊物論齋詞）

南浦晴竹

樓角送微凉，霽雲開，滿徑琅玕堆積。莫有舊游人，林深處，映著朝霞須覓。招來嵇、阮，爲君細數平生節。嘆息幽尋深未辨，只剩一從寒碧。　無多華緒當空，籠瑶枝、又見晚烟浮白。勁葉亂敲風，斜陽裏，還共緑葵欹側。葵心自好，多情無奈長天黑。寵柳嬌桃從讓與，日日弄晴南陌。（齊物論齋詞）

高陽臺雨竹

重壓青泥，濕拖紅楯，修篁不隔層陰。記得年時，香塵黦到而今。湘妃夜挽春江水，放如鉛淚雨成霖。要消他，一丈飛沙，净洗烟林。　比鄰十里原頭草，怕凉秋野火，然到空心。有淚難澆，珊瑚碧海無音。斑痕憶殺浪浪雨，不忘他、入骨恩深。更難忘，徑老蹊荒、日炙風侵。（齊物論齋詞）

陸繼輅

仙蝶謡

錢通守丈維喬、李兵備廷敬、祝編修堃、林上舍鎬、孫孝廉原湘、劉孝廉嗣綰、徐孝廉準宜、舒孝廉位、樂孝廉鈞、孫孝廉爾準、莊上舍曾儀、屠主簿湘、改山人琦、徐明經稜、劉秀才珊、周秀才濟、女士席道華、歸佩珊、方外鋕舟、韻香同作。

仙蝶仙蝶好顔色，荔子分紅梅染碧。翩然一片羅浮雲，江南鶯燕羞青春。春光苦短看不足，平遠山房夜燃燭。當筵誰曳畫裙來，却扇神光朗於玉。曼聲一轉花亂飄，春魂如絲隨蕩摇。金爐無烟玉樽冷，羅袖動香吹酒醒。不知可是蝶前身，三匝纖腰助嬌影。君不見，清溪靈蝠餐紅菊，化爲玉女垂雙鬟。又不見，昆侖玄鶴學童子，丹砂在頂遨人間。清宵艶絶師雄夢，華緑曾邀聽三弄。忍俊山靈更不禁，春駒偶解青絲鞚。千疊雲山十丈塵，伶俜空與護芳辰。故山自有雙棲侣，莫向江南作雁賓。（清陸繼輅崇百藥齋集卷四滬瀆集）

滄州道中周二濟同作

翠袖寒如此，桃花艶不銷。傷春秋士淚，乞食玉人簫。漂泊生涯誤，關河客路遥。始憐吴士酒，孤憤未全澆。（卷五歸颿集）

舟入江南，周二濟凄然有惜别之色，詩以慰之

曾聞蜀山好，君日蜀山農。携我入圖畫，秋雲定幾重。懸知香稻熟，况有舊醅濃。預約峰頭月，危崖照短笻。（卷五歸颿集）

再贈周二

誰杳此年少，頹我已半醺。惡喧逃北里，放膽對南薰。同姓周公瑾，三生杜司勳。君喜談兵，亦頗有聲伎之好，故以爲此。傷春復傷别，清淚滿斜曛。（卷五歸颿集）

武城晚泊

日落水波艷，月高雲影凉。捲簾秋有色，説劍酒生芒。謂保緒。客緒此時好，歸塗爾許長。夜寒何太逼，寂寞掩昏黄。（卷五歸颿集）

高郵道中

斜日一帆孤，閒雲淡欲無。城高微露塔，水闊乍通湖。人去憐秋影，謂保緒。天寒念酒徒。謂心庵、鹿耔。休教最圓月，只與照菰蒲。（卷五歸颿集）

周教授自山東寄示近詩書後

不見周郎又五年，却從客裏聽朱弦。此才竟以詩人老，記事聊同野史傳。略繪流民樵鄭俠，直圖宿將上凌烟。卷中序劉都轉請戰績尤詳。草茆共有旁觀淚，一掬何因灑九天。（卷十蕭寺養疴集）

虞美人保緒製海燕記院本，每夕挑燈成一折，輒抗聲而歌。余卧聽之，口占此解。

閑宵不放懨懨醉，夢比秋雲碎。傷心遮莫損朱顔，更不傷心，何計遣長年。　英雄兒女愁難寫，一例抛空罷。無端春影又關情，記得斜陽親聽落花聲。（卷十三清鄰詞）

黄壚續感并序

前作黄壚感舊詩，粗述里中宴集。客游日久，情多地遐，殆難追憶。續成十六首，藉以紓平生師友之慟。

潑天濃翠壓征裘，一闋全將嶽色收。泰安署中有堂，北向，正對泰山。却憶馬纓花下飲，慣看殘月下鐘樓。完顔曙握太守舊宅在鼓樓東街。合歡作花特盛。花下小齋，余及潔士、于丕、申耆、孟慈、曾容、保緒醉眠處也。（續集二）

周保緒書贊并序

黄生承谷好藏保緒書，暇日出以視。余詫爲絶特，亦嘉黄生之能自得師，不可無以輔其志，乃作贊曰：

緊儒生之一萩，紛異説之百端，誠首涂之是謹，諒筆正之有源。昔冉氏之多能，孔聖亦爲之永嘆。既琴乖而劍棄，聊寄興於柔翰。操縱適度，眄睞四周。雄虹雌蜺，左旋右抽。鏘鳴珂於逸足，馴野鶻於勁秋。遠而望之，若蓮苞乍放，迎朝暉而振采；近而�之，若蘭心初展，滋曉露而未收。吾聞：信此者絀彼，徇人者喪我。惟譽憂而毁喜，斯古即而今離，矧斯邕之合體，將姑舍乎繇羲，奚許史之屏障，足惑志而有他願，即小以箴大，慰岐路之滂沱。（續集四）

於役皖江湖舟雜感

周郎濟貽我一卷詩，舟行不聊日諷之。馬中赤兔人中布，追及烏輪氣猶怒。有時大戟化作針，柳絲花朵横羅襟。珠歌翠舞酣長夜，一夢還家苦無暇。有時熱淚接春潮，萬弩排江不能射。恒星墮地水上天，東氿西氿犂爲田，待君歸耕復幾年。

姥山之東一洲峙，上築道院旁無鄰。此間倘復容小住，應少元規塵污人。江南絶境行處有，霍莊木瀆都成負。縱教絹素能久留，向與蓮裳擬木瀆結鄰，船山爲作圖。後保緒又有霍莊買田之約，潔士爲作圖。識取朱顔是誰某。丘壑還須早置身，萬事何堪待衰醜。（三集一）

寒江孤艇，風阻歸程，感舊懷人，離聲間作

我有鄉愁饒萬斛，爲誰銷剩一分餘？半村黄洵修存所居。初訪寓公廬，照眼先驚絶艷書。四壁皆慎伯、保緒書。

殘月斜陽總餉愁，當時金十最悲秋。夜來秋亦留難住，借寒潮作淚流。立冬日，晤金手山於榷署，話舊泫然。

此行準擬見周郎，别恨平添一鬢霜。保緒前數日返荆溪。知子之來雜佩贈，翻然爲賦隴西行。君悼亡後，以房老攝正室。余至，問遺甚謹。（三集八）

李兆洛

示包慎伯世臣、周保緒濟

當年鄒魯盛門徒，君子由來德不孤。多事史臣題道學，至今詬病到儒書。

魏公不了中原事，同甫亦非天下才。廬阜幔亭依舊好，傍花隨柳且歸來。（清李兆洛養一齋詩集山東省圖書館藏道光二十三年活字印二十四年增修本卷五）

同車圖記

露車一轅，中馬，左驂驢，跨驢而從者三：車之中白鬚中坐者，子常；仰而與語者，卿珊；青兆蔽耳、側坐露半面者，宛隣。若士對之，舉手若相語；若士之後，左山子，右彦聞、紹聞，背宛隣坐，撚鬚若有思。善之坐右轅，回首與伯恬語；孝逸曳一足坐左轅，若與驢背人相盼也。驢傍車而稍後，前爲彦惟，後則贊卿、竹吾并而語。竹吾拄鞭若聽者。馭夫結束，傍右轅而趨、揚鞭而顧，若指示車中人者爲保緒。先是，張君懷白爲諸人各寫照，欲彙爲一圖。又欲俟宛隣之歸，并圖之。會宛隣自京師徑赴山左不復歸，懷白不識宛鄰，故爲側寫，不能求似也。餘人則栩栩如對面矣。他日相思，但一展視，亦可以稍釋寤寐矣。夫子常祝大名百十，宛鄰張二名琦，若士丁四名履恒，紹聞陸九名耀遹，卿珊莊四名綬甲，伯恬周大名儀暐，贊卿魏大名襄，山子吴五名育，保緒周二名濟，孝逸管大名繩萊，彦惟張大名成孫，彦聞方大名履籛，竹吾康大名兆奎，善之鮑六名繼培。此其齒序也。竹吾，山西興縣人；善之，安徽歙縣人；山子吴江人；子常，江陰人；保緒，宜興人。餘皆武進人。道光二年正月，集於常州之東坡舊舘，再集於揚州之静修儉養軒。三年三月，屬懷白畫，此在吾家枕芸書屋。其年十月，裝於江陰暨陽書院。乃記之。時孝逸、竹吾、善之在京師，贊卿在雲南，宛鄰在山東，山子、彦聞在河南，紹聞在浙江，卿珊在安徽，保緒、彦惟在揚州，若士、伯恬家居不常見，見予記此者，子常也。（卷十）

康竹吾主客圖記

道光元年，蘭臯康丈以奉諱暫居揚州，予從焉。未幾，丈還太行，予與竹吾及鮑生善之居。時朝夕聚首，則保緒、修存、次貽，而山子、伯恬、曾容、彦惟亦時時至揚州，交相見，宴語輒竟日。懷白亦以繪事留揚州，因屬圖之以誌一時雅故。

曰石室藏書。予坐臯比，跏趺石榻上，旁曲室庋書皆滿。竹吾挾一策前，若欲質予而藏之。

曰竹磵鳴琴。竹吾坐磐石，置琴於膝而撫之；修存并而坐，伯恬持扇若聽，彦惟坐稍遠，方臨磵濯足。其後撚髯若思者，山子也。

曰松石幽盤。曾容憑松根，坐岩石，竹吾對之坐，若酬對。

曰秋林宴語。次貽、善之、竹吾列坐石磴，依樹陰，次貽方揮手縱譚，二人聽焉。

曰班荆説劍。竹吾與保緒席地，傍長石几左右坐，有鬈鬍亂鬢士奉劍侍，莫不意度嫻雅，神致欲活也。

圖未成，竹吾去。揚州留圖，懷白所屬，其成之忽忽十有餘年，而不果也。蘭臯丈騎箕去，竹吾既免喪，存故舊于吴中，始趣懷白畢之，而屬記於予。乃追記之如此。道光十有六年也。

噫嘻！人世之遇，俯仰百得，微辨之，君形者存焉耳。夫形形者不可狃，而君形者未嘗亡。圖

中人幸無恙，然落落星散，思復合豈可得哉？深願諸君圖所以不朽，斯圖者也；蘭皋丈往矣，安得舉斯言而質之。（卷十）

丁　晏

贈周止安濟廣文

洗眼閑披一卷詩，懷人春水寄遐思。子期別有深心托，莫認雕蟲繡帨辭。

鴻爪重來迹已差，壁塵曾否字籠紗？蕭湖無復桃千樹，賸有荒畦種菜花。

臚載清談史例遺，杜門削草義深微。編年獨抱春秋旨，重見當時習彦盛。時撰晉略。

一官匏繫鬢絲絲，捧檄惟應慰孝思。愧我傭書磨鐵硯，也應淚灑蓼莪詩。（清丁晏頤志齋詩草清鈔本卷三）

種樹篇爲周止安濟廣文作

種樹復種樹，種樹羅堂前。不種蒺藜刺，但栽松柏梃。梧桐生朝陽，翽鳳來高騫。桃李得美蔭，鱣序萬鮮妍。横舍雖小試，儲質蓄且堅。豈無拱把植，委棄荒江邊。先是不培灌，安取梓與梗？嘉君用心厚，封殖何卷卷。壅本勤畚鍤，盈科汲原泉。仰承甘露湛，俯芟滋蔓纏。縱無匠石顧，良才已纚連。鄧林欝葰茂，百穫期它年。後人勿翦扒，嘉樹無忘旃。（卷四）

七月七日訪周止安學舍不值，見牽牛花盛開

牽牛延蔓長，彌望如翠屏。記從插槿架，繁植移中庭。緣籬緑雲翳，樛曲鈎枝莖。日夕望作花，培溉持羸瓶。蟬聯倏蔭蔚，萬朵摇金鈴。猥云薄植微，心力交相傾。鋤惡務去草，深根將發英。一花與一葉，料理輸丹誠。看花訪詩叟，不見詩人迎。今夕復何夕，七夕催雙星。雙星歲一見，此日河橋横。臨河不我渡，銀漢徒盈盈。一日即三歲，悵悵難爲情。我今不見君，見花如見人。君心有生意，此意誰與并？（卷四）

李笛樓鎮招桐城張喻兹、荆溪周止安、甘泉毛秋伯、含山慶石城、同邑周木齋小飲，同看桃花

爲愛看花酒不辭，人生難得是閒時。春寒但覺添衣重，泥滑無妨著履遲。鬢影風吹扶薄醉，廉櫳雨隔妍姿。坐中獨有憐才客，潭水流連白也詩。（卷四）

慶成門城樓落成，張介純邑侯重九日招毛秋伯大令、周止安、慶石城大墉、楊荆門名超、吕星齋偉庚廣文、周木齋登高晏集，即席和止安韻

江淮形勝望中收，四違梯航踞上游。河静魚龍歸大壑，天空雕鶚起清秋。高城霜晚寒吹角，傑構雲連醉倚樓。佳節登臨欣歲稔，萬家豐樂慰賢侯。（卷四）

送周止安之楚

楚粤分疆子細論，平番大計轉乾坤。江湖各有關心事，草莽猶懷踐土恩。鸚鵡賦成驚座客，蕙蘭歌罷酹湘魂。漢皋朋好如相問，老屋殘編久杜門。

襆被沖寒去，春初送客亭。打窗雪花白，夾路柳梢青。志遠輕鹽莢，時平薄武經。創痍方在眼，霜鬢已星星。

此去漢江上，竿旌制府招。異材歸匠石，重鎮佐熙朝。挾策嗤餘事，論心證昨宵。郎懷明月共，千里詎迢遥。

君去我仍去，安居田舍翁。音誰尋爨下，刺久滅懷中。倦客嘶征馬，歸期托遠鴻。結茆應有約，相訪海門東。（卷三）

送周止安之荆溪

伯勞與飛燕，翱翔各西東。西東邈然隔，咫尺山萬重。君今返陽羡，而我歸田農。驪駒不能縶，别酒何匆匆。馮唐頭已白，頽病嗟衰翁。數奇郁懷抱，時命哀何窮。愴傷兩無語，悲咽填心胸。昌黎願爲雲，東野願爲龍。雲龍不相遇，欲往安所從？

三載親晤言，論交金石固。問學日磨礲，深資將伯助。京洛抗緇塵，不得時時聚。兩年我之燕，翹首君延佇。延佇及我歸，我歸君又去。人生會面難，離合亦有數。距虚失其儔，邛邛窘故步。美草誰與貽，獨鹿誰與顧？嶮巇多荆榛，負壓愴中路。

行行從此辭，共在寰宇内。良友無别離，不在昕夕會。萬里只此心，見月即相對。戴笠與乘車，無爲相勉勵。勉勵迺虚言，安盟必多悖。吾儕千古心，如水流平地。水流無不盈，淵然澄滓穢。送客從此歸，收淚勿復揮。淚落有時盡，安能抒我悲。（卷四）

己亥六月二日周子保緒卒于楚，七月二十七日潘子四農溘逝，連哭二子，悲痛不能成詩，歲暮懷人，愴然有作

賢豪不世出，間氣英靈鍾。千里偶一遇，百年不易逢。哀哉周與潘，迸命兩月中。一亡楚江北，一殞淮水東。煢煢使我獨，顧影誰與同？良朋曠世隔，奚止山萬重。山重我能往，跋涉

猶可從。長眠竟不寤，一去無留蹤。以彼磊落姿，雲海澄心胸。血誠攄真性，慷慨輸丹衷。脱令才讓劣，猶當偕耕農。何況文章伯，蓋代真豪雄。海内失二子，惋痛憂忡忡。流離哀雁户，酷虐罹狼烽。安得天下士，濟此生民窮？悲風起長夜，嚴霜迫窮冬。紛紛蟣與蝨，苦來纏我躬。（卷四）

戴鈞衡

題湯雨生將軍孤笠圖

將軍與金谿周保緒作雙笠圖訂交。保緒死，將軍作孤笠圖以致慟。

男兒翻手作雲雨，交滿天下何足數。要令肝膽露白日，毋使意氣消黄土。將軍颯爽英姿殊，談兵説劍今孫吴。同時奇才有周子，聲華傾倒東南隅。茯苓在地菟絲出，精氣貫通閒不得。相逢一笑成白首，慷慨悲歌夜深黑。鍾期忽死牙碎琴。寥寥四海誰知音？江風不醒泉臺夢，江月常懸後死心。吁嗟乎！浮生壽考稀百年，古來萬事皆雲烟。交游存殁等閑事，將軍之友非偶然。十年同志傷懷抱，況復憂時感衰老。報國常思濟世才，淚痕涇盡孤墳草。墳頭宿草今全枯，周郎才略當時無。我從風雨瀟瀟夜，來展將軍孤笠圖。（清戴鈞衡味經山館詩鈔道光壬

祐蕃刻本卷五）

包世臣

與周保緒論晉略書

保緒二弟足下：春杪承寄示晉略。核閱累月，紀傳俱未及卒，而目力殊苦不給。屬張君司衡爲卒其業，各簽商數十百事，大都與原書較優劣於章句之間，無關大義，以未能知足下作書之旨故也。及足下至揚，面述叙目必宜改作，使讀者知己意所在。昨承見過，示以刪定紀傳三首，更造叙目一首，文采燦然，義例辨晳，虛懷果力，無異少壯。推此以論，其必舉盛業無疑也。欣喜無量，故願與足下盡言之。

夫事增于前，文減于舊，前人新書之例也。尊著既以「略」名是，無取矜博眩奇矣。然必綜鑷得失，著明法戒，以伸作者之志。故凡事之無系從違，人之無當興衰者，舉可略也。至於人心所趨，視乎初政，心趨既久，遂成風俗。風俗既成，朝政雖力矯之，而有所不可。今古一轍，匪唯晉代然。而撥亂反正，端重人事；人事修，天運變，不善者善之資，晉略之志，當在是矣。原書于朝章法制，其事多散；人心風俗，其辭多隱。散者聚之，而後明；隱者通之，而後顯。

則事略而義詳，較之文減事增，爲功尤偉。唯足下垂察。

斷自泰始，當時成議。然追尊之宣景文三帝，王業已成，魏志既不立傳，未便同之，蓋闕。故原書三紀之外，記録悉入泰始，并非自亂其例，今宜另立一篇，題爲外紀，以明金運之原，且以見司馬氏無功于當塗，無德于黔首，而一時藉曹氏之寵以享豐厚者，競與輸心佐命，真豺虎所不食，有北所不受！顧以若而人開鴻基，創永制，貽謀有不舛乎？無怪桒嵩、朱碩之于王浚，沈充、錢鳳之于王敦，匡術、路永之于蘇峻，郗超、劉牢之之于二桓，劉穆之之于宋武，接踵而起也，故外紀一論，可以隱栝兩晋，極言天人之故矣。原書南渡後帝紀不詳北事，聲教既非所及，故其無涉江左，概從簡略，是斷代之體也。足下依據通鑑補綴完具，爲以便觀省耳。至宋武身爲宋祖，例不于晋立傳，宜詳其事于孝武、安、恭三帝紀中，以明金運之委，然後立表以舉其綱要，則自然提挈在手，與奪從心矣。晋代年號，諸國叢雜，至難尋檢，宜創立一表，國經年緯，檔列甲子，諸國主初見，始盛，皆注其年之下；其奉晋正朔者，實皆帝制，自如一體編次；未有年號，則以名紀；拓拔氏殿諸國而首北朝，宜與晋初之吴，并作大行，以示區別。國多非一行所容，又宜以地爲統，如劉漢、石趙、冉魏同作一層，以歸簡易。州郡爲一表，詳載割隸、淪没、僑置及其治所；宗室諸王爲一表，自非乃心曹氏，及輔政與倡亂有事，實宜記録者，其世系、建徙悉詳於表，以省繁複；執政爲一表，不論官聯，止標國柄，使治亂之功罪有歸，而其時伴食之流亦與附載，以儆庸鄙；方鎮爲一表，其自稱、遥授、虚授、權授、命帥俱隨事注明，使不相紊，而僞授一併備列，以彰全域。原其先用諸王，繼以世族，非此二途，即系武夫，莫不專制所部，樹私人，事封殖，薄親民而鄙政事，徵求無度，流亡莫恤，新附無以自安，土著無以自植，嘯聚以資奸雄，驕蹇成於遵養，兩晋興亡，實在于此；勳封爲一表；叛亂爲一表。七表既立，詳而有要，簡而不遺，乃可別功過之等差，定忠奸之標準，以議列傳去取矣。然必愛知其惡，憎知其善，或從宥過，或嚴誅心，或當責備之科，或在爲諱之列，務以昭勸示懲、垂諭方來而已。略陳數意，以效偶舉。

禪代腹心不過數人，宜爲合傳；其配食太廟，多以地望備數，名見紀中，無煩縷述。平吴之役，謀主、功首自宜同傳，而附列爪牙。然平吴而主德驟變，馴致八王、五胡，馬宗遂覆。夫以武帝初政之隆，使釋吴以爲外懼，而飭壃圉，固藩翰，遲之十稔，吴終自至。叔子腹心三世，智能察微，自宜綜初卒、權輕重，以篤不拔之建，顧乃忍俊不勝，迎主心以邀混一之大名。茂先遂事，竟爾伏辜，而叔子身名俱泰，千載無譏，豈非今古之大幸歟？況叔子身仕魏室，已躋通顯，徒以景獻之故，助馬以傾曹。南風五惡，晋武悉知，豈以叔子而竟茫昧，心移勢焰，遂復党賈以危馬，士之傾危，於斯爲甚，斧鉞之嚴，所宜首及。及乎江左微弱，釁隙迭構，卒能立國傳後，苞含隱忍，茂宏實濟其功。然決擊華軼以肇拓疆域、示趨向，雖志在自利，其剛斷有足稱者。又逆敦近在同氣疏討，刁劉原欲引入彀中，而能瀏然不滓，上契主心，下孚衆望，器量尤爲難名；然不納陳頵拔卓茂、顯朱邑之至計，遂使勤民之實政無聞，白望之謬尚如故，斯其蔽也；至以私怨傾周戴，棄沖人，挾子出奔，復起周撫，尤爲舛矣！士行戰勝攻取，强毅精能，故自加人一等，然恪遵酒限，而不守封鲊之訓，必滅杜弢以自張，致疑當軸；蘇峻之役，始謂不敢越局，既迫于大義，仍事反復，終乃嚴劾卞敦以自飾，而反爲任讓乞命。郭默之役，庾亮辭賞，而士行獨受江州，且移鎮以逼南門，雖臨去有老子婆娑之言，或爲參佐求富貴者所慫恿，然心迹至爲累矣。太真忠孝，英武峻約，小丑勝算，内成而必引；士行推爲盟主，銷夙嫌以弭後釁，純德發爲遠見者也。道徽當奔亡托命之時，守素不撓，而乞活爲之心折。陶庾各具晋陽之甲，憚其持正，銷兩難於無形；安石步趨茂宏，再定大亂，而游心物外，不使康樂更居形勢之地，三賢近於無疵矣。然而，茂宏安石之寬簡，未必盡是；刁劉、諸庾之綜核，未必盡非。成敗既殊，安危遂判，優游固足養患，操切立至失人。君子平情論世，未嘗不嘆其不崇實以厲頹風，覽末流之莫挽，恨澄源之失術也。苦道徽含飯以哺兄子，乃襲用范書陳言，斷非事理。太真遷都一議，宜以入茂宏傳；至九錫之謔，燃犀之戲，自是賢智之過。安石千里棄官以奔弟喪，豈謂不崇禮教？且大功誦可，未便以絲竹小癖遽坐戎首。凡是之類，宜在諱削。兵凶、戰危、全争、廟勝，若非得算實多，鴻議可法，皆屬搴斬之勞，事迹悉附勳封，叛亂兩表，即其有當傳，例亦與衡量輕重，别無殊異，表見各附主將之末，是史公傳衛霍之成式也。至有親民、薄宦、參議、真儒，能違時賢之尚，篤念小人之依，宜力爲搜采，事雖小而必詳其功，言雖廢而必征其效，於以振弊俗而重邦本，民譽一門所宜增立。清談爲晋人病源，書法爲晋人絶業，足下特立兩門，誠爲允協。然清談當彙及門地、時望，使虚車之陋不致偏枯；書法以右軍爲極則，足下移入列傳以重其人，是猶有世儒之見也。但當檢括本集，備載會稽、荒政以補傳缺，乃爲得耳。原書載記之作，仿自史記匈奴、兩漢四裔各傳，以其棋布中土，故立此名，并非倡制。足下改爲外紀，紀之爲名，史例專屬帝者，自宜循歐陽之舊。别爲國傳，非專爲避卷首也。至原書大體可觀，所指大失，雖非苛索，然鄙意以爲無庸攻擊，專明己意，使書自書，而略自略，學者既讀晋書，必不能不求晋略，則可藏名山，傳通邑，而足下數十年之苦心，與天下後世以共見矣。唯希鑒察。暑濕珍重，不具。癸巳六月十九日。（清包世臣藝舟雙楫道光二十六年白門小倦游閣木活字印卷二安吴四種）

九日啓程留别荆溪周二保緒濟、桐城汪四均之正鋆、儀徵張大司衡銓。保緒十日後亦之官淮陰

周汪皆人傑，識面始甲子。并以從秋賦，邂逅白門市。周生最桀驁，虚受求勝己。汪生盛貴游，折節下奇士。咸謂一日長，相與嚴兄事。緬懷東土山，異日偕隱此。射策忤當軸，周生懷穀耻。投劾早歸來，溷迹終不滓。汪生侍移節，相距累千里。旬月必疏達，懇懇析疑義。尚書厭世後，踐諾伊人始。繼之者周生，惟余迹苦滯。不忘接淅心，抑迫需泥累。并力拔余足，卜宅如鼎峙。回憶邗上游，吾黨學浸熾。於中迹尤親，張生稱腹笥。以上縣言别，實亦難爲

意。汪生擇子師，招來重聯藝。方幸卅載約，自今其永遂。不謂捉將急，三人乃及二。山泉豈甘渴，白髮况垂耳。移文續北山，知爲饑豹咥。聚散信不常，染絲悲何已！揮涕謝留者，無使青溪愧。（清包世臣管情三義卷第八）

保緒以詩贈行，弆之木笥，未審也。十八日抵吴門，啓笥見詩，感其訓詞深厚，依韻寄答

官民日交争，時論喻卵石。從知釀不陽，長吏難辭責。撫我與虐我，讎后在自擇。官來本自民，何爲互相迫？終歲使睊睊，相望苦脈脈。以居親民位，實敗親民績。原其鬱民氣，殆爲竭民力。古稱予不戕，非疑民未急。伐柯則猶遠，取譬已欲立。不聞在桑鳩，宜奪七子食。爲師與爲長，學者固所職。自非信而勞，焉見生也直。晝程念清訟，夜禁靖意室。淳良氣漸伸，健猾計日絀。迺導利源開，尚慮民聽惑。養民事至纖，防民理孔密。勤求疾苦始，聰聽父老述。官民久相猜，欲速安可得？積久民我歸，庶幾執左契。斯爲拙者效，或冀勞止息。多君仁者贈，雅言如經翼。堅我守初心，矢不與民敵。（同上）

宋翔鳳

贈陸繼輅周濟

周生躑躅風塵裏，每聽荒鷄中夜起。陸郎憔悴腸空熱，銕笛叫斷湘竹裂。瑠璃在手呼長鯨，緑雲動波疑不平。欲憑天風瞰閶闔，定有素女吹瑶笙。莫愁長夜愁燭短，寶劍未缺精光滿。夢中曾斫瘦鮫身，此日相從亦偃蹇。（清宋翔鳳憶山堂詩録嘉慶二十三年刻，道光五年增修本卷之三）

送陸祁生繼輅、周保緒濟歸常州四首

乍檢征衫淚，臨岐又數行。秋情總蕭瑟，别意益旁皇。征路山含碧，天涯鬢未蒼。豪錐猶可用，珍重此奚囊。

頻年交陸績，豪氣近如何？作賦才難盡，臨觴淚轉多。餘情留寶瑟，舊夢記銀河。不意蘭陵道，斯人尚坎軻。

江東有周濟，之子絶群倫。宇宙當知汝，功名豈異人。鴻飛原未慕，龍性恐難馴。去矣輕湖海，風波且釣綸。

落葉忽相送，秋雲卷未開。淒涼寶劍賦，惆悵黄金臺。各勉平生志，休增岐路哀。酣歌心易醉，渾欲托深杯。（卷之三）

謝元淮

擬行路難，簡周保緒進士濟

我欲登泰岱，遥望齊魯閒。荆棘梗道路，巉岩不可攀。我欲游衡岳，蒼梧何連綿。洞庭木葉脱，白日慘愁顔。我欲行隴坂，霜月暗秦關。嚴寒沍殺氣，澒洞昏風烟。我欲遨幽薊，河水鳴濺濺。塞外秋草短，瀚海冰雪堅。東南既靡騁，西北多險難。茫茫寰宇中，蹙蹙何由還。關山嗟修阻，江海足波瀾。短狐工伺伏，鯨浪沈三山。顧此輕賤軀，何足餌窮泉。欲行車無軏，欲渡河無船。夔魑狙我後，豺虎嚎我前。置身困荆榛，蹐跼慙高天。已矣勿重陳，行路自古難。（清謝元淮養默山房詩稿光緒元年刻本卷七）

題謙谷上人梯山航海圖圖爲周保緒寫送。謙谷往游定海普陀也。

梯山莫梯海中山，山山都在縹緲閒。航海須航太平海，海水溶溶青不改。太平海在赤道南彌利堅之西，墨利加洲之東，最大中有七千四百四十島，亘古至今，無風浪之險，淺處生草，一望如林，蒽菁可愛。大千竟有三普陀，欲從何處觀自在？釋典言普陀有三，一在南印度，名補落伽山，山頂有池，池側有石天宮，爲菩薩往來游舍處；一在西藏布達拉山，爲菩薩出身處；一在浙江定海縣海中，爲善才第二十八条菩薩説法處。惟南印度最古，西藏、定海皆後出。金山退衲静者便，昔曾功苦参金仙。穿雲踏破雙不借，狎浪還登大願船。瓶鉢垂垂無著處，游迹思藉丹青傳。陽羨周子抱奇氣，吟詩擊劍總餘事。偶然寫作山海圖，毫端墨外皆聲意。我來展視重嘆息，此游此畫難再得。君不見，道光辛丑壬寅年，火輪夷舶馳飛烟，公然遠涉七萬里，繞地一匝來寇邊。定海普陀恣殘破，塔象摧燬無人憐。更聞西天五印度，其三已爲㗕夷據。東南西北中五印度國，其東南中三國久屬㗕夷，惟西北二印度僅能自存。補落伽山石天宮，可堪般若游行處。孟加臘與後藏鄰，孟加臘即明呀喇北，界西藏，本東印度部落，今屬英吉利。又擬和市爲通津。㗕酋近又致書駐藏大臣，請立馬頭於後藏。大劫佛應難自救，流離況我區中民。昨聞建議開祆廟，神霄不待玉皇詔。乾坤何地是安居，滿目風烟供一嘯。焉得鞭山塞海具神通，洗滌荒島鱗介爲沙蟲。沐日浴月扶桑東，萬國重譯來趨風。功成歸卧空山中，何必梯航遠逐鷗與鴻。（卷三十一）

盛大士

周保緒進士濟爲淮安教授，棄官而歸。數年後，復游淮上，訪余於學舍，作詩贈之

周君周君，爾既不能建大纛，乘朱輪，虎符龍節萬萬里，座上叱吒生風雲。又不能效投筆之定遠，棄繻之終軍，手提尚方斬馬劍，名與褒鄂圖麒麟。不然濡爾如椽五色之彩筆，揮爾扛鼎百斛之雄文。泰山之封白玉牒，七十二代鐫琳珉。云亭梁父有述作，咄咄燕許非其倫。何爲非朝非市非隱淪，豪氣長此消風塵。天生此才竟何用，只合棄置荒江濱。江流日夜流不轉，俯仰七尺昂藏身。酒酣忽憶少年事，長楸走馬馳平原。控弦鳴鏑左右射，狡兔陡落猿猱奔。千人屏息不敢近，拔鞘飛出霜鋩新。長楊賦才又沈博，一鞭走踏京華春。萬言倚馬脱羈勒，見者駴詫目眩昏。局促不敢獻至尊，居然追逐雲龍群。幸不下第爲劉蕡，噲等與伍笑且嗔。掉頭一去淮之濆，忽而游俠忽貨殖。信手揮霍錢千緡，生涯醇酒與婦人。緑鬟巧笑粉黛匀，黄金儘買西施顰。英雄末路類如此，世上肉眼徒紛紛。文章十年交有神，邂逅與爾重評論。當今才人屈指不可一二數，試問抑塞磊落孰有如周君。（清盛大士蘊愫閣詩續集道光四年刻本卷三）

周儀暐

乙丑報罷，將由江南之粤東，出都留別二十二首

家保緒濟

同來京洛賦清游，同看神鰲戲十洲。唾手功名君較易，極天關塞我何求？鄉居射虎增豪氣，曲聽呼鷹感旅愁。莫便當筵訴離別，乳鷹雛燕亦端憂。（清周儀暐夫椒山館詩存道光二十七年味塵軒刻本卷七）

五月廿三日將往粤東，李申耆、丁若士、陸祁生、蔣孟謀、儲子桓廷琛、許藕舲、宋于庭、魏曾容、吴山子、家保緒、汪竹素餞别于陶然亭，成長句一首

五月既望天溽暑，周生將行客出祖。嚴徐東馬一一來，爲我臨歧勗勞苦。長安勝地春禊過，仄徑歷落緣藤蘿。携觴選座款關入，寂寞疑在山之阿。緑陰冥冥碧成海，虚檻玲瓏倚瓊彩。憑高四面見天涯，芳草無言若相待。我來二月春正濃，丁香花白桃花紅。花間來往百餘日，又及翠雨飛蒙茸。燕臺駿馬來何駛，故人聚首無過此。閲復仙山畫景長，沉苦浮甘樂方始。碧城樓閣高入雲，欄杆刻玉青璘璘。下方疑視若天上，倉猝莫問銀河津。胡爲驅車去難

已，一別瑶京七千里。不知曾向閬風行，回首蓬萊曉霞裏。陸生痛哭汪生歌，諸子寂寂觴紅螺。我爲起舞備陳説，佇看花雨飛曼陀。嶺南古梅一千樹，樹繞曲江祠畔路。開時晴雪滿空山，一水遍香出塵霧。羅浮諸峰奇莫擋，中有蝴蝶飛雙雙。春風吹來大於席，翠鬟金羽芙蓉裳。鮫宫歷歷海波外，紺淚緋綃襲芳靄。更呼巨蜃幻飛甍，繪得新圖補王會。覽圖昔讀桂海篇，按籍今得窮搜研。珠江水暖浸山色，浪花飛上衣裾鮮。出游不遠不爲壯，遠即言歸近何讓？但儲美酒到花時，重上斯亭飲俱暢。杜宇不啼啼鷓鴣，長此飄泊寧良圖。舉杯飲滿别君去，落日滿堤生短蕪。（卷七）

泊淮上，同吴仲倫、黄璞山、家保緒游荻莊作

名園寂寂城之園，斷蹊細磴交盤紆。清池一曲碧如拭，枯香自發黄芙蕖。我與黄生渡江至，驚心却過淮陰肆。國士飄零亦等閑，莫將慷慨誇能事。吴君矯矯人中龍，十載偃卧江之東。爾來授經氣益壯，睥睨高密卑扶風。保緒才華更奔放，握槊揮毫并遒上。謫下蓬萊作冷官，酒酣斫劍神逾王。披襟各有平生歡，爲擇勝地相盤桓。眼前水竹究誰屬，華屋且作山丘觀。黄生蹤迹復憔悴，盛志蹉跎未能遂。我已平心閲歲年，猶是中宵不成寐。興闌分手去莫留，小聚翻使增離愁。下邳咫尺可延望，此處合有元龍樓。（卷十一）

揚州别宋學博翔鳳、家進士濟

十年不聽廣陵簫，淺醉重尋舊板橋。忽爾傷心成雨别，可能奇氣爲花消。紅窗悄夜歡愁夢，碧月春江上下潮。仍是扁舟送歸客，熟梅風裏過金焦。（卷十八）

申耆同車圖

圖中祝子常、張翰風、陸劭文、丁若士、莊卿珊、吴山子、魏曾容、管孝繹、張彦惟、方彦聞、康竹吾、鮑善之及余共十四人共一車，家保緒執鞭御車行

董生覃粹賈生哀，一種經綸付草萊。嘆絶義興周射虎，交衢水曲亦奇才。保緒近罷邗上鹺業，僑寓金陵。（卷二十）

雨生雙笠圖

時雨生與家保緒同居白下春水園。

義興子隱吾同宗，并自濠上來吴中。卅年投分托兄弟，一笑謝却春塵紅。同里湯生起英妙，馬革動名守忠孝。劫來專閫浙東頭，忽見青山憶同調。同來結屋伴石城，繞窗山色秋晴明。龍蟠虎踞昔年事，山耕水釣今時盟。紅蓼青蒲寓公宅，水月冥濛看一碧。興酣携手發高唱，濁酒能傾三百石。一笠欹成側帽吟，一笠閑入科頭林。嵯峨樓閣五雲合，幾輩白首詩朝簪？平生骨相宜岩巔，束髮無心思結綬。一官鷄脅去無方，半角蝸廬買難就。便欲從君借笠

游，盧前王後共夷猶。終應實踐同心約，同上天隨五瀉舟。（同上）

望海潮同周保緒、陳叔安登盋山園小閣。

危樓鼓仄，斜陽蒼莽，叢山紫逼青遥。絲竹興闌，壺觴地迥，重來獨自憑高。秋水石城橋，悵荻花雨墜，菰米波飄。爲問閒鷗，可能來往任江潮。　金風特地蕭蕭，剩虚沙款雁，疏樹辭蜩。西邸幣空，東方騎滿，鈎簾細數前朝。荒磴亂蛩敲。有翠眉月小，紅淚花嬌。留取深秋冷螢，寒菊對魂銷。（清丁紹儀國朝詞綜補光緒刻前五十八卷本卷二十二周儀暐）

魏　源

題湯雨生雙笠圖雙笠者，一宜興周保緒廣文，一武進湯雨生副將，皆僑寓金陵。保緒以進士而兼騎射，雨生以武將而能詩書，皆近人所罕。時保緒已没，雨生出圖索題。

圓靈爲笠，五嶽爲笻。曾見斷鰲立四極，又見黄土摶鴻蒙。一翁処城西，一翁処城東。西城太肥，東太瘦。天教異地如虎龍，不文不武亦文武。誰僊誰俠誰英雄，忽然挂冠戴雙笠。飄然來作六代江山之寓公，喁于唱和如蹷蛩。栽竹十萬竿，種花一萬叢。朝夕跨驢扶短笻，笠頭浩蕩來天風。一翁忽舍去，頓覺東城空。惟餘一笠蟠蒼穹，晚年得我如斷鴻。欲令補笠爲附庸，我固辭之匪不恭。海波翻倒馮夷宫，江上黿鼉方嘯風。烏乎！安得有笠四海爲帡幪，蒼生蒼生誰是江左東山翁？（清魏源古微堂詩集同治九年長沙寶慶郡館刻本卷七）

孫爾准

夏日偕又洲、玉章、申耆、祁生、雍度、保緒、竹素、山茨、家菊才兄同游尺五莊

枳籬幾尺隔塵寰，濃緑參天湧似山。花影糾紛落詩句，鄉心蕭瑟動江關。荷嫌沼陿猶思闢，竹礙風疏可待删。酒債尋常正須有，日斜霑醉未能還。（清孫爾准泰雲堂集道光刻本卷二）

陳宇

齊天樂嶺寄周保緒、湯雨生。

脆圓猶記江南樹，驚心又逢春晚。香夢蹉跎，寒雲破碎，空恁風鬟低顫。啼鵑只管，向暗

碧珍叢，背人輕喚。怎不思歸，故園花信尚能展。　停鞭誰則共語，到來都是恨，絲罥蓬轉。尊俎忘年，湖山弔古，漫寫南朝哀艷。而今頓遠，甚翠羽明珠，寶奩塵掩。極目關河，數行無奈雁。（清丁紹儀國朝詞綜補光緒刻前五十八卷本卷四十二陳宇）

袁翼

上周石民夫子啓

欲學穿楊之技，鵠不中心；自矜設色之工，蛇偏畫足。日則效顰蝸舍，冀飾翡翠之粧；夜則坦腹牛衣，妄想鴛鴦之幄。顧影取憎於僕從，嗜痂致駭於友生。十有九乖，百無一善。復忘覥冒之辜，屢瀆洪鈞之座。昨謁膺門，賜下陳榻。俯念千里之伶俜，商飲百朋之行贐。某藝林乏縞帶之交，官路少甘陵之黨。雖牙屑唾餘，皆化珠玉；而越羅楚練，祇耀輿臺。日迴長至之烏，風逆退飛之鷁。一介取與，實有數存。是以襧刺未投，趙囊仍罄。出門西笑，不復再干閽侍也。解纜甓湖，布帆差穩；息鞅燕邸，計吏能容；鯉尾未燒，羊皮仍泣。棄繻有慙於七尺，鑽紙復待夫三年。近以酒券日逋，硯田重治。四篋依人，酸辛殘炙；一燈照壁，拉雜顛毛。鄉思風馳，隨白雲而俱捲；名心灰燼，熾赤炭以不燃。鷄肋情懷，馬曹厮卒，亦執事所哀矜者也。

某戴笠荷鋤，種諳菽麥，求田問舍，志養晨昏，特以久安疏懶，不合時宜。急弦勁矢之場，乃行揖讓；高足要津之路，未慣伊優。畫虎鴟夷，形人之短；敝帚燕石，炫己之長。謂渾敦窮奇，古皆有用之士；斥懸藜結緑，今亦無益之珍。鶩雛之力，而欲移泰山；蟻垤之泥，而思封函谷，不亦恧乎？少耽儷青妃白之詞，長有没齒銷聲之懼。耳受目覽，既并用之五官；朝誦夕忘，又鮮默鈔之三篋。縱或招來越客，共唱巴人，贈我宋玉之風，報汝謝莊之月。宰割齊梁，黚竄温段，亦猶握粟增衍太倉，瓢飲傾入渤澥。擘麟脯於麻姑之爪，豈知蝨脛蟣肝；奏霓裳於妃子之宫，詎聞蛙笙蚓笛。零星補道士之袍，叢穢覆醬家之瓿。取快窮途，敢貽來哲？執事負康成之腰腹，隱仲蔚之蓬蒿，七縱名韜，九代清德，猥納樗材，遠索蕪製。承命知忝，伏楮益驚。兹因郵使，附呈詩文若干。琴樽餘晷，授侍者摘其紕繆。幸甚感甚！染京洛之塵，素衣穿穴；勞江湖之夢，青眼惟公。不勝激切徘徊之至！

清朱舲箋注：「周石民，名濟，字保緒，號石民。江蘇宜興縣人。甲子科舉人，乙丑進士，任淮安府教授。」

（清袁翼遂懷堂全集遂懷堂駢文箋注光緒十四年袁鎮嵩刻本卷八）

歲暮感逝

門前車轍不停賓，樽酒論文夜達晨。曾謁孝侯陪末座，鶯花三月廣陵春。周石民夫子（遂懷堂全集後編卷八）

葉名澧

題符南樵淮樓聽雨圖

南樵爲周保緒教授濟弟子。教授殁後，南樵寫圖以紀舊游。

未識荆谿叟，圖成爲愴神。著書追柱下，老屋倚淮濆。雨歇人何往，樓荒草不春。載尋思舊賦，謂潘四農師、韋竹坪職方。我亦感情親。（清葉名澧敦夙好齋詩全集光緒十六年葉兆綱刻本卷五）

徐漢蒼

喜周保緒濟教授過訪，即送其大梁之行

文章縱横鬱奔雷，磈壘須澆酒百杯。豈少短衣調馬態，居然長劍斬蛟才。光風拂處萍蹤合，落葉深時屐齒來。此去夷門吊屠狗，中宵起舞不勝哀。（清徐漢蒼蕭然自得齋詩集光緒丙子夏日刊本卷五）

懷人詩其八

肝膽能傾十萬兵，孝侯風烈氣縱横。奇才似爾猶淪落，我欲排雲訴不平。周保緒教授。（卷七）

吴德旋

贈周保緒教授淮安序

夫所貴乎士者，爲其能明天地事物之理，古今得失之迹，聖賢修己治人之道，才足以利濟天下、澤及當世，非謂其能誦説之多，辭章之贍，博取富貴爲身家之計也。夫才生於識，識生於學。學之境無窮也，才之量無盡也，學如游夏，後世鮮能及焉，而不足以并顔子；才如管仲，後世鮮能及焉，而不足以望周公。何則境相懸、量相絶也？世之人，少有得所，則曰：吾已能矣，已足矣。何其自待者薄歟？抑彼固未知才之所以爲才與學之所以爲學歟？

荆溪周保緒以進士改官淮安府學教授，人皆惜保緒之枉其才，而吾獨以爲不然。何也？人患不才耳，才患不大耳，才大而世不我用，則世有任其責者矣，吾何患焉？保緒年未及壯，而才氣赫然驚人，使及今見用，其所措施，必已能出千萬人上。又况韜其光而不耀，斂其鋒而不試，益之以學，而日充其識，若山之不厭其高，海之不厭其深，學愈知其不足，則才之量益廣矣。保緒之自待也厚，故嘗以吾意質之，而保緒不吾非也。貪常嗜瑣之徒，豈足與窺其所志也哉？若夫國家建學立師，將以樂育人才，而使之有所成以待用。於上則見於保緒所自爲告諸生之文者詳矣。予故不復言之也。（清吴德旋初月樓文鈔道光癸未刊本卷三）

江開

感舊詩十二首其七周保緒廣文

霸才逢盛世，通籍仍坎坷。論兵與道符，睥睨萬人懦。藉使當海氛，或鮮東南挫。惜命與時違，早向山丘卧。遺書括兩晋，得失舉其大。著晋略六十六篇。當時捫虱人，差可分庭坐。餘事弄柔翰，曲高真寡合。著味雋齋詞一卷，止庵詞一卷。長橋斬蛟者，應讓詞章播。著介存齋文一卷，止庵文一卷，止庵詩一卷，味雋齋史義二卷，介存齋詩六卷。斯才除冷官，無乃宰相過。（江開浩然堂詩集道光己酉夏刊本卷三）

魯一同

周止安畫册爲周蓮亭大令賦

畫無題印，大令於揚州亂後得之，真止安筆也。大令方爲雲臺之游，幽岩絶巘與畫中一一惟肖，若止安豫知有今日事者。爰各繫一詩，而包安吴爲題其首。後一年，余至東海，則安吴前歲死矣。念舊懷賢，斐然有作。

周子才如馬脱羈，指揮百怪風雨馳。奇文巨册棄滿簏，長槍硬箭森陸離。有時作畫愛雕刻，十日一水五日石。大窮元氣細秋豪，寫罷茫茫自嗟惜。學書頗重包慎伯，端己而外畫無敵。記揮老淚托生平，夢裏傷心漢水聲。十五年中事反掌，包老亦作辭家行。止安將游漢陽，臨行謂吾與慎伯，他日非通甫莫能紀其生平。明年果卒，而表幽之文至今缺如。慎伯去年扁舟避亂，遇盗而傷，其年冬亦没。幽冥萬古負兩友，戎馬餘生戀升斗。即看一髮是青山，那得扁舟同白首。湘潭文孫頗愛奇，揚州肆市偶得之。竭來雲臺中，昂首賦新詩。三磊吞混茫，九龍拖威夷。金牛玉女望不極，别峰幽岩森蔽虧。玩弄丈人松，顛倒翠屏姿。畫懸在壁詩在口，以畫配詩左合右。天生神物有同歸，包老大字妙奇魏。夜深星月下中庭，山鬼入户秋鐙青。瓊花梅嶺事荒忽，斷縑遺墨嗟飄零。乃知二老真精靈，往事獨説無人聽。來朝高挂雲飆去，海天無際窮追尋。（清魯一同通甫詩存咸豐九年刻本卷四；民國徐世昌晚晴簃詩匯民國十八年退耕堂刻本卷六十三）

湯國泰

奉贈淮安府學博周止安進士

衆林羸秃綴霜莛，四面冷烟亞寒水。一綫堤高萬户低，往來帆景走筵几。有客擊楫江南回，吊古曾過韓侯臺。自嗤難并王孫貴，那得輕逢漂母來。不逢漂母行囊澀，壯士無金難作客。難作客，暫勾留，敝裘冬典换美酒。酣歌一曲凌三洲，何幸淮陰逢舊游。龍門忽晤韓荆州，夫子大名耳聞久，哆舌小儒齊俯首。補天浴日無由施，不平劍氣農沖斗。文章花樣懶投時，等身著作侔歐柳。才人氣概英雄心，一腔氣血雲藍嘔。先生有時眼開白，宇内庸流輕阮籍。先生有時眼光青，陳蕃榻上延徐生。愛才如命孤寒衆，解推全不黄金重。幾多寒畯荷栽培，吐握家風誰伯仲？我來見公竊慕公，小詩喜爲周公頌。（清湯國泰勤業齋詩初集道光二十四年仁山堂刻本卷四）

范　鍇

周保緒教授濟重來漢口，寓自在庵，思入九老吟社賦贈

翁歸文武備西東，此地曾來作寓公。經世才猷徒振鐸，等身著述異雕蟲。烟波江擁山凝翠，樓閣西開日暈紅。豈是重游豪氣減，許偕野老話春風。（清范鍇苕溪漁隱詩卷六）

熊雨瞑博士過訪寓居，因留信宿邀，同洪春衢明府、徐沖之秀才、熊飛叙飲艸堂，重仿香山體分賦

四人三百二十四，相看齳齒與銀須。卅年聚栨搏沙似，此日舉尊把臂娱。余與雨瞑交垂三十載，中間聚散亦屢更矣。輟杖幸皆誇老健，剪蔬曾不厭精粗。説詩頤解津梁度，訓古言多世教扶。時雨瞑、保緒皆入九老吟社，各繪小像，江孝廉開題曰「長生雅集洛社欣增能賦客，商山懶繪就徵圖。圖」。因乞雨瞑作記。銜杯只望豐收樂，霜雨宵來得霽霽。（卷六）

輓周保緒

方輿兵略學兼賅，曾聽縣河口瀉來。聊寄文心傳兩晋，君以晋書頗多訛舛，因著晋略共六十五

卷，較舊書刊落不少。藉消英氣酬千杯。君素善飲，病猶不綴。蓉城主得無雙士，槐市官湮有用才。校勘遺書燒短燭，不聞鄰笛亦悲哀。君歿後，漢上同人以晋略付刊，囑余校勘。（卷六）

方于穀

丁卯秋八月，汪均之、星石招同顧劍峰、許叔翹、朱午山、包慎伯、高古岩、周保緒、邵君遠、史補堂、沈小宛、張穆生、沈芷橋、徐植庵、傅卧雲、家子固侄、王朴山道士莫愁湖晏集，分賦得四絶

萬方圖籍入京華，開國勳名盡自誇。只有此間争不得，讓他一水屬盧家。

女墻低處望蔥蘢，樓堞殘陽一抹紅。還有芙蓉青不了，好山多半在城中。

每度來游湖水濱，曾從壁上唤真真。相逢都解稱名士，算我於卿是舊人。

菡萏花開剩幾枝，迎秋猶自强支持。縱然學得凌波步，不是薫風得意時。（清方于穀稻花齋詩鈔嘉慶二十二年鈔本卷五）

顧日新

莫愁湖晏集同集者，浙江朱午山，江西傅卧雲，懷遠許叔翹，涇縣包慎伯，溧陽史補堂，宜興周保緒，吴江徐植庵，江寧王朴山，吴縣沈小宛、沈芷橋，桐城方石伍、方子固、張穆生、汪均之、汪星石。

莫愁湖畔秋風裊，莫愁湖外秋雲老。獨有千枝不謝花，長紅小白争圍繞。花中冠履何紛紜，龍舒公子招詩人。無詩不敢與詩會，風流儒雅兼經綸。地聯四首人十六，百鳥争飛避鸞鵠。肴誇釣水與采山，戲集藏鈎及射覆。主賓盡抱子安才，吴家宿構那敢來？蘭亭金谷文字飲，不成詩罰三千杯。從來盛會非常有，勝地尤難聚良友。試問盧家小婦知，當年睹此諸君否？諸君同聚不同鄉，後會難期興更長。衰柳傳將離别易，青山送盡古今忙。酒酣那顧圓輪落，可憐嚴城催鎖鑰。一點涼颸生遠峰，雨絲已自飄珠箔。迎來桃葉復送歸，紅樓兩面千鐙圍。抛下莫愁都不管，郁金堂上掩重幃。（清顧日新寸心樓詩集嘉慶刻本卷三十二）

陸耀遹

丹徒與周保緒進士濟相左。越七日，定遠道中却寄呈洪稚存學使亮吉、趙味辛青州懷玉兩丈暨里中諸君子

周郎先我客潤州，遲我同作金蕉游。我行別家苦刺促，有欲從子消離憂。春風吹波緑盈尺，西行忽作東行客。白公祠畔多酒人，謂南昌萬浣雲、仁和湯畫堂、汪絳人、吴竺香及鐵舟和尚。縱飲陂塘作寒食。闕門令尹飛札催，携酒且別姑蘇臺。里中祖帳慰行路，十日不許春帆閑。稚存、味辛兩先生及徐仲平、管道民、崔宇卿、惲吉士、黄璞山、劉申受、劉昶谷諸君分日設餞，至上巳解纜。明年禊飲更何處？各就離席傾流杯。周郎念侶復乘興，一舸直下京江隈。城東夜飲城西別，宛宛楊枝未堪折。周以元夕後三日赴丹徒。送君行處我重行，時見飛花糝晴雪。春光淡淹難留戀，君趁回潮我風便。同是丹徒聽雨人，咫尺烟波不相見。君歸訪舊先我家，修平閣外春陰遮。南咸北籍總星散，時季父留吴門。一樹亦落墻頭花。人生失意常八九，獨客天涯更何有？爾新相知我交久，遠住江干祝子常近河口李申耆。招携幾輩在鄉關，草堂置酒相思否？少年氣盛輕離別，他日相逢各成叟。買山舊約競何年？馬上作歌訊吾友。（清陸耀遹雙白燕堂詩道光至光緒間刊本卷三）

程得齡

秋夜，一庵兄招仝人燕集南藤花屋，即送保緒之揚州

碧水如空净無雲，月照虚堂座上賓。舉酒恰欣能盡醉，看花還恨不逢春。口都日食一升飯，腹可寬容數百人。有客揚帆風自順，先思泊岸亦勞神。屋中有英熙齋尚書手書楹幟云：「譬彼舟行未揚帆，先思泊岸。」（王錫祺編纂、張强點校山陽詩徵续编陝西人民出版社二〇一一年版卷十七程得齡）

龔自珍

程秋樵江樓聽雨卷，周保緒畫

其一

周郎心興筆氤氳，天外驚濤落紙聞。絶憶中唐狂杜牧，高樓風雨定斯文。

其二

賈誼長沙謫未還，江東文酒緒闌珊。論文剩有何文忌，指點吾徒夢裏山。（清龔自珍著，劉

逸生、周錫韍注龔自珍詩集編年校注上海古籍出版社二〇一三年版丁亥）

黄承吉

比日與周介存同年談接，喜其意氣豪邁，感爲是作

我愛陶彭澤，我思鄭子真。高名動四海，豈非適用人？東方不世識，凡哲兩爲鄰。人生鮮措施，但取多笑嚬。盛世絶泉石，真隱人不聞。不如錦纏頭，佳談亦娱賓。君爲雲鶴儔，予猶海鷗群。慚無截蛟勇，焉取雕龍文？廿年忽聚散，相顧垂釣緡。龔生天夭年，笑彼非還淳。頗憶疇昔游，挾彈擊湘水。誰將兩斛弓，競發三緑矢。日色已遲暮，豈雲收桑榆。子有經濟才，雅歌善投壺。得意重然諾，相知懷瑾瑜。從來驚耳目，遵彦即師儒。（清黄承吉夢陔堂詩集道光二十三年刻本卷十八）

符葆森

聞周介存濟夫子解綬南歸

二十對策怨明光，六十冷官髪鬢蒼。慷慨往復數十載，短歌痛苦成文章。辛苦功名亦何用，大才盤盤虛棟樑。工師淺闇老棄置，天地吟唱撑冰霜。陽羡百畝舊所治，茂草得鞠誰薙荒。典午書成是子在，豈讓遷固居三長。夫子著晉略一書。森也南北妄奔走，以言觸諱思括囊。世事如此那可説，夫子行矣心茫茫。（清符葆森寄鷗館詩集清抄本卷六）

六、評論

著述

晉略

讀定庵文集。平均篇、著議、農宗、五經大義終始、古史鈎沉論樹義既高，文體迥出。蒙古圖志諸序、西域數文，製作之盛在此。其他序、記、志、傳雜文，則猶未湔唐習，甚者有詠氣，不及容甫先生之大雅也。并世兩賢，殆難鼎足，庶幾周保緒乎？晉略而外，文集未能悉稱。每誦述學，如聆古琴瑟。生諸先生後，寢饋遺編，榮期之樂可四也。

閱魏書彙傳，體裁精當，惜文字多非其舊。恩倖傳首列王叡，其子椿即收之姑夫，并云魏撫兄子收，情同己子，乃不以舊恩曲回。史筆直道如此！猶蒙穢稱，豈不惜哉？閱魏書僭僞傳，措詞失當，其過爲六朝族史之尤。諸方并起，互相長雄，不獨南邦，不應附傳。即西北群雄，豈可不以鄰國禮之？吾於此益服保緒先生，國傳十篇爲不朽之業矣。（清譚獻復堂日記光緒刻半厰叢書本卷一）

荆谿周君濟保緒晉略，文六十六篇。其所作也，晉書繁蕪，君文以簡核勝，雖叙事間未詳實，而大體不失爲精當。其風骨尤有不可及者。君以嘉慶戊辰聯捷成進士，有盛名。樞相戴大庾迎謂曰：「子必得大魁，廷試對策，幸無過激。」君對曰：「此乃士人進身之始，敢欺君乎？」大庾失色曰：「謹受教。」遂不得上第，歸班後數年，選淮安府學教授。與知府論事不合，投劾歸。遨游山東諸省，晚客漢上，依其同姓官制府者以老，晉略即制府爲之刊行者。（清陳康祺壬癸藏劄記光緒刻本卷三）

詞辨

荆溪周止菴濟研精詞學，受法於武進董晉卿二尹士錫，實衍張翰風明府、臯文太史之緒餘，而論説時有牴牾，因編輯詞辨十卷，以明大旨。一卷起温飛卿，爲正。二卷起南唐後主，爲變。名篇之稍有疵累者，爲三、四卷。平妥清通，纔及格調者，爲五、六卷。大體紕繆，精彩間出，爲七、八卷。本事詞話爲九卷。庸選惡札，迷誤後生，大聲疾呼，以昭炯戒，爲十卷。既成定本，寫付弟子吴淞田生端。田生携以北，附糧艘行，衣袽不戒，阨於黄流，後復追憶，僅存正變二卷。又恐久而復失，亟録以付刊，并附介存齋論詞雜著一卷，即現行本詞辨是也。光緒末造，詞學盛行，國變後尤甚，惜乎此書亡後八卷，令人有嘗鼎一臠之嘆。凡總集選本，皆别裁僞體，歸於一途，以爲後生小子法，俾知所則效，未聞有選本以昭炯戒者。周氏此選，可謂生面别開，爲千古所未有，其實於理亦通。有勸不可以無懲，有法不可以無戒，不明示以懲戒之處，焉知懲戒之在於是，則周氏選本之微意也歟。（清劉聲木萇楚齋續筆卷九周濟詞辨）

宋四家詞選

九月南還。十月一病，幾殆。十一月赴官安慶，道出嘉善。金眉生都轉招飲，中坐以周保緒宋四家詞選見貽，潘侍郎新刻。周先生有詞辨十卷，稿本亡失，潘季玉觀察刻二卷，版亦毁矣。去年重九張公束寄我寫本，甚珍異，嘗馳書越中，以詑陶子珍。此四家詞選爲後來定本，陳義甚高，勝于宛鄰詞選，即潘四農亦無可詆諆矣。「以有寄托入，以無寄托出」，千古辭章之能事，盡豈獨填詞爲然？（清譚獻復堂日記光緒刻半廠叢書本卷三）

文

五月初八日，赴官秀水教諭。檢行篋上船，夜閲周保緒止齋文，篇體清峻，終不逮晋略也，著述各有專詣，信哉。（清譚獻復堂日記民國二十年鉛印本補録）

詩

康發祥

荆溪周保緒濟學博止葊詩奇偉幽深，絶無叫囂甜俗之氣。（康發祥伯山詩話）

符葆森

吾師周止葊先生工畫山水，嘗作長江卷子，爲長三丈有奇，身後不知落於何手。昨閲幼學堂集，有題先生畫云：「技是屠龍前進士，力如射虎故將軍。題詩我亦傷心甚，茅屋荒江隔暮雲。」讀之爲欷歔累日。

又引荆溪縣志：濟……於詩稱陶杜，然痛詆康樂謝，而以近人顧炎武之詩爲少陵後一人。

（符葆森國朝正雅集寄心盦詩話）

徐世昌

乾隆以來，士人好言經濟，陳和叔、吴耶溪、包慎伯、龔定庵、魏默深諸子爲尤著。保緒尚任俠，求通當世之務，旁及技擊騎射諸術，與慎伯同游，其議論與相出入。文逼近大雲山房，詩乃似小倦游閣，詞亦於同州皋文、申耆諸家之外，别闢蹊徑。（徐世昌晚晴簃詩匯詩話）

詞

丁紹儀

語云：「管得住身，管不住心。」又云：「丢了青竹杖，忘了弄蛇時。」皆俗諺也。教授衍爲虞美人後結云：「留住花枝，留不住花魂。」又云：「纔得春晴，都不記春寒。」讀之清雋輕圓，初不覺其意在諷刺。教授登嘉慶乙丑進士，司鐸淮安，晚歲寓居江寧，有止庵詞。蝶戀花云：「絡緯啼秋啼不已。一種秋聲，萬種秋心裏。殘月似嫌人未起。斜光直透羅幃底。唤向閒庭看露洗。薄翠疏紅，畢竟能餘幾。記得春花真似綺。誰將片片隨流水。」緑陰玉京秋云：「春乍去。金鈴繫高閣，綵幡虚護。幾許嫣紅，霎時吹盡，何關風雨。多謝疏簾影，面面遮斷，送春心緒。鶯休語。不知誰在，緑窗深處。一枕香迷蝶栩。向西園、餘情更苦。記得那回，青驄嘶過，蘼蕪横路。忘却珊鞭墜，爲憶樓上，盈盈眉嫵。空凝佇。惟有垂楊慣舞。」言外俱有意在。

（丁紹儀聽秋聲館詞話卷十一周濟止庵詞）

蔣敦復

嘉慶末，余年童稚，始識陽湖周保緒先生于田若谷邑宰署中，蒙以奇童見稱。時習經史及帖括文字，間亦作詩，未嘗問津于倚聲之學。中年抑鬱無憀，乃學填詞。從王子久茂才處，韜附注：子久即余舊字，今詞留余處，尚有劍人評跋。借得先生存審軒詞一卷讀之，是真得意内言外之旨。菩薩蠻前段云：「嬌憨未識相思苦。盈盈漫捉風前絮。春去繡簾閒。黛痕輕上山。」浪淘沙後段云：「回枕曲屏空。纖甲重重。睡情比勝酒情濃。多少流鶯催得起，夢又忽忽。」虞美人云：「不須把酒倚闌干。才放春晴，都不記春寒。」臨江仙云：「曉風吹面酒醒時。一雙翠羽，無處寄相思。」虞美人影云：「一燈秋夜疏星共。照破銀屏幽夢。又是隙風微動。簾押文犀重。紅蔫小譜琵琶弄。碎玉丁當遥送。顫落鈿釵金鳳。酒醒脂痕凍。」凡此于南唐北宋神似，而非形似。一萼紅云：「漏聲沉、想寒蟾一點，依約度疏林。隱臂粧殘，扶頭酒淺，離思空復盈襟。記初見柔荑未握，試弦索、嬌語囀春禽。錦幄藏花，繡鞍銜雪，都是情深。才得得畫羅親解，甚輕分翠帶，翦却同心。舞絮樓臺，吹香院宇，羞向夢裏重尋。念惟有窗前玉蝶，坼紅萼、芳意不勝簪。那更歸遲，任伊閒伴瑶琴。」纏綿婉約中，得深厚之致。蓋先生少年時，與張臯文、翰風兄弟同里相切劘，又與董晋卿各致力于詞，啓古人不傳之祕。近來浙吴二派，俱宗南宋，獨常州諸公，能瓣香周、秦以上，窺唐人微旨，先生其眉目也。（清蔣敦復芬陀利室詞話卷一周保緒詞）

蠹蝶蟫魚，蝕故紙所成，形似故名之。保緒先生爲作齊天樂云：「緑茸不記尋春路，濛濛但留纖影。玳管輕捎，烏闌細寫，生被銀魚驚醒。鐙花餤冷，照一片愁痕，倩誰重省。欹枕商量，化伊還怯夜風緊。羅浮休便去也，有神仙恰待，圓月如鏡。織就雲衣，調殘露屑，争又前身虚并。芝田萬頃。任竹榻蕉窗，個人消領。翦紙招來，費紬梅半餅。」寓意深遠，非淺人所能夢見。又有新竹、風竹、晴竹、雨竹四首，調倚長亭怨、疏影、南浦、高陽臺。比興無端，言有盡而意無窮，與時輩咏物，相去遠矣。（卷一保緒咏物詞）

清真六醜一詞，精深華妙，後來作者，罕能繼縱。獨保緒賦楊花詞，用其調云：「向濃陰翠幄，漾娟娟、春魂如雪。畫闌獨凭，飛英鴛甃濕，正恁愁絶。又對斜陽院，晴絲空裊，任飄零離别。南園誤了雙蝴蝶。草際輕粘，簾前漫瞥。纖纖映、蛾眉月。却難尋瘦影，幽恨重疊。東風摇曳，算塵根小劫，灞岸嗚嘶騎，情暗切。柔條幾度攀折。縱天涯覓遍，買春榆莢。只惆悵、梟芳都歇。争得似、委艷香泥長倚，杏梁春帖。還消受、半枕寒怯。更唾絨、點綴茸窗底，嬌紅一

捻。」此詞精思妙緒，宛轉環生，片玉家風，洵乎未墜。其聲律謹嚴處，可謂字字從華嚴法界中來。（卷一保緒賦楊花詞）

况周頤

周保緒濟止庵集宋四家詞筏序，以近世爲詞者，推南宋爲正宗，姜張爲山斗，域於其至近者爲不然。其持論介余同異之間，張誠不足爲山斗，得謂南宋非正宗耶？宋四家詞筏未見，疑即止庵手録之宋四家詞選，以周邦彦、辛棄疾、王沂孫、吴文英四家爲之冠，以類相從者，各如于家。止庵又有論調一書，以婉、澀、高、平四品分之，其選調視紅友所載，祇四之一，此書亦未見。（清况周頤蕙風詞話民國刻惜陰堂叢書本卷二）

譚獻

周氏撰定詞辨、宋四家詞筏，推明張氏之旨，而廣大之，此道遂與于著作之林，與詩賦文筆同其正變。止庵自爲詞，精密純正，與茗柯把臂入林。

文字無大小，必有正變，必有家數。水雲樓詞珂謹按：即蔣春霖著。固清商變徵之聲，而流别甚正，家數頗大，與成容若、項蓮生二百年中，分鼎三足。咸豐兵事，天挺此才，爲倚聲家老杜。而晚唐兩宋一唱三嘆之意，則已微矣。或曰：「何以與項并論？」應之曰：「阮亭、葆酚一

流，爲才人之詞。宛鄰、止庵一派，爲學人之詞。惟三家是詞人之詞。與朱、厲同工異曲，其它則旁流羽翼而已。」（譚獻復堂詞話）

蔣兆蘭

止庵又云：「詞非寄托不入，專寄托不出。一物一事，引伸觸類，意感偶生，假類必達，斯入矣。萬感横集，五中無主，赤子隨母笑啼，野人緣劇喜怒，抑可謂能出矣。」此最善言寄托者也。質而言之，要在渾含不露，若即若離，只用一兩字點明作意，使人省悟。不可發揮太過，反致淺陋。（蔣兆蘭詞説止庵善言寄托）

王國維

雖止庵詞頗淺薄，潘、劉尤甚。然其推尊北宋，則與明季雲間諸公，同一卓識也。（王國維人間詞話删稿）

吳　梅

茗柯詞選出，倚聲之學日趨正鵠。張氏甥董晋卿，亦能踵美。止庵又切磋于晋卿，而持論益精。其言曰：「慎重而後出之，馳騁而變化之，胸襟醖釀，乃有所寄。」又曰：「詞非寄托不入，專寄托不出，一物一事，引伸觸類，意感偶生，假類必達，斯入矣。萬感横集，五中無主，赤子隨母，笑啼由人，緣劇悲喜，能出矣。」至其所撰詞辨，及宋四家詞選，推明張氏之旨而廣大之，此道遂與于著作之林，與詩賦文筆，同其正變也。止庵自作諸詞，亦有寄旨，惟能入而不能出耳。如夜飛鵲之『海棠』、金明池之『荷花』，雖各有寓意，而詞涉隱晦，如索枯謎，亦是一蔽。余謂詞本於詩，當知比興固已。究之尊前花外，豈無即景之篇，必欲深求，殆將穿鑿。皋文與止庵，雖所造之詣不同，而大要在有寄托，尚藴藉，然而不能無蔽。故二家之説，可信而不可泥也。

嘉慶以前，詞家大抵爲其年、竹垞所牢籠，皋文、保緒，標寄托爲幟，不僅僅摹南宋之壘，隱隱與樊榭相敵。此清朝詞派之大概也。至鹿潭而盡掃葛藤，不傍門户，獨以風雅爲宗，蓋托體更較皋文、保緒高雅矣。詞中有鹿潭，可謂止境。（吴梅詞學通論第九章概論四明清）

蔡楨

詞本可歌，音節鏗鏘，理所應有。填詞能入調，自無生硬之病，故覺鏗鏘可聽。欲求入調，惟有熟誦古名家詞，久之自然純熟。周介存詞辨，乃選本中最精者，首首可誦。（蔡楨柯亭詞論詞須熟誦）

七、貯素樓詞

序

夫翠水滋沙，茁九光之秀；鱗雲暈月，發五色之華。道以久而神，氣以感而化。事理有之，才其尚矣。家介存進士業暨賈董，體兼管葛，知言以爲養，善隱而用文。道光辰巳之歲，僑居白下春水園，著論之餘，究學詞學，自謂得其奧窔，可以冠冕宋人。蓋雲霞鬱勃，瀵潤瀑而源通；松柏輪囷，孕苓珀而氣潤。長言不足，咏嘆繼之，心之所流，無可窒已。

姬人㊀蘇氏佩蘘，居鸞凰之列，鳳乃爲公；分桃李之春，蘭斯獨秀。時依縑素，遂習宮商；促拍慢聲，都嫻軌則。晨夕諷咏，成貯素樓詞一卷。花模月範，瑶理瓊輝。嫱施難比色于常儀，巒素可亂真於長慶。園中饒臺榭竹木之勝，風廊水約，螢扇魚緡，托物咏成，抒豪賦就。一篇乍出，三雅横飛。鶴唳摩空，金聲擲地。低徊對影，慷慨沾巾，亦足柔英氣于中年，付雄心于逝水。娟娟默默，心寫神移。長此高卧羲皇，相忘耕鑿，倡予和汝，誰曰非宜？

進士家蜀山下，故東坡買田之所也。籬下三弓，可莳花藥；溪南二頃，足謀稻蟹。鄰里淳樸，領事外之致；子姓雍雅，有閨門之和。芳草滿徑，青山繞廬。厨釀蓄於四時，架帙侔於二酉。陶公歸去，無事尋源；仲生端居，自然樂志。異日者，打桃根之槳，掛樵青之帆，倚罨畫爲軒窗，列銅官於屏幛。麗句明珠，傳同天籟；佳人空谷，望若飛仙。固已極塵世之殊榮、人天之勝概矣！他若羊侃筵前翩翻角技，史遷車後婉娩隨行，蒙有猜焉，不足方也。

道光癸巳六月，夫椒山人儀暐序。

【校勘】

㊀「姬人」：求志堂存稿彙編本作「箔室」。

荷葉杯　新月

昨夜蛾眉初見，西院，斜照碧闌干。杏花剛喜試春寒，纖影耐尋看。　書案半留芳曲，殘輝㊀，掩燭不勝情。玉鈎教上畫簾旌，梁燕夢雙驚。

【校勘】

㊀「輝」：底本作「燭」。據求志堂存稿彙編本、閨秀詞本改。

虞美人

捲簾不負嬋娟約，暝色連高閣。柳塘還送晚風寒，斜曳繡羅雙袖獨任闌。沈吟不見歸來燕，何處尋芳甸。年年此日總花開，底事而今祇遣暗香來。

芳　草 送夫子薄游皖上

海棠酣，丁香還結，空教屋角亭亭。繡簾高卷處，暗香盈袖，怎逐江程。鶯聲啼滿樹，想遥遥、遠隔烟汀。待乘風，隨他帆勢，夢裏逢迎。　清明，池塘水碧，新月影、亂惹波輕。竹陰閒素鶴，落花千片裏，倦舞還停。新來雙語燕，憶年時，梁上經營，喜舊巢，依然畫閣，不負初盟。

望海潮

濛濛疏雨，漸敲朱户，西風吹透簾旌。深閣晝眠㊀，重幃暗鏁，鶯啼殘夢偏驚。春盡絮飛輕。共海棠落去，千片無聲。此際魂銷，但將離恨、寄春行。　清池水上橋横，被行人遮住、隔岸初晴。斜日樹邊，檐前燕子，銜泥虚傍雕楹。人倚越山屏，是爲花憔悴，减却芳情。冷落香篝又隨，雲想度長更。

【校勘】

㈠「眠」：求志堂存稿彙編本同。閨秀詞本作「瞑」。

虞美人

昨宵風雨連烟暮，花落猶疑誤。今朝真個逐東流，何處殘香、偏入小樓頭。　天涯消息憑誰問，問也無憑准。含愁擬酒待黄昏，雙燕歸來，和我共消魂。

菩薩蠻

南池池上多飛絮，嬋娟弄影來還去。一釣蕩波輕，亂香魚夢驚。　小窗人久立，星映遥天碧。曉燕出雕梁，啄泥知更忙。

湘春夜月 落花

惜春葩、辭枝都向天涯。祇剩一片清陰，留取蔭苔沙。細憶去年初會，共低腰舞柳，傾國争誇。被阮郎偷玩，嬋娟纖影，人掩窗紗。　庭前過蝶，池邊宿草，天際明霞。憔悴樓頭，裝嬾便，唤春回也，難唤芳華。叢叢桂葉，料素秋、香滿鄰家。乍相别，甚愁思消得、闌干遍倚，雲亂風斜。

木蘭花慢

奈穠春雨細，共風送、落花聲。正雙燕歸來，尋巢弄剪，虚傍簾旌。黄鶯，翻從樹底，認嬋娟斂影照空明。不道蛾眉蕉萃，東風獨立殘更。　雲行，伴柳絮飛輕，池畔草相迎。被幾處啼雅、但催愁思，不解春酲。堪驚，春光似水，照朱顔攬鏡不勝情。憑仗東皇雨露，明年更簇繁英。

雨霖鈴

西南風劣，向花枝、剗地愁先絕。尋常莫道春去，王孫未老，還堪重惜。月上瓊樓，算幽恨、飛燕能説？·漫寄向、烟雨天涯，一路香痕伴華轍。　荷錢點點何堪折，但清波、渺渺銜魚妾。流螢一個巧入，待伴我、重簾岑寂。夜漏頻催，擬把雙蛾，還聚愁碧。奈露盤、空盼金莖，只向梧桐滴。

滿庭芳中元感賦

幾日新秋，西風向晚，又吹新月團圞。畫樓人静，衣袖覺輕寒。漫道縈簾細雨，良宵也、别樣辛酸。平池上，流螢露草，何處接荒原。　憑闌，看弱柳，絲絲都是、飛絮芳年。奈纖影而今，不到鶯邊。此際魂銷霸岸，歸期早，尚隔霜天。傷心處，一聲梧葉，和露墜窗前。

迷神引秋鶯

一曲笙簧臨碧樹，閒却了，蟬無數。當時應悔、送得春歸去，一聲聲、還疑被、落花誤。怎喚得春回？迷舊路。且復約春心，傍秋住。　弱柳侵簾，裊裊尋飛絮。問畫梁間，差池羽。紫宵寒起，可傳得、儂幽素。　萬種深情，凄凉調、不成譜，曾共玉樓人，移雁柱。　彈遍十三弦，淚如雨。

夢芙蓉 來鶴館芙蓉忽不發

主人譜此㊀弔之，命余同作。

西風吹緑碎，正瀟瀟秋影，向人憔悴。年時曲徑，香靨倚濃翠。怨魂和露墜。問他何處飄寄？繡閣重簾，但憑將畫稿，留得靚裝在。　香發芳園曉柱，小院無人，弱柳還縈繫。霜華易結，空揾素蛾淚。蟬聲猶自噫，砌蟲啾唧相對。那是凄凉，替招回艷魄，不信驗羅袂。

【校勘】

㊀「此」：求志堂存稿彙編本同。閨秀詞本作「此以」。

摸魚兒 移蕉

對仙雲、小園籬畔，重重生翠彌漫。移來試傍瑶階種，只恐芳魂易斷。君莫怨，早約得、潺誰相伴，小立闌干耐看，舞裙似蝶零亂。佳人扶病伶俜煞，頓覺秋添一半。春去遠，要爾殢春情，婉轉隨昏旦。柳絲千萬，繫不住銀河，嬋娟纖影，枉把繡簾卷。

潺疏雨宵來灌。桂香深院，可肯趁佳晨、露濃風静，緑蠟一齊展。

湘春夜月蕉别

雨綿綿，伴君今夜凄然。只剩一寸柔腸，都化作秋烟。葉葉羅裙生翠，共海棠嬌映，減甚芳年。奈恩深故土，頓成小别，終是留連。　三更殘月，窺簾弄影，别樣姿妍。何處魂銷，酒盞送、驚鴻瘦影，直到窗前。回廊隔住，料孤根、不隔三泉。問覆鹿，向誰家夢裏、天涯路杳，一任高眠㊀。

【校勘】

㊀「眠」：求志堂存稿彙編本同。閨秀詞本作「瞑」。

芳　草蕉答

伴離情，蕭蕭瑟瑟，西風又蹙蛾眉。今宵分袂處，海棠親見，有淚都垂。瑶階還獨立，趁佳晨、帶露剛宜。助新妝、遥天一碧，曲沼雙碕。相思，叢叢桂影，新來又、鶯語迷離。是年秋日聞鶯，曾賦詞。赤闌圍素夢，倩誰扶月起，作弄嬌癡？好秋輕過了，斂芳魂、雪壓霜欺。待明年、雲羅翠纈，小院春暉。

南浦秋海棠

風吹艷落，剩幽芳、散作露階痕。莫道秋容憔悴，籬菊未招魂。鏡裏翠眉妝淺，料佳人、還要點朱唇。但拈來三徑，粉濃指淡，耐可賦温存。　怪底年年纖影，傍清池、寒透㊀緑羅裙。暗雨驟鳴蕉屋，驚夢不成春。試看紅消翠減，便深情、萬種付湘雲。盼夜來圓月，畫簾人静伴黄昏。

【校勘】

㊀「透」：求志堂存稿彙編本同。閨秀詞本作「逗」。

惜紅衣九㊀月十二夜陶谷程夫人贈荷

寂寂宵分，團團月午，一天雲散。送得香來，剛離謝池畔。紅衣翠蓋，應替却、悲秋一半。

銀漢，訴與姮娥，比天涯還遠。西風惹袖，金粟鋪階，佳人笑相玩。蓮舟纔繫，忘了采蓮伴。目斷故山歸路，一定有人凄怨。但膽瓶深護，莫把繡簾輕卷。

【校勘】

㊀「九」：求志堂存稿彙編本、閨秀詞本作「八」。

西湖月十八夜，陶谷又贈荷花

瑶階悵望多時，見月上林梢，繡簾輕護。是誰又遣，瓊花來自，玉塘深處。膽瓶重拂拭，奈前度、仙雲留不住。問昨夜、獨立瑶池，可有別情離緒。　小園弱柳蕭疏，弄萬種柔情，共人凝佇。漸秋深也，袖寒嬌裉，翠消紅誤。西風吹不斷，怕艷魄、凋零和恨去。剩白石、惜到紅衣，冷吟秀句。

南歌子

細雨宵潛濕，青桐葉半凋。臨池弱柳萬千嬌，繫慣離情，繫不住魂消。　喚起重幃醉，誰家弄玉簫？秋聲怕問廣陵潮。吹入秋心，吹不展芭蕉。

湘春夜月春水園填詞圖

惜秋來，蕭蕭瑟瑟花殘。剩有籬菊叢叢，還耐碧天寒。待訴落紅離緒，奈蕉心難展，竹淚空彈。漫傷秋老去，窗前有月，且自吟看。樓頭夜永，西風又送、青女驂鸞。盼到回春，彩筆共、蘋洲片玉，分樣裁箋。憐他燕子，寫棲香、舊夢剛圓。掩繡閣，對琉璃研匣，緑雲紅雨，都付遥天。

瑞鶴仙題湯節母楊太夫人吟釵圖

瓊臺凋鶴羽。念萬種凄凉，小窗倦旅。秋風無處所。折一枝釵玉，燕隨秋去。雙飛俊侶。早碧化、鯨飆鱟雨。更間關、千里征程，還恐舊巢難住。凝佇。思親一夜，掩淚相看，白雲紅樹。愁題秀句。清鏡裏，斷腸譜。羡輕裘叔子，朱弦彩筆，争識舊家風度。憶春暉、長似依依，膝前絮語。

一萼紅題雨生都督、雙湖夫人畫梅樓雙照

喚春魂。倩羅浮枝上，翠羽下仙雲。陶谷蒼虯，古香曾識，尋常不數江村。傍清沼、亭亭裊裊，兩三枝、留與客温存。竹外籬邊，松風檜雨，舊夢無塵。　不道西湖當日，早濃香疏影，立盡黄昏。彩筆閒題，家山重到，况禁雪護柴門。定記得、曉寒樓上，擘鸞箋、芳意藹朝暾。待到花梢月轉，再賦新痕。

虞美人雪蕉

繡簾輕隔階前雪，腸斷何人説。一聲孤雁入遥空，剩把離愁漠漠、訴西風。　緑窗猶賦裁箋句，不管魂銷處。夜來明月著天流，曾照羅裙窣地、立深秋。

夢横塘雨生都督有劍人緣傳奇，讀竟即題十二古琴書屋填詞圖，呈雙湖夫人。

西窗風勁，弄影寒梅，向人無限蕭散。月朗湖空，記對把、紅牙低按。雅髻蟬鬟，黛眉丹靨，海棠春綻。喚羅浮舊夢，共蝶醒來，朱弦冷、塵衫換。　人間俠骨仙才，借杯澆塊壘，都

作秋嘆。恁好芳華，總付與、紫簫聲婉。送悽楚、斜陽一抹，照到傷心畫樓畔。海國濤生，更飛仙劍，斬鯨鯢㊀教看。

【校勘】

㊀「鯨鯢」：底本、求志堂存稿彙編本皆作「鯨鯨」，據閨秀詞本改。

湘春夜月 夫子爲友人寫緑陰清晝圖，贈杜季翾，題詞以諷，倚聲作此，杜名小燕。

小屏山，閒看繡幙春融。一翦拂柳穿花，來睇畫樓東。那識離情離緒，曾捎鶯趁蝶，占斷香濃。奈韶光彈指，朝朝暮暮，又舞殘紅。池荷倚恨，東籬送酒，雁影横空。漫道魂銷，長笛甚、傾巢雀鼠，惱亂嬌慵。訴盡傷心，倩佳人、彩筆玲瓏。便好去，覓青山茅屋，星前月底，静對霜楓。

婆羅門引

西風過後，更無落葉作秋聲。錦機偏動幽情。萬里天涯路窄，何處月長盈。嘆滄波一片，輕換陰晴。凝眸短檠。渾未辨、舊時明。況又瀟瀟細雨，遥夜争鳴。繁華夢久，怕相將、都付與雲屏。愁玉女、立盡殘更。

疏　影 題王潤如夫人天寒有鶴守梅花圖

疏林瘦竹。作萬種凄凉，寒夢難續。漫立闌干，遥攬春暉，天涯空自盈目。紅消翠減憑誰記，且傍者、小窗横幅。任秋來、落葉無情，送盡玉蟬哀曲。　猶喜庭前素羽，碧雲明月裏，顧影忘獨。料得融融，綵勝椒盤，仙骨露華香熟。簾前陣陣南來雁，莫寄與、離愁悵觸。算世間、一例春空，只有萼華凝緑。

春雲怨 題梨花白燕圖，爲柔吉夫人作。

韶華暗换。見數枝冰艷，盈盈深院。瘦骨偏宜妝淡，萬葉暮雲春思遠。暖日生香，輕陰送影，半掩離愁半清怨。簾外從他，無言桃李，閒立畫廊遍。　斜陽一抹空遺嘆。寫生綃素幅，幽懷難浣。永夜姮娥易魂斷。輸與梁間，對語呢喃，舊巢依戀。動是天涯，惜春人老，柳絮乘風弄晚。

一枝春人日，題玉戲圖，同人取梅花枝上積雪印糕相餉遺，夫子戲作此圖。

亂積梅枝，壓檐低、欲折瓊花清玩。東風乍起，不是飛綿香軟。纖纖素手，謾摇向、翠盤零亂。但洗出、一片紅芳，裊裊占春一半。　妝成羡他星粲。染脂痕、却是佳人曾慣。草堂寄與，莫道春情猶淺。春留甚處，想此夕、柳眉應展。消幾許、簾外湘雲，伴人深院。

探春令題明鴛湖女史黄皆令自畫小影

寶奩開處，嫦娥應識，愁眉春綻。自憐瘦損秋風面。渾不是、尋常見。　韶光幾度陰晴換。剩幽蘭相伴。任人間、老盡芳菲，萬種只恁湘波遠。

探春慢夫子夜宴集園，歸爲少海先生作孤山雪霽第二圖，命題其上。

江上新堂，乍開春宴，幻出瓊花玉樹。不借東風，吹他紅萼，似怕韶光輕妒。但得好春回，謾問道、何人分付。誰疑只欠幽香，冷裝偏耐深處。　曲曲闌干凝佇。憶萬點寒聲，小窗曾賦。繡幙低垂，鈿箏龍笛，唤起湖山烟霧。不盡蒼茫意，怎①銷向、翠顰紅舞。五馬重來，六橋芳草無數。

【校勘】

㈠「怎」：求志堂存稿彙編本同。閨秀詞本作「乍」。

蘇幕遮寄贈耕畹夫人謝惠墨蘭

寫幽蘭，香不斷。試問何人，替得東風怨。素手纖毫千萬轉。一幅冰綃，九曲湘波遠。　憑朱闌，擡望眼。繡閣簾垂，細裊沈烟篆。見説春歸將一半。寄與春雲，擬托雙燕。

大聖樂落梅

瘦骨亭亭，偏宜妝淡，共春爭色。裊數枝、簾外湘雲，一片清波，誰惜天涯傾國。最恨掃紅東風勁，送零亂、幽香隨翠陌。無言處、謾凝立畫闌，猶見遺迹。　多情忍教拋擲。料雙燕、歸來難自識。算春光情鍾，桃李那管，離愁狼藉。嫩柳搓黄含烟露，更嗚咽長堤悲倦客。斜陽晚，帳空寫、生綃盈尺。

鳳凰臺上憶吹簫 風雨連夕，對瓶中杏花作。

幾度東風，瀟瀟吹雨，作成春意闌珊。惜瘦影、無端憔悴，處處憑闌。誰道紅消翠障，一枝正、畫閣閑閑。休重問、恨在別離，情在辛酸。　呢喃。乍歸社燕，又絮語、雕梁似話前歡。要留取、芸窗長伴，几案清妍。除是調脂弄粉，風神別、著手都難。拌今夕、遍嗅片片香殘。

齊天樂 清明後風雨不已，惜花感賦。

曉簾不散金猊篆，憑闌爲誰凝佇。鏡裏姿容，人間離別，舊恨新愁如許。斜陽欲暮。記一翦東風，緑窗眉嫵。怎似而今，作成疏影斷腸譜。　垂陽池上弄碧，裊千絲踠地，不遭春妒。春本多情，花偏易落，畢竟芳年誰誤。瀟瀟細雨。向嫩葉殘英，十分調護。語燕歸來，舊巢知在否。

高陽臺 楊花

竟日東風，縈簾柳絮，霏微弄影臨池。欲倩誰扶，愁痕重上蛾眉。芳情不道春如霧，傍闌杆、立彀多時。要憑他，流水聲中，再續佳期。　沉沉繡幕低垂處，怕驚殘午夢，難到遼西。極目天涯，斷腸忍説將離。梁間細語雙雙燕，記年來、共斬㊀香泥。怎而今，只替飛花，遠寄相思。

【校勘】

㊀「斬」：求志堂存稿彙編本同。閨秀詞本作「惹」。

菩薩蠻

瑶階悵望春將暮。幽蘭欲倩東風護。已是不勝愁，更堪明月樓。　斷腸誰忍見，梁上雙雙燕。莫訴向蟬娟，夜來初學圓。

闌干十二春光遍。芳香暗減吹簫院。最惜故園枝，斷紅還自持。　陽羞嬌欲語。説被東風誤。夜久月生寒。繡簾相對閑。

拜新月慢㊀

嫩柳成陰，亂紅飄砌，莫自登高臨遠。獨立雕闌，問梁間雙燕。向何處，特地、窺他畫閣殘夢，又誤幾番春淺。風雨凄凄，定蛾眉難展。記當時、薄醉桃花面。甚而今、暗裏春光換。約得杜宇聲聲，奈南來無雁。正天涯、旅客愁中見。沉烟裊、一一迴文篆。漸瘦却、鏡裏朱顏，待歸來教看。

【校勘】

㊀「拜新月慢」：此調當作「拜星月慢」。

被花惱珍叢館薔薇

小園竟日惜春歸，芳意獨留仙館。萬葉千條倚嬌軟。窗前最是，雙雙蛺蝶，襯舞和愁亂。剛欲語，又斜暉，半庭纖影凌波卷。長記艷深時，曾賦香痕壓檐綻。新娥漫緑，早怯東風，取次相吹散。問何人暗遣鬥芳菲，欲作弄、柔紅夢中幻。拚醉也、莫待飄零清淚盼。

徵招 緑陰

薔薇一點嬌紅剩，芳菲漫隨塵土。見説洛陽花，早簾前飛去。嬋娟無處所。問桃葉、而今誰賦。極目天涯，弄珠人老，韶光輕度。　日暮倚闌干，鶯聲亂、匆匆問春歸路。弱柳萬千條，繫春痕不住。幽懷傳尺素。料此際、湘雲難駐。自沉吟、翠黛雙娥，倩曉風調護。

鳳銜杯

舊歡新寵未分明。向誰行、眉語忪惺。手把白羅扇子，掩秋星。釵朵重、鬟雲輕。　將脈脈，訴盈盈。踏春陽、綺緒難縈。尋遍吴山越水不勝情。瑶瑟倚湘靈。

大酺

問極天涯，人何處，庭際緑陰鋪遍。湘雲連翠幙，動凄凉懷抱，又成斜晛。試問姮娥，人間苦別，誰最傷高懷遠。闌干憑來久，正斜陽暗淡，斗星偷换。剩烟縷垂楊，參差纖影，伴人深院。　新荷開又卷。流螢小、空繞銀河岸。漫蕩起、多情明月，寂寂凉生，傍清池、春光都變，不是東風裏。休再向㊀、畫梁歸燕，訴凝緑、春深淺。回首無語，今夕斷腸誰管。墻陰一痕蕉展。

西平樂

多謝瀟瀟細雨，洗出深深翠。休探南薰消息，算得春歸幾日，一半春痕猶在。闌干憑處，直恁空枝窣地。惜花意。渾忘却，空掩淚。只有垂楊萬縷，禁得風風雨雨，弄影清池裏。天涯路短，人間世窄，寫尺素、向誰寄。雨滴蕉聲聲碎。夢殘酒醒，一可記省、秋容況悴。㊀寸柔腸斷矣。

【校勘】

㊀ 求志堂存稿彙編本同。閨秀詞本後有一「□」形符號，蓋分片也。

燕山亭 新荷

啼鵑聲歇，紅紫誰收，盡付西園清沼。鈎上畫簾，燕掠微波，倦懷爲伊傾倒。尚卷冰心，怕逗起、炎凉多少。悄悄。漸院落斜陽，月停雲表。　針綫慵拈過却，更緊鎖雙蛾，爐烟空裊。金盤出掌，仙露侵衣，秦關夢中難到。花發何時，待別倚、南薰濃笑。聞道。香徑裏、吴宫人杳。

南歌子

社燕歸來後，春争宿雨多。水面蕩新荷。晚風吹不起，奈愁何。
竟日簾高卷，輕寒似早秋。天際暮雲稠。有人猶獨立，小層樓。
莫向高樓望，東風去不歸。小雨又絲絲。怎禁魂斷也，上燈時。
隔岸流螢小，時時度碧紗。柳影漫相遮。怕隨風直去，極天涯。

琵琶仙 寄姊

時節黄昏，月兒起、乍透㊀西園芳樹。連袂初試輕羅，閑階共凝佇。春正好、千紅萬紫，總輸却、緑窗眉嫵㊁。廿四橋邊，十三樓畔，争便離阻。　蕩蘭槳、簫鼓喧闐，算難把、清游共鄰女。多少不言情味，付庭前鶯語。吹盡了、游絲萬丈，怎便能、綰得飛絮。莫損鏡裏朱顔，渡江迎汝。

【校勘】

㈠「透」：求志堂存稿彙編本同。閨秀詞本作「逗」。

㈡「眉膴」：閨秀詞本作「嫵媚」。

長亭怨慢

乍聞得、一聲春去。料想東園，落花無主。越樣離情，黛痕只向翠蛾聚。繡簾空卷，雲疊疊、關山暮。便訴與常儀，只逗起㈠凄凉無數。　最苦。裊垂楊綫弱，漫欲繫情教住。天涯恁遠，怎但在、闌干斜處。拌換却、滿眼流光，夜窗聽、沉沉風雨。問燕子能言，曾唤春人醒否。

【校勘】

㈠「起」：閨秀詞本無。

碧牡丹

莫問春何處。綠遍春歸路。可惜東風，取次催將西去。極目天涯，正淺深雲暮。斜陽還在高樹。逗悽楚。細映霞成縷。銀鈎漸生嬌嫵。縱到團圓，解照離情幾許。不似菱花，傳綺窗愁苦。朝朝都上眉譜。

雙雙燕

癡情欲語，有簾外靈風，共人斜眄。天涯咫尺㊀，試問阿誰書便。剛道愁懷易剪。早剩下、淒涼一片。空餘萬縷垂楊，樓外翠深天遠。誰伴。常儀瘦損。但竟日憑闌，黛痕難展。瀟瀟疏雨，濕到畫梁如霰。應是新巢香軟。可記省、年時初見。分付杜宇休啼，啼㊁遣緑窗春换。

【校勘】

㊀「咫尺」：求志堂存稿彙編本同。閨秀詞本作「只赤」。

㊁「啼」：求志堂存稿彙編本同。閨秀詞本奪。段曉華周濟詞集輯校華東師范大學出版社二〇一六年版，校勘語謂「此處疑漏一字」，乃未審底本及求志堂存稿彙編本有兩「啼」字。

卜算子慢

湘簾半卷，紈扇生凉，滿目緑陰清晝。曲曲闌干，立遍翠環紅袖。對斜暉、無語空低首。便待向、天涯極目，淡烟先暗堤柳。　夜久蟾光透㈠。念萬里嬋娟，爲誰消瘦。恁種凄凉，况是別離時候。盡無眠㈡、夢怕相逢陡。算只有、相思兩字，耐迢迢繁漏。

【校勘】

㈠「透」：求志堂存稿彙編本同。閨秀詞本作「逗」。

㈡「眠」：求志堂存稿彙編本同。閨秀詞本作「瞑」。

念奴嬌

闌干凴遍，正沉沉院落，陰陰芳樹。獨上高樓成悵望，冉冉斜陽西顧。前度東風，吹開吹落，不記離愁譜。桐花飄階，早秋驚報園圃。　還見萬緑枝頭，蛾眉纖影，欲倩輕雲護。曾照魂消春夜永，也照春歸無語。月自年年、朱顔鏡裏，還似年時否。蕉心猶卷，緑窗曾有人賦。

大聖樂 蘋婆果連歲秋花

颯颯西風，怯紅愁緑，作成憔悴。念幾番、春去春來，萬種柔情，都付一天香綺。繞遍畫闌還凝望，問前度、幽懷何處寄。家山畔、剩深淺艷痕，伴人殘醉。　天涯斷腸别淚。奈疏雨、黄昏難獨避。料明朝、洗盡胭脂，只有霞光姝麗。跨鶴縱回神仙駕，也難遣重開花并蒂。文窗掩，但羅袖、清寒相倚。

摸魚兒 餞秋

念秋來、惜離傷别，珠簾垂又還捲。西風只會吹梧葉，那識芳園零亂。晴又晚。最怕是、重陽風雨年年慣。暮雲一片。空繞遍天涯，畫欄凝佇，怎教黛痕展。　情未倦。更上層樓望遠，嬋娟誰與爲伴。供愁惟有東籬菊，解得愁深愁淺。秋不管。也不怕、玉關舊路陰晴换。千回萬轉。要寄取相思，庭前爲托，疏柳倩征雁。

臨江仙

莫道春歸愁已絶，殘秋别樣難支。畫欄憑遍月輕移。誰將纖影，又送極天西。　待倩征鴻傳信息，斷腸空自凝思。暗風不動小荷池。岸邊衰柳，獨舞碧絲絲。

渡江雲

片帆隨碧水，遠山惻惻，萬里起嵐烟。好風頻斷送，弱柳春花，是處總堪憐。江楓何事，也禁他、恁樣翩翩。空斷腸、斜陽隱隱，無數客歸船。　年年。天涯羈旅，試問飄零，却何人曾慣。憔悴損、吴宫眉翠，月自清圓。也知不是春光裏，剩東籬、殘菊争妍。遥天碧、傳來雁信誰邊。

連理枝 望梅

不惜東風去，不惜金盤露。只惜殘紅，年年慣是，飄零無主。縱常儀最解、説多情，也難留艷譜。　隱隱斜陽暮。猶被蛾眉妒。試問江梅，才含香蕊，倩誰調護。怕元徽無處、畫朱旛，又禁風禁雨。

菩薩蠻 哭輓先師惲潔士

西風日夜摧殘葉。瀟瀟和雨階前滴。那得不潸然。抱經將十年。　瓊樓今異昔。何處容高潔。無語憶春暉。白雲天際飛。

綺羅香

萬葉凋零，清池積就，一片幽憂誰省。尚記春歸，替盡落紅愁病。又只被、雪壓霜欺，似殘葩、粉消香燼。甚年年、玉露金風，慣入芳菲斷腸徑。　芸窗誰傳錦字，便倩賓鴻寄遠，難尋前景。翠閣重樓，争裹舊時蟬鬢。縱忘却、客裏流光，奈敲簾、雨疏風勁。爲何人、滴遍芭蕉，淚隨殘漏永。

雨中花冬至後二日見月，寄潤如、柔吉二女史。

小院深沉留鶴影。聽殘漏、畫樓人静。梅蕊横窗，雁聲迴浦，記取年時景。試問新來誰對咏。料白燕、差池難并。玉闕高寒，凄凉情味，夢喚梨雲醒。

虞美人題秋江罷釣圖

江潮夜夜驚人寐。山色催人起。危磯鎖不住江流。何况纖纖風裊、一絲柔。人間容易珊瑚老。且向蓬萊島。緑蓑青箬白沙鷗。都把閒情付與、十分秋。

甘草子

疏雨。亂灑梅枝，越様添眉嫵。是處最銷魂，更有銷魂處。簾幙輕寒烟籠樹。奈此際、春猶無主。日自虞淵宵自午。過月明三五。

齊天樂

一番花信東風裏，匆匆落梅多少。日暖烟輕，池清水皺，海月初生林杪。西窗夜悄，怪竟日飛英，尚縈懷抱。野寺鐘聲，暗催前夢過瓊島。　天涯誰念倦旅，料嬋娟萬里，堪共吟嘯。鏡裏溶雲，簾前點雪，幾度闌干低繞。鶯聲弄巧。甚絮絮深情，向人頻道。總惜春歸，奈春歸自好。

過秦樓 柳

社燕初歸，嫩黄才吐，却早占春一半。闌干獨憑，裊裊柔絲，最是共人腸斷。何事晝長夢回，輕染纖蛾，便成悽惋。怕秋來萬里，飄零無主，馬蹄聲遠。　曾説與、芍藥開前，青梅熟外，種種緑繁紅倦。絲風院落，潺雨黄昏，一葉蕉痕長捲。多少幽情，付伊剛耐春寒，又凝春怨。向清池影裏，閒逗疏星幾點。

浣溪沙

風暖蘋洲二月天，客懷何處不凄然？片帆春水度芳年。　莫問天涯惆悵㊀事，落花殘月在尊前。一行新柳自含烟。

【校勘】

㊀「惆悵」：求志堂存稿彙編本同。閨秀詞本作「怊悵」。

瑶　花

春光艷冶。靄暖風輕，早清明時節。萋萋芳草，料此際、緑遍尋春雙屐。落梅無數，盡付與、笛聲嗚咽。裊畫簾、萬縷垂楊，只賦天涯離别。　斷腸忍問流光，奈香滿池塘，春水凝碧。燕嗔蝫舞，似伴我、共領綺窗凄切。曲闌望久，想到處、都無人説。但試取、短夢清宵，穩耐幾番風月。

滿庭芳

甲午三月十九日，夫子手書至，訴客中近狀，兼問園中花木，繫念殊深，奉讀之下，凄凄終日，賦此記之。

徑緑苔滋，墻陰樹密，小園尚剩餘寒。人留甚處，竟日獨憑闌。誰道江南夢好，清宵永、新月彎環。消凝處、癡雲難卷，繁漏又珊珊。天涯悲倦旅，愁隨更起，不共更殘。剩落花千片，清淚相看。縱自登高極目，應不似、曩日烟鬟。章臺路，垂鞭倦也，應趁好春還。

虞美人

愁多不識愁來路。整日空凝佇。簾前雙燕報春殘。羅袖寒輕還去、倚闌干。花枝不記東風怨。新緑生庭院。個人窗下暗魂驚。除問嬋娟何處、得分明。

長亭怨慢

莫吹盡、枝頭花片。試剩殘紅，待儂歸見。蝶舞蜂喧，燕嗔鶯吒倍零亂。問春不語，空拍得、闌干遍。碧樹縱多情，也只記㊀春深春淺。翠鈿。漫雲鬟半嚲，柳絮亂飛空院。芳華易歇，莫便把、繡簾輕卷。便灑出、萬點湘斑，總難把、蕉痕都展。怪昨夜姮娥，偏照年時人面。

【校勘】

〔一〕「記」：求志堂存稿彙編本同。閨秀詞本作「説」。

摸魚兒 夫子久客袁浦，賦此寄之。

對閒庭、翠深春老，紗窗輕報寒暖。天涯總有多情月，怎照個儂幽怨。雲一片。又耐聽、瀟瀟細雨傳更箭。畫羅團扇。且漫撲流螢，休尋舞蝶，只恐晚晴變。　消凝處，誰把珠簾半卷，愁痕惟許蕉見。東風不解春無主，猶向碧荷零亂。人自遠。寫尺素、遥遥那倩南來雁。銀河隔岸。問萬里姮娥，可曾留影，照徹寸腸斷。

霜葉飛 并序

幼失怙恃，依于徐氏。徐母鍾愛，十有六載，未嘗暫離。於歸後，尚得同居。道光八年，將隨夫子返春水園，母悲不成語，良久泣曰：「吾年老矣，兒去恐難再見。」又曰：「兒去能安樂，我心亦慰。」訓語臻至，心痛拜受。一載之中，音書不絶，至十年正月，忽聞仙逝。嗚呼！疾不能親待湯藥，亡不能撫棺一慟。撫我育我，將欲何爲！忽焉五稔，素秋欲盡，觸目傷心，爲詞以記。

斷紅衰緑。迷遥望，沉沉千里烟霧。一番秋送幾番愁，忍向霜天訴。縱化作、楚鴉飛去。迢迢不是天涯路。料宿草萋萋，封不斷、當時望眼，白雲深處。漫倚淺碧闌干，回廊繞遍，斷腸空自凝佇。月痕初上畫簾旌，慣促斜陽暮。算只剩垂楊幾縷。臨池猶惹風姨妒。便待得、春風轉，野徑棠梨，奈他烟雨。

摸魚兒 七夕憶小池白荷

漸西風、送秋來也，天涯離思如許。銀塘獨立無人賞，脈脈此情誰訴。回首處。正月暗、樓陰愁下窺魚鷺。仙橋已度。算天上人間，都將清淚，併入冷香句。湘雲遠。無限明珠翠羽，遥遥那見歸路。冰魂月魄黄昏後，定記小窗調護。秋且住。莫便把、仙衣輕辟書中蠹。凌波緩步。待一櫂歸來，盈盈水際，相對話離緒。

齊天樂

海棠剛綻秋初遍，芳園漸疏庭柳。露重池坳，蟬鳴葉罅，又釀淒凉時候。層樓人瘦。甚竟日西風，暗盈襟袖。已是銷魂，更堪微雨弄晴晝。湘簾一桁細卷，念愁荷萬柄，空自低首。寂寞天涯，蕭條身世，碧宇高寒依舊。佳人知否。盼隔岸銀河，祇餘星斗。漫訴離思，夜窗支永漏。

疏影

閒庭翠暖。怪梧葉無情，先送幽怨。敲響空階，不管愁人，臨風剛賦秋扇。西風最惜分離苦，便竟日、蕭蕭深院。自那時、蹙損雙蛾，怎向這回重展。休問年來憔悴，綠窗春去後，吟事都懶。弄影銀蟾，輕蕩湘波，偏照天涯人面。芭蕉葉葉籬邊碎，又忍卷、珠簾重看。便喚取玉宇春回，別是一番鶯燕。

大酺 秋柳

對短檠昏，秋光淡，底事凄凉重省。小樓春去矣，念生來弱骨，怎堪愁病。漫賦梨雲，休悲絮雨，清淚那能消盡。嬋娟憑高也，更分明付與，秦臺妝鏡。便宜是飄零，春風和露，已曾身領。

桂香來深徑。奈此際、鷗鷺眠難醒。十二曲、闌干繞遍，空自凝眸，把舊詞、忍與重咏。

不識天涯遠，但隔岸、都成幽境。又禁得，繁更警。回首池畔，尚剩殘荷幾柄。蕭條夜寒風勁。

卜算子 雪意

朔風乍起，烟樹半凋，寂寞碧霄高迥。觸目傷懷，那是去年愁病。一聲聲、怎識飛鴻信。漫損却、青山遠緑，伴取瓊臺妝鏡。　夢斷殘更警。料萬里同雲，倍增凄冷。荏苒流光，誤了素娥纖影。更天涯、歸計渾難定。但點綴、窗前緑蕚，任幽人閑領。

瑶華 春雨

留寒禁暖。暗把春痕，蹙芳園眉嫵。繡簾高卷，臨碧沼、但曳垂楊千縷。篆烟琴韻，盡畫閣、低迴無語。記去年、滿樹幽香，不似者番悽楚。　池差㈠雙燕還來，看涎尾紅襟，都帶離緒。萋萋芳草，料遍滿、昔日王孫行處。香泥易斬㈡，莫更啄、汀洲蘅杜。消幾許、庭院黄昏，且下重簾歸去。

【校勘】

㈠「池差」：求志堂存稿彙編本同。閨秀詞本作「差池」。

㈡「斬」：求志堂存稿彙編本同。閨秀詞本作「惹」。

虞美人 燕營巢

畫簾卷處春雲重。雙翦輕拋送。杏梁猶記去年痕。肯向笙歌隊裏、覓朱門。　夜來應濕池差㈠羽。還又穿花去。紫騮陌上曾相逢。勸整歸鞭莫待、緑陰濃。

【校勘】

㈠「池差」：求志堂存稿彙編本、閨秀詞本皆作「差池」。

一枝春

淺碧闌干，拂垂楊、幾點朝來疏雨。春痕乍染，不是向時深處。籠烟低裊，倩誰替、個儂悽楚。有畫閣、雙燕呢喃，似訴隔年離緒。　樓頭慢垂簾幕。怕嬋娟、靜夜歸來無主。瓊臺試暖，鏡裏待添眉嫵。天涯悵遠，空回首、斷霞千縷。人瘦也、休報春歸，預愁春去。

跋

蘇太宜人工辭翰，歸叔祖止庵公。時居白門春水園，麻枲之暇，輒事倚聲。與湯雨生都督夫人及楊、程諸命君相酬酢，益以詞名。積之有年，裒然成稿。公爲存其尤者，題曰「貯素樓詞」。及生叔燮堂，甫晬而稱未亡。嗣是鉛華盡屏，筆研遂封。或以爲言，則曰：詞緣情生。今情已盡，將復何詞？嫡孫丹文爲録其定稿，非宜人願也。一志撫孤，至於成立，守節二十四年。丁粤匪之變，以難死，年五十一。壽讀斯譜，纖穠綺麗中，具勁健氣，宜其操守有此也。今板已毁，燮堂叔因刊公之存稿，并刊是編，而附訂焉。用白其槩如此。光緒戊寅冬仲侄孫恭壽謹識。

八、柳下詞

序

木君蹇於遇，居恒愁苦怨抑，恤然不可以終日，故其詞多酸澀之味，思力沈摯，求諸古人，往往而合也。余既常出游，木君益困萃，竟以死。遺詞散失，爲録其完善者刻之。吾郡多詞人，木君足不出里門，概未之識，惟與余相切劘。余不能專精，而木君生死以之，宜其刻琢泰甚，竟夭天年也！曩見木君，才三十而嘆老，心竊憂之。今信矣！其自識也，情溢乎詞。然則世之寶貴壽考而修詞者，亦獨何哉？

道光三年癸未冬日，族孫濟序。㈠

【校勘】

㈠ 國家圖書館藏求志堂存稿彙編本無此序。

菩薩蠻

秋雲一剪如羅薄，遥山低隱紅墻角，日日倚闌干。夕陽風雨酸。　輕陰留不住，落葉苔階聚。枯草壓霜殘，亂蛩知曉寒。

同

西風黄葉飄零影，疏林飛遶何曾定？一雁起湖干，砧聲處處寒。　南枝清夢憶，誰解春消息？香氣撲廉櫳，雪花融未融？

摸魚兒 聞雁

正淒淒、暮秋風緊，孤鴻嘹嚦飛度。征程不怕關山遠，獨影更誰爲侶？高絶處、有幾點輕霜，寒逼凌霄羽。還棲别浦，又衰草愁烟，荒蘆映月，漁笛夜深語。休教住、似此北來南去，嚴寒避却曾否？天涯空有傳書夢，驚斷玉砧宵雨。應最苦，便倚遍、闌干九曲人何許？恁時聽取，想彈鵲情懷、祝燈心事，都向翠眉聚。

菩薩蛮

春光分是江南早，新來夢也連宵好。酒醒暗香生，隔花啼乳鶯。黄昏深院裏，嫋嫋清歌起。歌罷月闌干，月高羅袖寒。

临江仙

砌緑堆紅争艷冶，夜深剩有花魂。隔簾寶鴨篆猶温，月斜烟斂，庭院又昏昏。　還恐東風吹欲散，空園難抱孤根。飄零莫道樹猶存，杜鵑枝上、徹曉是啼痕。

齊天樂 雪意

北風惻惻欺茸帽，家家耐寒時節。落日蒼茫，亂雲堆砌，千里關河凄絶。漫拋刀尺，正滿地霜華，一池冰屑。那要憑闌，夜來已是冷侵骨。　袁安高卧歲晚，有紅爐正暖，香醪還熱。緑斷蕉牕，黄欹竹徑，惟伴梅花高潔，南枝乍坼，縱此际飄霙，未應摧折。祝取飛瓊，助伊香味别。

祝英臺近 雪霽

月高寒，雲掩斂，深夜獨凝竚。歷落晨星，窗影淡將曙。北風又拂晴檐，亂瓊飛墜，渾不是、擁爐心緒。　恨難訴、一任清漏通宵，凄凉對人語。消盡冰魄，空逐亂流去。不知春到誰邊，只留梅影，伴冷落、閒門深處。

齊天樂 題保緒夢游圖

關河不隔年來夢，蕭條壯游情緒。壁掩昏燈，帳驚仙蝶，一派迷離何處？乘風欲舉，又竹影橫，雲亂山，無數掩映。孤村渡頭，帆擁暮潮落。　低徊還記舊地，對黄昏冷月，岑寂無語。細雨驚回，荒鷄喚起，難把飛絲重駐。疏狂伴侣，嘆半枕愁痕，細縈烟縷。莫遣霜毫，更重臨舊譜。

虞美人

緑楊長伴緋桃住，占斷春濃處。臉霞腰素競芳菲，一片柔情，空際轉晴絲。　凄涼幾陣黄昏雨，斷送春歸去。卧紅堆碧隔年期，一縷輕魂，還向玉樓飛。

青玉案 秋蛩

一輪斜月横牕瘦，漸午夜、輕寒透。好夢驚回濃睡久，小堂深院，短檠如豆。正是吟秋候。凄凉苦咽銅壺漏，起擁羅衾攬衫袖。舊愁新恨拋却，又碧梧金井，緑楊沙渚，人病曾知否？

惜紅衣 霜葉

幾度秋風，連宵細雨，嫩寒天北。雁影横雲，清霜更凄惻。辭枝繞砌，應不管、飄零無力。空憶、香徑殘紅，尚徘徊春色。濃陰點綴，曾費詩人、沈吟五花筆。千山杳雲外管，離别儘，有惜花心事，試與停車重覓。但荒丘狼籍，剩把錦囊收得。

鵲橋仙

花陰黯淡，春游岑寂，誰管連天風雨。惜春何事最關情？只水影、蒼茫東去。庭深緑草，簾垂疏月，静夜聲聲杜宇。可曾幽夢乍驚回，怕不是、年時心緒。

南鄉子 聞保緒猶在蘇

清夢遶吴宫，欲去還來路未通。記得蘭舟曾繫纜，朦朧烟樹，參差夕陽空。傳語向東風，畢竟名花舊日紅。浪迹年來誰作伴？孤蓬，君是愁中我病中。

踏莎行

月色横空，天香入户，清宵耐冷三秋樹。竹牕歸雁幾行斜，一聲隱約雲邊去。薄劣西風，零星白露，疏林霜影籠寒霧。柴門黄葉任飄零。閒庭亂卷無重數。

玲瓏四犯 春雪

寒壓繡幃，香生朱户，看來春信初起。北風才撲面，淡薄雲千里。冷絮飄零片片，灑芳叢、數枝斜倚。慧想鏤冰，玄言屑玉，日暖散清綺。争[一]春，雨應羞比。有肌膚足羡，攀嗅堪美。當空旋落霰，入夜疑堆蕋。釵頭試插空添恨，但赢得、人前旖旎。君記此、春來問，袁安是矣。

【校勘】

㊀「争」：求志堂存稿彙編本誤作「雨争」，且與上闋未分開。

鵲橋仙 輓秉章

生花吐鳳，凌雲傷鵬。燈隔素幃摇影。玉樓此日想初成，看碧落碑、題新咏。遺編尚在，焦桐何處？惆悵風流消㊀盡。池塘春草夢難尋，嘆玉樹、還生幽徑。

【校勘】

㊀「消」：求志堂存稿彙編本作「清」。

卜算子

春到未教知，春去偏教見。金勒驄嘶陌上香，人在深深院。轉眼又飛花，心逐東風亂。青草庭深細雨來，莫卷珠簾看。

浣溪沙

寂寂書齋晝不開，小牕一點放春來，黄鶯欲語又遲回。　絮惹游絲隨幕轉，花飛小徑任風摧，夕陽何處認樓臺。

無悶　春雪

花發疏枝，風送暗香，閒向層巒獨眺。算紫燕才來，小桃初笑。辦着狂游清興，又幾點餘寒隨殘照。凍雲一片，飛花卷絮，黛痕如掃。　情繞，故園道怕，杏臉難回，梨魂空悄禁。脈脈春光，暗隨人老，遥憶飛瓊，静夜尚小，步階前，迎清曉。縱此際，獨擁虚衾，好夢經寒應少。

小重山

緑暗山前春事深，小齋長閉户，理瑶琴。落花風定斂輕陰，飛泉冷，寂寞易驚心。　薄霧暗高林，斷紅無覓處，囀春禽。隔墻啼苦日初沈，三更月，獨許子規尋。

訴衷情

春去如羽東城路，雨凄迷，山不斷。誰管，玉樓西，風送落花飛。依依餘香沾繡衣，燕銜泥。

鶯啼序

愁人送春最苦，又青山無數。嗟此日、耐可憑高，默默從教春去。看爛漫、江南花事，連天緑暗津亭樹。但無聊、聽罷啼鵑，鷓鴣如訴。夢繞秦樓，琴横客舍，更誰問羈旅。柴門任、獨掩烟嵐，碧雲重疊催暮。枕愁攲、孤燈懶對，儘薄醉、金樽時舉。嘆暗揔、一點無情，頻驚風雨。

愁來量減，老去才消，屈指幾今古。恣狂縱、少年情性，玉勒驚嘶，隋堤貪看，十眉爭膴。撲缸香醲，點衣紅濕，花邊小坐歌金縷，有盈盈、嬌靨頻回顧。章臺何處？祇應贏得飄零，試與拈將飛絮。

餘香難覓，試問枝頭，擬倩誰爲主？清晝永空庭紫燕，漫寄相思，暫得雙棲，頓成無據。倚闌凝淚，杜郎甚日，歸期驗得簪花卜，逞風流，還把群芳譜。荒郊細草，空教目斷天涯，淡烟薄霧。

柳色黄 緑陰

雨濕芳枝，風送小窗，緑暗如織。無端細草連天，掩映做殘春色。輕烟漠漠，剩有幾點昏鴉，繞林一片横雲黑。秋夢怯重尋，莫憑欄望極。　難覓，絳唇紅褪，膩臉香銷，但成追憶。纜繫湖邊，一笛漁舟消得。可堪鶯燕，一任老盡風流，斜陽影裏空南北。更甚處王孫，未歸來金勒。

解連環

晝陰庭院，算窺簾鳳子，半隨春倦。怎奈向、碧甃雕甍，攬風裏、游絲暗留花片。幾處幽香，早特地、撩人夢斷。怕依依欲語，如嚬又笑，倚闌初見。　多情别來眷戀，嘆芳心未久，霎時偷變。想小徑、玉勒争嘶，看桃李經春，肯藏嬌面。舊日劉郎，但付與，愁魂宛轉。漫低徊，一任流光，晝簾莫卷。

鷓鴣天

午夜空庭户暗扃，流螢幾點亂疏星。小池殘暑烟還斂，嫩竹新凉夢未成。　幽恨滿，暗風生。玉琴時解捕蟬聲，何當皓月臨牕處，一片荷香十里横。

惜紅衣 山中憶蓮花

户鎖遥山，琴横旅館，玉容難識。出水亭亭，天然去雕飾。紅妝掩映，應未減、當年傾國。天北，枕轉簟凉，夢凌波岑寂。　雨翻比翼，翡翠驚回，空巢定相憶。盈盈隔水笑靨，尚凄惻。何况粉紅輕墜，露裹淚痕偷滴。問華山何處，空賦一池春色。

凄凉犯 蟬

小庭槐影，孤棲久，愁心漸入弦索。未應得蔭，恰才抱葉，早憂黄雀。斜陽漠漠，漫空向、輕陰自托。最高枝，三危露好，須管夜凉著。　猶記櫻桃樹，緑葉深深，爲誰飄泊？臨風乍嘯，尚迢迢、夜蟄難約。薄翼蕭疏，算嬌鬢空驚暗掠。恨仙姿、一晌未識，任寂寞。

瑣牕寒螢

曲沼低飛，深林弄影，可憐清夜。疏簾巧入，隱隱一燈相射。耀微輝隔江亂流，幾番細雨當空灑。問夜珠誰擬，潘郎何在，未增聲價。　低亞，迷樓下。正短燭難留，隕星獨托。却被紗籠，小扇招來盈把。想凌虚、一身自輕，傍楹點點空暗惹。怕銅盤、露冷三秋，碧草難重化。

羅敷艷歌鳳仙

女兒嬌小朱闌倚，紅白交輝，未解芳菲，午夜無心月半規。　飛花不向秦樓去，且暫停徽，雲水無依，秋雨秋風只自悲。

瑣牕寒秋夜山中聽雨

暗雨敲牕，新凉入户，客中秋思。瀟瀟静夜，著意作成憔悴。伴殘燈、夢魂乍驚，却愁抱影渾無地。嘆小庭危檻，亂雲如墨，未醒殘醉。　慵起，還忘睡，正砌竹時鳴，井梧欲墜，不斷銀壺，點點空階滴碎。擁虛衾，薄寒未禁，更堪一縷簫聲細。又三更、枕略鳴蛩，只說凄涼味。

青玉案

經秋月色明如霰，逞游興、誰家院？寂寂夜涼簾半卷，廣陵濤急，紫雲歌倦，長是開清宴。
山空孤館雲横練，萬里清光高更遠，曲檻徘徊人不見。素弦空試，暗燈慵剪，蟋蟀傳新怨。

一落索

清夜閒愁千縷，夢魂無據。暗燈孤館照孤眠，但唧唧、秋蟲語。　破壁黄昏凝竚，凄涼難訴。井梧不許聽吟秋，又淅瀝、階前雨。

浣溪沙

霜影沉沉滿樹濃，疏林幾處透深紅，誤尋春色至山中。　夢斷竹牕驚細雨，愁隨塞雁動悲風，白楊蕭瑟漸無蹤。

凄凉犯 冬夜山中望月

亂山高絶黄昏後，孤輪夜寒如削。荒村一點，疏林幾處，素烟垂幕，愁雲淡薄，漾瑟瑟、霜風正惡。倚闌干、更深弄影，星斗燦天角。　漫憶狂游路，歲暮關山，照伊飄泊，凉宵獨對。賸蕭條、暗燈空閣，懶擁虚衾。怕清夢、來時未著。又窺簾曙色隱隱，漸欲落。

玉樓春　夢中驚覺

青霜一片寒凝水，落葉疏林看似洗。蘭成憔悴只因愁，久倚虚牕扶不起。　孤燈對，回首十年成底事？亂雲浮雪北風凉，仿佛早梅香細細。

卜算子

冬日倚虚窗，山影籠殘照。霜葉經風處處飛，小徑無人到。　枯樹太蕭疏，尚有鴉争噪。莫更徘徊獨掩門，清夢時驚覺。

點絳唇

天賦傾城，一簾花影魂縹緲。暗香還裊，明月横天表。　路絶銀河，音信年來杳。情空悄、相思縈抱，好夢時驚覺。

巫山一段雲

别後渾相憶，來時故弄嬌。黛眉長皺未曾描，清淚濕鮫綃。　背影愁無限，含情恨未消。倚闌獨自語無聊，此際要憐宵。

浣溪沙

客去凄清不自支，竹林閒步漫題詞，春來無處説相思。　紫燕窺簾聲似剪，梨花隔院雨如絲，風流空憶少年時。

倦尋芳

馬嘶柳軟，鶯踏花翻，春事如許。紫陌游人，誰惜故園春樹？買笑吴姬留醉飲，解貂公子忘歸去。逞豪華、看斜陽漠漠，淡雲微雨。　歎冷落、年來何事，門掩黄昏。愁恨難訴？萬紫千紅開遍，欲飛還住。香繞疏簾驚好夢，魂迷荒館隨晴絮。怕芳枝、尚依依，舊時張緒。

蝶戀花

嫩緑嬌紅真絶艷，不住風中，牽惹游絲軟。花底踏青人未倦，暗塵遥隔胭脂面。　一點幽香難自遣，去意徘徊，赢得愁深淺。瘦損蘭成誰獨見，玉樓春晝添新怨。

鷓鴣天

深鎖重門久未歸，旋驚柳絮任風吹。緑腮一點愁何限？亂惹游絲去復回。　情展轉，影高低，扶春不起、尚依依。津亭一霎無尋處，流水長東樹影迷。

翠樓吟

細草連天，飛花貼水，高樓目斷羈旅。凝妝應未懶，看春色飄零如許！風塵情緒，想破帽殘衫，不堪微雨。誰爲主，自應消瘦，亂愁千縷。此去，一别經年，嘆篆烟香冷，麝煤慵炷。清宵憐好夢，奈添綫光陰初午。低徊莫訴，悔昔日難留，今朝何處？回文句，幾回空寄，楚天飛羽。

憶舊游 憶保緒

記雲横遠嶂，路隔長河，一别經年。客夢應消瘦，况春光轉眼、老盡江邊。夜深曲檻凝望，明月幾回圓。嘆玉勒嘶風，紅塵染袂，更覺凄然。荒園，漸寥寂，問狂游恁處，過客情牽。緑暗溪頭樹，怕殘紅點綴，血淚啼鵑。碧波弄影如繡，何日放歸船，但目斷關山，音書未寄空自編。

水調歌頭 山居

客寄爲貧耳，何事入山深？半間茅屋獨宿，風雨幾曾禁？薄醉荒村旨酒，閑煮春園新茗。榮辱未經心。啾唧枝頭鳥，來伴我長吟。　游興懶，芸牕下，碎鳴琴，幽泉石上，嗚咽俯首倚疏林。烟鎖一輪明月，冷落家家門户，清夢不堪尋。若更過知己，携手試登臨。

憶秦娥

春難約，鶯聲脈脈鶻聲惡。鶻聲惡，亂催春去，斷紅零落。　翠陰摇曳青衫薄，往來蝶夢渾無著。渾無著，空山月夜，素烟垂幙。

雨零鈴

凉宵岑寂，坐幽牕久，人更難覓。清輝月在何處，疏星伴我，光摇天北。一霎愁雲掩映，又遥看無迹。　孤螢一點飛墻隙，也有時弄影初流碧。凄迷嘆驀地，禁得狂風，細雨瀟瀟夜如墨。細草原上，低照處、問誰相即？欲傍星光，長是更深隔水曾憶。更那識無限凄凉，任往來猶織。

少年游

愁雲似幛，嚴霜勝雪，寒意繞荒城。旭日烘簾，東風撲面，春到草微青。　有人携酒尋花柳，沈醉不曾醒。轉眼飛紅無端落，絮知否、慘啼鶯。

雨零鈴

秋陰寂寥，廢園枯樹，誰更曾惜？清霜静夜幾度，疏風細雨，漸來如織。淅瀝聲悲四野，惹閒愁無極。嘆一霎落葉紛紛，回首芳林影難覓。　秋聲聽處原無迹，是數枝、特地長相激。連綿細草何事，還一樣暗蟲啾唧。好夢驚回，空倚虚牕，暮雲如墨。更恁處深鎖柴門，也悠游晨夕。

南浦

清夜倚虚牕，聽聲聲、疏桐葉落如許。淡月掛雲端，西風緊，吹做一天微雨。燈前獨影，問誰曾把情懷訴？隔簾幾處還，唧唧愁蛩，添人愁緒。　因㊀思一晌飄零，嘆羅幙霜侵、繡衾寒妬。歸去問何年，津亭路，猶憶殘春飛絮。沾泥貼水，幾回目斷斜陽樹。可堪秋暮，更玉笛吹來，離愁無數。

【校勘】

㈠「因」：求志堂存稿彙編本前衍一「晌」字。且與上闋未分開。

菩薩蠻

凄迷一抹斜陽暮，細草經霜寒滿路。雲影趁疏風，飛來又幾重。孤村人不見，別院秋蛩怨。隱隱棹歌聲，隨流入太清。

虞美人 雁

蘆花深處驚飛起，嘹唳秋風裏。碧雲漠漠怯霜寒，何況連宵微雨濕衣單。傳㈠書一晌空，留意曲檻人。誰倚半燈孤影晚，妝殘深院依稀，繡户未曾關。

【校勘】

〔一〕「傳」：求志堂存稿彙編本前衍一「晌」字。且與上闋未分開。

玉樓春

殘紅落盡園林古，暗緑妝成簾幙素。子規啼罷鷓鴣啼，誰向夕陽堤上路。紗窗日日黄梅雨，乍暖乍寒意無緒。十分擬借酒澆愁，典盡春衫誰貰與？

慶清朝

淡月當頭，薰風拂暑，空園獨自棲遲。蟬聲乍咽早凉，高樹先知，石磴翠痕似繡，還凝坐、莫惜羅衣。當年路，盡縈野蔓，掃徑因誰？記得故人握手，向斷人行處。分外依依、流螢一點，池邊却笑孤飛。空憶星光四照，怕難今日説高低。黄昏後，未應禁得、雨打風吹。

虞美人

小樓簾卷東風細，楊柳烟如醉。陌頭不斷玉驄嘶，試問鶯兒、曾否叩朱扉。臨牕不是忺梳洗，新更添憔悴。夢中祇怕被郎知，郎若真來，還肯畫娥眉？

跋

祖曾祖木君公能文工詞，與先君交最密。蹇不遇時，以抑鬱卒。曩者，存審軒詞之刻，并刊行其柳下詞，蓋非特篤於故交，亦偉其才、悲其遇也。兹刻謹承先志，仍以是編并訂且以識。佐臣陋劣，不敢少有損益焉。戊寅孟冬望日，族曾孫佐臣謹識。㊀

【校勘】

㊀ 底本無此跋。

九、周濟年譜簡編

乾隆四十六年，辛丑（一七八一），一歲。

二月初七，周濟生。「君之生也，父夢顛僧驅虎入室，及覺而君墮地，遂以『濟』命名。」清丁

乾隆四十七年，壬寅（一七八二），二歲。

高氏姊始授詩。詩卷一哭高氏姊：「我昔周歲時，姊爲覓梨栗。抱持口授詩，一日半置膝。最先木蘭詞，唧唧復唧唧。」

四月二十五，董士錫生。

四月二十八日，族祖周木君青生。山溪周氏宗譜卷七之三：「璣，誂羽公長子。一名青，字青琮，又字木君。著有柳下詞一卷，梓行，載邑志。生乾隆四十七年壬寅四月二十八，卒道光元年辛巳七月二十六。葬村南田内，癸丁向。有傳。配吕氏，生乾隆四十九年甲辰九月初，卒葬無考。子三，恩露、恩榮、恩山。恩露出嗣兄璇。」山溪周氏宗譜卷一藝文匯録：「十四房十四世，木君公璣，著有柳下詞行世。」清蔣敦復芬陀利室詞話卷一周青柳下詞：「保緒先生有族叔名青，字木君，所著有柳下詞，保緒序而刻之。」

包世臣年八歲，隨父讀書金陵。胡韞玉包慎伯先生年譜乾隆四十八年，癸卯(一七八三)，三歲。

乾隆四十九年，甲辰(一七八四)，四歲。

乾隆五十年，乙巳(一七八五)，五歲。

乾隆五十一年，丙午(一七八六)，六歲。

乾隆五十二年，丁未(一七八七)，七歲。

從父周仁受「聲音之學」。自責五十二韻：「毁齒受庭訓。」文卷二說文字系序：「濟不敏，幼從先君子爲聲音之學，因及于韻，知韻之必本于文字，而未之能究也。」

乾隆五十三年，戊申(一七八八)，八歲。

乾隆五十四年，己酉（一七八九），九歲。

能屬文。丁晏周濟本傳：「九歲能屬文。」

乾隆五十五年，庚戌（一七九〇），十歲。

外出就師讀書。詩卷一哭高氏姊：「稍長解讀書，就傳出外宅。」

乾隆五十六年，辛亥（一七九一），十一歲。

始學作詩、文。介存齋詩自序：「余十餘歲好爲詩。」詩卷一哭高氏姊：「十一學古文，倔强逞筆力。」

乾隆五十七年，壬子（一七九二），十二歲。

周濟受學，師吴聞。「濟年十有二，執經於内堂。」附録輯佚樗庵公傳。文卷二賈節婦傳：「今年其族人輯譜，予師吴時敏夫子爲言節婦行實如此，樂傳而歸之，使刻諸譜。」清顧名、龔潤森修、清吴德旋纂重刊續纂宜荆縣志道光二十年刻本卷七之三荆溪人物志文苑：「濟少時從學於吴聞，聞字時敏，諸生，學長於史，常喜摘録諸正史、別史中處事之可爲師法者以教弟子，有管中見八卷，濟爲序之。聞之友曰曹嘉字禄申，亦諸生，嘗至聞書塾中，見濟垂髫時所屬文，即驚異之曰：『奇童子也。』」

父周仁序續修山溪周氏宗譜。山溪周氏宗譜卷首乾隆壬子續修譜序約是年撰荆音彙韻。周泳荆音彙韻序：「世俗兒童四聲多誤。先伯父手輯是編，以授泳等。不獨四聲有標準，即生僻之字，亦易檢獲。三十年來藏之巾箱，手澤宛在，然恐遞相傳寫，虚虎沿訛，因屬學穀、聯卿、邦華諸弟詳加校讎，并略附注釋，考辨點畫，附之剞劂，以省抄謄，爲家塾定本。俾子弟從事於此者，時時展閲，庶不致弄麞伏獵，貽笑士林也。時道光二年，歲次壬午，孟冬，侄泳謹識。」參黄河荆音彙韻：兩百年前的宜興話中西書局二〇一六年版。

乾隆五十八年，癸丑（一七九三），十三歲。

「十三姊出閨，恍惚一臂失。」詩卷一哭高氏姊

乾隆五十九年，甲寅（一七九四），十四歲。

包世臣以父卒，自金陵還涇縣，家居三年。胡韞玉包慎伯先生年譜

乾隆六十年，乙卯（一七九五），十五歲。

二月初八日，祖父周咸亨卒，壽七十一。山溪周氏宗譜卷四之一大分五房世表上習書法。詩卷五病中追悼隱山：「束髮弄柔翰。」

嘉慶元年，丙辰（一七九六），十六歲。

始學爲詞。詞辨序：「余年十六學爲詞。」與周木君青相切磋，「或時至忼慨於咽，汍瀾藉袂」，高雲溪森槐「亦移情共歌哭」。文卷二雲溪遺稿序：「又好爲詩詞者，莫如余木君。每爲詞，則手其稿就余，隔別或三五日，未嘗過十日，必一相見。雲溪過從不疏於木君。見余與木君論詞，或時至忼慨於咽，汍瀾藉袂，雲溪亦移情共歌哭，而未嘗及其爲詩。」文曰「與雲溪交逾十年，未嘗知其能詩也。浪游四方，歸里日少」，以周濟嘉慶十一年「浪游四方」計，正當此時。

菩薩蠻、浪淘沙蓋作於是時。

嘉慶二年，丁巳（一七九七），十七歲。

與徐良卿薰訂交。詩卷二歌寄徐二良卿：「廿年文字交，相望如晨星。」詩作於嘉慶二十二年（一八一七）。

董士錫從張惠言學。

張惠言、張琦編詞選成。

嘉慶三年，戊午（一七九八）。十八歲。

沿江西上，一過繁昌。詩卷四緐昌舊縣藤華哥：「波面初騰戊午魚，津邊競度壬申驥。」「戊午年十七，幡然始回車。」詩卷五自責五十二韻

兄周潛輯山溪孟氏宗譜，周濟爲作孟氏義嗣記，味雋齋文孟氏義嗣記：「伯兄輯其譜牒。」父周仁爲作纂修宗譜序。山溪孟氏宗譜光緒二十九年木活字本卷一序周仁纂修宗譜序曰：「有永瑞者，爲其始祖以下十七孫，少年英俊，雖在鄉里中，矯矯有出群志，與予潛兒交最善。歲在戊午，持其十三世祖國華所録宗支圖，并時彦題跋來議譜於余。」

嘉慶四年，己未（一七九九），十九歲。

十一月初二日，嗣子周棟生。

嘉慶五年，庚申（一八〇〇），二十歲。

是年嘗有金陵之游，初識汪正鋆。詩卷七將去金陵留别集園汪四：「二十初遇君，剖瓜共君食。」以晋書頗多訛舛，自弱冠即存撰晋略之志。晋略序目：「顧念始自弱冠，即存斯志。」包世臣卦試白門，始識張琦，張勸其勿多爲詩。胡韞玉包慎伯先生年譜

嘉慶六年，辛酉（一八〇一），二十一歲

四月初三日，父周仁卒，壽五十九。山溪周氏宗譜卷四之一大分五房世表上。又詩卷五自責五十二韻：「荏染及辛酉，風木悲空紆。」

嘉慶七年，壬戌（一八〇二），二十二歲。

夏，包世臣居常州李兆洛家七閲月，因識武進董士錫、陽湖錢伯坰。胡韞玉包慎伯先生年譜

張惠言病逝。

董士錫二十歲得益於舅氏交友圈，「弱冠入京師，與叔枚（錢杜）同受業於舅氏張皋文編

修」。董士錫齊物論齋文卷二崇百藥齋詩文集叙

嘉慶八年，癸亥（一八〇三），二十三歲。

泛舟平山。詞卷三浪淘沙：「嘉慶八年癸亥，始泛舟平山，今三十一年矣。舊日同游，無一存者，豈怪榱棟之傾覆哉？稍存餘冀，以諗將來。」作虞美人。詞卷一

九月，田鈞由鎮洋知縣初官寶山令。周濟田鈞傳：「壬戌秋，寶山令以憂去。縣故膏腴，衆争之未定，而洋匪蔡牽入犯，乃授君。」光緒寶山縣志卷之六：「嘉慶八年，海盗蔡牽犯吴淞口，知縣田鈞督同吴淞營防守。」卷之七下：「田鈞，字若穀，山東鉅野人。由舉人知鎮洋縣，有能聲，調任寶山。初至，守楊可春成法，除浮價，積三年，省民錢一十餘萬。時海盗蔡牽欲犯吴淞口，文武大吏駐節海上，羽書絡繹。鈞措畫裕如，練鄉勇，備器械，製砲位，籌糧餉，招集豪士，講求守禦克敵計。次年，逆復入口，知有備，不敢窺。事平，則投戈講藝。邑無書院，特延山長，課士明倫堂，識拔皆知名士。公餘手不釋卷，如老諸生。在任十載，以憂去。貧不能治裝，稱貸而歸。服除，改官關中，後遷廣西河池州。」卷十人物志藝術：「嘉慶八年，田鈞爲邑令，延曇及陳震、顧王霖迭爲山長。時未建書院，居學署尊經閣。」至十二年七月由靳文鈞署任。

嘉慶九年，甲子（一八〇四），二十四歲。

八月，鄉試舉魁。自責五十二韻：「癸甲笟同人，乃覺術業疏。不幸謬通籍，遂有賓客譽。」江南主試

爲大庾戴衢亨、新城涂以輈。

於是時識包世臣於白門。包世臣管情三義卷第八澗泉編九日啓程，留别荆溪周二保緒、桐城汪四均之正鋆、儀徵張大司衡銓。保緒十日後，亦之官淮陰矣：「周汪皆人傑，識面始甲子。并以從秋賦，邂逅白門市。」向包世臣求學詩，「取舊作録存者千餘首焚之，始肆力於曹阮陶謝」。周濟介存齋詩自序：「歲甲子，年二十四，初交慎伯。慎伯曰：『子之詩質美而未學心。』怪焉。歸，盡棄所學，取舊作録存者千餘首焚之，始肆力於曹阮陶謝。」胡樸安包慎伯年譜：「九年甲子，先生年三十歲。……是歲，荆溪周保緒訪先生於白門，一見即問難竟日，歸則取詩文舊稿疊尺付之火。」并「從慎伯受筆訣」。同聲月刊第二輯一九四三論著籜公荒鷄警夢室雜綴

始識董士錫於蘇州，學其爲詞。周濟詞辨序：「甲子始識武進董晉卿。晉卿年少於余，而其詞纏綿往復，窮高極深，異乎平時所仿效，心向慕不能已。晉卿爲詞，師其舅氏張皋文、翰風兄弟。二張輯詞選而序之，以爲詞者，意内而言外，變風騷人之遺。其叙文旨深詞約，淵乎登古作者之堂，而進退之矣。晉卿雖師二張，所作實出其上。予遂受法晉卿，已而造詣日以異，論説亦互相短長。」

嘉慶十年，乙丑（一八〇五），二十五歲。

年初，北上赴京應試，途經蘇州。於舟中餞飲，與董晉卿士錫、張與權、李申耆兆洛、周伯恬儀暐、包慎伯世臣、高古岩蟠石、胡元謹量、張翰風翊、沈文起欽韓相酬唱。周濟有虹橋舟

中飲餞，贈別翰風張二，即題芙蓉湖莊畫卷、題包十五南山草屋圖、堤上感懷、書胡元謹南游詩後、懷友人并序諸詩，長亭怨慢新竹諸詞。董士錫有長亭怨新竹等四詞；齊物論齋詞沈欽韓有長句贈週二濟北上，并寄懷毗陵張與權、李兆洛、周儀暐、涇包世臣、靈壁高蟠石諸子。幼學堂詩文稿 嘉慶十八年刻道光八年增修本詩稿卷六

途經揚州，周濟、董士錫、包世臣等小集湖上，周濟書董士錫金陵述懷詩一百均貽包世臣，包世臣書白真真女士蕪湖留仙亭題壁詞以此爲報。同聲月刊第二輯一九四三論著籜公荒鷄警夢室雜綴：「頃從太疏樓獲觀宜興任豁庵先生所藏包慎伯世臣書白真真女士蕪湖留仙亭題壁詞。小真書極似道因碑。後有周止庵濟小字題記，亦精勁可喜。爰爲迻録如下。慎伯題署嘉禾，下鈐『包十五』小印，知者亦殊鮮也。……嘉慶十年乙丑春正月二十日，嘉禾爲保緒書。」

四月殿試。戴衢亨、朱珪、恩普、因和四人主持是次會試，戴衢亨亦爲濟江南鄉試主試。清徐珂清稗類鈔謙謹類保緒不謁戴文端：「荊谿周濟字保緒，所著晉略六十六篇，大體不失爲精當。其風骨尤有不可及者。嘉慶戊辰成進士。在都有盛名。時大庾戴文端公衢亨方筦樞密，時贊美之。周不往謁。一日猝相遇，備述傾慕之意，語之曰：『子必得大魁，廷試對策，幸無過激。』周對曰：『此乃士子進身之始，敢欺君乎？』文端失色曰：『謹受教。』遂不得上第，以知縣歸班改教。」濟「成進士，以對策戇言抑置丙科，出爲淮安府教授。」丁晏周先生傳。清史稿文苑三：「周濟，字保緒，荊溪人。……嘉慶十年進士。或謂之曰：『對策語幸無過激。』濟曰：『始進，敢欺君乎！』及廷對，縱言天下事，字逾恒格。以三甲歸班選知縣，改就淮安府學教授。」朱保桐、謝沛霖明清進士題名碑録索引上海古籍出版社一九七九年版下冊載，周濟中嘉慶十年第三甲第七十三名進

士。清震鈞天咫偶聞清光緒三十三年甘棠轉舍刻本卷二：「余家又藏嘉慶乙丑會試題名録，乃先恭慎公中式同榜也。其紙墨潦草，遜此遠甚。然名人最夥，三鼎甲則彭春農浚、徐少鶴頲、何文安凌漢也；傳臚爲徐星伯松；次即李申耆兆洛；五名孫文靖爾準；七名姚伯昂元之。此下二甲中孫子瀟源湘、馬□□瑞臣、胡以莊敬、彭春農邦疇、于蓮亭克家改名克襄、聶蓉峰銑敏、胡墨莊承珙、寶文莊興；三甲中，帥仙舟承瀚、先恭慎、穆鶴舫彰阿、那竹汀清安、朱椒堂爲弼、周保緒濟、童正三槐、色□□卜星額，令人閲之，增仰止之思。余家又藏有乙丑同年公會圖拓本，乃于蓮亭先生所刻分贈同譜者。首有英煦齋相題乙丑及門公會第三圖并係以詩曰：『昔年來謁艷門墻，今日相看各老蒼。回憶鎖闈三舊侣，衰翁亦是魯靈光。指朱文正、戴文端、恩雨堂。』」

周儀暐之粤東，作乙丑報罷，將由江南之粤東，出都留别二十二首。五月廿三日，集陶然亭以送之。周儀暐夫椒山館詩存卷七五月廿三日將往粤東，李申耆、丁若士、陸祁生、蔣孟謀、儲子桓廷琛、許藕舲、宋于庭、魏曾容、吴山子、家保緒、汪竹素餞别于陶然亭，成長句一首

夏日，孫爾准作夏日偕又洲、玉章、申耆、祁生、雍度、保緒、竹素、山茨、家菊才兄同游尺五莊紀游。清孫爾准泰雲堂集道光刻本卷二

與朱一新、陸繼輅等聚完顔廷璐宅。陸續輅崇百藥齋續集清道光四年合肥學舍刻本續集二黄壚感舊詩自注：「完顔曙壿太守舊宅，在鼓樓東街，合歡作花特盛，花下小齋，余及潔士、于丕、申耆、孟慈、曾容、保緒醉眠處也。」

在京與宋翔鳳、方傳穆、魏襄等酬唱，作贈宋于廷、爲方彦和送魏大之官河南即壽其尊君、贈曾容、留别惲二潔士、留别廷大曙壿、留别許溎舲等。

聞高氏姊故，作哭高氏姊。

秋，返鄉。行前宋于廷翔鳳有贈陸繼輅周濟、送陸祁生繼輅、周保緒濟歸常州四首。宋翔鳳憶山堂詩録卷之三

與陸繼輅同舟返鄉，陸繼輅崇百藥齋三集道光八年安徽臬署刻本卷八舟入江南作：「淺醉孤吟性所耽，客程剛喜到江南。隔窗烟艣聲初軟，夾岸秋林緑尚酣。兩度剪蔬虚舊約，入都出都，俱過東昌境，欲訪宛鄰未果。卅年射虎斷雄譚。乙丑下第後，由水程南返，與保緒同舟。宸京藻榜興京穀，一樣關心少報函。時雲汀師奏請由海道至奉天買米放賑。」途中多有唱和。

途中成海燕記院本。陸繼輅崇百藥齋集卷十三清鄰詞虞美人：「保緒製海燕記院本，每夕挑燈成一折，輒抗聲而歌。余卧聽之，口占此解。」

途經蘇州，先訪沈欽韓，復偕訪董士錫於蘇州回真道院。沈欽韓幼學堂詩文稿詩稿卷七周進士濟過訪，偕至回真道院，就董上舍士錫寓齋，流連數日，別後却寄

返鄉後，寄宜興磁壺陸繼輅。陸繼輅合肥學舍劄記光緒四年興國州署刻本卷第六記毁茶器：「嘉慶乙丑，保緒寄一宜興磁壺，銘其蓋云……」

嘉慶十一年，丙寅（一八〇六），二十六歲。

正月，與陸彦若獻、高雲溪森槐、董晋卿士錫等游鎮江金山、焦山。詩卷一彦若從游金山舟中

口占、金山同雲溪、晉卿作訪石雷上人於北固山房。詩卷三重至北固山房訪石雷上人留贈：「十年前共山僧話，盛氣蒼茫欲食牛。」於十八日赴丹徒。清陸耀遹雙白燕堂詩道光至光緒間刊本卷三丹徒與周保緒進士濟相左。越七日，定遠道中却寄呈洪稚存學使亮吉、趙味辛青州懷玉兩丈暨里中諸君子：「周郎先我客潤州，遲我同作金蕉游。……周郎念侶復乘興，一舸直下京江隈。城東夜飲城西別，宛宛楊枝未堪折。周以元夕後三日赴丹徒。」

返宜興。作夢游圖，周木君青有題。周青柳下詞齊天樂題保緒夢游圖

四月二十一日，跋包世臣書白真真女士蕪湖留仙亭題壁詞「于洑溪之聽雨樓，即日將復之蘇州尋慎伯」。同聲月刊第二輯一九四三論著籜公荒鷄警夢室雜綴

返蘇州。晤胡元謹量。詞卷三采桑子題潘湘雲小影有序：「憶余與眉峰嘉慶丙寅晤蘇門之夏侯橋，眉峰飲余酒。酒半，嬌女出見，右鬌方展，肩齊於案，捉桃花畫扇，乞餘題詩，許之。」

沈欽韓來訪不值，題壁。沈欽韓幼學堂詩文稿詩稿卷七過周保緒横塘寓齋不值，用其見贈詩韵留壁

立夏後，與沈欽韓等游西山。幼學堂詩文稿詩稿卷七立夏後，荆谿周進士濟偕徐吕諸子放櫂過香谿，招余游西山

秋，與董士錫有酬贈，有阮郎歸秋海棠、霜天曉角和晉卿；董士錫有湘春夜月二首、秋海棠。清董士錫齊物論齋詞

周青蓋從徐良卿薰處知周濟尚在蘇州，作南鄉子聞保緒猶在蘇。柳下詞

七夕集補蘿吟館，沈欽韓幼學堂詩文稿詩稿卷七七夕集補蘿吟館，分韻得流字，送周保緒郡博之官淮

安沈欽韓爲題夢游圖。沈欽韓幼學堂詩文稿詩稿卷七題保緒夢游圖七夕後二日放舟香谿，卷七七夕後二日，同米樓、保緒放舟香谿，欲別不忍，復同宿牧牛禪舍。凉蟾入户，詩思灑然。米樓以人間世分韻，得間字。

餞周濟淮安府學教授之任。并作序贈之。沈欽韓幼學堂詩文稿文稿卷二送周保緒之淮安教授序：「節鶩白藏，人違素心。」

秋，赴淮安府學教授任。與徐枳村碊同訪李申耆兆洛，作湘春夜月答枳村見贈同訪申耆即送別之京口作。經揚州桃源，有之桃源。

途中聞高亦耕森榮卒，作哭高亦耕二丈。詩卷一

抵淮安，有出郭、秋夜散步懷良卿木君、初到淮安示諸生等。

冬，董士錫自九江寄南歌子新霽至，作冬夜齋樓雜憶抒懷。

編詞爲三卷，屬董士錫爲序。董士錫齊物論齋文集卷二周保緒詞叙：「丙寅歲，都爲三卷。屬予叙之。」五十自述：「娟娟紅燭新詞寫。」

撰曹植年譜。文卷四丁儉卿晏曹陶陸三元年譜序：「去三十年，讀陳王詩、次其譜；後二十七年，輯晋略，復爲陶徵士詩譜。曹譜久亡，陶譜尚存。」

嘉慶十二年，丁卯（一八〇七），二十七歲。

春，周木君青作憶舊游憶保緒。周青柳下詞憶舊游憶保緒：「記雲横遠岫，路隔長河，一別經年。」

夏，與吴仲倫、黄璞山、周儀暐游淮陰荻莊。周儀暐夫椒山館詩存道光二十七年味塵軒刻本卷十一泊淮上，同吴仲倫、黄璞山、家保緒游荻莊作。

在淮陰期間，「所尤密者，戴耕野、王石門、周木齋、邵子良及子成五六人……皆昕夕過從。」文卷三晚禪庵詩序

秋，送考至江寧，向包慎伯世臣薦邵子良。包慎伯年譜：「二月先生（包世臣）赴常州，四月赴清江，秋赴試白門，荆溪周濟以進士任淮安教授，素與先生善。時送考至江寧，日稱山陽邵子良書法美善，又爲邵乞先生書。先生病，未能作，周濟代之。先生自以爲不減。邵生一見即曰：『此非包君作也。』後檢字裹，有置考具單，喜曰：『此真包君書矣。』袖歸裝置座右。」包世臣小倦游閣集卷二十五别集六文三邵生諹文：「生諱式穀，字子良，姓邵氏，江蘇山陽人。其家世爲吏，而生獨業文。性尤嗜書，默而寡交，唯與邑人周寅善。周生長生四歲，同學平原千佛寺碑二年，周生書名遂噪起一郡，求者接踵。生名雖稍減，而郡人固以能書推生矣。嘉慶十一年冬，生年十七，周生年二十一。而荆溪周濟以進士選淮安教授。始至，二生以其書謁，教授弗善也，二生意不能平。……十二年秋，教授送考至江寧，則日日稱邵生善，又爲邵生乞余書。……今年春，余計偕北上，過清江訪生，則病甚。六月出都，而生已於首夏物故。……嘉慶十四年秋九月，安吴友人包世臣述於吴門舟次。」

七夕分咏，作菩薩蠻七夕分咏得蜘蛛、秋蕙。

爲陸丹山墨梅題詞。臨江仙陸丹山工墨梅，索詞賦贈

秋八月，與包世臣、汪均之等人莫愁湖晏集。各人所記略有不同。清顧日新寸心樓詩集卷三十二嘉慶刻本莫愁湖晏集小注：「同集者，浙江朱午山，江西傅臥雲，懷遠許叔翹，涇縣包慎伯，溧陽史補堂，宜興周保緒，吴江徐植庵，江寧王樸山，吴縣沈小宛、沈芷橋，桐城方石伍、方子固、張穆生、汪均之、汪星石。」清方於谷稻花齋詩鈔嘉慶二十二年鈔本卷五丁卯秋八月，汪均之、星石招同顧劍峰、許叔翹、朱午山、包慎伯、高古岩、周保緒、邵君遠、史補堂、沈小宛、張穆生、沈芷橋、徐植庵、傅臥雲、家子固侄、王樸山道士莫愁湖晏集，分賦得四絶。沈欽韓幼學堂詩文稿嘉慶十八年刻，道光八年增修本詩稿卷八汪上舍正鋆招集莫愁湖上作小注：「是日集者二十人，皆上下江才士也。榜發後獲雋者惟余一人。」

別，與包世臣、沈欽韓、董士錫聯句。沈欽韓幼學堂詩文稿嘉慶十八年刻，道光八年增修本詩稿卷八阻風段腰，見竿縣髑髏，與慎伯、保緒、晉卿聯句蓋於是時初識姚椿。姚椿晉略書後：「予識君於丁卯。」

七月，田鈞去寶山令，由靳文鈞署任。

八月，田鈞二任寶山令。

嘉慶十三年，戊辰（一八〇八），二十八歲。

春，在淮安。送許春頣赴天津應試，作送許魯泉獻賦天津。

二月，因丁祭事忤知府王穀，辭去淮安府教授一職。詩卷四五十自述：「長官之駡不可當，拂袖

還耕高密鄉。」魏源荆溪周君保緒傳：「歲餘，淮安府知府王轂丁祭至學宫，禮畢，將就殿門外升輿，君力拒之，轂不懌去，君即日移病去。是秋，淮安府山陽縣知縣王伸漢冒賑事發，王轂大辟，所屬吏及委員皆詿誤，惟君先幾得免。」清史稿文苑三：「上丁釋奠，禮畢，知府王轂就殿門外升輿，濟趨前阻之，知府不懌去，濟遂引疾歸。是秋冒賑事發，自轂以下吏皆得罪，濟以先去免。」按：江蘇查賑知縣李毓昌爲山陽知縣王伸漢毒斃事發，在嘉慶十四年。又，清代每年陰曆二月、八月第一個丁日祭祀孔子，稱丁祭。又據管同因寄軒文集二集道光十三年管氏刻本卷二觀潮圖記：「嘉慶戊辰，予客寶山。鉅野田仲衡爲縣令，荆谿周保緒棄官來游。」故是次當爲二月丁祭。

途經揚州，於席上觀張孟如試竹槍木刀有作。詩卷一觀寶山張孟如試竹槍木刀。桐生太守用少陵大食刀歌韻贈之，即席同賦。蔡牽窺吴淞，張曾應募爲軍鋒，故追紀其事

三月三日，途經蘇州有作。詩卷一三月三日旅次蘇州有作遂寓居焉。詩卷一學繡：「駙馬橋頭流水淺，鏡閣臨流媚春眼。」

是月識月儀。詩卷三惆悵曲并序：「執徐之年，建辰之月，蘇臺旅寓，遂洽琴心。暇日經過，乃逢姝子。」月儀蓋於是拜周濟爲師。周濟家有珍稀蘭花品種「翠蟾」，是年或稍後月儀得之，復傳於木瀆周氏塔影軒。嚴元照柯家山館遺詩光緒陸心源刻湖州叢書本卷四題香國同心册并引：「名花端合依名士，天遣周郎對翠蟾。覓句燈前成一笑，月儀風貌在吴縑。翠蟾種出宜興周進士保緒家。月儀，進士女弟子名。」

主講太倉婁東書院。徐士芬漱芳閣集卷五書周進士濟：「主講婁東書院，其教士善誘不倦，士樂就之。」

夏四月，游寶山。管同因寄軒文初集道光十三年管氏刻本卷寶山游記：「夏四月，荆溪周保緒自吴中

來。……是月既望，遂相携觀月於海塘。……不數日，又相携觀日出。」得識寶山令田鈞，田因延君課子端、果。

閏五月一日於宜興作族曾族節庵公譜傳。山溪周氏宗譜卷七誂羽公傳：「嘉慶戊辰閏五月一日，族曾孫濟謹述。」

五月五日與管同同游寶山炮臺，端、果皆從游。周濟作寶山炮臺歌并序。詩卷一寶山炮臺歌并序：「十三年五月五日，余與江寧管同策馬來游……田名鈞字仲衡，山東鉅野人，其子端、果皆從余游。」管同寶山記游記兩人此數次之游。

授課之餘，著槍經。管同因寄軒文初集道光十三年管氏刻本卷五槍經序：「日肆力於經綸之學，考治亂，究興衰，暇則游心於武藝，於是以其所受於人之槍法，著經十篇，以傳世。……予曩與保緒游，時保緒此經始屬稾。今別一年，計其書當已成就，乃以予所素論者爲之序以貽焉。」

閏五月，田鈞將二去寶山縣令。周濟仍主講太倉婁東書院。

是年因積年學書，「得背心一點奇痛。每懸腕作小楷，至六七百字輒發，發則坐不得卧。蓋陽維交迮處受傷，書遂不得不廢。廢書之後，改而學畫。」折肱録序

嘉慶十四年，己巳（一八〇九），二十九歲。

二月，田鈞三任寶山令：至十八年二月方去職。周濟「因客寶山數載」，魏源荆溪周君保緒傳

課徒於學海書院、尊經閣等。寶山袁翼亦於是時來受業。袁翼邃懷堂文集卷四送包慎伯大令歸隱白下序：「年甫冠，受業於宜興周保緒夫子。」光緒重修寶山縣志稿學校志書院：「學海書院：……周濟，號霍莊，宜興縣進士。以上俱道光年主講。」袁翼邃懷堂詩集光緒十四年袁鎮嵩刻本後編卷一寄隱山莊歌贈李寶之明經：「江左周郎曠世才，師延宜興周保緒先生課諸公子於尊經閣，翼亦受業焉。學術常期追賈董。文章猶負敵鄒枚，我師奉諱歸東魯。」光緒重修寶山縣志稿人物志游寓曰：「周濟，字保緒。宜興人。乙丑進士。官淮安府教授，不數年移疾去，尚未三十。生平以經濟自負，尤工擊刺。嘉慶癸酉，滑縣教匪滋事，嘗匹馬孤行鋒鏑中，凡數十日。成新樂府十九首紀事，以故得豪傑稱。邑令田鈞慕其名，聘入署中，訓其子，年餘而去。」謂周濟課田子，乃在北上之後，誤。又，袁翼（一七八九—一八六三），字谷廉。上海寶山人。道光二年（一八二二）舉人。官江西玉山知縣。其「年甫冠」在是年。

夏四月，槍經著成，管同序之。參嘉慶十四年「授課之餘，著槍經」條。

授課之餘，撰詞辨。詞辨自序：「其後，晉卿遠在中州，余客受吴淞。弟子田生端學爲詞，因欲次第古人之作，辨其是非，與二張、董氏各存岸略，庶幾他日有所觀省。爰録唐以來詞爲十卷……嘉慶十七年壬申夏日，介存周濟序。」

嘉慶十五年，庚午（一八一〇），三十歲。

西游武漢。詩卷七贈范白舫：「昔我游渚宮，未得識君面。廿年偶重來，握手快相羨。」詩道光十九年（一八三九）作於武漢。二十年前，正當嘉慶十五年。

重陽至立冬間，赴揚州，與黄承吉「比日」「談接」。黄承吉夢陔堂詩集道光二十三年刻本卷十八

嘉慶十六年，辛未（一八一一），三十一歲。

在田鈞幕。

張琦游京師，時有詩作。

包世臣至京師，時與惲敬往來。

董士錫至武涉安徽六安，爲晁梅生、盧義山修族譜，初月樓文續鈔道光丙申刊本卷六晋卿董君傳作摸魚兒題袁蘭村蒼山月話圖等。

二月十八，周綬章汝明卒。山溪周氏宗譜卷七之三

叔周義「卒於嘉慶十六年辛未七月二十六日，享年六十一歲」。山溪周氏世徵録卷四「府君之没，濟授讀于寶山，聞疾亟馳歸，已不及見」，作樗庵公傳以悼之。山溪周氏宗譜卷四周濟樗庵公傳

嘉慶十七年，壬申（一八一二），三十二歲。

在田鈞幕。

讀顧炎武詩，自謂所作詩「忽有得，面目爲之一變」。周濟介存齋詩自序。

夏日，詞辨十卷告成，自序之。既成寫本，付田端「携以北，付糧艘行，衣鉫不戒，厄於黄流」。周濟詞辨自序介存齋論詞雜著是其對自己詞學思想的第一次總結，亦當完成於此一時間。朱惠國中國近世詞學思想研究第四章常州詞派初創時期的詞學思想第三節周濟對常州詞派的理論貢獻，上海古籍出版社二〇〇五年版

周濟因即解館，嘉慶十八年春二月，寶山令田鈞丁母憂。蓋田母十七年即已告病重，即遣子田端返鄉視病，周濟因即解館。北游齊魯晋楚。沈銘石本傳：「歷之齊魯晋楚，遇山川形勝、關隘阻阨處，必窮究其要領，不徒作汗漫游，而更隱求當世豪傑士以相切劘。於是交游中稍稍知先生有偉略矣。」蓋沿長江西上，詩卷五繁昌舊縣藤華哥：「波面初騰戊午魚，津邊競度壬申驥。」至湖北，復東返，由運河北上，游寓山東、山西。有郯城、墨莊王繩榘招爲郭外之游，即事成句、望岱、登岱、對松山、南天門、日觀峰諸詩，及氏州第一大明湖醉歸、虞美人影、應天長慢、念奴嬌別止齋中丞諸詞。

中秋節前三日，自山東歸宜興。吴德璇初月樓文鈔道光癸未刊本卷二與孫庶翼書：「中秋前三日，周保緒自山東歸。時運河尚乾涸，舟楫不通。在鷗園一宿而去。」

復寓居蘇州，有桃花題村店、積雨始霽，旅館薔薇發花有作，并贈李寶之、對竹、珍珠蘭諸詩。

沿江西上，一過繁昌。詩卷五繁昌舊縣藤華哥：「波面初騰戊午魚，津邊競度壬申驥。」

八月十六日，妾蘇佩蘘穆生。

包世臣見姚鼐於白門鍾山書院，請爲學之要。

十月初一，周桐亭廷謙卒。山溪周氏宗譜卷七之三

嘉慶十八年，癸酉（一八一三），三十三歲。

春，寓居蘇州葑門青松寺。詩卷二學呵殿并序作詠史、一萼紅、拜星月慢寄申耆諸詞。

春間，返宜興鄉里。撤屋爲小庭，有詩。詩卷二撤屋爲小庭以「求志」名堂，并題堂額。周恭壽卓卿公五句壽序：「不見舊堂額，求志新敦相。」小注曰：「止安公以『求志』爲堂，堂從新而名惟舊，曹侯爲之跋。」

六月已返蘇州，有詩贈確叔、胡元謹等。詩卷二雜賦九首示確叔，兼寄犀台老兄，贈胡元謹

夏，周濟與章犀台、田鈞聚，作樂志詩并序。詩卷二

九月，山東教匪初起。田鈞時未克歸鉅野，日夜憂泣，周濟慨然請代行。九月二十一日，與四川武舉任子田同行，魏源荆溪周君保緒傳：「君慨然請代行，約四川武舉任子田同往。」七晝夜馳兩千里，於九月二十八日至曹州。途中有秋懷、漆室女諸詩。「既知田氏宅無恙，則單車往來旁縣」。詩卷二新樂府并叙復北上，主講曹州。欲投效軍營，不果，入袁潔金鄉署，專演子弟兵。徐士芬書周進士濟：「尋又主講山左曹州，與總戎飲於郡署。總戎素

以驍勇稱，酒酣，語多自負，濟曰：『公勇甚，盍試之？』總戎正技癢，鼓氣作勢，奮擊濟。濟一揮，應手而僕，負傷憊甚。慚且恚，踉蹌而歸。郡守惡其失師儒體，辭之。復歸維揚，日以醇酒婦人自廢。」魏源荆溪周君保緒傳：「山東鹽運使劉清，剿賊有名，與君語甚契，欲留君幕下，君以事平謝歸，作山東新樂府數十章，以代詩史。」袁潔蠡莊詩話：「常州周保緒進士濟，榜下以知縣用。改就教職，選淮安教授，旋引疾去。詩酒遨游，不樂仕進，且精於武事，工長矛擊刺之法。癸酉秋，山東教匪滋事，保緒投效軍營不果。余延至金鄉署中，專演子弟兵，事竣而去。記其長至一律云云。」

長至後，濟從金鄉復西上。詩卷二西上

爲常遇春後裔孫常冠英作常開平鐵槍歌，爲開平後裔孫冠作。

年底，作遥聞、除夕諸詩。

二月，田鈞以「以憂」三去寶山令，然以「虧帑失職」滯蘇州。丁晏周先生傳：「君之友寶山令田君家鉅……以虧帑失職，君又鬻田産抵於有司，田君始得釋。」

是年識張淥卿翊。詩卷四贈張淥卿序曰：「淥卿以癸酉軍功，得膠州靈山巡檢。别十七年矣。」

嘉慶十九年，甲戌（一八一四），三十四歲。

春，在山東。有正月二十四日小雪，其明日雪大，喜而成詩，贈嵇久之太守、冠英副戎合四營校獵，詩以紀之、端四日常副戎招飲，即席有贈，兼呈介兹觀察，時用兵之後不雨連月，旅人觸事，不能無愁諸詩，及憶舊游夾竹桃花，早開晚落，歷城小寓，此樹嫣然。歸途追憶舊蹤，不禁淒斷，聊成此闋，以寄遠懷、木蘭花慢贈柳漪諸詞。其間，寄近詩與陸繼輅，陸有周教授自山東寄示近詩書後。陸繼輅崇百藥齋集卷十蕭寺養痾集

花朝小集，作綺羅香甲戌花朝山左同人小集分賦。

約在春杪歸蘇州，有浣溪沙初歸見緑萼梅正盛。

見「田君尚虧官帑四千餘兩，檄追甚急。君乃請以己廬十餘間及田五十畝稟官代抵，事始釋。」魏源荆溪周君保緒傳

謝元淮作擬行路難簡周保緒進士濟。謝元淮養默山房詩稿光緒元年刻本卷七

冬，返宜興。詩卷三哭殤侄阿槐并序小注：「去年冬，愛吾一書篋子而不敢言，吾知即賜之。其殁也，凡吾所賜筆墨，皆手封著篋中。」

十二月二十七日，嗣子周榕生。山溪周氏世徵録卷四之二大分五房世表下：「止安公嗣子。字蔭南，又字子興。」

張琦四年來京師，得詩凡百三十餘首，結集曰日下草。七月出京，稿失於逆旅。宛鄰詩自序

九月，自豫返里。十月，復游豫轉至京師。時張琦之女張綸英年十九，詩作頗佳。

董士錫入都，作憶舊游，旋即出都，作臨江仙題富莊驛壁等。

嘉慶二十年，乙亥（一八一五），三十五歲。

季春，在蘇州，與女弟子月儀别於餞春日。四月，於揚州追憶此事，作惆悵曲并序。五十自述：「歸來故人招渡江，竹西脂處心難降。」

丹徒富商包振若好結名士，欲館周濟於揚州。五十自述：「及仲衡以母憂歸，濟遂家居，益讀書著述，習射以自娱。丹徒富商包振若好結納當世奇傑士，首致濟，館之揚州，尊禮之甚至。」清顧名、龔潤森、吴德旋道光重刊續纂宜荆縣志道光二十年刊本卷七之三：

四五月間，周濟遂北游鎮江、儀徵、揚州，有屠孟昭靈壁石名曰角鷹，重至北固山房訪石雷上人留贈，仲起席上，資福寺看牡丹，庭中繡毬作花，率然成咏真州小集，重見歌者，忽憶山左舊游，慨然賦贈諸詩。

六月返蘇州。六月初八，周濟與虞山今江蘇常熟令黄鶴仲郇、章天育犀台、謝元淮於蘇州相唱和。謝元淮養默山房詩稿卷七擬行路難，簡周保緒進士濟；參劉崇德、劉超謝元淮年表，河北大學學報哲學社會科學版二〇一一年第五期。

初秋，復至揚州，作酬李公裒見贈自書詩。遂定移家揚州之計。詩卷三哭殤侄阿槐并序：「已定移家局，揚州小滯淫。詩書請業易，燈火共宵深。遂汝從游願，寬吾望子心。吁嗟此事已，寂寞二毛侵。槐每告父母，爲人當如二伯父。予弟告槐：『但汝自能衣食便宿，當縱汝從二伯父游四方。』兒大喜，讀益奮。明年春，予將携家遷揚州，自教兒讀，兒竟以六月殁，傷哉。」

中秋前返宜興，始知侄阿槐逝，作哭殤侄阿槐并序。詩卷三哭殤侄阿槐并序詩中小注：「去年冬，愛吾一書篋子而不敢言，吾知即賜之。」

元月，張琦刊行宛鄰詩，十一月，刊行古詩録。

嘉慶二十一年，丙子（一八一六），三十六歲。

春末，移家揚州，行前有風入松將移家維揚，留别小院海棠；詞卷一途中作途中見載牛骨者。

抵揚州。訪陽湖惲秉怡。文卷三武德騎尉江防守備龔君繼妻陳宜人墓誌銘：「嘉慶二十一年丙子，余在揚州訪執友陽湖惲徵君秉怡於龔君之家。」

八月，劉清授山東登州鎮總兵。清佚名清史列傳卷三十三大臣傳次編八劉清：「（嘉慶）十七年，授山東鹽運使。……十九年五月，授雲南布政使。……（二十一年）八月，病痊，特授山東登州鎮總兵。二十五年，軍曹州鎮總兵。」周濟作劉松齋都轉奏改登州總戎。詩卷三

除日，自真州回揚州。詩卷三除日自真州回揚途中口號

撰詞辨二卷，并附介存齋論詞雜著一卷以付刊。

十一月孫玉庭奉旨調任兩江總督，十二月抵任。清孫玉庭延釐堂集自記年譜

張琦留意聲色，作蓉影詞、艷品，吴德旋規勸之。

董士錫在南昌，作更漏子題仕女圖等。

嘉慶二十二年，丁丑（一八一七），三十七歲。

孫玉庭二十二年二月底或三月初路過揚州。孫玉庭延釐堂集延釐堂詩丁丑正月松浦相國攝篆兩江，竣事北旋，於邳州道中遇饑民求賑，即回車暫駐，飛章入告，得旨撫恤。於其歸也，州人繪像志感，即以送行，爲賦七律二首其二：「江左重逢聯舊雨，河幹出祖感殘春。」小注曰：「丙子嘉平，與公快晤金陵，次年二月杪於邳州送別。」兩人於舟中相見，孫玉庭邀濟參與緝私鹽之事。周濟作上相二首。其後「十餘年來，浮沈淮海，逾越江漢，耳目所睹記，鹽務爲多」。

約六月初識梅曾亮、浦承恩。詩卷四五十自述：「就中健者梅與浦，言咏方洽嬰纓粗。」「嬰纓粗」蓋謂嘉慶二十二年母許氏歿也。

六月二十三日，母卒，壽七十四。山溪周氏宗譜卷四之一大分五房世表上：「仁，坤度公長子。原名芬，字宗少，號逸庵。……配定跨許氏……生於乾隆九年甲子八月初二日，卒於嘉慶二十二年丁丑六月二十三日，壽七十四歲。」初秋，歸宜興掃墓，途中作掃墓南歸、新月、紅衣船等。

在宜興作歌寄徐二良卿，謂己「歲月徒峥嶸」，「鑿枘既未安，牢盆隨所營。邇來逐賈豎，焉

避銅山腥」；又作雜詩八首，借咏史抒「人生難免一抔土，精氣何憑留萬古」之嘆。

秋返揚州。許叔翹所望過存揚州，周濟作不見叔翹十年矣，過存揚州賦贈、題許叔翹説劍圖、書許叔翹從軍紀略卷後等。

重陽前返蘇州，作九日虎丘後山作。

陸繼輅以舉人選授安徽合肥縣學訓導。

張琦與包世臣皆在都下，以書法相切磋。

李兆洛任懷遠縣令。

董基誠中進士。刊張琦等唱和之作爲蓉影詞。

嘉慶二十三年，戊寅（一八一八），三十八歲。

春，方彦聞履籛應順天鄉試，發揚州，周濟作八歸 送彦聞赴都、洞仙歌 和彦聞新月。

春末，作折梨花行。

七夕，在揚州，作七夕。

秋，北游，作祥符閘馬上口占、欲歸、淮陰雨泊、寶應感事；返揚州後，有不寐、誤入。似於緝私鹽之事心生悔意，有歸隱之思。

初識宋隱山端己於揚州。文卷二宋隱山傳：「初予在吴門，見董畫跳宕絶美，心知非真，而愛弗忍釋。詗之，則君作也。由是物色君。復十年，乃於邗上訪得之。」嘉慶十三年四月，周濟辭淮安府學教授，旅居蘇州。至本年正「十年」。

董士錫在京師，作望海潮送春等詞。

董祐誠中舉人。

嘉慶二十四年，己卯(一八一九)，三十九歲。

年初，在揚州。春發揚州，沿江西上，歷南京、馬鞍山、和縣、蕪湖、池州、彭澤、九江、黄岡等地，抵武漢。

與余鐵香鼎多有酬唱。詩卷三贈余鐵香即題風篁館詩稿後、十二艷品者，鐵香感蓉隱詞事，爲翰風作也，剪燈反覆，系之以詩。時遲，鐵香不至，即以柬之、答鐵香見贈長歌

餞春日識若華於武漢，作後惆悵曲。

除夕，於東返舟中，作除夕。

張琦與包世臣同客濟南。包世臣作歷下筆談。

董士錫在開封，作疏影月歲拈東坡三部樂首句作起。在孟縣作更漏子題畫。秋，轉至京師，作摸魚兒秋萍等。

嘉慶二十五年，庚辰（一八二〇），四十歲。

正月二日，泊舟回龍夾，有作。庚辰正月二日，泊舟回龍夾，夢與家兄舍弟同賞庭中薔薇，早起霰雪交集，慨然有作、薄倖

九江阻甫，作潯陽阻雨、讀南華經。

約正月中旬，抵揚州。周濟是次漢上之行，「會所親守襄陽請以所集金召募農人，開墾襄陽曠土若干頃」。然「守不聽。而前所逃諸梟，結聚楚北，伺其出，將殺之。乃間道歸」。徐士芬書周進士濟與沈欽韓、宋翔鳳、周儀暐等聚於揚州。沈欽韓幼學堂詩文稿詩稿卷十三廣陵留別四友詩并序：「庚辰歲，計偕北行，將訪徐良卿、周保緒於廣陵。」復有歸舟有感示良卿保緒、和周保緒常副將軍折槍歌等。周儀暐夫椒山館詩存道光二十七年味塵軒刻本卷七揚州別宋學博翔鳳、家進士濟：「仍是扁舟送歸客，熟梅風裏過金焦。」

約正月底初返宜興，作渡氿、兄弟諸詩。

以兄子棟爲子。詩卷三以兄子棟爲子，漫與阿宣：「笑我無兒忽有孫，從今不用掩柴門。」

返鄉小居期間，作小住、雨後題月季花、夜坐、論詩諸詩。

春末夏初，返揚州。行前有留别山居花木。

舟泊慶源門，懷徐良卿薰有作。慶源門外雨泊，懷良卿溪堂并詩贈周青、高森槐。詩卷三却寄家木君青、高雲溪森槐

途經常州，作飲酒。

抵揚州後，作初到揚州小病，代柬呈斗垣徐丈。乃「治宅廣陵，甚壯麗，珍物、美人皆具」。徐士芬書周進士濟

十二月初一，嗣孫周煒生。山溪周氏宗譜卷四之一大分五房世表上：「煒，輔臣公次子。字丹文，又字卓卿，號拙安。……生嘉慶二十五年庚辰十二月初一日，卒光緒三年丁丑五月十七日。」蓋長孫是年或稍後早殤，故家譜未書。

道光元年，辛巳（一八二一），四十一歲。

在揚州。仲春，沈欽韓來訪。沈欽韓幼學堂詩文稿文稿卷七答董琴南書：「欽韓因窮居無聊，輒思應試。仲春達揚州，留宿數日。保緒諸君爲槖數十金，得北。」

春，宋翔鳳囑作高樓風雨圖。宋翔鳳洞簫樓詩紀卷十五十年前，在揚州屬保緒作高樓風雨圖，已失

去，今春客皖江，金溪朱平麓爲寫第二圖，因識三絶。是詩作於道光辛卯（十一年，一八三一）。題高西園翔所繪古月樓圖。宋翔鳳洞簫樓詩紀道光五年刻本卷五古月樓圖：「荆溪周保緒濟題句云：『瓦礫累累北河下，誰似高生筆端畫』者，當謂此。」

秋，在南京，與宋隱山等游棲霞山。周濟有同希尹、緘夫游攝山，晚宿澍公山房、隋舍利塔石刻象、畫杉樹歌等詩。後二詩記二人論畫之見。折肱録創作之始，蓋於此也。

十一月，李兆洛與康兆奎、鮑繼培居揚州。周濟與黄洵修存、次貽「時朝夕聚首」，吴育、周儀暐、張成孫等人亦「時至揚州交相見，宴語則竟日。」李兆洛養一齋集道光二十九年刻本卷十康竹吾主客圖記：「道光元年，蘭皋康丈以奉諱暫居揚州，予從焉。未幾，丈還太行，予與竹吾及鮑生善之居，時朝夕聚首，則保緒、修存、次貽，而山子、伯恬、曾容、彦惟亦時時至揚州交相見，宴語輒竟日。懷白亦以繪事留揚州，因屬圖之以誌一時雅故。」

七月二十六，周木君青卒。山溪周氏宗譜卷七之三

道光二年，壬午（一八二二），四十二歲。

正月，祝百十、張琦、丁履恒、陸耀遹、莊綬甲、周儀暐、魏襄、吴育、周濟、管繩萊、張成孫、方履籛、鮑繼培、李兆洛等初集於常州東坡舊館，再集於揚州静修儉養軒。李兆洛後囑張君懷

白晝同車圖記其事其人。李兆洛養一齋文集卷十同車圖記

夏，有歸隱之意，賦少年游桃溪游湖上，喟然曰：「此間堪老，惜少美人與明月耳！」詞以調之數詞。

秋，周濟去孫玉庭幕南返，賦浣溪沙。浣溪沙曰「新秋行客試單衣」，「賦歸人却贈將離，那能重見不依依」。此後數年，淮南諸商争延君，措資數萬金托君辦鹺淮北。周濟以資購妖姬，養豪客，酣歌酒樓中。魏源荆溪周君保緒傳

舟中賦憶舊游。憶舊游：「信東風别舸，兩岸遥山。」

途中作真州道中、書所見、夜宿京口諸詩，抒歸鄉之意。

與佩蘘同游儀徵翠竹江村。詞卷三滿庭芳返自金閶，夜泊真州，憶與佩蘘同游白沙翠竹江村，忽忽十年，今成壟畝，慨然感賦。詞作於道光十三年。

訪管同於南京，并繪潮圖記。管同因寄軒文道光十三年管氏刻本二集卷五潮圖記：「道光壬午，予家居，而保緒來游，追憶前事，爲繪斯圖。」

是年宜興山溪周氏三修宗譜。周濟歸鄉後作族祖綬章公譜傳、樗庵公傳等，并托許所望爲祖父作敏齋公傳。文載山溪周氏宗譜卷四。

孟冬，周泳刊周濟父周仁荆音彙韻。周泳荆音彙韻序：「世俗兒童四聲多誤。先伯父手輯是編，以

授泳等。不獨四聲有標準，即生僻之字，亦易檢獲。三十年來藏之巾箱，手澤宛在，然恐遞相傳寫，虛虎沿訛，因屬學毅、聯卿、邦華諸弟詳加校讎，并略附注釋，考辨點畫，附之剞劂，以省抄謄，爲家塾定本。俾子弟從事於此者，時時展閱，庶不致弄麞伏獵，貽笑士林也。時道光二年，歲次壬午，孟冬，侄泳謹識。」參黃河荆音彙韻：兩百年前的宜興話中西書局二〇一六年版。山溪周氏宗譜卷四之一大分五房世表上：「泳，遇微公次子。字仲珩，太學生。生乾隆四十八年癸卯四月十十三，卒道光四年甲申十二月十五。」

道光三年，癸未（一八二三），四十三歲。

居蘇州山塘，詩卷四山塘寓樓偶成名所居曰因是軒。五月既望，於因是軒自序介存齋詩。介存齋詩序：「道光三年，歲在癸未，五月既望，介存居士自叙於因是軒。」

十月，蓋爲介存齋詩、存審軒詞、柳下詞諸書刊刻事宜，在揚州。李兆洛養一齋文集卷十同車圖記

秋，介存齋詩付刻。卷四收詩至道光三年秋所作自瑞光寺夜泛胥江歸寓樓感賦止。是爲四卷本介存齋詩。參國家圖書館藏「維揚磚街青蓮巷內柏華陞刻」本介存齋詩。該本較六卷本介存齋詩卷四少謁余忠宣公墓因登大觀亭至送宋葵如之楚等三十三首道光四年至十年春間所作詩，及卷五、卷六。四卷本與六卷本相同處，僅末葉略有差異。如四卷本卷四最後一首自瑞光寺夜泛胥江歸寓樓感賦「捧泥補殘堰」，「捧」六卷本、求志堂存稿彙編本作「奉」。

仲冬，輯詞一卷爲存審軒詞，自序之。是本所收詞爲兩卷本存審軒詞卷一所收詞。序：「道光癸未仲冬，介存居士自叙。」此蓋即今存之「維揚磚街青蓮巷内柏華陞刻」本存審軒詞。

編族叔周青柳下詞成，自序之。柳下詞序：「道光三年癸未冬日，族孫濟序。」附刻於一卷本存審軒詞後。蔣敦復芬陀利室詞話卷一周保緒詞：「嘉慶末，余年童稚，始識陽湖周保緒先生于田若谷邑宰署中，蒙以奇童見稱。時習經史及帖括文字，間亦作詩，未嘗問津于倚聲之學。中年抑鬱無憀，乃學填詞。從王子久茂才處，韜附注：子久即余舊字，今詞留余處，尚有劍人評跋。借得先生存審軒詞一卷讀之，是真得意内言外之旨。菩薩蠻前段云：『……』浪淘沙後段云：『……』虞美人云：『……』臨江仙云：『……』虞美人影云：『……』凡此于南唐北宋神似，而非形似。一萼紅云：『……』纏綿婉約中，得深厚之致。」所録皆二卷本存審軒詞卷一所收，故蔣所見存審軒詞，蓋即一卷本也。又，國圖藏求志堂存稿彙編本味雋齋詞卷尾，隱有剷除「維揚磚街青蓮巷内柏華陞刻」本之痕迹；念奴嬌疏簾詞後亦似有拼版之痕迹；念奴嬌疏簾詞正爲二卷本存審軒詞卷一結束處。

三月，李兆洛囑張懷白於枕雲書屋繪同車圖，記道光二年諸人集會常州舊館之盛況。十月，李兆洛裝同車圖於江陰暨陽書院，并作同車圖記以記之。李兆洛養一齋文集卷十同車圖記

張琦以館班分發山東候補知縣試用。

是年大水。詩卷七白沙行：「道光癸未水破圩，元氣一泄難重回。」

道光四年，甲申（一八二四），四十四歲。

四月，買金陵江氏致園，易其名曰春水。詩卷七春水園詩并序

夏，在安慶，謁余闕墓，因登大觀亭。詩卷四謁余忠宣公墓，因登大觀亭陸繼輅有於役皖江湖舟雜感。崇百藥齋集三集一

十一月，孫玉庭免兩江總督任。

張琦妻兒自南山至山東依張琦。

董士錫應河南總督黎世塘之邀修續行水金鑒。

婁東書院落成。盛大士蘊愫閣詩續集卷三婁東書院落成，張丹村太守作楠以詩紀事，余賦長句奉呈

道光五年，乙酉（一八二五），四十五歲。

居揚州，以醇酒婦人自廢。

是年復至淮安，訪盛大士於學舍，盛作詩以贈之。盛大士蘊愫閣詩續集卷三周保緒進士濟爲淮安教授，棄官而歸。數年後，復游淮上，訪余於學舍，作詩贈之：「掉頭一去淮之濆，忽而游俠忽貨殖。信手揮霍

錢千緡，生涯醇酒與婦人。緑鬟巧笑粉黛匀，黄金儘買西施顰。英雄末路類如此，世上肉眼徒紛紛。文章十年交有神，邂逅與爾重評論。」

張格爾亂起。

張琦改署館陶。

五月，陶澍由安徽巡撫調任江蘇巡撫。

道光六年，丙戌（一八二六），四十六歲。

跋宋緘夫端己丹荔珍禽圖卷。羅振玉著、羅繼祖主編、王同策副主編羅振玉全集上海古籍出版社二〇一三年版松翁近稿外十種下：「此卷無題識，筆力古健，賦色沈厚，置之宋人真迹中，幾不復辨。後有道光六年介存居士、道光戊申柘唐二跋。」

張琦實授館陶令。

道光七年，丁亥（一八二七），四十七歲。

是年妾蘇佩蘘來歸。儲素樓詞霜葉飛序：「幼失怙恃，依於徐氏。徐母鍾愛，十有六載，未嘗暫離。於歸後，尚得同居。道光八年，隨夫子返春水園。」

秋，周濟一日大悟，盡去賓客，去揚州，居南京春水園。自號止庵、止安。然猶往來淮揚。春水園詩并序：「丁亥秋，舉家徙南京春水園。然猶往來淮揚，未嘗得終歲。」

是年往來淮、揚間。作舟中雜感，詩卷四慨嘆嘉慶二十一年（一八一六）春移家揚州以來「十年身世且胡盧」，兼咏清廷平定張格爾亂。

七月二十八日，嗣子輔臣卒。山溪周氏世徵録卷四之二大分五房世表下：「棟，止安公嗣子。……生清嘉慶四年己未十二月十五日，卒道光七年丁亥七月二十八日。」

中秋，張琦回常州，與家人共度佳節，賦詩志喜。

道光八年，戊子（一八二八），四十八歲。

春，在淮安。詩卷四邪許曲：「千人萬人和邪許，戽水牽船出袁浦。耳中愁聽闌門沙，清水畏黄如畏虎。」

春末，携蘇佩蘘寓金陵之春水園，儲素樓詞霜葉飛序：「幼失怙恃，依於徐氏。徐母鍾愛，十有六載，未嘗暫離。於歸後，尚得同居。道光八年，隨夫子返春水園。」閉門著書。「一日，翻然悔曰：『吾數年一念所誤乃至此！』盡散其貲，謝其黨，因自號止安，作五言詩自訟，訟其兵農雜進負初心，遂去揚州，寓金陵之春水園。時道光八年也，年四十七。盡屏豪蕩技藝，復理故業。」

與宋隱山端己相過從，作臨池小山與耻夫話舊。

冬，有開封之行。清徐漢蒼蕭然自得齋詩集光緒丙子夏日刊本卷五喜周保緒濟教授過訪，即送其大梁之行。

嗣後三年，「于役」新息。詩卷四五十自述：「于役在新息，始見雙白鬢。荏染及三載，茹連繫有徒。」

行前，蘇佩蘘作芳草送夫子薄游皖上。

此行途經合肥、六安、壽縣等地，有合肥曉發却寄趙子㝵暨同集諸子、大蜀山道中、六安州、官田感事、村店諸詩。詩卷四

正月，官軍生擒張格爾，西域底定。

潘德輿舉江南鄉試第一。

道光九年，己丑（一八二九），四十九歲。

正月三日宋隱山「五十初度也」，濟「元日爲長春卷子爲贈，并系以詩」，復與隱山合作雲山小幅贈集園汪正鋆。詩卷四己丑正月三日，隱山五十初度也，元日寫長春卷子爲贈，并系以詩、與隱山合作雲山小幅贈集園周、宋二人「歲晚相逢弄柔翰，任教嚴鼓報深更」，與隱山合作雲山小幅贈集園探討繪畫之法。題郭恕先清江白屋圖：「隱山爲説老米格……曾聞僧繇及摩詰，没骨遺法神奇標。得非先染後勾勒，正與皴首通根苗。意奇語創復誰信，蒼蠅之笑吾焉逃？」折肱録主體思想，蓋成於此時。

初春，欲赴淮揚，阻風燕子磯，却歸。作阻風燕子磯，夜雪却歸，招隱山、集園同登爽來閣。詩卷四

春夏間，赴揚州、淮安。作晚過露筋祠却寄隱山集園、贈張淥卿。詩卷四

秋，在南京，作贈浦情田都尉，時值初度。詩卷四

説文字系、説文韻原撰成。説文字系序曰：「濟不敏，幼從先君子爲聲音之學，因及于韻，知韻之必本于文字，而未之能究也。中間失學二十餘年，乃復溯原于文字。」周濟父周仁卒於嘉慶六年（一八〇一），歷「二十餘年」，當道光元年（一八二一）至道光九年（一八三〇）間。又，道光七年（一八二七）秋，周濟一日大悟，盡去賓客，去揚州，居南京春水園。自號止庵、止安。然猶往來淮揚。春水園詩并序曰：「丁亥秋，舉家徙南京春水園。然猶往來淮揚，未嘗得終歲。」至道光八年（一八二八）春末携蘇佩蘘寓金陵之春水園，儲素樓詞霜葉飛序：「幼失怙恃，依於徐氏。徐母鍾愛，十有六載，未嘗暫離。於歸後，尚得同居。道光八年，隨夫子返春水園。」閉門著書，始得專力從事説文字系的撰

著，至道光九年書成，復撰此序。

二月十九日，侄周桐卒。山溪周氏世徵録卷四之二大分五房世表下曰：「桐，傚昆公次子。字韻卿。生清道光元年辛巳九月十三日，卒道光九年己丑二月十九日。葬生薑田内。」

道光十年，庚寅（一八三〇），五十歲。

正月，痛宋隱山病逝，作病中追悼隱山、將之揚州留挽隱山。

嗣後爲作宋隱山傳，并編與隱山論畫語爲折肱録。文卷一宋隱山傳：「君生平論畫，余則別著之，爲書以授定生。」周濟折肱録序：「相與共學又六七年，乃稍稍成章，而隱山逝矣。……因述其要領，以授定生，名之曰折肱録。」

爲浦承恩詩集作序。文卷二玉玲瓏館詩集序

約正月底、二月初赴揚州，嘆友朋生離死別，作五十自述、咏古、舟中感憶諸詩。詩卷四復作揚州李侍郎祠堂記、小牛傳。文卷二

春末，周濟返鄉，其時宋葵如赴楚，二人於江畔相别，濟舟先發。詩卷四送宋葵如之楚：「故園春易盡，先爾發扁舟。」

四月初，已返南京，作四月八日，辛夷葉頂作一花，命定生爲圖，賦詩紀事諸詩。詩卷五

秋，作自責五十二韻，曰：「恃才一何妄，其愚若猴狙。不能蚤書紳，疾甚思扁盧。作此自責詩，心灼喉嗟吁。嗟吁亦奚爲？在顛急求扶。一息苟倖存，矢志期勿渝。」詩卷五

八月二十二日，原配徐氏卒。山溪周氏世徵録卷四之二大分五房世表下：「配莊前徐氏，邑庠生大鈞女，道光辛巳舉人、安徽潛山縣訓導徐紹侃胞妹。敕封孺人，貤贈安人，例晋宜人。生乾隆四十五年庚子十二月十一，卒道光十年庚寅八月二十二日。」九月十七日，復遭弟憂。山溪周氏世徵録卷四之二大分五房世表下：「治，宗少公三子。字儆昆，號晦齋，太學生。生乾隆五十一年丙午四月二十一日，卒於道光十年庚寅九月十七。」周濟「含弗及視」。詩卷五卜居悔不歸也：「桂之方華，奪我内紀。如何不淑，嗟及予季。命舟星奔，含弗及視。」

立冬後，周濟以「房老」攝正室。陸繼輅崇百藥齋三集卷八寒江孤艇風阻歸程，感舊懷人，離聲間作曰「此行准擬見周郎」，詩中小注曰：「保緒前數日返荆溪。」「君悼亡後，以房老攝正室，余至，問遺甚謹。」「房老」蓋側室任氏也。嗣孫周煒母林氏卒道光七年，山溪周氏世徵録卷四之二大分五房世表下：「棟，止安公嗣子。……生清嘉慶四年己未十一月初二日，卒道光二十三年癸卯六月十六日。……配林氏，蘊珩公次女，敕贈安人，貤贈恭人。生清嘉慶四年己未十二月十五日，卒道光七年丁亥七月二十八日。」「煒失恃」，側室任氏「養育盡瘁」。以慈撫孫煒」，當以此功立爲正室。山溪周氏世徵録卷四之二大分五房世表下：「側室任氏於徐氏卒後治家有範。孫煒失恃，養育盡瘁。以慈撫孫煒，秩敕贈安人。生嘉慶三年戊午二月二十七日，卒於道光十八年戊戌十二月初十。祔葬棠徑。」

鄉居期間，周濟作雲溪遺稿序、林蘊琪蘊珩兄弟家傳、文學高森榮墓表諸文。文卷二

冬，返南京。嗣孫周煒當隨其同行。高鳳飛卓卿公五十壽序山溪周氏世徵録卷四之二大分五房世表下：

「總角隨祖宦游，克承家學。」作卜居悔不歸也。

江之桐來訪，「與語大悦」。清史稿藝術三：「（江之桐）年六十餘，始遇荆溪周濟。濟故績學，自負經世之略，通武藝，好談兵。與語大悦。」见孫煒，愛之，「願以所學授焉」，周濟「既頽廢，喜煒之得師，命從游」。文卷二江之桐傳

冬十月，編淮鹺問畣成。淮鹺問畣序：「道光十年冬日止盦序。」

復輯所撰文與淮鹺問畣爲一編，成介存齋文稿一卷。國圖藏求志堂存稿彙編本介存稿文稿收文十篇。淮鹺問畣居末，是文有「道光十年冬日止盦序」語。是卷所收皆爲道光九、十年新撰之文。是編收録之小牛傳、淮鹺問畣序始自稱「止庵」。

年底，「罷邗上鹺業，僑寓金陵。」周儀暐夫椒山館詩存道光二十七年味塵軒刻本卷二十申耆同車圖圖中祝子常、張翰風、陸劭文、丁若士、莊卿珊、吴山子、魏曾容、管孝繹、張彦惟、方彦聞、康竹吾、鮑善之及余共十四人共一車，家保緒執鞭禦車行：「董生覃粹賈生哀，一種經綸付草萊。嘆絶義興周射虎，交衢水曲亦奇才。保緒近罷邗上鹺業，僑寓金陵。」

畫晝樵夜讀圖。梅曾亮柏梘山房全集咸豐六年楊以增、楊紹谷等刻，民國七年蔣國榜補修本卷十一晝樵夜讀圖記庚寅：「吾友馬棣園以晝樵夜讀屬周保緒爲圖，而屬曾亮爲之記。」

六月，兩江總督蔣攸銛困病乞假，陶澍兼署。八月，陶澍實授兩江總督兼江蘇巡撫。轉調盧坤爲江蘇巡撫。

夏，董毅至山東館陶，携有續詞選稿本。七月，張琦序而刊之。

包世臣自訂小倦游閣文集。

董士錫之子董毅輯續詞選兩卷，有名於世。

張琦重刻詞選，始爲詞壇所注目。

道光十一年，辛卯（一八三一），五十一歲。

寓春水園。作皚皚之白望澤也諸詩。詩卷五

春，赴揚州，作東園探梅東葵如、聽橋觀察席上若谷刺史説塞下耕屯，賦此以贈、同人説塞下事，因懷情田、雜感、答葵如見示落某諸詩。詩卷五

旋返南京。三月初，有隱仙庵之游。詩卷五朴山鍊師之化，六朝梅先枯，重游隱仙，慨然有作、隱仙庵海棠復於十一日集半山寺。詩卷五同人半山寺小集

三月十二日，「自春水園登舟，晚泊上河，作同人半山寺小集詩一首」。後沿江西游歷陽、魯港、緐昌、池州等地，有詩記之。

約四月初，已返南京，作初夏小園雜華三首等。

高維熙質來訪，作答從甥高維熙質見贈四十韻以答之。詩卷五

五月三日，擬返鄉探望兄周潛，阻風燕子磯，却返。作蝶戀花道光十有一年，歲在辛卯，五月三日，燕子磯阻風，讀史有感賦六首。

五月十四日，兄周潛卒。山溪周氏宗譜卷四之一大分五房世表上：「潛，宗少公長子。又名湘，字佐乾。邑志載字。晚號固庵。太學生，九品議叙。生乾隆三十一年丙戌十月二十七日，卒道光十一年辛卯五月十四，享年六十六歲。」周濟當返宜興。

六月初，經蘇州、鎮江返南京，有詩六月一日，同人泛湖爲包山之游，四日返櫂，得雜詩十三首、京口晚泊等，詩卷六詞六幺令銷夏灣荷花等。詞卷二。時大水，作澤國、大水一百韻以咏之。詩卷六

秋，徐荔庵漢蒼來訪，有明樂安長公主玉印歌和徐徵士漢蒼、題荔庵徐漢蒼修竹吾廬卷子、詩卷六與徐壽伯書酬贈。文卷二

秋，作包包山祥高六壬畢法總鈐序、與任階平書。文卷二

秋，作讀小倦游閣集。詩卷六

冬，董士錫卒，作董生哀晋卿也。詩卷七

夏秋大水，夜警：「今年夏秋水，奪我吴農穀。」詩卷七白沙行：「辛卯龍蛇再起陸，水灾雖去留沙灾。」周濟因「耽著書，排比兩晋史。三月不出門」，至冬方「知酷如此」，詩卷七述哀作東鄰、述哀、夜警諸詩。詩卷七

秋，與周儀暐、陳叔安宇登盋山園小閣。周儀暐望海潮同周保緒、陳叔安登盋山園小閣，載國朝詞綜補卷二十二。

輯乙酉以來新撰之古今體詩二卷，與四卷本介存齋詩合爲六卷，并付刻。是爲六卷本介存齋詩。六卷本介存齋詩新近收録之詩，起於卷四舟中雜感，是詩咏張格爾叛亂，故當作於道光七年；訖於卷六之病菊，是詩撰於道光十一年秋。故六卷本介存齋詩當於是年冬付刻。六卷本介存齋詩蓋承前四卷本介存齋詩舊板補綴，故國圖藏求志堂存稿彙編本介存齋詩卷四末「維揚磚街青蓮巷内柏華陞刻」版記顯系從四卷本卷末移植而來。

輯道光四年至十一年新作之詞，與一卷本存審軒詞合爲存審軒詞二卷。

編定介存齋文稿、味雋齋文稿各一卷，於是年底付刊。國家圖書館藏求志堂存稿彙編册一蓋即是本。

在南京，教授馮元燿、戴希齋、陳自堂、諶秉之、諶展卿諸人，親作釋繫辭傳等十四篇制藝文以授之。此十四文皆收入一卷本味雋齋文稿。求志堂存稿彙編馮元燿跋語：「道光之初，燿以童齡侍几席於春水園。……猶憶先生之作晋略，起草於道光之十二年壬辰，告成於十九年己亥，歷八載而三易稿耳。初稿草寫，次稿付門人謄録，録者五人，則戴希齋、陳自堂、諶秉之、諶展卿與燿。是其三次定本，則已在淮安，燿未及見。……先生才之敏捷，試即以制藝論之。嘗見日高丈餘，占出十題，寫作告成，日猶未没。嘗書院考課，三人執題領教，先生卧而誦之，三生手謄，三藝并就，不過一時許。教官到任，例課一文。題下而先生與客談讚正酣，日已向晚，同席敦促，乃取卷一揮而就。」此篇及原情、原識、原略、原幾、原度、原直、原才、井田議、區田議、葬議、嫁議、肉刑議諸篇，皆收入味雋齋文稿，蓋皆道光十一年（一八三一）周濟教授馮元燿諸子之「制藝」文，作於南京。

於陶澍改革鹽務「持議有異同」，作鹽法議一、鹽法議二以上之，「陶公銜其阻撓，將摭其他故罪之先生」。清蔣彤武進李先生年譜卷三：「十一年辛卯，先生年六十有三，在暨陽。……陶公因奏章程十有五條，而欽差復密奏請裁鹽政，歸總督管理，以一事權。由是鹽務大變，兩淮汹汹，幾釀成釁端。……當改法時，保緒在揚州，熟練鹽務，持議有異同。陶公銜其阻撓，將摭其他故罪之先生。」又石彦陶、陶用舒陶澍年譜：「（道光十一年）十二月，奏請淮北滯岸試行票鹽制。……（十二年）五月，奏請淮北湖運綱鹽滯岸及食鹽各岸，試行票鹽，酌議設局徵税章程。」

管同卒。

道光十二年，壬辰（一八三二），五十二歲。

二月，味雋齋史義成，二卷，自序之，味雋齋史義自序：「道光十有二年壬辰二月，荆谿周濟序。」并付刊。是爲道光十二年刻本。國家圖書館藏求志堂存稿彙編所收味雋齋史義蓋即是本。

始事晋略之撰著。馮元燿求志堂存稿彙編跋語：「猶憶先生之作晋略，起草於道光之十二年壬辰，告成於十九年己亥，歷八載而三易稿耳。……方起草時，每日出而起，據案走筆，如風掃籜，至午餐，率二千餘言。午餐後則優游園林，作書寫畫，或與朋友談宴，及聞人講解，閒暇如常時，往來諸公，無有知先生著書者。惟包慎伯、汪均資兩先生嘗知之，嘆爲筆下有神焉。」詩卷七録史紀寒：「後來排纂猶深慨，豈怪新亭涕横集。」述哀：「病夫耽著書，排比兩晋史。」

初春，在仪徵，作白沙行。

復沿江西上。三月，至安慶。作大觀亭雜感四首、贈王斗垣德魁茂才并序等詩，詩卷七并渡江雲楊花、憶舊游等詞。詞卷三

約在三月底、四月初返南京。多有唱和。詞卷三作水龍吟白門作、春雲怨題梨花白燕圖，爲柔吉夫人作、迷神引秋鶯。和佩蘘等。

六月中旬，曾赴揚州。詩卷七六月四日高旻寺夜泊旋返南京。

秋閏重陽，登南京翠微亭。詞卷三高陽臺閏重陽，登翠微亭和叔安。時積水未退，民匙安宅，登臨送目，相對淒然

秋末，湯賠汾引疾乞休，周濟割宅春水園以居之，湯貽汾琴隱園詩集卷二十琴隱集壬辰，是秋僑居金陵。移居周保緒進士園林即贈爲作雙笠圖，并有水龍吟雨生移寓春水園，小雪賦贈、浣溪沙雨生都督暨其配雙湖夫人俱擅丹青，有畫梅樓雙照，索題賦此、霜葉飛讀雨生劍人緣院本，即題十二古琴書屋填詞圖等相唱和。

冬十一月前，「葺晋略，稿本粗具」，文卷四與吴石華書然因「初稿草寫」，故「次稿付門人謄録，録者五人，則戴希齋、陳自堂、諶秉之、諶展卿與燿」求志堂存稿彙編馮元燿跋語謄録數份，寄吴蘭

修、包世臣諸「有道賜之箴砭」。文卷四與吴石華書：「濟葺晋略，稿本粗具，所冀有道賜之箴砭，緬瞻南雲，遠莫能致，儻因北征，得展晨夕，爲之論定，幸甚幸甚！」

冬十一月初八日，宋四家詞選、宋四家詞選目録序論成，自序之。序：「道光十有二年冬十一月八日，止庵周濟記於春水懷人之舍。」詞調選雋亦當於是冬撰成。惜不傳，今僅有序存。

十一月間，作止庵説，「介存」「止庵」自署之轉變，殊可注意。

冬，送陳叔安宇之雷州，作送叔安之雷州。詩卷七

「歲晏」，作歲晏立春，雨雪不已，感念存殁，自慰索居，各序之云爾十六首，述湯雨生貽汾等十六人。詩卷六

沈欽韓卒。

道光十三年，癸巳（一八三三），五十三歲。

春初，在南京。作一枝春群姬印雪成糕，飾以脂澤，戲賦此解諸詞。詞卷三

清明後不久赴揚州，多有酬贈。詞卷三水調歌頭泛舟倚虹園賦贈慎伯六首、雨零鈴春水、安公子杏

花謝後作、又紙鳶、夜飛鵲海棠和四篁、水調歌頭、泛舟倚虹園賦贈慎伯六首、安公子見月，憶貯素樓梨花、西平樂此調本與「難逭」分段，只兩疊，今審定爲三疊、傾杯樂積雨遣悶、夜半樂、大聖樂三月十四夜對月、八六子垂楊、蝶戀花、浪淘沙。

又逢春晚。」詞載國朝詞綜補卷四十二陳宇。

三月底返南京，陳叔安宇自粤寄詞來。陳宇齊天樂嶺寄周保緒、湯兩生：「脆圓猶記江南樹，驚心

四月初「薔薇始發」時，往蕪湖。詞卷三被花惱薔薇始發，予往鳩江，十日歸來，餘英尚麗。阿蘇有詞，倚聲和答居十日，與友朋燕大好園。詩卷七蕪湖大好園宴集詩并序四月中旬，東返南京，行前作却寄東溪少尹兼柬鳩江諸子，舟中作四月十四。詩卷七

返南京，時薔薇「餘英尚麗」，蘇穆有被花惱珍叢館薔薇，儲素樓詞周濟作被花惱薔薇始發，予往鳩江，十日歸來，餘英尚麗。阿蘇有詞，倚聲和答。

四月底，在春水園作讀歸潛志。詩卷七。

約四月底、五月初，聞張翰風琦卒，作哭翰風。詩卷七。張卒於道光十三年三月十二。

嗣因詞作調名，聲韻多有錯訛，進行修訂，至十三年訂畢，合爲一册，并改名味雋齋詞，後附柳下詞，貯素樓詞以行之。國家圖書館藏求志堂存稿彙編册五蓋即是本。多有訂正。

六月，周濟編妾蘇穆貯素樓詞成，周儀暐序之。周儀暐儲素樓詞序：「道光癸巳六月，夫椒山人儀暐序。」張綰英澹藕軒初稿李雷清代閨閣詩集萃編中華書局二〇一五年澹藕軒詩初稿卷四題周保緒先生姬人佇素樓詞稿：「深閨久式孝侯名，餘事都成弟一聲。先生與先府君交善，著有味雋齋詞。千古英雄得奇女，好馮絶調寄深情。」

與周青柳下詞并附味隽齋詞後以行之。

六月十九日，包世臣復書周濟論晉略。包世臣與周保緒論晉略書：「保緒二弟足下：春杪承寄示晉略。……而足下數十年之苦心，與天下後世以共見矣。唯希鑒察。暑濕珍重，不具。癸巳六月十九日。」

小暑前后，赴揚州。湯貽汾琴隱園詩集卷二十一松崖上人索題保緒山水障子，即以爲壽小注謂是年「保緒割宅居予，作雙笠圖訂交。今將他游」。蓋謂是次出游也。有出郭步天寧、重寧寺後、詩卷七揚州慢鴿鈴等。詞卷三七夕，作念奴嬌七夕。詞卷三

立冬前二日，在揚州，作高陽臺立冬前二日夜對菊影。詞卷三

十月初七，惲潔士秉怡卒。十六日，周濟至陽湖悼之。吴德璇初月樓文續鈔道光丙申刊本卷七例授承德郎六品銜孝廉方正惲君墓誌銘。

冬，赴蘇州，有横塘曲、同人泛舟游吾與庵，即事有述、詩卷七臨江仙憶與文起、晉卿游宴横塘、木瀆，極一時之勝。扁舟重至，郢匠巋然，感而賦此詞卷三諸詩詞。

冬，自蘇州歸揚州。途經江陰，宿暨陽書院五日，與李兆洛有酬贈。詩卷七宿暨陽書院五日，既別，却寄申耆初識毛生甫嶽生。詩卷七歸舟讀惜抱軒集，賦寄毛生甫嶽生：「久聞小毛公，昨日始見之。」舟中讀惜抱軒集，有詩贈之。詩卷七歸舟讀惜抱軒集，賦寄毛生甫嶽生復過龍潭洲、儀徵，作龍潭道中、詩卷七滿庭芳返自金閶，夜泊真州，憶與佩蘘同游白沙翠竹江村，忽忽十年，今成壟畝，慨然感賦。詞卷三

是年江之桐卒，周濟「聊次君傳，以授煒」。文卷二江之桐傳

是年作田鈞傳、傳之奇傳、汪鈞傳。文卷四

秋，包世臣轉至吴縣，爲沈欽韓作狀。

道光十四年，甲午（一八三四），五十四歲。

春，在淮安袁浦，詞卷三唐多令楊花甲午袁浦作寓居黎襄勤公祠堂。詩卷七寓居黎襄勤公祠堂瞻拜感賦三首

有書寄蘇穆，蘇以詞滿庭芳甲午三月十九日，夫子手書至，訴客中近狀兼問園中花木，繫念殊深，奉讀之下，凄凄終日，賦此記之答之。詞卷三

春夏間在淮安多有題贈。詩卷七寫瓊臺觀瀑圖贈雲槎孫二、爲海峰題華秋岳泰山雲海圖、題梅生寄廬燈影圖并序、贈孫雲槎二首、禹王臺鐵樹歌和安儀莊都尉，詞卷三夜飛鵲海棠和四篁。

七月返南京春水園。詩卷七春水園詩并序：「甲午七月至乙未閏六月，盤桓最久，而與園別矣。」蓋是次長居，蓋因大病，詩卷七前在黄元和許得慎伯所留詩卷，既以言别，復見酬和，舟中反覆至於數四。久雨乍晴，夜睹光景，結轖萬感，遲見伊人曰：「我今罹大患，患復爲人師。」

秋，湯貽汾惠蟹，有作。詩卷七雨生惠蟹

十一月十日，題潘湘雲小影。詞卷三采桑子題潘湘雲小影，有序

冬，售春水園。湯貽汾琴隱園詩集卷二十一桐城劉菊生保泰孝廉藏其婦翁李次卿仲昭侍御遺琴，曰真隱，有記有贊。憶二十年前侍御嘗携此訪予羊城，各弄數曲，頃忽睹之於白門安園，不勝人琴之感，因作歌以貽之小注曰：「予蓄琴十二，顔所居曰十二古琴書屋，本保緒宅，今將易主。」

陳善輯録茗柯文補編二卷、外編二卷，請高澍然排比，是年授梓。

春，包世臣過常州，以張琦墓表屬李兆洛。

道光十五年，乙未（一八三五），五十五歲。

在南京。

閏六月九日，包世臣啓程赴任江西，有詩留別周濟等。包世臣管情三義卷第八澗泉編九日啓程，留別荆溪周二保緒、桐城汪四均之正鋆、儀徵張大司衡銓。保緒十日後，亦之官淮陰矣

周濟作送慎伯之官江西以贈，詩卷七包世臣未及見，至十八日始「啓笥見詩」，「依韻寄答」。包世臣管情三義卷第八澗泉編保緒以詩贈行，弆之木笥，未審也。十八日抵吴門，啓笥見詩，感其訓詞深厚，依韻寄答

閏六月十九日，離春水園。行前有詩贈汪集園正鋆、陳伯游方海。詩卷七將去金陵留別集園

汪四、伯游爲詩三章贈别率答「送眷口歸荆溪」。詩卷七春水園詩并序

北上淮安復任淮安府學教授，丁晏頤志齋文鈔周先生傳：「乙未秋，復起病，爲淮安校官。」舟中作春水園詩并序，謂「兹行也，有所不得已焉」，「遑遑欲何之」，「平生澹蕩心，止謗在無辯」。詩卷七

謝國楨江浙訪書記三聯書店二〇〇八年版騈枝贅憶：「騈枝贅憶一卷，清符葆森撰，寄鷗館手稿本。葆森字南樵，江都人。師事姚瑩、周濟，工於韻語，長予詩詞，謳吟之餘，撰爲是編。時當清道光咸豐之時，太平軍興之後，清廷諸政廢弛，因循苟安，著者記述其朝野見聞，揚州鹽商奢侈之情與當時官僚縉紳夤緣奔競忝顔無耻之狀，而尤於其師桐城姚石甫之參穆彰阿及周止安之一事，言之特詳，足裨藝林談史之資。」蓋周濟十五年離南京赴淮安，即因此也。

途經揚州小住，中秋作揚州小住，中秋對雨。詩卷七雨中舟出京口二首

八月，復任淮安府学教授，同治重修山陽縣志卷六職官：「周濟，荆溪人。進士。十一年任。十五年、十八年回任。」作不寐、代家書、贈李生諸詩。丁晏作贈周止安濟廣文，謂「鴻爪重來迹已差」，「臚載清談史例遺，杜門削草義深微。編年獨抱春秋旨，重見當時習彦盛。時撰晋略。」。頤志齋詩草清鈔本卷三

初抵任，湯國泰作奉贈淮安府學博周止安進士以贈。湯國泰勤業齋詩初集卷四奉贈淮安府學博周止安進士：「衆林羸秃綴霜蕤，四面冷烟亞寒水。一綫堤高萬户低，往來帆景走筵几。有客擊楫江南回，吊古

曾過韓侯臺。」

秋，蘇穆於荆溪作摸魚兒寄周濟。儲素樓詞摸魚兒夫子久客袁浦，賦此寄之。

冬「殘臘餘幾日」，病股，作病股率述示篋樓，兼柬秋伯同年五首冬。詩卷七

序汪桂晚禪庵詩草。文卷四晚禪庵詩序

父周仁以濟秩恭遇敕贈文林郎，母許氏敕贈孺人。山溪周氏世宗譜卷首綸音：「五房十四世咸亨公以孫淮安府教授濟秩恭遇覃恩，敕贈文林郎，妻林氏敕贈孺人。五房十五世仁公，道光十五年以子淮安府教授濟秩恭遇敕贈文林郎，妻許氏敕贈孺人。」

嗣孫周煒「從甘鳳池門人和州江登鳳習拳棒單刀，得猿臂法」。高鳳飛卓卿公五十壽序山溪周氏世徵録卷四之二大分五房世表下

六月，陸繼輅卒。

道光十六年，丙申（一八三六），五十六歲。

校士淮安。

約二月，送丁晏北上應舉。詩卷七送儉卿計偕北上

四月，序丁晏頤志齋詩草。日本國會圖書館藏頤志齋詩草周濟序曰：「道光十有六年丙申四月，荆溪

周濟序。」

七月七日，丁晏訪周濟於學舍，不值，作七月七日訪周止安學舍不值，見牽牛花盛開。詩卷七周濟是日前後作牽牛發花欣然有作。詩卷七

捐監院銀二百兩，招童子習舞佾；餘款置運河西岸田四十數畝，并存質庫，以租息備祭。清徐嘉味静齋文存續選民國二十年上海中華書局鉛印本卷二山陽堂故記：「道光丙申，學師周保緒濟捐監院銀二百兩，招童子習舞佾，其款之餘者，置運河西岸田四十數畝，并存質庫，以租息備祭。每春秋仲畀祭銀十二兩有奇，裕如也。」

以晉略二稿示友朋。曹文焕跋：「焕於道光丙申、丁酉游幕淮陰，執贄門下，曾手鈔稿本，稿得悉其詳。」丁晏周保緒晉略序：「乙未秋，荆溪周止安先生爲吾郡教授，與吾雅相善。止安少有命世之志，今老矣，目瞑意倦，專事著書，出其所緝晉略相示。」馮元燿求志堂存稿彙編書後：「是其三次定本，則已在淮安，燿未及見。」蓋言曾見二稿，故二稿在赴淮安前已成，携赴淮安。曹文焕、丁晏等所見皆此二稿。

歲末返鄉省墓，途經鎮江，有省墓暫歸京口，膕阻江行，過圌山。詩卷七

冬，見丁晏所作陶詩譜，「自毁所作」，民國閔爾昌王石臞先生年譜民國高郵王氏父子年譜本序：「憶周保緒有陶詩譜，丁儉卿病其未審，别爲一編。保緒即自毁所作，它日羅書刊布，吾固不辤，爲保緒也。中華民國十六年三月三十一日閔爾昌記。」并爲之序。文卷四丁儉卿晏曹陶陸元年譜序

道光十七年，丁酉（一八三七），五十七歲。

正月，宜興鄉居，作看燈、喜晴、喜所移梅樹得花、别梅諸詩。詩卷七

初春，北返淮安，蘇穆隨行。

途經洑溪，作過洑溪感懷徐二良卿。詩卷七

梨花開時，蘇穆於淮安「賦瓶中梨花，有『海棠偏睡伊偏醒』之句」，周濟賦高陽臺「爲海棠解嘲」。詞卷三高陽臺閨人賦瓶中梨花，有「海棠偏睡伊偏醒」之句，戲賦此解，爲海棠解嘲

與丁晏、李鎮、張喻兹、毛夢蘭、慶大墉、周寅等小飲看桃花。丁晏頤志齋詩草清鈔本卷四李篴樓鎮招桐城張喻兹、荆溪周止安、甘泉毛秋伯、含山慶石城、同邑周木齋小飲看桃花

淮安府春秋釋奠，周濟主其事，觀禮者逾千人。丁晏頤志齋文鈔周先生傳：「丁酉春，釋奠觀禮者逾千人，君又節修脯所入，輸錢二百緡存質庫，權子母爲每歲興舞之用，則復古之盛事也。」

十二月十九日，於淮安小集，有水龍吟蜀山書院，堂名楚頌，歲以十二月十九祀蘇長公。余恒出游，不與者二十餘年矣。消寒小集，偶值兹辰。詞卷三

魏源游淮安，訪周濟。黄麗鏞魏源年譜

周天爵任漕運總督，駐節淮安，與周濟相得甚歡。

道光十八年，戊戌（一八三八），五十八歲。

重陽，慶成門城樓落成，與張用熙、丁晏等酬唱。丁晏頤志齋詩草清鈔本卷四慶成門城樓落成，張介純邑侯重九日招毛秋伯大令、周止安、慶石城大墉、楊荆門名超、吕星齊偉庚廣文、周木齋登高晏集和止安韻

九月二十四日，李兆洛七十壽辰，周濟與書曰：「推度、輿圖兩業是否已竟？足下今年政七十，所應一一了之。與其多營，不如急就。晉略已斷手，粗可擬宋景文耳。然精力已耗，怔忡遂成。」清蔣彤武進李先生年譜卷三：「（道光十八年）九月二十四日，先生七十壽辰，會者數百人，學使以下畢至。賀儀有自千里來者，保緒與先生書曰：『……』云云。時保緒去淮安教授，就兩湖總督周公天爵之聘，隨從幕府。」

十月朔，晉略「編次訖」。光緒味雋齋本晉略跋：「道光十八年戊戌十月朔荆溪周濟編次訖。」

與魏源識於淮安。魏源全集附録年譜

年底，周天爵調署湖廣總督，强周濟同往，許爲盡刊所著書。

道光十九年，己亥（一八三九），五十九歲。

春，在淮安，作木齋招同青霞、秋伯、儉卿集太平庵聽黄金谷平話。詩卷七

正月末、二月初，離淮安。珠湖舟次別丁晏，有孤鸞珠湖舟次贈柘唐，丁晏有送周止安之楚、送周止安之荆溪。頤志齋詩草清鈔本卷四蓋是次周濟本擬直接赴楚，嗣因故先返宜興，復沿江西上。

二月初七生日，於舟中作自題五十九歲小像。

途經黄岡，游赤壁，作黄州赤壁二賦堂。

抵武昌，「寓漢上自在庵」。水龍吟白蓮三月十二日，有三月十二日作。

春末夏初，與洪春衢、王第花、范白舫等有酬贈。詩卷七答洪春衢、答王第花、贈范白舫

四月初，「乍起維摩病」。曲游春梅江上人供魚子蘭病中有尉遲杯月湖堤有感、水龍吟梅江上人於余行館後作池蒔荷，一夕田田，喜而賦此、金明池同人皆用此調作前題，余亦繼聲、水龍吟白蓮等。

六月十九日病情有所好久，作浪淘沙六月十九日憶梅曰：「病後心情無一可，只盼平安。」

七月初三，周濟卒於行館。清范鍇苕溪漁隱詩卷六輓周保緒小注曰：「君素善飲，病猶不輟。」道出周濟卒因。

生前編道光十一年冬以來所作爲止庵文、止庵詩、止庵詞、折肱録各一卷。此爲止庵遺稿稿本。國家圖書館藏有抄本，四册，然未有折肱録。間有小字補奪、校改。

晉略附刊於武漢，至道光癸卯刊竟。是爲道光間刊本。

道光二十年，庚子（一八四〇）

湯貽汾作哭保緒即自題雙笠孤笠圖六首哭之。湯貽汾琴隱園詩集卷二十四

范白舫鍇刊止庵遺文庚子本，内止庵文、止庵詩、止庵詞各一卷。是爲道光間刊本。北京大學圖書館有藏。金武祥周止庵遺稿跋：「光緒己丑，司榷廣州，得周止庵先生遺稿於仁和王子展觀察許，擬携之粟香室叢書中。癸巳銜恤里居，薄游吴門，宜興任筱沅中丞見贈新刻求志堂存稿彙編，因合校之，僅同折肱録一卷，哨遍一闋。而此本詩、文、詞各卷，爲道光庚子所刊，距先生殁後一年，謂之遺稿，不知刊於何人，皆今彙編所未編入者。」清符葆森國朝正雅集寄心盦詩話：「白舫丈晚年寓居邗上，刊吾師周止庵先生遺稿，余寓書謝之。時余客吴中，丈答書懇款肫摯，病中以三十年前卉木庵納凉圖屬題，且云此圖久不出篋矣。余題云云。未幾而丈之訃至矣。」

道光二十三年，癸卯（一八四三）

四月朔，「保緒嗣孫煒以（晋略）刻本來將遺命乞序」，包世臣爲序。包世臣晋略序道光間晋略嗣後刻竣，然包序未及收録。

六月十六日，嗣子周棟卒。

道光二十四年，甲辰（一八四四）

范白舫鍇刻止庵遺集甲辰本，盛宣懷刻常州先哲遺書後編止庵遺集扉頁跋語：「宣統乙酉，武進盛宣懷用道光甲辰刊本彙雕。」是年所刻爲折肱録一卷。

道光二十七年，丁未（一八四七）

潘曾瑋合介存齋論詞雜著一卷、詞辨二卷并刊。

道光二十九年，己酉（一八四九）

崔書巘有折肱録聚珍版之刷。折肱録周佐臣跋：「折肱録一編，早爲畫家圭臬，嚮無鐫板。至道光己酉，始有崔仲綸先生聚珍版之刷。」

咸豐五年，乙卯（一八五五）

「二十二日壬子晨，香谷同周蔭南（榕）來舍。蔭南宜興諸生，以其父介存齋詩古文詞稿四册贈予。邀至挹清樓啜茗，娓娓劇談，頗傾肝鬲。爲言其婿久困金陵圍城中，今秋得間逸出，一家十餘口，無所依歸，咸仰給於蔭南，故蔭南不得已出外作稻粱謀，托予爲之介紹。」中華書局編輯部編，湯志鈞、陳正青校訂王韜日記中華書局二〇一五年咸豐五年八月

同治十二年，癸酉（一八七三）

潘祖蔭重刻詞選，詞選遂流行於大江南北。

光緒二年，丙子（一八七六）

光緒二年味雋齋重刊本晉略付刊。

光緒三年，丁丑（一八七七）

三月望，光緒二年味雋齋刊本晉略刊竟。周佐臣晉略跋

四月八日，周南金序介存齋文稿。

光緒四年，戊寅（一八七八）

周佐臣等始事求志堂存稿彙編之輯刻。周恭壽求志堂存稿彙編書後：「彙編之輯，始事於戊寅。」是年刻成柳下詞、儲素樓詞、折肱録周佐臣跋：「今之付刊，合編於諸稿之後，深疑體製不倫，特以先人手澤，苟可蒐羅，必期弗墜，駁雜之嫌，弗敢恤也。戊寅十月，曾孫振庸謹識。」各一卷。

光緒十五年，己丑（一八八九）

十一月二十九日，子佐臣卒。山溪周氏世宗譜卷首綸音：「佐臣，止安公子。原名桑，字子盛，又字燮堂，號奭堂，太學生。誥授奉直大夫、候選同知。生清道光十八年戊戌七月三十日，（卒）光緒十五年己丑十一月二十九日，享年五十二歲。」

光緒十八年，壬辰（一八九二）

求志堂存稿彙編告成。彙編總目：味雋齋史義二卷；介存齋文稿二卷；淮鹺問畣十五条；介存齋詩六卷；存審軒詞二卷；折肱録一卷；本傳；附編柳下詞一卷、儲素樓詞。共計八種十六卷。

光緒十九年，癸巳（一八九三）

仲秋，任道鎔序求志堂存稿彙編。任道鎔求志堂存稿彙編序：「光緒十有九年仲秋之月，邑後學任道鎔書於吴门之寓齋。」

光緒二十一至二十二年，乙未（一八九五）至丙申（一八九六）

徐乃昌編小檀欒室彙刻閨秀詞，内儲素樓詞一卷。

湖南思賢書局宋元名家詞，收宋四家詞選。

光緒二十九年，癸卯（一九〇三）

清述古齋編輯、申江開文書局出版之史論彙函甲編收晋略二卷。

光緒三十四年，戊申（一九〇八）

「潘文勤滂喜齋本世無單行，同邑章先生（震福）傳抄朱侍郎（祖謀）校本，資以讎勘多所諟正，攜來京師輒付排印，以餉同志」。光緒三十四年本宋四家詞選金紹城序是爲光緒三十四年鉛印本。

宣統元年，己酉（一九〇九）

盛宣懷刻常州先哲遺書後編，内有止庵遺集三卷，收止庵文、止庵詩、止庵詞各一卷。

十、參考文獻

求志堂存稿彙編，清周濟撰，天津圖書館藏，清光緒十八年刻本内味雋齋史義二卷，清光緒十八年周恭壽刻；介存齋文稿二卷，清光緒十八年周恭壽刻；淮鹺問畣一卷，清光緒十八年周恭壽刻；介存齋詩六卷，清光緒十八年周恭壽刻；存審軒詞二卷，清光緒十八年周恭壽刻；折肱録一卷，清光緒十四年周佐臣、周振庸刻；柳下詞一卷，清周青撰，清光緒四年周佐臣刻；儲素樓詞一卷，清蘇穆撰，清光緒四年刻

求志堂存稿彙編，清周濟撰，國家圖書館藏，内介存齋文稿一卷，味雋齋文稿一卷，介存齋詩六卷，味雋齋詞一卷，味雋齋史義二卷，柳下詞一卷，貯素樓詞一卷。

求志堂存稿彙編，清周濟撰，北京大學圖書館藏，清代詩文集彙編部分收録，内介存齋文稿二卷，淮鹺問畣一卷，介存齋詩六卷，味雋齋詞一卷，存審軒詞二卷。

味雋齋史義本二卷，清周濟撰，四部備要本，民國上海中華書局據求志堂存稿彙編本鉛印

晋略六十六卷，清周濟撰，清道光十九年刻本

晋略六十六卷，清周濟撰，清光緒二年味雋齋重刊本

晋略六十六卷，清周濟撰，四部備要本，據清道光十九年刻本鉛印

折肱録，清周濟撰，輔仁美術月刊一九三三年一至十期標點鉛排連載本

介存齋文稿一卷本，清周濟撰，國家圖書館藏求志堂存稿彙編本

味雋齋文稿一卷本，清周濟撰，國家圖書館藏求志堂存稿彙編本

介存齋詩四卷，清周濟撰，清道光三年（一八二三）刻本，清代詩文集珍本叢收録

介存齋詩集六卷，清周濟撰，道光間刻本，清代詩文集彙編收録

止庵文止庵詩止庵詞各一卷，清周濟撰，鈔本，清代詩文集珍本叢刊收録

味雋齋詞一卷，清周濟撰，國家圖書館藏求志堂存稿彙編本，清代詩文集彙編收録

味雋齋詞一卷，清周濟撰，民國二十六年陳乃乾編清名家詞本

止庵詞一卷，清周濟撰，叢書集成續編本

周濟詞集輯校，清周濟著，段曉華輯校，華東師範大學出版社二〇一六年版

周濟詩詞集，秦樂明主編，中國文聯出版社二〇一六年版

周濟遺集，秦樂明主編，天津古籍出版社二〇一九年版

介存齋論詞雜著一卷，詞辨二卷，清周濟撰，清道光二十七年潘曾瑋合刻本

介存齋論詞雜著宋四家詞選目録序論詞辨，清周濟撰，詞話叢編本

介存齋論詞雜著，清周濟撰，顧學頡校點，人民文學出版社一九五九年版

宋四家詞選，清周濟撰，清同治十二年（一八七三）潘祖蔭輯滂喜齋叢書本，續修四庫全書收

録

清人選評詞集三種，清黄蘇、周濟、譚獻選評，尹志騰校點，齊魯書社一九八八年版

包世臣全集小倦游閣集説儲，清包世臣撰，李星、劉長桂點校，黄山書社一九九一年

儲素樓詞一卷，清蘇穆撰，小檀欒室彙刻閨秀詞本

國朝文匯乙集，清沈粹芬、黄人纂，清宣統元年上海國學扶輪社石印本

皇朝經世文續編，清葛士浚纂，清光緒二十七年上海久敬齋鉛印本

清詩匯，清徐世昌等編，北京出版社一九九六年版

國朝詞綜，清王昶輯，四部備要本

國朝詞綜二編，清王昶輯，四部備要本

國朝詞綜續編，清黄燮清編，四部備要本
國朝詞綜補，清丁紹儀輯，中華書局一九八六年版
詞綜補遺，林葆恒輯，書目文獻出版社一九九二年影印本
全清詞鈔，葉恭綽編，中華書局一九七五年版
近代詞鈔，嚴迪昌編著，江蘇古籍出版社一九九六年版
國朝常州駢體文録，清屠寄輯，清光緒十六年廣東刻本
國朝常州詞録，繆荃孫輯，民國五年（一九一六）石印本
常州先哲遺書，盛宣懷編，武進盛氏刻本
常州先哲遺書後編，盛宣懷編，武進盛氏刻本
山陽詩徵，清丁晏原輯，周桂峰校點，陕西人民出版社二〇〇九年版
山陽詩徵续编，王锡祺編纂，張强點校，陕西人民出版社二〇一一年版
清詞紀事會評，尤振中等編著，黄山書社一九九五年版
近現代詞紀事會評，嚴迪昌編，黄山書社一九九五年版
詞則，陳廷焯編著，上海古籍出版社一九八四年版
清詞選集評，清徐珂選輯，中國書店一九八八年版

詞選，清張惠言編，續修四庫全書本
續詞選，清董毅編，續修四庫全書本

荆音韻匯：兩百年前的宜興話，黄河著，中西書局二〇一六年版
茗柯文編附詞，清張惠言編著，黄立新校點，上海古籍出版社一九八四年版
包世臣全集附詞，清包世臣著，黄山書社一九九七年社版
龔自珍全集附詞，清龔自珍著，王佩諍校，上海古籍出版社一九九九年版
琴隱園詩集琴隱園詞集，清湯貽汾撰，同治十三年曹士虎刻本
齊物論齋文集，清董士錫撰，清道光二十年江陰暨陽書院刻本
頤志齋文鈔，清丁晏撰，民國四年羅氏鉛印雪堂叢刻本
幼學堂詩文稿，清沈欽韓撰，清嘉慶十八年刻、道光八年增修本
因寄軒文集，清管同撰，清道光十三年管氏刻本
魯通甫集，郝潤華輯校，三秦出版社二〇一一年版
芙蓉山館詞，清楊芳燦撰，清名家詞本
茗柯詞，清張惠言撰，清名家詞本
立山詞，清張琦著，清名家詞本

浮溪精舍詞三種，清宋翔鳳撰，清名家詞本

齊物論齋詞，清董士錫撰，清名家詞本

初月樓文鈔，清吴德旋撰，花雨樓叢鈔本

靈芬館集，清郭麐著，清嘉慶道光間刻本

養一齋文集，清李兆洛撰，四部備要本

崇百藥齋文集，清陸繼輅著，清道光四年合肥學舍刻本

詩三家義集疏，清王先謙撰，中華書局一九八七年版

詩毛氏傳疏，清陳奂撰，中華書局二〇一一年版

毛詩傳箋通釋，清馬瑞辰撰，中華書局二〇一二年版

尚書今古文注疏，清孫星衍撰，中華書局一九八六年版

尚書孔傳參證，清王先謙撰，中華書局二〇一一年版

今文尚書考證，清皮錫瑞撰，中華書局二〇〇四年版

周禮正義，清孫詒讓撰，中華書局一九八七年版

大戴禮記補注，清孔廣森撰，中華書局二〇一三年版

禮書通故，清黄以周撰，中華書局二〇〇七年版

儀禮正義，清胡培翬撰，江蘇古籍出版社一九九三年版

大戴禮記解詁，清王聘珍，中華書局一九八三年版

禮記訓纂，清朱彬撰，中華書局一九九六年版

禮記集解，清孫希旦撰，中華書局一九八九年版

周易集解纂疏，清李道平撰，中華書局一九九四年版

春秋穀梁經傳補注，清鍾文烝撰，中華書局二〇一二年版

春秋左傳注，楊伯峻編著，中華書局一九九〇年版

公羊義疏，清陳立撰，中華書局二〇一七年版

穀梁古義疏，清廖平撰，中華書局二〇一一年版

論語正義，清劉寶楠撰，中華書局一九九〇年版

孟子正義，清焦循撰，中華書局一九八七年版

爾雅正義，清邵晋涵撰，中華書局二〇一八年版

爾雅義疏，清郝懿行撰，中華書局二〇一七年版

孝經鄭注疏，清皮錫瑞撰，中華書局二〇一六年版

史記，漢司馬遷撰，南朝宋裴駰集解，唐司馬貞索隱，唐張守節正義，中華書局一九八二年版

漢書，漢班固撰，唐顔師古注，中華書局一九六二年版
後漢書，宋范曄撰，唐李賢等注，中華書局一九六五年版
三國志，晉陳壽撰，南朝宋裴松之注，中華書局一九八二年第二版
晉書，唐房玄齡等撰，中華書局一九七四年版
宋書，梁沈約撰，中華書局一九七四年版
南齊書，梁蕭子顯撰，中華書局一九七二年版
梁書，唐姚思廉撰，中華書局一九七三年版
陳書，唐姚思廉撰，中華書局一九七二年版
魏書，北齊魏收撰，中華書局一九七四年版
北齊書，唐李百藥撰，中華書局一九七二年版
周書，唐令狐德棻等撰，中華書局一九七一年版
南史，唐李延壽撰，中華書局一九七五年版
北史，唐李延壽撰，中華書局一九七四年版
隋書，唐魏徵、令狐德棻撰，中華書局一九七三年版
舊唐書，後晉劉昫等撰，中華書局一九七五年版
新唐書，宋歐陽修、宋祁撰，中華書局一九七五年版

舊五代史，宋薛居正等撰，中華書局一九七六年版

新五代史，宋歐陽修撰，宋徐無黨注，中華書局一九七四年版

宋史，元脱脱等撰，中華書局一九八五年新一版

遼史，元脱脱等撰，中華書局一九七四年版

金史，元脱脱等撰，中華書局一九七五年版

元史，明宋濂等撰，中華書局一九七六年版

明史，清張廷玉等撰，中華書局一九七四年版

清史稿，趙爾巽等撰，中華書局一九九八年版

資治通鑑，宋司馬光編著，元胡三省音注，中華書局一九五六年版

清史列傳，清國史館原編，臺灣明文書局清代傳記叢刊本

清稗類鈔，清徐珂編，中華書局一九八六年版

山溪周氏世徵録三卷，清光緒二十年（一八九四）誦芬堂本

山溪周氏宗譜十卷首一卷末一卷

清李申耆兆洛先生年譜，清蔣彤著，臺灣商務印書館一九八一年版

漢口叢談校釋，清范鍇著，江浦、朱忱、饒欽農、胡錦賢校釋，湖北人民出版社一九九三〇年版

道光重刊續纂宜荆縣志，清顧名、龔潤森、吴德旋纂，清道光二十年刊本
清詞史，嚴迪昌著，江蘇古出版社一九九九年版
靖詩史，嚴迪昌著，浙江古籍出版社二〇〇二年版
清詩史，朱則傑著，江蘇古出版社二〇〇〇年版
清詩流派史，劉世南著，人民文學出版社二〇〇四年版
明詞史，張仲謀著，人民文學出版社二〇〇二年版
近代詞史，莫立民著，人民文學出版社二〇一〇年版
常州詞派與晚清詞風，遲寶東著，南開大學出版社二〇〇八年版
常州詞派研究，黄志浩著，中國社會科學出版社二〇〇八年版
陽湖文派研究，曹虹著，中華書局一九九六年版
陽羨詞派研究，嚴迪昌著，齊魯書社一九九三年版
周濟詞論研究，李鐘振著，臺灣高雄師範大學國文研究所博士論文，一九八四年
周濟詞集版本考略，戴伊璇撰，中國韻文學刊，二〇一六年第二期
周濟及其味雋齋詞研究，劉童撰，南京師範大學碩士論文，二〇一四年
宋四家詞選研究，趙文穎撰，河北大學碩士論文，二〇一五年

周濟的詞學理論及詞作研究，羅茜撰，西北師範大學碩士論文，二〇〇八年

詞論與實踐：以周濟存審軒詞爲中心之考察，余佳韻撰，人文中國學報第二十四期，上海古籍出版社二〇一七年

江南文脉
jiangnan wenmai

周濟詩文編年校注

壹

（清）周濟 著
查明昊 編年校注

鳳凰出版社

圖書在版編目（CIP）數據

周濟詩文編年校注 / (清) 周濟著 ; 查明昊編年校注. -- 南京 : 鳳凰出版社, 2022.8
ISBN 978-7-5506-3579-1

Ⅰ. ①周… Ⅱ. ①周… ②查… Ⅲ. ①中國文學一古典文學一注釋一清代 Ⅳ. ①I214.922

中國版本圖書館CIP數據核字(2022)第126936號

書　　名	周濟詩文編年校注
著　　者	(清)周　濟
編年校注	查明昊
責任編輯	單麗君
裝幀設計	姜　嵩
出版發行	鳳凰出版社(原江蘇古籍出版社) 發行部電話025-83223462
出版社地址	江蘇省南京市中央路165號,郵編:210009
照　　排	南京凱建文化發展有限公司
印　　刷	蘇州市越洋印刷有限公司 江蘇省蘇州市吴中區南官渡路20號,郵編:215104
開　　本	880毫米×1230毫米　1/32
印　　張	58.375
字　　數	1166千字
版　　次	2022年8月第1版
印　　次	2022年8月第1次印刷
標準書號	ISBN 978-7-5506-3579-1
定　　價	580.00圓(全四册)

(本書凡印裝錯誤可向承印廠調换,電話:0512-68180788)

目録

淮鹺問答……一〇六

文卷三

介存齋詩……二四九

卷一　乙丑至壬申……二四九

卷二　癸酉……三四六

卷三　甲戌至庚辰

卷四　辛巳至庚寅 …… 六三六

卷五　并下卷俱辛卯以後……七四九

味雋齋詞

二、他序

三、輯佚

八、柳下詞……一六二四

前言

周濟（一七八一—一八三九），字保緒，號未齋、介存、石民、止庵、止安、未安、春水翁、霍莊光緒重修寶山縣志稿學校志書院：「學海書院……周濟，號霍莊，宜興縣進士。以上俱道光年主講。」清陸繼輅崇百藥齋集三集一於役皖江湖舟雜感：「江南絶境行處有，霍莊木瀆都成負。縱教絹素能久留，向與蓮裳擬木瀆結鄰，船山爲作圖。後保緒又有霍莊買田之約，潔士爲作圖。識取朱顏是誰某。」等，自署白門逋客、春水翁，室名存審軒、介存齋、因是軒、味雋齋、求志堂、春水園、春水懷人之居等。江蘇荆溪今江蘇宜興人。

父周仁（一七四三—一八〇一），原名芬，字宗少，號逸庵。太學生。著有荆音韻匯。行世載邑志孝友、藝文。其學「主於實用。……其餘經史疑義，農田水利，樹藝畜牧，以及醫卜伎術，百工奇巧，皆能通之。學不名一家，隨子弟材性指授之，皆莫能得。或得一長，則已出於尋常矣。不得志於有司，以學問自娱。晚治輿地，未竟而卒。性好静攝。」山溪周氏宗譜卷四録李兆洛逸庵公傳母許氏（一七四四—一八一七）。

兄潛（一七六六—一八三二），又名湘，字佐乾。晚號固庵。太學生。子六。楨、幹、霖、棟、榆、楠。棟出嗣弟濟。弟治(一七八六—一八三〇),字儆昆,號晦齋,太學生。子二:榕、桐。榕出嗣兄濟。姊四,長適雙廟頭太學生吕揆倫,次適任渚高氏,三適塍里高,四適城中道光辛巳恩科舉人、安徽潛山縣訓導徐紹侃。

配莊前徐氏,側室任氏、王氏,又蘇氏,以子佐臣秩,例贈宜人。著有儲素樓詞。子三:長棟,兄潛子;次榕,弟治子;三佐臣,蘇氏出。山溪周氏世徵録卷四大分傳序雜著二一五房下

一、生平

周濟「少與同郡李兆洛、涇縣包世臣以經世學相切劘,兼通兵家言,習擊刺騎射。淮北梟徒爲亂,制府畀以偵緝之任,屢敗擒之。以所得貲購妖姬,養豪客,意氣盛極一時。後悉棄去,隱居金陵春水園,潛心著述。所著晋略八十卷,論者謂借史事自抒猷畫,非徒考據而已。生於乾隆四十六年(一七八一),以道光十九年(一八三九)卒。濟承張惠言之餘緒,又曾從董士錫共商詞學,所輯宋四家詞選及詞辨,附介存齋論詞雜著,獨具手眼,爲世所宗」。龍榆生近三百年名家詞選周濟小傳現就其生平,略叙如下。爲省篇幅,徵引文獻已見附録周濟年譜簡編者,多不另出注。

（一）讀書應舉 乾隆四十六年（一七八一）—嘉慶十年（一八〇五）

周濟生於乾隆四十六年（一七八一）二月初七日。五十二年七歲時從父周仁受「聲音之學」。五十七年十二歲時師事吴聞。附録輯佚槜庵公傳：「濟年十有二，執經於内堂。」文卷二賈節婦傳：「今年其族人輯譜，予師吴時敏夫子爲言節婦行實如此，樂傳而歸之，使刻諸譜。」清顧名、龔潤森修，清吴德旋纂重刊續纂宜荆縣志道光二十年刻本卷七之三荆溪人物志文苑：「濟少時從學於吴聞，聞字時敏，諸生，學長於史，常喜摘録諸正史、别史中處事之可爲師法者以教弟子，有管中見八卷，濟爲序之。聞之友曰曹嘉字禄申，亦諸生，嘗至聞書塾中，見濟垂髫時所屬文，即驚異之曰：『奇童子也。』」然因「畏經史，甘樂在怪迂。剿説盗謏聞，役役趣迷塗」，至嘉慶三年（一七九八）幡然醒悟，正心嚮學。間出游：五年（一八〇〇）游金陵，識汪正鋆。八年泛舟揚州平山。

嘉慶九年八月鄉試舉魁，十年成進士，以對策戇言抑置丙科，出爲淮安府教授。對策戇言的結果，以及去知縣而就府學教授的選擇，在一定程度上決定了周濟沉淪下僚的一生。

（二）短暫爲官 嘉慶十一年（一八〇六）—十三年（一八〇八）

十一年秋，官淮安府學教授。其間編詞爲三卷，屬董士錫爲序。并撰曹植年譜。

十三年二月，因丁祭事忤知府王轂，辭淮安府教授職。魏源荆溪周君保緒傳：「歲餘，淮安府知府王轂丁祭至學宮，禮畢，將就殿門外升輿，君力拒之，轂不懌去，君即日移病去。是秋，淮安府山陽縣知縣王伸漢冒賑事發，王轂大辟，所屬吏及委員皆詿誤，惟君先幾得免。」清史稿文苑三：「上丁釋奠，禮畢，知府王轂就殿門外升輿，濟趨前阻之，知府不懌去，濟遂引疾歸。是秋冒賑事發，自轂以下吏皆得罪，濟以先去免。」按：江蘇查賑知縣李毓昌爲山陽知縣王伸漢毒斃事發，在嘉慶十四年。又，清代每年陰曆二月、八月第一個丁日祭祀孔子，稱丁祭。然據清管同因寄軒文集二集道光十三年管氏刻本卷二觀潮圖記：「嘉慶戊辰，予客寶山。鉅野田仲衡爲縣令，荆谿周保緒棄官來游。」

（三）鄉居授徒嘉慶十三年（一八〇八）—十七年（一八一二）

十三年三月返鄉，以課徒、入幕爲業。初寓蘇州，復客寶山數載，先後主講太倉婁東書院、寶山學海書院、尊經閣等。後入寶山令田鈞幕，至十七年夏歸寓蘇州。其間往來寶山、蘇州，間出游，交江淮豪士，互較所長，盡通其術，并詳訓練營陣之制。

十四年、十七年先後撰成槍經、詞辨。

（四）壯游歲月嘉慶十八年（一八一三）—二十一年（一八一六）

十八年九月，山東教匪初起。田鈞時未克歸鉅野，日夜憂泣，周濟慨然請代行。九月二十一日，與四川武舉任子田同行，七晝夜馳兩千里，於九月二十八日至曹州。既知田氏宅無恙，則單車往來旁縣。至後，復從金鄉西上。其後往來魯、豫間，多有酬贈。

十九年春杪歸蘇州。見田君尚虧官帑四千餘兩，檄追甚急。周濟乃請以己廬十餘間及田五十畝稟官代抵，事始釋。

二十年，丹徒富商包振若好結納名士，欲館周濟於揚州。周濟遂於四五月間，北游鎮江、儀徵、揚州。

二十一年春移家揚州。

（五）入幕玉庭嘉慶二十二年（一八一七）—道光二年（一八二二）

二十二年二月底或三月初，孫玉庭路過揚州，清孫玉庭延釐堂集延釐堂詩丁丑正月松浦相國攝篆兩江，竣事北旋，於邳州道中遇饑民求賑，即回車暫駐，飛章入告，得旨撫恤。於其歸也，州人繪像志感，即以送行，爲賦七律二首其二：「江左重逢聯舊雨，河干出祖感殘春。」小注曰：「丙子嘉平與公快晤金陵，次年二月杪於邳州送別。」邀周濟於舟中相見，商議參與緝私鹽之事。其後十餘年間，浮沈淮海，逾越江漢，耳目所睹記，鹽務爲多。「孫公令淮北各營伍及州縣聽君號令。時淮北梟徒千百爲群，器械精銳。君則招諸豪士數十輩，兼募巡卒，教以擊刺。月餘，皆可用。偵擊其大隊於安東，屢敗禽之，淮北斂迹。」魏源荆溪周君保緒傳「濟素善拳勇，工擊刺，梟不敢近，往往棄鹽而逃。以所獲鹽隨地鬻之，前後集金無算。」徐士芬書周進士濟至二十四年春，「會所親守襄陽」，周濟乃發揚州，沿江西上，抵武漢，「請以所集金召募農人，開墾襄陽曠土若干頃」。然「守不聽。而前所逃諸梟，結聚楚北，伺其出，將殺之。乃間道歸」，於二十五年正月中旬返抵揚州，「治宅廣陵，甚壯麗，珍物、美人皆具」。「居無何，棄之去。」徐士芬書周進士濟

道光二年（一八二二）秋，周濟去孫玉庭幕南返。

（六）佚蕩江淮道光三年（一八二三）—六年（一八二六）

去孫玉庭幕後數年間，淮南諸商争延周濟，措資數萬金托周濟辦鹺淮北。周濟以資購妖姬，養豪客，酣歌酒樓中。

三年，刊刻介存齋詩、存審軒詞、柳下詞諸書。

五年，買金陵江氏致園，易其名曰春水。

（七）春水苦讀道光七年（一八二七）—十四年（一八三四）

道光七年（一八二七），周濟一日大悟，盡去賓客，去揚州，寓居金陵之春水園，自號止庵，自此閉門著書。

其間嘗客於兩江總督陶澍。續纂江寧府志光緒六年刻本卷十四之九下人物：「汪正鋆，字均之，桐城

人，稼門尚書第四子也，善八行，魄力沈雄而別具流麗之氣，如不經意，而金石千聲，烟雲萬狀，八分中別一門徑也。居城北石橋，北有園曰集園，園有保瀓軒、集臺、海潮庵諸勝。是時江淮間游士相謂：「辟汪均之筆鋒，包慎伯談鋒，周保緒劒鋒。三人皆客於陶文毅，惟君不一言時事，蓋其慎也。有文集數十卷，未刊行。」然十年、十一年，於陶澍改革鹽務「持議有異同」，先後上淮鹺問答、鹽法議一、鹽法議二，「陶公銜其阻撓，將摭其他故罪之先生」。清蔣彤武進李先生年譜（民國嘉業堂叢書本卷三）：「十一年辛卯，先生年六十有三，在暨陽。……陶公因奏章程十有五條，而欽差復密奏請裁鹽政，歸總督管理，以一事權。由是鹽務大變，兩淮洶洶，幾釀成釁端。……當改法時，保緒在揚州，熟練鹽務，持議有異同。陶公銜其阻撓，將摭其他故罪之先生。」又石彥陶、陶用舒陶澍年譜（益陽師專學報一九八四年增刊）：「（道光十一年）十二月，奏請淮北滯岸試行票鹽制。……（十二年）五月，奏請淮北湖運綱鹽滯岸及食鹽各岸，試行票鹽，酌議設局徵税章程。」謝國楨江浙訪書記（生活·讀書·新知三聯書店二〇〇八年版）駢枝贅憶：「駢枝贅憶一卷，清符葆森撰，寄鷗館手稿本。葆森字南樵，江都人。師事姚瑩、周濟，工於韻語，長於詩詞，謳吟之餘，撰爲是編。時當清道光咸豐之時，太平軍興之後，清廷諸政廢弛，因循苟安，著者記述其朝野見聞，揚州鹽商奢侈之情與當時官僚縉紳夤緣奔競忝顔無耻之狀，而尤於其師桐城姚石甫之參穆彰阿及周止安之一事，言之特詳，足裨藝林談史之資。」

此間，於九年前後，著成説文字系、韻原等。十年編與隱山論畫語爲折肱録。

十一年輯乙酉以來新撰之古今體詩二卷，與四卷本介存齋詩合爲六卷，并付刻；輯道光四年至十一年新作之詞，與一卷本存審軒詞合爲味雋齋詞一卷；編刻味雋齋文稿一卷。

十二月二月，味雋齋史義成，自序之。復始事晉略之撰著，至冬十一月前，葺晉略，稿本粗具，然因「初稿草寫」，故「次稿付門人謄録，録者五人，則戴希齋、陳自堂、諶秉之、諶展卿與燿」求志堂存稿彙編馮元燿跋語謄録數份，寄吴蘭修、包世臣諸有道賜之箴砭。

冬十一月初八日，宋四家詞選成，自序之。詞調選雋亦當於是冬撰成。惜不傳，今僅有序存。

十一月間，作止庵説。

（八）校士淮安道光十五年（一八三五）—十八年（一八三八）

十五年閏六月十九日，離春水園。行前有詩贈汪集園正鋆、陳伯游方海。送眷口歸荆溪後，北上淮安，復任淮安府學教授，舟中作春水園詩并序，謂「兹行也，有所不得已焉」，詩卷七雨中舟出京口二首「遑遑欲何之」，「平生澹蕩心，止謗在無辯」。詩卷七雨中舟出京口二首

十八年，漕運總督周天爵駐節淮安，與周濟相得甚歡。是年周濟晋略告成。

十八年年底，周天爵調署湖廣總督，强周濟同往，許爲盡刊所著書。此間周濟創作了大量旌表貞節烈婦之詩文。

（九）魂斷漢上道光十九年（一八三九）

十九年正月末、二月初，離淮安。先返宜興，復沿江西上。春末夏初已武漢，與洪春衢、王第花、范白舫等有酬贈。四月初，「乍起維摩病」。曲游春梅江上人供魚子蘭六月十九日病情有所好轉。浪淘沙六月十九日憶梅曰：「病後心情無一可，只盼平安。」復因飲酒，范鍇苕溪漁隱詩道光十六年刻本卷六輓周保緒小注曰：「君素善飲，病猶不輟。」七月初三，卒於行館。

二、地域文化、時代風雲、個人遭際下的周濟

（一）浙西、常州深厚地域文化的滋養

「兩浙東西以江爲界，而風俗因之：浙西俗繁華，人性纖巧，雅文物，喜飾擊帨，多巨室大豪，若家僮千百者，鮮衣怒馬，非市井小民之利。浙東俗敦樸，人性儉嗇椎魯，尚古淳風，重節概，鮮富商大賈。」明王士性廣志繹卷之四江南諸省

「世推顧亭林爲開國儒宗，然自是浙西之學；不知同時有黄梨洲氏出於浙東。……浙東貴專家，浙西尚博雅，各因其習而習也。」章學誠文史通義浙東學術顧炎武及其開創的浙西學派，重視博證與實地考察，宣導考文知音，通經致用。

周濟的出生、成長地宜興，古屬常州。陸繼輅曾自豪地説「吾鄉（常州）文儒甲天下」，崇百藥齋續集卷二聞洪四補學官弟子并寄洪三都下龔自珍更是讚美「天下名士有部落，東南無與常匹儔」。定庵文集補古今體詩卷下常州高材篇送丁若士履恒這個地區，「史學上的浙東、浙西學派，經學上的吴派、皖派，古文的桐城派、陽湖派，詞體的浙派、陽羨、常州派等等，都曾活躍於這個具有文化中樞意義的地區」。曹虹論清代江南文化圈中的常州學風，南京大學學報哲學人文社會科學版，一九九六年第一期。

周濟的父親周仁是一個典型的浙西學派文人，「主於實用。其論禮曰：『讓者，禮之實也。不善用禮者，以禮争，故刑獄滋繁。由禮起。』論樂律曰：『長十倍於圍者，天地自然之中聲，黄鐘以九爲限者，度人氣所能充耳。』其論兵曰：『兵不仁械也，尤甚不仁者火器。各以器制之，然頗秘，不爲外人道也。』其餘經史疑義，農田水利，樹藝畜牧，以及醫卜伎術，百工奇巧，皆能通之。學不名一家，隨子弟材性指授之，皆莫能得。或得一長，則已出於尋常矣。不得志於有司，以學問自娱。晚治輿地，未竟而卒。」李兆洛逸庵公傳。「著有荆音韻彙，刊行；律吕析疑、堪輿約旨、兵家見知録，未梓行。」山溪周氏世徵録卷一藝文彙録

浙西學派之於周濟的影響，自然是與生俱來、深入血脈骨髓的。其於周濟的影響在於：一是「博雅」之「雅詁」，音韻爲治學之根本。父周仁「期以君子儒」，故周濟「毁齒受庭訓」，詩卷五自責五十二韻周仁即教之「爲聲音之學，因及于韻，知韻之必本于文字」。文卷四説文字系序

這正是顧炎武开创的浙西治學的傳統路徑，「讀九經自考文始，考文自知音始，以至諸子百家之書，亦莫不然」。亭林文集卷四答李子德書道光八年，移寓金陵之春水園，「學法孩提初。讀經先識字，讀史先披圖。拾級乃漸進，扞格姑徐徐」。詩卷五自責五十二韻

二是「博雅」之「博觀」「博學」「博通」。周濟「求之六經三史，以期實用；深明韜鈐，練習營陣圖法」，丁晏周先生傳「與同郡李君兆洛、張君琦、涇縣包君世臣以經世學相切劘；兼習兵家言，習擊刺騎射；至是益交江淮豪士，互較所長，盡通其術，并詳訓練營陣之制」，魏源荆溪周君保緒傳「兵農遂雜進，兼慕天官書。修防及轉漕，晉晉論河渠」，詩卷五自責五十二韻故於諸雜藝無不長，於諸藝無不廣參博學。介存齋詩自序述早年學詩經歷：「好爲詩，喜香山、樊川，已而厭之。喜長吉、飛卿，又厭之。喜太白、退之，就質邑先輩，令學摩詰、襄陽，又厭之。於是宋金元明諸家，無所不涉，人頗謂之能詩。」周濟於經史有易簡編、論語問答、説文字系、説文韻原、味雋齋史義、晋略、通鑑校勘等；於文學，既有介存齋詩、介存齋文、介存存詞、止庵文、止庵詩、止庵詞、院本海燕記等創作之作，亦有詞辨、宋四家詞選等理論之作；於諸藝有淮鹾問畣、折肱録、槍經等。

三是貴創新。顧炎武謂「凡作書者，莫病乎其以前人之書改竄而爲自作也」，鈔書自序梁啓超則謂「故凡炎武所著書，可决其無一語蹈襲古人」。清代學術概論四顧炎武與清學的「黎明運動」周濟之創新者，有兩途，一是出新意。其論詩曰：「綺語都從妙悟來，抽青妃白亦奇才。

就中我獨嫌山賊，瓦狗多多範一胎。」題郭恕先清江白屋圖曰：「意奇語創復誰信，蒼蠅之笑吾焉逃？」二是造新境。吴廷颺謂：「保緒先生宏材碩學，資性絶人，每習一藝，藝必窮高極深，思力交至，不作弟二人想。初依安吴法作書，時出新意，後事箸述，稍輟業，自謂莫及。遂并力作畫，一以宋人爲宗。」湯貽汾琴隱園詩集同治十三年曹士虎刻本卷二十五保緒寫生宗宋人句勒法，有雀梅一紙，句已而未設色。周子堅得於廣陵。重故人遺墨，亟付裝池，而使予補成之，周濟此仿宋人花鳥之作今存，見於香港蘇富比拍賣有限公司二〇一六年五月拍賣會上。雅昌拍賣網有畫作圖片。上有多人題跋、鈐印。吴廷颺跋即録自此。「（周濟）書法直逼晋人，既見涇人包丈慎伯字，嘆曰：『同能不如獨勝！』去而學畫，亦臻絶詣。」黄鈞宰金壺七墨清同治十二年刻本卷三周止庵李兆洛在逸庵公傳一文説到周濟之父周仁，人「或得一長，則已出於尋常矣」，蓋亦謂周濟也。

（二）「嘉道中衰」時代風雲下的新變與局限

周濟出生乾隆末年，「盛世」之謂已徒有虚名，種種社會危機日益凸顯。到了他成長、生活的「嘉道中衰」之世，「承乾隆六十載太平之盛，人心慣於泰侈，風俗習於游蕩，京師其尤甚者。自京師始，概乎四方，大抵富户變貧户，貧户變餓者，四民之首，奔走下賤，各省大局，岌岌乎皆不可以支月日，奚暇問年歲？」龔自珍西域置行省議「邪教可慮也，會匪可憂也，灾黎可憫也，歲荒可懼也，兵弁多無用也，海洋多莫測也，外之鮮愛民之官，而内之鮮敬事之吏也。」黄爵滋綜核名實疏「東方帝國天朝盛世的釉彩雖未剥落貽盡，但其王霸之氣，已蕩然無存，衰敗之象，却處處可見。官場腐敗之風愈演愈烈，政府權力機能減弱，威信下降；西北、西南邊疆地區，外擾不已；東南沿海，鴉片貨幣劇增；白蓮教與南方秘密會社起事頻繁，屢禁不止。各種社會危機，紛至沓來，如同地火在奔湧彙聚，集勢待發。」關愛和清代嘉道之際學風士風的轉換與文學主潮，中州學刊一九九一年第三期

「一代之治，即一代之學。」龔自珍定盦文集卷上乙丙之際箸議第六顧炎武倡導：「君子之爲學也，以明道也，以救世也。徒以詩文而已，所謂雕蟲篆刻，亦何益哉！」與友人書第二十五然自乾隆中葉後，「蘇州惠氏、江氏，常州臧氏、孫氏，嘉定錢氏，金壇段氏，高郵王氏，徽州戴氏、程氏，争治詁訓音聲，瓜剖釽析」，「錮天下聰明智慧使盡出於無用之一途」。魏源武進李先生申耆傳「嘉道中衰」之世，「經世致用之風蔚然興起，日漸壯大爲社會思潮。在這一思潮中，既有陶澍、賀長齡、林則徐、徐繼畬等封疆大吏、朝廷重臣，也有龔自珍、魏源、包世臣、周濟、姚瑩、沈垚、張穆、徐松、湯鵬、張際亮、何秋濤等文人學者，他們或以親情鄉誼、或以社交雅集、或以幕府爲紐帶，互通聲氣，以天下爲己任，對河政、漕政、鹽政、人口、水利、戎政、吏政、刑獄、貨幣、貿易、海防、塞防等關係國計民生的實學予以廣泛關注，或考察研究，或獻言獻策，或身體力行，多方加以推進。」曹虹道咸經世派的「文儒」理想，嶺南學報復刊號第一、二輯合刊，上海古籍出版社二〇一五年版

這既是對浙西學派顧炎武等經世思想的回歸，更是對經世思想的發展。其新變有二：一

者，「治學」不再是「無一言益己，無一事可驗諸治」，魏源學篇第九而是「貫經術、故事、文章於一」。魏源兩漢經師今古文家法考叙「是道也，是學也，是治也，則一而已矣」。龔自珍乙丙之際箸議第一「學與治之術不分」，龔自珍御試安邊綏遠疏學術立足於天下之治，立足於現實問題的研究和解決。二者，「浙西地區比較發達的工商業經濟，支持、或曰導引着學者們衝擊經學的禁錮，漸漸地疏離經學，而把輿地、金石、算學作爲他們兼通的學問。特別是其中的算學——疇人之學，正逐漸地從學者的兼通之學，變爲專門之學」。汪林茂浙東與浙西：浙江學術的區域分佈及特點，浙江學刊二〇一二年第一期這兩點，在鹽業問題上體現得最爲透徹。

周濟曾十餘年浮沈淮海，逾越江漢，耳目所睹記，鹽務爲多，於緝私鹽、販私鹽、制鹽政等都有較爲切身和深入的體認。

他認爲，鹽政關鍵之一，在於精準計算成本和制定賣價，給鹽商留下適當的利潤空間：「成本者，鹽法之原也。賣價者，鹽法之委也。原委相權，而盈虧見；盈則商聚，聚則紀綱法度秩秩然；否則商散，散而劫之以威，則愈散：此今日之勢也。……今日講求鹽法，必先責運司以會計，如何則盈，如何則虧，如何則虧復爲盈，不得委之於商，而聽其自爲。鹽政總其大綱以督率之，有所不通，則從而補救之。運司之精神注於商，鹽政之精神注於梟。注於商，故運利；注於梟，故銷利。運利故原不竭，銷利故委不積。因原竟委，相維而不相閡，則得其體矣。」文卷一鹽法議二他認爲，清朝鹽業敗壞的要因，就在於「病商之商」驅逐「商之良者」，并最終導致整個鹽業的崩壞：「商之良者，在所宜恤。而病商之商，必擾之，官不察而以爲能，或且資其漁獵，而聽其指蹤，及其勢張而局固，則短長爲其所持，甚且咄嗟而使官；官既已爲所使矣，不得不與之比而病商。胥吏因其隙而羅織之，瓜裂魚爛，而病商之商所入，漸不供出，又因以自病。然終不深悔其致病之由，而必取盈于已病之商。此鹽務所以益壞也。」文卷二揚州李侍郎祠堂記故鹽政關鍵之二，「必分別于商之莠良」，即區分鹽商中「商之良者」和「病商之商」；然後以公心「寬嚴互用」，「恤」「良商」，抑「病商之商」。

同時，我們也看到周濟在「睜眼看世界」問題上的時代局限。他只是簡單地將諸多中外交通中的社會問題，歸因於國人的「貪利」詩卷二咏史：「西北山崗連，東南海濤闊。天以限中外，何人敢開闢？始貪外夷利，市舶偶來入。奸民走若鶩，歲歲蜂蟻集。木腐蟲必生，外侮由内慝。」和夷人的「狡」：「迢迢五領，南邦是屏。雅片越之，如砥斯平。滔滔江河，殊食別聲。洋錢杭之，如羽斯輕。其來綿綿，香山之堧。歷澌及江，析津繼告。如藥入胃，靡藏弗到。歐泄冥眩，靈藥罔效。執拘歸周，重典昔施。蠱毒弗赦，今律嶷嶷。豈中土圜法，而面彼狡夷。彼趫斯屠，我饕而病。靡人弗知，靡出於阱。」狡夷閔俗也

他的應對方法之一，就是「閉關」：「閉關商不行，根株始能絕。」咏史應對方法之二，是轉化風俗。要習禮備祭、敦厚士風：「道光丙申，學師周保緒濟捐監院銀二百兩，招童子習舞佾，其

款之餘者，置運河西岸田四十數畝，并存質庫，以租息備祭。每春秋仲畀祭銀十二兩有奇，裕如也。」清徐嘉味静齋文存續選民國二十年上海中華書局鉛印本卷二山陽堂故記「丁酉春，釋奠觀禮者逾千人，君又節脩脯所入，輸錢二百緡存質庫，權子母爲每歲興舞之用，則復古之盛事也。」清丁晏周先生傳要表旌節女、賈節婦傳面陽岕賈氏源配、陳烈婦傳忠僕、小牛傳以端正民風。

他没有看到鴉片背後的堅船利炮；他没有看到隱身在張格爾叛亂背後的英國殖民者；他對戰争的認識，還停留在冷兵器時代：「然余竊謂兵事至危，非得練士能臨敵苦鬥歷三十刻，及選鋒一可當三者，雖上有致果之志，下有死長之心，奇巧足備，無所用之。奇巧所能乘，烏合衆耳。敵苟强，雖入吾彀，决在接刃。苟非心一而氣定，藝成而膽壯，何恃必克哉？以力爲本，以技濟之，謂之練士；作其勇者，謂之選鋒。非練士不能持久，非選鋒不能攻堅。兼此二者，然後因天乘地，揆長絜短，佐以籌策。」江之桐傳

周濟如同同時代大部分的文人，「『睁一隻眼閉一隻眼』在看世界」。唐屹軒清嘉道咸時期士人的時代關懷政治大學史學史研究所學位論文，二〇一二年而未能如林則徐、魏源等有過人生交集的先進知識分子，有超越時代的眼光和見地。

（三）沉淪下僚人生遭際的不甘

周濟「少僻，岩谷獨寐寤言咏，古人之風載懷，縞紵出交里黨，戆率逢尤，坐此膠固，知識蒙

味」。懷友人并序性格上有存還「僻」「戇率」「膠固」等缺陷。

周濟復因少穎慧，有奇童之稱。重刊續纂宜荊縣志道光二十年刻本卷七之三荊溪人物志文苑：「濟少時從學於吳聞……聞之友曰曹嘉字禄申，亦諸生，嘗至聞書塾中，見濟垂髫時所屬文，即驚異之曰：『奇童子也。』」「而人視之，以爲山水靈秀所鍾，殆可接踵孝侯者。」任道鎔求志堂存稿彙編序二十四、二十五歲時，甲子鄉試、乙丑會試聯捷，更是讓周濟有了「自謂一往凌厲」文卷四與吳石華書的自負。包世臣九日啓程留別荊溪周二保緒濟、桐城汪四均之正鋆、儀徵張大司衡銓。保緒十日後亦之官淮陰：「周生最桀驁，虚受求勝己。」宋翔鳳送陸祁生繼輅、周保緒濟歸常州四首其三：「江東有周濟，之子絶羣倫。宇宙當知汝，功名豈異人。鴻飛原未慕，龍性恐難馴。」

「早慧」帶來的「自謂一往凌厲」的自負，與「僻」「戇率」「膠固」的性格缺陷，在一定程度上，決定了周濟一生沉淪下僚的命運：「濟三十以前，瞢無知識，自謂一往凌厲，便可竊比古之賢豪。乙丑對策，率陳乖謬之言，遂列三甲，悻悻不自克；棄知縣，改教授，又迕上官：此皆立身制行之大過，而或者反見傳道，是益之疾也。」文卷四與吳石華書

棄府學教授之職後，周濟不甘沉淪下僚的人生境地，先後入孫玉庭、陶澍幕，然在孫幕因「會有尼於制府者，事寢不行，先生遂去」；在陶澍幕，於陶澍改革鹽務「持議有異同」，「陶公銜其阻撓，將摭其他故罪之先生」。嘉慶十八年，周濟甚至欲投效軍營，以圖一舒抱負，不果。徐士芬書周進士濟：「尋又主講山左曹州，與總戎飲於郡署。總戎素以驍勇稱，酒酣，語多自負，濟曰：『公勇甚，

盍試之？』總戎正技癢，鼓氣作勢，奮擊濟。濟一揮，應手而仆，負傷憊甚。慚且恚，踉蹌而歸。郡守惡其失師儒體，辭之。復歸維揚，日以醇酒婦人自廢。」魏源荆溪周君保緒傳：「山東鹽運使劉清，剿賊有名，與君語甚契，欲留君幕下，君以事平謝歸，作山東新樂府數十章，以代詩史。」清袁潔蠡莊詩話：「常州周保緒進士濟，榜下以知縣用。改就教職，選淮安教授，旋引疾去。詩酒遨游，不樂仕進，且精於武事，工長矛擊刺之法。癸酉秋，山東教匪滋事，保緒投效軍營不果。余延至金鄉署中，專演子弟兵，事竣而去。記其長至一律云云。」道光二年後數年，「淮南諸商争延君，措資數萬金托君辦鹺淮北。以其貲購妖姬，養豪客劍士，過酒樓酣歌恒舞，裙屐雜沓」。魏源荆溪周君保緒傳試圖以醇酒婦人、紙醉金迷的生活麻醉自己：「誰否此年少，頹我已半醺。惡喧逃北里，放膽對南薰。同姓周公瑾，三生杜司勳。君喜譚兵，亦頗有聲伎之好，故以爲比。傷春復傷別，清淚滿斜曛。」陸繼輅崇百藥齋集卷五歸颿集再贈周二

周濟常以賈誼自況，認爲賈誼有經天緯國之才：「屈原放，三代遂爲秦；賈生謫，漢遂不復爲三代。」味雋齋史義卷二屈原賈生列傳「漢藩置傅相，所職亦親民。願訪賈生治，必還三代淳。」詩卷八題秋伯行看子洞庭春泛圖却命運多舛、才不施展：「少年意氣何浮動？佔畢才呻思磬控。中唐有甓士行勞，厝薪無火長沙痛。」答莊福持見贈

周濟「間填小樂府，倚聲度曲，悲歌慷慨。醉持丈八矛，揮霍如飛，滿堂風雨；醒則磨墨數斗，狂草淋漓，或放筆爲數丈山水，雲垂海立。見者毛髮豎，人皆莫測君何許人」。魏源荆溪周君保緒一定程度上，周濟與辛棄疾更有着心靈的認同：「彭澤朝同鞠圃耡，幼安夜接藜床語。」詩卷二樂志詩并序「刻成大笑罋棄之，忽慕龍川逢棄疾。」五十自述宋四家詞選以周邦彦、辛棄疾、王

沂孫、吴文英四家爲之冠，認爲「稼軒斂雄心，抗高調，變温婉，成悲涼」。宋四家詞選序論藝術認同之外，與人生遭際上的情感共通，亦不無關係。

三、著述考辨

周濟十歲即好作詩文，二十五歲撰成生平首部著述海燕記院本，至道光十九年病逝武昌，三十餘年間，筆耕不輟，著述頗豐。主要有收録在求志堂存稿彙編的味雋齋史義二卷、介存齋文稿二卷、淮鹺問畣一卷、介存齋詩六卷、存審軒詞二卷、折肱録一卷等六種十四卷，收録在止庵遺稿的後期文、詩、詞各一卷，别本單行的晉略六十六卷、介存齋論詞雜著一卷、詞辨二卷，及編選之宋四家詞選等。

目前學界關注較多者，爲宋四家詞選、詞辨、介存齋論詞雜著等數種論詞之作，如趙文穎宋四家詞選研究，河北大學碩士論文，二〇一六年。然於版本着力不多；近年來，朱惠國、朱惠國周濟詞學論著考略，詞學第十六輯，華東師範大學出版社二〇〇五年版戴伊璇、戴伊璇周濟詞集版本考略，中國韻文學刊二〇一六年第二期段曉華、段曉華周濟詞集輯校，華東師範大學出版社二〇一六年版劉童劉童周濟及其味雋齋詞研究，南京大學碩士論文，二〇一四年於周濟詞集版本雖多有發現，但在存審軒詞、味雋齋詞先後等關鍵問題上，仍存在較大争議。

我們認爲，求志堂存稿彙編、止庵遺稿作爲周濟前、後期著述彙集之作，晉略更是周濟「一生精力畢萃於斯」之作，對其版本的梳理，是周濟著述版本梳理的關鍵；而對周濟著述的系統考辨，對其版本的系統梳理，則是周濟研究深入的基礎。

（二）求志堂存稿彙編版本考述

任道鎔作於光緒十有九年仲秋之月的序文，謂彙編內有「史義、古文各二卷，詩詞八卷，折肱録一卷」；彙編前有全書目録，故其所收之書較爲明確，即味雋齋史義二卷、介存齋文稿二卷、淮鹺問畣一卷、介存齋詩六卷、存審軒詞二卷、折肱録一卷及附編柳下詞、儲素樓詞各一卷，共計八種十六卷。天津圖書館等有藏。中國古籍總目謂中國科學院圖書館、北京大學圖書館、上海圖書館、天津圖書館、南京圖書館、江西圖書館、廣東中山圖書館等藏有「求志堂存稿彙編八種」，另謂中國社會科學院文學研究所藏有「求志堂存稿彙編十六卷」。因彙編係陸續刻成，故尚有各種單本散藏各館。

以天津圖書館藏彙編以下簡稱「天津本」爲例，彙編共五册，每册封面均有「求志堂存稿彙編道鎔署」之任道鎔題簽；第一册有牌記兩面，正面爲「求志堂存稿彙編」，反面爲「光緒十八年歲次壬辰季冬之月刊竟」；任道鎔序四面；彙編總目兩面；除折肱録及所附之柳下詞、儲素樓詞，各書大體由序、目録、正文部分有後跋等部分構成；目録、正文各卷標題之下，有「荆溪周濟止庵著」字樣，目録、正文各卷末有「終」「××校字」字樣。

我們在考察諸種題爲彙編的版本時，發現國家圖書館藏彙編以下簡稱「國圖本」、北京大學圖書館藏七種一函六册彙編以下簡稱「北大本」與天津本差異頗大。

1. 國圖本與天津本之比較

㈠ 收書之差異

天津本		國圖本	
各部分名稱	册序	各部分名稱	册序
牌記：兩面，正面爲「求志堂存稿彙編」，反面爲「光緒十八年歲次壬辰季冬之月刊竟」	一	無	
序：任道鎔	一	無	
總目	一	無	
味雋齋史義：二卷	一	介存齋詩：一至三卷	一
介存齋文稿：二卷	二	介存齋詩：四至六卷	二
淮鹺問荅：一卷	二	無	
介存齋詩：一至四卷	三	介存齋文稿：二卷	三
介存齋詩：五至七卷	四	味雋齋文稿：一卷	三
存審軒詞：二卷	四	味雋齋史義：二卷	四

續表

天津本：各部分名稱	天津本：册序	國圖本：各部分名稱	國圖本：册序
折肱録	五	味雋齋詞：一卷	五
本傳	五	無	
柳下詞：一卷	五	柳下詞：一卷	五
儲素樓詞：一卷	五	貯素樓詞：一卷	五

㈡ 味雋齋史義之比較

	天津本	國圖本
卷數	二	二
序	標題作「自序」	標題作「史義序」
目録	有	無
卷之一	標題作「味雋齋史義卷之一　荆溪周濟止庵著」；部分文章後有「後説」；卷末有「終」標志	標題作「味雋齋史義卷之一」

續表

	天津本	國圖本
卷之二	標題作「味雋齋史義卷之二　荆溪周濟止庵著」；部分文章後有「後説」；文末有「史義卷二終　受業馮元燿孫士奇侄孫恭壽曾孫振庸校字」	標題作「味雋齋史義卷之二」

㈢天津本介存齋文稿、淮鹺問奩與國圖本介存齋文稿、味雋齋文稿之比較

表一：版式比對

	天津本		國圖本	
書名	介存齋文稿	淮鹺問奩	介存齋文稿	味雋齋文稿
書口	卷次、頁碼	卷次、頁碼	卷次、頁碼被剷除	版心中縫卷次、頁碼被剷除
卷數	二	一	一	一
序	周南金序	自序	無	無
目録	有	無	無	無

續表

	天津本		國圖本	
卷之一	標題作「介存齋文稿卷之一　荆溪周濟止庵著」；部分文章後有馮元燿按語；卷末有「終　後學徐泰臣侄維孝校字」	標題作「淮鹺問畣　荆溪周濟止庵著」；卷末有「諸子同校」	標題作「介存齋文稿」	標題作「味雋齋文稿」
卷之二	標題作「介存齋文稿卷之二　荆溪周濟止庵著」；部分文章後有馮元燿按語；卷末有「終　後學徐鐵、任德鄰、族曾孫德咸校字」			

表二：篇目比對

天津本卷次	篇名	國圖本卷次	篇名
介存齋文稿	説文字系序	介存齋文稿卷二	説文字系序
介存齋文稿	説文韻原序	介存齋文稿卷二	説文韻原序
介存齋文稿		介存齋文稿卷二	六壬畢法總鈐序
介存齋文稿	雲溪遺稿序	介存齋文稿卷二	雲溪遺稿序

續表

天津本卷次	篇名	國圖本卷次	篇名
介存齋文稿	玉玲瓏館詩集序	介存齋文稿卷二	玉玲瓏館詩集序
介存齋文稿	揚州李侍郎祠堂記	介存齋文稿卷二	揚州李侍郎祠堂記
介存齋文稿		介存齋文稿卷二	孟氏義嗣記
介存齋文稿		介存齋文稿卷二	江之桐傳
介存齋文稿	宋隱山傳	介存齋文稿卷二	宋隱山傳
介存齋文稿	小牛傳	介存齋文稿卷二	小牛傳
介存齋文稿		介存齋文稿卷二	賈節婦傳
介存齋文稿	林蘊琪　蘊珩兄弟家傳	介存齋文稿卷二	林蘊琪　蘊珩兄弟家傳
介存齋文稿		介存齋文稿卷二	族曾族節庵公譜傳
介存齋文稿		介存齋文稿卷二	族祖綬章公譜傳
介存齋文稿	文學高森榮墓表	介存齋文稿卷二	文學高森榮墓表
介存齋文稿		介存齋文稿卷二	與任階平書
介存齋文稿		介存齋文稿卷二	與徐壽伯書

續表

天津本卷次	篇名	國圖本卷次	篇名
介存齋文稿	淮鹾問畣	介存齋文稿卷二	
味雋齋文稿			序
味雋齋文稿			目録
味雋齋文稿	釋繫辭傳	介存齋文稿卷一	釋繫辭傳
味雋齋文稿	原情	介存齋文稿卷一	原情
味雋齋文稿	原識	介存齋文稿卷一	原識
味雋齋文稿	原略	介存齋文稿卷一	原略
味雋齋文稿		介存齋文稿卷一	原度
味雋齋文稿	原幾	介存齋文稿卷一	原幾
味雋齋文稿	原度	介存齋文稿卷一	原才
味雋齋文稿	原直	介存齋文稿卷一	原直
味雋齋文稿	原才	介存齋文稿卷一	
味雋齋文稿	井田議	介存齋文稿卷一	井田議

續表

天津本卷次	篇名	國圖本卷次	篇名
味雋齋文稿	區田議	介存齋文稿卷一	區田議
味雋齋文稿		介存齋文稿卷一	鹽法議一
味雋齋文稿		介存齋文稿卷一	鹽法議二
味雋齋文稿	葬議	介存齋文稿卷一	葬議
味雋齋文稿	嫁議	介存齋文稿卷一	嫁議
味雋齋文稿	肉刑議	介存齋文稿卷一	肉刑議
味雋齋文稿	六安答問	介存齋文稿卷一	六安答問
味雋齋文稿	六壬畢法總鈐序	介存齋文稿卷一	
味雋齋文稿	與徐壽伯書	介存齋文稿卷一	
味雋齋文稿	與任階平書	介存齋文稿卷一	
味雋齋文稿	鹽法議一	介存齋文稿卷一	
味雋齋文稿	鹽法議二	介存齋文稿卷一	

㊅ 介存齋詩之比較

	天津本	國圖本
卷數	六卷	六卷
序	有「自序」獨立標題；序末作「道光三年癸未五月既望介存居士自叙於因是軒」，另起，文一行	無獨立標題；序末作「道光三年歲在癸未五月既望介存居士自叙於因是軒」，另起，文兩行
目録	有	無
卷之一	標題作「介存齋詩卷之一　乙丑至壬申　荆溪周濟止庵著」，且「乙丑至壬申」五字爲小字兩行；卷末有「受業馮光燿侄孫恭壽校字」	標題作「介存齋詩卷之一　乙丑至壬申」，且「乙丑至壬申」五字爲小字一行
卷之二	標題作「介存齋詩卷之二　癸酉　荆溪周濟止庵著」，且「癸酉」兩字爲小字一行；卷末有「孫士奇曾孫振庸校字」	標題作「介存齋詩卷之二　癸酉」，且「癸酉」兩字爲小字一行
卷之三	標題作「介存齋詩卷之三　甲戌至庚辰　荆溪周濟止庵著」，且「甲戌至庚辰」五字爲小字兩行；卷末有「族曾孫保章保銘校字」	標題作「介存齋詩卷之三　甲戌至庚辰」，且「甲戌至庚辰」五字爲小字一行
卷之四	標題作「介存齋詩卷之四　辛巳至庚寅　荆溪周濟止庵著」，且「辛巳至庚寅」五字爲小字兩行；卷末送宋葵如之楚四首其四排三行；卷末有「後學任德鄰族曾孫德咸校字」	標題作「介存齋詩卷之四」；卷末送宋葵如之楚四首其四排兩行；卷末有「揚州磚街青蓮巷内柏華陞刻」牌記

續表

	天津本	國圖本
卷之五四	標題作「介存齋詩卷之五　并下卷俱辛卯以後　荆溪周濟止庵著」，且「并下卷俱辛卯以後」五字爲小字兩行；卷末本有「族曾孫保章保銘校字」	標題作「介存齋詩卷之五」
卷之六	標題作「介存齋詩卷之六　荆溪周濟止庵著」；卷末有「孫士英士俊校字」，反白	標題作「介存齋詩卷之二　癸酉」，且「癸酉」兩字爲小字一行

㊄ 存審軒詞之比較

	天津本	國圖本
書名	存審軒詞	味雋齋詞
卷數	二卷	一卷
序	有獨立的「自序」標題；序末「道光癸未仲冬介存居士自叙」另起	無獨立的「自序」標題；序末「道光癸未仲冬介存居士自叙」接排前文
目録	有	無
卷之一	標題：「存審軒詞卷之一　荆溪周濟止庵著」；卷末爲念奴嬌疏廉止；卷末有「族曾孫保章保銘校字」	標題：「味雋齋詞」；卷末無哨遍一詞；卷末有牌記被剷除痕迹

續表

	天津本	國圖本
卷之二	標題：「存審軒詞卷之二　荆溪周濟止庵著」；卷末多「遍一詞」；卷末有「孫士英士俊校字」	

⑥ 柳下詞之比較

	天津本	國圖本
内封	隸書「柳下詞」	無
序	周濟序；象鼻作「叙」；中縫爲頁碼	無
正文	標題作「柳下詞　荆溪周君木君著」；卷末有「族曾孫佐臣暨恭壽校」	標題作「柳下詞　荆溪周君木君著」
跋	周佐曾跋	無

⑦ 儲素樓詞之比較

	天津本	國圖本
内封	隸書「儲素樓詞」	無

續表

	天津本	國圖本
書名	儲素樓詞	貯素樓詞
序	標題作「序」；象鼻作「序」；書口中縫只有頁碼	標題作「貯素樓詞序」；象鼻作「貯素樓詞」；書口中縫爲章節名加頁碼，如「序　一」
正文	標題作「儲素樓詞　淮陰蘇穆佩蘘譜」；卷末有「終」，反白處有「曾孫振庸、侄曾孫德咸校字」；象鼻作「儲素樓詞」；書口中縫只有頁碼	標題作「貯素樓詞　淮陰蘇穆佩蘘譜」；象鼻作「貯素樓詞」；書口中縫只有頁碼
跋	周恭壽跋	無

通過上面的比較，我們完全可以肯定，天津本與國圖本是兩個完全不同的版本。

從前文於各書版本的具體考辨中，我們可以知道，國圖本是周濟道光十一年至十三年自刊諸本之「彙集本」，其排序按付刻時間先後。

安徽師範大學圖書館藏有道光刻本周濟文集八册，謂其中有「介存齋詩六卷，味雋齋史義二卷，文稿一卷，詞一卷，清周濟撰；貯素樓詞一卷，清蘇穆撰；柳下詞一卷，清周青撰」。蓋與國圖本藏題爲求志堂存稿彙編爲同一版本，然不知文稿一卷爲介存齋文還是味雋齋文。

寧波市天一閣博物館藏有道光刻本求志堂存稿彙編四册，存七種，亦當是此一版本系統。而周佐臣等編定彙編時，參稽「舊本諸種各自爲編」，周佐臣求志堂存稿彙編書後二：「先奉政公著作頗繁，自邑被兵，唯晋略及是編以業授梓得存。受業士馮君白虛嘗手録數通，知板已毁，割惠全編。後徐君漢臣亦以存本見贈。方恨手澤靡遺，未能追索，幸得有此，遂與侄煒圖踵事乎晋略之刻。……舊本諸種各自爲編，今體例標目一如其舊，而彙爲一編，仍以柳下詞并訂，更附儲素樓詞一集焉。」味雋齋史義二卷、介存齋詩六卷、柳下詞、儲素樓詞等數種，當據國圖本，介存齋文稿二卷、淮鹺問畣一卷、存審軒詞二卷、折肱録一卷等則據別本。

2. 北大本與天津本之比較

清代詩文集彙編所收各書，僅交代底本，未交待具體館藏。因清代詩文集彙編所收多據北京大學圖書館、中國人民大學圖書館藏本，而中國人民大學圖書館未見有彙編收藏之著録，故清代詩文集彙編本所收，當爲北京大學圖書館所藏。

又，北京大學圖書館藏彙編有兩種，一爲求志堂存稿彙編七種附二種，一函六册，一爲求志堂存稿彙編六種附二種，一函五册。清代詩文集彙編所依據的底本，當是北京大學圖書館藏求志堂存稿彙編七種附二種、一函六册本。以下簡稱「北大本」。

北大本	天津本	備注
無	味雋齋史義二卷	
介存齋文稿二卷	介存齋文稿二卷	版本同

續表

北大本	天津本	備注
淮鹺問畣一卷	淮鹺問畣一卷	版本同
介存齋詩六卷	介存齋詩六卷	版本不同
味雋齋詞一卷	無	
存審軒詞二卷；卷首誤植周濟柳下詞序兩面；	存審軒詞二卷	版本同
無	折肱録	

通過北大本與天津本比核的，我們發現：

一是北大本未收味雋齋史義、折肱録兩種。蓋因清代詩文集彙編爲斷代詩文總集，味雋齋史義二卷爲史論之作，折肱録爲畫論之作，且續修四庫全書已收録味雋齋史義二卷，故未予收録。

二是北大本多收味雋齋詞一種，與國圖本所收爲同一版本；

三是版本相同者三種；

四是版本不同者一種；前面比較過天津本、國圖本介存齋詩。我們發現，兩個版本介存齋詩不同之處，北大本與國圖本完全相同。此外，兩本卷四末均有「揚州磚街青蓮巷内柏華陞刻」的牌記，這是兩本皆爲同一版本的力證。北大本介存齋詩整體清晰度明顯高於國圖本，説明北大本介存齋詩刷印在先。但比較奇怪的是，卷四「揚州磚街青蓮巷内柏華陞刻」的牌記，國圖本介存齋詩却清晰得多。

西南大學圖書館藏題爲「清光緒十八年（一八九二）刻本」之求志堂存稿彙編八種十六卷，「存七種十二卷味雋齋史義二卷、介存齋文稿二卷、淮鹺問畣一卷、介存齋詩一至四卷、折肱録一卷、柳下詞一卷、儲素樓詞一卷」，若「介存齋詩一至四卷」非殘本，則當是道光三年周濟自刊本。

復旦大學圖書館藏有「光緒間周佐臣刻介存齋詩四卷、文稿二卷、淮鹺問畣一卷」，參中國古籍總目。其中「文稿二卷、淮鹺問畣一卷」當屬彙編本，其中的「介存齋詩四卷」不可能是彙編本，而是道光三年周濟自刊本。

綜合前面對天津本、國圖本、北大本的比對，我們可以得出三者之間的關係：

國圖本爲周濟道光十一年至十三年「自刊本」之「彙集本」，嗣因周佐臣等彙編刊本影響巨大，後來著録者見其所收書目大體相同，誤以彙編之名冠之；國圖本收録之「自刊本」，與彙編所據之底本，有同有不同；

天津本、北京大學圖書館藏求志堂存稿彙編六種，附二種，一函五册等，皆爲周佐臣等刊刻之彙編「正本」；

北大本蓋以彙編本各種著述爲主體，摻入部分「自刊本」，是爲「摻雜本」。究其緣由，蓋因彙編諸本在光緒四年至十八年間陸續刊成，收藏者未能收全，後來整理者誤將彙編本諸種，與周濟「自刊本」混而爲一，亦以「求志堂存稿彙編」名之，從而形成了「摻雜本」。

（二）止庵遺稿版本考述

1．自定本

道光十九年七月初三，周濟卒於武昌行館。此前其已編定之道光十一年冬以來所作爲止庵文、止庵詩、止庵詞、折肱録各一卷，是爲止庵遺稿「自定本」。

國家圖書館藏有止庵遺稿抄本四卷。是本共四册，每頁十一行二十一字。止庵文兩册共四十六葉，第一册二十三葉，首頁卷端「止庵文」，下有「荆谿周濟保緒」，内容有論、説、圖記、書、序；第二册内容有序、傳、記、贊、銘，最後一篇爲禱雪文，末葉左上有「止庵文」。第三册爲止庵詩。第四册爲止庵詞。承國家圖書館出版社南江濤兄見示。清代詩文集珍本叢刊收録。間用小字改正漏奪、錯訛者。此本似爲周濟自定本，然不知爲何未見折肱録。抑或爲止庵遺稿「自定本」之「抄本」？

2．道光間刊本

清金武祥周止庵遺稿跋：「光緒己丑，司榷廣州，得周止庵先生遺稿於仁和王子展觀察許，擬携之粟香室叢書中。癸巳銜恤里居，薄游吴門，宜興任筱沅中丞見贈新刻求志堂存稿彙編，因合校之，僅同折肱録一卷、哨遍一闋。而此本詩、文、詞各卷，爲道光庚子所刊，距先生殁後一年，謂之遺稿，不知刊於何人，皆今彙編所未編入者。」清金武祥粟香室文稿光緒二十六年活字印刷本。

金武祥所見止庵遺稿含詩、文、詞及折肱録，其中詞中有哨遍；止庵文尚有江之桐傳與彙編本介存齋文稿相重，蓋不如哨遍一詞位於存審軒詞末而較易被發現而已。金氏僅言詩、文、詞各卷刊於道光庚子，而不言折肱録刊刻時間，顯然折肱録不刊刻於道光庚子；時金氏於道光庚子本「亦不知刊於何人」。

那麽，道光庚子本究竟「刊於何人」？清符葆森國朝正雅集寄心盦詩話云：「白舫丈晚年寓居邗上，刊吾師周止庵先生遺稿，余寓書謝之。時余客吴中，丈答書懇款肫摯，病中以三十年前卉木庵納涼圖屬題，且云此圖久不出篋矣。余題云云。未幾而丈之訃至矣。」此「白舫丈」即浙江烏程今吴興南潯人范白舫鍇（一七六五——一八四四），清代藏書家、文學家，有范聲山雜著八種等。參鄧慶佑紅學人物研究苕溪漁隱和他的癡人説夢，北京時代華文書局二〇一七年版；張建智書履心痕下輯讀紅小輯范鍇與紅樓夢，上海科學技術文獻出版社二〇一六年版。

方周濟殁時，「漢上同人以晋略付刊」，囑范白舫鍇校勘之。范鍇苕溪漁隱詩卷六輓周保緒小注。至二十年十一月前後，「工逮竣」之「板歸本籍」。而止庵遺稿「自定本」當由范白舫鍇保管，范白舫鍇復謀刊之，并於是年刊止庵遺稿之詩詞文部分。參張藝維道光二十年湖廣總督周天爵革職遺成案——兼論道光朝吏治整飭中的政治生態，歷史教學二〇一八年第四期。范白舫鍇於道光壬寅(二十二年)「移家廣陵」，范鍇苕溪漁隱詩卷六余流迹楚蜀，忽忽五十年矣，而游蹤所及，獨於漢口淹留最久，兹將移家廣陵，留雖諸同社，得詩四首。撫今追昔，判袂依依，不自知其詞之工拙也遂於道光甲辰(二十四年，一八四四)將折肱録付刊。

故止庵遺稿「道光庚子本」之稱緣詩、詞、文部分刊刻時間而名，「道光甲辰本」之稱緣折肱録刊刻時間而名，「道光間刊本」之稱則緣整體刊刻時間而名。

止庵遺稿詩、詞、文部分與折肱録分别付刊，造成了有的收藏者以爲四卷即爲全帙，如北京大學圖書館謂藏清道光二十年刻止庵遺稿四卷；又有僅藏詩、詞、文部分三卷本者，如章鈺等編、武作成補編清史稿藝文志及補編清史稿藝文志補編藝文四集部别集類清代各朝曰：「止庵遺集三卷，周濟撰。」中華書局一九八二年版朱惠国周濟詞學論著考略一文謂「查訪到止庵遺稿的庚子刻本」，「周濟的友人在周濟死後的第二年就刻印了他的『遺稿』，這就是庚子刻本，過了四年，又有人據庚子本重新刻印了一次，這就是『甲辰本』」，顯然没有弄清道光庚子本和甲辰本之關係。

止庵遺稿詩、詞、文部分與折肱録分别付刊，可能造成了本爲一體兩部分的稿本分離：止庵遺稿詩、詞、文三部分底稿蓋輾轉爲國家圖書館所藏，而折肱録部分不審尚存天壤間否。

3. 常州先哲遺書後編本

宣統乙酉盛宣懷刻常州遺書後編時，「用道光甲辰刊本彙雕」止庵遺集，是爲常州先哲遺書後編本。叢書僅收録止庵遺稿文、詩、詞三卷，故書名由止庵遺稿變爲止庵遺集。是本改正了國家圖書館藏止庵遺稿本止庵詞中數處奪字，或爲「道光庚子本」所爲。內蒙古自治區圖書館有「止庵文一卷、詩一卷、詞一卷，周濟撰，宣統元年（一九〇九）刻紅印本，一册」，蓋即其早期刷本。

（三）晉略版本考辨

1. 三易其稿的「稿本」

周濟「之爲晉略也，一生精力畢萃於斯」。丁晏周先生傳其「以晉書頗多訛舛」，范鍇苕溪漁隱詩卷六輓周保緒小注自弱冠即存撰晉略之志，「洎乎壯歲，雖復酬酢人事，獨居深念，未嘗去褱」。周濟晉略序目

晉略起草於道光之十二年壬辰（一八三二）。「方起草時，每日出而起，據案走筆，如風掃籜，至午餐，率二千餘言。午餐後則優游園林，作書寫畫，或與朋友談宴，及門人講解，閑暇如常時，往來諸公，無有知先生著書者。惟包慎伯、汪均資兩先生嘗知之，嘆爲筆下有神焉。」馮元燿求志堂存稿彙編跋語。至是年冬稿本粗具，是爲晉略初稿。

包世臣於道光癸巳（十三年，一八三三）春杪收到晉略謄録清樣，作與周保緒論晉略書復之。周濟得包世臣等復書，乃解散成書，對「次稿」詳加修訂：「君之爲晉略也，自言一生精力畢萃于斯。舟車傳舍，挈以隨行；增損改竄，未嘗去手。」丁晏周先生傳道光十三年冬，周濟訪李申耆兆洛於江陰暨陽書院，以修訂中的晉略商略之。周濟宿暨陽書院五日，既别，却寄申耆：「徒攻典午書，操楚一寸强。時時有扞格，伯也呼載將。安得長相從，瘵我聾與盲。」十五年復任淮安府學教授後，周濟出修訂中的晉略示曹文焕、丁晏諸人。曹文焕晉略跋：「焕於道光丙申、丁酉游幕淮陰，執贄門下，曾手鈔稿本，故得悉其詳。」丁晏周保緒晉略序：「乙未秋，荆溪周止安先生爲吾郡教授，與吾雅相善。止安少有命世之志，今老矣，目瞑意倦，專事著書，出其所緝晉略相示。……道光十有六年歲在丙申九月。」其間爲廣流傳，周濟「嘗以畫酬人寫稿」。雀梅所附陳伯游方海跋語：「保翁著晉略時，嘗以畫酬人寫稿，於是書手所藏誇富於吾輩。昔以此事與保翁戲争，今子堅出示此幀，怳憶笑言在耳，何待山陽聞笛，感觸當年。鄱陽陳方海。」

道光十八年戊戌十月朔，晉略三稿編次訖，周濟晉略跋。包世臣晉略序：「至道光癸巳寫出清本，走使相質。既得余覆，又解散成書。五閱寒暑，乃成今本。」「道光癸巳」「五閱寒暑」，正當十八年。潘樹辰跋謂「成於道光丁酉」，馮元燿跋謂「告成於十九年己亥」，皆誤。計六十六卷。

晉略原稿爲魏原所得。雀梅上魏原跋語曰：「史稿一編落吾手，畫稿枯枝君合有，何處覓此支離叟。子堅來絜園觀保翁晉略原稿，并出此畫共賞，因題。時道光廿三載孟春，方送子堅淮北之行，魏原。」中國古籍總目謂上海圖書館藏晉略稿本，存序目、職官表、後秦外紀第六、西秦夏外紀第七、南涼北涼西涼外紀第八、後燕南燕北燕外紀第九。不知此藏本是否即魏原所藏之稿本，抑或此前之稿本。

2．道光間刊本

周佐臣晉略跋曰：「道光戊戌，文忠節制楚北，即將稿本付梓。先君子旋應聘往。工逮竣，而即世，板歸本籍，從兄重庚加校勘焉。」謂晉略於十八年始附刊於武漢。鮑源深晉略跋謂「書刊於道光戊戌」，潘樹辰晉略跋謂「明年（戊戌）前兩湖總督周文忠公刻於楚北之夏口」，當皆承周佐臣之説也。然佐臣未親歷其事，且近四十年後追憶其事，有所出入，在所難免。

曾參與周濟著述刊刻一事的范白舫鍇嘗言，「君（周濟）歿後，漢上同人以晉略付刊，囑余校勘」，范鍇苕溪漁隱詩卷六輓周保緒小注明言晉略付刊在周濟歿後。與周濟交情頗深的江開，道光十九至二十年二月，於漢上處理鹽務。道光十九年，江開受周天爵委任，處理鹽務。至道光二十年二月十七日，御史陳光亨上奏爲兩湖總督周天爵派舉人江開辦理鹽務易滋弊端敬陳管見事，二月十七日道光帝下旨令周天爵將江開飭回原籍。參張藝維道光二十年湖廣總督周天爵革職遣戍案——兼論道光朝吏治整飭中的政治生態。兩人同在周天爵幕下，私下來往亦勤，并爲「九老吟社」成員。范鍇苕溪漁隱詩卷六熊兩暝博士過訪寓居，因留信宿邀，同洪春衢明府、徐沖之秀才熊飛叙飲艸堂，重仿香山體分賦小注曰：「時兩暝、保緒皆入九老吟社，各繪小像，江孝廉開題曰『長生雅集圖』。因乞兩暝作記。」蓋「道光間刊本」之刊刻，由其主事，故有「晉略，道光己亥，江開題」之題簽。參光緒二年味雋齋重刊本晋略前附「道光間刊本」牌記。又，遼寧省圖書館藏有晋略，著録謂「晋略六十五卷序目一卷，清周濟撰，清道光十九年（一八三九）周天爵楚北夏口刻本，十二册」。故晋略於道光己亥（十九年）付刊於武漢，無疑也。

然爲何又有「癸卯本」之名？蓋許爲盡刊所著書的周天爵，於道光十八年十一月署理湖廣總督，次年六月，實授總督。然因其馭吏過嚴，行事剛猛，湖北官場中下屬官員與督撫之間「上下離心」，矛盾不斷。道光二十年二月起，矛盾轉劇，御史參劾、宣維屏案、匿名揭帖案、知縣稟訐案、他塔拉氏京控案等一系列事件後，十一月二十八日，道光帝降旨將周天爵革職，發往伊犁充當苦差。參張藝維道光二十年湖廣總督周天爵革職遺戍案——兼論道光朝吏治整飭中的政治生態。因此「工逮竣」之晋略未能畢功，其板歸本籍，由周重庚、周煒等接續其事。周佐臣晋略跋：「工逮竣而即世，板歸本籍，從兄重庚加校勘焉。」

晋略刊竟前，周煒等四方延人爲序。包世臣於道光癸卯（二十三年）四月朔作晋略序，尚言「保緒嗣孫煒以（晋略）刻本來將遺命乞序」，蓋其時晋略正文已刊竟；嗣因包世臣交稿過遲，「道光間刊本」終未收入此序。姚椿作於道光甲辰年（二十四年）秋月之晋略書後，曰「予識君（周濟）於丁卯，又一見於京師。以後不相值，亦不知有是書。今始見之，絶爲欽嘆」，所見即此「道光間刊本」也。

綜前所述，「道光間刊本」於道光己亥（十九年，一八三九）付刊於武漢，至道光癸卯（二十三年，一八四三）四月朔稍後刊竟。「道光間刊本」又稱「己亥本」「癸卯本」「周天爵刻本」，蓋緣刊刻之年、刊竟之年、出資之人而名之。

3. 光緒二年味雋齋重刊本

「道光間刊本」蓋因周氏族人囊資不豐，刷印數量有限，且交游不廣，故流佈未廣。逮周濟門人、「曾手鈔稿本」的曹文煥，也是「以同治乙丑攝荆溪瑑務。保緒師門之孫丹文世兄因公來見，談及先世，始悉晉略早經發刊」。曹文煥晉略跋因「原板已燬於庚申之亂」，「同治丙寅，和州花潭鮑中丞源深督學吴中，眷懷師誼，勗佐重鋟」。得鮑源深、潘樹辰、曹文煥佽助，光緒二年付刊，「板襲前刊，工凡十月」，於「光緒丁丑三月望」刊竟。周佐臣晉略跋是爲味雋齋重刊本。

4. 史論彙函本

光緒二十九年（一九〇三），清述古齋主人輯、申江開文書局出版之史論彙函甲編，收晉略二卷。未得見。當是摘録晉略中論述之辭而成。

5. 四部備要本

民國上海中華書局據道光十九年刻本道光間刊本鉛印，收入四部備要，是爲四部備要本。

在厘清彙編、止庵遺稿、晉略版本流傳後，下文分著述之作、編撰之作、亡佚之作三部分，對周濟著述進行系統考辨，并對其版本進行系統梳理。

（四）周濟著述及版本考辨

周濟所自刻諸書，初次付刻時，往往自爲序。後再刻時，皆沿初次之序。後來著録者不知此，多緣序末自署時間，而誤著版本時間。

1. 著述之作

（1）味雋齋史義

㈠ 道光十二年刻本

道光十二年（一八三二）二月，周濟味雋齋史義成，自序之。味雋齋史義自序：「道光十有二年壬辰二月，荆谿周濟序。」并於是年付梓。是爲道光十二年刻本，二卷。國圖本彙編所收味雋齋史義，蓋即此本。是本上海圖書館亦有藏。

㈡ 彙編本

彙編本味雋齋史義刻於光緒十八年（一八九二），二卷。天津圖書館、中國社會科學院文學研究所圖書館、北京大學圖書館、上海圖書館、天津圖書館、南京圖書館、江西省圖書館、廣東中山圖書館等有藏。

值得注意的是，較道光十二年刻本，彙編本多數條周濟「後語」：卷一文三十篇，五帝本紀、孝文本紀兩篇有「後説」；卷二文二十九篇，伯夷列傳、蘇秦列傳、屈原賈生列傳、劉敬叔孫通列傳、袁盎晁錯列傳、吴王濞列傳、司馬相如列傳、酷吏列傳八篇有「後説」。

彙編本卷一五帝紀後説末小字注曰：「先生於史記各篇多有『後説』，燿謄寫史義既竟，擇録數條并存於卷末，以見一班。心嚮往之，不能自已也。門人馮元燿志兹。更附於各篇之末。」蓋味雋齋史義初稿頗多「後説」，道光十二年刊刻時統一删落。馮元燿自藏本「擇録數條并存於卷末」。周佐臣等編訂彙編時，馮元燿將所録存「後語」打散列於各篇後，并於五帝紀後説末加上按語，非别有收録周濟「後語」之味雋齋史義也。

㊂ 四部備要本

民國間，上海中華書局據彙編本鉛印，收入四部備要，是爲四部備要本。

(2) 介存齋文稿、味雋齋文稿

㊀ 一卷本介存齋文稿與一卷本味雋齋文稿合刊本

一卷本介存齋文稿，未見書志有載。然國圖本彙編收介存齋文稿一卷。以道光十年（一八三〇）冬所撰淮鹺問畣收尾，編爲介存齋文稿一卷。所收皆爲道光九、十年新撰之文。

王紹曾清史稿藝文志拾遺：「味雋齋文稿，無卷數；周濟撰；道光間刻本。販續」國圖本彙編收味雋齋文稿一卷，蓋即是本。道光十年、十一年周濟於陶澍改革鹽務問題而交惡，周濟將十一年新撰之文編爲本味雋齋文稿一卷。

一卷本介存齋文稿、一卷本味雋齋文稿於道光十一年底、十二年初編定後合刊。國圖本彙編第一册介存齋文稿、味雋齋文稿合册，蓋即其原貌。

一卷本介存齋文稿、一卷本味雋齋文稿版式殊可注意者有二：一者，各篇間均未前後接續刊刻，而是各篇另起。如説文字系序，原書四面，第三面僅刻字一行，第四面反白。而止庵遺稿抄本中之止庵文，則是各文前後接續。二者，蓋書口中縫處之頁碼，均爲墨丁。

蓋初附刊時，周濟緣詩、詞編撰體例，以撰作時間爲序，前後相排，然尚有疑義，故各篇單獨；刻成後，嗣覺當同類相從，從而將中縫處頁碼統一剷除，以便各文排序之調整。而編定止庵遺稿時，體例已定，故前後接續抄寫。

㈡ 彙編本

彙編本介存齋文稿，二卷，版式上仍一卷本介存齋文稿、一卷本味雋齋文稿各篇單獨另行之體例，主要變化有三：

一是增。新增孟氏義嗣記、賈節婦傳、族祖綬章公譜傳、族曾族節庵公譜傳、江之桐傳等五篇文章。

二是減。淮鹺問畣從介存齋文稿中別出單行。

三是編。一卷本介存齋文稿、一卷本味雋齋文稿先後順序基本上完全打亂。收文以類相從，同類者按撰作時間排列。

詳情可參本節第一部分之「天津本介存齋文稿、味雋齋文稿、淮鹺問畣與國圖本介存齋文稿、味雋齋文稿之比較」。

㊂ 可能存在之周濟編定本

彙編本介存齋文稿與介存齋文稿、味雋齋文稿合刊本差異如此之大，是否是周佐臣等改定編次時所爲？顯然不是。

一者，周佐臣明言，編定彙編時「舊本諸種各自爲編」，「體例標目一如其舊」。周佐臣求志堂存稿彙編書後二：「先奉政公著作頗繁，自邑被兵，唯晋略及是編以業授梓得存。受業士馮君白虛嘗手録數通，知板已毁，割惠全編。後徐君漢臣亦以存本見贈。方恨手澤靡遺，未能追索，幸得有此，遂與侄煒圖踵事乎晋略之刻。……舊本諸種各自爲編，今體例標目一如其舊，而彙爲一編，仍以柳下詞并訂，更附儲素樓詞一集焉。」按此原則，將一卷本介存齋文稿、一卷本味雋齋文稿按刊刻時間前後排列即可，不可能如此大費周章，大加改動。

二者，彙編本介存齋文稿一方面一仍一卷本介存齋文稿、一卷本味雋齋文稿單篇别行之刊刻體例，另一方面對文章的卷次、排序、具體篇目做如此大幅度的調整，顯然自相矛盾。

三者，若彙編本介存齋文稿爲周佐臣等改定編次而成，新增之孟氏義嗣記、賈節婦傳、族祖綬章公譜傳、族曾族節庵公譜傳、江之桐傳等五篇當淵源有自。族曾族節庵公譜傳、族祖綬章公譜傳兩篇，又見於山溪周氏宗譜卷七，分別題作誂羽公傳、綬章公傳。若爲周佐臣等改定編次，不會對文章標題作如此大的改動。另，山溪周氏世徵録卷四周濟樗庵公傳一文，亦當輯入。

因此，我們推測，周佐臣等刊刻彙編時，可能依據周濟編定之二卷本介存齋文稿稿本或刻本。

彙編本介存齋文稿卷二與任階平書後跋語曰：「此後復有兩書，無存稿。門人馮元燿謹識。」此無存稿之「兩書」，當爲彙編本收尾之與徐壽伯書、彙編本別本單行之淮鹺問畣。周濟蓋初附卷末，復緣淮鹺問畣與介存齋文稿體例不合，故將其從介存齋文稿刊落，别本單行。然將與徐壽伯書刊落，殊令人不解。

周佐臣等編訂彙編本時，從徐漢蒼處得與徐壽伯書，而江之桐傳一篇，據周煒自藏之文，并補入彙編本介存齋文。周濟道光十年（一八三〇）八月、九月迭遭妻徐氏、弟周治之喪。冬，携孫周煒返南京。值江之桐來訪，「與語大悦」。清史稿藝術三江之桐見煒，愛之，「願以所學授焉」。周濟江之桐傳道光十一年三月，周濟「既頹廢，喜煒之得師，命從游」，周濟始識少伯于葵如寓齋，雨後同游齊山序：「余甥維熙、猶子仲虞、兒子榕皆在舟中，以雨不獲從。」蓋其時煒以從師游，故不獲從也。不意「甫三年，而君卒矣」，故道光十三年（一八三三）「聊次君傳，以授煒」。止庵文收録之。金武祥周止庵遺稿跋謂彙編與止庵遺稿「僅同折肱録一卷、哨遍一闋」，蓋緣哨遍一闋位於味雋齋詞卷末，較易見；江之桐傳位於介存齋文稿、止庵文中間，不深入比對，不易發現。

（3）介存齋詩

㈠四卷本

道光三年五月既望，周濟於蘇州山塘因是軒自序介存齋詩。秋，介存齋詩付刻。卷四收詩至道光三年秋所作至瑞光寺夜泛胥江歸寓樓感賦止。卷末有「維揚磚街青蓮巷内柏華陞刻」牌記。是爲四卷本介存齋詩。此本中國科學院圖書館、國家圖書館有藏。清代詩文集珍本叢刊據國家圖書館藏本影印。

㈡六卷本

六卷本介存齋詩新收録之詩，起卷四謁余忠宣公墓，因登大觀亭，訖卷六之病菊。陸繼輅有於役皖江湖舟雜感，其五曰「周郎濟貽我一卷詩，舟行不聊日諷之。」陸繼輅崇百藥齋三集卷一傷逝集是詩作於道光甲申（四年）夏。是時周濟訪陸繼輅於安慶，并以道光三年底刊刻之四卷本介存齋詩之「一卷詩」貽之。謁余忠宣公墓，因登大觀亭乃是次周濟安慶行所作之一，故當作於道光甲申（四年）夏。是詩從另一个角度證明了四卷本介存齋詩付刊於道光三年底。

介存齋詩卷六有素庵招看木芙蓉，因作陶谷餞别圖，送春海入都。據程恩澤程侍郎遺集咸豐五年伍氏刻粵雅堂叢書本卷三道光辛卯十月三日，自秣陵買舟北上，王益之將軍棧於石城門外，時梅伯言郎中、汪鄰樓上舍、許淡居煉師適相送，將軍邀共談燕，賦此寄益之將軍，兼柬伯言、鄴樓、淡居，可知詩乃道光辛卯（十一年）秋送程恩澤北上入都而作。病菊等詩，介存齋詩列於其後，皆當道光辛卯冬作。而止庵詩第一首燈花歌下，以小字注明作於「辛卯」，據詩中「窗前颯颯疑復雪，推窗已堆一寸白」，可知作於冬天。與介存齋詩卷六正好接續。

因此，六卷本介存齋詩在四卷本介存齋詩基礎之上，補入道光甲申（四年）至辛卯（十一年）新撰之古今體詩。附刊時間當在道光辛卯（十一年）冬。

較之四卷本介存齋詩，六卷本介存齋詩多了卷四後半、卷五、卷六；相同部分之差異，僅在於四卷本卷末一葉：

一是第二行「擾俗性徒繕」句中「俗」字，四卷本、六卷本字形略有不同；

二是第五行「捧泥補殘堰」句中「捧」字，四卷本作「奉」，六卷本作「捧」；

三是第六行「衝突勢轉便」句中「勢」字，四卷本、六卷本略有不同；

四是最後兩行，四卷本爲「維揚磚街青蓮巷内伯陞華刻」牌記，六卷本爲「謁余忠宣公墓因登大觀亭　陰陰宰木夏生寒右轉危亭得大觀三面風濤環睥睨」兩行文字。

由此，我們可以認爲，六卷本介存齋詩蓋承前四卷本介存齋詩舊板補綴而來，將四卷本介存齋詩卷末一面新刻，并將四卷本介存齋詩卷末之牌記，移至六卷本介存齋詩卷四末尾。

北大本介存齋詩、國圖彙編本介存齋詩，皆爲六卷本介存齋詩。

國圖藏介存齋詩六卷二册，題爲「清道光三年（一八二三）刻本」；南開大學圖書館介存齋

「清道光三年（一八二三）刻本」。兩本皆爲道光十一年二刻本，著録者爲道光三年序所誤導。

㊂ 彙編本

彙編本介存齋詩以六卷本介存齋詩爲底本，并改正了六卷本的部分錯誤。如卷四奇伶歌并序「傅朱粉爲靚」，六卷本「傅」誤作「傳」，彙編本改爲「傅」。但彙編本訛誤更多：

有奪文者。如卷一冰「虚語安能信夏蟲」句，彙編本奪「語」字。卷二道南書院，彙編本奪詩題中「道」字。

有誤改者。卷一哭高亦耕二丈「對堋如臂弩」，彙編本誤改「堋」爲「坪」。「堋」爲懸掛箭靶的矮墻。北周庾信馬射賦：「弓如明月對堋，馬似浮雲向埒。」卷四病中追悼隱山「聲韻事挍討」，「挍」彙編本作「探」，蓋形近致誤也。卷四答從甥高維熙質見贈四十韻「窗圍襦作障，燭刻淚成滚」，彙編本誤將「燭刻」改作「刻燭」而出律。

有誤加者。彙編本卷五下有「并下卷俱辛卯以後」，蓋爲周佐臣等人刊刻時所加。然卷五、卷六爲庚寅、辛卯兩年所作，非「辛卯以後」作也。

（4）存審軒詞

㊀ 道光三年一卷本

周濟存審軒詞自序言：「既刻詩，乃并平時所爲詞刻之。（皋文、子居）兩先生往矣，聊以質之晋卿焉。道光癸未(三年)仲冬,介存居士自叙。」

今有「刊刻時間不明的存審軒詞一卷,卷首有道光三年周濟自序,卷尾有牌記『維揚磚街青蓮巷内柏華陞刻』。比勘之後,乃知此本是求志堂存稿彙編本中所收存審軒詞的上卷,蓋彙編本與其版式一致,并在卷尾留有鑱除柏華陞牌記的痕迹」。段曉華輯校前言。

蔣敦復芬陀利室詞話卷一周保緒詞:「嘉慶末,余年童稚,始識陽湖周保緒先生于田若谷邑宰署中,蒙以奇童見稱。時習經史及帖括文字,間亦作詩,未嘗問津于倚聲之學。中年抑鬱無憀,乃學填詞。從王子久茂才處,韜附注:子久即余舊字,今詞留余處,尚有劍人評跋。借得先生存審軒詞一卷讀之,是真得意内言外之旨。」其後所列舉之菩薩蠻、浪淘沙、虞美人、臨江仙、虞美人影、一萼紅六詞,皆在彙編本存審軒詞卷一。

一卷本存審軒詞或習稱「揚州本」者。吉林省圖書館所藏當即此。

㈡ 道光十一年二卷本

彙編本存審軒詞較一卷本存審軒詞多出整整一卷詞,按照周佐臣等「舊本諸種各自爲編」,「體例標目一如其舊」的原則,顯然不可能無所依傍而來。

而味雋齋詞雖然收詞較彙編本存審軒詞僅少一首,然部分篇章存在字句差異,有些字句的差異不小;更值得注意的是,「存審軒詞十餘處的聲韻、調名失誤,味雋齋詞皆作了改正」。段曉華輯校前言。周佐臣等即使借助味雋齋詞,編出彙編本存審軒詞卷二,但兩者的差異,顯然不是刊刻失誤能解釋的。

而最後一首臨江仙家人有賦殘菊者，卧榻口占一詞，哨遍一詞當爲周佐臣等編訂時從他處輯入。當作於道光十一年冬。而止庵詞第一首渡江雲楊花則爲「壬辰春皖江作」。

由此，我們認爲，在道光三年一卷本存審軒詞刊刻之後，道光十三年味雋齋詞刊刻之前，當有周濟編定之二卷本存審軒詞存在，其編訂時間當在十一年冬。其後當仍附柳下詞，且柳下詞前有周濟序。

是本刊刻時間，當與六卷本介存齋詩同時或稍後，即道光十一年冬或道光十二年初。是本後來成爲彙編本的編纂底本。

國家圖書館藏有「清道光三年（一八二三）荆溪周氏刻本」存審軒詞二卷，當即此本。刊刻時間蓋爲道光三年周濟自序所誤導。

㊂ 彙編本

彙編有存審軒詞二卷。卷一同一卷本存審軒詞。卷二則爲新收之詞，據筆者考訂，其創作時間爲道光四年至道光十一年間。參本書詞卷二各詞下考述。如蝶戀花「道光十有一年，歲在辛卯，五月三日，燕子磯阻風，讀史感賦」，明言作於道光十一年；又如道光十一年八月二十二日、九月十七日迭遭原配徐氏、弟周治之喪，周濟「命舟星奔，含弗及視」，介存齋詩卷五卜居悔不歸也：「桂之方華，奪我内紀。如何不淑，嗟及予季。命舟星奔，含弗及視。」遂有卷二浣溪沙慢「别國圖本彙編第四册爲味隽齋史義，前有周濟味隽齋史義自序，謂作於道光十有二年壬辰。

㈠國圖彙編本

(5)味隽齋詞

彙編本存審軒詞影印。

續修四庫全書據中國科學院圖書館藏彙編本存審軒詞影印，清代詩文集彙編則據北大藏

㈤諸叢書之影印本

譚評止庵詞精密純正，與茗柯詞把臂入林。」

檢譚復堂師篋中詞所錄止庵詞十首，皆非此集所有，當別有止庵詞本行世也。章又志。

甲子季夏，愁霖無俚，假石屋所庋存審軒詞，臆校一過，不審尚有訛奪否。伯褧邵章志。

跋三則。

錄刻本），如拜星月慢寄中書『誤』改爲『悮』，應天長慢『鞚』改爲『蹤』。卷末有邵章朱筆行書短

於底本。共收詞一百闋。書内有邵章朱筆校，更正了一些錯字和異體字（異體字均爲鈔本照

「此鈔本以清光緒十八年周恭壽刻求志堂存稿彙編中的存審軒詞爲底本，行款、字句均同

北京師範大學圖書館藏有存審軒詞鈔本二卷，上有邵章批校。楊健先生見示之提要謂：

㈣馬叙倫天馬山房藏、邵章批校本

鵲雲天，忽焉經歲，團欒共集，弔影獨悲，情不自勝，遂成臨樂之嘆」之作。

二月」。

第五册爲味雋齋詞、柳下詞、貯素樓詞的合刊。首爲味雋齋詞一卷，卷首爲周濟道光三年自序；收詞較二卷本存審軒詞僅少哨遍一首；卷末有牌記鏟除的痕迹。味雋齋詞之後是柳下詞，然無周濟道光三年序。柳下詞之後是貯素樓詞，卷首有周儀暐「道光癸巳（十三年）六月」序。

蓋道光十一年冬周濟編定二卷本存審軒詞後，嗣因發現詞作中聲韻、調名等方面的失誤，遂對其作了一定程度的修訂：對部分字句做了修訂，更重要的是，改正了「存審軒詞十餘處的聲韻、調名失誤」，段曉華輯校前言。合二卷爲一卷，并改詞集名爲味雋齋詞。在所附柳下詞之後，新附貯素樓詞一卷，於道光十三年附刊。

然因一仍道光三年周濟所作之序，故著録多以其爲「道光三年」本。國圖、上圖皆有「清道光三年荆溪周氏刻本」味雋齋詞，當即此本。

㈡ 北大本

戴伊璇謂：「有刊刻時間不明的味雋齋詞一卷。書名已缺，共二册。據版心文字，是與介存齋詩六卷合刊，上册詩卷一至卷四；下册詩卷五、卷六，後附味雋齋詞、柳下詞。在上册尾，即詩卷四末尾有牌記『揚州磚街青蓮巷内柏華陞刻』字樣。而彙編本介存齋詩卷四之尾也有此牌記痕迹，只不過鏟削了。由此可推測，此本很可能是彙編本味雋齋詞的依據之本。」戴伊璇周濟詞集版本考略蓋緣未明清代詩文集彙編本求志堂存稿彙編實爲彙編本與自刊本諸本之「摻雜本」，而得出上述結論。

我們比較北大本與國圖本彙編本，不難發現，兩本味雋齋詞爲同一版本。

㈢ 抄本

南京圖書館存清抄本味雋齋詞一卷，或即周濟編定附刊前之味雋齋詞抄本。

㈣ 清名家詞本

民國二十六年陳乃乾編、上海開明書店印清名家詞收味雋齋詞一卷，然是本多哨遍一詞。

(6) 淮鹺問畣

㈠ 介存齋文稿本

道光十年（一八三〇）冬，周濟編淮鹺問畣成。復與道光十年及之前所撰文，合爲一編，成介存齋文稿一卷。是爲介存齋文稿本。國圖本彙編所收介存齋文稿一卷即此。約在道光十一年底或十二年初，與一卷本味雋齋文合刊。

㈡ 彙編本

彙編將淮鹺問畣別爲一卷，是爲彙編本淮鹺問畣。

㈢ 可能存在之周濟編訂之單行本

前文述及周濟可能有編定之二卷本介存齋文稿，淮鹺問畣即於是時從二卷本介存齋文稿中刊落，別本單行。

（7）折肱録

㈠周濟編定本

道光十年（一八三〇）底，周濟作宋隱山傳：「君生平論畫，余則別著之，爲書以授定生。」其折肱録序曰：「相與共學又六七年，乃稍稍成章，而隱山逝矣。……因述其要領，以授定生，名之曰折肱録。」宋隱山傳中所謂「余則別著之，爲書以授定生」之「別著」，即此折肱録，故折肱録當撰於道光十年底。

㈡道光甲辰止庵遺稿本

道光甲辰（二十四年，一八四四），范白舫鍇刊刻止庵遺稿中折肱録一卷。參前止庵遺稿版本考辨。此本當爲折肱録首度刊刻。

㈢道光己酉聚珍版

周佐臣折肱録跋：「折肱録一編，早爲畫家圭臬，向無鐫板。至道光己酉，始有崔仲綸先生聚珍版之刷。」周佐臣等編訂彙編時，即據是本。

㈣繪事晬編本

道光間鄒鍾靈編繪事晬編，收畫學書九十九種，内含折肱録一卷。然繪事晬編僅有抄本，未付刊刻。

㈤ 彙編本

求志堂存稿彙編内含折肱録一卷，刻成於光緒十四年。

㈥ 輔仁美術月刊標點鉛排本

輔仁美術月刊於一九三三年一至十期連載折肱録，爲標點鉛排本。

(8) 詞辨介存齋論詞雜著

㈠ 寫本詞辨十卷

嘉慶十七年夏日，詞辨十卷告成，「一卷起飛卿爲正；二卷起南唐後主爲變；名篇之稍有疵累者爲三四卷；平妥清通、才及格調者爲五六卷；大體紕繆、精彩間出爲七八卷；本事、詞話爲九卷；庸選惡劄迷誤後生、大聲疾呼以昭炯戒爲十卷」。自序之。既成寫本，付田端「携以北，付糧艘行，衣鉫不戒，厄於黄流」。周濟詞辨自序

㈡ 重編本詞辨二卷

周濟介存齋論詞雜著後附「又記」曰：「(寫本詞辨十卷)既無副本，惋嘆而已。爾後稍稍追憶，僅存正變兩卷，尚有遺落。頻年客游，不及裒集補緝，恐其久而復失，乃先録付刻，以俟將來。」周濟詞辨自序故現行詞辨二卷并附介存齋論詞雜著一卷之合編本，爲周濟所編訂。

重新編定的時間，當在嘉慶丙子(二十一年)：一者，嘉慶十八年以來，周濟先後游寓山

東、河南及江蘇之蘇州、揚州、鎮江等地，與序中所言「頻年客游」正合；二者，周濟於二十一年春末徙家揚州，二十二年從孫玉庭專司緝私鹽之務，故是年方能專力從事詞辨、介存齋論詞雜著的編訂。

㈢ 諸抄本

周濟合編本多有抄本流傳。如道光二十七年潘曾瑋刊本所據之承齡録本，同治十二年韓永慶抄、清譚儀校點并跋本。存上海圖書館

㈣ 道光二十七年潘曾瑋合刊本

道光二十七年，吴縣潘曾瑋得承齡録本，合介存齋論詞雜著一卷、詞辨二卷刊行，是爲潘曾瑋合刊本。國家圖書館、南京圖書館等有藏。

㈤ 同治合刻本

同治合刻本介存齋論詞雜著，含介存齋論詞雜著一卷、詞辨二卷，國家圖書館有藏。

㈥ 光緒四年翻刻本

光緒四年翻刻本乃翻刻道光二十七年潘曾瑋合刊本。寧波市天一閣博物館本著録是本爲「清光緒四年（一八七八）刻蘇州振新書社印本」。

㈦ 譚評詞辨本

光緒間，譚獻應門人徐珂之請，將所録詞辨二卷及介存齋論詞雜著一卷加審訂和評論後

刊行，世稱譚評詞辨。譚獻按語云：「及門徐仲可中翰録詞辨，索予評泊以示棨範。子固心知周氏之意而持論小異，大抵周氏所謂變，亦予所謂正也，而折衷柔厚則同。仲可比類而觀，思過半矣。復堂譚獻識。」

㊇民國二年翻刻本

民國二年（一九一三）翻刻本，乃翻刻道光二十七年潘曾瑋合刊本。

㊈詞話叢編本

一九三四年，唐圭璋將介存齋論詞雜著從詞辨中析出，將介存齋論詞雜著一卷附宋四家詞選目録序論一卷收入詞話叢編，是爲詞話叢編本。

㊉顧學頡校點本

一九五九年，人民文學出版社出版顧學頡校點介存齋論詞雜著。

2．編撰評點之作

（1）宋四家詞選

㊀道光十二年刻本

道光十二年（一八三二）冬十一月初八日，宋四家詞選成，自序之，并附刻，宋四家詞選序：「道光十有二年冬十一月八日，止庵周濟記於春水懷人之舍。」是爲道光十二年刻本。此本國圖、湖北圖書館、香港中文大學圖書館、香港中山圖書館有藏；南京圖書館藏「清道光間刻本」，亦當是此本。

㈡ 同治十二年潘祖蔭滂喜齋叢書本

同治十二年(一八七三),潘祖蔭輯滂喜齋叢書,據周濟門人符南樵手録之宋四家詞選,始翻刻之。是爲滂喜齋本。趙文穎認爲此乃「現存宋四家詞選最早的版本」,顯誤;然認爲「後世宋四家詞選多翻刻這一版本」(趙文穎宋四家詞選研究)則是也。

㈢ 光緒二十一年元和江氏刻本

此本北京師範大學圖書館有藏,爲湖南思賢書局宋元名家詞之一种。故趙文穎稱其爲「光緒二十一年湖南思賢書局宋元名家詞本」。

是本序曰:「此彭文勤知聖道齋鈔宋元人詞,皆出自汲古閣未刊本。余在京師,從况夔生中書轉鈔得之,共二十二家。後附四家,則從况鈔別本得之,不知何所出也。彭鈔舊附一子目,尚録三十七家詞,有寫本,而夔生遲不與借,余亦匆匆出京矣。到湘後,聞思賢書局刻本甚精,乃出此帙以示張雨珊先生,遂出臨桂王氏四印齋已刻者不重出,共得十五家,名之曰宋元名家詞。意爲搜集諸本,欲爲毛氏之續,不必專守彭氏一鈔也。竊嘗思之,此本自子晋搜耆、文勤補録,一綫相延,幾三百年,近日好事者互相寫刻,欲附文勤續鎸之。顧然諸家中或存或佚,若有數存乎其間是亦重可感,已湘中他月,若能羅集群賢刊爲小集,上追復雅,下繼虞山,豈能酬文琴之願哉。光緒二十一年乙未九月元和江標記於湘南使院得樹軒。」是本與滂喜齋本出入頗大。(趙文穎宋四家詞選研究)

㈣ 光緒三十四年鉛印本

光緒三十四年（一九〇八），「潘文勤滂喜齋本世無單行，同邑章先生（震福）傳抄朱侍郎（祖謀）校本，資以讎勘多所諟正，携來京師輒付排印，以餉同志」，光緒三十四年本宋四家詞選金紹城序是爲光緒三十四年鉛印本。是本國圖、遼寧圖書館、湖北圖書館有藏。

㈤ 諸叢書本

叢書集成初編本據滂喜齋叢書本排印；續修四庫全書本據滂喜齋叢書本影印。

㈥ 標點整理本

古典文學出版社一九五八年有標點排印本；齊魯書社一九八八年尹志騰校點本清人選評詞集三種，内含宋四家詞選。

（2）詞選

詞選，清張惠言輯，董毅、周濟續增，莫友芝批校，是本爲抄本，存中國臺灣圖書館。

（3）說儲批點

㈠ 稿本

說儲内篇稿本一卷，清包世臣撰，沈欽韓、周濟批，劉師培跋；稿本存上海圖書館。

㈡ 全集本

李星、劉長桂點校包世臣全集小倦游閣集說儲黄山書社一九九一年版收録了周濟批語。

（4）柳下詞

㊀道光三年本

道光三年，周濟編周青柳下詞成，自序之，柳下詞序：「道光三年癸未冬日，族孫濟序。」并附刊於一卷本存審軒詞後。

㊁道光十三年本

道光十三年（一八三三），復與蘇穆貯素樓詞并附味雋齋詞後以行之。

㊂光緒四年彙編本

光緒四年，周恭壽等刊刻求志堂存稿彙編，收柳下詞一卷。

（5）儲素樓詞

㊀道光十三年本

道光十三年（一八三三）六月，周濟編蘇穆貯素樓詞成，請周儀暐序之，并與周青柳下詞并附味雋齋詞後以行之。

㊁光緒四年彙編本

光緒四年，周恭壽等刊刻求志堂存稿彙編，收儲素樓詞一卷。

㊂小檀欒室彙刻閨秀詞本

光緒二十一至二十二年，徐乃昌編小檀欒室彙刻閨秀詞，内儲素樓詞一卷。

3. 佚著

馮元燿求志堂存稿彙編書後一：「説文韻原一部；説文字系兩部，一以贈諶展卿；宋四家詞選，中本、袖珍本各一部；四調詞譜一部；易簡編一部……」

周佐臣求志堂存稿彙編書後二：「此外韻原四十卷、字系十卷、論語問答八卷、八陣圖説、止庵隨筆、春水園詞及詩文手稿，雖未梓行，容有寫本見弆於大方家者，倘嘉惠一二，俾更恢手澤於既湮，則佐臣幸甚！」

清佚名清史列傳文苑傳三「陳鶴周濟」：「與包世臣問難竟日，歸取其舊稾悉焚之，持灰燼示世臣，請盡言。因發憤撰述，先成説文字系四卷、韻原四卷、古今體詩二卷、詞二卷、雜文二卷，最後乃成晉略八十卷，體例精深，識議英特，諸論贊中，於攻取防守地勢，必反覆曲折，俾覽者得所依據。蓋以寓平生經世之學，借史事發之，遐識渺慮，非徒考訂而已也。」

我們從上述記載中，可以梳理出周濟的不少佚著：

（1）易簡編

（2）論語問答八卷

（3）説文字系十卷

又説文字系序曰：「濟不敏，幼從先君子爲聲音之學，因及于韻，知韻之必本于文字，而未之能究也。中間失學二十餘年，乃復溯原于文字。」周濟父周仁卒於嘉慶六年（一八〇一），歷二十餘年」，當道光元年（一八二一）至道光九年（一八三〇）間。又，道光七年（一八二七）秋，周濟一日大悟，盡去賓客，去揚州，居南京春水園。自號止庵、止安。然猶往來淮揚。春水園詩并序：「丁亥秋，舉家徙南京春水園。然猶往來淮揚，未嘗得終歲。」至道光八年（一八二八）春末携蘇佩蘘寓金陵之春水園，儲素樓詞霜葉飛序：「幼失怙恃，依於徐氏。徐母鍾愛，十有六載，未嘗暫離。於歸後，尚得同居。道光八年，隨夫子返春水園。」閉門著書，始得專力從事説文字系的撰著，至道光九年書成，復撰此序。

説文字系序後馮元燿識語曰：「此書二十萬言，未及梓行。燿嘗手録二通，一存友人諶展卿處，并沈於劫。此序僅存，可勝嘆哉！門人馮元燿謹識。」

（4）説文韻原四卷

説文韻原序後馮元燿識語曰：「此書注釋小字近百萬餘言，今序存書亡，徒深嚮往，門人馮元燿識。」

清史稿藝文志拾遺：「韻原四卷。」

（5）晋略論贊

（6）八陣圖説

（7）止庵隨筆

（8）春水園詞

（9）四調詞譜

此外，周濟丁儉卿晏曹陶陸元年譜序：「去三十年，讀陳王詩、次其譜；後二十七年，輯晋略，復爲陶徵士詩譜。曹譜久亡，陶譜尚存。」從中，我們可以梳理出兩部佚著：

（10）曹植年譜

（11）陶徵士詩譜

（12）通鑑校勘

丁晏頤志齋感舊詩民國四年羅氏鉛印雪堂叢刻本周止庵廣文序：「好學深思，朱墨丹鉛不去手。校讎温公通鑑，至爲精審；分畫輿地，爲數十圖，阸塞山川如指諸掌。」

（13）詞調選雋

周濟有詞調選雋序，謂道光十二年（一八三二）作詞調選雋，今僅序存。

（14）宋四家詞筏

周濟有宋四家詞筏序，今僅序存。朱惠國認爲，宋四家詞筏與現存宋四家詞選應是同一種書，「前者是一私人抄本，經幾人轉手，并歷經戰亂而刻印，由於是『孤存』，該抄本是否經抄録者、轉手者删改、整理，甚至宋四家詞選的名稱是否是周濟所題的原名都無法證實；後者保存於止庵遺稿中，該書在周濟死後不久的道光十九年，由其友人刻印，以後盛宣懷據此刻印，應該比較可靠。只是該書長期不爲人知，故實際影響不大。我們認爲，宋四家詞筏序更接近周濟原意」。朱惠國中國近世詞學思想研究第四章常州詞派初創時期的詞學思想第三節周濟對常州詞派的理論貢獻，上海古籍出版社二〇〇五年版

（15）院本海燕記

嘉慶十年（一八〇五），周濟登第返鄉途中，成院本海燕記。陸繼輅崇百藥齋集卷十三清鄰詞虞美人：「保緒製海燕記院本，每夕挑燈成一折，輒抗聲而歌。余卧聽之，口占此解。」

（16）槍經十篇

嘉慶十三年（一八〇八）始撰槍經，至十四年夏四月撰成。管同因寄軒文初集道光十三年管氏刻卷五槍經序本：「日肆力於經綸之學，考治亂，究興衰，暇則游心於武藝，於是以其所受於人之槍法，著經十篇，以傳世。」

四、周濟文學創作的演進

在對周濟生平、思想、著述情況作了系統的考辨和梳理後，我們再對周濟文學創作的演進進行梳理。

（一）接受中的抗争乾隆四十六年（一歲）至嘉慶八年（二十三歲）

1．思想的啓蒙與抗爭

㊀父子衝突（一歲至二十歲）

周濟垂髫時即師事吳閶，吳以史學見長。參重刊續纂宜荆縣志卷七之三荆溪人物志文苑：「濟少時從學於吳閶，閶字時敏，諸生，學長於史，常喜摘録諸正史、别史中處事之可爲師法者以教弟子，有管中見八卷，濟爲序之。閶之友曰曹嘉字禄申，亦諸生，嘗至閶書塾中，見濟垂髫時所屬文，即驚異之曰：『奇童子也。』」七歲時父周仁親授周濟聲音之學，因及於韻，知韻之必本於文字，父「期以君子儒」。然周濟不屑爲章句之學，且「畏經史，甘樂在怪迂。剿説盜謏聞，役役趣迷塗」。自責五十二韻父周仁好静專，遇子弟嚴；「動守曲禮，温温恂恂，無疾言遽色，見者未嘗知先生有所能也」。而周濟性「少僻」「戇率」「膠固」。治學路徑、治學興趣上的差異，导致了父子間的衝突；而性格上的差異，加劇了這一衝突。

叔父周義在父子衝突中起到緩衝作用，并對少年周濟產生了重大影響：周仁好静專，周義性通率；周義「勘酌爲諸奇器，以一意逆西法，巧殆匹之」，與周濟的趣向更相契。周仁遇子弟嚴，周義「濟之以和藹」；周仁督責周濟，周義「多婉容巽詞爲解免」，「（周濟）每受笞杖，府君

至爲涕泣」。以致嘉慶十六年周義歿時，周濟有「自府君亡，濟乃真孤露矣」之嘆。周濟《槾庵公傳》

此一時期，於周濟影響較深的，尚有高氏姊：「我昔周歲時，姊爲覓梨栗。抱持口授詩，一日半置膝。最先木蘭詞，唧唧復唧唧。稍長解讀書，就傅出外宅。莫歸共案讀，燈火照寒夕。十一學古文，倔强逞筆力。姊能怒我狂，姊能喜我傑。十三姊出閨，恍惚一臂失。豈無同門友，形氣能不隔。」詩卷一《哭高氏姊》

周濟十一歲時學古文，「倔强逞筆力。姊能怒我狂，姊能喜我傑」。

高氏姊是周濟幼年文學創作的啓蒙老師和切磋砥礪者，還是父子衝突後的撫慰者。十三歲高氏姊出嫁，使周濟「恍惚一臂失」。

高氏姊出嫁後，周濟與父親周仁間的衝突加劇。至嘉慶三年（一七九八），十七歲的周濟「幡然始回車」，父子關係方有所改善，周濟的學問功底，亦由此有所進步。

㈡ 趣向多歧（二十一歲至二十三歲）

至嘉慶辛酉（一八〇一），父周仁去世，周濟「鎔範失先刑，譬瞽無相欶。識淺志未定，氣浮才轉粗。兵農遂雜進，兼慕天官書。修防及轉漕，詧詧論河渠。目驗百無一，而況身歷諸？空言每易騁，實用安所儲？」《自責五十二韻》

2．文學創作的獨立探索期

周濟九歲能屬文，十餘歲好爲詩，十一學古文，十六學爲詞。周濟此一時期創作的詩、詞數量并不少：甲子年見包世臣時，詩作舊作録存者就有千餘首；介存齋詩自序 詞丙寅歲時甚至可以「都爲三卷」，董士錫齊物論齋文集卷二周保緒詞叙 亦當有不少作於甲子歲前。惜甲子年前「舊作録存者千餘首」詩皆自焚之，丙寅歲前所作詞留存亦鮮。故於周濟早年創作，只能通過相關文獻進行推原。

周濟謂己「少僻，岩谷獨寐寤言咏，古人之風載懷，縞紵出交里黨，戇率逢尤，坐此膠固，知識蒙昧」。懷友人并序 所交好者，同姓如周桐亭、周陸懷、周木君、周綬章，族祖綬章公譜傳：「塍里行輩最長，其與濟密者，桐亭、陸懷、木君、綬章。」異姓如高亦耕森榮、高雲溪森槐昆仲，文學高森榮墓表 時相過從，登臨賦詩，激卬時論史事：「爲詩酒交，晨夕相往還，多唱和之作。」高熙陸懷木君二公合傳「束髮眼空闊，安知世網攖。壺因讀史碎，劍每向人鳴。憶昨初相識，心中各不平。」哭高亦耕二丈「(周濟、周青、高森榮、高森槐)四人者相過從，登臨賦詩、弈棋飲酒無虚日，時論史事相激卬，君以伉慨，森槐以蕭散，木君以纏綿。里居之樂，於是爲盛。」文學高森榮墓表 諸人中周濟與周青、高森榮最爲相契：「歌哭消長日，田園老異才。狂言逢世怒，塵夢到江回。」有懷高二丈亦耕、族祖木君即寄 皆爲情感激越、發言狂放之輩。而周濟與父親的矛盾衝突，激化了狂放和不平之氣。

㈠ 詩：詩質難掩不平氣

周濟這樣叙述甲子年二十四歲前的學詩經歷：「余十餘歲好爲詩，喜香山、樊川，已而厭之。喜長吉、飛卿，又厭之。喜太白、退之，就質邑先輩，令學摩詰、襄陽，又厭之。於是宋金元明諸家，無所不涉，人頗謂之能詩。」介存齋詩自序

在廣泛學習古人的同時，他與高森槐、高森榮、周青等迭相唱和。參前。

在學習古人與創作實踐的交織中，周濟不斷提高自己詩藝，并努力於學習、融匯和創新中，找尋自己的詩歌創作之路：

「喜香山、樊川」，蓋宗其詩歌中感懷時事、憂慮朝政之作，多感情深切而激憤；「喜長吉、飛卿」，蓋喜其艷麗、奇詭幽峭之風；「喜太白、退之」，則崇其尚奇尚新、奇情幻想和壯浪恣縱；「學摩詰、襄陽」，蓋尚其田園詩隱士之風、閒適情調。

從「人頗謂之能詩」介存齋詩自序以及包世臣「子之詩質美」介存齋詩自序的評價來看，周濟對古人詩歌技巧的學習還是頗爲成功的。

周濟試圖將「時論史事相激印」「狂言」「伉慨」之論、「心中各不平」之氣，於詩歌中發舒出來。這種嘗試獲得了「詩質美而未學心」介存齋詩自序的評價。很明顯，又是不成功的。

關於詩心，包世臣言：「古人論詩文得失之語，大約有三：有自得語，有率爾語，有僻謬語。自得語，以心印心，直見作者真際，後學依類求義，可以悟入單微。率爾語，本出無心，以

其名高，矢口流傳。僻謬語，自是盲修，誣古人以罣來學。」包世臣藝舟雙楫道光二十六年白門倦游閣木活字印安吳四種本卷二書韓文後下篇一又曰：「自是始事以一心求人情事理之原，有所得而達於詞，盡意則止。依傍之陋，漸就湔除矣。……竊嘗謂古今人思力應不相遠，而古人成材多者，則以其績學敦行不怠倦，閱歷久而精進深，故出於心，借於手，能以理明詞舉也，後之人稍長，涉事則頹然自放。以晉卿之傑出流輩，而自壯歲以後轉側齊豫燕趙之郊者十餘年，所作顧平近不能稱初志，矧余之學殖既淺薄，而數十年所遭遇又拂逆鬱勃百出者耶！則其文之無可觀采也，明矣。」包世臣自編小倦游閣文集三十卷總目序

蓋詩心貴自得，無「依傍之陋」；而其途徑乃在於「績學敦行不怠倦，閱歷久而精進深」，然後「出於心，借於手，能以理明詞舉也」。周濟詩「拙於論議，以憨見尤」，介存齋詩自序蓋因其「識淺志未定，氣浮才轉粗」，自責五十二韻「績學敦行」「閱歷」不足也。

㈡ 詞：詞學白石主「巉刻」

「嘉慶初年是浙西詞派發展的一個重要轉折點，也是清詞發展的重要拐點。……浙派以糾明詞庸陋鄙俗興起，推崇『清空醇雅』『以刻削峭潔爲貴』，然『不善學之，競爲澀體，務安難字，卒之鈔撮堆砌，其音節頓挫之妙蕩然』，『人守其說，固結於中而不可解』。」劉深試論清代浙西詞派的重新分期，中南大學學報社會科學版二〇一四年第六期

這一點在周濟身上也有明顯的體現。介存齋論詞雜著：「吾十年來服膺白石，而以稼軒

爲外道，由今思之，可謂瞽人捫籥也。」這是周濟回憶嘉慶初年初學詞時期的追求，明顯受到浙西詞派推崇姜夔的影響。但周濟因嘉慶十年「舉進士，而不得意於有司。感慨悲憤，頗形於色」。董士錫周保緒詞叙明顯是拋棄了姜夔「清空醇雅」的一面，而喜歡上了「姜氏健舉巉刻之習」的一面。剪梅詞序

周濟詞辨序叙及甲子始識武進董晉卿時的感受：「晉卿年少於余，而其詞纏綿往復，窮高極深，異乎平時所仿效，心向慕不能已。晉卿爲詞，師其舅氏張皋文、翰風兄弟。二張輯詞選而序之，以爲詞者，意内而言外，變風騷人之遺。其叙文旨深詞約，淵乎登古作者之堂，而進退之矣。晉卿雖師二張，所作實出其上。予遂受法晉卿，已而造詣日以異，論説亦互相短長。」周濟此時於董晉卿所得者，皆周濟早期詞所缺者。

丙寅歲（嘉慶十一年），周濟詞「都爲三卷」。董士錫周保緒詞叙今味雋齋詞卷首菩薩蠻、浪淘沙、虞美人、洞仙歌、落梅、菩薩蠻六首詞，皆創作於甲子（嘉慶九年）結識董士錫以前，蓋其留存者。丁紹儀曰：「語云：『管得住身，管不住心。』又云：『丢了青竹杖，忘了弄蛇時。』皆俗諺也。教授衍爲虞美人後結云：『留住花枝，留不住花魂。』又云：『纔得春晴，都不記春寒。』讀之清雋輕圓，初不覺其意在諷刺。」聽秋聲館詞話卷十一周濟止庵詞此六首詞作能從「都爲三卷」的早期詞作中留存下來，顯然是因爲它符合了周濟後來的詞學追求。

周濟早年爲詞，切磋最密者爲周青：「（木君）每爲詞，則手其稿就余，隔别或三五日，未嘗

過十日，必一相見。」雲溪遺稿序「吾郡多詞人，木君足不出里門，概未之識，惟與余相切劘。」柳下詞序由此，我們完全可以將柳下詞作爲我們研究周濟早期的參照樣本。

周濟謂：「木君蹇於遇，居恒愁苦怨抑，恤然不可以終日，故其詞多酸澀之味，思力沈摯，求諸古人，往往而合也。」柳下詞序高熙謂周青詞「深得柳耆卿秘鑰。或憂怨憤懣，無所抒泄，悉寄之於詞，以寫其悱惻之意。時而抗聲入雲，則爲孫登之嘯；時而唾壺擊碎，則爲處仲之歌；時而酸辛擁鼻，則爲書生洛下之吟；時而幽抑拊心，則爲嫠婦孤舟之泣：蓋其天性使然，亦由處境所致矣」。高熙陸懷木君二公合傳

柳下詞偏愛衰敗、荒蕪、陰冷的冷色調意象，「以爲居恒愁苦怨抑，詞多酸澀之味，思力沈摯，求之古人，往往而合」，清蔣敦復芬陀利室詞話卷一周青柳下詞有「姜氏健舉巉刻之習」，而無蘊藉。周濟早期詞亦當如是。故甲子見董士錫之詞「纏綿往復，窮高極深，異乎平時所仿效，心向慕不能已」。詞辨自序

㈢ 文：文學陽湖有新變

周濟早期散文，可考的是作於嘉慶三年的區田議和孟氏義嗣記。

區田議曰「余弟儆昆生十二年矣」。據山溪周氏宗譜卷四之一大分五房世表上：「治，宗少公三子。字儆昆，號晦齋，太學生。生乾隆五十一年丙午四月二十日，卒於道光十年庚寅九月十七。」故此文初稿作於嘉慶三年（一七九八），道光十一年修改後以教授馮元燿諸子，後

收入介存齋文稿中。此文亦收入清葛士浚皇朝經世文續編光緒二十七年上海久敬齋鉛印本卷四十一，深合陽湖文派經世致用之旨。此文取法突破了桐城派「文統」的範疇，然無陽湖文派引駢文筆勢入散文、文風博雅工麗的特點，當是陽湖派漸趨脱離桐城派而尚未形成自身特色的過渡狀態。

相較之下，孟氏義嗣記更多的是通過議論的方式，據禮立義，來突出傳主的義行義德，尚不脱桐城樊籬。

（二）學習中的創新嘉慶九年（二十四歲）至道光三年（四十三歲）

1．甲子之變

嘉慶九年（一八〇四），周濟赴南京應鄉試，得交包世臣、董士錫。此後數年内，周濟的詩學、詞學觀念都産生了重大改變，創作亦由此面目一新。

㈠ 詞：瓣香常州尊詞體，「依喻深至」托「比興」

嘉慶九年（一八〇四），周濟「始識武進董晉卿。晉卿年少於余，而其詞纏綿往復，窮高極深，異乎平時所仿效，心向慕不能已。晉卿爲詞，師其舅氏張皋文、翰風兄弟。二張輯詞選而序之，以爲詞者，意内而言外，變風、騷人之遺。其叙文旨深詞約，淵乎登古作者之堂，而進退之矣。晉卿雖師二張，所作實出其上。予遂受法晉卿，已而造詣日以異，論説亦互相短長」。

詞辨自序董晉卿詞作及詞學主張，給周濟帶來震撼，「遂受法晉卿」，并在甲子至丙寅的三年内，與董士錫在詞學上相砥礪：「晉卿初好玉田，余曰：『玉田意盡於言，不足好。』余不喜清真，而晉卿推其沈著拗怒，比之少陵。牴牾者一年，晉卿益厭玉田，而余遂篤好清真。既予以少游多庸格，爲淺鈍者所易托。白石疏放，醖釀不深。而晉卿深詆竹山粗鄙。牴牾又一年，予始薄竹山，然終不能好少游也。」詞辨自序兩人「造詣日以異，論説亦互相短長」。我們將這段文字，與詞選序進行對照：「宋之詞家，號爲極盛。然張先、蘇軾、秦觀、周邦彦、辛棄疾、姜夔、王沂孫、張炎，淵淵乎文有其質焉。其蕩而不返，傲而不理，枝而不物，柳永、黄庭堅、劉過、吴文英之倫，亦各引一端，以取重於當世。而前數子者，又不免有一時放浪通脱之言出於其間。」相互間的傳承一目了然。

周濟與董士錫按照詞選開列的詞人名單，逐一對相關詞人詞作進行探討，并共同推動了常州詞派詞學理論的發展。董士錫爲周濟丙寅歲「都爲三卷」詞集所作的序，就是兩人詞學觀念的最新總結：

士不能出其懷，持以正於世，不得已而取其生平悲喜怨慕之情，發而爲文，以見其志，亦非君子之所尚矣。故曰：君子之道，修身以待命，正也；怨，非正也。雖然，將抑其情而不予之，遂邪；抑之不已，其氣慘黯而不舒，其體屈撓而不寧，而偏激躁矜之疾生。故君子之道，不引乎情，不可以率乎禮。蓋及其治心澤身之學既大成，其幾微過中之情，固可以漸而化之。然則吾徒俯仰一世，感慨人己，情之所發，跌蕩往返，固所不能自已者也。周子保緒工於爲詞，隱其志意，專於比興，以寄其不欲明言之旨。故依喻深至，温良可風。丙寅歲，都爲三卷，屬予叙之。夫予之言詞烏足以盡保緒哉？保緒往年已舉進士，而不得意於有司。感慨悲憤，頗形於色，既且釋然。予謂保緒鋭然以直道自任，未爲非也。君子之道，不以用舍類其志，不以逆順挫其氣。而况保緒年未三十，過不用，方以此增益其不能，又豈足爲怪？而人或且稱保緒，以其勇敢駿厲之氣爲可以風。夫保緒之學之有深淺得失，固宜與世共見之也。而豈在是哉？抑余之所以知保緒者，其有以異乎人也？讀其詞而有感於斯焉，故復論之。亦唯保緒自知之而已。（周保緒詞叙）

周濟對二張、董士錫等早期常州詞派詞學思想形成了較爲全面、系統的認識，由浙西詞派標舉姜張、專尚南宋詞，轉而瓣香五代、北宋詞；「詞者……變風、騷人之遺」，推尊詞體；推尊温庭筠詞情致深婉、「深美閎約」「旨深詞約」的美學風格。

更重要的是，周濟在創作中積極實踐常州詞派的「比興」理論：「隱其志意，專於比興，以寄其不欲明言之旨。故依喻深至，温良可風。」

蔣敦復謂：「蠹蝶蟫魚蝕故紙，所成形似，故名之。保緒先生爲作齊天樂云……寓意深遠，非淺人所能夢見。又有新竹、風竹、晴竹、雨竹四首，調倚長亭怨、疏影、南浦、高陽臺。比興無端，言有盡而意無窮，與時輩咏物，相去遠矣。」保緒咏物詞其中提及的疏影風竹：「亭亭嫋婀。料碧痕一餉，無此風調。日莫天寒，翠袖人來，無端却恨秋早。」此數句化用唐杜甫佳人：「天寒翠袖薄，日暮倚修竹。」以竹喻君子賢人。「幾許花須柳眼，一生盡付與，烟散雲渺。」化用唐李商隱二月二日：「花須柳眼各無賴，紫蝶黄蜂俱有情。」以「花」「柳」喻小人。又如湘春夜月滄州道中見女子鬻伎一詞，作於中舉後南返途中，此前周濟「以對策戇言抑置丙科」，似借鬻伎女子喻仕途漂泊無定之感。

㈡ 詩：上追六朝求詩心，言之務盡關治亂

嘉慶九年（一八〇四），「歲甲子，年二十四，（周濟）初交慎伯。慎伯曰：『子之詩質美而未學心。』怪焉。歸，盡棄所學，取舊作録存者千餘首焚之，始肆力于曹阮陶謝。」并從此「益自淬厲，求之六經三史，以期實用」。介存齋詩自序

包世臣的詩「心」説，一是遵詩教，致實用。答張翰風書：「事斯以來，歷年三五。師心所向，宗尚如斯，徒以見聞狹隘、材力怯薄，躬之不逮良用爲耻耳。竊謂先王治世之大經，君子淑身之大法，必以禮樂；而禮壞樂崩，來自近古，端緒僅存，唯藉詩教。夫言詩教於今日難矣。然而紀述必得其序，指斥必依其倫，禮也。危苦者等其曲折，哀思者懷其舊俗，樂也。凡所以化下風上，言無罪而聞足戒者，今之詩不猶之古乎？世臣生長孤露，早涉憂患，而能飭其領緣，勿邇奇邪，頗謂以詩自澤。言爲心聲，可意逆而得也。」

二是法六朝。答張翰風書曰：「宋氏以來，言詩必曰唐；近人乃盛言宋，而世臣獨尚六

朝；尚六朝者，皆以排比靡麗爲工，而世臣獨求頓挫悠揚以悒目送手揮之旨。」

三是績學敦行。「竊嘗謂古今人思力應不相遠，而古人成材多者，則以其績學敦行不怠倦，閱歷久而精進深，故出於心，借於手，能以理明詞舉也。後之人稍長，涉事則頹然自放。」自編小倦游閣文集三十卷總目序

四是貴自得，去「依傍」：「自是始專以一心求人情事理之原，有所得而達於詞，盡意則止。依傍之陋，漸就湔除矣。」自編小倦游閣文集三十卷總目序

周濟在得到包世臣「子之詩質美而未學心」的啓示後，進行了積極探索。

關於致實用，丁晏謂周濟「得徑包君世臣，以實事相切劘，屏去瑣碎，提挈要領，卓然爲通儒有用之學」。丁晏周先生傳

關於法六朝。推原周濟介存齋詩自序所述：「怪焉。歸，盡棄所學，取舊作録存者千餘首焚之，始肆力于曹阮陶謝。」似爲其自已領悟所得。包世臣斥六朝詩「排比靡麗爲工」而「獨求頓挫悠揚以悒目送手揮之旨」；周濟「於詩稱陶杜，然痛詆康樂謝」，符葆森國朝正雅集寄心盦詩話亦是斥「排比靡麗」而倡平淡自然。在詩歌美學的創作上，兩人似乎都不太成功。徐世昌謂包世臣「於詩文持議亦極精到，自謂『取法六朝，頓挫悠揚，手揮目送』。然其所自構，每關家國治亂，言之務盡。纖徐委備之體多，頓挫悠揚之指少。而敷陳指切，即友朋酬唱，輒以學術經濟相砥礪，要爲不苟作者。以視風雲月露之辭，固不可同日而語也。」徐世昌晚晴簃詩匯卷一百二十

包世臣周濟詩「乃似小倦游閣」。晚晴簃詩匯卷一百十八周濟「奇偉幽深，絶無叫囂甜俗之氣」。康發祥伯山詩話陶詩「一語天然萬古新，豪華落盡見真淳」，元好問論詩絶句「質而實綺，臒而實腴」，蘇軾與子由六首其五是絢爛之極的平淡。無論是包世臣的「纖徐委備」，還是周濟的「奇偉幽深」，都僅得陶詩之形，而未得其實。

閑庭：「閑庭有奇樹，作葉不作華。所恐花芳專，流蕩入鄰家。鄰家起高閣，窗寮結綺羅。主人岸巾坐，賦客一何多。但賦花婀娜，不賦葉婆娑。花開光照席，飛觴醉流霞。飛觴豈不樂，當奈花落何。」此詩嘉慶十年（一八〇五）初作於北京。明顯是化用古詩十九首庭中有奇樹：「庭中有奇樹，緑葉發華滋。攀條折其榮，將以遺所思。馨香盈懷袖，路遠莫致之。此物何足貴？但感別經時。」本寫一個婦女對遠行丈夫的深切懷念之情。此詩借助「所恐花芳專，流蕩入鄰家」，寫出了擔心落榜的忐忑心情。

2．嘉慶十七年：詩學、詞學思想的初步確立

㈠詞：常州詞派早期詞學理論的體系化和詞派思想的確立

周濟嘉慶十七年撰成十卷本詞辨，因「厄於黄流」，復於二十一年編成二卷本詞辨。王兆鵬認爲詞辨「實宋四家詞選爲之前身」。王兆鵬詞學史料學，中華書局二〇〇四年版楊伯嶺則將詞辨與介存齋論詞雜著區分開來，認爲詞辨是甲子年「受法」董士錫習詞成果的總結，「繼承張氏正變的痕迹也很明顯」；介存齋論詞雜著則是詞學獨立的標志成果，是由詞辨到宋四

家詞選的一個過渡。楊伯嶺渾化理念的門徑追尋——周濟的宋四家門徑論，文學前沿第十期，學苑出版社二〇〇五年版

誠如潘曾瑋詞辨序所言，「其辨説，多主張氏之言……其所選與張氏略有出入，要其大旨，固深惡夫昌狂雕琢之習而不反，而亟思有以厘定之，是固張氏之意也」。將詞辨視作宋四家詞選「之前身」是不恰當的；又因介存齋論詞雜著是對詞辨「稍稍追憶」而成，其主體仍一仍詞辨，將其與詞辨區分開來也是不合適的。

詞辨與介存齋論詞雜著於常州詞派的意義，首先在於確立了張惠言、張翰風—董士錫—周濟常州詞派詞學傳承譜系，并對常州詞派詞人早期詞學理論的系統總結和體系化。詞辨、介存齋論詞雜著於常州詞派的意義，還在於「正變意識開始減弱，門徑觀念却開始逐漸增强」。楊伯嶺渾化理念的門徑追尋——周濟的宋四家門徑論介存齋論詞雜著學詞途徑「初學詞求空，空則靈氣往來。既成格調求實，實則精力彌滿。初學詞求有寄托，有寄托則表裏相宣，斐然成章。既成格調，求無寄托，無寄托，則指事類情，仁者見仁，知者見知。北宋詞，下者在南宋下，以其不能空，且不知寄托也。高者在南宋上，以其能實，且能無寄托也。南宋則下不犯北宋拙率之病，高不到北宋渾涵之詣。」介存齋論詞雜著

值得注意的，一是在張惠言「比興」説的基礎上，周濟提出了「寄托」説；二是周濟極大抬高了周邦彦的詞史地位：「美成思力，獨絶千古，如顔平原書，雖未臻兩晋，而唐初之法，至此

大備。後有作者，莫能出其範圍矣。」介存齋論詞雜著周邦彦詞

創作中也有意識地摹擬清真渾厚之風：「清真六醜一詞，精深華妙，後來作者，罕能繼縱。獨保緒賦楊花詞，用其調云……此詞精思妙緒，宛轉環生，片玉家風，洵乎未墜。其聲律謹嚴處，可謂字字從華嚴法界中來。」蔣敦復芬陀利室詞話保緒賦楊花詞

拜星月慢寄申耆：「艷委雅鬟，渦生梨頰，淺笑輕顰雙絶。愁裏逢伊，又霜寒如織。問眉膴、可是章臺帯雨初見，楊柳青青時節。半晌偎人，背銀缸低説。絮因風、萬點紅香滅。萍隨水、一片烟波隔。那更繞樹啼鵑，向晨星凄咽。恨羅裙、路草同顔色。琵琶語、怎展丁香結？但祝取、夜夜姮娥，照天空海碧。」詞嘉慶十八年作於蘇州，爲寄贈李兆洛之作。詞借咏柳，似抒發思念友朋之情，又似抒發年來如柳絮隨風、浮萍逐水般漂泊無定之感；而詞最末一句「但祝取、夜夜姮娥，照天空海碧」，又似抒矢志不渝之志。「寄托」深遥。

㈡ 詩：詩學亮林面目新

介存齋詩自序曰：「閲七年，壬申讀亭林詩，忽有得，面目爲之一變。則向之所已學者，時時流露於行間，而最喜少陵矣。」

包世臣讀亭林遺書謂：「亭林之詩……言必有物，風雲月露不得涉其毫瀋，是則所同也。」周濟亦推重亭林、杜甫「詩史」的實録精神，認爲「少陵非好唫，哀憤無所訴」。詩卷二漫興創作了大量反映現實生活的詩歌。其代表作就是深刻反映了嘉慶年間天理教起義時山東、河北、河

南一帶社會現實的新樂府組詩：「冀詳知民疾苦，得告當道，非有意爲詩也。賊既平，始追憶所聞見，述而録之。著於篇，訊兵事者舉以告，異乎郵傳之荒唐，質于文移之藻飾，以俟采風者得焉。」陸繼輅在周教授自山東寄示近詩書後評周濟此一時期詩歌：「不見周郎又五年，却從客裏聽朱弦。此才竟以詩人老，記事聊同野史傳。略繪流民樵鄭俠，直圖宿將上凌烟。卷中序劉都傳請戰績尤詳。草茆共有旁觀淚，一掬何因灑九天。」

顧炎武的詩歌，除了「内容多記述明清之際的史實，具有較高的史料價值」，「在藝術表現方面，喜用典故，語言簡樸古雅，呈現學者本色」。章培恒、駱玉明中國文學史第八篇清代文學第一章清代前期的詩詞文第一節清代前期的詩歌一清初詩壇，復旦大學出版社一九九六年版

周濟紀事二十韻歷述漢通大夏以來中外交通故事，以諷清王朝的對外交往現狀。雜賦九首示確叔，兼寄犀台老兄体現了「喜用典故，語言簡樸古雅，呈現學者本色」的特點。

3. 道光三年：作品的第一次彙刊

道光三年，四卷本介存齋詩、一卷本存審軒詞刻成，周濟皆自序之。

㈠ 詩：詩學理論體系成

道光四年，周濟西游安慶，貽陸繼輅新刻介存齋詩。陸作於役皖江湖舟雜感，述讀詩之感受：「周郎濟貽我一卷詩，舟行不聊日諷之。馬中赤兔人中布，追及烏輪氣猶怒。有時大戟化作針，柳絲花朵横羅襟。珠歌翠舞酣長夜，一夢還家苦無暇。有時熱淚接春潮，萬弩排江不能

射。」謂周濟詩才卓絶，風格多變，或摧剛爲柔：「有時大戟化作針，柳絲花朵橫羅襟。」或狂放不羈：「珠歌翠舞酣長夜，一夢還家苦無暇。」或悲壯慷慨：「有時熱淚接春潮，萬弩排江不能射。」

其作於嘉庆二十五年論詩是詩歌理論的系統闡述：「建安風格最深沈，蘇李河梁有嗣音。法物何能免殘缺，餼羊珍重聖賢心。」「雅音漢魏六朝風，詩到貞元變已窮。特地昌黎盤硬語，別將文格逞清雄。」「韓白登壇萬將降，孫吴節制漸消亡。宋人疏縱元柔靡，鮑老何須笑郭郎。」「頭巾世界談風雅，七子艱難衆未知。讀破中州詩數卷，借他王李作鬚眉。」此數首是對古詩十九首至明代七子詩歌發展史簡要評述。如「綺語都從妙悟來，抽青妃白亦奇才。就中我獨嫌山賊，瓦狗多多範一胎」重獨創。而「町畦脱盡即町畦，萬事須防覺後迷。古月今人偶相照，天機合處水分犀」戒爲創新而創新。

介存齋詩序曰：「嘗學書，知用筆内外、使轉、方員、垂縮，無不以騰擲出之，因用爲詩筆。嘗學詞，比興互用、内心外體、棄單取複、排陰比陽、沈激要眇，因用爲詩聲。拙於論議，以憨見尤，及其持久，咸謂樸誠，因用爲詩心。詼諧微辭，每出風致，謔而不虐，聞者頤解，因用爲詩趣。貧女辭室，悍夫詈街，名士放浪於杯盤，軒冕促刺於遷擢，醜伎炫服而臨鏡，枯僧垂眉而唪經，每見之，必噱之，因用爲詩戒。然而境有感觸，心所郁陶，粗者、豪者、艷者、幽者、怨者、激者、佚蕩者、如不足者、繁瑣曲折者、徑行自遂者，皆不得免焉。和平之音，百不獲一。與其亡而惜之，不若存而悔之。其人、其時、其事、其心，往往而在，毋剿説，毋雷同，若是則已矣。傳歟否歟，傳之廣歟不廣，久歟不久，余烏乎知之？自古在昔，先民有作，亦且有自知之者乎？」論詩與介存齋詩序合觀，周濟早期詩學理論，可窺提出詩筆、詩聲、詩心、詩趣、詩戒等概念。全豹。

這些詩論，在四卷本介存齋詩中有部分體現。如留別山居花木中桐、牡丹皆托高潔之性。隋舍利塔石刻象咏畫與咏境、畫筆與詩筆交融。又如瓜洲早發：「心事登樓賦，行程上水船。露蒸初出日，山擁乍寒烟。塔影金鰲失，江聲玉壘傳。論才懷楚蜀，輕薄戒詩篇。」詩用王粲登樓、楊意不逢、「論才懷楚蜀」典出唐駱賓王幽縶書情通簡知己：「昔歲逢楊意，觀光貴楚材。」晉張華輕薄篇三典，「比興互用」「沈激要眇，因用爲詩聲」，寓不遇之嘆。畫杉樹歌「用筆内外、使轉、方員、垂縮，無不以騰擲出之，因用爲詩筆」。

㈡ 詞：壯志難酬思歸隱

嘉慶二十二年至道光二年，周濟主要從孫玉庭緝私鹽，詞作只有廖廖數首。至道光二年所作之詞，多抒歸隱之意。

如少年游桃溪游湖上，喟然曰：「此間堪老，惜少美人與明月耳！」詞以調之：「風荷轉午，良蜩散韻，竹院試煎茶。舊雨停雲，故人今日，千里共浮查。陰陰樹色連隋苑，何處認宫斜？明月陰多，美人夢短，可惜好年華。」人生困蹇、壯志難酬，詞人「惟草木之零落兮，恐美人之遲暮」的不遇之感赫然紙上。

（三）轉折中的定型道光四年（四十四歲）至道光十一年（五十一歲）

道光四年（一八二四）至道光七年（一八二七），周濟「歸來故人招渡江，竹西脂處心難降。況復中年縱聲色，狂歌痛飲窮留連。信陵豈有宗國恨，尉遲誤證三車禪。月盈日出如跳丸，歲復一歲虛棄捐。黄金揮盡狎客散，聚鷁不復能成冠」。五十自述這也是周濟創作的沉寂期，創作廖廖無幾。

道光八年，周濟寓居金陵之春水園閉門著書。至九年，周濟的興趣在小學、經學：「讀經先識字，讀史先披圖。拾級乃漸進，扞格姑徐徐。」自責五十二韻於九年前後，著成説文字系、韻原等；十年、十一年，以鹽務等經世問題爲中心，先後作有鹽法議一、鹽法議二、淮鹾問畬等；十一年底，開始轉向史學，至十二年先後著成味雋齋史義、晉略。

道光八年、九年，文學創作漸盛。至道光十年、十一年，周濟迎來文學創作和學術著述的高潮。

㈠詩：文章縱横鬱奔雷

蓋因立功無成，道光七年周濟寓居春水園，退而著書：「願得十萬金，當置義倉、義學，贍諸族姻，并置書數萬卷，招東南士友之不得志者，分治經史，各盡所長，不令旅食干謁廢學」，「所志皆恢闊難就」，魏源荆溪周君保緒傳心中難免有磈壘，發於詩中，故「文章縱横鬱奔雷，磈壘須澆酒百杯」。徐漢蒼蕭然自得齋詩集光緒丙子夏日刊本卷五喜周保緒濟教授過訪，即送其大梁之行

「縱横」之氣，於比興中寄之。答莊福持見贈曰已「少年意氣何浮動」，雖有「蒼莽修期露布才，優游立本丹青俸」，終「樗櫟生來是散材，縱得干霄豈梁棟？往事虛慚氣食牛，新知實願門題鳳」。斫木鳥：「黄衫赤褌黑雨當，猛如勇士赴敵場。蠹深樹大窟穴巧，書符禹步勞徬徨。千聲萬聲嘴流血，啄不出蠹終不歇。若云一飽亦易求，滿眼蜻蛉與蝴蝶。君不見，屈軼指佞生帝庭，又不見，觸邪解廌軒轅迎。瑞獻神遺各有主，勞爾空山竟何補？」斫木鳥「若云一飽亦易求，滿眼蜻蛉與蝴蝶」「啄不出蠹終不歇」的執著，結果却是「勞爾空山竟何補」的無奈，實是周濟的自況。

「縱横」之氣，於「經綸」中寓之：「高甥學詩已窺門，所苦力薄無經綸。戌函筮典豈僻遠，且探月窟窮天根。不然白戰多苦辛，蹂以鐵騎僵且奔。一心運用萬人敵，古來兵法徒紛紜。」答從甥高維熙質留别且爲説詩詩有經綸猶如「萬人敵」，「戌函筮典」之用典，「月窟」「天根」之描摹狀物，「白戰」體的講究聲律，等等，諸般技巧，均「徒紛紜」。注重經綸，最突出的是創作了紫芝本憂也、武皇戒荒也、狡夷閔俗也、紫囊戒武臣也、盲風閔孤役也、靈禽傷遷也、蠕憂不肅也、卜居悔不歸也、螘螘之白望澤也、有虎刺奉法縱暴也、泛彼南浦懷故舊也、棱棱江山戒比也等

騷體詩，抒發自己的政治理想和抱負。

「縱横」之氣，於酬贈中消之。周濟此時酬贈類的娱賓遣興的詩歌增多。道光八年至十一年創作的詩歌中，相當比例的詩題中有「酬」「贈」「答」「送」等字眼的酬贈詩，以及與同好游賞的紀游之作。此外尚有爲數不少的題畫詩，如題王生元華松壑聽泉圖、歸雲堂題贈崇律上人、集園見示群龍戲海卷子、陳素庵檢少年時畫幅，索同人題咏，爲題兩幅、題張仲立穜蕉學書圖、題荔庵徐漢蒼修竹吾廬卷子、與隱山合作雲山小幅贈集園、題郭恕先清江白屋圖、集園見所贈隱山長卷，詫曰：「吾亦有生日，安可無畫？」因作册并繫詩録二首。在酬唱、游賞、題簽中，消解心中的不平之氣。

㈡ 詞学：百年常州關鍵開

道光十二年，周濟編選了宋四家詞選。朱庸齋謂其於常州詞派的意義：「常州派，張惠言首創其端，以尊體爲論，陳義甚高，然詞選但以温韋爲極則，而途徑、系統未甚分明，不知從何下手。是以周濟倡四家之説：『問塗碧山，歷夢窗、稼軒，以還清真之渾化。』此即後人學詩，或從義山學杜，或從江西學杜，或從後山學杜，其理一也。」分春館詞話卷一誠爲的論。

詞學極則去温韋，蓋因其「長沙地小，不足迴旋。能者可自得之，不能者不能强也」。宋四家詞筏序主清真之「渾化」，清真被抬高到詞家老杜的地位，詞學門徑、系統由詞辨學詞途徑雜取南北詞之長的泛論，發展爲「問塗碧山，歷夢窗、稼軒，以還清真之渾化」「是爲四家，領袖一代；餘子犖犖，以方附庸」宋四家詞選目録序論的具體而微，循此途，「專精一二年，便可卓然成家」；宋四家詞選目録序論「每變而益上，梯焉而空青折，航焉而石華采，豈僅以八音繁會，方丈列前，與世俗競豪舉哉」！宋四家詞筏序

由詞有無「寄托」説，發展爲「非寄托不入，專寄托不出」的「寄托出入」説。這「既是他汲取傳統藝術精神推尊詞體的反映，也是他對詞體本色性的一種解讀，更是他社會關懷心理的折射。從某種意義上説，驚采絶艷的屈騷以及美人香草的寄托性，與婉麗深窈、借閨怨寫幽思的詞體外在形式具有直覺上相似性。基於此，詞家通過興寄托物的聯想，詞體那種曲折深微、耐人尋味的感發特質，便極易於用來傳達亂變時代的心靈情緒及感受。原本以經世致用自負的周濟，又恰逢内憂外患的嘉道衰世，他那濃鬱的社會參與意識和救世激情，便通過借助『寄托』説得以呈現。他的詞史思維即是他以寄托説詞的一個有效途徑。總之，寄托説是周濟一以貫之的詞學主張，在詞辨時期，他已把『可馳喻比類』作爲選詞的重要標準；在雜著中，在反思張惠言比興觀基礎上，發展爲寄托有無説；到了宋四家詞選，則總結爲寄托入出説。在某種程度上，周濟確實把比興寄托當作詞體體性的本色存在，有了比興寄托，『入人爲深，感人爲速』的詞體，才能具有流連往復的特性，方能發揮出『平矜釋躁、懲忿窒欲、敦薄寬鄙之功』」。楊伯嶺渾化理念的門徑追尋——周濟的宋四家門徑論

㊂ 文：文學陽湖特徵顯，小傳文章開新面

介存齋文稿二卷及淮鹺問畣。大體作於道光九年至十一年間。所收文大體可分爲三類：

淮鹺問畣、鹽法議一、鹽法議二、井田議、葬議、嫁議、肉刑議、六安答問皆緊貼當時社會現實立議，所據多采「文統」以外之子史百家，淮鹺問畣等經濟學的推理方法，深得陽湖文派之文法。原情、原識、原略、原度、原幾、原才、原直諸篇，亦兼取經史百家。

説文字系序、説文韻原序、六壬畢法總鈐序、雲溪遺稿序、玉玲瓏館詩集序等序文，基本契合了陽湖文派「瓌辭樸學」的流派特徵，語言也駢散結合，博雅工麗。

宋隱山傳、小牛傳、賈節婦傳、林蘊琪蘊珩兄弟家傳、族曾族節庵公譜傳、文學高森榮墓表等傳記文，叙議各半，史傳文學面貌已基本具備。族祖綬章公譜傳中，周濟對應舉歸來兩人酌於花前的細節描寫，聲情并茂，真摯感人。

(四) 傳統的回歸道光十二年(五十二歲)至道光十九年(五十九歲)

道光十二年，因在鹽業問題上與陶澍意見相左而交惡，周濟「罷邗上鹺業，僑寓金陵」。周儀暐夫椒山館詩存清道光二十七年味塵軒刻本卷二十申耆同車圖「董生覃粹賈生哀，一種經綸付草萊。嘆絶義興周射虎，交衢水曲亦奇才。保緒近罷邗上鹺業，僑寓金陵。」復於道光十五年，賃春水園，再任淮安府學教授，詩卷七前在黄元和許得慎伯所留詩卷，既以言别，復見酬和，舟中反覆至於數四。久雨乍晴，夜睹光景，結轄萬感，遲見伊人：「我今罹大患，患復爲人師。」「莅任四載，折節爲儒者，興雅樂，舉節孝」，清邱沅修、清段朝端纂宣統續纂山陽縣志民國十年刻本卷五其時周濟「沖夷如也，無復少壯時態」。魏源荆溪周君保緒傳十九年七月初，周濟病逝漢上。這是周濟回歸傳統書齋學者的時期。其創作思想和創作成就，主要體現在止庵遺稿和晉略中。

㈠詩：「奇偉幽深，絶無叫囂甜俗之氣」

符葆森謂周濟「慷慨往復數十載，短歌痛苦成文章」。符葆森寄鷗館詩集卷六聞周介存濟夫子解綬南歸歲晏立春，雨雪不已，感念存殁，自慰索居，各序之云爾十六首其五謂包世臣「晚計托彫蟲，與世趣亦殊。遥遥五百年，其後逢唐衢。把卷一流涕，安知非故吾」，亦是謂己也。周濟謂「士不歷憂患，無爲貴詩書」。贈王斗垣德魁茂才并序相較於前一時期的「縱横鬱奔雷」之氣，周濟「沖夷如也，無復少壯時態」。反映在詩歌中，正如康發祥伯山詩話所言，「荆溪周保緒濟學博止菴詩奇偉幽深，絶無叫囂甜俗之氣」。

相較於前一期「縱横」之氣横溢，此一時期，詩中對現實的批判、對個人遭際的不甘，看似平淡，實際更爲深刻。

立春十日，庭雪盈尺，因成小山，起伏可玩。復摘檐牙冰箸百十有二枚，叢爲寒林，邀友人同看：「詞賦相如勞狗監，功名元載艷冰山。」才高如司馬相如者，若非有幸得到狗監楊逢意的舉薦，亦只能「撫凌雲而自惜」；功名顯赫一時的元載，却如堆雪而成的冰山一樣，轉瞬消解。寫景、用典與人生之感融爲一體，誠可謂「奇偉幽深」而「絶無叫囂甜俗之氣」。

又如贈王斗垣德魁茂才并序：「士不歷憂患，無爲貴詩書。饑食溺則援，痛若憯在膚。肫肫王斗垣，説灾淚如珠。我亦憂患人，其口三緘諸。因君不得默，復繪監門圖。圖成復誰看，啜泣西山隅。爲母哭其子，爲妻哭其夫。乞活中道捐，期盡不須臾。兹山當我窗，昔者完白廬。完白乾嘉豪，大筆斯冰徒。太息我生晚，斯人今則無。問鄰得斗垣，死色乃更蘇。乾坤蘊真氣，其發百態殊。安能金與錫，鎔液同一爐。皓皓白日斜，垂垂堤柳疏。由來助感慨，翻在淑景舒。願天長陽春，春長無死人。」「肫肫王斗垣」至「期盡不須臾」，述己與王斗垣「説灾」而「不得默」。「兹山當我窗」至「鎔液同一爐」，蕩開一筆，述己與王斗垣探討完白書法。「皓皓白日斜，垂垂堤柳疏」，謂兩人相談甚歡，不覺日暮，回到現實。「願天長陽春，春長無死人」，把「無死人」寄托在「願天長陽春」上，對當地地方官員的批判藏於其後。

又如禹王臺鐵樹歌和安儀莊都尉述自大禹以來治淮的歷史，最後一句「會當摧汝爲薪蒸，已見吴剛磨玉斧」，實暗寓對當時治淮新政廢棄歷來成功經驗的批判。其他如「美人側聽凝黛愁，東鄰行樂何時休？西鄰昨夜深雪裏，一十三人相抱死」（東鄰「隆冬祈瑞雪，三白庶心喜。誰知枵腹人，先坐寒凍死」，述哀則承襲杜甫「朱門酒肉臭，路有凍死骨」的手法，以强烈的對比，寄寓自己的批判。

㈡詞：晚節漸於詞律細，老大工夫意轉初

道光十二年冬，蓋「近世言詞者多謹嚴」，周濟「懼其逐流而忘源也」，故「擇調二百有奇，反覆吟諷，而協之於喜怒哀樂」而作詞調選隽。詞調選隽序「擇調」以「協之於喜怒哀樂」外，周濟還根據情感表達的需要，進行「改調」：「詞律於此調多脱字未補，分句亦參差未確，賦此正之。」玉京秋春乍去序，國朝詞綜補本還根據情感表達的需要，自創新調：「階下秋海棠爲群鷄所殘，檢得一株，僅存半葉，手加培植，製曲弔焉。」惜秋芳

周濟將詞律理論創新的成果，應用到創作實踐中：一方面在新創作的止庵詞中嚴守詞律要求，一方面對收録舊作兩卷本存審軒詞詞律進行較大的修訂。

除了編選詞調選隽，周濟還有意識地以教授生徒等形式，擴大詞律理論創新成果的影響：「叔安每過春水園，共談聲律，屬作填詞圖，圖成繫此。」六州歌頭在周濟的影響下，陳宇極爲注重詞律。丁紹仪國朝詞綜補例言：「前人選詞，遇有白璧微瑕，輒爲點竄，任臻完善。……僕自揣無能爲役。曾以初本就正陳叔安大令宇。大令工倚聲，審律尤細，爲周保緒教授入室弟子。承費半歲力，一詞一句稍有未協，黏籤商搉。」

對詞律的重視，是周濟對常州詞派「以立意爲本，以叶律爲末」蔡嵩雲柯亭詞論而造成創作中聲律上的短板，展開的探索。常州詞派詞人非不能爲聲律也，如采桑子題潘湘雲小影，有序小序曰：「憶余與眉峰嘉慶丙寅晤蘇門之夏侯橋，眉峰飲余酒。酒半，嬌女出見，右鬌方扆，肩

齊於案，捉桃花畫扇，乞余題詩，許之。將下筆，則曰：「否，須三江全韻。許之，則又曰：『否，須隨指隨押。』余大笑，先命巨觥，連十釂，然後如言爲之。既成，笑謂眉峰：『賴醉不自知顔厚，若在醒治，必爲孺子所困。』眉峰亦大笑。」周濟作於嘉慶十九年的咏楊花名篇六醜「向濃陰翠幄」，就被蔣敦復譽爲「其聲律謹嚴處，可謂字字從華嚴法界中來」。蔣敦復芬陀利室詞話保緒賦楊花詞其「重意輕律」蓋爲救浙西詞派「重律輕意」之弊。

然至周濟創作宋四家詞選、詞調選雋時，「此時的浙西詞派及其追隨者中有很多人在進行自我調整，在謹守聲律的基礎上開始重視詞中意旨」，常州詞派内部如宋翔鳳等亦對「重意輕律、意律分離」等不足作出反思和彌補，「派内派外的這些聲音和變化，使得周濟認識到：如果常州詞派還像創派之初那樣爲了糾弊而忽視詞律，必然導致整個詞派在理論與創作上的偏差越來越大」。「從編選詞辨到宋四家詞選、詞調選集這二十年間，周濟不斷反思自己的創作和理論，不斷探尋在詞體創作中運用比興寄托之邊界，最終認識到：『古之歌者，一唱而三嘆，一唱者宣其詞，三嘆者永其聲，是以詞可知而聲可感。詩之變爲樂府，樂府之變爲詞，其被之聲而歌，播之管弦，未有不如是者也。姜夔最爲知音，自譜其詞，皆一字一音。』這意味着周濟樹立起了詞爲聲學的觀念。」「周濟詞律觀的轉變不僅使其創作與理論得到完善，擴大了他與不同理論者之間的交集，而且開創出常州詞派的重律傳統，將整個詞派帶入到内容與形式相統一、意旨與聲律并重的新境地。詞體也因自身的歷史價值與審美價值得到全面彰顯而真正獲得推尊。」「這正是常州詞派自周濟以後能籠罩詞壇近百年之關鍵所在。」曹明升、沙先一周濟詞律觀的轉變及其詞學史意義，文藝研究二〇一九年第二期

詞律更加謹嚴之外，周濟詞作還出現了新變：

一是以學問爲詞。以學問爲詞的表現之一，就是以詩爲詞。有在詞中紀實者：「校周保緒濟介庵詩詞，多常州耆舊軼聞。湯貞愍官樂清副戎，引疾歸，寄保緒春水園。貞愍暨其配雙湖夫人，俱擅丹青，有畫梅樓雙照。保緒爲題浣溪沙詞，有『暗香雙護玉樓人。旁人剛道是梅魂』之句。貞愍奉命弋捕，改道士裝入羅浮，經月乃出。既罷，寫其裝爲琴隱圖，琴隱圖所由名也。又有十二古琴書屋填詞圖。張翰風初名翊，改名與權，後定名琦。陸祁生故宅，有龍蛇影外風雨聲中之軒，庭中古檜二，後燬於火。」況周頤蕙風詞話續編卷二周濟介庵詩詞有以詞詠史者。蝶戀花序曰：「道光十有一年，歲在辛卯，五月三日，燕子磯風，讀史感賦。」有在詞中用典、發議論者：「才人厮養君休問，猿臂難封。幾輩英雄。曾到閶吴畫本中。」采桑子題潘湘雲小影，有序以學問爲詞的表現之二，就是以賦筆寫詞。渡江雲楊花：「春風真解事，等閒吹遍，無數短長亭。一星星是恨，直送春歸，替了落花聲。憑闌極目，蕩春波、萬種春情。應笑人、春糧幾許，便要數征程。冥冥。車輪落日，散綺餘霞，漸都迷幻影。問收向、紅窗畫篋，可算飄零？相逢只有浮萍好，奈蓬萊東指，弱水盈盈。休更惜，秋風吹老蒓羹。」「前人咏楊花，大多可憐她的飄零際遇，而爲之一掬同情之淚。此詞咏楊花，偏以豪壯語出之，『蕩春波萬種春情』，

就是顯例。下片的『冥冥』『落日』，是寫暮景。於是提出楊花歸宿的問題：一種是『收向紅窗畫篋』，一種是隨浮雲飛往蓬萊仙山。作者對前者表示疑問，對後者望洋興嘆。結語用張翰思蒓羹故事，咏楊花還是咏人，要讀者善自領會。」夏承燾、張璋編選金元明清詞選，人民文學出版社一九九七年版

二是詞的交際功能增强。表現之一，就是大量創作咏物詞。水龍吟白蓮序謂「昔歲閲樂府補題，曾追和宋人此作。今歲寓漢上自在庵，韻禪相從學詞，偶拈此題，賦尉遲杯一闋，戲復爲此，得勿嫌蔬笋氣耶？」水龍吟白蓮月臨千傾玻黎蓋即昔歲「追和宋人此作」，時當道光十三年夏。作於此詞前後的大聖樂去年九月，陶谷贈晚荷，因乞其藕，小池見葉，戚氏春夏之交，雜花競發，淡姿静色，惟籬上鐵綫蓮久而弗渝，零落感賦、揚州慢鴿鈴等諸詞，蓋皆摹擬樂府補題的咏物之作。

表現之二，就是酬贈之作多。如春雲怨題梨花白燕圖，爲柔吉夫人作、迷神引秋鶯。和佩蘘、摸魚兒移蕉。和蘇姬佩蘘、湘春夜月再和蕉别、鳳簫吟又和蕉答、金明池同人皆用此調作前題，余亦繼聲等。

表現之三，就是游戲之作的出現。如高陽臺閨人賦瓶中梨花，有「海棠偏睡伊偏醒」之句，戲賦此解，爲海棠解嘲：「不爲酣春，非關中酒，生來只喜高眠。澹到無香，何須更説嬌妍？人間一例風和雨，看濛濛、吹滿空烟。漫因他、榮落無憑，錯恨啼鵑。先生便腹能攤飯，但紅

燈青史，坐對嬋娟。多少升沈，都隨蝶化翩翩如今試問窗前月，一番番、圓向誰邊？任伊將、醒眼看儂，儂睡依然。」

無論是對詞律的重視，還是以學問爲詞、詞的交際功能增强，都是對文人詞傳統的回歸。

㈡ 文：議論文章入常州

周濟最爲人所稱道的，乃是史論類的文章。此類文章多「抉摘時俗髓，清言故滔滔」。讀歸潛志「以寓平生經世之學，借史事發揮之。遐識渺慮，非徒考訂，筆力過人。」魏源荆溪周君保緒傳「攄懷舊之蓄念，發思古之幽情，體例精精，因而實創，雖述舊文，直同作者。以是爲止安之書云爾，非好學深思、心知其意者，未能讀是書也，豈屑屑與貞觀書較絜短長哉？若夫考證秘文，鈎稽佚事，則今之學子優爲之，又非止安之屑也。」丁晏周保緒晉略序 姚椿晉略書後謂晉略的「論述多用駢偶，仿佛于令升諸家，此效兩晉文體，然不足深訝」。清屠寄國朝常州駢體文録清光緒十六年廣東刻本卷二十四收録晉略甲子表叙、州郡表叙、割據表叙、傳玄傳咸列傳論、會稽列傳論、孫盧列傳論、成漢國傳論、漢趙國傳論、隱逸匯傳叙、序目等十篇。止庵文中的老氏論上、老氏論下、六代論、創業論、灾異論、樂論等諸篇亦同此類。

而止庵文中史傳類的文章，最具特色。相較於介存齋文稿中的人物傳記，止庵文所傳人物，個性更加鮮明：或有奇才，如田鈞之於理政安民，田鈞傳 江之桐之於兵事拳術，江之桐傳 楊臯蘭之於水利；楊臯蘭傳 或有奇行，如董小狂；董小狂傳 或有奇德，如汪鈞、汪鈞傳 田先生 鄭郇田先生碣陰記之至孝，傳之奇之惠衆；傳之奇傳他们大多沉淪下僚，不得一展才能，與周濟有近似的人身遭際。周濟更多地運用史傳的筆法，通過叙述和描寫，展現他們的才能和品行，與他們的人身遭際形成反差，使人們在這種對比和反差中爲他們一掬同情的淚水。

（五）小結

周濟的文學自覺意識、創新意識較爲突出。他在學習和創作實踐中形成初步的文學理論，并在創作實踐中不斷驗證、發展自己的文學理論，進而推動自己的創作；最後將理論和創作創新的成果，與相關文體的傳統，有機融合。他是一個理論意識先行且富有理論創新精神和能力的文人，也是一個創作能力落後於理論創新能力的文人。

周濟的文學流派意識較爲强烈。他通過教授生徒、友朋唱和砥礪、編纂文學選集、整理作品等諸多形式，有意識地擴大理論的影響力，不斷壯大流派隊伍，共同推動流派理論的發展和創作水準。

諸體中，周濟的詞學理論最爲豐富，創作特色最爲鮮明，影響也最大；詩學理論上亦有相當的探討和創新，創作特色不够鮮明；文的創作上，用力不多，更多的是師從陽湖文派的散文和常州文派的駢散結合的文風，史論類和史傳類的文章成就相對較高。

五、凡例

(一)底本選取

本集收周濟文、詩、詞;淮鹺問畣因曾入介存齋文稿,故收入文中;味雋齋史義、折肱録向來單行,故不入此集。整理文獻,當備羅諸本,然鮮有克竟者。冀他日有大因緣,以補今日之憾。現就文、詩、詞各部分卷及底本選取、參校各本分述如下:

1. 文

介存齋文稿部分爲文卷一、卷二,因求志堂存稿彙編兩卷本介存齋文稿編排體現了周濟的編撰思想,且收文較全,故以其爲底本,參校國家圖書館藏求志堂存稿彙編一卷本味雋齋文稿、一卷本介存齋文稿,清沈粹芬、黄人國朝文彙乙集清宣統元年上海國學扶輪社石印本卷六十六,清葛士濬皇朝經世文續編光緒二十七年上海久敬齋鉛印本,卷四十一、五十、六十九山溪周氏宗譜卷七,清徐漢蒼蕭然自得齋詩集光緒丙子夏日刊本卷首等。

淮鹺問畣部分爲文卷三,以求志堂存稿彙編本淮鹺問畣爲底本,參校國家圖書館藏求志堂存稿彙編一卷本介存齋文稿、清葛士濬皇朝經世文續編光緒二十七年上海久敬齋鉛印本卷五十一。

止庵文部分爲文卷四，以國家圖書館藏抄本止庵遺稿本爲底本，參校常州先哲遺書後編本止庵文、國朝常州駢體文鈔卷二十四、清丁晏原輯、周桂峰點校山陽詩徵陝西人民出版社二〇〇九版卷三十二汪柱、美國國會圖書館藏頤志齋詩草抄本周濟序、清丁晏頤志齋四譜道光癸卯孟冬刊本周濟序等。

2. 詩

介存齋詩部分爲詩卷一至卷六，以清代詩文集彙編本介存齋詩六卷本爲底本，參校求志堂存稿彙編六卷本、國家圖書館藏「維揚磚街青蓮巷內柏華陞刻」四卷本、國家圖書館藏求志堂存稿彙編本六卷本介存齋詩、民國徐世昌輯晚晴簃詩匯民國十八年退耕堂刻本卷六十三、清張應昌清詩鐸卷五農政、澤農謠等；

止庵詩部分爲詩卷七，以常州先哲遺書後編本止庵詩爲底本，參校徐世昌輯晚晴簃詩彙民國十八年退耕堂刻本卷六十三等。

3. 詞

味雋齋詞部分爲詞卷一至卷二，以國家圖書館藏求志堂存稿彙編本爲底本，參校求志堂存稿彙編本二卷本存審軒詞、清名家詞本味雋齋詞、國朝常州詞錄卷三十一、國朝詞綜補等；

止庵詞部分爲詞卷三，以國家圖書館藏止庵遺稿抄本爲底本，參校常州先哲遺書後編本止庵詞。

（二）録文

所録文字，原則上一依所據底本，不强求統一；偶有冷僻者，改用其規範字形。

（三）繫年

考訂作品所作時地，間及重要歷史事件。

（四）校勘

㈠ 避諱字徑改；

㈡ 因手民之多、少筆劃且顯見者，徑改；

㈢ 因底本漫漶致缺筆劃者，徑改；

㈣ 諸版本間異體字，除涉及人名、地名等專有名詞外，原則上不出校；

㈤ 總集、別集等録存部分作品，參校時，一般在各篇校勘中予以説明。

（五）注釋

㈠ 較之於文，詩、詞字句多簡省，不注、少注易致誤讀、難讀，故注釋詳於詩、詞而略於文；

㈡注釋詳於人名、地名、典章制度，他者從簡；人名、地名中，冷僻者詳；

㈢釋詞者，先釋文，後引證，多參漢語大詞典成説；

㈣用典者，先引文，後略述其意；

㈤多處用同一典者，或以首見，後均以參見；或以正文記載其人事最詳者，其他處爲參見；

㈥詞頭：原則上一詞頭一注釋；

㈦注釋標號：

甲、注釋一句中部分文字者，標號在詞頭後；

乙、解釋一句者，標號在當句句末標點符號前；

丙、解釋兩句及以上者，標號一般在末句句末標點符號後。

㈧通假字顯見者，不出注；

㈨引文體例方面，十三經、二十五史等引用較多者，繫年、校勘、注釋中只注書名、卷次；相關版本信息，於書末參考文獻中標出。

五、附録

附録有十。

（一）自序

收録周濟爲己作所作之序跋。以創作時間先後爲序。

（二）他序

收録他人爲周濟之作所撰之序跋。序跋分繫於各書之下，同一書下各序跋，以所作時間先後排序，撰於同時者，一依原書之排序。

（三）輯佚

收録周濟散佚之作，按文、詩、詞、逸句、注評語排列。各篇後交待出處、考證撰作時間。

（四）傳記

收録周濟傳記資料。

（五）酬贈

收録他人與周濟酬贈之作。以撰人繫作，撰人按出生年月排序；各人酬贈之作，按創作時間排序。

（六）評論

分著述、文、詩、詞四部分，收録相關評論。

（七）貯素樓詞

（八）柳下詞

貯素樓詞、柳下詞初爲周濟刊行，且向與周濟詞并刊，亦附於後。

（九）周濟年譜簡編

（十）參考文獻

介存齋文稿

文卷一

釋繫辭傳

凡物與理，皆二也。有二，然後有一。一者，聖人之權也。陰陽之徵爲生殺，生殺之積爲治亂，其精者爲吉凶，其機爲悔吝，其轉移補救之權爲貞。故曰「因貳以濟民行」，故曰「天下之動，貞夫一」。凶而貞則悔，悔則吉，吉則生固生，殺亦生，至於殺亦生，則治。吉而不貞則吝，吝則凶，凶則殺固殺，生亦殺，至於生亦殺，則亂。治亂者，天地所無如何也。人生其間，以貞一裁成輔相之，曰：聖生於治，則保治，是曰後天；後天而奉天時，周公是也。生於亂，則撥亂而返之治，是曰先天；先天而天弗違，文王是也。天地任自然，故鼓萬物而不與聖人同憂，聖人爲其所當然，故吉凶與民同患。不同憂者，天地之大也，易之體也，二也；同患者，聖人之大也，易之用也，一也。有天地，然後有聖人，故曰有二然後有一。乾以易知，坤以簡能。簡亦易也。知之易，故爲之簡。是亦足以釋周易之名矣。易之義，亦曰治。後天者，以不易爲易；先天者，以變易爲易。以先天開之，以後天守之，則以交易爲易；然則不易也，變易也，交易也。一易簡也，一易治也。所以前民〔一〕用也。民者，無位者也。由無位而俾之，隨時有以自處以奠其位，明之以吉凶，導之以悔吝，範之以貞。上者得至於吉，下者不失爲無咎。而後與民同患之心，可以釋然無憾焉。民固可以蕲於吉、無咎乎？亦外内使知懼而已。聖人之憂患，於是乎與天地相爲無窮，易興中古，當文王與紂之事，孔子未之敢決也。由孔子而溯，撥亂返治之聖人，則莫尚文王矣。人知羑里之囚爲憂患，而不知西伯之命、弓矢之錫之爲憂患也。〔二〕夫紂，聰明强力之主也，其責文王也備，其任文王也重且專。不寧不來，後夫不凶〔三〕，錫、命之謂何？然且雲興西郊，雨不下逮，友邦冢君〔四〕，莫我相也，抑我尤也，是以内悦諸心，外研諸侯之慮〔五〕，以期左右我民。左右我民，是所以左右我君也。因我、命我、錫我，皆所以責我、任我，君爲之也，天爲之也。先天以期，格君也；理財正辭，禁民爲非，所以先天也。箕子當明夷，而其貞止於正其志，親也；文王當明夷，而其貞遂能獲心意以出門庭，疏也：其位然也。正其志而至於奴，出門庭而至於三分有二，以服事殷，其時然也。位之爲言，法乎地者也；時之爲言，法乎天者也；德之爲言，法乎人者也。德立，然後能因其時位，以究其用。知其所用，謂之志，易實通之。成其所志，謂之業，易實定之。抑揚其所業，謂之疑，易實斷之。志無形者也，業有形者也。以無形之志，成有形之業。亦既成矣，何病乎抑揚之疑，而亟亟乎斷之？斷前人之業，所以開後人之志也。孔子生先天之時，而無其位。位，天地之大寶也。曷寶乎？寶其可以輔相裁成也。夫天地，則亦豈樂於一治一亂若循環哉？幸而有聖人之德出焉，又幸而得其位，治則不失後天之時，亂則不失先天之時。是固天地之所甚樂也，不幸而其位不存焉，亦尚能因其時，以定天下之吉凶，使成娓娓者有所考而藉焉，是亦天地之情也。故曰「聖人之情見乎辭」。文王之情，天地之情也；孔子之情，文王之情也。立仁義以守位聚人，文王之求遂其情也。立仁義，慎樞機，尺蠖之屈，龍蛇之蟄以利用，安身而崇德，孔子之求遂其情也。崇德故可以通神明之德，窮神知化，故可以類萬物之情。

大衍之數五十，何也？聖人因二而得一，故以一起數，與一爲二，與二爲三，以至於九，皆以一體加一用：一與一爲二，體一用一也；一與二爲三，體二用一也；以一用加九體，則復於一十焉。數者，所以紀物也；紀物而至於九，則足以極其變，而數可止矣。故以一如九而復於一十，以一十加九十而復於一百：自此而加，可以至於無窮。其曰「天一地二」，何也？曰「數之體也」，合其成體而總，數之得五十有五；用五十不用五者，五所以爲五十也。五十，數也，九也。五所以成數也，一也；釋五而用五十，是釋一而用九也，所以尊一也。五於數爲小，五十於數爲大，衍其大，不衍其小，故曰大衍。其用四十有九，何釋一也？掛一亦釋一也。釋一，尊一也。何尊乎一？一者，聖人之權也，是占易之法也。

擬之而後言，議之而後動，何也？曰：學易之法也。君子之開物，物信之爾；成務，務恃之爾。〔六〕顧吾之身不足信且恃，徒以其辭俾占者則而行之，而欲其信且恃焉，是有用而無體也。無體之用，厥用不恒？

參互以變，錯綜其數，何也？曰：用易之法也。易之爻三百八十四止耳，而天下之變無窮。以有數應無窮，雖兩其六十四，爲卦亦止於四千八十六，爲爻亦止於二萬四千五百七十六。要不能不窮，惟以參互錯綜之法，俾引而伸之，觸類而長之，而後有窮之數，可以應無窮之變。故曰「窮則變，變則通，通則久」。

闔户謂之坤，闢户謂之乾，何也？曰：觀易之法也。一户之闔闢，而易具焉。未有出不由户者，舉户使隅反也。易有太極，何也？曰：太，通也；極，中也。中則至，至則盡，盡則窮而復返。是往來之義也，猶之闔闢也；義不可象，故爲之奇偶之畫，以象之圖；太極者，兩儀也，二也，非一也。舍兩儀而別圖太極，又加無極焉，是或一道，非孔子之説易者也。河出圖，洛出書，圖書之象有奇偶之數焉，聖人則之以起數，是亦仰俯近遠所取之一端也。聖人之作易，其所取博矣，或且以圖書爲易之原，非也。原一而已，既圖又書，是二本也。

【繫年】

此篇國家圖書館藏求志堂存稿彙編一卷本味雋齋文稿亦放在首篇。求志堂存稿彙編馮元燿跋語：「道光之初，燿以童齡侍几席於春水園。……猶憶先生之作晉略，起草於道光之十二年壬辰，告成於十九年己亥，歷八載而三易稿耳。初稿草寫，次稿付門人謄録，録者五人，則戴希齋、陳自堂、諶秉之、諶展卿與燿。是其三次定本，則已在淮安，燿未及見。……先生才之敏捷，試即以制藝論之。嘗見日高丈餘，占出十題，寫作告成，日猶未没。嘗書院考課，三人執題領教，先生卧而誦之，三生手謄，三藝并就，不過一時許。教官到任，例課一文。題下而先生與客談讌正酣，日已向晚，同席敦促，乃取卷一揮而就。」此篇及原情、原識、原略、原幾、原度、原直、原才、井田議、區田議、葬議、嫁議、肉刑議諸篇，皆收入味雋齋文稿，蓋皆道光十一年（一八三一）周濟教授馮元燿諸子之「制藝」文，作於南京。

【注釋】

〔一〕前民：引導人民。周易繫辭上：「是以明於天之道，而察於民之故，是興神物以前民用。」高亨注：「前，先導也。此句言聖人取此神物蓍草以占事，作人民用以占事之先導。」

〔二〕「人知羑里」兩句：史記殷本紀：「西伯昌聞之，竊嘆。崇侯虎知之，以告紂，紂囚西伯羑里。西伯之臣閎夭之徒，求美女奇物善馬以獻紂，紂乃赦西伯。西伯出而獻洛西之地，以請除炮格之刑。紂乃許之，賜弓矢斧鉞，使得征伐，爲西伯。」羑里：莊子盗跖：「文王拘羑里。」成玄英疏：「羑里，殷獄名。」

〔三〕「不寧不來」兩句：周易上經：「比。吉。原筮，元，永貞，無咎。不寧方來，後夫凶。」

〔四〕冢君：大君，對列國君主的敬稱。尚書泰誓上：「王曰：『嗟我友邦冢君，越我御事庶士。明聽誓。』」

〔五〕「内悦諸心」兩句：周易繫辭下傳：「夫坤，天下之至順也，德行恒簡以知阻。能説諸心，能研諸侯之慮，定天下之吉凶，成天下之亹亹者。」

〔六〕開物、成務：通曉萬物的道理，并按這道理行事而得到成功。周易繫辭上：「夫易，開物成務，冒天下之道，如斯而已者也。」孔穎達疏：「言易能開通萬物之志，成就天下之務。」南齊書崔祖思傳：「自古開物成務，必以教學爲先。」

原　情

鴻濛〔一〕未開，不得已而有天地；天地既判，不得已而有生民；生民既繁，不得已而有聖賢；聖賢既往，不得已而有豪傑；豪傑相軋，不得已而有奸雄；奸雄相掎，不得已而復於庸愚。凡不得已，皆情也。情根于生，生成愛，愛成戀，戀成彼此，彼此成絶決，絶決成仇怨，仇怨成殺，殺復成生。以生始，以殺終，則天地或幾乎息矣。是故殺復成生，則生與生相比，亦殺與殺相比，而不得已之情，遂相爲無窮。民生之初，知識最先者，爲衣食；有飽暖之者，則依賴之，是爲仁；不節之則争，是爲義；仁義不可見，聖人制爲可見以習之，是爲禮；知禮之稱，而别而行之，是爲智；久要焉而不可易也，是爲信；强致焉而不可僞也，是爲忠；反覆焉而不可拒也，是爲恕。是故範情之教始于仁，成于恕，全之者爲聖賢，獨致之而造其極者爲豪傑，文之者爲奸雄，日㊀用偶合而莫知其然者爲庸愚。胥天下之大，古今之久，治亂分合之變，淳漓〔二〕誠僞之雜糅，而天地恃以不泯者，情爲之也。生民之初，因男女而有夫婦；夫婦合而生子，於是有父子；子不一子，於是有兄弟；此亦一兄弟，彼亦一兄弟，於是有朋友；朋友聚而以德相長，以能相左，於是有君臣。夫婦者，仁恕之所始；君臣者，仁恕之所止。始者，順而衍之，衍由少而漸多，故易弛；止者，逆而制之，制就變以明一，故易激。德者，順而衍之之具也，故禮以防其弛；政者，逆而制之之具也，故刑以防其激：此爲治之大較也。情者，發端於性者也，性恒而情變。夫泉之未出於地也，澄泓〔三〕渟滀〔四〕，未有不清静以正者也。性也，有高下則有流行，有夷險則有遲速。磯之則湍，墜之則瀑，風之則波瀾，以至乎溟涬〔五〕澒洞〔六〕，無方物〔七〕焉。非水之性而皆水之性也。所謂情也，王者之法，若津梁、舟楫然，或亂而濟，或溯洄溯沿而達，惟曲體乎水之情，而終不擾乎水之性，則情治而政亦立。是故徒涉者，越溪澗不足以度畎澮〔八〕也；徒杠、輿梁〔九〕而涉者，度畎澮不足以杭江河也；擊楫於安流者，不能飄檣於湖海，戧折於飆颮也。政有施之一邑而效，而窮於連城〔一〇〕、大都；施之平世而效，而窮於傾側〔一一〕、擾攘〔一二〕者。由此其推也，情異則政宜異，王者立政，就變以明一，則不容異；以不容容之政，而求不能不異之治，是所貴乎公卿大夫，識人之情而善用之，俾萬有〔一三〕不變之情，範而就吾君畫一之政，是以吾君委任於上㊁，氓庶承流仰化於下，出其等夷之身，輟去朋友之分，以尊君之尊尊之，施者不爲讇，受者不爲傲，雖復角材〔一四〕絜知〔一五〕，有出乎其右者，苟吾君之法在，亦俯首而聽命焉者，情之所連綴、維繫也。父不父，子不可以不孝；兄不兄㊂，弟不可以不恭。略施報而言統紀，此仁之能事而恕之極致也。聖賢者，以人之情爲其情，故無情；豪傑者，以其情求合乎人之情，故多情；奸雄者，任己之情以加乎人之情，故矯情；庸愚者，不自知其何以爲情，而因不知人之有情，於是乎連綴、維繫之道絶，而政因以亂。政亂故情散，散則各匿其情以求遂，至於各匿其情，則誘之以爵禄而弗趨，懾之以死亡而不畏矣，而况將求遂其情哉！而爲上者，何所恃以馭其下哉？聖王知其然也，故進宏達而退瑣屑，貴悃愊〔四〕〔一六〕而賤矯飾，務使吾之所用者，皆不自匿情之人，而後可範圍以通天下之情。爲其如是，則足以相感也：疾痛則有憂戚，安全則有愉快，相昵也如夫婦，相親也如父子，相讓也如兄弟，相勉也如朋友，而君臣之倫始足以逆制不齊之情，以復於生民之初，而天地賴以平成矣。烏呼盛矣！

【繫年】

文收入國家圖書館藏求志堂存稿彙編一卷本味雋齋文稿，蓋道光十一年（一八三一）周濟教授馮元燿諸子之「制藝」文，作於南京。

【校勘】

〔一〕「日」：底本作「有」，據一卷本味雋齋文稿，清沈粹芬、黄人國朝文匯乙集卷六十六改。

〔二〕「上」：底本作「民」，據一卷本味雋齋文稿，清沈粹芬、黄人國朝文匯乙集卷六十六改。

〔三〕「兄」：一卷本味雋齋文稿作「友」。

〔四〕「愊」：底本作「幅」，據一卷本味雋齋文稿，清沈粹芬、黄人國朝文匯乙集卷六十六改。

【注釋】

〔一〕鴻濛：亦作「鴻蒙」，宇宙形成前的混沌狀態。莊子在宥：「云將東游，過扶摇之枝，而適遭鴻蒙。」成玄英疏：「鴻蒙，元氣也。」

〔二〕淳漓：厚與薄。多指風俗的淳厚與澆薄。宋陸游獨酌：「已於醉醒知狂聖，又向淳灕見古今。」

〔三〕澄泓：水清而深。

〔四〕渟滀：匯聚貌。宋陸游風雨中望峽口諸山奇甚戲作短歌：「不令氣象少渟滀，常恨天地無全功。」

〔五〕溟涬：水勢無邊際貌。淮南子本經訓：「舜之時，共工振滔洪水，以薄空桑，龍門未開，吕梁未發，江淮通流，四海溟涬，民皆上丘陵，赴樹木。」高誘注：「溟涬，無畔岸也。」

〔六〕澒洞：綿延，彌漫。漢賈誼旱雲賦：「運清濁之澒洞兮，正重沓而并起。」

〔七〕方物：識别，名狀。國語楚語下：「民神雜糅，不可方物。」韋昭注：「方，猶别也；物，名也。」

〔八〕畎澮：亦作「甽澮」。田間水溝。泛指溪流、溝渠。尚書益稷：「予决九川距四海，濬畎澮距川。」鄭玄注：「畎澮，田間溝也。」

〔九〕徒杠、輿梁：孟子離婁下：「歲十一月，徒杠成；十二月，輿梁成，民未病涉也。」朱熹集注：「杠，方橋也。徒杠，可通徒行者。」孫奭疏：「今云輿梁者，蓋橋上横架之板若車輿者，故謂之輿梁。」杠、梁：橋梁。唐柳宗元興州江運記：「傳館是飾，旅忘其歸；杠梁已成，人不履危。」

〔一〇〕連城：毗鄰的諸城。史記平津侯主父列傳：「今諸侯或連城數十，地方千里，緩則驕奢易爲淫亂，急則阻其彊而合從以逆京師。」

〔一一〕傾側：亦作「傾仄」。社會動蕩不安。元高士談秋興：「乾坤尚傾仄，吾敢嘆淹留！」

〔一二〕擾攘：亦作「擾穰」。混亂，騷亂。漢書律曆志上：「戰國擾攘，秦兼天下。」

〔一三〕萬有：萬物。子華子陽城胥渠問：「太初胚胎，萬有權輿。」

〔一四〕角材：考量才能。吕氏春秋簡選：「選練角材，欲其精也。」高誘注：「角，猶量也。」

〔一五〕絜知：測度而知。管子幼官：「六舉而絜知事變，七舉而内外爲用，八舉而勝行威立。」尹知章注：「絜，圍度也。」

〔一六〕悃愊：漢書劉向傳：「論議正直，秉心有常，發憤悃愊，信有憂國之心。」顔師古注：「悃愊，至誠也。」

原　識

大識在觀，小識在憶。觀生方圜〔一〕，憶生規矩。規矩生方圜。厥初〔二〕、邃古〔三〕迄於方來〔四〕，訢合〔五〕之氣健而不息。樸不能不漸文，故淳不能不漸澆；拙不能不漸巧，故真不能不漸僞；漸之積不能不暫返，故澆僞之極不能不復於真淳，而其既澆之淳、既僞之真，必不能返而復於未澆、未僞之初：是之謂世運。人生其間，遇積則俱靡，遇返則俱振，其有後靡而先振者，謂之豪傑之士，莫不因其所處之地，以維持於積與返之機。維持於上謂之政，維持於下謂之教。政與教合，其效大；政與效分，其效小：隨其大小，莫不有效：是之謂世變。殷之因革監於夏，周之因革監於殷，此其積與返之小焉者也；上古以至唐虞，三代以至秦漢，此其積與返之大焉者也。自唐虞迄於戰國，其成敗可得而言也；始皇出而天下之勢幡然大變，非秦之能變，而秦之不能不變也。積人而成天下，其相搆接者曰身曰心：身之所出曰力，所憑曰勢，所恃曰衆；心之所出曰智，所憑曰才，所恃曰學。身之變，至周之末而止矣。後雖有欲加之，而無可加矣。而心變方始〔六〕，以方始乘無加〔七〕，必倍之數也。是故其外恒樸，而不能禁其內之澆；其外恒拙，而不能禁其內之僞；秦漢之君皆欲斲雕返樸，以維世運，而其力皆不能以勝世變。秦以猛失之，漢以寬得之。得失雖殊，而漢之所得，實即秦之所失。是故，論世運者，當合秦與漢以爲一運。以唐虞之身，而宰之秦漢之心，是文景之風俗也。夫惟有大識者，能於秦漢以前，默觀而達於秦漢之後，以盱衡〔八〕於大運、大變。若夫小識之士，則取其一運、一變之中之往事而記憶之，亦足以彰往而察來。逮乎大運、大變，則將信將疑而不能斷其必然，此固仲尼之所不能告，而子張之所不能問也。〔九〕日月之晦明，草木之榮落，其昭著最盛而考察最詳，宜若今昔之必同，而終一人之所見，未有一日之同者，豈惟一日而已？深而論之，乃至無一息之可同，而又况其它乎？而卒亦不能出乎晦明榮落之外，而卒亦不能不晦明榮落以相嬗，而卒亦不能不各自爲其晦明榮落，而卒亦不能不各自極其晦明榮落相嬗之不同。憶其有形，以觀其無形，則幾於識矣。

【繫年】

文收入國家圖書館藏求志堂存稿彙編一卷本味雋齋文稿，蓋道光十一年（一八三一）周濟教授馮元燿諸子之「制藝」文，作於南京。

【校勘】

清沈粹芬、黄人國朝文匯乙集卷六十六收録此文。數處異體字外，無甚異同。

【注釋】

〔一〕方圜：亦作「方圓」「方員」。

〔二〕厥初：最初，開頭。詩經大雅生民：「厥初生民，時維姜嫄。」

〔三〕邃古：遠古。後漢書班固傳下：「伊考自邃古，乃降戾爰兹，作者七十有四人。」

〔四〕方來：近來。

〔五〕訢合：受感而動，和合融洽。禮記樂記：「是故大人舉禮樂，則天地將爲昭焉。天地訢合，陰陽相得。」鄭玄注：「訢讀爲熹。熹猶蒸也。」孔穎達疏：「熹謂蒸動。言樂感動天地之氣，是使二氣蒸動，則天氣下降，地氣上騰。」

〔六〕方始：才，方才。北史斛斯徵傳：「自魏孝武遷西，雅樂廢缺，徵博采遺逸，稽諸典故，創新改舊，方始備焉。」

〔七〕無加：猶不施。

〔八〕盱衡：觀察，縱觀。清鄭藻如盛世危言序：「嘗讀史盱衡千古，窮究得失盛衰之故。」

〔九〕「此固仲尼之所不能告」兩句：論語爲政：「子張問：『十世可知也？』子曰：『殷因於夏禮，所損益，可知也；周因於殷禮，所損益，可知也。其或繼周者，雖百世，可知也。」

原　略

三代而下，成大業者，必言略。運之於心曰智，稽之於衆曰謀，直而不撓曰勇，變而無方曰權，胥繫略以成文。若是乎，略之不可以已也。嗚呼！此習於漢以後之説也。周公之治，委曲〔一〕繁重〔二〕而不厭，所以維繫天下者，固非旋至而立應也；自后稷、公劉重農務本，其家人、父子之意已固結於耒耜、蠶織之間。而周公復以精詳繼之，是以周雖衰微，而文告〔三〕、名器〔四〕之攸存綿延者，猶數百歲。凡其得之難而失之難者，委曲繁重之積也。漢興則不然，高祖以豁達之度爲天下先，立談〔五〕舉將相，呼吸〔六〕辨誅賞，其於爲治也，一切以徑遂〔七〕取給於目前；先王委曲繁重之意蕩焉泯焉，無復存者，豈非所謂「居簡行簡，無乃大簡」〔八〕者乎？王莽徼一時疲劇，偷取而紛更之，懲漢之略，欲復周之詳，而彌以速亡。非詳之非，所詳與其所以詳者非也。且秦胙土〔九〕數百年，蠶食天下又百餘年，如是其難；漢以布衣，提三尺劍〔一〇〕，拊其膺而奪之，如是其易者，因豪傑之心也。且夫豪傑者，民之表也。周末之民甚智，秦嫉而愚之；而民既愚矣，其戮也若固有，其生也若倖存，驅之若行尸，遏之若伏肉。陳涉一呼，大夢始覺。高祖生其時，因群雄之競逐，而羅之以大略，疏節闊目〔一一〕，坦然與斯民相見，曾無幄帟〔一二〕之隔焉。是非獨矯秦之暴也。周中葉以來，禄世禄〔一三〕、官世官〔一四〕，下士〔一五〕無尺寸之途以自進，其鬱淹〔一六〕勃窣〔一七〕之氣，固必將乘時而發泄矣。而高祖之略，適當其時以提而唱之，不漢之帝，而誰之帝哉？假令文景嗣位，因其休息〔一八〕，講求先代典禮，詳明而展布〔一九〕之，俾粗獷苟簡之風潛移而不覺，漢之祚與周并永可也。下寄其民於二千石〔二〇〕，而植之也無深根；上寄其君於三公〔二一〕，而輔之也無强幹：此王莽所取資，而國統所由中絶也。自漢以來，未有能致詳於天下者，言略日以勝，守國日以危，彼此相貿，莫之能悟，儒緩〔二二〕迂闊之譏，獨下逮於韋布〔二三〕，孰使之然哉？孰使之然哉？

【繫年】

文收入國家圖書館藏求志堂存稿彙編一卷本味雋齋文稿，蓋道光十一年（一八三一）周濟教授馮元燿諸子之「制藝」文，作於南京。

【注釋】

〔一〕委曲：細微，瑣碎。

〔二〕繁重：繁瑣累贅。

〔三〕文告：以文德告諭。國語周語上：「有威讓之令，有文告之辭。」明唐順之條陳海防經略事疏：「古之王者於四夷之不貢不臣，則有威讓之令，文告之辭。」

〔四〕名器：名號與車服儀制。奴隸社會與封建社會用以别尊卑貴賤的等級。左傳成公二年：「唯器與名，不可以假人，君之所司也。」杜預注：「器，車服；名，爵號。」

〔五〕立談：比喻時間短暫。漢揚雄解嘲：「或七十説而不遇，或立談而封侯。」

〔六〕呼吸：一呼一吸，頃刻之間。

〔七〕徑遂：直捷。

〔八〕論語雍也：「仲弓曰：『居敬而行簡，以臨其民，不亦可乎？居簡而行簡，無乃大簡乎？』子曰：『雍之言然。』」

〔九〕胙土：左傳隱公八年：「天子建德，因生以賜姓，胙之土而命之氏。」孔穎達疏：「胙，訓報也。有德之人，必有美報。報之以土，謂封之以國。」

〔一〇〕三尺劍：古劍長凡三尺，故稱。史記高祖本紀：「吾以布衣提三尺劍取天下，此非天命乎？」

〔一一〕疏節闊目：簡略的禮節，寬鬆的法規。清沈家本歷代刑法考寄簃文存卷五燕訓卿議杜氏不應離異説帖：「古人立法多疏節闊目，是以施行之間，窒礙尚少。今人修法，多求其密，密則必至有抵捂之處，往往立一例而有無數之例相因而生。」禮記玉藻：「親瘠，色容不盛。此孝子之疏節也。」孔穎達疏：「今親病唯色容不充盛而已，不能憔悴憂愁危懼，此乃是孝子疏簡之節，言孝心不篤也。」陳澔集説：「疏節，謂常疏略之禮而已。」

〔一二〕幄帟：周禮天官幕人：「掌帷、幕、幄、帟、綬之事。」鄭玄注：「鄭司農云：『帟，平帳也。』玄謂帟，王在幕若幄中坐上承塵。幄、帟皆以繒爲之。」後因以「幄帟」泛指篷帳。

〔一三〕世禄：古代有世禄之制，貴族世代享有爵禄。尚書畢命：「世禄之家，鮮克由禮。」孔安國傳：「世有禄位。」

〔一四〕世官：古代某官職由一族世代承襲，謂之世官。孟子告子下：「四命曰，士無世官，官事無攝，取士必得，無專殺大夫。」

〔一五〕下士：官名。古代天子、諸侯都設有士，分上士、中士、下士。秦以後亦沿用。禮記王制：「王者之制禄爵，公、侯、伯、子、男，凡五等；諸侯之上大夫卿、下大夫、上士、中士、下士，凡五等。」孟子萬章下：「君一位，卿一位，大夫一位，上士一位，中士一位，下士一位，凡六等。」

〔一六〕鬱淹：即淹鬱，蓄積。宋莊季裕鷄肋編卷中：「雖或有不遇，不及自用其才，亦必淹鬱渟蓄，聲發益大，澤浸益遠。」

〔一七〕勃窣：亦作「勃崒」。匍匐而行；跛行。文選司馬相如子虛賦：「於是乃相與獠於蕙圃，媻珊勃窣上金堤。」李善注引韋昭曰：「媻跚勃窣，匍匐上也。」

〔一八〕休息：休养生息。

〔一九〕展布：施展。

〔二〇〕二千石：漢制，郡守俸禄爲二千石，即月俸百二十斛。世因稱郡守爲「二千石」。

〔二一〕三公：古代中央三種最高官銜的合稱。西漢以丞相大司徒、太尉大司馬、御史大夫大司空爲三公，東漢以太尉、司徒、司空爲三公，見通典職官一。

〔二二〕儒緩：寛柔，柔弱。魏書劉芳傳：「爲政儒緩，不能禁止奸盗，廉清寡欲，無犯公私。」

〔二三〕韋布：韋帶布衣。本指未仕者或平民的寒素服裝。此借指寒素之士，平民。

原度

善惡者，人所受治於君相也；好惡者，君相所以治人也。知其善惡之所至，謂之明；好如其善，惡如其惡，謂之公。人莫不慕善而諱惡。陽慕之而陰倍之，深諱之而致行之，是小人之常，而王誅所必加也。雖然，倍之矣，而猶慕之；行之矣，而猶諱之。苟就其慕與諱之機，以逆折而默移之，則小人之心未必不可革，而小人之才未嘗不可用。是以君相之至明至公者，有時稍節好惡，而妙隱惡揚善之權，是之謂度量。度者，所以知短長也；量者，所以知大小也。彼於短長大小之間，審慎權衡而出焉。夫是故德日新而事克濟，後之君子，不明度之實，其於小人也，始恒失之激，卒恒失之疏，故爭；常不勝疏，故勝亦不久。小人因其隙而復擠之，終以僨事而病國。且夫度所以知長短也，量所以知大小也。是必將知小人慕善諱惡之心，與其所自爲者，孰真？知吾潛移默轉之才，與小人所以相待者，孰勝？以我之所勝，動彼之所真，由執轡握策以驅六馬也。奈何慕包荒〔一〕之虛名，忘金柅〔二〕之至誠，使後之論者既嘆用君子之不終，復惜君子之不善用其好惡哉？自度量之説不明，遂爲鄉愿〔三〕之所借，自居於模棱，而示人以不可測，胥天下之善惡，相忘於積日累月之間。相委其柄，府史〔四〕執之；將委其柄，胥徒〔五〕執之。舉天下病風痹，而府史、胥徒竊其柄，柔者舞其文，强者怙其勢，内行嫐繞〔六〕糾紛〔七〕之政，外成剽猾〔八〕攘敓〔九〕之俗。任將相者，相與依阿，澒涊〔一〇〕於上，拱手以待，淪胥〔一一〕而莫之恤也。於是委曲遷就以爲仁，固陋蓄縮以爲謹，巧諂迎合以爲智，吝嗇矯厲以爲廉，又因招其類而排異己，世風、王氣日益頽於下，雖有堯舜之君，席豐亨豫大〔二二〕之天下，而好惡不彰，紀綱不振，元氣漸以銷鑠，此深識之士所爲伏枕而累欷、倚柱而獨嘯也，悲夫。

【繫年】

文收入國家圖書館藏求志堂存稿彙編一卷本味雋齋文稿，蓋道光十一年（一八三一）周濟教授馮元燿諸子之「制藝」文，作於南京。

【注釋】

〔一〕包荒：包含荒穢，謂度量寬大。周易泰：「包荒，用馮河，不遐遺。」王弼注：「能包含荒穢，受納馮河者也。」

〔二〕金柅：金屬製的車剎。周易姤：「初六，繫于金柅，貞吉。」王弼注：「金者堅剛之物，柅者制動之主。」朱熹本義：「柅，所以止車，以金爲之，其剛可知。」

〔三〕鄉愿：亦作「鄉原」。論語陽貨：「子曰：『鄉原，德之賊者也。』」朱熹集注：「鄉者，鄙俗之意。原，與『愿』同。……蓋其同流合污，以媚于世，故在鄉人之中獨以愿稱。」

〔四〕府史：周禮天官序官：「府六人，史十有二人。」鄭玄注：「府，治藏；史，掌書者。凡府、史，皆其官長所自辟除。」

〔五〕胥徒：周禮天官序官：「胥，十有二人，徒，百有二十人。」鄭玄注：「此民給徭役者，若今衛士矣。胥，讀如如諝，謂其有才知，爲什長。」後泛指官府衙役。

〔六〕繳繞：史記太史公自序：「名家苛察繳繞，使人不得反其意。」裴駰集解引如淳曰：「繳繞，猶纏繞，不通大體也。」

〔七〕糾紛：猶糾纏。

〔八〕剽猾：剽悍狡詐。

〔九〕攘敓：同「攘奪」。

〔一〇〕泬泬：楚辭劉向九嘆惜賢：「撥諂諛而匡邪兮，切泬泬之流俗。」王逸注：「泬泬，垢濁也。」

〔一一〕淪胥：泛指淪陷、淪喪。

〔一二〕豐亨豫大：周易豐：「豐亨。王假之。」又豫：「聖人以順動，則刑罰清而民服，豫之時義大矣哉。」本謂富饒安樂的太平景象，後多指好大喜功，奢侈揮霍。

原　幾

禍福之運於斯世也，未嘗一息停。以無息行遠途，或值或不值，任人自爲之，而禍福不與焉。其來也，莫能禦；其去也，莫能追；其順應也，莫能感；其僭差〔一〕也，莫能怨。天不爲昆蟲草木變易寒暑也，性宜者得之而榮茂振迅〔二〕，否則蕉萃〔三〕卷踢〔四〕以死矣。一氣也，可以爲生，可以爲殺，惟物之自取焉，而氣無成心〔五〕。地不爲蛟龍魚鼈生水，不爲虎豹犀象生山澤也；而趨之者，宜則游泳、陸梁〔六〕以生，違則沈溺枯槁以死。一形也，可以爲生，可以爲殺，惟物之自取焉，而形無成心。禍福亦猶是也：小人所福，君子或以爲禍；小人所禍，君子或以爲福。操之至密，而爲之甚豫；執之甚堅，而應之甚確。所謂幾也，小人見淺，故見其然，而不知其所以然；君子見深，故見其將然，而因以得其所未然。見淺者，不見深，從而神奇之，謂之前知，是猶見人之食，而不知其將飽；見人之飽，而不知其將復饑也。夏四月，靡草〔七〕死，姤之一陰〔八〕，固已趯趯〔九〕乎將變而爲純坤矣。豈必履霜，乃知堅冰〔一〇〕？惟其爲途也甚遠，安坐而指屈之，莫能名其至之遲速，以徵信於淺。夫故摘其切近之端以證之，若曰霜之於冰，類以相召而發之甚捷：此而猶不知，則無所用知也，而非所語於幾也。瞀儒之言曰：君子直道而行，不求福，不避禍。此非徒淺之乎言？君子也，亦并不知禍福，且夫成敗、利鈍、窮通、壽夭恒相對也，出乎此則入乎彼，未有能中立者也。稱吾身之所行以當之，堪則福，否則禍。堯舜之南面，伊周之王佐，孔孟之周流，顔淵原憲之貧且夭，箕子之囚奴，龍逢比干之剖僇以死，皆福也；桀紂之禍在爲君，廉來〔一一〕之禍在爲相，秦儀〔一二〕之禍在説當世，而出其重寶以取高位。其它貧夭刑僇之禍不可勝數也，而不得以加諸君子者，内省不疚，則無往而非福也。詩曰：「豈弟君子，求福不回。」〔一三〕回之言邪，邪則無福而非禍。然則君子之無時而不内省，即無時而不避禍，避禍所以求福也。若斤斤焉較量於成敗、利鈍、窮通、壽夭之不同，則且烏乎措吾心？則宜烏乎制吾行？吾心之不知，而又烏乎知吾行之所堪哉？於是有懷鴆毒以爲燕安〔一四〕，舍康莊而寘〔一五〕蒺棘，瞀儒求其故而不得，乃决去禍福，而責之以直道。世之人既習聞直道與禍福若風馬牛不相及，甚且水火之相悖也，於是逐禍福爲轉移，指直道以相誡，絶人於知幾〔一六〕之哲，而敺而納諸罟擭〔一七〕陷阱之中，則瞀儒之説亂之也。

【繫年】

文收入國家圖書館藏求志堂存稿彙編一卷本味雋齋文稿，蓋道光十一年（一八三一）周濟教授馮元燿諸子之「制藝」文，作於南京。

【校勘】

清沈粹芬、黄人國朝文匯乙集卷六十六收録此文，文字同。

【注釋】

〔一〕僭差：僭越失度。尚書洪範：「人用側頗僻，民用僭忒。」孔傳：「在位不敦平，則下民僭差。」史記禮書：「周衰，禮廢樂壞，大小相逾，管仲之家，兼備三歸。循法守正者見侮于世，奢溢僭差者謂之顯榮。」

〔二〕振迅：亦作「振訊」。激勵，奮起。公羊傳莊公八年：「出曰祠兵，入曰振旅。」何休注：「將入嫌於廢之，故以振訊士衆言之。」

〔三〕蕉萃：同「憔悴」。

〔四〕卷蹋：同「蜷局」「踡局」「踡蹋」。局曲不伸貌。楚辭離騷：「僕夫悲余馬懷兮，蜷局顧而不行。」王逸注：「蜷局，詰屈不行貌。」

〔五〕成心：莊子齊物論：「夫隨其成心而師之，誰獨且無師乎？」成玄英疏：「夫域情滯著，執一家之偏見者，謂之成心。」

〔六〕陸梁：跳躍貌。文選揚雄甘泉賦：「飛蒙茸而走陸梁。」李善注引晋灼曰：「飛者蒙茸而亂，走者陸梁而跳，謂猛士之輩。」吕延濟注：「陸梁，亂走貌。」

〔七〕靡草：草名。禮記月令：「（孟夏之月）靡草死，麥秋至。」鄭玄注：「舊説云靡草，薺、亭歷之屬。」孔穎達疏：「以其枝葉靡細，故云靡草。」

〔八〕元保巴周易原旨卷五姤：「姤：遇也，風行天下。天之下者，萬物也。風之行無不經觸乃遇之象，故爲遇。又一陰始生於下，陰與陽遇也，故爲姤。女壯。一陰始生，自是而長，漸以成矣。言女之將長壯也。」

〔九〕趯趯：跳躍貌，跳動貌。詩經召南草蟲：「喓喓草蟲，趯趯阜螽。」

〔一〇〕履霜、堅冰：周易坤：「初六，履霜堅冰至。」象曰：「履霜堅冰，陰始凝也；馴致其道，至堅冰也。」後以「履霜堅冰」比喻事態逐漸發展，將有嚴重後果。

〔一一〕廉來：廉，飛廉。孟子滕文公下：「驅飛廉於海隅而戮之。」趙岐注：「飛廉，紂諛臣。」來，惡來，一作惡來革，商紂臣，飛廉又作蜚廉之子，以勇力而聞名。史記秦本紀：「蜚廉生惡來。惡來有力，蜚廉善走，父子俱以材力事殷紂。」

〔一二〕秦儀：蘇秦、張儀。

〔一三〕詩經大雅旱麓：「豈弟君子，求福不回。」高亨注：「回，邪僻。此言君子以正道求福。」不回：正直，不行邪僻。

〔一四〕左傳閔公元年：「宴安鴆毒，不可懷也。」孔穎達疏：「宴安自逸，若鴆毒之藥，不可懷戀也。」

〔一五〕寘：放置。

〔一六〕知幾：有預見，看出事物發生變化的隱微徵兆。周易繫辭下：「知幾其神乎。君子上交不諂，下交不瀆，其知幾乎？幾者，動之微，吉之先見者也。」

〔一七〕罟擭：禮記中庸：「驅而納諸罟擭陷阱之中。」陸德明釋文：「罟，網之揔名。擭，尚書傳云：捕獸機檻。」

原　才

習則厭，厭則思遷。是故願恒有餘，境恒不足。不足則妒，妒則府怨〔一〕，府怨而境且益窮。才者所以爲善也，善莫先於謙，怙才則害謙，害謙則不如無才；才至不如無才，則不才莫大乎是。是故憐之而殷然以感，莫之怍也；忌之而岸然以自得，莫之悔也。曰吾才也云爾，而實天下之大不才，以不才爲才，則非才之爲累也，人實累才。才者氣之鋒，氣者志之將。志不足以帥氣，故將驕；將驕而不戢士，則將以其克敵之鋒，反而肆虐於吾民，甚者將與帥胥盡焉；殺人而諉之兵，兵不任過也，自殺而矜其兵之利，得不謂之大愚不靈乎？可不爲之大哀乎！古之號爲才者，屈氏〔二〕、司馬氏〔三〕其尤也，進盡忠言，繫心宗國。屈氏之所爲才也，湛深六經，綱羅放失，以昭戒法；司馬氏之所以爲才也，若其誕漫荒衍，怨誹謗訕，以炫奇賈禍：則固二子之所短也。古人之抱負與吾孰多？尤悔〔四〕與吾孰寡？遇合與吾孰先？抑塞與吾孰久？困頓與吾孰甚？怨尤與吾孰深？古人之處之而平者，吾將輕之邪，抑重之邪？處之而不平者，吾將慕之邪，抑惜之邪？夫屈氏、司馬氏之才，後世自命爲才者所不敢望，而其得失，則後之才不逮二子者，亦皆習見而能言之矣。乃務舍其所長，而求法其所短，而又不能至焉，而又妄欲因而籍口以嘐嘐〔五〕於天地民物之間，可乎？由不審乎才之說也。性之所發，謂之才；才之所及，謂之用；用之所成，謂之事業。其成與否，非吾之所能爲也。必也，求爲其可用，可用而不吾用，則又當安吾身以待用。夫求爲可用，又能安吾身以待用，則庶幾乎免於不才矣。毋自戕賊〔六〕焉，可也？已戕賊者速返焉，可也。吾又安能不悔且懼乎哉？

【繫年】

文收入國家圖書館藏求志堂存稿彙編一卷本味雋齋文稿，蓋道光十一年（一八三一）周濟教授馮元燿諸子之「制藝」文，作於南京。

【校勘】

清沈粹芬、黄人國朝文匯乙集卷六十六收録此文，文字同。

【注釋】

〔一〕府怨：即怨府，衆怨歸聚之所。左傳昭公十二年：「平子欲使昭子逐叔仲小，小聞之，不敢朝。昭子命吏謂小待政於朝，曰：『吾不爲怨府。』」杜預注：「言不能爲季氏逐小，生怨禍之聚。」

〔二〕屈氏：屈原。

〔三〕司馬氏：司馬遷。

〔四〕尤悔：過失與悔恨。論語爲政：「言寡尤，行寡悔，禄在其中矣。」

〔五〕嘐嘐：志大而言誇。孟子盡心下：「何以謂之狂也？曰：其志嘐嘐然，曰『古之人、古之人』。夷考其行而不掩焉者也。」趙岐注：「嘐嘐，志大言大者也。」

〔六〕戕賊：摧殘，破壞。孟子告子上：「如將戕賊杞柳而以爲杯棬，則亦將戕賊人以爲仁義與？」

原　直

直之爲言，猶曰自然也云爾。今夫木，本鉅末細相百也。其所以生者，自鉅而之細，雖細必達，非作而致也。有其所不能不達，而後達於其所，而形具焉。假欲先爲其形，而後達之，則固未有能至者也。是故屈之折之，蝨之煅之，而其欲達之性固枉。故曰人之生也直。木曰曲直，包形與性之說也，箕子之說也。〔一〕直則生，不直則死，以性禦形之說也，孔子之說也。〔二〕箕子之說王者所以治人，孔子之說儒者所以自治，後世之訓直者曰如矢、如矢〔三〕云爾，而或遂疑直之不足爲君子，而或遂疑君子之可以有時而不直，機械〔四〕變詐蔓延鴆毒，風俗日以漓，人心日以僞，一二有志者激於時之所不尚，因以甘乎時之所不容，至於甘所不容，而悍然鷙然之氣，挾其平日之才，與其學橫潰四出，因以府怨而速禍：自然之性，固有如是鬱勃不平者乎？是亦與於戕賊之甚者也。木之生，托乎地，其所以生，得乎天：日月所照，雨露所濡，風霜所摇落，凡以衛其生者，皆天也。地則不然，糅水與石以爲質，或夷或險，或陽或陰，或瘠或肥，或壅或崩，固已千變萬端矣。而加之以人事，是故得乎天者，無不全其欲；得乎天者，無不求其全。托乎地者，偶全而常不全。以求全之情，當常不全之勢，弱者靡，强者肆，士有幽憂而顛頓，亦有矯厲而遇禍菑者，不可勝數也。惟達生之士，爲能因地以合天。

【繫年】

文收入國家圖書館藏求志堂存稿彙編一卷本味雋齋文稿，蓋道光十一年（一八三一）周濟教授馮元燿諸子之「制藝」文，作於南京。

【注釋】

〔一〕「故曰人之生也直」四句：尚書洪範：「水曰潤下，火曰炎上，木曰曲直，金曰從革，土爰稼穡。」洪範舊傳爲箕子向周武王陳述之「天地之大法」。

〔二〕「直則生」四句：論語雍也：「子曰：『人之生也直，罔之生也幸而免。』」

〔三〕如矢、如矢：論語衛靈公：「子曰：『直哉史魚！邦有道，如矢；邦無道，如矢。君子哉蘧伯玉！邦有道，則仕；邦無道，則可卷而懷之。』」

〔四〕機械：巧詐，機巧。淮南子原道訓：「故機械之心，藏於胸中，則純白不粹，神德不全。」高誘注：「機械，巧詐也。」

井田議

或曰：井田不復，不能躋天下於三代之隆；或曰：井田斷不可復，復之且大亂；或曰：必因大亂之後，乃能復之：皆豎儒之説也。

井田之法，非聖人所能興，亦非庸人所能廢。聖人因而節制之，庸人者任其敝刓頹壞爾。今併莊〔一〕之法存於北，而圩田〔二〕之制存於南。併莊之法，非同井相友助之意乎？圩田之法，非畎澮、溝洫、旱潦、蓄泄之備乎？能行併莊之法於南，而通溝洫之利於北，則井田之制故在，特異其名耳。然而併莊不能行於南，溝洫不能行於北，何也？南地狹而人稠，北地廣而人稀，人稠故多以仕宦商賈致富厚，老而倦，始委重於農，而地又狹，是故畸零交錯，而不可理。地廣故不惜，人稀故不勞，以不惜之地，委不勞之人，故恒多種而少穫，廢人而任天。爲治者能度地以居民，使地之氣與民之氣，足以相宜而相養，然後合南北而用其長，則凡保甲、社倉、義學、土練[三]諸成法，皆可次第舉矣。辨埴壚[四]、墳壤[五]、塗泥[六]，以知地之性；辨穀木、蔬果、糞種[七]，以知地之宜；辨五施七施[八]、不易一易再易[九]，以知地之力：是之謂司空之職。此之不講，而以一切施之，故其説益繁，而其功益不立。奈之何？或且舍地利，而空言水利也。

【繫年】

文收入國家圖書館藏求志堂存稿彙編一卷本味雋齋文稿，蓋道光十一年（一八三一）周濟教授馮元燿諸子之「制藝」文，作於南京。

【校勘】

清葛士濬皇朝經世文續編卷四十一井田議文字同。

【注釋】

〔一〕併莊：與圩田制相對、盛行於北方的一種耕作之法，具體不詳。

〔二〕圩田：低窪地區四周築堤防水的田地。堤上有涵閘，平時閉閘禦水，旱時開閘放水入田，因而旱澇無慮。係由漢以前的圍淤湖爲田發展而來，至唐已相當發達。關於圩田的最早記載，是北宋沈括萬春圩圖記。

〔三〕土練：清代土司所轄的地方武裝。

〔四〕埴壚：稍粘而較疏鬆的土壤。周禮地官草人：「埴壚用豕。」鄭玄注：「埴壚，黏疏者。」

〔五〕墳壤：肥沃的土壤。周禮地官草人：「凡糞種，騂剛用牛，赤緹用羊，墳壤用麋。」

〔六〕塗泥：濕潤的泥土。尚書禹貢：「厥土惟塗泥，厥田惟下下，厥賦上下錯。」

〔七〕糞種：古代的一種耕種方法。周禮地官草人：「凡糞種，騂剛用牛，赤緹用羊。」鄭玄注：「凡所以糞種者，皆謂煮取汁也。……鄭司農云：用牛，以牛骨汁漬其種也，謂之糞種。」

〔八〕五施七施：管子地員：「夫管仲之匡天下也，其施七尺，瀆田悉徙，五種無不宜。其立后而手實，其木宜蚖蕭與杜松，其草宜楚棘。見是土也，命之曰五施，五七三十五尺而至於泉，其水倉，其民彊。」施者，大尺之名也，其長七尺。

〔九〕不易一易再易：周禮地官大司徒：「凡造都鄙，制其地域而封溝之。以其室數制之。不易之地家百晦，一易之地家二百晦，再易之地家三百晦。」鄭玄注：「不易之地，歲種之，地美，故家百晦。一易之地，休一歲乃復種，地薄，故家二百晦。再易之地，休二歲乃復種，故家三百晦。」

區田議

余世農也。斂穀於堂，一穀闌入〔一〕几之缾，明年發秧一絲〔二〕。庭之荷莳而弗萌，缸有草茸茸然。余弟儆昆〔三〕生十二年矣。因田時，苐缸草，取瓶秧〔一〕而植之。佃者水亦水，芸亦耘，糞亦糞，蓊焉勃焉，莖敷葉垂，缸幾弗容，乃植蘆而欄之，莖如指，葉如蒲，穗餘五寸。穗得二百六十穀。穀長大，視常穀加什之三。佃者穫亦穫，得穀九升；礱之，得糙米五升五合；鑿之，得白米五升。凡缸之值，爲錢三百五十。其贏四十。權其什一之利，爲錢三十五；糞土之值五十：凡需錢八十五。米之值，百有二十五。其贏四十。缸之大，二尺五寸，周以餘地，可通人；一缺占地五尺，是爲一弓；畝容缸二百四十，得米十二石，得贏錢九千六百。其次年〔二〕糞可減二十，則缸贏六十，畝贏十四千四百。石山之有不竭泉，其出高者，以次羅缸。或木桶。木桶值賤而易朽，絜之，與缸等。引泉而周灌之，一夫可執五畝，婦人可三畝，老弱可二畝。歲之贏，衣食大豐；旱潦蟲灾減於田：易溉，故不憂旱；盈則溢，故無潦；疏寘而通風，故鮮蟲。施之石山，是以無草木之廢地，爲沃土也。其利宜溥，其法合於區田，故曰「區田議」。

【繫年】

文收入國家圖書館藏求志堂存稿彙編一卷本味雋齋文稿。蓋道光十一年（一八三一）周濟教授馮元燿諸子之「制藝」文，作於南京。山溪周氏宗譜卷四之一大分五房世表上：「治，宗少公三子。字儆昆，號晦齋，太學生。生乾隆五十一年丙午四月二十一日，卒於道光十年庚寅九月十七。」據文中「余弟儆昆生十二年矣」，蓋此文初稿嘉慶三年（一七九八）作於宜興，爲周濟修習舉業時之習作。道光十一年修改後以教授馮元燿諸子。

【校勘】

㊀「取瓶秧」：一卷本味雋齋文稿同。清葛士浚皇朝經世文續編卷四十一區田議作「取瓶秧雜他秧」。

㊁「年」：一卷本味雋齋文稿同。清葛士浚皇朝經世文續編卷四十一區田議奪。

【注釋】

〔一〕闌入：攙雜進去。明袁宗道獨坐：「闌入朱紫叢，駑馬隨鵬鶡。」

〔二〕一絲：喻秧苗初生時之微小。

〔三〕儆昆：山溪周氏宗譜卷四之一大分五房世表上：「治，宗少公三子。字儆昆，號晦齋，太學生。生乾隆五十一年丙午四月二十一日，卒於道光十年庚寅九月十七。葬任渚田内。配徐氏，太學生念兹女，貴州朗岱同知鉉胞妹，生乾隆五十四年己酉正月十六日，卒於咸豐八年戊午，月日缺。葬棠徑下田内。子二：榕、桐。榕出嗣兄濟。女一，適洑溪徐保康。」

鹽法議一㊀

鹽法之不可廢也。其粗在於利國，其精在於安民。唐之初，兩淮鹽利數十萬。及劉晏〔一〕管之，歲六百萬。此利國之説，而非其精也。如但以利而已，則曷不徵之産鹽之地？曷不榷之所道之關津？曷不均之食鹽之人？三者皆足以取利，三者并用之，利且不止於常額，其事較省，其弊較少，其利孔〔二〕較寬而可恃，然而聖君賢相斷斷然不爲之者，誠惜乎其所精也。鹽者，取之於海而甚易，非如穀帛有樹藝之勤、終歲之久也。易成故利厚，利召爭，爭召殺，殺召盜。不統之於少府〔三〕，是海濱皆盜藪也。河灘、江洲歲有鬥訟，大者至於殺人，而况海濱斥鹵〔四〕無蓋藏之露積哉？無賦則必爭，有賦則必漏。賦所自起，漏即因之，斷斷然也。

漢以來，歸之官。其後官商半。我朝度越前古，悉歸商。官者，所以治人也。名之曰官，而任之商賈之事，漢史所以刺均輸〔五〕也。若夫商者，市井賤丈夫耳，鮮耻而嗜利。利苟集焉，則惟上之所使之；且夫利之所在，弊之藪〔六〕而怨之府〔七〕也。惟賤丈夫爲能與弊相安，而與怨相貿。鹽法之書，於商曰卹，以富厚而蒙鰥寡之惠，以燕安而被罪辜之名，職是故也。然則國家曷取乎賤丈夫而用之？曰：此深意之所寄也。今夫桀驁不馴之氣，未嘗一日不流行於天地之間，夫固必有所鍾矣。唐虞之隆，尚有凶頑；苟無其權，雖亂弗肆。用世之大權曰位曰財。位者，榮辱之所生；財者，聚散之所繫。位耑於上，財布於下。財之大積，莫若鹽。既不可以是辱吾治人之官，而又非士、君子之所能爲也，則與其委之凶頑之亂民，無寧委之賤丈夫焉。賤丈夫而獲利，上可以佐非常之需，粉飾太平之盛，下則老疾幼孤有所賴，游食之士有所依，州縣以上辦公之費有所集。極其所至，不過奢侈逾制，自底於貧匱而止耳。夫奢侈者，一身之孽也；奢侈而所積散，散則百工雜伎乘而瓜分之，固猶㊁有所養也。苟大局之無損，則彼踣而此起耳。若使委利於凶頑之亂民，則其害豈待言而後明哉？是故我朝之論鹽法，曰卹商以裕課，曰緝私以疏引，皆其粗也。言其粗，而精者固已括乎其中。

【繫年】

文收入國家圖書館藏求志堂存稿彙編一卷本味雋齋文稿。文當道光十一年（一八三一）作於揚州。清蔣彤武進李先生年譜卷三：「十一年辛卯，先生年六十有三，在暨陽。……陶公因奏章程十有五條，而欽差復密奏請裁鹽政，歸總督管理，以一事權。由是鹽務大變，兩淮汹汹，幾釀成釁端。……當改法時，保緒在揚州，熟練鹽務，持議有異同。陶公銜其阻撓，將摭其他故罪之先生。」又石彦陶、陶用舒陶澍年譜：「（道光十一年）十二月，奏請淮北滯岸試行票鹽制。……（十二年）五月，奏請淮北湖運綱鹽滯岸及食鹽各岸，試行票鹽，酌議設局徵税章程。」

【校勘】

㈠「鹽法議一」：清葛士濬皇朝經世文續編卷五十作「鹽法議上」。

㈡「猶」：清葛士濬皇朝經世文續編卷五十鹽法議上無。

【注釋】

〔一〕劉晏（七一八、七一五或七二五—七八〇）：字士安，曹州南華今山東菏澤東明人。唐代著名經濟改革家、理財家。

〔二〕利孔：經濟利益的來源。管子國蓄：「利出於一孔者，其國無敵；出二孔者，其兵不詘；出三孔者，不可以舉兵；出四孔者，其國必亡。」漢桓寬鹽鐵論本議：「故平準、均輸所以平萬物而便百姓，非開利孔爲民罪梯者也。」

〔三〕少府：縣尉的别稱。

〔四〕斥鹵：鹽。

〔五〕均輸：漢武帝實行的一項經濟措施。在大司農屬下置均輸令、丞，統一徵收、買賣和運輸貨物。

〔六〕弊之藪：弊藪。弊害之淵藪。

〔七〕怨之府：怨府。衆怨歸聚之所。

鹽法議二〔一〕

成本者，鹽法之原也。賣價者，鹽法之委也。原委相權，而盈虧見；盈則商聚，聚則紀綱法度秩秩然；否則商散，散而刼之以威，則愈散：此今日之勢也。夫成本賣價者，運司所宜日計、旬計、月計、歲計，且逆料〔二〕其將然，而豫爲計者也。舍是，則皆吏胥之事曷貴乎？運司計之而有餘，則優柔而取盈焉以佐國；計之而不足，則言之鹽政，鹽政爲求其所以不足之故，因而補救之，或奏或諮，或飭行，或參處。一二大端舉，而其末應矣。非是，則曷貴乎鹽政？是故鹽政之局量〔三〕必寬，且決於運司，運司之心計必敏且密於商人，而後鹽法治。

問：「今日之成本，猶是志載之成本乎？」百物皆貴，而獨成本數十年不變乎？有以知其不然也。是必先求實在之成本，而後可以定賣價。

問：「今日之賣價，猶是志載之賣價乎？」成本益增，而賣價顧能益減乎？曾不聞一言及之，是爲無運司也。

商之稟，自言其情而已，可否決之運司；運司所不能決，或雖決而恐其未當也，是以詳之鹽政。是鹽之有政也，以鹽政主政者也。若一切委之商稟，豈商所云云，其是非成敗，固宜燭照數計〔三〕，百不失一乎？是爲無鹽政也。愚謂今日講求鹽法，必先責運司以會計，如何則盈，如何則虧，如何則虧復爲盈，不得委之於商，而聽其自爲。鹽政總其大綱以督率之，有所不通，則從而補救之。運司之精神注於商，鹽政之精神注於臬。注於商，故運利；注於臬，故銷利。運利故原不竭，銷利故委不積。因原竟委，相維而不相閡，則得其體矣。

當時，陶文毅公澍〔四〕奏裁鹽院，與先生訴訟不合，故有是二議及淮鹺問畣，旋則改爲票鹽矣。門人馮元燿〔五〕謹識。

【繫年】

文收入國家圖書館藏求志堂存稿彙編一卷本味雋齋文稿。文當道光十一年（一八三一）作於揚州。參鹽法議一。

【校勘】

㊀「鹽法議二」：清葛士濬皇朝經世文續編卷五十作「鹽法議下」。

【注釋】

〔一〕逆料：預料。

〔二〕局量：器量，氣度。

〔三〕燭照數計：以燭光照明，用數計算。比喻預料事情正確無誤。

〔四〕陶文毅公澍：陶澍（一七七九—一八三九），字子霖，號雲汀，湖南安化人。嘉慶七年壬戌（一八〇二）進士，改庶吉士，授編修，官至兩江總督，加太子少保銜，贈太子太保，謚文毅。有印心石屋詩抄、蜀輶日記、陶文毅公全集等。

〔五〕馮元燿：又作馮元曜，字白虛。廣東鶴山人。道光初曾受業於周濟，收集、保存、傳播周濟作品用力甚勤。求志堂存稿彙編馮元燿跋語：「道光之初，燿以童齡侍几席於春水園。……光緒十三年丁亥三月三日，受業鶴山馮元燿謹贅於古皖之庚嶺山莊，時年七十有五。」知其生於嘉慶九年（一八〇四）；求志堂存稿彙編周恭壽跋語：「十餘年間，卓卿兄未老而旋殁，白虛丈以耄齡作古，燮堂叔財中年復相繼逝。……光緒十八年，歲次壬辰季冬，侄孫恭壽謹識。」又據山溪周氏宗譜卷四之一大分五房世表上，周燮堂佐臣卒於「光緒十五年己丑十一月二十九日」。知馮元燿卒於光緒十三年丁亥三月三日至光緒十五年己丑十一月二十九日間。其父馮啓蓁又作起蓁，字晋漁、晋魚。嘉慶十五年舉人。龔自珍庚午同年，兩人曾同官内閣中書。龔集中有數首酬贈之作。廣東鶴山人。嘉道間游歷南京。著有小弇山房詩。據山溪周氏宗譜卷四，周濟子周榕之長女適啓蓁之孫，元燿之子學周。

葬議

地有吉凶，葬無禍福。葬者爲死者，非爲生者也。自冢墓之職廢，而葬無恒地；自七月、五月、三月逾月之制〔一〕廢，而葬無恒時。於是禍福之説乘之，以父母體魄爲子孫徼倖之資，風俗人心日以頹，争鬥獄訟日以繁，此有志之士所深閔也。夫人子之於父母，固當有無窮之愛焉，體魄所托以爲安，而苟簡從事謂之不孝，凡葬書之説，曰土厚而温，無風水蟲石之害，則所以安吾親之體魄者，稱其力而爲之，是亦足矣。土不欲其親膚〔二〕，而棺椁不能不朽，固天地自然之數，而人子所無如何也。設爲禍福之説，以愚惑天下，而學士、大夫或且靡然而從之，奈何其不爲之所也。有言責者，曷不昌言之曰：凡未葬之，子孫已仕者毋得起服〔三〕，未仕者毋得捐考〔四〕，仍科以棄屍不失之律；因而遭水火或他故毁傷者，科以殘毁之律；其有子孫衆多而或欲葬、或不欲葬者，欲葬者告言〔五〕，獨坐不欲葬者；非山崩水齧、棺已見而輒遷葬者，科以發塚見棺見屍之律，不欲遷者告言，獨坐欲遷者。地師〔六〕倡邪説惑衆，致子孫坐罪者，科以教誘之律。田宅因風水興訟者，本罪外，仍科所因。謂禍福爲適然〔七〕邪，則固無事乎此也；謂禍福爲有致然邪，則致福莫大乎仁孝。悖仁孝以求福，未見其能獲也。父母之於子，其所甚欲者，未有捐於吾也。吾皆不能如其意以予之，而欲責報〔八〕於枯朽之餘予之，以甚不欲，而欲其必如吾意，世固有如是之仁孝乎哉？而比匪〔九〕之交搆，因之兄弟之鬩墻〔一〇〕，因之積柩未舉，而素封〔一一〕之貲蕩焉無存者，指不勝屈，是亦政理〔一二〕所宜急也。

【繫年】

文收入國家圖書館藏求志堂存稿彙編一卷本味雋齋文稿。蓋道光十一年（一八三一）周濟教授馮元燿諸子之「制藝」文，作於南京。

【校勘】

清葛士濬皇朝經世文續編卷七十葬議文字同。

【注釋】

〔一〕七月、五月、三月逾月之制：左傳隱公元年：「秋，七月，天王使宰咺來歸惠公、仲子之賵。緩，且子氏未薨，故名。天子七月而葬，同軌畢至；諸侯五月，同盟至；大夫三月，同位至；士逾月，外姻至。」

〔二〕土不欲其親膚：孟子公孫丑下：「孟子自齊葬於魯，反於齊，止於嬴。充虞請曰：『前日不知虞之不肖，使虞敦匠事。嚴，虞不敢請。今願竊有請也：木若以美然。』曰：『古者棺椁無度，中古棺七寸，椁稱之。自天子達於庶人，非直爲觀美也，然後盡於人心。不得，不可以爲悦；無財，不可以爲悦。得之爲有財，古之人皆用之，吾何爲獨不然？且比化者無使土親膚，於人心獨無恔乎？吾聞之也：君子不以天下儉其親。』」

〔三〕起服：猶起復。古代官吏有喪，服未滿而起用。

〔四〕捐考：納資取得考試資格。

〔五〕告言：揭露，告發。史記魏其武安侯列傳：「諸灌氏皆亡匿，夫繫，遂不得告言武安陰事。」

〔六〕地師：舊時看風水的人。

〔七〕適然：偶然。

〔八〕責報：求取報答。

〔九〕比匪：周易比：「比之匪人。」王弼注：「所與比者皆非己親，故曰比之匪人。」

〔一〇〕兄弟之鬩牆：詩經小雅常棣：「兄弟鬩於墻，外禦其侮。」

〔一一〕素封：史記貨殖列傳：「今有無秩禄之奉，爵邑之入，而樂與之比者，命曰『素封』。」張守節正義：「言不仕之人自有田園收養之給，其利比於封君，故曰『素封』也。」

〔一二〕政理：爲政之道。鬼谷子本經陰符：「原人事之政理，不出户而知天下。」

嫁議

古人之於夫婦，各致其情，而未嘗有所强也。一與之齊，終身不改，所以立其經；媒氏〔一〕掌男女之判合〔二〕，奔者不禁，所以禦其變。非然，則夫婦之道苦，而淫辟之罪多矣。情者，性之所發也；欲者，情之所流也。上士〔三〕復性，其次用情，其下徇欲。欲不逐境者，情之幾於復性者也。下此，鮮不移，移則情變，變則親漸疏，真漸僞，惟其地之相偪也，内疏而外僞，尤不可以一朝居〔四〕，而又顧惜名分，含忍而包容之，彼此互忍而互有所不平，於是不測之機，伏於肘腋之間，而其危不可以終日。且夫中智以下，未有不有所待乎外者也。所恃待乎外，則方其自恃也，而固已不足恃矣。境遇而不居，欲睒而不償，情匿而弗宣，性其殆哉！愚以爲宜廣妻不唱隨〔五〕之條，設夫絶恩義離異之律，以平其情而弭其變。曷旌乎節賞？人情之所難也。難在所賞，則㊀不能爲；其難者在所恕，恕則不宜示之罰。妾不受夫封，爲其奔，不備禮〔六〕也，而未嘗絶其封於子。惟再醮〔七〕則絶之，曾妾之不若。是以素封〔八〕以上，莫不醜而强制之，是節可以僞爲也；甚者慮其不終，斷父母翁姑之恩，而抑偪自戕者，非所以矜恤寡弱也。愚以爲再醮之婦，宜同妾例，絶其封於夫，而不絶其封於子，俾父母翁姑無所醜而强制焉，所全者必多矣。苦節之貞，仰事俯育，積數十年；殉夫之烈，俄傾而決：誠若有所不同。戒輕生者，因有旌節不旌烈之説。然每觀易姓之際，有識以上冥嘿〔九〕捐軀，於事未有濟也，異代哲王〔一〇〕猶將表揚之，以激厲風俗。至於烈婦，則曰：爾曷不爲其難？曷爲輕生而徇名？是褒自經溝瀆之諒於學士大夫，而責托孤寄命之全才於匹婦也：一何其不思之甚也？愚以爲殉夫之烈，凡在喪服以内，及服甫除者，咸宜旌異於義，爲弘先王之教至寬也，寬故多所就而少所越。拘儒淺識，索求瑕疵，刻深〔一一〕之論，務爲申韓〔一二〕所不能加，於是驅天下而爲僞。僞之既成，於教固無所越也，而其流極〔一三〕將激而生殊異之變，可不懼哉？可不慎哉？

【繫年】

文收入國家圖書館藏求志堂存稿彙編一卷本味雋齋文稿。蓋道光十一年（一八三一）周濟教授馮元燿諸子之「制藝」文，作於南京。

【校勘】

清葛士濬皇朝經世文續編卷六十九嫁議文字同。

㊀「則」：「則」前當奪一「賞」字。

【注釋】

〔一〕媒氏：官名。掌管婚姻之事。周禮地官媒氏：「媒氏掌萬民之判，凡男女自成名以上，皆書年月日名焉。令男三十而娶，女二十而嫁。」

〔二〕判合：配合，兩半相合。特指兩性的結合。漢書翟方進傳：「天地判合，乾坤序德。」顏師古注：「言元帝既有威德，太后又兆符應，則是天地乾坤夫妻之義相配合也。」

〔三〕上士：周禮天官序官：「宰夫下大夫四人，上士八人，中士十有六人，旅下士三十有二人。」孫詒讓正義：「凡諸官上士，王制謂之元士，又謂之適士，中、下士又謂之官師。」孟子萬章下：「君一位，卿一位，大夫一位，上士一位，中士一位，下士一位，凡六等。」秦以後亦有襲用古制，以上士、中士、下士爲官秩者。

〔四〕一朝居：孟子告子下：「由今之道，無變今之俗，雖與之天下，不能一朝居也。」

〔五〕唱隨：「夫唱婦隨」之略語。喻夫婦和睦相處。

〔六〕備禮：禮儀周備。

〔七〕再醮：古代行婚禮時，父母給子女酌酒的儀式稱「醮」。因稱男子再娶或女子再嫁爲「再醮」。元、明以後專指婦女再嫁。

〔八〕素封：無官爵封邑而富比封君的人。參文卷一葬議注釋〔一一〕。

〔九〕冥嘿：冥默，死亡。文選顏延之陶徵士誄：「近識悲悼，遠士傷情，冥默福應，嗚呼淑貞。」劉良注：「雖冥默無象，固應神也。」

〔一〇〕哲王：賢明的君主。尚書酒誥：「在昔殷先哲王，迪畏天顯小民，經德秉哲。」

〔一一〕刻深：苛刻，嚴酷。戰國策秦策一：「刻深寡恩，特以强服之耳。」

〔一二〕申韓：戰國申不害、韓非的并稱。後世以「申韓」代表法家，亦以稱申韓之學。此借指酷法。

〔一三〕流極：去向。清方苞春秋通論序：「所以考世變之流極，測聖心之裁制，具在於此，非通全經而論之，末由得其間也。」

肉刑議

肉刑不復，久矣。法律大備，而於懲奸之道，有不若肉刑之適當者三：鬥與盜與淫也。鬥至折傷者，盜傷應捕人輕者，宜刖一足；鬥至篤疾者，盜傷應捕人至折傷者，宜并刖之：於今法，爲由輕適重。强奸輪奸已成、本婦未死者，奸夫殺本夫、奸婦實不知情者，宜宫之：於今法，爲由重適輕。漢文廢肉刑，閔其身雖悔過，而肌膚肢體不可以復完也。〔一〕甚者加人於死。夫使所侵損於人者可以復完，則予凶人以自新之途，可也；今所損已令人不可復完矣，獨奈何惜凶人之殘廢，存其復犯之具，而不稱所損以償哉？至於加人於死，是不忍刑人，而忍殺人也，是亦未足以昭情法之平也。鍾繇議復肉刑〔二〕，嫌鄰敵有辭而罷，意其所議，紛紜太多，若如斯之條，雖檄告吴蜀，可也，惜其事之中止，而詳不可得聞。是爲議。

【繫年】

文收入國家圖書館藏求志堂存稿彙編一卷本味雋齋文稿。蓋道光十一年（一八三一）周濟教授馮元燿諸子之「制藝」文，作於南京。

【注釋】

〔一〕史記孝文本紀：「乃下詔曰：『蓋聞有虞氏之時，畫衣冠、異章服以爲僇，而民不犯。何則？至治也。今法有肉刑三，而奸不止，其咎安在？非乃朕德薄而教不明歟？吾甚自愧。故夫馴道不純而愚民陷焉。詩曰「愷悌君子，民之父母」。今人有過，教未施而刑加焉，或欲改行爲善而道毋由也。朕甚憐之。夫刑至斷支體，刻肌膚，終身不息，何其楚痛而不德也，豈稱爲民父母之意哉！其除肉刑。』」

〔二〕三國志魏書鍾繇傳：「初，太祖下令，使平議死刑可宫割者。繇以爲『古之肉刑，更歷聖人，宜復施行，以代死刑』。議者以爲非悦民之道，遂寢。及文帝臨饗群臣，詔謂：『大理欲復肉刑，此誠聖王之法。公卿當善共議。』議未定，會有軍事，復寢。太和中，繇上疏曰：『大魏受命，繼蹤虞、夏。孝文革法，不合古道。先帝聖德，固天所縱，墳典之業，一以貫之。是以繼世，仍發明詔，思復古刑，爲一代法。連有軍事，遂未施行。陛下遠追二祖遺意，惜斬趾可以禁惡，恨入死之無辜，使明習律令，與群臣共議。出本當右趾而入大辟者，復行此刑。書云：「皇帝清問下民，鰥寡有辭于苗。」此言堯當除蚩尤、有苗之刑，先審問於下民之有辭者也。若今蔽獄之時，訊問三槐、九棘、群吏、萬民，使如孝景之令，其當棄市，欲斬右趾者許之。其黥、劓、左趾、宫刑者，自如孝文，易以髡、笞。能有奸者，率年二十至四五十，雖斬其足，猶任生育。今天下人少于孝文之世，下計所全，歲三千人。張蒼除肉刑，所殺歲以萬計。臣欲復肉刑，歲生三千人。子貢問能濟民可謂仁乎？子曰：「何事於仁，必也聖乎，堯、舜其猶病諸！」又曰：「仁遠乎哉？我欲仁，斯仁至矣。」若誠行之，斯民永濟。』書奏，詔曰：『太傅學優才高，留心政事，又於刑理深遠。此大事，公卿群僚善共平議。』司徒王朗議，以爲『繇欲輕減大辟之條，以增益刖刑之數，此即起偃爲竪，化屍爲人矣。然臣之愚，猶有未合微異之意。夫五刑之屬，著在科律，自有減死一等之法，不死即爲減。施行已久，不待遠假斧鑿于彼肉刑，然後有罪次也。前世仁者，不忍肉刑之慘酷，是以廢而不用。不用已來，歷年數百。今復行之，恐所減之文未彰于萬民之目，而肉刑之問已宣于寇讎之耳，非所以來遠人也。今可按繇所欲輕之死罪，使減死之髡、刖。嫌其輕者，可倍其居作之歲數。内有以生易死不訾之恩，外無以刖易釱駭耳之聲』。議者百餘人，與朗同者多。帝以吴、蜀未平，且寢。」

六安答問

或曰：皋陶明刑，世絶不祀，信乎？答曰：非也。左氏慨中國衰弱，坐視荆楚侵滅先聖之後，而不能救爾。〔一〕夫殘民之事，莫大於蕩廢廉耻，桎梏仁義，倡異端邪説，以喪其心；次者厚賦巧斂，奢淫侈汰，以破壞攘敚其家：此其流毒，必世百年而後復，宜天刑所必加，而未聞之其驗之如景應形〔二〕也，故曰天道遠。若夫刑者，與禮相維，與兵相攝，義取於禁暴，德成於好生。皋陶之用刑，何虐於民，何辜於天，而假手蠻夷，殄其允嗣，以爲報復哉？皋陶爲帝李，以官爲氏。凡諸李，宜皆出皋陶。〔三〕且唐虞至春秋，千數百年矣。蓼、六〔四〕之外，豈無支屬？即楚滅二國，公姓公族，度不過俘諸翦賜，亦未至剿絶靡孑遺也。自佛法入中國，而生殺之教分：儒者往往漸染不覺，動引經傳相左證。夫刑及無辜謂之殘殺，辟以止辟〔五〕謂之祥刑〔六〕。蕭何起刀筆吏，用明法佐漢，其治孰與皋陶？而酇侯之封，與漢并永；子孫蕃衍昌大，史不絶書：是亦足以明論者之惑矣。末俗，吏多選輭〔七〕不職，明不足以燭奸，强不足以除暴，煦煦嫗嫗〔八〕盗寛仁之名，以濟其容身保禄位之計，而自詭子孫必將高大其門閭，一二有爲者出其閒，必相與怪而擠之，若唯恐奸之不獲養、國是之不獲誤也。然則仲尼、子産之爲政，顧不及，不足法與？此又與於不仁之甚者也。

【繫年】

文收入國家圖書館藏求志堂存稿彙編一卷本味雋齋文稿。蓋道光十一年（一八三一）周濟教授馮元燿諸子之「制藝」文，作於南京。

【校勘】

清葛士濬皇朝經世文續編卷九十八葬議文字同。

【注釋】

〔一〕左傳文公五年：「六人叛楚即東夷。秋，楚成大心、仲歸帥師滅六。冬，楚公子燮滅蓼。臧文仲聞六與蓼滅，曰：『皋陶庭堅不祀忽諸。德之不建，民之無援。哀哉！』」

〔二〕如景應形：漢書董仲舒傳：「夫善惡相從，如景鄉之應形聲也。」顏師古注：「鄉讀曰『響』。」如影隨形，如響應聲。

〔三〕唐林寶元和姓纂卷一：「李，帝顓頊高陽之裔。顓頊生大業。大業生女莘。女莘生咎繇，爲堯理官，子孫因姓理氏云云。……崇五代孫仲翔，生伯考。伯考生尚。尚生李廣也。廣以後生唐高祖李淵。」

〔四〕蓼六：史記楚世家：「四年，滅六蓼。六蓼，皋陶之後。」杜預集解：「六國，今廬江六縣。蓼國，今安豐蓼縣。」

〔五〕辟以止辟：尚書君陳：「有弗若於汝政，弗化於汝訓，辟以止辟，乃辟。」用刑於一人之身，即可使他人畏懼而停止犯罪行爲，從而達到不再用刑的目的，即「以刑止刑」。

〔六〕祥刑：同「詳刑」，善用刑罰。尚書呂刑：「有邦有土，告爾祥刑。」孔傳：「告汝以善用刑之道。」

〔七〕選輭：選耎，怯懦不前。「選」，通「巽」。漢書西南夷傳：「恐議者選耎，復守和解。」顔師古注：「選耎，怯不前之意也。」

〔八〕煦煦嫗嫗：均和悦貌。

終　後學徐泰臣〔一〕、侄維孝〔二〕校字

【注釋】

〔一〕徐泰臣：生平不詳。

〔二〕維孝：山溪周氏宗譜卷五大分六房世系：「維孝，禮卿公四子，行五，字□林，又字念橋，别字訪梅。附貢生。公至性孝友，稱於鄉里。載邑志。有傳。生清道光三十年庚戌正月十七日，卒清光緒三十年甲辰。葬本圩長三畝田内，西南向。配丁山贈州同高泰臨次女、五品銜懋昇胞妹。生咸豐二年壬子十一月初二月，卒光緒二十八年壬寅十一月初六日。氏茹苦事姑，母儀足式。有傳。載邑志賢淑。葬畢瀆廟東北隅，朝北向。子四，琦、璜、琛、理。璜出嗣兄維恭，琛出嗣兄維城。女一，適城中吴即選訓導同治庚午歲貢生乃希曾孫、員外郎銜候選中書科中書附貢生自牧孫誠一長子。」

文卷二

說文字系序

文字者，所以傳聲音也。故始于指事、象形，通于會意，終于諧聲。而轉注、假借，特附焉以濟其窮，非文字之本例也。畫卦者，文之原也。文必始于一，許君述之。文不終于亥。終于亥者，許君之所作也。五百四十者，陰陽九六之合數。文原于卦，而不能一準于易。必五百四十部者，亦許君之所作也。作不能無過，此亭林先生所以不深信許君也。〔一〕然而終不能廢者，則所述之無以易焉故也。許君以文字相雜爲次，字不皆系于文，學者惑之，巧密故也。以文字傳聲音，其可傳者，事形意而已。事形意既備，而聲音猶不能盡傳，不得已，仍即聲以傳。既以聲傳，則不得復與文字爲一例。事形意相受，如姓之爲氏族也；聲復相受，則如今之以氏族爲姓也。古今自然之變，雖聖賢不能改。故文字之書，必變而爲聲音，亦其時世然也。濟不敏，幼從先君子爲聲音之學〔二〕，因及于韻，知韻之必本于文字，而未之能究也。中間失學二十餘年，乃復溯原于文字。文字之書，舍許君無可爲者。是以昔賢雖知非完書，而終無以易之。此字系之所爲述也。述許君之書，則應始一終亥；乃始一而不終亥者，變許君之所作，而不變許君之所述也。文字之以事形意著而自得聲者，蓋千數百耳；衍之以聲，則可萬；通之以假借、轉注，則將無算焉。無算者，不可勝窮也。以許君爲斷焉，可也；自得聲之與諧聲，則畛域判然。雖不以許君爲斷，而實述許君之旨以爲斷，固未嘗敢有所作也。若乃推其不可通，正其繁説，往往本諸許君所述之古文，引而伸之，觸類而長之，疑必闕之，猶前志也。

此書二十萬言，未及梓行。燿〔三〕嘗手録二通，一存友人諶展卿〔四〕處，并沈於劫。此序僅存，可勝嘆哉！門人馮元燿謹識。㈠

【繫年】

文收入國家圖書館藏求志堂存稿彙編一卷本介存齋文稿。文曰：「濟不敏，幼從先君子爲聲音之學，因及于韻，知韻之必本于文字，而未之能究也。中間失學二十餘年，乃復溯原于文字。」周濟父周仁卒於嘉慶六年（一八〇一），歷「二十餘年」，當道光元年（一八二一）至道光九年（一八二九）間。又，道光七年（一八二七）秋，周濟一日大悟，盡去賓客，去揚州，居南京春水園。自號止庵、止安。然猶往來淮揚。春水園詩并序：「丁亥秋，舉家徙南京春水園。然猶往來淮揚，未嘗得終歲。」至道光八年（一八二八）春末携蘇佩蘘寓金陵之春水園，儲素樓詞霜葉飛序：「幼失怙恃，依於徐氏。徐母鍾愛，十有六載，未嘗暫離。于歸後，尚得同居。道光八年，隨夫子返春水園。」閉門著書，始得專力從事説文字系等書的撰著，至道光九年書成，復撰此序。故序道光九年（一八二九）作於南京。

【校勘】

㈠ 此段小注，一卷本介存齋文稿無。

【注釋】

〔一〕清顧炎武音學五書後序：「嗚呼！許叔重説文始一終亥，而更之以韻，使古人條貫不可復見，陸德明經典釋文割裂刪削，附注於九經之下，而其元本遂亡。成之難而毁之甚易，又今日之通患也。」

〔二〕周濟之父周仁著有荆音韻匯，有孤本藏於北京大學圖書館。當代宜興學者黄河著有荆音韻匯：兩百年前的宜興話，中西書局，二〇一六年標點整理此書。

〔三〕燿：馮元燿。參文卷二鹽法議二注釋〔五〕。

〔四〕諶展卿：師周濟，生平不詳。

説文韻原序

驪連栗陸〔一〕，雙聲斯著；軒轅續竹〔二〕，疊韻興焉。天籟實然，匪由創造。皇古〔三〕歌謡，流傳蓋寡；唐虞夏商，猶云崇質。大文〔四〕昌運〔五〕，莫隆蒼姬〔六〕；易繫詩篇，折衷孔子〔七〕。其流彌遠，支派益分。調以四聲，和以陰陽，其大較〔八〕也。夫時鳥〔九〕百變，鳳皇止于數聲；八音〔一〇〕雜奏，律吕統以一本〔一一〕。苟沿波而忘原，將習今而非古。是以綴文績學之士，伏按討索，旁徵諸子，用佐騷賦。掇拾極博，繕練彌精。雖然，不考得聲之字，則字無所統；不因聖言之聲，則聲無所麗。字以統之，如姬姜〔一二〕子姒〔一三〕，戚屬〔一四〕本于天也；聲以麗之，如比閭〔一五〕族黨〔一六〕，度居〔一七〕定于王也。濟既述字系，以明所統；述音系，以明所麗。然後克成是書。不曰韻，而曰「韻原」者，今韻取士，隋唐迄兹，功令攸存，無庸議也；不曰「韻原」，而附之説文者，許君述文字，不悉合今文。經典雅故，闕遺滋多，假借難括。自經韻而外，不敢復增，蓋言謹也。經韻之中，或有假借可通，及古今異用者，皆據廣韻附于聲末，示有方也。本聲一文，别無孳乳，或雖孳乳，不入經韻，則以切韻審讀，亦據廣韻而比屬之。懼漏略也。凡皆以許君爲依歸，是以附之説文也。自三山陳氏〔一八〕始究古韻，迄于今日，其别復多離文論韻，勢所必至，是以斤斤附之説文也。老師宿儒，相繼淪謝。壯盛失學，炳燭〔一九〕云遲。睹記譾陋，搏手〔二〇〕自恨。拔迹〔二一〕榛蕪之中，游目康莊之域。意有嚮往，殆將庶幾量力所任，蓋云尠矣。後有君子，是糾是繩；豈惟寡昧，獨受其賜。

此書注釋小字近百萬言，今序存書亡，徒深嚮往，門人馮元燿識。㊀

【繫年】

文收入國家圖書館藏求志堂存稿彙編一卷本介存齋文稿。道光九年（一八二九）作於南京。

【校勘】

㊀ 此段小注，一卷本介存齋文稿無。

【注釋】

〔一〕驪連栗陸：遠古帝號。晉皇甫謐帝王世紀自皇古至五帝：「女媧氏没，次有大連氏、黄伯氏、中央氏、栗陸氏、驪連氏。……凡十五世，皆習包犧氏之號也。」

〔二〕續竹：代彈歌。漢趙曄吴越春秋勾踐陰謀外傳載上古彈歌：「斷竹，續竹，飛土，逐肉。」

〔三〕皇古：上古，遥遠的古代。

〔四〕大文：繁盛的文飾。南朝梁簡文帝七勵：「温麗瓊臺，密華承寢；當户之縠，大文之錦。」

〔五〕昌運：興隆的國運。

〔六〕蒼姬：周姬姓，爲木德，木色蒼，故稱周姬姓爲蒼姬。

〔七〕折衷孔子：史記孔子世家：「中國言六藝者，折衷於夫子。」

〔八〕大較：大法，大體。史記律書：「豈與世儒闇於大較，不權輕重，猥云德化，不當用兵，大至君辱失守，小乃侵犯削弱，遂執不移等哉！」司馬貞索隱：「大較，大法也。」

〔九〕時鳥：應時而鳴的鳥。

〔一〇〕八音：周禮春官大師：「皆播之以八音：金、石、土、革、絲、木、匏、竹。」鄭玄注：「金，鐘鎛也；石，磬也；土，塤也；革，鼓鞀也；絲，琴瑟也；木，柷敔也；匏，笙也；竹，管簫也。」

〔一一〕一本：同一根本。

〔一二〕姬姜：春秋時，周王室姓姬，齊國姓姜。

〔一三〕子姒：夏姒姓，商子姓。因以「子姒」稱商和夏。

〔一四〕戚屬：親屬，親戚。

〔一五〕比閭：周禮地官大司徒：「令五家爲比，使之相保，五比爲閭，使之相受。」比、閭爲古代户籍編制基本單位。後因以「比閭」泛稱鄉里。

〔一六〕族黨：聚居的同族親屬。

〔一七〕度居：变作「宅居」。居住。

〔一八〕三山陳氏：陳壽祺（一七七一—一八三四），字恭甫、介祥、葦仁，號左海、梅修，晚號隱屏山人，福建侯官今福州人。乾隆五十四年（一七八九）舉人。嘉慶四年（一七九九）進士，選翰林院庶起士，散館授編修，與武進張惠言、高郵王引之以治經學齊名。撰有五經異義疏證等。

〔一九〕炳燭：漢劉向説苑建本：「晋平公問於師曠曰：『吾年七十，欲學恐已暮矣。』師曠曰：『何不炳燭乎？……臣聞之少而好學，如日出之陽；長而好學，如日中之光；老而好學，如炳燭之明。炳燭之明，孰與昧行乎？』」後因以「炳燭」比喻老而好學。

〔二〇〕搏手：漢書龐參傳：「田疇不得墾闢，禾稼不得收入，搏手困窮，無望來秋。」李賢注：「兩手相搏，言無計也。」

〔二一〕拔迹：顯赫發達，超越衆人。

六壬畢法總鈐序

大撓〔一〕作甲子，果其日甲子乎？曰：固也。天地始闢，諸皆未有名，名之者人也。曰天則天，曰地則地，曰人則人，以至萬物皆然。人以其物命之，是物也，即一成而不可變。大撓作甲子，則其日甲子。已乃[二]昔之人推演長曆[三]，有失月，有失年。今之甲子，果大撓甲子乎？六壬之數，合用年月日時。年月日甲子不可信，可信獨時支[四]耳。以其一可信，參乎於七不可信，而欲以斷吉凶，可乎？曰：何爲不可？數莫尚乎卜龜之有兆也。方弓義功[五]馮之一灼，而衆占生焉。聖聖相承數千年，弗敢廢也。龜爲之乎，灼爲之乎，亦曰誠爲之爾已。誠，則人之氣與天地通。氣本通也，不通者，不誠爲之也。然則非能通也，能去其不通者也，所謂復性也。故記曰：「至誠之道，可以前知。」[六]非前知也，本無不前之知；其不知者，不通爲之也。然則以數萃人之誠，以誠還天地之通，以通復性之知。甲子特所名所借之一物，龜甲蓍策之類爾。度江湖者，其用在浮，舟亦浮，柎亦浮，渾脱[七]、木罌瓶[八]、中流之壺[九]亦皆浮，借無定之物，以行有定之浮，則大撓之甲子可也，今日之甲子亦可也。其浮同，則其濟同；其誠同，則其通同，其知同也。何以有效、有不效？曰：問者之誠，其觸也，猶度者之欲濟也；占者之誠，其因也，猶爲之度者之欲其濟也。所用以占，則其器也。器之良楛[一〇]，濟不濟繫焉。舟而膠、柎而材，敗則不濟，濟亦不畢。所憑以决其占之用，則其機也。舟柎物具而無楫棹，將迷其鄉，甚者欲東而反西焉。濟必不達，是興神物以前民用。卜質矣，筮文焉。世愈近，人事愈變，故其爲占驗亦愈益繁。文之不能反於質也，上自朝廷，下迄閭巷，尠不爲世所轉移。數亦因之。言卜筮於今日，是揖讓而解鬥[一一]也。六壬之占靡不備，惟天時則略之，墳墓則略之；六壬於三數，爲人詳於人，故略於天地也；略射覆，[一二]以其徵巧而不足前民用也。

重官禄，所以莅人也；重盗賊，所以安人也；重疾病，所以急人也。其書甚多，以畢法〔一三〕爲最精。

吾友包山〔一四〕潛心三數，最後治六壬。以畢法之用，條分件繫於周甲〔一五〕之下，於是舉册而體與用備焉。又著某㊀氏總鈐〔一六〕於上方，其言尤深切著明，蓋博而返之約者也。凡表六十册，又别爲鈎玄提要若干卷。六壬之書，於是大備。

余於六壬略涉焉，而爲衆説所眩，未嘗登其堂、窺其户，廢然〔一七〕返也。得是編，則浸浸乎汔濟矣。世之言術數者，多爲怪迂複亂以文其固陋。惟其入之也不深，故其言之也不白，甚者謂發泄泰過，造物忌之。夫造物，至仁愛，見有人焉，明吉凶以拯迷罔，指歧途以定一趣。方相之不暇，曷爲而忌之也哉？包山其發抒是編於世，譬猶聯膠舟，葺敗柎，縫綴渾脱，補苴木罌瓶，漆飾苦匏，加之以楫棹，其所濟也，必多矣。

【繫年】

文收入國家圖書館藏求志堂存稿彙編一卷本味雋齋文稿。包包山祥高乃包振若雲舫之侄。清顧名、龔潤森、吴德旋道光重刊續纂宜荆縣志道光二十年刊本卷七之三：「及仲衡以母憂歸，濟遂家居，益讀書著述，習射以自娱。丹徒富商包振若好結納當世奇傑士，首致濟，館之揚州，尊禮之甚至。」周濟當嘉慶十九年（一八一四）北游山東南返後，即寓居揚州。至道光八年秋携蘇佩蘘寓居金陵之春水園。儲素樓詞霜葉飛序：「幼失怙恃，依于徐氏。徐母鍾愛，十有六載，未嘗暫離。于歸後，尚得同居。道光八年，隨夫子返春水園。」春水園詩并序：

「丁亥秋，舉家徙南京春水園。然猶往來淮揚，未嘗得終歲。」文收入味雋齋文稿，當道光十一年（一八三一）作於南京。

【校勘】

㊀「某」：國家圖書館藏求志堂存稿彙編一卷本味雋齋文稿作「年」。

【注釋】

〔一〕大撓：呂氏春秋尊師：「黄帝師大撓。」高誘注：「大撓作甲子。」

〔二〕已乃：旋即，不久。

〔三〕長曆：依曆法推算，列出千百年間年月朔閏的曆書。晋杜預有春秋長曆。

〔四〕時支：古人干支紀時，將一天分成子丑寅卯辰巳午未申酉戌亥十二個時辰。

〔五〕方弓義功：周禮春官卜師：「卜師掌開龜之四兆，一曰方兆，二曰功兆，三曰義兆，四曰弓兆。」鄭玄注：「其云方、功、義、弓之名未聞。」

〔六〕禮記中庸：「至誠之道，可以前知。國家將興，必有禎祥；國家將亡，必有妖孽。見乎蓍龜，動乎四體。禍福將至，善必先知之，不善必先知之。故至誠如神。」

〔七〕渾脱：原指北方民族中流行的用整張剥下的動物的皮製成的革囊或皮袋。可用作渡河的浮囊，亦可作爲盛放水漿飲料的容器。

〔八〕木罌瓶：亦作「木罌缶」，省作「木罌」。漢書韓信傳：「伏兵從夏陽以木罌缶度軍，襲安邑。」顔師古注引服虔曰：「以木柙縛罌缶以度也。」

〔九〕中流之壺：鶡冠子學問：「中河失船，一壺千金。」

〔一〇〕良楛：精良與粗劣。

〔一一〕解鬥：争鬥的雙方和解。

〔一二〕射覆：漢書東方朔傳：「上嘗使諸數家射覆，置守宮盂下，射之，皆不能中。」顔師古注：「數家，術數之家也。於覆器之下而置諸物，令闇射之，故云射覆。」

〔一三〕畢法：六壬畢法賦，宋凌福之撰。

〔一四〕包山：清范鍇漢口叢談卷五：「丹徒包包山司馬祥高，行年十七，高才博學，工詩善書，業鹺漢口，風雅愛客，嘗慕顧玉山之風，得朱氏舊圃，擴而新之，題曰『怡園』。湖山石峭，花竹徑紆。泉瀑交流，松桂夾道。亭館池沼，結構都非塵境。緑波山房，最爲疏敞，圖書彝鼎，錯陳其間，爲漢上勝地。一時往來士大夫，莫不樂與訂交，如黄陂吴佘恬傑、黄梅喻公甫溥、陳秋舫沅、大雲澐昆季、歙縣徐韞齋璂、周菊存仲墀、南州裘慎甫行恕、長洲詹湘亭應甲、路莊南華、海寧陳景華在文、漢陽葉東卿志詵、汪均之、常芝仙、黄谷原，文酒流連，皆有唱和之作。至若春秋佳日，時時宴賞於怡園中者，則與歙縣洪旃林檀、巴菊農樹蕃、漢陽姚小山必遠、絳州傅華堂樅、錢塘黄芳谷至棠諸君爲多。諸君亦同業鹺務，英俊豪邁，文采風流，與包山更迭唱和，照耀壇坫，題襟之雅，重見於兹。余庚辰重客漢上，與包山一見如平生歡，不時招飲怡園，贈篇答什，率盈篋笥，幾忘羈旅在異鄉云。包山詩不多作，而饒有佳句。」清何紹章修、清吕耀斗纂光緒丹徒縣志光緒五年刊本卷二四：「包祥高，祖兆宗，父遐宣，贈中議大夫，候選同知，加三級。祖母唐氏贈淑人，母唐氏封淑人。」清徐賓善壺園詩外集道光二十三年徐志導等刻本卷二有包包山司馬祥高坐中見插緑萼梅花成樹感賦。清陳文述頤道堂詩選嘉慶十二年刻道光增修本卷二十三將旋吴門留别漢皋感事紀程積成篇什：「幾番青李寫來禽，書學知君海樣深。一代畫林搜已遍，爲君新咏譜書林。包包山善書，大字尤工。」清王培荀聽雨樓隨筆道光二十五年刻本卷四：「岳大將軍容齋，原籍甘肅，後官四川，因家焉。家人夢忠武入室而生，本王後裔，復爲後身，軀貌甚偉，勇力絶人，所用銅錘重六十斤，而儒雅自命，與王當日相類。湘江漁人得王玉印于江，震澤人王徵君硯農嘗以書畫展轉易之，印高徑寸，廣九分，古光黝然，鎸王姓名，篆法瘦勁，爲友借去，歷二十餘年，復歸。拓本寄蜀，與諸詩人觀玩，多有題咏。惜容齋未得見。范白舫詩云：『萬馬一蹴群虜僵，直驅河北兵威張。……一存一亡功孰計，英雄似夢夢應寒。「自古英雄多似夢」，韓蘄王南鄉子詞句，見梁谿漫志。王昔手書出師表，曾觀墨妙筆奇矯。丹徒包包山太守藏有王手書諸葛武侯前後出師表長卷墨迹，余曾於漢口敬觀。熗熗精采餘丈强，怡園，包山客漢口，有怡園。藏弆祕家寶。……』」

〔一五〕周甲：滿六十年。干支紀年一甲子爲六十年，故稱。

〔一六〕某氏總鈐：六壬總鈐，清佚名撰。

〔一七〕廢然：灰心喪志貌，失望貌。

雲溪遺稿序雲溪高氏〔一〕

與雲溪交逾十年，未嘗知其能詩也。浪游四方，歸里日少。雲溪卒十餘年，余遭弟憂，家居。雲溪之子質〔二〕乃以雲溪詩來乞序。質幼孤能立，裒集其父遺稿于故紙敗簏中。雖所得不多，且有譌缺，用意故已勤矣。世之馳騖名場者，導情宣指，往往以詩工拙相競，樸學淺之。

若夫山林棲汲之士，坐擁卷軸，出矚光景，感節序之變遷，驗飛潛動植之態狀，有觸于中，不能無言，言則必就其所最昵者共欣賞焉以自快，萬不一失也。雲溪與木君〔三〕同學所最昵。又好爲詩詞者，莫如余木君。每爲詞，輒手其稿就余，隔别或三五日，未嘗過十日，必一相見。雲溪過從不疏于木君。見余與木君論詞，或時至忼慨於咽，汍瀾〔四〕藉袂〔五〕，雲溪亦移情共歌哭，而未嘗及其爲詩。身没之日，遺稿散佚，將疏孏之性固然，抑亦其所自勗有大于詩者，而不樂以詩自見也歟？宜其詩之淳古淡泊，不競工拙於字句間也。讀其詩，四言及五言古詩爲多，蓋以淵明爲埻的〔六〕矣。間爲七言古詩及五七言近體，則多不能合繩墨。因爲之序，并擇其尤者數十篇授諸梓人，俾與木君之詞合爲一編，以志髫齔交游之感焉。

【繫年】

文收入國家圖書館藏求志堂存稿彙編一卷本介存齋文稿。序曰：「雲溪卒十餘年，余遭弟憂，家居。雲溪之子質乃以雲溪詩來乞序。」據山溪周氏宗譜卷四之一大分五房世表上，周治卒於道光十年（一八三〇）庚寅九月十七日，故此文道光十年底作於宜興。

【校勘】

〔一〕「雲溪高氏」：一卷本介存齋文稿無。

【注釋】

〔一〕雲溪高氏：高森槐，字雲溪，高森榮季弟。文卷二文學高森榮墓表文：「君季弟森槐與余族祖木君同學，亦交余，樸直，有山水氣。四人者相過從，登臨賦詩，弈棋飲酒，無虚日，時論史事相激昂。君以忼慨，槐以蕭散，木君以纏綿。里居之樂，於是爲盛。」周濟復有金山同雲溪晉卿作、詩卷一却寄家木君青高雲溪森槐。詩卷三

〔二〕雲溪之子質：高維熙字質。詩卷六有答從甥高維熙字質見贈四十韻。

〔三〕木君：周青。參詩卷一有懷高二丈亦耕、族祖木君即寄注釋〔二〕。

〔四〕汎瀾：亦作「汎蘭」。淚疾流貌。

〔五〕藉袂：打濕了衣袂。

〔六〕埻的：吕氏春秋本生：「萬人操弓，共射一招，招無不中。」高誘注：「招，埻的也。」

玉玲瓏館詩集〔一〕序

蓄之也有素，而發之也有時，可以言文矣。性正而情篤，灌溉之以是非、邪正、得失、興替之迹，袚濯之以勞苦、憂悴、怡愉、蕩逸之境，淬礪之以風雅騷賦、碩人〔二〕畸士〔三〕之笑言怨嘆，此其人雖危坐一室，猶將踔厲千古，翱翔萬里也。而況感遇身世，積事積人積歲，歲不一人，人不一事，事不一感者乎？故曰蓄之有素，然而發之不以其時，則或消磨鬱湮〔四〕，境過情遷，後

者入居守，前者奔迸散逸，不可復追。操筆掇拾，別移新制，與夫據鞍〔五〕伏枕〔六〕，跂行〔七〕矘視，時所幾幾〔八〕欲達之而未暇達者，相去固已遼渺矣。浦君之詩，其初蓋有作而致者，中間所蓄漸富，奮其强力，因勢利便，潮起雲湧，鳥嚎花開，偭鴻麗〔九〕焉。四十以往，稍稍孅散，其蓄彌厚，鼓瑟用希〔一〇〕。夫其所以蓄而不發者，意固蘄所蓄之未止於是。且既已蓄之，則如錐處囊，鋒穎恒在，惟吾用之之遲速，莫之能禦也。然試返而循其欲發而未發者，固猶可得而續發耶。將過此以往，未之或知耶。雲雷盤桓，不若霖雨於西郊也；摽梅三七〔一一〕，不若煮蘋於錡釜也。日月迢邁，不常厥居。言苟無文，則宜默爾。幸可發舒〔一二〕而瑟縮偃蹇，坐失其時，豈不可惜哉？蓋余與浦君論文如是，因即次以序浦君之詩，殆亦自懼發之不時，將後之所發，非復今日所發者也。

【繫年】

文收入國家圖書館藏求志堂存稿彙編一卷本介存齋文稿。文當道光十年（一八三〇）作於南京。

【注釋】

〔一〕玉玲瓏館詩集：浦承恩玉玲瓏館詩選一卷，道光八年活字印本，南京圖書館藏。後輯本有三君遺稿，内有玉玲瓏館詩鈔二卷，光緒間刻，一册，山西大學圖書館藏。此序所言，當爲後者。浦承恩，字情田，一字君錫，金陵上元今屬南京江寧人，原籍無錫。由世襲雲騎尉官至三山營參將。袁祖光緑天香雪簃詩話：「浦情田游戎承恩以武弁能詩，尤工四體書，用筆與頑伯同，用墨則純乎慎伯。藏其一箋，皆足寶貴。」因所居有石名玉玲瓏，以是名其集。清郭麐靈芬館詩話：「辛未歲，余游瀨上，時浦君情田爲都閫。情田以大父難，蔭雲騎尉，雅好文史，工吟競病。所居有石，名玉玲瓏，相傳爲花石綱所遺。君修葺數椽，日與客徘徊吟咏其下，有桐陰坐月圖，曼生、聽香、晴厓諸君皆有詩，又各爲賦玉玲瓏詩。」清湯貽汾琴隱園詩集卷二十四己亥消寒第四會，侯青甫、蔡友石、汪鄰樓、浦情田、馮晋魚集琴隱園，登凌雲閣，予得登字，情田凌字韻，詩先成，犯登字，即次其韻小注：「情田詩名玉瓏玲館集。」詩卷四贈浦情田都尉，時值初度作於道光十年，五十自述作於道光十一年（一八三一），謂「就中健者梅與浦，言咏方洽嬰縗粗」，蓋謂梅曾亮與浦承恩中有一人於作詩前不久逝世。而梅曾亮逝於一八五六年，故浦當逝於道光十一年。

〔二〕碩人：賢德之人。詩經邶風簡兮：「碩人俣俣，公庭萬舞。」毛傳：「碩人，大德也。」

〔三〕畸士：亦作畸人，指有獨特志行、不同流俗的人。莊子大宗師：「子貢曰：『敢問畸人？』曰：『畸人者，畸於人而侔於天。』」成玄英疏：「畸者，不耦之名也。修行無有，而疏外形體，乖異人倫，不耦於俗。」

〔四〕鬱湮：滯塞不通，郁抑不暢。左傳昭公二十九年：「物乃坻伏，鬱湮不育。」杜預注：「鬱，滯也；湮，塞也。」

〔五〕據鞍：據鞍讀書。北史樊深傳：「朝暮還往，常據鞍讀書，至迷失道，家人求之乃覺。」意謂在馬背或驢背上讀書。後多形容學習勤奮。

〔六〕伏枕：伏卧在枕上。詩經陳風澤陂：「寤寐無爲，輾轉伏枕。」

〔七〕跂行：本謂蟲豸爬行呼吸。借指用脚爬行、用嘴呼吸的蟲豸。亦泛指人和動物。跂，通「蚑」。漢書公孫弘傳：「北發渠搜，南撫交阯，舟車所至，人迹所及，跂行喙息，咸得其宜。」顔師古注：「跂行，有足而行者也。喙息，謂有口能息者也。」

〔八〕幾幾：幾乎。清黄遵憲人境廬詩草自序：「余年十五六，即學爲詩，後以奔走四方，東西南北，馳驅少暇，幾幾束之高閣。」

〔九〕鴻麗：博大華麗。

〔一〇〕鼓瑟用希：論語先進：『「點！爾何如？」鼓瑟希，鏗爾，舍瑟而作，對曰：「異乎三子者之撰。」』

〔一一〕摽梅三七：詩經召南摽有梅：「摽有梅，其實七兮；求我庶士，迨其吉兮。摽有梅，其實三兮，求我庶士，迨其今兮！」有，助詞。摽梅，謂梅子成熟而落下。後以「摽梅」比喻女子已到結婚年齡。

〔一二〕發舒：施展。清陳康祺郎潛紀聞卷十二：「魏湯二尚書颺歷槐棘，多所發舒。」

揚州李侍郎祠堂記

承明季鹽務極弊之餘，有能振而起之，俾百數十年享安全樂利〔一〕之休者，曰李公贊元〔二〕。公没後，積久漸衰，商民望復有如公其人者振而起之，於是思公益深。而公之裔孫鑒園〔三〕，實能裒集公遺文軼事，詳思公者所不能詳，商民資以乞祠公。既得請於朝，公祠始成，鑒園囑記其事。

夫鹽政，視河漕若較緩，而兩淮儲胥〔四〕，爲數多於天下。最大之藩庫，其利弊與漕相通，河資餉焉。有志之士所不得不講求也。

本朝之鹽，全歸商運，是以言治鹽者必恤商，如言治地方者必愛民，無可疑也。然而商者，財之所聚；言恤商，則嫌於啗其利而市恩，於是時局一變，有能言商人舞弊者，輒謂爲不党于商而忠于國。是徒知遠嫌以沽名，而未嘗實事求是也。夫商猶民也，病商猶病民也。未有民病而國不病者。然則病商即所以病國也。病商者，官吏也。顧其初非官吏也，商也。商之良者，在所宜恤。而病商之商，必擾之，官不察而以爲能，或且資其漁獵，而聽其指蹤，及其勢張而局固，則短長爲其所持，甚且咄嗟〔五〕而使官；官既已爲所使矣，不得不與之比而病商。胥吏因其隙而羅織之，瓜裂〔六〕魚爛〔七〕，而病商之商所入，漸不供出，又因以自病。然終不深悔其致病之由，而必取盈〔八〕于已病之商。此鹽務所以益壞也。觀公奏議，蓋寬于實運之商，而嚴于病商之商。讀公疏者，必審公所以寬嚴互用之故，而後公之政體，可得而師法也。必分別于商之莠良，而後公之寬嚴互用，可得而講明也。不此之務，而斷斷于爲治之迹，是猶却行而求及前人也。奮其私智，主其先入，而不于根本之地求其明白洞曉，是猶昏夜行，不辨星斗，本南轅而將至北轍也。不能集思廣益，而搶攘〔九〕于簿書之間，訑訑〔一〇〕聲色，拒人千里，以爲吾能慎且密者，是猶讐仇其相，涉無津涯之水，而甘于滅頂也。〔一一〕河漕方艱，邊事未已，以一最大之藩庫〔一二〕，而任其淪溺而莫之止，此公百七十年之精誠所鬱結而不能宣，雖崇祀公，公之靈猶將有餘恫也。吾願入公祠者，讀公之書，求公所用心，而審察于隆替之所由，則庶乎俎豆不爲虚器，拜跪不爲虚文矣。

聖主方殷然南顧，重之以疆臣，臨之以軺車，申之以巽命，而公祠適成，意殆有如公其人，復振而起㊀之，以慰商民之望者乎？鹽園其拭目俟之！

【繫年】

文收入國家圖書館藏求志堂存稿彙編一卷本介存齋文稿。周慶雲鹽法通志職官一：兩淮鹽政，「雍正九年曾敕兩江總督兼行總理兩淮鹽務，道光十年，改由兩江總督兼管」。道光十年六月，陶澍以江蘇巡撫署理兩江總督，十月正式擔任兩江總督，大力推行鹽務改革，與文中「聖主方殷然南顧，重之以疆臣，臨之以軺車，申之以巽命」相合。故此文當道光十年（一八三〇）底作於揚州。距李贊元順治十六年（一六五九）任兩淮巡鹽御史，差近「百七十年」。

【校勘】

㊀ 起：清沈粹芬、黄人國朝文匯乙集卷六十六作「興」。

【注釋】

〔一〕樂利：快樂與利益。猶幸福。禮記大學：「小人樂其樂而利其利。」鄭玄注：「聖人既有親賢之德，其政又有樂利於民。」

〔二〕李贊元（一六二三—一六七八）：本名立，清順治帝賜名贊元，字公弼，號望石。原籍福建泉州。始祖李明因軍功占籍登州大嵩衛。今山東海陽鳳城「五歲而孤，事母盡孝。少貧乏，其母檢舊券不下千金，贇元閱其人亦多中落，竟白其母焚之。順治乙未（十二年，一六五五）登進士，選庶常，改授御史，巡按三楚。值歲饑，即捐資市穀以賑，全活無數。水災壞民田廬，又倡捐築堤植柳，迄今猶多賴之。旋巡視兩淮鹺政，潔躬除弊，調劑得宜，商竈歡呼。凡所施行，皆裨鹽政。累升督捕侍郎。條議分別窩逃及誤娶逃人外生之女，當免議。刊入條例，實造後人之福。後簡任樞府，告歸，旋逝。」雍正山東通志卷二十八有滴翠園集、信心齋稿。

〔三〕鑒園：清李贇元信心齋稿道光三年李鑒園重刻本目録下署「六世孫鑑園校」。李湘茝跋：「道光癸未，與族弟董帷相遇於海州分鹹署，談次出信心齋稿示茝，曰：『此先中丞公巡視湖北、兩淮時奏疏也。今鹽政曾賓谷先生序而梓之，將携鐫版歸藏於家。』茝因得讀。」

〔四〕儲胥：儲備待用之物。引申指開支、費用。清陳康祺郎潛紀聞卷十一咸豐朝諸臣奏請開捐：「按其時髮、捻交訌，儲胥浩繁，宵旰焦勞，大農仰屋，廷臣遂有此苟且目前之策。」

〔五〕咄嗟：呵叱，吆喝。

〔六〕瓜裂：多喻國土分裂。宋陳亮上光宗皇帝鑒成箴：「五閏失馭，僞主僭竊，綱常絲棼，宇縣瓜裂。」

〔七〕魚爛：魚腐爛。比喻自内部糜爛腐敗。

〔八〕取盈：孟子滕文公上：「凶年，糞其田而不足，則必取盈焉。」

〔九〕搶攘：紛亂貌。漢書賈誼傳：「本末舛逆，首尾衡決，國制搶攘，非甚有紀，胡可謂治？」

〔一〇〕訑訑：洋洋自得貌，沾沾自喜貌。宋朱熹與劉共父書：「此蓋未及乎有爲，而天下之士先以訑訑之聲音顔色待之矣。」

〔一一〕尚書微子：「微子若曰：『父師、少師，殷其弗或亂正四方。我祖底遂陳于上，我用沈酗于酒，用亂敗厥德于下。殷罔不小大，好草竊奸宄，卿士師師非度，凡有辜罪，乃罔恒獲。小民方興，相爲敵讎。今殷其淪喪，若涉大水，其無津涯。殷遂喪，越至于今。』」

〔一二〕藩庫：即省庫。清代布政司所屬儲錢穀的倉庫。

宋隱山傳

宋端己〔一〕，商丘人。父冠五，以書畫游四方，君則從，實傳家學。狀皃奇古，修眉隆鼻拱頤，無須冉。口訥不能詞，喜怒未嘗見于面。身雖困乏，以周急爲務。數見背負〔二〕，弗悔。既倦游，愛金陵江山風土之美，乃卜居，營先人之塚焉。以道光十年正月十七日卒，年五十一。前數日，誡其子定生曰：「汝幸無能，躬耕訓汝子讀小學四子書，識仁恕廉耻字，足矣。甚穎悟者，讀經則止，勿作文字，勿入城市。」君原名慎言，字緘夫，其友集園汪金戉〔三〕爲改今名，字曰耻夫。晚號隱山。隱山者，君所生地也。君生商丘，商丘之野故無山，地氣時成山，望之蔚然山也，是曰隱山。因號焉。亦曰清谿逸叟，或曰雪苑遷客。善書畫，畫尤工。周濟曰：畫衰于文董〔四〕，而絶于惲王〔五〕。文局富而筆膩，董筆健而局窘，故衰；惲王者，筆不逮董，局不逮文，故絶。絶且二百年而隱山出焉。

予嘗疑書學之絶而復續者，賴完白山民〔六〕，畫將于隱山焉在？而降年〔七〕不永，則此事之厄，殆未知所底也。完白之書得安吴包氏〔八〕，乃大明，其言曰峻曰澀曰中，實君之言畫曰疾曰澀曰活，異輪同軌，若合符節。蓋君亦服膺鄧氏，力不能發之于書，而特發之於畫者歟！初予在吴門，見董畫跳宕絶美，心知非真，而愛弗忍釋。詗之，則君作也。由是物色〔九〕君。復十年，乃於邗上訪得之。窮論連日夜，相説以解，然後知君氾濫馳騖，疲劇〔一〇〕于古人之樊籠二十餘年，乃始自喻甘苦。蓋知之若斯之難也，而况將行之，况將至之而傳之也哉？余晚學畫，資君切磋力居多。君畫不自名，往往托諸古人，一本出，購者輒千金爲收藏，鑒賞家所寶愛。所得不貲，皆散貧舊。家或不舉火〔一一〕，怡然無愠戚。予既與君交厚，惜其爲古人役也，乃遏絶贋作，俾自署。然所作未多，而隱山殄矣。此事之能復古與否，積吾兩人之力，合爲之數十年，尚未能信其必然，况君殄而予孤立哉？集園最重君畫，館君於家且十年，殄營其葬，授定生田三十七畝，宅一區，用成君遺訓。君生平論畫，余則别著之，爲書以授定生。

【繫年】

文收入國家圖書館藏求志堂存稿彙編一卷本介存齋文稿。文當道光十年（一八三〇）正月十七日宋隱山卒後不久作於南京。

【注釋】

〔一〕宋端己：據傳，生於乾隆四十四年（一七七九），卒於道光十年（一八三〇）正月十七日。河南商丘人。原名慎言，字緘夫；後改名端己，字耻夫。晚號隱山。亦號清谿逸叟、雪苑遷客。善書畫，畫尤工。子定生。

〔二〕背負：背棄，違戾。唐韓愈柳子厚墓志銘：「指天日涕泣，誓生死不相背負。」

〔三〕集園汪金戉：汪正鋆，字均之、鈞之，號集園。安徽桐城人。清乾嘉時人。父汪志伊曾官工部尚書、湖廣總督、閩浙總督。桐城白陂塘汪氏宗譜謂汪志伊「子八：正修、正綱、正木、姚出正均、正榮、正方、正潮、殤正民；殁，俱成出女五：長適江蘇碭山縣主簿趙存燦子四川龍安府經歷堂，次適監生桂正穀子筆略館謄録皋，三字庠生何期珍姚出，四適太湖進士、江寧布政使李長森次子翰林院修撰振鈞，五適召試舉人兵部侍郎銜順天府尹費錫章子監生民澤。成出」汪正鋆寓居南京時，於鷄鳴山南麓築集園。金戉當是其自號。

〔四〕文董：明文徵明、董其昌。

〔五〕惲王：清王翬、惲格。

〔六〕完白山民：即完白山人鄧石如（一七四三—一八〇五），原名鄧琰，字石如，避嘉慶帝諱，遂以字行，更字頑伯，號完白山人，又號笈游道人，安徽懷寧人。清代篆刻家、書法家，鄧派篆刻創始人。有完白山人篆刻偶存。

〔七〕降年：上天賜予人的年齡，壽命。尚書高宗肜日：「降年有永有不永，非天夭民，民中絶命。」孔傳：「言天之下年與民，有義者長，無義者不長。」

〔八〕安吴包氏：包世臣（一七七五—一八五三），字慎伯，號誠伯、慎齋，晚號倦翁，又自署白門倦游閣外史、小倦游閣外史。安徽涇縣人。因涇縣於東漢時曾分置安吳，包氏舊居接近其地，故又稱安吳先生、包安吳氏。清代學者、文學家、書法家、書學理論家。著有中衢一勺七卷、藝舟雙楫九卷、管情三義八卷、齊民四術十二卷，合刻爲安吳四種又有小倦游閣文稿二卷。

〔九〕物色：訪求，尋找；挑選。漢劉向列仙傳關令尹喜：「老子西游，喜先見其氣，知有真人當過，物色而遮之，果得老子。」

〔一〇〕疲勮：亦作「疲劇」。非常疲勞。

〔一一〕舉火：生火做飯。禮記問喪：「水漿不入口，三日不舉火，故鄰里爲之糜粥以飲食之。」莊子讓王：「三日不舉火，十年不製衣。」

江之桐傳

江之桐，字蘭崖，和州〔一〕西梁山人。年十餘歲，度江至金陵，傭從餅餌〔二〕師。師銜其嗜書，愬諸主人。主人視其書，則論語。問：「素嘗讀是乎？」對曰：「未也。」「安識之？」曰：「訪諸人。」「看何爲？」曰：「其言有味，弗忍釋也。」主人大異之，命歸其家，居之樓上數年，讀左傳、國語、戰國策、史記、兩漢書、三國志，略能上口〔三〕，乃下謝主人。卒精所業以報。

其後自設小肆，饔飧給矣。更習手臂〔四〕刀矛，皆務實用。時變通成法，不爲時師〔五〕浮説欺。每讀史，善發疑。敂諸儒生，儒生唶曰：「凡書所言，即故典。且此何預汝事？」則抑塞〔六〕而退，退而益讀書。當君三十、四十時，讀稍倦，則趫舉〔七〕翕張〔八〕，以作其氣。已而默坐，以凝其神。動静間作，文武并進，無晝夜，至百日乃睡。睡十餘日，復如之。

年六十餘，始訪余春水園〔九〕。肥短縝默，祥和之色睟然見於面。及論古，實事求是，所疑者皆中窾會〔一〇〕。余爲剖析一二，迎刃輒解，觸類旁通，無滯礙。因及藝事，氣體輕㊀利，才如二十許人。習綿長㊁〔一一〕、俞刀、程棓、峨嵋十八劄，多取洪門〔一二〕，敵硬鬥强，以急疾爲用；用以臨敵，皆確覈可恃。復及陣圖、地勢、器械㊂，皆有理解，非墨守成法者。愛余孫煒〔一三〕，願以所學授焉。余既頽廢，喜煒之得師，命從游。甫三年，而君卒矣。自嘉慶之初，川楚事起〔一四〕，海内士大夫始好談兵，余亦往往識之。莫不嗜奇矜秘，以爲運籌決勝、才任將帥也。然余竊謂兵事至危，非得練士能臨敵苦鬥歷三十刻，及選鋒一可當三者，雖上有致果〔一五〕之志，下有死長之心，奇巧足備，無所用之。奇巧所能乘，烏合衆耳。敵苟强，雖入吾彀，決在接刃。苟非心一而氣定，藝成而膽壯，何恃必克哉？以力爲本，以技濟之，謂之練士；作其勇者，謂之選鋒。非練士不能持久，非選鋒不能攻堅。兼此二者，然後因天乘地，揆長絜短，佐以籌策。語曰工欲善事，必先利器，此之謂也。雖有工輸〔一六〕，未聞操鉛刀〔一七〕可斫削也。是故，兵本仁者之事也，兵機智者之事也，兵事習者之事也。君其習者與！誠得君輩若而〔一八〕人，寄以選鍊之任，壯國威而銷亂萌，其爲功豈淺尠哉？專閫〔一九〕、擁衆〔二〇〕，挽强、命中，便騎射㊃，習火器，以爲士卒程，其事取捷速，恒不能持久，故每以形勢相格禁。洎乎接刃，則靃然而去耳。故曰「巧不勝拙」。若江君者，其所誦説領悟，非不足以言；籌策奇變而獨斤斤於一手一足之間，豈惡逸而好勞哉！誠習舉世士大夫之所不習，而欲廣其傳，以箴其闕也。若江君者，可謂知務矣。余既嘉君勤學，有定識，服勞守静㊄，至老而誨不倦，又惜煒之未能竟學也。聊次君傳，以授煒，使自得師以卒其業，且以諗世之知事兵者。

【繫年】

按：文國家圖書館藏求志堂存稿彙編一卷本介存齋文稿、味雋齋文稿均不載，而見於止庵文。蓋周濟後期文，周佐臣等編求志堂存稿彙編二卷本介存齋文稿時，此文原稿摻入其中。

周濟道光十年（一八三〇）八月、九月迭遭妻徐氏、弟周治之喪。冬，攜孫周煒返南京。值江之桐來訪，「與語大悦」。清史稿藝術三：「（江之桐）年六十餘，始遇荆溪周濟。濟故績學，自負經世之略，通武藝，好談兵。與語大悦。」江之桐見煒，愛之，「願以所學授焉」。周濟「既頽廢，喜煒之得師，命從游」。詩卷五始識少伯于葵如寓齋，雨後同游齊山小序：「余甥維熙、猶子仲虞、兒子榕皆在舟中，以雨不獲從。」蓋其時煒以從師游，故不獲從也。不意「甫三年，而君卒矣」，故道光十三年（一八三三）「聊次君傳，以授煒」。此文當道光十三年作於南京。

又按：山溪周氏宗譜卷四有高鳳飛卓卿公五十壽序：「（周煒）總角隨祖宦游，克承家學。丁年從甘鳳池門人和州江登鳳習拳棒單刀，得猿臂法。」江登鳳若即江之桐，則可揭示中國傳統武術大家甘、江二人之師承。

【校勘】

㊀「輕」：止庵文本作「清」。
㊁「綿長」：止庵文本作「綿張拳」。
㊂「器械」：止庵文本作「械器」。
㊃「騎射」：止庵文本作「騎」。
㊄「服勢守静」：止庵文本無。

【注釋】

〔一〕和州：今安徽和縣。
〔二〕餅餌：西漢史游急就篇卷十：「餅餌麥飯甘豆羹。」顔師古注：「溲麪而蒸熟之則爲餅，餅之言并也，相合并也；溲米而蒸之則爲餌，餌之言而也，相黏而也。」
〔三〕上口：誦讀詩文純熟，能脱口而出。
〔四〕手臂：當爲一種拳法功夫。
〔五〕時師：當代的儒者。漢劉歆移太常博士：「今其書見在，時師傳讀而已。」
〔六〕抑塞：抑鬱，鬱悶。唐杜甫短歌行贈王郎司直：「王郎酒酣拔劍斫地歌莫哀，我能拔爾抑塞磊落之奇才。」
〔七〕趫舉：矯舉。高舉，上舉也。
〔八〕翕張：亦作「噏張」「歙張」。老子微明：「將欲歙之，必固張之；將欲弱之，必固强之；將欲廢之，必固興之；將欲奪之，必固與之：是謂微明。」明胡應麟少室山房筆叢九流緒論上：「蓋秦漢所謂道家，大率翕張取予之術，非近世長生虚静之謂。」

〔九〕春水園：周濟南京寓所。參詩卷七春水園詩并序。

〔一〇〕窾會：要害，關鍵。明史王偉傳：「軍書填委，處分多中窾會，遂薦擢兵部右侍郎。」

〔一一〕綿長：天罡綿掌拳。

〔一二〕洪門：清朝民間秘密團體之一。又稱洪幫。是從天地會發展出來的一個幫會，以反清復明爲宗旨。相傳以明太祖年號洪武的「洪」字爲代稱，入會者均稱「洪門」或「洪家」兄弟。流行於長江、珠江流域，并在海外華僑中建立致公堂等組織。

〔一三〕煒：周煒。山溪周氏宗譜卷四之一大分五房世表上：「煒，輔臣公次子。字丹文，又字卓卿，號拙安。太學生。敕授儒林郎，候選布政司理問。以子振庸秩，恭遇覃恩，加三級，誥封朝議大夫。同治甲子匪亂既平，公首議整祠修譜，慘澹經營，以振興爲己任。止安公手澤次第復興。居鄉興利急公，成美誘善。邑侯耳公名，就商時政，尤多補益，一方倚重者十有餘年。行載邑志義行。生嘉慶二十五年庚辰十二月初一日，卒光緒三年丁丑五月十七日。厝木圩蘇家浜坤厚公墓田内，西首，乾巽兼亥巳。有壽文、序記。配林氏，太學生如山女，敕封安人，誥封恭人。生清道光三年癸未五月十五日，卒同治九年庚午八月二十八日。厝同區艮坤兼止未向。子一，振庸，兼嗣咸凝公派弟元錫。女一，適城中任三品銜署湖南永順知府、道光丁未進士諱瑛公孫，五品銜、府經歷子中次子，坿貢生德鄰。」

〔一四〕川楚事起：指一七九五—一八〇四年四川、湖北白蓮教徒武裝反清起義。

〔一五〕致果：極其勇敢地殺敵立功。左傳宣公二年：「殺敵爲果，致果爲毅。」孔穎達疏：「能殺敵人，是名爲果，言能果敢以除賊；致此果敢，乃名爲毅言能强毅以立功。」

〔一六〕工輸：即公輸班。

〔一七〕鉛刀：鉛製的刀。鉛質軟，作刀不鋭，故比喻無用的人和物。漢賈誼弔屈原賦：「莫邪爲鈍兮，鉛刀爲銛。」

〔一八〕若而：若干。

〔一九〕專閫：專主京城以外的權事。史記張釋之馮唐列傳：「臣聞上古王者之遣將也，跪而推轂曰：『閫以内者，寡人制之；閫以外者，將軍制之。』」裴駰集解引韋昭曰：「此郭門之閫也。門中橛曰閫。」後稱將帥在外統軍爲「專閫」。

〔二〇〕擁衆：聚衆，擁有衆多兵員。後漢書岑彭傳：「時田戎擁衆夷陵，聞秦豐被圍，懼大兵方至，欲降。」晋傳玄晋鼓吹曲惟庸蜀：「擁衆數十萬，闚隙乘我虚。」

附：清史稿藝術四江之桐傳

江之桐，字蘭崖，安徽和州人。年十餘歲，傭於江寧賣餅家，嗜讀書，其主人異之。招至家，居之樓上數年，讀左傳、國語、戰國策、史記、漢書、三國志畢，乃謝主人去，自設小肆於市。更習武藝，手臂刀矛，皆務實用，變通成法。且讀書，且習藝，讀稍倦，則趫舉翕張，以作其氣。已而默坐，以凝其神，晝夜無間。至百日乃睡，睡十餘日，復如之。讀史善疑，質之儒生，往往無以答。其藝通鯀長、俞刀、程棓、峨嵋十八棍，多取洪門，敵硬門强，以急疾爲用。復及陣圖、形勢、器械，皆有理解。

年六十餘，始遇荆溪周濟。濟故績學，自負經世之略，通武藝，好談兵。與語大悦，延教其孫，三年而之桐卒。濟之言曰：「兵事至危，非得練士能臨敵苦鬥歷三十刻，及選鋒一可當三者，雖上有致果之志，下有死長之心，遇強敵不能必克。以力爲本，以技濟之，謂之練士；作其勇者，謂之選鋒。世之便騎射、習火器，以爲士卒程，事取捷速，恒不能持久。洎乎接刃，則霍然而去。故曰『巧不勝拙』。若之桐，庶爲知務。」

小牛傳

小牛者，忠信才節婢也。年十一，其主李生將幕游，托妻女于牛。牛曰：「諾。」則之市中貰故衣，歷謁所親而售之，如期歸其值。始貰故弊衣，值百十錢；信稍著，則漸完好加華莞焉；數年，而舉貂狐之裘，用餘貲贍李妻女。稍贏，擴陋巷；稍贏，嫁李女。年二十六，李生歸。牛皙瘠豐趺，髮卷然，處子也。李夫婦皆逾五十，無子，將納之，李妻大譁，欲毆殺牛。牛受杖無愠色。李之戚友咸不平之，或欲贖牛，女視牛，擇良士嫁牛。顧李倉卒復游，與其妻挈牛登舟矣。造舟請于李，李許諾，問牛。牛曰：「婢子事主事母十五年，未有大過可以去者。主人出游弗深悉，主母實悉之。主母欲遣牛，牛乃去耳。」問李妻，李妻不能辭，囁嚅曰：「吾猶將勸夫子納之也。」遂行。

止庵曰：牛可謂忠信才節矣。以理財賦，則盛世良臣也。巾幗而婢之命也。是行也，牛之福禍未可知。即禍以死，其所樹立，賢於貿貿〔一〕之生遠矣。獨怪李生者能知牛于童稚之年，托以家室之重，不可謂無識；卒不能制其妻而幾殺牛，又不能決遣而安全之，將深心〔二〕大用，卒有以濟之耶？將前之識牛，特出於漫然一言；後之不能決遣安全，固其庸懦無能之素耶？以牛忠信才節，炳然皭然〔三〕，猶不免隨所寓而飄泊流轉，莫知所終，則士之扼腕〔四〕侘傺〔五〕，思自奮於窮窘之餘，以赴功名之會者，亦獨何哉！亦獨何哉！

【繫年】

文收入國家圖書館藏求志堂存稿彙編一卷本介存齋文稿。故當道光十年（一八三〇）作於南京。

【注釋】

〔一〕貿貿：昏庸糊塗。清錢謙益工部右侍郎贈尚書程公傳：「當是時，人主深居，貂璫四出，大臣環私植黨，舉朝貿貿然，如行霿霧中。」

〔二〕深心：一心，專心。

〔三〕皭然：潔白貌。

〔四〕扼腕：亦作「扼捥」。用一隻手握住另一隻手腕，表示振奮、惋惜、憤慨等情緒。戰國策燕策三：「樊於期偏袒扼腕而進曰：『此臣之日夜切齒腐心，乃今得聞教！』」

〔五〕侘傺：失意而神情恍惚的樣子。楚辭離騷：「忳鬱邑余侘傺兮，吾獨窮困乎此時也。」王逸注：「侘傺，失志貌。」

孟氏義嗣記

異姓之子，可以爲子乎？曰：不可。有之乎？曰：有之。不可則何爲有之？曰：同姓不爲婚姻也。周也，自錫姓〔一〕始也。錫姓之始，姬子兄弟〔二〕也，是故，禮「同居繼父爲之服」〔三〕，義嚴也；嚴同異之别者，律也；通報施之情者，禮也。孟氏譜例，無後而可閔者，書無傳。在林〔四〕前，譜之書無傳者也；在林歿後，無當傳者也。贅壻吴興沈君萬鍾〔五〕，實春秋祭諸其室。今輯譜，將以其子爲在林嗣孫，疑其義，來訊于余。余告之曰：禮：女子適人，無夫及子，爲兄弟服，期親同出，閔無依也〔六〕。今子之外舅〔七〕不血食〔八〕，而子以子，爲之孫。子之子因母而溯，外王父〔九〕爲王父，蓋亦足以報。禮之歸於父母家者，賢於以異姓子爲子遠矣，何爲不可？嗚呼！世之爲人後者，非不得已，則有所羡〔一〇〕焉爾。若異姓而爲後，則皆以資力强致之，故恩義不深，不旋踵而挈其資，復其本姓，而所後卒以無後者，比比也。今萬鍾能以資雄一鄉，而在林之家蕩然無一畦一瓦之存者，則其所無羡焉，而顧念恩義出於此也，決矣。其子將終不漠然於所後，以傷其父母之心也，必矣。此其可以厚人心，維風俗，宜皆秉筆者所樂書也。余伯兄輯其譜牒，爲之書曰：在林壻萬鍾，以其子應華爲公嗣孫，而列其表於附牒，并録余所告者，使後人有所徵。

【繫年】

文曰「余伯兄輯其譜牒」。據山溪孟氏宗譜光緒二十九年木活字本卷一周仁纂修宗譜序曰：「有永瑞者，爲其始祖以下十七世孫，少年英俊，雖在鄉里中，矯矯有出群志，與予潛兒交最善。歲在戊午，持其十三世祖國華所録宗支圖，并時彦題跋來議譜於余。」知此文嘉慶三年（一七九八）秋作於宜興。

【注釋】

〔一〕錫姓：左傳隱公八年：「天子建德，因生以賜姓，胙之土而命之氏。諸侯以字爲謚，因以爲族。官有世功，則有官族，邑亦如之。」

〔二〕姬子兄弟：孟氏源出姬姓、子姓。

〔三〕禮記喪服小記：「繼父不同居也者，必嘗同居。皆無主後，同財而祭其祖、禰，爲同居，有主後者爲異居。」鄭玄注：「録恩服深淺也。見同財則期；同居異財，故同居，今異居，及繼父有子，亦爲異居，則三月；未嘗同居，則不服。」

〔四〕在林：生平不詳。

〔五〕沈君萬鍾：生平不詳。

〔六〕通典開元禮纂類二十九凶禮一加服：「女子子適人者爲兄弟之爲父後者。」注曰：「出嫁猶不降爲父後者，婦人有歸宗之義，故不自絶其族類。」

〔七〕外舅：爾雅釋親：「妻之父爲外舅。」

〔八〕血食：受享祭品。古代殺牲取血以祭，故稱。左傳莊公六年：「若不從三臣，抑社稷實不血食，而君焉取餘？」漢書高帝紀下：「故粵王亡諸世奉粵祀，秦侵奪其地，使其社稷不得血食。」顏師古注：「祭者尚血腥，故曰血食也。」

〔九〕外王父：爾雅釋親：「母之考爲外王父。」

〔一〇〕羨：有餘，餘剩。史記平準書第八：「浮食奇民，欲擅管山海之貨，以致富羨，役利細民。」司馬貞索隱：「羨，饒也，與『衍』同義。」

林藴琪藴珩兄弟家傳

君福建林氏。國初遷荆溪。考書雲公，庠生，有文名，薦不售，早卒。君兄弟二人，孤露〔一〕相佽助〔二〕，伯曰藴琪，藴珩其季也。季夫婦復早卒，諸子成立，皆賴伯氏。初書雲公有兄，性剛愎，所爲多不中程墨〔三〕。書雲公莫夜長跪泣諫，至爲不食者數矣。卒能範兄于正，以無貶于士林。兄卒，無子，藴珩實嗣。君兄弟友恭出天性，蓋所蓄積然也。書雲公之殁，家無餘儲。濟先君子翼〔四〕而長〔五〕之。吾家故貧，君昆季與吾兄同作，苦摶埴〔六〕無刮䶥〔七〕，陶無呰窳〔八〕，市無俶佹〔九〕，輴縮衣食〔一〇〕，用成室家。伯寬裕有度，季警敏能斷，内外修舉〔一一〕，秩秩〔一二〕然，素封〔一三〕矣。季之未殄也，伯逸而季勞，風雨寒暑，恒弗避；饑飽寢興，恒弗時。所親咸多季，伯自若也。季之既殁，室長冠幼，呴嫗〔一四〕如慈母，督責如嚴師，所親又多伯。伯亦自若也。伯夫婦殁，諸子擇材所任，自執事，或耕或賈或讀，莫相課率〔一五〕，而雍睦敦勉，如兩君未亡。

嗚呼！是可以風矣。漢初以孝弟力田取士，既，但舉孝廉，弟之科若缺。是時厥後偁孝爲多，友恭替焉。或曰：未有孝而不弟者。彼直貌爲之，故若分其賀，理然也。然則二君可謂孝矣。末俗〔一六〕義利異趣，計才度能以相尚，不相及則相責望〔一七〕。上逮士大夫，猶或不免，其興較計會，曾無以別於傭販之估值，則何怪閭閻小民幼共勤勩〔一八〕、長權肥瘠〔一九〕者哉？林氏怡怡〔二〇〕之美比三世〔二一〕，固未可謂無赫赫表見〔二二〕而忽之也。書雲公者，濟大舅。君兄弟于先君子爲中表兄弟。書雲公之配，濟從母也。君兄弟又與余兄弟爲表兄弟。伯之子，取余同堂妹；季之女，爲余子婦。〔二三〕又世爲兄弟。故悉其内行〔二四〕尤詳。會林氏輯譜牒，因爲二君家傳，以發舒懿德，兩家子孫，其亦可以觀感興起矣夫。

【繫年】

文收入國家圖書館藏求志堂存稿彙編一卷本介存齋文稿。文當道光十年（一八三〇）秋周濟因妻、弟迭喪，鄉居宜興時所作。

【注釋】

〔一〕孤露：孤單無所蔭庇，指喪父，喪母，或父母雙亡。

〔二〕佽助：幫助。唐杜牧唐故歙州刺史邢君墓志銘：「日夕聞涣思佽助并州，鉅細合宜。」

〔三〕程墨：科舉時代，刊行官撰或士人中式試卷以爲範例的文章。清顧炎武日知録十八房：「至乙卯以後，而坊刻有四種：曰程墨，則三場主司及士子之文。」此泛指規範。

〔四〕翼：幫助，輔佐。

〔五〕長：執掌。漢王充論衡感虚：「使一郡皆寒，賢者長一縣，一縣之界能獨温乎？」

〔六〕摶埴：以黏土捏製陶器的坯。周禮考工記序：「摶埴之工二。」鄭玄注：「摶之言拍也；埴，黏土也。」摶，一本作「搏」。賈公彦疏：「以手拍黏土以爲培乃燒之。」

〔七〕副：同「副」，剖，破開。

〔八〕呰窳：苟且懶惰。漢書地理志下：「民食魚稻，以漁獵山伐爲業，果蓏蠃蛤，食物常足。故呰窳偷生，而亡積聚，飲食還給，不憂凍餓，亦亡千金之家。」顔師古注：「呰，短也。窳，弱也。言短力弱材不能勤作，故朝夕取給而無儲偫也。」

〔九〕俶佹：亦作「俶詭」。吕氏春秋侈樂：「大鼓鐘磬管簫之音，以鉅爲美，以衆爲觀，俶詭殊瓌，耳所未嘗聞，目所未嘗見。」畢沅注引李瀚曰：「俶詭亦作諔詭，奇異也。」

〔一〇〕轎縮衣食：通「縮衣嗇食」。省吃省穿，生活節儉。

〔一一〕修舉：事務處理及時、得當。舊唐書李渤傳：「少府監裴通，職事修舉，合考上中。」

〔一二〕秩秩：肅敬貌。詩經小雅賓之初筵：「賓之初筵，左右秩秩。」毛傳：「秩秩然肅敬也。」

〔一三〕素封：無官爵封邑而富比封君的人。參文卷一葬議注釋〔一一〕。

〔一四〕呴嫗：亦作「呴諭」「呴喻」「呴俞」。化育愛撫。莊子駢拇：「屈折禮樂，呴俞仁義。」淮南子原道訓：「呴諭覆育，萬物群生，潤於草木，浸於金石。」高誘注：「呴諭，温恤也。」

〔一五〕課率：督率。南朝梁蕭子顯御講摩訶般若經序：「遠近百姓，願爲邑節，欣欣請受，争取福分，不待號令，不須課率，黍稷馨香，如期即至。」舊唐書良吏傳下陽嶠：「時學徒漸弛，嶠課率經業，稍行鞭箠，學生怨之。」

〔一六〕末俗：末世的習俗，低下的習俗。漢董仲舒士不遇賦：「生不丁三代之隆盛兮，而丁三季之末俗。」晋葛洪抱樸子明本：「末俗偷薄，雕僞彌深。」

〔一七〕責望：責怪抱怨。韓非子外儲説左上：「挾夫相爲則責望，自爲則事行。」

〔一八〕勤勤：辛勞。

〔一九〕肥瘠：亦作「肥膌」。謂肥瘦。

〔二〇〕怡怡：特指兄弟和睦的樣子。論語子路：「朋友切切偲偲，兄弟怡怡。」

〔二一〕三世：禮記曲禮下：「去國三世。」鄭玄注：「三世，自祖至孫。」

〔二二〕表見：顯示出的某種才能、本領等。

〔二三〕山溪周氏宗譜卷四之一大分五房世表上：「棟，止安公嗣子。字家棟，一字輔臣，號甫安，太學生。……配林氏，蘊珩公次女，敕贈安人，貤贈恭人。生清嘉慶四年己未十二月十五日，卒道光七年丁亥七月二十八日。」

〔二四〕内行：平日家居的操行。吕氏春秋下賢：「世多舉桓公之内行，内行雖不修，霸亦可矣。」

族曾族節庵公〔一〕譜傳㈠

義門張氏，同居者九世至公藝〔二〕，言其能相輯穆〔三〕之，故以爲能㈢忍，乃克全恩。後之論者，莫不美之。余獨以爲非是。夫聖人之道，亦忠恕而已。度之己而安，則施之人無不安。其安之而樂，謂之知分；其不安之而怨，謂之不知分。不知分者，禮之所絶，法之所繩，而情之不可徇者也。自公藝之説行，世之不善用之者，往往競爲模棱無圭角〔四〕，以曲相容庇〔五〕而便其私，其家庭之隙之始生，未嘗不可以數言决，而忍而不發，積愈久，怨愈深，忍之至於不可忍，而後一發，鮮有不至敗壞决裂、不可收拾者。論者亦嘆其不能處變矣！而不知始之釀釁府〔六〕，過由於誤用能忍之説，而適以鄉願無非無刺之行〔七〕，施於父兄子弟之間，有不模棱相尚，則且愕眙〔八〕睢盱〔九〕而議其過當。嗟乎！此風俗之㊂所以衰薄，而敦宗睦族之道之所以不盛也。

節庵公，吾宗之雋且長者也。吾宗之法，非行輩及齒長一族，則不能糾族衆；非長其支，則不能糾其支衆。公伉直守正，而未及長吾宗，則吾宗之不幸也。然公齊其家者，則既光明洞達，可以推之爲法，異乎模棱者之爲矣。公兄望溪公〔一〇〕早卒，公嫂傅孺人守志，撫公侄陸懷㊃〔一一〕至成立，公嫂氏暨侄㊄不知外侮之艱。公勗陸懷㊅讀書尤切。又公侄是益〔一二〕家貧甚，公兄泰文〔一三〕欲讀無資，公賙之備至㊆，卒成其業。若他戚黨貸公，貲貧不能償者，公歿之日，皆焚其券。夫世守正伉直之人，所以多不諧於時意，必恩誼未能旁周，而嚴覈過甚耳。若公，真善用其直者也。吾宗以相忍爲族者數十年矣。今族長方亦慨然有協衆崇親之志，如公之正直，雖齒未及，然行輩固長，可以左右爲輔，以大其整齊之方，而遽以卒，豈不惜哉！

公卒於嘉慶某年月日㊇，距生於乾隆某年月日㊈，享年五十有六。配張孺人㊁，繼配蔣孺人[11]，子男璣、瑨、琜三人具於表。予既重冀吾宗之將興，而深惜公之卒也，故爲之文，刊之譜牒，以俟長吾宗覽焉。[12]

【繫年】

據山溪周氏宗譜卷七詵羽公傳文末，知此文嘉慶戊辰（一八〇八）閏五月一日作於宜興。

【校勘】

〔一〕「族曾族節庵公譜傳」：山溪周氏宗譜卷七作「詵羽公傳」。
〔二〕「能」：山溪周氏宗譜卷七作「惟」。
〔三〕「之」：山溪周氏宗譜卷七作「而」。
〔四〕〔六〕「陸懷」：山溪周氏宗譜卷七作「緑槐」。
〔五〕山溪周氏宗譜卷七「侄」後有「緑槐」二字。
〔七〕「公賙之備至」：山溪周氏宗譜卷七作「公賙助之無不備至」。
〔八〕「某年月日」：山溪周氏宗譜卷七作「戊辰年三月二十九日」。
〔九〕「年月日」：山溪周氏宗譜卷七作「癸酉年十二月二十一日」。
〔一〇〕「張孺人」：山溪周氏宗譜卷七作「曹橋張孺人」。
〔一一〕「蔣孺人」：山溪周氏宗譜卷七作「前墅蔣孺人」。

㈡ 山溪周氏宗譜卷七文末有「嘉慶戊辰閏五月一日族曾孫濟謹述」。

【注釋】

〔一〕節庵公：山溪周氏宗譜卷七之三：「斯繩，肩汶公三子。行四。字詵羽。生於乾隆十八年癸酉十二月二十一日，卒於嘉慶十三年戊辰三月二十九日。葬倒回龍，艮坤向。配曹橋張氏，秀采女。生乾隆十九年甲戌四月二十日，卒於乾隆四十四年己亥十二月二十九。葬村南田内，乙辛向。有傳。繼前渚蔣氏，太學生畏三女。生於乾隆二十三年戊寅十月十六日，卒於嘉慶十九年甲戌十一月初三日。合葬村南。子三，璣、瑹、瑨。女二，長適大坵張恩度，次適周墅王勤南。」

〔二〕公藝：張公藝（五七八—六七六），鄆州壽張今河南臺前縣孫口鄉橋北張人，歷北齊、北周、隋、唐四代，壽九十九。舊唐書孝友張公藝傳：「鄆州壽張人張公藝，九代同居。北齊時，東安王高永樂詣宅慰撫旌表焉。隋開皇中，大使、邵陽公梁子恭亦親慰撫，重表其門。貞觀中，特敕吏加旌表。麟德中，高宗有事泰山，路過鄆州，親幸其宅，問其義由。其人請紙筆，但書百餘『忍』字。高宗爲之流涕，賜以縑帛。」

〔三〕輯穆：和睦。晋劉琨勸進表：「故曰喪君有君，群臣輯穆，好我者勸，惡我者懼。」

〔四〕無圭角：禮記儒行「毀方而瓦合」鄭玄注：「去己之大圭角，下與衆小人合也。」孔穎達疏：「圭角謂圭之鋒鋩有楞角。言儒者身恒方正，若物有圭角；不欲異衆過甚，去其大圭角，言猶有小圭角也。」後因以「不露圭角」謂深沉不露鋒芒。

〔五〕曲相容庇：同「曲庇」。曲意包庇、袒護。宋歐陽修論梁舉直事封回内降札子：「伏以曲庇小臣，撓屈國法，自前世帝王苟有如此等事，史册書之。」

〔六〕 讐府：怨府，衆怨歸聚之所。

〔七〕 孟子盡心下：「萬子曰：『一鄉皆稱原人焉，無所往而不爲原人。孔子以爲德之賊，何哉？』曰：『非之無舉也，刺之無刺也，同乎流俗，合乎污世，居之似忠信，行之似廉潔，衆皆悦之，自以爲是，而不可與入堯舜之道，故曰德之賊也。孔子曰：「惡似而非者：惡莠，恐其亂苗也；惡佞，恐其亂義也；惡利口，恐其亂信也；惡鄭聲，恐其亂樂也；惡紫，恐其亂朱也；惡鄉原，恐其亂德也。」君子反經而已矣。經正則庶民興，庶民興，斯無邪慝矣。』」

〔八〕 愕眙：亦作「愕怡」。驚視。漢班固西都賦：「軼雲雨於太半，虹霓迴帶於棼楣；雖輕迅與僄狡，猶愕眙而不能階。」

〔九〕 睢盱：睁眼仰視貌。漢張衡西京賦：「迾卒清候，武士赫怒，緹衣韎韐，睢盱拔扈。」

〔一〇〕 望溪公：山溪周氏宗譜卷七之三：「炁，肩汶公次子，行三，字京翰。生於乾隆十五年庚午十二月十一日，卒於乾隆三十九年甲午五月十一日。葬西竹庵。配夏莊橋傅氏，邑庠生景漣女。生於乾隆十五年庚午五月十一日，卒於道光七年丁亥八月初十日，壽七十八歲。葬潤濼村南田内，乙辛向。青年守志，有苦節記，江蘇學院辛給『苦節稀齡』匾額。光緒年由修邑志，詳請總旌。子一，璇。」

〔一一〕 陸懷：山溪周氏宗譜卷七之三：「璇，京翰公子。字陸懷，又字廷英。太學生。生於乾隆三十八年癸巳三月十八，卒於嘉慶十九年甲戌五月二十七。葬村南田内，癸丁向。有傳。聘范氏，邑庠生顯宜女。配任墅高氏，坤沅女。生乾隆三十七年壬辰二月十六，卒嘉慶十九年甲戌二月二十七。葬同。子三，八桂、九成、南選，俱殤。弟璣子思露嗣。女五，長適西趙莊徐，次適湖洋渚王俊林，三適下莊橋傅棠，四適蜀山丁，五適上岸邵友顯。」卷七二分傳序二録高熙陸懷木君二公合傳：「陸懷公諱璇，又諱廷英，予姑丈也。生期歲而孤，太孺人撫養備至。髫齔即就外傅，得佳果，輒懷歸以奉太孺人，有陸績懷橘之風焉，故字曰『陸懷』。嘗暑月坐古槐下，聞蟬聲，戞然有感於蘇公『緑槐高處一蟬吟』句，喜其意致清遠，因遂以『緑槐』爲號。幼與同祖弟木君并受業於鄉先輩，同硯席者十數人，皆嶄然見頭角。家季父雲溪公亦與焉。不數年，同學皆得志去，季父棄舉業而專意於詩。二公困於小試，乃與祖再任保緒爲詩酒交，晨夕相往還，多唱和之作，名大噪。保緒成進士，登仕籍，姑丈志切進取以博太孺人歡，乃援例爲國子生，奮志應鄉試。又屢厄於矮屋中，不得一售，季父與木君咸爲欷歔扼腕。而木君亦絶意於舉業矣。會保緒乞假歸林下，爰集同人，仿香山故事，豪吟放飲無虚日。保緒善天文、輿地、術數、古今論辨之學；姑丈精於易象性理諸書，兼及字韻等説；季父長古歌，嗜曹子建、陶淵明二家，唐賢元白諸公，直等諸自檜以下。姑丈性謙謹，聞其言，輒以爲妄，亦不顧也。木君好填詞，深得柳耆卿秘鑰。或憂怨憤懣，無所抒泄，悉寄之於詞，以寫其悱惻之意。時而抗聲入雲，則爲孫登之嘯；時而唾壺擊碎，則爲處仲之歌；時而酸辛擁鼻，則爲書生洛下之吟；時而幽抑拊心，則爲嫠婦孤舟之泣：蓋其天性使然，亦由處境所致矣。保緒刻其柳下詞，續於介存軒詞集後。世之工於詞者，始嘖嘖稱木君不置云。姑丈平生所著述，藏諸篋衍，不以示人，又不甚珍惜，自余及門時，已多散軼，惟時藝數卷，常置案頭，謂衹堪覆醬瓿耳。既不得志於有司，而姑母即世，諸兒幼小，鬱鬱不自舒，遂齎志以歿。木君痛兄之不獲終養，獨行無徒，亦閉關謝客，不樂與世將迎，日沈吟痛飲，用以寄慨，遂攖疾，數年而卒。姑丈氣度寬宏，不苟言笑，里黨皆敬之。事太孺人，中裙厠牏，自取浣滌，雖强仕之年，猶切孺慕無異孩提時。其造就後進，每因材而教；督諸弟若嚴師。尤善視木君，木君亦視如同胞，敬愛彌篤。意趣雖不合於流俗，而心氣和平，無忤於物，蓋得力於友、於兄弟者居多。木君諱璣，字青琮，恒與保緒游，竟日相對如木偶，因戲號之曰『木君』，而木君之名遂著。姑丈歿後，諸子俱殀，乃以木君長子恩露爲子，以奉太孺人。兩家如一室焉。」

〔一二〕是益：周廷謙，字是益。參文卷二族祖綬章公譜傳注釋〔一二〕。

〔一三〕泰文：山溪周氏宗譜卷七之三：「燦，任夏公三子。字泰文。例贈文林郎。行誼載邑志。生於雍正十一年癸丑八月十八日，卒於乾隆五十九年甲寅三月十四日。葬園內。配花園徐氏，廷德女，例贈孺人。生於雍正十二年甲寅十一月初九日，卒於乾隆三十八年癸巳六月十一日。葬合。子一，廷謙。」

族祖綬章公〔一〕譜傳㊀

吾宗大支二。大分多業陶，二分多業樵。其耕讀，皆温飽。家不以分疏，而情益親，勢使然也。塍里〔二〕行輩最長，其與濟密者，桐亭〔三〕、陸懷〔四〕、木君〔五〕、綬章。四人皆祖行〔六〕而情好如昆弟。桐亭一舉於鄉，死矣；綬章補弟子員，亦死；陸懷、木君亦相繼歿。三家者，皆無人思表章，而綬章公之尊君，素睦於吾祖吾父者，命濟傳綬章。

嗚呼悲矣！綬章温温〔七〕如處子，讀書治舉子業，其文潤澤華美，宜若〔八〕豐於遇者。家雖不厚，粗糲足自給，即不以功名顯，亦當娱親育子，以命壽終。而與二三君者相次淪没，上有垂白〔九〕，下無襁褓，豈不悲哉！

憶自都中初歸，酌我於花前，謂濟曰：「此紫袍金帶〔一〇〕也。昨歲移植，今花矣。子且富貴，亦對之。」濟笑而起曰：「富貴豈足溷豪傑？子自樂此，勿相瀆也。」相與狂笑。木君填詞以記其歡。十餘年來，四君無一存者。濟漂流世間，未有所届。既傳綬章，益感慨於三君不置也。夫人身既歿矣，即其名不朽，亦何異幻中之幻，曾足較計〔一一〕哉？中年哀樂〔一二〕，觸事易傷；春夜之燭〔一三〕未闌，山陽之篴〔一四〕已奏。此右軍〔一五〕所以興感於蘭亭，司馬所以依依於漢柳也。〔一六〕

【繫年】

文中曰「自都中初歸」，時當嘉慶十年（一八〇五）；「十餘年來」，知此文當作於道光元年（一八二一）後。山溪周氏宗譜道光二年（一八二二）壬午三修。此文收入其中，故此文當爲此次修譜而撰，故當道光二年作於宜興。

【校勘】

㊀「族祖綬章公譜傳」：山溪周氏宗譜卷七作「綬章公傳」。

【注釋】

〔一〕綬章公：山溪周氏宗譜卷七之三：「汝明，大林公長子。原名邦墉，字綬章。邑庠生。生乾隆四十七年壬寅七月二十六，卒嘉慶十六年辛未二月十八。葬周湖底田内，癸丁向。配吴氏，兆周女。生乾隆四十八年癸卯七月初三，卒道光十四年甲午七月二十八，年五十二歲。苦節符例，由修邑志總坊請旌。葬周湖底田，辛乙向。側室汪氏，生乾隆五十八年癸丑九月十四，卒咸豐十年庚申，月日、葬無考。氏雖無出，青年守志，苦節終身，由邑志局請旌總坊。嗣子二，長印銓，弟邦均子；次欽文，弟廷佐子。女二，長配出，適東嶺應，次側出，適蘭右崔。」

〔二〕塍里：今江蘇宜興丁蜀鎮塍里村。

〔三〕桐亭：山溪周氏宗譜卷七之三：「廷謙，泰文公子，字是益，號桐亭，又號衡皋。嘉慶庚午舉人。候選知縣，例授文林郎。著有桐亭詩集，載邑志藝文。生乾隆三十二年丁亥十二月二十，卒嘉慶十七年壬申十月初一。葬本村園内，癸丁向。有傳。配卜葉橋何氏，太學生瑛女，欽賜翰林院檢討榕胞侄女，例贈孺人。生乾隆三十三年戊子十月二十九，卒嘉慶三年戊午六月二十六。葬董庵塢横山頭，丙壬向。繼路氏，例贈孺人，生乾隆二十四年己亥十二月二十五，卒道光二年壬午八月初一。葬陳家陽，東北向。子三，恩慶、寶書、寶印。恩慶配出，寶書、寶印繼出。女一，繼出，適廪貢生談汝諧。」卷七二分傳序二録周恭壽桐亭公傳：「莫爲之，後雖盛，不傳旨哉。是言乎！岩穴之士，片言足録，而子孫陵替，先祖有美而弗知者，何可勝嘆！然三代直道，自在人心，苟可闡揚，自不忍聽其湮没。此則壽補傳桐亭公之意也。公諱廷謙，字是益，號桐亭。幼讀書，過目成誦；比長，以能文名於鄉。尤工於詩，刊有桐亭詩集，膾炙一時。今集已毁於兵燹，然著名邑志，雖廢其實，猶存其名也。獨惜公之生平崇平務實，守正不阿，以居德善俗之概擅名於鄉。今後嗣無人，親族凋敝，欲訪其懿行，而里中故老無有存者。獨憶少時聞諸長老云：當公之時，土人挖山取土，供給陶用，而南山爲墳墓所叢，遇有傾頹，每被毁棄。且與我祖墓山地相比連，鄉者痛疾，莫可禁止也。屢禁屢開，工作恃衆，勢同水火。公心憂之，莫可如何也。及登賢書，請於縣府，督捕嚴禁，始得强止。然衆工怨公日深，共欲害公。公既恨墳山之毁傷，又懼禍患之將及，抑鬱成疾，遂致不起。果如是，是公因挖山而以身爲殉也。是公有能够捍大患之功，而有以死勤事之哀也！如是而身没之後泯滅莫知；間有知之，而復歸棄置：將三代直道之心，於何考證耶！此正壽不敢默然者矣。謹書之於譜。」

〔四〕陸懷：參文卷二族曾族節庵公譜傳注釋〔一一〕。

〔五〕木君：周青。參詩卷一有懷高二丈亦耕、族祖木君即寄注釋〔二〕。

〔六〕行：行輩。

〔七〕温温：柔和貌，謙和貌。詩經小雅賓之初筵：「賓之初筵，温温其恭。」鄭玄箋：「温温，柔和也。」

〔八〕宜若：表擬測或推斷之詞。猶言似乎，好像。

〔九〕垂白：老年人。

〔一〇〕紫袍金帶：明朱有燉誠齋録卷三咏芍藥金帶圍深紫樓子，中間細黄葉，與海雲紅、紫金盤皆類一種，但色微有深淺耳：「紫袍金帶冠群芳，高品難將物價量。何必廣陵誇美麗，此花端的被榮光。」徐珂清稗類鈔植物類牡丹之種類：「曹州種凡十九。……曰紫袍金帶，起樓重疊，腰圍黄心，簇滿，色如玫瓌紫，花中之最貴者。」

〔一一〕較計：計較。

〔一二〕中年哀樂：南朝宋劉義慶世説新語言語：「謝太傅語王右軍曰：『中年傷於哀樂，與親友别，輒作數日惡。』」後有「哀感中年」之語，形容人到中年對親友離别的傷感情緒。也有人寫爲「哀樂中年」。

〔一三〕春夜之燭：唐李白春夜宴從弟桃花園序：「古人秉燭夜游，良有以也。」秉燭夜游，謂須及時行樂。

〔一四〕山陽之篴：晋向秀思舊賦序：「余與嵇康、吕安居止接近。其人并有不羈之才，然嵇志遠而疏，吕心曠而放，其後各以事見法。……余逝將西邁，經其舊廬，於時日薄虞淵，寒冰凄然，鄰人有吹笛者，發聲寥亮，追思曩昔游宴之好，感音而嘆，故作賦云。」後因以「吹笛」「山陽笛」爲傷逝懷舊之典。

〔一五〕右軍：晋王羲之曾任右軍將軍，後稱羲之爲「右軍」。蘭亭集序：「每覽昔人興感之由，若合一契；

未嘗不臨文嗟悼，不能喻之於懷。」

〔一六〕北周庾信枯樹賦：「況復風雲不感，羈旅無歸，未能采葛，還成食薇。沉淪窮巷，蕪没荆扉，既傷摇落，彌嗟變衰。淮南子云：『木葉落，長年悲。』斯之謂矣。乃歌曰：『建章三月火，黄河萬里槎。若非金谷滿園樹，即是河陽一縣花。』桓大司馬聞而嘆曰：『昔年種柳，依依漢南；今看摇落，悽愴江潭。樹猶如此，人何以堪！』」南朝宋劉義慶世説新語言語：「桓公（桓温）北征，經金城，見前爲琅邪時種柳，皆已十圍，慨然曰：『木猶如此，人何以堪！』攀枝執條，泫然流淚。」

賈節婦傳 面陽芥賈氏源配

賈節婦者，溧陽潘氏也。年二十，婦於賈。翁姑老矣，夫無兄弟。自節婦之歸家，庭咸歡慶焉。三年，夫得失血疾，醫者辭不治。節婦禱於竈，刲股和肉以進。卒不起，遺孤二人，長葵，次奎。節婦慟幾絶。抑哀，承二老人顔色〔一〕，課二子嚴。家雖日落，而甘旨〔二〕之奉、脩脯〔三〕之禮未嘗減轖〔四〕。翁年八十五，姑年八十六，先後卒。喪葬咸有條理。東鄰火，焚前後屋數十間，屋與節婦屋毗連，咸爲節婦危懼。已而，無纖毫焦灼者，異矣。

節婦宜入志。前修志，節婦年例未符，不得列。今年其族人輯譜，予師吴時敏〔五〕夫子爲言節婦行實〔六〕如此，樂傳而歸之，使刻諸譜。

節婦今年五十有二，孫三人，可以娱目前，他日意有光大其門者。予聞康熙間，蘇州南濠〔七〕大火，燒數百家，有司涖視，獨一家樓巍然不毁，則有子侍母疾，火甚，度不能將母去，願俱死者也。有司異而旌之。後三十年，復火，所延燒益多，孝子死矣，而孝子樓不毁如故。噫！可以風矣！若節婦，其何讓焉！

【注釋】

〔一〕顔色：表情，神色。論語泰伯：「正顔色，斯近信矣。」新唐書韋思謙傳：「性謇諤，顔色莊重，不可犯，見王公，未嘗屈禮。」

〔二〕甘旨：指養親的食物。南朝梁任昉上蕭太傅固辭奪禮啓：「饑寒無甘旨之資，限役廢晨昏之半。」

〔三〕脩脯：舊時稱送給老師的禮物或酬金。

〔四〕轖：通「嗇」。

〔五〕吴時敏：清顧名龔潤森修、清吴德旋纂重刊續纂宜荆縣志道光二十年刻本卷七之三荆溪人物志文苑：「濟少時從學於吴聞，聞字時敏，諸生，學長於史，常喜摘録諸正史、别史中處事之可爲師法者以教弟子，有管中見八卷，濟爲序之。聞之友曰曹嘉字禄申，亦諸生，嘗至聞書塾中，見濟垂髫時所屬文，即驚異之曰：『奇童子也。』」

〔六〕行實：生平事迹。

〔七〕南濠：南濠街，今蘇州閶門外南浩街。因閶門以南護城河稱爲南濠而得名，後訛「濠」爲「浩」。蘇州明代文學家都穆、楊循吉曾家居於南濠街。「凡南北舟車，外洋商販，莫不畢集于此，居民稠密，街弄通隘，客貨一到，行人幾不能掉臂，其各商大賈，自爲居停。」清納蘭常安宦游筆記南濠街毁於咸豐十年。同治、光緒年間商市略有恢復。

文學[一]高森榮[二]墓表

項羽坑秦降卒四十萬，又殺子嬰，燒秦宫室，殘破咸陽，不都關中是也。河北趙地，羽身破章邯，全其父子兄弟垂盡之命，是羽發迹之所，何以不都河北？漢之將亡，群雄競逐，袁紹以不迎天子敗，曹操以挾天子霸。雖然，孫、劉不挾天子，亦霸。而操以挾天子，獨爲漢賊，天子寄坐[三]耳。然而稟命則不威，耑命則不臣。以操之才，即不挾天子，何遽不霸？甚者可爲漢除賊扶義而王，何取于挾天子？

於乎！爲此論者，吾亡友、姑之夫高君亦耕也。君長於余十一年。與余交十年，前五年，以兄弟；既壻于王父，爲尊屬矣。余執子侄禮，君仍弟畜余也。當是時，川楚蕩平[四]，天下豐樂。君縱酒爲歌詩。年三十七，竟以酒病衄[五]卒。

於乎哀哉！君諱森榮，字亦耕。原配吕，出一女，適范氏。繼配余姑[六]，出一子薪，姑年二十三而君卒。君嗣母盛孺人老矣，子薪幼。姑仰事俯育，有稱戚黨間。越二十六年卒。薪既成立，能文章，乞文于余。余少時曾爲文，擬名君壙，悔不文，毁其稿。重薪之請，乃復爲墓表如右。

君季弟森槐〔七〕，與余族祖木君〔八〕同學，亦交余。樸直有山水氣。四人者相過從，登臨賦詩、弈棋飲酒無虚日，時論史事相激卬，君以伉慨，森槐以蕭散，木君以纏綿。里居之樂，於是爲盛。君既卒，余多出游。森槐、木君相繼逝。三十年來，朋友聚散之踪迹，鄉里人情風俗之變遷，谿山光景之盛衰，因表君墓，彌增予感焉。余亦行年五十矣，悲夫！

【繫年】

據「君長於余十一年」，而「年三十七，竟以酒病衄卒」，知高氏卒於嘉慶十一年（一八〇六），詩卷一哭高亦耕二丈，正作於是年秋。而時「繼配余姑」「年二十三」，「越二十六年（姑）卒」，「余亦行年五十矣」，故知此文作於道光十年（一八三〇）。據山溪周氏宗譜卷四之一大分五房世表上，周治卒於道光十年庚寅九月十七日，周濟因於是時返鄉家居，故此文道光十年底作於宜興。

【注釋】

〔一〕文學：儒生。亦泛指有學問的人。南朝梁劉勰文心雕龍時序：「自獻帝播遷，文學蓬轉。」

〔二〕高森榮（一七七〇—一八〇六）：字亦耕，行二。詩卷一有懷高二丈亦耕、族祖木君即寄坐，豈得久安！」

〔三〕寄坐：居客位。比喻地位不穩且無實權。三國志魏書曹爽傳：「天下洶洶，人懷危懼，陛下但爲寄坐，豈得久安！」

〔四〕川楚蕩平：指一七九五—一八〇四年四川、湖北白蓮教武裝反清起義。

〔五〕酒病衄：三因極一病證方論卷九：「病者飲酒過多，及啖炙煿五辛熱食，動於血，血隨氣溢，發爲鼻衄，名酒食衄。」

〔六〕山溪周氏世徵録卷四之一大分五房世表上：「咸亨，元曦公長子，行二。原名繼隆，字坤度，號敏齋。太學生，以孫濟道光十五年覃恩貤贈文林郎。著有冗隙詩草。……女二：長適洑溪望江縣教諭徐承謨子邑庠生瑶璋，次適任渚高。俱側出。」

〔七〕高森槐：參文卷二雲溪遺稿序注釋〔一〕。

〔八〕木君：周青。參詩卷一有懷高二丈亦耕、族祖木君即寄注釋〔二〕。

與任階平〔一〕書

心陔〔二〕處得手書。知足下以時務爲懷，詢采〔三〕下逮用儲獻納，感甚感甚。濟沈於兩淮十五年矣，肱雖三折〔四〕，曾無寸長。顧見當事諸公，其始至也，無不勵精圖治，繼而動輒罣礙〔五〕，終於無可設施〔六〕，被議以去者相踵也。夫兩淮貿易之場，上應天市〔七〕，治市〔八〕者慎無擾。今以一切之法剸割〔九〕之，是重擾之。故愈求治而愈不得治，司其事者，苟能因商之所利而利之，利在則衆趨，而百廢舉矣。是故計成本以清其源，通銷路以暢其流。計成本必先定科則〔一〇〕，二十年來，科則多至數百萬矣。必知其何以多，必知其何以不可少。必於不可少之中，力求其可少之處而減之。此成本之關乎國計者也。若夫成本之不關乎國計者，又當爲之變通而籌劑之，可省者省之，不可省者思所以償之。而又通其銷路，使轉輸速而利自生。貿易之事，與其兩年而什贏二，不如一年而什贏一也。何也？兩年什贏二，則甲年之本丙年乃復，是乙年又需本也；一年什贏一，則本半而利均。淮鹺需本二千數百萬，今二年而一運，則需五千萬。昔之時，商富而止需二千數百萬，故易從而有功；今之時，商貧而反欲其儲五千萬，能乎？不能乎？此銷路之所以不可不亟講也。理財之大道，量入以爲出。今之籌運庫者反是。夫官之所入，商之所出也。商必有是入也，而後能出而輸之官。否則，商欲出而不能出，官因欲入而無可入。入不敷出，乃於所必出者，因循而推展之，愈積愈重，逋于國者，數日增；責于商者，勢日急。朽索將絶，六馬盡驚，〔一二〕馭者乃方摇鞭而叱吒之，亦何怪於利藪〔一二〕之變爲畏途哉？然此固非絶無可爲，淪胥〔一三〕以往之局也。濟於此事，研窮甚久，信其有可轉之機。徒以身在局中，謹循資格〔一四〕，不敢冒陳狂瞽，自取咎戾。今幸脱然去此敝屣矣，痛定思痛，其言愈切！或可以筆之於書矣乎。遠詢殷殷，敢陳端緒〔一五〕，若欲因而究竟之，則須後命。

此後復有兩書，無存稿。門人馮元燿〔一五〕謹識。

【繫年】

文中言「濟沈於兩淮十五年矣」「今幸脱然去此敝屣矣」，自孫玉庭嘉慶二十二年（一八一七）二月底或三月初路過揚州邀濟參與緝私鹽之時計，十五年後當爲道光十一年（一八三一）。文收入味雋齋文稿，當道光十一年作於南京。

【注釋】

〔一〕任階平：任泰字階平，江蘇荆溪今宜興人。道光六年（一八二六）進士。著有質疑一卷。清吴仰賢小匏庵詩話卷二：「後有宜興任階平太史泰手書十三經注疏，凡十有一年而成帙。」清程恩澤程侍郎遺集卷六任階平太史寫經圖贊并序：「階平先生博觀群籍，江廧衆言，旗角繫鈴，已踐舊夢，樹墨記柱，光傳家苑，惇愛經典，劬窣故訓，以爲巾箱之妙，非賀玠所識；蘭臺之私，必中郎乃徵。粤自開皇廢像，長興雕本，人無書掌之瘁，世乏壽胸之雅，況血腦易減，記珠難索，天口聖譯，日付苟簡，良可欸也。於是冰鈔雪纂，蒲荒柳剥，隆古言凡之概，方聞申難少概，一經寫定，盡歸寫識。爾乃龍伸蠖屈，爛兮典竇之奇，紂紅許緑，刊諸虎帝之蹐。蓋惟用志不二，故能與幡然者争年；課功必臧，故能與鰯然者比遇。柳氏自備，古美其稱；雲禎細書，今尚未輟。至於給五千番之麻紙，以招俊乂；酬十五年之嘉績，用錫金紫。則稽古之榮，諒不越習者之門也。爰爲贊曰：經粉綸兮，井大春；心若醉兮，手之鶉。是副墨之子兮，是雒誦之孫。」

〔二〕心陔：李復來，字心陔。諸生。與李兆洛爲堂兄弟。清吴德璇初月樓文編鈔道光十六年刻本卷六有李心陔傳。

〔三〕詢采：訪求，采訪。唐劉知幾史通忤時：「史官編録，唯自詢采，而左、右二史，闕注起居，衣冠百家，罕通行狀。」宋葉適淮西論鐵錢五事狀：「臣昨在蘄州目見利害，詢采吏民，頗爲親切。」

〔四〕肱三折：折肱，曲臂爲禮。比喻來往結交。唐韓愈送孟秀才序：「京師之進士以千數，其人靡所不有，吾常折肱焉。其要在詳擇而固交之。」

〔五〕罣礙：羈絆，牽掣，障礙。

〔六〕設施：措置，籌劃。淮南子兵略訓：「晝則多旌，夜則多火，暝冥多鼓，此善爲設施者也。」

〔七〕天市：星名。史記天官書：「東北曲十二星曰旗。旗中四星曰天市。」張守節正義：「天市二十三星，在房、心東北，主國市聚交易之所，一曰天旗。明則市吏急，商人無利；忽然不明，反是。市中星衆則歲實，稀則歲虚。熒惑犯，戮不忠之臣。彗星出，當徙市易都。客星入，兵大起；出之，有貴喪也。」

〔八〕治市：古代掌管市場貿易的官員。荀子王制：「脩采清，易道路，謹盜賊，平室律，以時順修，使賓旅安而貨財通，治市之事也。」于省吾雙劍誃諸子新證荀子二：「治市，即司市。周禮有『司市』。」

〔九〕剸割：裁决，治理。舊唐書李涵傳：「德宗即位，以涵和易，無剸割之才，除太子少傅，充山陵副使。」

〔一〇〕科則：政府按田地類别、等級而定的田賦標準。此指鹽税的標準。

〔一一〕尚書五子之歌：「予臨兆民，懔乎若朽索之馭六馬。」朽索，朽腐的繩索。後因以爲典，比喻臨事慮危，時存戒懼。

〔一二〕利藪：財利的聚集處。

〔一三〕淪胥：相率牽連。詩經小雅雨無正：「若此無罪，淪胥以鋪。」毛傳：「淪，率也。」鄭玄箋：「胥，相鋪徧也。言王使此無罪者見牽率相引而徧得罪也。」

〔一四〕循資格：本指唐開元時的選官制度，以年資爲擢用官吏的條件，相當於北魏的停年格。此指遵循所任職務的職責。

〔一五〕端緒：頭緒。淮南子兵略訓：「一晦一明，孰知其端緒。」宋周密癸辛雜識前集韓彦古：「卷帙浩博，未見端緒，彥古常欲略觀而不可得。」

〔一六〕馮元燿：參文卷二鹽法議二注釋〔五〕。

附：徐世昌等清儒學案卷一百二容甫學案從政録録汪喜孫與任階平先生書

張古餘夫子一生用力於六書九數，六書未有著作，九數有開方補記、求一算術兩書。一則先秦古法，一則四玄真傳。求一之書已墨於板，傳世致少；開方則未經刊行，板本存顧晴崖家。其公子久久不歸，恐無人料理，書册零落。講院内好古有力之士，儻能醵金印行，廣爲傳習，不獨表章遺書，亦經師之所有事也。敝本家士鐸、管甥嗣復，并用力算書，惟境地清貧，力不能振。儻山長登高而呼，或有起而應之者，安見盧學士抱經先生、錢少詹辛楣先生不再見於執事？而胡民部竹村，相知素深，定同聲相應耳。抑有請者，盧、錢通經而品地不讓宋人，胡亦矯矯自好，然則漢、宋之學可不必分，通經與力行更不必别，安有學周公、孔子之道而行與言違？又安有讀程子、朱子之書可束書不觀者？是故董子之正誼明道，上紹七十子之微言大義，下開程、朱之道學。歐陽、大小夏侯，齊、魯、韓之學，周公之藝，孔氏之文也。許君訓詁，鄭君名物，周公爾雅之學，孔子多識之傳也。讀周、孔之書，爲周、孔之學，安有所謂漢學哉？且虞翻、皇甫侃、徐遵明、熊安生、劉焯、劉炫生於兩漢之後，無古今文之别，不皆漢人師承，亦謂之漢學耶？孔沖遠、陸元朗易學好王氏清虛之談，亦謂之漢學耶？朱子謂康成是大儒，得謂之不習漢學耶？王伯厚輯三家詩，得謂之不習漢學耶？僕願與閣下大聲疾呼，破當世門户之見，根柢周禮，師儒道德，得民仰止，冉閔、顔淵，孔門善言德行，庶乎經明行修，經通致用，由博文而約禮，由多識而一貫。夫子之文章在詩、書、禮、樂，夫子之言性天道在大易，夫子之雅言詩、書、執禮，爲四術之教士，夫子之罕言利命與仁，爲五十之學易，道與藝合，道與器俱。周公多才多藝，誡在驕吝，孔氏孝弟謹信，餘力學文，志道據德，依仁游藝。形上爲道，形下爲藝，凡士人所誦習，安可忽諸？願執事昌明大道，不勝景仰。

與徐壽伯〔一〕書㊀

讀足下詩㊁，取材、行筆有古人遺範，知於此事用力勤矣。抑聞之，詩以言志，故曰心聲。譬之射參連、白矢技〔二〕也，君臣父子各以其鵠爲志，比禮樂，中多者爲美焉。斯先王所以習士也，士不得已而有言，句而韻之謂之詩，將以遺後之人。必也其人其世藴蓄流露於其中，俾後之人得考而論之，以知其志之所在。是以前人之華藻，經後人之采掇，而前人不復能自有之者，各志其志故也。李廣之士卒，代以程不識，則紀律變矣；〔三〕樊崇、徐宣之部曲，光武拊循而用之，〔四〕則暴掠椎埋〔五〕之徒，温温〔六〕乎脱劍〔七〕而通經矣。夫志，氣之帥也；氣，辭之幹也。以志行氣，以氣運辭，無枝辭，無客氣，因而範圍之以法度。是故可豪可艷，可雅可俚，可繁冗超脱，不一其趣也；可漢可魏，可六朝、三唐〔八〕、宋、元，不一其格也；而不可割張之作以入李，詭甲之年而稱乙者，無他，各有其鵠也。以足下之工力，而進以是説，則向之所沉浸醲鬱者，將躍然各出其奇，以效命於楮墨〔九〕之間。昔淮陰〔一〇〕善用兵，市人可驅而戰也，况節制之師哉？過客至止，足下不棄，贄所業而殷然先施焉。其視僕也，重矣！用不敢自外於朋友相切劘之誼，若因所長而敷贊之，懼不敢稱盛意。㊂

後學徐鐵〔一一〕、任德鄰〔一二〕，族曾孫德咸〔一三〕校。

【繫年】

詩卷六有明樂安長公主玉印歌和徐徵士漢蒼、題荔庵徐漢蒼修竹吾廬卷子兩詩，道光十一年（一八三一）秋作於南京。其時徐漢蒼執詩集以求正，周濟稍後作此文以復之。故文當道光十一年秋作於南京。

【校勘】

㈠「與徐壽伯書」：清徐漢蒼蕭然自得齋詩集卷首作「書」。

㈡「詩」：底本作「書」。據清徐漢蒼蕭然自得齋詩集卷首序改。

㈢清徐漢蒼蕭然自得齋詩集卷首周濟此序末尾尚有「周濟頓首」四字。

【注釋】

〔一〕徐壽伯：徐漢蒼（一七九七—一八六八），字荔庵、壽伯。安徽合肥人。貢生，道光元年（一八二一）舉孝廉方正。書法顏平原，主講奎文書院。著有蕭然自得齋詩集八卷、碧琅玕館詩餘一卷，鷗香詞一卷。清梅曾亮柏梘山房文集卷二上鄧嶰筠先生啓庚寅：「蒙賜手書并書院束脩，已祇領訖。謝起事宣城已專人來告，自此常無後憂。感激之私，豈有涯量？異之書已遞去，聞尚未能出門。小病今始愈也。昨過友人所，有合肥徐漢蒼字壽伯，陸祁生丈之門人、方植之友也。貌莊而色憂，云欲得陶宮保書，求公薦館，而天使方在城，進見無時。天寒，旅寓無資斧，老親倚閭，不知所爲計。曾亮聞之惻然。因思他人則不敢知，若年丈則以古君子愛士之心爲心，不稍置輕重於懷抱者，苟其才有可取，布衣書與宫保之書一也，即毅然自任。以書爲先容，壽伯欣然收刺束裝，即日告行期。曾亮雖中悔其冒昧，勢不可已，惟壽伯詩已曾見之，才氣甚清，音節亦能合於古。其人樸雅，亦佳士也，似不與尋常投詩卷爲游客者同科，輒屬進其所業，退食之暇，一流覽之，亦以知曾亮不謾言於長者前也。」詞話叢編憩園詞話荔庵布衣詞：「徐君荔庵，名漢蒼，安徽合肥詩人也。亦愛詞，有碧琅玕館詩餘。殁後，恩竹樵方伯刻其稿，余爲校刊。荔庵老年篤學申韓，歷名皖中院司幕府。咸豐癸丑十二月，隨皖撫江忠烈公禦粤寇，守廬州。十七日侵曉，城陷，忠烈公投御甲壩薨，荔庵亦被重創，卧傷九十餘日得愈。有鷓鴣天詞云：『卧病空山日未晡。三春心緒總模糊。夢中喬木都非故，燕子何常識舊廬。香已燼，酒難沽。樓臺遺恨變丘墟。曾邀開府親籌策，晞髮衰翁痛不如。』即咏失城事也。所作不拘聲律，爲詩人之詞，而老健清空，尚多佳句，備存集中。」

〔二〕射參連、白矢技：周禮地官保氏：「保氏掌諫王惡。而養國子以道：乃教之六藝，一曰五禮，二曰六樂，三曰五射，四曰五馭，五曰六書，六曰九數；乃教之六儀，一曰祭祀之容，二曰賓客之容，三曰朝廷之容，四曰喪紀之容，五曰軍旅之容，六曰車馬之容。」鄭衆云：「五射，白矢、參連、剡注、襄尺、井儀也。」

〔三〕史記李將軍列傳：「程不識故與李廣俱以邊太守將軍屯。及出擊胡，而廣行無部伍行陳，就善水草屯，舍止，人人自便，不擊刀斗以自衛，莫府省約文書籍事，然亦遠斥候，未嘗遇害。程不識正部曲行伍營陳，擊刀斗，士吏治軍簿至明，軍不得休息，然亦未嘗遇害。不識曰：『李廣軍極簡易，然虜卒犯之，無以禁也；而其士卒亦佚樂，咸樂爲之死。我軍雖煩擾，然虜亦不得犯我。』是時漢邊郡李廣、程不識皆爲名將，然匈奴畏李廣之略，士卒亦多樂從李廣而苦程不識。程不識孝景時以數直諫爲太中大夫。爲人廉，謹於文法。」

〔四〕後漢書劉盆子傳：「赤眉忽遇大軍，驚震不知所爲，乃遣劉恭乞降，曰：『盆子將百萬衆降，陛下何以待之？』帝曰：『待汝以不死耳。』樊崇乃將盆子及丞相徐宣以下三十餘人肉袒降。」

〔五〕椎埋：史記酷吏列傳：「王温舒者，陽陵人也。少時椎埋爲奸。」裴駰集解引徐廣曰：「椎殺人而埋之。」

〔六〕温温：詩經小雅賓之初筵：「賓之初筵，温温其恭。」鄭玄箋：「温温，柔和也。」

〔七〕脱劍：解下佩劍。比喻棄武修文。禮記樂記：「裨冕搢笏，而虎賁之士説劍也。」説，通「脱」。

〔八〕三唐：詩家論唐人詩作，多以初、盛、中、晚分期，或以中唐分屬盛、晚，謂之三唐。

〔九〕楮墨：紙與墨。借指詩文或書畫。

〔一〇〕淮陰：淮陰侯韓信。

〔一一〕徐鐵：生平不詳。

〔一二〕任德鄰：據山溪周氏宗譜卷四：「（周煒）女一，適城中任三品銜湖南永順知府、道光丁未進士諱瑛公孫，五品銜、府經歷子中次子，埘貢生德鄰」。

〔一三〕德咸：山溪周氏宗譜卷三之三大分三房世表：「德咸，伯匡公周恭壽子。原名保勳，舊譜名大勳，字志伊。又字可懿，一字華農，號覺園。」

淮鹺問峹

文卷三

序

草野言時務，與當事異。言其所可行，與其所能行，當事之言也；言其所以然，不必言其所當然，草野之言也。言之恒易，行之恒難。或自言之，不能自行，或可以自行，不能㊀必人之行之，無以異於言者之自行，無他，權有轉移，時有先後，人才物力有贏絀，蓋定法之難也。輕於定法者，幸而不施用則已，不幸而施用，境過情遷，有如上所云云，非徒無益，且臘毒〔一〕焉。故曰：位卑而言高，罪也，非罪其出位而言也，罪其言之或且僨事〔二〕於異日也，惡可以無懼？必也病夫呻吟，爲述所苦，究病所從生，采集攻補之藥，而謹炮製之，鋭鑱石〔三〕，藴艾火，以俟和緩之施治焉。鍼灸毋定穴，湯劑毋處方，庶乎免已。十餘年來，浮沈淮海，逾越江漢，耳目所睹記，鹽務爲多。聽橋觀察〔四〕祖孫世爲鹽官，尤究心此事。往復問難，端緒錯綜，慮其遺忘，輯爲一編，不設甲乙，都忘賓主；直述大意，刊落華藻。雖搢紳之士，玩之無文，而政事之家，喜其近質。文體然乎，抑亦事體然也？道光十年冬日止盦序。

【繫年】

文收入國家圖書館藏求志堂存稿彙編一卷本介存齋文稿。文作於道光十年（一八三〇）冬。

【校勘】

㊀「能」：清葛士濬皇朝經世文續編卷五十一淮鹺問盦并序奪。

【注釋】

〔一〕臘毒：即「厚味臘毒」。國語周語下：「高位寔疾顛，厚味寔臘毒。」韋昭注：「臘，亟也。」「厚味臘毒」即指越美味的食物，其毒性也越强。比喻事物往往兼具正反的雙重性質。

〔二〕僨事：敗事。禮記大學：「一家仁，一國興仁；一家讓，一國興讓；一人貪戾，一國作亂，其機如此。此謂一言僨事，一人定國。」鄭玄注：「僨，猶覆敗也。」

〔三〕鑱石：古時治病用的石針。素問湯液醪醴論：「當今之世，必齊毒藥攻其中，鑱石、針艾治其外也。」史記扁鵲倉公列傳：「鑱石撟引，案杌毒熨，一撥見病之應。」司馬貞索隱：「鑱謂石針也。」

〔四〕聽橋觀察：詩卷五有聽橋觀察席上若谷刺史説塞下耕屯，賦此以贈。清郭尚先郭大理遺稿道光二十五年刻本卷八祭廖永亭觀察文：「夫其家承通德，居近錦官，岷江嵋岫人。……歲癸酉，觀察江左矣。」清惲敬有與廖永亭、與廖聽橋，清葉坤厚江上小蓬萊吟舫詩存卷之八有懷廖聽橋觀察。

問竈户苦累透私應如何查禁

答曰：苦累者，非竈户也。各場本有蕩地〔一〕，産草供煎，毋許私墾。已經私墾者，例應放荒，計草設竈，有竈即有地，此真正竈户也。後來竈户致富，不樂供煎，本身賄脱竈籍，雇募無業游民頂充，漸將竈地私墾成田，或且轉相典賣，因而有竈無地，必須買草供煎。竈户變成草户，與煎丁分而爲二，而丁始困矣。竈户既不煎鹽，但收草束，貴價剥削煎丁，煎丁不敢與草户較草價之貴賤，始仰衣食於㊀場商。場商陽借撫恤之名，暗施侵漁〔二〕之術，而丁愈困矣。草户既安享蕩地之利，一逢商力疲乏，煎多收少，即令煎丁以鹽易草，公然囤聚售私；又恐場官查禁，嗾令窮苦煎丁以有鹽無售爲辭，向場官挾制。場官非但不敢問其透私之罪且利，有私販接濟煎丁，至有在院司公然㊁面稟者，甚者㊂借此挾制院司，請領帑項，名爲收買餘鹽，其實即將此項與狡猾場商通同〔三〕分肥，市買垣内不堪之脚鹽，搪塞上官，帑項究歸無着。其弊皆由有竈無地而起，如能清查蕩地，以范公堤〔四〕爲界，堤外之地即是㊃蕩地，不問何人，但執業此地者，即定爲竈籍，查明某場有地若干，有竈若干，計地配竈，令其親身供煎。倘若雇募，聽其自便。稽查火伏〔五〕，責鹽歸垣。一切公事不如法，惟該户的名是問，不許以雇丁應卯，如該業户於清查之日，即呈明不願供煎，則須查明此地是典是買，一面繳地入官，以憑另募，一面自向原業退價。倘查係祖業相傳，并無典賣文契爲憑，即係賄脱竈籍之户，不准繳地改業，庶草鐅〔六〕相符，丁户合一，有業之户，孰肯逃亡？法禁可施，透漏可絶矣！

【校勘】

㈠「於」：底本作「與」。據清葛士浚皇朝經世文續編卷五十一淮鹺問畣并序改。

㈡「然」：一卷本介存齋文稿本作「然而」。

㈢「者」：一卷本介存齋文稿本作「且」。

㈣「是」：底本作「與」。據一卷本介存齋文稿本改。清葛士浚皇朝經世文續編卷五十一淮鹺問畣并序作「係」。

【注釋】

〔一〕蕩地：積水長草的窪地，又稱蕩田。明劉基嘉興路重修陸宣公書院碑銘：「又增買蕩地若干畝，以益廪膳。」

〔二〕侵漁：侵奪，從中侵吞牟利。韓非子孤憤：「大臣挾愚污之人，上與之欺主，下與之收利侵漁，朋黨比周，相與一口。」

〔三〕通同：串通，勾結。北史魏紀二高宗文成帝：「大商富賈，要射時利，上下通同，分以潤屋。爲政之弊，莫過於此。」

〔四〕范公堤：宋仁宗天聖元年（一〇二三），范仲淹監西溪今屬東臺鹽倉時，爲阻擋海潮，發運通、泰、楚、海民工興修海堤，并於天聖六年築成。後人因感激范仲淹，稱堤爲范公堤。

〔五〕火伏：據宋良曦、林建宇、黄健、程龍剛中國鹽業史辭典上海辭書出版社二〇一〇年版：火伏制是宋代監製海鹽生産以防漏私的一種制度。北宋神宗熙寧年間，行結甲之法和火伏之制，起火開煎謂之火，住火停煎謂之伏，起火住火，俱有定時。每竈起火開煎時間，由甲頭赴場申報，抄上簿曆，催煎官親自赴竈核查監視。住火停煎，即行收鹽，停瀝在所，候鹽瀝乾，即運至買納場交納，由買納官稱收後，即將鹽本錢清發，是爲火伏制。南宋淳熙年間浙江提舉薛元鼎更創制亭户納鹽的「手曆」，亭户産鹽若干，按時日登記於手曆之上，稱收完畢，即時記載，并憑以照支鹽本錢。清徐世昌等清儒學案安吴學案庚辰雜著五：「場官有火伏簿扇，以查竈煎之數。竈有定額，一竈一日夜煎鹽一鏾，有定斤，名曰火伏。」清史稿食貨四：「兩淮巡鹽御史戴音保言：『場竈燒鹽之具，深者盤，淺者鏾，設有定數，而煎鹽以一晝夜爲火伏，并巡查息火後私燒。近有竈户私置鹽鏾，火伏又不稽查，故多溢出之數。請飭鹽官申嚴舊法。至淮南曬掃，惟有商人收買配運，酌加引課。』」

〔六〕鏾：鏊，古代煮鹽用的敞口淺鍋。

問場私透漏路徑叢雜，應如何扼要稽查

答曰：淮南鹽場，由六閘出運河入江者，必經揚關；由孔家涵入江者，必經揚關分口之白

塔河；由高郵湖入天長界内者，揚關可設分口；其不歸場河徑自入江者、溯直上者，必經龍江關；或入儀徵界内者，揚關本有分口；或入六合界内者，龍江關可設分口。但責成兩關，斷無飛越之路。淮北場鹽，水陸交通路徑不一，但自楊家莊以上，直至劉馬莊、山東交界者，皆須先過運河，後過黃河；自楊家莊以下，直至界首、高郵州交界者，皆須先過黃河，後過運河，兩河堤岸皆文廳武營泛地，兵堡、卡房星羅棋布，若責以各渡口稽查，亦萬無飛越之路。總之，緝私一事，只須大府〔一〕認真辦理，屬員實力奉行，自有成效。若鹽務委員，賢者呼應不靈，不肖者通同〔二〕索費，斷無成效。

【注釋】

〔一〕大府：明清時亦稱總督、巡撫爲大府。

〔二〕通同：串通，勾結。

問糧船夾私，應如何查禁

答曰：糧船頭舵、水手有何貲本，豈能帶私每船至數千石之多？皆由積慣〔一〕私販出本置買，附船裝載。先在江廣〔二〕置買木植〔三〕，隨重運北上，沿途賒與私販，回空南下時，收鹽抵價。

鹽既上船，以十分之三作爲水脚〔四〕，頭舵、水手包攬過關，本販并不在船，另坐小船先往沿途講價售賣。糧船水手每年身工〔五〕不過七千餘文，原不足敷養贍，所以甘心與私販合夥，一遇搜查嚴緊，甘代抗拒。辦理之法，當禁止於木植未經附載以前，若聽其卸木易鹽，鹽已上船，再行查拿，則此輩小人以財爲命，便難妥辦矣。

【注釋】

〔一〕積慣：積久慣熟。

〔二〕江廣：江都、廣陵。

〔三〕木植：木柱，木材。

〔四〕水脚：水路運輸費用。

〔五〕身工：體力勞動的報酬。

問江船夾私，應如何查禁

答曰：此鹽務附骨之疽〔一〕也。即如旗丁〔二〕以官船運糧，既有衛田〔三〕行月〔四〕，尚有贈耗〔五〕餘米，何況鹽船乃船户私産？凡造船成本，大約每裝一石，須工料銀一兩，其船用至十年，必須拆卸重造。是以造船本銀，須作十年飛算〔六〕。裝鹽一千引，須用五千石之船。每年飛本〔七〕五百兩二分；息加利，銀一千二百兩；歲修一百兩，舵水工食一百五十兩；裝鹽一千引，照報部水脚，實給不過一千兩，内除關税一百二十兩，實得水脚八百八十兩，而一年船本、船利、歲修、工食實須一千九百五十兩。除水脚八百八十兩，實短銀一千零七十兩。此尚就一年一運而計。若如近來兩年一運，則其短銀三千餘兩。若非帶私，誰肯裝鹽？計儀徵買私每斤二十餘文，漢口買私每斤五十餘文，實有加倍之利。每船帶至一千五六百石，方敷二年一運之用；又須加帶數百石，以抵買私、借本之利。是以千引之船，大約必帶私二千石。江廣焉得不滯銷？欲清江船之私，第一以輕成本、減賣價爲主，價減則售速，從前兩年三運，今即不能驟復，亦須辦至一年一運，則江船止須帶鹽數百石，即可彀〔八〕本。江船所帶愈少，銷售愈速，漸至兩年三運，則江船不須帶私矣。至包内之鹽，斷不可去。每包八斤四兩，加豐餘七八兩，方可保住額斤。算小〔九〕之商，每欲扣少，其實所扣至微，一經船户，藉口虧耗，所損甚大。

【注釋】

〔一〕附骨之疽：緊貼著骨頭生長的毒瘡。比喻侵入到内部而又難於除掉的敵對勢力。

〔二〕旗丁：漕運的兵丁。清佚名六部成語户部旗丁：「運船之水手人丁皆世襲其業，官給田糧，如八旗兵丁，故謂之旗丁。各船有一定之旗號。」

〔三〕衛田：元明清朝廷使用兵士墾地耕種的屯田。蒙古中統三年（一二六二）始立左、右衛屯田，隸樞密院，其後陸續增立。各衛所軍或七分屯種，三分防守；或八分屯種，二分防守。有的衛所全軍屯種。按丁配田，徵收定額地租。屯田禁止買賣，軍兵不得脱籍。明代衛所遍設全國各地。中葉以後軍屯漸被破壞，各處屯地漸轉爲民田。清初承明制，後因裁撤衛所，衛所屯軍逐漸淘汰。

〔四〕行月：明清軍隊和漕運兵丁的月餉稱月糧，執行任務開拔時加給的稱行糧。行糧和月糧合稱行月糧，省稱行月。

〔五〕贈耗：舊時徵收賦税，以轉運虧損爲名，額外加徵以供彌補的一種雜税。

〔六〕飛算：逐年分攤計算。

〔七〕飛本：逐年分攤的成本。

〔八〕彀：同「够」。

〔九〕算小：猶貪小。

問鄰私如何堵截

答曰：湖北額行五十五萬引，受襄、宜兩路外私，又有糧私、船私，銷常缺額〔一〕；湖南額行二十二萬引，受衡、永兩路外私、糧私有限，無船私，銷常溢額〔二〕。論兩湖之私，以粵私爲最多，每年占額約七八萬引。然湖南既已溢銷，即難責以堵緝，湖北襄陽之潞私〔三〕，陸路隨處可通，平岡原野無險可扼，水路只老河口〔四〕一處略可稽查，但潞私侵到湖北，其成本總在四十文上下，但能減價，自足敵之，無庸過計〔五〕。宜昌之川私，向係川販用柏木船滿載闖關而下，囤聚羊角洲〔六〕，分發各路。近來非此情形，全係歸州〔七〕、巴東本地小販合本入川販售，賄關軟過〔八〕，不甚强梁〔九〕，當於巴東之官渡口〔一〇〕設卡稽查，彼處山若重門，江勢紆曲，來船必須攏岸，過此便無要可扼矣。至於鶴峰〔一一〕、長樂〔一二〕等處背負之鹽，遠道艱難，不禁可也。江西私鹽道路，未經親身查看，不能懸擬〔一三〕。淮北蘆私以陳州〔一四〕爲門户，陳州歸於長蘆，淮北之門户遂壞。載在鹽法志。

【注釋】

〔一〕缺額：不足或少於規定的數額。

〔二〕溢額：超額。

〔三〕潞私：清實録嘉慶朝實録：「（嘉慶二十五年庚辰，二月）辛卯，諭軍機大臣等：據延豐奏，淮南各口岸鄰私浸灌，埸竈透漏，以致累年銷絀引滯，課懸本擱，楚岸則有四川巫山、大寧一帶鹽埠口岸越境侵銷，一由水路入宜昌、荆州等處，一由陸路入房縣、竹溪等處。其陝西之商南、平利一帶私販由漢中順流而下，至襄陽、德安等處分售，名曰潞私；河南自南陽之李官橋各鋪販至穀城等處售賣，名曰豫私。」山西運城鹽池所産之鹽稱多稱「河東鹽」；又因運城元代改名潞村，故又稱潞鹽。

〔四〕老河口：今湖北襄陽老河口。

〔五〕過計：過多的考慮。荀子富國：「墨子之言，昭昭然爲天下憂不足。夫不足，非天下之公患也，特墨子之私憂過計也。」

〔六〕羊角洲：在湖北荆州枝江，爲百里洲之首。
〔七〕歸州：在今湖北秭歸。
〔八〕軟過：與前「闖關」相對。
〔九〕强梁：强横凶暴。墨子魯問：「譬有人於此，其子强梁不材，故其父笞之，其鄰家之父舉木而擊之。」
〔一〇〕官渡口：今重慶巴東官渡口鎮，向有入川咽喉之稱。
〔一一〕鶴峰：今湖北恩施鶴峰縣。
〔一二〕長樂：今湖北五峰，原名長樂，民國年間因與福建長樂、廣東五華原名長樂而改今名。
〔一三〕懸擬：揣摩想像。
〔一四〕陳州：今河南淮陽。

問成本如何能輕

答曰：淮南以錢糧爲重。錢糧〔一〕之中，有帶徵〔二〕，有歸還，皆非本綱〔三〕應完之款。帶徵者，從前滯銷、統引、賠課之款也；歸還者，商領庫墊、分綱補納之款也。帶徵必應請停，歸還則應逐款查核，分别辦理。兩淮當綱應解應支之款，不足三百萬，加以賞借數十萬，約四百二十萬，即可敷用。淮南綱鹽〔四〕約徵銀三百二十萬，中路食鹽約徵銀七十萬，淮北綱食約徵銀三十萬，便足一綱解支之數。若每引配鹽五百斤，以淮南綱鹽而計，錢糧三兩，真梁〔五〕場鹽四兩，票價、運脚岸費六兩，共須銀十三兩。每斤計銀二分六釐，計錢三十九文。辦頂梁〔六〕者，減場鹽價八錢，辦白梁〔七〕者，減場鹽價一兩六錢，減賣價亦如之。中路食鹽錢糧二兩四錢，白梁場鹽二兩四錢，票價、運脚岸費四兩二錢，共須銀九兩，每斤計銀一分八釐，計錢二十七文，均與私鹽價值不甚相遠矣。向例，每引三百六十四斤，錢糧五兩二錢，每斤計銀三分九釐四毫，計錢五十七㊀文，焉得不滯銷？因滯銷，而江船帶私不能禁止，是嚴于商而恕于梟也。江船所帶已居官引十分之四，若改官引爲五百斤，所加之鹽斤，尚少於江船所帶之鹽斤，而可以賣價大減，鄰私全退，糧私再加斂戢，銷數自可日增，然後以額外溢運之錢糧，還從前統賠之帶款，豈非公私普利？

【注釋】

㊀「七」：一卷本介存齋文稿本作「九」。

【注釋】

〔一〕錢糧：指田賦。舊時田賦，或徵收粟帛，或折徵銀錢，或二者并徵，因稱。此泛指租稅。
〔二〕帶徵：明清徵取錢糧，另立名目加收或將累年積欠一併徵收叫帶徵。
〔三〕本綱：即綱鹽。明清采用綱法運銷食鹽時，商人按規定年額完稅運銷的食鹽。
〔四〕綱鹽：明清采用綱法運銷食鹽時，商人按規定年額完稅運銷的食鹽。運銷綱鹽的商人稱綱商；行銷綱鹽之處稱綱岸、綱地。清魏源聖武記卷十四：「又有人焉，曰綱鹽曷變行票鹽乎？省改捆，省按費，省私耗，省守候，省加派，省緩納，曷爲不行？」

〔五〕〔六〕〔七〕真梁、頂梁、白梁：清淮南煎鹽分爲梁鹽色白粒細者，一稱尖鹽、安鹽即城片，結於鏊底，煎鹽之有城片，正如煮飯之有鍋巴、和鹽尖鹽與城鹽混和，以梁鹽品質爲優勝。據光緒兩淮鹽法志卷五十三，道光三十年（一八五〇），兩江總督兼管鹽政陸建瀛奏章：「淮南梁鹽色味甲於天下，爲閩、浙、粤、潞、川省各私所不及。」梁鹽又分爲真梁、沖梁一稱頂梁、上白梁、白梁四等。同治四年（一八六五），分淮南煎鹽爲真梁、次真梁、充真梁、頂梁、上梁、白梁六等。

問欲輕成本，何以不去窩單

答曰：根窩〔一〕之設，所以杜争端也。鹽利最大，利大㊀則必争。濱海、沿江尤非内地可比，不設根窩，無以收其利權。是鹽務之保甲也。其説另詳鹽法議。至于年單一給十綱，即是兩淮鈔法，藉此招徠運本〔二〕，接濟轉輸。若去之，是絶賀〔三〕借之路也。近年以來，運商無不竭力殺窩，然從前賀利只得六鳌，貴至八鳌，而近日賀利且至一分五六鳌矣。窩單并未全廢，不過略賤，賀利已加至如此，計一年所用硃單〔四〕一百餘萬引，半係運商自置，其在外買單，不過五十餘萬，即全裁單價，所省亦止五十萬。一年綱食，中路運本一千五百七十萬，作有一半實本，須借本七百八十五萬，向利八鳌，今利一分五鳌，每兩增利七鳌，每月增利五萬四千九百五十兩，每年增利六十五萬九千四百兩，除省單價五十萬，已暗虧十五萬九千四百兩矣。況窩單全廢之後，賀利必在二分以外，每年又須虧四十餘萬；又況近來一運兩年，又加一倍賀利。是廢窩單而增賀利。一綱總須暗虧一百五六十萬，窩商固無辜藉没矣，運商將何堪之？即如淮北綱鹽，從前單價即不及淮南，亦相懸無幾。自從改爲認岸繳庫，單價每引不過八分，自買單價不過四五分，可謂極賤。而淮北鹽務一敗塗地者，全由賀利太重，不堪盤剥之故。北商單不值錢，無可質押，空手借賀，大約總在二分以外；若疲乏之家，有不止官利三分者，有任出重利亦無借處者，一籌莫展，束手就斃。設當日不廢窩單，何至于此哉？故運商之殺窩，殆所以自殺也。不廢窩單，所以輕賀利，賀利亦在辦鹽成本之内也。且窩單質押行之已久，若一旦廢棄，已質之單，必成訟案。紛紛退質索本，淮駁皆難，尤不可不深思熟計也。

【校勘】

㊀「大」：清葛士浚皇朝經世文續編卷五十一淮鹺問畣并序奪。

【注釋】

〔一〕根窩：清代鹽商專賣憑證。起源於明萬曆時綱法的窩本。清沿明制，兩淮課鹽，招商人認窩繳納銀兩，發給專賣憑證，謂之「根窩」。清魏源聖武記卷十四：「近世銀幣日窮，銀價日貴，於是有議變通行楮幣者。其法本於唐之飛錢，宋之交會，其用同於近日北五省之會票，淮南之根窩。」

〔二〕運本：指運輸成本。清魏源淮北票鹽記：「勞費之數幾倍於鹽本，其坐困運本者二。」

〔三〕賀：類篇：「以財質也。」

〔四〕硃單：鹽務部衙門發給鹽商的紅色運輸支票。

問鹽法日久弊生，必應變通，或徵場，或抽税，或改歸地丁，三者孰便

答曰：鹽法徵商，我朝善美之制。行之㊀而弊，弊不在法。必欲變通，則三説皆難專任。蓋場鹽值賤㊁，每斤不過三四文，以三四文之鹽，徵十餘文之課，本末倒置，萬一欠課，即封鹽入官，不足抵課；若欲抽税，則爲數甚鉅，恐各關亦難勝任。且場鹽太賤，繞越、透漏必多，每年何能徵足定額？若欲改歸地丁，則六省有田之户，代無田之丁輸納鹽税，至四百餘萬之多，民力亦有不逮，民情亦恐不安。或者以正項歸之場竈池垣，以應解外省之款歸之地丁，以帑利及不報部之款酌歸關税，庶乎可行。然須稽查度支細册，詳籌熟計，方可定見，非局外之人所能懸擬也。

【校勘】

㊀「之」：清葛士浚皇朝經世文續編卷五十一淮鹺問畣并序奪。

㊁「賤」：底本、一卷本介存齋文稿本作「錢」。據清葛士浚皇朝經世文續編卷五十一淮鹺問畣并序改。

問浮費[一]最多，應如何裁減

答曰：裁費極難，十餘年來，見各憲每以裁費爲務，一次行文裁費，即多一次稽查，非但不能裁減，并且愈益加增。從前裁江廣，匣費[二]歸公，原謂裁後即可無費，乃未幾，而又有六錢八錢之岸費矣。未幾而私增磨派[三]，至一兩數錢矣。此即前事之明徵。今欲裁費，而不能全裁之費，勢必歸官列入科則，遂爲定額。將來事變局新，必另生費外之費，此與地㊀丁之火耗等款加入正額，耗外加耗，何異？是不可以不慎也。總之，省費不如省事，省事不如省官，但于成法之中，删繁就簡，俾徑直易行，則各費自省，少派稽查之員，則商業自安，不擾獄市[四]，此之謂矣。

【校勘】

㊀「地」：清葛士濬皇朝經世文續編卷五十一淮鹺問畣并序奪。

【注釋】

〔一〕浮費：不必要的開支。漢書毋將隆傳：「蓋不以本臧給末用，不以民力共浮費，别公私，示正路也。」

〔二〕匣費：清代兩淮鹽商把公帳放在匣裏，推舉數人共同保管，叫公匣。因謂鹽務組織爲匣上，謂鹽務款項爲匣費。清昭槤嘯亭雜録殺高恒：「兩淮鹽政高恒，以侵貪匣費故，擬大辟。」

〔三〕磨派：蓋謂攤派的費用。

〔四〕獄市：指獄訟以及市集交易。史記曹相國世家：「惠帝二年，蕭何卒。參聞之，告舍人趣治行，『吾將入相』。居無何，使者果召參。參去，屬其後相曰：『以齊獄市爲寄，慎勿擾也。』後相曰：『治無大於此者乎？』參曰：『不然。夫獄市者，所以并容也，今君擾之，奸人安所容也？吾是以先之。』」宋朱翌猗覺寮雜記卷下：「獄也，市也，二事也。獄如教唆詞訟，資給盜賊；市如用私斗秤欺謾變易之類，皆奸人圖利之所，若窮治則事必枝蔓，此等無所容，必爲亂，非省事之術也。」宋蘇軾御試制科策：「伏惟制策有治當先内，或曰何以爲京師；政在擿奸，或曰不可撓獄市。此皆一偏之説，不可以不察也。」一説爲齊國大市之名，「獄」爲「嶽」字省文，即齊國莊嶽之市。見陳直漢書新證蕭何曹參傳。

問既欲省事，則向在鹽務謀生之人，如何處置

答曰：害人之弊不可留，養人之費不可惜。即如工人一項，兩淮所養不下數千人，近年以來，每因改道，輒致生事；既已生事，旋即姑息了案：此最妨于政體。事前必須曲體人情，妥爲安頓；安頓已定，再有匪徒唆激生事，必須盡法嚴懲；所辦之事，不可因而中止，此在當事之人，情法兼施，恩威互用，非可以口舌争也。

問漢口建倉之法如何

答曰：從前曾有人議論此事。一因擇地甚難，工費甚巨；一因進倉出倉，鹽多折耗，多一層轉折，即增一番剥削：是以中止。若能減價敵私，加以堵緝，銷售自速，似亦無須如此。

問淮北公埠之説如何

答曰：淮北錢糧、鹽價皆輕于淮南，而核計成本，不減淮南者，全因浮費。而浮費之增，全因大斤。從前亦有湖運在正陽關[一]、江運在無爲州設立公埠之説，但如此一行，則舉安徽大半引地而棄之矣。必欲變通，淮北不如仿照從前内商、水商[二]之例，即以捆鹽包垣[三]作爲公埠，堆貯散鹽，築成鹽廩。與場下包垣一樣苫蓋，將引目[四]發給淮北監掣，俾水販即在垣内買鹽課，由垣商[五]交納，引由監掣給發。湖運于盱眙關截角[六]繳司，江運于揚關截角繳司。所有各商、岸店[七]，聽其自行撤去。所有淮北四十九州縣督銷處分，改爲融銷[八]考核。或竟奏免，則去岸費數十萬，不入成本，又無大斤之弊致滋浮費。鹽由販運，色必乾潔，似可暢銷。其出場時，一切稽查似可不必，全以在垣買出引數爲憑，亦删繁就簡之一法也。至于淮北場鹽，凡不由中河而由別路者，即係私鹽，仍須查禁。或即由黄運，廳、營，于渡口抽税抵作河餉，臨時酌辦。

【注釋】

〔一〕正陽關：今安徽壽縣正陽關鎮。

〔二〕内商、水商：明初行開中法，向邊疆輸納軍糧交换政府食鹽的商人統稱鹽商。後修改鹽法，鹽商分化。明弘治（一四八八—一五〇五）後，憑引行鹽的鹽商引商分邊商邊地鹽商、内商内地鹽商和水商江湖行商。邊商繳納鹽課，領取鹽引，并照官定引價將引售與内商；内商專買邊引，下場收鹽上堆，并照官價將鹽售與水商；水商收内商食鹽在指定引岸行銷。清以上三種名目均廢，鹽商僅分運商、場商兩種；前者由邊商、水商轉化，後者由内商轉化。但四川引鹽運銷雲貴兩省的運商仍稱邊商，雲貴引岸稱邊岸，所行鹽引稱邊引。

〔三〕包垣：清代在各鹽場設置的承包收購竈户鹽斤的場所。因其四周有墻垣而得名。

〔四〕引目：古時獲准銷售的貨物憑單。開列有品種、份量等。

〔五〕垣商：清代鹽商一種。兩淮鹽場貯存鹽的地方稱「垣」，故稱在兩淮鹽場不擇手段向鹽户收鹽，然後轉賣政府的鹽商。

〔六〕截角：批驗茶引的方法和記號。明會典：「客商販到茶貨，經過批驗所，須要依例批驗，將引由截角，别無夾帶，方許放行。」清史稿食貨志五：乾隆十三年（一七四八），再申「水陸各路運商驗引截角法」，於安徽、浙江、四川、雲南、貴州等地推行。

〔七〕岸店：口岸有銷售食鹽權的店鋪。

〔八〕融銷：亦稱融引。一種疏理積引的方法。凡滯岸或懸岸引鹽，融令暢岸代銷，謂之融銷。

問淮北如何行包垣賣鹽之法，成本幾何，賣價幾何，足敵蘆私與否

答曰：就見辦成本折合約計，每引須成本九兩九錢，五百斤每斤賣價一分九釐八毫一五，合錢三十文，若能省事省費，再減二文，方與蘆私相平。即場私亦無厚利可圖矣。

約所鹽成本四兩六錢五分

內場鹽一兩一錢就見辦一兩八錢折合。

由場至壩水脚〔一〕　一兩二錢二兩八錢折合。

壩用　三錢五分八錢折合。

過所　一兩二兩六錢折合。

上廩苫蓋　一錢

官費　三錢

辛工〔二〕火足〔三〕　六錢

約販鹽成本九兩九錢

內所鹽　四兩六錢五分即上開各細數。

錢糧　一兩二錢

捆掣　一兩
司支　二錢
水脚　一兩
所鹽餘利　一兩一錢一分六釐所鹽成本一年一轉，每月二分，息合上數。
販鹽餘利　七錢三分三釐販鹽成本四個月一轉，每月二分，息合上數。

【注釋】

〔一〕水脚：水路運輸費用。

〔二〕辛工：又稱「店役辛工」，指勤雜員工。

〔三〕火足：薪俸飲食等開支。

問輪規應整應散

答曰：大商願整，小商願散；賣户願整，買户願散。從前賣價本無一定，後來奏定賣價，以防抬價病民；既定賣價，不得不立輪規，以防濫價虧商。原定規，以三百萬子包爲一，賣至二百餘萬，即開下輪。嗣後大商取巧，改爲二百萬爲一輪，賣至一百八十萬，方開下輪，而小商始有怨言矣。節相孫公意在招徠小商，奏請散輪。於是鹽價驟跌，兩湖以暢銷入告，大商固受重傷，小商亦無所利，運本大虧，實由于此。聞節相初議，但欲變通輪規，復以爲三百萬爲一輪，賣至二百五十萬，方開下輪。若果如此，則大小商均得得其平，最爲受善，其事亦一諾即定，不必奏辦。不知彼時何以改爲散輪之奏也。嗣後或主整輪，或主散輪，或謂鹽多應散、鹽少應整，或謂鹽多應整、鹽少應散，是皆不揣其本，而齊其末也。主整輪者，意在扳價也。業已私充銷滯矣，跌價尚不能暢，況扳價乎？主散輪者，意在疏銷也，不論商之獲利、虧本，而但以速售爲事，與委而去之何異？豈得謂之疏銷乎？鹽多則散、鹽少則整者，意在散輪而不敢明攻整輪者也；鹽少則散、鹽多則整者，意在整輪而不敢攻散輪者也〔一〕：皆騎墻之見也。鹽法貴在速售，舍輕本、減價、緝私，而求速銷，無是理也。不輕本于先，不緝私于後，而但于散輪求速銷，則商人裹足矣。不知輕本、減價，而但恃緝私以求遂其整輪扳價之私，則地方官與鹽務水火矣。如孫相本議以三百萬爲一輪，賣至二百五十萬方開下輪，以平大小商之情，可也。然此亦其末節耳。鹽務之根本，不係乎此也。

【校勘】

〔一〕「鹽多則散」至「不敢攻散輪者也」句：清葛士浚皇朝經世文續編光緒二十七年上海久敬齋鉛印本卷五十一淮鹺問畣并序作「鹽多則散、鹽少則整，與鹽多應整、鹽少應散者，意在整輪而不敢明攻散輪者也」。

問查驗江船水誌以杜夾私如何

答曰：此書生之見也。大江行船，無風有浪，低昂上下，查驗頗難。且撐駕江船，亦謀生計。今不計其衣食所從出，而欲但以法度整齊之，彼舍裝鹽而外，豈無他業乎？價減而銷速，則江船之夾帶自清，場竈之透漏亦少，此外更無捷徑也。

止庵文

文卷四

老氏論上

老氏之説，盛於文景〔一〕，至魏晉而禍敗昭著。然當其時，有志之士，但著廢莊之論，終莫敢斥言老氏之非。豈非以爲文景之治固非後世所幾及，而魏晉之禍亦不盡老氏之過哉？昔者，周道衰，厲王虐，國人流王于彘〔二〕，共和〔三〕爲政，以待王禄〔四〕之盡。宣王中興〔五〕，天下宴然。蓋自古無有匹夫〔六〕而逞暴者也。匹夫逞暴，始於勝廣〔七〕。自是以後，相習成風。遠者僅二百年，近者或百年，或數十年，而輒一見。孰爲之？老氏爲之也。孔子之言曰：君子喻於義，小人喻於利。〔八〕孟子之言曰：君臣、父子、兄弟，懷利以相接，然而不亡者，未之有也。〔九〕聖賢之畏利如此！

老氏之書，外其身而身存，後其身而身先。其術在後，其意在先。用卑弱柔讓之術，以濟其自私自利之心。蓋古今之言利，未有精於老氏者也。以之爲士，則鄉願〔一〇〕也；以之爲臣，則鄙夫〔一一〕也。是非不足動其心，廉耻不足閑其身。太平之時，從容〔一二〕俯仰〔一三〕，無所與於短長〔一四〕之數。一旦有急，幸求苟免，雖父母、兄弟、妻子，有不便於其身者，皆將忍而捐去之。夫人至於父母、兄弟、妻子皆能忍而捐去之，豈復有所愛於天下之人乎哉？雖犯上作亂，固亦將靡然而從之。是以匹夫夜呼〔一五〕，得以動摇天下，畏死樂生之心，而無復有所顧忌。況乎秦之爲政也，絶仁棄義，惟利之求。君恣睢〔一六〕於上，民塗炭〔一七〕於下。上下交征，國已危殆。箝制於威力方張之日，潰敗於疾首蹙頞〔一八〕、無所告愬之匹夫。吾故曰：勝廣之禍，老氏言利之所致也。自是以還，劉項〔一九〕并起，兵革之慘，連八年〔二〇〕而僅已。高帝〔二一〕之時，諸侯背逆，曾不旋踵〔二二〕，皆就夷滅；孝惠吕后，惴惴栗栗，誅屠功臣，外戚援立〔二三〕孝文。夫孝惠吕后之亂，足以摇動海内，而能援立外藩，紹隆鴻業，何哉？向之刲剟割剥、流血膏野，憯毒之痛，未忘於心，文景因而安集〔二四〕之，是以大治。是蓋言利之禍之所懲艾〔二五〕於前，而倖而得之於後者也。庸醫治瘍，傅之毒劑，痛不暇息，洗而去之，四體若釋，而於瘍，未有瘳也，何功之足云哉？説者曰：墮聰黜明，葆精嗇神，雖不足以治天下，未嘗不可以自全其身。嗚呼！此言利之遁詞也。倫常隳，生理滅，雖喬松之壽〔二六〕，詎足貴乎？且吾之所惡於老氏者，爲夫用其術以治天下者也。若僅全其身，則世之罔生幸免者，固已多矣。

【繫年】

道光十二年(一八三二)二月,味雋齋史義成。味雋齋史義自序:「道光十有二年壬辰二月,荆谿周濟序。」周濟或於義未盡,作老氏論上、老氏論下兩論,以痛詆老莊之非;或於體未契,爲六代論、創業論、灾異論、樂論諸篇,以發抒之。

此數篇,皆當作於道光十二年(一八三二)味雋齋史義初成、晋略初撰之時。

【注釋】

〔一〕文景:漢文帝、漢景帝。

〔二〕彘:今山西霍州東北。

〔三〕共和:西周從厲王失政,至宣王執政,中間十四年,號共和。

〔四〕王禄:帝王的福祚。左傳莊公四年:「鄧曼嘆曰:『王禄盡矣。』」

〔五〕宣王中興:周宣王即位後,任用召穆公、周定公、尹吉甫等大臣,整頓朝政,遂使周勢復振,史稱「宣王中興」。不過,宣王中興爲時不長,宣王晚年周朝國勢復衰。

〔六〕匹夫:古代指平民中的男子。亦泛指平民百姓。左傳昭公六年:「匹夫爲善,民猶則之,况國君乎?」

〔七〕勝廣:秦末陳勝、吴廣。

〔八〕見論語里仁。

〔九〕孟子告子下:「君臣、父子、兄弟,終去仁義,懷利以相接,然而不亡者,未之有也。」

〔一〇〕鄉願：指鄉中貌似謹厚，而實與流俗合污的僞善者。參文卷一原度注釋〔三〕。

〔一一〕鄙夫：庸俗淺陋的人。論語子罕：「有鄙夫問於我，空空如也。」

〔一二〕從容：斡旋，周旋。漢書酈食其陸賈等傳贊：「陸賈位止大夫，致仕諸呂，不受憂責，從容平勃之間，附會將相以彊社稷，身名俱榮，其最優乎！」宋王讜唐語林補遺三：「（宣宗）每上殿與學士從容，未嘗不論儒學。」

〔一三〕俯仰：應付，周旋。南朝宋劉義慶世説新語言語：「言敢近舍明公遠希嵇阮。」南朝梁劉孝標注引晋鄧粲晋紀：「伯仁儀容弘偉，善於俯仰應答，精神足以蔭映數人。」

〔一四〕短長：死與生。尚書盤庚上：「矧予制乃短長之命。」孔傳：「况我制汝死生之命。」

〔一五〕匹夫夜呼：史記陳涉世家：「又間令吴廣之次所旁叢祠中，夜篝火，狐鳴呼曰『大楚興，陳勝王』。卒皆夜驚恐。旦日，卒中往往語，皆指目陳勝。」

〔一六〕恣睢：放縱暴戾。

〔一七〕塗炭：尚書仲虺之誥：「有夏昏德，民墜塗炭。」孔安國傳：「民之危險，若陷泥墜火。」

〔一八〕疾首蹙頞：亦作「疾首蹙額」「疾首蹙頞」。孟子梁惠王下：「今王鼓樂於此，百姓聞王鐘鼓之聲，管籥之音，舉疾首蹙頞而相告曰：『吾王之好鼓樂，夫何使我至於此極也，父子不相見，兄弟妻子離散。』」趙岐注：「疾首，頭痛也；蹙頞，愁貌。」

〔一九〕劉項：劉邦、項羽。

〔二〇〕八年：從秦二世元年（前二〇九）秋陳勝、吴廣起義，至西漢五年（前二〇二）十二月楚漢之争結束，計八年。

〔二一〕高帝：漢太祖高皇帝劉邦。

〔二二〕不旋踵：亦作「不還踵」。來不及轉身。喻時間極短。

〔二三〕援立：猶扶立。指扶立帝后及太子。

〔二四〕安集：安定輯睦。史記曹相國世家：「天下初定，悼惠王富於春秋，參盡召長老諸生，問所以安集百姓。」

〔二五〕懲艾：吸取過去教訓，以前失爲戒。

〔二六〕喬松之壽：史記范睢蔡澤列傳：「世世稱孤，而有許由、延陵季子之讓，喬松之壽，孰與以禍終哉？」喬、松指傳説中仙人王子喬和赤松子。「喬松之壽」借指長壽。

老氏論下

政者，所以治衆人也。衆人之情，極乎生死、富貴、貧賤、苦樂之境。緣於生，極諸死，而其境無餘，而其情亦遂無餘者，此衆人之所同也。聖王之政，始於救人之死，而放〔一〕乎安人之生。衆人畏死而樂生，故莫不受治於政。若夫豪傑之士，生或有所不貪，死或有所不懼，聖王以爲非政之所能治也。於是立之教，以爲政本，使夫豪傑之士，服吾教而助吾布政〔二〕以爲治，則名之説也。名者，所以別異同、决嫌疑、著實在也。因而踐之，務既其分；傳而述之，務紹其軌。若天地日月之不可滅也，若水火之不相緄也，若寒暑温凉之不容假借也。利之害，酷於死。而名之重，甚於生。以死治欲利之情，而猶有所不勝；以名治趨義之心，而奇才異能，莫不抑鋒斂鍔以就範：此聖教之精也。老氏之意，主於欲利，名其敵也。名不去，則其説不伸；去名而存利，則其説不尊。故假途於道德，而以無名爲名。且夫名，名也；無名，亦名也。以無名爲名，則固未嘗無名也。彼之所謂致虚者，特以藏其拙耳；所謂致柔者，特以蕩其耻耳：皆不爲福始，則當誰始？皆欲爲谿谷，則何以明其爲谿谷？是其教不可推而通之於人也。父母之讎，可與共戴天乎？妻妾顧可使倚門〔三〕、闉人〔四〕顧可使抱背〔五〕乎？是其教不可反而行之於己也。夫所貴乎立教者以身先之，使智愚賢不肖之人，皆得而效法之，得其粗可以㊀寡過，究其精不至於扞格〔六〕而不通，豈有他哉？恕則順，順則無弊也。今曰：吾處其獨至焉，則人己交弊。故夫老氏之術，人己交弊之術也。然而其流大暢，何也？流俗失世敗壞，人心趨利久矣。賴名教以防閑〔七〕之，故鬱攸〔八〕而不敢肆。老氏者出，教之以不争爲争，予之以退讓之美名，而陰濟其貪婪無厭之欲，譬猶决猛獸之樊，而導之以搏噬，而又奚難焉？嘗其初，一二聰明才智之士，藉以施其巧，習尚既成，販夫擔豎、婦人稚子、媮阿〔九〕闒冗〔一〇〕之徒，莫不冥行〔一一〕而與之吻合。於是薄海之廣，人徒之衆，天性義合之屬，莫不睊睊〔一二〕盼盼，各爲獨夫〔一三〕。上之政安所施，而教安所設哉？率天下之人而禽獸之，而老氏之術，亦將無所復施。夫必待其無所復施，而後庶幾窮而知返焉。亦已酷矣。猶復推其波而揚其焰，則其禍殆未知所終極也。夫言利之名，天下所甚惡也；美其名曰道德，而後人翕然而從之。是老氏固亦竊名以行其教者也。吾故揭其言利之實，使之無遁名焉。

【繫年】

文道光十二年(一八三二)作於南京。參文卷四老氏論上繫年。

【校勘】

㊀「以可」：常州先哲遺書後編本作「以」。

【注釋】

〔一〕放：至。如放乎四海、摩頂放踵。

〔二〕布政：施政。

〔三〕倚門：倚門賣笑，亦作「倚門賣俏」「倚門獻笑」，舊指妓女賣淫。

〔四〕圉人：周禮官名。掌管養馬放牧等事。亦以泛稱養馬的人。

〔五〕抱背：抱背之歡，指同性情誼。晏子春秋外篇不合經術者第八景公欲誅羽人晏子以爲法不宜殺第十二：「景公蓋姣，有羽人視景公僭者。公謂左右曰：『問之，何視寡人之僭也？』羽人對曰：『言亦死，而不言亦死，竊姣公也。』公曰：『合色寡人也？殺之！』晏子不時而入見曰：『蓋聞君有所怒羽人。』公曰：『然。色寡人，故將殺之。』晏子對曰：『嬰聞拒欲不道，惡愛不祥，雖使色君，於法不宜殺也。』公曰：『惡然乎！若使沐浴，寡人將使抱背。』」

〔六〕扞格：抵觸，格格不入。

〔七〕防閑：防，堤也，用於制水；閑，圈欄也，用於制獸。引申爲防備和禁阻。

〔八〕鬱攸：火氣，火焰。左傳哀公三年：「濟濡帷幕，鬱攸從之，蒙葺公屋。」杜預注：「鬱攸，火氣也。」

〔九〕媕阿：多作「媕阿」，亦作「媕婀」「媕妸」「媕娿」，依違阿曲，無主見。

〔一〇〕闒冗：柔媚順從。

〔一一〕冥行：冥行擿埴，喻研求學問不識門徑，暗中摸索。漢揚雄法言修身：「擿埴索塗，冥行而已矣。」李軌注：「埴，土也。盲人以杖擿地而求道，雖用白日，無異夜行。」

〔一二〕睊睊：側目相視貌。孟子梁惠王下：「睊睊胥讒，民乃作慝。」趙岐注：「睊睊，側目相視。」

〔一三〕獨夫：殘暴無道、衆叛親離的統治者。

六代論

胥天下之重，係之一人，大小諸臣，奉令唯謹，才能無所炫其長，愚不肖得以藏其拙〔一〕，其唯任法乎？雖然，上立法以防弊，下舞弊以骫法〔二〕。二者相生，如環無端。法是以益煩，煩則不能無抵牾。煩，故執法之臣不能遍觀而盡識①；抵牾，故吏得據以爲重輕。吏抱牘以上所司，所司遞上焉以復於君。舉朝相顧，莫敢不諾。當是之時，天下之權，邈然不復在君相也。

苟有法外之事，人主問諸大臣，大臣問諸所司，所司問諸吏。吏恃法以容其奸，誠不樂復行法外之事，以破其盤踞之局，則曰：故事〔三〕無有。當時之臣，亦喜於奉法之可以藏拙，而憚行意〔四〕之終於任咎〔五〕也，則曰：祖宗之法〔六〕不可變。雖以聰明睿智之主，虚己以求嘉謨〔七〕碩畫〔八〕，幸而得之，而卒不免見阻於骫法之吏。其勢然也。

天下之重，至難任也。敢者患其不能，能者患其不敢。能生於所習，而敢生於所養。取之不求備，故其業專。父子、兄弟世以相及，則雖中材之士，亦得勉就一節之長，即其所長而委任焉。解其束縛，容其馳驟〔九〕，而徐觀其成。彼見其長之得展，而無掣肘中輟之慮也，奚憚而不爲？能積於下，而後敢達於上，言之者，必能行之。開之必暢，禁之必止，才立故也；機發於一人，功成於衆手，才廣故也。陳築室之圖，而後求棟梁榱桷，則晚矣。臨流而欲濟，不可，復需造舟；饑者欲食，不可，復需播穀：才貴豫儲也。

任法之世則不然。以飾僞〔一〇〕之具冒焉，而應甚美之求：是未嘗習也。既進矣，蹈常〔一一〕苟細〔一二〕，謂之有爲；杜口結舌〔一三〕，謂之有守：是未嘗養也。豈惟不習而已，又迷誤之；豈惟不養而已，又挫折之。馴至〔一四〕致位〔一五〕通顯，聞一言之關於痛癢〔一六〕者，必悚然距之千里之外〔一七〕，唯恐人知我之與聞之也。豈真愚闇無識至於如是哉？所謂稱職者，甚易而便於其私：循途而不改，故能自致於公卿；一出其長，則左右前後無弗與之爲敵者，不敗壞以去不止。是以殉名〔一八〕之心，不勝其保禄之心，而於天下治亂，不得不秦越視之〔一九〕也。昔者秦任法以致亂，漢任人以矯之；隋任法以致亂，唐任人以矯之。漢唐之治，皆遠過於秦隋。假令漢唐之興，不革煩苛〔二〇〕繳繞〔二一〕之政，其能有文景貞觀之太平也哉？宋明之爲政也，人與法雜用：宋以人亂法〔二二〕，而明以法困人。任法者治亂決於一人。秦有二世，隋有煬帝，而四海糜爛；漢唐之中葉，外戚、閹豎、藩鎮紛然互起，而既危復安，綿延數百年者，任人之世治亂不決於一人也。宋之弊不在法，而其臣恒思變法；明之弊在法，而其君不知變也，而果於殺人：是以其治不及漢唐，而猶不至如秦隋之甚者，人與法參故也。開國之君，鑒前代以制治，相承以安天下之庸愚，相反以激發〔二三〕天下之豪傑。規模〔二四〕所樹，烏可以不慎哉？

【繫年】

文道光十二年（一八三二）作於南京。參文卷四老氏論上繫年。

【校勘】

㊀「識」：據常州先哲遺書後編本改。

【注釋】

〔一〕藏其拙：藏拙。掩藏拙劣，不以示人，常用爲自謙之辭。或指故意不露鋒芒，使外表看起來笨拙愚魯，用於形容人謙遜、有意不冒尖。唐韓愈和席八十二韻：「倚玉難藏拙，吹竽久混真。」

〔二〕骫法：枉法。

〔三〕故事：先例，舊日的典章制度。漢書劉向傳：「宣帝循武帝故事，招名儒俊材置左右。」

〔四〕行意：按着自己的意志行事。國語越語下：「王曰：『……子聽吾言，與子分國。不聽吾言，身死，妻子爲戮。』范蠡對曰：『臣聞命矣。君行制，臣行意。』」韋昭注：「制，法也。意，志也。」

〔五〕任咎：承擔罪過或罪責。

〔六〕祖宗之法：亦稱「祖宗家法」「祖宗法」「祖宗之制」「祖宗法度」「祖宗典制」「祖宗故事」「祖宗成法」等。指先代帝王所制定而爲後世沿襲應用的法則。

〔七〕嘉謨：嘉謀。漢揚雄法言孝至：「或問忠言嘉謨，曰：『言合稷契謂之忠，謨合皋陶謂之嘉。』」

〔八〕碩畫：遠大的謀劃。晋左思魏都賦：「碩畫精通，目無匪制。」

〔九〕馳驟：施展才能，效力。宋曾鞏虞部郎中戚公墓誌銘：「至恭讓質直，不能馳驟，而遇困蹶者，獨不可稱數。」

〔一〇〕飾僞：裝假作僞。

〔一一〕蹈常：蹈常習故。按照老規矩和老辦法辦事。

〔一二〕苛細：苛小，苛求細枝末節。

〔一三〕杜口結舌：猶言杜口吞聲，閉口不敢作聲，形容極度害怕。

〔一四〕馴至：亦作「馴致」。逐漸達到，逐漸招致。

〔一五〕致位：達到某種職位。

〔一六〕痛癢：比喻緊要的事。

〔一七〕距之千里之外：孟子告子下：「訑訑之聲音顔色，距人於千里之外。士止於千里之外，則讒諂面諛之人至矣。與讒諂面諛之人居，國欲治，可得乎？」距，通「拒」。

〔一八〕殉名：莊子駢拇：「士則以身殉名。」

〔一九〕秦越視之：春秋時秦在西北，越居東南，相距極遠。後因稱疏遠隔膜、互不相關爲「視同秦越」。

〔二〇〕煩苛：繁雜苛細，多指法令。

〔二一〕繳繞：謂説理、行文或問題、事情等糾纏不清。史記太史公自序：「名家苛察繳繞，使人不得反其意。」裴駰集解引如淳曰：「繳繞，猶纏繞，不通大體也。」

〔二二〕宋以人亂法：指王安石變法。

〔二三〕激發：激動奮發。唐劉禹錫明贄論：「言未足以動聽，故必激發以取異。」

〔二四〕規模：亦作「規摹」。制度，程式。魏書地形志上：「夏書禹貢，周氏職方，中畫九州，外薄四海，析其物土，制其疆域，此蓋王者之規模也。」

創業論

創業之主，貴審天下之所不足，而獨持之。春秋繁文〔一〕詞約〔二〕，與國以相雄長〔三〕，而不知自治。管仲子産加意〔四〕封内〔五〕，强者以霸，弱亦自完。至秦孝公，遂開兼併之業。戰國厚斂竭民力，嚴刑、數戰殘民命。秦芟群雄，其失未革，二世恣睢，天下重足〔六〕。陳吴奮起〔七〕，極乎西楚[八]。漢王[九]除苛戢暴，卒致底定。秦之所①得者，孔子之所謂足食足兵[一〇]也。民信未孚，故旋得而旋失。漢之所以得者，孟子之所謂不嗜殺人[一一]也。孝悌力田[一二]猶有經界[一三]庠序[一四]之遺意焉，故傳世長久。漢之强，不如楚，堅壁滎陽[一五]、成皋[一六]，食敖倉[一七]之粟，引關中之漕，是謂去兵[一八]。先主[一九]之强，不如曹操，棄荆州，收人心，饑疲奔亡，[二〇]是謂去食[二一]。孔孟既遠，後之創業者，徑途亦詭，其臣又而寫仿[二二]之。自王莽以來，禍變可勝道哉？然而，彼善於此，厥有所由；推尋其由，非彼則此。甚矣，其道之約而易盡也。向使繼世之君，知其先世之所設施[二三]，至於今而不可以復恃，而先度其勢之所趨者而自反之，則亦何至爲創業之資哉？

【繫年】

文道光十二年（一八三二）作於南京。參文卷四老氏論上繫年。

【校勘】

㈠「所」：常州先哲遺書後編本作「所以」。

【注釋】

〔一〕繁文：繁瑣複雜的文辭。

〔二〕詞約：言詞簡潔。

〔三〕雄長：稱霸，稱雄。

〔四〕加意：注重，特別注意。史記龜策列傳：「上尤加意，賞賜至或數千萬。」

〔五〕封内：天子或諸侯的領地之内。後泛指國内或轄境之内。

〔六〕重足：疊足不前，形容非常恐懼。漢桓寬鹽鐵論周秦：「死者相枕席，刑者相望，百姓側目重足，不寒而慄。」

〔七〕陳吴奮起：秦末陳勝、吴廣起義。

〔八〕西楚：秦亡，項羽自立爲霸王，有西楚、東楚與梁地共九郡，因建都於西楚彭城今江蘇徐州，國號西楚。此代指項羽。

〔九〕漢王：秦末項羽入關後封劉邦爲漢王。此代指劉邦。

〔一〇〕足食足兵：論語顔淵：「子貢問政。子曰：『足食，足兵，民信之矣。』」

〔一一〕不嗜殺人：孟子梁惠王上：「『孰能一之？』對曰：『不嗜殺人者能一之。』」

〔一二〕孝悌力田：亦作「孝悌力田」。漢代選拔官吏的科目之一。始於惠帝時，名義上是奬勵有孝的德行和能努力耕作者。高后朝置「孝弟力田」官。到文帝時，與「三老」同爲郡縣中掌教化的鄉官。

〔一三〕經界：界限。

〔一四〕庠序：古代的地方學校，後亦泛稱學校。

〔一五〕滎陽：今河南鄭州滎陽。

〔一六〕成皋：别稱虎牢。故城在今河南汜水西北境。

〔一七〕敖倉：史記項羽本紀：「漢軍滎陽，築甬道屬之河，以取敖倉粟。」裴駰集解引臣瓚曰：「敖，地名，在滎陽西北山，臨河有大倉。」

〔一八〕去兵：去兵去食。論語顔淵：「子貢問政，子曰：『足兵足食，民信之矣。』子貢曰：『必不得已而去，於斯三者何先？』曰：『去兵。』子貢曰：『必不得已而去，于斯二者何先？』曰：『去食，自古皆有死，民無信不立。』」

〔一九〕先主：劉備。

〔二〇〕「棄荆州」三句：三國志蜀書二先主傳第二：「十二年，曹公北征烏丸，先主説表襲許，表不能用。曹公南征表，會表卒，子琮代立，遣使請降。先主屯樊，不知曹公卒至，至宛乃聞之，遂將其衆去。過襄陽，諸葛亮説先主攻琮，荆州可有。先主曰：『吾不忍也。』乃駐馬呼琮，琮懼不能起。琮左右及荆州人多歸先主。比到當陽，衆十餘萬，輜重數千兩，日行十餘里，别遣關羽乘船數百艘，使會江陵。或謂先主曰：『宜速行保江陵，今雖擁大衆，被甲者少，若曹公兵至，何以拒之？』先主曰：『夫濟大事必以人爲本，今人歸吾，吾何忍棄去！』」

〔二一〕去食：參注〔一八〕。

〔二二〕寫仿：模仿。史記秦始皇本紀：「秦每破諸侯，寫仿其宫室，作之咸陽北阪上。」

〔二三〕設施：措置，籌劃。

灾異論

地者，天之藏府也；水火者，天之血氣也；人物，蟲也；鬼神龍雷，蟲之大者也。有藏府，有血氣，有據藏府食血氣之蟲，天於是乎不能無病疾。蟲不安其居，藏府病於内，血氣應之。治之以滌蕩之劑：小者疫，甚者兵；兵疫交至，蟲類消落，僅有存者。天疾既除，調用美膳，年豐穀嘉。其時之蟲，相與卷喙斂足，偃身戢尾，帖然〔一〕求安，無復曩時之蠢動也。壯健、老壽、嬰孺蕃息，乃稱太平。血氣病於外，而徵應於内，藏府受之：水旱之偏勝〔二〕，寒暑之不時，崩震〔三〕薄蝕〔四〕之不令〔五〕。雖非蟲之所爲，而蟲亦無所避其禍。静而俟之，陂者必平，往者必復。不勝其苦而内訌，則蕩滌之劑進矣。故曰：事天之道，在於安民。人之類，至不齊也：愚者求生而已，秀者負其才，恒思有以自見〔六〕。善安民者，毋窘其生，毋遏其才。且夫耕耘之夫勞身苦腸，以供上之徵斂，一切游手好閒之所靡費，無弗取給焉。水旱疾疫之灾，游民遭者什之三，農夫遭者什之七。然吾見其枵然〔七〕轉溝壑〔八〕、茶然〔九〕斃床席而已，未嘗爲亂也。黠者一呼，然後瞀然〔一〇〕從之，以暫救目前之死。而其爲變，亦非猶夫四夷交侵之可禦、邪説惑衆之可誅也。粗耰化而爲戈刃，裠裳解而爲旗識，天下於是乎始蕩焉不可復收。是故饑饉者，桀黠〔一一〕之資也；桀黠者，怯懦之蠹也。彼誠負其才，而無以自見，故激而至於此也。西漢之隆，天下最爲富實，游俠嘐嘐〔一二〕，激昂自豪；東漢騖名，標榜〔一三〕過情；魏晋佚游〔一四〕，清談放流〔一五〕；六朝以後，侈於文筆：皆蟲之能者也。俊傑、秀異之美，孤僻、乖戾、迂疏、伉悍〔一六〕之失，佚樂、豢養、困頓、阨窮之遇，皆蠱動之機也。無饑饉以爲之資，故第發之於其所偏，而無大惡於斯世；屈其不爲人下之志，以冀倖〔一七〕於不朽之名〔一八〕。文筆之功最優，故其爲風氣最久，非若游俠、標榜、清談之暫行而輒變也。然則有安民之責者，勿使之自謀其生，勿使之自試其才，蠱動之機塞，疾病之本除，固必不屑屑於供禦〔一九〕消息〔二〇〕之煩，而灾異息已。

【繫年】

文道光十二年（一八三二）作於南京。參文卷四老氏論上繫年。

【注釋】

〔一〕帖然：安定順從的樣子。舊唐書馬周傳：「往者貞觀之初，率土霜儉，一匹絹纔得一斗米，而天下帖然。」

〔二〕偏勝：一方超越另一方，失去平衡。宋秦觀與喬希聖論黄連書：「今病本於肝而久餌苦藥，使心有所偏勝，是所謂以火救火。」

〔三〕崩震：天崩地坼。指地震。

〔四〕薄蝕：薄食。吕氏春秋明理：「其月有薄蝕。」高誘注：「薄，迫也。日月激會相掩，名爲薄蝕。」

〔五〕不令：不善，不肖。詩經小雅十月之交：「爗爗震電，不寧不令。」鄭玄箋：「天下不安，政教不善之徵。」

〔六〕自見：自我表白，顯露自己。

〔七〕枵然：腹空饑餓貌。

〔八〕轉溝壑：指死。多用作婉辭。

〔九〕苶然：疲憊貌。

〔一〇〕瞀然：瞀瞀然。愚昧無知貌。

〔一一〕桀黠：凶悍狡黠的人。

〔一二〕嘐嘐：志大而言誇。孟子盡心下：「何以謂之狂也？曰：其志嘐嘐然，曰『古之人，古之人』。夷考其行而不掩焉者也。」趙岐注：「嘐嘐，志大言大者也。」

〔一三〕標榜：揭示，品評。南朝宋劉義慶世説新語文學：「謝鎮西少時，聞殷浩能清言，故往造之。殷未過有所通，爲謝標榜諸義，作數百語。」

〔一四〕佚游：亦作「逸游」。放縱游蕩而無節制。

〔一五〕放流：猶泛濫。漢王充論衡對作：「故虚妄之語不黜，則華文不見息；華文放流，則實事不見用。」

〔一六〕伉悍：亢悍，剛烈强悍。

〔一七〕冀倖：亦作冀幸。猶僥倖，希冀。

〔一八〕不朽之名：魏曹丕典論論文：「蓋文章，經國之大業，不朽之盛事。」

〔一九〕供禦：供給。

〔二〇〕消息：消長，增減，盛衰。

樂論

今世士大夫知樂者鮮矣。稍欲知之，則求曲師歌工，尊奉而效法之。吾竊惑焉。后夔〔一〕典樂，有直觀剛簡之教，然後繼之以言永聲律。〔二〕周禮言樂，有中、和、祇、庸、孝、友之行，然後繼之以興、道、諷、誦、言、語。〔三〕有樂德〔四〕，然後有樂語〔五〕。樂德者，禮也；樂語者，詩也。德語備於内，而後聲容〔六〕發於外，故曰：興於詩，立於禮，成於樂。惟樂不可以爲僞，此先王之所以化民而成俗也。合聲容而言之，謂之樂德、樂語，離聲容而言之，謂之言行。詩禮者，言行之準則也。準則備於躬，而發氣滿容，手之舞之，足之蹈之，奕然〔七〕其盛也，足以動天地、感鬼神、格鳥獸，而況於血氣之民乎？舍詩禮而言樂，則聲容而已。三代之季，先王之澤雖遠，韶濩〔八〕夏武〔九〕之聲容固未嘗亡也，奏之於庭，天地不可動，鬼神不可感，鳥獸不可格，豈其聲容之有異哉？無人焉以充之。則聲容者，古人糟粕之所存，而與作之、聽之者，皆無與也。士之得自進於道者，其性情恒毗於陽，直寬剛簡皆陽德也。既已裁之以禮，而濟以温栗〔一〇〕，戒以傲虐矣。又導之以言永，使夫磅礴菀積〔一一〕之誠，咸得從容而自達。當此之時，君臣名物之間，洞然皆可以相見。堂陛之上，國門之外，無所扞格，一如其家人父子兄弟焉。敦睦九族，平章〔一二〕百姓，舉而措之，被四表，格上下，而無難。堯之所以爲治、夔之所以爲教如此。今夫田夫野女，目不識書史之文，足不踐城府之境，陳優而觀之，至於孤臣孽子經涉之艱辛，未嘗不褒忠訶佞，不知涕之何從也。然非韻之以金絲〔一三〕，飾之以干羽，則雖其所日聞日見，而感動不若是之神。是故優者工，則感倍之；劣，則半之。中有所觸，則感倍之；否，則半之：亦各有其數也。成連之教伯牙也，必之乎鳥獸鳴嘷、海山蒼茫之域，而後移其情。〔一四〕雍門之感孟嘗，必先之以池平臺傾，而後聞者爲之隕涕。〔一五〕此言情文之不能偏至也。聖王之爲治也，其所涵濡醞釀於斯民，天屬之。愛者既已甚深，然後選膠庠之士躬備，盛德之形容者，歲時月吉，講肄於璧雍泮水之間，圜橋而使之觀聽。〔一六〕彼父老子弟見樂之切於其身，而動於其情，有不欣欣然易容變色者哉？後之帝王，其於致治之具，莫不欲蘄至乎古樂，則姑置焉？無他，製作之儒無有能探其本原、著其必效之實，剴切而陳之者，故不能無迂緩之疑，而又膠膠於古器古尺、畢世莫定之説，以滑而擾之。是以其説愈精，而其事愈廢也。尺度之難定，由於無以定黄鍾。先君子之言曰：「律之爲器，長十倍於圍，無不中黄鍾者。自是損益改長，不改圍。周尺可也，漢尺可也，今尺亦可也。九寸可也，八寸一分亦可也。其曰實黍，何也？曰：此約詞也。律已鉅，則難乎爲吹也；律已細，則難乎爲損也。是故以黍約尺，俾勿相遠而已矣。」知尺度之自相成，然後異端息。異端息，然後樂可得而作也。知言行之爲樂本，然後王道明；王道明，然後樂不可得廢也。古之君子，所以斯須不去身者，豈必挾琴瑟而抱籥翟哉？今之文詞，古之樂語也。修詞立其誠，使情文斐然，皆足以寫作者之胸臆，而動觀者之志意，則庶乎語不離德，而可與言樂矣。異哉所聞！若之何！以學士、大夫淑身經世之要，而規規〔一七〕焉聽命於賤工而不思其反也。

【繫年】

文道光十二年（一八三二）作於南京。參文卷四老氏論上繫年。

【注釋】

〔一〕后夔：相傳爲舜掌樂之官。

〔二〕尚書虞書堯典第一：「帝曰：『夔！命汝典樂，教胄子，直而温，寬而栗，剛而無虐，簡而無傲。詩言志，歌永言，聲依永，律和聲。八音克諧，無相奪倫，神人以和。』夔曰：『於！予擊石拊石，百獸率舞。』」

〔三〕周禮大司樂：「以樂德教國子，中、和、祇、庸、孝、友。以樂語教國子，興、道、諷、誦、言、語。以樂舞教國子，舞雲門、大卷、大咸、大磬、大夏、大濩、大武。」

〔四〕樂德：指古代音樂教育中的中、和、祇、庸、孝、友六種品德。

〔五〕樂語：樂歌的理論，包括興、道、諷、誦、言、語等。

〔六〕聲容：猶言聲調。亦指聲勢。明李東陽中元謁陵遇雨記：「韶，舜樂也。舜作簫韶，極聲容之盛。」

〔七〕奕然：奕奕，精神焕發貌。

〔八〕韶濩：亦作「韶護」「韶頀」，湯樂名。

〔九〕夏武：大夏、大武。周禮地官大司徒：「以六樂防萬民之情，而教之和。」鄭玄注引鄭司農曰：「六樂，謂雲門、咸池、大韶、大夏、大濩、大武。」

〔一〇〕温栗：温和而嚴謹。

〔一一〕菀積：蘊積。

〔一二〕平章：辨别彰明。尚書堯典：「九族既睦，平章百姓。」

〔一三〕金絲：借指弦樂器。

〔一四〕樂府古題要解水仙操：「右舊説伯牙學鼓琴於成連先生，三年而成。至於精神寂寞，情志專一，尚未能也。成連云：『吾師子春在海中，能移人情。』乃與伯牙延望，無人。至蓬萊山，留伯牙曰：『吾將迎吾師。』刺船而去，旬時不返，但聞海上水汩汲澌澌之聲。山林窅寞，群鳥悲號，愴然嘆曰：『先生將移我情。』乃援琴而歌之。曲終，成連刺船而還。伯牙遂爲天下妙手。」後因以「刺船」爲使人移情之典。

〔一五〕典出「雍門鼓琴」。説苑善説：「雍門子周以琴見孟嘗君，孟嘗君曰：『先生鼓琴亦能令文悲乎？』雍門子周曰：『臣之所能令悲者，窮窮焉固無樂已，臣一爲之徽膠援琴而長太息，則流涕沾襟矣。今若足下，千乘之君也，雖有善鼓琴者，固未能令足下悲也。然臣之所爲足下悲者，事也。夫聲敵帝而困秦者，君也。連五國之約，南面而伐楚者，又君也。天下未嘗無事，不從則横，從成則楚王，横成則秦帝。楚王、秦帝而報讎於弱薛，譬之摩蕭斧而伐朝菌也，必不留行矣。天下有識之士無不爲足下寒心者。千秋萬歲之後，廟堂必不血食矣。高臺既以壞，曲池既以漸，墳墓既以下而青廷矣。嬰兒竪子樵采薪蕘者，蹢躅其足而歌其上，衆人見之無不愀焉爲足下悲之曰：夫以孟嘗君尊貴乃可使若此乎？』於是孟嘗君泫然泣，涕承睫而未隕。雍門子周引琴而鼓之，徐動宫徵，微揮羽角，切終而成曲。孟嘗君涕浪汗增，欷而就之曰：『先生之鼓琴，令文若破國亡邑之人也。』」

〔一六〕資治通鑑漢明帝二年：「禮畢，引桓榮及弟子升堂，上自爲下説。諸儒執經問難於前冠，帶搢紳之人，圜橋門而觀聽者，蓋億萬計。」

〔一七〕規規：淺陋拘泥貌。莊子秋水：「子乃規規然而求之以察，索之以辯，是直用管闚天，用錐指地也，不亦小乎！」成玄英疏：「規規，經營之貌也。」

止庵説

强行其所不行而不躓者，希矣。將以求甚樂耶？抑有所迫而然耶？非是二者，而何爲其然耶？求其所甚樂而躓是，一得一失之相貿也，可也；不獲辭於所迫，行則衆賴之，躓則衆閔之，可也。藝黍稷者，深耕而播之，苗立而耰之，秀有日矣；慕瓜華之蔓緑，鋤苗而易隴，可以謂之智乎？衆色然〔一〕而難之，且或尼之而務試之？蟲生畦中，赤羽而黃甲，鋭爪而箝喙，晨母一而夜百子，葉盡蔓死；什一之税無以供，八口〔二〕環而誶之，若是者，是亦不可以已乎？爲乎彼，則既已乎此。此固吾所樂也，躓乎彼而不已。是來歲復樹瓜華也，非直無黍稷之獲而已，乃欲殫其種，失其畎畺〔三〕，而又爲舉世之所大不閔，是可怪也。

山者之習，登降也。革舄韋綺，荆棘弗能傷；入而不已，必遇虎狼；吕梁之没人，與齊俱入，與汩俱出，洋洋乎不知其在水也，魚黿曳其踵，則劘其牙而葬其腹。〔四〕山之不能無虎狼也，水之不能無魚黿也。夫人而知之，而特幸其不遇也。遇者蓋寡，而未嘗絶也。則是入於山，游於川，終不可以無畏，而況其嘗遇之者邪？然而不悔，則愈可怪也。

或曰：中流而遇風，非不知紼纚〔五〕之安也，姑俟其怒號之稍殺〔六〕焉，而後維吾舟。夫舟非吾所自爲也，風亦非吾自爲也。舟自然而寄於風，吾自然而寄於舟。泊然〔七〕而相遭，渙然〔八〕而不相屬，適然〔九〕而江湖河海當其前，灕然〔一〇〕而之乎汪洋浩瀚之域，而莫測其涯涘。雖欲求其所歸趣〔一一〕，而芒乎其不可得，則將爲之正其颿檣〔一二〕，牢其綷紼〔一三〕，審其舵之機牙〔一四〕，以上下於奔鯨駭鱷之間，而俟夫島嶼之可栖者，以托命焉。不幸而溺，勿之有悔；〔一五〕過涉滅頂，雖凶無咎。〔一六〕是亦有義命〔一七〕焉爾。舟，吾爲之舟也；風，吾爲之風也。吾鼓其怒號之風，以漂摇我枵然之舟；吾不爲之，則舟泊而風息，忘其所自爲，而曰：姑有待焉。是安於惶怖眩掉〔一八〕，而唯恐其一旦失之也。惑亦甚矣。

或曰：舍乎舟，得即乎陸乎？即乎陸，其坦途乎？馬其調良〔一九〕，軫轂〔二〇〕其微，至樸屬滑，以澤乎無敗績壓覆〔二一〕之懼乎？曰：慮若是，是向之鼓爲怒號者，又將峙爲岃崱〔二二〕巉崒〔二三〕也。然則摧輈〔二四〕何必羊腸〔二五〕，曳輪何必洿淖。烈山而焚之〔二六〕，濡褐而救之〔二七〕，不若無爚熂〔二八〕；刓矢而弩之，負盾而禦之，不若無發機。熂之焰、機之力至微，爚之發之至易，而至於救禦之無術：危莫危於自爲，愚莫愚於自取，痛莫痛於自艾，迫莫迫於日暮。已乎已乎，已乎彼乎，已乎此乎。止，則已乎彼；不止，則已乎此。不已乎彼，而已乎此，此之不存，而彼之安圖？需之需之，雖已乎彼，而此之不欲已者，將有所不得不已乎焉。庸詎可悔乎？

春水園之東曰止庵，主人之所惕〔二九〕也，爲之説以自止。

【繫年】

文作於道光十二年（一八三二）。前此諸書，介存齋詩自序存審軒詞自序、詞辨自序等，自署「介存居士」「介存」，柳下詞序、味雋齋史義自序則署「濟」「荆谿周濟」。而作於道光十有二年冬十一月八日之宋四家詞選序論則署「止庵周濟」。故此序作於道光十二年二月至十一月間。「介存」「止庵」自署之變，殊可注意。

【注釋】

〔一〕色然：變色貌。公羊傳哀公六年：「諸大夫見之，皆色然而駭。」何休注：「色然，驚駭貌。」

〔二〕八口：一家人。孟子梁惠王上：「百畝之田，勿奪其時，八口之家可以無飢矣。」

〔三〕畖畺：同「畖疆」，田界。

〔四〕莊子達生篇：「孔子觀於吕梁，縣水三十仞，流沫四十里，黿鼉魚鱉之所不能游也。見一丈夫游之，以爲有苦而欲死也，使弟子并流而拯之。數百步而出，被髮行歌而游於塘下。孔子從而問焉，曰：『吾以子爲鬼，察子則人也。請問，蹈水有道乎？』曰：『亡，吾無道。吾始乎故，長乎性，成乎命。與齊俱入，與汩偕出，從水之道而不爲私焉。此吾所以蹈之也。』孔子曰：『何謂始乎故，長乎性，成乎命？』曰：『吾生於陵而安於陵，故也；長於水而安於水，性也；不知吾所以然而然，命也。』」案：吕梁，水名，也稱吕梁洪。在今江蘇徐州東南。有上下二洪，相去七里，巨石齒列，波流洶涌。

〔五〕紼纚：詩經小雅采菽：「泛泛楊舟，紼纚維之。」毛傳：「紼，繂也；纚，緌也。」鄭玄箋：「舟人以紼繫其緌以制行之。」

〔六〕稍殺：漸衰，稍差。

〔七〕泊然：恬淡無欲貌。

〔八〕涣然：離散貌。

〔九〕適然：偶然。

〔一〇〕灑然：順暢無阻的樣子。戰國策東周策一：「非效鳥集烏飛、兔興馬逝，灑然可至於齊者。」

〔一一〕歸趣：指歸，意向。

〔一二〕颿檣：帆檣。

〔一三〕綷縴：繫船的繩索。

〔一四〕機牙：本指弩上發箭的含矢處和鈎弦制動的機件。此喻要害、關鍵。

〔一五〕禮記檀弓上：「死而不弔者三：畏，厭，溺。」

〔一六〕周易大過：「上六，過涉滅頂，凶，無咎。」

〔一七〕義命：正道，天命。

〔一八〕眩掉：犹眩暈。

〔一九〕調良：馴服善良。

〔二〇〕軫轂：轂輠。車上盛貯油膏用以滑潤車軸的小壺。

〔二一〕壓覆：埋没，困頓。

〔二二〕岃崱：山峰高聳。

〔二三〕嶏崒：高峻。

〔二四〕輈：車轅。

〔二五〕羊腸：狹窄曲折的小路。
〔二六〕孟子滕文公上：「舜使益掌火，益烈山澤而焚之，禽獸逃匿。」
〔二七〕左傳定公八年：「主人焚衝，或濡馬褐以救之。」
〔二八〕爚炴：吹燃。
〔二九〕愒：同「憩」。

循陔采蘭圖記

循陔采蘭圖者，余所爲和州裕溪司巡檢林淮〔一〕作也。淮字東溪，寧波慈溪人。祖母沈、母程兩世苦節。淮四歲而孤。沈年八十，程孺人二十四。斷指明志，事具請旌詳册。及就養裕溪，遇水灾，施饘粥、綿衣、棺席，置義塜，恤生哀死，篋笥罄焉。

初，淮再試不售，棄諸生，就卑官。人〔一〕以爲謀禄養也。及至裕溪，則務親其民，民亦争親之。淮循行〔二〕不憚僻遠，邨媪農媍〔三〕操鷄黍入省程孺人，雜遝相繼，以故盡知其民作業生計。軍門聞蜚語，云有五龍二豹盤居於所屬黄山寺〔四〕白渡橋〔五〕，密檄州牧及淮治其事，牧遑遽，淮一夜繕册白牧曰：「民數〔六〕具存，媥娙〔七〕聯屬相保證，皆良民，無犯上作亂者。第上請龍、豹主名及其事狀，呼之立至。有漏脱，淮請任之。」牧愕眙〔八〕甚，則又曰：「淮官此五年矣，莠良不知，何以官爲？坐視無辜被累，何以命爲？」牧如言上軍門，軍門咨嗟〔九〕曰：「吾固疑所聞妄也。蓋豪家銜逋責〔一〇〕，造蜚語，冀有所報復云。」當是時，微淮，幾興大獄。

道光十一年大水，委官籍〔一一〕應振者，灾民以爲苦，欲苦委官。淮至，謂父老曰：「若等奈何而爲若此？若等孰應振，孰不應振，吾皆知之。若等但自實，吾爲若請，毋汹汹爲也。」父老咸唯唯受命，應振之户畢登，而數乃少於委官所籍。委官銜，欲中傷之，賴大吏明察以免。

嗚呼！官所治者民也，民數之不知，臨事搶攘〔一二〕，隨强弱，徇情面，彼遺此濫者，比比也。使皆如淮，安有上澤中飽〔一三〕而不下逮者哉？官介簿尉〔一四〕之間，而能束修自愛〔一五〕，不畏强禦〔一六〕，不侮鰥寡，可謂思貽父母令名者矣。余畫不爲時所好，淮獨甚好之；不識慎伯〔一七〕而嗜其書。今年冬，程孺人七十壽。余爲是圖，并索慎伯書首以贈，而爲之記。不順乎親，不信乎朋友，敢以諗世之守身事親者！

【繫年】

詩卷七却寄東溪少尹兼柬鳩江諸子，道光十三年（一八三三）春作於蕪湖。然是書曰「今年冬」，故不可能作於同時。道光十二年春，周濟曾沿江西上安慶，蓋途經蕪湖時林淮索作圖。其年冬濟有書與包慎伯世臣商略晋略，順道以圖并記寄包，代爲索包書首。按：周儀暐夫椒山館詩道光二十七年味塵軒刻本卷二十一有林東溪淮循陔采蘭圖，詩作於道光戊戌（十八年，一八三八）。

又，清陳僅繼雅堂詩集道光丁未刻本卷三十三三十計車集下題寄林東溪循陔采蘭圖四首：作於道光癸卯（二十三年，一八四三）六至八月間。其時周濟已卒。

【校勘】

㊀「人」：國家圖書館藏抄本止庵遺稿本作「人人」。

【注釋】

〔一〕林淮：清楊泰亨光緒慈溪縣志光緒五年刊本卷二十二：「林淮，安徽含山縣裕溪司巡檢，調靈璧縣固鎮司巡檢。」據清陳僅繼雅堂詩集道光丁未刻本卷四從韓集上送林東溪序曰：「東溪銓發安徽，以事濡滯都中者數月，今始成行。東溪長於才而就卑位，摯於情而負奇謗。平生交，惟余最久，亦最深。於其去也，不能無贈言。」是詩作於嘉慶戊寅（二十三年，一八一八）。知林淮任裕溪司巡檢在嘉慶戊寅。又據大清搢紳全書清道光二十三年春京都本書坊刊本安徽省靈璧縣：「固鎮巡檢林淮東溪，順天大興籍，浙江慈谿人。議二十二年叙正月補。」知其二十二年已調任固鎮司巡檢。

〔二〕循行：巡視；巡行。

〔三〕媍：同「婦」。

〔四〕黄山寺：原屬安徽和縣，今屬安徽蕪湖鳩江區。

〔五〕白渡橋：原屬安徽和縣，今屬安徽蕪湖鳩江區。相傳唐長慶四年（八二四）春，時任和州刺史劉禹錫迎白居易於此，後便名此地爲白渡。

〔六〕民數：人口數字。周禮春官天府：「若祭天之司民司禄，而獻民數穀數，則受而藏之。」

〔七〕婣婭：亦作「姻亞」「姻婭」。有婚姻關係的親戚。

〔八〕愕眙：亦作「愕怡」。驚視。

〔九〕咨嗟：贊嘆。

〔一〇〕逋責：猶欠債。

〔一一〕籍：登記。

〔一二〕搶攘：紛亂貌。漢書賈誼傳：「本末舛逆，首尾衡決，國制搶攘，非甚有紀，胡可謂治？」

〔一三〕中飽：原謂居間者得利，後指經手錢財時，以欺詐手段從中取利。

〔一四〕簿尉：主簿和縣尉。泛指地方官府佐理官員。

〔一五〕束修自愛：同「束修自好」。猶言束身自修。

〔一六〕强禦：豪强，有權勢的人。詩經大雅烝民：「不侮矜寡，不畏彊禦。」

〔一七〕慎伯：包世臣（一七七五—一八五三），字慎伯。參文卷二宋隱山傳注釋〔八〕。

與吴石華〔一〕書

石華足下：得復書文詞二册，且誦且慰。足下之文，論事灿若觀火〔二〕，惻怛沈痛若棘刺之在身。期於見之者怵惕振動，力舉而致行之意亦至矣。雖然，事之小且專者，可以質言其大，而因任〔三〕輾轉、有所連及者，勢不能無所寓。昔司馬子長〔四〕懲戰國秦楚之後，利權盛而名教衰，思推三代禮讓之本，以挽積重之勢。顧其時，君相所好尚，士大夫所趣慕，皆與禮讓之旨相反。警然〔五〕而言之，則足以殺其軀而已矣〔六〕。是用網羅舊聞，托之述古，故其稱曰：「非好學深思、心知其意，難爲淺見，寡聞道也。」〔一七〕孟堅不察，譏其是非謬於聖人〔一八〕，後世讀者遂稱其文而没其義，曰：是特發憤〔一九〕怨誹之所爲作耳。嗟乎！世則安有專以發憤怨誹爲文，而其文可以垂不朽者乎？夫子長之志，賈生〔二〇〕之志也。賈生從田間膺特科，先之以吴公推轂，重之以文帝之前席，〔二一〕故得慷慨激烈以將其誠〔二二〕；子長職在太史，身陷刑辟〔二三〕，故不得不旁引曲喻，以求類情而通德。賈生之言疏以達，子長之言肆而隱，其勢然也。

濟三十以前，瞢無知識，自謂一往凌厲，便可竊比古之賢豪。乙丑對策〔一四〕，率陳乖謬之言，遂列三甲，悻悻不自克；棄知縣，改教授，又迕上官：此皆立身制行〔一五〕之大過，而或者反見傳道、是益之疾也。三十以後，嗜欲沓進，困而後悔，精力固已耗減，歲月固已蹉跎矣。無聞之年〔一六〕，忽焉已過。乃始炳燭莫學〔一七〕，不亦晚乎？

足下倦游萬里，沈酣六籍〔一八〕，名山之業〔一九〕，托之史志。即足下之文，以想見足下之書，其爲有爲言之，而非專爲古人拾遺補闕也，必矣。

濟葺晋略，稿本粗具，所冀有道賜之箴砭，緬瞻南雲〔二〇〕，遠莫能致，儻因北征〔二一〕，得展晨夕，爲之論定，幸甚幸甚！

【繫年】

文曰「無聞之年，忽焉已過」，又曰「濟葺晋略，稿本粗具，所冀有道賜之箴砭」。又包世臣與周保緒論晋略書：「保緒二弟足下：春杪承寄示晉略。……而足下數十年之苦心，與天下後世以共見矣。唯希鑒察。暑濕珍重，不具。癸巳六月十九日。」求志堂存稿彙編馮元燿跋語：「猶憶先生之作晉略，起草於道光之十二年壬辰，告成於十九年己亥，歷八載而三易稿耳。初稿草寫，次稿付門人謄録，録者五人，則戴希齋、陳自堂、諶秉之、諶展卿與燿。是其三次定本，則已在淮安，燿未及見。」蓋晉略初稿成於十二年底，由馮元燿等五人謄録，并寄付包世臣、吴蘭修等請正。此文蓋當道光十二年（一八三二）冬十一月八日前作於南京。

【注釋】

〔一〕吴石華：吴蘭修，字石華，嘉應今廣東梅州人。嘉慶戊辰（一八〇八）舉人，官信宜訓導。曾監粵秀書院，又爲阮元聘爲學海堂首選學長。長於經史及算學，有南漢紀五卷、南漢地理志一卷、南漢金石志二卷及端溪硯史。又工詩詞，徐世昌晚晴簃詩匯稱其「詞宗白石、玉田，婉約輕靈，天然雅韻」。有荔村吟草及桐花閣詞各一卷，又有集外詞或補遺一卷。清史列傳卷七二、清代學者象傳卷四有傳。清陸以湉冷廬雜識卷二吴石華詞：「嘉應吴石華學博蘭修，酷好倚聲，所著桐花閣詞，清空婉約，情味俱勝，可稱嶺南詞家巨擘，録其尤者於左。……學博嘗謂『嶺嶠精華之氣，荔支得其七八，如敝鄉者，桃又得其二，蘭輩數十人，共得其一耳』。」

〔二〕炪若觀火：洞若觀火。尚書盤庚上：「予若觀火，予亦拙謀作，乃逸。」炪，通「拙」。

〔三〕因任：根據才能加以任用。莊子天道：「形名已明，而因任次之。」

〔四〕司馬子長：司馬遷（約前一四五—？），字子長。

〔五〕譥然：同「噭然」。公羊傳昭二十五年：「昭公於是噭然而哭。」何休注：「噭然，哭聲貌。」

〔六〕孟子盡心下：「盆成括仕於齊，孟子曰：『死矣盆成括！』盆成括見殺，門人問曰：『夫子何以知其將見殺？』曰：『其爲人也小有才，未聞君子之大道也，則足以殺其軀而已矣。』」

〔七〕史記五帝本紀太史公曰：「非好學深思，心知其意，固難爲淺見寡聞道也。」

〔八〕漢書司馬遷傳：「又其是非頗繆於聖人，論大道則先黄老而後六經，序游俠則退處士而進奸雄，述貨殖則崇勢利而羞賤貧，此其所蔽也。」

〔九〕發憤：發泄憤懣。史記太史公自序：「詩三百篇，大抵賢聖發憤之所爲作也。」

〔一〇〕賈生：賈誼。

〔一一〕漢書賈誼傳：「賈誼，雒陽人也，年十八，以能誦詩書屬文稱於郡中。河南守吴公聞其秀材，召置門下，甚幸愛。文帝初立，聞河南守吴公治平爲天下第一，故與李斯同邑，而嘗學事焉，徵以爲廷尉。廷尉乃言誼年少，頗通諸家之書。文帝召以爲博士。是時，誼年二十餘，最爲少。每詔令議下，諸老先生未能言，誼盡爲之對，人人各如其意所出。諸生於是以爲能。文帝説之，超遷，歲中至太中大夫。……後歲餘，文帝思誼，徵之。至，入見，上方受釐，坐宣室。上因感鬼神事，而問鬼神之本。誼具道所以然之故。至夜半，文帝前席。既罷，曰：『吾久不見賈生，自以爲過之，今不及也。』乃拜誼爲梁懷王太傅。」推轂，薦舉，援引。

〔一二〕將其誠：將誠，表達誠意。

〔一三〕刑辟：左傳昭公六年：「昔先王議事以制，不爲刑辟，懼民之有争心也。」楊伯峻注：「刑辟即刑律。」

〔一四〕乙丑對策：周濟登嘉慶十年（一八〇五）進士第。

〔一五〕制行：禮記表記：「聖人之制行也，不制以己。」孔穎達疏：「聖人之制法立行不造制以己之所能，謂不將己之所能以爲法，恐凡人不能行也。」

〔一六〕無聞之年：論語子罕：「四十五十而無聞焉，斯亦不足畏已。」

〔一七〕炳燭暮學：喻老而好學。參文卷二説文韻原序注釋〔一九〕。

〔一八〕六籍：文選班固東都賦：「蓋六籍所不能談，前聖靡得言焉。」李善注：「六籍，六經也。」

〔一九〕名山之業：著書立説。

〔二〇〕南雲：南飛之雲。常以寄托思親、懷鄉之情。晋陸機思親賦：「指南雲以寄款，望歸風而效誠。」

〔二一〕北征：北行，北上。

剪梅詞〔一〕序

詞萌於唐季，萼於宋，爛熳於南渡，凋於元，蹂躪於明。竹垞〔二〕掇其英，皋文〔三〕落其實，同輩作者晋卿〔四〕最善。予與晋卿論，或合或否，而意有所不盡，言有所不宣，未嘗不發之於篇。既以事各奔走，會合益稀，當其含豪〔五〕仰歎，千曲一注，游思獨往，冥仄中變，沈魚動波，翔雁遥滅，未嘗不念晋卿。

晚交鄱陽陳子叔安〔六〕。叔安爲詞，初宗其鄉先生姜氏〔七〕。卜居金陵，聯里閈〔八〕，相招游，矚憑弔，慨然傷懷，躑躅荆蔓中，暝黑乃已。已而歸，歸而歌吟嘯呼於風雨蕭寂之辰，則益淵乎其聲，鬱乎其情，而姜氏健舉〔九〕巉刻〔一〇〕之習，稍稍汰焉。予得叔安相切磋，所詣亦異疇昔。方欲共質晋卿，而晋卿逝矣。予以久，故悲慘悼絶。叔安雖不習晋卿，其悲晋卿不後於予。蓋同志之難得，鍾情之不獲已，類如是也。

今年冬，叔安將南游雷州〔一一〕。雷州濱大海，自宋時，遷臣謫宦往往視爲絶域畏途，而叔安以菽水之養〔一二〕，橐筆〔一三〕而從其所親。信乎，其舍是，則無所復之，是叔安之窮也。叔安詞甚夥，悔其少作，删剟什八九。辛壬〔一四〕所製，存者爲多，南宋奧窔〔一五〕，抉摘無復遺。今以窮而遠適海濱，覽山川之險麗，撫節序〔一六〕之變遷，感之以白華〔一七〕棠棣〔一八〕之思，苟其於詞也不廢，則且駸駸〔一九〕乎北轅〔二〇〕矣。予伏處〔二一〕，不能從晉卿没。叔安復遠去，予殆將摧弦〔二二〕弛軫〔二三〕矣乎？

【繫年】

詩卷七有送叔安之雷州，時當道光十二年（一八三二）冬。此詩有「今年冬，叔安將南游雷州」，亦於是年冬陳叔安宇之雷州行前作於南京。

【注釋】

〔一〕剪梅詞：清丁紹儀聽秋聲館詞話卷十一陳宇詞：「南宋詞家推姜白石爲巨擘，故鄱陽産而居吴興。吾友陳叔安明府宇亦家鄱陽，流寓金陵。後泝江入粤，重游鄱之東湖，湖有浮舟寺。感賦垂楊云：『鵝黄細縷。看繞堤已報，早春烟樹。醉上湖亭，廿年重到愁如許。依然飛燕尋門户。杖藜有、過橋漁父。訴歸來、鄉語生疏，問舊巢何處。　閑對雲堂佛古。聽茶版清晨，飯鐘當午。故國詞仙，勝情偏愛吴興住。輕抛里巷經風雨。暗惆悵、遠游意緒。甚明朝、又掛征帆隨雁去。』其浮家浪迹，殆與白石同慨。今老矣，猶覊滯閩中，藉詩詞自遣，著有蘋梅詞。……叔安與保緒交最洽，故詞筆頗相似。」

〔二〕竹垞：朱彝尊（一六二九—一七〇九），字錫鬯，號竹垞，又號醧舫，晚號小長蘆釣魚師，又號金風亭長。浙江秀水今浙江嘉興市人。博通經史，詩與王士禎稱南北兩大宗；作詞風格清麗，爲「浙西詞派」的創始人，與陳維崧并稱朱陳。著有曝書亭集八十卷，日下舊聞四十二卷，經義考三百卷，選明詩綜一百卷，詞綜三十六卷汪森增補。

〔三〕皋文：張惠言（一七六一—一八〇二），清代詞人、散文家。原名一鳴，字皋文，一作皋聞，號茗柯，武進今江蘇常州人。乾隆五十一年（一七八六）舉人，嘉慶四年（一七九九）進士。深于易學，與惠棟、焦循并稱乾嘉易學三大家。嘗輯詞選，爲常州詞派之開山，著有茗柯文編。

〔四〕晉卿：董士錫，字晉卿。參詩卷之一懷友人并序注釋〔五〇〕。

〔五〕含豪：含毫，含筆於口中，比喻構思爲文或作畫。

〔六〕陳叔安：陳宇，字叔安，又字方瀾。參詩卷七送叔安之雷州注釋〔一〕。

〔七〕姜氏：南宋詞人姜夔。

〔八〕里閈：里門。

〔九〕健舉：健拔。清包世臣再與楊季子書：「退之酷嗜子雲，碑版或至不可讀，而書説健舉渾厚，宜爲宗匠。」

〔一〇〕巉刻：詩文風格清峭瘦硬。

〔一一〕雷州：今廣東雷州。

〔一二〕菽水之養：禮記檀弓下：「子路曰：『傷哉！貧也！生無以爲養，死無以爲禮也。』孔子曰：『啜菽飲水盡其歡，斯之謂孝。』」後常以「菽水」「菽水之養」「菽水之歡」「菽水承歡」指晚輩對長輩的供養。

〔一三〕橐筆：漢書趙充國傳：「卬家將軍以爲安世本持橐簪筆事孝武帝數十年。」顏師古注引張晏曰：「橐，契囊也。近臣負橐簪筆，從備顧問，或有所紀也。」古代書史小吏，手持囊橐，簪筆於頭，侍立於帝王大臣左右，以備隨時記事，稱作持橐簪筆，簡稱「橐筆」。

〔一四〕辛壬：道光辛亥（十一年，一八三一）、壬辰兩年。

〔一五〕突：同「深」。

〔一六〕節序：節令，節氣。

〔一七〕白華：詩經小雅白華。毛詩序：「白華，周人刺幽后也。幽王娶申女以爲后，又得褒姒而黜申后。故下國化之，以妾爲妻，以孽代宗，而王弗能治，周人爲之作是詩也。」

〔一八〕棠棣：詩經小雅棠棣。毛詩序：「常棣，燕兄弟也。閔管、蔡之失道，故作常棣焉。」

〔一九〕駸駸：馬疾速奔馳貌。

〔二〇〕北轅：北轅適粵，猶「北轅適楚」。語本漢荀悦申鑒雜言下：「先民有言：適楚而北轅者，曰：『吾馬良，用多，御善。』此三者益侈，其去楚亦遠矣。」

〔二一〕伏處：隱居。

〔二二〕摧弦：吕氏春秋孝行覽本味：「伯牙鼓琴，鍾子期聽之。方鼓琴而志在太山，鍾子期曰：『善哉乎鼓琴，巍巍乎若太山。』少選之間，而志在流水，鍾子期又曰：『善哉乎鼓琴，湯湯乎若流水。』鍾子期死，伯牙破琴絶弦，終身不復鼓琴，以爲世無足復爲鼓琴者。」

〔二三〕軫：琴下轉弦者謂之軫。

宋四家詞筏[一]序

詞，文之最近者也，温韋[二]始成家法，歷宋及今，蓋千載而近。又其中通儒碩才，偶然寄興，未嘗全力注之。其以全力注之，而專門名家者，又非通儒碩才。匈拴[三]醖釀[四]，不必有窮高極深之致。故雖萃千年之作者，苟竭吾力，皆可以揖與[五]、坐欹[六]而竭焉，無他，其文小故也。然而不得其途，則亦有營營[七]畢生，終不得登堂而入室者也，無他，小其文故也。文雖小，吾能尊其體，慎重而後出之，馳騁而變化之，前無古人，不難矣。夫所以前無古人者，深有得於古人者也。得其所以專門名家之故，而吾窮高極深之匈拴醖釀，乃有所寄焉。是殆不可以無筏矣。

近世之爲詞者，莫不低首姜張[八]，以温韋爲緇撮[九]，巾幗秦賀[一〇]，箏琵柳周[一一]，傖楚[一二]蘇辛[一三]，一若文人學士清雅閑放之製作，惟南宋爲正宗，南宋諸公又以惟姜張爲山斗[一四]。嗚乎！何其陋也！詞本近矣，又域於其至近者，可乎？宜其千驅同面，千面同聲，若鷄之䎘䎘[一五]、雀之足足[一六]，一耳無餘也。樊籠既抉，因思津逮[一七]，適從游諸子問泭[一八]材焉。進退兩宋，遴甄四家，曰周邦彦、辛棄疾、王沂孫、吴文英。餘則以類相從，附列其下，名之曰詞筏，而序之曰：

夫詞，非寄托不入，專寄托不出。一物一事，引而申之，觸類而長之，驅心若游絲之罥飛英，含豪〔一九〕若郢斤之斫蠅翼〔二〇〕，以無厚入有間〔二一〕。既習矣，意感偶生，假類必達，閱載千百，謦欬〔二二〕弗違，斯入矣。賦情既深，逐境畢寤；冥發妄中，莫非要害。雖鋪叙平淡，摹繢淺近，而萬感橫集，五中〔二三〕無主。讀其篇者，臨淵羨魚〔二四〕，意爲魴鯉〔二五〕；中宵驚電，罔識東西。赤子〔二六〕隨母笑啼，鄉人〔二七〕緣劇喜怒。抑可謂能出矣。

宣和〔二八〕之時，泰窮將否〔二九〕，危機已動，外榮而内瘁。嗚其盛者，雖極鋪張粉飾，而幽憂之思潛動於不自知；過此以往，嶔崎歷落〔三〇〕之奇，漸以宣泄；逮乎境過事遷，繫懷慨嘆，用情益專，立言益陗，故軌迹益彰：此文章自然之運也。學者務逆而溯之，先之以碧山〔三一〕，饜切事物，言今指遠，聲容〔三二〕調度〔三三〕，一一可循，學者所由成章也。繼之以夢窗〔三四〕，奇思壯彩，騰天潛淵，使夫柔情顛志，皆有瓌偉卓犖之觀，斯斐然矣。進之以稼軒〔三五〕，感慨時事，係懷君國，而後體尊。要之以清真〔三六〕，圭方璧圓，琢磨謝巧，夜光〔三七〕照乘〔三八〕，前後舉澈，能事畢矣。何以無温韋？曰：長沙地小，不足迴旋。〔三九〕能者可自得之，不能者不能强也。何以止於二百二十八首？曰：所得於詞者，得其所以專門名家之故而已，擴而充之，非可於詞求之也。匈裣日開，則日高；醞釀日厚，則日深。每變而益上，梯焉而空青〔四〇〕折，航焉而石華〔四一〕采，豈僅以八音〔四二〕繁會，方丈列前〔四三〕，與世俗競豪舉哉！

【繫年】

據附録輯佚宋四家詞選序論，文作於道光十二年（一八三二）冬十一月八日。

【注釋】

〔一〕宋四家詞筏：初稿名，定稿名宋四家詞選。

〔二〕温韋：唐温庭筠、韋莊。

〔三〕匈裣：胸襟，亦作「胸衿」。猶胸境。

〔四〕醖釀：比喻涵育、薰陶。晋葛洪抱樸子明本：「道也者，所以陶冶百氏，範鑄二儀，胎胞萬類，醖釀彝倫者也。」

〔五〕揖與：作揖。

〔六〕坐欹：和悦。坐，深也，副詞。

〔七〕營營：勞而不知休息，忙碌。莊子庚桑楚：「全汝形，抱汝生，無使汝思慮營營。」鍾泰發微：「營營，勞而不知休息貌。」

〔八〕姜張：南宋姜夔、張炎。

〔九〕緇撮：緇布冠。其制小，僅可束髪髻。詩經小雅都人士：「彼都人士，臺笠緇撮。」朱熹集傳：「緇撮，緇布冠也。」

〔一〇〕秦賀：北宋秦觀、賀鑄。

〔一一〕柳周：北宋柳永、周邦彦。

〔一二〕傖楚：魏晋南北朝，吴人鄙視楚人粗傖，謂之「傖楚」。後因以指粗俗。

〔一三〕蘇辛：北宋蘇軾、南宋辛棄疾。

〔一四〕山斗：泰山、北斗的合稱。新唐書韓愈傳贊：「自愈没，其言不行，學者仰之如泰山、北斗云。」

〔一五〕喌喌：呼鷄聲。

〔一六〕足足：相傳爲雌鳳鳴聲。禮記瑞命篇：「雄曰鳳，雌曰凰。雄鳴曰即即，雌鳴曰足足。」

〔一七〕津逮：由津渡而到達。北魏酈道元水經注河水二：「懸岩之中多石室焉，室中若有積卷矣，而世士罕有津逮者。」逮，一本作「達」。

〔一八〕泭：通「桴」。小竹筏或小木筏。

〔一九〕含豪：含毫，含筆於口中。比喻構思爲文或作畫。晋陸機文賦：「或操觚以率爾，或含毫而邈然。」

〔二〇〕莊子徐無鬼：「莊子送葬，過惠子之墓，顧謂從者曰：『郢人堊慢其鼻端若蠅翼，使匠石斫之。匠石運斤成風，聽而斫之，盡堊而鼻不傷，郢人立不失容。宋元君聞之，召匠石曰：「嘗試爲寡人爲之。」匠石曰：「臣則嘗能斫之。雖然，臣之質死久矣。」自夫子之死也，吾無以爲質矣，吾無與言之矣。』」

〔二一〕莊子養生主：「庖丁爲文惠君解牛……庖丁釋刀對曰：『……彼節者有閒，而刀刃者無厚；以無厚入有閒，恢恢乎其於游刃必有餘地矣，是以十九年而刀刃若新發於硎。……』」

〔二二〕謦欬：亦作「謦咳」，咳嗽。此指談笑，談吐。莊子徐無鬼：「夫逃空虚者，藜藋柱乎鼪鼬之逕，踉位其空，聞人足音跫然而喜矣，又况乎昆弟親戚之謦欬其側者乎？」成玄英疏：「况乎兄弟親眷謦欬言笑者乎？」

〔二三〕五中：内心。

〔二四〕臨淵羡魚：漢書董仲書傳：「臨淵羡魚，不如退而結網。」

〔二五〕魴鯉：洛陽伽藍記卷三：「別立市于洛水南，號曰四通市，民間謂永橋市。伊洛之魚，多於此賣，士庶須膾，皆詣取之。魚味甚美。京師語曰：『洛鯉伊魴，貴于牛羊。』」

〔二六〕赤子：尚書康誥：「若保赤子，惟民其康乂。」孔穎達疏：「子生赤色，故言赤子。」

〔二七〕鄉人：俗人。

〔二八〕宣和：宋徽宗趙佶年號。

〔二九〕泰窮將否：泰、否皆卦名。泰謂天地交而萬物通；否，謂天地不交而萬物不通。後以「泰否」指世道盛衰和人事通塞。

〔三〇〕嶔崎歷落：又作「嶔崎磊落」。比喻品格卓異出群。南朝宋劉義慶世説新語容止：「周伯仁道桓茂倫，嶔崎歷落，可笑人。」

〔三一〕碧山：南宋王沂孫號碧山。

〔三二〕聲容：猶言聲調，亦指聲勢。

〔三三〕調度：格調，氣度。楚辭離騷：「和調度以自娱兮，聊浮游而求女。」朱熹集注：「調，猶今人言格調之調。度，法度也。」

〔三四〕夢窗：南宋吴文英號夢窗。

〔三五〕稼軒：南宋辛棄疾號稼軒。

〔三六〕清真：北宋周邦彦號清真居士。

〔三七〕夜光：南朝梁任昉述異記卷上：「南海有明珠，即鯨魚目瞳，鯨死而目皆無精，夜可以鑒，謂之夜光。」

〔三八〕照乘：光亮能照明車輛的寶珠。亦省稱「照乘」「照車」。

〔三九〕漢書長沙定王發傳：「以其母微無寵，故王卑濕貧國。」顔師古注引應劭曰：「景帝後二年諸王來朝，有詔更前稱壽歌舞。定王但張褏小舉手，左右笑其拙。上怪問之，對曰：『臣國小地狹，不足回旋。』帝乃以武陵、零陵、桂陽益焉。」後因以「長沙舞」比喻無施展才能的空間。

〔四〇〕空青：青色的天空。

〔四一〕石華：介類。附生於海中石上。肉如蠣房，可食；殼如牡蠣而大，可裝飾户牖。南朝宋謝靈運游赤石進帆海：「揚帆采石華，掛席拾海月。」

〔四二〕八音：我國古代對樂器的統稱，通常爲金、石、絲、竹、匏、土、革、木八種不同質材所製。此泛指音樂。

〔四三〕方丈列前：方丈盈前。吃飯時食物擺滿一丈見方的地方。形容飲食奢華。方丈，一丈見方；盈，滿。

詞調選集〔一〕序

宫商角徵羽者何？喉齶舌齒唇也。唇齒合爲變徵，唇外爲變宫，此自然之音也。音無物以律，物之律何以六？曰：正音五，正變之音七，律而五，與七則一，周而窮，故因月與辰，酌其中而六之，使正變之音有疏數〔二〕焉；助之以六吕〔三〕，損益周而不相奪，進乎此，必越其度，故止於十二，而六十四則不可通也。周禮黄鍾爲宫，而他律亦得爲宫。〔四〕是宫調之宫，非宫商之宮也。宮調之宮，借宮商之宮以爲名，名同而實異，宮猶調也，以其第一，主聲而名之，故曰宮。合一宮之七音而名之，則曰調。是以「仙吕」之宮名道調，亦名「道宮」也。五音者，人所得於天，以寫其喜怒哀樂之情者也：喜則其調婉，怒則其調高，哀則其調澀，樂則其調平。雖然，弗相激，則抑揚不備，其情不得發，而其志不得伸，故五音互用而成調，否則專壹弗能聽也；相激而必歸於本，故相雜而不越，此至微至顯至變至恒，婦孺之所能，而學士大夫之所弗能改也。詩之古之歌者，一倡而三嘆〔五〕：一倡者，宣其詞；三嘆者，永其聲。是以詞可知而聲可感。詩之變爲樂府，樂府之變爲詞，其被之聲，而歌播之管弦，未有不如是者也。姜夔最爲知音，自譜其詞，皆一字一音，其有曼聲，亦兩音而止，是與今之吟諷者，無以甚異也。詞之變爲北曲，猶詞情多而聲調少；北曲之變爲南曲，則詞情少而聲情多。陶情適性之文，反受制于弦管，百折其音，而莫知所歌爲何語，則又何以感發善心，懲刱逸志哉？說者曰：今人多不能歌，所爲詞多不能被之管弦，於是或放棄之以自便，或尺寸而步趨之以求冥合〔六〕，二失惟均：夫人情之喜怒哀樂，窮天地、歷古今而不變者也。詩三百篇，多婦人野夫之作也，彼又烏知所謂黄鍾大吕也者？而制禮作樂之聖人，皆取而被之管弦，則又烏有學士文人自寫其喜怒哀樂之情，斐然成章，而反不可被之管弦者乎？故爲此說者，俗工也。孟子曰：「天下之言性也，則故而已矣。故者以利爲本。」〔七〕詞莫盛于宋，宋人之爲調也，亦既窮工極巧，足以發舒喜怒哀樂之情，且衆習之矣，則故且利矣，又何假吾之戛戛〔八〕焉自刱一調，以與之争勝乎哉？故爲此說者，智而鑿者也。

近代萬紅友〔九〕當新聲競起之後，彙古詞爲律；凌次沖〔一〇〕又作燕樂考原，以明北曲與詞、宫調之岸略，皆有功於詞學。故近世言詞者多謹嚴，視元明爲愈矣。予懼其逐流而忘源也，擇調二百有奇，反覆吟諷，而協之於喜怒哀樂。辨調以情，是死而生之者也；諧情以調，是虚而實之也。喜之極恒悲，故婉調多深思；怒之極恒笑，故高調多逸響；是又性情之通也，取諸古「述而不作」〔一一〕之訓也，不盡其類，「引而不發」〔一二〕之指也。由是而之焉，其殆免於二者之失乎？

【繫年】

清潘祖蔭宋四家詞選序：「止庵復有論調一書，以婉、澀、高、平四品分之。其選調視紅友所載，只四分之一。南樵嘗言之，今不可復見，海内倘有此本，蔭固樂受而觀焉。」詞調選集已佚，詞調選雋序因被收入常州先哲遺書補編止庵遺集止庵文得存。曹明升、沙先一認爲「止庵遺集中的止庵詩與止庵詞都是按年編排的，由此推斷，止庵文應該也是按年編排的。其中所收三篇詞序的順序爲，蔚梅詞序、宋四家詞筏序和詞調選雋序。蔚梅詞序有追悼董士錫的文字，董氏卒於道光十一年，所以蔚梅詞序的撰寫時間應與宋四家詞選目録序論差不多；而詞調選雋序列在蔚梅詞序、宋四家詞筏序之後，説明其撰寫時間應在二者之後或同時，至少不會是周濟早年所撰。而且詞調選雋序中稱姜夔『最爲知音，自譜其詞，皆一字一音』，更接近於宋四家詞選中説碧山詞『不減白石風流』『白石好處，無半點粗氣』的態度。所以，詞調選集應該是周濟晚歲所編。從詞辨介存齋論詞雜著到宋四家詞選、詞調選集，前後相距二十年。在這二十年中，周濟從不談詞律變爲每與友人共談聲律，并且還花費較多的精力與篇幅來闡述詞律思想，這説明他的詞律觀的確發生了轉變。」曹明升沙先一周濟詞律觀的轉變及其詞學史意義，文藝研究，二〇一九年第二期。

蒭梅詞序、宋四家詞筏序兩文前已考，均作於道光十二年冬，故此文亦當作於道光十二年冬或稍後。

【注釋】

〔一〕詞調選雋：今佚，只存此序文。

〔二〕疏數：稀疏和密集。周禮夏官大司馬：「中春，教振旅，司馬以旗致民，平列陳，如戰之陳。……以教坐作進退疾徐疏數之節，遂以蒐田，有司表貉，誓民，鼓，遂圍禁，火弊，獻禽以祭社。」

〔三〕孟子離婁章上：「師曠之聰，不以六律，不能正五音。」清都乾文黄鍾通韻云：「孟子曰：『師曠之聰，不以六律，不能正五音。』細詳孟子之言，五音有音無律，六律有律無音。以六律多寡之數，正五音輕重之聲，是知欲正五音，非六律不可；欲正六律，非管弦無憑。陽爲律，黄鍾爲陽律之本，在管爲篇内聲，在琴爲第一弦，聲氣至重至低，六陰一陽屬子爲第一律，上升大吕丑爲二陽第二律，大簇寅爲三陽第三律，夾鍾卯爲四陽第四律，姑洗辰爲五陽第五律，仲吕巳爲六陽第六律。陽極生陰，陰爲吕，蕤賓爲陰吕之本，在管爲極上孔，在琴爲第七弦，聲氣至輕至高，六陽一陰屬午爲第一吕，下降林鍾未爲二陰第二吕，夷則申爲三陰第三吕，南吕酉爲四陰第四吕，無射戌爲五陰第五吕，應鍾亥爲六陰第六吕。陰陽各六管，自篇内聲，上升至第五孔爲陽六律；自極上孔，下降至第六孔爲陰六律。琴自第一弦，前進至第六弦爲陽六律；自第七弦，後退至第二弦爲陰六律。六律定，然後能正五音宫、商、角、徵、羽。五音必得律吕二聲合爲七均，方能循環一調，所以管有七聲，琴有七弦，左傳謂『七音』，漢前志謂『七始』。自黄鍾上升至蕤賓爲七均，自蕤賓下降至黄鍾爲七均，循環消長，共爲一調。十二律對待則爲六律，錯綜則爲七均，七均合爲一調；若更插一聲，便不合管孔、琴弦。管只有七孔，琴只有七弦，不能分爲方圓；十二律以五音循環，加變宫變徵，只可將十二律錯綜爲七均，以五音來往爲循環，方能被於管弦。律吕各家，盡知七均爲一調，而俱不以陰陽六律錯綜爲七均；惟以五音加二變爲七均，不分陰陽各爲六律，而渾用陰陽十二律；不以黄鍾爲律本，而以黄鍾爲宫，大蔟爲商，姑洗爲角，林鍾爲徵，南吕爲羽；五音不敷六律，乃以應鍾爲變宫；變宫猶不敷七均，乃以蕤賓爲變徵。變宫變徵，雖敷七均，而十二律中，猶虚五律，乃又以宫循環遍臨五律，以敷其數，致有高低奪倫輕重失次者。又作變律半聲之例，猶如不用枝，惟用幹；不以子午月爲二至，卯酉月爲二分，惟憑甲乙循環推算，其寒暑失節，春秋失序，亦理之所必至。况惟六律能正五音，五音不能正六律；若因五音不敷循環十二律之故，以十二律作爲變宫變徵，變律半聲，是五音能正六律矣。竊謂欲正五音，仍依漢志所載以黄鍾爲律本，以六律多寡之數，正五音輕重之位。宫居中，以五數論；宫居三位，自重至輕爲羽、角、宫、商、徵，自輕至重爲徵、商、宫、角、羽。以黄鍾爲律本，以羽、角、宫、商、徵爲五位；以蕤賓爲吕本，以徵、商、宫、角、羽爲五位；黄鍾屬子，聲至低；蕤賓屬午，聲至高；二律單用，其餘十律同位同音，陰陽并用。律有十二，不曰十二律而曰六律者，只用一邊之故。一邊陽律合管，一邊陰律合琴；琴是六陰律用一陽律，管是六陽律用一陰律。陰陽六律，俱是各自相生：一宫爲土屬第四律，二商爲金屬第五律，三角爲木屬第三律，四徵爲火屬第六律；第六律是管之正中孔，琴之第六弦，與第一律黄鍾合律同聲，故只有六律。五羽爲水屬第二律，第二律是管之極下孔，琴之第二弦，與第七律蕤賓合律同音，故只有七均。七均只有六律，六律只有五音，故孟子曰：『不以六律，不能正五音。』五音如四時，十二律如十二月，四時惟依寒暑，五音亦惟依高低，自寒至暑，俱是正律，并無變聲。蔡季通律吕新書有八十四聲圖，六十調圖，内注正律、變律、正聲、半聲之處甚爲詳細，然止可施之於筆墨，不能被之於管弦。今之管弦七均：第一均八十一，第二均七十二，第三均六十三，第四均五十四，第五均四十八，第六均四十二，第七均三十六；至重至低之均八十一，至輕至高之均三十六，方成一調。五十四爲陰陽際會之中，理應爲宮。宮者，中也。中聲定，其餘輕重高低之聲，皆依律數可定，是以五聲之中，以宮爲首。圖内所載七均：宮八十一，商七十二，角六十三，變徵五十六，正徵五十四，羽四十八，變宮四十二。四十二爲至輕至高之均，與今之管弦三十六不相合，少一輕六分之均，不能成調，是知變宮宮不成宮。變徵五十六，在大蔟六十四、夾鍾五十四之間，與夾鍾止間得一分多一間一分之律，管孔琴徵，又不見有相間一分之律，是知變徵徵不成徵。宮不成宮，徵不成徵，古人謂之『和繆』。正徵五十四，變徵五十六，相間甚微，雖師曠之聰，亦未必易正，故前人有『變聲非正，故不爲調』之説。」

〔四〕國語周語下：「以七同其數，而以律和其聲，於是乎有七律。」韋昭注：「七律爲音器，用黄鍾爲宮，太簇爲商，姑洗爲角，林鐘爲徵，南吕爲羽，應鐘賓變宮，蕤賓爲變徵也。」周濟所引有誤。

〔五〕一倡三嘆，亦作「一唱三嘆」，荀子禮論：「清廟之歌，一倡而三嘆也。」謂一人歌唱，三人相和。後多用以形容音樂、詩文優美，富有餘味，令人贊賞不已。

〔六〕冥合：暗合。

〔七〕孟子離婁下。

〔八〕戛戛：戛戛獨造，形容文章别出心裁，富有獨創性。

〔九〕萬紅友：萬樹（約一六二五—一六八八），字紅友、花農，號山翁、山農，江蘇宜興人。編有詞律二十卷，爲填詞者所推重。又作擁雙艷三種曲。

〔一〇〕凌次冲：凌廷堪（約一七五五—一八〇九），字次仲，安徽歙縣人。乾隆進士。任寧國治今安徽宣州。府學教授。慕江永、戴震之學，長於考辨。對禮制、樂律、曆算、疆域沿革等有所研究，撰禮經釋例十三卷、燕樂考原、校禮堂文集等。

〔一一〕論語述而。

〔一二〕孟子盡心上。

白宕鮑氏譜序

鮑氏譜曰：始族廉〔一〕，宋臨江〔二〕知州。元兵南下浙東，與其子俱殉難，孫從三得免。避亂居鄞縣〔三〕之句章鄉，生一子三孫，是爲東、中、西三房。中房丁少，西房撥一子補焉，謂之撥補中房。傳十三世，當國初。東房曰一新，中房曰秉宏，西房曰昭，撥補中房曰時隆，始遷宜興。今之輯譜者，時隆後也。按：宋史地理志無臨江州，有臨江軍，屬江南西路，淳化三年分筠州〔四〕之清江〔五〕所置，領縣三，比下州。然則譜曰知州，誤也。元兵下浙東，廉與子俱死難，蓋廉已家居，於文當曰「曾知臨江軍事」云。白宕在宜興東南，鄉今分屬荆溪。鮑氏譜始受自鄞，中與鄞合修，今再修，將自爲支譜。

譜系之學，一亂於晉南渡，再亂於宋南渡。中土大族之避難者，類莫能詳其所自出。惟元明至今，五六百年以來，則世居遷徙，稍可得詳焉。族必有長，必有宗子。鮑氏始遷白宕者，已十三世，則其大宗在鄞，而白宕之小宗四，則有分而無族固其所也。夫族，長以統一族昭穆之次，上推出於一人，而猶有不能聯其族者，况鮑氏始遷非一分，而顧能合疏以爲戚，溯遠如邇，一再修之，則其篤睦可知矣。不合於鄞而獨修，然必系鄞。不合而系，其於鄞譜，雖下分而上合。系鄞，則鮑一；不系鄞，則鮑四。四鮑一譜，而鄞之留處者，可以不與焉，則其後將有一鮑一譜者矣，故合鄞上也。不合而系，非得已也。過此以往，貧富不同也，遷徙不恒也，由親而疏，自近而遠，莫不由此，可不慎歟？譜所以收族也。能修譜者，必能收族。今以收族之舉，而有分合之幾焉，可不慎歟！白宕距山溪不過數里，鮑與周世婚姻。今之修譜者，余兄子婦之父某也，年七十餘矣，〔六〕强力而治生，守柔而攘詢，加意於祠譜，親走而問序，此余所以反復言之而不能已也。

【繫年】

文卷四陳烈婦傳曰：「適鮑氏將葺家乘，余以諗其司事者，訪之而信，乃爲之傳，俾先附諸牒，以待世之能通例意者得焉。」兩文當作於同時。故此文當道光十五年（一八三五）秋作於淮安。

【注釋】

〔一〕廉：鮑廉（？—一二七五），南宋末抗元名將，南匯五竈港今上海浦東航頭人；一説處州龍泉今浙江龍泉人。歷任常熟知縣、沿江制置使。咸淳五年（一二六九）爲平虜將軍，知臨江軍今江西樟樹西。德祐元年（一二七五），元軍破江州，分三路南下，鮑廉率所退守臨江。後城陷被俘。不屈而死。著有地理專著琴川志。

〔二〕臨江：今江西樟樹西。

〔三〕鄞縣：今浙江寧波鄞州區。

〔四〕筠州：唐武德七年（六二四）改米州置，以地産筠篁得名。治高安今江西高安。次年即廢入洪州。五代南唐保大十年（九五二）復置，轄境相當今江西高安、宜豐、上高、萬載、樟樹等地。北宋時縮小，僅相當今高安、上高、宜豐等地。南宋寶慶元年（一二二五）避理宗趙昀名諱，改名瑞州。

〔五〕清江：今江西樟樹。

〔六〕山溪周氏宗譜卷四之二大分五二房下：「榆，佐乾公（周潛）五子，字家榆，一字次山。……配白宕鮑永綏女。」

李篋樓詩序

李生鎮〔一〕投余詩，適有他客，未及見。客退，讀之，牢籠漱滌〔二〕，摧剛爲柔，雖枝條未暢，而陳義盤鬱。命邀諸所寓，徘徊待月明滿中庭，瓦上霜若積霰雪，漏四下，使者返，白生已適館，予然後寢。旦明，袖其詩，詢郡士大夫及詩人之官於是、流寓於是者，僉曰未聞。惟及門陳生兆昌〔三〕識之。年四十餘。困小試，爲童子師于板閘〔四〕，皃恂恂〔五〕如常人，亦未嘗聞其爲詩也。久之，生復至，叩所學，對曰：「家貧無書，所讀監本經、坊本史漢、明人小部〔六〕、鑑而已。間得一二種書，無問古近，率反復潛研之。久，雖頗能別其醇疵，然此中空洞，懼無徵之不信也。以故未嘗敢以所爲就正於當世之賢豪。顧嘗於友人所見先生詩，以爲去之稍近，或不怪其所爲，故贄而見爾。」

嗟乎！豈獨世之人哉！予少小不以鈍拙，名家所藏，耳目所及，皆足以開益身心，而荒落至今，無所成立。如生得斷簡殘篇，寢饋其中，卒有以自致，豈不重滋余愧哉？古人論書云：「得古帖數行，專心學之，便可成家。」〔七〕不意生之讀書亦若是也。因以知世之不學而以無書自諉者，非真好學者也；必有書而後成其學，非真能學者也。好學難，能學尤難。如生者，游之藝文之圃，左右采獲，豈不盎然足哉？雖然，吾懼夫多見之紛而不能篤也，則不如其少見也。是予之所以自誤者，而不敢以誤生，乃點次〔八〕而刻其尤可存者，并爲之序。

【繫年】

道光十五年（一八三五）秋，周濟復任淮安教授。清丁晏頤志齋文集卷五有李覺齋笛樓詩選序，作於「道光十五年十月十九日」。復有作於是年十二月之雪後遲，篴樓不至：「手君一編詩，熟復情復牽。」故此序亦當是年十二月作於淮安。

【注釋】

〔一〕李生鎮：清邱沅修、清段朝端纂宣統續纂山陽縣志民國十年刻本卷十人物：「李鎮字笛樓，居柘塘。性閒静，惡徵逐，年四十尚困童子試。嗜吟咏，五言得漢魏之秘。值周濟任府教授，鋭賞之，爲延譽公卿間，卒未青其衿。同里朱蟾字研農布衣高隱，亦能詩，賴丁晏序以傳，然晏尤稱二張之詩。」山陽藝文志卷八：「李鎮，字覺庵，號篴樓，道光中布衣。」

〔二〕牢籠漱滌：唐柳宗元愚溪詩序：「余雖不合於俗，亦頗以文墨自慰，漱滌萬物，牢籠百態，而無所避之。」

〔三〕陳生兆昌：民國劉㯥壽修、范昆纂民國續纂清河縣志民國十七年刻本卷十五：「陳兆昌芬蘭吟館詩鈔。」

〔四〕板閘：原淮安市淮安區板閘鎮，後併入淮城鎮，明清時爲南北舟車要道。山陽縣志載：「凡湖廣、江西、浙江、江南之糧艘，銜尾而至山陽，沿運河北運，雖山東、河南糧艘不經淮安板閘，亦皆遥稟戒約，故漕政通乎七省，而山陽板閘實爲咽喉要地也。」

〔五〕恂恂：論語鄉黨：「孔子於鄉黨，恂恂如也，似不能言者。」陸德明釋文：「恂恂，温恭之貌。」

〔六〕小部：泛指梨園、教坊演劇奏曲。

〔七〕明董其昌畫禪室隨筆卷一評舊帖題絳帖一卷後：「宋榻絳州帖，乃官奴嫡冢，故佳本在汝帖長沙之上。昔人得古帖數行，專心學之，遂以名世。況此本已具各體，即不完善，比之威鳳一毛，可藏也。」

〔八〕點次：評點編次。

晚禪庵詩〔一〕序

別三十年，而復得相見，難矣。相見而彼此皆無改於疇昔，抑又難之難者。豈非人事與時變遷，汶汶〔二〕者不免與之俱往哉？

曩余在淮陰，所尤密者，戴耕野〔三〕、王石門〔四〕、周木齋〔五〕、邵子良〔六〕及子成〔七〕五六人，耕野以内行〔八〕，石門以野逸，木齋、子良以書法，子成以博雅〔九〕，皆昕夕過從。今兹復來，耕野、石門皆老死，子良夭折，惟木齋、子成在焉。木齋頹然自放，意思〔一〇〕蕭散，無復往時之精鋭。而子成獨不改其故步〔一一〕，此所謂難之難者也。

子成於書，無所不讀，不專家、立門户，勤采逸獲，期於適己而已。故其爲詩亦然，上自漢魏，下逮今世，一節之旨，皆含咀〔一二〕之，欲舉誰何〔一三〕以相方物〔一四〕，邈然卒不可得。坐是〔一五〕，恬然不以詩人自名。人亦漠然無以詩人目之者㊀。惟丁君儉卿〔一六〕、木齋及余好其詩。如㊁其爲人，可謂尟矣。出處之際，落落〔一七〕數十年，止此數人。士之侘傺〔一八〕失志者，或因有感憤不平，發爲篇章，以舒其抑鬱。而子成獨恬然無所動於中，然則其有以自樂而無待於世，較然〔一九〕可知也。

寒日卒卒〔二〇〕，酒酣夜午〔二一〕，輒以君詩自娱；歲且除，書以歸君。身世之感，如余與君者，又安可勝道者哉！

【繫年】

嘉慶十三年（一八〇八）二月，周濟因丁祭事忤知府王穀，辭去淮安府學教授一職。「别三十年，而復得相見」，「寒日卒卒」，「歲且除」。「三十年」當爲約數，序當道光十五年（一八三五）臘月底作於淮安。

【校勘】

㈠「者」：清丁晏原輯、周桂峰點校山陽詩徵陝西人民出版社二〇〇九版卷三十二汪桂録此文，無「者」。

㈡「如」：清丁晏原輯、周桂峰點校山陽詩徵陝西人民出版社二〇〇九版卷三十二汪桂録此文作「知」。

【注釋】

〔一〕晚禪庵詩：清丁晏頤志齋感舊詩民國四年羅氏鉛印雪堂叢刻本：「汪子成茂才，名桂，山陽人，道光中歲貢生。惇品修學，博覽經史，於元代氏族、輿地尤悉。少時與李芝齡宗伯同學，及宗伯貴後，訪之絶不一見，其孤介如此。生平與余論詩最契，詩亦高古，有道園、遺山風格，著晚禪庵詩草，荆溪周止庵廣文爲序甚推許之。」

〔二〕汶汶：不明貌。漢劉向新序節士：「汶汶嘿嘿，以是爲非，以清爲濁。」

〔三〕戴耕野：清邱沅修、清段朝端纂宣統續纂山陽縣志民國十年刻本卷一人物：「戴廷莘，字耕野，廣西巡撫吴虎炳，其外大父也。」

〔四〕王石門：生平不詳。

〔五〕周木齋：周寅（一七九六—一八五八），字木齋，號耳鳴山人。書法家。有詩集耳鳴山人集。清丁晏頤志齋感舊詩周木齋茂才民國四年羅氏鉛印雪堂叢刻本：「名寅，同里。嘉慶中諸生。賦性直諒，能面斥人過。遇物以誠，好施與，不爲口惠，人甚德之。肆力於李北海、蔡君謨，碑帖書法雄秀，冠絶一時。長箋短札人皆藏，弆以爲榮。吾鄉寺觀摹刻書屏，皆君手迹也。余與君共修城之役，君以六尺長杆狼毛筆，蘸靛青題門榜。好事者繪榜書圖。不好爲詩，偶一拈韻，清超奇雋，直逼古人。自署『繭中翁』，作繭中曲數十首，皆未經人道語。晚歲無嗣，偃蹇以終。余爲刻耳鳴山人遺稿。結交四十載，篤愛如弟兄。規過良藥苦，争友保令名。蛇握悟書法，狼銜不啐人。君好象蛇，生數月，爲狼負去。衆逐之歸，無恙。奇士奄忽化，風義與古新。」清宣鼎夜雨秋燈録光緒鉛印申報館叢書本捆仙索：「淮安周木齋先生名寅，善書，嗜飲，疏狂不羈，性最喜豢蛇，床笫、簷溷中無不蜿蜒拳曲相處爲常。夏日，先生怯暖，兩臂所盤者蛇，腰際所圍者蛇，赤足插甕中者亦蛇也。否則膚燥欲裂，襟煩若燒，寢食不安矣。如有惡賓過訪，先生談而厭之，撮口一呼，蛇岔至，蠕蠕然，蠢蠢然，縷縷修修然，登案繞榻，客狂呼大奔，往往有驚破胆者。先生尤喜作狹斜游，然膩粉粗釵從無許可。間有稍稍雅潔者，亦不過藏鈎、賭枚、博酒、筵歡，而絶不訂情時同游。」

〔六〕邵子良：清包世臣小倦游閣集卷二十五别集六文三邵生諹文：「生諱式穀，字子良，姓邵氏，江蘇山陽人。其家世爲吏，而生獨業文。性尤嗜書，默而寡交，唯與邑人周寅善。周生長生四歲，同學平原千佛寺碑二年，周生書名遂噪起一郡，求者接踵。生名雖稍減，而郡人固以能書推生矣。嘉慶十一年冬，生年十七，周生年二十一。而荆溪周濟以進士選淮安教授。始至，二生以其書謁，教授弗善也，二生意不能平。……十二年秋，教授送考至江寧，則日日稱邵生善，又爲邵生乞余書。……今年春，余計偕北上，過清江訪生，則病甚。六月出都，而生已于首夏物故。……嘉慶十四年秋九月，安吴友人包世臣述于吴門舟次。」知其生于一七八九年，卒于一八〇九年。

〔七〕子成：汪子成，名桂，參注釋〔一〕。

〔八〕内行：平日家居的操行。

〔九〕博雅：學識淵博，品行端正。

〔一〇〕意思：心情，情緒。

〔一一〕故步：舊蹤，原路。

〔一二〕含咀：品味。

〔一三〕誰何：盤詰查問。

〔一四〕方物：猶識別，名狀。國語楚語下：「民神雜糅，不可方物。」

〔一五〕坐是：因是之故，因此。

〔一六〕丁儉卿：丁晏（一七九四——一八七五），字儉卿。參文卷四丁儉卿晏頤志齋詩序注釋〔一〕。

〔一七〕落落：形容孤高，與人難合。

〔一八〕侘傺：失意而神情恍惚的樣子。楚辭離騷：「忳鬱邑余侘傺兮，吾獨窮困乎此時也。」王逸注：「侘傺，失志貌。」

〔一九〕較然：明顯貌。史記刺客列傳論：「自曹沫至荆軻五人，此其義或成或不成，然其立意較然，不欺其志，名垂後世，豈妄也哉！」司馬貞索隱：「較，明也。」

〔二〇〕卒卒：匆促急迫的樣子。

〔二一〕夜午：猶午夜。

丁儉卿晏〔一〕頤志齋詩序

有感而不作者矣，未有不感而作者也；有知而不感者矣，未有不知而感者也。知之大小，存乎學；感之深淺，根乎情；作之工拙，係乎才。才固不能離乎情，情固不能離乎學。古之作者，自言其所知所感，而聽是非於人，是不以才飾者也；後之作者，惟恐人之非之也，所言務求其是，而不計其從來，是欲以才飾者也。不以才飾，故才全；以才飾，故才不全。古之作者，以學治情，故學篤而情摯。以摯情，用全才，此其所以不可及也。今之作者，或以爲結納〔二〕，或以爲標置〔三〕，屈其才，而欺其情。不以治情爲學，而以飾僞〔四〕爲學，然而結納者可以欺結納，標置者可以欺標置，而卒不能欺不自欺之人。甚矣，其愚也！

儉卿之言曰：天下事無巨細，非血誠〔五〕不能辦。其言絶痛〔六〕！血誠者，事果皆辦乎？雖或不辦，而其諄懇〔七〕之氣，猶足牚柱於天地之間，後世得而諒之，謂之仁者之過〔八〕。夫詩，亦若是則已矣。余少而爲詩，未嘗敢自欺。長而讀詩，亦未嘗受欺於人。豈有他哉？纏綿悱惻取其剛，發揚蹈厲〔九〕取其柔，明白曉暢取其文，繁縟藻繢取其質。夫情恒徇夫所長，而學貴輔乎所短。以長觀情，以短觀學，窮奇極變，莫之能遁也。飲食之於味也，不必道其酸鹹，而口之所咀，意之所洽，逌然〔一〇〕自足於喉舌腸胃之間。儉卿其知之矣。

儉卿赴公車〔一一〕，余嗒焉〔一二〕若喪其偶。孰使余二人相去二千餘里，而晨夕聚首者，非是編也歟？既足以自娱，又足以娱余，是余之所以感也。

【繫年】美國國會圖書館藏頤志齋詩草抄本周濟序曰：「道光十有六年丙申四月，荆溪周濟序。」據清吴昆田陶鑲柘翁先生年譜，丁晏道光十六年（一八三六）三月至京應會試，正與文中「儉卿赴公車」合。

【校勘】

因美國國會圖書館藏頤志齋詩草序文字與底本差異頗大，故全文附録於此，不另出校記。

有感而不作者矣，未有不感而作者也。有知而不感者矣，未有不知而感者也。才固不能離乎情，情固不能離乎學。古之作者，自言其所知所感，而聽是非於人，是不以才飾者也，故其才全。後之作者，唯恐人之非之也，所言務求其是而不問其所從來，是欲以才飾者也，故其才不全。務求其是，而卒不能禁人之別其真僞，是情與學卒不可飾也，而才已屈矣。後之作者不古若，非才之罪也，所以用之者異也。才之權不勝情，情之權不勝學。古之學者以學治情，故學篤而情摯。以摯情用全才，此其所以不可及也。今之詩，有以爲結納者矣，有以爲標置者矣。結納者或不知標置之術，而標置者之用意，終不能離乎結納之途。是以屈其才而欺其情，不以治情爲學，而以飾才爲學，彼其意豈不冀倖於讀其詩者未必知其人哉？夫讀其詩，不知其人，是讀者之過也；不逆詐，不億不信，抑亦先覺；其人不自欺，則自欺者固不得而欺之也。是故結納者可以欺結納，標置者可以欺標置，非其相欺，各自欺焉耳。儉卿之言曰：天下事無巨細，非血誠不能辨，其言絶痛。血誠者，事果皆辨乎？雖非不辨，而其諄懇之氣，猶足以堂柱於天地之間，後世得而諒之，謂之仁者之過。夫詩亦若是則已矣。余少而爲詩，未嘗不戒欺而讀詩，亦未嘗受欺於人，豈有他哉，纏綿悱惻者吾以取其剛，發揚蹈厲者吾以取其柔，明白曉暢者吾以取其文，緐縛者吾以取其質。情恒徇乎所長，而學貴輔乎所短，以長觀情，以短觀學，窮奇極變，莫之能遁也。飲食之於味也，不必道其酸鹹，而口之所咀，意之所洽，逌然自足於喉舌腸胃之間。儉卿之詩近之矣。余識儉卿晚，甫數月而別，別且數月矣。自儉卿之北，余嗒焉若喪其偶，孰使余兩人相去二千里，而晨夕聚首者，非是編也歟？儉卿既以自娱，乃亦足以娱余，是余之所以感也。

道光十有六年丙申四月，荆溪周濟序。

【注釋】

〔一〕丁儉卿晏：丁晏（一七九四—一八七五），字儉卿，號柘堂，江蘇山陽今江蘇淮安人。道光元年舉人，官至内閣中書。晚年主講于麗正書院。著有尚書餘論二卷、石亭紀事續編二卷，編有頤志齋叢書二十二種。

〔二〕結納：結交。漢書佞幸傳石顯：「是時，明經著節士琅玡貢禹爲諫大夫，顯使人致意，深自結納。」

〔三〕標置：自負。新唐書楊慎矜傳：「儀幹皆秀偉，愛賓客，標置不凡，著稱於時。」

〔四〕飾僞：裝假作僞。漢桓寬鹽鐵論散不足：「世俗飾僞行詐，爲民巫祝以取釐謝。」

〔五〕血誠：赤誠。謂極其真誠的心意。宋書謝晦傳：「去年送女遣兒，闔家俱下，血誠如此，未知所愧。」

〔六〕絶痛：痛絶。悲痛到極點。

〔七〕諄懇：誠懇。

〔八〕仁者之過：禮記表記：「子曰：『仁之難成久矣。人人失其所好，故仁者之過易辭也。』」吕大臨曰：「仁者之心公，衆人之心私。公則所好者兼容博愛，私則所好者克伐怨欲，此人人失其所好者也。心誠鄉仁，雖有過差，其情則善，不待辭而辨矣，故曰『仁者之過易辭』。愚謂仁之爲道，人莫不知其可好，此秉彝好德之心也。然鮮能勝其重，致其遠，此所以人人失之也。辭，猶解免也。仁者有過，如日月之食，人皆見之，未嘗有自解免之意，然人皆知其心之無他，故易辭。」

〔九〕發揚蹈厲：禮記樂記：「發揚蹈厲，大公之志也。」孔穎達疏：「言武樂之舞，發揚蹈厲像大公威武鷹揚之志也。」後用以形容精神奮發，意氣昂揚。

〔一〇〕逌然：列子力命：「終身逌然，不知榮辱之在彼也在我也。」張湛注：「逌然，自得貌。」

〔一一〕公車：漢代以公家車馬遞送應徵的人，後因以「公車」爲舉人應試的代稱。

〔一二〕嗒焉：嗒然，沮喪悵惘的神情。

丁儉卿晏曹陶陸元年譜序〔一〕

今布衣韋帶〔二〕之士，足未逾金門〔三〕之閾，目未睹石窌〔四〕之篇，徒偃息岩穴之下，逖聽〔五〕風聲之樹，苟其忠愛鬱結，猶將比物連類〔六〕，發攄〔七〕性情，以自見其一得之愚，冀後覽者因其文，喻其旨，論其世，知其人矣。而況自昔名賢經歷盛衰、感動肺腑者哉！

去三十年，讀陳王詩，次其譜；後二十七年，輯晉略，復爲陶徵士詩譜。曹譜久亡，陶譜尚存。儉卿之譜曹、陶，皆較余詳慎。是書出，亡者不足惜，存者亦可廢矣。曹、陶之集，既親經緯〔八〕，通省岸略〔九〕，覆卷再觀，生氣迴出。陸、元二集，余未盡心焉，得是譜，始灼然可誦讀。甚矣，霑益之深也！豈惟余哉？豈惟余哉？儉卿信而好古，不以文章自見。然其所爲，皆閎碩有根據，異日必有編次而譜之者乎所以報也。

【繫年】

序當道光十六年（一八三六）冬作於淮安。「去三十年」，當嘉慶十二年（一八〇七）。「後二十七年」，當道光十三年（一八三三）「輯晉略」，與包世臣晉略序「至道光癸巳寫出清本，走使相質」正相合。

【注釋】

〔一〕曹陶陸元年譜序：是譜傳曹植、陶淵明、陸贄、元好問四人。

〔二〕韋帶：古代平民或未仕者所繫的無飾的皮帶。漢書賈山傳：「布衣韋帶之士，修身於内，成名於外。」顔師古注：「言貧賤之人也。韋帶，以單韋爲帶，無飾也。」

〔三〕金門：金馬門，漢宮門名，學士待詔之處。史記滑稽列傳：「金馬門者，宦者署門也。門傍有銅馬，故謂之曰『金馬門』。」宋高似孫緯略卷七：「待詔金馬門，漢盛選也。以漢之久，而膺此選者僅若此耳，殊不輕畀也。」

〔四〕石宬：石，石室，古代藏圖書檔案處。史記太史公自序：「周道廢，秦撥去古文，焚滅詩書，故明堂石室，金匱玉版，圖籍散亂。」宬，史宬，即皇史宬。古代的檔案館。始建於明嘉靖年間。清顧炎武答湯荆峴書：「今史宬所存，及士大夫家諱實録之名，而改爲聖政記者，皆三修之本也。」清馮桂芬祭蒲城相國文：「載在史宬，銘之竹帛。」

〔五〕逖聽：猶逖聞，常表示恭敬。漢司馬相如封禪文：「率邇者踵武，逖聽者風聲。」

〔六〕比物連類：連類比物，亦作「連類比事」。連綴同類事物。韓非子難言：「多言繁稱，連類比物，則見以爲虚而無用。」

〔七〕發攄：抒發，發泄。
〔八〕經緯：喻文章結構的縱横條理。
〔九〕岸略：通「涯略」，猶概要。

丁儉卿晏重訂鄭曹陶陸年譜序〔一〕

儉卿先爲陈思王、陶徵士、陸宣公、元遺山四人作年譜，余既爲之序矣。已而〔二〕，儉卿以〔三〕所輯鄭君年譜冠焉〔三〕，而退遺山。或請所以，曰〔四〕：「遺山先有覃谿翁學士〔二〕年譜〔三〕，余未之見也。今以校，所次與翁譜略同〔五〕，故去之。」蓋儉卿之慎也。儉卿爲鄭學疏通證明，述而不作，顧尤以微言大義爲重。自考據之風熾，藥空疏以瑣碎，其末流蓋未有以相勝也。從入而能識其弊，而不與爲波靡〔四〕者，可不謂豪桀之士歟？學求有用。致用之本，在於立誠。至誠而不動者，未之有也；不誠，未有能動者也。鄭君閉權門，感群盜；陳王處危疑之地，篤志忠孝；徵士疾時弗能匡，甘湛没以全節；陸公處亂世，事闇君〔六〕，擬亂理煩。或出或處，或默或語，百世而下，奉其遺編，未嘗不感激而思奮，非至誠而能若是乎！不知其人，不論其世，則迂緩沉緬之失，知幾明哲之論，皆足以求全於古人。大言不慚，世蓋多有，觀其所服，知其所立，一言以爲智〔五〕，吾於是譜，益信其學之非無用也。夫用，則爲有用之用；不用，則爲無用之

用：其權操之於己，而世不得聞㈦焉者，真有用之學也，儉卿勉乎哉！余與儉卿共勉乎哉！㈧

【繫年】

據清丁晏頤志齋四譜道光癸卯孟冬刊本周濟序：「道光十七年，歲在丁酉，四月二十六日荆溪周濟序。」知此文道光十七年（一八三七）四月二十六日作於淮安。

【校勘】

㈠「已而」：清丁晏頤志齋四譜道光癸卯孟冬刊本周濟序無。
㈡「以」：清丁晏頤志齋四譜道光癸卯孟冬刊本周濟序作「檢鄉」。
㈢「冠焉」：清丁晏頤志齋四譜道光癸卯孟冬刊本周濟序作「以冠焉」。
㈣「或請所以，曰」：清丁晏頤志齋四譜道光癸卯孟冬刊本周濟序：「或曰遺山曾爲崔立作碑，意其大節不足以醒諸公乎？或曰遺山詩人，意者無他抱負乎？儉卿曰：『皆非也。……』」。
㈤「略同」：清丁晏頤志齋四譜道光癸卯孟冬刊本周濟序作「小異而略同，非如陶譜之有别於舊譜」。
㈥「處亂世，事闇君」：清丁晏頤志齋四譜道光癸卯孟冬刊本周濟序作「身處亂世，事闇主」。
㈦「聞」：清丁晏頤志齋四譜道光癸卯孟冬刊本周濟序作「間」。
㈧清丁晏頤志齋四譜道光癸卯孟冬刊本周濟序文末有「道光十七年，歲在丁酉，四月二十六日荆溪周濟序」。

【注釋】

〔一〕重訂鄭曹陶陸年譜序：是譜傳鄭玄、曹植、陶淵明、陸贄四人。

〔二〕覃谿翁學士：翁方綱（一七三三—一八一八），字正三，一字忠叙，號覃溪，晚號蘇齋，順天大興今北京大興人。乾隆壬申（一七五二）進士。精通金石、譜録、書畫、詞章之學，書法與劉墉、梁同書、王文治齊名。論詩創「肌理説」，著有粤東金石略、蘇米齋蘭亭考、復初齋詩文集、小石帆亭著録等。清史稿有傳。

〔三〕年譜：清翁方綱金元遺山先生好問年譜。

〔四〕波靡：隨波起伏，順風而倒。比喻胸無定見，相率而從。

〔五〕論語子張：「君子一言以爲知，一言以爲不知，言不可不慎也。」

陶式型鑲〔一〕周易字詁通證序

儒者説經，莫敢不本於孔子。獨言易，則不然：舍傳而求諸經，舍經而求之象數，又别爲圖説以先之，何其敢之甚邪！聖人之繫易也，曰：開物成務〔二〕，以前民用而已。天不能有陽而無陰，世不能有治而無亂，人不能有君子而無小人，事不能有順而無逆。故曰：天地鼓萬物而不與聖人同憂〔三〕；聖人有憂之，欲扶陽而抑陰，保治而弭亂，進君子而退小人，助順而消逆，以財成〔四〕輔相天地之所不足，雖或行或不行，或成或不成，而其殷殷之意，未嘗以人之愚賤，而不爲之所。故曰：「吉凶與民同患。」〔五〕是故，易憂患之書也。靜則無所不包，動則各隨其所值，懼質言之偏著，故爲比類之詞，以俟占者之自悟；而其比類，不出於象與數之中，其象則仰觀俯察，非一端也；其變則消息往來，非一例也。故曰「雜物撰德」〔六〕。又曰「不可爲典要」〔七〕，且夫易之數，始於二，成於八，盡於六十四。始於三，成於六，盡於三百八十四：此一數也。甲子之數，始於十，成於十二，盡於六十：此又一數也。曆之數，始於日月之會，成於日月星辰之會，十二月、三百六十五日，而不能盡也：此又一數也。是三數者，各自爲數，而欲牽連而傅合之，此必不得之數也。故曰「當期之日」〔八〕，又曰「當萬物之數」〔九〕。當者，略言之云爾。聖人略言之，而後之儒者必欲詳言之；聖人曰不可爲典要，而後儒必欲爲之典要。於是詞、變、象、占，皆欲秩然齊而一之。夫使果可齊而一之，則又烏足以盡天下萬世之變，而前民用哉？然而不經川岩之阻，不知坦途之樂也；不嘗百藥之毒，不知五穀之美也。故塗有所不必經，經之而後悟；味有所不必嘗，嘗之而後饜。若乃經之而弗悟，嘗之而弗饜，是終其身，游川岩而飽百藥也。孟子曰：「博學而詳説之，將以返約説也。」〔一〇〕必明乎博與詳之爲約也，斯可以博與詳矣。

陶生式型，家世傳易，於宋以前之説無不闚，可以爲博矣；無不求其所以然，可以爲詳矣。既博且詳，可以知返矣。余以諸家之學無所甄明，唯以爲善言易者，莫如孔子；善言孔子之易者，莫如程子。其言婦孺之所解，而足以應無方〔一一〕之變，殆所謂易簡而天下之理得者乎！式型師丁君儉卿。儉卿亦云故，其言易但詁解文字而已。式型又益廣之，名其所述曰周易古義。

余以爲其名未覈也，更之曰周易字詁通證，而爲之序。抑余又有進者：古書假借，假形不假義。若因形而并假其義，將求通太廣，而至於無所歸。式型其慎檢之，去取有制，則讀易之津梁，舍是書，何適哉？

【繫年】

此文當道光十六年（一八三六）冬或稍後作於淮安。

【注釋】

〔一〕陶式型鑲：清劉崇照修、清陳玉樹纂光緒鹽城縣志光緒二十一年刻本卷十二人物：「陶鑲字石型。世父德堅，諸生，以孝旌；父性堅，博覽載籍，著有二觀山房集，校刻鄉先生詩文集甚多，倡議祀陸忠烈於孔子廟廷，大吏從其議，請於朝，獲俞旨。鑲少無他好，篤嗜聲音訓詁之學。山陽丁晏、丁壽徵以經術名一時，鑲師晏而友壽徵，學益進。唯厭薄制藝，不屑屑爲之，以此屢躓童試。道光中，侍郎祁寯藻督學江蘇，重樸學。戊戌冬，試士淮安，鑲入場試經解，寯藻初未之重也，教授周濟舊爲嘉定錢大昕高弟，時適以監試在場，寯藻質以經義，濟曰：『及門有陶鑲者，真經生，濟不足備顧問也。』寯藻促召鑲至，叩以鄦鄭之學，應對無滯，寯藻嘆爲宿學，拔入邑庠。旋食餼，時年幾四十矣。……所箸有十硯齋詩文集、周易明筮編。」卷十六藝文志下：「陶鑲：周易明筮編六卷；前後有丁晏序，今板存鑲子縉紳家。周易字詁通證；十硯齋文集；選刻射州文存二卷。」陶約生於嘉庆二年（一七九七），故卒於道光十九年（一八三九）前後。

〔二〕開物成務：周易繫辭上：「夫易，開物成務，冒天下之道，如斯而已者也。」孔穎達疏：「言易能開通萬物之志，成就天下之務。」

〔三〕周易繫辭上第七：「顯諸仁，藏諸用，鼓萬物而不與聖人同憂，盛德大業，至矣哉！」

〔四〕財成：周易泰：「天地交，泰。后以財成天地之道。」陸德明釋文：「財，荀作裁。」孔穎達疏：「后，君也。於此之時，君當翦財成就天地之道。」

〔五〕周易繫辭上第十一：「聖人以此洗心，退藏於密，吉凶與民同患。」

〔六〕周易繫辭上第九：「若夫雜物撰德，辨是與非，則非其中爻不備。」

〔七〕周易繫辭下第八：「易之爲書也不可遠，爲道也屢遷。變動不居，周流六虚，上下無常，剛柔相易，不可爲典要，唯變所適。」

〔八〕當期之日：周易繫辭上第九：「乾之策二百一十有六，坤之策百四十有四，凡三百有六十，當期之日。」

〔九〕當萬物之數：周易繫辭上第九：「二篇之策，萬有一千五百二十，當萬物之數也。」

〔一〇〕孟子離婁下。

〔一一〕無方：變化無窮。

徵銘録〔一〕序

環偉絶特之士，其處困也，莫不豪宕感激，以甚其困；其處豐也，莫不揮斥翕霍〔二〕，蘄至於困而後止。彼且以爲困乎哉？世咸畏之，彼獨趨之，夫固有所不得已也。太史公曰：「禍莫僭於欲利。」〔三〕不以利爲福，而以爲禍；禍不在利，而在欲利。夫欲利者，未得患得；既得，患失無所不至，而長戚戚。〔四〕此其所以僭也。利之中，人自非有道德之君子，未有能漠然無動於中者。動則戰，戰則各求助於其黨。欲利之心陰〔五〕，詭譎刻鷙〔六〕，閉藏沮固，陰之黨也；戰利之心陽〔七〕，豪宕感激，揮斥翕霍，陽之黨也。彼爲豪宕揮斥者，皆戰利之心之所求助焉，以蘄至於必勝者也。而世之人，偶然而值其困，則相與非笑之；偶然而值其豐，則又或相與賴而德之：皆非之。若人之所知也，夫必至於非之而不顧，德之而不知，而後幾幾乎〔八〕可以決勝。甚矣，勝之難也！以勝之難，而後知爲禍之僭，余故曰：是非不謬于聖人者，孟荀賈董而外，太史公其桀出者也。

徵銘録者，守靜〔九〕萃其父之友之所以賢其父者也。其家世，則本徽歙，而寓吾郡；其氏則王，其名曰旦，其字學愚；其處境，則父業鹺，而子客授〔一〇〕；其行，則孝友慈惠，樂善不倦；其文，則志、表、傳、誄、哀、祭；其人，則吾友居其大半。其問序于余，則先以書，而後自走數百里。其書曰：前數十年，一見余於子居〔一一〕，而未得親也。雖然，既一見矣，則不爲無因也。其來曰：雖得一見而不獲親，則猶有憾也。蓋守靜學古文於仲倫〔一二〕，故聞予尤悉。嗟呼！予戰利二十年，僅乃勝之，其所求助加勞焉。而學愚顧從容得之，其受於天者厚矣。其貽守靜者，至矣。守靜其善勝用焉，可也。

【繫年】

後附梅曾亮徵銘録書後：「王子守静介姚石甫，屬爲徵銘録書後。以未見其録，不及爲。」又曰：「故吾因周保緒之言，重有慨也。」據姚瑩年譜，道光十六年（一八三六）秋，姚瑩入都，與梅曾亮、馬湘帆聚於蒹葭閣。王守静介姚瑩請梅曾亮作徵銘録書後，當即此時。周濟此序亦當作於是年稍前。

【注釋】

〔一〕徵銘録：清安徽歙縣人王旦，字學愚，寓武進，與毛燧傳、趙懷玉、張惠言、惲敬、錢泰吉、吴德旋、李兆洛等名家皆友善。清李兆洛養一齋集道光二十九年刻本卷四有王學愚天籟集序，吴德璇初月樓文鈔道光三年刻本卷七學愚王君傳，吴德璇初月樓文續鈔道光十六年刻本卷三王學愚天籟集序。卒後，子王國棟，字守静，集名人所贈傳、志、碑銘之文爲一卷，曰徵銘録。湖南圖書館有藏。楊東主編，于蕾、羅智華編湖南圖書館古籍綫裝書目録史部綫裝書局二〇〇七年版：「王旦徵銘録一卷，清王守静輯，清道光十七年（一八三七）刻本。」

〔二〕翕霍：翕霍，急速貌。

〔三〕司馬遷報任安書。

〔四〕論語陽貨：「子曰：『鄙夫，可與事君也與哉？其未得之也，患得之；既得之，患失之。苟患失之，無所不至矣！』」

〔五〕心陰：心的陰液，與心陽相對。心陰是心之寧静、内守、濡潤的一面，并可制約過亢的陽熱。

〔六〕刻鷙：鷙刻，凶狠刻毒。新唐書李尚隱傳：「睦州刺史馮昭泰性鷙刻，人憚其彊。」

〔七〕心陽：心的陽氣，與心陰相對。心陽是心氣的體現。心氣虚則氣短，脈弱，心悸，自汗，精神萎靡。心氣大虚則傷及心陽，出現寒象，甚則大汗淋漓，四肢厥冷，脈微欲絶等證候。

〔九〕守静：王國棟，字守静，王旦之子。與吴德旋交善，吴有與王守静論大雲山房文稿書，及復王守静書五通。

〔八〕幾幾乎：幾乎。

〔一〇〕客授：在外地講授。

〔一一〕子居：惲敬（一七五七—一八一七），字子居，號簡堂，江蘇陽湖今常州人。

〔一二〕仲倫：吴德旋（一七六七—一八四〇），字仲倫，江蘇宜興人。少時篤好韓愈詩文，于書法絶不措意，三十歲後，有所激發，於書亦甚嗜之。包世臣謂其行書能品下。盛宣懷初月樓古文緒論跋吴德旋初月樓古文緒論，常州先哲遺書後編本：「右初月樓論文論書一卷，國朝吴德旋撰。按：德旋字仲倫，宜興人。幼有神童之稱，既長，以廩貢生入都。三試不售，絶意舉業，攻古文，宗韓退之氏，一主於法。時姚鼐方爲海内文宗，學者翕然稱桐城，仲倫亦步趨之。然仲倫實有志聖賢之學，既不爲世用，特托於文以爲養心之助。嘗與同里路應廷書云：『德旋於朱子、象山、河東、姚江諸大儒之書，亦嘗博觀而詳考之。顧自以心雜不專，不敢遂名其學。昔人有云，一自命爲文士，便不足觀；殫一生之心力，而求爲不足觀之人，而猶未必得，殊可浩嘆！』應廷得其書，三復翫誦，以爲有道之言，非文人所能托也。此古文緒論，桂林吕月滄所録；論書隨筆，門人康康侯所録。海寧蔣兀煦刻入別下齋叢書，余喜其論文論書足爲後學津逮，有名理，無高論，近世學者當知之。宣統庚戌十二月，武進盛宣懷跋。」

附：梅曾亮徵銘録書後 咸豐辛亥

王子守静介姚石甫，屬爲徵銘録書後。以未見其録，不及爲。今歲守静又介湯雨生，以其書來。

爲其親述行之文，多至數十人，余所習及所知者半焉。因余之所知，而徵其所不知，則其言皆可信者矣。以一人之行而言之，可信者數十人無異詞焉。其行之孚於人，人非以其子之求而有所飾焉，必也。故吾因周保緒之言，重有慨也。

夫赢於義者虧於利，此事之適然者也；侈於躬者毁於家，此理之必然者也。俯拾仰取，而困於時命之無所獲，又數之常然者也。人於事之適然者，父于兄弟相戒也；至必然與常然者，則昧昧然趨之，其失利一也，而倍亡其義，焉可謂知所擇處者乎？傳曰：人貌榮名若學愚王君，可謂知所擇而得其榮者矣。君諱旦；徵文者，子國棟，字守静，歙人，而世居常州，故兩江文行之士，皆具於是編焉。

毛秋伯夢蘭〔一〕母壽詩序

余與秋伯，以嘉慶甲子同鄉舉。乙丑集京師，見其爲人豪宕感激，竦然異之。其後浮沉江淮間。復見秋伯，則已成進士、官湖南、戍烏魯木齊而歸。

又其後，復聚淮安，則主講奎文書院。捐振議叙〔二〕，復就校官〔三〕矣。爲余言：方官湘潭時，楚西之民閧城外，聞信夜出，吾母集家人，訓之曰：「風聞殊不善，脱有意外，汝等各引決。吾俟事畢，與俱隶耳。」事定，又訓蘭曰：「汝以黨楚民獲咎，非闒冗〔四〕無能，比勉從戎，奮身爲行陳〔五〕先，庶贖罪戾。」既而釋回，又訓之曰：「天恩高厚，有汝身一日，當一日求自效，此志不容懈也。」是用懔懔以在於此，念日月之易邁，恨報稱之無具，酒闌慷慨，至於流涕。

明年，太宜人滿八十，今河帥完顏公〔六〕爲啓徵〔七〕詩。凡諗秋伯者，莫不歡忻載筆，揄揚太宜人孝慈仁儉之德。濟竊以爲，太宜人於父母舅姑夫之病，割股籲天，病者見夢，孝感至矣。移以訓忠，豈不由所本者厚哉！余輯晋略，至虞潭傳，潭母五勖潭起義，竟以功名終。〔八〕母年垂百歲，成帝命立養堂於家，自司徒王導以下，皆就拜謁。〔九〕余因論之曰：自古出身犯難，未有如潭之數者。潭母不有其子，而有子；潭不有其身，而有身。然則士之赴義而殞身者，亦各其時命則然耳。忠義究何負於士，士亦何憚而不爲忠義哉？若太宜人者，殆異時而同軌已。士必奮迅求自見，即非祥金〔一〇〕，然苟諄誠樸摯發乎天性，亦豈能以遇與不遇、遇之達與不達，或速或遲，變易所守邪？夫精力有時而退，神明至老不衰。世固有處閑曹而非懷安，服卑官而非爲貧者。然則秋伯之所以壽其親，又不徒在區區文字間也。

【繫年】

完顏麟慶道光十三年（一八三三）至二十二年（一八四二）任南河道總督。文曰「又其後，復聚淮安」，則爲周濟再任淮安府學教授時。此文當道光十六年（一八三六）或稍後作於淮安。

【注釋】

〔一〕毛秋伯夢蘭：毛夢蘭（一七八二—一八五六）。清徐成敟修、清陳浩恩纂光緒增修甘泉縣志光緒七年刊本卷四：「毛夢蘭，字緘齋，號秋伯。嘉慶九年舉人，十四年進士。歷任湖南邵陽、沅江、武陵、湘鄉、湘潭知縣。

其初任邵陽也，年未三十，清慎自矢，務求實惠及民。旋膺卓異，歷調劇邑。興水利，課農桑，倡建善堂，修復昭潭書院。聽政之暇，手不釋卷，上官咸推儒史。嗣因案被議遣戍，道光元年奉詔釋回，時年四十。主講淮安奎文書院者三十五年，因材而教。殁後，門人請祀書院，并於學廨附建專祠。著有荆花書屋詩文集十六卷、雜著四卷、豳風全詩一卷。」

〔二〕議叙：清制，對考績優異的官員，交部核議，奏請給予加級、記録等奬勵，謂之「議叙」。

〔三〕校官：古代的學官，掌管學校的官員。

〔四〕闒冗：庸碌低劣。朱子語類卷一三二：「郭子儀晚節保身甚闒冗，然當緊要處，又不然，單騎見虜云云。」

〔五〕行陳：巡行軍陣。陳，通「陣」。

〔六〕河帥完顔公：完顔麟慶（一七九一——一八四六），字伯余，别字振祥，號見亭，滿洲鑲黄旗人。嘉慶十四年（一八〇九）進士。道光十三年（一八三三）至二十二年（一八四二）官江南河道總督十年，蓄清刷黄，築壩建閘，後以河决革職，旋再起，官四品京堂。麟慶著有鴻雪因緣記、黄運河口古今圖説、河工器具圖説、凝香室集等。

〔七〕啓徵：徵啓。向他人徵求詩文，以爲祝賀或紀念的啓事。以徵求壽詩、壽序最爲常見，多由壽星的子孫或親友具名。

〔八〕虞潭，東晉會稽餘姚今屬寧波人，字思奥。虞翻孫。率師參與鎮壓張昌、陳敏、杜弢，遷宗正卿。王含、沈充攻逼京師，潭起兵赴難。蘇峻反，率衆討之，封武昌縣侯，累官至吴國内史，修滬瀆壘以防海寇。成帝咸康二年爲衛將軍，後拜右光禄大夫、侍中。卒於位，年七十九，謚孝烈。善投壺，有投壺經、投壺變等，已佚。

〔九〕虞潭母孫氏，吴郡富春今屬浙江人，孫權族孫女。性聰敏，鑒識過人，憂國憂民，爲朝廷所稱。夫虞忠死，撫養虞潭成人。封武昌侯太夫人，王導等到家拜見。咸和末死，謚定夫人。

〔一〇〕祥金：精金，吉金。唐劉禹錫故吏部侍郎奚公神道碑：「推是風鑒，移于大冶，則鎔範之内無非祥金。」

田鈞傳

田鈞〔一〕，字仲衡，一字若谷。山東鉅野人。其先有某者，當順治時，平滿家洞賊〔二〕，立功鄉閭。考某，官漢陰〔三〕縣知縣，除虎，有惠政，終於部郎。君年二十四，領乾隆丙午〔四〕鄉薦，官安丘〔五〕、任城〔六〕校官〔七〕，奉檄檢饑户，十人九被控，獨君得頌聲。嘉慶己未〔八〕，選江蘇鎮洋〔九〕縣知縣。百姓困漕久，撫軍〔一〇〕岳公〔一一〕檄所屬，禁浮收，君獨奉令。衆大譁。明年岳公薨，君遂披漕纍。壬戌〔一二〕秋，寶山令以憂去。縣故膏腴，衆争之未定，而洋匪蔡牽〔一三〕入犯，乃授君。比至，賊已飽掠遠颺。君曰：「是既得所欲，明年且復來。」請兵請礮請造戰船，不報。君陰爲之備。明年，果復至。拒擊三晝夜，焚二舟，始遁。大吏始憂之，君上議曰：「馬迹山〔一四〕距吴淞口五百餘里，山廣數百里，避三面風，泉甘宜稻麥。自明初遷其民於内地，號爲空虚。賊入江南界，必停泊候風，以占進退。若設官建營，屯扼南北之要，分泛大小羊山〔一五〕爲犄角，洋面可永靖。」大吏重其事，第允增礮械、築臺而已。君自募練民壯爲守口計。賊偵知，不復至。以憂去。服闋，選陝西洛川。調臨潼。關中古稱陸海，渭北資涇洛，渭南諸水皆發原南山〔一六〕。流民墾山種雜糧。草去土鬆，遇雨滲漉，灌溉道塞。君在洛川治涇陽龍洞渠〔一七〕有成績。及調臨潼，次第相度，欲悉治之。未竟，推升廣西河池州。道光戊子〔一八〕，引疾歸。

君好宋儒之學，喜議論。憶昔在寶山時，與余及學博銅陵章君犀台〔一九〕相得也。君熟精漢宋史；犀台持經論，新意獨出，無古初〔二〇〕。犀台貌魁梧，豪飲，聲發如洪鐘。君長身矯健，美鬚髯，能挽强騎劣馬。三人者，談恒以夜，或斂容肅氣，莊語相商榷；已而切切〔二一〕，若重有憂者，於邑〔二二〕不能成聲。忽推㊀案起立，眥裂，髮上指，叱吒雷動，左右無不驚笑。及君居憂，羉羅〔二三〕不得歸，卧病蘇州青松寺中。衰粗〔二四〕苫塊〔二五〕，北望，晨夜哭。豫東教匪爲亂〔二六〕，君念母喪未葬，悲苦益甚。余爲視其家，遂與君别。犀台獨招君還寶山。住學舍，風雨破厨屋，斷炊竟日，宴如〔二七〕也。

歸自粤西，家盡毁，將卜居盤谷〔二八〕，無以遷。逢余揚州，鬚眉盡白，而矍鑠自雄。爲余言綏遠、歸化間泉甘土肥，可耕；粤西隨地産五金，可鑿取；揚州牢盆〔二九〕業易，權子母〔三〇〕，皆足致富。富而遷盤谷，惠遇一鄉，化以禮義，亦足粗酬所志矣。

將别，謂余曰：「明年吾七十，念得子爲文述生平，俾吾及見之也。」余聞若言，意忽忽不怡。嗚呼！孰意此别之不復再見乎！犀台志其幽宫，載君行治甚悉。余第刺取〔三一〕余所深知者，爲君傳，聊以慰君於泉下。惜乎君終不得見也。

論曰：昔儒有言，爲學以治生爲急。有旨哉！有旨哉！古之士，食於官，今不能然者，固其勢也。然如君席素封〔二二〕之家，官而後貧，貧而不改其樂，亦豈可厚非哉！晚乃欲發奮爲雄，彌足悲也。仲長統〔二三〕著昌言，而其所志在良田廣宅。今昔之際，可勝道哉！

【繫年】

此文道光十二年（一八三二）作。

【校勘】

㊀「推」：常州先哲遺書後編本作「椎」。

【注釋】

〔一〕田鈞：據「君年二十四，領乾隆丙午鄉薦」，知其生於乾隆壬午（一七六二）；又田曰「明年吾七十」，知田鈞卒於道光辛卯（十一年，一八三一）。田鈞三度任寶山縣令：嘉慶七年（一八〇二）九月由鎮洋知縣調任，至十二年七月由靳文鈞署任。十二年八月田回任，至十三年閏五月由陳文述署任；十四年二月田回任，十八年二月由嘉定知縣吴桓代理。據清錢儀吉田若谷傳：「著有治平輯覽、家塾課讀門徑若干卷，詩古文若干卷，藏於家。」

〔二〕滿家洞賊：明末嘉祥、鉅野人民以周圍二三百里、山洞千餘的滿家洞爲根據地，發動起義，首領宫文彩稱擎天王，有衆二萬多人，用李自成年號。順治元年（一六四四），起義軍與清軍激戰，文彩等受箭傷突圍，次年又奮起鬥争，清軍堵塞山洞，并加以包圍。起義軍堅持不屈，最後絶大多數壯烈犧牲。

〔三〕漢陰：縣名。今陝西安康漢陰。

〔四〕乾隆丙午：五十一年（一七八六）。

〔五〕安丘：今山東安丘。

〔六〕任城：今山東濟寧任城。

〔七〕校官：也稱校事。三國時魏、吴所置掌偵察刺探官民情事的官名。是皇帝或執政的耳目。吴也稱校官。

〔八〕嘉慶己未：四年（一七九九）。

〔九〕鎮洋：清雍正二年（一七二四），从太倉析出，民國元年（一九一二）復併入太倉。

〔一〇〕撫軍：明清時巡撫的别稱。

〔一一〕岳公：岳起（一七四九—一八〇三），姓鄂濟氏，字小瀛，滿洲鑲白旗人。乾隆三十六年（一七七一）舉人。一七九九—一八〇三任江蘇巡撫。

〔一二〕壬戌：嘉慶七年（一八〇二）。

〔一三〕蔡牽：蔡牽（一七六一—一八〇九），福建同安人。乾隆五十九年（一七九四）因饑荒而下海爲盗。率衆馳騁於閩、浙、粤海面。嘉慶八、九年先後兩次進攻寶山。十四年兵敗浙江台州漁山外洋，沉海而死。

〔一四〕馬迹山：位於浙江嵊泗馬迹山島。

〔一五〕大小羊山：即浙江嵊泗大洋山島、小洋山島。

〔一六〕南山：終南山。

〔一七〕龍洞渠：渠在今陝西涇陽。因以龍洞、篩珠、瓊珠、鳴玉等泉水爲水源而得名。

〔一八〕道光戊子：八年（一八二八）。

〔一九〕學博銅陵章君犀台：章謙存（一七五三—一八三六），原名天育，字犀台，晚年自署强恕老人。安徽銅陵人。嘉慶元年（一七九六）舉孝廉方正。十七年（一八一二）二月任江蘇寶山縣今屬上海。訓導，至道光十六年（一八三六）五月卒於任。光緒寶山縣志卷之七上職官志著有尚書周誥考辨、鄭風考辨、春秋比辨、備荒通訓等。

附：

光緒寶山縣志卷十七職官訓導

章謙存，原名天育，號犀台，晚年自署强恕老人，安徽銅陵人。少負經濟才，出大興翁方綱門下，工行草。嘉慶元年，薦舉孝廉方正，試察吏安民興廉舉孝策，列一等。又上書執政，當得京秩，以親老改就教職。其課士以績學窮理爲本，尤留心於地方利弊。十九年旱災，道光三年水災，勸捐助賑，民賴以安。著籌賑事略及使足編，江蘇布政使賀長齡輯入皇朝經世文。又著復寶塘東帶兩沙全歸書院議，校補邑人朱子素東塘日劄，正其謬誤，刊以行世。紀乙酉被難事。嘗與邑紳士議修邑志，因費絀中止。在任幾三十年，卒年七十餘。

清魏源魏源集雜篇章教諭强恕齋書序

醉一石之醪，量石而止矣；引十石之弓，量十石而止矣。以受萬石之舟爲芥葦之用，量沛乎有餘，力盡乎若無，是其塵垢糠粃，猶將陶鑄萬有者乎？

道光四年秋，總兵官陳公階平，自江蘇崇明移湖南鎮筸鎮，過常德，訪余楊將軍署中，酒半，論當世鉅人長者，慨然曰：「余從東海中來時，江南大潦，偪海之邑曰寶山，澤國之民將爲魚鱉，則有銅陵章叟，以教諭而呼集十萬餘金，以教諭而部勒十餘萬户。畢賑八閲月，無譁無餒。大吏發帑金數萬至，不受，將奏其最於朝，復不受，可謂當大事者哉！顧不得立朝佐天子任元元憂，徒窮老東海角。」相與喟然太息。越七載，省親寶山，遂識叟海上，則絶口不語世事。斗室環以萬卷，坐其中，兀然如山。耳聃過面，聲中黄鍾之宫。指案上尚書，爲言召誥、洛誥四篇次第四年時事，二邑營建緣由，明堂位置，各有時日起訖。審其往來蹤迹，以察知周、召二公陳誥納誨心事，於詰曲聱牙中而如聞其告語。寶山城東北角斗入大海，是日，天風鼓潮殷几席，與譚經聲應和如雷。語罷出城，循海塘東西砲臺眺望一角海，劃然長嘯，水天寥泬，「前不見古人，後不見來者」，悢悢而歸。烏乎！伏生、申公，非經生也；太丘、林宗，非一鄉之士也；龐士元、元德秀，非一邑之吏也。「君子得時則駕，不得時則蓬累而行」，虎決而尸默者也，鷹揚而龜息者也。

方仁廟親政之初，徵天下孝廉方正之士，叟以大興朱文正公薦入都。時廷對百餘人，翼日召詣軍機處，詢川楚平賊方略者，獨湖南溆浦嚴如熤暨叟二人。嚴君奉命從軍，官至兩司，尚未竟其用，天下至今惜之。叟則以老親年八十辭，遂改所擬保甲摺子爲上軍機大臣書而歸，終身不出，浮沉東海上二十餘年。時時出其聲響，歌嘯先王之道，羽翼群生之命。弟子録其書爲經賸、文賸、筆賸各如干卷，讀者或震而矜之，以爲叟所學在是。烏乎！挹一蠡於大洋，而謂海盡在是，抑豈得謂海必不在是耶？叟名謙存，銅陵人，今年七十有九，自號强恕老人。

〔二〇〕古初：古時，往昔。

〔二一〕切切：哀怨、憂傷貌。

〔二二〕於邑：亦作「於悒」，猶嗚咽。史記刺客列傳：「政姊榮聞人有刺殺韓相者，賊不得，國不知其名姓，暴其尸而縣之千金，乃於邑曰：『其是吾弟與……』乃大呼天者三，卒於邑悲哀而死政之旁。」王伯祥注：「於邑，同『嗚咽』。悲哽。」

〔二三〕羉羅：羅網。時田鈞因寶山任上錢財問題不清，羈留蘇州。

〔二四〕衰粗：斬衰粗服。三年之喪所穿粗麻毛邊的喪服。漢書師丹傳：「時天下衰粗，委政於丹。」顔師古注：「言新有成帝之喪，斬衰粗服，故天子不親政事也。」

〔二五〕苫塊：「寢苫枕塊」的略語。苫，草席；塊，土塊。古禮，居父母之喪，孝子以草薦爲席，土塊爲枕。儀禮既夕禮：「居倚廬，寢苫枕塊。」

〔二六〕豫東教匪爲亂：清嘉慶十八年（一八一三）九月至十二月林清、李文成領導豫東、京畿天理教的武裝暴動。

〔二七〕宴如：猶安然，安定平静貌。三國志吴志朱然傳：「將士皆失色，然宴如而無恐意。」

〔二八〕盤谷：地名。位於河南濟源，唐李愿隱居於此。

〔二九〕牢盆：借指鹽政或鹽業。

〔三〇〕子母：猶言本利。子，利息；母，本金。唐柳宗元道州文宣王碑：「立廪以周食，圃畦以毓蔬，權其子母，嬴且不竭。」

〔三一〕刺取：采取，選用。

〔三二〕素封：無官爵封邑而富比封君的人。參文卷一葬議注釋〔一一〕。

〔三三〕仲長統（一八〇—二二〇）：東漢末哲學家、文學家，字公理，山陽高平今山東微山西北人。早年游學青、徐、并、冀之間。後官尚書郎，參曹操軍事。著述文辭鋭利明快，富有批判色彩。著有昌言。

傅之奇傳

傅之奇[一]者，字寧人，吾邑下莊橋人也。幼穎悟，讀書目數行下；及長，慷慨喜交游，滑稽[二]任數[三]。豪飲，能倚聲，往往自爲詞章，韻合歌管，與弈人、墨客酣嬉相對，生産作業不問也。家故中貲，由是益落。弈入第三品，攻苦致疾，邑工不能治，就醫於吴，十日霍然還家，發憤陳醫書，博綜而切究之，卒以吴人葉天士[四]爲宗。其言曰：古今人氣體不相及也。病情多變，藥力亦如之，加之以水土之習，南北異宜，故治吴疾者，莫良吴醫。葉氏又吴醫之最近者。太史公論秦漢之際[五]猶曰近。已而俗變相類，又況口體藏府之間，而暇汲汲慕古乎？解鬥者，不控拳，不搏撠，扼吭擣虚，形格勢禁，則自爲解耳[六]。葉氏之術，專工敏速，紛纏之中，腠理獨悟，舍髖髀而游刃於虚，此其所以良也。嘗有富家，患温稍久，醫進蓐耆者，大困，喘滿[七]垂盡，故法誤；補者萊菔[八]、白芥子，破散其氣。寧人脈之曰：邪未盡，補誤；正已虚，破氣亦誤。誤不可再也。開肺當愈。與之貝母、枇杷葉，立起。其得葉氏法，多此類也。嘉慶十三年，鄉人争水，官爲立碑，自耕者乃得水，佃則否。十九年大旱，寧人田皆佃作，不得水，苗不得臿，佃者窘甚。寧人譎其鄉人曰：「彼已無復望，吾且自種。自種當得水邪？」

鄉人諾。既而曰：「吾閔其窮，弗忍卒奪也，仍以畀群佃。」及獲，以旱故，普境無租，獨寧人佃願歸寧人租。寧人曰：「吾向者譎鄉人，乃以自利乎？」遂不取租。邑守備曹某者没，而其孤不得歸。寧人都與無素〔九〕，念其父奉職有狀〔一〇〕，收孤，衣食之，教之醫，置室家焉。

論曰：昔天下嘗病，姑息矣。寬仁之惠數施，壅蔽之患愈甚，得毋有類葠耆〔一一〕之誤者乎。才力傑出之士，一旦任政，疾其如此：擢綜核之人，行峻厲之法，以期令行禁止之效，得毋有類萊菔、白芥子之誤者乎？幸而元氣未絶，止於痿痺，庸醫震焉，寫調停之方，徵果餌之藥，苟延而已，望起衰扶羸，不可得也。安得葉氏之徒，開悟而轉移之也。抑所治者大，則其所從之途亦遠；固當上求之靈素〔一二〕、扁倉〔一三〕，而不容僅委諸葉氏邪！

【繫年】

此文當作於道光十二年（一八三二）。

【注釋】

〔一〕傅之奇：清顧名同修、清龔潤森同修、清吴德旋纂道光重刊續纂宜荆縣志道光二十年刊本卷七之三：「傅之奇，字凝人，霞墅人，工醫術，挾技游，省郡競賓禮之。善行楷，書最爲錢伯坰、魯斯所賞。」

〔二〕滑稽：形容圓轉順俗的態度。楚辭卜居：「將突梯滑稽，如脂如韋，以潔楹乎？」王逸注：「轉隨俗已。」

〔三〕任數：順從命運，順應天數。三國志蜀書郤正傳：「進退任數，不矯不誣，循性樂天，夫何恨諸？」

〔四〕葉天士：葉桂（一六六六—一七四五），字天士，號香岩，別號南陽先生。因居蘇州上津橋畔，故晚年又號上官老人。江蘇吴縣今江蘇蘇州人。清代著名醫學家，四大温病學家之一。所存臨證指南醫案十卷，乃門人取其方藥治驗，分門別類，集爲一書，附以論斷者。生平見清沈德潛葉君桂傳、清梁章鉅浪迹叢談卷八葉天士遺事、徐珂清稗類鈔藝術類葉天士更十七師而成名醫。

〔五〕史記扁鵲倉公列傳。

〔六〕史記孫子吴起列傳：「夫解雜亂紛糾者不控捲，救鬥者不搏撠，批亢擣虚，形格勢禁，則自爲解耳。」司馬貞索隱：「謂若批其相亢，擊擣彼虚，則是事形相格而其勢自禁止，則彼自爲解兵也。」

〔七〕喘滿：中醫證名。氣喘而有胸部滿悶證候。

〔八〕萊菔：蘿卜。

〔九〕無素：平素不交往。

〔一〇〕有狀：有效。

〔一一〕蔆耆：參芪，中藥方，主要由人參、黄耆等藥材製成，主治勞瘵喘嗽咯血，潮熱盗汗。

〔一二〕靈素：靈樞、素問，合稱黄帝内經，舊傳爲黄帝所作，實爲唐王冰僞托。

〔一三〕扁倉：古代名醫扁鵲、倉公。

汪鈞傳

汪鈞，字平甫，江寧附貢生。文章富贍，爲同輩所推服。早失恃〔一〕，繼母于有弟某，父没，家貧，恃鈞客諸侯〔二〕以給朝夕〔三〕。鈞當出，則預部署數月所需，以成算〔四〕授其弟；及歸，索負者麇至〔五〕，恒不在所計中。鈞婉曲應之，未嘗詢負所從來。再出，復如之。母喜詣戚里，肩輿〔六〕數日必出，出必有博進〔七〕及婢媪犒賞之費。鈞雖拮据萬端〔八〕，必豫儲以待母壽，酒筵優犒，擬於素封〔九〕。年四十，髮白齒落。逢母怒，必夫婦長跪，泣求笪笞，怒解乃已。初娶於陳，再娶於諶、於周，皆能順鈞意以奉其母若弟。

鈞寡嗜欲，惟好獨行，恒踽踽山林間，晨餐而往，薄暮始還；或雨中著屐持蓋以出，出輒行數十里。時從寺僧、菜傭〔一〇〕小憩，未嘗市酒食，未嘗有所吟咏，亦罕見其笑語者。爲人謀，未嘗不忠；與朋友交，未嘗不信。余與之齒坐〔一一〕，怪其早衰。既審其行義，肅然敬且悲之。嗚呼！世之操心慮患者，類皆不肯以孤孽〔一二〕之苦聞於人，以傷長上之心，而世亦往往忽而不察。如鈞之篤行，既屢薦不售，復不得膺孝廉方正特科，以矜式〔一三〕薄俗〔一四〕，此則有志之士所爲悼嘆也。

晚舉一子，甫逾月而赴皖。將行，詣余言別，戀戀不忍去。且曰：「夫子知我，夫子愛我。」淚承睫欲落。鈞素無愁瘁態，忽若此，予心甚異之。而鈞遂客死矣。

僕祝林以櫬歸。林能書，鈞之卒也，皖某官〔一五〕留林掌簽記，嗷然曰：「主視奴猶子，安有不歸殯而易主者？」卒歸殯。余輯晉略，至睢陵公傳〔一六〕，每謂天之報施善人，未嘗或爽，然古今榮落顯晦之故，亦曷可勝道哉？聊爲之傳，以俟後之維風者采焉。

【繫年】

錢仲聯清詩紀事道光朝卷：「汪鈞，字平甫。諸生。句：『三徑草荒螢有路，九秋花落蝶無家。』陳作霖可園詩話：『汪平甫文學鈞，工詩古文詞，與管異之孝廉同俱爲安徽鄧嶰筠中丞廷楨記室。嘗作詩牌之戲得「三徑草荒螢有路，九秋花落蝶無家」一聯，同人嘉賞不已。中丞聞之，嘆曰：詩則佳矣，何衰颯乃爾！不久於人世乎？未幾，果卒。』」清陸繼輅崇百藥齋三集道光八年安徽臬署刻本第四玳梁集起丁亥四月盡十二月探梅和鄧中丞，附汪鈞平甫同作：「前村記得路依稀，彳亍行來是又非。破屋斜陽偕叟話，小橋殘雪遇僧歸。山深有信香風細，徑古生寒酒力微。忽憶高眠林處士，遥天一鶴出雲飛。」清鄧廷楨雙硯齋詩鈔清末刻本中多有與汪鈞等唱和詩。卷十二問汪平甫疾，作於道光十二年壬辰（一八三二）秋，蓋汪鈞不久即病故。文中曰「余輯晋略」，馮元燿求志堂存稿彙編跋語：「猶憶先生之作晋略，起草於道光之十二年壬辰。」又包世臣與周保緒論晋略書：「保緒二弟足下：春杪承寄示晋略。……癸巳六月十九日。」晋略十二年底、十三年初即已撰成。故此文作於道光十二年（一八三二）底。

【注釋】

〔一〕失恃：詩經小雅蓼莪：「無父何怙，無母何恃。」

〔二〕諸侯：喻指掌握軍政大權的地方長官。三國蜀諸葛亮前出師表：「臣本布衣，躬耕於南陽，苟全性命於亂世，不求聞達於諸侯。」

〔三〕朝夕：度日之需。南史袁湛傳：「母琅邪王氏，太尉長史誕之女也。躬事績紡，以供朝夕。」

〔四〕成算：已定的計劃，打算。

〔五〕麇至：群集而來。左傳昭公五年：「求諸侯而麇至。」

〔六〕肩輿：轎子。

〔七〕博進：漢書游俠傳陳遵：「祖父遂，宣帝微時與有故，相隨博弈，數負進。及宣帝即位，用遂，稍遷至太原太守，乃賜以璽書曰：『制詔太原太守，官尊禄厚，可以償博進矣。』」顔師古注：「進者，會禮之財也，謂博所賭也。」按，漢書高帝紀「蕭何爲主吏，主進」。顔師古注：「進者，會禮之財也。字本作贐，音皆同耳。故字假借，故轉而爲進。」

〔八〕萬端：形容方法、頭緒、形態等極多而紛繁。史記魏公子列傳：「公子患之，數請魏王，及賓客辯士説王萬端。」

〔九〕素封：無官爵封邑而富比封君的人。參文卷一葬議注釋〔一二〕。

〔一〇〕菜傭：賣菜傭，賣蔬菜者。比喻卑微、平庸的人。

〔一一〕齒坐：依年齡大小排列座次。晉書石勒載記下：「親與鄉老齒坐歡飲，語及平生。」

〔一二〕孤孽：孤臣孽子。孟子盡心上：「獨孤臣孽子，其操心也危，其慮患也深，故達。」朱熹集注：「孤臣，遠臣；孽子，庶子。皆不得於君而常有疢疾者也。」

〔一三〕矜式：敬重和取法。孟子公孫丑下：「我欲中國而授孟子室，養弟子以萬鍾，使諸大夫、國人皆有所矜式。」趙岐注：「矜，敬也；式，法也。欲使諸大夫、國人皆敬法其道。」

〔一四〕薄俗：輕薄的習俗，壞風氣。漢書元帝紀：「民漸薄俗，去禮義，觸刑法，豈不哀哉！」

〔一五〕皖某官：汪平甫鈞時在鄧廷楨幕，故蓋指鄧廷楨也。鄧廷楨道光六年（一八二六）至十五年任安徽巡撫。

〔一六〕 睢陵公：王祥（一八四，一作一八〇——二六八年），字休徵。琅玡臨沂今山東臨沂人。三國曹魏及西晋時大臣，書聖王羲之族曾祖父。王祥於東漢末隱居二十年，在曹魏先後任縣令、大司農、司空、太尉等職，封爵睢陵侯。西晋建立，拜太保，進封睢陵公。王祥奉後母極孝，曾「卧冰求鯉」以解母病。

江之桐傳

江之桐，字蘭崖，和州西梁山人。年十餘歲，度江至金陵，傭從餅餌師。師銜其嗜書，愬諸主人。主人視其書，則論語。問：「素嘗讀是乎？」對曰：「未也。」「安識之？」曰：「訪諸人。」「看何爲？」曰：「其言有味，弗忍釋也。」主人大異之，命歸其家，居之樓上數年，讀左傳、國語、戰國策、史記、兩漢書、三國志，略能上口，乃下謝主人。卒精所業以報。

其後自設小肆，饔飧給矣。更習手臂刀矛，皆務實用。時變通成法，不爲時師浮説欺。每讀史，善發疑。敂諸儒生，儒生啨曰：「凡書所言，即故典。且此何預汝事？」則抑塞而退，退而益讀書。當君三十、四十時，讀稍倦，則趯舉翕張，以作其氣。已而默坐，以凝其神。動静間作，文武并進，無晝夜，至百日乃睡。睡十餘日，復如之。

年六十餘，始訪余春水園。肥短縝默，祥和之色睟然見於面。及論古，實事求是，所疑者皆中窾會。余爲剖析一二，迎刃輒解，觸類旁通，無滯礙。因及藝事，氣體清利，財如二十許。

人習綿張拳、俞刀、程棓、峨嵋十八劄，多取洪門，敵硬門强，以急疾爲用；用以臨敵，皆確覈可恃。復及陣圖、地勢、械器，皆有理解，非墨守成法者。愛余孫煒，願以所學授焉。余既頹廢，喜煒之得師，命從游。甫三年，而君卒矣。自嘉慶之初，川楚事起，海内士大夫始好談兵，余亦往往識之。莫不嗜奇矜秘，以爲運籌決勝、才任將帥也。然余竊謂兵事至危，非得練士能臨敵苦鬥歷三十刻，及選鋒一可當三者，雖上有致果之志，下有死長之心，奇巧足備，無所用之。奇巧所能乘，烏合衆耳。敵苟强，雖入吾彀，決在接刃。苟非心一而氣定，藝成而膽壯，何恃必克哉？以力爲本，以技濟之，謂之練士；作其勇者，謂之選鋒。非練士不能持久，非選鋒不能攻堅。兼此二者，然後因天乘地，揆長絜短，佐以籌策。語曰：「工欲善事，必先利器。」此之謂也。雖有工輸，未聞操鉛刀可斫削也。是故，兵本仁者之事也，兵機智者之事也，兵事習者之事也。君其習者歟！誠得君輩若而人，寄以選鍊之任，壯國威而銷亂萌，其爲功豈淺尠哉？專鬪、擁衆，挽强、命中、便騎、習火器，以爲士卒程，其事取捷速，恒不能持久，故每以形勢相格禁。洎乎接刃，則靃然而去耳。故曰「巧不勝拙」。若江君者，其所誦説領悟，非不足以言；籌策奇變而獨斤斤於一手一足之間，豈惡逸而好勞哉！誠習舉世士大夫之所不習，而欲廣其傳，以箴其闕也。若江君者，可謂知務矣。余既嘉君勤學，有定識，至老而誨不倦，又惜煒之未能竟學也。聊次君傳，以授煒，使自得師以卒其業，且以諗世知事兵者。

【繫年】

道光十三年（一八三三）作於南京。按：此文文卷二已録。參前。

董小狂傳

小狂名進〔一〕，上元諸生。喜爲詩，隨口立就，未嘗起草。隨園〔二〕方以風雅樹壇坫，小狂心鄙其人，未嘗一詣。重交游，矜困厄。既傾其家，結茅野處，名之曰窺園。又一邨者，鄰人歐陽氏〔三〕之居也。歐陽氏善將軍慶霖〔四〕。將軍過之，遂訪小狂。小狂方踞牀洗，不爲禮。將軍睢盱〔五〕去，謂歐陽曰：「此直大狂，何但〔六〕小也！」歐陽氏以告，小狂笑曰：「吾黨小子狂簡斐然，不聞大狂出何書篇。」

毗陵〔七〕湯雨生〔八〕，儒家子，隸羽林，需次〔九〕白下〔一〇〕，過窺園，小狂方短衣科頭〔一一〕，煮茗石上。雨生暎籬呼曰：「若主人，可得見邪？」弗應，亦弗顧。介歐陽以往，乃知即主人也。言咏竟日，遂爲昆弟交。雨生患疥，不時往。小狂怪之。曰：「恒欲得浴耳。」曰：「窺園不可浴邪？」曰：「無抑搔者。」曰：「用老兄何爲？」即劑藥燖湯浴雨生，自爲抑搔之。

所善何蕉衫〔一二〕客游，小狂圖其形壁間，飲酒輒對之設杯棬〔一三〕，若勸酬。何子成兒幼，小狂曰：「呼來園中。」愛惜逾己子。莫必親送之歸。成兒夭，飲食坐卧及爲詩，無非哭成兒者。

貧益甚，賣卜，卜多奇中。嘗爲射覆〔一四〕戲，曰：「錢邪？然内孔亦圜，又無文字，輪郭疑非錢。」覆發，實古錢，歲久漫滅。又卜，圜中日午當門見血。懼，閉關謝客。既而門雀墮地，小狂恥之曰：「古卜者，寧疏若是邪！」小狂雖貧乎，所得賣卜錢，必分贍何母。雨生將之瀠，空乏不成行。小狂乞假佐之。

蕉衫名瑞芝，字澹生。讀書未成，將徙業矣。小狂見之，曰：「卿性度如此，奈何廢學？」卒爲諸生，詩格整麗温雅。後小狂卒。又三十餘年，雨生來居金陵，乃采集兩人詩，將彙而刻之，以申懷舊之感，囑予爲之傳云。

【繫年】

據鮑志宏湯貽汾研究浙江大學碩士學位論文，二〇一一年，嘉慶九年（一八〇四），湯貽汾與董小狂會於南京後，輾轉爲官，雖與董小狂、何蕉衫多有詩文往來，然未再晤面。道光十二年（一八三二）秋致仕後寓居南京白下，於十六年作初營琴隱園十八咏其一開徑：「董小狂何蕉衫吾二仲，歸棲苦不早。佳客今豈無，何如故人好。」琴隱園詩集卷二十二據「歸棲苦不早」，可知董小狂、何蕉衫於道光十二年秋湯貽汾歸隱白下前均已亡故。湯「乃采集兩人詩，將彙而刻之」，「囑予爲之傳」，當爲道光十三年（一八三三）事。故此文道光十三年作於南京。

【注釋】

〔一〕董小狂：名進，又名小狂，字袖南。

〔二〕隨園：清袁枚别號。

〔三〕歐陽氏：歐陽治亭栻。

〔四〕慶霖（一七三七—一八〇六）：字晴村，又字雨林、青雲，滿洲鑲黄旗人。尹繼善（一六九五—一七七一）五子，由侍衛入侍，乾隆四年（一七三九）授黑龍江副都統；五十九年調寧古塔副都統；嘉慶三年（一七九八）擢江寧將軍；四年調福州將軍；十年正月因病開缺調理；十一年正月卒。齊心苑明義生年再議一文考之甚詳，可參。文見紅樓夢學刊二〇一六年第四輯，第三三四—三三九頁。

按：清另有二「慶麟」：一是書畫家慶麟（？—一八四四），滿洲正白旗人。楊鐘羲雪橋詩話：「伯蒼孝廉慶霖爲章佳文毅公孫，以蔭補官比部，不得與禮部試。與鄂松亭太守以詩相雄長。癸卯，病中手録詩本，屬漢陽黄文琛海華點定。明年，伯蒼殁，馮魯川從其弟子厚所携歸。咸豐元年鋟版。……伯蒼與松亭交最厚，松亭以女字伯蒼之子小蒼。而詩境較松亭爲淵邃，王蓀友嘗亟稱之。其雜詩四十八首，得比興之旨，非苟作者也。」清李放皇清書史卷二十九：「慶霖，字伯蒼，容安子。舉人，以蔭補官刑部。工楷法，矩度森然。無乾隆以後書家習氣，與其尊人瀾止取徑各殊，而力存古法，不事奔放，固波瀾莫二也。程春海極賞其書。」有松閟閣詩抄傳世。一字雲亭，滿洲鑲黄旗人。咸豐元年（一八五一）五月由理藩院筆帖式入直。

〔五〕睢盱：睁眼仰視貌。漢張衡西京賦：「迾卒清候，武士赫怒，緹衣韎韐，睢盱拔扈。」

〔六〕何但：豈止。漢書嚴助傳：「且秦舉咸陽而棄之，何但越也！」

〔七〕毗陵：古地名。本春秋時吴季札封地延陵邑。西漢置縣，治所在今江蘇常州。三國吴時，爲毗陵典農校尉治所。晋太康二年始置郡，治所移丹徒。歷代廢置無常，後世多稱今江蘇常州一帶爲毗陵。

〔八〕湯貽汾（一七七八—一八五三），亦作湯貽芬，字若儀，一字雨生，號琴隱道人，晚號粥翁，謚貞愍，江蘇武進人，居南京。以其祖及父均以死效忠清室，得世襲雲騎尉，曾任三江守備等地方武官。太平軍攻克南京，投水死。通天文、地理和百家之學。擅山水，亦寫墨梅、花卉，筆致秀逸，兼工行、草書和詩詞。與戴熙并稱「湯戴」。有琴隱園集、畫筌析覽等。可參鮑志宏湯貽汾研究。

〔九〕需次：舊時官員授職後，按資歷依次補闕。

〔一〇〕白下：南京白下區，現已併入秦淮區。

〔一一〕科頭：戴冠帽，裸露頭髻。

〔一二〕何蕉衫：據後文，蕉衫名瑞芝，字澹生。清袁潔蠡莊詩話録其游焦山詩一首：「一江春水瀉雲濤，洞訪焦仙客興豪。放眼已窮千里遠，息心翻悔十年勞。偶然酬唱皆佳語，不負登臨是此遭。底事刀環偏爽約？虚教魚素托琴高。」清莫祥芝、甘紹盤修，清汪士鐸等纂道光上江兩縣志同治十三年刻本卷十二中：「董進何瑞芝兩生合稿，四卷。」

〔一三〕杯棬：形狀彎曲的木製飲酒器。孟子告子上：「性猶杞柳也，義猶杯棬也；以人性爲仁義，猶以杞柳爲杯棬。」

〔一四〕射覆：漢書東方朔傳：「上嘗使諸數家射覆，置守宫盂下，射之，皆不能中。」顔師古注：「數家，術數之家也。於覆器之下而置諸物，令闇射之，故云射覆。」

附：徐珂清稗類鈔師友類董小狂友湯貞愍何蕉衫

上元諸生董小狂，名進，好爲詩，結茅野處，名曰窺園，與湯貞愍公貽汾結爲異姓昆弟。貞愍患疥，不時往，小狂怪之，曰：「恒欲得浴。」曰：「窺園不可浴耶？」曰：「無抑搔者。」乃即劑藥燂湯以浴貞愍，躬抑搔之。董所善又有何蕉衫，嘗客游，圖其形壁間，每飲酒，輒設杯勺，若勸酬。何之子曰成兒者幼，小狂愛惜逾己子。成兒夭，飲食坐卧及爲詩，無非哭成兒。

陳烈婦傳

烈婦系出白宕鮑氏，父傅庚，母葛。嘉慶十六年辛未，氏生；道光九年己丑，氏年十九，適莊前陳桂林；十年，舉一子；十一年，夫亡，氏年二十一，撫孤守志；十五年，子殤，氏年二十五，自經死。

周濟曰：余爲校官，所彙旌千數百人，皆合例，若氏者，例所疑也：以爲殉夫，則五年矣；以爲保節，則未聞有逼之使改節者。度子殤無以報夫而殉，視夫夫死而即殉者，何如也？夫死而殉，猶或有出於情欲之感者。房中〔一〕二八，敬姜〔二〕輟哭，然未聞不嘉其烈也。若夫亡而鞠子，子殤而殉夫，其于節烈，尤無憾。而夫、母家皆式微，瀕湮没矣。

悲夫！余徐氏姊，其鄰也，聞之以告余。適鮑氏將葺家乘〔三〕，余以諗其司事者，訪之而信，乃爲之傳，俾先附諸牒，以待世之能通例意者得焉。

又余高氏姊所出女静，三年，十八，適王氏；逾年，夫亡，未有子，泣請舅姑爲夫立嗣。不得所請，窺舅姑意弗善，邑鬱成疾，以卒。余哀之，而弗能爲申也，因傳烈婦，附記之，以志余憾。

又娶源王寶珠，年十九，歸俞球。二十一，生子世錦；二十四，球卒。欲殉，父止之。又五年而卒。其父曜南乞余文。謹按禮部則例〔四〕：節婦自三十以下守節，年及五十歲者，旌。貞女亦如之。守貞不及五十歲而没者，無拘年限，皆旌。守節未滿十年而没，則否。繹例意，不可得。意者，貞少而節多乎？古人予節不予貞，謂其違三從之義也。我朝并旌貞，優矣已没之旌，乃薄節而厚貞，是矯枉過正也。古稱蓋棺論定，節與貞何以異哉？且守節必滿十年，非人之所能爲也。殉夫而烈，則必旌。安知夫好名之人，不且因邀旌而出於烈，則世之代子職養舅姑、與夫立孤者，且益衰矣；至如婦者以事姑撫子爲志，故不敢殉夫以爲名，而皆未竟其志以殁，而格於成例，不得請。向令殉夫而死，則烈旌矣；以彼其賢而天奪其生、父奪其死，卒不得與縱情〔五〕任性〔六〕、一决不返者相比次，豈不重可惜哉？顯微闡幽，是所望於有言責〔七〕哉。

【繫年】

文曰「（道光）十五年，子殤，氏年二十五，自經死」，又曰「余爲校官」，周濟復任淮安府學教授在道光十五年（一八三五）秋，則此文當道光十五年秋作於淮安。

【注釋】

〔一〕房中：婦人。禮記曾子問：「衆主人、卿大夫、士，房中皆哭，不踊。」鄭玄注：「房中，婦人。」

〔二〕敬姜：敬姜猶績。典出國語魯語下：「公父文伯退朝，朝其母，其母方績。文伯曰：『以歜之家而主猶績，懼干季孫之怒也。其以歜爲不能事主乎？』其母嘆曰：『魯其亡乎？使僮子備官而未之聞耶？居，吾語女。……今我寡也，爾又在下位，朝夕處事，猶恐忘先人之業。況有怠惰，其何以避辟？吾冀而朝夕修我，曰：「必無廢先人。」爾今曰：「胡不自安？」以是承君之官，余懼穆伯之絶祀也？』仲尼聞之曰：『弟子志之，季氏之婦不淫矣！』」後遂以「敬姜猶績」爲富貴而不忘根本的典實。

〔三〕參文卷四白宕鮑氏譜序。

〔四〕禮部則例：禮部工作條例。嘉慶九年（一八〇四）編成，道光二十四年（一八四四）增修刊印，是關於國家禮儀方面的行政法規。共計二百零二條，由特登額主纂。禮部則例按照禮部所設的儀制、主客、祠祭、精膳四個清吏司，劃分四大類，每類再分細目。

〔五〕縱情：盡情。

〔六〕任性：聽憑秉性行事，率真不做作。東漢劉珍等東觀漢記馬融傳：「涿郡盧植、北海鄭玄，皆其徒也，善鼓瑟，好吹笛，達生任性，不拘儒者之節。」

〔七〕言責：進言勸諫的責任。孟子公孫丑下：「有言責者，不得其言則去。」趙岐注：「言責，獻言之責，諫諍之官也。」

楊臯蘭[一]傳

楊臯蘭，字香谷，淮安山陽人也。工詩賦古文詞，兼及天官、溝洫[二]。嘉慶甲子舉人，太常寺博士。年七十四，卒於家。長子啓懃，道光甲午舉人。以余與君同譜，又再官斯土，相稔悉，請爲君傳。

君性淡宕，筆墨外，無他嗜，唯與故人椝杓往還相樂也。嘗爲余言魚變河事甚委諳[三]。方將請於當事以治之，未竟其志而卒。君之言曰：「山陽爲邑，運河經其中，河以西有水害，無水利，利皆在河東。最南曰谿河，其北曰涇河，又北曰澗河，又北曰市河，又北曰鹽河，鹽河下游爲魚變河，皆首受運河之水，以馬家蕩、射陽湖爲尾閭。其大利供灌溉，寫瀦濫；其小利通舟楫，便貨殖。溪、涇皆通，利市、澗。近歲甫挑，惟魚變中阻裕民牐，向爲鹽河蓄水不使暢注，故有河而無舟。淮北鹽二十七萬引，全由鹽河，夾河居民以是爲生計，於是靳魚變之水以自利，害耑在鄉。今鹽少不足資生計，復靳水如前，是無魚變也，豆麥米粟薪芡之利，於何而轉運焉？夾河之民，力作以貿衣食者，安所負戴[四]？非坐須[五]死，則走徙耳。往過者，見秷秷[六]焉；今過者，見落落[七]焉。若遂弗圖，是落落者又安可保乎？」酒方酣，因忼慨起立，冄[八]欜欜欲動。是言也，其亦足以傳矣。遂書而歸之啓懃。

論曰：余聞之，邑有黠者，因魚變之不能溉也，賤買其旁田，而號籲求治河，衆忌其且以致富也，相率而撓之，此與釋氏所云共命鳥〔九〕茹毒自殘者何異？治河之費，借帑而攤征，籌款既難，歸款又難，勢必出於捐挑，而澗河之役，曾以不平致訟，故士大夫之自愛者，以不與世事爲高。當事之納交於士大夫者，亦取其静嘿而已。子游澹臺之風〔一〇〕，今恒反之，可嘅也夫！

【繫年】

據山陽縣志，楊氏卒於道光十五年（一八三五），故此文作於道光十五年秋初到淮安時作。

【注釋】

〔一〕楊皋蘭：清張兆棟修，清何紹基纂同治重修山陽縣志同治十二年刻本卷十四：「楊皋蘭，字露滋，號香谷。舉人。父宗元渾厚寡言，庠序稱長者。皋蘭少承父訓，終身與人無忤色。工書翰，明象緯，講求郡邑水利。嘗請浚城東澗河，與友人募金歸。故令王昉之喪，又率邑人祠試用知縣李公毓昌於善緣庵，人以爲有經世志。然居恒力學守義，無競於當世。家貧教授，口不言財利。其教人正容以相悟，不斤斤爲章句講説，而學者日進。其體任自然，類如此。交游多一時名賢。子啓哲，字秉初，謹厚力學，有素風，官吴縣教諭。」清邱沅修，清段朝端纂宣統續纂山陽縣志民國十年刻本卷五録其所作善緣庵李公祠記：「善緣庵大殿東偏有屋數椽，住持源福節衣縮食所拮据締造也。客歲即墨李公察灾至淮，寓此庵，不幸殞焉。歲籥一周，邑人體天子憫忠之意，值忌日安木主於僧廬，設饌奠焉。因增築院垣，額曰『李公祠』，著其以死勤事也，第醵金有數，止有作堵之勞，無築宫之舉，慮後人不察，議析庵與祠而二之，則失源福借庵之本心，而亦非邑人崇祀李公之初意。爰於竣事之日，識其緣起，以告後之君子。嘉慶己巳仲冬上澣。李公名毓昌。」楊皋蘭別號相灣老圃，居河下，宅名棲竹山房。清潘德輿養一齋集道光二十九年刻本卷二十四有楊露滋誄。

〔二〕溝洫：此借指農田水利。

〔三〕委諳：諳委，瞭解詳細情況。

〔四〕負戴：孟子梁惠王上：「謹庠序之教，申之以孝悌之義，頒白者不負戴於道路矣。」以背負物，以頭頂物，亦謂勞作。

〔五〕坐須：坐待，守候等待。

〔六〕秷秷：挃挃，象聲詞。詩經周頌良耜：「穫之挃挃，積之栗栗。」毛傳：「挃挃，穫聲也。」按，此爲刈禾聲。

〔七〕落落：稀疏，零落。

〔八〕冄：通「髯」。

〔九〕共命鳥：梵語「耆婆耆婆迦」義譯。又譯作「命命鳥」或「生生鳥」。彌陀經：「七寶池中，蓮花大如車輪。有伽陵頻伽共命之鳥，出和雅音。」寶藏經：「雪山有鳥，一身二頭，神識各異，同共報命。」唐司空圖共命鳥賦并序：「西方之鳥。有名共命者。連腹異首。而愛憎同一。伺其寐。得毒卉。乃餌之。既而藥作。果皆斃。吾痛其愚。因爲之賦。且以自警。」後世詩文亦常從「共命」二字取義用之。

〔一〇〕子游澹臺之風：論語雍也：「子游爲武城宰。子曰：『女得人焉耳乎？』曰：『有澹臺滅明者，行不由徑，非公事，未嘗至於偃之室也。』」

鄭邨田先生碣陰記

古之時，人與人不甚相遠也，學異則人異；今之時，學與學不甚相遠也，人異則學異。古人相師，師其人而已，其人往而載籍傳，於是以載籍相師，而人師廢。然猶未有所謂科目〔一〕也。迨其後，上以科目取士，士以科目求進，於是乎有科目之學，而士亦遂以科目相師；以科目相師，而經師又廢。夫既相率而爲科目矣，則無論其所趣之高下，所得之深淺，得之之先後遲速，而其用意，皆不出乎科目。故曰：學與學不甚相遠也。然且抗顔而爲人師〔二〕，其徒亦且賓賓〔三〕焉稱㊀先生。嗚呼！其亦不思而已矣。

田華墉，字映宸，鉅野人。恩貢生，候選教諭。高祖某，敦善行不殆，殁而私謚曰孝義先生，醇篤忠信，著爲家法。父某，性嚴厲，常以儒緩〔四〕譴訶映宸。映宸語訥不能出諸口，貌益莊，色益和，父怒卒亦解。父病風痺舌强〔五〕，言蹇，他人莫能辨，惟映宸以意逆志〔六〕，獨能不失父指。飲食、藥餌、裙腧之屬，皆躬親執事，未嘗委諧弟。凝立户外，敬聽趨走，倦極即簃舍假寐〔七〕，不脱冠帶者十餘年。自少至老，居處行步，皆有規矩尺度。群居未嘗輒持論，惟爲弟子辨析義利，則娓娓數千言不饜。規人過，面先發赤，若身爲其事，内愧而自訟〔八〕。若是者，可以爲師。年八十二而卒，弟子褒其懿行，碣諸墓。即所居稱之曰鄭邨田先生，而囑余記其陰，以詔鄉黨之嗜學者。

【繫年】

文當道光十五年（一八三五）秋作於淮安。

【校勘】

㊀「稱」：常州先哲遺書後編本作「稱之」。

【注釋】

〔一〕科目：指唐以來分科選拔官吏的名目。

〔二〕唐柳宗元答韋中立論師道書：「今之世不聞有師，有輒譁笑之，以爲狂人。獨韓愈奮不顧流俗，犯笑侮，收召後學，作師説，因抗顏而爲師。」

〔三〕賓賓：莊子德充符：「孔丘之於至人，其未邪？彼何賓賓以學子爲？」成玄英疏曰：「賓賓，恭勤貌。」

〔四〕儒緩：寬柔，柔弱。魏書劉芳傳：「爲政儒緩，不能禁止奸盜，廉清寡欲，無犯公私。」

〔五〕風痺舌强：諸病源候論風舌强不得語候：「今心脾二髒受風邪，故舌强不得語也。」醫宗金鑒雜病心法中風：「痰火内發病心官。」舊注：「心病痰火，輕則舌强難語，重則痰壅神昏。」舌强，證名。舌體伸縮不利的症象。

〔六〕以意逆志：孟子萬章上：「故説詩者不以文害辭，不以辭害志；以意逆志，是爲得之。」

〔七〕假寐：詩經小雅小弁：「假寐永嘆，維憂用老。」鄭玄箋：「不脱冠衣而寐曰假寐。」高亨注：「假寐，不脱衣帽打盹。」

〔八〕自訟：自責。論語公治長：「吾未見能見其過而内自訟者也。」

陶谷記

金陵之山，自鍾阜〔一〕西引，包後湖〔二〕，入神策門，南趣爲鼓樓岡，又南而西爲清涼山。又北循城至獅子山止焉。其中勝處，極北爲歸雲堂，稍南爲古靈寺，又南爲來兹庵。來兹庵創始僅二百年，疑本陶谷故址，後稍分裂也。又南曰陶谷。

陶谷者，相傳梁武帝時陶貞白〔三〕嘗居之，在今江寧府城中鼓樓西一里所，於六朝爲臺城、石頭之間。蓋近郊之地，宜若〔四〕可以居貞白者。一梅歸然，六朝物，故獨以其處耑陶谷名。古之時，窮達一致，無所謂隱逸也。若世所傳巢由〔五〕隨光〔六〕之倫，類皆周末處士所假托。後世變，亟天時人事有所厄迫，赴之則恐不勝，避之稍遲則將爲世指名〔七〕，而退無以自保，於是邈然遠引，務潛其身而滅其迹：或莫知姓名，或知姓名而莫紀其終始。若夫布衣韋帶〔八〕之士，與人主相賓友，耽咏道味〔九〕，滓穢榮利，而猶盤桓近郊，標迹樓觀，異乎沉冥之爲。蓋其中無所大不得已，非激而逃焉。故也逍遥文籍之府，寄意山水之間，其自處者甚寬，而自樂者甚大，則亦何必絶人〔一〇〕逃世，乃稱高蹈〔一一〕哉？易曰：鴻漸于達，其羽可用爲儀。〔一二〕詩曰：

「毋金玉尒音，而有遐心。」〔一三〕宜乎後世訪其遺蹤，即其所曾經歷棲遲之處，而傅會崇飾之以相引重也。

陶谷之廬，不知始何時。嘗爲茶肆矣。錢君叔美〔一四〕得而新之，以歸程君素庵〔一五〕。素庵詼奇〔一六〕，多智略。自其幼時能暗中視物，遨游公卿間，有峻望。今年六十餘，老矣，神明不衰。居梅之北，其南則秀木嘉卉雜布，隙地二池，種芰荷，四山松竹苞茂，雖無亭榭之勝，而花晨月夜，命儔嘯侶〔一七〕，倘佯頽放，於賓主酬酢之外，其亦可以自老矣。夫今之世，無所爲肥遁〔一八〕也。性有巧拙，時有利鈍，而安焉可也。世之負其才智者，胥適而安焉？則世且大治，身且益康，孰謂丘壑位置非造者精意爲之，而有所寓其不盡哉？因爲稱曰：山川之精，昭以冥；草木之英，斂以榮；幽人之情，郁以平。邃古遼眇，亡其名；中葉嶔坎〔一九〕，相逢迎；如風水遭，莫適寧。斳之返之，其樸誠；天不我奪，物不攖；廣函曲覆，苛太清。

【繫年】

文當道光十六年（一八三六）作於淮安，蓋追懷舊曰陶谷之游也。

【注釋】

〔一〕鍾阜：紫金山。

〔二〕後湖：玄武湖。

〔三〕陶貞白：陶弘景（四五六—五三六），字通明，南朝梁丹陽秣陵今江蘇南京人。工草隸，好道術；齊高帝時，爲諸王侍讀，梁時隱於句曲山，自號華陽隱居；武帝時，禮聘不出，然朝廷大事，無不諮詢，時稱爲「山中宰相」；卒贈大中大夫，謚貞白先生。著有本草經注、集金丹黄白方、二牛圖、華陽陶隱居集等。

〔四〕宜若：表擬測或推斷之詞。猶言似乎，好像。孟子盡心上：「公孫丑曰：『道則高矣，美矣，宜若登天然，似不可及也；何不使彼爲可幾及而日孳孳也？』」

〔五〕巢由：巢父和許由的并稱。

〔六〕隨光：卞隨、瞀光。莊子雜篇讓王：「湯將伐桀，因卞隨而謀，卞隨曰：『非吾事也。』湯曰：『孰可？』曰：『吾不知也。』湯又因瞀光而謀，瞀光曰：『非吾事也。』湯曰：『孰可？』曰：『吾不知也。』湯曰：『伊尹何如？』曰：『强力忍垢，吾不知其他也。』湯遂與伊尹謀伐桀，克之，以讓卞隨。卞隨辭曰：『后之伐桀也，謀乎我，必以我爲賊也；勝桀而讓我，以我爲貪也。吾生乎亂世，而無道之人再來漫我，以其辱行，吾不忍數聞也！』乃自投椆水而死。湯又讓瞀光曰：『知者謀之，武者遂之，仁者居之，古之道也。吾子胡不立乎？』瞀光辭曰：『廢上，非義也；殺民，非仁也。人犯其難，我享其利，非廉也。吾聞之曰：非其義者，不受其禄；無道之世，不踐其土。况尊我乎！吾不忍久見也。』乃負石而自沈于廬水。」

〔七〕指名：知名，著名。謂其人之名受人注意。史記項羽本紀：「不如有所屬，事成猶得封侯，事敗易以亡，非世所指名也。」

〔八〕布衣韋帶：本指貧寒之士的服飾。此借指貧寒的或没有做官的文士。

〔九〕道味：超凡出世的情志。

〔一〇〕絶人：與人世隔絶。漢袁康越絶書外傳記本事：「貴其内能自約，外能絶人也。」

〔一一〕高蹈：隱士。唐皮日休移元徵君書：「如遯世不見知而不悔，則舜不爲高蹈也，舜不爲真隱也。」

〔一二〕周易漸：「上九，鴻漸于陸。其羽可用爲儀，吉。」

〔一三〕詩經小雅白駒。

〔一四〕錢君叔美：錢杜（一七六四—一八四四），初名榆，字叔美，號松壺，壺公等，浙江仁和今杭州人。擅山水，學文徵明工細一路，從文伯仁入手，上溯趙令穰、王蒙諸家，筆墨妍細中帶生拙，作青緑山水，有裝飾味。兼精墨梅，能畫人物、仕女、花卉。亦工詩文，有松壺畫贅、松壺畫憶等。

〔一五〕程君素庵：程光旭，字素安、素庵。清謝元淮養默山房詩稿光緒元年刻本卷十九題程素安光旭詩稿後：「鐵華岩古碧嶙峋，緑水青山秋復春。最是繁華無盡處，此中吟老幾詩人。鐵華山館集一編錦字寫愁多，弔古懷人意若何？每到芙蓉橋上望，半江春水縐微波。芙蓉仙館集」

〔一六〕詼奇：恢詭奇特。宋沈作哲寓簡卷四：「自昔文章之言水者，如七發、上林、子虚等皆詼奇雄武，神變非常。」

〔一七〕命儔嘯侣：呼唤同伴。三國魏曹植洛神賦：「衆靈雜遝，命儔嘯侣。」

〔一八〕肥遁：同「肥遯」。周易遯：「上九，肥遯，無不利。」孔穎達疏：「子夏傳曰：『肥，饒裕也。』……上九最在外極，無應於内，心無疑顧，是遯之最優，故曰肥遯。」後因稱退隱爲「肥遯」。魏書逸士傳序：「而肥遁不及，代有人矣。」

〔一九〕窾坎：象聲詞。宋蘇軾石鐘山記：「有大石當中流，可坐百人，空中而多竅，與風水相吞吐，有窾坎鏜鞳之聲。」

湯與竹〔一〕先生遺像贊

乾隆丙午冬，臺灣滋事，林爽文起彰化，〔二〕蹂諸羅〔三〕；莊大田據琅嶠〔四〕，擾南路。先生父緯堂〔五〕宰鳳山〔六〕，聞警，召先生曰：「守土，吾職也。爾無與焉。」對曰：「有弟侍母矣。」鳳山故無城，土垣僅三尺。十二月，賊目許光來、曾伯達來犯。緯堂及參將出戰，賊陽走，參將逐之，賊乘虛犯北門。先生搜城中，得賊間四人，馳報軍中。緯堂公立馳還，斬之。賊已突豕〔七〕入，先生握刀侍父，立堂皇〔八〕。賊至，僕王明鬥死門中，林坤鬥階下，先生父子戰歿堂上。坤中鎗暈絶，賊去復蘇，具言父子臨危義烈狀。事平，貽汾㊀得襲雲騎尉官副將，贈如子官。

先生諱荀業，字楚儒，一字與竹。幼敏慧，工詩詞，善鼓琴。年十二而出游，歷豫、浙、楚、黔、滇、閩，所至，交其賢士大夫，豪飲放歌，不屑屑拘繩檢〔九〕。年三十而渡臺，又三年而殉父。贊曰：

慶鍾儒門，祥衍德祚。玉英耀彩，蘭芽〔一〇〕比嫮。岐嶷〔一一〕夙成，穎脱〔一二〕角露。肅肅宗器，森森武庫〔一三〕。銜杯命儔，揚徽〔一四〕寫愫。九皋〔一五〕一鳴，群鳥失步。載陟嵩少〔一六〕，亦濯苕霅〔一七〕。瀏比淪漪〔一八〕，峻齊峰岁。潔白芳馨，晨餐夕滌。結褵於何？夜郎昆明。〔一九〕迢迢江漢，瀰瀰〔二〇〕洞庭。麦波鼓瑟，乃見湘靈。匪羈伊戚〔二一〕，宜和宜平。顧念明發，鬱攸中縈。遂逾重洋，娱侍山縣。蜒雨淫淫，洿濆〔二二〕泮涣〔二三〕。豈忘將母，余季婉變〔二四〕。對歌屺岵〔二五〕，分司昏旦。蠢兹蠙蟻，潰我嚴疆。守期玉壁〔二六〕，城異睢陽〔二七〕。楚氛〔二八〕信惡，秦諜〔二九〕空僵。幼權盻盱〔三〇〕，同爲國殤。遺櫬雖歸，鴻文已散。什襲脂匳，摩挲氈案。亽罏湛凝〔三一〕，玉頰凄斷。昔也承歡，春融花燦。邈爾瞻依〔三二〕，山悠海緬。慷慨枕戈〔三三〕，風馳雲奐。悽矣歸旌，猿嚦鶴怨。肖兒〔三四〕斯同，求神屢變。煢煢寡鵠〔三五〕，邈邈雙雛。銜哀垂訓，心摧淚枯。釵隨燕去，譜托貞梧。箕裘克紹〔三六〕，永視斯圖。

【繫年】

清丁晏頤志齋詩草清鈔本卷四有題湯都督貽汾雙笠圖、武進湯與竹荀業鳳山從父死節圖，作於道光十七年（一八三七）夏。此文當作於其時。

【校勘】

㊀「貽汾」：常州先哲遺書後編本作「子貽汾」。

【注釋】

〔一〕湯與竹：湯荀業（一七五三—一七八六），字楚儒，一字與竹。江蘇武進人，父湯大奎，子湯貽汾。參後附清趙懷玉福建鳳山縣知縣世襲雲騎尉湯君大奎墓表。

〔二〕乾隆五十一年（一七八六），林爽文利用天地會組織發動起義。起義軍攻下彰化後，林爽文自稱「順天盟主大元帥」，不久又攻克諸羅今臺灣嘉義。與此同時，漳州人莊大田在鳳山今高雄發動起義，攻下本縣，然後北上與林爽文圍攻臺灣府城今臺南。清軍死守，義軍猛攻半年不克。這時，臺灣總兵柴大紀率領一些地主武裝乘機奪取了諸羅，清廷又派福康安、海蘭察從浙江、福建率大軍赴臺援救。義軍内部因清廷離間而不能團結一致，在清軍進攻面前，終於失敗。

〔三〕諸羅：今臺灣嘉義。

〔四〕琅嶠：又名浪嶠南嶼、琅嶠山，亦簡稱嫏。今臺灣恒春半島。

〔五〕緯堂：湯大奎（？—一七八六），字緯堂。江蘇武進人。乾隆前期進士，授福建鳳山今臺灣高雄縣知縣。乾隆五十一年，臺灣林爽文起事於彰化，南攻鳳山。大奎率僚佐募鄉勇守城，城破被殺。

〔六〕鳳山：今臺灣高雄。

〔七〕突豕：狼奔豕突，亦作「狼突豕竄」。形容壞人成群亂闖。

〔八〕堂皇：特指官吏治事的廳堂。漢書胡建傳：「當選士馬日，監御史與護軍諸校列坐堂皇上。」顔師古注：「室無四壁曰皇。」

〔九〕繩檢：規矩，法度。

〔一〇〕蘭芽：蘭的嫩芽，常比喻子弟挺秀。南朝梁劉孝綽答何記室：「蘭芽隱陳葉，荻苗抽故叢。」

〔一一〕岐嶷：幼年聰慧。詩經大雅生民：「誕實匍匐，克岐克嶷。」朱熹集傳：「岐嶷，峻茂之狀。」

〔一二〕穎脱：錐芒顯露，比喻充分顯現才華。南朝梁劉勰文心雕龍通變：「憑情以會通，負氣以適變。采如宛虹之奮鬐，光若長離之振翼，迺穎脱之文矣。」

〔一三〕武庫：稱譽人的學識淵博，幹練多能。晉書杜預傳：「預在内七年，損益萬機，不可勝數，朝野稱美，號曰『杜武庫』，言其無所不有也。」

〔一四〕揚徽：亦作「揚揮」，揮動軍旗。左傳昭公二十一年：「乃徇曰：『揚徽者，公徒也。』」

〔一五〕九皋：詩經小雅鶴鳴：「鶴鳴于九皋，聲聞于野。」毛傳：「皋，澤也。言身隱而名著也。」鄭玄箋：「皋，澤中水溢出所爲坎，自外數至九，喻深遠也。鶴在中鳴焉，而野聞其鳴聲。……喻賢者雖隱居，人咸知之。」

〔一六〕嵩少：嵩山之少室山。

〔一七〕苕霅：苕溪、霅溪，在浙江湖州。

〔一八〕淪漪：亦作「淪猗」。詩經魏風伐檀：「河水清且淪猗。」毛傳：「淪，小風水成文，轉如輪也。」陸德明釋文：「猗，於宜反，本亦作漪，同。」

〔一九〕時湯荀業之妻、湯貽汾之母楊氏随父武進人、雲南武定州知州楊奮在昆明。

〔二〇〕瀰瀰：詩經邶風新臺：「新臺有泚，河水瀰瀰。」馬瑞辰通釋：「張參五經文字云：『瀰，見詩風。』是古本原作『瀰瀰』。今本作『瀰瀰』者，後人增益字也。」水盈滿貌。

〔二一〕伊戚：詩經小雅小明：「心之憂矣，自詒伊戚。」後遂以「伊戚」指煩惱、憂患。

〔二二〕涔濆：久雨積水。

〔二三〕泮渙：融解，分散，渙散。

〔二四〕婉孌：依戀貌。清沈德潛説詩晬語卷上：「離騷者，詩之苗裔也。……讀其詞，審其言，如赤子婉戀於父母側而不忍去。」

〔二五〕屺岵：詩經魏風陟岵：「陟彼岵兮，瞻望父兮。……陟彼屺兮，瞻望母兮。」詩序謂爲行役者思念父母之作。後因以「屺岵」代指父母。

〔二六〕玉壁：玉壁城。古城名。西魏大統四年（五三八），以玉壁險要，築城以禦東魏，移東道行臺兼置并州鎮此，旋置南汾州，又改爲勳州。故址在今山西稷山西南。城周八里，四面并臨深谷。北周平齊，改置絳州。此泛指城池。

〔二七〕睢陽：用唐安史之亂張巡、許遠獨守孤城睢陽三年之事。

〔二八〕楚氛：左傳襄公二十七年：「晋楚各處其偏。伯夙謂趙孟曰：『楚氛甚惡，懼難。』」杜預注：「氛，氣也。言楚有襲晋之氣。」後用以指惡劣、鄙俗之氣。

〔二九〕秦諜：左傳宣公八年：「八年春，白狄及晋平。夏，會晋伐秦。晋人獲秦諜，殺諸絳市，六日而蘇。」

〔三〇〕幼權�：三國志魏書夏侯淵傳引世語：「弟榮，字幼權。幼聰惠，七歲能屬文，誦書日千言，經目輒識之。文帝聞而請焉。賓客百餘人，人一奏刺，悉書其鄉邑名氏，世所謂爵里刺也，客示之，一寓目，使之遍談，不謬一人。帝深奇之。漢中之敗，榮年十三，左右提之走，不肯，曰：『君親在難，焉所逃死！』乃奮劍而戰，遂没陳。」眕盱，張目直視。形容死不瞑目的樣子。

〔三一〕湛凝：凝湛，深湛清澈。

〔三二〕瞻依：詩經小雅小弁：「靡瞻匪父，靡依匪母。」鄭玄箋：「此言人無不瞻仰其父取法則者，無不依恃其母以長大者。」此借指父母。

〔三三〕枕戈：謂爲父母報仇情殷志切。

〔三四〕肖皃：相像，貌似。亦徑指容貌。

〔三五〕寡鵠：喪偶的天鵝。用以比喻寡婦或不能婚嫁的女子。唐李商隱聖女祠：「寡鵠迷蒼壑，羈凰怨翠梧。」馮浩箋注：「列女傳：陶嬰夫死守義，作歌曰：『悲夫黄鵠之早孤，七年不雙。』」

〔三六〕箕裘克紹：禮記學記：「良冶之子，必學爲裘；良弓之子，必學爲箕。」後因以「克紹箕裘」謂能繼承祖業。

附：趙懷玉福建鳳山縣知縣世襲雲騎尉湯君大奎墓表

乾隆五十一年冬，臺灣民賊林爽文起彰化，躪諸羅，莊大田據瑯璠犄角以應，其黨曾伯達等南陷鳳山，鳳山知縣湯君死之。越三年己酉正月，始克歸葬於武進龍虎塘之原。孤範業偕君壻莊宇逵來請表其碣，懷玉諸之，以病未果。日月逾邁，墓有宿草，故人大節，耿於心目，其敢以不文辭！

君之在鳳山也，秩滿候代，屬賊執蔓延，縣故無城，僅土垣三尺許。君率僚佐，募鄉勇，日夜爲守禦計。一夕，酌酒勞客，君舉雅俗語爲儷句，口占曰：「今日不知明日事，他生未卜此生休。」典史史謙訝其語不祥，君曰：「人孰無死？身既許國，成敗聽之。願諸君共相勉爾。」神色忼壯，座客爲之罷酒。平明，賊果來攻，與參將瑚圖禮禦之，賊稍却，參將馳馬逐賊去。君聞城北有警，急馳歸，得內應四人，立斬以徇。方獎厲兵役，煮饕糜飼衆，賊已突進北門入縣治，典史守獄死；閽人王明素負膂力，力屈亦死；僕林坤手格之，斷四指，身斫數創，暈絶仆地。君則朝服坐廳事，手劒擊賊，賊刃交下，猶瞋目詈不止。時惟長子荀業從之官，先以君詩文畀舅弟王崧，令遠辟，身蔽翼其父不去，遂同遇害，時十二月十三日也。君死，賊旋散去。故吏某等斂之，置柩堂皇。君居中，典史左，荀業右。縣民吴世芳訪其元，別葬龜山之麓。官兵初復鳳山，崧與世芳至葬處蹤迹，僕有洪賜者，識君鬢髮綫，形容亦約略可辨，因併入棺。明年三月，鳳山再失，縣治焚燬殆盡。事平，謁傳柩爲良民私葬，巡撫懸賞，購之不得。五十三年春，值清明日，崧與林坤酹酒舊所，翻視瓦礫，復得君父子骸骨於餘燼中，更斂如制。

當是時，臺灣南北守令丞倅相繼被戕，至有爲賊踣頓困辱而後死，死而功罪或不足以相揜者。君歿之明年，閩中大吏以縣有應解未解之帑，檄封里中舊産，旋奉特旨給還。又明年，督撫上其居官死事狀，賜襲雲騎尉世職，予祭葬。此固聖天子綜核名實，奬勸忠義，亦君廉惠素著，獲上有道，故能純終領聞，視矯强倉卒徼倖於不朽之托者，蓋未可并日語矣。

初君移殯臺灣郡城之南壇，見夢林坤曰：「滯此何爲？曷不速返。」坤瞿然覺，乃謀歸。故事，没於官者，既抵里，棺例入城。君棺本輕，過其家忽重，執紼者喘汗悚惕，久而後行。同里許承志，君莫逆交也，客臨清，夢與君宴飲，酒半，君忽高歌，多軍中曲，詞甚激楚，許聞欲泣，君笑曰：「丈夫亦效兒女子態耶！」其靈爽不泯如此。

君諱大奎，字曾軺，一字緯堂。中乾隆壬午舉人，癸未進士。卒年五十九。配王氏。子二：荀業，國子監生；範業。孫二：貽汾、貽浚。女二，嫁莊宇逵、汪世穎，皆生員。生平攻詩文，晚著炙研瑣譚十卷，補遺一卷，没於賊。懷玉掇拾奇零，釐爲三卷，刻而行之。

其世系、歷官與他行事之可紀，詳管侍郎幹珍所爲傳。兹特書其大節及得自崧述，與向之傳聞有異者。

武德騎尉〔一〕江防守備龔君繼妻陳宜人墓誌銘

嘉慶二十一年丙子，余在揚州訪執友陽湖〔二〕惲徵君秉怡〔三〕於龔君之家。龔君病且革矣數年。余館徵君，徵君爲言龔君生平及宜人持家撫孤事甚悉。徵君學行，吾黨所所推重，非妄嘆者。道光十六年丙申，龔君仲子懋聲以其所爲宜人行狀來乞銘。余方有心疾，然弗能辭也。明年夏，乃能答其意。而懋聲之來請者，蓋六七至而不已。

按狀，宜人陳氏，武進龔秉銓之繼配也。幼穎悟，見群兒入塾，强欲入，授之無〔四〕，輒記。凡誦詩、四子書〔五〕，終身不忘也。笄而喪母，即能持家分父憂。既歸龔君，龔君故名家子，雖爲粗官〔六〕，喜結納名下士〔七〕。游邗上者，莫不交龔君。宜人供具延贈，䍐雁瓊琚〔八〕，莫不如龔君意。即君從公出，賓至猶如歸。孫觀察星衍〔九〕贈龔君詩，贊述宜人，見者謂無溢詞焉。龔君歿，貧甚，手紡績，延師課子益虔。師則惲徵君也。徵君故以客授爲治生，閔其貧，令減修脯之奉，而卒教之。宜人益感激，戒諸子：於師之晨昏，無不伺眠食安否也；燠寒，無不伺衣被之加減也。烹紉澣濯，無不躬親也。奇寒鄲㾏〔一〇〕，篝鐙〔一一〕織，恒至丙夜〔一二〕。歲時，師解館去，則與諸子共一鐙，誦讀機杼聲相應。三子皆成立〔一三〕，發口戒啓羞〔一四〕，見善如不及，立身行己，皆有可稱道者。雖奉教於徵君乎，抑其所漸漬於母訓者，固已多矣。龔君元配莊宜人無出，宜人生懋聲，側室生雍聲、紹聲，宜人愛養督責如一。方龔君盛時，所入無滯留，漿酒藿肉〔一五〕，宜人無佚志〔一六〕。及龔君歿，至搜篋中綿絡〔一七〕易百錢供歲祀，宜人無戚容。兩篴〔一八〕凜凜〔一九〕焉，融融〔二〇〕焉，能與宜人一心，可謂難矣。

生某年月日，卒某年月，年七十。銘曰：

畚臿之土，擴負之薪。歲百其萬，於河之濱。靡不肥充，賢者獨貧。婉婉中閨，焉識其勤？華簪耀首，炫服刺文。一旦隕穫〔二一〕，嘆喈〔二二〕而呻。厥後逸游，媠骨傲神。猗與賢婦，猗與賢母。順夫尊師，以益厥子。傭書積勞，射策矯矢。素風〔二三〕弗虧，世族之美。

能貽令名，行已有耻。人爵所從，非彼其此〔二四〕。靈閉幽扃〔二五〕，銘券嘉祉。

【繫年】

據文「道光十六年丙申，龔君仲子懋聲以其所爲宜人行狀來乞銘。余方有心疾，然弗能辭也。明年夏，乃能答其意」，知此文道光十七年（一八三七）夏作於淮安。

【注釋】

〔一〕武德騎尉：官階名。乾隆五十一年（一七八六）定制，正五品武官授武德騎尉之官階，并可封贈其父母及妻室，給誥命二軸。

〔二〕陽湖：今江蘇武進。

〔三〕惲徵君秉怡：惲秉怡（一七六二—一八三三）。參詩卷之七歲晏立春，雨雪不已，感念存殁，自慰索居，各序之云爾其十注釋〔七八〕。徵君，徵士，不接受朝廷徵聘的隱士。

〔四〕「無」後似奪一「何」字。

〔五〕四子書：即四書，指論語、大學、中庸、孟子四部儒家經典，是孔子、曾子、子思、孟子的言行録，故合稱「四子書」。

〔六〕粗官：古代重文輕武，呼武官爲「粗官」。

〔七〕名下士：享有盛名之士。唐韓翃送鄭員外：「孺子亦知名下士，樂人争唱卷中詩。」

〔八〕「供具延贈」兩句：意即「供具蒐雁」「延贈瓊琚」。供具，陳設食具；備供酒食。史記范雎蔡澤列傳：「須賈辭於范雎，范雎大供具，盡請諸侯使，與坐堂上，食飲甚設；而坐須賈於堂下。」鳧雁，鴨與鵝。「供具鳧雁」言宜待客之豐。「延贈瓊琚」典出詩經衛風木瓜：「投我以木瓜，報之以瓊琚。」此謂宜人還報之禮厚。

〔九〕孫觀察星衍：孫星衍（一七五三—一八一八），清代著名藏書家、目録學家、書法家、經學家。字淵如，號伯淵，别署芳茂山人、微隱。陽湖今江武進人，後遷居金陵。所輯刊之平津館叢書、岱南閣叢書堪稱善本。著有周易集解、寰宇訪碑録、孫氏家藏書目録内外篇、芳茂山人詩録等。

〔一〇〕鄆瘃：「皸瘃」之誤。漢書趙充國傳：「將軍士寒，手足皸瘃，寧有利哉？」顔師古注引文穎曰：「皸，坼裂也；瘃，寒創也。」

〔一一〕篝鐙：篝燈呵凍。置燈於籠中，并以口氣噓物取暖，喻勤奮。

〔一二〕丙夜：三更時候，爲晚上十一時至翌日凌晨一時。

〔一三〕成立：成就。

〔一四〕啓羞：啓羞興戎。因説話不謹慎而招致羞辱挑起事端。

〔一五〕漿酒藿肉：亦作「漿酒霍肉」。漢書鮑宣傳：「使奴從賓客，漿酒霍肉，蒼頭廬兒，皆用致富。」顔師古注：「劉德曰：『視酒如漿，視肉如霍。』霍，豆葉也，貧人茹之也。」視酒肉如漿霍，形容飲食豪侈。

〔一六〕佚志：安逸圖樂的心志。清薛福成漢書外戚傳後九：「席豐盛者多佚志，履艱危者有憂思。」

〔一七〕綿絡：楚辭招魂：「秦篝齊縷，鄭綿絡些。」王逸注：「綿，纏也；絡，縛也。」明陸時雍曰：「篝，落也。縷，綫也。綿絡，纏縛之具也。」

〔一八〕篷：副的，附屬的。古人稱妾爲「篷室」。

〔一九〕凛凛：威嚴而使人敬畏的樣子。

〔二〇〕融融：左傳隱公元年：「大隧之中，其樂也融融！」杜預注：「融融，和樂也。」

〔二一〕隕穫：喪失志氣。禮記儒行：「儒有不隕穫於貧賤，不充詘於富貴，不慁君王，不累長上，不閔有司，故曰儒。」鄭玄注：「隕穫，困迫失志之貌也。」

〔二二〕嘐啃，多言，大聲談論。形容不知顧忌或意氣飛揚。

〔二三〕素風：純樸的風尚，清高的風格。

〔二四〕彼其：詩經曹風候人：「彼其之子，不稱其服。」鄭玄箋：「不稱者，言其德薄而服尊。」左傳僖公二十四年引作「彼己」。禮記表記引作「彼記」。後以「彼其」「彼己」譏功德不稱其位者。

〔二五〕幽扃：墳墓。清惲敬張皋文墓志銘：「勿乎皋文誰訊此，銘之幽扃俟來祀。」

宋生妻薛孺人墓誌銘

宋生聯璜〔一〕來告曰：「璜之妻疾篤。璜侍内助如兄弟，即不起，且奈何？」余視之，弗可爲也。遂卒。其子密以狀乞余銘狀。

孺人薛氏，諸生宏女。幼失父母，叔兄教以書，而伯嫂遇之無禮。寄養外家，十九歸於宋。侍疾得姑歡，姑臨殁，嘆曰：「新婦善事我，我不能久享，命也！」宋氏故貧，璜授徒里中，孺人力作以佐。秋賦〔二〕被落，抑鬱遘疾。孺人慰解，事奉甚至。璜學益有聞，遠方延致。將出，念子。孺人曰：「十歲前，吾任之，君勿憂也。」口授密孝經、毛詩、論語，隨文訓詁，皆有開解。兩弟亦如之。年五十，夢姑來告曰：新婦命合盡，緣孝延年半紀矣。其卒也，正五十六。子男三，密、巍皆諸生，岡亦嚮學；女數人，皆有文。卒之幾月，將葬於某原。銘曰：

士無恒產，客授而食；舍曰易子〔三〕，饘粥焉出？童穉〔四〕依依，能言則嘻。洎長求學，誰云不遲？乃弁故訓，乃剿漫詞。謂捷之速，措足於茨。懿懿孺人，縮米節布。愛此孩提，飫以緗素〔五〕。何必熊荻〔六〕，含飴而哺。密也慥慥〔七〕，巍亦英英〔八〕。岡見頭角〔九〕，難其二兄。式隆爾家，請徵刻銘。

【繫年】

此文道光十七年（一八三七）作於淮安。

【注釋】

〔一〕宋生聯璜：清丁晏原輯，周桂峰點校山陽詩徵陝西人民出版社二〇〇九年版卷十二宋聯璜：「宋聯璜字滋泉，號應珩，嘉慶癸亥諸生。」

〔二〕秋賦：秋貢。唐宋時州府向朝廷薦舉會試人員的選拔考試。因於秋季舉行，故稱。

〔三〕易子：易子而教。

〔四〕童穉：童稚。

〔五〕緗素：淺黄色的絹帛，古時多用以書寫，此指書卷、書籍。

〔六〕熊荻：新唐書柳仲郢傳：「母韓，即皋女也，善訓子，故行郢幼嗜學，嘗和熊膽丸，使夜咀嚥以助勤。」宋史歐陽修傳：「歐陽修，字永叔，廬陵人。四歲而孤，母鄭，親誨之學，家貧，至以荻畫地學書。」後以「丸熊」「畫荻」爲稱頌母教之典。

〔七〕慥慥：禮記中庸：「言顧行，行顧言，君子胡不慥慥爾。」朱熹集注：「慥慥，篤實貌。」

〔八〕英英：美而有才華。晋潘岳夏侯常侍誄：「英英夫子，灼灼其隽。」

〔九〕頭角：比喻青少年的氣概或才華。

禱雪文

吁嗟淮壝〔一〕，既瘠且貧。昔也游食〔二〕，每資牢盆〔三〕。時移事改，涣丘〔四〕爲塵。踵决納履〔五〕，齒寒亡脣。服賈〔六〕用稀，力耕獨勤。如何三歲，水旱薦臻〔七〕。夭癘〔八〕不戒，呼號頻呻。亡者藉稿〔九〕，存者餔飦〔一〇〕。落落三城，春相罷粼〔一一〕。火爇斯運，今茲有年。夏麥甫登，秋禾在田。蔑蔑螽斯〔一二〕，其來如烟。魴鯉陸游，是生鯢鯤。蝦鱓鮎鱧，亦長子孫。不鱗而翼，蠕蠕綿綿。趯趯翩翩，亦戾於天。萬聲嗝咷〔一三〕，天哀斯人。粟脱於喙，居然糶新。宿麥布原，有盤其根。三冬一雨，非寸伊分。賴茲微潤，以引以延。逮於是月，臘將爲春。甘雪不降，衆心咸震。冬陽泄藏，春必病温。豈徒無麥，後艱孔殷〔一四〕。遺蝗伏蘊，其孳未泯。穿土一出，曷其有垠？自古在昔，蟲孽予聞。牛馬噉毛〔一五〕，頭童鬢髡。孑孑〔一六〕遺黎，餘喘〔一七〕未伸。載罹促期，大造[一八]胡仁？必也尸墨[一九]，蝥賊咱吞。有膏弗施，曰暘是屯。是誅是殛，惟爾有神。無爲遷灾，及我黎元。羲和藏暉，望舒匿輪。列宿掩曜，同雲[二〇]布紛。先霰後雪，其集皤皤。一尺弗貲，千里共虔。緊予小臣，文史職存。頌揚神休，靡誠不宣。神之弗圖，民其曷填。

【繫年】

文道光十七年（一八三七）冬作於淮安。

【注釋】

〔一〕墳：水邊高地。

〔二〕游食：到處流動取食物。

〔三〕牢盆：借指鹽政或鹽業。

〔四〕涣丘：周易涣：「六四，涣其群，元吉。涣有丘，匪夷所思。」

〔五〕踵決納履：亦作「納履踵決」。莊子讓王：「曾子居衛。……十年不製衣，正冠而纓絶，捉衿而肘見，納履而踵決。」穿鞋而後跟即破，極言生活貧困。

〔六〕服賈：尚書酒誥：「肇牽車牛，遠服賈。」孔傳：「載其所有，求易所無，遠行賈賣。」

〔七〕薦臻：接連到來，屢次降臨。薦，通「洊」。

〔八〕夭癘：亦作「夭厲」，因遭疾疫而早死。管子侈靡：「人君壽以政年，百姓不夭厲。」尹知章注：「厲，發疾也。」

〔九〕藉稿：坐卧於草薦之上，謂謝罪待刑。

〔一〇〕飦：同「饘」，粥也。

〔一一〕春相罷鄰：禮記曲禮上：「鄰有喪，舂不相。」鄭玄注：「相，爲送杵聲。」唐劉知幾史通暗惑：「居里巷者，猶停舂相之音；在鄰伍者，尚申匍匐之救。」舂相，舂穀時的送杵號子。

〔一二〕薨薨螽斯：詩經周南螽斯：「螽斯羽，薨薨兮。」薨薨，象聲詞，衆蟲齊飛聲。

〔一三〕詔呲：同「叫呲」，大喊，高呼。

〔一四〕孔殷：尚書禹貢：「江漢朝宗于海，九江孔殷。」曾運乾正讀：「孔，甚也。殷，盛也。」

〔一五〕牛馬噉毛：資治通鑑晉紀孝宗穆皇帝中之下永和十一年：「三月，秦大蝗，百草無遺，牛馬相噉毛。」胡三省注：「無草可食，故相噉毛。噉，徒濫翻，又徒覽翻。」

〔一六〕孑孑：蹙迫，艱難。

〔一七〕餘喘：垂死時僅餘的喘息。

〔一八〕大造：天地，大自然。

〔一九〕尸墨：墨屎。狡詐無賴。列子力命：「墨屎、單至、嘽咺、憋懯，四人相與游於世，胥如志也。」張湛注：「墨，音眉；屎，勑夷反。默詐之貌。」

〔二〇〕同雲：詩經小雅信南山：「上天同雲，雨雪雰雰。」朱熹集傳：「同雲，雲一色也。將雪之候如此。」因以爲降雪之典。